漱石辞典

◆編集◆
小森陽一

飯田祐子
五味渕典嗣
佐藤泉
佐藤裕子
野網摩利子

翰林書房

はじめに

　21世紀を生き抜いていくためには、19世紀と20世紀を生き切った夏目漱石の言葉が、私たちとともに存在しなくてはならない。しかし漱石の言葉は、「近代」における科学と技術の進歩に基づく産業資本主義と、それと連動した、合理主義や世俗主義、あるいは個人主義や自由主義などの学知に縛られた状態に置かれていることが多かった。

　いまを生きる私たちは、未来を生きる者たちに向けて、漱石の言葉を解放したい、と強く願う。

　そのために、漱石の言葉を、文明の東から西へ、西から東へという地球的な揺れ幅の空間的広がりと、古代から近代にいたる、そして近代から古代が再発見される時間的な運動の中で、とらえ直したい。

　19世紀最後の年から20世紀初めの年を、大英帝国の帝都ロンドンで学んだ夏目金之助は、「漢学に所謂文学」と「英語に所謂文学」とが「異種類のもの」であることを自覚する。古代から20世紀にいたる漢字文化圏における「文学」と、七つの海にまたがる世界帝国の支配者の言語による「文学」は、決して「同定義の下に一括し得べからざる」ものだという判断には、世界という広がりと人類史という深さにおいて「文学」を見きわめようとする意思が貫かれている。

同時に「文学」を、「心理学」や「社会学」の側から捉え直そうとしたところに、産業革命以後の科学技術の時代を生きる、進化論によって地球上の他の生物から差別化されようとした人間という種への、おののきに満ちた問いかけがある。

　「英語に所謂文学」から、ヨーロッパ・キリスト教文化圏の権力闘争史を、ギリシア・ローマ時代にまで遡って見すえ、「漢学に所謂文学」からは華夷思想の数千年の変遷の中に、明治日本の思想的歪みまでを漱石は見とおした。さらに、時空を貫く漱石の眼力は、この二つの文明圏の間に、イスラム文化圏も見すえていた。

　私たちが現在使用している近代日本語の語彙と文体の多くは、漱石によって創生された。漱石が発した言葉の一つひとつと向かい合うことで、日本社会が近代化していく在り方を、制度、思想、風俗、生活から身と心にいたるまでの射程で位置づけていきたい。私たちが日常的に使っている日本語と日本語文を、あらためて漱石に遡って捉え直すことは、言葉の生命そのものと向かいあうことになるだろう。

　私たちは、以上のねらいを書物というメディアで表現すべく、漱石夏目金之助という具体的な身体から出発することを原則とした。本辞典が掲げるすべての項目は、漱石が現実に用いた言葉であり、漱石が確かに実見し、手に取り、触れたことのある書物や芸術作品ばかりである。逆に、漱石が言及していないものはあえて立項していない。

　時間的な幅、空間的な広がり、言葉の歴史的な奥行き。300名に及ぶ各分野の専門家と研究者による時空連続的な

アプローチを通じて、漱石の頭の中を外に出し、そこから始まる知の無限運動の動力（ダイナミズム）を突き止めることで、漱石の言葉を未来の読者に向けて開こうと企てた。

　だからこの辞典は、単なる百科事典的な知識の集成のみを意図しなかった。従来の研究や批評の動向を概観することで事足れりともしなかった。漱石のペンからこぼれ落ちた文字を歴史の中に位置づけ、あくまでその言葉から出発することで、漱石テクストが形づくる知のネットワークとその潜在的な可能性を、現在の立場から記述しようと企てた。その意味でこの辞典は、漱石の語彙が織り成す星座の見取り図であり、漱石という銀河を探索するための航海図ともなっている。

　私たちは、21世紀を生きるすべての読者とともに、漱石の可能性をもう一度掴み直したい。漱石の言葉は、混迷の時代の中で進むべき道を照らし出す、貴重な羅針盤であり続けているからである。

『漱石辞典』編集委員会

小森陽一
飯田祐子
五味渕典嗣
佐藤　泉
佐藤裕子
野網摩利子

執筆者一覧

相田満	青木稔弥	青木亮人	秋山豊
浅岡邦雄	浅田隆	浅野麗	浅野洋
跡上史郎	安倍オースタッド玲子	天野知幸	天野裕里子
綾目広治	有光隆司	有元伸子	安天
安藤宏	安藤文人	安藤恭子	飯田祐子
池内輝雄	石井和夫	石川巧	石﨑等
出原隆俊	市川祥子	一柳廣孝	一海知義
伊藤かおり	伊藤節子	伊東貴之	伊藤善隆
井上健	井内美由紀	岩川ありさ	岩淵宏子
上田敦子	上田正行	宇佐美毅	臼杵陽
内田道雄	生方智子	江種満子	海老井英次
海老原由佳	遠藤伸治	王成	大木志門
大澤聡	大島範子	大高洋司	太田登
大野英二郎	大野亮司	大橋崇行	大原祐治
大東和重	大平奈緒子	岡敦司	尾形明子
岡西愛濃	岡野幸江	荻原桂子	小倉脩三
押野武志	小平麻衣子	小野寺玲子	加勢俊雄
加藤禎行	金子明雄	金子幸代	神山彰
神山睦美	河合祥一郎	川勝麻里	川口隆行
川名大	川村邦光	川村湊	姜尚中
神田祥子	神田由美子	キース・ヴィンセント	北川扶生子
北田幸恵	木戸雄一	鬼頭七美	木戸浦豊和
木村功	久米依子	倉田容子	栗田靖
黒田俊太郎	五井信	小泉京美	小泉浩一郎
高榮蘭	紅野謙介	小林実	小堀洋平
五味渕典嗣	小森陽一	小山慶太	斉藤英雄
斎藤文子	斎藤希史	酒井敏	笹尾佳代
佐々木彩香	佐々木亜紀子	佐々木英昭	佐藤泉
佐藤信一	佐藤伸宏	佐藤深雪	佐藤泰正
佐藤裕子	塩野加織	塩田勉	篠崎美生子
柴市郎	柴田勝二	島村輝	清水孝純
清水美知子	庄司達也	白石真子	白方佳果
真銅正宏	末木文美士	菅原克也	杉田智美
杉山欣也	鈴木章弘	鈴木啓子	鈴木貴宇
須田喜代次	須田千里	関礼子	関川夏央

関口安義	関根和江	関　肇	関谷博
関谷由美子	瀬崎圭二	高木雅恵	高田知波
高田里恵子	高野純子	高野奈保	高橋修
高橋重美	高橋世織	高橋洋成	高橋広満
高山宏	田口律男	田久保浩	竹内栄美子
武内佳代	竹内洋	竹内瑞穂	武田勝彦
武田信明	武田将明	田島優	田尻芳樹
多田蔵人	田中邦夫	田中晴菜	谷沙央里
谷口基	丹治伊津子	陳　捷	塚本利明
恒松郁生	坪井秀人	坪内稔典	出口智之
寺澤浩樹	十重田裕一	冨樫剛	十川信介
徳永夏子	徳永光展	戸松泉	冨岡悦子
富沢宗實	富塚昌輝	中井康行	永井聖剛
永井善久	中川成美	中沢弥	中島国彦
中島隆博	長島裕子	中西亮太	永野宏志
中原幸子	中丸宣明	中村三春	中村美子
中山昭彦	中山弘明	名木橋忠大	夏目房之介
西井弥生子	西川貴子	西野厚志	西村将洋
西村好子	沼野恭子	根岸理子	根岸泰子
野網摩利子	野上元	野中潤	朴裕河
畑中杏美	畑中基紀	服部徹也	浜田雄介
半田淳子	半藤末利子	飛ヶ谷美穂子	疋田雅昭
日高佳紀	日比嘉高	平石典子	福井慎二
福井辰彦	藤尾健剛	藤木直実	藤沢るり
藤森清	古川裕佳	古田亮	細谷博
堀川貴司	堀部功夫	牧義之	牧野陽子
牧村健一郎	増田裕美子	増満圭子	マティアス・ハイエク
松井優子	松岡心平	松下浩幸	松村祐香里
松本和也	松元季久代	水川隆夫	水村美苗
光石亜由美	みなもとごろう	宮内淳子	宮川健郎
宮薗美佳	向井秀忠	宗像和重	村上陽子
村瀬士朗	村松真理子	森成元	森本隆子
諸岡知徳	安元隆子	矢田純子	矢内一磨
山岸郁子	山口直孝	山口比砂	山田有策
山本史郎	山本芳明	山本良	山本亮介
由井哲哉	横田南嶺老大師	吉川仁子	吉川豊子
芳澤勝弘	吉田司雄	吉村隆之	米村みゆき
頼住光子	林少陽	若林幹夫	若松伸哉
和田敦彦	渡邊英理	渡部光一郎	渡邉静
渡邊澄子	渡部直己		

（五十音順）

漱石辞典
目次

はじめに　001
執筆者一覧　004
凡例　016

｜ 人 ｜

青木繁　019	青山胤通　019	赤木桁平　020
芥川龍之介　020	浅井忠　021	姉崎正治　022
阿部次郎　022	安倍能成　023	有島生馬　023
生田長江　024	池田菊苗　024	池辺三山　025
石川啄木　026	伊藤左千夫　026	伊藤博文　027
井上哲次郎　027	岩波茂雄　028	上田万年　029
上田敏　029	上野義方　030	内田百閒　030
内田魯庵　031	エリセーエフ, セルゲイ・グリゴリエビッチ　031	
大塚楠緒子　032	大塚保治　032	大町桂月　033
岡倉天心　033	岡倉由三郎　034	小栗風葉　034
尾崎紅葉　035	小山内薫　035	片上天弦　036
狩野亨吉　037	嘉納治五郎　037	河東碧梧桐　038
木下杢太郎　038	国木田独歩　039	久米正雄　039
厨川白村　040	呉秀三　040	畔柳芥舟　041
ケーベル, ラファエル・フォン　041	小泉八雲　042	幸徳秋水　042
小さん (三代目柳家)　043	小宮豊隆　043	斎藤阿具　044
坂本四方太　044	坂元雪鳥　045	三遊亭円朝　045
三遊亭円遊　046	塩原昌之助　046	志賀直哉　047
渋川玄耳　047	島崎藤村　048	島村抱月　048
釈宗演　049	釈宗活　050	菅虎雄　050
鈴木大拙　051	鈴木二重吉　052	高浜虚子　052
高山樗牛　053	瀧田樗陰　054	田山花袋　054
津田青楓　055	坪内逍遙　055	寺田寅彦　056
土井晩翠　057	徳田秋聲　057	冨澤敬道　058
鳥居素川　058	中勘助　059	永井荷風　059
中川芳太郎　060	長塚節　060	中根重一　061
中村不折　062	中村是公　062	長与称吉、長与又郎　063
夏目鏡子　063	夏目小兵衛直克　064	野上豊一郎　065
野上彌生子　066	乃木希典　066	野間真綱　067

野村伝四 067	芳賀矢一 068	橋口五葉 068
橋本左五郎 069	長谷川如是閑 069	馬場孤蝶 070
林原耕三 070	平塚明子 071	藤代禎輔 071
藤村操 072	二葉亭四迷 072	ベルツ, エルヴィン・フォン 073
宝生新 073	マードック, ジェームズ 074	前田案山子 074
正岡子規 075	正宗白鳥 076	松岡譲 076
松根東洋城 077	真鍋嘉一郎 077	南方熊楠 078
皆川正禧 078	武者小路実篤 079	森鷗外 079
森田草平 080	森成麟造 080	横山大観 081
米山保三郎 081	和辻哲郎 082	

コラム

◆「漱石の孫」として…夏目房之介 083　◆祖母鏡子と私…半藤末利子 085

| 時代 |

青木堂 089	赤煉(錬)瓦 089	維新／御一新 090
イズム 092	一等国 092	位牌 094
漂浪者、冒険者 095	江戸名所図絵 095	演芸会 096
演説／演舌 096	縁日 097	園遊会 098
欧化主義 098	鸚鵡 100	恩給 101
階級 101	凱旋 102	学資 103
学習院 104	革命 105	火事 106
華族 107	学校騒動 108	活人画 109
活版 109	歌舞伎 110	勧工場 111
巌頭の吟 112	官吏 113	義捐金 114
議会 114	菊人形 115	紀元節 115
汽車 116	寄宿舎 117	キチナー元師 117
旧派 118	京都大学 119	銀行 119
熊本五高 120	軍人 121	警察、刑事 122
芸人 123	月給 124	顕微鏡、望遠鏡、双眼鏡 125
鉱山／坑山、坑夫 126	小切手 126	財産 127
自殺 128	自動車 129	社交 130
招魂社 131	照魔鏡 132	紳士 133
人力車、車 134	世紀末 135	生存競争 137
世界 139	千里眼 140	第一高等学校 140
大学予備門 141	高天原連 141	電車 142
電車事件 143	東京帝国大学 144	堂摺連 144
午砲 145	日英同盟 145	日糖事件 147
ニルアドミラリ 148	煤煙事件 149	博士 150

飛行機／空中飛行器 152	美的生活 153	法学士 153
砲兵工廠 154	マン・オフ・ミーンズ 155	満鉄 156
三越／越後屋 157	郵便 158	洋行 159
養子 161	轢死 163	労働者 163

コラム

◆ 漱石論の歴史① 則天去私…王成 164　◆ 漱石論の歴史② 他者と自己…安天 165
◆ 漱石論の歴史③ 『こころ』論争…大原祐治 166

｜生活空間｜

家 169	生垣 171	田舎、都会 172
陰士、泥棒 174	インフルエンザ 175	牛、馬 175
謡、謡曲、能 176	饂飩、蕎麦 178	占い 179
絵／画／絵画 180	易経、易者 181	煙突 182
音楽、音楽会 182	海水浴 183	鏡 184
家計 186	傘 187	菓子 188
貸家、借家 189	瓦斯、瓦斯燈 190	楽器 191
家庭 192	金／金銭 194	硝子 196
棺 197	義太夫 197	着物 198
牛肉／牛 200	牛乳 201	果物 201
靴 202	下宿 203	下女 204
毛布／赤毛布 205	玄関 206	原稿料、印税 207
コート、外套 209	酒、酒精 210	散歩 211
質／質屋 213	自転車 214	趣味 215
書画骨董 217	書画帖、画帖 219	食堂 219
書斎 220	書生 222	食客／居候 223
相撲 223	西洋料理 224	烟草／煙草／莨 225
燵炉／暖炉 226	蓄音機 227	卓袱台／餉台／食卓 227
ちょん髷 228	杖、洋杖 229	月 229
手紙 230	転地、温泉 232	電燈／電気燈 234
電話、電報 235	豆腐 237	道楽 238
時計 240	床屋、髪結床 241	ヌーボー式 242
ハイカラ／高襟 242	肺病 243	履物、下駄 245
麺麭 246	手巾／手帛 247	髭／髯 247
火鉢、炬燵 248	平野水 249	午睡／昼寝 250
風流 251	豚 252	フランネル 253
風呂、銭湯 253	ベースボール／野球 254	帽子／帽 255
松、竹、梅 255	洋服 256	寄席、落語 256
裸体画 257	洋燈／行燈 258	

コラム

◆ 漱石を書きつぐ…水村美苗　260　◆ 漱石を語りつぐ…関口安義　261

◆ 漱石全集の歴史…宗像和重　262

｜土地｜

会津　265	浅草　265	亜米利加／米国／米　266
英吉利／英国　267	上野　269	牛込　270
越後　271	江戸　271	円覚寺　272
大阪／大坂　273	沖縄　274	鹿児島　274
鎌倉　275	神田　277	九州　277
京都／京　278	九段　280	熊本　281
小石川　283	神戸　284	支那　285
修善寺　286	雑司ヶ谷　287	台湾　287
団子坂　288	朝鮮、韓国　288	独逸／独乙／独　289
日本橋　290	巴理(里)／パリス　291	哈爾浜　292
日比谷　293	広島　293	富士山　294
北海道　295	本郷　295	松山　296
蒙古　297	横浜　298	旅順、大連　299
露(魯)西亜／露(魯)国　299	和歌山　300	

コラム

◆ 明治四十四年、講演の旅…関川夏央　301　◆ ロンドン漱石記念館…恒松郁生　302

｜性愛｜

愛　307	愛嬌　309	嫂　309
許嫁　310	異性　311	イブセン流　313
情夫、情婦　315	色気　316	陰陽和合　317
後姿　317	御化粧、御白粉　318	恐れない女、恐れる男　319
御多福　321	オタンチン・パレオロガス　321	夫　322
御転婆　323	オフェリヤ　323	髪　324
可愛がる　326	看護婦　327	姦通　328
官能　329	偽善家　329	器量／容色　331
クレオパトラ　332	芸者／芸妓　332	懸想　333
結婚、見合　334	恋、恋愛、失恋　336	香水　338
細君／妻／女房　339	策略　341	嫉妬　343
娼妓、女郎　345	女学生、女学校　345	処女　346
世帯染みる、家庭的のの女　347	素人　348	真珠　348
性　349	接吻　351	金剛石　352

男女　353	艶　355	度胸　355
独身　356	生意気　357	肉、肉慾　357
妊娠、出産　358	薔薇　359	半襟　360
微笑　360	美人　361	歇私（斯）的里　362
瞳／瞳子／眸　364	夫婦　366	婦人／婦女子　367
蛇／青大将　368	放蕩　369	惚れる　370
迷へる子／迷羊　372	妾　373	遊廓　374
指輪／指環　375	百合　370	能くつてよ、あんまりだわ　378
リボン　379	両性的本能　380	

コラム

◆漱石とホモソーシャリティー…キース・ヴィンセント　381　◆漱石の恋…海老井英次　382

｜身体感覚・情緒｜

赤ん坊／赤児　385	痘痕　385	有難い　386
憐れ　387	胃　386	粋　389
厭味　390	色／色彩　391	因果／因縁　392
嘘、虚偽　393	美しい　395	上部／上皮　396
運命　396	江戸つ子／江戸つ児　398	横着　400
鷹揚　401	御世辞　401	自惚／己惚　402
顔　403	牡蠣的　404	覚悟　405
過去　406	片付ける、片付かない　408	神　410
頑固　412	癇癪　413	気違／気狂　414
気の毒　415	虚栄心　417	気楽　418
義理　418	愚　419	偶然、必然　421
苦痛　422	軽薄　423	軽蔑　424
喧嘩　425	好奇心　426	強情／剛情　427
幸福、不幸　427	小刀細工　428	滑稽　429
孤独、独り　431	子供　432	淋しい、寂寞　434
死　436	自白　438	自分　439
自由　441	情、人情　443	正直　444
焦慮つたい　445	神経、脳　445	神聖　446
人生　448	親切　449	精神　450
責任　451	拙　451	俗　452
探偵　452	血　453	罪　454
天、宇宙　455	天真爛漫　456	尊い　457
独立　457	泣く、涙　458	のつそつ　459
長閑　459	呑気　460	馬鹿　460
恥　461	煩悶　462	卑怯　463

皮肉 464	百年 465	病気 466
貧／貧乏 467	不安 468	父母未生以前 469
不愉快 470	辟易 472	真面目 472
眉、眉間 473	道 474	水底 475
眼、眼つき 475	夢 476	蠅頭文字 477
余裕 478	笑、苦笑、冷笑 479	悪口 480

コラム

◆漱石の肖像…金子明雄 481　◆漱石の死…五味渕典嗣 482

｜思想・思潮｜

遺伝 485	印象派 486	ヴィクトリア時代 486
エリザベス時代 487	厭世主義 488	開化、文明 489
科学 491	学者、学問 492	漢学 493
義務、権利 494	教育 495	基督教／耶蘇教 497
劇場 498	高等遊民 500	個人、個人主義 502
国家、国家主義 504	自己本位 505	自然 506
実業 508	社会学 509	社会主義 510
進化、進化論 511	人格 512	心理学 513
スピリチュアリズム／スピリチズム 515		青鞜派 516
青年 516	禅 517	戦争 519
彫刻 521	低徊趣味 522	哲学 523
天皇 524	徳義、道義 525	日本、日本人 526
回々教 528	仏教 529	文壇 530
翻訳 531	マホメット／モハメッド 532	明治の精神 533
メスメリズム 534	世の中 535	理想 536

コラム

◆漱石と人種主義、植民地主義…朴裕河 538　◆漱石と教科書…野中潤 539

◆漱石と学校…石川巧 540　◆漱石『こころ』と『魔の山』…姜尚中 541

｜メディア｜

朝日新聞 545	朝日文芸欄 547	外国雑誌 549
活動写真 550	検閲、発売禁止 551	時事新報 552
写真 552	趣味（雑誌） 553	書肆 554
新思潮 556	新小説 557	新潮、新声 558
成効（成功）（雑誌） 559	太陽 559	中央公論 560
帝国文学 561	哲学雑誌 562	図書館 563
日本（新聞） 565	博物館 566	博覧会 567

文章世界　569	報知新聞　569	ホトトギス　570
満洲日日新聞　572	明星　572	木曜会　573
読売新聞　575		

コラム

◆ 漱石作品の舞台化、映像化…塩野加織・十重田裕一　577　◆ 漱石の小説技術…渡部直己　578

｜作品｜

A Translation of Hojio-ki with a Short Essay on It　581		イズムの功過　581
一夜　582	英国詩人の天地山川に対する観念　583	
英国の文人と新聞雑誌　583	永日小品　584	英文学形式論　586
『オセロ』評釈　587	思ひ出す事など　587	カーライル博物館　589
薤露行　590	硝子戸の中　591	カリックスウラの詩　593
元日　594	鑑賞の統一と独立　594	客観描写と印象描写　595
京に着ける夕　596	虚子著『鶏頭』序　597	愚見数則　597
草枕　598	虞美人草　600	
ケーベル先生、ケーベル先生の告別　602		現代日本の開化　602
行人　603	坑夫　605	心　607
琴のそら音　609	催眠術　610	作物の批評　611
三山居士　611	三四郎　612	子規の画　614
自転車日記　614	詩伯「テニソン」　615	写生文　616
Japan and England in the Sixteenth Century　616		趣味の遺伝　617
小説「エイルヰン」の批評　618	初秋の一日　618	素人と黒人　619
人生　619	セルマの歌　620	戦争から来た行違ひ　620
創作家の態度　621	それから　622	田山花袋君に答ふ　624
坪内博士と『ハムレツト』　624	手紙　625	点頭録　626
トリストラム、シヤンデー　627	長塚節の小説「土」　627	中味と形式　628
二百十日　628	入社の辞　629	野分　630
長谷川君と余　631	母の慈、二人の武士　631	彼岸過迄　632
病院の春　634	不言之言　634	文学評論　635
文学論　637	文芸と道徳　639	文芸とヒロイツク　639
文芸の哲学的基礎　640		
文壇に於ける平等主義の代表者「ウォルト、ホイツトマン」Walt Whitmanの詩について　641		
文鳥　641	文展と芸術　642	変な音　643
木屑録　643	坊っちやん　644	マクベスの幽霊に就て　646
正成論、観菊花偶記　646	幻影の盾　647	満韓ところどころ　648
道草　649	明暗　651	模倣と独立　653
門　654	夢十夜　656	余と万年筆　658
老子の哲学　658	倫敦消息　659	倫敦塔　660

吾輩は猫である　661　　　私の個人主義　663

コラム

◆ 漱石作品の翻訳…山本亮介　664　◆ 漱石の漢詩…神山睦美　665

◆ 漱石の新体詩…佐藤伸宏　666　◆ 漱石の俳体詩…青木亮人　667

◆ 漱石の連句、俳句…坪内稔典　668

｜よむ・みる｜

池大雅　671　　　　　　一休　671　　　　　　王維　672

王羲之　672　　　　　　荻生徂徠　673　　　　葛飾北斎　673

韓非　674　　　　　　　韓愈　674　　　　　　喜多川歌麿　675

曲亭馬琴　675　　　　　景徳伝燈録　676　　　高啓　676

五山詩僧　677　　　　　酒井抱一　677　　　　史記　678

春秋・春秋左氏伝・公羊伝　678　　晋書　679　　　　禅関策進　679

禅林句集　680　　　　　荘子　680　　　　　　楚辞　681

大慧普覚　681　　　　　大燈国師　682　　　　沢庵　682

陶淵明　683　　　　　　杜甫　683　　　　　　南画　684

日本の美術　685　　　　白隠　687　　　　　　白楽天　687

馬祖道一　688　　　　　碧巌録　688　　　　　松尾芭蕉　689

夢窓国師　689　　　　　明治漢詩人　690　　　蒙求　690

孟子　691　　　　　　　与謝蕪村　692　　　　李白　692

列仙伝　693　　　　　　老子　693　　　　　　論語　694

アーノルド, マシュー　694　　アウグスティヌス, アウレリウス　695　　アディソン, ジョーゼフ　695

アルツィバーシェフ, ミハイル・ペトローヴィチ　696　　　　　　　　アンドレア・デル・サルト　696

アンドレーエフ, レオニド　697　　イプセン, ヘンリック　697　　ウェブスター, ジョン　698

エインズワース, ウィリアム・ハリソン　698　　　　　　　　　　エマソン, ラルフ・ウォルド　699

エリオット, ジョージ　699　　オースティン, ジェイン　700　　キーツ, ジョン　700

ギャスケル, エリザベス・クレグホーン　701　　　　　　　　　クウィンシー, トマス・ド　701

グレイ, トマス　702　　　　ゲーテ, ヨハン・ヴォルフガング・フォン　702

ケンピス, トマス・ア　703　　コールリッジ, サミュエル・テイラー　703

ゴンクール, エドモン・ド　704　　ゴンチャロフ, イワン　704

サッカレー, ウィリアム・メイクピース　705　　　　　　　　シェイクスピア, ウィリアム　705

ジェームズ, ウィリアム　707　　シェリー, パーシー・ビッシュ　708

シェリダン, リチャード・ブリンズレイ　708　　　　　　　　シラー, フリードリヒ・フォン　709

スウィフト, ジョナサン　709　　ズーデルマン, ヘルマン　710　　スコット, ウォルター　710

スターン, ローレンス　711　　スティーブンソン, ロバート・ルイス　712

スペンサー, エドマンド　712　　スミス, シドニー　713　　西洋の美術　713

セルバンテス, ミゲル・デ　715　　ゾラ, エミール　716

ターナー・ジョセフ・マロード・ウィリアム　716　　ダヌンツィオ・ガブリエーレ　717

ダンテ・アリギエーリ　717　　チェーホフ，アントン　718　　チョーサー，ジェフリー　718
ディケンズ，チャールズ　719　　テイラー，ジェレミー　719　　テニソン，アルフレッド　720
デュマ，アレクサンドル（父）　720　　ドーデ，アルフォンス　721　　ドストエフスキー，フョードル　721
トルストイ，レフ　722　　ニーチェ，フリードリヒ　722　　ハーディ，トマス　723
バーンズ，ロバート　723　　バイロン，ジョージ・ゴードン　724　　ハウプトマン，ゲルハルト　724
バルザック，オノレ・ド　725　　フィールディング，ヘンリー　725　　ブールジェ，ポール　726
フッド，トマス　726　　ブラウニング，ロバート　727　　ブレイク，ウィリアム　727
ブロンテ，シャーロット　728　　ペイター，ウォルター　728　　ベーン，アフラ　729
ベラスケス，ディエゴ・ロドリゲス・デ・シルバ・イ　729　　ベラミー，エドワード　730
ヘリック，ロバート　730　　ポー，エドガー・アラン　731　　ポープ，アレグザンダー　731
ホフマン，エルンスト・テーオドール・アマデウス　732
ミケランジェロ・ブオナローティ　732　　ミルトン，ジョン　733　　ミレー，ジャン＝フランソワ　733
ミレー，ジョン・エヴァレット　734　　メレジコフスキー，ドミトリー　734　　メレディス，ジョージ　735
モーパッサン，アンリ・ルネ・アルベール・ギ・ド　735　　モリエール　736
ユーゴー，ビクトル　736　　ラスキン，ジョン　737　　ラファエル前派　737
ラファエロ・サンティ　738　　ラム，チャールズ　738　　ラング，アンドリュー　739
ランドー，ウォルター・サヴェッジ　739　　レオナルド・ダ・ヴィンチ　740　　レオパルディ，ジャコモ　740
ロセッティ，ダンテ・ゲイブリエル　741　　ロラン，ロマン　741　　ワーズワース，ウィリアム　742

コラム

◆ 漱石の蔵書…木戸浦豊和　743　　◆ 漱石と英文学…冨樫剛　744

◆ 漱石の原稿…秋山豊　745　　◆ 漱石の画…古田亮　746

｜文学用語｜

因果　749　　印象　749　　(F+f)　750
解剖　750　　鑑賞　751　　観念　751
技巧　752　　拵へもの　752　　自然主義　753
写生、写生文　753　　趣味　754　　情緒　754
人生に触れる　755　　創作家　755　　読者　756
非人情　756　　批評　757　　諷刺　757
余裕のある、余裕のない　758　　霊魂　758　　浪漫派、浪漫主義　759

｜付録｜

漱石年譜…徳永光展　763
漱石文学関連地図①②…服部徹也　774　　漱石文学関連地図③…宮内淳子　778
漱石初版本…二松學舍大学図書館蔵　785　　漱石書誌…加藤禎行　793

凡例

1 本文と作品表記について

＊夏目漱石の本文は、原則として、岩波書店版『漱石全集』(1993-1999年) を用いた。それ以外の本文を参照した場合は、適宜出典を示した。

＊漱石の作品名については、初版時に同題で単行本化されたものを『　』、そうでないものは「　」で示した。

＊漱石の俳句や漢詩を参照した場合は、岩波書店版全集の配列番号と発表年を付した。また、書簡に言及する場合は、(　) 内に当該書簡の宛先と年・月・日を記した。日記に言及する場合は、当該の日付を記した。断片は、全集の表記に従った。

2 立項の方針

＊編集にあたっては、全体を「人」「時代」「生活空間」「土地」「性愛」「身体感覚・情緒」「思想・思潮」「メディア」「作品」「よむ・みる」「文学用語」という11のカテゴリーに区分、それぞれに関連する事項を立項した。項目の配列は、カテゴリーごとの五十音順とした。

＊「人」は漱石の存命時に関わりのあった人物中から、「よむ・みる」は漱石が実際に手に取ったり鑑賞したりしたことのある作者・作品の中から、重要なものを立項した。

＊「生活空間」「土地」「性愛」「身体感覚・情緒」「思想・思潮」「メディア」「文学用語」については、漱石が実際に使用した術語や語彙のうち、重要なものを立項した。当該項目に関して複数の表記が用いられる場合は「／」で、関連する語句を一つの項目に集約する場合は「、」で示した。

＊上記の方針を踏まえ、漱石没後の受容や研究史に関わる重要なトピックは、「コラム」欄で記述した。また、読者の便宜を考慮し、巻末の「附録」に略年譜、書誌、文学関連地図を収めた他、すべての項目を含む重要事項を五十音順で検索できるよう、「索引」を付した。

3 各項目について

＊「時代」「生活空間」「土地」「性愛」「身体感覚・情緒」「思想・思潮」「メディア」「文学用語」については、各項目の冒頭で漱石テクストにおける用例を示した。「作品」項目については、各項目の内容に関わる当該作品の本文を引用した。

＊各項目には、分量に応じ、適宜小見出しを付した。また、必要なものについては、図版や写真を掲げた。

＊各項目の末尾には、(　) で執筆者名を示した。

4 表記について

＊年号表記は西暦を使用した。各項目の冒頭のみ、元号を(　) で示した。

＊漢字は原則として常用漢字を使用した。ただし、固有名詞等はその限りではない。

＊いわゆる「踊り字」は使用しなかった。また、漱石独自のものと判断される場合を除き、ルビはすべて省略した。

＊講座・全集・叢書・単行本名は『　』で括り、発行所、発行年を示した。論文名は「　」で示し、副題は省略した。

＊新聞・雑誌名は『　』で括り、発行年・月(新聞の場合は年・月・日)を示した。

八

青木繁
(1882〜1911)

あおきしげる

青木繁は、漱石がもっとも高く評価した洋画家である。1912(明45)年3月、歿後一周忌に上野の竹之台陳列館で開催された「青木繁君遺作展覧会」を見た漱石は、さっそく津田青楓宛書簡で「青木君の絵を久し振に見ましたあの人は天才と思ひます」と書いている。

福岡県久留米市に生まれた青木は、17歳のときに画家を目指して上京し、翌年、東京美術学校西洋画科選科に入学。この頃、上野の帝国図書館に通い日本の神話などを勉強している。1903年、在学中ながら白馬会展に《黄泉比良坂》などを出品し白馬賞を受賞したことで脚光を浴びた。イギリスから帰国したばかりの漱石は、この時の白馬会展を見学しており、この時から青木に注目していたのではないかと思われる。その後、1904年7月に東京美術学校を卒業した青木は同年の白馬会展に《海の幸》を出品、未完成とも見える大胆な作風は大きな話題を呼び、明治浪漫主義を代表する作品となった。漱石は1907年の東京府勧業博覧会で青木の《わだつみのいろこの宮》を見て感動し、『それから』(五の一)では「いつかの展覧会に青木と云ふ人が海の底に立つてゐる脊の高い女を画いた。代助は多くの出品のうちで、あれ丈が好い気持に出来てゐると思つた」と実名で登場させている。

おそらく、漱石は青木という青年画家に心から共感していたのであろう。バーン=ジョーンズなどラファエル前派の画家たちに心酔した画風や、神話や物語に主題を求めた文学的感性は漱石の好むところであったし、硬直化しつつあった洋画壇に新しい風を起こした青木の存在は漱石も大いに期待するところだった。 (古田亮)

青山胤通
(1859〜1917)

あおやまたねみち

◆御茶の水で電車を降りて、すぐ俥に乗つた。いつもの三四郎に似合はぬ所作である。威勢よく赤門を引き込ませた時、法文科の号鐘が鳴り出した。いつもなら手帳と印気壺を以て、八番の教室に這入る時分である。一二時間の講義位聴き損なつても構はないと云ふ気で、真直に青山内科の玄関迄乗り付けた。 (『三四郎』三の十二)

1930(昭5)年5月、鵜崎熊吉によって著された『青山胤通』の発行所は、「青山内科同窓会」であった。1917(大6)年の青山の死から10年以上が経過したこの時点においても、青山内科の名は広く知れ渡っていた。その青山内科が、神田和泉橋から本郷の医科大学付属病院内に移されたのは、1901(明34)年。この年青山は医科大学長に任ぜられている。その付属病院内科にこの時野々宮宗八の妹・よし子が入院しており、三四郎は宗八からの届け物を預かって病院へ向かっている。よし子こそ、過日池の端で出会った女ではないかという淡い期待を抱きながら。

青山は、『三四郎』「二の六」で三四郎が野々宮宗八とともにその銅像前を通過したベルツの教え子であり、1882年4月に医科大学を卒業した後、1年弱ベルツ教授の下で、内科助手を務めていた。1907年4月4日、ベルツ、スクリバ両教授の銅像除幕式においては、彼が一場の演説をなしている。

青山と親しい関係にあった鴎外とは違って、彼と漱石との間に直接の関係はないが、この青山の下で内科学を学んだのが、愛媛県尋常中学校時代の漱石の教え子であり、漱石の臨終にも立ち会った真鍋嘉一郎(1878-1941)である。 (須田喜代次)

◆
人

赤木桁平
(1891〜1949)

あかぎこうへい

　本名は池崎忠孝。東京帝国大学法科在学中に漱石門下に入り、特に大正期の前半に旺盛な批評活動を展開。「『遊蕩文学』の撲滅」(『読売新聞』1916・8・6、8)が契機となって、〝遊蕩文学撲滅論争〟を巻き起こしたこの批評家は、1936(昭11)年に衆議院議員となり、1942年の翼賛選挙でも当選を果たしたことで知られる。

　しかし漱石との最も深い関わりを示すのは、漱石の死の翌年に刊行された『夏目漱石』(新潮社、1917)であり、その中で赤木は、『吾輩は猫である』などで諷刺とユーモアを表現した漱石が、やがて『行人』や『心』において人間のエゴイズムを徹底的に抉り出したとして、漱石の作風の幅の広さと「利己心理の解剖家」としての深い現実認識を強調する。しかも漱石は『道草』でエゴイズムを「現実として受け納れる人の諦認」に達し、更に『明暗』では人間の利己心への「一般的な憐憫」に進んで「則天去私」の境地を開くのだと赤木はいう。広さと深さを兼ね備えながら、エゴイズムに取り憑かれた「自己自身を棄て天のごとき公平無私の態度」を獲得し、利己心への「絶望」において一度は「人生を否定」しつつも、「諦認」から「憐憫」へと歩を進めて「人生を肯定」するといった高い境地に至る漱石。広く深く現実を見た上で高く登る漱石。それこそ阿部次郎の『三太郎の日記』(東雲堂、岩波書店、1914-1915)などで当時、盛んに喧伝された大正教養主義的言説が作り出す漱石像に他ならず、その後、陰に陽に漱石の評価を左右する「則天去私」の神話の端緒が、こうした言説において形成されたことを示している。　　　　　　　　　　　(中山昭彦)

芥川龍之介
(1892〜1927)

あくたがわりゅうのすけ

◆拝啓新思潮のあなたのものと久米君のものと成瀬君のものを読んで見ましたあなたのものは大変面白いと思ひます落着があつて巫山戯てゐなくつて自然其儘の可笑味がおつとり出てゐる所に上品な趣があります夫から材料が非常に新らしいのが眼につきます文章が要領を得て能く整つてゐます敬服しました、あゝいふものを是から二三十並べて御覧なさい文壇で類のない作家になれます然し「鼻」丈では恐らく多数の人の眼に触れないでせう触れてもみんなが黙過するでせうそんな事に頓着しないでずんずん御進みなさい群衆は眼中に置かない方が身体の薬です。

　　　(芥川龍之介宛書簡、1916(大5)年2月19日付)

木曜会の若き弟子

　中学時代から『吾輩は猫である』などを愛読していた芥川龍之介は、東京帝国大学3年在学中の1915(大4)年11月18日、年長の友人岡田(のち林原)耕三の紹介で久米正雄と共に初めて木曜会を訪れた(関口安義『芥川龍之介とその時代』(筑摩書房、1999)が「成瀬日記」をもとに日付を論証)。この出会いが芥川らの創作意欲をかきたてたことは、この直後に「漱石を第一の読者」(松岡譲「『新思潮』回想記」)とする第四次『新思潮』が計画されたことからもわかる。漱石はこれに応え、1916年2月の創刊号に掲載された芥川の「鼻」を激賞したのである。

　芥川の才能は木曜会でも認められ、鈴木三重吉を通して『新小説』に「芋粥」(1916・9)が、瀧田樗陰を通して『中央公論』に「手巾」(1916・10)が発表された。漱石自身が「芥川君は売ツ子になりました」(成瀬正一宛葉書、

20

1916・11・16付)と書いた程の華々しさだった。なお、漱石が芥川に宛てた書簡は用例以外に4通あり、焦りを戒めつつ励ます文面には、師としての濃やかな愛情がにじむ。

一方、この年の12月9日に漱石が歿したときの悲しみを、芥川は「葬儀記」(『新思潮』1917・3 漱石先生追慕号)に綴った。また生前の思い出も「漱石山房の秋」(1920・1)、「漱石山房の冬」(1923・1)「正岡子規」(1924・4)などの随筆で繰り返し語られている。漱石が実名で登場する小説も少なくない。

深い影響

尤も、芥川の漱石に対する感情はアンビバレントなものであったとする見解もある。臨終の芭蕉を囲む弟子達のエゴイズムを暴く「枯野抄」(1918・10)について、芥川自身が「先生の死に会ふ弟子の気持」(「一つの作が出来上るまで」1920・4)を書いたものだと解説したからだ。「「センセイキトク」の電報」を手にしながら「歓びに近い苦しみを感じ」る「或阿呆の一生」(1927・10遺稿)の「彼」の姿も、これに通じるものだろう。

たしかに芥川は漱石の「人格的なマグネティズム」に「危険」(「あの頃の自分の事」1919・1)を感じていたと語っている。が、それはつまり、わずか1年の交際で漱石が芥川に与えた影響があまりにも大きかったということではないだろうか。漱石の賞讃と後押しによって文学の道に進んだ芥川は、その後漱石の生き方をなぞろうとするかのように、大阪毎日新聞社と社友、社員契約を結んで専業作家となった上、他の作家のプロデュースまで試みている。また「文芸一般論」(1924・9-1925・5)や「山梨夏季大学講義」(1923・8・2-8・5実施)では、「文芸」の定義に『文学論』の「F＋f」の公式を借りてみせた。『三四郎』と「路上」、『心』と「開化の殺人」、「夢十夜」と「着物」の類似も指摘されている。

（篠崎美生子）

浅井忠
(1856〜1907)

あさいちゅう

『吾輩は猫である』中・下編の挿絵を描いた浅井忠と漱石との親交は、両者の留学時代にさかのぼる。それ以前に面識があったかどうかは不明ながら、おそらく正岡子規を通じてお互いのことは知っていたであろう。漱石の短いパリ滞在中はすれ違いで終わったが、ロンドンでは漱石の下宿に数日滞在するなどした。1902(明35)年7月2日付の妻鏡子宛の手紙に、「只今巴理より浅井忠と申す人帰朝の序逗寓へ止宿はは画の先生にて色々画の話抔承り居候」と記しているので、この時点での漱石との付き合いはそれほど深いものではなかったようだが、この時、浅井と漱石の距離は一気に縮まったものと考えられる。浅井とロンドン市内を歩いた漱石は、「〔浅井〕先生は色で世界が出来上がつてると考へてるんだなと大に悟りました」(「創作家の態度」)ともらすように、画家のものの見方を知ることになる。

浅井は佐倉藩士の長男として江戸に生まれた。1876年、工部美術学校に入学しフォンタネージの指導を受ける。1889年、明治美術会の結成に参加。東京美術学校教授となり1900年からフランスへ留学。漱石と同じく1902年に帰国した後は京都に移住し、聖護院洋画研究所を設立して後進の指導にあたるが、1907年に殁した。

『三四郎』では三四郎と美禰子が深見という画家の遺作展を見る場面がある。第6回太平洋画会での浅井の遺作展を念頭に描いたシーンである。三四郎は色が薄く地味に描いてあると感じるが、「其代り筆が些とも滞つてゐない。殆んど一気呵成に仕上た趣がある」という浅井の水彩の特徴をうまくとらえている。

（古田亮）

姉崎正治
(1873〜1949)

あねさきまさはる

　姉崎正治は、嘲風の筆名で知られる宗教学者、評論家である。1893(明26)年、東京帝国大学哲学科に入学。高山樗牛、笹川臨風らと知り合う。卒業後も大学院に残り、宗教学を専攻。親友の樗牛が主幹をつとめた雑誌『太陽』などの論壇で活躍した。1898年、『宗教哲学』刊行、東京帝国大学文科大学の講師となる。1900年から1902年まで、ドイツ、イギリス、インドに留学。1904年、『復活の曙』刊行。また、文科大学教授に昇進し、宗教学講座を開設。『時代思潮』を創刊する。

　漱石とは、1903年から1907年まで、東京帝国大学の同僚であった。1905年、語学入試問題の件で文科大学長坪井九馬三と姉崎が対立した際、漱石は英語学試験嘱託を依頼されたが、これを固辞した。

　これについて漱石は、1906年2月15日の姉崎宛の書簡で「僕は講師である。講師といふのはどんなものか知らないが僕はまあ御客分と認定する」「従つて担任させた仕事以外には可成面倒をかけぬのが礼である。其代り講師には教授抔の様な権力がない」「自分の教へる事以外の事に口は出せない。夫等は皆教授会で勝手にきめて居る。語学試験の規則だつても講師たる僕は一向あづかり知らん」と、講師の立場を訴えている。

　姉崎は、1907年頃から外遊を繰り返し、ハーバード大学では日本文明・宗教史を講じた。また、インド哲学、日蓮宗に傾斜し、『法華経の行者　日蓮』(博文館、1916)を刊行。1930(昭5)年、日本宗教学会を設立し、初代会長となる。
　　　　　　　　　　　　　　(田中晴菜)

阿部次郎
(1883〜1959)

あべじろう

　評論家。山形県飽海郡生まれ。1901(明34)年に第一高等学校に進む。この間、岩波茂雄・安倍能成・斎藤茂吉らと知り合う。1904年、東京帝国大学哲学科に進学、雑誌『帝国文学』の編集に携わる。彼が漱石を訪ねたのは1909年11月25日。「朝日文芸欄」の始動にともない、幾つもの批評の執筆を開始する。

　漱石との関わりで最も重要なのは、同欄に1910年6月18日から三回にわたって掲載された「『それから』を読む」であろう。阿部は、『それから』の代助を精緻に分析、その「理智の批評」の斬新さを認めつつも、「欠点は情緒的方面の省略にある」とした。これは阿部とほぼ同世代の武者小路実篤の著名な『それから』評とも関わる問題意識とみてよい。これに対して漱石は「作家は評家により始めて理解せらるべきものかと思ひ候」(阿部宛書簡、1910・6・21付)と好意的な反応を示している。阿部の「人格」の規定と漱石の関係も重要である。

　その一つの集成が『三太郎の日記』(東雲堂、1915・1)ということになる。ここにみられる内省の記録としての自己像の形成に、漱石文学が深く関わることは確かであろう。また〈日記〉、〈断章〉としての生の様相にも、漱石の存在が深く関わっている。

　こうして考えると、阿部の人格主義や教養主義が、大正期のリベラリズムとして、日本の知識人に及ぼした影響を考える時、それが漱石作品の読み方に与えた可能性は計り知れず大きいと言うべきだろう。　(中山弘明)

安倍能成
(1883〜1966)

あべよししげ

松山出身の能成は子どもの頃、松山中学に赴任した漱石のうわさを聞いている。一高と東大で漱石に英語を教わり、下掛宝生流家元での謡の会で知己を得て「漱石山房」に出入りするようになるが、「元来先生のファン」ではなかったし、「創作家たる先生の創作上の弟子でも、思想上の弟子でもなかった」と言う。そういう能成を「惹きつけたものは」漱石の「人格」であり、その「人格」とは「誠実」「潔癖」といった具体的な資質に代表されるものであった。「夏目先生の謡を好かなかった」という安倍は漱石の「名声と謡曲技術とを一緒にして、先生」の謡曲をほめる人間を嫌い、あえて「私は先生の謡は嫌いです」と直白し、漱石も「君の謡は嫌いだよ」といって、二人で一緒に謡ったと語る。戦後、学習院の院長になり、「正直第一」を生徒たちに説いた安倍の「潔癖」な人格にこだわる様がうかがわれるエピソードである（「安倍能成と夏目漱石」『漱石研究』第13号、2000・10）。当時すでに売れっ子作家であった漱石とその弟子たちの木曜会は一高、東大、といった教育機関を共有したインテリ青年のホモソーシャルな社交の場であると同時に、弟子たちの人格的「教養」を養う貴重な場として機能していたといえる。1917(大6)年前後に浮上した、大正教養主義へと通じる人格教養主義がそこで既に芽生え、培われていったと言ってもよいであろう。しかし、ここでの「人格」はその普遍的な見かけにかかわらず、ごく限られたハビタス内において意味を持つ価値体系であり、同等の教育レベルを有する男たちのネットワークによって支えられるものであったことも留意すべきであろう。　　　　（安倍オースタッド玲子）

有島生馬
(1882〜1974)

ありしまいくま

本名は壬生馬。有島武郎の弟。里見弴の兄。学習院初等科・中等科を経て、東京外国語学校を卒業する。藤島武二に洋画を師事、1905(明38)年ヨーロッパに渡り、帰国後『白樺』に参加する。1910年7月には上野で、白樺社主催による有島生馬、南薫造滞欧作品展が開催された。生馬は『白樺』誌上でセザンヌを紹介するほか、小説なども発表。第一創作集『蝙蝠の如く』(1913)は武者小路実篤『世間知らず』、志賀直哉『留女』などに続く「白樺叢書」の一冊である。

漱石は「文壇のこのごろ」でこの創作集に対して、「有島生馬氏は特色のある作家である。『蝙蝠の如く』などは私の愛読した一つである。此作などは、誰でも書けると云ふやうな種類の物ではない。有島氏でなくては出来ぬ物である」と絶賛した。また、生馬からの献本を受けて、1913(大2)年9月1日には感想を綴った書簡を生馬に送っている。概ね好意的な感想だが、装幀に対してのみ不服を洩らしている。ただし、漱石は生馬の画業にも好印象を抱いていたことが津田青楓宛書簡からうかがえる(1913・3・19付)。

大正中期以降『白樺』と疎遠となった生馬は、次第に小説から画業に活動の中心を移行する。ちなみに、志賀直哉「蝕まれた友情」(『世界』1947・1-4)は生馬に対する長年の不満を吐露した作品である。1914年に設立された二科会や、二科会脱退後は1936(昭11)年に設立した一水会で活躍、斯界において重きをなした。1964年には文化功労者に選ばれた。

（永井善久）

生田長江
(1882〜1936)

いくたちょうこう

　生田長江は、東京帝国大学哲学科在学中の1905(明38)年冬、漱石を訪ねた。『草雲雀』(共著、服部書店、1907)、『文学入門』(新潮社、1907)の二著に漱石は序を寄せている。1908年3月、長江は「夏目漱石論」を『中央公論』に発表。「先生は批評家としての天分と、修養をも有つて居る」等、賛辞を惜しまなかった。

　閨秀文学会を主催した頃の長江は、森田草平『続夏目漱石』(甲鳥書林、1943)によれば、『煤煙』(1909)に「気障」な登場人物・神戸として描かれている。また、同書によれば漱石も『それから』の「寺尾に於て生田君らしく見える男を滑稽化して扱つて」おり、草平は「いささか同君に対して気の毒である。そして、先生のためにも惜まれる」と述べている。以後、長江と漱石の隔たりは顕著となっていく。

　1910年には、『朝日新聞』の文芸欄への、長江の原稿を漱石が拒否(日記、1910・7・18)。草平宛の書簡(1911・1・3付)において「草平氏と長江氏はどこ迄行つても似たる所甚だ古く候」と苦言を呈している。

　一方、長江は「夏目漱石氏と森鷗外氏」(『新潮』1910・12)で「和魂にして間々洋才を用ふる」と漱石を皮肉った。また、『ツァラトゥストラ』の翻訳にあたっては、漱石の教示を得ていたが、1911年1月に鷗外の序が付されて刊行された。「夏目漱石氏を論ず」(『新小説』1912・2)で長江は、「漱石氏の如きは、厳密に思想家を以て許されないものだらう。少なくとも思想家としての偉大を認めることは出来ぬ」と批判を強めた。　　　　(西井弥生子)

池田菊苗
(1864〜1936)

いけだきくなえ

◆倫敦で池田君に逢つたのは自分には大変な利益であつた。御蔭で幽霊の様な文学をやめて、もつと組織だつたどつしりした研究をやらうと思ひ始めた。

　　　(談話「時機が来てゐたんだ─処女作追懐談」)

　池田菊苗は薩摩藩士池田春苗の次男として生まれた。苦学し、1889(明22)年に帝国大学理科大学化学科卒業。國學院等で英語を教え、翻訳や著作に従事した(『池田菊苗博士追憶録』1956・10)。1891年、高等師範学校教授に就任。1896年帝国大学理科大学助教授となり、1899年にドイツのオストワルドのもとに留学した。1901年にはロンドンに滞在し、一時期漱石と同じ下宿に住んだ。漱石の日記によれば、英文学、世界観、禅学、教育、中国文学、理想の美人など、話題は多岐にわたる。帰国後、池田は東京帝国大学理科大学教授に就任し、物理化学という分野を日本に導入し、その基礎を築いた。また、1908年には、昆布だしの味成分がグルタミン酸であることを発見。この味を「うま味」と命名し、「味の素」として発売された。

　一方、池田の帰国後、漱石は『文学論』の執筆に取り掛かった。池田との出会いは「文芸の科学的研究を思ひ立たしめた」(小宮豊隆『夏目漱石』岩波書店、1938)とされ、『文学論』序の草稿にも「池田氏議論／哲学、人生、文学、詩」とある。さらには、『文学論』において「科学的方法論をも相対化し、「真実」をめぐる認識上の覇権を、科学的事実から奪取したい」(長山靖生『鷗外のオカルト、漱石の科学』新潮社、1999)という漱石の野心も指摘されている。

　　　　　　　　　　　　　　(西井弥生子)

池辺三山
(1864〜1912)

いけべさんざん

◆池辺君の名は其前から承知して知つてゐたが、顔を見るのは其時が始めてなので、何んな風采の何んな恰好の人か丸で心得なかつたが、出て面接して見ると大変に偉大な男であつた。顔も大きい、手も大きい、肩も大きい。凡て大きいづくめであつた。(中略)話をしてゐるうちに、何ういふ訳だか、余は自分の前にゐる彼と西郷隆盛とを連想し始めた。さうして其連想は彼が帰つた後迄も残つてゐた。

（「池辺君の史論に就て」）

ジャーナリストとして

池辺三山（本名吉太郎）は、明治期を代表するジャーナリスト、新聞人である。肥後熊本藩士の家に生まれた。父吉十郎は西南戦争のときに西郷軍に参加。熊本隊を率いて転戦したが、1877（明10）年、政府軍によって処刑された。このため賊軍の子弟として苦労するが、同じ熊本藩の人脈に支えられて上京、中村敬宇の同人社、慶應義塾などに学んだ。学校を中退したのち、熊本県出身者たちの学寮の舎監などをつとめながら独学を重ねた。条約改正反対運動の時期より、国民主義の立場から「文章報国」に目覚め、新聞に投稿しはじめる。1891年には杉浦重剛、陸羯南らによる新聞『日本』の客員記者となる。その2年後には旧藩主細川護久の依頼で、パリ留学中の長男細川護成の補導役としてヨーロッパに留学。この間、日清戦争のさなかに列強の政治経済事情を綴った紀行文「巴里通信」を「鉄崑崙」の筆名で連載、評判を呼んだ。帰国後の1896年、大阪朝日新聞社に高橋健三のあとをうけて主筆として入社。翌1997年には、東京朝日新聞社主筆の西村天囚の海外渡航中に主筆代理をつとめ、そのまま同社主筆となった。

当時、東京朝日新聞社はまだ発行部数が10万部程度の発売部数にすぎなかったが、三山はみずから論説の公平性につとめ、他方、二葉亭四迷や夏目漱石の入社、渋川玄耳を社会部長に迎えて社会面を整備するなど、新聞改革の実をあげた。漱石との関係では、新聞連載小説をはじめ、「朝日文芸欄」の開設を勧めるなど、手厚い支援役を果たした。

漱石との関わり

「文芸欄」自体は文学のみならず最新の演劇、美術や音楽などにわたり、批評と紹介の役割が大きい。したがって読者の反応がすぐにあがるというわけにはいかない。当然ながら一定の期間が経つと、社内でもさまざまな声があがり、掲載が先送りされることもしばしばあった。そうしたときに漱石は三山に書簡（1910・3・13付）を送り、対処を依頼したりしていた。

いわゆる修善寺の大患に際しても三山はすぐに東京から宿に駆けつけ、治療に有効となるよう配慮を欠かさなかった。しかし、村山龍平社長との疎隔、森田草平『自叙伝』連載をめぐる内部批判、三山と政治部長弓削田精一との対立などがあり、1911年9月に退社、客員に身を引いた。この前後より、瀧田樗陰の求めに応じて人物史論を発表するようになる。急逝したのち、『明治維新 三大政治家』（新潮社、1912）として刊行されたのがそれである。

漱石は、歿後すぐに「三山居士」（『東京朝日新聞』1912・3・1、『大阪朝日』は2日）で哀悼し、『明治維新 三大政治家』刊行時には編者の瀧田より序文を依頼された。しかし、『彼岸過迄』執筆中の漱石は初版に間に合わせることができず、数週間後の再版に際して「池辺君の史論に就て」を寄せた。漱石にとって「莫逆の友」になりえたかもしれぬ故人に対する思いがあふれている。さらに『彼岸過迄』巻頭には「此書を／亡児雛子と／亡友三山の／霊に捧ぐ」という献辞が掲げられている。

（紅野謙介）

石川啄木
(1886〜1912)

いしかわたくぼく

歌集『一握の砂』(東雲堂書店、1910)や『悲しき玩具』(東雲堂書店、1912)、詩集「呼子と口笛」(私家版詩集、1911)によって世に知られる石川啄木だが、小説家への道は険しく、大成することはなかった。そんな啄木にとって、夏目漱石という作家は、小説の師表として存在していたのだと考えられる。

1906(明39)年6月、啄木は「学殖ある新作家だから注目に値する」として夏目漱石と島崎藤村の名を日記に記し、小説「雲は天才である」を書き始めた。1909年3月より校正係として入社した東京朝日新聞社時代も漱石の存在を意識していたと思われ、「私は漱石の『それから』を毎日社にゐて校正しながら」と書かれた原稿断片が残っている。この二人が直接顔を合わせたのは、啄木が編集に携わった『二葉亭四迷全集』による。1910年5月、第1巻を刊行し、第2巻刊行のために啄木が漱石の入院先を二度訪ねていることが漱石の日記からわかる(7・1、5)。7月5日には「石川啄木来(スモークを借りに)」とあり、「スモーク」とは、漱石文庫の*The Novels of Ivan Turgenev,15 vols.*(Heinemann,1906)の第5巻*Smoke*を差していると考えられる。

1911年2月、慢性腹膜炎のために入院した啄木は、ここで漱石の『吾輩は猫である』を読んだと日記に記している(3・13付)。退院後、職場に復帰かなわぬ啄木のために、漱石の鏡子夫人から二度見舞金が手渡された(一度は森田草平との連名)。石川啄木は1912年4月13日に死去し、4月15日の葬儀の際には夏目漱石も会葬した。

(安元隆子)

伊藤左千夫
(1864〜1913)

いとうさちお

◆野菊の花は名品です。自然で、淡泊で、可哀想で、美しくて、野趣があつて結構です。あんな小説なら何百篇よんでもよろしい。
(伊藤左千夫宛書簡、1905(明38)年12月29付)
◆伊藤左千夫の野菊の墓といふのをよんだですか、あれは面白い。美くしい感じする。
(鈴木三重吉宛書簡、1905(明38)年12月31付)
◆元来左千夫なんて歌論抔出来る男ではない。只子規許り難有がつて自ら愚なうたを大事さうに作つて居る。　(森田草平宛書簡、1906(明39)年5月5付)

伊藤左千夫の最初の小説『野菊の墓』は、子規が立ち上げ、子規歿後も高浜虚子らによって続けられた文章会「山会」で1905(明38)年11月に朗読され、虚子の運営する『ホトトギス』(第9巻第4号、1906・1月新年特別号)に「野菊之墓」の題、「左千夫」の署名で発表された。この号には漱石の『吾輩は猫である』(第七・八回)も掲載された。漱石は大学予備門の同級で親友、左千夫は短歌の弟子、虚子は同郷で俳句の弟子という三人三様の子規との縁が子規歿後の『ホトトギス』に結集した形であった。

翌1906年4月、俳書堂より単行本『野菊の墓』(署名 左千夫作)が出版された。

左千夫は漱石からの賞賛の書簡に翌年の年賀状で感謝を述べ、単行本の出版に当たっては、漱石が書簡の後半に書いたアドバイスに従って「僅に一言だけれど」の部分を削除した。左千夫が亡くなったとき、漱石は葬儀に参列したともいう。

(中原幸子)

伊藤博文
(1841〜1909)

いとうひろぶみ

◆第一に眼にとまつたのが伊藤博文の逆か立ちである。上を見ると明治十一年九月廿八日とある。
　　　　　　　　　　　　（『吾輩は猫である』十）
◆仕舞に小六が気を換へて、／「時に伊藤さんも飛んだ事になりましたね」と云ひ出した。(『門』三の二)

　伊藤博文は、夏目漱石の小説に、明確な日付とともにあらわれてくる。『門』の第三章に「宗助は五、六日前伊藤公暗殺の号外を見たとき」とある。日曜日で宗助が在宅であると判断し、小六が学資の相談に来た日の夕食時の会話で、伊藤の暗殺にふれた彼の言葉を受けた地の文の叙述である。
　「五、六日」とずらしてあるが、この日は日曜日なのだから、伊藤がロシアに赴く途中のハルピンで、安重根に射殺された1909(明42)年10月26日から数えると10月31日となる。
　この会話の際「満洲だの、哈爾浜だのつて物騒な所」と言っていた小六が、帰り際宗助に「もし駄目なら、僕は学校を已めて、一層今のうち、満洲か朝鮮へでも行かうかと思つてるんです」という。学歴社会の転落者の行き着く先が植民地なのだ。ここに、当時の知的社会における、大日本帝国の植民地的政策に対する受けとめ方、そして伊藤暗殺事件についての認識があらわれている。
　『吾輩は猫である』の第十章では、寝起きの苦沙弥が袋戸の「腸」の「反古紙」の新聞紙に「伊藤博文」の名を日付とともに見つける。
　大久保利通が紀尾井坂の変で暗殺されて四ヶ月半、西南戦争後の明治政府の主導権が、伊藤博文らの側に移る時期の、きわめて重要な日付である。ここに漱石の歴史認識の正確さが際立っている。
　　　　　　　　　　　　　　　　（小森陽一）

井上哲次郎
(1855〜1944)

いのうえてつじろう

　福岡県に生まれる。東洋・西洋哲学者、詩人。東京帝国大学文科大学長。号は巽軒。漱石の帝大時代の恩師。漱石が詠んだ俳句に、井上を題材にした「永き日や韋陀を講ずる博士あり」(『海南新聞』1896・2・23)がある。
　1877(明10)年9月東京大学に入学、哲学専攻、政治学を修める。留学後帝国大学文科大学教授となり、東洋哲学ではインド哲学、西洋哲学ではカントやショーペンハウエルを論じた。1883年の9月には、日本で初めての東洋哲学史の講義を開いた。1903年3月東京帝国大学英文科講師ラフカディオ・ハーン(小泉八雲)を解雇し、帰朝した夏目漱石を後任に決める。
　夏目漱石は1890年9月に入学していたので、在学中に井上の講義を受講していたと思われる。小宮豊隆の「『三四郎』の材料」(『漱石　虎彦　三重吉』岩波書店、1942)では、井上の演説口調の講義を聞いた鈴木三重吉がその様子を漱石に報告すると、漱石は早速『三四郎』の中で、「其教室には約七八十人程の聴講者が居た。従つて先生も演説口調であつた。砲声一発浦賀の夢を破つてと云ふ冒頭であつたから、三四郎は面白がつて聞いてゐると、仕舞には独乙の哲学者の名が沢山出てきて甚だ解しにく〻なつた」(三の二)と利用した。そして与次郎に大学の講義を「死んだ講義」(三の四)と言わせることで、遺物化した象徴として登場させた。さらに漱石は井上の講義に対して小宮豊隆宛の書簡(1907・8・15付)でも、「英、仏、独、希臘、羅甸をならべて人を驚かす時代は過ぎたり。巽軒氏は過去の装飾物なり」と批判している。
　　　　　　　　　　　　　　　　（渡邉静）

人

岩波茂雄
(1881〜1946)

いわなみしげお

百周年記念の中で

　岩波茂雄は1900(明33)年日本中学校卒業、1904年一高除名後、1908年東京帝国大学哲学科選科卒業、1909年に神田女学校の教員となり、1913(大2)年7月に同校退職、8月に古書店、岩波書店を開店。その際に友人安倍能成の紹介で漱石が書店の看板を書いた。漱石の授業に出席したことがなかった岩波にとって、これが出会いとなる。この後、岩波は出版業に進出し、『心』の出版、五度にわたる『漱石全集』の刊行、漱石門下との交流によって、近代出版文化を代表する出版社に岩波書店を成長させた。「岩波文化」と呼ばれる活動の中核に想定されてきたのは漱石だった。戸坂潤は「漱石＝岩波文化」(「現代に於ける『漱石文化』」「都新聞」1936・11・18-21)と表現し、山崎正和は「漱石が、いろんな意味で岩波的なるものに影を落としている」(「〈鼎談〉『総合雑誌』を考える」『岩波書店と文藝春秋』毎日新聞社、1996)と指摘した。しかし、その想定は再検討される必要がある。

　2013(平25)年は岩波書店百周年だった。ミネルヴァ書房から十重田裕一『岩波茂雄』、岩波書店から中島岳志『岩波茂雄』、紅野謙介・佐藤卓己・刈部直『物語 岩波書店百年史』全三冊、講談社学術文庫から竹内洋解説、村上一郎『岩波茂雄と出版文化』が出版された。目立つのは〈神話〉の相対化である。竹内は「岩波文化」を「講談社文化」との連続性で考察する。佐藤は「本を読んで居ては本は出せない」という岩波の発言や、「旗印と、実際の差異に自分で気づかない」、「ハッピーな鈍感さ」(石川利江『ひとと知のコンダクター　岩波

茂雄』銀河書房、1986)という評価などによって相対化する。漱石についても、「岩波化」(戸坂)され、「『毒気』なきもの」(村上)にされたことが注目される。中島が漱石に対する言及を約5頁(本文240頁)に止めているように、岩波の活動全体における漱石の比重を軽量化して考えていく必要がある。

岩波茂雄と漱石

　岩波にとって生前の漱石は著者であると同時に、資金提供者だった。夏目鏡子『漱石の思ひ出』(改造社、1928)によれば、『心』は自費出版で、「最初の費用は一切私の方持ちで」「年に二期づゝに計算して、半期半期に儲を折半」して、岩波が借入金を「償却」していた。また、岩波は台湾総督府図書館創立のための図書買い入れ(1914・11)の資金3000円に始まって、必要になると漱石から大金を借りていた。後者が1000円単位であるのに対して、『心』の「償却」は20円(日記、1914・12)でしかない。岩波書店の漱石ビジネスは小さな規模ではじまった。一変したのは漱石の死後、全集刊行を引きうけてからである。松岡譲『漱石の印税帖』(朝日新聞社、1955)によれば、大正期に三回刊行された全集によって夏目家が得た印税は総計約38万円だった。しかし、岩波書店にとっては印税率25%が問題だった。全集から得られる直接的な利益は限定されていた。小林勇は全集を「読者の信頼」を獲得し、取次・小売店に「岩波書店の権威を認めさせる有力な武器」(『惜櫟荘主人』岩波書店、1963)と位置づけている。なお、夏目家は1926年4月に破産した美久仁真珠株式会社によって経済的危機に陥っており、全集の印税でも窮地を脱することはできなかった。「東京朝日新聞」は「漱石未亡人に破産申請」(1931・7・18夕刊)と報じている。岩波は経済的援助を度々求められたようで、久米正雄『風と月と』(鎌倉文庫、1947)には冷たい対応をする岩波の姿が描かれている。

　　　　　　　　　　　　　　(山本芳明)

上田万年
(1867〜1937)

うえだかずとし

　国語学者・言語学者であった上田万年は、漱石とは同年齢である。漱石が言及する上田は、漱石が渡英する際、研究の題目が「英語」であって「英文学」ではない理由を尋ねる「専門学務局長」であり(『文学論』序)、また漱石が学位を辞退したとき、芳賀矢一とともに仲介に訪れる「博士」である(「博士問題の成行」)。国語学の基礎を築き、国語・国字問題に積極的にかかわった研究者としての上田は、漱石のなかで「官」の表象としてしか現れない。

　上田は帝国大学在学中チェンバレンに師事し、漱石が渡英する10年前渡欧する。1894(明27)年に帰国後、日清戦争の只中に「国語と国家と」をはじめとする講演活動に励み、「日本語は、日本人の精神的血液」という「言語ナショナリズム」を推進する。音声に基づいた言語の優位性、またエリートの独占物である「漢字漢語」の排外性を説き、「国語」を作り出した人物である。こうした言語ナショナリズムが隆盛するなかで、漱石は『文学論』『文学評論』『英文学形式論』を構想しており、(F＋f)といった記号が示唆するように、漱石の興味は言語の特殊性ではなく、むしろ、言語の普遍性に向いていた。たとえば特殊性が顕著だと考えられていた文法や語順に、漱石は普遍性を見いだしたのである。漱石はナショナリズムを否定しなかったが、国民国家の権力構造に対する懐疑を捨てることはなかった。後に帝国大学学士院会員となった上田と、帝国大学をやめ「新聞屋」になった漱石の対照的な位置は、言語観の差をも内包していたのである。
　　　　　　　　　　　　　(上田敦子)

上田敏
(1874〜1916)

うえだびん

　漱石と上田敏との関わりは、1903(明36)年4月、ともに東京帝国大学文科大学講師に着任した時点に始まる。漱石辞職までの4年間の同僚であった。両者は同じく1916(大5)年に殁することになるが、その間、書簡に徴する限りさほど親密な交遊が結ばれていた訳ではない。むしろ在任中の漱石と敏は、帝大生として両者の謦咳に接した金子健二の著『人間漱石』(いちろ社、1948)所収の当時の日記に詳細に語られているように、対照的な存在と見做されていた。またその点を誇張した『読売新聞』の記事「漱石と柳村」(1905・1・20-23)に、漱石は当惑の言葉を洩らしてもいた(上田敏宛書簡、1905・1・23付)。

　『吾輩は猫である』の中で迷亭は「上田敏君の説によると俳味とか滑稽とか云ふものは消極的で亡国の音ださうだ」(六)と語る。これは敏の「戦後の文壇」(『新小説』1905・9)を踏まえた発言である。同誌前号掲載の「戦後文界の趨勢」における日露戦後文学に関する漱石の予断への批判と目される指摘も含まれるこの談話では、「古来の特質を保持し、新来の文化を容れて、益基礎ある発達を遂げて行く」ことが提言される。それは外国文学の翻訳と紹介を中心とする敏の広範な文学活動の底流をなし続けた主張であった。前記金子の日記には「夏目先生から教へて貰ふ事の出来ない或る貴いものが上田先生の講義に宿つてゐる」という一文が見出されるが、漱石と敏は時代を同じくし、ともに西欧文学についての豊かな学識と理解を背景としつつ、文学者として相異なる道を辿ったのである。
　　　　　　　　　　　　　(佐藤伸宏)

上野義方
(生歿年不明)

うえのよしかた

　松山時代の漱石の2番目の下宿が、松山市二番町にあった上野義方邸の離れ。俳号から「愚陀仏庵」と称した。1895(明28)年6月下旬、最初の下宿「愛松亭」(松山市一番町)から移り住み、熊本の五高に転任する翌年4月まで暮らした。8月27日、療養で松山に帰郷した正岡子規が身を寄せ、52日間同居した。
　「上野義方といふ人は旧松山藩の士族で当時六十幾歳七十にもなつてゐたらうか(中略)松山の富豪『米九』の支配人を勤めてゐるのだと聞いてゐた」(柳原極堂『友人子規』前田出版社、1946)。上野の孫娘が、のちにホトトギス派俳人として活躍する久保より江で、松山高等小学校に通う当時11歳の少女。祖父母らと母屋で暮らし、離れにいた漱石や子規にかわいがられた。
　愚陀仏庵のすぐ北側に宇都宮丹靖(1822-1909)、南側には大島梅屋(1869-1931)が住んでいた。松山俳壇の中心として活躍していた丹靖は、松尾芭蕉を尊敬し、俳諧の伝統を受け継ぐと同時に全国の俳人と交流。愚陀仏庵に居候中の子規も丹靖を訪ね、教えを請うている。梅屋は松山高等小学校教員で、地元の俳句結社「松風会」会員。1894年の発会当初から参加し、そのころ東京から帰省中だった画家・俳人の下村為山(1865-1949)の指導を受け、為山と入れ替わるようにやって来た子規のもとに毎日のように通った。
　愚陀仏庵は戦災で焼失し、1982(昭57)年、松山城のふもとの萬翠荘の裏手に再建されたが、2010(平22)年7月の大雨による土砂災害で倒壊した。漱石を顕彰する全国10団体が2015年、漱石・子規生誕150年の2017年をめどに再建を求める要望書を松山市に提出した。　(岡敦司)

内田百閒
(1889〜1971)

うちだひゃっけん

　小説家。岡山市生まれ。岡山中学校在学当時『山陽新報』(1906・6・11)に掲載された「『漾虚集』を読む」で始まったのが、漱石文学への生涯に及ぶ傾倒。1910(明43)年、岡山の第六高等学校終了後、東京帝国大学独文科に入学して上京し、偶々胃潰瘍で入院中の漱石を訪ねて弟子入りを果たした。漱石に依頼されて専らその刊本の校正役に徹し、また、その文章に深く肩入れする。1916(大5)年漱石歿後の漱石全集編纂に際しては「漱石校正文法」を編み出してもいる。やがて『漾虚集』や「夢十夜」の文体受け継ぐ感のある短編を書き起こし、独自の幻想世界を次々と描き出してゆく。『冥途』(1922)がその処女出版物だが、翌年の関東大震災で多くが灰燼に帰し、僚友芥川龍之介の推挽はあったが大きな話題にはならなかった。この種の作品は芥川との交流に取材した「山高帽子」を収めた『旅順入城式』(1934・2)に受け継がれているが、昭和に入ってからの活動は、菊池寛による『文藝春秋』随筆欄の設置に合わせたユーモア随筆文に主力が注がれて、『百鬼園随筆』(1934)『續百鬼園随筆』(1934)などで随筆家としての名が揚がることとなった。小説作品は数少なくはあるが、鈴木清順監督映画『ツィゴイネルワイゼン』の原作たる「サラサーテの盤」(1934)や、『贋作吾輩は猫である』(新潮社、1950)などは忘れえない。この「贋作」と同様、漱石との縁を記す多くの文章は、『漱石山房の記』(秩父書房、1941)『漱石雑記帳』(湖山社、1949)『私の「漱石」と「龍之介」』(筑摩叢書、1965)等々に集められている。　(内田道雄)

内田魯庵
(1868〜1929)

うちだろあん

◆今用ひて居る万年筆は二代目でオノトーである。別にこれがいゝと思つて使つて居るのでも何でも無い。丸善の内田魯庵君に貰つたから、使つて居るまでゞある。筆で原稿を書いた事は、未だ一度も無い。　　　　　　　　　（談話「文士の生活」）

内田魯庵は1901(明34)年丸善に入社、『学燈』の編集に尽力した。「カーライル博物館」（『学燈』1905・1）の附録として博物館の蔵書目録を翌月号に掲載するにあたっての魯庵宛書簡(1904・12・12付)があり、以後お互いに著書を送り合う仲となった。注目すべきは装幀に関するやりとりが目立つことで、例えば魯庵訳のトルストイ『復活』(前編、丸善、1908)に対して「訂装は流石に魯庵君一流の嗜好と感服致候函の色、形、貼紙、の具合甚だ品ありて落付払ひ居候」「但表紙の復活の二大字は不賛成に候」(1908・11・6付)と礼状に述べ、『漾虚集』の礼状に対する返事でも『坊っちゃん』の「装幀上の御高評を仰ぎたくと存候」(1906・5・9付)と記している。

1909年5月10日に二葉亭四迷が亡くなった時、魯庵は坪内逍遙と共に追想集を企画。「小生は同氏とは同社員の間柄にも不関交際極めて浅く」「故人を語る資格なきものと覚へ候」(消滃・魯庵宛書簡、1909・5・24付)と一度は断つた漱石も、葬式の席で池辺三山から再度頼まれ魯庵と相談したうえで、『二葉亭四迷』(易風社、1909)に「長谷川君と余」を寄せた。魯庵に頼まれて「余と万年筆」(『学燈』1912・6)も執筆しているが、丸善は万年筆も輸入販売していた。　　　　　　　　　　　（吉田司雄）

エリセーエフ,
セルゲイ・グリゴリエビッチ
(1889〜1975)

Сергей Григорьевич Елисеев

ロシア出身の東洋学・日本学者。アメリカでは日本学の父といわれる。ペテルブルグの有名な商家に生まれ、10歳の時パリ万博で東洋文化に接する。ベルリン大学で日本語中国語を学ぶ。そこで新村出と出会う。帰国後日本に留学。1908(明41)年東京帝国大学文学科に入学。猛烈な頑張りで科目をこなし、1912年卒論と面接試験を準優等の成績で卒業。卒論は「芭蕉研究の一片」(震災で焼失)。大学院へ進む。小宮豊隆と親交を結び、漱石の知遇を得る。

漱石の「五月雨やももだち高く来る人」はエリセーエフが持参した『三四郎』の扉に頼まれて漱石が書いた句という。漱石は彼を朝日新聞の文芸欄に紹介、エリセーエフはロシアの新しい文芸を紹介した。歌舞伎や落語鑑賞にも打ち込み、藤間流名取の森田草平夫人に日本舞踊も習った。大学院終了後ロシアに戻る。ペトログラード大学で漱石の『門』を講義する。来訪したエリセーエフからそれを聞いて漱石は芥川・久米宛て書簡で恐縮と書いている。ロシア革命勃発後苦難の生活が始まり、10日間「赤露の人質」として監獄に拘禁されもする。獄中では『三四郎』『それから』『門』を読んだ。その後も教壇に立つが、亡命を決意。フィンランド経由でフランスにゆき、ソルボンヌ大学で日本学を教える。ハーバード大学が日本学の講師のポストを提供。23年間そこで業績を上げ、一方後進の育成に努め、ライシャワーなど優れた日本学者を出す。パリに戻り、高等研究院で講義。86歳の生涯を終えた。漱石は終生その枕頭の書で、最晩年においても『三四郎』『それから』『明暗』を読んでいたという。　　　　　（清水孝純）

大塚楠緒子
(1875〜1910)

おおつかくすおこ

　小説家、歌人、詩人。法曹界の重鎮となる大塚正男の長女として東京に生まれる。1893(明26)年、東京高等女学校を主席で卒業し、1895年、西洋美学者小屋保治を婿養子に迎える。漱石は『硝子戸の中』で、親友大塚保治の妻である楠緒子について、「私は雨の中を歩きながら凝と其人の姿に見惚れてゐた。(中略)すると俥が私の一間ばかり前へ来た時、突然私の見てゐた美しい人が、丁寧な会釈を私にして通り過ぎた。私は微笑に伴なう其挨拶とともに、相手が、大塚楠緒さんであつた事に、始めて気が付いた」(二十五)と、その美貌を賞した。
　楠緒子は、はじめ擬古文体の小説を発表して一葉に続く女性作家と目されたが、その後、ゲーテやハイネの影響を受けて浪漫主義的な新体詩や小説を書き、やがて漱石の小説からも多くを学んだといわれている。
　『東京朝日新聞』に連載した「空薫」(1908・4・27-5・31)「そら炷　続編」(1909・5・18-6・26)について漱石は、楠緒子宛書簡(1908・5・11付)で、「一週間に一返手紙をよこせとか毎日よこせとか云つて無花果を半分づゝ食ふ所がありましたね。あすこが面白い。今迄ノウチデ一番ヨカッタ」と評している。『虞美人草』の影響を指摘されてきた同小説だが、近年、ヒロイン雛江は、良妻賢母規範に抗した、藤尾とは対照的な女性像という評価を受け注目される。なお、厭戦詩「お百度詣」(『太陽』1905・1)も、女の立場から書かれた反戦詩として重要な位置を占めている。
　楠緒子の永眠時に漱石はその死を悼み、「棺には菊抛げ入れよ有らん程」「有る程の菊抛げ入れよ棺の中」の二句を手向けた。

(岩淵宏子)

大塚保治
(1868〜1931)

おおつかやすじ

　西洋美学を本格的に体系づけて日本に移植した美学者大塚保治は、漱石とは東京帝国大学大学院時代からの生涯の友であった。漱石の東大奉職も、『文学論』(序)に「留学中書信にて東京奉職の希望を洩らしたる友人(大塚保治氏)の取計にて、殆んど余の帰朝前に定まりたるが如き有様なるを以て、遂に浅学を顧みず、依托を引き受くる事となれり」とあるように、保治の推輓の力が大であったようだ。
　群馬県南勢多郡木瀬村(現前橋市)に生まれ、少年時代から記憶力抜群の秀才であった小屋保治は、大学予備門から東大哲学科に進み、大学院で美学を専攻。東京専門学校美学講師となる傍ら、東京美術学校長岡倉天心に師事する。1895(明28)年、法曹界の重鎮大塚正男の養子となり、大塚家の長女楠緒子と結婚。1896年から1900年まで西洋美学研究のため独・仏・伊に留学し、帰国後、ケーベルの後任として、日本人で初めて東大の美学教授となり、1901年、文学博士となる。美学概論から西洋文芸思潮、建築や絵画等にわたる幅広い講義は、芥川龍之介をはじめ多くの学生を惹きつけたが、講義に全力を傾注して著作を一冊も残さなかったため、門下生たちは筆記したノートを基に遺稿として、『大塚博士講義集』第1巻「美学及芸術論」・第2巻「文芸思潮論」(岩波書店、1933・1936)を刊行した。
　漱石は保治宛書簡(1909・7・8付)で、『文学評論』を批評してくれた彼の私信を『国民文学』へ掲載したい旨依頼する一方、畔柳都太郎宛書簡(1909・7・28付)には、「大塚は重箱の如くキチンとしたる頭の男に候」と書いていて、保治に対する強い信頼感を窺わせる。

(岩淵宏子)

大町桂月
(1869〜1925)

おおまちけいげつ

◆「なに苦しくつても是から少し稽古するんだ。大町桂月が飲めと云つた」／「桂月つて何です」さすがの桂月も細君に逢つて一文の価値もない。／「桂月は現今一流の批評家だ。夫が飲めと云ふのだからいゝに極つて居るさ」(『吾輩は猫である』七)

詩人、評論家、随筆家。高知県出身。本名は芳衛。『吾輩は猫である』の上編に対する大町桂月の書評(「雑言録」『太陽』1905・12)とそれに対する漱石の対応は興味深いものである。桂月はそこで『吾輩は猫である』が「未だ曾て見ざる滑稽物」と評価する一方、「趣味せまくして」「稗気あるを免れず」と批判する。そして「凡そ文士が社会を解し、人情を解し、趣味をひろくせむには」「酒、道楽、旅行、社交が、四大要件」であると説く。

漱石はこの書評に対して「自分の方が漱石先生より経験のある老成人の様な口調」(高浜虚子宛書簡、1905・12・3付)であると述べ、「老成人」の高みからの物言いに違和感を抱く。「〈世俗的なもの〉がそうであったように、〈詩的なるもの〉も揶揄と嗤笑の素材に供されることをまぬがれていない」(前田愛「猫の言葉、猫の論理」『近代日本の文学空間』平凡社、2004)。『吾輩は猫である』の世界においては、「老成人」の断章も揶揄の素材となることを免れない。桂月の書評は作品世界に引きずり下ろされ、『吾輩は猫である』の第七回において、桂月は苦沙弥先生の細君から「そんな人が第一流の批評家なの。まああきれた」とやり込められる。このやり取りには作品と批評との位置取りをめぐるせめぎ合いが発現しているのである。

(富塚昌輝)

岡倉天心
(1862〜1913)

おかくらてんしん

横浜に生まれる。幼名角蔵、のち覚三と称した。天心は号。思想家。明治・大正の美術運動の指導者。1877(明11)年新設の東京大学に進み、政治学・理財学ならびにお雇いアメリカ人教師であるフェノロサに師事して哲学を学び、80年大学を卒業、文部省出仕となる。

漱石は留学中、一緒に帰国を促す藤代禎輔の誘いを断り、知人に精神異常を噂される中スコットランドへ旅行している。漱石はスコットランドに旅行中、ピトロクリに住む親日家であるJ.D.ディクソン(漱石が帝大で教えを受け『方丈記』の英訳を依頼されたディクソンとは別人である)のダンダーラック・ハウスと名付けられた邸宅に招待されている。

しかし岡倉は既にディクソンがピトロクリに居を構える1、2年前に、同じ日本の美術家とともに彼と出会っている。そしてまた岡倉の弟である岡倉由三郎は、彼を介してディクソンから招待され、1904年にオープンしたキヨソーネ美術館の展示配置に協力を要請されている。このディクソンという人物から、岡倉兄弟と漱石の三者の結びつきが垣間見える。

岡倉登志によれば、由三郎はロンドンで漱石と会った時に一種の転地療法を兼ねてのピトロクリ行きを勧めており、その裏付けとして漱石がこの地から出した唯一の手紙が由三郎宛のものであったことを挙げている。(「夏目漱石と岡倉天心──スコットランド行き、ボーア戦争、文展など」『国文学』2008・6)これらのつながりから、岡倉は間接的ではあるが、漱石のピトロクリ行きの一要素を担っていたと言えるだろう。

(渡邉静)

◆人

岡倉由三郎
（1868〜1936）

おかくらよしさぶろう

　横浜に生まれる。英語学者。1889（明22）年7月、帝国大学文科大学選科に入学し、国文学・英語その他語学・哲学等を学んだ。岡倉は英語の綴り字と文法教育をディクソン（1858-1933）から受け、漱石も同じく彼から英語を学んでいる。岡倉は帝大選科を90年9月に修了し、入れ替わりに漱石が帝国大学文科大学英文学科に入学した。

　1902年2月、英語学・語学教授法研究のため、文部省留学生として英・仏・独などヨーロッパ諸国に留学した漱石がロンドンにいた時に岡倉もロンドンに来て、2人は互いに交流していた。同年4月17日付鏡子宛手紙には「日本の留学生にて茨木、岡倉といふ二氏来る二十三日頃当地へ到着の筈なり」と書き、岡倉のロンドン到着を告げている。荒正人によれば岡倉はロンドンで2、3度漱石を訪ねており、漱石も9月中旬から10月上旬の間に岡倉の下宿を自転車に乗って訪ねていた。

　帰国が近づいたころ、ロンドンの漱石の精神状態の異常（神経衰弱）が文部省に伝わり、岡倉は文部省から「夏目ヲ保護シ帰朝セラルベシ」という電報を受け、その旨を藤代禎輔に伝えた。小宮豊隆『夏目漱石』（岩波書店、1938）によると、「野間真綱によれば、漱石が病気だと言つて文部省に電報を打つたのは、岡倉由三郎なのださうである」「然し後になつて発見された、藤代素人に宛てた岡倉由三郎のこの時の手紙によると、岡倉も漱石発狂の旨を文部省に知らせたのは、誰だか分からないと言つてゐる」とあり、岡倉は一時漱石発狂の報告者に疑われたが、当の人物が誰であるかは不明である。

（渡邉静）

小栗風葉
（1875〜1926）

おぐりふうよう

　愛知県生まれ。日清戦争後に『寝白粉』（1896）をはじめ問題作を多く発表、泉鏡花と並んで紅葉門下の双璧とも称された。

　いまやすっかり〈忘れられた作家〉として有名な風葉だが、当代の流行作家という意味で、漱石にとっても気になる存在だったようだ。しかし、風葉への評価は辛辣である。野上豊一郎宛書簡（1906・11・23付）では、自分の愛読者という女性読者が「風葉天外一派を罵倒」していることに満足な様子だし、同年の野村伝四宛書簡（1906・3・3付）では、風葉「老青年」に対し、「ホトヽギスの投書の写生文」にも劣る「駄作の駄の字であります」とにべもない。談話「近作小説二三に就て」では、風葉「ぐうたら女」（1908）について、同じタイミングで発表された花袋、秋聲、青果の作と並置しつつ、それらの作には「現代精神」としての「自我発展の傾向」が看取されるとしながらも、ただ世の中の悲惨さだけが印象に残り、読者の情動が揺さぶられることはない、と論じる。『虞美人草』発表後の漱石自身の文学的な立場がうかがえ、興味深い。

　風葉との関係でいえば、むしろ森田草平の方が親しかった。風葉が『東京朝日新聞』に掲げた小説「極光」（1910・11・19-1911・4・26）は、漱石入院中の連載であり、草平の関与と見るべきだろう（岡保生『評伝小栗風葉』桜楓社、1971）。泥酔した風葉を漱石宅に連れてきたのも草平だった。その場に居合わせた夏目鏡子によれば、初対面にもかかわらず馴れ馴れしく語りかける風葉に気分を害した漱石は、「かへれ！」と一喝したという（『漱石の思ひ出』改造社、1928）。前々から漱石に会いたがっていたという風葉は、一体何を訴えたかったのだろうか。

（五味渕典嗣）

尾崎紅葉
(1868*〜1903)

おざきこうよう

◆文学に紅葉氏一葉氏を顧みる時代ではない。是等の人々は諸君の先例になるが為めに生きたのではない。諸君を生む為めに生きたのである。

（「野分」十一）

　夏目漱石のテクストにおいて尾崎紅葉はしばしば否定的な媒体として現れる。大学予備門時代についての漱石の回想には、「紅葉はあまり学校の方は出来のよくない男で、交際も自分とはしなかつた」（「僕の昔」『趣味』1907・2）とあるが、この言及は「孤峭な面白い男」の正岡子規と「打ち解けて交るようになつた」ことと対照関係に置かれている。「草枕」では陶淵明や王維の漢詩が「超然と出世間的」で「別乾坤を建立」しているのに対して、「此乾坤の功徳は「不如帰」や「金色夜叉」の功徳ではない」とされる。「野分」の白井道也の演説では、紅葉は樋口一葉と共に「過去」の文学とされ、「現代の青年」はそれらを「顧みる」必要はないとされる。
　しかし、夏目鏡子の回想によれば、漱石は「いっこう感心していなかった」ながらも、紅葉の『金色夜叉』を「ずっと読んでいた」という（『漱石の思ひ出』改造社、1928）。また、漱石作品に紅葉作品との影響関係、および類似性を指摘する論もあり（森田草平「紅葉の『紫』と漱石の『坊つちやん』」『夏目漱石』甲鳥書林、1942／和田謹吾「漱石における金色夜叉―虞美人草の周辺」『国文学』1975・11／他）、漱石と紅葉作品との関係は疎遠なものではない。差異／類同を問わず、紅葉及び彼の作品は、漱石テクストの立ち位置を照らし出す鏡として呼び寄せられるのである。

（富塚昌輝）

小山内薫
(1881〜1928)

おさないかおる

　小山内薫は、後に日本の新劇運動の父と呼ばれるようになる、近代演劇運動の開拓者であったが、東京帝国大学の新入生として、当時の英文科の教授ラフカディオ・ハーンの留任運動に活動的に参加した。いわば間接的にその後任者だった夏目金之助の道を妨げていたともいえる。その経緯を描いた短編小説「留任運動」がある。後年、小山内は「自伝」の中で、「ラフカヂオ・ヘルン先生には学殖からも人格からも影響せられるところが多かった。ヘルン先生が去ると、新帰朝の夏目金之助先生が来られた。夏目先生からは、沙翁劇の講義と十六世紀の英文学史などを授けられた。どっちも私を裨益するところが多かった」と回想している。

英文学研究と「自己本位」

　彼の接した漱石の研究態度を、「現に私達が教えを受けた夏目金之助先生などは、『マクベス』や『ハムレット』の講義で、屡フアアネス以外に自説を樹てられた」と自身の演出体験と照らし合わせて、むやみに先行研究に右顧左眄することなく自説を立てることの大切さを、つまり、漱石のいう「自己本位」を講義の中でも実践していたことを証言している（「古典劇の近代的演出」）。
　小山内の卒業論文は「月について」というものであったが、その口頭試験での出来事を「劇場茶話」の中で語っている。教授のアサー・ロイドの左右に夏目漱石と上田敏とが座っていた。フィリップスの「ネロ」という戯曲について、ロイドが「そのネロというのは何か」と尋ねたので、あまりに馬鹿馬鹿しかったから答えなかったところ、「夏目先生

は流暢な英語で、「ネロを君が知らぬ筈はあるまい。早く答へ給へ。」といふやうな事を言つて下すつた。上田先生も気の毒さうに側から私を励まして下さつた」と記している。漱石の英語が「流暢」であったことがうかがわれて興味深い。

漱石作品の劇化に先鞭

　小山内は、大学卒業と同時に、当時新しい演劇の担い手だった新派俳優の伊井蓉峰と手を組んで演劇界の刷新に志したが、その中の一つに、1906(明39)年11月の『吾輩は猫である』の舞台化があった。「漱石先生の追憶多きが中に『吾輩は猫である』の芝居になりし事あるを語る人なきはあたらしき心地す。座は真砂座なりき。役者は伊井蓉峰なりき。しかもそれを脚本に仕組めるは学生時代の我なりしぞ恥づかしき。年も月も忘れたり。この物語のいまだ単行本とならざりし頃の事なり。その時先生の許諾を得たりしや否やを吾等記憶せず」と振り返って、さらに「私は『猫』を芝居にした最初の罪人は伊井と私だと堅く信じてゐる。なぜ罪人かといふか。第一に、夏目先生は生前自作の戯曲化をことごとく嫌っておられたからである。第二に『猫』は先生の中でも一番動き少くて、(主人公は胃病患者である)一番舞台に不向きなものだからである。第三に、この作は「猫から見た人生」であつて、総ての見物の心をねこの心にしてしまはない限り原作の味を舞台の上にだすことは不可能だからである」と語っている(「本郷座所感」)。

　結局、小山内は『吾輩は猫である』だけではなく「坊っちゃん」などその後の漱石作品の脚色劇化の先鞭をつけたことになる。その意味では師弟の因縁は当事者二人の思いを超えて深かったことになる。(みなもとごろう)

片上天弦
(1884～1928)

かたがみてんげん

　愛媛県生れ。本名、伸。1895(明28)年愛媛県尋常中学校入学。漱石が教鞭をとっていたが教わる機会はなかった。1900年6月から蒲原有明の『新声』に天絃と号し(のち天弦)詩を投稿する。9月東京専門学校予科入学。10月より脚気を病み休学、帰省。1902年早大文科予科に再入学。1906年1月に『早稲田文学』が再刊されると、英文科卒業に際し抱月の慫慂で6月、同誌記者となった。同年8月号に、漱石宅訪問時の座談を「夏目漱石氏文学談」として掲載している。漱石は、同10月号「彙報」欄での自身への論、翌1907年2月号「小説月評」での「野分」評につき、片上宛書簡(1907・2・13付)で謝意を表した。同時期、漱石に『早稲田文学』寄稿を依頼するも、『文学論』の校閲や『ホトトギス』への執筆に多忙の漱石は、1907年3月22日付書簡で朝日新聞社入社を告げ、正式に断っている。

　また片上は自然主義擁護の見地から、1909～1910年に排撃側の安倍能成と論争を展開し、「自然主義の主観的要素」(『早稲田文学』1910・4)等を著した。主観的、理想主義的傾向を濃くした点で片上は自然主義陣営中異色ではあったが、漱石主宰の朝日文芸欄とは対峙する形となる。1907年早大予科講師、10年文学部本科教授。大正初年にかけて生命論的、芸術至上主義的思潮へと移行。1915(大4)～1918年のロシア留学前後には人道主義的見地を強めた。1920(大9)年早大露文科が創設され主任教授(のち文学部長)。この頃より唯物論を標榜し、プロレタリア文学理論の礎を築く。1924年に辞職しソ連に滞在、翌年帰国後、1928年3月5日脳溢血にて死去。

(名木橋忠大)

狩野亨吉
（1865〜1942）

かのうこうきち

　哲学者、教育者。現在の秋田県に生まれる。漱石が「学長なれども学長や教授や博士抔よりも種類の違ったエライ人」（野上豊一郎宛書簡、1907・3・23付）と評した友人で「京に着ける夕」に、糺の森に暮らす哲学者として登場する。漱石の葬儀では友人総代として弔辞を捧げた。談話に「漱石と自分」（1935）がある。

　狩野は東京帝国大学を卒業後、第四高等中学校に赴任。のち、先に赴任していた漱石の尽力もあり第五高等学校教頭となる。第一高等学校長時代には留学中の漱石の依頼をうけ、帰国後の一高での地位を用意した。

　1906（明39）年、京都帝国大学初代文科大学長となった狩野は漱石を招聘したが、漱石は「正邪曲直の衝突せる場合に正直の方より手を引くときは邪曲なるものをして益邪曲ならしめ」ることになり、嫌な千駄木を去るのはそれに相当するから京都行きは嫌だといい固辞した（狩野宛書簡、1906・7・10付）。

　同年10月、用事がなければ手紙を書かず、漱石から文学を解さない質と思われていたらしい狩野が、「余つ程閑日月が出来たか」「京都の空気を吸つて突然文学的になつた」（狩野宛書簡、1906・10・23付）かと思われる「用事がない」「僕のかきさうな手紙」（同書簡）を漱石に送る。「狩野さんが僕の畠の方へ近付いて来た」「甚だ嬉しい」（同書簡）と感じたという漱石は、二通の長い返事を書く。「もし僕が何か成す事があれば是からである」（同書簡）等と綴られた書面からは、狩野への敬愛の情と、西下を拒み翌年の朝日新聞入社に至る、当時の漱石の心境がうかがえる。（青江舜二郎『狩野亨吉の生涯』明治書院、1974・11／等）

（白方佳果）

嘉納治五郎
（1860〜1938）

かのうじごろう

◆嘉納さんは高等師範の校長である。其処へ行つて先づ話を聴いて見ると、嘉納さんは非常に高いことを言ふ。教育の事業はどうとか、教育者はどうなければならないとか、迚も我々にはやれさうにもない。（中略）迚も私には出来ませんと断ると、嘉納さんが旨い事をいふ。あなたの辞退するのを見て益依頼し度なつたから兎に角やれるだけやつてくれとのことであつた。（中略）断り切れず、とうとう高等師範に勤めることになつた。それが私のライフのスタートであつた。

（談話「時機が来てゐたんだ—処女作追懐談」）

　「私の個人主義」でも語られる英語講師の就職談で、嘉納は、漱石を「貴方はあまり正直過ぎて困る」と云ひ、漱石は嘉納を「上手な人」と評している。その頃、書いたらしい「尋常中学英語教授法案」（下書き）がある。

　古武術を総合的に体系化して柔道を創始し、講道館を開いた嘉納は、教育者として25年間、東京高等師範学校校長の任にあり、ラフカディオ・ハーンのいた旧制第五高等中学校校長も務めた。ハーンは、後に東京帝大での漱石の前任者になるから漱石もハーンも嘉納に縁があったことになる。嘉納は、文部省参事官、普通学務局長、宮内省御用掛も兼任し、牛込に弘文学院を開設、魯迅はそこで嘉納に師事した。英仏独語をよくした嘉納は、欧米を視察して柔道を紹介し日本人初の国際オリンピック委員会委員を務めた。漱石とともに語学に秀で欧州をよく知る明治の代表的文化人嘉納は、1938（昭13）年、JOC総会から戻る船上で77歳の生涯を閉じた。

（塩田勉）

河東碧梧桐
(1873〜1937)

かわひがしへきごとう

　本名は秉五郎。1873(明6)年、愛媛県松山生まれ。子規門下の俳人として、虚子と並び称され、子規歿後は新傾向俳句運動を推し進めた。1937(昭12)年歿。1896年、子規は碧梧桐・虚子の句に対して元禄天明とは異なる特色を持つ新調の句として称揚したが、漱石も「虚子碧梧両人近頃新調に傾き候やに承はり候何にもせよ頼もしき事に御座候」(水落露石宛書簡、1896・11・1付)と新調に関心を寄せた。1897年、熊本より帰省した漱石を迎えての子規庵の小集(7・18)に碧梧桐は露月・飄亭らと出席。8月22日と、9月4日の句会にも出席し「舞殿や薫風昼の楽起る」の句を、漱石は「楽にふけて短き夜なり公使館」、子規は「楽遠くなり邯鄲の夢覚めぬ」などと詠んだ。

　子規歿後、碧梧桐は全国行脚をする中で新傾向俳句運動を推し進めたが、漱石は、碧梧桐の近来の句には無趣味なものがあると批判的な見方を示した。1905年、『吾輩は猫である』が連載されている『ホトトギス』4月号に掲載された碧梧桐の小説「げんげん花」を漱石は「渾然としてすこしも痕跡がない。作ったものとは思はれない」「強いて人の感を挑撥しやう抔といふ拙な巧が見えない。あれをまづかいたら毒々しいいやなものになるにきまつて居る」(野村伝四宛書簡、1905・4・2付)と褒めている。これは「げんげん花」を写生文派の先駆けとしての評価であった。因みに、漱石は宝生新に謡を倣っていたが、1909年3月24日、碧梧桐・虚子と千寿、俊寛を謡い、同26日には蝉丸を謡い、「碧梧桐うまし」との感想をもらしている。

（栗田靖）

木下杢太郎
(1885〜1945)

きのしたもくたろう

　静岡県生れ。本名、太田正雄。1903(明36)年東京神田の独逸学協会中学を卒業し、第一高等学校第三部入学。漱石に英語を教授される。1906年9月東京帝国大学医科大学入学。1907年新詩社同人に加入。8月、新詩社の九州旅行への参加は南蛮詩制作の契機となった。11月、上田敏の洋行を送る上野精養軒での晩餐会に、鉄幹、鷗外、藤村、漱石らと同席する。1908年、薬物学の試験日を間違え追試交渉を鷗外に頼り、それが観潮楼歌会の第一回目の出席(10・3)の契機となった。12月、白秋、石井柏亭らとパンの会を主催。1909年1月『スバル』が創刊され主要執筆者となる。

　1910年7月長与胃腸病院に漱石を見舞う。1911年12月大学卒業、翌12年鷗外の勧めにより皮膚科学教室、土肥慶蔵教授に師事した。1914(大3)年7月戯曲集『南蛮寺門前』(春陽堂)刊行。漱石に献じ礼状を受ける。1915年2月小説集『唐草表紙』(正確堂)刊行、鷗外、漱石の序を冠した。漱石は同年1月18日付書簡をもって序文としている。

　1916年9月南満医学堂教授兼奉天病院皮膚科長に就任、満州奉天へ旅立つ杢太郎を漱石は10月9日付の書簡で激励した。1919年12月詩集『食後の唄』(アララギ発行所)。1920年7月、職を辞し、12月帰京後、1921年から欧米留学、1924年9月帰朝。10月愛知医科大学教授。1926年10月東北帝国大学医学部教授。1930(昭5)年1月『木下杢太郎詩集』(第一書房)。1937年東京帝国大学医学部教授。1941年2月フランス政府からレジオン・ドヌール勲章を受ける。1945年10月胃癌にて死去。

（名木橋忠大）

国木田独歩
(1871〜1908)

くにきだどっぽ

◆独歩といふ人のも『運命』といふのだけを見ました。あの中では『巡査』といふのの極短かいのが一番いゝと思ひます。　（談話「夏目漱石氏文学談」）
◆『運命論者』は面白いと思つて読んだ。実際面白いと云ふ感があつた。然し、其面白いと云ふ感じは愉快と云ふ感ではない。只、気であったのだ。
（談話「独歩氏の作に低徊趣味あり」）

　寺田寅彦から勧められた『独歩集』(1905)を読まずに、『運命』(1906)を読んだ漱石は『早稲田文学』(8月)の談話で「巡査」が「一番いゝ」と述べた。漱石はその後『新小説』(1908・6)の「近作小説二三に就て」で「竹の木戸」に触れ「世の中が悲惨なものだといふ感じは起るが、それが為め可憐だといふ感じは起らない」とした。一方、当時独歩も漱石を「利害得失」を知る「利口なる人」で「全く別の世界の人」と見ていた（『病床録』）。
　1908年6月23日、独歩が肺結核のため亡くなると、談話「独歩氏の作に低徊趣味あり」（『新潮』7月）を寄せ、『運命論者』は単に奇をてらったものではないが「世間で云ふ程、大なる価値を認めて居ない」とした。田山花袋が「評論の評論」（『趣味』11月）で、ズーデルマン『カッツェンステッヒ』を評価する漱石を皮肉り、これを「作為物」と罵倒した独歩を回顧すると、「田山花袋君に答ふ」（『国民新聞』11・7）で、独歩はやはり「『巡査』を除くの外悉く拵へものである」と述べた。当時自然主義の「余裕のない小説」に「余裕のある小説」（虚子著『鶏頭』序）を対置させた漱石にとって、独歩晩年の「セッパつまった小説」は不自然で評価できなかったと考えられる。
（岡野幸江）

久米正雄
(1891〜1952)

くめまさお

　久米正雄は1915(大4)年11月18日林原(岡田)耕三の紹介で芥川龍之介とともに漱石を訪問する。「其人に親炙する事が出来るのだ。生きた、活字ではない漱石に！」（『風と月と』鎌倉文庫、1947）とその時の興奮ぶりを回想している。『新思潮』を出す計画を久米が示したのは12月4日（「成瀬正一日記」）であるから、漱石との対面がその意欲にも結びついたのであろう。1916年2月芥川、菊池、松岡、成瀬らと第四次『新思潮』を発刊する。雑誌は毎号漱石に届けられた。漱石はその感想を久米と芥川に伝えている。特に二人が九十九里浜の一宮館滞在中に漱石と交わした往復書簡は有名であり、漱石の手紙には作品の感想のみならず若い作家への励ましと小説家となる心構えが述べられている。
　久米が漱石の死に際し、危篤から臨終までの様子を克明に記した「臨終記」（『新思潮』1917・3）は、「門弟たちの間で、先んじて先生の死を叙したといふ事から、兎角の批議を蒙つたり、中には、小説でも書くやうな積りで、書いてゐるのがいけないと云はれ」た（「漱石先生の死」『人間』1920・11）。
　久米は夏目家に出入りをするうちに家族の信頼を得ていると確信し、長女筆子との結婚を希望したが叶わず、筆子は友人松岡譲の元へ嫁ぐことになる。その失恋騒動を『蛍草』（『時事新報』1918・3・19-9・20）から「破船」（『主婦の友』1922・1-12）まで次々と描き、以降通俗小説に傾斜していく。久米も「その失恋を売りものにして浮び上つた」（『風と月と』）と、これを契機に人気通俗作家になったことについて自覚的であった。
（山岸郁子）

厨川白村
(1880〜1923)

くりやがわはくそん

　英文学者、評論家。本名は辰夫。厨川白村は、『虞美人草』の小野清三のモデルと言われた。漱石はこれを否定し、白村宛の葉書(1907・11・2付)に「小野さんのモデル事件は小生も新聞にて読み候。勝手な事を申すやからに候。定めし御迷惑の事と存候。勝手な事を勝手な連中が申す事故小生も手のつけ様なく候」と記している。こうした憶測は、京都生まれで、恩賜の銀時計を受けた文学者という小野の設定が、白村と共通していたために生じたと思われる。

　白村は東京帝国大学で小泉八雲、夏目漱石、上田敏について英文学を専攻した。『近代の恋愛観』(改造社、1922)において、白村が流行を追って文名を売ろうとしているという陰口に反駁の声をあげて、自分が「恋愛」の重要性に着目したのは20年も前のことであり、大学院で漱石の指導のもと、「詩文に現われたる恋愛の研究」をテーマとしていたと述べている。また、漱石からは「芸術的表現としての冷罵や皮肉」の言い方、批評や議論、物の考え方を学んだと追懐する。

　漱石の作品についてはその論文でたびたびふれており、『苦悶の象徴』(改造社、1922)で、生真面目で陰鬱な性格であった漱石が、作家としては「坊っちゃん」や『吾輩は猫である』を書く「ユウモリスト」であったとして、作品に現れる性格の両面性を論じている。また、『象牙の塔を出て』(福永書店、1920)では漱石の作品が自然主義全盛期においても「余裕低徊の趣味を鼓吹」し、それがついに「近代文壇の本流となつた」と肯定的に論じている。

(岡西愛濃)

呉秀三
(1865〜1932)

くれしゅうぞう

　呉秀三は、東京帝国大学医科大学教授、東京府巣鴨病院院長などを歴任した、日本精神病学の創始者である。また、私宅監置される精神病患者の悲惨さを告発し、自らは開放的な治療に尽力したことでも知られる。漱石と出会ったのは、呉がオーストリアやドイツなどでの留学を終え、帰国する際に寄ったロンドンにおいてだった。そこでは顔を合わせた程度であったが、漱石は帰国後、第五高等学校を辞職するために、共通の友人の菅虎雄を介して、呉に自分が神経衰弱だとする診断書の作成を頼んでいる。

　実は、呉が漱石の診断をしたのはこの時だけではない。ただし二度目の依頼者は漱石ではなく、妻の鏡子であった。帰国後の漱石が妄想から家族に当たり散らすのに困り果てた鏡子は、かかりつけ医の尼子四郎に相談し、専門家の呉に診てもらうことにしたのである。結果、漱石は「追跡狂という精神病の一種」と診断され、呉は鏡子に「ああいう病気は一生治りきるということがない」ことを説いたという(『漱石の思ひ出』改造社、1928)。注目すべきは、診断を聞いた鏡子が「病気ときまってみれば、その覚悟で安心して行ける」と感じている点だ。最新の精神医学に基づく呉の診断は、人間の精神をわかりやすく説明し、人々に安心と納得を与える。だが『行人』の一郎など、漱石が描く神経衰弱者の多くは、そうしたわかりやすさとは対極に位置する存在ではなかったか。漱石と呉は、ともに近代の病んだ精神をみつめながらも、全く別の意味を読み取っていたのかもしれない。

(竹内瑞穂)

畔柳芥舟
(1871〜1923)

くろやなぎかいしゅう

　畔柳芥舟は評論家、英文学者、比較文学研究者。山形県出身。本名は都太郎。仙台の第二高等中学校を卒業後、1893(明26)年に東京帝国大学文科大学英文科に入学。大学在学中に『帝国文学』の編集委員を務め、文芸評論などを執筆した。大学卒業後の1896年10月から高山樗牛に代わって『太陽』の文芸欄を担当し、「古代の神来説」(2巻22号、1896・11)、「比較文学史の興味」(同)、などを発表する。1898年からは第一高等学校の英語教師に就任し、後年は『大英和辞典』(冨山房、1931)を編纂するなど英文学者としての職責に専念した。主な著書に比較文学的な関心に基づく『文談花談』(春陽堂、1907)および『世界に求むる詩観』(博文館、1921)などのほか、イタリアの精神病理学者チェザーレ・ロンブローゾ『天才論』(普及社、1898)の抄訳などがある。

　芥舟は、1903年に英国留学から帰国して間もない漱石と、第一高等学校の同僚となり、漱石が専業の小説家となった後も二人の間には親しい交遊が続いた。例えば漱石は、紀行文「満韓ところどころ」や随筆「思ひ出す事など」『硝子戸の中』などで度々、芥舟との近しい交流に触れている。一方、芥舟は、自身と漱石との関係について『新小説』の漱石追悼号「文豪夏目漱石」(1917・1)のなかで、「弟子を超越し、さればとて友人には達せず、先づ私から云へば親しい先輩、夏目さんから云へば親しい後輩とでも云ふ事になるのであらう。私の知る限りでは、かう云ふ関係に在るものは自分一人らしく思はれる」と回想している。

(木戸浦豊和)

ケーベル, ラファエル・フォン
(1848〜1923)

Koeber, Raphael von

　帝大で「先生」と呼べる人は他にないと、漱石が敬愛したケーベルは、モスクワ音楽院でピアノと作曲を優等で修めたが、内気な性格ゆえに演奏家の道を断念、ドイツに移り哲学を学ぶ。1893(明26)年友人エドゥアルト・フォン・ハルトマンの勧めと、井上哲次郎の親書「桜咲く大和の国に来る気はないか」を受け、渡航を決意。帝大外国人教師となり哲学等を教授。門下から、安倍能成、岩波茂雄、和辻哲郎、深田康算など明治の黎明期を彩る知識人たちを輩出。漱石は大学院1年時、美学の講義を聴講している。

　ケーベルは、講義の傍ら乞われて慈善演奏会に出演。1894年5月5日鹿鳴館での演奏が初見参である。ピアニストとしての腕前は秘すべくもなく、東京音楽学校(現東京藝術大学音楽学部)の知るところとなり、嘱望されて西洋音楽史、ピアノを教える。弟子には、橘糸重、神戸絢、幸田延、瀧廉太郎などがいる。1901年、瀧のライプツィヒ留学に際し、推薦状を寄せた。1903年、オペラの日本初演(グルック「オルフェイス」)では、ピアノ伴奏を担当。

　1914(大3)年7月帝大退職。ドイツへの帰国を試みたが、第一次世界大戦の勃発で横浜に足止めされ露国総領事館の一室で蝸牛生活を送る。読書と、大桟橋からグランドホテルへの散歩が日課となった。雑司ヶ谷霊園、漱石の墓近くに眠る。主な著作に『哲学要領』(1897)、*Kleine Schriften* (1918)、『ケーベル博士小品集』(1919)。蔵書約1880冊は、小宮豊隆の仲立ちで東北帝国大学に寄贈されている。

(関根和江)

小泉八雲
(1850〜1904)

こいずみやくも

ラフカディオ・ハーン(Lafcadio Hearn)。英国軍医を父に、ギリシャ人女性を母にレフカス島で生まれたが、幼くして両親と別れ、父の故郷ダブリンで大叔母に育てられた。後にアメリカに渡って新聞記者として活躍し、紀行文執筆のために1890(明23)年春に来日。夏に、松江尋常中学校の英語教師の職をえた。1891年秋に熊本第五高等学校に赴任、一時神戸で英字新聞の仕事をした後、1896年から6年半東京帝国大学英文科で英文学を講じた。松江で小泉セツと結婚、のちに帰化、東京で亡くなった。主な作品に『知られぬ日本の面影』『こころ』『怪談』などがある。

漱石はハーンが去った二年後に、熊本の第五高等学校に赴任している。そして英国留学から帰国すると、ハーンを追い出すような形で、東京大学に着任した。だがハーン留任を求めて学生たちは大学当局に直訴し、漱石の講義は、「余り理論づくめなので、ヘルン先生時代のものと比較して文学そのものに対する興味がそがれるような気がした。」(金子健二『人間漱石』いちろ社、1948)と受けが悪かった。漱石は家で、小泉先生と比べられてやりきれない、と愚痴をこぼしたという(夏目鏡子『漱石の思い出』改造社、1928)。『三四郎』の中では、ハーンの話が出て(三)、大学の外国文学講義が西洋人から日本人の担当に代ったことに触れている(十一)。

漱石とハーンの文学には、世紀末文学への関心、幻想趣味、前世や親子問題へのこだわりなど共通する点がある。たとえば、「夢十夜」の「第一夜」「第三夜」には、ハーンの怪談(「お貞の話」「持田浦の話」)の影響が指摘されている。

(牧野陽子)

幸徳秋水
(1871〜1911)

こうとくしゅうすい

◆平岡はそれから、幸徳秋水と云ふ社会主義者の人を、政府がどんなに恐れてゐるかと云ふ事を話した。幸徳秋水の家の前と後に巡査が二三人宛昼夜張番をしてゐる。一時は天幕を張つて、其中から覗つてゐた。秋水が外出すると、巡査が後を付ける。
(『それから』十三の六)

幸徳秋水が夏目漱石の小説にあらわれてくるのは、『それから』だけである。同小説の連載直前の『東京朝日新聞』には、「幸徳秋水を襲ふ」(1909・6・7、8)という記事が掲載された。楚人冠(杉村縦横)による、秋水の自宅訪問記である。そこには、秋水への監視の厳しさと、秋水宅への来訪者の素性が調べられている様子なども語られている。

新聞記者である平岡による幸徳秋水の話題は、この記事と重なるところが多い。そもそも警察の社会主義者に対する監視は、日露戦争前後から厳しいものになっていく。1908(明41)年6月22日に起きた赤旗事件によって堺利彦、山川均らが逮捕され、当時の西園寺内閣は突然総辞職をしてしまう。これらの情報が、メディアを通して広く流布したのは言うまでもない。高知県で静養中であった秋水も、赤旗事件を契機に上京した。

問題は『それから』における幸徳秋水の使われ方である。三千代と平岡の関係を探りたい代助と、借金の返済を迫られると勘違いした平岡が、それぞれ軍神広瀬中佐と幸徳秋水の話題を出す。秋水に関する叙述は、二人の間の緊張を和らげようとするためだけに使われているのである。ここから、漱石の秋水への思いを読み取るのは難しい。

(髙榮蘭)

小さん(三代目柳家)
(1857〜1930)

こさん

◆小さんは天才である。あんな芸術家は滅多に出るものぢやない。何時でも聞けると思ふから安つぽい感じがして、甚だ気の毒だ。実は彼と時を同じうして生きてゐる我々は大変な仕合せである。

(『三四郎』三の四)

漱石が三代目小さんを知るきっかけになったのは、1905(明38)年3月21日に始まった落語研究会であった。この会は、落語の本筋の伝統を守るとともに時代に即した新作を奨励することなどを目的とした。小さんは、柳派からのただ一人の発起人であった。漱石の好きだった円遊は出演予定であったが欠席した。その代わりに円左が二席演じ、「滑稽の自然にしてくすぐらざる妙味」(『東京日日新聞』3・23)と評価された「富久」に感動したのか、漱石は円左会や落語研究会などに出かけるようになり、滑稽噺を得意とする小さんを円遊に替わる天才として認めた。小さんは「らくだ」「天災」「にらみ返し」「青菜」など、多くの上方落語を東京落語に移植した。

与次郎の口を借りての小さん論では、滑稽的な登場人物を演じる円遊に対して、的確な人物描写を行いその人物による滑稽さを論じている。また「あの真面目な顔を種々に使い分ける。しかも夫が余程自然に出来て旨い」(「みづまくら」)と、自然さと巧みさを述べている。誇張化された人物で構成されていた『吾輩は猫である』から、「是等の人間を放す丈である。あとは人間が勝手に泳いで」(渋川玄耳宛書簡、1908・8付)という、登場人物が「活溌々地に躍動する」『三四郎』へと、人物描写や作品構成など、漱石の作家的成長に小さんの落語の影響がうかがえる。　　　　(田島優)

小宮豊隆
(1884〜1966)

こみやとよたか

漱石のほかの弟子たちが多く言及しているように、小宮豊隆は後に「漱石山脈」と呼ばれるようになる漱石の弟子たちの中でも特別に「先生から愛され」「信頼もされていた」存在であった。森田草平は『心』の「先生から遺書を与えられる青年」は「その当時から小宮君だと思って読んでいた」と述べ、さらに「実際、三重吉や小宮君に対しては、先生のほうでもいささか恋人に類するやうな愛情を持っていられた」と語る。小宮自身「先生によって纏められていた木曜会の世界は、五色の雲に包まれた、極楽浄土の世界だった」と言い、大学時代には漱石先生の講義に出ても、先生の顔ばかり見ていたというほど漱石を慕っていた。また、安倍能成も同じように小宮が「先生に愛せられていることを真実に感じていた」と語り、漱石が亡くなって岩波から漱石全集を出すにあたっての編集を小宮が一切ひきうけ、「先生の著述の中から、先生の書き入れを拾うという面倒をあえてし」「先生の断簡零墨をも、丹念に収拾した」のは「小宮の先生に対する愛の、自発的にむかう所」であろうと想像する。弟子たちの書いたもののなかに「愛」とか「恋」という言葉が目立つが、こういった表現が同性の師弟関係に使われて不自然ではなかった時代の雰囲気が伝わってくる。『心』の私やKのモデルが誰であったか、というような問題は別として、いままでも指摘されてきたホモソーシャルもしくは、ホモエロチックな師弟関係を彷彿させるような「感情の構造」(レイモンド・ウィリアムス)が当時の「漱石山房」にあったということは、漱石の作品を読む歴史的なコンテクストとして興味深い。(安倍オースタッド玲子)

◆人

斎藤阿具
(1868〜1942)

さいとうあぐ

　歴史学者。埼玉県北足立郡尾間木村中尾に生まれる。1890(明23)年、第一高等中学校第一部文科を夏目金之助・正岡常規らと共に卒業。同年、帝国大学文科大学史学科に入学し、1893年に卒業、大学院に進学する。大学寄宿舎では、漱石・小屋保治(後に大塚)と一年間同室だった。1894年に篠原嬢と結婚、千駄木57番地に住む。1897年、仙台の第二高等学校教授に着任。1903年からドイツ・オランダに留学した。斎藤が出港した1月24日、漱石は英国留学から帰朝して借家を探し始め、大塚保治が保証人となり、千駄木の斎藤宅に入居する。1905年、帰朝した斎藤は二高に帰任。1906年12月上旬、斎藤は一高転任を決め、千駄木宅への転居を伝える。漱石は同月27日、本郷区駒込西片町に住み替えた。1907年1月から斎藤と漱石は同じく一高に勤めたが、漱石は3月に依願退職し、朝日新聞社の専属作家となる。同年9月、漱石は千駄木の借家をモデルに書いた『吾輩は猫である』を斎藤に謹呈。1910年に漱石が胃病で入院し、斎藤も見舞いに行く。退院後はお互いの忙しさから年賀状などのやり取りをする程度の接触にとどまった。1916(大5)年12月9日、斎藤は新聞で漱石の病気再発を知り、見舞いに行くが既に危篤状態だった。同日午後6時、漱石は永眠。1919年から斎藤は一高の教頭となり、1933(昭8)年に満14年間の教頭在職記録をもって退職。1938年、名誉教授となり、1941年『西洋文化と日本』(創元社)を出版。1942年、脳出血のため74歳で永眠した。　　(佐々木彩香)

坂本四方太
(1873〜1917)

さかもとしほうだ

　俳人。東大国文科卒。本名は四方太。四方太は『ホトトギス』における写生文運動の中心にいた人物である。

　1903(明36)年に漱石が留学から帰国、『ホトトギス』に復帰して、二人の親しい交遊が始まった。1905年1月、『ホトトギス』に『吾輩は猫である』第一回掲載。次々に小説を発表する漱石と、あくまで散文の一領域としての写生文の可能性を信じる四方太は、次第に対立することになった。四方太は漱石の『吾輩は猫である』「坊っちゃん」を批判して「段々堕落する」(虚子宛書簡、1906・11・11付)と発言したようだが、その詳細は伝わっていない。当時の漱石は、写生文について、その技巧重視の傾向を文章界の進歩として肯定する一方、実質(思想・仕組み・筋)軽視の傾向をも指摘して不満足を表明した(談話「文章一口話」『ホトトギス』1906・11)。四方太の「秋二題」(『ホトトギス』同上)を漱石が「あの儘白紙を代りにしても同じ事だ」と批判した(前掲書簡)のは、まさにその文章の実質に不足を感じたからであった。

　1909年9月、四方太の自伝風の文章『夢の如し』が単行本として出版された。このとき、漱石は「たゞ昔しの幼少の時の事が其通り」「平々淡々と書いてある」ことについて賞賛し、「余の如き色気の多いものは、ことに白紙文学の価値を認めなければならない」と述べた(「『夢の如し』を読む」『国民新聞』1909・11・9)。漱石がかつて批判したその作法のままでもって実際におもしろみのある作品を作り得ることを、四方太は漱石に認めさせたわけである。

(中西亮太)

44

坂元雪鳥
(1879〜1938)

さかもとせっちょう

　能楽研究家で、漱石の東京朝日新聞入社の橋渡しをした漱石門下生。本名は三郎、旧姓は白仁。

　福岡県柳川出身、熊本五高で漱石の教えを受け、東京帝大に進み、在学中から東京朝日編集部に出入りした。その縁で1907(明40)年2月、朝日幹部の依頼を受け、東京帝大講師だった漱石に朝日入社の意向を尋ねると、きわめて前向きな返事を得た。「やすやすと宝物を盗みだした大賊の心境」だった。漱石はさらに、門下生の気安さからか、雪鳥を通じて「下品を顧みず金の事を伺ひ候」(1907・3・4付)と報酬や条件など詳細を朝日サイドに問い合わせ、交渉はスムーズに進んだ。漱石入社を実現させたため、本人も朝日に入社した。

　1909年に朝日を退社、本格的に能楽の研究に従事。1910年8月、漱石が伊豆・修善寺で倒れたときは、朝日主筆の池辺三山の要請で元社員ながら朝日の代表として現地に行った。その年の夏は記録的な大雨・洪水で各地に被害が広がり、現役記者は洪水取材で手一杯だったからだ。雪鳥は一時危篤状態に陥った漱石の様子を記録し、これによって「修善寺の大患」の詳細が知られることになった。鏡子夫人によると、漱石危篤の電報を打つ際、動揺した雪鳥は手がブルブルふるえ、なかなか字が書けなかったという。

　その後、能雑誌『能楽』の経営を引き受ける。晩年の漱石に『能楽』の定期購読を持ち掛けたが、漱石は「近頃は滅多に舞台も見ず謡も廃止同様の有様前金四円を出す事は厭に御座候」(1914・9・16付)とすげなく断っている。後に、日本大学の教壇に立ち、能研究家として大成した。

(牧村健一郎)

三遊亭円朝
(1839〜1900)

さんゆうていえんちょう

◆河合の女形はよい。あの詞調子態度などは死んだ円朝其まゝだ。余程巧でそれで自然だ。

(談話「みづまくら」)

◆円朝の人情噺に出てくる女が、長い火箸を灰の中に突き刺し突き刺し、他に騙された恨を述べて、相手を困らせるのと略同じ態度で又同じ口調であつた。

(『道草』六十四)

　円朝についての漱石の言及は少ない。漱石の円朝に対する印象は女性の口調や態度の表現の「巧み」と「自然さ」の共存であった。円朝は、1872(明5)年に弟子の円楽に三代目円生の名跡を継がせ、自らは素噺へ転向し、多くの落語を創作した。それらは速記本として刊行された。1891年6月に東京の寄席に出演しないことを宣言し引退した。講談好きだった漱石も十代後半に落語へ関心が移ったようであり、落語界の頭取として活躍していた円朝を目にする機会は多くあったはずである。1889年頃から子規との交友が始まるが、ともに寄席好きであったことによる。

　子規は「筆まかせ」に「落語連相撲」として三遊亭と柳家との取組みを考え、その最初が円朝と柳桜(三代目柳喬のこと)である。円朝については、「趣向奇にして形容真に逼る。お嬢さんのまねをしては書生に涎を流させしめ、男子のやさしさをのべては令嬢をしてみぶるひせしむ」と記しており、円朝に対する評価は漱石と似たものである。

　漱石の作品への影響は、『怪談牡丹燈籠』が「琴のそら音」や「趣味の遺伝」に、また『真景累ヶ淵』が「琴のそら音」や『三四郎』などに見られる。なお『道草』の記述は『鏡が池操松影』の老女のことであろう。

(田島優)

◆人

三遊亭円遊
(1850〜1907)

さんゆうていえんゆう

◆昨夜KenningtonノPantomimeヲ見ニ行ク滑稽ハ日本ノ円遊ニ似タル所アリ
　　　　　　　　　　　（日記、1901(明34)年1月11日）
◆鼠小僧ハ泥棒ノ天才ニシテ国定忠治ハ博打ノ天才ナリ．円遊ハ落語家ノ天才ニシテ鏡花ハ妖怪的天才ナリ　　　　　　　　（「ノート」Ⅵ-22）

　漱石は円遊（三代目であるが俗称は初代）や三代目小さんの滑稽噺を好んだ。円遊によって漱石の関心は講談から落語へ移ったようである。円遊があばた面であったことも親近感を覚えた理由であった。小さんに出会うまでは、漱石にとっては落語といえば円遊であり、また円遊は滑稽の代名詞でもあった。ロンドン留学中のノートや日記には円遊を落語の天才とし、パントマイムの滑稽さを円遊に引き当てている。また蔵書(The Nabob)への書き込みに、滑稽的な落ちをYenyuismと表現している。子規も円遊の滑稽さが好きで、「筆まかせ」の「落語連相撲」で滑稽噺を得意とする取組として二代目小さんと対決させている。漱石も歌舞伎座で円遊に遭遇したことを子規に手紙で詳細に報告している（1891・7・9付）。
　円遊は鼻の大きさやステテコ踊りで有名であった。漱石は『吾輩は猫である』で鼻子という名や猫のステ、コ踊りなど、その特徴を利用している。円遊は、様々な地域から流入した人々のために、滑稽噺を落語の中心に据え、寄席を活性化させた。
　『三四郎』における与次郎による小さん論が朝日新聞に掲載されたのは1908(明41)年9月18日、円遊が亡くなったのは同年11月26日であり、『三四郎』の連載中であった。

（田島優）

塩原昌之助
(1839〜1919)

しおばらまさのすけ

　漱石の養父で、『道草』に登場する島田のモデル。昌之助の生家は、四谷太宗寺門前をはじめとする数個の門前町を支配した門前名主であった。漱石の父直克の仲介で榎本現二の長女やすと結婚した昌之助が、漱石を養子に迎えた時期に関して、1868(明元)年11月とする説と、翌1869年11月とする説がある。子のなかった昌之助夫婦は、漱石の母千枝の懐妊中にもらい受ける約束を交わしていたが、乳がなかったために実現が遅延したという。
　昌之助は、1869年に浅草地区の添年寄に就任し、1年余りの空白期を挟んで、1872年に赤坂地区の副戸長、1873年には浅草地区の戸長に就任した。戸長時代は相当な収入に恵まれたようだが、1876年2月その地位を罷免される。旧名主の特権が新しい行政組織のもとでも保護されていたが、制度が整備されるにつれて、それが通用しなくなったのだと考えられる。
　戸長時代に未亡人白井かつと関係を生じた昌之助は、1875年にやすを離婚し、亡夫との子日根野れんを連れたかつと再婚した。その後、下谷西町に家を建てた頃には、まだ家作を2、3軒所有するほどの余裕があった。しかし、知人の負債を背負い込むなどの不運が続き、しだいに経済的な逼迫に陥っていった。漱石は、昌之助の失職の後まもない頃に、夏目家に引き取られたと考えられるが、正式に復籍が実現するのは、1888年のことである。
　昌之助の生涯は、古い特権にすがって生きるしかない人々が、どのような運命に陥るかを物語っていると言えるだろう。（藤尾健剛）

志賀直哉
(1883〜1971)

しがなおや

◆此春病気にて志賀直哉氏の『留女』を読み感心致して、其時は作物が旨いと思ふ念より作者がえらいといふ気が多分に起り候。斯ういふ気持は作物に対してあまり起らぬものに候故わざわざ御質問に応じ申候。　　　　　　　　（「書籍と風景と色と？」）

少なからぬ文壇人から「小説の神様」と称された作家。

1913（大2）年末、漱石は武者小路実篤を介して、その作品を高く評価していた志賀直哉に『東京朝日新聞』文芸欄での連載小説執筆を依頼する。翌年1月に漱石に面会した志賀は執筆を承諾したものの難渋、7月に当時住んでいた松江から上京し、漱石に会った上で小説執筆辞退の許可を得る。漱石は『心』を『東京朝日新聞』誌上で連載していたが、その連載終了のおよそ20日前の破約であった。しかし漱石は、「徳義上は別として、芸術上には忠実である。自信のある作物でなければ公にしないと云ふ信念がある為であらう」（「文壇のこのごろ」）と志賀の態度を擁護する発言を残している。

なおこの一件の影響もあり、志賀は漱石没後の翌年、1917年まで小説を一切発表しなくなるが、大野亮司は1916年に志賀の作家活動休止が文壇作家たちから将来の飛躍を期しての〈沈黙〉と捉えられ、当時有力になった〈人格主義的コード〉により一躍志賀が賞賛されるようになったという興味深い見解を提示した（「神話の生成」『日本近代文学』1995・5）。ちなみに志賀の作家活動再開後の「佐々木の場合」（『黒潮』1917・6）には、亡き漱石に対する献辞が冒頭に置かれている。　　　（永井善久）

渋川玄耳
(1872〜1926)

しぶかわげんじ

東京朝日新聞社会部長で漱石の同僚。藪野椒十の名で紀行、評論も書いた。

佐賀県出身、東京法学院（中央大学の前身）で法律を学び、熊本の第六師団法官部に勤務、そこで五高教授の漱石らによる俳句団体に参加、漱石と知り合った。

日露戦争に従軍後、1907（明40）年3月、漱石と相前後して東京朝日新聞社に入社、社会部長を務めた。池辺三山主筆の下で紙面刷新に剛腕を振るい、漱石が創設した文芸欄も渋川部長時代だった。校正係だった無名の若き石川啄木を朝日歌壇の選者に抜擢した。

日露戦争後、教育を受けた大衆がマスとして出現し、新聞も事件事故や政界記事だけでなく、ひろく文化・教養・家庭記事が求められた。玄耳はそれに素早く反応し、紙面に活気を与えた。本人も記者として「東京見物」などの紀行文を『朝日新聞』に連載、好評だった。漱石は玄耳と親しかったが、彼の文章については「文達者にしてブルコト多し。強いて才を舞はして田臭を放つ」（日記、1909・4・29）と厳しい見方をしている。

社内の抗争や本人の女性スキャンダルなどにより朝日を退社、その後『国民新聞』の通信員として中国・青島に駐在、『大阪新報』の主幹などに就き、いくつか著作もあるが、日の目を見ず、貧窮のうちに死去した。

朝日を離れる際、飼い猫のミイ公を漱石に贈った。かつて漱石が玄耳宅を訪問した時に、この猫をほめたのが機縁だった。漱石宅では「猫の墓」（『永日小品』）で知られる猫が死んだ後、黒猫が飼われていたが、ミイ公と黒猫はその後、仲良く暮したという。　（牧村健一郎）

◆人

島崎藤村
（1872～1942）

しまざきとうそん

　詩人、小説家。本名春樹。長野県馬籠村生まれ。生家は代々本陣・問屋・庄屋を兼ねた家柄。明治学院に学ぶ。同窓に『文学界』同人となる戸川秋骨・馬場孤蝶らがいる。1892（明25）年、北村透谷を知り文学に目覚め、本格的な執筆活動に入る。1896年、仙台東北学院に赴任、後に『若菜集』（春陽堂、1897）にまとめられる詩文を陸続と発表する。1899年、妻冬子とともに、小諸義塾の教師としての生活をはじめ、1905年に上京するまで、次第に詩歌より小説への転身をとげる。その成果は『破戒』（自費出版、1906）としてまとめられることになる。

　漱石はこの『破戒』を読んで強く動かされ「気に入つたのは事柄が真面目で、人生と云ふものに触れて居」（森田草平宛書簡、1906・4・1付）るところだとし、文章を比較して紅葉の『金色夜叉』をしりぞけ、「余計な細工」がないと賞讃した。

　『破戒』の感想に関わる漱石の書簡は、総体として七通にも及ぶが、著名なものとしては、「死ぬか生きるか、命のやりとりをする様な維新の志士の如き烈しい精神で文学をやつて見たい」（鈴木三重吉宛書簡、1906・10・26付）といった発言がみられるが、それは必ずしも一面的な賛辞ではない。「モーチーヴが少々弱い」（森田草平宛書簡、1906・4・1付）といった批判も含め、告白する青年としての「野分」の高柳周作の造形、「社会は修羅場である」といった、白井道也の発言に『破戒』の影響をみることは困難なことではない。『破戒』を基点として、漱石と藤村の文学は意外に深い次元で結びついていたとも言える。

（中山弘明）

島村抱月
（1871～1916）

しまむらほうげつ

　本名瀧太郎。東京専門学校文学科卒。イギリス・ドイツ留学を経て、早稲田大学文学部教授。第二次『早稲田文学』を主宰（1906年-）、文芸協会の中心的な存在として、自然主義文学運動・新劇運動を主導した。

　ほぼ入れ違いの形でロンドンの地に降り立った抱月と漱石との接点は多くない。1906（明39）年3月22日の「日記」には、書面で抱月より「演説」の依頼があったと書かれるが、翌日に「謝絶」の返信をしている。1914年7月28日付の小宮豊隆宛書簡では、小宮が『時事新報』紙上で批評した『中央公論』新脚本号掲載の抱月「赤と黄の夕暮」について、「落第」「河童の屁」と酷評している。漱石は決して同時代の文学に無関心ではなかったが、時代の寵児でもあった抱月への言及が少ないことには、逆に漱石の意志を感じてしまう。漱石が朝日入社以前に読売新聞からのオファーを断った際、漱石は「比較的僕が過分の月給をとれば社中に又不平が起る。島村抱月氏の日々文壇と同様の事情が起るに極つてゐる」と書いている（滝田樗陰宛書簡、1906・11・16付）。抱月は帰国後、イギリスで知り合った加藤高明のつてで東京日日新聞に入ったが、すぐに退いた経緯がある（稲垣達郎・岡保生編『座談会 島村抱月研究』近代文化研究所、1980）。

　むしろ、抱月と漱石を並べる発想は、より年少世代の文学者たちのものかもしれない。若き芥川龍之介は東京帝大の教育内容に不満を募らせていたが、その際、早稲田の抱月・慶応の荷風の名前が念頭にあったことは明らかだ。アカデミズムと創作壇とのつながりを求めた文学青年たちにとって、抱月の名前は神話的価値を持っていた。

（五味渕典嗣）

釈宗演
(1859〜1919)

しゃくそうえん

◆余は禅と云ふものを知らない。昔し鎌倉の宗演和尚に参して父母未生以前本来の面目はなんだと聞かれてぐわんと参つたぎりまだ本来の面目に御目に懸つた事のない門外漢である。（虚子著『鶏頭』序）

軒号を「楞伽窟」、道号を「洪嶽」と称す。多くの居士を輩出した明治鎌倉禅復興の祖「蒼龍窟 洪川宗温」（今北氏）の法を継ぎ、近代禅及び居士禅を更に隆盛せしめ、鈴木大拙とともに西洋欧米へ禅風流布の大いなる先鞭となった明治期の傑僧。俗名一瀬常次朗。1859(安政6)年12月18日、若狭州大飯郡高浜（現福井県大飯郡高浜町）生。釈氏は、最初の師(本師)越溪の俗姓。妙心寺塔頭天授院(兼妙心管長)本光軒越溪守謙を本師とし、建仁寺両足院千葉峻嶷や、越溪自身の師でもある備前曹源寺儀山善来など、傑出した老師方の下で行ず。

1878(明11)年、儀山遷化により、越溪の兄弟弟子であった今北洪川をたのみ鎌倉円覚僧堂へ。このとき宗演19歳。その僅か5年後印可を得る。瑞鹿山頭に刻苦研鑽の中、親交深き居士達の影響もあり、西洋学問及び近代仏教学の学修を熱烈に欲し、慶応義塾大学別科へ入学。近代仏教学や仏教源流には特に惹かれ続け、印度及錫蘭巡礼を企図。足掛け3年の大行脚であった。

帰国後間もない1892年、洪川遷化。道場の師家兼任の円覚寺管長就任。この時、洪川に参禅していた居士「入沢石仏」が、宗演の弟子(且養子)となり掛搭し、後に帰源院看護の雲水「宗活」として漱石の世話をすることになる。就任翌年には「万国宗教大会」(於シカゴ)へ日本仏教代表六名の一人として出席し、日誌や大会記録等を著すなど欧米への「禅」普及の礎となる。

夏目金之助の参禅

1894年、菅虎雄の薦めで夏目金之助参禅。詳細は幾つかの作品や書簡、各種小稿に詳しいが、峻厳鋭利な宗演の姿や禅そのものへの金之助の受け止めは、小説『門』の通りだろう。その後の漱石自身の学びもあろうが、晩年の作品への禅的世界観・禅的視線の影響は多大なものが見られる。

宗演も、晩年の種々の言葉に対しては、大乗の真精神を言い得ているかもしれないと評した。

欧米への布教活動

その後も白人女性の参禅があったりと内外広く教化は続き、この頃、宗活は両忘の号を貰い、洪川下に始まる両忘会を復活させ、以後の居士禅・在家禅隆盛の端緒となり、自身は管長職を退き東慶寺へ入り、錫蘭・印度・英国・米国を巡る布教再行脚など、特に欧米への布教には熱心であった。

1912(大1)年9月、満鉄総裁とともに訓話依頼に来山した漱石の相見を受ける。18年越し二度目の対面。1916年、「葬儀は禅宗僧侶で」との生前の希望や鏡子夫人の依願により、夏目漱石の葬儀に於いて導師を務める。法語は以下。「曾斥翰林学士名／布衣拓落楽禅情／即今興盡遽然去／餘得寒燈夜雨聲／如何是漱石帰家穏座底／劫火陶然豪末盡、青山依奮白雲中」。1919年11月1日遷化。数え世寿60歳と11ヶ月。密葬で東慶寺に骨を納め、津送後、歯髪鋳印を円覚寺歴代塔骨清窟へ分祀する。

参考文献として「釈宗演伝」(井上禅定、禅文研、平成2000)、「宗演禅師と其周囲」(長尾宗軾、国史講習会、1923)、「平成十五年度企画展、釈宗演―郷土の生んだ明治の高僧―」(高浜町郷土資料館、2003)等がある。　　(富澤宗實)

人

釈宗活
(1870〜1954)

しゃくそうかつ

◆其許は案山子に似たる和尚かな
　　　　　　　　　(1242、1897(明30)年)
◆「道は近きにあり、却つて之を遠きに求むといふ言葉があるが実際です。つい鼻の先にあるのですけれども、何うしても気が付きません」(『門』二十の一)

　江戸蘭方医入沢海民の三男。僧になる前は、鎌倉彫の彫刻家であった。1888(明21)年、鎌倉円覚寺の今北洪川の会下に参禅し、石仏居士の名を得る。1892年釈宗演について得度し、宗活の名を与えられる。釈宗演の養子となり、釈宗活を名乗ることとなる。漱石との関わりは、1894年12月23日に菅虎雄の紹介で、鎌倉円覚寺塔頭帰源院に参禅した折り、漱石の身辺の世話をしたことに始まる。この時漱石は、釈宗演から「父母未生以前本来の面目」の公案を与えられるが、翌年1月7日、帰源院から下山する。引用の一つ目は、1897年9月初旬、鎌倉円覚寺帰源院に釈宗活を訪ねた際に詠んだもの。他に「仏性は白き桔梗にこそあらめ」「山寺に湯ざめを悔る今朝の秋」がある。当時、鎌倉には流産のために療養中の妻鏡子が滞在していた。日露戦争後は、1905年を皮切りとして数回渡米し、「宗演がアメリカに播いた禅の種を、理論的な面で育てたのは鈴木大拙であるが、これを実地に本格的に培養したのは釈宗活である」(芳賀幸四郎「釈宗演——仏教の近代化」『新版 日本の思想家 中』朝日選書、1995)と指摘されるように、宗演を助け、世界に禅を広めるために尽力している。1909年に帰国。後年は、禅の一般社会への普及に尽力し、今北洪川が主催する禅会「両忘会」を復興し、両忘庵、両忘協会、両忘禅協会等の禅の道場を提供した。戦後は千葉に住み、1954年7月4日、永眠。84歳であった。　(佐藤裕子)

菅虎雄
(1864〜1943)

すがとらお

漱石終生の親しい友

　菅虎雄は福岡県久留米市の生まれ。漱石終生の親しい友であった。年齢は虎雄が二つ(数え年で三つ)上である。二人は大学予備門以来の友人で、共に東京帝国大学文科大学に学んだ。虎雄は独文学科、漱石は英文学科である。『漱石全集』の書簡集には、42通の菅虎雄宛のものが見出せる。が、この数は少なく、他の親しかった人物への書簡からして、実際にはこの倍を上まわる書簡はあったはずだ。
　漱石は1890(明23)年9月、帝国大学文科大学英文学科に入学する。この頃から二級上の菅虎雄との深い交流がはじまる。大学時代は寮を飛び出し、しばらく虎雄の家に転がりこんだこともある。漱石の愛媛県尋常中学校(松山中学校)への就職や熊本の第五高等学校への赴任も、虎雄の尽力による。漱石の五高赴任の際は、しばらく自宅に同居させている。漱石留学中に、虎雄は一高教授となっていた。彼は留学中の漱石の健康を心配したり、帰朝後引っ越しの世話をしたり、漱石岳父中根重一の借金依頼の際には、250円を用立てる(夏目鏡子／松岡譲筆録『漱石の思ひ出』改造社、1928)など、実生活上のかかわりは深い。五高・一高では同僚でもあった。

法帖趣味と能書家

　菅虎雄はドイツ語学者としてのみならず、能書家としても知られた。雅号は白雲である。彼は最初の一高在職中、中国南京の三江師範学堂に招聘され、その際、六朝の書法を李瑞清に学び、篆刻の趣味も身につける。一高ドイツ語教授として復帰してからの菅虎雄は、

同僚の岩元禎、福間博とともに、その存在が知られた。芥川龍之介の書簡には、これら三人のドイツ語教師の名がしばしば登場する。岩元禎は漱石の『三四郎』の広田先生のモデルとされるが、生徒に罵声を浴びせ、厳格な採点をすることで、恐れられた。後年の作家山本有三や歌人の土屋文明は、落第組に入る。福間博は岩元とは異なり、ユーモアを解し、生徒に人気があった。彼は独学でドイツ語を学び、一高教授にまで上り詰めた努力の人である。この二人に対して菅虎雄は、ドイツ語の授業よりも法帖趣味や能書家ぶりが知られ、生徒に尊敬されていた。一高時代の教え子芥川龍之介と藤岡蔵六は、1913(大2)年11月16日に恩師菅虎雄を鎌倉に訪ねている。藤岡蔵六は『父と子』(私家版、1981)にそのことを書き残した。そこには、「十一月中頃、私は芥川と連れ立って、鎌倉に在る菅虎雄先生のお宅を訪問した。先生は一高の独逸語教授だったが、書道の大家であった所から、話は自然書道を中心とし勢んだ。先生は筆を執り、半紙の上に健腕直筆振りを発揮しつつ、色々な書体を説明実演された。「漱石は文章は巧いが、字はわしに叶わなんだ」とは先生の御自慢話、漱石と先生とは昵懇の間柄であった」とある。芥川の井川恭宛書簡(1913・11・19付)にも、菅邸訪問のことは出てくる、そこには「先生にとつて独逸語の如きは閑余の末技に過ぎないのであらう」との感想が記されている。

漱石は『社会と自分』の扉字を、芥川龍之介は第一創作集『羅生門』(阿蘭陀書房、1917)の題字と背文字などを、菅虎雄(白雲)に書いて貰っている。菅虎雄と漱石の交流は、漱石の死まで続く。虎雄の妻静代の死、長男重武の足切断、続くその死のことなどは、漱石書簡にも見出せる。雑司ヶ谷墓地の漱石墓碑の文字は、虎雄の揮毫として知られる。

(関口安義)

鈴木大拙
(1870〜1966)

すずきだいせつ

父・金沢藩医学館役員良準、母・増の四男一女の四男として、金沢市本多町に生まれる。本名貞太郎。6歳の時に父が逝去。石川県専門学校附属初等中学科に入学し、1887(明20)年に第四高等中学校予科3年に編入学したが、本科1年の時に家計の事情で退学。1889年、飯田小学校高等科英語教師となった。美川小学校に移り、富山県国泰寺で参禅。

1891年、上京して東京専門学校専科に入学、英文学を志して坪内逍遙の講義を聞き、鎌倉円覚寺の今北洪川に入門する。1892年1月16日、洪川が死去すると、釈宗演について参禅した。同年9月、帝国大学文科大学哲学科選科に入学。27歳の漱石は1894年12月23日から翌1月7日まで宗演の下に参禅したが、これは大拙の参禅と重なっており、円覚寺塔頭帰源院で同宿している。東慶寺元住職の井上禅定は、『門』の居士に関する描写は当時の大拙がモデルであると解説している(井上禅定「宗演と大拙・漱石」『鈴木大拙——人と思想』岩波書店、1971)。1895年選科終了。釈宗演の推薦でアメリカに渡り、オープンコート出版社の編集員となり『大乗起信論』の英訳を刊行。1911年、アメリカ外交官の娘ビアトリス・アールスキン・レーンと結婚。1921(大10)年、真宗大谷大学教授となる。

1946(昭21)年、英文雑誌『カルチュラル・イースト』を発刊。1949年に日本学士院会員となり文化勲章を受け、ハワイ大学やアメリカ本土の大学で講義を続けた。1955年に朝日文化賞、1964年に第一回タゴール生誕百年賞を受ける。1966年、腸閉塞のため95歳で逝去した。

(佐々木彩香)

鈴木三重吉
(1882〜1936)

すずきみえきち

◆十月早稲田に移る。伽藍の様な書斎に只一人、片附けた顔を頬杖で支へて居ると、三重吉が来て、鳥を御飼ひなさいと云ふ。　　　（「文鳥」一）

　鈴木三重吉が東京帝大英文科を休学して帰郷、能美島（広島県）などで静養していた時期から、漱石との文通がはじまっていた。漱石のすすめで、島の生活に取材した「千鳥」（『ホトトギス』1906・5）を書き、小説家としてデビュー。原稿をうけとった漱石は、「千鳥は傑作である」と返信した（鈴木三重吉宛、1906・4・11付）。
　「文鳥」には、「三重吉の小説によると、文鳥は千代々々と鳴くさうである。（中略）或は千代と云ふ女に惚れて居た事があるのかも知れない」ともあるが、この小説というのは「三月七日」（『千代紙』俳書堂、1907・4、のち「鳥」と改題）である。飼っていた文鳥を死なせてしまうモチーフは、三重吉の既発表の小説「引越」（『中央公論』1908・1、のち「雀」と改題）の下宿屋で飼っていた雀を死なせてしまう男を連想させる。漱石の「文鳥」発表後、三重吉は、同題の小説「文鳥」（『国民新聞』1908・11・3）を書き、前半には「千代」という女のこと、後半には漱石に文鳥を飼わせたことを記す。
　漱石は、「心持首をすくめ」る文鳥に昔知っていた「美しい女」を重ねる。この発想は、文鳥が鳴くのを「千代」と聞く三重吉のものでもあり、漱石の「文鳥」と三重吉の諸作品は合わせ鏡の関係にある。漱石という鏡に写った三重吉のロマンチシズムは、やがて、「子供の純性を保全開発する」として児童雑誌『赤い鳥』を創刊させる（1918・7）ことにもなるのだ。　　　　　　　　（宮川健郎）

高浜虚子
(1874〜1959)

たかはまきよし

『吾輩は猫である』の誕生と虚子

　高浜虚子（清）は、伊予松山に生まれ、同郷で年長の正岡子規の提唱する俳句革新を、東京に発行所を移した『ホトトギス』の代表者として共に推進した。1901（明34）年、英国留学中の漱石が病床の子規と虚子に宛てた3通の手紙（「倫敦消息」として『ホトトギス』に掲載）は、病勢の募る子規をことのほか喜ばせた。虚子は、留学中の漱石に『ホトトギス』を毎号送り、子規の死も知らせた。帰国後の漱石は、一高、東京帝国大学の講師となる。
　「時機が来てゐたんだ―処女作追懐談」には、1905年1月の『ホトトギス』に、「虚子から何か書いて呉れないかと嘱まれたので始めて『吾輩は猫である』といふのを書いた」ところ、虚子が「これは不可ません」と言うので「訳を聞いて」「尤もだと思つて書き直した」と語られている。作品は子規が始めた写生文の文章会である「山会」で朗読され喝采された。漱石歿後の回想記で、虚子もこの経緯を書いているが、虚子の言によって漱石が自ら削除や書き直しをしたというものと、虚子自身が持ち帰り添削したというものと、二種の発言がある。題名を「猫伝」とどちらにするか迷っていた漱石に『吾輩は猫である』を推したのも虚子であったという。当初漱石は『吾輩は猫である』を一回限りのつもりで書いたが、虚子のすすめによって書き継がれ、11回に及んだ。『ホトトギス』の部数は大きく伸長した。『ホトトギス』の経営者、編集人である虚子にとって、漱石の存在は重要になっていった。一方で虚子自身も小説の創作に取り組み、漱石が序を寄せた短編集『鶏頭』

（春陽堂、1908）、『俳諧師』（民友社、1909）などを刊行し、他方『国民新聞』の文芸欄も主宰した。

　1907年4月、漱石が朝日新聞に入社し「新聞屋」（「入社の辞」）になると、『ホトトギス』を除く他の媒体への寄稿が制限され、その結果『ホトトギス』への執筆の機会も失われていった。『ホトトギス』の部数は減じ、虚子は、『ホトトギス』の運営に専心する。俳句雑誌という原点に立ち返り、雑詠欄の選句に力を注ぎ、花鳥諷詠と客観写生を提唱した。

虚子のなかの漱石

　虚子と漱石のつながりは、朝日入社前の時期において緊密であった。松山鮓を子規の家で共にふるまわれた日の漱石の姿を初めとして、虚子にとってなつかしい漱石は新聞屋になる前の漱石であった。まだ木曜会の出来る前、寺田寅彦が訪ねるくらいであった漱石を訪ね、呑気な話をし、ともに謡をうたう時間が、虚子にとっても愉快であったと語られている（「平凡化された漱石」、『改造』1927・6）。能や歌舞伎の見物に誘ったのも虚子であった。子規を通した付き合いから、子規歿後のいわば漱石と二人の時間が、虚子にとって貴重なものであった。その中で、作家漱石が出現していったことは、虚子が一人の人間として漱石に親しんでいた感触から、少しずつ離れていくことでもあった。「漱石氏と私との交友は疎きがごとくして親しく、親しきが如くして疎きものあり」と、漱石の歿後すぐに書き起こされた『漱石氏と私』（アルス、1918）の「序」にはある。作家漱石の誕生するきっかけを作ったという自負と、そこから約十年間、漱石が作家として歩んだ道を少し離れた場所から見ていた虚子の思いには、交わらないものがあった。漱石の死に際して、翌朝の『東京朝日新聞』に掲載された追懐談の中の句が、何よりそれを示しているだろう。

　「十二月九日夜即事　虚子　人の後へに氷れる息を見守れり」
　　　　　　　　　　　　　（長島裕子）

高山樗牛
（1871〜1902）

たかやまちょぎゅう

　現在の山形県鶴岡市に旧荘内藩士斎藤親信の次男として生まれる。本名、林次郎。翌年、父の兄、高山久平の養子となる。また、斎藤信策（野の人）は実弟である。

　仙台の第二高等中学校を経て、1893（明26）年、東京帝国大学文科哲学科入学。翌年、『滝口入道』が『読売新聞』の懸賞に入選。また、在学中に『帝国文学』の発刊に参加、雑誌『太陽』の文学欄記者となる。1896年、同大学を卒業し、大学院に入学。第二高等学校教授に赴任するが、翌年辞職して博文館に入社、『太陽』編集主幹となり、日本主義を提唱した。1900年に文部省留学生として欧州留学が決定したが、肺結核の悪化で辞退し、東大文科大学の講師を勤める。1901年の「美的生活を論ず」（『太陽』）で、それまでから立場を変え、美的生活に絶対的価値を認めるようになる。またニーチェ主義を唱え、その後、日蓮に関する研究に取りかかる。この頃から、鷗外、逍遙、嘲風らとニーチェ論争を巻き起こす。

　漱石は当時の樗牛の活躍に対し、「わるく云えば立ち腐を甘んずる様になった。其癖世間へ対しては甚だ気焰が高い。何の高山の林公抔と思つてゐた」（「処女作追懐談」『文章世界』）と記している。また、小宮豊隆宛の書簡に「樗牛なにものぞ。豎子只覇気を弄して一時の名を貪るのみ。後世もし樗牛の名を記憶するものあらば仙台人の一部ならん」（1907・8・15付）とあることからも、漱石が樗牛の存在を少なからず意識していた様子がうかがえる。

（田中晴菜）

瀧田樗陰
(1882〜1925)

たきたちょいん

◆当時池辺君の話を筆記した瀧田君が来て、余に序文様のものを書けといふ注文を出した。夫は此三月頃の事と覚えてゐる。其時余は「彼岸過迄」といふ小説を毎日一回づゝ「朝日」に載せてゐた。それで、もし序文を書くとすれば、書肆の要求によつて、間に合せのもの、——と云ふより、自分に余裕のない間に合せの心で筆を執らなければならなかつた。それが池辺君の朋友としての余には如何にも苦かつた。
(「池辺君の史論に就て」)

　瀧田樗陰(本名哲太郎)は秋田生まれで、旧制第二高等学校をへて東京帝大英文科に入学。漱石『文学評論』の「序」には森田草平と瀧田樗陰に謝辞がある。やがて樗陰は英文から法科に転じ、在学中に雑誌『中央公論』の編集者となって中退。1912(大1)年に編集主幹となり、吉野作造を初めとする大正期「民本主義」の評論家を登用する一方、文芸欄に力を入れて、谷崎潤一郎、佐藤春夫、室生犀星などを登場させるなど名編集者として謳われた。なかでも池辺三山に人物史論を語らせた。それまでの論説文とは異なる口述筆記の文体による社会・政治評論に道を開いた。
　瀧田が三山歿後、『明治維新三大政治家　大久保・岩倉・伊藤論』(新潮社、1912)を編集した際に、漱石に序文を依頼したが、断られた経緯が上記の引用である。小説連載を理由に執筆を辞退した漱石は、少し後に出た同書再版では約束を果たした。瀧田の『中央公論』と漱石のあいだにはそれほど多くの接点はなかったが、人々をつなぐ糸の役割を果たした編集者であった。
(紅野謙介)

田山花袋
(1872〜1930)

たやまかたい

　本名録弥。現在の群馬県館林生まれ。雑誌『文章世界』の主筆であった花袋には、同時代作家に関する短評が数多くあり、漱石についてもその例外ではない。一方、漱石が花袋の名をあげてその著作に言及したのは、わずかに「近作小説二三に就て」「田山花袋君に答ふ」の二度きりである。ただし、たとえば「余裕のある小説と云ふのは(中略)ある人の所謂触れるとか触れぬとか云ふうちで、触れない小説である」(「虚子著『鶏頭』序」)とあるときの「ある人」が明らかに花袋(「触れるといふこと」『文章世界』1907・9)を指しているように、表立たない批評は決して少なくない。
　なかでも、「創作家の態度」で展開された「歴史的の研究」批判は、もっぱら歴史認識の問題として自然主義理論を展開してきた花袋らの方法論的な欠点を指摘する本質的な批評であった。もちろん漱石には自然主義文学に関する広汎な理解が十分にある。ただ、花袋に代表される自然派の論者たちの論理の粗さ、特に、「幼稚な文学が発達するのは必ず一本道で、さうして落ち付く先は必ず一点である」という単線的な歴史認識が到底受け容れられなかったのである。
　こういう漱石の態度に対し、花袋が追悼文で「歩いた道が異つて居た」(『新小説』1917・1)と述べたことが平行線を辿った両者の関係を要約している。とはいえ、「自然の一部分たる人間たる自己を考へて見る」(「描写論」『早稲田文学』1911・4)などという言い方には、「自然」を介して両者が意外に隔たっていなかったと思わせるものもある。今後の研究課題といえるだろう。
(永井聖剛)

津田青楓
(1880〜1978)

つだせいふう

　京都出身の画家。本名亀治郎。津田青楓は漱石に絵を指導したことで知られるが、『明暗』など晩年の著書の装幀も手がけた画家である。津田の生家は「去風流」という生花の家元で、西川一草亭は兄にあたる。はじめ浅井忠の関西美術院で洋画を学び、1907（明40）年、農商務省海外実業練習生として渡仏。パリではアカデミー・ジュリアンに入り、中村不折も師事したJ・P・ローランスに学んだ。友達の荻原守衛や斎藤与里が毎日落ち合うレストランでは『ホトトギス』に掲載された漱石の小説を朗読して楽しんだという。

　津田が小宮豊隆の紹介ではじめて漱石宅を訪問したのは、1911年の初夏であった。何らの実績もない少壮の画家を、漱石は会うなり気に入ったようだ。『朝日新聞』に挿絵の仕事を周旋し、画廊に出品した油絵の小品を買って支援もしている。津田は木曜会に集う漱石山房のひとりとなるが、ほかの弟子達とは違って、絵の指南役として、あるいは気の置けない話し相手として常に漱石の身近におり、また手紙のやりとりも頻繁だった。

　津田は、漱石の言うとおりに水彩画、油彩画、そして日本画と画材を揃えるところから手ほどきをしたものの、描き方は漱石の自由にまかせていた。その結果、ひどいものが出来ると、「小学一二年の子供が描く画そっくりだ」（「漱石の拙」）などと揶揄し、漱石も津田の絵を「ぢぢむさい」などと批判し合う間柄だった。漱石歿後、津田は漱石およびその門人らの著作の装幀を手がけたほか、『漱石と十弟子』（世界文庫、1949）などを著し、文筆活動でも漱石との交友を描いている。（古田亮）

坪内逍遥
(1859〜1925)

つぼうちしょうよう

◆坪内博士の訳は忠実の模範とも評すべき鄭重なものと見受けた。あれだけの骨折は実際翻訳で苦しんだ経験のあるものでなければ、殆んど想像するさへ困難である。余は此点に於て深く博士の労力に推服する。けれども、博士が沙翁に対して余りに忠実ならんと試みられたがために、遂に我等観客に対して不忠実になられたのを深く遺憾に思ふのである。
（「坪内博士とハムレット」）

　漱石は熊本五高時代（1896）に高浜虚子の紹介状、二葉亭四迷の追悼文集への依頼を断る文面（1909）という2通の逍遥宛ての書状を遺しているが、深い親交を感じさせるものではない。しかし、逍遥の主宰する文芸協会のシェイクスピアの「ハムレット」公演に触れての感想は、真率である。英国文学研究者としての共感が投影されたものだからである。

　逍遥は、シェイクスピアの翻案的創作「桐一葉」以下、浄瑠璃・歌舞伎様式の一連の戯曲を発表して、言わば観客に「忠実な」「不忠実な翻訳者」を実践した。漱石は「沙翁劇のセリフは、能とか謡とかの様な別格の音調によつて初めて、興味を支持されるべきである」としている。「沙翁」を日本文学の何にと対応させるかという点では好対照である。

　漱石は、シェイクスピア上演には、「英国が劇と我等の間に挟まつてゐる（中略）。三百年の年月が挟まつてゐる」とも語っている。逍遥はその後、シェイクスピア全集の翻訳を完成させ、漱石は英文学研究を離れ、小説家としての道を進む。その違いを生んだのは、まさに漱石の言う「劇」の前に横たわる「英国」と「三百年」という共通の「間隔」の意識と、二人の好尚の違いだった。　（みなもとごろう）

寺田寅彦
(1878〜1935)

てらだとらひこ

◆苦沙弥は小生の事だと世間できめて仕舞ました。寒月といふのは理学士寺田寅彦といふ今大学の講師をしてゐる人ださうです。
　　　　（井原市次郎宛書簡、1906（明39）年8月15日付）

◆今度学士院で表彰されるものゝ数昨年の三倍四倍になりたり、小生の思ひ通りになりて学海のため甚だうれし。其内寺田寅彦の名が出てくる事を希望致し候
　　　　（寺田寅彦宛はがき、1912（明45）年4月16日付）

漱石との交流

　1896（明29）年、漱石が英語の教師として熊本の第五高等学校に赴任したとき、入学してきた新入生の一人が寺田寅彦である。翌年、漱石の影響を受け、俳句に関心を深めた寺田は自作の批評を乞うため漱石のもとへ足繁く通うようになる。こうして句作を媒介にして出会った二人の親交は、漱石が歿する1916年まで途切れることなく続いたのである。それは文学を解する科学者と科学に興味を抱いた文学者との間に流れた、文理融合の濃密な時間であった。その様子は漱石の作品にも色濃く現われている。

　有名な件のひとつに、『吾輩は猫である』の中で物理学者の水島寒月が弁じる「首縊りの力学」がある。この話の元ネタは1866年、イギリスの物理学雑誌に発表されたホウトンという科学者の「力学的および生理学的にみた首縊りについて」と題する論文である。この風変りな表題の論文を見つけた寺田が漱石にその話をしたところ、漱石は大変面白がり、それが寒月の研究に化けたという次第である。苦沙弥たちを前に寒月が説明する力の釣合いを表わす数式も原論文にあるとおり使われている。漱石は寺田から提供された科学の話題を上手に小説に溶け込ませたのである。『三四郎』の中で野々宮理学士が行う光線の圧力実験や『明暗』で語られるポアンカレーの「偶然」もまた然りといえる。

寒月への同化

　ところで、漱石が亡くなった翌年の1917（大6）年、寺田はX線による結晶構造解析の研究で学士院恩賜賞を贈られている。その5年前、漱石が寺田に書き送った希望にみごとに応えたのである。しかし、漱石の歿後、寺田は西洋の物理学者と競合するこうした最先端の研究からは距離を置き、身近な自然現象をユニークな視点で観察、分析する、いわゆる「寺田物理学」と称される独自の境地を開いていく。その好例に、1933（昭8）年に発表された「椿の花の落下運動」を考察した論文がある。これは熊本時代の漱石が詠んだ「落ちさまに虻を伏せたる椿哉」(1071)という俳句を力学実験の俎上に載せたものである。俳句が物理学の対象になる前代未聞の研究が行われた。このときの思いを寺田は友人の物理学者、藤岡由夫宛に「落椿の力学という珍研究を始めます。いよいよ我輩は猫である事の証明をするような事になる」と書いている。また、随想「夏目漱石先生の追憶」では「先生からはいろいろのものを教えられた。俳句の技巧を教わったというだけではなくて、自然の美しさを自分自身の目で発見することを教わった」と述べている。

　原子核物理学が発展し、量子論にもとづいて素粒子や物質の性質、構造が明らかにされつつあった1920〜1930年代に、寺田は物理学の潮流に捉われず、漱石のいう「自己本位」の視点で自然の美しさを追究しつづけた。こうして寺田は漱石亡き後、ますます寒月へと同化していったのである。　　（小山慶太）

土井晩翠
(1971〜1952)

どいばんすい

　詩人、英文学者。本名は林吉。漱石にとって晩翠は東京帝国大学文科大学英文学科の4年後輩にあたる。晩翠が帝大に入学した1894(明27)年には漱石は既に卒業しており、両者の間に親密な交流があった訳ではない。但し晩翠卒業以前の英文学科卒業生は漱石を含む7名のみであり、同窓の繋がりは小さからぬものであったろう。

　晩翠はその後郷里仙台の第二高等学校に赴任するが、1901年、3年に及ぶ欧州外遊の途に着く。漱石の出迎えを受けた1901年8月から一年余の英国滞在中、1902年9月には精神に失調を来していた漱石の下宿に10日程同宿する。そのことから、「書を本国に致して余を狂気なりと云へる」「ある日本人」(『文学論』序)に晩翠が擬せられるに至る。発端は1928年1月の『改造』掲載の夏目鏡子「漱石の思ひ出」にあったが、晩翠の「漱石さんのロンドンにおけるエピソード」(『中央公論』1928・2、『雨の降る日は天気が悪い』(大雄閣、1934)所収)にその事実無根であることが委細を尽くして語られている。

　1904年の帰朝後、晩翠は再び二高の教壇に立つが、漱石との書簡の往来が続いている。例えば自画像が描かれた漱石の自筆絵葉書(1905・2・2付)には「君が僕を鼓舞してくれる」と記され、森田草平宛書簡(1906・1・9付)に紹介された晩翠宛の文面は、「君の小説の材料になれかしと望んで」晩翠から送られたドイツの絵葉書への返答である。東京と仙台に隔たった漱石と晩翠が直接的な交遊を結ぶことはありえなかったが、これらの書簡は両者の間に流れていた信頼の情を確かに伝えている。
　　　　　　　　　　　　(佐藤伸宏)

徳田秋聲
(1872〜1943)

とくだしゅうせい

　漱石が徳田秋聲と実際に顔を合わせたのは、1908(明41)年11月に九段で夜能を観覧したときに高浜虚子に引き合わされたときが初めてであり、また最後であったようだ。しかし、門下生の岡栄一郎(劇作家で芥川龍之介の東京帝国大学の先輩)は秋聲の親戚にあたり、彼を伝言役に用いるなど細い関係性は維持していた。

　反自然主義派である漱石の秋聲評と言えば『あらくれ』(1915)に対して述べた「フィロソフイーがない」(「文壇のこのごろ」『大阪朝日新聞』1915・10・11)との言が知られており、批判者であるように見られているが、そう単純ではない。漱石は秋聲に『黴』(1911)と『奔流』(1915)の二度にわたり『東京朝日新聞』の連載を依頼しており、特に前者には「文章しまつて、新らしい肴の如く」(小宮豊隆宛書簡、1911・8・1付)との賛辞を贈っている。また後者の連載時には自ら手紙を認め、「娼妓の一代記」を書きたいという秋聲に社の「穏健主義」に配慮し「露骨な描写」を控えてくれるよう注文しつつ、自分には「書かうと思つても書け」ない素材として執筆を依頼している(1915・8・9付)。

　『道草』に『黴』の影響があることは江藤淳以来指摘されてきたが、すなわち漱石は秋聲に対して自身とは異質な文学として一定の価値を見出していた。よって先の「フィロソフイー」の問題も、漱石自身の文学観の現れと見るべきだ。ちなみに秋聲は前記の評価に対して「やや哲学的遊技に堕ちた感じ」で漱石は「自己のボデイをもつて文学にぶつかつて行く」ことが少ないと後年反論している(「雑筆帖」『あらくれ』1934・4)。
　　　　　　　　　　　　(大木志門)

◆人

冨澤敬道(珪堂)
(1891〜1968)

とみざわけいどう

　1891(明24)年3月15日兵庫県宍粟郡安師村(現姫路市安富町安志)生。小川(養子行前の姓は小林)寅太郎三男、俗名豊三郎。1904年氷上郡船城村朝日(現丹波市春日町朝日)少林寺住職及同加古郡神野村石守字広見(現加古川市石守)善証寺(書簡表記は神野村石村善正寺内)兼務住職冨澤敬山(戸籍上は「警」山)の弟子且つ養子となる。名を珪堂と改む。

　1907年京都妙心僧堂に掛搭。一年程で四大不調にて善証寺へ戻る。1909年神戸市平野町(現兵庫区五宮町)祥福寺専門道場に掛搭。同名の先輩が居た爲、僧堂内での名は敬道に。留錫中、後輩の鬼村元成から遅れること約一年、漱石と書簡応答数通(返信5通帰源院蔵)。

　1916(大5)年名古屋徳源寺の報恩接心参加の次いで漱石宅訪問を元成と企図。歓待厚遇、昼に東京見物、夕に歓談雑談の滞在10日弱。日々、その雲水らしさが漱石を楽しませる。2ヵ月後漱石歿。楞伽窟釈宗演導師に侍して元成と共に参列。1920年祥福僧堂永暫。1922年から1925年迄円覚僧堂に掛搭留錫。朝比奈宗源との交流。1927(昭2)年宗源が臥龍庵及帰源院住職拝請の爲少林寺を訪問。1929年鎌倉転籍、帰源院入院(臥龍庵正住なるも実務は伽藍整った兼務の帰源院を主とす)。1968年9月3日遷化。世寿78歳。遺墨「万歳万歳万万歳皆さんさよなら」(帰源院蔵)。

　補足として師匠苗字本人戸籍共に「冨」の字。また1962年鎌倉漱石の会発足、境内に句碑建立。碑文は珪堂筆。　　　　(富澤宗實)

鳥居素川
(1867〜1928)

とりいそせん

　父・熊本藩医般蔵、母・由子の三男として熊本本荘町に生まれる。本名赫雄(てるお)。1882(明15)年済々黌に入学、1884年卒業。上京後、独逸協会専門学校に入学し、在学三年半ばで退学。上海に渡り日清貿易研究所に入るが、健康を害し帰国した。回復後は母と共に京都へ移住。1890年、歌人天田愚庵の紹介による縁で新聞『日本』の記者となる。1894年、日清戦争に従軍記者として派遣され、講和成った翌年5月に帰国。同郷の池辺三山の推薦で『大阪朝日新聞』の記者となった。

　1898年、光永惟斎の長女友子と結婚。1901年ドイツのハレ大学に留学し、1903年に帰国。1904年3月から1906年10月にかけて、第一軍従軍記者として日露戦争に派遣された。1906年12月、鳥居は『朝日新聞』の文芸面も充実させたいとの考えから、中村不折を通して漱石に朝日新聞入社を依頼する。この時漱石は一旦断った。鳥居は『東京朝日新聞』主筆の池辺三山に図り、社長の村山龍平に漱石の招聘を提案する。1907年3月、池辺が漱石を訪ねて入社の契約内容について打ち合わせ、同月31日には漱石と鳥居、4月4日には漱石と村山龍平が直接顔を合わせた。かくして5月3日、漱石は『東京朝日新聞』に「入社の辞」を書くに至った。その後鳥居は大阪朝日新聞社の編集局を主宰。1918(大7)年8月の米騒動で寺内内閣を攻撃し、いわゆる「白虹日を貫く」の筆禍事件で責任を問われ、退社を余儀なくされる。1928(昭3)年、肺炎のため60歳で永眠した。　　　　(佐々木彩香)

中勘助
(1885〜1965)

なかかんすけ

◆彼の八九歳頃の追立記と申すやうなものにて珍らしさと品格の具はりたる文章と夫から純粋な書き振とにて優に朝日で紹介してやる価値ありと信じ候。(山本松月(松之助)宛書簡、1913(大2)年2月26日付)

　東京生まれ。1902(明35)年、第一高等学校入学、英語担当の夏目金之助と出会う。1905年、東京帝国大学入学、漱石の講義を受ける。漱石『鶉籠』を読む。1909年の兄・金一発病は、漱石「断片」に「Uncertainty一人事不安ナリ」と記される。帝大卒業後も手紙で漱石と通じるが、勘助は漱石の「偶像崇拝者になることも出来なかつた」。

　1912年、漱石に「銀の匙」の閲読を乞い、表記・内容の指導をうける。作品の価値を認めた漱石の推薦により、同作は1913(大2)年『東京朝日新聞』に載る。1914年、漱石講演「私の個人主義」中で金一・勘助兄弟が話題に取上げられる(浜田伸子「中勘助小論」『語文論叢』1972・3)。1915年、続篇「つむじまがり」も漱石の推薦で、同紙に載る。

　漱石歿後の1917年、「夏目先生と私」を綴り、「人間嫌ひな私にとつて最も好きな部類に属する人間の一人」「私の人間にではなく、創作の態度、作物そのものに対して最も同情あり好意ある人の一人であつた」と記す。この回想は11月2日付『時事新報』に「今まで出たどの漱石氏観よりも、全く違つた異なつたものがある」と評される。1922年、小説「犬」を発表。以後、日記体随筆や戦争詩を発表する。1944(昭19)年、「銀の匙に麦粉そなへん漱石忌」と詠む。

(堀部功夫)

永井荷風
(1879〜1959)

ながいかふう

　現在の東京都文京区春日生まれ。高等師範学校付属中学を経て、外国語学校清語科に進むが中退。1898(明31)年、広津柳浪の元で小説家を志す一方、落語家や歌舞伎作者の修行をする。1903年、父の勧めで渡米し、正金銀行ニューヨーク支店に勤務。その後リヨン支店に転勤、1908年に帰国。同年『あめりか物語』(博文館)刊行。次いで『ふらんす物語』(博文館)『歓楽』を刊行するが発禁処分となる。その後「冷笑」を『東京新聞』で連載(1909・12・13-1910・2・28)。

　これは漱石が森田草平を通じて荷風に依頼したもので、漱石の書簡に「御無理御願申上候処早速御引受被下深謝の至に不堪候」(1909・11・20付)とある。この時のことを荷風は1927年9月22日の『断腸亭日乗』(岩波書店)で、「明治四十二年の秋余は朝日新聞掲載小説のことにつき、早稲田南町なる邸宅を訪ひ二時間あまりも談話したることありき、是余の先生を見たりし始めにして、同時に又最後にてありしなり」と語っている。また『断腸亭日乗』では、漱石亡き後、妻夏目鏡子が「漱石の思ひ出(第一回)」(『改造』1927・10)で漱石の身辺を公表したことを「何たる心得違ひぞや」「先生は世の新聞雑誌等にそが身辺及一家の事なぞ兎や角と噂せらるゝことを甚しく厭はれたるが如し」と厳しく批判している。

　1910年、荷風は慶應義塾大学教授に就任、『三田文学』主幹となる。1916(大5)年に退職、自宅を改築し「断腸亭」と名付ける。以降転居を繰り返すが、その間に『問はずがたり』『勲章』等を発表している。

(田中晴菜)

◆人

中川芳太郎
(1882〜1939)

なかがわよしたろう

　名古屋市生まれ。英文学者。1906(明39)年に東京帝国大学を卒業した後、母校の第八高等学校で英文学の教鞭を執り、定年退官まで勤めた。中川芳太郎は、東大では小山内薫や森田草平らと同期で、在学中から漱石に師事し、しばしば漱石宅に出入りしていたことは、漱石の日記などから知ることできる。成績は優秀だったようで、漱石は鈴木三重吉宛の書簡(1906・5・26付)で、中川芳太郎について「気が弱いのが弱点である」と語りつつも、「先日卒業論文を漸く読み了つた。中川のが一番えらい。あの人は勉強すると今に大学の教師として僕抔よりも遥かに適任者にない。しかも生意気な所が毫もない。まことにゆかしい人である」と語っている。漱石は中川芳太郎の人柄と学才を大いに評価していたのである。漱石がロンドン製のフロックコートを中川芳太郎に「献上」したことも、森田米松への書簡(1906・9・6付)に書かれている。中川芳太郎を可愛がっていたのである。

　中川芳太郎の人物と学識を信頼していた漱石は、『文学論』の「序」に書いているように、『文学論』の「章節の区分目録の編纂其他一切の整理」を中川芳太郎に「委託」した。「序」で漱石は、「氏の親切によらずんば、現在の余は遂に此書を出版する運びに至らざりしならん」と謝意を述べている。

　中川芳太郎の代表的著書として、『英文学風物誌』(研究社、1933)と『欧羅巴文学を併せ観たる英文学史』(研究社、1943)があるが、ともに文学の背景を視野に収めた学術書として高く評価されている。　　　　(綾目広治)

長塚節
(1879〜1915)

ながつかたかし

　長塚節は、茨城県岡田郡国生村に、近隣に聞こえた豪農の長男として生まれた。18歳の頃、県立水戸中学校中退後、正岡子規の俳論を読み子規を敬慕した節は1900(明33)年22歳の折、子規庵を訪ね、2年後の子規の死まで強い師弟愛で結ばれていた。したがって、節と漱石は正岡子規を介した繋がりであると言える。1900年9月頃から、子規が主唱した〈写生文〉による文章朗読会「山会」が始まるが、1905年12月、子規の旧居で開かれた「山会」で「吾輩は猫である(第一回)」(まだ題名は決まっていない)が高浜虚子によって朗読された時、節も臨席している。

　節の紀行文「佐渡が島」(『ホトトギス』1907・11)に「感服」(「長塚節氏の小説「土」」)した漱石は、『門』の後の連載小説を森田草平を通じて節に依頼し節は快諾する。「氏には本来芸術的な一片の性情があつて、氏はたゞ其性情に従ふの外、他を顧みる暇を有たないのである」(「長塚節氏の小説「土」」)。日本近代文学に聳立する名作『土』は、節の才能をこのように高く評価する漱石の慧眼によって生まれた。連載に先立つ6月9日に、推薦者漱石による紹介文「長塚節氏の「土」(前掲)が『朝日新聞』に掲載された。『土』は11月17日まで151回連載され、1912年5月、漱石の序文を付して春陽堂より出版された。節はこの厚意ある序文に対して「あの序文を小生はもう十遍以上も反復して読み申候。小生はすべてに於て幸福と存申候」と平福百穂に書き送っている。この序文が初めての『土』論である。

　　　　(関谷由美子)

中根重一
(1851〜1906)

なかねしげかず

◆ぼくの妻の父死んで今週は学校を休む事にした。

（高浜虚子宛はがき、1906（明39）年9月18日付）

◆「今日父が来ました時、外套がなくつて寒さうでしたから、貴夫の古いのを出して遣りました」／田舎の洋服屋で拵へた其二重廻しは、殆ど健三の記憶から消えかゝつてゐる位古かつた。細君が何うしてまたそれを彼女の父に与へたものか、健三には理解できなかつた。（中略）「そんなに窮つてゐるのかなあ」／「えゝ。もう何うする事も出来ないんですつて」

（『道草』七十二）

官僚としての栄進

中根重一は夏目漱石の岳父（妻鏡子の実父）。もとは医師だが、官界に出て累進し、貴族院書記官長や行政裁判所評定官などを歴任した。備後福山藩士中根忠治の長男として江戸屋敷に生まれる。大学南校（後の帝大医学部）で、ドイツ語を学び、はじめは医師や翻訳家として新潟医学所などに勤務した。が、志を官界に変え上京、大政官御用掛を第一歩として順調に出世していくこととなった。『虎列刺病論』(1880)などの訳書もあり、医学やドイツ語に関して十二分の才能を有していたようだが、彼の夢はより広い分野に向けられていた。結果として彼は貴族院書記官長まで登りつめた(1894)のであるから、もともと彼の資質は官界に向いていたと言うべきだろう。松山中学に勤務していた漱石が彼の長女鏡子と見合いをし、結婚することになったのはこの頃のことで、中根は漱石の力を認め、漱石もこの岳父を頼りにしていたようだ。例えば中根はその後熊本の五高に転じていた漱石のために口をきき、東京高等商業学校（現・一橋大

学）への就職を斡旋したりしている。これは結果として漱石の五高のスタッフへの信義もあって不調に終わったが、中根としては何としても長女とその夫を上京させ、自らの家族圏を拡大すると共により濃密にしたかったのではなかったか。それは当時の家父長制の中における彼なりの矜持の誇示に他ならなかった。それはともかく、この頃が中根の絶頂期であったことは事実である。

官界からの転落

漱石は1900(明33)年から1903年まで英国に留学したがその間に中根重一の没落は始まった。中根は貴族院書記官長から行政裁判所評定官、内務省地方局長へと転じていたが、伊藤博文内閣の総辞職をきっかけとして休職から辞職(1901)に追いこまれたのである。しかし絶頂期を過ぎたとはいえ、これまでの経歴からすれば彼にはそれなりのポストがまわってきたのではないか。ただ、ここで中根は屈辱感からか少々あせり過ぎたようで、相場に手を出し、借金に追われるようになっていった。官界における自らの能力には絶対の自信を抱いていたらしい彼も実業という世界では己れの力を全く発揮できなかったようで、以後、転落の一途をたどることとなった。娘婿の漱石に頼みごとをすることなど屈辱的であるのについには金策を頼まざるを得なかった中根の心底はどのようなものであったろうか。『道草』には健三の妻お住の口を借りて父の苦境が語られているが、デフォルメされているとはいえ当時の中根の存在がみごとに表出されているのではないか。

中根はその後家財も売り尽くし、自宅も売却、1906年9月16日、借家で病死した。漱石はこの週忌引で休むが20日の葬儀には参列しなかった。この時、漱石は中根という岳父をどうとらえていたのか、その心底を探索してみたいものである。

（山田有策）

人

中村不折
(1866〜1943)

なかむらふせつ

　画家、書家、書道研究家。江戸京橋に生まれる。本名鈼太郎。5才のとき一家で父祖の郷里・信州高遠へ帰る。1887(明20)年に上京して高橋是清邸に下宿、浅井忠・小山正太郎らの十一字会に入塾。1894年、浅井忠により正岡子規に紹介され、当時子規が編集をしていた新聞『小日本』の挿絵を担当、以後子規と親交を結ぶ。のち陸羯南主筆の日本新聞社に入社し紙面に挿絵を描く。日清戦争時には子規たちと共に記者として従軍したが、不折は戦争が終った後も大陸を旅行し、多くの文化財を目にしたことを契機に書道関連の文物の収集をはじめ、現在の書道博物館を開く。

　不折は雑誌『ホトトギス』の表紙や挿絵もよく手がけていた。同誌に掲載していた『吾輩は猫である』の出版が決まった漱石は1905年8月7日付の不折宛書簡で次のように挿絵を依頼した。「ホトヽギス所載の拙稿を大倉書店で出版致し度(中略)御引受け被下間敷や実は製本も可成美しく致し美術的のものを作る書店の考につき君の筆で雅致滑稽的のものをかいて下されば幸甚」不折は同年『吾輩は猫である』上編に挿絵を提供し、漱石は不折への礼状中に「大兄の挿画は其奇警軽妙なる点に於て大に売行上の景気を助け」たと記している。なお、1906年に発行された漱石の小品集『漾虚集』にも不折の挿絵がある。

　1910年3月に光華堂より発行された『不折俳画』は、不折の俳画に河東碧梧桐が俳句をつけ、高浜虚子が句の評釈を書いたもので、漱石が序文を寄せている。　　(渡部光一郎)

中村是公
(1867〜1927)

なかむらよしこと

◆昔の中村は満鉄の総裁になつた。昔の自分は小説家になつた。満鉄の総裁とはどんな事をするものか丸で知らない。中村も自分の小説を未だ曾て一頁も読んだ事はなからう。　(「永日小品」「変化」)
◆草木の風に靡く様を戦々兢々と真面目に形容したのは是公が嚆矢なので、夫から当分の間は是公の事を、みんなが戦戦兢々と号してゐた。
(「満韓ところどころ」十二)

　中村是公は官僚、政治家、実業家。満鉄総裁、貴族院議員、鉄道院総裁、東京市長を歴任。漱石の旧友で大学予備門、帝国大学などで共に学ぶ。下宿もしばしば同じくした。漱石ら友人たちから「ぜこう」と呼ばれ、その豪放磊落さが大いに愛された。現・広島市の出身で酒造家柴野家の五男。後、中村家に入る。官僚、政治家としてきわめて有能で漱石の交友関係の中では最も異色の存在。植民地経営に辣腕をふるった政治家後藤新平の信頼が厚く、彼のあと満鉄総裁となった。そして漱石を満州旅行に誘い、結果として「満韓ところどころ」を書かせることとなった。

　是公は法科大学英法学科の卒業生で文学などに興味を抱く人物ではなかったが、漱石は自分には無い能力や資質などに魅力を感じたのか、最晩年に到るまで旅行などを共にするなど親しく交わっていた。あるいは彼は是公の放胆とも言うべき性格や言動に、胸奥に沈みこんだ自らの青春をかきたてられたような快感を感じていたのかもしれない。「永日小品」の「変化」などにはそうした漱石の心情がきわやかに表出されているではないか。

(山田有策)

長与称吉、長与又郎
(1866〜1910、1878〜1941)

ながよしょうきち、ながよまたろう

　長与称吉は、初代内務省衛生局長である長与専斎の長男、長与又郎は三男である。また、小説家長与善郎は二人の弟である。
　長与称吉は、1884(明17)年、ドイツに留学、1896年に帰国し、長与胃腸病院を設立した。この長与胃腸病院は、1910年6月、漱石が胃潰瘍の疑いで入院した病院である。この頃院長の称吉は病中であったらしく、漱石の6月21日の日記には「院長病気にて面会の機なきを憾むとの事。院長は余の著述を読む由。謝してよろしくといふ」とある。その後漱石は8月6日より療養のため修善寺温泉に滞在していたが、8月24日に大吐血し、一時生死の境をさまよった。そして、漱石はそのまま10月10日まで滞在し、10月11日に再び長与胃腸病院に入院することになった。
　しかし、称吉は9月5日に死去していた。漱石は称吉の死を知り、10月12日の日記に「治療を受けた余はまだ未だ生きてあり治療を命じたる人は既に死す。驚くべし　逝く人に留まる人に来る雁」と記している。また、このことは「思ひ出す事など」にも描かれている。
　弟の又郎は、1904年東京帝国大学医科卒業、1907年ドイツに留学し、病理学を学ぶ。1909年に帰国し、1910年東大助教授に就任した。1911年に東大教授に昇進し、以降、医学部長、伝染病研究所長を経て、1934(昭9)年、東大総長に就任する。また、1916(大5)年12月、漱石死去の際、漱石の妻・夏目鏡子の発案により行われた遺体解剖では、又郎が執刀を務めている。

(田中晴菜)

夏目鏡子
(1877〜1963)

なつめきょうこ

漱石の妻として20年

　漱石の妻。福山藩出身の貴族院書記官長中根重一とカツの長女で、戸籍名はキヨ。鏡子自身によれば小学校卒業後は全課目を各々家庭教師に学んだという(半藤末利子「中根家の四姉妹」『文藝春秋』2004・12)。1895(明28)年末に見合し、翌年6月9日(入籍は6月7日)、18歳で結婚。以後20年の結婚生活で2男5女をもうけた。漱石は見合のあと「歯並みが悪くてそうしてきたないのに、それをして隠そうともせず平気でいるところ」が気に入ったと兄に話したという。富裕な家庭でのびやかに育った鏡子の美質をとらえたといえる。だがのちにはそれが反転し、苦労知らずの無神経として漱石との軋轢を招くことにもなったようだ。
　新婚生活は「俺は学者で勉強しなければならないのだから、おまえなんかにかまってはいられない」と漱石から「宣告」を受けて熊本で始まった(『漱石の思ひ出』改造社、1928)。鏡子は異郷での不慣れな家事に悪戦苦闘し、流産して自殺を企てたともいわれる。次の懐妊で重い悪阻を経て長女を産んだのち、漱石に留学の命が下り、東京の中根家に身を寄せて次女を出産する。だが漱石の留学中に実父は政治的浮沈に巻き込まれ、相場の失敗なども重なって苦境に立たされたため、鏡子は二児を抱え経済的に困窮していた。
　一方留学中の漱石は「おれの様な不人情なものでも頻りに御前が恋しい」(1901・2・20付)と鏡子の手紙を待ち暮らした。従来、この間の齟齬が夫婦の溝を深めた原因のひとつと説明されてきた。しかし、近年鏡子のロンドン

在住漱石宛書簡が発見された。そこには「私もあなたの事を恋しいと思いつゝけている事はまけないつもりです」（中島国彦他『夏目漱石の手紙』大修館書店、1994）とあり、夫の寂寥に充分応えていることが判る。

語られた鏡子／語る鏡子

　鏡子は『吾輩は猫である』の「細君」と『道草』の「御住」などのモデルでもある。前者では「礼儀作法抔と窮窟な境遇を脱却せられた超然的夫婦」（四）の妻として微笑ましく戯画化されている。だが同時期を題材にした『道草』の御住は「自分を理解しない細君」（三）であり、自殺を企てるヒステリーとして描かれた。ただし懐妊を重ね悪阻に苦しみ出産で死を覚悟する御住に、「女は詰らないものね」（五十三）と漱石は語らせている。鏡子をモデルにした御住を通して、漱石が「女」の悲哀を描き得たことは注目してよいだろう。

　漱石の歿後十年を機に、鏡子が述懐し、女婿で漱石の門下生松岡譲が編録した『漱石の思ひ出』が発表された。生活者としての漱石を生き生きと伝える資料だが、一方で精神医学者呉秀三の診断を紹介して、漱石を「精神病」としたことが物議を醸した。特に門下生は鏡子悪妻説を標榜して批判した。たとえば小宮豊隆は「（漱石の）肝癪の根本は、鏡子の無理解と無反省と無神経から来ている」（『夏目漱石（中）』岩波文庫、1987）と断罪している。また林原耕三『漱石山房の人々』（講談社、1971）などを参照した江藤淳は、「殺意とも取られかねない不吉な意志」（『漱石とその時代　五』新潮社、1999）を鏡子にみている。

　しかし『漱石の思ひ出』を貫くのは、「文運がひらけて、今では一つの国の光になった」夫を支えたという鏡子の自負であり、漱石神格化という点では門下生と軌を一にしている。鏡子は漱石の死後も門下生が集う「九日会」を催し、迷信好きから猫を祀っていた。

（佐々木亜紀子）

夏目小兵衛直克
(1817〜1897)

なつめこへえなおかつ

◆私の父も、兄も、一体に私の一家は漢文を愛した家で、従つて、その感化で私も漢文を読ませられるやうになつたのである。　　　　（談話「文語」）

◆私の知つてゐる父は、禿頭の爺さんであつたが、若い時分には、一中節を習つたり、馴染の女に縮緬の積夜具をして遣つたりしたのださうである。

（『硝子戸の中』二十一）

漱石への血脈

　夏目小兵衛直克は漱石の実父。江戸期は名主の役にあり、明治期は東京府や警視庁などに出仕した。牛込馬場下横町（現・新宿区牛込喜久井町）の名主であった夏目小兵衛直基の長男で、1852（嘉永5）年から家督を相続し、17年間名主をつとめた。五男末子に生まれた漱石をすぐに里子に出し、翌年（1868）には配下の名主塩原昌之助・やす夫婦の養子に出した。このため漱石は幼少期に実父を祖父ではないかと思い込んでいたらしい。この事情は一つには直克が50歳、母千枝42歳の高齢の子であったため疎まれたことによるとも言えるが、いずれにしても漱石は塩原夫婦の離婚によって夏目家に戻されてからも（1878）、復籍してからも（1888）、自己存在の不安定さに悩むこととなった。だから漱石は1881（明14）年に死去した実母千枝に対しては短い間ながら可愛がられた体験のせいか強い慕情と愛情を抱いたらしいが、実父の直克に対しては終生違和感を抱き続けたようである。確かに直克は色町で粋なふるまいを噂されるような江戸の旦那衆の一人でもあったらしく、その血は漱石ではなく二兄の直則や三兄の直矩にひき継がれていた。しかし直克が一方で名主階層に形成さ

64

れてきた文化や教養を多分に受け継いでいた
ことは確かであり、それは漱石の例えば漢文
の素養に流れ込んでいるとみてよい。

家父長・直克

　直克自身明治以降かつての旦那衆として世
を渡っていくことなど不可能であることは
十二分に知悉していた。だからこそ長男大一
を開成学校に学ばせ、その将来に大きな期待
を寄せていた。直克が同じ警視庁に出仕して
いた樋口則義との談話の中で則義の娘夏（後
の一葉）と大一との結婚話が持ち上がったと
いう夏目家に伝わる伝説も直克の大一への思
いの深さを淵源として生まれたものではな
かったか。しかし、こうした直克の思いや期
待に反してもともと病弱であった大一は
1887年に世を去ってしまう。この年同じく
二男直則も病没したこともあって、直克はあ
る決断をせまられることになった。つまり四
男久吉は早くに夭逝しているし、放蕩者の三
男直矩に信を置けない以上、夏目家は五男末
子の漱石に託す以外にないではないか。翌年
（1888）直克が塩原昌之助に240円の養育料を
支払い漱石を夏目家に復籍させたのも夏目家
の存続を願う彼の強い意志に他ならない。そ
れは江戸町人の名主階層にしみこんだ士族階
層の教養やモラルに近かったのではないか。

　だから直克の中には江戸町人の装いとは別
の士族的なものが根を張っていたようで、そ
れが漱石の中にも通底していたのではない
か。漱石文学の中には町人的な価値観や文化
に対する奇妙な反発や蔑視がにじんでいるこ
とがあるが、それは父直克の士族的なものの
浸透であったとみてもよい。しかし漱石は実
父直克との関係に視線をめぐらそうともせ
ず、その内的連関に関しては冷淡であり続け、
ほとんど言及はしなかった。直克の死（1897・
6・29）に上京、霊前に詣でたが、この時の漱石
の思いはどのようなものであったろうか。

（山田有策）

野上豊一郎
（1883〜1950）

のがみとよいちろう

　英文学者、能研究者。号は臼川など。現、
大分県臼杵市の雑貨商庄三郎、チヨの長男。
中学時代から文才を発揮し、『臼杵校友会雑
誌』や『中学世界』で活躍。1902(明35)年第一
高等学校に進学し、翌年英国留学から帰った
漱石の教え子となり、東京帝国大学でも講義
を受けた。当時の受講ノートがのちに『漱石
のオセロ』（鉄塔書院、1930）となり、「大学教授
時代」（『新小説』1917・1）などで漱石の授業を
活写している。漱石宅へは学生時代から安倍
能成らと出入りし、謡の稽古も共にした。漱
石は大学を退職する際、豊一郎に手紙で「僕
の講義でインスパやーされたとあるのは甚だ
本懐の至り」と感謝しつつ、「野に下」ること
を「人間として殊勝ならんか」（1907・3・23付）
と書き送っている。語るに足る教え子として
遇していたことが判る。周囲に妹と称してい
た彌生子とは1906年に結婚し、妻が漱石に小
説指導を仰ぐ橋渡しをした。大学院は一年在
籍後修了し、1909年に高浜虚子の紹介で国民
新聞社に入社。のち中学教員などを経て法政
大学に就職し、途中「法政騒動」で退職を余
儀なくされるものの、復帰して総長まで務め
た。英文学研究のほか『巣鴨の女』（春陽堂、
1912）などの小説やロティ『お菊さん』（1915）
などの翻訳もあるが、能研究の功績が大きい。
殊に博士号を取得した『能　研究と発見』（岩
波書店、1930）や、現行謡曲を収集し註解を施
した『解註　謡曲全集』（中央公論社、1935-
1936）は能の普及にも貢献した。また外国に
能を紹介した先駆者でもある。法政大学在職
中に急逝した豊一郎の遺骸に、妻の彌生子は
漱石の形見の大島を着せたという。

（佐々木亜紀子）

野上彌生子
(1885〜1985)

のがみやえこ

　小説家。本名ヤエ、筆名八重子とも。現、大分県臼杵市の酒造業小手川角三郎とマサの長女。小学校時代から久保会蔵に古典を学び、1900(明33)年に明治女学校に進学した。女学校時代から同郷の野上豊一郎に英語を習い、1906年の卒業後結婚。漱石宅へ通う夫を介して第一作「明暗」の指導を漱石に乞い、懇切な指導を受けた。その際「文学者として年をとるべし」と励まされたことを、彌生子は「生涯のお守り」(「『昔がたり』解説」1972)にしたという。次作「縁」(『ホトトギス』1907・2)は漱石の推薦文つきで巻頭に掲載され、文壇デビューを果した。以後、写生文や育児小説を書くかたわら、『青鞜』に女性数学者ソーニャ・コヴァレフスカヤの自伝の翻訳を掲載し続けた。漱石は彌生子にオースティンなどの原書を貸し、訳書『伝説の時代』(1913)には書簡体の「序文」を書き与えたりした。また「或夜の話」(1914・9・21-10・4)を『東京朝日新聞』に掲載させるなど厚遇している。漱石歿後も彌生子は夫豊一郎のみならず、漱石門下の岩波茂雄や瀧田樗陰など出版界の人脈に支えられ、『真知子』(1931)、『迷路』(1948-1956)、『秀吉と利休』(1964)、『森』(未完、1985)といった大作を80年の作家生活で息長く書き続けた。夫の死後、哲学者田邉元と相愛関係にあった。漱石には生前数度会ったに過ぎず、夫から聞いていたという木曜会の内容も述べることはなかった。だが「学校を出てから先生とお呼びしたのは夏目先生より外にはない」(「その頃の思ひ出」『婦人公論』1942・4)と語る漱石門下唯一の女性小説家。　(佐々木亜紀子)

乃木希典

のぎまれすけ

◆乃木さんは此三十五年の間死なう死なうと思つて、死ぬ機会を待つてゐたらしいのです。私はさういふ人に取つて、生きてゐた三十五年が苦しいか、また刀を腹へ突き立てた一刹那が苦しいか、何方が苦しいだらうと考へました。／それから二三日して、私はとうとう自殺する決心をしたのです。

(『心』百十)

　陸軍大将乃木希典が妻静を道連れに自刃したのは1912(大元)年9月13日夜8時、明治天皇大葬の輴車が宮城を出る「相図の号砲」(『心』百十)とほぼ同時のことであった。西南戦争、日露戦争で不首尾の責任を取るべく切腹を申し出ながら、上官また天皇その人によって宙づりにされたという乃木の「三十五年」の生が、親友Kの自殺以降の自らの生に重ねられるのである。

　後続世代の芥川龍之介や志賀直哉、里見弴らが露骨に侮蔑した乃木のこの死に様に漱石がむしろ推服したことは、『心』前年の講演「模倣と独立」にも明らかだ。「乃木さんの行為の至誠であると云ふことはあなた方を感動せしめる。夫が私には成功だと認められる」と。ただ、そこで漱石は一部に「真似して死ぬ奴が出た」ことを「悪い結果」としているのだが、それなら『心』の先生の「決心」も「悪い」ということにならないのか。が、それは乃木の死に読まれた「意味」の差異によるはずで、「殉死」「憤死」「責任の死」という福来友吉による三分類(「人格の意義と乃木将軍の死」1913)でいえば、第三の意味にこそ漱石の焦点はあったと見られる(佐々木英昭『乃木希典』ミネルヴァ書房、2005)。　(佐々木英昭)

野間真綱
(1878〜1945)

のままつな

　鹿児島県出身。英語教育者。寺田寅彦と同世代、小宮豊隆らよりほぼ5歳年長で古参格の弟子の一人。漱石在職中の第五高等学校に学び東京帝国大学英文学科に入学。最終学年の1903(明36)年に、帰朝直後の漱石の帝大初講義(のち『英文学形式論』1924にまとめられる)を親友の皆川正禧らと受講する。

　卒業後は1908年に七高(鹿児島)に赴任するまで、島津家家庭教師、日比谷中学、陸軍士官学校、明治学院等を転職、その間漱石は何度も就職先を斡旋しつつ、時に叱咤し時に「憂鬱病」の野間を気遣って、戯詩を贈り、また旧作の「無人島の天子とならば涼しかろ」で近況を綴るなど、親密感に満ちた書簡を数多く送っている。

　野間や皆川からの「倫敦塔」や「草枕」等への激賞は漱石を慰め、漱石も「二代目小泉にもなれさうもない」、「今の青年共は猫をよんで生意気になる許りだ」など自作への揺れる心持ちを吐露した。七高赴任後は七高のマードック評や修善寺の大患見舞への礼状、第1次世界大戦下の1915(大4)年にアメリカ留学した野間を気遣う漱石からの書簡が残っている。

　漱石歿後は姫路高校、弘前高校教授等を歴任、その間皆川編になる『英文学形式論』のために講義ノートを提供するが、刊行自体には批判的だった。作品に「幻影の盾のうた」(『ホトトギス』1905・4)ほかの俳体詩や小品、また岩波書店『漱石全集』の昭和三年・同十年版の「月報」や『思想』(1935・11)に漱石の思い出を寄稿している。1936年に弘前高校を辞職、1945年に疎開先の皆川宅で歿。

(根岸泰子)

野村伝四
(1880〜1948)

のむらでんし

　鹿児島県出身の英語教育者。野村伝四は漱石の門下生であり、漱石が最も愛した弟子だといわれている。1903(明36)年、第一高等学校卒業後、東京帝国大学英文学科に入学。その後、同郷の3年先輩である野間真綱や皆川正禧、同級生の森田草平や中川芳太郎らと共に漱石宅に出入りし、漱石の指導を受けている。

　漱石の日記には「伝四茶の間にて鰻飯を食ふ」(1909・3・18)「朝野村伝四来る。大島紬を着て居る」(1909・4・8)等、伝四の名が随所に見られる。伝四は『ホトトギス』や『七人』、『帝国文学』等に、翻訳、随筆、小説を発表しており、「二階の男」(『七人』1905・2)について、漱石は「一篇の山がない。まとまりがわるい様だ。然し中々名作だ。大にやり玉へ」(1905・2・16)と激励している。

　また、伝四の作品に虚子が意見を述べたことについて、漱石は「君の文章に於る智識及び趣味は色々な人の説を参考して啓発すべき時期であつて悪口をいはれて気をわるくする時代ではない」「文章は苦労すべきものである人の批評は耳を傾くべきものである」(1905・6・27)と伝四を諭している。

　伝四は、1906年、東大卒業後、岡山、山口、佐賀、愛知、大阪、奈良等で中学の教師や校長を歴任し、1934(昭9)年、奈良県立図書館長に就任する。その間、方言や民俗学への興味を深め、柳田国男の影響を受けて、『大隅肝属郡方言集』(中央公論社、1942)、『大和の垣内』(天理時報社、1943)等を刊行している。(田中晴菜)

芳賀矢一
(1867～1927)

はがやいち

　国文学者。福井県生まれであり、宮城中学校を経て、1884(明17)年、大学予備門に入学。漱石とは同年、同級であった。

　漱石は「落第」(『中学文芸』1906・6・20)で「芳賀矢一なども同じ級だつたが、是等は皆な勉強家で、自ら僕等の怠け者の仲間とは違つて居り、其間に懸隔があつたから更に近づいて交際する様なこともなく全然離れて居つたので」と、自身と比べ芳賀は勉強家だったと語っている。また、「私の経過した学生時代」(『中学世界』1909・1・1)では「予科入学当時は、今の芳賀矢一氏などと同じ位のところで、可成一所にゐた者であるが、私の方は不勉強の為め、下へ下へと下つてゆく許り」と記している。

　芳賀は1889年、東京帝国大学文科大学国文科に入学、翌年、立花銑三郎共編で『国文学読本』を刊行。1892年、大学院に進学。第一高等学校教授、高等師範学校教授を経て、1898年、東京帝国大学文科大学助教授となる。

　1900年、文化史研究のためドイツ留学を命じられ、9月に漱石、藤代禎輔らと共にプロイセン号で出立。10月、パリで万国博覧会を観覧後、漱石はロンドンへ、芳賀と藤代はベルリンへ向かった。1902年、芳賀はベルリンを立ち、ロンドンの漱石を訪ねた後に帰国。同年、文科大学教授に就任。1903年、文学博士となる。またこの年、漱石も文科大学の講師となり、芳賀と同僚になっている。

　その後芳賀は1915(大4)年、帝国学士院会員、1918年、国学院大学長に就任。1922年、東京帝国大学を退任し、名誉教授となる。

(田中晴菜)

橋口五葉
(1881～1921)

はしぐちごよう

　版画家。鹿児島生まれ。本名は清。装飾性が高く華麗な仕上がりの漱石の著書は近代文学の装幀に新風を吹き込んだと言われる。その多くを手掛けたのが橋口五葉である。『吾輩は猫である』から『行人』まで、漱石の存命中に刊行された著書の殆どが五葉によって飾られた。

　五葉は鹿児島に生まれ、最初に日本画を学び、上京後は橋本雅邦に入門。後に西洋画に転向し、東京美術学校西洋画科を首席で卒業した。三越呉服店の懸賞ポスター入選や新しい浮世絵(「新版画」)でも知られ、江戸回帰とアール・ヌーヴォーの影響を併せ持つ作品が特徴的である。

　五葉と漱石の関係は、兄・橋口貢が熊本五高で漱石の生徒だったことに始まる。多くの人に直筆の水彩画絵葉書を送った漱石だったが、貢はその相手として頻繁に名前が見られる。五葉の画才が認められたのはこの絵葉書交流による所が大きく、五葉の絵葉書を見た漱石が『ホトトギス』の挿絵に推薦し、そして『吾輩は猫である』の装幀を依頼することとなったのである。

　五葉の装幀はアール・ヌーヴォー調のもので、独自のレタリングが目を引きモダンな印象を与える。表紙から見返し、扉、本文まで一連の流れを総合的にデザインし、エンボス加工や木版、漆の使用など様々なこだわりが見られる。また漱石山房で使用された原稿用紙のデザインも五葉によるもので、アール・ヌーヴォー全盛期にパリ万博を訪れ、『ステューディオ』を晩年まで購読していた漱石にとって、五葉のデザインは初期の漱石の趣味を具現化したものだった。

(大平奈緒子)

橋本左五郎
(1866〜1952)

はしもとさごろう

　農学者。現在の岡山県生まれで、岡山中学校卒業後、1882(明15)年に上京。予備校を転々とし、1883年、成立学舎に入学。漱石と出会う。
　漱石は「満韓ところどころ」に、「橋本左五郎とは、明治十七年の頃、小石川の極楽水の傍で御寺の二階を借りて一所に自炊をしてゐた事がある」「当時余等は橋本を呼で、左五左五と云つてゐた」とある。また漱石は、1884年の予備門入試の時に代数の問題が難しくて途方に暮れていたが、隣席の橋本から教えてもらい、入学できたと語っている。一方、橋本は落第し、その後の追試験で入学している。
　しかし、橋本はほどなく退学し、1885年、札幌農学校に入学。1889年、卒業後に同校の助手を務め、1891年、助教授に就任。1895年から1900年までドイツに留学し、畜産学、細菌学などを研究。帰国後、札幌農学校教授となり、余剰牛乳の加工処理として練乳製造法、乳糖結晶の研究を行う。
　1909年、満鉄の依頼でモンゴルの畜産事情を調査し、大連に戻った橋本は、偶然にも漱石と再会する。漱石は中村是公満鉄総裁の招きで大連に来ていた。その後、旅順に同行し、旧友の佐藤友熊を訪ねる。その他、営口、奉天、ハルビンなどを巡り、帰国。
　1914(大3)年、北海道煉乳会社を設立。1919年、官制改正により所属先が北海道帝国大学農学部に改称。1919年、朝鮮の水原高等農林学校長として赴任。この他も、北海道農会副会長、北海道庁内務部畜産課長などを務めている。
　　　　　　　　　　　　　　　（田中晴菜）

長谷川如是閑
(1875〜1969)

はせがわにょぜかん

　評論家。東京生まれ。本名は万次郎。1908(明41)年、長谷川如是閑は鳥居素川の招聘で大阪朝日新聞社に入社した。翌1909年の3月22日から5月7日にかけて同紙に「？」という表題の小説を連載する。『額の男』と改題した単行本を政教社より刊行するのは7月のこと。初の著書である。しばらくして、漱石は同書を批評している。素川に依頼され『大阪朝日新聞』9月5日附録に発表した「「額の男」を読む」がそれだ——漱石は同紙(および『東京朝日新聞』)に『それから』を連載中だった。
　漱石は同作の最大の魅力は「会話」にあると指摘する。登場人物たちは「始から仕舞迄意見の交換を遣つてゐる」。「意見其もの(オピニオン)」が物語の進行とは独立的に「色彩」をもつ。「如是閑君の才気の煥発縦横なるに感服した」と賛辞を贈った。漱石は小説の結構ではなく、その思想的位相こそを評価している。同時に、他ならぬその点に小説としての弱さ、すなわち「平面」的であることを看取した。
　書評が掲載されたとき、漱石は満州・朝鮮への視察旅行に出ていた(9・2〜10・14)。帰途、関西に立ち寄り如是閑を訪問。如是閑の回想「初めて逢つた漱石君」(『大阪朝日新聞』1916・12・18)によると「初対面」であった。漱石はこのときの会話を日記に「好い心地也」と記す(10・15)。浜寺で食事も共にした。以後、二人は緊密に交流していく。1911年8月の関西講演旅行を手配したのも如是閑だ。『大阪朝日』日曜附録の主任を務める如是閑のために、漱石も方々に依頼を仲介するなどしている。
　　　　　　　　　　　　　　　（大澤聡）

馬場孤蝶
(1869〜1940)

ばばこちょう

　孤蝶は、英文学者、評論家。本名勝弥。『文学界』などで活躍し、慶應義塾大学で教鞭をとった。彼が漱石に初めて出会ったのは、1907(明40)年、森田草平の家であった(「追想の断片」『新小説』臨時号、1917・1)。孤蝶は、『青鞜』の母胎ともいわれる閨秀文学会において、生田長江や与謝野晶子、森田草平らと共に講師を務めたが、森田が、生徒であった平塚らいてう(明子)と心中未遂事件(煤煙事件)を起こした。その後始末を漱石とともに引き受けたのである。

　その後、政治的活動に傾き、1915(大4)年1月の第12回衆議院議員選挙には、生田長江、森田草平、安成貞雄、西成治郎、堺利彦の推薦で立候補した。その資金調達のために出版された『孤蝶馬場勝弥氏立候補後援現代文集』(実業之世界社、1915)に、漱石は巻頭、「私の個人主義」を寄せている。「私の個人主義」は、学習院輔仁会における講演で、『輔仁会雑誌』(1915・3)にも掲載されている。選挙結果は、文学者たちの応援も空しく、落選であった。

　孤蝶は、「小説を書けと勧めてくれたのは夏目君が一番度々であつた」と述べている(前掲「追憶の断片」)。漱石の人柄については、「真面目なところへ瓢逸の衣をかけられた態度」を快いと述べ、漱石が教員時代、片腕のない学生を、懐手していると誤解して叱ったところ、後で事実を知り、「僕なぞは無い知恵を出して文章を書いてゐるのだ」「無い腕位は出してくれる訳にはいかなかつたかなア」と言ったエピソードを紹介している(「鷗外、漱石両先生」『新潮』1911・11)。　　　(小平麻衣子)

林原耕三
(1887〜1975)

はやしばらこうぞう

◆校正に付ては今朝申上候通りなれど御参考迄に大体の御注意を致候
　　(林原耕三宛はがき、1912(明45)年7月28日付)

　林原耕三は英文学者、俳人。旧姓は岡田。漱石の知遇を得たのは1907(明40)年後半である。耕三は後に、小宮豊隆に続いて夏目家の奥向きの用事を務めるようになった。漱石は、実家の没落で経済的苦境に陥った耕三の、一高から帝大時代の保証人となったほか、校正依頼を通じて耕三に経済的な援助を行った。安倍能成による、安倍の妻への校正作業斡旋依頼には、「今は岡田君が待ち受けてゐるからすぐと申す訳には行きません(中略)岡田のやうなのは気の毒だから当人が何とかする迄は此方からは断はらない積です」(安倍宛書簡、1913・7・20付)と耕三への気遣いをみせている。耕三が手掛けた『社会と自分』『坊っちゃん』『道草』の校正作業は、『漱石文法稿本』『漱石山房回顧・その他』桜楓社、1974)にまとめられたが、第一次漱石全集(岩波書店、1917)の校正作業には、安倍能成に反対され、参加しなかった。

　また、耕三は人から頼まれるままに漱石へ紹介しており、1915年11月18日には芥川龍之介と久米正雄を漱石山房に連れていった。

　なお、「漱石山房跡の記」(『漱石山房回顧・その他』前掲)で耕三が揮毫したという漱石山房の石碑は、新宿区に落成した記録が残されておらず、何らかの事情で頓挫したと思われる。
　　　　　　　　　　　　　(髙野奈保)

平塚明子
(1886〜1971)

ひらつかはるこ

東京に生まれる。日本女子大卒。本名は明。漱石は、煤煙事件の際、草平から聞いた平塚明子(のちの平塚らいてう)像をもとに『三四郎』の美禰子を書いたが、明子自身とは面識がなかった。明子の方は晩年、事件当時の漱石があまりに世間的で失望したと回想しているが、漱石が明子あるいはらいてうに正面から言及したものはない。

確かに常識的に考えれば、根っからの女性嫌悪主義者漱石と女性解放運動の先駆者らいてうでは、水と油というしかない取り合わせだろう。だがその一方でこの二人には、禅への傾倒や俳句趣味といった共通点も多い。特に禅は、1894(明27)年に漱石が鎌倉円覚寺の釈宗演に参禅して果たせなかった見性を、12年後に明子が宗演の弟子の釈宗活から同じ「父母未生以前の面目」という考案をもらって達成したという因縁めいた実話もある。しかしこの事実は、悟れなかった漱石と悟ったらいてうという単純な図式には収まらない。あらゆる言語表象を否定する禅体験によって、自らを縛る因習のすべてをリセットして新たな自我構築へと向かったのがらいてうなら、漱石はまさにその言語を捨てきれなかった要領の悪さによって自らの文学を構築していったのではないか。『虞美人草』以降、女性のエゴイズムを飽くことなく追及すればするほど、返す刀で男性側の身勝手さにも切り込んでいった漱石の愚直なまでの言語的営為は、自分の属する制度への違和感とどう対峙するかという極めて今日的な問題に直結する。同化という実践的戦略で男性社会と渉りあったらいてうとの対比の興味は、その点にこそ尽きない。

(髙橋重美)

藤代禎輔
(1868〜1927)

ふじしろていすけ

千葉県に生まれる。ドイツ文学者で京都帝国大学教授。筆名・素人。俳句・川柳をよくした。旧制高等学校教授では初の文部省官費留学生として1900(明33)年6月ヨーロッパに渡航した。その際漱石と同じ船であった。1902年12月に帰国した藤代と1903年1月に帰国した漱石は、東京帝国大学文科大学講師として同じ職場で勤務することとなった。『漱石全集』「書簡」(岩波書店)には、ベルリンにいる藤代へ漱石がロンドンから宛てた書簡が5通収録されている。また飲酒癖のあった藤代は漱石に「余りビールを飲まない様」(藤代宛、1901・1・3付)と忠告されていた。

1906年5月、藤代は『吾輩は猫である』を揶揄した「カーテル、ムル口述、素人筆記」という体裁の戯文「猫文士焔録」を『新小説』に掲載した。そこで『吾輩は猫である』の「猫」を「此猫も流石吾輩の同族だけあって、人間の弱点に向って奇警な観察を下して居る、痛快な批評を加へて居る」と評価しつつ、一方でホフマンの「牡猫ムルの人生観」に触れていないことに不満を漏らしている。これを読んだ漱石は、『吾輩は猫である』(十一)の中で「先達てカーテル、ムルと云ふ見ず知らずの同族が突然大気焔を揚げたので、一寸吃驚した」、「こんな豪傑がすでに一世紀も前に出現して居るなら、吾輩のような碌でなしはとうに御暇を頂戴して無何有郷に帰臥してもいゝはずであつた」と書き、最終章である猫退場の場に藤代の作品を登場させた。藤代の「猫文士焔録」は『吾輩は猫である』において、猫退場という物語終結の契機として設定されているのである。

(渡邉静)

◆人

藤村操
(1886-1903)

ふじむらみさお

♠水底の感　　　　藤村操女子
水の底、水の底。住まば水の底。深き契り、深く沈めて、永く住まん、君と我。
黒髪の、長き乱れ。藻屑もつれて、ゆるく漾ふ。夢ならぬ夢の命か。暗からぬ暗きあたり。
うれし水底。清き吾等に、譏り遠く憂透らず。有耶無耶の心ゆらぎて、愛の影ほの見ゆ。
　　　（寺田寅彦宛はがき、1904(明37)年2月8日付）

　北海道出身。伊藤整『日本文壇史』(講談社)には、英語の時間に藤村を二度叱責した漱石が、事件後の授業で自殺の理由を気にしていたことが記されている。漱石の授業と藤村の死は無関係だったようだが、教えていた学生の死に直面した漱石の動揺が伝わるエピソードである。
　その後、漱石は、『吾輩は猫である』や「草枕」で藤村の事件に触れている(「巌頭の吟」の項参照)が、最初に藤村に言及したのが、寺田寅彦宛の葉書に書き付けた、上記新体詩だった。この詩については、藤井淑禎をはじめ、多くの解釈が存在しており、その後も漱石作品の中に頻出することになる、「水底」のイメージが美しく紡がれている。
　一方、『文学論』の第二編第三章、「fに伴ふ幻想」では、「善悪の抽出」について、「例へば藤村操氏が身を躍らして華厳の淵に沈み、又は昔時のEmpedoclesが噴火坑より逆しまに飛び入るが如し」と、藤村の自殺が、前5世紀の哲学者、エンペドクレスと並べられる形で例にひかれている。これは、講義の聴講学生を大いに喜ばせるとともに、藤村操と事件の「神話化」に漱石が一役買ったことをもあらわしているといえるだろう。　　（平石典子）

二葉亭四迷
(1864〜1909)

ふたばていしめい

　夏目漱石と二葉亭四迷(本名・長谷川辰之助)との間柄は、ごくあっさりしたものだったが、互いにその人格を尊重し合っていたようである。二葉亭追悼文集『二葉亭四迷』(易風社、1909)に、漱石が寄せた「長谷川君と余」に、二人の交流の模様はほぼ書き尽くされている。
　先に二葉亭は1904(明37)年から大阪朝日新聞東京出張員として聘せられ、1906年10月から12月にかけて『朝日新聞』紙上に「其面影」を連載していた。漱石の朝日入社は、その連載終了二ヶ月後の1907年2月にあたるが、「長谷川君と余」にあるように、この頃二葉亭は執筆のストレスと、世間から「文士」と見られることへの苛立ちをこじらせていた。6月に開かれた西園寺公望と文士との懇話会には、漱石、坪内逍遙とともに欠席している。
　1908年6月12日に二葉亭は露都サンクト・ペテルブルグに旅立つに当り、漱石に東大教授・物集高見の三女芳子(のち外交官・井田守三に嫁すが離婚。筆名大倉燁子)と四女和子(のち『青鞜』発起人。慶應大学教授医学博士・藤浪剛一に嫁す)の世話を託している。物集姉妹は、初め吉野作造の紹介で中村吉蔵(春雨)に師事して文学を志していたが、春雨が渡米の後、二葉亭に入門していた。妹の和子が漱石ではなく島崎藤村に弟子入りしたいと言うと二葉亭は、「そうむやみと品行の悪い文士の所へ行くものでない、夏目先生なら紳士だから保証できる」と叱ったという(藤波和子談『近代文学鑑賞講座　第一巻』月報25、角川書店、1967・6)。　　　　（小林実）

ベルツ, エルヴィン・フォン
(1849〜1913)

Erwin von Bälz

◆二人はベルツの銅像の前から枳殻寺の横を電車の通りへ出た。銅像の前で、此銅像はどうですかと聞かれて三四郎は又弱つた。　　（『三四郎』二の六）

　ライプツィヒ大学医学部を最優等の成績で卒業したドイツ人医師ベルツは、1876（明9）年6月、開校間もない東京医学校教授に着任し、以来1902年6月東京帝国大学教授を退職（名誉教師）するまで、内科学を中心に担当し、多くの後進を育て、「近代日本医学の父」と称される。ベルツは1905年6月、日本人妻はな（戸田氏）を伴いドイツに帰国するが、大学は彼の長年に亘る功績を記念するため、1907年4月4日、ベルツ胸像を、やはり同大学医学部の外科担当教員として功績のあったユリウス・スクリバ（1848-1905）の胸像と共に病理学教室前の崖下に並べて設置した。製作はいずれも長沼守敬(もりよし)。

　この時三四郎は野々宮宗八に誘われて、心字池（三四郎池）から「坂を上がつて」、「教授会を遣る」「御殿」（山上御殿）を左手に見ながら龍岡門の方へ向かっている。その右手に銅像はあったはずである。1907年9月の新学期から物語が始まると想定される『三四郎』に即せば、三四郎はできたばかりの銅像を見た事になる。直前に甲野美禰子（「第三の世界」）に初めて出会った三四郎に、漱石は野々宮君を通じて、学問の世界（「第二の世界」）を垣間見せる。なおその後医学部総合中央館新築に伴い、1961（昭36）年11月3日、両銅像は三四郎が見たはずの当初の設置位置から約60メートルほど北に移動されて現在に至っている。

　　　　　　　　　　　　　（須田喜代次）

宝生新
(1870〜1944)

ほうしょうしん

◆晴。新来。色々忙がしかつた事情を話す。其上借金に連印をした為め執達吏に強制執行をやられたといふ。以来可成ズボラはやらぬといふ約束で又教はる事にする。　　（日記、1909（明42）年5月25日）

　1907（明40）年11月9日から、ワキ方の名人宝生新につき、といっても家に来てもらって謡の稽古を始めた漱石であったが、1909年になると、新が多忙のため、無断で休むことが多くなった。そこで漱石は新に「今後御来車に及ばず」（『宝生新自伝』）といふ断り状を送ったのだが、新は平気でやってきて謝り、「ところで今日は何をお謡いしましょうか」（同前）と言って座についたので、漱石も謡を続けることになった。そのことが書かれた漱石の日記である。

　謡の稽古は、修善寺の大患（1910）以降も続き、亡くなる1916年の4月についにピリオドが打たれる。4月19日付の野上豊一郎（宝生新の弟子）への手紙によれば、謡が一人前になるには時間が足らず、今やめるのが得策と言い、「其の上近来○○といふ男の軽薄な態度が甚だ嫌になり候故巳めるのは丁度よき時機と思ひつき、遂に断行致し候」とある。○○はもちろん宝生新を指しているだろう。

　二人は話し好きで気は合っていたのだろうが、漱石にしてみれば新の「世間ずれがしている」（夏目鏡子『漱石の思ひ出』）ところが結局は嫌になったのだろう。高浜虚子、河東碧梧桐は早くから新に謡を習い、これに1907年頃から漱石とその門下生野上豊一郎、小宮豊隆、安倍能成らが続いた。これらに師を別にする松根東洋城、坂元雪鳥、山崎楽堂らを加えれば、漱石の謡仲間となる。

　　　　　　　　　　　　　（松岡心平）

マードック,ジェームズ
(1856〜1921)

James Murdoch

マードックはスコットランドで生まれ、アバディーン大学の奨学金を獲得し学士号、修士号を得た後、オックスフォード大学やパリ大学などで古典語を学ぶ。1881(明14)年からオーストラリアに住み、グラマー・スクールで教えた後、ジャーナリストとして活動する。1889年に日本に招かれ、一高で歴史と英語を教えた。漱石はこの時の教え子である。以後、二人は逢うことはなかったが、「博士問題とマードック先生と余」で、「其当時は毎週五六時間必ず先生の教場へ出て英語や歴史の授業を受けた許でなく、時々は私宅迄押し懸けて行つて話を聞いた位親しかつた」と回想している。漱石にとって師の名を一人挙げるならば、それはマードックだったと言える。

マードックは1893年に南米パラグアイの共産主義的コミューンに極めて短期間参加したりするが、1894年に日本に戻り、1897年まで金沢の四高で英語を、東京の高等商業学校(現・一橋大学)では経済史を教える。1899年に岡田竹子と結婚。1907年に鹿児島の七高に移る。漱石の博士辞退について、マードックが漱石に「賛成同情の意義に富んだ書状」(前出)を送ったのは鹿児島時代である。

また、この時代にマードックは全三巻『日本歴史』を上梓している。漱石は「マードク先生の日本歴史」で、マードックは日本の現在に驚嘆しその過去を研究したが、「吾等」は吾等の未来を「悲観」していると述べた。

マードックは1917(大6)年にオーストラリアに戻り、シドニー大学で終身教授となる。

(綾目広治)

前田案山子

まえだかがし

熊本の民権運動家・政治家。「世間には拙を守ると云ふ人がある。此人が来世に生れ変ると屹度木瓜になる。余も木瓜になりたい」。小説『草枕』の画工の言葉だ。漱石の熊本時代の句に「木瓜咲くや漱石拙を守るべく」もある。木瓜は、漱石にとって愚直さ、つつましさの象徴。対極のずるさは嫌った。

「草枕」は熊本・小天が舞台。漱石は1897(明30)年暮れ、小天の郷士前田案山子宅を訪れ、気に入ったのだろう翌年も再訪している。案山子は70歳のころ。「草枕」に登場する志保田の隠居のモデルと言われる。当時の写真の容貌は、小説中の隠居の「頭の毛を悉く抜いて、頬と顎へ移植した様に、白い髯をむしやむしやと生やし」そのままだった。

その案山子は武道に長け、私塾を開いて地域教育に尽力した人物として知られる。農民の不満が募った明治初期の地租改正では反対運動の先頭に立ち、地元干拓地の地主権をめぐる国などとの交渉で耕作者の立場を主張した。

農民闘争を通して政治に目を向けた案山子は、自由民権運動を主導。中江兆民、宮崎滔天、岸田俊子らが訪れた。漱石が泊まった別邸は、東京や大阪から訪れる来客をもてなすために建てた。1890年、案山子は第1回衆議院選挙で当選するが、2年後の選挙には立候補せず身を引いた。漱石が前田家を訪ねた頃は、「草枕」の老人にように隠居に近かった。

五高教授、文部省派遣の留学生、東京帝国大講師と長い間「官」の立場にいながら、博士号授与を断り、帝大講師の身分も捨ててしまった漱石。案山子と気脈を通じたとしても不思議ではない。2人ともスタンスは市民側だった。

(吉村隆之)

正岡子規
(1867〜1902)

まさおかしき

16個の柿

　漱石は『吾輩は猫である』中編の序において、この小説は「余を有名にした第一の作物」であり、これをあの世の正岡子規に献上するのが至当かもしれないと述べている。子規によって文学に誘われたという思いがこの序文にはうかがえる。小説『三四郎』では冒頭の列車の中での会話に子規を登場させている。子規は柿が大好きで、一度に16個を食べても平気だったという話だが、これなども亡友・子規をしのぶ行為だったかもしれない。子規は「吾が死にし後は」と前書きをつけて、「柿喰ひの俳句好みしと伝ふべし」と詠んでいたが、この句を漱石が知っていたかどうかは不明なのだが、子規の思いを後世に伝えたことは間違いがない。

同年同月に登場

　漱石と子規はともに1867(慶応3)年生まれだが、二人が親しくなるのは第一高等中学校時代の1899(明32)年であった。互いに落語好きだということで話が合い、急速に親しくなったらしい。その年5月、子規は喀血したが、子規を見舞った漱石は医者に病状を尋ねて子規に報告するなど、こまごまと気遣いをしている。ちなみに、この5月の喀血を機に正岡常規は子規と号した。一方の漱石は、その5月の末、子規の作品集『七草集』を評して初めて漱石と署名した。くしくも同年同月に子規と漱石がこの世に登場した。

　余命10年を自覚した子規は1892年に文科大学を中退、日本新聞社に入って文学中心の暮らしを始めた。漱石は大学院で学び、学者

のコースを進んでいたが、1895年に不意に四国・松山の中学校英語教師になった。どうして松山へ赴任したのか、いろんな憶測があるが、確定的なことは言えず、漱石伝の謎の一つになっている。松山にいたのはわずかに1年だが、8月末から10月中旬まで子規と同居した。日清戦争に記者として従軍した子規が重病人になって帰国、その養生のために故郷の松山に戻り、漱石の下宿・愚陀仏庵に同居したのだ。漱石は2階、子規は1階に住み、その間、漱石は俳句に入門し、子規たちと熱心に作った。実は、漱石は神戸の病院にいた子規にあて、「御保養の途次一寸御帰国出来悪く候や」「小子近頃俳句に入らんと存候。御閑暇の節は御高示を仰ぎ度候」(5・26付)と手紙を出していた。後に漱石は愚陀仏庵時代を回想し、子規が勝手にやってきた、子規の部屋で句会をしているのがうるさく、勉強ができないのでやむなく仲間に加わった、と述べている(談話「正岡子規」)。これは話を面白くした感じであり、実際は先の手紙が示しているように、漱石の誘いにのって、子規が喜んでやってきたのであろう。

俳人漱石

　ともあれ、中学の英語教師の漱石は、一躍子規を中心とする新派の俳人となった。翌年に熊本に移った漱石は、そこでも熱心に作っており、俳人・漱石を慕って五高生の寺田寅彦が漱石の門下になった。子規は仲間の俳人を世間に紹介した「明治二十九年の俳句界」(1897)で、「漱石は明治二十八年始めて俳句を作る」と言い、その意匠の斬新さ、滑稽思想などを讃えた。漱石は俳人としてまず文学界にデビューしたのであった。ところで、『吾輩は猫である』は、子規の死後、子規派の文章研究会である山会に出され、高浜虚子の経営する雑誌『ホトトギス』に連載された。子規を核とする文学の場、そこで漱石は文学活動を開始した。

(坪内稔典)

◆人

正宗白鳥
(1879～1962)

まさむねはくちょう

　本名は忠夫。白鳥は『読売新聞』記者、小説家として、漱石と活動時期が重なっている。しかし、「白鳥子は一面識なき人なり先達て訪ねてくれた時は歌舞伎座に行つて留守であつた。」(皆川正禧宛書簡、1905・1・23付)とあるように、新聞記者白鳥との交流はなきに等しかった。その上、「チヨツカイを出す事を家業」にする「厄介な男」(森田草平宛書簡、1906・11・6付)と見ていた。また、漱石は「今の自然派」を批判して、「花袋、藤村、白鳥の作を難有がる団体」で「恐露病に罹る連中」(小宮豊隆宛書簡、1908・12・20付)だと揶揄しており、小説家白鳥を評価していたとは思われない。一方、白鳥も漱石の新聞小説については「極めて少しか読でゐ」ないし、「作物に共鳴を感じたこと」(「夏目氏について」『新小説』1917・1)はなかった。白鳥風にいえば、両者の共通点は「胃病で苦し」(同前)んでいたことぐらいになる。もっとも接近したのは、1906(明39)年10月ごろからはじまった竹越三叉による『読売新聞』招聘の交渉である。この企ては月給の安さと不安定な経営状況を見抜いた漱石の判断によって失敗した。その過程で白鳥は漱石宅を訪問した。彼は、訪問の際によい印象を与えなかったこと、漱石の「陰鬱」な態度、三叉との年齢の上下を確認したこと、「「小説を書きだしてから、丸善の借金を済ました」と興もなげに云つたこと」(「夏目漱石論」『中央公論』1928・6)を記憶していた。白鳥は漱石の朝日新聞入社を「処世上の利害の打算」と「聡明」(同前)さによるものと考えた。両者の本格的な出会いは、昭和期にはいって、文芸評論家白鳥が作品を「殆んど全部」(同前)読んだときになる。
　　　　　　　　　　　　　　(山本芳明)

松岡譲
(1891～1969)

まつおかゆずる

　本名善譲。東京帝国大学哲学科在学中の1915(大4)年12月2日久米正雄に連れられて漱石を訪問した(「門下交遊記」)。1916年2月、菊池、芥川、久米、成瀬とともに第四次『新思潮』を始め、「罪の彼方へ」(三幕物の戯曲)を発表する。
　漱石の死後、夏目家の家庭教師となり1918年4月25日に日比谷大神宮にて長女筆子と結婚式を挙げ、これにより筆子との結婚を望んでいた久米正雄との間に確執が生じる。久米が自身の失恋事件を「蛍草」として『時事新報』に連載し始めたのが、3月19日である。連載中の4月12日の紙面には「夏目漱石令嬢の結婚」が報じられている。記事には「氏は漱石家の長男純一氏が成長する迄は夏目家に在つて鏡子未亡人を援けて家務を執るとの事である」とあるように、松岡の役割は夏目家の実務を取り仕切り、家族を守ることであった。同郷の長谷川巳之吉の起こした第一書房から自伝的長篇小説『法城を護る人々』を刊行しベストセラーとなった後、1927年1月から筆子との結婚のいきさつを「憂鬱な愛人」と題して『婦人倶楽部』に連載する。同年10月から『改造』にて夏目鏡子述・松岡譲筆録というかたちで「漱石の思ひ出」を著した。漱石との結婚前から葬儀に至る全64章にわたる記録である。その後松岡は『漱石遺墨集』五巻(春陽堂、1922-23)、『漱石写真帖』(第一書房、1929)、『漱石先生』(岩波書店、1934)、『漱石・人とその文学』(潮文閣、1942)、戦後には『漱石の漢詩』(十字屋書店、1946)、市民文庫版『夏目漱石』(河出書房、1953)、『漱石の印税帖』(朝日新聞社、1955)、『ああ漱石山房』(朝日新聞社、1967)など漱石研究に力を注いだのである。(山岸郁子)

松根東洋城
(1878〜1964)

まつねとうようじょう

　本名豊次郎、漱石門下の俳人である。松山中学校で漱石に出会う。後、木曜会に通い、漱石の機嫌が悪い時は、鏡子夫人に呼ばれてずっと漱石のそばにいるなど関係を深め（東洋城「漱石先生と共に」『渋柿』1917・12）、漱石に修善寺での療養を勧めたのも東洋城であった。

　漱石は東洋城撰『新春夏秋冬　夏之部』「序」（俳書堂、1909）で「東洋城は俳句本位の男である」と述べているが、この時期の東洋城は俳壇で重要な位置にあった。当時は河東碧梧桐の全盛期であり、対する高浜虚子は小説に傾き『国民俳壇』撰者を東洋城に任せ、東洋城はひとり碧梧桐に対抗すべくこの『新春夏秋冬』を編んだのである。だが、1916（大5）年、突如『国民俳壇』撰者を解かれ、以後、虚子と断絶することになる。

　このような俳壇政治に生きる東洋城は、俳句史に自らをいかに位置づけるか常に腐心していた。虚子との断絶以前は子規、虚子に連なる自らの正統性を主張、だが断絶以後は、自分は子規ではなく漱石の弟子であるとした上で、子規の価値を切り下げ、子規が脱神話化した芭蕉を称揚、「俳諧道」を唱導する。さらに漱石は芭蕉と同じ「元禄の句の心」を持っており（「漱石先生の俳句輪講（六）」『渋柿』1917　7）、漱石の「俳諧の精神」は芭蕉と「変りはない」として漱石を芭蕉に接続（「漱石の俳諧」『思想』岩波書店、1935・11）、もって芭蕉－漱石－東洋城という系譜を創作する。

　ちなみに漱石は『新春夏秋冬　秋之部』（1909）には「病気だから序は書けないよ」という奇妙な「序」を寄せ、『冬之部』（1915）にはついに「序」を書くことはなかった。

（鈴木章弘）

真鍋嘉一郎
(1878〜1941)

まなべかいちろう

　愛媛県に生まれる。医学者。東京帝国大学医学部物理療法内科教授。漱石の松山中学校勤務時代の教え子。晩年の漱石を診察し、臨終を看取った。

　1916（大5）年11月22日、漱石は朝から体調不良、鏡子に「真鍋を呼べ」と言う。23日朝、鏡子に電話で診察の依頼を受けた真鍋は直ぐに駆けつけ、診察の結果重態であることが判明する。漱石の病状に心痛した真鍋は宮本叔・南大曹を呼ぶ。それに対し漱石は「洋行までして帰ったのに、後見の医者がいるようでは、医者を辞めたまえ。僕は君一人に生死を託しているのに、何ということか。僕は真鍋一人に診てもらえば充分だ」と、真鍋に信頼を寄せた。

　1916年12月2日、漱石は晩に3度の内臓出血を起こした。漱石はその時真鍋に「真鍋君、どうかしてくれ。死ぬと困るから」と言い、この言葉が漱石の最期の言葉となった。

　1917年1月9日、初命日の第一回九日会が夏目邸で開かれ、教え子と大塚保治・菅虎雄など友人たち26人が出席した。その際質問を受けた真鍋は漱石の臨終の言葉を発表した。そこで漱石神社の神主と呼ばれた門下生の小宮豊隆から反発を受け、この真鍋が聞いた言葉は小宮の書いた伝記『夏目漱石』（岩波書店、1938）から削除された。当時漱石の死が漱石個人の神話化に方向づけて語られていった流れの中で、死を恐怖する人としての漱石の姿を象徴するこの言葉は、漱石神話化を阻むものであったのだ。

（渡邉静）

南方熊楠
(1867～1941)

みなかたくまぐす

博物学者、民俗学者。和歌山生まれ。南方熊楠と漱石に共通するのは大学予備門での落第とロンドンでの独学生活の二点である。熊楠は1884(明17)年7月、大学予備門の入学試験に合格し、9月に入学した。漱石とは同年であり、予備門では同級であったが、熊楠は授業にはあまり出席せず、翌年12月の落第をきっかけに退学する。漱石も1886年7月に落第するが、漱石が「落第を機としていろんな改革をして勉強した」ゆえに「非常に薬になった様に思はれる」(「落第」)と振り返ったのに対し、熊楠は「師匠のいうことなどは毎々間違い多きものと知りたるゆえ、一向傾聴せざりし」(「履歴書」)という姿勢を貫いた。

こうした二人の対照的な姿勢は、海外生活でもあらわれる。熊楠は1886年12月にサンフランシスコに向けて出発し、以来14年に及ぶ海外生活を続けた。中でも帰国までの9年間は、漱石と同じくロンドンに滞在している。漱石は熊楠の帰国とほぼ同時期に渡英し、2年半の留学生活を送った。両者とも独学であったが、漱石が下宿にひきこもり、発表のあてもない『文学論』執筆のためのノートを取っていたのに対し、熊楠は多くの人に会い、大英博物館に通いつめ、『Nature』『Notes and Queries』に論文を発表した。熊楠が漱石に触れたのは、ロンドン大学総長ディキンスと共に「方丈記」の英訳を刊行した際に熊楠の名前が誤って削られたため、後に「方丈記」研究者がこれを漱石の訳と誤解したという一事のみである。漱石も熊楠について記したことはなかった。両者の接点はほとんどないが、熊楠が漱石と共通した体験を逆の姿勢で貫いたことは興味深い。　　　　(岡西愛濃)

皆川正禧
(1877～1949)

みながわせいき

皆川は漱石の東京帝国大学英文学科時代の門下生である。俳号は真拆。現在の新潟県生まれだが、本籍地は当時福島県会津に含まれていた。会津尋常中学校、第二高等学校を経て、1900(明33)年、東大英文学科入学。同級生に野間真綱がいる。

1903年、英国留学から帰国した漱石は、東大英文学科講師となる。当時の「英文学概説」の講義を皆川は受けている。この講義の内容は、皆川により『英文学形式論』として、1924年、岩波書店から刊行された。

漱石の書簡では、野間宛のものに皆川の名前がよく記され、「昨夜皆川氏方へ参る筈の処寺田生来訪又々新体詩抔の批評にて遂に遅く相成失敬致候」(1904・7・3付)、「いづれ八日過ぎになつたら来給へ皆川と三人で雑煮でも食ふかね」(1905・1・4付)とある。また、皆川は度々漱石に小説の感想を送っていたようで、「倫敦塔」に関して漱石は「本日奇飄先生から手紙をくれて大変ほめてくれたので又少し色気が出た処へ君の端書が来たものだから当人大得意で以前の逆上に戻りさうに成つて来ました」(1905・1・20付)と皆川宛に送っている。『吾輩は猫である』については「君が大々的賛辞を得て猫も急に鼻息が荒くなつた様に見受候」「皆川さんは倫敦塔の様なものでなくては御気に入らないかと思つたら吾輩の様なのも分るえらいと猫は大喜悦に御座候」(1905・2・13付)と記している。

皆川は1903年に東大卒業後、明治学院高等部勤務の後、野間の誘いで七高に移る。1920(大9)年、水戸高校教授に就任。　(田中晴菜)

◆人

武者小路実篤
(1885〜1976)

むしゃのこうじさねあつ

　夏目漱石は早くから武者小路実篤の小説『お目出たき人』(1911)の主人公の恋が「相当の考のある、純粋な人の恋」(小宮豊隆宛書簡、1911・2・17付)である点に価値を見いだし、その独自性を「不徹底ぢやない」、「たゞあゝ云ふ恋と思ふべし。恋の一種類と思ふべし。さうして其特所に同情すべし」(同書簡、1911・2・24付)と門下の小宮豊隆に鋭く指摘していた。一方武者小路は、同人誌『白樺』創刊号(1910・4)で、彼が明治日本の作家の中で最も尊敬していたという漱石の、当時評判が芳しくなかった小説『それから』を取り上げ、「社会と人間の自然性の間にある調和を見出される」ことを望んだ。これを契機に朝日文芸欄に掲載されるようになった感想の中で、武者小路は漱石の小説『門』を「じめじめした、生気を消してゆくやうな芸術」と批判、これに対し漱石は長い不服の手紙を送った。その弁明を兼ねて入院中の漱石を見舞ったのが二人の最初の面会となった。以後両者の親しい関係が続いたが、武者小路の戯曲『わしも知らない』(1914・1)の上演(同・6)に対する「好い処と好くない処とを可なり明らかに(舞台の上で)見」たという漱石の感想に武者小路は反発、以後は疎遠となった。漱石の死を心から悼みながらも、武者小路が両者の資質の相違を、漱石は「前置のながい」型、自身は「単刀直入」型と考え、「精神的な意味で」「戦ふべき時があれば戦ふ」とも書いているのは、『それから』評の頃の姿勢と変っていない。短篇では「夢十夜」、長篇では『行人』と『心』を評価している。

(寺澤浩樹)

森鷗外
(1862〜1922)

もりおうがい

◆一等軍医正矢島氏伊東迄来れる序にと見舞はる森氏の命令也　(日記、1910(明43)年9月18日付)

　1910(明43)年8月24日の大吐血によって人事不省に陥り生命の危機に瀕した漱石が、かろうじて小康を得て、再びその手帳に日記様のメモを書き留めるようになるのが、9月8日。その10日後の同月18日、鷗外の命を受けた矢島柳三郎がわざわざ修善寺に立ち寄って漱石を見舞った。同年7月の『新潮』誌掲載の「夏目漱石論」において、「漱石君が今の地位は、彼の地位としては、低きに過ぎても高きに過ぎないことは明白である」とし、「今迄読んだところでは長所が沢山目に附いて、短所と云ふ程なものは目に附かない」として高く評価したばかりの鷗外にとって、漱石という文学者は、「ヰタ・セクスアリス」の主人公金井湛が書き記すように、「技癢」を感ぜしめる存在であったに違いない。現在文京区立森鷗外記念館に残されている、作品掲載誌『ホトトギス』から当該頁のみを抜き取って鷗外自ら自家製本した「幻影の盾」や「坊っちやん」も、そうした彼の思いの反映でもあるだろう。

　また、日記や書簡によって確かめられるだけでも、鷗外は漱石に『涓滴』、『烟塵』等6冊の著書を刊行と同時に献本している。一方漱石も『彼岸過迄』『社会と自分』を鷗外に献本したことが確認できるほか、自身が関わっていた朝日新聞文芸欄に鷗外の登場を画策していた(「鏡花子のあとの小説はまづ森鷗外氏を煩はしてみる積に候」池辺三山宛書簡、1909・11・6付)。明治末から大正期文壇の中で、両者は互いの存在を常に視野に入れつつ文学的営みを展開していく。

(須田喜代次)

森田草平
(1881〜1949)

もりたそうへい

◆拝啓煤烟世間にて概して評判よき由結構に候。(中略)七になつて神部なるものが出て来て会話をする所如何にもハイカラがつて上調子なり。罵倒して云へば歯が浮きさうなり。どうか御気を御付け下さい。
　　　　(森田草平宛書簡、1909(明42)年2月7日付)
◆森田は已めて貰つた、森田と僕の腐れ縁を切るには好い時機なのである。当人は無論筆で立つ気だらう(野村伝四宛書簡、1911(明44)年11月22日付)

　本名米松。岐阜県生まれ。小説家、翻訳家。1905(明38)年末、自作の小説の批評を乞うため漱石の許に初めて赴く。草平は漱石に自らの出生に関する深い悩みを打ち明け、漱石も草平に心を寄せた。平塚明子(らいてう)との心中未遂事件(煤煙事件)以後、漱石は草平をしばらく自宅に住まわせ、事件を小説化するための平塚家との交渉にも立ち会った。
　『煤烟』(『東京朝日新聞』1909・1・1-5・16)連載中は草平に助言を与える一方、日記には「煤烟は劇烈なり。然し尤もと思ふ所なし」(1909・3・6)と記し、『それから』では代助に「要吉の特殊人(オリヂナル)たるに至つては、自分より遥かに上手(うはて)であると承認した」(『それから』六の二)と批判させている。
　また草平は、漱石が主宰を務めた「朝日文芸欄」の編集事務に携わっていたが、同欄が『煤烟』の続編である『自叙伝』(『東京朝日新聞』1911・4・27-7・31)を契機に廃止されたことを受け退職した。漱石は「文芸欄は君等の気焔の吐き場所になつてゐた」と自らの懸念を小宮豊隆に書き送っている(1911・10・25付書簡)。
　後に草平は、第一次漱石全集(岩波書店、1917)の編集・校正(主任)に関わった。　(高野奈保)

森成麟造
(1884〜1955)

もりなりりんぞう

　森成麟造は、漱石のいわゆる「修善寺の大患」に際し、主治医として診療にあたった。新潟県東頸城郡真萩平村(現在の上越市安塚区)に森成章治の次男として生まれ、1906(明39)年仙台医学専門学校(現在の東北大学医学部)を卒業。同年当時東京市麹町区内幸町にあった長与胃腸病院(院長長与称吉)に勤務。1910年漱石が修善寺温泉菊屋本店で療養中の急変に際し、胃腸病院より派遣され、旅館に泊まりこみで診療にあたった。この間の事情は漱石著「思ひ出す事など」や、夏目鏡子『漱石の思ひ出』(改造社、1928)に詳しい。翌1911年胃腸病院を辞職。郷里の高田市横町(現在の上越市本町2)に森成胃腸病院を開業。その後も、1911年の漱石夫妻の高田来訪および高田中学での講演、1914年漱石の良寛の書購入に際しての斡旋などを通じ親交が続いた。
　麟造は漱石の死後、翌年(1916)の一周忌に「漱石忌」を開き、漱石を偲ぶ座談会を行ない、翌1917年より「漱石忌句会」と称する句会を戦中・戦後を挟み、1954(昭29)年まで40年近く自宅で開催し、途中休会は2回だけであった。麟造は医業の傍ら、考古学資料の発掘整理に情熱を注ぎ、収集品の大部分は現在上越市総合博物館に寄贈されている。
　麟造はまた地域の教育・文化の振興に関心を寄せ、上越音楽連盟組織、上越考古学会、上越郷土研究会、頚城文化学会などの設立に参画、郷土研究誌『頚城文化』の創刊に携わった。71歳にて死去。墓は同市金谷山墓地にある。　(森成元)

横山大観
(1868〜1958)

よこやまたいかん

　漱石と同年配である横山大観だが、漱石が美術に興味を持ち始めた明治30年代後半は、貧困と家庭の不幸が続いていた。朦朧体と呼ばれた無線描法を脱して明快な色彩の印象を強くするのは、1907(明40)年に始まる文展で活躍するあたりからである。大観が1912年の第6回文展に出品した《瀟湘八景》(東京国立博物館所蔵)に対して、漱石は「どうしても明治の画家横山大観に特有な八景であるといふ感じ」が出ている、しかもそれが強いて特徴を出そうと力んだところがなく、自然に生まれたように見える、「一言でいふと、君の絵には気の利いた様な間の抜けた様な趣があつて、大変に巧みな手際を見せると同時に、変に無粋な無頓着な所も具へてゐる。君の絵に見る脱俗の気は高士禅僧のそれと違つて、もつと平民的に呑気なものである」と評した。

　東洋古来の題材を選びながら、先人の描いてきた伝統的な山水画とはまったく違う、自己の表現としての八景を生み出したというのが漱石の論点である。たしかに、この作品の表現は明るく近代的な輝きすら感じられるが、そこには伝統的な水墨画の描法も垣間見られ、大自然と添景人物たちとの対比も見事である。

　この展覧会の前に漱石は大観と会っており、大観の画と自らの書を交換するなど、個人的な交流があった。また、翌1913年5月、橋口五葉を介して大観の柳の図を18円50銭で購入している。漱石の大観贔屓は、この時代特有の南画的なおおらかな作風に対するものであり、その後の富士の画家としての大観については知るよしもなかった。　(古田亮)

米山保三郎
(1869〜1897)

よねやまやすさぶろう

　米山保三郎は、金沢生まれの哲学者。漱石が大学予備門を落第した際に同級生となり、漱石に文学をすすめた人物として知られる。東京帝国大学文科大学大学院で「空間論」を研究していた1897(明30)年に病没し、円覚寺管長今北洪川から天然居士の号を与えられた。漱石は斎藤阿具宛の手紙(1897・6・8付)で、「文科大学あつてより文科大学閉づるまでまたとあるまじき大怪物」であったとして、その死を惜しんだ。漱石、米山のほか東京帝国大学の20数名のメンバーで結成された親睦組織である紀元会は、米山の伝記と遺稿集を出そうとしたが、実現しなかった。漱石は米山に「文学ならば勉強次第で幾百年幾千年の後に伝へる可き大作が出来るぢやないか」と諭され、英文学を専攻したといういきさつを繰り返し述べている。

　米山の人柄について「非常な秀才」(「落第」)と追想していたのが、後に「真性変物」(「処女作追懐談」)と変化する。大久保純一郎は、その変化が「登場人物の戯画化と関連している」と指摘する(『漱石とその思想』荒竹出版、1974)。『吾輩は猫である』では、第三章で苦沙弥先生が亡友曾呂崎の墓銘を考えあぐね、「天然居士は空間を研究し、論語を読み、焼き芋を食い、鼻汁をたらす人である」と書いて反故にしたり、「空間に生まれ、空間を究め、空間に死す。空たり間たり天然居士噫」と書き連ねたりしており、米山への慕情を認めることができる。また、米山の墓は駒込千駄木町の養源寺にあり、「坊っちやん」の菩提寺で、「清」の葬られている「小日向の養源寺」と重なる。ここにも米山への追悼の思いを見て取れる。

(岡西愛濃)

◆人

和辻哲郎

わつじてつろう

◆私は今道に入らうと心掛けてゐます。たとひ漠然たる言葉にせよ道に入らうと心掛けるものは冷淡ではありません、冷淡で道に入れるものはありません。　（和辻哲郎宛書簡、1913（大2）年10月5日付）

　1913（大2）年秋、後に近代日本の代表的哲学者となる24歳の和辻哲郎は、姫路中学時代から敬慕し続け、第一高等学校では声もかけられず教室の窓の下で声だけ聞いていた漱石に対して、初めて手紙を出した。処女作『ニイチェ研究』の献呈を予告するためであった。漱石の返信によると、和辻の手紙は、漱石に「異性間の恋愛に近い熱度や感じ」の印象を抱かせ、ここから、翌年4～8月に『朝日新聞』に連載された『心』に登場する「私」に和辻の面影が指摘されることにもなった。和辻自身、後に「センチメンタル」と振り返るその手紙は、自分の思いの深さに釣り合わない相手の「冷淡」をかこつ。それに対して、漱石は、「道」に入ろうとしている自分は、「冷淡」ではあり得ないと返す。この「道」とは、漱石が生涯にわたり探求した「去私」の理想的境地であろう。和辻はそれから漱石の死まで約3年間漱石山房に出入りし交流を深めた（「漱石に逢うまで」「漱石の人物」『和辻哲郎全集3』岩波書店、「夏目先生の追憶」『同17』参照）。漱石の死後、徐々に、和辻の中では、文芸家志望のジレッタントの面が後退し、思想研究のかたちでの「道」の探求が前面に出てくる。そして、それは、「間柄的存在」としての人間を中心に据えた和辻倫理学として結実する。孤立し他者や自然との直接的回路を断たれた近代的自我の超克において、両者の「道」は交わるといえよう。　　　　　　　　　　　（頼住光子）

column1

「漱石の孫」として

　僕が漱石の長男の長男だというと、大抵の人は「直系ですねー」と感心する。が、父9歳のときに亡くなった祖父に会ったことはなく、親戚づきあいの苦手な僕には、父が問わず語りに話した逸話くらいしか、近親としての記憶はない。その逸話も、のちに『漱石の孫』『孫が読む漱石』などの著作を書くにあたり渉猟した本のどこかに書いてあったことで、格別我が家にのみ伝わる秘話などもない。せいぜいが、機嫌のいいときは何をしても怒らなかった漱石の挿話として、風呂で父などが漱石の股間に水をかけても笑っていたという、愚にもつかない話ぐらいだ。考えてみれば、父にしても後に本や記事で読んだり、祖母や親戚から聞いた以上の話はなかったのだろう。

　父はそれこそ漱石の長男として世間から様々な取材、依頼を受ける立場にあった。父がそのことに鬱屈したという話は聞かないし、またそうは見えなかった。自分のことでもないのに、まるで伝承芸か家産のように当然の特権であるかのごとく対していたように見えた。それが僕には不思議であった。僕はといえば、そうした特権の恩恵を受けることを潔しとしない気持ちがあり、若い頃はできるだけ避け、また選んで対応してきた。

　取材を受けるようになったのは千円札の顔になった頃で、「漱石の孫」としての立場をパロディにしてやろうという不遜な気持ちもあったし、すでに30代で自分の仕事にも自信ができたからであった。だが、40代50代となるにしたがい、この「立場」なるものへの考え方が変化してきた。世間や社会が求める「孫」としての役割というのは、本人の意識とは別に受け入れるべき社会的な立場のひとつなのだろうと思うようになった。

　僕は、80年代をほぼ漫画家、ライターとして過ごし、90年代からマンガ評論家のようなものになり、2000年代にはその仕事で海外に行き、やがて大学で教える立場になった。若手のマンガ研究者や学生たち、海外の人たちとの交流の中で、自分が次代に対する社会的な役割を果たすべき世代になっていることを、次第に意識するようになった。仕事の種類にもよるが、人には年代によって社会に対しての説明責任とか次代への応答の役割があるように思え、それが人の世の自然であるように感じたのである。「漱石の孫」としての役回りもまた、そのような「自然」な立場であるかもしれないと思えた。

　僕はまた、広い意味での文化領域に関する研究者ということになるが、文化なるものはある時代、地域の人々に共有されて成り立つ。「漱石」という存在は、よしあしとは別に、日本列島の住民(やや広げて中国や韓国でも)に共有された文化現象であり、ある程度公共財と見なしていいと思っている。彼の作品や存在をもとに、あらゆる種類の二次的文化が創造されている。小説、芝居、映画、マンガからCM、菓子、店名にいたるまで、それこそピンからキリまで多様に再生産される。

　僕はもともと大衆文化であるマンガを専門領域にしているので、くだらないものも含めて再生産される状況こそが、文化が生きてある証拠だと思っている。だから、そ

83

こに遺族の特権を振りかざしていたずらに権利を主張し、介入することはあたう限り避けるべきだと考えている。それが「漱石」が公共財たることの意味である。少し前、親族の一部がからんだ「漱石財団」設立の動きに、他の親族とともに反対したのも、それが故だった。許諾はするが口は出さないのが、「漱石」のような公共的存在の遺族としての矜持である。むろん、僕個人の漱石に対する考え方そのものは、個人の権利なので、自由に公表するが、それで他人を制しようとは思わない。もっとも、『坊っちゃん』を教科書に載せるにあたり「女中」という言葉を「お手伝い」に変えたいといってきた人間とはケンカをしたが。

ところで、他人様はどうしても僕の顔と漱石が似ているかどうかに興味がある。僕個人はどうでもいいのだが、先日も漱石にまつわる美術展に展示されていた漱石のデスマスクと僕の顔を比べて「やっぱり似ている」といった知人がいた。あるいは頬骨の出方や鼻の形は似ているかもしれない。叔父も父も、亡くなるときはおおむね、このデスマスクのような顔だったので、僕もそうなるだろう。その意味では似ているかもしれないが、その程度に似ている顔は世間にいくらもあるような気がする。

話は飛ぶが、漱石がのちの『文学論』にとりかかろうとしたときの、ロンドン留学中に書かれたメモが東北大学に残っている。そこには胃が痛くなるような小さな文字で、こんな箇条書きがされている。

(1) 世界ヲ如何ニ観ルベキ

(2) 人生ト世界トノ関係如何、[略]

(3) 世界ト人世トノ見解ヨリ人生ノ目的ヲ論ズ

(4) 吾人人類ノ目的ハ皆同一ナルカ、人類ト他ノ動物トノ目的ハ皆同一ナルカ

(5) 同一ナラバ衝突ヲ免カレザルカ、[略]

(11) 文藝ハ開化ニ如何ナル関係アルカ

長いので、このくらいにするが、要するに漱石は世界観から始めて、地球上生命の「目的」の如何を問い、その進歩開化にとって文学文芸は意味があるのかどうか、なければ抑制すべきか、あるのならその範囲はどうか、それを行う者の資格や決心はどうあるべきかを、大命題から下へと順次問おうとしていたのだ。そりゃ神経衰弱にもなるだろうよ、とまぜかえしたくなる。

おそらく漱石は、こうした本質的なWhy?を抱え、しかしWhyは究極哲学の問いであり、「科学」的な方法論としてはHow?を取らざるを得ないと考えたのだと思う。こういう考え方は、まずは無謀な蟷螂の斧的疑問を検討した人間にしか出てこない。『文学論』はややこしくて読めないが、その一部を読むと、彼は文学がなぜ、どのように人に伝わるのかを問題にしたようだ。

話がいきなり小さくなるが、僕がマンガ論をやろうと思ったときに考えたのは、そもそもマンガはなぜ、どのように面白いのか、という問いだった。そして、同じようにWhyとHowを切り分けるよりなかった。そうして僕がNHKの講座番組で掲げたタイトルは『マンガはなぜ面白いのか』(のちNHKライブラリーより文庫化)だった。

この問い方は似ているだろうか? 似ていないともいえない。が、こんな問い方をする人間はまたいくらもいるだろう。梅原猛氏は、同書について〈漫画の文法あるいは漫画の科学というべきものを創造しようという試みは、私に漱石の『文学論』を想起させる〉(『東京新聞』1998・1・26)と書いてくれて、大変光栄だった。そこに遺伝をみるのはやはり無理があるとしても、そう思うことの面白さは、世間にとっての一種の「娯楽」なので、僕もそれを楽しみたいと思う。

(夏目房之介)

column 2

祖母鏡子と私

昭和三十年代の前半であったと思う。祖母鏡子(漱石夫人)は七十六・七歳であったろうか。今の私より若かった。その頃鏡子は大田区池上に住んでいたので、私達はその家を池上と呼んでいた。鏡子は独身の三女栄子とお手伝いのミエ子ちゃんの三人で住んでいた。時々私の兄の中目黒(のちに鷺宮)の下宿先に鏡子から葉書が舞い込んだ。まだ電話が今程普及されていない時代で兄の下宿にもなかった。

文面は「三日間泊りにきて下さい」というようなものであった。栄子が葉山にある四女の愛子の家へ月に一度ぐらいの割で遊びに行くのである。愛子の家は葉山の小高い山の上にあって、真下に海の広がる眺望抜群の位置にあった。「愛ちゃんとこへ行くと縁側からかもめがすいすい飛んでいるのが見えたりして、気が休まるのよ」と栄子は顔を綻ばせていた。実母とは言え、毎日年寄りと変化に乏しい生活をせねばならぬのは退屈でもあるし気の滅入ることもあったであろうから、栄子には息抜きが必要であったろう。ミエ子ちゃんは働き者で素直な娘さんであったが無口であった。お給料をもらうとすぐに当時流行っていた、映画俳優や女優達の写真の沢山載っている「平凡」とか「明星」という大判の雑誌を買ってきた。「ミエ子ちゃん、読み終ったら私にも貸しておくれ」と毎回借りて夢中で読んでいた鏡子を思い出す。かつては贅沢三昧をし浪費しまくっていたのに、と思うと、オカシクもあり、みじめにも思えた。漱石存命中には、昼は来客の応対や子供の世話に追われていたが、寝る前に寝床の中に、購読している全紙の新聞小説や「キング」などの大衆娯楽雑誌の小説を片端から読む

のが、テレビの無い時代の鏡子の楽しみの日課となっていた。余りにも些やかな楽しみではないか。だから兄や私が行って文字通り寝るまで一緒に話すのが嬉しくて楽しくてたまらなかったようなのである。私達はいつも泊る時、茶の間の隣りの仏壇の置いてあった鏡子の部屋で鏡子の寝床の隣りにふとんを敷いて寝た。

「新児、○○と○○○を納戸から出してほこりを払っておいておくれ」などと鏡子はこの時とばかり力仕事を兄にさせた。多分また生活費とか小遣を得るためにお宝を売るのだろうな、という察しは兄にも私にもついた。大人しくて従順な兄は鏡子の命ずるままによく働いた。

毎年鏡子は葉山の日影茶屋に泊りに出かけた。その時のお供も必ず兄であった。愛子叔母の家まではとても登れないので、幼い従弟妹の漱介や一恵を兄が日影茶屋まで連れてきて、鏡子と遊ばせて一緒に食事をとってから、兄はまた二人を山の上まで送って行くのであった。

その頃の兄は鏡子の特別のお気に入りであった。「新児、お前は世が世なら近衛兵だねえ」と惚れ惚れと兄に見入るのであった。近衛兵というのは戦前天皇のお側で天皇をお守りする特別な兵隊で、容姿端麗でなければ選ばれなかったそうである。近衛兵と言ったら美男子の代名詞のようなものであったという。兄は確かに細身の長身で顔立もそう悪くない方ではあったかもしれないが、戦争中の食糧難のせいか中学生時代、気味悪いほど顔にニキビが吹き出ていた。その痕がいつまでも残っていて、ハンサムとはとても私には思えなかった。

85

大正五年に六人の子を遺して漱石は逝った。ひっきりなしに訪れる弔問客や記者団や弟子達には、取り乱すこともなく、涙を見せずと気丈にふるまって応対していたが、内心は最愛の大黒柱を失ったことで、悲嘆と途方に暮れて崩折れそうになっていたのではないだろうか。なかなか立ち直ることもままならぬ苦しい時期に、三年後の大正八年に初孫（私の一番上の姉明子）が誕生したのである。死の香の消えぬ仄暗い家に真新しい息抜きが吹き込んだのである。亡き夫の替りはつとまらないが、この新しい命はどんなにか鏡子に救いと慰めを与えたことであろう。

　漱石が修善寺で大吐血をし九死に一生を得た時も、部屋づきの女中さんが夥しい血を見て腰を抜かして使いものにならなかったのに、鏡子はあわてずさわがず冷静そのもので、別室に待機していた医師団を番頭さんに呼びにやらせた。その後も毎日夏目関係の見舞客が来て、一時は広い菊屋が夏目関係の客で埋ったこともあったという。その時も鏡子は病臥している漱石に対しては至れり盡せりの看護をし、見舞客の一人一人にも優しく応対し、宿に命じて心からのもてなしをしたという。

　「修善寺では夏目様の奥様の悪口を言う者はおりません。大事に至っても沈着冷静にお振舞いになられ、傍目にはまるで昔の武士の妻のような覚悟の決った、肝の座ったお方でございます。奥様は御自分が漱石先生の妻であるという確固たる誇りと御自覚がおありになったのだと思います」と、いつか修善寺の菊屋の女将野田みど里さんが言われたことがある。

　漱石が英国留学から帰国しての数年間、重度の神経症を患っていたことがある。その間、鏡子は漱石に理不尽な暴力をふるわれ、苦しんだ。その時も「この人は病気なのだから仕方がない」と殴られながら、声一つ

あげず歯を食いしばってじっと耐えていたのであろう。世間では悪妻として名高いが、私はこれほどのあっぱれな良妻はいないと思う。病弱な夫を支えて、あれほどの小説を書かせる妻はそういるものではない。

　私達は池上に行くのが大好きだった。お客様用の大玄関と家族用の内玄関があったのに、皆勝手口から出入りするのを常としていた。私が「こんにちわ」と声をかけると、夏など戸が開け放たれているから廊下を隔てた茶の間に座っている鏡子が嬉しげに「明子かい?」と訊く。私と長姉の声がそっくりなのであろう。「いいえ、末利子です」と応えると、「ナーンだ、お前かい」と鏡子は心底がっかりする。

　でも私がその頃ボーイフレンドを連れて行ったら、普段台所に入ることなどない鏡子が、たすきがけで赤飯を炊いてくれた。その男の子を私の結婚相手と勘違いして心からの祝福を送ってくれたのであろう。物の無い時代でゴマ塩がふられていなかったのだが、薄紅色のおこわの美味しかったこと! その元彼とは結婚しなかったから鏡子には詐欺を働いたようで、今でも気が咎めている。そして鏡子の早合点の粋な計いには今でも心から感謝している。

　兄と私は栄子叔母の留守の時に呼ばれることが多かったので、兄と漱石に関する経験話を聞く機会にも恵まれた。鏡子は漱石を「お父様」と呼び、とても漱石を愛していて「私しやお父様が一番良いねえ」と言ったり、「お父様はお洒落な方だったよ。いつも高い衿をお着けになってね」とか「御親切な方だったよ」などなどと。

　長姉明子や次兄新児ほど愛されてはいなかったとは言え、鏡子と一緒に寝たり、話す機会に恵まれたのは、今考えてみれば、とても貴重な楽しい経験をさせてもらったのだと思う。

（半藤末利子）

時代

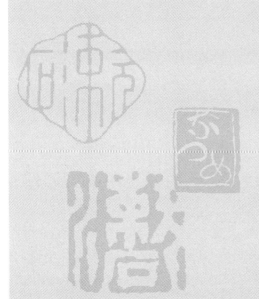

青木堂

あおきどう

◆本郷の通りの淀見軒と云ふ所に引つ張つて行つ
て、ライスカレーを食はした。淀見軒と云ふ所は店
で果物を売つてゐる。新らしい普請であつた。ポン
チ絵を画いた男は此建築の表を指して、是がヌー
ボー式だと教へた。三四郎は建築にもヌーボー式
があるものかと始めて悟つた。帰り路に青木堂も
教はつた。矢張り大学生のよく行く所ださうである。
　　　　　　　　　　　　　（『三四郎』三の三）

　青木堂は、現在の東京都文京区本郷5丁目
24(当時は本郷5丁目3番地)、本郷3丁目の交
差点と東京大学の赤門のほぼ中間、大学に向
かって右側にあった。1階が小売店で洋酒、
煙草、食料品などを販売、2階が喫茶店になっ
ていた。取り扱い商品の詳細、喫茶店の営業
の開始時期などは詳らかではないが、すでに
1894(明27)年の『東京諸営業員録』(賀集三平
編)には「和洋／菓子商　青木堂　青木久平」
と紹介されている。輸入品や西洋風なものを
多くひさぎ、学生をはじめとしてハイカラな
人々に人気があったとされる。後年の回想で
あるが、小堀杏奴によると「青木堂の二階に
は、一種の異国情緒のやうなものが漂つてゐ
た」(『回想』1942)ようで、引用の『三四郎』の
中でもいわれるように大学生の好む場所で
あった。また作中の与次郎によれば、教員の
控室を嫌った小泉八雲の通った店という。や
がて三四郎はそこで、「茶を飲んでは、烟草を
ふかして」いる、近づきがたい広田先生を目
撃する。その姿は「自分を図書館に走らせ」
たと感ずる。当時、青木堂は一種アカデミッ
クな非日常的な世界であったには違いない。
　　　　　　　　　　　　　　　（中丸宣明）

赤煉（錬）瓦

あかれんが

◆時代

◆往来を隔てゝ向ふを見ると、ホテルよりは広い赤
煉瓦の家が一棟ある。けれども煉瓦が積んである
丈で屋根も葺いてなければ窓硝子も付いてない。
　　　　　　　　　　（「満韓ところどころ」二十二）
◆不図眼を上げると、左手の岡の上に女が二人立つ
てゐる。女のすぐ下が池で、池の向ふ側が高い崖の
木立で、その後ろが派出な赤煉瓦のゴシック風の建
築である。　　　　　　　　　（『三四郎』二の四）

　積み上げ、囲い、貯える都市の機能を表現
する煉瓦は、同時に近代的な知の隠喩でもある。
この語は留学時のロンドンから帰国後の東京
の街並みまで漱石の著作に広く分布するが、
特に『三四郎』の東京帝国大学の校舎の描写
と、紀行文「満韓ところどころ」での都市の
描写に、その本質が集約されている。
　南満州鉄道株式会社総裁中村是公の招き
で、大連から満州・朝鮮の諸都市を取材した
この文では、煉瓦造りの建築物はアジア的風
土に釣り合わない人工的印象を漱石に与え
る。その違和感には、他国の資本が短期間に
建築した植民地都市の暴力的な収奪と労働力の
行使の痕跡が垣間見える。
　漱石がこの紀行文の最後の記述を、撫順の
炭坑を見学する場面で中断するに留めた理由
は定かでない。だが、この資材から建築され
る建物が『三四郎』における近代的知の隠喩
なら、留学時代のメトロポリス・ロンドンで、
違和感を抱きつつ西洋の知を受け入れようと
した漱石自身の知のありようが、アジアの地
に建築された煉瓦に投影されているように思
われる。(煉瓦の協業的労働の構成についてはK・
マルクス『資本論』第1巻、第4編、第11章参照。)
　　　　　　　　　　　　　　　（永野宏志）

維新／御一新

いしん／ごいっしん

◆時代

◆主人は痘痕面である。御維新前はあばたも大分
流行つたものださうだが日英同盟の今日から見る
と、斯んな顔は聊か時候後れの感がある。

（『吾輩は猫である』九）

◆僕は一面に於て俳諧的文学に出入すると同時に
一面に於て死ぬか生きるか、命のやりとりをする
様な維新の志士の如き烈しい精神で文学をやつて
見たい。

（鈴木三重吉宛書簡、1906(明39)年10月26日付第二信）

二つの言葉の含意するもの

「維新」という言葉は、『詩経』の「周雖旧
邦其命維新」（大雅・文王）を典拠とする。中
国古代の周が、文王の時代に天命を受け、殷
王朝に代わって新たに国を統治したことを説
いた詩の一節である。「維新」とは物事が新
しくなることを意味するが、主に政治や社会
体制の改革をいうのに用いられる。幕末の志
士に愛読された頼山陽の史論『日本政記』
(1838)巻十二には、後醍醐天皇による建武の
新政の条に、「方今王政維新、不宜分文武
為中一途上」とある。1868(慶応4)年閏4月21
日の政体書にも、「去冬 皇政維新纔ニ三職
ヲ置キ続テ八局ヲ設ケ事務ヲ分課スト雖モ、
兵馬倉卒ノ間未タ恢弘セス」とあり、やがて
公文書などに使われて普及し、「維新」といえ
ば、もっぱら明治維新を指すようになる。

「御一新」も、同じく明治維新をいうもの
だが、「維新」より幅広い含意があり、幕末から
明治初期にかけての用例もはるかに多い。王
政復古の大号令(1868)には、「民ハ王者ノ大
宝、百事御一新ノ折柄」とある。幕末に全国
各地で勃発した世直し一揆や「ええじゃない

か」の騒動を背景として示された「御一新」
は、民衆の世直しへの願望とつながっていた。
この「御一新」のイメージは、とりわけ四民
平等への期待と結びついて文明開化期の流行
語となり、明治20年頃までは、「維新」が文語
文脈に、「御一新」が口語文脈にそれぞれ併行
して用いられた。

なお、「御一新」は発音が類似することか
ら、しばしば「御維新」と表記される。漱石
の用例でも、「御一新」は少なく、「御維新」が
多く使われているが、『吾輩は猫である』の場
合のように口語的な表現においては「御維
新」を「ごいっしん」と読まれなければならな
い（前田愛「維新」か「御一新」か『前田愛著
作集』第4巻、筑摩書房、1989)。

「御維新前」と「御維新後」

『吾輩は猫である』のなかでは、「御維新前」
という言葉が、つねに過去と現在とを対比す
るかたちで使われている。珍野苦沙弥には、
毎朝顔を洗うたびに「無作法な声」でうがい
をする癖があるが、それを嫌う隣家の二絃琴
の師匠は、「御維新前は中間でも草履取りで
も相応の作法は心得たもので、屋敷町辺で、
あんな顔の洗ひ方をするものは一人も居らな
かつたよ」(二)と慨嘆する。また、苦沙弥の
家の裏側にある落雲館中学の生徒たちが「お
めえ」「知らねえ」といった野卑な言葉遣いを
することについて、「そんな言葉は御維新前
は折助と雲助と三助の専門的智識に属して居
たさうだが、二十世紀になつてから教育ある
君子の学ぶ唯一の言語であるさうだ」(八)と、
猫が痛烈に皮肉る。さらに、苦沙弥の「痘痕
面」を「御維新前はあばたも大分流行つたも
のださうだが日英同盟の今日から見ると、斯
んな顔は聊か時候後れの感がある」(九)と揶
揄する。「御維新前」には当然なものであっ
た作法や言語の規範、身体の特徴などが、
「二十世紀」の現在はすっかり自明性を失い、
価値転倒してしまった事態が、ここにはアイ

ロニカルに抉り出されている。「御維新」は、それ以前の過去を懐かしみ、現在を冷ややかに相対化する視座となっているのである。

ただし、漱石は「維新」による幕末から明治への歴史的な展開を、批判的に見ていたわけではない。講演「中味と形式」では、「何故徳川氏が亡びて維新の革命がどうして起つたか、つまり一つの型を永久に持続する事を中味の方で拒むからなんでせう」、「内容に伴れ添はない形式は何時か爆発しなければならぬと見るのが穏当で合理的な見解であると思ふ」と述べている。「中味」としての社会の状態や人間の内面生活が時代によって変化するのにともない、それを統一する「形式」も変わるのが自然の勢いであって、「維新」それ自体は、起こるべくして起こったというのである。漱石が問題としたのは、「御維新後」の「開化」のあり方であり、それが無理な発展を遂げようとして、「中味」と「形式」の関係に齟齬をきたしつつある点にほかならなかった。講演「現代日本の開化」には、「西洋の開化は行雲流水の如く自然に働いて居るが、御維新後外国と交渉を付けた以後の日本の開化は大分勝手が違ひます」とあり、「西洋人が百年も掛つて漸く到着し得た分化の極端に、我々が維新後四五十年の教育の力で達したと仮定する」なら、「一敗また起つ能はざるの神経衰弱に罹(あた)る」のは必然の結果であると説かれている。

「維新の志士の如き烈しい精神」

朝日新聞社に入社する半年前の1906(明39)年10月26日、漱石は鈴木三重吉宛の書簡で、命がけで文学に取り組む意志を表明する。もはや「草枕」のような「閑文字の中に逍遥して喜んで居る」だけでは満足できず、「大なる世の中」に出て、「動かさゞるべからざる敵」との困難な闘いに挑もうとするのである。その強い情熱は、「僕は一面に於て俳諧的文学に出入すると同時に一面に於て死ぬか生きるか、命のやりとりをする様な維新の志士の如

き烈しい精神で文学をやつて見たい」と、「維新の志士」にたとえられている。しかし、「文学」によって近代の文明社会における「動かさゞるべからざる敵」と闘うことは、封建社会を打破するために幕末の騒乱に身を挺した「維新の志士」の闘いと決して等価なものではなかった。

「野分」に登場する文学者の白井道也は、「現代の青年に告ぐ」という演説のなかで、「文明の社会は血を見ぬ修羅場」だと主張している。「四十年前の志士は生死の間(かん)に出入して維新の大業を成就した」が、「血を見ぬ修羅場は砲声剣光の修羅場よりも、より深刻に、より悲惨であ」り、現代の青年は「勤王の志士以上の覚悟をせねばならぬ。毅(たお)る、覚悟をせねばならぬ」というのである。この厳しい「覚悟」は、東京帝国大学講師の職を辞して、小説家の道を選ぼうとする自らに課したものでもあった。

このような漱石の姿勢は、ほぼ同世代の二葉亭四迷や徳冨蘆花とも通底している。「維新の志士肌」を持ち、軍人・外交官を志望していた二葉亭は、ロシア文学に感化されて、「社会現象」を「文学上から観察し、解剖し、予見したりする」(「予が半生の懺悔」『文章世界』1908・6)ことに情熱を傾けるようになり、『浮雲』を執筆する。それは中絶により挫折したとはいえ、文学の目的を「一枝の筆を執りて国民の気質風俗志向を写し国家の大勢を描きまたハ人間の生況を形容して学者も道徳家も眼のとゞかぬ所に於て真理を探り出」(「落葉のはきよせ 二籠め」1889・6・24)すことに見出そうとしたのである。また、蘆花は『不如帰』以来の転機にさしかかったとき、独自の道を模索して、「一頓挫せる維新の風潮に鞭(むち)うたんと欲するのみ」(「何故に余は小説を書くや」『国民新聞』1902・9・2、3)と記している。

幕末維新の変革期に生まれ、明治とともに齢を重ねてきた漱石や二葉亭や蘆花にとって、「維新」は自己の文学者としての使命を育む原点だったのである。　　　　(関 肇)

◆時代

イズム

イズム

◆過去は是等のイズムに因つて支配せられたるが故に、是からも亦此イズムに支配せられざるべからずと臆断して、一短期の過程より得たる輪廓を胸に蔵して、凡てを断ぜんとするものは、升を抱いて高さを計り、かねて長さを量らんとするが如き暴挙である。　　　　　　　　　　　　（「イズムの功過」）

◆自然の児にならうか、又意志の人にならうかと代助は迷つた。彼は彼の主義として、弾力性のない硬張つた方針の下に、寒暑にさへすぐ反応を呈する自己を、器械の様に束縛するの愚を忌んだ。

　　　　　　　　　　　　（『それから』十四の一）

　イズムまたは主義という語を漱石が用いる時、自然主義文学批判に留まらない面をもつ。活発な論争の最中で、「イズムの功過」（「文芸欄」『東京朝日新聞』1910・7・23）を書く漱石は、対立者たちが前提とするイズムなるものの流通可能な空間の成立過程を検討するからである。

　その過程は、個々をまとめる便宜としての「統一函」的役割が、いつしか個々に現実の基準に成りすまし、そこから個々の「事実」を評価する逆転現象が承認されてしまう「暴挙」として描かれる。自然主義に関する論争はこの「暴挙」が現実となって初めて可能となるのだ。すでに前年に書き終えた『それから』で、自らの主義で動く時代の代表者を主人公に据えた漱石は、その現実の危うさを描いていたといえる。

　「イズムの功過」で吟味されるこの語が、「会社の決算報告」「生徒の成績」のように記号によって統計化する権力側の例に始まり、「暴挙」という強い言葉を引き出した背景には、同年初来検挙が相次ぐ大逆事件が重なるように思われる。　　　　　　　（永野宏志）

一等国

いっとうこく

◆外国人に対して乃公の国には富士山があると云ふやうな馬鹿は今日は余り云はない様だが、戦争以後一等国になつたんだといふ高慢な声は随所に聞くやうである。　　　　　　　（「現代日本の開化」）

◆日本は西洋から借金でもしなければ、到底立ち行かない国だ。それでゐて、一等国を以て任じてゐる。さうして、無理にも一等国の仲間入をしやうとする。だから、あらゆる方面に向つて、奥行を削つて、一等国丈の間口を張つちまつた。なまじい張れるから、なほ悲惨なものだ。牛と競争をする蛙と同じ事で、もう君、腹が裂けるよ。

　　　　　　　　　　　　（『それから』六の七）

自称としての一等国

　一等国とは、西欧列強国と同じ世界のファーストクラスに数えられる国という意味だから、かつて福沢諭吉が『文明論之概略』(1875)で論じた〈文明国・半開国・野蛮国〉の三分類にいう、文明国とその内容は等しいと考えてよい。雑誌『太陽』創刊号(1895・1)無署名記事が、日清開戦の理由を説いて「日本が東亜の一等国たることを事実に証明し軍国の月桂冠を戴かんとするの功名心並に欧州の羈絆を脱し一文明国として欧州諸国と同等の交際を為さんと欲する」との主張に、両語の関係を知ることができるだろう。戦争に勝つたという優越感に裏打ちされることで、次第に一等国という自称は当時の多くの日本人お気に入りの自画像として安定していったのである。

　日露戦争の勝利は、確かに日本を欧米諸国と相互に利権等を承認し合う国に昇格させた。ポーツマス条約、桂・タフト協定、第二次

日英同盟、日仏協約で、アジアにおける列強各国の勢力範囲・権益を日本が認めると同時に、日本の朝鮮に対する優越権等を彼らに認めさせたからである。

しかし、『それから』の代助の台詞にあるように、それは「西洋から借金」をすることによってかろうじて得たものにすぎなかった。戦費20億余円のうち12億円を国債でまかなったわけだが、その大半(10億4200万円)は外債だった。それも同盟国イギリスの牛耳るメディアが日本に有利な情報を流したお陰で可能となったのである(山田朗『世界史の中の日露戦争』吉川弘文館、2009)。もちろん、代助のいう「借金」は、西洋文化からの恩恵全般を象徴的に指してもいたわけだが。

様々な一等国批判

そうであるだけに、日本は一等国の名に本当に値するのか? という批判は、当初からあった。例えば中江兆民は「笨碁的開化」(『千代田毎日』1900・12・14)で、天然資源と素人細工的工芸品程度の輸出品しかない日本が「朝野嘖嘖一等国に列したりと自称せる」愚かさを指摘している。また徳富蘇峰は『時務一家言』(1913)で日本を「虚名の一等国」と評し、次のように述べる。今日の青年は平民主義という「世界一般の大勢」にさらされ「偽忠君、偽愛国」あるいは「虚無、破壊の思想」「懐疑、冷笑、胸中一点の熱火なき軽薄児」ばかり。対外的には、英仏露米と結んだ同盟・協商の類いなどどれも頼むに足りない。つまるところ「二十七八年役後の日本は、恰も二日酔をなしたるが如く、頭痛岑岑、茫然自失」「恰も大宴会後の勘定書を突き附けられたるが如く」と辛辣である。さらに、煩悶青年の代表格ともいうべき石川啄木は、『林中書』(1906・11-12)で、「日本が一等国になつたのは、完く日露戦争の為」にすぎない。しかし「戦争に勝つた国の文明が、敗けた国の文明よりも優つて居るか」、日本は今「東洋唯一の立憲国」だ

が「此立憲国の何の隅に、真に立憲的な社会があるのか」と、問題を投げかけている。これらの批判はいずれも、一等国とは名ばかりで、それにふさわしい実質を日本は備えていない、というものである。

これに対し、漱石の批判の特徴は、上記の批判者たちが指弾してやまない当時の日本の不具合を、一等国にふさわしからぬものととらえるのとは逆に、一等国になったからこそ抱え込んだのだ、としている点である。

「亡びるね」

『三四郎』の広田先生は、日本は将来「亡びるね」と予言した。『それから』の代助は「腹が裂けるよ」といい、漱石自身もまた「現代日本の開化」で、日本人は「空虚の感」を抱きつつ「皮相上滑り」の暮らしを強いられた末、「神経衰弱」に陥るだろう、と「極めて悲観的の結論」を下している。なぜだろうか。

漱石によれば、開化とは「人間活力の発現」の二形態、すなわち「消極的な活力節約」(できるだけ怠けたい)と「積極的な活力消耗」(快楽を貪りたい)の複合の産物である。開化の進展は、その結果として人々を「怪物の様に辣腕な器械力」とどんな道徳家にも止めることのできない「娯楽道楽」の追求に追い立て、彼らに万人の競争状態を強いる。「開化が進めば進む程競争が益劇しく」なるから「生活は愈困難になる」。一等国になったということは、この開化の過程が世界の最高水準に達したことを示す。しかもそれを「外発的」に、西欧をただ真似て無理矢理推し進めてしまったのが日本である。将来が暗澹たるものとなるのは当然、というわけだ。

侵略への道

以上の議論を仮に「開化・神経衰弱」系とすると、一等国という問題を考える上で、もうひとつ別に、「文明国化・侵略」系とでも呼ぶべき観点を用意する必要があると思う。冒

◆
時
代

頭で触れた〈文明国・半開国・野蛮国〉の三分類には、文明国(すなわち西欧列強国)が或る国を半開ないしは野蛮と判断すれば、その国の程度に応じて不平等条約を押し付け、植民地化し、侵略することが正統化される、という帝国主義の論理が装填されているからである。

19世紀西欧社会で用いられた国際法教科書にしばしば登場する、この典型的に西欧中心主義的な国際秩序像を、福沢諭吉をはじめとして多くの明治人は丸ごと受け入れた。文明化＝西欧化しなければ国際法(万国公法)の適用の対象にされない——この考え方は、実は西欧の国際法観において決して自明なものではなかったのだが、明治人はそれを疑うべからざる前提として文明開化・殖産興業政策を選んだのだった(山内進『文明は暴力を超えられるか』筑摩書房、2012。明治人のこうした思い込みを、山内は「集団催眠的ともいえる思考型」と評している)。

しかし、日本が西欧列強による植民地化の危機への対抗として選んだ文明国化への道は、その内在する論理の必然として、いずれは(一等国の自覚を獲得した時)、他国(朝鮮、そして中国)への侵略の道に、転化する。それは例えば文明論者・福沢諭吉の思想家としての遍歴を見れば明らかである(彼が脱亜論者になったのは何時か、という問いは朝鮮の政治状況に対する福沢の見通し如何のみに関わる、枝葉末節の問題にすぎない)。

一等国化の結果、国民の自意識が「空虚感」を不可避的に抱え込むことを正確に分析した漱石だが、同時にそれが、国民を隣国への侵略・蹂躙に駆り立てるようプログラミングされてもいたことについて、彼はどのように考えていたのか。この点について、一等国をめぐる漱石の言説だけから探ることは不可能であるように思われる。　　　　(関谷博)

位牌

いはい

◆位牌には黒い漆で戒名が書いてあつた。位牌の主は戒名を持つてゐた。けれども俗名は両親といへども知らなかつた。　　　　(『門』十三の七)

位牌は死者の戒名や俗名・歿年などを書いて仏壇にまつる木の札。父直克の死後、三兄和三郎直矩が夏目家の家督を継いだために、新しい家を持った漱石は、先祖代々からの位牌をまつる仏壇を持つ必要がなかった。五女ひな子の死後「新らしい家にて仏壇といふものなく机の上に線香を焚いてゐる」と野村伝四宛に書き送っている(1912・4・6付)。しばらくの間机の上にひな子の位牌を置いて供養したようだ。『道草』の健三は腹違いの姉の家を訪ねており、会話中に亡児の位牌を指差される。位牌は一家の歴史と死者の回憶装置として機能する。『門』では重要なプロットとして使われている。長い漂浪を終えて東京で新生活を始めた宗助御米夫婦は三度目の子どもにも恵まれなかった。長男の宗助は東京を去るとき、父の位牌以外をすべて寺に預けていた。宗助は亡児のために戒名の書かれた小さな黒漆の位牌を作った。御米は産後三週間の間、福岡で亡くした子どもの位牌と新しい位牌を前にして、子供の悲劇的運命とその記憶に苛まれ「不思議にも同じ不幸を繰り返すべく作られた母」としての呪詛の声に苦しむ。位牌は御米を易者の門へくぐらせ、これからも子どもができないという残酷な宣告を引き出す象徴的意味をもたされている。

また『行人』には精神病の娘の葬儀で祭壇の白い位牌に一抹の香を焚く三沢の姿が描かれている。漱石の小説で葬儀の光景は珍しい。

(石﨑等)

94

漂浪者、冒険者

うゐがぼんど、あどゔぇんちゅあらー

◆君の様な漂浪者を知己に有つ僕の不名誉を考へると、書信の往復などは為る気になれなかつたからだとでも書くより外に仕方がないので、其所は例の奔走に取り紛れと簡単な一句で胡麻化して置いた。

(『彼岸過迄』「停留所」六)

　漱石の小説の登場人物は、実直な市井人として生きる人物が多いが、時には放浪者、冒険者ともいえるような登場人物が、主に傍役として登場する場合がある。冒険者という漢語にルビを振って"アドヴェンチュラー"としているのが、『門』の宗助・御米夫婦の住む家屋の大家である坂井の弟で、満洲から蒙古へと渡り、牧畜を業としながら蒙古王の土地取得のために、日本へ来て、兄の坂井に2万円を無心する男である。

　ほら吹きで、その大言壮語に実兄の坂井も大して信用を置いているわけではないが、その気宇壮大な夢は、狭い都会であくせくと生活している坂井や宗助には、一服の清涼剤のような役割を果たしているのかもしれない。

　いわゆる満洲浪人、満洲馬賊への憧れが、そうした市井人のなかにもまったくなかったとはいわれない。また、御米の前夫で、宗助に彼女を取られた形の安井が、その坂井の弟といっしょに日本へ来るというのが、『門』の主人公夫婦の鬱屈の種となっているのだが、満洲、蒙古はそうした傷心や挫折心を抱いた人物たちの逃亡、逃避する場所でもあった。『草枕』の那美の夫も「遠い、遠い世界」として「満洲」へ行く。「死んで御出で」と突き放す那美だが、冒険者、放浪者たちの出かけてゆく「満蒙の地」は、漱石にとって冥界にほかならなかったのかもしれない。　(川村湊)

江戸名所図絵

えどめいしょずえ

◆時代

◆父の云ひ付で、毎年の通り虫干の手伝をさせられるのも、斯んな時には、却つて興味の多い仕事の一部分に数へられた。彼は冷たい風の吹き通す土蔵の戸前の湿つぽい石の上に腰を掛けて、古くから家にあつた江戸名所図絵と江戸砂子といふ本を物珍しさうに眺めた。　　　　　　　　(『門』十四の四)

◆恰も健三を江戸名所図絵の名さへ聞いた事のない男のやうに取扱つた。其健三には子供の時分その本を蔵から引き摺り出して来て、頁から頁へと丹念に挿絵を拾つて見て行くのが、何よりの楽みであつた時代の、懐かしい記憶があつた。

(『道草』二十五)

　『江戸名所図絵(図会)』は、斎藤幸雄長秋・幸孝県麿・幸成月岑の三代によって編纂された江戸および近郊の地誌で、長谷川雪旦画、1834(天保5)年～1836年刊。近世後期の江戸の姿を、豊富な情報とすぐれた挿絵によって伝える名著で、漱石の作中でも、旧時代の空気や幼少期の追憶を呼び起すシンボリックな存在として扱われている。ただし、それらはもはや失われた過去であり、親友の妻を奪った宗助は身を隠すように生きねばならず、健三も幼少時代の「悠長な心持」には戻れないことを歎く。明治維新の前年に生れた漱石は、江戸文化の空気を身のうちに残しながら、西欧に影響された新時代の文化に向きあわねばならなかった。それだけに、これらの「江戸名所図絵」が垣間見せる〈前時代的〉なるものは、届かぬ過去として郷愁を誘い、ひいては漱石の人物たちの苦悩を一層際立たせているのである。　　　　　　　　(出口智之)

◆時代

演芸会

えんげいかい

◆余は固より詩人を職業にして居らんから、王維や淵明の境界を今の世に布教して広げやうと云ふ心掛も何もない。只自分にはかう云ふ感興が演芸会よりも舞踏会よりも薬になる様に思はれる。

（「草枕」一）

　人々が座興に応じて芸を披露する演芸会が、近代日本において初めて行われた年は1888（明21）年のこと。文明開化を象徴する日比谷の鹿鳴館にて開催された「演芸矯風会」が、そのはじまりとされる。「矯風」との語が示すように、当時の一流と評された講談師や落語家、歌舞伎役者が登壇したこの会は、娯楽の側面から逸れて、芸能全般の地位向上と改良を目的としたものだった。それはまた、欧化に急ぐ近代化過程にあって、旧来の世話物や時代物とは一線を画した、上流紳士たちがたしなむ「芸術」としての演劇を模索する文脈から登場していた。その翌年には「東京改良演芸会」の旗揚げ公演が成され、実業家やジャーナリスト、華族に皇族を招待した様子が当時の新聞には報じられている。明治時代にあって演芸会とは、庶民的な娯楽というよりは、文明開化の波を受けた「改良運動」の形象であった。鹿鳴館趣味が皮相な西洋かぶれと同義であったように、そこには軽い揶揄も伴っていたと思われる。

　「意味」をしりぞけ「非人情」を標榜する「草枕」の画工にとって、舞踏会や演芸会は「近代」をしゃにむに演じる舞台の象徴でもあった。そこから距離を置いて漢詩が描く幽明を求める画工の視線は、単なる東洋趣味ではなく、近代の苦さを熟知する漱石自身とも重なっていた。　　　　　（鈴木貴宇）

演説／演舌

えんぜつ

◆「おれにはさう舌は廻らない。君は能弁だ。第一単語を大変沢山知つてる。それで演舌が出来ないのは不思議だ」　　　　　　（「坊っちゃん」九）
◆滔々として述べて来た道也は一寸こゝで切つて、満場の形勢を観望した。活版に押した演説は生命がない。道也は相手次第で、どうとも変はる積である。満場は思つたより静かである。（「野分」十一）

演説の言語

　福沢諭吉が始めた演説（演舌）は、漢文脈を軸とした口話コミュニケーションであった。漱石の初期小説には国民語の成立時期における口話コミュニケーションの変容と盛衰が描かれており、演説もその中の一つである。

　松元季久代は、坊っちゃんの「べらんめえ」と、会議の場面での他の教員による演説体の口話との対比に着目し、坊っちゃんの江戸対田舎という文化的な優越意識を、江戸の「地域方言」＝「べらんめえ」対漢文くずしの口頭語＝事実上の標準語として逆転させている（『「坊っちゃん」と標準語雄弁術の時代』『漱石研究』第12号、1999・10）。さらに、共に江戸っ子である坊っちゃんの「ぺらぺら」した言葉と、野だいこの「言語はあるが意味がない」「漢語」交じりの「へらへら調」演説に対し、会津人である山嵐の演説は当時の演説作法書が理想とするような、「思想」と言語が一致し「意思」を持った演説である。「演説は意思を主とする者なるを以て、意思豊熟なれば特更に言辞を彫琢するの必要無く撲実の辞を以て胸中の思想を演べ去り得べし」（中島気崢『演説法名家談　演説活法』博文館、1903）。しかし山嵐による漢文脈の規範的演説は、赤シャツの

「例のやさしい声を一層やさしくして、述べ立てる」ような親愛を演出する談話的な演説と「新聞」のゴシップ記事に敗北する。ここに描かれているのは、「諸君よ諸君」(「文芸の哲学的基礎」『東京朝日新聞』1907・5・4-6・4)という民権運動を彷彿とさせる「演説」が、新しい口話コミュニケーションやメディアと交代していくさまである。

演説の場

『三四郎』の学生集会所での演説場面はほとんど梗概に近く、演説の臨場感の乏しさと三四郎の演説に対する稀薄な共感は、上京してきたばかりの三四郎が抱く大学との距離感と対応している。一方『吾輩は猫である』の苦沙弥先生の部屋で行われる演説の練習は、聴き手が自由に批評できる対話的な場として描かれている。しかし、これらはいずれも不特定多数の聴衆を相手にした演説ではない。

「野分」の白井道也の演説には演説者と不特定多数の聴衆とのやりとりが描かれており、その過程で道也の演説は「曲折」する。道也は聴衆の水準に演説の口調や言語を調整していくことで、最終的には聴衆の喝采を浴びることになる。この演説者と聴衆との関係は、山田有策が漱石自身の講演の特徴として挙げた「座談的」「自らの〈語り〉において使用する用語の意味を繰り返し明瞭にしつつ、聴衆の内部に確立しているかにみえる意味やイメージあるいは価値を組み替える試み」(山田有策「講演―その〈語り〉の力」『制度の近代』おうふう、2003・5)と一致するといえよう。しかし一方で、道也の論説をあらかじめ読んでいた高柳が、演説の内容と対話的に関わり共鳴していく過程が彼の意識に密着しつつ記述されている。道也の演説は喝采する聴衆と深く受け止める高柳という、二つの質的に異なる聴衆を獲得した演説だったといえる。

(木戸雄一)

縁日

えんにち

◆時代

◆日本で小利口な物どもが汽車を只乗つたとか一銭だして鉄道馬車を二区乗つたとか縁日で植木をごまかしたとか不徳な事をして得意がる馬鹿物沢山有之候是等の輩を少々連れて来て見せてやり度候
(夏目鏡宛書簡、1900(明33)年12月26日付)

つとに英作文An Ennichには神田小川町の五十稲荷が描かれ、「縁日の梅窮屈に咲きにけり」の句がある。小説家時代の漱石が最もよく目にしたのは、牛込神楽坂の毘沙門の縁日であったろう。しかし、前近代のなごりを残す縁日の猥雑な商空間は、漱石小説には描かれない。思い出話(「坊っちゃん」)や人の噂(『三四郎』)として言及される例がほとんどで、『門』の宗助夫婦が縁日に赴く場面も、「手頃な花物を二鉢買つ」たという簡潔な記述に終わる。雨戸を繰り開いて鉢物に夜露を当てる夫婦のつつましさに、尾崎紅葉が「神楽坂大雑踏也」と記した縁日の盛況ぶりをうかがうことは難しい。

明治の東京における露天商は多く近世の床店や葭簀張の営業地解体にともなって再組織されたものであり、営業と規制とのせめぎあいは明治15年の縁日商組合結成以後も続いていた。縁日の取引と商品には、どこか曖昧さがつきまとうのである。

ロンドンの人士について「公徳に富み候は感心の至り」であると報ずる際、漱石は上記の引用のように書き添えていた。

たとえば牛込界隈を重要な舞台とする『それから』の場合、縁日が一度も描かれないという事実には、小説における風俗描写の稀薄さが作家漱石の潔癖な選択である可能性を、示しているのかもしれない。　(多田蔵人)

97

◆時代

園遊会

えんゆうかい

◆馬車の客、車の客の間に、只一人高柳君は蹌踉として敵地に乗り込んで来る。此海の如く和気の漲りたる園遊会——新夫婦の面に湛へたる笑の波に酔ふて、われ知らず幸福の同化を享くる園遊会——行く年をしばらくは春に戻して、のどかなる日影に、窮陰の面のあたりなるを忘るべき園遊会は高柳君にとつて敵地である。　　　　（「野分」九）

◆それから二三日は、代助も門野も平岡の消息を聞かずに過ごした。四日目の午過に代助は麻布のある家へ園遊会に呼ばれて行つた。

（『それから』五の三）

　園遊会といえば、今日では専ら天皇・皇后が主宰して赤坂御苑で開かれる会のことを言うが、もともとは政治家や富裕層が主宰して庭園などで賓客を招いて行うガーデン・パーティのことである。「野分」では園遊会は高柳が富裕な同級生の中野との間にある圧倒的な経済格差を知らしめる役割を果たす。結核を病んで「妙な咳」をする高柳にとって、彼の「全収入」に相当する金額の紙巻煙草を安上がりだと考える紳士たちが群れ集う園遊会はまさに「敵地」に他ならぬ。一方、『それから』の代助は「父と兄の社交的勢力の余波」で招待された園遊会に赴き、そこで会う兄の誠吾と同じシルクハットを身につけている。園遊会から抜けだした兄弟は鰻屋で酒を交わすが、これはそのすぐ後で代助が平岡と酒を交わしながら麺麭のために働くことの是非について議論する場面と対を成している。代助は高柳でも中野でもない位置に自己定位しているが、その地位は園遊会的なコミュニティの裡に守られていると言えよう。（坪井秀人）

欧化主義

おうかしゅぎ

◆放身捨命を敢てして仏国革命に賛同せる英国文人は漸次にして旧態に近づき来れり。突飛に泰西を謳歌せる日本の文学者も、少しく沈静の時日を得れば漸くにして日本流を再発し来るにあらずや。文芸以外の娯楽に徴するも、謡曲の流行となり、茶の湯の復活となり、弓術、柔道の再興となり、日本画、木板、骨董の道楽となつて、欧化の注入と共に唾棄せるものを、芥溜裏より拾ひ来つて及ばざるを之れ恐るゝの状態なり。而して此活力は西洋主義と日本主義と精神的に平衡を得るに至つて始めて已むが故に、所謂欧化主義は当初に吾人をして愕然たらしめし程に猛烈なる変化にあらずして、始めより漸次に泰西の文物を輸入せると同様の結果に到着するや明けし。　　（『文学論』第五編第七章）

◆三四郎は東京の真中に立つて電車と、白い着物を着た人と、黒い着物を着た人との活動を見て、かう感じた。けれども学生々活の裏面に横はる思想界の活動には毫も気が付かなかつた。——明治の思想は西洋の歴史にあらはれた三百年の活動を四十年で繰り返してゐる。　（『三四郎』二の一）

◆所が日本の現代の開化を支配してゐる波は西洋の潮流で其波を渡る日本人は西洋人ではないのだから、新らしい波が寄せる度に自分が其中で食客をして気兼をしてゐる様な気持になる、新らしい波は兎に角今しがた漸くの思で脱却した旧い波の特質やら真相やらも弁へるひまのないうちにもう棄てなければならなくなつて仕舞つた、食膳に向つて皿の数を味ひ尽す所か元来どんな御馳走が出たかはつきりと眼に映じない前にもう膳を引いて新らしいのを並べられたと同じ事であります。斯う云ふ開化の影響を受ける国民はどこかに空虚の感がなければなりません。又どこかに不満と不安の念を懐かなければなりません、夫を恰も此開化が内発的でゞもあるかの如き顔をして得意でゐ

る人のあるのは宜しくない。それは余程ハイカラ
です、宜しくない、虚偽でもある、軽薄でもある、
自分はまだ煙草を喫つても碌に味さへ分らない子
供のくせに、煙草を喫つてさも旨さうな風をしたら
生意気でせう、夫を敢てしなければ立ち行かない
日本人は随分悲酸な国民と云はなければならない、
（「現代日本の開化」）

文学創作における「新」と「旧」

　漱石は『文学論』の第五編で「意識推移の
原則」という問題に取り組んでいる。暗示を
受けた意識が脳との相互作用をも維持しなが
ら推移するさまを描き出しているのだが、そ
の最後にあたる 第七章「補遺」で、漱石はま
ず文学と文学外の人間活動との関連からこの
ことを捉え返すべく、産業や社会構造、政治
などがどのように文学活動を規定し、作家の
創作に影響を与えているかを考察しようとし
ている。

　その考察を踏まえて彼が特に関心を示すの
が、文学創作が暗示を受けて起動する際に時
代的スタイル、「新」と「旧」の要素がどのよ
うに配合され相関するかという問題である。
「新」と「旧」とは煎じ詰めれば文学における
モダニティ志向（進化的局面）と古典志向（回
帰的局面）と言い換えてもよい。焦点化(対象
化)された観念(F)が、「新」から「旧」に、あ
るいは「旧」から「新」へと、時に全く対照的
な時代スタイル(F´)へと反転することがあ
るとしても、その後の「推移」において帰着
するところは同じ(Fn)であり、そこで両者は
平衡を保つことになるというのである。

　上に掲げた引用はそれを近代日本の文化に
当てはめてみたものである。「脱亜入欧」と
して語られる19世紀末から20世紀にかけて
の近代化の荒波をまともに受けとめなければ
ならなかった漱石は、文明開化を回顧のモー
ドの中で表象することが可能となった木下杢
太郎や北原白秋ら一回り下の世代とは当然立

場が大きく異なる。さらに下の世代で漱石に
師事した芥川龍之介のように、鹿鳴館を素材
に作品化するなどということは、漱石などに
は思いもよらなかったのではなかろうか。

欧化主義と日本主義

　引用部分の言説では、欧化主義とナショナ
リズムを両極とする近代日本のパラダイム
を、右に見たような新旧の時代的パラダイム
の発現として捉え、それを平衡関係に帰着す
るものとして調和的に見ているのだが、ここ
では「謡曲の流行」「茶の湯の復活」その他の
「日本流」への回帰がややシニカルに捉えら
れていると見ることも出来る。「芥溜裏より
拾ひ来つて」という言い回しにもそのような
気息がうかがえるだろう。

　実際、日本の文明開化は、鹿鳴館に象徴さ
れる欧化主義のみによって代表されてはなら
ず、その裏面に日本主義の高まりを見なけれ
ば一面的にしか描き出されない。漱石はその
ことをよく弁えていたことになるのだが、欧
化主義と日本主義とはもちろん調和や平衡を
得たわけではなく、その両極は協調しながら
軋みを立てて葛藤をもたらし、対立を見せか
けながら補完し合うという複雑な様相を示し
ていた。

　上京してきたばかりの地方青年・三四郎の
「動く東京」に対するナイーヴなおののきを
描出した小説『三四郎』のくだりには、「明治
の思想は西洋の歴史にあらはれた三百年の活
動を四十年で繰り返してゐる」という文言が
さりげなく挿入されている。この文言は広大
な東京市内を走る市電や移動する都市民たち
の「激烈な活動」、その速度にいまだ同調でき
ない三四郎の体感を通して、あたかも系統発
生を個体発生のうちに反復するかのごとき日
本の促成栽培的な近代を批判する視点を提示
したものと解することが出来る。

　ここに描かれた地方と東京との間に生じる
速度の格差は、明治の当時の青年たちを呑み

99

込んだ立身主義の理念、地方の劣位と東京へ
の憧れを追認するのではなく、欧化に走る日
本が急速に近代化しても西欧に追いつけぬ姿
を、都市の速度に同期化できない地方の人間
の姿をそこに鏡像的に重ね合わせていかにも
風刺的に描き出したと見ることが出来る。

近代化へのまなざし

『三四郎』の中でしかし、同時代日本に対す
る最もよく知られた文明批評的な発言は、
三四郎が鉄道の中で遭遇した広田先生から聞
く「亡びるね」という一言であろう。これは
「然し是からは日本も段々発展するでせう」
という三四郎の言に対する反応なのだが、そ
の前に広田先生は同乗した西欧人夫婦を見て
西洋人は美しいと言い、日本には富士山のよ
うな天然自然のものしか自慢できるものがな
いと歎いてみせている。

富士山を引き合いに日露戦後の浮ついた同
時代の風潮に対する嫌悪を率直に語るこの言
説は、漱石自身の数年後の講演「現代日本の
開化」にも生かされている。よく知られるよ
うに、そこでは日本の近代化の問題が「外発
的開化」という視点のもとできびしく捉え返
される。しかし、上の引用を注意深く読み返
すと、漱石の批判は日本の近代化が外発的で
あることに対して以上に、それをあたかも内
発的であるかのように考える欺瞞性によりき
びしく向けられている。反面、例えば富士山
を西欧的美意識に対応=対抗させる日本主義
的なイデオロギーは欧化主義を補完するよう
に常に内在し続けていたわけで、そのような
国際化する国体思想に対する根本的な批判が
どれほど漱石の文学から汲み取りうるかが問
われるべきであろう。　　　　（坪井秀人）

鸚鵡

おうむ

◆「此国の春は長へぞ」とクラ、窘める如くに云ふ。
ギリアムは嬉しき声に Druerie! と呼ぶ。クラ、
も同じ様に Druerie! と云ふ。籠の中なる鸚鵡
が Druerie! と鋭どき声を立てる。（「幻影の盾」）

鸚鵡という鳥は人語を模倣するがために、
芸術作品の中で用いられる場合は往々にし
て、「人の本音」や「隠している本心」といっ
た、人間の持つ「裏の顔」を伝える存在とし
て描かれる。漱石が親しんだイギリス文学と
鸚鵡の関係は深く、代表的な作品は鸚鵡を肩
に従えた海賊、ジョン・シルバーの登場する
スティーブンソンの『宝島』だろう。デフォー
の『ロビンソン・クルーソー』でも、無人島に
漂着したロビンソンが、初めて出会う動物は
鸚鵡であった。鸚鵡が模倣する自分の発語を
聞いた者は、他者性の介在しない反復に直面
することで、自己の内面に響く声を聞くこと
になる。鸚鵡が登場する漱石の作品は限られ
ており、英国留学の経験が深く反映した短編
集『漾虚集』に収録された「幻影の盾」と
「カーライル博物館」の二作品のみだ。前者
に登場する鸚鵡は、クララとウィリアムが恋
の成就から喜んで発する語、"Druerie"（中世
英語で「愛、真実」の意）を反復する。完全なる
合一は他者性の消滅でもあることを鸚鵡は
仄めかしていよう。ちなみに、漱石が留学時
代を懐古した小文の仲にも鸚鵡は登場する
（「永日小品」）。老人が、一人鸚鵡とともに庭
で陽光を浴びる姿を漱石は回想している。留
学経験が残響した『漾虚集』の中の鸚鵡は、
漱石がイギリスで経験した孤独を象徴する存
在とも言えるだろう。　　　　（鈴木貴宇）

◆
時
代

恩給

おんきゅう

◆何年務めれば官吏で云ふ恩給といふ様なものが出るにや、さうして其高は月給の何分一に当るや。(中略)小生が新聞に入れば生活が一変する訳なり。失敗するも再び教育界へもどらざる覚悟なればそれ相応なる安全なる見込なければ一寸動きがたき故下品を顧みず金の事を伺ひ候

(坂元雪鳥宛書簡、1907(明40)年3月4日付)

漱石は1907(明40)年4月の東京朝日新聞社入社に先立ち、周到な交渉をした。中でも有名なのが、収入の保証を求めた引用の手紙である。手当や執筆の規定とともに、漱石は「恩給といふ様なもの」を求めた。

戦前の年金制度は、1875年の恩給制度に始まり、対象は軍人・官吏から警察・教員へと拡大された。企業年金が一般化する戦後までは、恩給は政府が財源を負担する特権的な年金であった。漱石は1903年から東京帝国大学の講師であり、一定年数勤めれば恩給の対象者となるはずで、それを前提に朝日に対し、「恩給といふ様なもの」を求めたのである。

漱石は自家の経済生活に、大雑把ながら注意を払っていた。夏目鏡子『漱石の思ひ出』(改造社、1928)によれば、収入の細かい金額には無頓着だったが、支出が多い分、収入の確保に努めた。朝日入社の際に持ち出した「恩給」については、社にその規則がないので、「かわりに賞与を少しづつ余分に出そう」という話に落ち着いたという。漱石は1916年、朝日在職中に死去するが、残された家族の生活は、死後発行部数が増えた著作の印税が支えた(松岡譲『漱石の印税帖』朝日新聞社、1955)。

(大東和重)

階級

かいきゅう

◆自分は自分と同階級に属する未知の女に対する如く、畏まつた言語をぽつぽつ使つた。

(『行人』「友達」三)

中流社会と上流社会——経済資本

「由来一切社会の歴史は、階級闘争の歴史なり」という断言で本論が始まる『共産党宣言』の日本語訳全文(幸徳秋水、堺利彦共訳)が初めて公表されたのは、「坊っちゃん」の発表と同時期である。それ以前、ロンドン留学中の漱石書簡に「カールマークス」への言及はあるものの、階級闘争の徹底を通じて階級の廃絶を目指すマルクス主義的な意味での「階級」の用例は漱石の語彙にはない。大学生時代に「人間の取扱に階級を設くる」ことを「不埒」とするホイットマンの「平等主義」への共感を熱く論じた論文があるが、そこで使われている「階級」は「族籍」「貧富」等、「形体上の懸隔」の意である。『明暗』で「細民の同情者」を自任する小林が「紳士」という「階級」の存在を非認しているが、上記邦訳『共産党宣言』がbourgeoisieの訳語として工夫した「紳士閥」とは文脈を異にしている。社会の上下構造に関する漱石の認識は経済資本の多寡に従って「上流」「中流(中等)」、「下流(下等)」に三分するという、当時の一般的な構図の枠内にあったが、「坑夫」以外の漱石作品には「下等社会」は遠景としてしか出てこない。『それから』では西洋式の応接間のある長井家、独立した書斎と風呂場を持つ代助宅、座敷書斎兼用の平岡宅という三つの階層が描き分けられているが、平岡も「中流社会」の住人である。『明暗』には親の「富の程度」の

差が子供に与える残酷さを照らし出す場面があるが、これも上流と中流との差異である。『心』の「先生」は相続財産の利子だけで一生「衣食住の心配がない」が、当時新潟県の多額納税者議員（貴族院）の納税額は群を抜いており、〝「新潟」の大地主〟の記号性が生涯無職業だった「先生」の資産のリアリティを支えていたと思われる。

「高等／下等」と「平等」——学歴資本

　「族籍」「貧富」とは別に、近代が生み出した垂直の分割原理として学歴資本がある。漱石作品の主要な男性登場人物は大部分が帝国大学出身者である（学士と中退者の差異も描出されている）。『三四郎』における広田、野々宮ら「不精な髭」の男たちと「髭を綺麗に剃つた」男たちは経済資本の格差はあっても最高の学歴資本を共有しており、『彼岸過迄』の「高等遊民」の「高等」さを支えているのも高学歴である。猫の「吾輩」は車屋の黒猫の「無学」を揶揄し、採掘労働者の「無教育」に辟易した「坑夫」の「自分」は、その中で「中等以上の教育を受けた」という一人の坑夫の「教育から生ずる、上品な感情」にだけ敬意と好感を抱く。「博士嫌い」を貫いた漱石であるが、「教育」の高低差＝学歴資本の多寡を「カルチユアー」の高低差に直結させる発想については肯定的な言説が少なくない。しかし上記の英国留学中の書簡には教育の階級性への言及があり（教育格差の原因を「財産の不平均」に見る）、談話「無教育な文士と教育のある文士」では「無教育の文学者」と「教育のある文学者」とを対等に扱うべきことが強調されている。『道草』には自分を変人扱いする親類を「教育が違ふから仕方がない」と考えていた健三が「教育の皮を剝けば己だつて大した変りはないんだ」と考えて「突然人間を平等に視る」場面もあり、漱石の言説には教育による「高等／下等」の上下分割と「平等」志向との交錯が認められる。　（高田知波）

凱旋

がいせん

◆将軍は生れ落ちてから色の黒い男かも知れぬ。然し遠東の風に吹かれ、奉天の雨に打たれ、沙河の日に射り付けられば大抵なものは黒くなる。地体黒いものは猶黒くなる。髯も其通りである。出征してから白銀の筋は幾本殖えたであらう。今日始めて見る我等の眼には、昔の将軍と今の将軍を比較する材料がない。然し指を折つて日夜に待詫びた夫人令嬢が見たならば定めし驚くだらう。戦は人を殺すか左なくば人を老いしむるものである。将軍は顔る痩せて居る。是も苦労の為めかも知れん。して見ると将軍の身体中で出征前と変らぬのは身の丈位なものであらう。（「趣味の遺伝」一）

描かれた凱旋

　漱石は、凱旋の光景を二度作品の題材にしている。「趣味の遺伝」と「永日小品」の「印象」である。「印象」は、1900（明33）年漱石がロンドンに到着した翌日に、ボーア戦争（第2次、1899-1902）から帰還した民兵部隊の凱旋行進が行われ、散歩の途上それに遭遇したことに取材している。夜にも、漱石は美濃部俊吉を誘って、もう一度市内へ繰り出している（日記、1900・10・29）。「印象」では、静かな「人の海に溺れた」自分が、背の高い群集のなかで「云ふべからざる孤独を感じた」ことが記され、凱旋の光景を背景に、留学先に到着したばかりの異邦人の孤独が対比的に描かれている。

　「趣味の遺伝」では、待ち合わせで新橋駅へ向かった「余」が、日露戦争に出征した将兵たちの帰還を出迎える群衆に遭遇した光景が描かれている。中心的に描かれる将軍の姿や、出迎えの将官の姿。そして兵士達の姿と老母

の姿を描き出して、凱旋時の光景を描き出している。特に将軍を歓呼して迎える群衆と共に余は万歳を叫ぼうとするが、将軍の顔を見るやいなや万歳の声が出なくなり、「耳を傾けて数十人、数百人、数千数万人の誠を一度に聴き得たる時に此崇高の感は始めて無上絶大の玄境に入る」として、余は涼しい涙を流すのである。

乃木希典の凱旋

この場面の将軍のモデルになっていると思われるのは、乃木希典である。乃木の凱旋は、1906年1月14日10時39分新橋着であり、翌15日の『東京朝日新聞』は「寒厳枯木影寒き一老将の粛々として車を下れるあり、眼光炯々厳下の電の如く」と乃木の姿を表し、その後歓迎者の握手攻めに「其包囲の中に立てる老将軍の状は宛ながら怒濤狂瀾に巻込まれたる舟の如く徒らに其翻弄に任すの外別に策なく、全く立往生」となった様子が伝えられている。当日の漱石は、野村伝四と日本橋・神田・浅草・柳橋を散歩しており（野間真綱宛書簡、1906・1・15付）、将兵の凱旋を見に行ったことは確認できない。また、「趣味の遺伝」の凱旋場面も、乃木の午前着ではなく、午後着として描かれている。漱石は、場面の時刻を変えて乃木凱旋時の光景との相違を演出しながら、自らの感懐を凱旋場面に描きこんでいる。

なお乃木希典には、漢詩「凱旋」（1905・12・29）がある。「王師百万征強虜／野戦攻城屍作山／愧我何顔看父老／凱歌今日幾人還」（王師百万強虜を征す、野戦攻城屍山を作す。愧づ我何の顔あつて父老を看ん、凱歌今日幾人か還る）　この漢詩からは、乃木にとって大歓迎で迎えられることが、凱旋とは名ばかりの、辛い帰還であったことがうかがえる。のちに漱石は、『心』に乃木の殉死事件を組み込むことになる。　　　　　　　　　（木村功）

学資

がくし

◆丁度予科の三年、十九歳頃のことであつたが、私の家は素より豊かな方ではなかつたので、一つには家から学資を仰がずに遣つて見やうといふ考へから、月五円の月給で中村是公氏と共に私塾の教師をしながら予科の方へ通つてゐたことがある。
（談話「一貫したる不勉強」）

◆九州へ立つ二日前兄が下宿へ来て金を六百円出して是を資本にして商売をするなり、学資にして勉強するなり、どうでも随意に使ふがいゝ、其代りあとは構はないと云つた。兄にしては感心なやり方だ。
（「坊っちやん」一）

◆Kの手紙を見た養父は大変怒りました。親を騙すやうな不埒なものに学資を送ることは出来ないといふ厳しい返事をすぐ寄こしたのです。（『心』七十五）

◆凡てを差し引いて手元に残つた有金は、約二千円程のものであつたが、宗助は其内の幾分を、小六の学資として、使はなければならないと気が付いた。
（『門』四の三）

江東義塾にて

漱石が中村是公とともに教師をしていた私塾は、本所区松坂町2丁目20番地（現墨田区両国）にあった江東義塾である。1886（明19）年9月以降、約1年のあいだ漱石はここで毎日2時間ほど英語で地理や幾何を教えた（「永日小品」「変化」）。塾の寄宿舎にいたので賄費などの必要経費が2円かかり、予備門の授業料は月にわずか25銭だったので、5円の月給で充分であったという。しかし、食事はまずいもので、吹きさらしの食堂で下駄をはいたまま食べねばならず、湿気の多い土地であったため急性のトラホームになってしまった。それで江東義塾は辞めて自宅から予備門に通うこと

になった。以後の学資は家から仰ぎ、1890年9月、帝国大学文科大学英文学科に入学してからは文部省貸費生となって年額85円が貸与された。また、大学在学中は東京専門学校(現早稲田大学)の講師を勤めたことで、金銭的にはそれほど苦労せずにすんだと回想している。

ドラマ展開の契機として

　ただし、小説に描かれた学資をめぐるエピソードは、苦労しなかったという漱石の実人生とはやや異なっていて、波乱含みの金銭問題とそれから引きおこされるドラマの重要な契機となっている。

　たとえば「坊っちゃん」では、仲の悪い兄から縁切りのようにして与えられた600円を学資として、主人公は物理学校で学び数学教師になる。そして赴任した四国の中学で騒動が起きるのである。あるいは『心』では、養家の希望にそむいたKが学資を断たれて苦学することになり、先生やお嬢さんとの同居へと至る。すなわち、Kの学資問題を発端として、三角関係が成立するのである。とりわけ『門』の小六の学資問題は、作品の序盤に暗雲立ちこめるような雰囲気をもたらす効果的な伏線となっている。兄が弟の面倒をみるのは「坊っちゃん」と同様であるが、『門』では宗助がいかにも頼りなく、叔母を訪ねて相談することもできない。小六の学資問題は、なぜ宗助夫妻が世間から隔絶した人生を歩まねばならないのかという謎解きと並行するプロット展開の重要なファクターとなっている。このように、作中に描かれた学資のエピソードは、のちのドラマ展開の契機として見逃すことができない。

　学資は、学問を続け学歴および社会的地位を獲得するために必要なもので、漱石作品における主人公たちが高等教育を受けた知識人であることを考えると、作中でしばしば話題となり無視できない。知識人を描く漱石作品の特徴を端的に示す符牒とも言えるものである。　　　　　　　　　　(竹内栄美子)

学習院

がくしゅういん

◆此際断然決意の上学習院の方へ出講致し度因て御迷惑ながら御周旋被下度

(立花銑三郎宛書簡、1893(明26)年7月12日付)

就職運動

　学習院は1847(弘化4)年、公卿のための学問所として京都に創設され、明治維新後一旦閉鎖したが、1877(明10)年華族子弟の教育機関として東京神田に再生した。その後、虎の門、四谷に移転、さらに1908年には目白(現豊島区)に移って(第二次大戦後大学創立)現在に至っている。漱石との因縁は英語教員として就職を望んだ四谷時代と、その教職員生徒を包括する補仁会の招きで講演した目白移転後が主な接触の機会である。

　彼は1893年7月に文科大学英文科を卒業して大学院に籍を置いたが、自活するため友人に就職口を依頼した。哲学科出身で前年学習院教員となった立花銑三郎(1867-1901)や、英文選科を出た同教員、村田祐二(1864-1944)が依頼に応じて推薦者となった。だが学習院には有力な別の候補者があり、希望は叶わなかった。採用されたのは愛媛県出身でアメリカに留学し、エール大学の理学部、医学部を卒業、理学士・医学博士の称号を与えられた重見周吉(1865年生まれ、漱石が茂見と書くのは誤記)である。彼には滞米中に英文『日本少年』の著書もあるから(学習院アーカイブズ所蔵資料)、一般的な英語能力では漱石よりも上だっただろう。

　当時は文学士の就職口がはかばかしくなかったが、幸運にも、漱石にはその直後に第一高等中学(現東大教養学部)、東京高等師範

学校(現筑波大学)からの話があり、後者に就職した。後年の「講演」は当然その回想から始まる。

「自己本位」と「個人主義の淋しさ」

最初は演題のなかったこの講演は、1914(大3)年11月25日午後3時～5時頃まで、目白の学習院図書館(現学習院史料館)で行われ、やがて「私の個人主義」と名付けられた。そこで彼は学習院への就職を楽観して講義用のモーニングを拵えた逸話から話を始め、東京高師、松山中学、熊本の五高、ロンドンの留学生活に言及した。それらの期間を通じて彼は日本人として英文学を研究することや、教員として学生を導く空虚感に悩まされ続けたという。孤独なロンドンでそれが極点に達したとき、彼は「本場の批評家」の考えに従う一方だった「他人本位」を反省し、自分に立脚した文学研究をするべきだと悟った。「自己本位」の四字が自分を強くしたと言う。

それを前提として、彼は会場の「上流社会の子弟」たちに「個人主義」を説いた。それは当時一般に理解されていた自分勝手とは正反対の、「淋しさ」を伴うものだった。幸福な生を送るには性に合った仕事に就くことが大事だが、そのために他人の自由を侵してはならない。権力や金力はその誤りに陥ることがあるが、その所有者は人格を磨き、力には義務が附随することを知る必要がある、というのがその主旨である。だが自主と節制が表裏するこの主義は理非に従って行動し、「党派心」を許さないから、時には友人、家族と離反する「淋しさ」を内包している。そこには、この年4月から連載した『心』の先生の言葉、「自由と独立と己れとに充ちた現代」の「淋しみ」の問題が通底しているようだ。 (十川信介)

革命

かくめい

◆時代

◆文明は個人に自由を与へて虎の如く猛からしめたる後、之を檻穽の内に投げ込んで、天下の平和を維持しつゝある。此平和は真の平和ではない。動物園の虎が見物人を睨めて、寝転んで居ると同様な平和である。檻の鉄棒が一本でも抜けたら――世は滅茶ミミになる。第二の仏蘭西革命は此時に起るのであらう。個人の革命は今既に日夜に起りつゝある。北欧の偉人イブセンは此革命の起るべき状態に就て具に其例証を吾人に与へた。余は汽車の猛烈に、見界なく、凡ての人を貨物同様に心得て走る様を見る度に、客車のうちに閉ぢ籠められたる個人と、個人の個性に寸毫の注意をだに払はざる此鉄車とを比較して――あぶない、あぶない。気を付けなければあぶないと思ふ。 (「草枕」十三)

「革命」の原義と漱石の用例

漢語に由来する「革命」は、古来中国で、天命が革まり、王朝が交代して、新たな政治権力者が現れることを意味した。そこから派生した、国の権力や社会の様態を、急激に変革するという用法としては、江戸時代すでに曲亭馬琴の『椿説弓張月』などに用例があり、近代の翻訳語成立の過程にあっては、井上哲次郎らの編纂により1881(明14)年に刊行された『哲学辞彙』に「Revolution 革命、顛覆 按興国謂之革命、亡国謂之顛覆」の記述がある。さらに用法が熟するにつれ、ものの状態に突然根本的な変化が現れ、人の性質や伝統などが急激に変わる意に拡張されていった。漱石にも「人間は一寸風を引いたのが動機になって内的生活に一革命を起さぬとは限らぬ」(「虚子著『鶏頭』序」)などの用法が見られるが、彼が歴史上の「革命」として最も重要

視したのはフランス革命である。

漱石のフランス革命理解

冒頭に掲げた引用に「第二の仏蘭西革命」とあるが、その中身を検討するためには、漱石が歴史上のフランス革命について、特に文学・思想史上、基本的にどのような捉え方をしていたかを把握しておく必要がある。フランス革命が生じた契機についての枠組みを、漱石は Edward Dowden の *"The French Revolution and English Literature"* から得たものと思われる。『全集』21巻におさめられたノートの〔Ⅵ-12 現代のArt〕には、reason（理性）によって authority（権威）を否定し equality（平等）を実現すること、feeling（感性・感覚）によってphilanthropy（博愛）を実現すること、そのためにはartificial（人工的）な社会を破壊すること、といった記載がみられ、「革命ハイカナルコトヲ意味スルカ．A return to nature ナリ」と、Dowdenの記述を引用している。人間も自然の一部であるからには、人工的に形成された制度や権威に縛られるのは、理性的に考えるなら不自然と言わざるを得ない。その解消の激烈な場合が革命であり、フランス革命はまさにその具体例であった。翻って現代文明は、すでに得られたはずの「自由」を、再び窮屈な檻の中に封じ込めている。その檻を打ち破ろうとするとき「第二の仏蘭西革命」は起らざるを得ないし、「個人の革命」は既に起こりつつあると、漱石は認識する。

「二百十日」では、雨中に阿蘇の噴煙を遠望しつつ、圭さんが「社会の悪徳を公然商売、道楽にして居る奴等」を「どうしても叩きつけなければならん」、それが「文明の革命」だと述懐する。「文明」の名の下に個人を軽んじ、権威や制度のうえに胡坐をかいて恬として恥ぢぬ者どもへ向けられた、漱石の批判の眼差しは、深く、重い。　　　　（島村輝）

火事

かじ

◆無辺際の空間には、地球より大きな火事が所々にあつて、其の火事の報知が吾々の眼に伝はるには、百年も掛るんだからなあ　　　　（「永日小品」「金」）

大火および地震などの大事件に際しては審美的 f が道徳的 f に取ってかわり「たゞ荘厳となり猛烈となるを見る」という理論（『文学論』）は、小説において、識域下の領域の表現に用いられている。『幻影の盾』のキリアムは「黄色な焰」の中にクラ、の髪が漾ふ様を心の眼に浮かべ、『それから』の代助は夢に半鐘の音を聴く。

二年に一度は大火が起こった明治の東京ではあるが、一方で漱石の時代が都市による火事の計画的管理を試みた時代でもあることは確認しておいて良い。1877（明10）年に工事が完了した銀座錬瓦町の目的の一つは不燃建築の設置であったし、1891年の明治火災を皮切りとして、火災保険会社の設立数も1902年に20社に達する。引用の空谷の言葉が老荘思想の焼き直しではなく、火事と時間の関係を語る言葉たりうる所以である。

『それから』の掉尾を飾る真紅の心象風景にも、漱石小説における火と時間の詩学の一変型をうかがえよう。

赤ペンキの看板がそれから、それへと続いた。仕舞には世中が真赤になつた。さうして、代助の頭を中心としてくるりくるりと焰の行きを吹いて回転した。代助は自分の頭が焼け尽きる迄電車に乗つて行かうと決心した。

消防組規則と火災保険の制定に伴って都市における火事の管理が近代化し、現実の火事のイメージがどこか薄らぎはじめていた時代の小説実験である。　　　　（多田蔵人）

華族

かぞく

◆「だつて君は一昨夜、あの束髪の下女に二十銭やつたぢやないか」／「よく知つてるね。——あの下女は単純で気に入つたんだもの。華族や金持ちより尊敬すべき資格がある」／「そら出た。華族や金持ちの出ない日はないね」／「いや、日に何遍云つても云ひ足りない位、毒々しくつて図迂々々しいものだよ」／「君がかい」／「なあに、華族や金持ちがさ」　　　　　　　　　　　（「二百十日」五）

揶揄や批判の対象としての「華族」

「二百十日」では、「豆腐屋」出身の圭さんが実際に過去に何か害を被つたことでもあるのか、「華族」や「金持ち」に対する悪口を、時に常軌を逸した激しさで友人の碌さんにぶつける（何しろフランス革命まで引き合いに出すほどである）。また「野分」において、主人公白井道也は華族に列せられている旧藩主が授業参観に来た折に、挨拶をしなかつたことが元となつて、中学校教師の職を失う。このように「華族」は「金力や威力で、たよりのない同胞を苦しめる」（「二百十日」四）輩の典型として描かれることが、特に初期の小説では少なくない。漱石自身も「文芸の哲学的基礎」の中で、「小説家」よりも「大臣や金持や華族様」を遥かに厚遇する世の中の風潮について零している。

東京帝国大学講師の職を擲ち「新聞屋」になつたり、博士号授与を辞退したりするなど、世間で価値があるとされるものをとかく等閑視することの多かつた漱石にしてみれば、爵位が世襲され実質とは関係なく威信が付与される「華族」が、揶揄や批判の対象となるのは蓋し当然のことであつただろう。

『吾輩は猫である』（九）で、「華族様」からの日露戦争凱旋祝賀会への義捐金要請に「知らん顔」を決め込む苦沙弥先生、「君は伊達宗城の孫だから華族さん然として聞いてるから駄目だ。圭さんに叱られるぜ」（松根東洋城宛書簡、1906・10・24付）と東洋城の談話筆記の杜撰さに関して諧謔味をこめた皮肉を言う漱石など、「華族」は甚だ軽んじられている。

華族批判の風潮

確認をしておけば、1869（明2）年に旧来の「公卿・諸侯」の称号が廃され、新たに誕生したのが「華族」であつた。さらに1884年の「華族令」の制定により、「公・侯・伯・子・男」の五つの爵位が採用され、長らく「華族」は特権階級として世に重きをなしたが、敗戦後の1947年に華族制度は廃止された。

もちろん「華族」に対する批判は漱石の独創ではない。小田部雄次『華族』（中央公論新社、2006）によれば、すでに「華族令」制定以前から華族の存在は疑問視されることが少なくなかつた（島地黙雷、小野梓など）。「華族はその創設当初から、多くの矛盾があり、それを指摘する政治家や識者が少なくなかつたのである」（前掲書、116頁）。さらに千田稔『明治・大正・昭和　華族事件録』（新潮社、2005）によれば、爵位を利用した詐欺事件も少なくなかつた。子爵家・男爵家のみならず、時には侯爵家さえもが事件に関与することがあつた。また、日清・日露戦争に際しては武勲を挙げた軍人のみならず、岩崎久弥、弥之助（三菱財閥）、三井八郎右衛門（三井財閥）などを嚆矢として多くの「金持ち」連中も叙爵した。「金持ち」がさらに社会的に特権を獲得したことに対して、漱石が少なからぬ不満を抱いたとしても不思議ではなかろう。圭さんの度を逸した「華族」、「金持ち」批判はそうした漱石の鬱憤の現われだつたのかもしれない。

（永井善久）

学校騒動

がっこうそうどう

◆彼は心臓から手を放して、枕元の新聞を取り上げた。(中略)其所には学校騒動が大きな活字で出てゐる。代助は、しばらく、それを読んでゐたが、やがて、倦怠さうな手から、はたりと新聞を夜具の上に落とした。
　　　　　　　　　　　（『それから』一の一）
◆大隈伯が高等商業の紛擾に関して、大いに騒動しつゝある生徒側の味方をしてゐる。それが中々強い言葉で出てゐる。代助は斯う云ふ記事を読むと、是は大隈伯が早稲田へ生徒を呼び寄せる為の方便だと解釈する。代助は新聞を放り出した。
　　　　　　　　　　　（『それから』六の二）

東京高商の学校騒動

　学校騒動とは、明治以降に設立された各種の学校でさまざまな目的・要因によって発生した、学生・生徒らの不満が学校側に突きつけられた一連の事件を指す。漱石が扱ったのは、1908(明41)年から翌1909年にかけて、東京高等商業学校(現在の一橋大学)を舞台にして起きた、その年暦から「申酉事件」とも呼ばれる騒動である。

　東京高商は1887年の改編時に卒業生を対象に本科と接続する「専攻部」を設置したが、やがてその拡充による大学昇格を目指す運動が始まり、1907年には「商業大学設置に関する建議案」が帝国議会を通過するなど、機運が高まっていった。これに対し、内閣および文部省は1908年9月から翌年3月にかけて、東京帝国大学法科大学(現在の東京大学法学部)内に経済学科・商業学科を設置する方針を打ち出した。大学昇格が挫折した高商側は教授4名が辞表提出、学生も断続的に集会を開くなど反発し、文部省との交渉に当たっていた

松崎蔵之介校長が問責辞職に追い込まれる事態となった。さらに文部省が、専攻部廃止と帝大法科への事実上の吸収を決定したため、学生も総退学を決議するなど、事態は紛糾した。

　結局、東京高商の商議員を務めていた渋沢栄一が調停に乗り出し、専攻部の存続が決まり、その後の東京高商の旧制東京商科大学昇格(1920)への道が開かれることとなった。

社会不安の象徴として

　この騒動は、『それから』で取り上げられている。この作品に「明治四十年代の青年」の「典型」を読み取った猪野謙二『『それから』の思想と方法」(『岩波講座文学の創造と鑑賞第一巻』1954・11)は、作品冒頭で「八重の椿」の花の色が表す「恋愛を中心とする根源的な生の不安」と並べられた「学校騒動」に「社会的な不安の象徴」を見、全体を貫く二つの主題の一つとした。

　新聞報道を読む身振りや、この報道を受けて校長排斥を痛快事とする書生・門野に対する「校長が辞職でもすれば、君は何か儲かる事でもあるんですか」といった反応には、この事件をめぐる騒動そのものへの代助の冷めた態度が表されている。また、大隈重信の「高商学生評」(『東京朝日新聞』1909・5・20)に対する代助の「解釈」には、社会不安を個人の損得に容易に接続するような同時代人への違和感が表明されている。

　こうした漱石の批判意識は、一連の騒動のさなかにあった1909年4月25日の日記の「商科大学を大学に置くといふので高商の生徒が同盟罷校一同母校を去る決心の由諸新聞に見ゆ。由来高商の生徒は生徒のうちより商買上のかけ引をなす。千余名の生徒が母校を去るの決心が(洞喝)ならずんば幸也。況んや手を廻して大袈裟な記事を諸新聞に伝播せしむるをや」といった内容にも認められる。

　　　　　　　　　　　　　　　（日高佳紀）

活人画

かつじんが

◆二三年前宝生の舞台で高砂を見た事がある。その時これはうつくしい活人画だと思つた。
（「草枕」二）

◆小野さんと藤尾が此方を向いて笑ひながら、椽鼻に立つてゐる。／不規則なる春の雑樹を左右に、桜の枝を上に、温む水に根を抽で、這ひ上がる蓮の浮葉を下に、——二人の活人画は包まれて立つ。
（『虞美人草』十七）

　実際の人間を画中の人物のように扮装配置・静止させて歴史や文学の一場面や名画など再現するもの。タブロー・ビバン（tableaux vivants）の訳。西洋では18世紀から19世紀前半にかけて盛んに行われた。石井研堂によれば、日本では1887（明20）年3月の博愛社（赤十字社）による資金集めのためのチャリティーとして工科大学において催されたのが最初とされ、その後「活人画の三字、追々普通に使用」されるようになり、時に「風俗を壊乱」と批判されるが、「重に女学校に於ける余興」などで行われたという（『明治事物起原』改定増補版、春陽堂、1944）。引用の「草枕」の一節は、主人公の画工が山道で雨宿りに入った茶屋の老婆を能の「高砂」の老婆に喩えたものであるが、それは画工の「非人情」の旅に似つかわしい登場人物であった。また同じく引用の『虞美人草』の活人画のシーンは藤尾と小野がともに居るとこをを宗近が目撃するところで、三角関係の緊張が示される。ほかに『三四郎』では、絵のモデルとなっている美禰子の「美しい刹那」が活人画として示されるが、美の移ろいやすさを感じた三四郎の慰安の念はまもなく去る。
（中丸宣明）

活版

かっぱん

◆単に言葉の上丈でも可いから、前後一貫して俗にいふ辻褄が合ふ最後迄行きたいといふのが、斯ういふ場合相手に対する彼の態度であつた。筆の先で思想上の問題を始終取り扱かひ付けてゐる癖が、活字を離れた彼の日常生活にも憑り移つてしまつた結果は、其所によく現はれた。
（『明暗』百十九）

◆毎月活版に組まれる創作の数も余程の数に上つて来た。評論の筆を執るものが、一々それを熟読する機会を失つた。　（「長塚節氏の小説「土」」）

　活版とは、活字によって文字を印刷する技術である。「活版に押した演説は生命がない」（「野分」十一）とは、演説筆記の活版刷には、オーラルコミュニケーションの場から生まれる間や口調の変化といった「生命」が抹消されているということである。代わりに生成されるのは、線的に定着した文字による連続的な思考と、見かけの不変性であり、見知らぬ読者に流布する可能性である。

　『明暗』の津田の叔父は活字による線的な思考に適応している。それは定着した文字を論理的にたどる観念的思考であり、場の「生命」に依拠する日常生活では機能不全を起こす。「活字との交渉」によって孤独に陥る『道草』の健三も同様である。

　活版は定着と流布という性質によって権威となる。雑誌によるランキングは「どつちがえらいのかと活版で極めて貰はなくつては不安心」（「太陽雑誌募集名家投票に就て」『東京朝日新聞』1909・5・5）だからであり、大量生産される近代の文学も活版による権威を附与されるがゆえに、玉石混淆のまま流通せざるをえないのである。
（木戸雄一）

◆時代

歌舞伎

かぶき

◆**時代**

◆俥は茶屋の前で留つた(中略)提灯だの暖簾だの、紅白の造り花などがちらちらした(中略)是等の色と形の影を、まだ片付ける暇もないうちに、すぐ廊下伝いに案内されて、それよりも何層倍か錯綜した、又何層倍か濃厚な模様を、縦横に織り拡げてゐる、海のやうな場内へ　　　　　（『明暗』四十五）

「芝居にゆく」という行為

　漱石は歌舞伎嫌いだったとされる。「極めて低級に属する頭脳をもった人類で、同時に比較的芸術心に富んだ人類が、同程度の人類の要求に応じるために作ったもの」(「明治座の所感を虚子君に問れて」)という一節はよく引用され、日記にも同様のことを記している。しかし、その作品には、芝居に行く設定が幾つもあり、日記を見ても、結構、芝居に足を運んでいる。それは、何故なのだろうか。

　元来、『硝子戸の中』にあるように、父直克は、芝居小屋や茶屋に顔が利く名主という身分だったこともあって、漱石の家族には芝居好きの道楽者が多かった。彼は兄たちの「仮色を通して芝居を知つてゐた」し、同作には姉たちの気の浮き立つような芝居通いの風俗も描かれている。

　自分の「家系に流れている江戸末期的な生活気分」「町人的な無気力」や「体内にある江戸っ子の浮薄な一面」(前田愛「漱石と江戸文化」『前田愛著作集』第4巻、筑摩書房、1989)と、それへの嫌悪との相克を想起させる装置が、歌舞伎見物だったとも言えるだろう。

　戸板康二は「大正ごろまで、観客は「歌舞伎座にゆく」…あるいは「芝居にゆく」とはいったが、歌舞伎を見にゆくとは、いわなかっ

た」と書く(『歌舞伎―日本の伝統』第5巻、平凡社、1968)。「芝居へゆく」とは切符を購入して、開演時間に合せて劇場へ行き、舞台を見つめる行為でなく、芝居茶屋を含む社交や寛ぎの場の空気に触れ、多彩な快楽に身を委ねる事だった。だから、漱石の作中人物も「芝居にゆく」ので、「歌舞伎を見にゆく」のではない。

交差する視線——客席の構造

　歌舞伎についての最初の記憶は、『道草』によると「区切られている様で続いてゐる仕切のうちに人がちらほら居た」劇場(おそらく新富座)である。漱石の歌舞伎見物を知るためには、この客席の構造を理解しなくてはならない。当時の芝居は、まだ椅子席でない畳敷きの枡席で、自由な姿勢で座れ、横向きにも交差する視線があった。固定された椅子席から正面の舞台を見るしかない現在とは、全く違う身体性がある。この不思議な視線は他の客席の視線とも交叉する、桟敷や平土間の構造での寛ぎの感覚とかかわっている。

　『三四郎』が、「ハムレットに飽きた時は、美禰子の方を見ていた」のも、「本郷座」が椅子席でないからこそ可能な視線である。『それから』の歌舞伎座でも、人物たちは舞台を注視などせず、頻りに辺りを見回し、途中でも出入りする。

　漱石自身も劇場ではお芝居の方はあんまりおもしろくないとみえて、「おいおいご覧よ、あの座敷で、雛妓がおさしみで御飯をたべてるよ」(夏目鏡子『漱石の思ひ出』改造社、1928)などとよそ見ばかりしていたようである。

　その世界は、『明暗』の歌舞伎座見物で描かれる、芝居茶屋から客席へ導かれる溢れる色彩をもって隠微な快楽に誘う陰影ある空間と結びついていた。ただし、漱石の描く芝居は、『硝子戸の中』で描かれるガス灯以前の明治初期よりは遥かに明るく、電気照明とはいえ、現在と比較し難い程に暗い明治末から大正初期の劇場だったのである。

　　　　　　　　　　　　　　　　（神山彰）

勧工場

かんこうば

◆「実は父が……」と小夜子は漸との思で口を切った。／「はあ、何か御用ですか」／「色々買物がしたいんですが……」／「成程」／「もし、御閑ならば、小野さんに一所に行つて頂て勧工場でも買つて来いと申しましたから」(『虞美人草』十二)
◆代助は電車に乗つて、銀座迄来た。朗かに風の往来を渡る午後であつた。新橋の勧工場を一回して、広い通りをぶらぶらと京橋の方へ下つた。

(『それから』十二の一)

◆「やあ何時の間にか勧工場が活動に変化してゐるね。些とも知らなかつた。何時変つたんだらう」

(『行人』「塵労」九)

陳列販売

　通説によれば、勧工場は、1877(明10)年の8月から11月にかけて開催された内国勧業博覧会で売れ残った品物を陳列、販売する物品陳列所として、その翌年1月に永楽町の辰の口に設けられたのが最初とされている。当時の商店の販売法は、客と売り主との交渉の中で必要に応じて商品が店の奥から持ち運ばれる座り売り方式が一般的であったが、勧工場は商品の陳列販売方式を採った。その結果、不特定多数の客が店内に任意に出入りできるようになり、陳列された商品を見て歩く楽しみを人々にもたらした。扱われていた商品は日用品が中心で、土足のまま入場できる所も多く、大阪にも勧商場と呼ばれる同様の商業施設が登場した。勧工場は明治20年代後半から30年代に全盛を迎え、1902年には東京市内に27か所もの勧工場があったとされる。明治30年代に繁盛した新橋の帝国博品館では、珈琲店やしる粉店、理髪店、写真場なども場内に設けられていたそうだ。しかし、勧工場は明治40年代から急激に減少し始め、1914(大3)年にはわずか東京市内に5か所を数えるのみとなり、昭和初期には姿を消してしまったという。

場と比喩

　勧工場は、漱石の記述にも散見される。『虞美人草』では、京都から小野を頼って上京してきた井上孤堂とその娘小夜子の新生活に必要な品を求める場として勧工場が登場する。孤堂は小夜子に小野と一緒に勧工場で買い物してくるように言うが、小野は多忙を理由にそれを断り、必要な品を一人で買って後で持参することを申し出ている。『それから』の代助も、旅行の支度を整えるために銀座周辺をぶらつき、帝国博品館がモデルと推測される「新橋の勧工場」に立ち寄っている。これらの表現は、勧工場がもたらした、陳列された商品を見て歩く楽しみの上に成り立つものだ。孤堂が小夜子に求めたのは、ただ単に生活に必要な品を買い求めることではなく、小野とその楽しみを共有することであったし、支度を先に整えることで旅行に行く気分をつくり上げようとした代助が勧工場に立ち寄ったのも、その楽しみと無関係ではないだろう。『門』における宗助の「淋しみ」も勧工場縦覧で慰藉されている。一方で、「草枕」の画工は、西洋の詩は「どこ迄も同情だとか、愛だとか、正義だとか、自由だとか浮世の勧工場にあるものだけで用を弁じて居る」とし、ありふれたものを用意する場という意味で「勧工場」という語を比喩的に用いている。漱石の記述に見られるこうした表現は勧工場の存在と不可分であり、勧工場が繁盛した明治期に特有なものとなっているが、『行人』の一節に見られるように、勧工場が「活動」(映画館)に様変わりし、衰退していった社会状況では、通用しにくい表現となってしまったことは否めない。

(瀬崎圭二)

巌頭の吟

がんとうのぎん

◆昔し巌頭の吟を遺して、五十丈の飛瀑を直下して急湍に赴いた青年がある。余の視る所にては、彼の青年は美の一字の為めに、捨つべからざる命を捨てたるものと思ふ。

（『草枕』十二）

明治社会を揺るがした自殺

1903（明36）年5月22日、第一高等学校の学生藤村操は、以下の文章を木の幹に彫り付け、華厳の滝に身を投じた。

巌頭之感

悠々たる哉天壌、遼々たる哉古今、五尺の小躯を以て此大をはからむとす。ホレーショの哲学竟に何等のオーソリチィーを価するものぞ。万有の真相は唯だ一言にして悉す、曰く、「不可解」。我この恨を懐いて煩悶、終に死を決するに至る。既に巌頭に立つに及んで、胸中何等の不安あるなし。始めて知る、大なる悲観は大なる楽観に一致するを。

この事件は、良家出の一高学生という、将来の成功を約束された若者の、まさに「不可解」な死として明治の社会にセンセーションを巻き起こした。同年6月の一高の進級試験では落第者が多く出、後を追うような華厳の滝への投身自殺（未遂も含む）もメディアを賑わせた。魚住折蘆は、弔辞で「君何が故に遽しくも非凡の天才を千年の水に葬りしや、あゝ軽薄の風世に満ち偽を知らざる至誠は君に凝りて姿を潜めしか、君をして時代の煩悶を代表せしめし明治の日本は思想の過渡期に当りて実に高貴なる犠牲を求めぬ。」と友人を悼み、事件直後に「少年哲学者を弔す」という文章を『万朝報』に書いた黒岩涙香は、6月13日の数寄屋橋会堂での講演でもこの事件について触れ、「藤村操は時代に殉じたる者なり。彼に罪なし。時代に罪あり。此意味に於て彼をば得難かる節死者の一に数ふるも不可なかる可きなり」と述べている。この二人の発言に共通するのは、藤村がその「時代」のために「煩悶」に陥り、死を選んだ、という認識だった。日清・日露戦争の狭間で、「巌頭之感」は、知識階級の青年たちの不安や焦りの象徴となり、後世に大きな影響を及ぼすことになったのである。

一方、藤村の自殺の原因を失恋に求める論も当初から存在し、藤村を「失恋奴」と呼び、「巌頭之感」のパロディーを発表した宮武外骨の『滑稽新聞』や、明らかに藤村をモデルにした登場人物の「巌頭之感」を「失恋の血涙の紀念」だと述べる作品（木下尚江『火の柱』1904）も登場した。

象徴化する「巌頭之感」

なお、木に彫り付けられ、藤村の死後当局により処分された「巌頭之感」がこれだけ人口に膾炙したのは、事件直後に地元の写真館がこれを絵葉書にしたためだった。絵葉書はその後発禁となったが、『東洋画報』1巻5号（1903・7）はその写真と「巌頭之感」の全文を掲載している。

漱石は、一高で藤村に英語を教えていたため、この事件を心に刻むこととなった。『吾輩は猫である』には、いたずらの艶書のせいで放校になるのを恐れた生徒が苦沙弥を訪ねてくる場面で、「武右衛門君は悄然として薩摩下駄を引きずつて門を出た。可愛相に。打ちやつて置くと巌頭の吟でも書いて華厳滝から飛び込むかも知れない。」（『吾輩は猫である』十）という、ユーモアを交えた表現があるが、「草枕」は、藤村の死を青年自身の美学に求め、「去れども死其物の壮烈をだに体し得ざるものが、如何にして藤村子の所作を嗤ひ得べき」と藤村を擁護している。　（平石典子）

官吏

かんり

◆彼は来年度に一般官吏に増俸の沙汰があるといふ評判を思ひ浮べた。又其前に改革か淘汰が行はれるに違ないといふ噂に思ひ及んだ。さうして自分は何方の方へ編入されるのだらうと疑つた。
(『門』十一の二)
◆広島に三年長崎に二年といふ風に、方々移り歩かなければならない官吏生活を余儀なくされた彼の父は、教育上津田を連れて任地々々を巡礼のやうに経めぐる不便と不利益とに痛く頭を悩ました揚句、早くから彼を其弟に託して、一切の面倒を見て貰ふ事にした。
(『明暗』二十)

官吏という職業の位置と意義

『門』の野中宗助は、京都大学在学中に友人の妻御米と不義を犯し、親類から見放されて退学、放浪と零落の果てに博多まで行き着いたのち、学友だった杉原のおかげで東京に戻り、「朝出て四時過に帰る」官吏生活を送ることになった。杉原のように大学を出て高等文官試験を受けたのでは無く、中学校卒業以上は普通試験免除となる、下位の判任官だろう。

『門』はこの下級官吏をゼロ地点として、様々な職業、立場、階級の人間を配置している。家主の坂井は大学出の財産家である。元資産家の出で、実業界に入ることを志していたこともある宗助は、坂井の現在に、顕かなかった自分の未来像を見ている。一方、年の離れた弟の小六は、実家の零落のために、学資問題で高等学校を挫折しかかっており、過去の宗助を反復しかねない状況にある。そして宗助に御米を奪われた安井は大学を中退したまま、定職に就かず満州浪人となっている。いわば宗助のネガティブな分身である。

作品の現在時は1909(明42)～1910年であり、『門』の官吏たちは増俸か、淘汰かの瀬戸際にある。官吏の身分を保証する文官分限令は、過剰定員を理由とする人員削減を認めていたのである。最終的に宗助は、増俸側に回ることができ、坂井の協力で小六の学資問題も解消するとはいえ、「ちき冬になるよ」と呟かざるを得ない。

もちろん官吏の道が必ず厳しかったという訳ではない。『明暗』の津田の父は、明治憲法下に制度化された初期の高等官と思われるが、おそらく10年以上の官吏生活を経て、実業界に転じて活躍し、引退後は富裕な生活を楽しんでいる。転勤の多いことは家庭生活に不利になるはずだが、東京に住む弟(藤井の叔父)に長男長女の養育を任せ、その教育に成功した。人的資源を最大限有効利用して官吏生活を成功させたのだ。

宗助も津田の父も資産家の出であるが、時代と学歴の違いだけでなく、人的資源の有無が境遇の差に影響していると言えるだろう。ただし『明暗』における官吏の成功物語の裏には破綻した父子関係がある。『明暗』の父子関係に触れた石原千秋「『明暗』論」(『国文学 解釈と鑑賞』1988・10)、「長男の記号学」(『漱石の記号学』講談社選書メチエ、1999)は、父と長男が家督をめぐって非友好的な関係にあるという。その起点にあるのは官吏生活による別居だったかもしれない。

漱石作品では官吏の才覚や知性が主題となるのではない。官吏は職業的な面ではなく、人間関係の部分でドラマを作り出すのである。

『道草』の官吏たち

『道草』にも官吏および「官」に関わる人物が多く登場するが、吉田凞生「「道草」―作中人物の職業と収入」(『別冊国文学 夏目漱石』1980)は、彼らがいわば同業種すなわち、「社会的な血族」として、造形されていると論じている。
(古川裕佳)

◆時代

◆時代

義捐金

ぎえんきん

◆主人は黙読一過の後直ちに封の中へ巻き納めて知らん顔をして居る。義捐抔は恐ろしさうにない。先達て東北兇作の義捐金を二円とか三円とか出してから、逢ふ人毎に義捐金をとられた、とられたと吹聴して居る位である。　（『吾輩は猫である』九）

　苦沙弥先生が、日露戦争の「凱旋祝賀会」に関わる「華族様」からの手紙を受け取る場面である。「東北凶作」とは、1905(明38)年に宮城・岩手・福島をみまった未曾有の飢饉をさす。明治期はこうした災厄が次々起こった時代だが、問題はそこで様々な「義捐」が、メディア・イベントとして試みられた事実である。
　福沢諭吉が創刊した『時事新報』は、こうした「義捐」をしかけた草創期のメディアとして知られている。例えば1888年の磐梯山の爆発、1891年の濃尾地震などにおいて、同紙は紙面をとおした義捐金募集を行い、巨額の金品を集めた。「義捐」の起源は古く、それは「喜捨」、「施餓鬼」などとも呼ばれ、一種の「美事」として民衆の徳義心をはかる尺度であったが、近代においてはさらに「国民」意識の形成がこれと深く関わる。つまり日清・日露戦争における軍資蒐集運動である。こうした国民の「善意」は、近代化の名の下、国家の中に回収された。漱石がこれに強い関心を持ち続けたのは、むしろ当然である。先の『猫』において、「義捐とある以上は差し出すもので、とられるものでない」にもかかわらず、先生はあたかも「盗難にでも罹つたかの如くに思」うのは、こうした事情によるものなのである。
　　　　　　　　　　　　　　　（中山弘明）

議会

ぎかい

◆去年から欧洲では大きな戦争が始まつてゐる。さうして其戦争が何時済むとも見当が付かない模様である。日本でも其戦争の一小部分を引き受けた。それが済むと今度は議会が解散になつた。来るべき総選挙は政治界の人々に取つての大切な問題になつてゐる。　　　　　（『硝子戸の中』一）

　第1次世界大戦に参戦した大隈内閣は、二個師団増設問題の解決を図って1914(大3)年12月25日に衆議院を解散、翌1月に対華21カ条要求を提出、3月25日に第12回衆議院議員総選挙を実施した。引用文はこの後、「硝子戸の中に凝と坐つてゐる私なぞは一寸新聞に顔が出せないやうな気がする。」と続く。だがこのような鬱屈した謙遜の口振りとは裏腹に、漱石は、この総選挙に立候補した馬場孤蝶を支援するため、選挙資金捻出を企図して刊行された『孤蝶馬場勝弥氏立候補後援　現代文集』(実之世界社、1915)へ「私の個人主義」を寄稿、同書の巻頭に掲載された。当の「私の個人主義」で漱石は、文学者の社会的地位や使命を説明するのに際して、政治家(議員)を引き合いに出す。しかし、孤蝶が講演会で「文学と政治の接近」(『読売新聞』1915・2・24)を図りたいと語ったその願いも空しく、得票数32票という惨敗に終わった。だからこそ、漱石の「現代の日本に在つて政治は飽く迄も政治である。思想は又何所迄も思想である。二つのものは同じ社会にあつて、てんでばらばらに孤立してゐる」(『点頭録』)という言葉は、あたかも孤蝶の志を念頭に置いているかのごとくであり、深い絶望を漂わせている。
　　　　　　　　　　　　　　　（山本良）

菊人形

きくにんぎょう

◆「菊人形は可いよ」と今度は広田先生が云ひ出した。「あれ程に人工的なものは恐らく外国にもないだらう。人工的によく斯んなものを拵らへたといふ所を見て置く必要がある。あれが普通の人間に出来て居たら、恐らく団子坂へ行くものは一人もあるまい。普通の人間なら、どこの家でも四五人は必ずゐる。団子坂へ出掛けるには当たらない」

(『三四郎』四の十七)

菊は日本では平安時代から栽培されており、旧暦9月9日の重陽の節句は菊の節句とも呼ばれた。菊は秋を代表する花の一つである。江戸時代の中期以降になると、菊の栽培方法も進化し、それに伴い「大輪咲き」や「変わり咲き」などの菊が現れた。特に、江戸近郊の植木屋たちは珍しい菊の栽培を競い合い、菊花展の原型が出来上がった。

菊人形は「菊細工」の一種で、明治期の大衆娯楽を代表するものであった。顔や頭部、手足は木彫りの人形で、木材で身体の骨組みを作り、衣装のみを様々な菊の花で仕上げた。本郷団子坂の菊人形は特に人気があった。菊人形の演目には、有名な歌舞伎や民話の一場面が選ばれた。『三四郎』では「曾我の討入」や「養老の瀧」である。

団子坂の菊見には、野々宮や妹のよし子、三四郎や美禰子が広田に同行している。よし子、広田、野々宮の三人は菊人形の見物に熱心である。一方、美禰子はひとり気分が悪くなり、三四郎と共に小屋を立ち去っている。菊人形は、「森の女」として男たちに観賞される美禰子の隠喩である。兄から「立派な人」へ、美しい人形のように譲渡される美禰子の苦悩は描かれない。　　　　(半田淳子)

紀元節

きげんせつ

◆先生はやがて、白墨を取て、黒板に記元節と大きく書いた。(中略)すると、後から三番目の机の中程にゐた小供が、席を立って先生の洋卓の傍へ来て、先生の使った白墨を取つて、塗板に書いてある記元節の記の字へ棒を引いて其の傍へ新しく紀と肉太に書いた。　　　　(『永日小品』「紀元節」)

紀元節は『日本書紀』で神武天皇が畝傍の橿原で即位したという1月1日を太陽暦に換算した2月11日のこと。1872(明5)年に太政官布告によって祝日と制定された。この小品は『大阪朝日新聞』1909年2月11日に掲載され、紀元節にまつわるエピソードを書いたもの。教室から先生が出て行ったあと、その文字を訂正したのは少年時代の漱石であった。そして、自分の行為を思い出すと「下等な心持」がするという。生徒たちから馬鹿にされていた「爺むさい福田先生」でなくて「みんなの怖がつてゐた校長先生であればよかつた」と思うのである。福田先生は貧相な外見で、かつて生徒を叱ったことのない穏やかな人だった。こざかしい少年が風采のあがらない先生の間違いを訂正する。後年の漱石が、それを「下等」と断じるのは、漱石本来の正義感によるものであろう。教室に戻ってきた福田先生は、犯人を捜し出して叱るでもなく「記と書いても好いんですよ」と言った。確かに「記」「紀」ともに「しるす」意味があり、少年の漱石はそれを知らずに規定の表記に従っただけだった。「下等」と振り返る心情には、生意気な少年が、実は規制の枠内にいただけという二重の反省もあったのだろう。

(竹内栄美子)

◆時代

汽車

きしゃ

◆**時代**

◆愈現実世界へ引きずり出された。汽車の見える所を現実世界と云ふ。汽車程二十世紀の文明を代表するものはあるまい。　　　　　　（『草枕』十三）

◆甲野さんと宗近君は、三春行楽の興尽きて東に帰る。孤堂先生と小夜子は、眠れる過去を振り起して東に行く。二個の別世界は八時発の夜汽車で端なくも喰ひ違つた。　　　　　　　（『虞美人草』七）

◆女とは京都からの相乗である。乗つた時から三四郎の眼に着いた。第一色が黒い。三四郎は九州から山陽線に移つて、段々京大阪へ近付いてくるうちに、女の色が次第に白くなるので何時の間にか故郷を遠退く様な憐れを感じてゐた。

（『三四郎』一の一）

国家と鉄道

　1873（明6）年新橋・横浜間で開業した鉄道は、明治期を通じて日本全土を鉄道網として覆っていった。明治前半期には官営・民営の鉄道会社が混在していたが、西南戦争・日清戦争において兵員・物資の輸送で充分機能したことから、鉄道の重要性が認識される。鉄道はそれを充分機能させるためには、異なる鉄道会社の点在ではなく、連続した鉄道網である必要がある。しかもそれは国家が統括する必要があるのである。こうして軍主導の鉄道網の統一化運動が展開され、日露戦後の1906年鉄道国有法成立によって国内の9割の鉄道が国有化された。つまり漱石の作家としての執筆時期は、日本の鉄道が国有化という形でネットワーク化されてゆく時期とみごとに重なっているのである。さらにその運動は1906年の南満州鉄道株式会社設立に象徴される鉄道を軸とした植民地政策とも連動して

いた。漱石作品に登場する鉄道もまた、東京―地方―外地（大陸）という空間を「交通」によって縫い合わせる軸線であるとまず考えてよいだろう。

連結と遭遇

　漱石作品に頻出する汽車並びに鉄道に関しては、長山靖生「漱石の鉄道クロニクル」（『ユリイカ』2004・6）、武田信明『三四郎の乗った汽車』（教育出版、1999）などの論考が存在する。それらを参照するなら、作中の汽車の機能は次の二つに大別できるだろう。第一に、汽車が異なる二つの世界を連結する、あるいは異なるもう一つの世界の存在を知らしめるという機能である。「草枕」の結尾部に忽然と出現する汽車は現実世界を象徴し、『虞美人草』『三四郎』『心』に登場する列車は、二つの世界を時には具体的に時には象徴的に連結するのである。第二の機能は、列車内という閉鎖空間における他者との遭遇である。『三四郎』冒頭部において、三四郎は列車内で一人の女と一人の男と乗り合わせる。「汽車の女」と称されることになる無名の婦人と広田先生である。三四郎が東京という新天地に参入する直前に彼らと遭遇した事の意味は大きいと考えられるだろう。

　また、芳川泰久は『漱石論　鏡あるいは夢の書法』（河出書房新社、1994）において、汽車というモチーフを熱力学的ディスクールという広範なパラダイムの中で論じており、漱石作品における汽車が、他の諸モチーフと密接な関係を持つことを明らかにしている。なお、蒸気機関車と鉄道というテクノロジーが、人々の時間認識や空間認識にいかなる変容をもたらしたのか関しては、ヴォルフガング・シヴェルブシュ『鉄道旅行の歴史』（加藤次郎訳、法政大学出版局、1982）が基本的文献であることを記しておく。漱石作品における汽車を理解するための必読書である。　（武田信明）

寄宿舎

きしゅくしゃ

◆寄宿舎を建てゝ豚でも飼つて置きあしまいし。気狂ひじみた真似も大抵にするがいゝ。
（「坊っちゃん」四）

◆差し当り国の寄宿舎へでも行かうかと思つてゐます
（『三四郎』一の七）

　用例で寄宿舎生を「豚」と呼ぶ辛辣さは、松山中学校を辞職した漱石自身のものと指摘されてきた。「愚見数則」にも「豚は吠えても呻つても豚なり」とある。「坊っちゃん」の寄宿舎騒動のモデルを、山口高等中学校の寄宿舎騒動とする説もある（河西善治『「坊っちゃん」とシュタイナー』ばる出版、2000）。三四郎は結局「国の寄宿舎」には入らず追分に下宿する。ただし、三四郎は熊本で寄宿舎生活を送っていたはずで、竹内洋によれば、当時旧制高校の寮生活ではいまだ蛮カラ風文化が支配的であり、三四郎は出世しうる社会適応型ではなく、寮生活からも浮きかねない教養主義的人間であった（竹内洋「教養知識人の運命—三四郎と実人生—」『漱石研究』第5号、1995・11）。旧制高校の全寮制が範とするイギリスのパブリック・スクールは当初貧しい子弟のための施設であったが、次第に性格を変え19世紀にはケンブリッジ・オックスフォードの学生をほぼパブリック・スクールの卒業生が占めるに至る。階級の再生産装置と化したパブリック・スクールに対して、「「ケンブリヂ」へつくと驚いたのは書生が運動シヤツ運動靴で町の内を『ゾロゾロ』歩いて居る（中略）先づ普通四百磅乃至五百磅を費やす有様である」（狩野亨吉、大塚保治、菅虎雄、山川信次郎宛書簡、1901・2・9付）と言い放つ冷徹さは漱石の小説と響き合う。
（山本良）

キチナー元帥
(1850〜1916)

きちなーげんすい

◆今日役所で同僚が、此間英吉利から来遊したキチナー元帥に、新橋の傍で逢つたと云ふ話を思ひ出して、あゝ云ふ人間になると、世界何処へ行つても、世間を騒がせる様に出来てゐる様だが、実際そういふ風に生れ付いて来たものかも知れない。
（『門』四の一）

　『門』（三）で伊藤博文暗殺の報に触れ、「伊藤さん見た様な人」と「己見た様な腰弁」を対比した宗助が、その意識の延長線上で、やはり世界的名士キチナー将軍と比べて、自分がいかに卑小な存在であるかと痛感するシーン。宗助にとっては、キチナー将軍も伊藤同様「到底同じ人間とは思へない位懸け隔たつ」た有名人、という以上の意味はなさそうだ。

　だが、漱石にとってキチナー将軍の行状は、キリスト教的博愛主義が「無慚ニモ科学,物質的開化ノ為ニ打死ヲ遂ゲタリト云フ」歴史的事例（「ノート」II-2）として記憶されている。このアイルランド生まれの英国軍人は、ボーア戦争終結に手こずる総司令官ロバーツの後を襲い、徹底的なゲリラ掃討作戦を実行、民家を焼き払った。そして難民化した45万人のボーア人女性・子供・老人を強制収容所送りにしたのである。

　その後キチナーは、インド総司令官（1902-1909）、エジプト総領事（1911）を歴任するが、その間陸軍視察旅行を行い、日本に立ち寄った（1909・11）。漱石は満韓旅行中、キチナーも安奉線に乗るという噂を聞き、またその最期（オークニー島沖で乗っていた船が機雷と接触し沈没、溺死した）も日記に記している。
（関谷博）

旧派

きゅうは

◆時代

◆自己ハ過去ト未来ノ一連鎖ナリ。過去ヲ未来ニ送リ込ム者ヲ旧派ト云ヒ未来ヲ過去ヨリ救フ者ヲ新派ト云フ。自己ノウチニ過去ナシト云フハ吾ニ父母ナシト云フガ如シ。吾ニ未来ナシト云フ者ハ吾ハ子ヲ生ム能力ナシト云フニ等シ／ワガ立脚地ハコヽニ於テ明瞭ナリ。
(断片35D、1906(明39)年)

◆「自己は過去と未来の連鎖である」／道也先生の冒頭は突如として来た。聴衆は一寸不意撃を食つた。こんな演説の始め方はない。／「過去を未来に送り込むものを旧派と云ひ、未来を過去より救ふものを新派と云ふのであります」／聴衆は愚惑つた。
(「野分」十一)

◆あなたは新傾向ですね。然し窮屈の先の先まで行つた新傾向でないから何処かに余裕があつてよろしいと思ひます。私は旧派です。十八世紀の俳句の形式がすきです
(大倉一郎宛書簡、1914(大3)年7月22日付)

◆だから妙に達した人と云ふものは、型なんと云ふものは無論要らぬだらうと思ふ、本当は要る訳はないですな。それが自然でない、人工的に拵へたものなら型は要るかも知れませぬ、能とか或は旧派の如きもさうでせう、初は何処から出たか知らぬけれども、さう云ふ型がついて仕舞つた以上は——。けれども自然を本としてやつて居る壮士俳優と云ふものは、型は要らぬだらうと思ふ。で今のやうにして気を付けて行けば、矢張旧派の俳優みたいなものになるでせう、終ひには——今型を作りつゝあるかどうか知りませぬが、譬へば高田流にやるとか何とか云ふことが出来てくれれば、さうなつて仕舞ふ。
(談話「本郷座金色夜叉」)

2つの意味を持った「旧派」

漱石の生きた時代、「旧派」という言葉には、主として2つの意味があった。ひとつは、文字どおり「古い流派」「旧式」という事であり、もうひとつは「＝歌舞伎」としての「旧派」である。漱石自身もそのように使い分けている。

歌舞伎が、それ以外の新しい芝居が生まれてから「旧派」と呼ばれるようになったように、「旧」が認識されるのは、新しいものが現れた時である。したがって「新派」の方が幾分優位にあるようにみえるが、「旧」なく「新」が生じることはないのである。「旧」と「新」、「過去」と「未来」、そして「現在」は、互いに浸透し合いながら持続しており、「旧」は過ぎ去った時間として消え去るのではなく、繰り返し立ち現れ、「新」を、「現在」と「未来」を揺り動かすのである。それが漱石の「旧」の、「過去」の捉え方であった。

固定されない「過去(旧)」と「未来(新)」

実際、漱石作品の多くの登場人物の過去は、その現在の生活を支配し、未来にまで影響を及ぼしている。「野分」の高柳も、罪人として獄死した父を持つ者としての過去にとらわれ、肺病者としての未来に怯える存在であった。しかし、道也の投げかけた、「過去」も「未来」も決して固定されたものではなく、変えうるのだというメッセージは、そのように身動きが取れない状態でうつうつと「現在」を生きていた高柳の心を揺さぶった。

無論、漱石は、「新」もやがて「旧」となり、かつての旧との対比が薄らぎその関係も変わっていくことをも悟っていた。歌舞伎に対して生まれた「新派」の俳優が、やがて型を持って(あるいは型から逃れられずに)「旧派」に近いものになっていったのは、まさに漱石の予見したとおりで、「旧」と「新」の境界が曖昧になった時、歌舞伎はもはや「旧派」とは呼ばれなくなったのである。　(根岸理子)

京都大学

きょうとだいがく

◆大体の上より京都はあまり志望仕らず他に相当の候補者あらば喜んで其人に譲り度と存候
　　（狩野亨吉宛書簡、1906（明39）年7月10日付）
◆「安井ですか、（中略）何でも元は京都大学にゐたこともあるんだとか云ふ話ですが。
　　　　　　　　　　　　　　　（『門』二十二の二）

　京都帝国大学は、政治の中心東京から離れた自由で清新な学風を理念とし、1897年6月に第二の国立大学として設置。まず同年9月に理工科大学、1899年9月に法科大学・医科大学が開設され、文科大学は遅れて1906年9月に開設された。『門』の主人公宗助は、転学した京都大学法科大学で安井と知り合う。
　漱石は、第一高等学校英語嘱託兼東京帝国大学文科大学講師だった1906年7月、京都帝大の文科大学英文科担当候補者として、狩野亨吉（のち初代文科大学長）から就任を打診されたが、熟慮の末謝絶した（上記書簡）。10月23日付狩野宛書簡では、自分の主義主張に敵対する相手と戦い、未来の青年を感化すべく、あえて不愉快な東京に残りたい、とその理由を述べている。京都帝大からは、1907年末にも旧友松本文三郎教授（翌年10月より文科大学長）を通じて「随意講義」の依嘱があったが、これも丁重に断っている（1908・6・22、10・6付書簡）。
　1907年3、4月の京都旅行では大学で桑木厳翼・狩野直喜らと面会しているものの（日記三、1907・3・29）、主眼は観光であり、京都は「遊びに行」く土地だった（狩野宛書簡、1907・10・23付）。なお、漱石に代わって1908年赴任した上田敏は、翌年西洋文学第二講座教授に就任している。
　　　　　　　　　　　　　　　　　（須田千里）

銀行

ぎんこう

◆先生も法科でも遣つて会社か銀行へでも出なされば、今頃は月に三四百円の収入はありますのに、惜しい事で御座んしたな。　（『吾輩は猫である』五）
◆「是で御金を取つて頂戴」／三四郎は手を出して、帳面を受取つた。真中に小口当座預金通帳とあつて、横に里見美禰子殿と書いてある。三四郎は帳面と印形を持つた儘、女の顔を見て立つた。
　　　　　　　　　　　　　　　（『三四郎』八の七）

銀行で働く男たち

　資本主義社会の金融システムを支える銀行が本格的に発展するのは、日清戦争以後のことである。戦後の企業熱の勃興により金融市場が急速に拡大したことで、普通銀行の設立が相次ぎ、1901年には1867行を数えるにいたる。日露戦争後には、『吾輩は猫である』の多々良三平が苦沙弥先生に「先生も法科でも遣つて会社か銀行へでも出なされば、今頃は月に三四百円の収入はありますのに」（五）と惜しがるように、高等教育を受けた者の間にも実業志向が高まっていく。数百円の高収入は銀行の幹部クラスのものであり、大学卒業者の初任給はその10分の1程度にすぎないが、就職難の時代にさしかかった学歴エリートにとって、銀行は有力な進路のひとつだった。『道草』の健三の同窓生のなかには、卒業後ドイツに行き「帰つて来たら、急に職業がへをして或（ある）大きな銀行へ入つた」（七十三）男もいる。
　しかし、銀行の業績は好不況に左右され、その地位は必ずしも安定的ではなかった。『草枕』では、銀行が破綻して那美と別れた夫は満州に出発し、『門』の坂井の弟は、大学を卒業して入った銀行を飛び出し、一攫千金を夢

◆時代

119

見て満州を経て蒙古を放浪する。『それから』の平岡は、卒業後すぐに銀行に就職して「京坂地方のある支店詰」(二の二)になるが、部下の不始末により引責辞職し、新聞記者となり社会の裏面を暴こうとする。『彼岸過迄』の須永は、大学を出ても「衣食の上に不安の憂を知らない好い身分」で、「銀行へ這入て算盤なんかパチパチ云はすなんて馬鹿があるもんか」(「停留所」十一)と侮蔑するが、銀行は現実のもっとも世俗的な世界を表象するだけでなく、さらにそこから脱落した敗者たちとの落差をも際立たせる。

銀行預金のある女たち

　預金・貸付・為替・証券の引受けなどを業務とする銀行の顧客は、主に家産の管理権を掌握する家長たる男たちであり、『心』の先生は「公債」と預金の「利子」(六十三)で生計を立てていた。『行人』では岡田の妻お兼が「銀行の帳面」から引き出した金を二郎に渡すが、それは夫の使いにすぎない。

　一方、『三四郎』の里見美禰子は、自分名義の「小口当座預金通帳」を持ち、「恰も毎日銀行へ金を取りに行き慣れた者に対する口振」(八の七)で30円を三四郎に引き出させ貸し与える。その預金は、美禰子がすでに家督を相続した兄から財産の分配を受け、結婚が差し迫っていることを示している(小森陽一「漱石の女たち」『漱石論』岩波書店、2010)。また、『それから』では、「自分の自由になる資産をいくらか持つてゐる」(七の三)梅子が「兄さんには内所」で代助に「二百円の小切手」(八の三)を与え、『明暗』ではお秀が「良人とは関係のないお金」(百十)を銀行から用意して兄の津田を見舞う。それらが可能なのは、富裕な実家からの持参金をもとにした預金がある女たちに限られる。

　資本主義と家父長制が交わる銀行には、階層と性差の亀裂が見え隠れしているのである。

(関　肇)

熊本五高

くまもとごこう

◆すると其男が、／「君は何所の高等学校ですか」と聞き出した。／「熊本です」／「熊本ですか。熊本には僕の従弟も居たが、随分ひどい所ださうですね」／「野蛮な所です」　　　(『三四郎』六の七)

　1887(明20)年熊本に第五高等中学校が設立され、1894年高等学校令により第五高等学校となった。漱石は1896年4月同校英語科教授嘱託として着任した。生徒の請願に応え早朝からの英語の課外授業を行い、1897年10月10日の開校10周年記念式では職員総代として祝辞を述べている。また「ある無能力の教師放逐」を計画する一方、狩野亨吉、奥太一郎といった優れた人材の確保にも尽力した。

　修学旅行の引率として天草島原等へも赴いた。「発火演習」を伴う軍事教練的な内容であった。また、江津湖で開催された第1回三部生連合競漕会では職員レースに参加し、1等となっている。漱石は龍南会付属短艇会(ボート部)の部長も務めていた。

　漱石を慕う生徒の中には寺田寅彦のような傑出した才能もあった。漱石は寺田らの俳句同人結社「紫溟吟社」を支援し、校友会誌『龍南会雑誌』に「人生」「英国の文人と新聞雑誌」といったエッセイを寄稿している。

　漱石の五高時代は4年3ヶ月である。その間、彼は鏡子夫人との新婚生活に入り、長女筆子を儲け、一生の間になした俳句の約半分を作り、6回の引っ越しをした。五高の同僚であった山川信次郎と行った1897年暮れの小天旅行、1899年8月の阿蘇登山の体験がもととなって、後に「草枕」「二百十日」が生まれることになる。

(跡上史郎)

軍人

ぐんじん

◆はゝあ歓迎だと始めて気が付いて見ると、先刻の異装紳士も何となく立派に見える様な気がする。のみならず戦争を狂神の所為の様に考へたり、軍人を犬に食はれに戦地へ行く様に想像したのが急に気の毒になつて来た。　　　　（「趣味の遺伝」一）

軍人がえらい

軍人を「規律づくめ」といったり（『彼岸過迄』「報告」三）、子供のヒーローにしたり（同「須永の話」四）、漱石作品で使われる軍人のイメージは、ありきたりなものが多い。「ヒロイックなる文字」を遺した佐久間艇長への感動（「文芸とヒロイック」）は、広瀬中佐の詩の稚拙を指摘すること（「艇長の遺書と中佐の詩」）でバランスがとられてはいるが、軍人を英雄視することの危険を警戒・忌避しようとするようなそぶりは感じられない。日本は西洋文明を輸入・模倣する段階を早く脱して、自国の文明の特色を発揮・独立させることを心掛けるべし、と説く一節で漱石は、日露戦争の勝利をその成功例として挙げ、「軍人がえらい」と褒めている（「批評家の立場」。同趣の主張は「模倣と独立」でも繰り返されていて、そこでも日露戦争は「オリヂナル」、軍人は「インデペンデント」とされている）。漱石は軍人を国家の独占する暴力装置としてはあまり意識していないようである。それは彼が軍人を、単にひとつの職業と考えていたからであるようだ。

「標準の立てかたに在り——文芸は男子一生の事業とするに足らざる乎」（『新潮』1908・11）で漱石はこう述べる。食ってゆかれるなら、すべての職業は平等だ。なおもし職業に優劣をつけたいならば、何らかの標準を立て

るしかない。「報酬」第一と考えるなら「実業家」、「評判」を得るのが大事と思うなら「芸人とか芸者とか、相撲取りとか」、そして「最も危険に近いものが高尚な職業であると云ふ標準を立てるならば、軍人とか、探検家とか云ふものが一番偉くなる訳だ」と。軍人とは、漱石にとって単なる職業—但し、「最も危険に近い」、死に隣接した職業だったのである。

死に隣接した職業

従って、戦死、遺族、未亡人、こういった語が、軍人の用例にまとわりついてくる。夫の出征中に病死した妻が魂魄だけ夫のもとへゆく、というロマンティックな話が「琴のそら音」には挿入されている。死ぬのは軍人ではないが、戦争にからんだ死別の物語である。「趣味の遺伝」は、旅順で戦死した浩さんと、彼がたった一度垣間見たにすぎない娘が、実は前世の縁で結ばれていた、という、これまたロマンティックな物語だった。軍人やその近親者を想像した時、多分漱石の心の裡に自然に生まれた物語だったのであろう。

日清日露戦争がもたらした大量の死（異郷での戦死・戦病死）は、それまでの家とムラの葬送儀礼が対処しうる能力を超えた、全く未知の経験だった。国家による靖国神社・護国神社・忠魂碑とは別個に、当時家とムラは、新たな祭祀形態を発明することによって、この恐るべき事態に対処する必要に迫られていたという（岩田重則『戦死者霊魂のゆくえ』吉川弘文館、2003）。戦死者が未婚なら、婚礼画を絵馬に描いて奉納するという習俗が広まったのもこの時期である（櫻井義秀『死者の結婚』北海道大学文学研究科ライブラリ、2010）。

漱石は、軍人という存在を、国家や権力との関連からでなく、生身の、壊れやすい人間という視点から、とらえていたようである。

（関谷博）

時代

警察、刑事

けいさつ、けいじ

◆時代

◆最初にはね巡査の服をきて、付け髭をして、地蔵様の前へきて、こらこら、動かんと其方のためにならんぞ、警察で棄て、置かんぞと威張つて見せたんですとさ。　　　　　　　　　　（『吾輩は猫である』十）

◆四五日前、彼は掏摸と結託して悪事を働らいた刑事巡査の話を新聞で読んだ。それが一人や二人ではなかつた。他の新聞の記す所によれば、もし厳重に、それからそれへと、手を延ばしたら、東京は一時殆んど無警察の有様に陥るかも知れないさうである。代助は其記事を読んだとき、たゞ苦笑した丈であつた。さうして、生活の大難に対抗せねばならぬ薄給の刑事が、悪い事をするのは、実際尤もだと思つた。　　　　　　　　　　（『それから』十の一）

近代日本の警察組織

　漱石の誕生は幕末維新の混乱のさなかであった。新政府は軍務官（のち兵部省）、刑法官（のち刑部省、司法省）などの組織を設置、改編して警察任務を担当させたが、騒然たる世情の下、治安は容易に改善しなかった。大政奉還直後の江戸東京では藩兵による警邏が行われ、1869（明2）年には軍務官のもとに府兵が組織されたが、1872年、欧米の制度に倣って東京府に邏卒3000人（うち2000人は鹿児島県人）が採用され、のち司法省警保寮の所管に移って近代的警察組織が発足した。1874年には管轄が内務省に移されて行政警察としての東京警視庁が成立、この時邏卒は巡査と改称された。また各府県では知事のもとに警察部長を置くことで中央集権化が進められた。それぞれ改革改編が頻繁に重ねられたが、制服着用や交番勤務で一般の目に可視化される巡査と、私服で潜行し犯罪捜査や国事探偵

などを行う刑事巡査により、近代警察の網の目が社会に張り巡らされて行く。『吾輩は猫である』において、苦沙弥が泥棒と刑事巡査とを取り違え、またその姪の雪江が噂する独仙の演説に巡査の服を着て威張る男が出てくるのは、潜行探索と可視化という警察官のそれぞれの側面を戯画化していると言えよう。

　植民地の警察網はそれぞれの実情に応じて敷かれたが、日露戦争後の満洲では外務省警察と陸軍を背景にした関東都督府警察とが二重に存在した。1909年に漱石が満洲を訪問した際には旧友の佐藤友熊が旅順の警視総長（関東都督府民政部警務課）を勤めており、そのはからいは「満韓ところどころ」などに記されている。

刑事と掏摸の関係

　巡査の貧窮は泉鏡花『夜行巡査』（1895）や国木田独歩『巡査』（1902）などにも描かれるが、1906年の巡査給与令では月棒12円から20円と定められた。翌年朝日新聞に入社した漱石の年俸2800円との比較は無理だが、巡査の薄給をめぐる議論はしばしば新聞等を賑わせていた。『それから』の代助の感慨はそのような文脈によるものだが、1909年は警察と掏摸の関係に大きな転換の起きた年でもある。2月13日に静岡警察署の刑事2名と掏摸の元締めが拘引され、過去数年にわたる関係が明らかになり、7月に刑事や故買屋を含む20名以上が有罪判決を受けるまで、『朝日新聞』には繰り返し続報が報じられた。また6月には東京で一大勢力を誇っていた仕立屋銀次が逮捕され、『それから』の第1回が掲載された26日には「掏摸社会廓清の手始　本堂署長の意気込み」なる記事が掲載されている。従来、警察と掏摸とは相互に利用し合う関係にあったと言われるが、これ以後翌年にかけて行われた一斉検挙で、掏摸の社会は壊滅的な打撃を受けることになった。　　　　　　（浜田雄介）

芸人

げいにん

◆画学の教師は全く芸人風だ。べらべらした透綾の羽織を着て、扇子をぱちつかせて、御国はどちらでげす、え？東京？夫りや嬉しい、御仲間が出来て……私もこれで江戸っ子ですと云つた。こんなのが江戸っ子なら江戸には生まれたくないもんだと心中に考へた。
（「坊っちやん」二）

◆足元を見ると、畳付きの薄っぺらな、のめりの駒下駄がある。奥でもう万歳ですよと云ふ声が聞える。御客とは野だなと気がついた。野だでなくては、あんな黄色い声を出して、こんな芸人じみた下駄を穿くものはない。
（「坊っちやん」八）

芸人根性への批判

「坊っちやん」の「おれ」は、画学教師の野だいこを「芸人風」だと嫌う。教頭で文学士の赤シャツの腰巾着で、「…でげす」と芸人気取りで話す野だいこへの批判は、彼の「のめり下駄」にまで及ぶ。前歯が斜めに切り落とされたのめり下駄は、横から見ると「千」の字に見えることから千両下駄とも呼ばれ、役者や芸人が好んだものだ。

漱石自身も1911（明44）年6月10日の日記で、日本舞踊の切符を持って来られた際に、「不埒な芸人根性から出た厭な点だから妻に断はらした」と記している。「芸人」や「芸能」を批判しているのではなく、客に媚びて利益を得ようとしたり、師弟関係をもって当然のように弟子に負担を追わせたりといった「芸人根性」に批判の矢は向けられている。今日では「芸人根性」という言葉は芸の道を邁進する一途さを評して肯定的に使われたりもするが、漱石にとって「芸人」の性根は軽々と信用できない不快なものであったようだ。

文学者もまた芸人

しかし、漱石には文学者も芸人と大差ないという自己認識もあった。「標準の立てかたに在り——文芸は男子一生の事業とするに足らざる乎」（『新潮』1908・11）では、「総ゆる職業は平等で、優劣なぞのある道理はない」としたうえで、「金以外評判と云ふものが得られるのが一番好い職業」とすれば、「芸人とか芸者とか、相撲取りとか云ふものが一番好い職業」だと述べているが、世間の「評判」から文芸も無縁ではいられない。

博文館が創業記念事業として募集した「新進名家投票」で「文芸界」の最高点（14539票）を獲得したことを受けての「太陽雑誌募集名家投票に就て」（『太陽』1909・5）では、「我我文芸家は、取りも直さず、高等芸人である。一方から見れば人気稼業である」と明言している。1914（大3）年1月17日の東京高等工業学校での「おはなし」（『浅草文庫』第31号、1914・5）では、文芸は「personalの性質」を持つので「作物を見て、作つた人に思ひ及ぶ」、つまりは「製作品に対する情緒が之にうつつて行つて作物に対する好厭の念が、作家にうつつて行く」ので、「しまいにはjusticeといふ事がなくなつて贔屓と云ふものが出来る。芸人には此の贔屓が特に甚だしい。相撲なんかそれです」と、作家と芸人とが重ね合わされている。

こうした「芸人」に対する漱石のアンビバレントな感情を踏まえると、『明暗』でお延が、夫の津田の妹であるお秀の嫁ぎ先の堀の家を神田に尋ねる場面が興味深い。堀の家は「役者向の家」「何処か芸人趣味のある家」で「お延は堀の家を見るたびに、自分と家との間に存在する不調和を感じ」ているのだが、「一番家と釣り合の取れてゐる堀の母」だけでなく、「此家の構造に最も不向きに育て上げられてゐた」お秀とも、お延は折り合いが悪いのだ。
（吉田司雄）

月給

げっきゅう

◆時代

◆何の用だらうと思つて、出掛けて行つたら、四国辺のある中学校で数学の教師が入る。月給は四十円だが、行つてはどうだと云ふ相談である。

（「坊っちゃん」一）

◆又二三日して宗助の月給が五円昇つた。／「原則通り二割五分増さないでも仕方があるまい。休められた人も、元給の儘でゐる人も沢山あるんだから」と云つた宗助は、此五円に自己以上の価値をもたらし帰つた如く満足の色を見せた。

（『門』二十三）

月給をめぐる男と女

「坊っちゃん」はこの他にも末尾が「其後ある人の周旋で街鉄の技手になつた。月給は二十五円で、屋賃は六円だ」とあることも含め、月給にかかわる話題が頻出する。

月給をめぐって、「野分」の妻は不服である。「極めるのは御勝手ですけれども、極めたつて月給が取れなけりや仕方がないぢやありませんか」。これに対して道也を尊敬する青年は「道也先生さへ、こんな見すぼらしい家に住んで、こんな、きたならしい着物をきて居るならば、おれは当然二十円五十銭の月給で沢山だと思つた。何だか急に広い世界へ引き出された様な感じがする」と考える。両者は両極にある。妻の本音は『吾輩は猫である』の妻の「細君は無論実業家になつて貰ひたいのである」に近い。『明暗』の津田の叔父は「彼は始終東京にゐて始終貧乏してゐた。彼は未だかつて月給といふものを貰つた覚のない男であつた。月給が嫌ひといふよりも、寧ろ呉れ手がなかつた程我儘だつたといふ方が適当かも知れなかつた」とあり、どこやら

道也に近いものがある。『心』の先生の場合は、初めから月給などという概念から遠い。『彼岸過迄』の須永も月給を必要とせず、敬太郎と対照的である。『門』の大家も月給を必要としていない人である。また、「坊っちゃん」の「いくら月給で買はれた身体だつて、あいた時間迄学校へ縛りつけて机と睨めつくらをさせるなんて法があるものか」という考えも、意外とそれらに近いともいえる。『吾輩は猫である』の吾輩も「月給をもらへば必ず出勤する事になる」と心得ている。

稼ぐ必要

それとは異なり、『それから』の代助は人妻の三千代への愛を貫くために、勘当され、父からの援助がもらえなくなる。月給が必要となるわけだが、「「門野さん。僕は一寸職業を探して来る」と云ふや否や、鳥打帽を被つて、傘も指さずに日盛りの表へ飛び出した（中略）代助は自分の頭が焼け尽きるまで電車に乗つて行かうと決心した」となるが、この電車は『門』の宗助が「宗助は腰を掛けながら、毎朝例刻に先を争つて席を奪ひ合ひながら、丸の内方面へ向ふ自分の運命を顧みた。出勤刻限の電車の道伴程殺風景なものはない」と捉えているものである。こうした代助の状況は、かつて平岡から兄の会社への周旋を頼まれたままに放置していたことの裏返しとなっている。同じように高等遊民的存在でも『明暗』の津田の叔父ほどの余裕すらないことになるのである。一方、『心』の青年「私」は「其郷里の誰彼から、大学を卒業すればいくらぐらい月給が取れるものだらうと聞かれたり（中略）した父は、（中略）外聞の悪くないやうに、卒業したての私を片付けたかつたのである」とあり、精神的な父である先生とは対極にある実父の心情は理解できるようになり、不本意ながらも先生に職の紹介を頼む手紙を出す。『三四郎』の野々宮は安月給なので私学に教えに行く。

（出原隆俊）

顕微鏡、望遠鏡、双眼鏡

けんびきょう、ぼうえんきょう、そうがんきょう

◆彼の傍には南側の窓下に据ゑられた洋卓の上に一台の顕微鏡が載つてゐた。医者と懇意な彼は先刻診察所へ這入つた時、物珍らしさに、それを覗かせて貰つたのである。其時八百五十倍の鏡の底に映つたものは、丸で図に撮影つたやうに鮮やかに見える着色の葡萄状の細菌であつた。　　　（『明暗』一）
◆「昼間のうちに、あんな準備をして置いて、夜になつて、交通其他の活動が鈍くなる頃に、此静かな暗い穴倉で、望遠鏡の中から、あの眼玉の様なものを覗くのです。さうして光線の圧力を試験する。
　　　　　　　　　　　　　　　（『三四郎』二の二）
◆故意だか偶然だか、いきなり吉川夫人の手にあつた双眼鏡が、お延の席に向けられた。／「あたし厭だわ。あんなにして見られちや」／お延は隠れるやうに身を縮めた。それでも向側の双眼鏡は、中々お延の見当から離れなかつた。　　　（『明暗』四十七）

漱石の光学器機に対する造詣

　細菌学は19世紀後半から著しい進歩をみせるが、それは顕微鏡の改良と観察技術の向上に依るところが大きい。『明暗』の冒頭、津田が診察所で顕微鏡を目にする場面はそうした時代背景を物語っている。ここで漱石は「鮮やかに見える着色の葡萄状の細菌」と書いている。細菌は無色透明に近いので、染色してコントラストをつけ、観察しやすくする工夫が施されていた。漱石は作品の中で、顕微鏡観察の勘所を正確に押さえて記述していたのである。科学的な視点に立っていたことがわかる。
　同様のことは望遠鏡の記述についてもいえる。『三四郎』において野々宮が行った光線の圧力測定の話は、1903（明36）年、アメリカ

の物理学者ニコルスとハルが発表した論文の内容を換骨奪胎したものであるが、漱石は彼らの実験を望遠鏡の用途も含め、野々宮に正確に再現させている（小山慶太『漱石が見た物理学』中公新書、1991）。この実験では、わずかな振動でも装置に影響を及ぼしてしまうため、それを避ける目的で、離れた位置から望遠鏡を通し、測定器の度盛りを読み取っていたのである。野々宮にすすめられ三四郎が望遠鏡を覗き、度盛りの動きに驚く場面は、こうした実験原理を表わしている。

光学観測と心理描写

　ところで、望遠鏡は科学の実験や観測だけでなく、遠くの景色を眺める道具としても使われる。この場合、漱石は遠眼鏡という表現をしている。「本郷台町の三階から遠眼鏡で世の中を覗いてゐて、浪漫的探険なんて気の利いた真似が出来るものか」（『彼岸過迄』「停留所」四）などがそれに当たる。漱石は2つの用語を使い分け、科学の世界と日常の生活を区別したのである。
　さて、日常使われる望遠鏡の一種に双眼鏡がある。そしてその用途のひとつに観劇の際のオペラグラスがあるが、漱石は本項目の冒頭に引用したように、それを舞台を眺めるためではなく、登場人物どうしが相手の表情をうかがう手段として用いている。「双眼鏡の向ふ所には芸者が沢山ゐた。そのあるものは、先方でも眼鏡の先を此方へ向けてゐた」（『それから』十一の七）も同様の用例である。双眼鏡を通して視線を送るという情態描写からは、登場人物の微妙な心の動きが読み取れる。
　このように漱石は光学器機を科学、人間の日常そして心理を表わす小道具として巧みに作品の中に溶け込ませたのである。ここにも、漱石が生涯、抱きつづけていた科学への関心の一端が見て取れる。　　　　　（小山慶太）

◆時代

◆時代

鉱山／坑山、坑夫

こうざん／こうふ

◆「実はかう云ふ口なんだがね。銅山へ行つて仕事をするんだが、私が周旋さへすれば、すぐ坑夫になれる。すぐ坑夫になれりや大したもんぢやないか」

（「坑夫」八）

◆こゝは人間の屑が抛り込まれる所だ。全く人間の墓所だ。生きて葬られる所だ。一度踏ん込んだが最後、どんな立派な人間でも、出られつこない陥穽だ。そんな事とは知らずに、大方ポン引の言ひなり次第になつて、引張られて来たんだらう。それを君の為に悲しむんだ。 （「坑夫」八十五）

　鉱業は近代日本の産業化を支えたが、この一方、鉱山で働く労働者は、苛酷で危険な労働や、不潔で低劣な生活環境にさらされた。明治10〜20年代には相対的に高水準にあったという賃金も、30年代以降は実質的に低下し、鉱山労働者の不満は増大する。「坑夫」発表の前年にあたる1907（明40）年には、2月に足尾銅山で軍が出動・鎮圧するに至る規模の大暴動が発生、4月には幌内炭鉱、6月には別子銅山でも暴動が起こり、同盟罷業（ストライキ）も夕張炭鉱や生野鉱山などをはじめ、全国各地で頻発した。

　「坑夫」では、現在から見ると明らかに差別的である認識と、そうした認識に基づいて把握された坑夫たちの陋劣な言動や劣悪な住環境が、明らかに差別的である表現とともに描かれる。しかし、そうした〝差別の表象〟には同時に、同時代において鉱山および鉱山労働者が担っている——だが「坑夫」で描かれてはいない社会運動的側面と関わる、〝一般市民〟の〝生〟の安定性を揺るがすような〝不穏さ〟が、確かに漂っている。　（大野亮司）

小切手

こぎって

◆手紙の中に巻き込めて、二百円の小切手が這入つてゐた。代助は、しばらく、それを眺めてゐるうちに、梅子に済まない様な気がして来た。

（『それから』八の三）

◆お延は叔父の手から紙片を受取らない先に、その何であるかを知つた。叔父はことさらにそれを振り廻した。／「お延、是は陰陽不和になつた時、一番よく利く薬だよ。大抵の場合には一服呑むとすぐ平癒する妙薬だ」 （『明暗』七十六）

紙片としての金

　小切手とは有価証券の一種であり、券面に支払者として表示された金融機関は、振出人名義の預貯金口座から、記載された金額を所持者に支払うよう委託されている。『手形法小切手法』（藤原雄三、宇田一明編、中央経済社、1985）には「現金輸送に伴う危険・煩雑・支払期日までの時間的障害や支払場所に関する距離的障害などを克服する役割を果すので、貨幣経済が存在するところでは必然的に発明される」と記されている。

　手形・小切手制度は明治期に欧米から移植され、はじめ1882（明15）年の為替手形約束手形条例に、ついで1890年の商法に規定された。前掲した資料にもあるように、支払委託の有価証券であり、直接に現金を授受する危険と手数を避けるために使用され、本来、現金にかわる支払い手段であるが、外見は一枚の紙片にすぎない。金の重みと紙片の軽さをあわせもつ、アンビバレントな存在感を利して、漱石は『それから』と『明暗』の二作品で、これを絶妙な小道具として用いている。

　『それから』の長井代助は友人平岡の妻・

三千代から請われた500円を兄から借り受けようとして失敗、嫂から200円の小切手を得る。仰々しい紙幣の束ではなく、「手紙の中に巻き込めて」送ることができる簡便さとささやかさに、梅子の女性らしい心配りも透かし見ることができる。しかし、要求額に満たない小切手は当初と別の用途に充てられ、代助と三千代との逢瀬が重ねられる端緒がひらかれる。代助は自身の働きで金を工面することはできず、また、金そのものの価値も重んじてはいない。ただ三千代と会うための口実として、三千代の心を引き立てる方途として、金を欲するのだ。「紙の指輪」と称し三千代に金を手渡す代助の意識の上で、金はまさしく紙片にすぎない。

「陰陽不和の妙薬」

『明暗』の津田由雄もまた、金を珍重する向きを軽蔑する人物だ。ゆえに、父からの借金を返済義務を伴なわぬ援助と曲解、ついにその怒りをかい、送金を打ち切られる。時ならぬ手術・入院のため経済的危機に陥った由雄を救ったものは、妻お延がその叔父・岡本から「陰陽不和の妙薬」として託された小切手であった。父との約束不履行にかこつけ、兄とお延との結婚生活を指弾するため由雄の病床を訪れた妹お秀は、小切手の出現によって結束を固めた夫婦の前に敗北する。世慣れた岡本の洞察力によって、夫婦の小危機は回避されるが、お延・由雄の祝福されざる関係をめぐる本質的かつ致命的な危機は、この小切手のもたらした「和合」を契機に、吉川夫人という人物の闖入を許し、徐々にその全貌を明らかにしていくのである。

いずれの作品においても小切手は、予期せぬかたちで代行者の手に渡り、彼らと、真にそれを必要とする人びとに、かりそめの安息をもたらす。しかし、これを起点として、物語は巨大なカタストロフィへといたる蠢動をはじめるのである。　　　　（谷口基）

財産

ざいさん

◆小野さんは申分のない婿である。只財産のないのが欠点である。然し婿の財産で世話になるのは、如何に気に入つた男でも幅が利かぬ。無一物の某を入れて、大人しく嫁姑を大事にさせるのが、藤尾の都合にもなる。自分の為でもある。一つ困ることは其財産である。夫が外国で死んだ四ヶ月後の今日は当然欽吾の所有に帰して仕舞つた。

（『虞美人草』十二）

◆其先生は私に国へ帰つたら父の生きてゐるうちに早く財産を分けて貰へと勧める人であつた。卒業したから、地位の周旋をして遣らうといふ人ではなかつた。　　　　　　　　　　　　（『心』四十二）

◆自白すると、私の財産は自分が懐にして家を出た若干の公債と、後から此友人に送つて貰つた金丈なのです。（中略）実をいふと私はそれから出る利子の半分も使へませんでした。此余裕ある私の学生々活が私を思ひも寄らない境遇に陥し入れたのです。

（『心』六十三）

家督と財産、争いの種として

漱石は遺産相続を繰返し主題とした作家である（石原千秋「「真実」の相続人」『『こころ』で読みなおす漱石文学』朝日文庫、2013）。相続と財産の問題は深く関わっている。

『虞美人草』の甲野家の複雑さは、大学出の長男が仕事にも就かぬうちに、父である当主が海外で頓死した事に発する。財産分配の手続きを取っていなかったため、長男の欽吾が、継母をおいて、一括相続することになった。明治の民法では遺産相続に際して家督相続制を採用し、長男が単独で戸主権を相続することを基本とした。ただし生前相続で戸主財産を分与することは可能であった。

◆時代

未亡人となった継母と娘の藤尾は、自分たちの居場所と生計をいかにして確保すべきか。財産のある所へ嫁に行けば、藤尾は奥様になれるが母の位置は保証されない。だから母は甲野の財産を藤尾のものとし、財産のない欽を入れようと願う。

小野の方は、藤尾との結婚で詩と財産の両方を手に入れることを望んでいたが、飯田祐子（「『虞美人草』　藤尾と悲恋」『彼らの物語』名古屋大学出版会、1998）は、その欲望がすでに藤尾の求める詩を裏切っているという。

長男にとって財産を受けることはこうした財産をめぐる他者の欲望を引き受ける／と争うことなのである。

財産による自由と不自由

藤尾母娘の夢の半分を実現したのが『心』の奥さんとお嬢さんである。先生は、父の死後、財産の管理を任せていた叔父に裏切られたという過去を持つ。郷里を捨て、「利子生活者」（小森陽一「金力と権力」『漱石を読みなおす』ちくま新書、1995）となるが、他人を信じられない彼は、お嬢さんの魅力の裏に策略の存在を疑ってしまう。奥さんとお嬢さんは軍人の未亡人に支給される年金で暮らしているからだ。豊かでない者と傷ついた財産家との出会いは不信を生む。

財産の最初の使い道はKの学資（実際は生活費）援助であった。Kの自殺ののち、先生はお嬢さん＝妻と、奥さん＝義母とともに住む新居を建てる。両親の存命中に財産分与を受けていたら全ての事件は起こらなかったはずだが、こんな自由も無かっただろう。

地位・労働からの自由は、社会を財産・金銭問題からしか見ない不自由と一対である。先生は次男である「私」の財産を心配しても、卒業後の進路の悩みには共感できない。財産ゆえに人間社会に絶望した先生にとって、いまや経済問題だけが社会との接点なのである。

（古川裕佳）

自殺

じさつ

◆万年の後には死と云へば自殺より外に存在しないもの、様に考へられる様になる

（『吾輩は猫である』十一）

◆然し私の尤も痛切に感じたのは、最後に墨の余りで書き添へたらしく見える、もつと早く死ぬべきだのに何故今迄生きてゐたのだらうという意味の文句でした。

（『心』百二）

ディストピアのイメージ

〈自殺〉は、潜在的あるいは顕在的に漱石の多くのテクストに存在する主題のひとつであるが、その小説ではとりわけ『吾輩は猫である』「坑夫」『心』の諸作において〈自殺〉への言及が際立っている。

『吾輩は猫である』では、水島寒月が「首縊りの力学」について講じ（『吾輩は猫である』三）、苦沙弥先生がスティーヴンソンの「自殺クラブ」を引き合いに出しながら、「冗談と云へば冗談だが、予言と云へば予言かも知れない」自殺論を展開する（『吾輩は猫である』十一）。「神経衰弱の国民には生きて居る事が死よりも甚だしき苦痛である。従つて死を苦にする。死ぬのが厭だから苦にするのではない、どうして死ぬのが一番よからうと心配するのである」という前提から、「世界向後の趨勢は自殺者が増加して、其自殺者が皆独創的な方法を以て此世を去るに違ない」とし、引用箇所のように「万年」後の世界について語る。さらに苦沙弥の思い描く人類の未来像は、「自殺の能力のない白痴もしくは不具者」を巡査が「慈悲の為め」に撲殺するというディストピアのイメージへとつながっていく。

「坑夫」の主人公は「自殺が急に出来なけれ

ば自滅するのが好からうとなつた。然し自分は前に云ふ通り相当の身分のある親を持つて朝夕に事を欠かぬ身分であるから生家に居ては自滅しやうがない。どうしても逃亡（かけおち）が必要である」（「坑夫」十三）という理由から坑夫になったと語る。『吾輩は猫である』の自殺論では「自殺を一歩展開して他殺にしてもよろしい」（『吾輩は猫である』十一）という飛躍した論理が語られていたが、「坑夫」には「自殺」「自滅」「逃亡」という質的にレベルの異なる事態を段階的に関連付ける、やはり飛躍をはらんだ発想が見られる。

〈死に遅れた存在〉

「人間はどうしても死なゝければならん」、「どうせ死ぬなら、どうして死んだらよからう」（『吾輩は猫である』十一）という起点から苦沙弥の自殺論は始まっていたが、その自殺論と、『心』における「K」と「先生」の自殺についての論理は実はそう遠く隔たってはいない。『吾輩は猫である』において苦沙弥が思い描いたディストピアの論理からすれば、生きている者は全て〈死に遅れた存在〉でしかない。「K」が、遺書の末尾にあえて「もつと早く死ぬべきだのに何故今迄生きてゐたのだらう」（『心』百二）と書き添えたこと、明治天皇の崩御後に「生き残つてゐるのは必竟時勢遅れ」（『心』百九）との感に打たれた「先生」が、「西南戦争の時敵に旗を奪られて以来、申し訳のために死なう死なうと思つて、つい今日迄生きてゐた」（『心』百十）という趣旨の言葉を書き残して乃木大将が自殺したことに触発され「自殺する決心をした」こと、両者には、この〈死に遅れた存在〉としての感慨が存在する。ペダンティシズムとユーモアによって彩られた最初の長編『吾輩は猫である』と晩年の一作『心』。かように漱石文学は〈死に遅れた存在〉なる主題によって枠取られている点を看過することはできない。　　（柴市郎）

自動車

じどうしゃ

◆時代

◆自動車のない昔はいざ知らず、苟くも発明される以上人力車は自動車に負けなければならない、負ければ追付かなければならない、　（「現代開化の日本」）

開化と自動車

1911（明44）年8月、漱石は大阪朝日新聞社の企画になる関西での講演旅行に赴いている。15日に和歌山で講演した「現代日本の開化」で漱石はまず開化の定義を行うところから話を始める。そのなかで漱石は「活力節約」の工夫の最たるものとして自動車を繰り返し例として用いている。漱石が問題とするのは文明化とともに起こる生存競争であり、「現代日本の開化」ではさらにそうした文明化が外部の圧迫によるものから内発的なものへと転換させることの必要性が説かれる。開化の内発性についての可否は措くとして、近代という時代を生きる漱石にとって開化の問題は離れることのできない問題であり、自動車は開化の身近な例として漱石に意識されていたようである。

日本における自動車の歴史は1900年前後に始まるとされている。斉藤俊彦によれば、1898年2月にフランス人のJ・M・テブネによって持ち込まれた石油自動車が日本で初めて披露されたものであるという（『轍の文化史』ダイヤモンド社、1992）。テブネの自動車販売そのものは成功しなかったようだが、自動車という目新しい文化の移入の端緒になったことは確かだ。1900年前半には、主に皇族や華族、富裕な実業家などによって自動車が使用されるようになっていく。それにつれて徐々に自動車は上流階級のステータスシンボルとして定着することになる。そうした例として、

『彼岸過迄』の「自働車事件」が挙げられよう。田川敬太郎は就職を斡旋してもらおうと友人須永の叔父である田口家を訪問する。その際、田口家で自動車を目撃する。

「彼は田口の門前に立つた。すると其所に大きな自働車が御者を乗せた儘待つてゐたので、少し安からぬ感じがした。」(「停留所」九)

ここでは当時150人ほどしか自動車所有者がいなかったことが田口が有力な実業家であることの裏付けにされている。1908年にアメリカでフォードT型が開発され、徐々に大量生産が可能になってはいたものの、日本では個人で自動車を所有することは一部の人々にのみ限られていた。漱石の「現代日本の開化」の言葉を借りれば、「人間が贅沢になる」例なのだといえよう。

風景としての自動車

個人での所有は限られていた一方で、自動車の商業的な利用も進んでいくことになる。『それから』の最後の場面、代助が職業を探すために電車に乗っている際に目にする赤いもののなかに「小包郵便を載せた赤い車」がある。これは1908年から使用されたものであったが、都市の新しい風俗として取り入れられているものだといえよう(逓信省編『逓信事業史』1940)。

ただ、『明暗』には小林の友人・原が「自働車の燭光で照らされた」(百六十二)という場面が描かれていることにも注目しておきたい。瞬間的に照らし出される自動車のヘッドライトが謎めいた人物の登場にスポットライトを当てる。『彼岸過迄』の時代には170台ほどだった自動車所有者数は、『明暗』が発表された1916年には700台余りに増加していた(斎藤前掲書)。『明暗』での自動車がどのような自動車であるかは不明だが、都市の一風景として自動車が定着しつつあったことをうかがい知れる印象的な場面であることは確かだ。

(諸岡知徳)

社交

しゃこう

◆宗助は一般の社交を嫌つてゐた。(中略)其癖坂井は世の中で尤も社交的の人であつた。此社交的な坂井と、孤独な宗助が二人寄つて話が出来るのは、御米にさへ妙に見える現象であつた。

(『門』十六の二)

◆自然の勢ひ彼は社交を避けなければならなかつた。人間をも避けなければならなかつた。

(『道草』三)

漱石の小説の主人公は社交的ではない。『吾輩は猫である』の苦沙弥は、「性の悪い牡蠣の如く書斎に吸ひ付いて」(二)いて、訪問者金田鼻子には「社交を知らぬ」(三)と評される。社交は、主人公が閉じこもる書斎という逃げ場的空間での営みに対置する。苦沙弥は書斎で迷亭たち「太平の逸民」(二)と独自の交流を持つが、それは社交ではない。殆どの主人公が、家庭の中に社交からの逃げ場を持つ。『門』の宗助の場合は、妻御米との生活が社会と社交からの逃げ場だが、偶然によって社交的な坂井と交流を持つ。その坂井も社交に疲れた時の逃げ場を家に持つ。

『道草』では、「社交」を避ける健三は、苦沙弥のように「牡蠣的生涯」(二)を送ることは許されず、島田から「交際」(十三)を迫られる。兄や姉との「交際の義理」(十九)は妻御住が代行しているが、健三も免れられない。『明暗』では、津田は妹お秀とさえ「社交上の形式」(九十二)に則って話し、妻お延も叔父から「社交上極めて有利な」「話術」(六十一)を受け継ぐ。『明暗』で初めて、家庭に社交からの逃げ場的空間を持たず、社交の場にその身を曝す主人公が描かれたのである。(藤澤るり)

招魂社

しょうこんしゃ

◆人の鼻を盗んで来て顔の真中へ据ゑ付けた様に見える。三坪ほどの小庭へ招魂社の石燈籠を移した時の如く、独りで幅を利かして居るが、何となく落ち付かない。　　　　　　（『吾輩は猫である』三）

◆「君、九段の燈明台を知つてゐるだらう」（中略）「あれは古いもので、江戸名所図絵に出てゐる」／「先生冗談云つちや不可ません。なんぼ九段の燈明台が旧いたつて、江戸名所図絵に出ちや大変だ」

（『三四郎』四の四）

招魂社と靖国神社

　東京招魂社の創建は1869（明2）年だが、1879年には靖国神社へと改称されている。それでも漱石の作中で繰り返し「招魂社」と書かれ、あるいは「九段の」と書かれて「靖国神社」という名称がみえないのは、多くの庶民に「招魂社」の呼び名が愛され続けていたからだろう。問題は、その意味である。

　じっさい招魂社には、競馬場や能楽堂があり、折に触れての奉納相撲や花火その他の見世物や屋台があり、四季折々に溢れる草木、春には桜の名所でもあった。国家神道の最重要地というよりも、人の集う賑やかな場所だった。常燈明台の明かりは江戸湾の船上からもみえ、海上からの目印でもあった。そのうち競馬場は、1901年に廃止されたというが、それでも境内の雰囲気が一変するのは日中戦争期になってからのことである。

　現在の私たちが「靖国神社」について考えているものからはこぼれ落ちてしまったものや見えなくなってしまった対比・つながりを含んでいるのが、漱石の「招魂社」である。

　そして漱石にとって、招魂社のある九段界隈は幼少より親しみ、その後も折に触れて通う場所であった。「招魂社」には、親しみと若干のユーモアが混ざっている。

　『吾輩は猫である』だと、苦沙弥家の娘の「わたしねえ、本当はね、招魂社に御嫁に行きたいんだけれども、水道橋を渡るのがいやだから、どうしやうかと思つてるの」（十）という可愛らしいセリフで有名な部分があるが、金田鼻子の「鼻」についての前掲のような描写もある。はなはだ大変失礼な描写だが、表現の面白さについ笑ってしまう。

招魂社と偕行社

　一方、その常燈明台については、『三四郎』に言及がある。日本社会の「時代錯誤」についての広田先生と三四郎の会話である。前掲の引用部分は次のように続く。

　「広田先生は笑ひ出した。実は東京名所と云ふ錦絵の間違だと云ふ事が解つた。先生の説によると、こんなに古い燈台が、まだ残つてゐる傍に、階行社と云ふ新式の煉瓦作りが出来た。二つ並べて見ると実に馬鹿げてゐる。けれども誰も気が付かない、平気でゐる。是が日本の社会を代表してゐるんだと云ふ」

　偕行社とは、陸軍将校の親睦団体であり、ここでは九段にあったその集会・社交の施設を指している。近代化した軍を象徴するかのような「煉瓦作り」と、その戦死者をまつる招魂社の「燈明台」という対比である。そこに「江戸名所図絵に出てゐる」というユーモアを混ぜるのが漱石の筆であった。

　明治の「古さ」と「新しさ」をめぐる錯視を生み出す「招魂社＝靖国神社」（佐藤俊樹「社の庭―招魂社‐靖国神社をめぐる眼差しの政治」『社会科学研究』東京大学社会科学研究所紀要、2006）。その奇妙な歴史性が、さらに煉瓦作りの「偕行社」との対比によって浮かび上がる。そして漱石は他の庶民と同じく「靖国」を「招魂社」と呼び続けたのである。　（野上元）

照魔鏡

しょうまきょう

◆ワレハワガ心ヲ照魔鏡ニテラシテ客観的ニ公平ナル視察ヲトゲタル者ト信ズ．　　　　（ノートⅣ-14）

照魔鏡とは何か

　照魔鏡は、妖魔の本体を映し出す鏡のことであり、古代中国の神仙思想に登場する。晋代の神仙家、葛洪の著作『抱朴子』に、山中で仙人になるため修業を積む際、九寸以上の鏡を背後にかけておくと妖魔の形が鏡に現れるという記述がある。また、江戸時代後期の画家鳥山石燕は『画図百器徒然袋』において、照魔鏡をモデルにした雲外鏡（うんがいきょう）という妖怪を描き「照魔鏡と言へるは、もろもろの怪しき物の形をうつすよしなれば、その影のうつれるにやとおもひしに、動き出るままに、此のかがみの妖怪なりと、夢の中におもひぬ」と解説した（高田衛監修、稲田篤信・田中直日編『鳥山石燕　画図百鬼夜行』国書刊行会、1992）。

　ここから転じて、照魔鏡には、社会や人間の隠れた本性をうつし出すものという意味が生じた。この意味で用いられているものに「文壇照魔鏡事件」がある。1901（明34）年に大日本廓清会から『文壇照魔鏡』と題した小冊子が出版された。その内容は与謝野鉄幹の私生活を暴き立て誹謗中傷するものであり、本の出版をきっかけに文壇では鉄幹をめぐるスキャンダル騒ぎが起きたのである。

漱石と照魔鏡

　漱石は「ノートⅣ-14」でイプセン『幽霊』(1881)第二幕のアルヴィング夫人の以下の台詞を引用している。「But I almost think we are all us Ghosts, Pastor Manders. It is not only what we have inherited from our father and mother that "walks" in us. It is all sorts of dead ideas, and lifeless old beliefs, and so forth. The have no vitality, but they cling to us all the same, and we can't get rid of them.」（「われわれはみんな幽霊じゃないかって、先生、わたしたち一人一人が。わたしたちには取りついているんですよ、父親や母親から遺伝したものが。でも、それだけじゃありませんわ、あらゆる種類の滅び

去った古い思想、さまざまな滅び去った古い信仰、そういうものも、わたしたちには取りついていましてね。そういうものが、わたしたちの中には現に生きているわけではなく、ただそこにしがみついているだけなのに、それがわたしたちには追い払えないんですもの」（原千代海訳『幽霊』岩波文庫、1996）そして、アルヴィング夫人を含む『幽霊』の登場人物たちについて「彼等ハ己レヲ知ラズシテ妄リニ人ヲ評シ、而モ評シ得タリトス」「己ヲ知ラザルハ己ヲ省ルノ智力ナキカ又ハ己レヲ full in the face ニ熟視スル勇気ナキ者ナリ卑怯ナル者ナリ」と批判し、「ワレハ己ヲ見ルノ明ニ乏シキモ己レヲ解剖スルノ勇気アリト信ズ．ワレハワガ心ヲ照魔鏡ニテラシテ客観的ニ公平ナル視察ヲトゲタル者ト信ズ」と述べている。漱石にとって「照魔鏡」とは、旧弊に囚われたまま自己直視を避ける人間に対して、個人の本質を映し出すことで自我の覚醒を促す「鏡」なのである。

（生方智子）

紳士

しんし

◆こゝにて尋ねたる男の外、二三の日本人に逢へり。彼等は皆紳商の子弟にして所謂ゼントルマンたるの資格を作る為め、年々数千金を費やす事を確かめ得たり。余が政府より受る学費は年に千八百円に過ぎざれば、此金額には、凡てが金力に支配せらる、地に在つて、彼等と同等に振舞はん事は思ひも寄らず。振舞はねば彼土の青年に接触して、所謂紳士の気風を窺ふ事さへ叶はず、

（『文学論』序）

ジェントルマン教育の機関としての大学

　漱石はイギリス留学の際、留学先としてまずオックスフォードとケンブリッジの両大学を候補とし、知人を頼ってケンブリッジに赴いている。そこで漱石が直面したのは、留学費の1800円では両大学での学生生活は不可能だという現実であった。同等の留学費で両大学で学んだ留学生もいるのだから、問題は授業料や生活費の不足ではない。漱石が問題にしていたのは「彼土の青年に接触して、所謂紳士の気風」を身に着け「ゼントルマンたるの資格を作る」ための体面を作り、交際を可能にするだけの金額なのである。

　ケンブリッジ、オックスフォード両大学は、16世紀以来、ジェントルマン教育を行う特権的な機関であった。大学教育のなかで古典的教養を修得すると同時に、学生や教員との交際を通じてジェントルマンの生活様式を身に着けることによって、「ゼントルマンたるの資格」の育成が図られていたのである。

「紳士」への階梯としての進学

　これを模倣するように、明治の日本社会においては、大学進学による西洋近代の知識、教養と生活様式の学習が、「紳士」たる「資格」を作り上げる機能を果たすと考えられた。

　『三四郎』には熊本の高校から大学に進学した主人公が、西洋的な食文化である牛肉料理の粗悪なまがいものとして馬肉を食べ、「所で出来る下等な酒」である「赤酒」を飲んでいた、「野蛮」な高校時代の体験と比較して、「肉刀と肉叉」を使い「麦酒」を飲む、大学の「紳士的な学生親睦会」に感激するという場面があるが、高校から大学への進学、地方から東京への空間移動は、西洋的な生活様式の習得という文脈における階級移動の階梯として捉えられていたのである。三四郎が東京に向かう汽車のなかで「是から東京に行く。大学に這入る。有名な学者に接触する。趣味品性の具つた学生と交際する」と考えていたように、上京して大学に入学することは、「学者」や「学生」との「接触」と「交際」を通じて西洋的な教養と生活様式を身に着けることによって、「書生」から「紳士」へと階級上昇の階段を上ることだったのである。

　「眼鏡は金に変つてゐる。久留米絣は背広に変つてゐる。（中略）──髭は一躍して紳士の域に上る（中略）もとの書生ではない」という『虞美人草』の小野は大学という階段を上って「紳士」となった人物の典型であるが、彼や「野分」の中野、『それから』の代助などの大学卒業生たちは、中上流社会の社交場におけるマナーの指導者として、「紳士」や「淑女」の教育に当たることになる。

　しかし、大学卒業生の全てが「紳士」になれたわけではない。血統や世襲財産のような社会的、経済的な裏付けを持たない者は、「野分」の白井や高柳のように、「紳士」への階段を上れない万年「書生」の地位に転落する可能性にさらされていた。「紳士」をめぐる階級移動の問題は、漱石作品に数多く表れる、利子生活者や家督相続に与れない次男三男の物語にもつながっているのである。（村瀬士朗）

人力車、車

◆時代

じんりきしゃ、くるま

◆車をがらがらと門前迄乗り付けて、此所だ此所だと梶棒を下さした声は慥かに三年前分れた時そつくりである。　　　　　　　　　（『それから』二の一）
◆すると、そこに兄の車を引く勝と云ふのがゐた。ちやんと、護謨輪の車を玄関へ横付にして、叮嚀に御辞義をした。　　　　　　　（『それから』十一の五）

明治を駆け巡る人力車

　1907(明40)年、夏目漱石は朝日新聞社に入社し、専属小説家となった。入社にあたり、『大阪朝日新聞』に掲載された「京に着ける夕」に京都市内を車、すなわち人力車で移動する様子が描かれる。繰り返される「かんかららん」という車輪の「寒い響」が余の寒さを印象づけている。音のしない「護謨輪」では「京に着ける夕」での「余」の寒さは演出できなかっただろう。人力車はそうしたイメージの多層性ゆえに漱石のテクストを縦横無尽に駆け巡っていくことになる。

　人間が曳く車に関しては、古くは江戸時代末期に乗合人力車などが存在したが、腰掛台に車輪を取り付け、一人の人間が牽引する方式の人力車が一般化するのは明治時代以降である。人力車の商業的な利用は、1870年3月に和泉要助、鈴木徳次郎、高山幸助の三人が東京府に製造・営業を出願したことが契機だとされる。その後、人力車は従来の移動手段であった駕籠にかわって急速に日本全国へと拡がり、日清戦争後の1896年には全国での保有台数が21万台を越えたという（斉藤俊彦『くるまたちの社会史』中公新書、1997）。人力車と同じ新時代の乗り物であった馬車が自動車が普及するまで上流階級のステータスシンボルであったの

に対して、人力車は日常生活のなかの一風景として人々の生活に溶けこんでいたのである。

車夫という存在

　人力車が新時代を象徴する一方で、人力車を曳く車夫のイメージはあまり芳しくない。横山源之助の『日本の下層社会』(岩波文庫)では車夫を、特定の個人や会社の専属車夫である「おかかえ」、車宿に雇われている「やど」、自分の車を所有し番という組合に所属して営業している「ばん」、貸車屋から車を借りて営業する「もうろう」、と4種に大別している。手続きの簡単さや就業の容易さから主に失業者や低所得者層が車を借りて車夫となる場合が多く、彼らのなかには運賃の強請などを行うものもいた。そこからマイナスのイメージが車夫に付されたことは確かだ。『吾輩は猫である』で車屋の黒について、「車屋だけに強いばかりでちつとも教育がな」く、「少々軽侮の念も生じた」と吾輩は語る。文化資本による階層化の意識がここには見られるが、車夫全般に対するマイナスのイメージがそうした意識に大きく反映しているといえよう。

　人力車は東京だけでなく、日本全国、もしくは外地の風景のなかにも発見される。1909年、満州を旅行した漱石は外地でも人力車を目にしたようだ。このときの体験をもとにして書かれた「満韓ところどころ」には大連港でクーリーたちが曳く人力車の混雑ぶりが描き出されている。人力車は明治末から内地では徐々に減少傾向にあったのに対して、東南アジアなどへの輸出は1910年をピークとして増加傾向にあった。また、中国では明治の半ばにはすでに現地に人力車製造会社が設立され、独自に生産を行ってもいた。ただ、日記や「満韓ところどころ」を読む限り、漱石は馬車で移動することが多く、人力車には乗っていないようだ。外地で乗る人力車がどのようなものであったのか。私たちはそれを想像するより他に術を持たない。（諸岡知徳）

世紀末

せいきまつ

◆すると今度は与次郎の方から、三四郎に向つて、「どうも妙な顔だな。如何にも生活に疲れてゐる様な顔だ。世紀末の顔だ」と批評し出した(中略)三四郎は世紀末と云ふ言葉を聞いて嬉しがる程に、まだ人工的の空気に触れてゐなかつた。またこれを興味ある玩具として使用し得る程に、ある社会の消息に通じてゐなかつた。　　　　(『三四郎』四の一)

◆煤煙は激烈なり。(中略)此男と此女は世紀末の人工的パッションの為に囚はれて、しかも、それに得意なり。それが自然の極端と思へり。だから気の毒である。　　　(日記4、1909(明42)年3月6日)

世紀末思潮の背景

　「世紀末」という言葉から「生活に疲れて」という連想は、オスカー・ワイルドの『ドリアン・グレイの肖像』(1890)中の次の会話を踏まえているかも知れない。

　　「世紀末だね」とヘンリー卿はつぶやいた。
　　「世の終わりだわ」とナーボロー夫人は答えた。
　　「この世の終わりならいいのに」とドリアンはため息をついた。「人生は大きな失望だ。(第15章)

ワイルドはこの「世紀末」という言葉にフランス語の「ファン・ド・シエクル」(*Fin de Siècle*)を用いている。日本語の「世紀末」もこのフランス語から訳されたものである。イギリスにおいてもフランスのゴーティエの「芸術のための芸術」というモットーとともに、ボードレールらに始まるフランス象徴主義がウォルター・ペイターや詩人スウィンバーンらによって紹介された。また、ワグナーのオペラ、イブセンの演劇、エミール・ゾラの自然主義文学、マラルメの象徴主義、そして「デカダンス」という言葉がこの時代の風潮を表すものとして各国でもてはやされた。

　T・S・エリオットの研究で知られるイギリスの批評家バーナード・バーガンズィは、こうした「芸術のための芸術」を標榜する文化的動きの背景として二つの要素を指摘する。一つは、既成の知的ないし道徳的規範は失われ、それに合った新たな芸術や生き方が求められているという認識であり、二つ目は、芸術性と道徳性は別の領域に属するもので、芸術はそれ自体独立したものとみなすべきであるという考えである。

時代的背景

　そうした思潮を生んだ背景には、ヨーロッパ列強国の帝国主義拡大とともに進行した産業化の進展がある。安価で単一なデザインの商品が大量生産され、社会に浸透する一方、能率主義をかかげる支配層は、偽善的な宗教規範、道徳規範を庶民に押し付けようとしていた。そうした利益優先思考にもとづく社会の変化が、人々の暮らしの中味を貧困なものとしていると感じた芸術家たちは、これに対抗するため、「芸術のための芸術」をかかげたのである。一方、科学主義や物質的な豊かさをもたらす進歩が人類を幸福にするという希望に対する疑念も広まっていた。こうした中で、文化や芸術を人間社会に必要なものと説くマシュー・アーノルドらの考えには飽き足らず、芸術そのものを目的とするという考え方が支持を得るようになっていった。

　産業革命とともに勢いを増した物質的な利益を中心に考える人々に対抗して、複雑で多様な人間性に注目してこれを重視する考え方は、ワーズワース、シェリー、キーツら、ロマン派の詩人に端を発する。美術および建築の研究家としてジョン・ラスキンは中世の建築の中に共同体構成員全員が参加する社会の理

◆時代

135

◆ 時代

想を見た。そしてこれに触発されたウォルター・ペイターが審美的な思想としてそれを発展させたのである。

『草枕』で画工が執着する「オフィーリア」を描いたJ・E・ミレーを始め、W・H・ハント、D・G・ロセッティらが1848年に結成して起こしたラファエル前派の絵画運動も、王立芸術院の、硬直化し権威的な絵画の規範に反抗して、より人間の感情にそった芸術を志向するものであった。デザインの美を暮らしに生かすことと、民衆の経済的自立を目指すウィリアム・モリスの民芸運動も、人間主体の主張に同調するものである。こうした流れはさらにオーブリー・ビアズリー(1872-1898)の絵画に代表されるアール・ヌーボーの様式へとつらなる。

漱石の位置付け

ワイルドやフランス象徴主義に傾倒した芥川龍之介とは対照的に、漱石は「世紀末」という現象を冷ややかに見ているようである。冒頭の『三四郎』からの引用に見られるように、「世紀末」芸術に対してわざと装ったような「人工的」なものという印象をもっていたようだ。それは、漱石の中世から現代までに至る文化史認識、特に同じく近代の歴史上重要な節目であった18世紀末の文学と文化思潮をつぶさに研究していた知見からは、世紀末のデカダンスを真似るような風潮は一過性のものと映ったからであろう。しかしながら、「芸術のための芸術」の信奉者たちの必読書であったウォルター・ペイターの『ルネサンス』(1873)中に収められた「モナリサ」について叙述した文章を漱石は『文学論』で引用し、「斯の如く解剖的なる記述(中略)斯の如く精巧なる記述は(中略)擬し難き」と、その文章を称賛している。ペイターは、人類の普遍的な価値や真理については懐疑的であり、人生の移ろいやすさ、はかなさのなかで一瞬の輝きや感情の高まりを味わうことができるよう感性を研ぎ澄ますことの大切さをこの本で主張した。そうした態度に漱石も共感するところがあったものと思われる。

世紀末の一連の文化運動の中で、イギリスでは自然主義文学も非難の対象となった。ダーウィン的な生物の変遷、適者生存、強者支配、偶然と因果律の支配、肉体や生理的・性的必要性の影響、そして社会における道徳的権威の偽善性を描く、自然主義の文学は社会的な規範を揺るがすものとみなされたからである。トマス・ハーディーの『テス』(1891)や『日陰者ジュード』(1896)は、厳しい批判を受け、その結果、ハーディーは小説家としての筆を折り、詩作に専念するようになる。

西欧文明の進歩主義の限界についての認識という観点から見ると、トマス・ハーディーの自然主義文学と漱石の文学との間には類似がみられる。ハーディーが描く物語では、自分の社会的境遇や偶然や運命の気まぐれに翻弄され苦しむ、テスやジュードら、本来善良な人々が主人公となっている。一方、漱石においては、西洋の進歩的教育を受けた登場人物たちが、いかに求めても、依然として過去の因習や過去により決定された境遇から抜け出す道を見出せない苦悩を描いている。世界文学としてみた場合、漱石の小説の主題は西欧的な価値観と日本的価値観との対立ではなく、近代社会に共通する主題としての新たな知識を得ても無力感を増すばかりの近代人の置かれた状況にあると言えるであろう。この意味で、『闇の奥』(1902)において先進国を標榜するヨーロッパ人の心の奥底には依然として原始以来の暗黒と野蛮さが支配することを喝破したジョセフ・コンラッドにおけるのと同様の理由で、漱石の文学は、人間が確かな希望を描けない現代の状況を描く、自然主義からモダニズムに至る流れに位置づけられるのではないだろうか。　　　　　(田久保浩)

生存競争

せいぞんきょうそう

◆平生は如何に心持の好くない時でも、苟くも塵事に堪へ得るだけの健康を有つてゐると自信する以上、又有つてゐると人から認められる以上、われは常住日夜共に生存競争裏に立つ悪戦の人である。

（「思ひ出す事など」五）

社会進化論の影響

「生存競争」(struggle for existence)はダーウィン進化論の中心概念であるが、転じて人間社会における生存や地位をめぐる競争を指して用いられることもある。ダーウィンは生物が高い生殖能力をもちながらその生息数がほぼ一定に保たれる要因として「生存競争」を想定し、環境に適応したものだけが選択され、そうでないものは排除されていく「自然淘汰」の原理をそこに見た。生物界の現象を人間社会に敷衍した社会進化論の台頭によって、「生存競争」という語は「適者生存」「弱肉強食」ともほぼ同義と受け止められ、近代社会の過酷な現実を指す比喩的表現として使われていく。「思ひ出す事など」の「われは常住日夜共に生存競争裏に立つ悪戦の人である」との記述は、漱石が生涯にわたって実社会における「生存競争」の激しさを感じ続けてきたことの証であろうが、「生存競争」という語を多用するに至った背景としては、若き日の漱石が文学理論構築のために社会進化論関係の著作を読み込んだ経験が考えられる。

岩波書店が1993年から刊行した『漱石全集』の第二十一巻（ノート）に、〔Ⅱ-7　生存競争〕と編集部によって仮題をつけられた記述がある。キーとなっているのは「unification」（統一、単一化）という語で、「unification／ハ

生存競争ニ必用ナル故起ル／直ニ abstract ニナリテ theoretical interest トナル」としつつ、「無暗ニ unify シ過ギル」哲学者や「真ニ unify スル」科学者と対置しながら「俗人ノ unification ハ qualification ナシニ話スナリ」とし、文学もまた「時ニ然リ」としている。「〔Ⅱ-8〕Unification」というノートにも「人ハ classification ヲ好ム」としたうえで、「science ハ clas.ノ大将ナリ．哲学ハ尤モ unification ヲ好ムナリ(clas.ガ高ズルト unification)ニナル」と物事を分類し統一していく西洋的な知の在り様を規定しているが、文学も「生存競争」が必要なるがゆえに「unification」を志向せざるを得ないというのが漱石の認識であろう。

文学だけでなく、道徳の問題へと「生存競争」は接続されていく。西洋文献からの書き写しも多いノートから漱石の思想を推察することは危険だが、「〔Ⅱ-2〕東西ノ開化」というノートでは、西洋は「evolution ニテ struggle for existence 及ビ progress ヲ知ル」が「故西洋ノ character ハ objective ナリ struggle ヲ好ム」に対し、「日本アツテヨリ以来未ダ斯ノ如キ劇甚ナル競争ナシ」とするなど、生存競争を西洋社会の問題としていた。しかし、その延長線上で開化によって日本もまた生存競争が不可避になったとの認識が記され、特にそれに伴う倫理の変質を漱石は問題視してゆくこととなる。

「〔Ⅱ-14〕Assimilation」というノートでは「日本人ガ西洋ヘ来テ西洋化スル　是 assimilation ノ結果ナリ.(中略)其人民ノ conceptual world ニナキ詳シク言ヘバ ideal ナフヅシナ多数ト異ナル者ハ生存競存上 assimilation ヲナス必要アリ」と、強者である西洋文明に「Assimilation」（同化）せざるを得ない弱者の運命を見据えながら、「〔Ⅵ-21〕Chance」というノートでは「人honestナル者ガ世ニ用ラレザルヲ見テ不思議ニ思フ誤レリ当然ノコトナリ是ハchanceニアラズstruggle for existenceノ大勢ナリ」

と公平さの減退を指摘し、「〔Ⅴ-1〕Moral Feelings」というノートでは「Darwin ノ struggle for existence natural selection ハ明ニ道徳ノ上ニ及スヲ得．但彼ノ説ク処ハ individual ノ利害ナリ present ノ利害ナリ」と、個人主義と現世の利益追求を是とする西洋の考え方が東洋の「道徳」を変質させていくことを見通している。ノートに散見されるこうした考えは、小説の作中人物の台詞のみならず、漱石自身の発言にも取り入れられていく。

「生存競争の辛い空気」

1911(明44)年8月和歌山での講演「現代日本の開化」で「開化が進めば進む程競争が益劇しくなつて生活は愈困難になるやうな気がする」「生存競争から生ずる不安や努力に至つては決して昔より楽になつてゐない、否昔より却つて苦しくなつてゐるかも知れない」と語った漱石は、同年同月明石での講演「道楽と職業」では「開化の潮流が進めば進む程又職業の性質が分れゝば分れる程、我々は片輪な人間になつて仕舞ふといふ妙な現象が起るのであります、言ひ換へると自分の商売が次第に専門的に傾いてくる上に、生存競争の為に、人一倍の仕事で済んだものが二倍三倍乃至四倍と段々速力を早めて逐付かなければならないから、其の方だけに時間と根気を費しがちであると同時に、お隣りの事や一軒置いたお隣りの事が皆目分からなくなつて仕舞ふのであります」とし、「現代の文明は完全な人間を日に日に片輪者に打崩しつゝ進むのだ」と嘆いている。

これは『虞美人草』で西洋の影響を受けた日本でも「文明の圧迫が烈しいから上部を綺麗にしないと社会に住めなくなる」という父に対し、宗近が「其代り生存競争も烈しくなるから、内部は益不作法になりまさあ」と答える場面に通じるし、『それから』の「泰西の文明の圧迫を受けて、其重荷の下に唸る、劇烈な生存競争場裏に立つ人で、真によく人の為に泣き得るものに、代助は未だ曾て出逢はなかつた」という記述とも重なる。「坊っちやん」の「おれ」が勧善懲悪物のヒーローのように見えながら実のところは敗れ去つていく側に他ならないのは、生存競争の過酷な現実社会においては、表裏のない人間のままでは社会に適応できないという漱石の諦念に近い思いがあったのであろう。

「道楽と職業」では学者である自身を「矢張り不具の一人」と語っているが、それは学者の世間知らずを自虐的に言っているのではなく、そうすることなしには生き得ないほど生存競争が幅をきかす「現代の文明」の在り様を批判しているのである。『それから』に「場末の東京市」に増えつつある安普請の家々を「元手を二割乃至三割の高利に廻さうと目論で、あたぢけなく拵へ上げた、生存競争の記念」と書くのも、粗悪で貧相な住まいに対する蔑視ではなく、それを強いる世間への批判だと見ることができよう。主人公の代助が「人間中で、尤も相手を歯痒がらせる様に拵えてゐた」自身を顧みて「是も長年生存競争の因果に曝された罰か」と思い当たるのは、現代社会では誰も生存競争から逃れることはできない、自身も「矢張り不具の一人」という漱石自身の思いの反映に他ならない。

それだけに、1910年の修善寺の大患のあとの「はからざる病のために、周囲の人の丁重な保護を受けて、健康な時に比べると、一歩浮世の風の当り悪い安全な地に移つて来た様に感じた。実際余と余の妻とは、生存競争の辛い空気が、直に通はない山の底に住んでゐたのである」との「思ひ出す事など」の述懐の意味するものは重い。漱石は生存競争の世界で対峙せざるを得ない敵の存在よりも、生存競争という現実がもたらす「辛い空気」にこそ嫌気がさしていたのである。(吉田司雄)

世界

せかい

◆「まあ、窮屈な世界だこと、横幅ばかりぢやありませんか。そんな所が御好きなの、丸で蟹ね」

（「草枕」四）

「私」という広場恐怖

漱石と思想といえば誰もが条件反射のように答える則天去私であるが、「天」に対する「私」が最初から対立項として措定されているところに、孤児的出生を抱えた漱石の個人的伝記に加え、ひたすらに「個(我)」の文化を追求して自然とか超越とかいう外の世界に背を向けてきたが故に当然の帰結として「私」の虚無と世界像の曖昧に時代そのものが悩むという大きな文脈が重なる。

「坊っちやん」に明らかな江戸士族文化の終りと哀惜がある。それに代る薩長政治の一方的な欧化政策がある。松山や熊本といった東京にとっての周縁地域と東京との関係を追求することで出発した漱石文学は最初から強烈な中心対周縁、内対外の基本構図からはずれることはない。欧化に夢中の同時代日本はまさしく西欧精神文化が直面する近代という名のひたすらな「私」化の広場恐怖心理に悩むことはなかったが、洋学に取り組み、英国留学までして西欧の現実と本質を見究めた漱石は、内なる構造を「世界」と呼び、その外にあるものを認めない西欧流を、全文業を通じて描写、分析し、指弾し続けた。

「ピクチャレスク」な漱石

近時にわかに注目され始めたピクチャレスク・崇高美学と漱石の関係を見るのが一番手っとり早い。18世紀初めに出現した環境を一番人間の欲望に従う形に解釈し、加工を試みる美意識をザ・ピクチャレスク(The Picturesque)と言い、要するに文字通り「絵になる」風景を捏造し、それが「世界」だと感じる。好向に合わぬものは徹底的に意識外に排する。18・19世紀に英国美術界が美的後進国から絵画技術のトップに躍り出たのはこの美意識の透徹が原因なのだが、英国自身がこの世界の内と外への分離の因果関係史を再確認できたのがクリストファー・ハッシー著の『ザ・ピクチャレスク』で初版1927年刊。「草枕」から「坑夫」まで自然を舞台にまさしくピクチャレスクな感覚、世界を「絵になる」捏造物に変える知的暴力を凝視した漱石の着眼の早さと徹底には驚く他ない。「草枕」の主人公が自信過剰な洋画風景画家であることには実に象徴的な意味があるし、漱石が単に絵心ある小説家というにとどまらず、実は環境に対する人間側のイメージ、後期ハイデッガー哲学が世界(Welt)から区別して言った世界・像(Weltbild)に過ぎないことまで道破した異様に前衛的な思想家であったことを示している。世界を混乱なき構造体として客観的に観想するピクチャレスク美学が実は漱石の則天去私思想の実相ではないか。

自然から勃興さなかの近代都市に舞台を変えて展開していく「アーバン・ピクチャレスク」(ピーター・コンラッド『ヴィクトリア朝の宝部屋』)として、「草枕」に続き『明暗』にまで至る漱石の爾余の作の全ては説明される。しばしば「探偵」に擬せられる西欧的「個(我)」の問題も、改めて強烈な外なるものとして浮かび上る異物としての｜女｜や、フロイト同時代を思わせる主人公の抱えた精神の闇への『心』、『道草』の問題も、ただの世界・像を世界そのものの代替物としてこれに跪拝し来った17世紀後半以来の西欧的知性の当然のつけである。マニエリストの「迷宮としての世界」(G. R. ホッケ)が現前する。 （高山宏）

◆ 時代

◆時代

千里眼

せんりがん

◈「あたしの様なものが眼利をするなんて、少し生意気よ。それにたゞ一時間位あゝして一所に坐つてゐた丈ぢや、誰だつて解りつこないわ。千里眼ででもなくつちや」／「いやお前には一寸千里眼らしい所があるよ。だから皆なが訊きたがるんだよ」

（『明暗』六十四）

千里眼とは、遠方の出来事や未来、または人の心など、普通は見通せないものを見ることができる能力のことである。言葉としては昔からあるもので、漱石も『文学論』では卓越した作家的見識を「千里眼」と表現するなど、比喩的に用いたりしている。ただ、漱石の時代の千里眼イメージを理解するには、1910（明43）～1911年にかけて世を騒がした千里眼事件を無視することはできない。この事件は、東大助教授の心理学者・福来友吉が、透視能力で有名だった御船千鶴子や長尾郁子に科学的な実験を行い、それを認定したことに端を発する。その真偽をめぐる論争も人々の好奇心を煽り、一時は漱石が「此方の新聞は千里眼、透視、念射などで大分賑なり」（寺田寅彦宛書簡、1911・1・20付）と記すような流行となった。事件を経た後の1916（大5）年に書かれた『明暗』では、お延が「千里眼らしい所がある」と叔父に評され「得意」を感じたものの、すぐに肝心の夫の本心が読めないという現実に気付き、悄然とする場面が描かれている。ここからは、世人が注目した千里眼の超科学的な力やその真偽よりも、そうした能力を欲望してしまう人間の心のほうを見通そうとする、漱石独自の関心のあり方がみてとれるだろう。

（竹内瑞穂）

第一高等学校

だいいちこうとうがっこう

◆私は東京へ来て高等学校へ這入りました。其時の高等学校の生徒は今よりも余程殺伐で粗野でした。

（『心』五十八）

文中の高等学校は「東京へ来て」とあるから、第一高等学校のことである。漱石の作品の中では（東京）帝国大学を「大学」というように、第一高等学校を「高等学校」としている場合が多い。登場人物の多くが（東京）帝大生であり、第一高等学校関係者だからである。第一高等学校のオリジンは第一高等中学校である。旧制高等学校は、1886（明19）年4月に高等中学校として登場した。「中学校令」（勅令第十五号）によって全国を五区にわけ、それぞれの区域に一校、つまり第一から第五までの高等中学校の設置が決められた。この設置区域が告示された年に、東京大学予備門を改称して第一高等中学校ができた。これらの五つの高等中学校は1894年に高等学校と改称された。したがって、引用文中の発話者である先生の高等学校入学は、1894年以後ということになる。第二高等学校は仙台、第三高等学校は京都、第四高等学校は金沢、第五高等学校は熊本にあった。引用文中に先生の高等学校時代はいまよりも「殺伐で粗野」とされているが、第一高等中学校やその後身校である第一高等学校は私学のハイカラに対して、「勤倹尚武」（勤勉倹約で武勇を尊ぶ）を看板にし、運動部や自治を担当する中堅会が第一高等学校学生文化の覇権を握っていたからである。一高学生文化の中に教養主義がその位置を占めはじめるのは、日露戦争後のことである。

（竹内洋）

大学予備門

だいがくよびもん

◆其処で僕も大に発心して大学予備門へ入る為に成立学舎——駿河台にあつたが慥か今の曾我祐準の隣だつたと思ふ——へ入学して、殆んど一年許り一生懸命に英語を勉強した。　　　　（談話「落第」）

　大学予備門は、東京開成学校と東京医学校が合併して東京大学が1877（明10）年4月に新設されたときに、この東京大学に入学しようとする生徒の予備教育機関として創立された学校である。

　漱石は、はじめは二松学舎という漢学塾にかよっていたが、その半年後に大学予備門を受験するために英語教授をする私塾成立学舎で学ぶ。一年ほどした後、大学予備門を受験した。

　漱石は、このときの受験についてこんなことを書いている。「確か数学だけは隣の人に見せて貰つたのか、それともこつそり見たのか、まアそんなことをして試験は漸つと済した」。そして、「可笑しいのは」とつぎのように続けている。「私は無事に入学を許されたにも関わらず、その見せて呉れた方の男は、可哀相にも不首尾に終わつて了つた」（「わたしの経過した大学時代」）。

　のちに漱石と親友になる正岡子規も同じような入学試験裏話をかたっている。英語が不得意な子規は試験場で友人と並んで腰掛けた。互いに気脈を通ずる約束になっていた。隣から英語のむつかしい単語の訳が聞こえてきた。それでなんとか訳らしい答案をこしらえた。

　漱石も子規も大学予備門に合格した。1884年のことである。　　　　　　　　（竹内洋）

高天原連

たかまがはられん

◆説に善悪あり又真偽あり多妻論は耶蘇教徒より見れば論理的なると否とを問わず悪説なり進化主義も神造物者主義より見れば悪説なり社会主義は高天原連より見れば悪説なり

（正岡子規宛書簡、1891（明24）年11月10日付）

　「高天原」は『古事記』において神々の住む天上界のことを言う。また「連」は連中を指しており、「高天原連」とは高天原の神々を崇拝する連中、つまり、国粋主義者のことを意味する。

　漱石は1889（明22）年に当時在学していた第一高等中学校で正岡子規と出会い親交を深めた。その翌年には明治天皇の詔として教育勅語が発布され、学校では校長が全校生徒に向けて教育勅語を読み上げるという教育勅語奉読式が行われるようになった。そして、1891年1月、第一高等中学校講堂で行われた儀式中に、嘱託教員の内村鑑三が最敬礼を行わなかったと非難が上がり、不敬事件として社会問題化した。

　しかし、漱石は国粋主義よりも社会主義に対して親近感を持っていた。東京市の電車運賃値上げに対して市民が反対運動を繰り広げ、多数の検挙者を出した、いわゆる「電車事件」が1906年に起き、漱石は「野分」（1907年）の中で、この事件を取り上げた。主人公の白井道也は、警察に勾留された市民を支援する会に参加し、そこで演説を行うのである。また、漱石自身も、1906年8月12日付の深田康算宛て書簡において「電車事件」に触れ、社会主義者の堺利彦に共感して「小生もある点に於て社界主義故」と述べている。

（生方智子）

◆
時代

電車

てんしゃ

◆時代

◆「電車に乗つて、東京を十五六返乗り回してゐる
うちには自から物足りる様になるさ」と云ふ。
（『三四郎』三の四）
◆飯田橋へ来て電車に乗つた。電車は真直に走り出
した。代助は車のなかで、／「あゝ動く。世の中が
動く」と傍の人に聞える様に云つた。彼の頭は電車
の速力を以て回転し出した。回転するに従つて火
の様に熇つて来た。（『それから』十七の三）
◆今日四時と五時の間に、三田方面から電車に乗つ
て、小川町の停留所で下りる四十恰好の男がある。
それは黒の中折に霜降の外套を着て、顔の面長い
脊の高い、痩せぎすの紳士で、眉と眉の間に大き
な黒子があるから其特徴を目標に、彼が電車を降
りてから二時以内の行動を探偵して報知しろと
いふ丈であつた。（『彼岸過迄』「停留所」二十一）

電車と汽車

　東京最初の市電は、東京電車鉄道会社に
よって1903（明36）年8月品川・新橋間で開業
する。同年9月には数寄屋橋・神田間を結ぶ
東京市街鉄道、翌年12月には土橋・御茶ノ水
間を結ぶ東京電気鉄道が相次いで開業し、そ
の後3社は合併して東京鉄道となり、それが
1911年8月東京市によって買収され東京市電
が誕生した。

　漱石作品に登場する電車は、まずは広く
「鉄道」「列車」という範疇の中で思考される
べきであろう（本書「汽車」の項参照）。電車も
汽車と同様、作中人物を空間移動させる小説
装置であり、他者と遭遇する空間なのである。
他方、汽車と電車の大きな相違としては、前
者が遠距離を結ぶものであるのに比し、後者
は東京という限定された都市空間内の交通で

あることが指摘できる。電車路線は、都市空
間の中にまさに交通網としてはりめぐらされ
る。それゆえ、汽車が時として「地方」を表
象したり、あるいは離れた空間を結ぶ線条性
として表象されるのに対し、電車は都市空間
を表象し、運動としては円環もしくは迷路状
の曲線を軌跡として作品に刻み込む。

電車が表象するもの

　『三四郎』において、上京した三四郎は、電車
を見ることで東京の「大変な動き方」を感得
することになる。また大学の講義で鬱屈した
三四郎に対し佐々木与次郎は電車に乗って東
京を循環することを提唱する。若林幹夫はこ
れらを受けて、三四郎にとって「都市が「分
かる」ということがその内部を走る電車の
ネットワークを理解すること」であると述べ
る（『漱石のリアル』紀伊國屋書店、2002）。また
長山靖生は、電車が迷宮化した都市空間の象
徴であるとして、その典型を『彼岸過迄』に
指摘している（「漱石の鉄道クロニクル」『ユリイ
カ』2004・6）。『彼岸過迄』の「停留所」という
章において、敬太郎はとある男の尾行を依頼
される。電車の停留所を基点として、迷路状
の都市空間が広がり、その内部を敬太郎は男
を追って彷徨する。それは明らかに高等遊民
としての敬太郎の様態と重ねあわされてい
る。

　この、電車が作中人物の精神世界の表象と
して機能する最たる例が、『それから』結尾部
に他ならない。友人平岡の妻である美千代を
奪った代助は、それが原因で実家からの金銭
的援助を断たれてしまう。だが、それはそれ
まで高等遊民としての自己を中心として整然
と維持してきた代助の精神世界の崩壊でも
あった。代助が電車の中で赤い回転に巻き込
まれるさなかで作品は閉じられるのである。

（武田信明）

電車事件

てんしゃじけん

◆「社のもので、此間の電車事件を煽動したと云ふ嫌疑で引っ張られたものがある。――所が其家族が非常な惨状に陥って見るに忍びないから、演説会をして其収入をそちらへ廻してやる計画なんだよ」／「そんな人の家族を救ふのは結構な事に相違ないでせうが、社会主義だなんて間違へられると、あとが困りますから……」／「間違へたつて構はないさ。国家主義も社会主義もあるものか、只正しい道がいゝのさ」　　　　　　　（「野分」十一）
◆都新聞のきりぬきわざわざ御送被下難有存候電車の値上には行列に加らざるも賛成なれば一向差し支無之候。小生もある点に於て社界主義故堺枯川氏と同列に加はりと新聞に出ても毫も驚らく事無之候　（深田康算宛書簡、1906(明39)年8月12日付）

反対運動の発生とひとまずの沈静化

　1906(明39)年3月、および8～9月にかけて、東京市街に路線を持つ鉄道三社（東京電車・東京市街・東京電気）の合併に際して申請された運賃値上げに対する激しい反対行動が、市内各所で起こった。

　3月2日の出願の直後から強い反対の声が上がり、複数の区会が意見書を採択、在京各紙も三社側を難ずる記事を連日掲載する。また、この直前の2月24日に結成された日本社会党も、活発な街頭運動を展開する。

　11日に続き15日、日比谷公園で開催された値上げ反対市民大会には「二千人に及」ぶ人々が集まる（『東京朝日新聞』3・16付）。だが集会後、市庁や市街鉄道会社へ押しかけた「約千五六百名」（同上）の群衆の中には、投石や電車の包囲・破壊を行う者も現れ、警察・憲兵隊・軍が出動する事態となった。

　3月23日、申請は却下され、事態はいったん沈静化する。しかし8月1日、内務省は合併後の新会社となる東京鉄道会社に対して、合併および3銭から4銭への運賃値上げを認可、これを受けて反対運動が再燃する。

反対運動の再燃と漱石との関わり

　再燃した反対運動は、9月に入り激化する。特に都内各所で反対集会が開かれた5日には、日比谷公園での集会後の街頭デモが「無慮一萬以上の人数」（『東京朝日新聞』(9・6付)）規模に拡大、夕方以降には群衆の一部が暴徒化し、以後7日まで三夜にわたって銀座・神田・日本橋界隈で投石や運行妨害、車両への襲撃が続き、9日夜(10日未明とも)には日比谷公園の集会の発起人・松本道別(本名順吉。漱石とは後に『金剛草』(至誠堂書店、1915)刊行に際して関わりを持つ)が逮捕される。だが、厳戒態勢のもと、新会社発足翌日の同12日から運賃の値上げは実施され、以後、反対運動は次第に下火となっていった。

　当局の強い警戒の一方、さまざまな反対運動がなされたが、漱石との関連で注目されるのは、8月10日に行われた堺枯川(利彦)ら社会党関係者による参加者10名限定のデモである。これを伝えた『都新聞』11日付「電車値上反対行列」という記事では、「夏目(漱石)氏の妻君」を参加者の一人としており、おそらくこれが前掲の深田康算宛書簡中の「きりぬき」と対応する(なお、翌12日付同紙は、「なつめ違ひ」と題された、堺からの「申越」の引用を伴う訂正記事を掲載している)。

　『野分』には、「此間の電車事件」で拘引された「社のもの」の救援のために、演説会で弁士を務めようとする道也先生とそれを止めようとする細君とのやりとりが見られる。その背後には、深田宛書簡に表れる漱石の社会的不正義への嫌悪と社会主義への心情的共感が確かに窺える。　　　　　　　（大野亮司）

◆時代

143

◆時代

東京帝国大学

とうきょうていこくだいがく

◆与次郎が切符を売る所を見てゐると、引き易に金を渡すものからは無論即座に受け取るが、さうでない学生には只切符丈渡してゐる。（中略）そこで一応与次郎に注意した時に、与次郎の返事は面白かつた。／「相手は東京帝国大学々生だよ」

（『三四郎』十一の一）

　帝国大学は、1886（明19）年に、帝国大学令（勅令第3号）によって創設された。「大日本帝国憲法」の公布より3年先だつもので、「帝国」という呼称のはじまりだった。当時有力な司法省の法学校や工部省の工部大学校などを東京大学（東京開成学校と東京医学校との合併によって1877年創設）に吸収し、法・医・工・文・理・農の6分科大学をもった総合大学がこれである。1897年に、京都帝国大学が創設されることによって、従来の帝国大学は東京帝国大学となった。以後、東北、九州、北海道、京城（現ソウル）、台北、大阪、名古屋に設けられた。

　ただし、漱石の小説では、帝国大学も東京帝国大学も単に「大学」と呼ばれていることが多い。登場人物の多くが（東京）帝大生だからである。

　引用文でとくに東京帝国大学という呼称が使用されているのは、発話者の佐々木与次郎が東京帝国大学正科生の正統学歴経路である旧制高等学校出身ではない専門学校出身であり、しかも選科生（学生ではなく生徒、卒業ではなく、修了とされ、制服制帽の着用の不許可など差別待遇がともなった）だった余所者性がおおいに関係しているとおもわれる。

（竹内洋）

堂摺連

どうするれん

◆「二郎お前が無暗に調戯ふから不可ない。あゝ云ふ乙女にはもう少しデリカシーの籠つた言葉を使つて遣なくつては」／「二郎は丸で堂摺連と同じ事だ」と父が笑ふやうな又窘なめる様な句調で云つた。（中略）嫂は、わざと自分の顔を見て変な眼遣をした。それが自分には一種の相図の如く見えた。自分は父から評された通り大分堂摺連の傾きを持つてゐたが、此時は父や母に憚つて、嫂の相図を返す気は毫も起らなかつた。　（『行人』「帰つてから」七）

　明治20年代から始まる娘義太夫（女義太夫）ブームの中、語りの佳境になると手拍子を打ってドースルドースルと叫んで騒ぐ熱狂的なファンは「堂摺連」と呼ばれた。30年代に入ると彼らの暴走は「青年の腐敗」として社会問題へと発展する。この時期の娘義太夫をめぐる論評には、「馬鹿青年のために嬲ら」れる被害者として娘義太夫に同情する言説がある一方、「怪しき目付」で青年をたぶらかす「妖物」として娘義太夫を悪女扱いする言説が数多く見られる。『行人』では、「乙女」なので「無暗に調戯」うことなく「注意して扱って」やるべきと貞を庇護する発言と、「変な眼遣」で二郎に「相図」を送る直の誘う女としての描写に、堂摺連最盛期における言説地図が巧みに重ねられているといえよう。

　30年代後半になると堂摺連のような極端に劣悪な客はいなくなる。当時、学習院高等科の学生だった志賀直哉が豊竹昇之助に傾倒して寄席に通い詰めていたことはよく知られている。漱石『三四郎』には、三四郎が大学で昇之助の話を聞いて「見たくなつた」と興味を持つ場面が描かれている。　（山口比砂）

144

午砲

どん

◆おれは卑怯な人間ではない、臆病な男でもないが、惜しい事に胆力が欠けて居る。先生と大きな声をされると、腹の減つた時に丸の内で午砲を聞いた様な気がする。 （『坊つちやん』三）

◆あの女がもう一遍通れば可い位に考へて、度々岡の上を眺めたが、岡の上には人影もしなかつた。三四郎はそれが当然だと考へた。けれども矢張りしやがんでゐた。すると午砲が鳴つたんで驚ろいて下宿へ帰つた。 （『三四郎』三の一）

　午砲は正午を知らせる時報ために打つた空砲であるが、その音から「丸ノ内のどん」と呼ばれ、広く庶民に親しまれた。皇居旧本丸において午砲が始められたのは1871（明4）年10月22日（旧暦9月9日）からで、同年九月二日の太政官の書面には「旧本丸ニ於テ来ル九日ヨリ昼十二時大砲一発ツ 毎日時号砲執行候條為心得相候事」とある（『太政類典』第二編 第十三巻 種族七）。当日、東京の広い範囲でその音が聞こえたという。

　以降、この号砲に合わせた時間の調整が、職業や階層を問わず、府下全域で行われることになった。さらに、1873年には太陽歴と西洋式の時法が導入され、これによって、近世的な時間概念は徐々に改められていくことになる。

　首都東京の中心から行われた時間のコントロールは、まさに聞く者たちの身体に均質的に作用し、近代的な時間意識の刷り込みを行った。その音に意識的な『坊つちやん』や『三四郎』の主人公は、学校教育によっていち早く集団的な時間意識を身に着けた者たちであり、紛れもない近代人として表象されている。 （松下浩幸）

日英同盟

にちえいどうめい

◆時代

◆新聞電報欄にて承知致候が此同盟事件の後本国にては非常に騒ぎ居候よし斯の如き事に騒ぎ候は恰も貧人が富家と縁組を取結びたる喜しさの余り鐘太鼓を叩きて村中かけ廻る様なものにも候はん固より今日国際上の事は道義よりも利益を主に致し候へば前者の発達せる個人の例を以て日英間の事を喩へんは妥当ならざるやの観も有之べくと存候へども此位の事に満足致し候様にては甚だ心元なく被存候が如何の覚召にや

（中根重一宛書簡、1902（明35）年3月15日付）

◆「ことに英吉利人は気に喰はない。一から十迄英国が模範であると云はん許の顔をして、何でも蚊でも我流で押し通さうとするんですからね」／「だが英国紳士と云つて近頃大分評判がいゝぢやないか」／「日英同盟だつて、何もあんなに賞めるにも当らない訳だ。弥次馬共が英国へ行つた事もない癖に、旗幟押し立てゝ、丸で日本が無くなつた様ぢやありませんか」 （『虞美人草』十六）

　漱石がロンドンに滞在していた1902（明35）年1月に、当地で日英同盟が結ばれた。従来どの国とも同盟を結ばず、孤立政策を維持してきた英国との同盟は、多くの日本人の自尊心をくすぐった。日本ではこれを日本の国際的地位向上を示すものと見なしたのである。国民の間でも祝賀気分が高まり、公表された二月中旬から四月初旬まで、日本各地で日英同盟祝賀会が開催され、両国の国旗を交叉させた絵が流行した。この図柄はその後の漱石作品の中にも点景のように描き込まれる。『三四郎』の主人公も、運動会見物の際にこれを見かけるが「日英同盟と大学の陸上運動会とはどう云ふ関係があるのか、頓と見当が付かなかつた。」（『三四郎』六の九）世情にうとい

主人公にたくして、漱石自身のアイロニカルな姿勢が仄めかされている。

日英同盟

第一次桂太郎内閣は、当初から韓国の保護国化と英国との同盟を目標としていた。他方、英国は世界中に広大な植民地を所有する大国ながらも、この時期ドイツや米国の経済力、軍事力が強まったため、相対的には国際的な地位が低下しており、ことにドイツの海軍軍拡を脅威と感じて、自国の海軍力を補うような同盟国を求めていた。さらにアフガニスタンやインド国境地帯をめぐってロシアと対立関係にあったため、義和団事件で満州を占領したロシアと緊張状態にあった日本と利害が一致したのである。

当初、桂内閣は、伊藤博文をロシアに派遣して日露協商の交渉を進める一方、秘密裡に林董駐英公使に日英同盟交渉を開始させていた。この二股交渉が英国の疑いを引き起こしたため、まずは日英同盟の妥結を計る方針に転じ、英国との交渉が急速に進展した。日本側は韓国に対する特殊関係と行動の自由を主張したが、英国政府はこれに警戒し、結局日本が韓国で政治上、商業上、工業上、格段に利益を有することを承認したが、行動の自由についての明記は避けた。

また、一方が開戦した場合、他方は中立を守るが、第三国が参戦した場合には同盟国援助のために参戦することを約した。これにより、仮に日本とロシアが開戦し、ロシアと同盟を結ぶフランスが参戦した場合、英国が日本に加勢することになる。海軍力を強化しつつあった日本と、強大な軍事力を持つ英国とが軍事同盟の性格をもつ同盟を形成したことは、露仏同盟にとっても脅威となった。同盟成立直後の四月には、露清満州還付条約が締結され、段階的にロシア兵力が満州から撤退し、最終的に清に返還することをロシアが約束したため、日英同盟が期待した成果をあげ

たかに見えた。

この同盟が成立したことで、日本はロシアを仮想敵国とする形になり、そのため以前とは異なる軍備拡張が必要となった。日本の軍拡とは欧米から高額な軍艦、兵器を購入することを意味し、日清戦争賠償金の多くが海軍軍拡費に回された。英国は日清戦争の豊かな果実を獲得することになる。

帝国主義外交の時代

日本では、世界最強国と同盟を結んだことを名誉とした。そして清国・韓国の独立と領土保全維持、商工業の機会均等、ロシアの南下阻止に益するという理由からメディアの多数派は日英同盟を支持したが『二六新報』『萬朝報』はこれを厳しく批判した。この時期のイギリスにはボーア戦争のイメージがあった。イギリスは、現在の南アフリカにあった小国、トランスヴァール共和国とオレンジ自由国を攻撃したものの苦戦を強いられ、膨大な戦費と人員を投入してかろうじて勝利した。日英同盟に批判的だった『萬朝報』は、大英帝国の衰退を象徴することになったこの戦争を重視した。南アの二小国が征服されたことに強い義憤を感じていた内村鑑三は、日本がイギリスの同盟国となってその侵略戦争に加担することを強く糾弾した(片山慶隆『日露戦争と新聞』講談社、2009)。もっともボーア人側もまたこれに先立って黒人を支配しており、彼らの掲げる自由と独立にも深い矛盾が潜在していた。漱石が「固より今日国際上の事は道義よりも利益を主に致し候へば」と書いているように、日英同盟は帝国主義外交時代の同盟であった。

文明国の価値観外交

日露戦争開戦論にも「日英同盟」が織り込まれていた。すなわち、一流の列強であるイギリスと同盟を結んでいる日本は文明国であり、野蛮なロシアを「膺懲」するのは文明国

民の義務だとされた。欧米の支持を要求するために「文明」という価値を持ち出し、その根拠としてしばしば日英同盟を引き合いに出したのである。当時の国際法の前提だった文明国標準において、文明国とは植民地や領土を持つ帝国主義国のことである。日本は文明国と同盟を結んでいるというロジックは、日露戦争の犠牲になるであろう韓国への視線をあらかじめ断ちきるものだった。

1905年の日英同盟改訂の際、同盟範囲拡張問題について議論が割れた。改訂にともなって同盟の適用範囲が広がるが、一方には日本は進んでこの拡大を引き受けるべきだという主張があり、他方にイギリスの戦争に巻き込まれる可能性があるとして拡張を認めてはならないという主張があった。当時の日本社会は、日英同盟に対し全くの無批判で臨んだのでは必ずしもないということ。第二次大戦後の日米安保条約が、冷戦後の時期になってから「同盟」と呼ばれるようになり、しばしば理想化された過去としての「日英同盟」がそこに重ねられる。だがこれについては締結当時から、さらに改訂当時にも本質的な批判が加えられていたことに改めて注意すべきである。漱石もまた、日英同盟に対しては一貫して皮肉なまなざしを注いでいた。

欧州大戦参戦

1914年7月28日、オーストリアがセルビアに宣戦布告、ひき続いて各国が参戦し、戦争は全欧州に拡大した。イギリスはいったん日本に参戦を要請したが、ドイツ領が日本のものになるのを怖れてこの要請を見合わせた。大隈内閣はすでに参戦を決定していたため、日本から参戦の要請を行う。8月23日、日本はドイツに宣戦布告、ドイツ領青島を占領、海軍はドイツ領南洋諸島を占領した。漱石は最晩年の「点頭録」で「軍国主義」の制裁という悪夢を描き出し、その終結を見ることなく殁した。
(佐藤泉)

日糖事件

にっとうじけん

◆時代

◆「兄さん、此間中は何だか大変忙しかつたんだつてね」と代助は前へ戻つて聞いた。／「いや、もう大弱りだ」と云ひながら、誠吾は疲労んで仕舞つた。／「何か日糖事件に関係でもあつたんですか」と代助が聞いた。／「日糖事件に関係はないが、忙しかつた」
(『それから』九の二)
◆「僕は経済方面の係りだが、単にそれ丈でも中々面白い事実が挙がつてゐる。ちと、君の家の会社の内幕でも書いて御覧に入れやうか」／代助は自分の平生の観察から、斯んな事を云はれて、驚ろく程ぼんやりしては居なかつた。／「書くのも面白いだらう。其代り公平に願ひたいな」と云つた。／「無論嘘は書かない積り」／「いえ、僕の兄の会社ばかりでなく、一列一体に筆誅して貰ひたいと云ふ意味だ」／平岡は此時邪気のある笑ひ方をした。さうして、／「日糖事件丈ぢや物足りないからね」と奥歯に物の挟まつた様に云つた。

(『それから』十三の六)

事件の推移

日糖事件は、日露戦争後、深刻な経営危機に直面していた大日本製糖株式会社(日糖)が、製糖業者の保護法であった輸入原料砂糖戻税法の改正等をめぐって、立憲政友会、憲政本党、大同倶楽部に所属する複数の代議士および関係者に金銭を贈った汚職事件である。1909(明42)年4月11日、贈賄側である日糖幹部の検挙に始まり、収賄側の栗原亮一ら代議士も次々に拘引、5月には代議士・関係者24名が起訴され、7月には全員に有罪の判決が下った。日糖側も酒匂常明前社長をはじめとする幹部8名が起訴され、やはり全員有罪となった。なお酒匂前社長は、同年7月11日、

147

事件の予審判決に抗議し、ピストル自殺を遂げた。また新聞各紙は、この事件について、その発覚直後から連日報道を続けた。

日糖事件と『それから』の世界

『それから』に日糖事件が最初に登場するのは「八の一」——代助が嫂・梅子を訪ね、三千代から依頼のあった借金のための金を工面しようとするも、兄・誠吾の場合と同様に断られるばかりか、自分の結婚問題について説得されたその夜、帰りがけに神楽坂で地震に遭った日の「明日」の場面である。

ここから続く一連の件では、代助が、「父と兄の財産が、彼等の脳力と手腕丈で、誰が見ても尤もと認める様に、作り上げられたとは肯はなかつた」「自己にのみ幸福なる偶然を、人為的に且つ策略的に、暖室を造つて、拵へ上げたんだらう」と「鑑定」していることが示される。また、誠吾も「我々も日糖の重役と同じ様に、何時拘引されるか分らない身体なんだから」（九の二）と、代助の「鑑定」に呼応しているかのような発言を見せる。

しかし問題は、父や兄のうさんくささや、その財産に刻み込まれている空疎さが、ここで浮上してくる点にだけあるのではなく、この財産が現に実効的なものとして存在していること、そしてこれが現に存在しているがゆえに、代助の〝高等遊民〟としての立場と生活が可能になっており、つまり代助が自らの存在に関わる不安定性——実は自分の生存を自分でない者に握られているという決定的な依存性を抱え込んでいるそのことが、明らかになりつつある点にこそあるだろう。

『それから』の時空に「地震」とともに出現する日糖事件は、物語における諸々の〝動揺〟を媒介する役割を担う。日糖事件への言及と相前後して、代助の心も立場も生き方も、彼が暮らす、また彼をとり巻く世界も、少しずつ揺らぎ始める。　　　　（大野亮司）

ニルアドミラリ

にるあどみらり

◆二十世紀の日本に生息する彼は、三十になるか、ならないのに既にnil admirariの域に達して仕舞つた。
（『それから』二の五）

時代語

ラテン語。外界の刺激に対して無感動で驚かぬこと。キケロは真の知性を、万事に備えがあり、驚かぬものと規定し、ホラティウスの『書簡詩』には、万事に驚かぬことが人を幸福にする、とある。

森鷗外はエリスと別れて帰国する太田豊太郎の胸中を、「ニル、アドミラリイ」（『舞姫』1890）と表現した。『それから』完結直後、鷗外は「予が立場」（『新潮』1909・12）で、自然主義作家や漱石門下の活動に対して、resignation（諦念を表明したが、『それから』のnil admirariへの反応だろう。芥川龍之介は『路上』（1919・6-8）に、名士の醜聞を聞き流す主人公を、「所謂ニル・アドミラリな人間」と書いた。nil admirariは代助の感性のみならず、時代を象徴する。

破滅を導く感性

漱石はメレジコフスキー『神々の死』にシェンキェヴィチ『クォ・ヴァディス』との優劣を書込み、『文学論』でネロがトロイア城の焼失を目撃したプライアム王を羨む異常心理をこれと比較した。その30章で、ペトロニウスは部下に次のように語る。過去に見た以上のものを今後見ることはない。それをお前は理解せず、期待する。「もし死がやってきたら、もうこの世とおさらばかと思って、びっくりしながら死ぬだろう。ところがおれは」「死をひとつの必然として迎えるだろう」（木

村彰一訳)ニルアドミラリの一例だろう。彼が
ネロの自作詩を批判し、トロイア焼失の話
題から、ネロを挑発してローマ焼却の命令を
引き出し実行する展開は、『それから』のニル
アドミラリから赤一色の結末への推移を連想
させる。正宗白鳥は『クォ・ヴァディス』の
翻訳を志して断念したが、『何処へ』(1908)に
その痕跡があり、それは『それから』の標題
に通じている。

nil admirariとアンニユイ

『それから』に、代助は、新聞で日糖事件の
報に接して、父と兄の会社で同様の事件が起
り得ると感じつつ、「別に驚ろきもしなかつ
た」。「三千代の事丈が多少気に掛つた」。そ
して「仕舞にアンニユイを感じ出した」(八の
二)とある。ここには〈驚かないこと〉と「ア
ンニユイ」の相関が示唆されている。この後、
番町を散歩中、自分に活力がないために、行
為の途中でその意義を疑うことを、「アンニ
ユイと名けてみた」(十一の二)とある。父が
三十過ぎて無職の代助を不体裁な「遊民」(三
の三)と責め、代助が「職業のために汚され
ない内容の多い時間を有する、上等人種」と考
える対立軸に、nil admirariがある。

『門』を象徴する、「彼等は此抱合の中に、尋
常の夫婦に見出し難い親和と飽満と、それに
伴う倦怠とを兼ね具へてゐた。さうして其倦
怠の憎い気分に支配されながら、自己を幸福
と評価する事丈は忘れなかつた。倦怠は彼等
の意識に眠の様な幕を掛けて、二人の愛をう
つとり霞ます事はあつた。けれども、籬で神
経を洗はれる不安は決して起し得なかつた」
(十四の一)という「倦怠」と対照的に、nil ad-
mirariは「不安」を惹き起こし、それがかつて
友人であった平岡の妻、三千代を必要とする
心理と行動を呼び覚まし、破滅に向う。

(石井和夫)

煤煙事件

ばいえんじけん

◆時代

◆煤烟は劇烈なり。然し尤もと思ふ所なし。この男
とこの女のパッションは普通の人間の胸のうちに呼
応する声を見出しがたし。

(日記、1909(明42)年3月6日)

師としての役割

煤煙事件とは、1908(明41)年3月に、漱石の
門下生の一人である森田草平(本名・米松)が、
のちに日本初の女性文学雑誌『青鞜』を主宰
する平塚らいてう(本名明子)と、那須塩原の
尾頭峠(当初の新聞報道では尾花峠)で起こし
た心中未遂事件である。日本女子大卒の才媛
で会計監査院課長令嬢の明子と、妻子ある帝
大出の文士の草平の取り合わせは、一大ス
キャンダルとしてメディアを騒がせ、翌1909
年には草平がその顛末を小説『煤煙』(初出
「煤烟」『東京朝日新聞』1909・1・1-5・16)に描いて、
多方面からの評判を呼んだ。事件名はこのタ
イトルに因む。

漱石とこの事件との直接的なかかわりは、
草平の師としての事務的な事後処理役であっ
た。発生直後に『東京朝日新聞』の取材(1908・
3・26)を受けたのを皮切りに、まず帰京した
草平を自宅に引き取り、正式な謝罪の後に明
子へ結婚を申し込ませるという善後策を平塚
家へ提案。この案は明子自身に一蹴されるが、
社会的窮地に立たされた草平が起死回生を賭
けて『煤煙』の制作を始めると、平塚家側の
了承を得るため自ら手紙を送り、折り返し拒
否の意向を伝えに来た母親・光沢とも面会し
て説得、執筆を承諾させる。更に発表の場を
朝日新聞にセッティングし、単行本の出版も
完成前から春陽堂に段取りを付け、草平と朝

日の間で起きた原稿料のトラブル（これには漱石にも責任があった）にも間に立つなど、多忙の中愛弟子のために持前の生真面目さで奔走している。

◆時代

創作への影響

漱石は『煤煙』執筆には援助を惜しまず、単行本第一巻の序文も書いているが、事件そのものには懐疑的で、その違和感を積極的に作品化した。先ず、草平の主張する性や恋愛を超越した明子像を「自ら識らざる偽善者」と断じ、その解釈を『煤煙』に先んじて『三四郎』の美禰子で具体化。『煤煙』自体にも、要吉の外国文学にかぶれた会話や朋子（作中の明子）との関係に「世紀末の人工的パッション」に囚われた不自然さを見出し、『それから』の中で代助に代弁させてもいる。こうした漱石の反応について、草平は後に『夏目漱石』（甲鳥書林、1942）で、人工的パッションこそ近代の青年の特質であったと反論している。確かに事後的に見れば近代社会の先触れであるかのようなこの事件に、根がロマンチストの漱石が拒絶反応を示したのも無理はない。しかしその激しい全面否定が一過性の感情的リアクションに留まらなかったことは、煤煙事件を『虞美人草』から『彼岸過迄』『行人』へと向かう漱石作品の女性像の転換点に置く佐々木英昭（『「新しい女」の到来—平塚らいてうと漱石』（名古屋大学出版会、1994）や、草平の西洋文学嗜好を文学を介した虚から実への時代的感染力と捉え、その風潮に抗した同時代作品に鷗外の『青年』と共に『それから』を採り上げる大石直記（『鷗外・漱石—ラディカリズムの起源』春風社、2009）等多くの研究が示している。文学・風俗・女性史など多様なエレメントに富むこの事件は、時代への違和感と終生格闘した作家・漱石を、近代史という大きなフィールドで更に多面的に深められる研究対象であると言えよう。　　　（高橋重美）

博士

はかせ

◆論文が出来たから博士になるものか、博士になる為に論文が出来るものか、博士に聞いて見なければ分らぬが、とにかく論文を書かねばならぬ。只の論文ではならぬ、必ず博士論文でなくてはならぬ。博士は学者のうちで色の尤も見事なるものである。
　　　　　　　　　　　　　（『虞美人草』四）

◆先達御梅さんの手紙には博士になって早く御帰りなさいとあった博士になるとはだれが申した博士なんかは馬鹿々々敷博士なんかを難有〔が〕る様ではだめだ御前はおれの女房だから其位な見識は持って居らなくてはいけないよ
　　（夏目鏡宛書簡、1901（明34）年9月22日付）

◆然る処小生は今日迄たゞ夏目なにがしとして世を渡って参りましたし、是から先も矢張りたゞ夏目なにがしで暮したい希望を持って居ります。従って私は博士の学位を頂きたくないのであります。
　（福原鑅二郎宛書簡、1911（明44）年2月21日付）

漱石は博士論文を書いたのか?

富裕な家の婿になるために博士論文を書き、学位を取らなくてはならない。『吾輩は猫である』の寒月君と『虞美人草』の小野さんが置かれている状況である。英文学者夏目金之助にも博士論文をひっさげて帝大教授になることが求められていた。「末は博士か大臣か」と言われたように、立身出世主義の代名詞ともなった博士は当時、まさに有難い存在だったのだ。金之助は博士や教授になぞなりたくないと書簡などで述べ、博士を有難がる人間を揶揄した。こうした博士観は、とりわけ初期の作品にあらわれている。「野分」の白井道也は次のように紹介される。「三度教師となって三度追ひ出された彼は、追ひ出

150

される度に博士よりも偉大な手柄を立てた積りで居る。博士はえらからう、然し高が芸で取る称号である。富豪が製艦費を献納して従五位を頂戴するのと大した変りはない。道也が追ひ出されたのは道也の人物が高いからである」(一)。

選りによってこのようなアンチ博士の小説家に文部省は文学博士の学位を与えようとし、漱石は即座に辞退を申しでた。これが、いかにも漱石らしいエピソードの一つである学位辞退事件だ。漱石の妻や弟子たちの思い出記によれば、1911(明44)年2月20日の夜遅く、文学博士の学位を授与するので明日の午前10時に出頭せよという文部省からの手紙が突然自宅に届いたのだという。漱石は「修善寺の大患」を経て長与胃腸病院に入院中であったが、翌21日に学位辞退の書簡を文部省専門学務局長福原鐐二郎宛てに送る。

しかし漱石に授与されたのは、寒月君や小野さんや夏目金之助が得ることを求められた論文博士号ではない。1898年から1919(大8)年までの学位令では、いわゆる課程博士号と論文博士号のほかに、「博士会」が推薦する学位と、帝国大学総長の推薦によって帝国大学教授に授与される学位があった(寺崎昌男『東京大学の歴史』講談社学術文庫、2007)。また、学位の授与者は各大学ではなく文部大臣であった。国家が漱石に与えようとしたのは「博士会」博士号である。ちなみに、漱石と同時に幸田露伴も「博士会」博士号をもらっているが、露伴は大学卒業者でもなかった。「博士会」博士号とは、現在の感覚で言えば芸術院会員や名誉博士号といったものであろう。

こだわる漱石

この学位辞退騒動の顛末は、漱石の所属する朝日新聞をはじめとして多くの新聞が取りあげた(平野清介編著『新聞集成夏目漱石像三』明治大正昭和新聞研究会、1980)。報道を追っていくと、権威になびかなかった漱石に喝采を

送った者も少なくなかったことがわかる。

事態が紛糾したのは、学位令が辞退についての規定を備えていなかったからである。それで、文部省側は学位を与えたと主張し、漱石のほうは辞退したと言いつづけるという宙ぶらりん状態で結着するほかなかった。国家にとっては漱石は博士のままなのである。学習院で行なった有名な講演(「私の個人主義」)のさいには、掲示板などに文学博士と書かないでくれと、漱石はわざわざ注意している。「官辺に縁の深い学校の事ですから此点はとくに御願を致して置く訳であります」(岡田正之宛書簡、1914・11・9付)。

漱石を博士に推したのは、「大学屋」(「入社の辞」)の先輩や友人たちだった。福原局長自身が漱石と同じ英文科出身であり、「夏目君程になれば學位を貰つたからつて何れ程の影響がある譯でもなし却て邪魔かも知れぬが兎に角夏目君と友人で既に博士になつてゐる連中が夏目君にも同様に博士號を送つて連中の仲間入りを為て貰ひ度いと言つて好意で送つたのだから黙つて受けて置いてくれても好いと思ふがね」という談話を残している(『大阪朝日新聞』1911・2・27)。たしかに、博士号なぞ辞退する価値すらないという飄々とした態度をとることもできたのだ。江藤淳は『漱石とその時代 第四部』(新潮社、1996)のなかで、漱石が学位辞退に拘泥した理由はいま一つ明瞭ではないと言う。また、一種の売名行為と見なす新聞記事もあったことを紹介し、後年の森田草平(『漱石先生と私』下)の言葉を引用している。「辞退なぞされゝば、世間ではいよいよ先生を博士以上と思ふぱりである。何うして先生はそこに気附かれないだらう」。

他者の評価と自分の目

博士をめぐる漱石の言葉は愚直であり、時にかえって通俗的とも映り、それだけに魅力的である。博士という評価を受けた人間を、その他者の評価だけによって「えらい」と思

うことに、漱石は腹を立てている。『吾輩は猫である』の迷亭は、「あゝ云ふ人物［金田夫人］に尊敬されるには博士になるに限るよ、一体博士になつて置かんのが君の不了見さ」（三）と苦沙弥をからかう。漱石は講演会場の聴衆に、あなた方だって博士の肩書のあるほうの医者を信用してしまうではないですかと言い放った。「あなた方は博士と云ふと諸事万端人間一切天地宇宙の事を皆知つて居るやうに思ふかも知れないが全く其反対で、実は不具の不具の最も不具な発達を遂げたものが博士になるのです、それだから私は博士を断りました、（拍手起る）併しあなた方は──手を叩いたつて駄目です、現に博士といふ名に胡魔化されて居るのだから駄目です」（講演「道楽と職業」）。

権威あるように見えるものや大勢の人間にすでに評価されているゆえに評価するのではなく、自分自身の目で見て作品を評価してくれるならば、漱石はその評価にたいして素直に「愉快」を感じた。「此愉快はマニラの富にあたつたより、大学者だと云はれるより、教授や博士になつたより遥かに愉快です」（山県五十雄宛葉書、1905・5・25付）。自分の目の評価を信じる態度は、官選文芸委員たちによる作品選奨制度に反対したことにもあらわれているだろう（「文芸委員は何をするか」）。このように見るとき、博士をめぐる漱石のこだわりが、作家漱石を誕生させたあの「自己本位」（「私の個人主義」）の思想とつながっていることが浮かびあがってくる。そして「百年の後百の博士は土と化し千の教授も泥と変ずべし。余は吾文を以て百代の後に伝へんと欲するの野心家なり」（森田草平宛書簡、1906・10・21付）という言葉がこの『漱石辞典』にも実現するのである。

（高田里恵子）

飛行機／空中飛行器

ひこうき／くうちゅうひこうき

◆「今のは何の御話しなんですか」／「なに空中飛行器の事です」と野々宮さんが無造作に云った。三四郎は落語のおちを聞く様な気がした。

（『三四郎』五の五）

『三四郎』（五の四）は、唐突に野々宮と美禰子が議論する場面から始まる。野々宮「そんな事をすれば、地面の上へ落ちて死ぬ許りだ」。美禰子「死んでも、其方が可いと思ひます」。この不穏な会話を立ち聞きした三四郎は、話の内容を聞き出せず、後で野々宮から「空中飛行器」、つまり飛行機の話だったと説明されるのである。

このように小説中で飛行機が謎（の会話）とリンクしていたのと同じく、『三四郎』が発表された1908（明41）年の時点でも飛行機は未知の存在だった。1903年にライト兄弟が人類初の動力飛行に成功し、その情報が日本に伝わったのは『三四郎』の前年であり（『科学世界』1907・11-12）、日本初の動力付飛行機が代々木練兵場から飛んだのは『三四郎』から二年後の1910年12月のことだった。

その後の『行人』（「塵労」三十二）では、科学が生み出した「恐ろしい」存在として飛行機が語られ、『明暗』（百八十三）には、「彼」（清子）の心変わりの比喩として飛行機の「宙返り」が語られる。「あの緩い人は何故飛行機へ乗つた。彼は何故宙返りを打つた」。ここでも飛行機は謎（女の心）とともに現れている。なお漱石は『明暗』連載中の1916年6月にアメリカ人飛行家アート・スミスの曲芸飛行を見物して日記や断片に記録を残している。だが、実際に漱石が飛行機に搭乗する機会は訪れなかった。

（西村将洋）

美的生活

びてきせいかつ

◆あの女は家のなかで、常住芝居をして居る。しかも芝居をして居るとは気がつかん。自然天然に芝居をして居る。あんなのを美的生活とでも云ふのだらう。　　　　　　　　　　　（「草枕」十二）
◆詩人程金にならん商買はない。同時に詩人程金の入る商買もない。文明の詩人は是非共他の金で詩を作り、他の金で美的生活を送らねばならぬ事となる。　　　　　　　　　　（『虞美人草』十二）

　直接には、高山樗牛の「美的生活を論ず」（『太陽』1901・8）によって主張された理想的生活をいう。そこでは人生の目的は幸福の追求であり、幸福とは本能の満足とされる。道徳や知識（理性）は相対的・外在的なものであるのに対し、本能とは絶対的・内面的なものであり、その追求こそ人間本来のあり方である、とする思想。長谷川天渓や坪内逍遙の反論を呼び、ニイチェの影響を見出し樗牛を擁護した登張竹風等との間で論争になった。樗牛らの思想は、当時の「大人」たちに伝統的道徳をも顧みない青年たちの主我的な浪漫主義的心意の表れと映っていた。漱石もその論ないし論争を踏まえて、「草枕」の那美や『虞美人草』の藤尾の人間像などに反映させているが、畔柳芥舟宛書簡（1907・9・7付）には「僕の胃ガン君の肺尖竹風の美的生活早稲田の自然主義大抵同程度なものなのだろう何れも心配するに及ばず」とあり、漱石は思想的哲学的問題としてそれを深刻に受けとめたというより、当時の青年たちを漠然と支配していた、いわば時代のロマン的雰囲気をそこに見出し、登場人物の形象に活用した、と言っていいだろう。　　　　　　　　　　（中丸宣明）

法学士

ほうがくし

◆浅井君の結婚問題に関する意見は大道易者の如く容易である。女の未来や生涯の幸福に就てはあまり同情を表して居らん。只頼まれたから頼まれたなりに事を運べば好いものと心得て居る。さうしてそれが尤も法学士的で、法学士的は尤も実際的で、実際的は最上の方法だと心得てゐる。浅井君は尤も想像力の少ない男で、しかも想像力の少ないのをかつて不足だと思つた事のない男である。
　　　　　　　　　　（『虞美人草』十八）
◆余は法学士である、刻下の事件を有の儘に見て常識で捌いて行くより外に思慮を廻らすのは能はざるよりも寧ろ好まざる所である。幽霊だ、祟だ、因縁だ抔と雲を攫む様な事を考へるのは一番嫌である。
　　　　　　　　　　（「琴のそら音」）

制度としての法学士

　近代日本における法学の教育機関は、1872（明5）年7月司法省設置の「法学校」と、1873年4月文部省設置の「開成学校法学科」に始まる。1877年4月に「東京大学」が設立され、法律学科と政治学科からなる「法学部」も発足した。その後1885年9月に法学校の後身である「東京法学校」が、12月に東京大学文学部の「政治学及理財学科」が法学部に吸収され、「法政学部」と改称された。翌1886年には、「帝国大学令」の公布により、帝国大学法科大学に改編された。1897年以降は、東京帝国大学法科大学と名称変更した。1919（大8）年に分科大学制が廃止されて、東京帝国大学法学部となった。その後、1949（昭24）年に新制東京大学法学部として発足し、現在に至る。
　現在学士号は、大学の学部課程の卒業生に授与される学位であるが、明治時代の学士号

は、1887年の「学位令」で、文部大臣が授与する学位として大博士号（1898年廃止）、博士号が設けられたため、以降帝国大学が授与する学士号は称号として用いられることになった。法学士も、帝国大学の卒業生であることを示す称号の一つであった。

法学士たちの進路

漱石作品に登場する法学士は、宗近一（『虞美人草』）、里見恭助（『三四郎』）、田川敬太郎・須永市蔵（『彼岸過迄』）が挙げられる。彼らは、おおむね常識的で「実際的」判断を好み、やや想像力に欠ける人物として描かれている。

法科大学卒業生（法学士）の進路は、主に行政官や司法官、学校職員、報道、銀行・会社、弁護士、帝国議会議員などである。1888年から1897年までの卒業生の61％が行政官・司法官になっており、官吏養成機関と呼ばれる所以であった。明治20年代後半からは、実業の世界に身を投じる卒業生も認められ、1907年から1916年までの卒業生は、平均15％が銀行・会社へ就職し、それ以降実業界への就職は増大していった。

ちなみに『彼岸過迄』の田川敬太郎は、1912年の法科大学卒業生という設定である。この年の卒業生は433名。進路情報が残る1910年7月卒業生330名の進路は、行政官61、司法官38、弁護士5、銀行会社40、大学院進学33、その他という内容であった。1912年から1916年まで、卒業年に就職しなかった卒業生は平均32％おり、敬太郎も「その他」の中にあって、「此間卒業して以来足を播木の様にして世の中への出口を探して歩いてゐる」と就職活動に余念が無い。敬太郎が「紹介状を貰つて知らない人を訪問する」就職活動に奔走する姿は、当時の法学部学生の就職が、教授の紹介状や郷里の先輩の口利きによるコネ採用が一般的であった実情を写している。

（木村功）

砲兵工廠

ほうへいこうしょう

◆夫でも日本の学者は何うしても、毎日外国の専門雑誌を先づ読まなければてんでものにならぬ、何故かと云ふと折角研究発明しても、向ふさまに一足お先へをやられると何にもならんからである、そんな無駄骨迄も折つて深入をしなくてはならんから、実を云ふと並大抵ではない、何でも日清戦争頃のことであつたが、或人が命がけで発明した鉄砲を持つて、砲兵工廠に行つて見せると、之はもすこし前に西洋で出来て居ると云はれて、全く苦心の無になつたことがあつた。（中略）斯んな工合に営々として横には一歩も出ることが出来ぬ、出来ぬではない許されない、従つて専門以外の智識は得られなくなる、

（「我輩の観た「職業」」）

近代都市東京のランドマーク

東京砲兵工廠のこと。官営の軍需工場で、陸海軍使用の小銃・鉄砲などの兵器火薬を製造し、修理も行った。小石川区小石川町（現在の文京区後楽園1丁目）旧水戸藩邸に置かれ、山の手台地の小石川台から神田川沿いの低地へと続き、水道橋から飯田橋近くまでの広大な土地を占めた。今では東京ドームその他の施設となり、往時の面影はない。

しかし、小石川の砲兵工廠は、近代日本の軍事的発展にとってきわめて重要な場所であり、同時に、関東大震災前の東京の風景を特徴づけるランドマークの一つでもあった。徳川政権崩壊後、1869（明2）年10月に官有地となり、兵部省管轄下となったこの土地に明治政府は「幕営関口大砲製作所」を移転、「砲兵第一方面砲兵本廠」と名称を改めて、鉄工所・火工所・鞍工所・鍛工所・鋳工所など数十棟の工場群を擁する一大兵器工場へと発展させ

た。1879年には「東京砲兵工廠」と改称、砲兵工廠の煙突から立ち上る黒煙は、東京の産業化のシンボルとして錦絵にも描かれた。石川啄木について論じた加藤邦彦が指摘するように、「この「煙」こそ、日清・日露戦争前後から大正初期にかけての都市景観を象徴するもの」だった（「「煙」の見える風景」『国文学研究』1999・3）。

産業化の影を見つめる

牛込・小石川が生活圏だった漱石の言葉の中にも、しばしばこの黒煙が登場する。1910年の「日記6」、1911年の「日記9」には、それぞれ上富坂・江戸川あたりを散歩した際に「砲兵工廠の烟突」が目印として書き込まれている。『心』で、「道路の改正が出来ない頃」の狭くてぬかるんだ悪路が「先生」の視野を狭め、「お嬢さん」とKとが連れ立って歩いてくることに気づかなかった、という場面も記憶に残る。

だが、森田草平の小説のタイトルともなったこの砲兵工廠の煤煙は、東京の大気汚染の原因でもあった。漱石の異母姉は喘息に苦しみ、漱石自身も兄二人が肺結核で亡くなったため、肺への悪影響を心配していた。兵器の大増産が行われた日露戦争直後の講演「文芸の哲学的基礎」（1907）では、「私は今日此処へ参りがけに砲兵工廠の高い煙突から黒煙が無暗にむくむく立ち膨るのを観て一種の感を得ました。考へると煤烟杯は俗なものであります。世の中に何が汚いと云つて石炭たき程きたないものは滅多にない。そうして、あの黒いものはみんな金がとりたいとりたいと云つて煙突が吐く呼吸だと思うと猶いやです。その上あの烟は肺病によくない」とある。なお、砲兵工廠は関東大震災で施設の大半を焼失、破壊され、従業員24名が死亡した。1927年には北九州の小倉に移転が決定、1937年に全面移転となった。　　　　（武田勝彦・五味渕典嗣）

マン・オフ・ミーンズ

マン・オフ・ミーンズ

◆時代

◆父は先祖から譲られた遺産を大事に守つて行く篤実一方の男でした。楽みには、茶だの花だのを遣りました。それから詩集などを読む事も好きでした。書画骨董といつた風のものにも、多くの趣味を有つてゐる様子でした。（中略）父は一口にいふと、まあマンオフミーンズとでも評したら好いのでせう、比較的上品な嗜好を有つた田舎紳士だつたのです。

（『心』五十八）

『*The Oxford English Dictionary*』（Second Edition,1989）の「mean」の項に、複数形「means」について「In early use sometimes more widely：＝'money' 'wealth'」とあり、熟語「man of means」を「one possessing a competency」と説明している。「competency」は資産と考えられるから、「man of means」は資産家、それも代々受け継いだ資産を所有する人間と言える。

漱石は、『彼岸過迄』において、都市に住み、職業を持たずに親の遺産で暮らす松本に「高等遊民」という名称を与えた。一方、地方に住んだ『心』の「先生」の父には、英語の「マンオフミーンズ」を用いた。日本語で置き換えられる言葉はあったはずだが、漱石は「先生」に英語を用いさせ、父親を日本の同じ環境を生きた人々と区別したい意識を表現した。それは同時に、旧来日本の地方特権階級の末裔として自己を語りたくない、という意識の表れでもある。「先生」はこの名称を用いることによって、日本的なものを超えた普遍性を獲得しようとしているが、それは、叔父の一件で故郷を捨て、存在の条件の一部であった先祖からの土着的な流れを全て否定しようとする動きとも無縁ではない。　（藤澤るり）

満鉄

まんてつ

◆ 時代

◆南満鉄道会社つて一体何をするんだいと真面目に聞いたら、満鉄の総裁も少し呆れた顔をして、御前余つ程馬鹿だなあと云つた。是公から馬鹿と云はれたつて怖くも何ともないから黙つてゐた。すると是公が笑ひながら、何だ今度一所に連れてつて遣らうかと云ひ出した。 (「満韓ところどころ」一)

◆満洲ことに大連は甚だ好い所です。貴方の様な有為の青年が発展すべき所は当分外に無いでせう。思ひ切つて是非入らつしやいませんか。僕は此方へ来て以来満鉄の方にも大分知人が出来たから、もし貴方が本当に来る気なら、相当の御世話は出来る積です。 (『彼岸過迄』「風呂の後」十二)

満鉄の時代

満鉄の正式名は南満州鉄道株式会社。近代日本の帝国主義的侵略の中心は「満州」(中国東北部)にあったが、その「満州」経略の要諦が満鉄という半官半民の国策会社であった。ポーツマス条約(1905)によりロシアから獲得した鉄道や炭鉱を基盤に設立(1906)され、翌年から営業を開始した。本社を大連(現・中国遼寧省)に置き、交通と鉄工業を中心として多くの関連部門をその傘下に収め、「満鉄王国」とまで称されるに到った。『彼岸過迄』の冒頭部で敬太郎の前に現われ、すぐに、姿を消す森本のように、本国で地位を得られない多くの人々は大陸に渡り、「満州」や満鉄に夢を求めたのである。この満鉄は第二次世界大戦の末期には資本金16億円、従業員30万人、関連会社50社を数えるまでに膨張したが、敗戦(1945)と共に完全に消滅した。それは日本の帝国主義の消滅でもあった。

この満鉄の基礎を築いたのが初代総裁の後藤新平であった。彼は雄大な構想を抱く政治家でしばしば「風呂敷」とも揶揄されたが、有能であったことは事実で、とくに植民地経営に手腕を発揮した。後藤はまず台湾総督府民政長官として植民地経営に情熱を注いだが、その部下として最も信頼の厚かったのが、漱石の旧友中村是公(通称ぜこう)であった。だから後藤は満鉄総裁に就任するや、是公を副総裁に抜擢し、二人で満鉄の経営に全力を注いだのである。ただ後藤はすぐに逓信大臣、鉄道院総裁に就任したため、是公は第二代満鉄総裁に昇任(1908・12・19)することとなった。漱石が満鉄および「満州」にかかわりを持つようになったのはこの時以来なのである。

是公と漱石

中村是公は家にこもりがちな漱石を広い大地に連れ出したかったようで、就任の翌年(1909)の1月29日に電話で築地の新喜楽に呼び出している。この時は漱石の方に都合があり、会えなかったが、7月31日に是公は漱石宅を訪問し、満州での新聞創刊に参加するよう誘っている。これ以降の是公の誘いは熱をおび、結局漱石は9月2日から10月17日まで満州と朝鮮を旅行することとなった。漱石にとってロンドン留学を別とすれば最初で最後の海外旅行であった。彼は大連・旅順・熊岳城・営口・湯崗子・奉天・撫順・長春・ハルピン・平壌・京城と廻っているが旅行記「満韓ところどころ」では撫順の炭坑見学で中断している。

この中断の理由や植民地への漱石の視線をめぐっては多くの議論がわき起り、現在に到っていることは確かである。しかし、もともと中村是公というなつかしい旧友との出会いがきっかけとなった旅行に他ならず、漱石にとってはかつての級友や知人たちとの懐旧の情にふける一種の〈感傷旅行〉の色彩が強いものではなかったか。 (山田有策)

三越／越後屋

みつこし／えちごや

◆然し健三に対する夫婦は金の点に掛けて寧ろ不
思議な位寛大であつた。外へ出る時は黄八丈の羽
織を着せたり、縮緬の着物を買ふために、わざわざ
越後屋迄引つ張つて行つたりした。　（『道草』四十）
◆三四郎は朝のうち湯に行つた。閑人の少ない世の
中だから、午前は顔ら空いてゐる。三四郎は板の間
に懸けてある三越呉服店の看板を見た。奇麗な女
が画いてある。其女の顔が何所か美禰子に似てゐ
る。　　　　　　　　　　　（『三四郎』六の九）
◆自分は又自分の作物を新しい新しいと吹聴する事
も好まない。今の世に無暗に新しがつてゐるものは
三越呉服店とヤンキーと夫から文壇に於る一部の
作家と評家だらうと自分はとうから考へてゐる。

　　　　　　　　　　　　　（「彼岸過迄に就て」）

著名な商店

　近世期に名を馳せた呉服店越後屋は、伊勢
松坂出身の三井高利が1673（延宝元）年8月に
江戸本町1丁目において営業を開始したとこ
ろに端を発する。越後屋は現金取り引きや掛
け値なしの正札販売、反物の切り売りなどの
商法で広範な客層を獲得すると共に、京、大
坂などにも呉服店や両替商を次々と開店し
た。高利の死後も事業を拡大し、繁盛を続け
るが、大保期には飢饉に起因する幕府の倹約
令や、物価引き下げ令、御用金の重圧、火災に
よる店舗の焼失などによって越後屋の経営は
悪化し、幕末維新の混乱期には深刻な経営危
機に陥った。1872（明5）年3月、三井家は銀行
設立に際して不振の呉服店を分離することを
決定し、越後屋は新たに創立された三越家に
譲渡された。越後屋は1893年9月に合名会社
三井呉服店に再び改組され、1895年8月に高
橋義雄が三井呉服店の理事に就任すると、商
品の陳列販売や、流行の創出、経理の方法、店
員教育など経営の大改革が行われた。こうし
た改革の結果、1904年12月に株式会社三越呉
服店が設立され、翌年年頭にデパートメント
ストア宣言が行われることになるのである。
三越の専務取締役に就任した日比翁助は様々
な広告や宣伝技法を用いてその名の周知に努
め、明治末期からの三越は、単なる商店とし
ての役割だけではなく、文化を発信し、貴賓
を接待する場としての役割も果たした。

都市の文化記号

　越後屋や三越は東京の文化記号として漱石
の記述の中に登場する。『道草』では島田夫
妻のもとに養子にやられた健三の少年時代の
ことが語られているが、普段は吝嗇家である
島田夫妻が健三に贅沢をさせる店として明治
初期の越後屋が用いられている。『三四郎』
からは東京に張り巡らされた三越の宣伝の様
子がうかがえ、湯屋に懸けてある三越の看板
に描かれた女性から美禰子のことを連想する
三四郎の内面が記されている。三越の宣伝と
して描かれた看板の女性は、三四郎に美の規
範として作用してもいるようだ。『行人』に
は、嫂である直の発言に傷ついたお重がその
慰藉として父親に三越へ連れて行かれる記述
があるが、この背景には三越が女性に喜びや
楽しみをもたらすという当時の一般的な認識
がある。小説では作中人物の生活とかかわる
形で越後屋や三越の名が現れる一方、『彼岸
過迄』の連載を開始するにあたって掲載され
た「彼岸過迄に就て」では、「無暗に新しがつ
てゐるもの」の代表として三越が批判的に取
り上げられてもいる。いずれにせよ、単なる
商店ではなく、ある意味を生み出す場として
三越は無視することのできない存在感を放っ
ていたが故に、文化記号として漱石の小説に
現れ、批評の対象ともなったのである。

　　　　　　　　　　　　　　（瀬崎圭二）

時代

郵便

ゆうびん

◆時代

◆夫でも状袋が郵便函の口を滑つて、すとんと底へ落ちた時は、受取人の一週間以内に封を披く様を想見して、満更悪い心持もしまいと思つた。

（『彼岸過迄』「停留所」七）

郵便という制度と漱石

　近代の日本における郵便制度は1870（明3）年の前島密の建議に始まる。その翌年1月には郵便関連の太政官布告が出され、東京・大阪間における郵便制度が実施されるにいたる。その後、日本各地に郵便は展開し、1883年には郵便条例が発布され、郵便料金が全国均一化される。1885年には内閣制度の発足に伴い通信省が創設されることになる。郵便という制度は、まさに近代日本の歩みとともに拡大していったといえる。

　岩波書店版『漱石全集』に三巻にわたって集められた漱石の書簡は1892年の正岡子規宛書簡から始まる。本郷真砂町の常磐会寄宿舎から松山に帰郷した子規と漱石との一連の往復書簡のなかで、二人は自作の漢詩や俳句を披露し、小説論を交わし、友情を深めていくことになる。東京と松山との距離をこえた関係性をつなぐものが郵便であった。その後、子規の死まで続く二人の交流は郵便という制度の裏付けがあったのである。

　1900年、漱石はイギリスへの留学を命じられる。この間、友人や家族に宛てて書かれた郵便は多いが、なかでも妻・鏡子宛ての書簡には漱石の率直な心情の吐露が見られる。たとえば、鏡宛ての書簡の「甚だ淋い」（1901・2・20付）ということばに漱石の孤独を見ることは容易だ。別の鏡宛て書簡では「「アメリカ」便の方が二週間許り早く」（1901・1・22付）到着することを書き送ってもいる。国際郵便は1877年6月に万国郵便連合への加入とともに開始されているが、漱石の書簡から推察すると日本で出された郵便がイギリス・ロンドンの漱石のところに届くまで、およそ一か月以上の月日を要したようだ。少しでも早く郵便が届くようにアドバイスする漱石は、一方で妻からの書簡の少なさに対して度々不満を述べている。異郷の地における漱石の孤独の深さがここに現れている。逆説的にいえば、郵便制度への信頼が関係の遠さを浮かび上がらせている。漱石にとっての留学体験が関係性への渇望ゆえに郵便という制度の内面化をより強くしたともいえる。

コミュニケーションツールとしての郵便

　漱石の小説では、市内郵便が多く使用される。明治40年代の東京市内に限っていえば、郵便はコミュニケーションツールとしてその迅速性が担保されていた。『通信事業史』（通信協会、1940）によれば、東京市内では最高で配達12回、収集16回となっており、場合によっては1～2時間で書簡のやりとりが可能であった。郵便という制度が登場人物たちの人間関係を支え、物語の複雑な構成を支えていることはいうまでもないだろう。

　こうした緊密な関係性と同時に物語空間を支えるのが外地の内面化であり、その一端を担っていたが郵便制度だといえる。日本の東アジア侵略に伴って拡大された郵便制度はその領域内を均質空間と化す。漱石の小説に導入される外地の空間は大連（『三四郎』・『彼岸過迄』）、京城（『それから』）、上海（『彼岸過迄』）などであり、それは郵便というネットワークによって物語空間に結び付けられている。こうした近代日本の空間が漱石の小説の後景として広がっていたことは間違いない。

（諸岡知徳）

洋行

ようこう

◆余が英国に留学を命ぜられたるは明治三十三年にて余が第五高等学校教授たるの時なり。当時余は特に洋行の希望を抱かず、且つ他に余よりも適当なる人あるべきを信じたれば、一応其旨を時の校長及び教頭に申し出でたり。　　　　　（『文学論』序）
◆「全体あの方は洋行なすつた事があるのですかな」「何迷亭が洋行なんかするもんですか(中略)」「さうですか、私は又いつの間に洋行なさつたかと思つて、つい真面目に拝聴して居ました。それに見て来た様になめくじのソツプの御話や蛙のシチユの形容をなさるものですから」
　　　　　　　　　　　（『吾輩は猫である』二）

漱石における「洋行」の二面性

　引用文中、前者では「洋行」は「留学」と同義だが、後者では欧米での見聞を広めるための旅行といった意味で、両者間には大きな落差がある。ただ、松山時代の漱石がこの落差をどれほど意識していたかは不明である。

　ロンドン到着後ほぼ1年を経ると、洋行の観念はかなり明確になった。英文科の後輩茨木清次郎が英国「留学」のための情報を求めてきた際の返信(1901・12・18付)で、漱石は「修学の方法は御考一つにて定まり候」と答える。すなわち、「専一に語学御修業の御積なれば可成よき家族に入り可成交際をつとめ留学の時間及び費用を此一途にあつる方よろしかるべく若し大学に御出入り御考なれば其方針をとるべく候(中略)小生は目下自修致居候」と述べ、なお、「停車場にて荷物の受取方馬車の備方酒手のやり方等は(中略)あらかじめ本邦出立の際洋行より帰りたる人に御尋可然かと存候」と付け加えている。約言すれ

ば、英語そのものの上達を目的とする場合や大学等で専門的研究を志す場合等の「渡航」は「修学」すなわち「留学」である。これに対して、辻馬車の乗り方やチップのやり方等々についての知識は「修学」とは別次元に属し、これは「洋行」帰りの人なら誰でも知っているというのである。迷亭が振りまわした知識が後者に関わることは言うまでもない。

　英国からの帰途につく半年ほど前には、漱石は前者の意味での「洋行」の恩恵を明らかに意識していた。夏目鏡宛書簡(1902・4・17付)に、「実は少し著書の目的をたて只今は日夜其方へむけ勉強致居候日本へ帰へれば斯様にのんきに読書も思考も出来んそれ丈は洋行の御蔭と思ふ」とある。「目的をたて」て読書や思考に没頭できるのは「洋行の御蔭」だというのである。ただ、この「目的」とは「根本的に文学とは如何なるものぞ」という大問題への挑戦で、容易に「解釈し得べき性質のもの」ではなかった。「報告書の不充分なる為め文部省より譴責を受けた」(『文学論』序)のは、周知である。漱石がロンドン滞在中「神経衰弱」あるいは「狂気」と見られるほどに異常な言動を示したことも、研究上のストレスと無関係ではあるまい。これは「斯様にのんきに読書も思考も出来ん」という言葉と矛盾するかの如くだが、両者はいわばコインの両面であろう。ロンドンの2年間が漱石にどのような苦痛を強いたにせよ、当時の「読書」や「思考」が『文学論』以下の理論的著作に結実したことは明白であり、同時に「狂気」や「神経衰弱」が『猫』や『倫敦塔』以下の創作を生む原動力になったことは、漱石目身が述べた通りである。かくして「修学」としての「洋行」は、現在我々がもつ漱石の形成に不可欠だったのである。

日記・創作等にあらわれた「洋行」観

　在英中の日記「妄リニ洋行生ノ話ヲ信ズベカラズ」(1901・1・5)以下は、辛辣な洋行批判

◆時代

である。帰国後の談話「ノラは生るゝか」では、「洋行の可否なんていふ事は夫は問題にはなるまい」と言う。一見洋行に対して中立的な発言だが、「然し洋行さへすれば箔が付く様に思つたのは既う昔の事だよ」と続け、「茲に唯一つ注意す可き事は洋行帰りの人が存外時勢に後れて居るといふ事」だと断言する。創作で「洋行」に言及されることは少なく、しかもそれは肯定的に描かれてはいない。

『虞美人草』では、宗近の叔父の「洋行」土産、すなわち「柘榴石の着いてゐる」金時計を看過することはできまい。叔父はこれを宗近にやると約束したが、叔父の死後藤尾が「預つて」いる。彼女はこれを「恩賜」の銀時計組の秀才、小野に贈るつもりだったが、小野との結婚が不可能と知るやこれを宗近に手渡す。この時彼女が帯の間から引き出した「長い鎖」は「ぬらぬら」と動き、「深紅の尾は怪しき光を帯びて、右へ左へ揺」いた。時計自体を頭とし、「柘榴石」を尾とする黄金の蛇に変身したのである。この金時計は、藤尾の性格を表わす小道具として効果的であると共に、プロットの上でも重要である。宗近がこれを打ち砕き、藤尾は「虚栄の毒を仰いで斃れ」るからである。高価で美しい「洋行」土産は、近代文明の「毒」を蔵しているようである。

『それから』の代助は、佐川の娘を嫁に貰わないかと父に勧められ、曖昧な返事をしていると、「一層洋行する気はないか」と訊かれる。「好いでせう」と応えると、「これにも矢つ張り結婚が先決問題として出て来た」。「洋行」は「箔」をつけて資産家の娘と結婚するための手段とされているのである。『行人』の二郎は、「今のうち少し本でも読んで置いて、もう少ししたら外国へでも行つて見たい」と言う。これも一種の「洋行」願望だが、「何でもいゝから只遠くへ行きたい」という彼の言葉には「修学」への強い意志は見せない。

「修学」としての「洋行」の経験者は『道草』の健三だけである。「首の回らない程高い襟を掛けて」外国から帰った健三は、「惨憺な境遇に置かれた」妻子を見て「アイロニーの為に手非道く打ち据ゑ」られる。その後健三は不本意ながら島田と再会し、本を出版して儲けるという話になる。すると島田は、「恰も自分で学資でも出」したかのように「なに訳はないんです。洋行迄すりや」と言う。健三は、島田に「厭がらせ」を言われているように感じるのである。

洋行経験の欠如が一種の魅力になっているのが、『三四郎』の広田である。広田は、洋行の「代り」に「西洋は写真で研究してゐる」。「万事頭の方が事実より発達してゐるんだから、あゝなる」というのが与次郎の評だが、これは、「熊本より東京は広い。東京より日本は広い。日本より(中略)頭の中の方が広いでせう」という広田自身の言葉と響き合っている。広田には、必ずしも「洋行」を評価しなかった漱石の一面が投影されている。

「洋行」と「大患」後の精神的変容

以上のような描写の背景に英国留学時代のトラウマを見出すのは容易だろう。だが「思ひ出す事など」では、その思いに顕著な変化が見られる。漱石は「曾て英国に居た頃、精一杯英国を悪んだ事がある」と述べ、「けれども立つ間際になつて、(中略)彼等を包む鳶色の空気の奥に、余の呼吸に適する一種の瓦斯が含まれてゐる様な気がし出した。余は空を仰いで町の真中に佇ずんだ」と続けるのだ。「余は英国紳士の間にあつて狼群に伍する一匹のむく犬の如く、あはれなる生活を営みたり」(『文学論』序)と記した心境とは、何という大差であろう。漱石は苦痛に満ちた英国体験をようやく受け容れたようである。「修善寺の大患」以後漱石の精神のありようが大きく転換したことは、洋行の回想にも顕れているのである。

(塚本利明)

養子

ようし

◆私は何時頃其里から取り戻されたか知らない。然しちき又ある家へ養子に遣られた。それは慥か私の四つの歳であつたやうに思ふ。私は物心のつく八九歳迄其所で成長したが、やがて養家に妙なごたごたが起つたため、再び実家へ戻る様な仕儀となつた。
（『硝子戸の中』二十九）

◆細君は女丈あつて、綿密にそれを読み下した。／（中略）／「此所に書いてありますよ。——同人幼少にて勤向相成りがたく当方へ引き取り五ヶ年間養育致候縁合を以てと」／（中略）／「その縁故で貴夫はあの人の所へ養子に遣られたのね
（『道草』三十二）

◆然し夫婦の心の奥には健三に対する一種の不安が常に潜んでゐた。／彼等が長火鉢の前で差向ひに坐り合ふ夜寒の宵などには、健三によく斯んな質問を掛けた。／「御前の御父つさんは誰だい」／健三は島田の方を向いて彼を指した。／「ぢや御前の御母さんは」／健三はまた御常の顔を見て彼女を指さした。／是で自分達の要求を一応満足させると、今度は同じやうな事を外の形で訊いた。／「ぢや御前の本当の御父つさんと御母さんは」／健三は厭々ながら同じ答へを繰り返すより外に仕方がなかつた。
（『道草』四十一）

里子から養子へ

　漱石こと夏目金之助は、夏目小兵衛・千枝夫妻の5男3女の末子（姉2人は異母姉）として生まれ、生後まもなく四谷の貧しい古道具屋（源兵衛村の八百屋説も）へ里子に出された。四谷大通りの夜店にさらされた幼い弟を次姉ふさが生家に連れ戻したが、1868（明1）年11月、四谷太宗寺門前名主の塩原家（昌之助、やす夫妻）の養子となり、内藤新宿北町裏16番地（現、新宿1丁目）の同家に引きとられた。『硝子戸の中』の記述「四つの歳」は事実と異なる。

　日本の養子制度は、律令以後のことで古くは「為子（コトナス）」と称され、氏族・親族・家族のいずれであれ、族中の地位を擬制する制度であった。明治前期の養子制度は、おおむね律令養子法と前代の武家養子法と庶民養子法を混合したもので、金之助の場合、1888年の旧民法や1890年の明治民法制定以前であり、その原則は養親が戸主か嗣子であること、戸主の無子は要件でなく、すでに嗣子があっても養子をとることが可能で、養親に年齢要件もなく、戸主は養子を迎えられた。旧民法の第1草案では「親のための養子法」の要素が強く、「家」のための無子要件（継嗣要件）が厳しかったが、再調査案の大幅な変更や元老院の修正が加わって旧民法が制定され、明治民法では養親の成年を唯一の要件とした（中川善之助・山畠正男編『新版注釈民法(24)』有斐閣、1994）。当時の塩原夫妻はともに29歳、子供はなかった。

養家の混乱と生家への復帰

　早くに父を亡くした昌之助は、兄が他家の養子だったので家督を継ぐが、名主の年齢制限（15歳以上）未満で、小兵衛が後見として面倒を見た。やすも夏目家に見習奉公をしていた縁で彼に嫁いだとされる。1869年3月、名主制度が廃止、東京府下は五十の番組に分けられ、小兵衛は十六番組の筆頭である世話掛中年寄に、昌之助は四十一番組（事務扱所は浅草石浜町）の添年寄に任命され、塩原一家は浅草三間町の借家に引っ越した。1871年6月、新たに大区小区制のもと区長・戸長・副戸長が任命されたが、昌之助は任命されず、一家は福田庄兵衛（長姉さわの夫）所有の元妓楼・伊豆橋に移り住んだ。翌年3月、壬申戸籍の登録が始まると、養父は金之助を実子として届け出、塩原家の戸主とした。7月、昌之助

は第三大区十四小区（扱所は赤坂田町）の副戸長に任用され、内藤新宿の旧宅に戻った。1873年3月、昌之助は浅草方面の第五大区五小区の戸長に転任し、一家は浅草諏訪町の長屋に移り住む。1874年頃、昌之助が未亡人日根野かつと交際を始め、夫婦仲は険悪になる。やすと金之助は夏目家に身を寄せ、昌之助はかつとその娘れんと浅草寿町で同棲を始めた。二人暮らしに行き詰まったやすは金之助を昌之助のもとに返し、翌1875年4月、養父母は離婚した。

　金之助は養母やかつ母娘と同居し、近所の公立戸田小学校に通った。1876年、昌之助は寿町の地所を戸主金之助名義で購入するが、2月には戸長を罷免され、小兵衛も高齢のため10月に第四大区の区長を退き、警視庁八等警視属に転じた。失職中の養父が再就職の斡旋を実父に頼んだ際に喧嘩となり（養父が金之助を給仕にすると語ったためとも）、同年4月、金之助は塩原家在籍のまま、生家へ戻った（小宮豊隆『夏目漱石』岩波書店、1938/江藤淳『漱石とその時代　第一部』新潮社、1970/荒正人『漱石研究年表』集英社、1984/石川悌二『夏目漱石—その実像と虚像—』明治書院、1980/等）。

　金之助の夏目家復籍は12年後（明21・1）だが、この復帰で「養子」生活に終止符がうたれた。ただし、往来のあった両家の大人たちは生家の老夫婦（実父母）を祖父母だと教えており、金之助は下女から真相を聴くまでそれを信じていた。

養子体験と漱石文学

　養子体験について、作家論的視点から幼い心象に刻まれた記憶が「生の核」となったという指摘や、養父母との生活を「何等の記憶もなかつた」云々（『道草』三十八）の描写から彼が養父母を「肉感的な現在存在として感じ」られず、保護する存在もないまま「明治」という混乱と建設の時代に全身をさらしたとの見解などがある（三好行雄『鑑賞日本現代文学5

夏目漱石』角川書店、1984/前掲・江藤書）。他方、漱石文学自体との関連を論じた文献は意外に少ない。だが、この養子体験および実家への復籍体験は、漱石の現実認識や人間認識に根本的な影響を与えたといえる。

　養家の両親による親子関係を強要するような発言（『道草』四十一）は、少年に親子関係が愛情の産物ではなく、何らかの意図（経済的見返りなど）を秘めた人為的圧力であることを感じさせた。また、夏目家復籍の際には、実父が養父母（塩原昌之助・やす）との間で交わした「覚書」（明21・1）に7年間の養育料名義で240円の支払いが明記され、また、実父には内緒で書かされた金之助（漱石）本人の証文にも「今般私儀貴家御離縁に相成因て養育料として金弐百拾円実父より御受取之上私本姓に復し申候就ては互に不実不人情に相成らざる様致度存候也」とあって、二人の父の間で自身が商品のように売り買いされる現場に立ち会い、人が人を金づるとのみ見る認識にも触れた。しかも、いったん親子関係を結んだからには「互に不実不人情に相成らざる」関係を強いられる現実にも直面したのである。

　こうした養子体験や復籍体験から親子関係が自然（血統）ではなく「組みかえ可能な構造」であること、それなのになぜ自己の存在が組みかえ不可能なのかという疑問が漱石の創作活動の原点だとする見解や、生家への復帰後「祖父母」が突然「両親」に変じるという関係性の変化に直面し、「私」は自明の存在ではなく恣意的な制度に翻弄される記号的存在だとの認識が漱石文学の原風景だとみる指摘などがある（柄谷行人『日本近代文学の起源』講談社、1980/浅野洋『小説の〈顔〉』翰林書房、2013/等）。

　　　　　　　　　　　　　　　（浅野洋）

轢死

れきし

◆三四郎は無言で灯の下を見た。下には死骸が半分ある。汽車は右の肩から乳の下を腰の上迄美事に引き千切つて、斜掛の胴を置き去りにして行つたのである。顔は無創である。若い女だ。

（『三四郎』三の十）

　『三四郎』第三章には女性の投身自殺が記されている。三四郎が野々宮宗八の家を訪ねた夜のことである。留守番をする三四郎の耳に「あゝ、あゝ、もう少しの間だ」という声と汽車の轟音が聞こえてくる。慌てて外に飛び出した彼は、線路上に若い女の轢死体を見ることになるのである。

　断片的とも言えるこの挿話に着目したのは、平岡敏夫「日露戦後の文学」（『日本の近代文学』NHK出版、1977）である。平岡は、同時期に書かれた国木田独歩「窮死」、江見水蔭「蛇窪の踏切」、漱石『三四郎』がともに作中で轢死を描いている点に着目し、そこに日露戦争後の経済的困窮という現実を指摘している。篠田鉱浩によれば、「轢死」は『読売新聞』記者の発案になる明治の新造語であるという（『銀座百話』角川選書、1974）。『三四郎』では、「故郷の世界」「学問の世界」「女人のいる華やかな世界」の三つの世界が、三四郎の前に提示されるのだが、その根底に明治の過酷な現実が存在しているというわけである。

　しかし轢死の逸話を、明治のコンテクストから切り離して、作品の中で思考する必要もある。なぜ死ぬのは女であり、なぜ轢死であるのか、そしてなぜ無残な死体が描写されるのかなど、検証が必要であろう。（武田信明）

労働者

ろうどうしゃ

◆坑夫と云へば鉱山の穴の中で働く労働者に違ない。世の中に労働者の種類は大分あるだらうが、其のうちで尤も苦しくつて、尤も下等なものが坑夫だと許考へてゐた矢先へ、　　　　　（「坑夫」八）

　漱石が文壇に登場したのは、資本主義の発展と矛盾の増大にともなって「労働者」と「労働問題」の存在が顕在化してきた時期である。漱石の朝日入社と同じ頃に堺利彦が発表した「労働者とは何ぞや」（『大阪平民新聞号外』1907・10・15）では、工業発展にともなう「新しい労働者」（「一名賃銀奴隷」）の具体例「職工、工夫、車掌、運転手、火夫、坑夫、配達夫、交換手」が列挙されている。この意味での「労働者」が登場する代表的な漱石作品は銅山の採掘現場を舞台にした「坑夫」であるが、そこでは「無教育」で「最下等」という眼差しの中で「労働者」の語が使われている。なお堺は、幸徳秋水との共訳『共産党宣言』で英語版のworking menを「労働者」と訳す一方、proletarianには主として「平民」を宛てており、論説でも「平民」「平民労働者」という表現をしばしば用いている。「自ら生産機関を有せざるに依り、生活の為めに其労働力を売らざるを得ざる、近世賃銀労働者の階級」というproletarianについての原注（エンゲルス）は正確に訳出されており、所謂「労働者」よりも広い概念としてあえて「平民」が選ばれたようである。漱石作品に登場する教師、下級官吏、会社員等の男性たちはいずれもproletarianであり、『行人』や『明暗』で活写された「看護婦」は、清（「坊っちゃん」）から、お時（『明暗』）に至る〈下女・小間使〉の系列と並ぶ女性労働者である。　　　　　（高田知波）

◆時代

column 3

漱石論の歴史①則天去私

いわゆる漱石神話としての「則天去私」

　「則天去私」は漱石の逝去を悼む言説によってクローズアップされた言葉である。森田草平をはじめとして漱石の門下生の追悼文章に頻繁に出てきた言葉である。「先生の説は先生の人生観から芸術上の技巧論に迄亘っているのである」(森田草平「漱石先生と門下」『太陽』1917・1)という解釈から見れば、漱石の門下生の間で、漱石が「文章座右銘」として揮毫した「則天去私」は芸術上の問題と実生活上の問題として理解されたのである。

　1930年代、『夏目漱石』と『漱石の芸術』によって漱石論の集大成をなした小宮豊隆は「則天去私」を倫理上の理想を表現する言葉として捉えた。戦後、小宮の夏目漱石論が「則天去私」神話だと批判した江藤淳は、「『則天去私』を『漱石神話』から斥け、作者の作中人物へのFairnessあるいはpity」(江藤淳『夏目漱石』東京ライフ社、1956)で捉えるべきだと主張した。以後、「則天去私」の解釈は、小宮豊隆と江藤淳に代表されるような人生論か芸術論かとわかれていた。

　1970年代に入ってから、双方を総合しようとする動きが出てきた。和田謹吾は、「漱石の文学をかんがえる場合、その倫理観をめぐる問題を抜きにしてしまっては、問題は捉えきれないであろう」(「夏目漱石・則天去私」『国文学　解釈と鑑賞』1975・2)と指摘して、「則天去私」を文学と倫理と関連させて捉えなおす試みをした。漱石神話を打破した江藤淳も軌道修正して、「則天去私」について、従来の儒教的な解釈を否定し

て、老荘的な解釈を提示していた(「漱石——『こころ』以後」『国文学』1976・11)。その人生論的な把握という点では、小宮論と重なるところまで進み出てきたのである。

修養理念としての「則天去私」

　上田閑照の「夏目漱石——『道草から明暗へ』と仏教」(『岩波講座 日本文学と仏教10』岩波書店、1995)は宗教哲学の立場から、「則天去私」を「小説の方法」と「実存」とにまたがるものとして定位しなおした。事実、同時代の解釈には、はじめからその二つの概念が存在していたのである。例えば、安倍能成は「先生の私を去って天に就かんとする要求は、単に芸術上の描写の問題ばかりでなく、先生の実生活上の問題であったことを自分は疑わない」(「夏目先生の追憶」『思潮』1917・6)と、はっきりした認識を示していた。また、中村星湖は(漱石は)「晩年になって、『天に則って私を去る』と云うような境地にまで達せられたのである。いろんな経験や修養との結果、特に東洋の真髄を掴まれたものらしく見受ける。」(「天に則って私を去る」『新小説臨時号』1917・1)という修養論的な見解を示した。「文は人なり」に象徴される時代相を踏まえるならば、「則天去私」は、筆を執る際の心得でもあれば、世に処する際の心構えでもあったはずである。また、同時代の修養書ブームは、「私」の克服や人格の向上を目的としていたことを考慮に入れると、「則天去私」は修養主義の一標語として、受け止められたのである。

(王成)

column 4

漱石論の歴史②他者と自己

江藤淳における他者の発見

　江藤淳は、1956年の『夏目漱石』で漱石文学を三つに分類した（江藤淳「夏目漱石（全）」『江藤淳著作集1』講談社、1967）。①『漾虚集』から『四篇』までの短編小説。短編の世界は現実の日常生活とは異なった次元に設定され、厭世的な審美主義傾向が強く、現実逃避の領域だった。②『吾輩は猫である』「坊っちゃん」『虞美人草』などの中・長編小説。漱石は元来「知識人を士君子視して」おり「知識階級に対する幻想から覚めていな」かったが、これらの小説は、士君子的知識人の抱く社会的理想と現実社会との落差を物語として赤裸々に紡ぎだすことで現実を描いた。③『行人』以降の小説。『行人』では、自己抹殺＝自己絶対化のため自然との合一を目指しながらもそれに失敗した一郎が、孤独な「我執」を引きずりながら自分の配偶者であるお直を不可思議な存在として捉える視線に他者意識の芽生えを見る。続いて『道草』の健三は日常生活を共にする、「自らの軽蔑の対象である他人と同一の平面に立っているにすぎない」自分を発見し、他者の中にある我執も承認するようになる。『明暗』で漱石は、他者としてのお延とお秀が営む日常生活を生々しく描いただけでなく、小林という人物を登場させることで階級という次元を小説世界に取り入れ、日常空間自体を相対化する視点を確保、「「家庭」から「社会」へと自らの作品の世界を拡大」した。

　江藤は、現実逃避や自己観念から抜け出し他者の発見へと向かった所に漱石の価値を見出し、既存の漱石神話を、「他者」を前面に打ち出すことで崩壊させた。

柄谷行人と他者論の展開

　1969年、江藤を強く意識した漱石論「意識と自然」で評論家としてデビューした柄谷行人は、漱石における他者と自己の関係を、倫理的位相と存在論的位相の区別という枠組みのなかで捉えようとした（柄谷行人「意識と自然」『漱石論集成』第三文明社、1992）。他者と自己は倫理的位相に属する、即ち意識の問題であり、漱石とって倫理的位相は存在論的位相、即ち自然によって規定されていた。

　柄谷は、漱石が『道草』で「子を産み、年老いていく自然過程には意味もなければ目的もない。人間は動物と同じように、たんに「自然の一部」として存在しているにすぎない、それなら、生に意味を与えるということは何を意味するのか」といった認識をもち、そこから「彼自身を「何の為に生きてゐるのか」わからぬような他者たちと対等な存在として考え」、ひいては「周囲の他者を対等な存在としてみとめた」とする。柄谷によれば、『明暗』は『道草』における他者意識なしには書きえなかった。

　江藤は、漱石が描いた日常生活と異なる非現実的な次元を現実逃避と見做したが、柄谷はこれを意識（倫理的位相）の外部に広がる得体のしれない自然（非存在の闇）の描出として受け止め、その自然を、自己／他者という区分自体（意識）を在らしめるものとして捉えた。　　　　（安天）

165

column 5

漱石論の歴史③『こころ』論争

イデオロギーとしての「テクスト」

1985年から88年頃にかけて、『こころ』に関する論争が文学研究者たちによって断続的に展開された。一連の論争の契機となったのは石原千秋と小森陽一による問題提起だったが（小森「『こころ』を生成する心臓」／石原「「こころ」のオイディプス——反転する語り——」、ともに『成城国文学』1985・3）、当事者の一人である石原によれば、その趣旨は「テクストは解釈の技術や作品論の新たな意匠などではなくイデオロギーなのだ、という認識」を提示することにあった（「制度としての研究文体」『日本近代文学』1987・10）。

しかし、その後の展開は、この認識を共有した上での議論と言うよりは、むしろ議論の前提そのものをめぐるコミュニケーション不全といった様相を呈した。そもそも、小森および石原が自ら説明する通り（小森「こころの行方」『成城国文学』1987・3／石原「制度としての研究文体」前掲）、両者が行った問題提起は、全く正反対の理論的枠組みを採用していたにも拘わらず、その点を無視されたまま、小説本文に垣間見える痕跡（と思しきもの）に最大限の意味付与を行い、挑発的な読解を提示してみせたパフォーマンス（解釈技術の誇示？）として一括されてしまう。結局のところ論争は、三好行雄をはじめとした年長世代の研究者たちが、石原・小森のパフォーマンスに対し、「作者」夏目漱石の「意図」を逸脱しないようたしなめる、という経緯を

たどることになるのである（三好行雄「先生はコキュか？」『海燕』1986・12／等）。

論争が開示する問題領域

しかし、「私」と「奥さん」は物語の現在時において「結婚」しているのか、子をもうけているのか、といった問題を実体化して論じ始めれば、それはテクストを鏡として論者自身の結婚観やジェンダー意識をぶつけ合うことになってしまう。例えば、三好について「女を私的に所有する資本制下の「結婚」という制度の枠」を自明視していると批判し、自身は「結婚」制度を自明視しないリベラルな男女関係を想定していたのだと主張する小森が、「先生」と「私」の間で保持される男同士の絆を前提とした自らの異性愛主義的思考を期せずして吐露してしまう、というように。

もっとも、こうした議論の盲点は後年、押野武志らによって問い返されるものであり（「「静」に声はあるのか——『こころ』における抑圧の構造」『文学』1992・10／等）、その意味で、かつての論争はこうした問題領域の広がりをも示唆していたとも言える。文学テクストを論じることは、自らの解釈技術の誇示でも新しい理論の実験でもなく、潜在的な問題領域を切り拓くパフォーマンスであるはずだということ。その意味で、論争の言葉はまさしく『こころ』における「先生」の遺書がそうであったように、次の世代の〈青年〉たちに手渡されたというべきかもしれない。

（大原祐治）

生活空間

家

いえ

◆私は家を建てる事が一生の目的でも何でも無いが、やがて金でも出来るなら、家を作つて見たいと思つて居る。併し近い将来に出来さうも無いから、如何云ふ家を作るか、別に設計をして見た事は無い。(中略)私はもつと明るい家が好きだ。もつと奇麗な家にも住みたい。　　　　　(談話「文士の生活」)

◆僕は例の通り二階に一人寝てゐた。母と千代子は下座敷に蒲団を並べて、一つ蚊帳の中に身を横たへた。(中略)僕は寝返りを打つ事さへ厭になつた。自分がまだ眠られないといふ弱味を階下へ響かせるのが、勝利の報知として千代子の胸に伝はるのを恥辱と思つたからである。

(『彼岸過迄』「須永の話」三十一)

◆私の座敷には控への間といふやうな四畳が付属してゐました。玄関を上つて私のゐる所へ通らうとするには、是非此四畳を横切らなければならないのだから、実用の点から見ると、至極不便な室でした。

(『心』七十七)

借家住まいの生涯

談話「文士の生活」で、「家に対する趣味は人並に持つて居る」と語る漱石だが、生涯転居を重ね、自身の家を設計・建設すること無く、借家住まいであった。牛込馬場下町の生家に戻っても、あちらこちら下宿を転々とした学生時代を送り、松山では2軒、熊本では7軒の家に住み、ロンドンでは下宿を5回も変わり、帰国後は、本郷千駄木町・本郷西片町・牛込早稲田南町と移り住んだ。

松山での2回目の下宿、二番町上野方の2階建の瓦ぶきの離れを漱石は「愚陀仏庵」と呼び、帰郷した子規が1階に、漱石が2階に住んで、俳句作りに励んだこともある。家が、文

学サロンの場となった例であろう。熊本は鏡子との新婚生活の場となり、下通町・合羽町・大江村・井川淵・内坪井・北千反畑など移り住んだが、中でも比較的長く住んだ内坪井の家は10室以上もあり、鏡子も気に入った家で、現在も保存されている。

留学を終えてからは、勤め先の帝国大学・一高に程近い、本郷千駄木町の平屋に住むが、そこは以前森鷗外も住んだことのある家で、そこで書いた『吾輩は猫である』を読むと、間取りや、近くに中学校があるなど、家の周辺がある程度うかがえる。玄関を入ってすぐ左に8畳の書斎があるこの家は、現在犬山市の明治村に移築保存されている。こうした家を観察すると、当時の習慣として女中が住み込んで家事を手伝っており、狭いが女中部屋も存在することが多い。

1906(明39)年12月、本郷西片町の2階家(家賃27円)に転居するが、近くに二葉亭四迷も住んでおり、当時の学者町西片町の雰囲気もうかがえる。『三四郎』の「四」の広田先生の転居のシーンも、それを踏まえていよう。

「漱石山房」のたたずまい

1907年9月29日に、漱石は逝去まで住むことになった牛込早稲田南町7番地の家に移り住んだ。340坪の敷地、建物は60坪の和洋折衷の平屋建で、家賃35円、元は医師の住居・診察室であった。阿部正路『漱石邸幻想』(創樹社、1987)に、エピソードが記されている。漱石は玄関を入った右手奥の10畳の診察室の部分に絨毯を引き、書斎とした。「坑夫」以降の作品が、そこで執筆された。隣の10畳の客間には、木曜日には弟子たちが集まった。ベランダ式回廊からは、木賊や芭蕉、その他さまざまな庭の植物が見られ、晩年回廊の椅子に腰かけ庭を見ている漱石の写真は、よく知られている。漱石の家族の人数から言って、この借家は広くなく、漱石の書斎は「伽藍の様な書斎」(「文鳥」一)であっても、書斎や客

◆生活空間

間・回廊は、時には子どもたちがやって来て遊ぶ場でもあった(「永日小品」「行列」)。「漱石山房」として知られた、漱石の文学活動の拠点である。「山房」とは一般に書斎を意味するが、通常「漱石山房」と呼ばれるのは、この早稲田南町の家を指す。西片町の借家を出なければならなかった時、漱石は本郷文化圏ではなく郊外に借家を探し、当時大久保に住んでいた戸川秋骨にも依頼し探索した。「断片43E」にメモがあるが、早稲田南町に決めたのは、そこが手ごろだったからであった。

漱石の生涯で最も長い住まいとなった早稲田南町に、漱石は9年余り居住する。この住まいと土地は、漱石歿後鏡子夫人に買い取られ、母屋の改築時に、書斎部分を少しずらして残したが、第2次世界大戦の空襲で焼失した。その間移築保存の動きもあったが実現しなかった経緯は、松岡譲『ああ漱石山房』(朝日新聞社、1967)でうかがえる。なお、新宿区は「漱石山房」の土地の現在の所有者であり、2008年2月に区立漱石公園を整備したが、区営住宅の移転を機に、2017年9月に漱石記念館の建設を計画、書斎・客間・ベランダ式回廊などが復元され、展示室も整備される。

作品に描かれた家

塩原家に養子に行っていた時期の家の記憶は『道草』に描かれるが、幼少時の記憶の風景であり、幻想に満ちている。

『それから』で、代助が三千代夫婦のために探させたのが、小石川の借家だが、「此十数年来の物価騰貴に伴れて、中流社会が次第々々に切り詰められて行く有様を、住宅の上に善く代表してゐる、尤も粗悪な見苦しき構へ」(六の四)とされていた。門を入るとすぐ玄関で、中の様子が、すぐさまわかる家だ。「坊っちゃん」の清は、月給25円で家賃が6円の「おれ」と同居するのを喜び、「玄関付きの家でなくつても至極満足」(十一)だったが、家をめぐる明治末の経済状況は、いかにも苦しい。

『行人』の一郎の書斎は2階にあるとされているが、『彼岸過迄』の須永の家においては、それが心理的な問題と絡む。訪れて来た千代子が階下に泊まって行くという場面で、鎌倉から帰って鬱屈している須永が、階下を意識してなかなか眠れないという微妙な心理を描くのは、いつもは平屋に住んでいる漱石としては、想像力を働かせた描写であり、そこにはわずかな2階建の家での体験、ロンドン時代のアパート暮らしでの、家の中で他人を意識せざる得ない人間心理が反映している。

家の間取りから作品を読みとく試みは、『門』や『心』で有効である。『門』の御米は、自分の部屋を小六に住まわせることで、宗助との夫婦関係が微妙に変容する。崖下の平屋の狭い借家の間取りについては、前田愛が推定している(『都市空間のなかの文学』筑摩書房、1982)。『心』においては、8畳の部屋にいる「先生」に対し、Kは襖を隔てた4畳にひっそり住む。下女を入れて5人が住む、必ずしも広くないこの平屋は、決して快適な間取りではない。誰が今どこにいるのかも、推定出来る。人間の微妙な心理がそこに絡まると、家はどろどろした情念の坩堝となる。

なお、漱石の家に関する文献として、石崎等・中山繁信『夏目漱石博物館―その生涯と作品の舞台』(彰国社、1985)や『「漱石山房」の復元に関する基礎調査報告書』(新宿区、2012)がある。

(中島国彦)

生垣

いけがき

◆喜いちゃんは此処へ出て、御母さんや御祖母さんや、よしを相手にして遊んでゐる。時には相手の居ないのに、たつた一人で出てくる事がある。其の時は浅い生垣の間から、よく裏の長屋を覗き込む。
（『永日小品』「柿」）
◆生垣の隙より菊の渋谷かな（2233、1910（明43）年）

空間の分節

　『日本人とすまい』（岩波書店、1974）で上田篤は、しめ縄が「いわば「日本の垣」の考え方の原型」にあたるとした上で、「しめ縄でも垣でも、容易に内部をみすかすこともできるし、またこれをのりこえようとおもえば、かんたんにのりこえられる」ところにその特徴を見出し、「一種の領界をしめすしるし」だとまとめている。そして、生垣の長所を「庭の区画を意識させず、道路や隣りの庭までも借景にとりこんで、庭をひろく感じさせるところ」にみている。

　ならば、漱石作品おいて生垣はどのように書かれているのか。まずはその基本的な用法を『三四郎』から確認しておこう。たとえば、「台所の傍に立派な生垣があつて、庭の方には却つて仕切りも何にもない。只大きな萩が人の脊より高く延びて、座敷の縁側を少し隠してゐる許」（三の七）、「二方は生垣で仕切つてある」（四の十）、「一直線に生垣の間を横切つて、大通りへ出た」（十の七）といった表現がみられるが、ここで生垣はその本来の役割に即して空間を分節し、そのことを可視化していく。また、三四郎がはじめて原口を訪ねる際には、「多くの松を通り越して左へ折れると、生垣に奇麗な門がある」（十の二）と書か

れ、直線で分節された空間を想起させつつ、その向こうには新たな世界が準備される。

レトリックとしての生垣

　その上で重要なことは、こうした基本的な用法がレトリックにも反映されていくことだ。「坊っちゃん」には「手を放すと、向ふの生垣まで飛んで行さうだ」（七）、「草枕」には「二株三株の熊笹が岩の角を彩どる、向ふに枸杞とも見える生垣があつて、外は浜から、岡へ上る岨道か時々人声が聞える」（四）、「石を畳んで庫裡に通ずる一筋道の右側は、岡つゞきの生垣で、垣の向は墓場であらう」（十一）といった表現がみられる。つまり、生垣とは単に作品世界において空間を分節するだけでなく、レトリックのレベルにおいても「向（ふ）」と強く結びつけられているのだ。

　さらに、空間の分節という観点から考えれば、「坂井の家の門を入つたら、玄関と勝手口の仕切になつてゐる生垣の目に、冬に似合はないぱつとした赤いものが見えた」（『門』九の四）というように、生垣は異なる二つの領域の接点・交錯点を担いもする。それを裏返せば、「門の上から太い松が生垣の外迄枝を張つてゐた」（『それから』十七の一）といった具合に、生垣は越境をあらわす指標ともなる。

　こうした変奏の展開は『明暗』にまで及ぶが、その発端は「永日小品」にみられる。そこで生垣は壁との決定的な違いを示すかのように、自らの身を生垣に隠しながら、同時に向こうを「覗き込む」自由を登場人物に与えるだろう。『明暗』では、津田が叔父の子・真事に空気銃を買わされて別れた後、「突然ドンといふ銃声」を耳にする。その時、津田は「右手の生垣の間から大事さうに彼を狙撃してゐる真事の黒い姿を苦笑をもつて認め」（二十四）るのだが、自らの身を隠しながら向こうを見るという真事のふるまいを可能にしているものこそ、生垣に他ならない。

（松本和也）

田舎、都会

いなか、とかい

◆
◆生活空間

◆凡ての物が破壊されつゝある様に見える。さうして凡ての物が又同時に建設されつつある様に見える。大変な動き方である。／三四郎は全く驚ろいた。要するに普通の田舎者が始めて都の真中に立つて驚ろくと同じ程度に、又同じ性質に於て大いに驚ろいて仕舞つた。　　　　　（『三四郎』二の一）

◆代助は、感受性の尤も発達した、又接触点の尤も自由な、都会人士の代表者として、芸妓を撰んだ。彼等のあるものは、生涯に情夫を何人取り替えるか分らないではないか。普通の都会人は、より少なき程度に於て、みんな芸妓ではないか。代助は淪らざる愛を、今の世に口にするものを偽善家の第一位に置いた。　　　　　（『それから』十一の九）

それぞれの用語法

漱石文学において、「田舎」と「都会」とは厳密な意味での対概念とはいえない。たとえば「坊っちゃん」では、「田舎」と「東京」、「田舎者」と「江戸っ子」が対比されるが、「都会」の用例は見当たらない。『三四郎』においても、「田舎」と「東京」が対比されるが、「都会」の用例は「都会人種」の一例しか認められない。さらに『彼岸過迄』における田川敬太郎と須永市蔵も、明確に「田舎者」対「江戸っ子」と対比されるが、「都会」の用例は「都会人士」の一例が見いだせるのみである。つまり用語法から見れば、「田舎」の対概念は「都会」ではなく、「東京」「江戸」なのである（ここには、ある種の東京中心主義が見いだせる）。とはいえ「都会」の用例は、文脈上ほとんどが「東京」をさすので、「都会」≒「東京」としてもいいのだが、「北国のある都会に向けて出発した」、「ある大きな都会の市長の候補者に

なつた」（『道草』七十五）といった例外もあるので、小さな差異にも注意が必要だ（補足すれば、漱石は「都市」という術語はめったに用いない。『文学評論』中の「都市的趣味」というのが唯一の使用例だろう。漱石の言語感覚には、官製の新漢語は馴染まなかったようである）。具体的な地名を除けば、「田舎」の関連語には、「山の中」「山里」「自然」「故郷」「地方」「郊外」などがあり、「都会」の関連語には、「都」「大都」「大都会」「世の中」「世間」「現実社会」「現実世界」などがある。それらも合わせて吟味すべきだろう。

漱石自身に関しては、次のような同時代評がある。「漱石氏の官能は都会人の官能である。／江戸児の鋭敏なる官能は、衣食住の材料に対して、一寸おつだとか、なかなか洒落れてるとか、全て渋いとか云ふやうな、いろいろの評価を案出し、又其様式に関して、かうするものだ、ああするものだと云ふやうな、さまざまの軌範を工夫して、贅沢なるEpicurean（享楽主義）を作り、閑の多い通人を拵へた。漱石氏が亦、余程の通人でありEpicureanであることは、其作品の一一に証明されてゐる。」（生田長江「夏目漱石氏を論ず」『新小説』1912・2）

確かに漱石の人となりは、「都会人」「江戸児」とよぶに相応しいだろう。こうした傾向は、『彼岸過迄』における須永のハビトゥス（身体化された文化）などに顕著だが、だからといって単純なカテゴライズは禁物である。漱石文学における「都会」の表象は、もっと複雑だからである。

「都会」の表象

『三四郎』では、上京した三四郎に焦点化して、破壊と建設を繰り返す「現実世界」をパノラマ風に捉えつつ、徐々に本郷文化圏に属する「都会人種」の金銭や婚姻をめぐる問題に迫っていく。『それから』の代助は、みずから「遊民」を以て任じる「都会人士」だが、三千代との「自然の昔」に帰るべく、すべて

を放擲し、金銭と徳義の問題に直面させられる。『門』では、過去の罪に怯えながら、「山の手の奥」にひっそり暮らす夫婦のありようが、「山の中にゐる心を抱いて、都会に住んでゐた」（十四の一）と形容される。彼・彼女らの多くは、地縁血縁的なネットワークから疎外されており、とくに女たちは不安定な経済条件に立たされる。また男たちは学歴資本に守られつつも、出生や恋愛、結婚といった他者の恣意的な承認にかかわる問題に翻弄される。漱石文学における「都会人」は、アッパーミドル層が多いが、その経済的基盤は不安定で、社会的諸条件に影響されやすい。

『彼岸過迄』では、「徳川時代の湿っぽい空気が未だに漂よつてゐる黒い蔵造の立ち並ぶ裏通りに、親譲りの家を構へて」（「停留所」五）隠棲する須永が、結婚問題や出生問題によって、否応なく「世の中」に引きずり出されていく。須永は、いわば「都会」の底に沈む逸民だが、「現代日本の開化」を背景にした「長火鉢や台所の卑しい人生の葛藤」から逃れることはできない。一方、東京屈指の繁華街である小川町通りを舞台に繰り広げられる敬太郎の「探偵」劇は、おびただしい光の洪水と、記号との戯れともいうべき陶酔体験とによって、のちにW・ベンヤミンが『パサージュ論』で追究したような新しいタイプの都市的感受性に迫っている。このように漱石文学における「都会」の表象は、作中人物の身体性やハビトゥスを通して、重層化されているといっていいだろう。

「田舎」の表象

「田舎」の表象も同様である。「坊っちゃん」は「四国辺」の「田舎」を主たる舞台とするが、古賀（うらなり君）が追われる日向の延岡は、「山の中も山の中も大変な山の中」、「猿と人とが半々に住んでる」（八）と、さらに差別化されている。一方、那古井の温泉場を舞台とする「草枕」は、地と図を反転させたよう

に、「人間は田舎の方がいゝのです」（四）と語り、電車や巡査や探偵に追い立てられる「東京」を差別化している。ただしこの「山の中」にも、20世紀の「現代文明」は押し寄せており、「非人情」を求める画工は、その不調和のなかで、一瞬の詩境の到来を待ち望んでいる。また、『彼岸過迄』に登場する森本の「冒険譚」には、北海道、四国、信州戸隠山、耶馬渓といった辺境が含まれるが、やがて彼の「漂泊」は大連にまで及び、国境の内外に膨張する帝国日本の版図と微妙に重なる。こうした外地への眼差しは初期の「草枕」の満洲から、『明暗』の朝鮮まで一貫しているが、むろんそれらは「都会」や「田舎」といった範疇には入らない。しかし、内地で食い詰めた森本が大連に渡ったように、「都会」（東京）→「田舎」→外地といった潜在的なヒエラルキーが構造化されているともいえる。さらに『明暗』（百五十五）には、次のような場面もある。「朝鮮」に渡る小林の「送別会」として津田が指定したのが、「東京で一番賑やかな大通りの中程を一寸横へ切れた所」にある「仏蘭西料理」店であった。「彼の眼の中を通り過ぎた燭光の数は、夜の都の活動を目覚しく物語るに充分な位、右往左往へちらちらした」、「はなやかに電燈で照らされた店を一軒ごとに見て歩く興味は、たゞ都会的で美くしいといふ丈に過ぎなかつた。」──こうした「都会」（東京）の表象は、『彼岸過迄』における敬太郎の「探偵」のシークェンスに連なるものである。しかし、「朝鮮」に向かう小林は、津田の「余裕」の虚飾を剝ぎ取ろうとする。「余裕」とは即ち経済的、文化的資本のことであり、同時に、引用した「都会」の虚栄の謂でもある。ここに明／暗の交錯を読むことも可能だろう。

いずれにせよ、漱石文学における「都会」と「田舎」は、複雑に重層化されている。しかもそれらは、作中人物の衣食住、経済問題、家族関係などとリンクして表象されていることに注意が必要である。　　　（田口律男）

◆生活空間

陰士、泥棒

いんし、どろぼう

◆吾輩は無論泥棒に多くの知己は持たぬが、其行為の乱暴な所から平常想像して私かに胸中に描いて居た顔はないでもない。小鼻の左右に展開した、一銭銅貨位の眼をつけた、毬栗頭にきまつて居ると自分で勝手に極めたのであるが、見ると考へるとは天地の相違想像は決して遅くするものではない。此陰士は脊のすらりとした、色の浅黒い一の字眉の意気で立派な泥棒である。　（『吾輩は猫である』五）

猫と泥棒と近代

　『吾輩は猫である』の語り手は、第一章初めには自らの盗みを快として語り、また第五章終盤では鼠を捕ろうとして泥棒に間違われる。世に泥棒猫という言葉もあり、連載中の『ホトトギス』に一種のパロディ「泥棒は猫である」（1905・5）も載るように猫と泥棒は親和を持つ概念だが、そのような猫の立場から人間の「所有」を相対化する考察が、作品ではしばしば語られる。人間は猫の得たものを横取りし、また本来所有できない空間に境目をつくる生き物なのである。そして泥棒はそのような人間社会の枠を踏み破る存在であるゆえに、「陰士」の称号で語り手の猫は呼ぶのであろう。

　ただしそのような猫にも泥棒に対する先入観はあり、苦沙弥邸に侵入した「意気で立派な泥棒」を見るまでは「小鼻の左右に展開した、一銭銅貨位の眼をつけた、毬栗頭」という容貌を思い描いている。身体的特徴と犯罪の関係をめぐる同時代の知見としてはロンブローゾが名高く、漱石も別の文脈で言及の多い心理学者ではあるが、語り手の猫が従っているのはむしろ通俗的な類型であろう。しかしそのような常套判断による外貌と内面の結びつきが単純には信用できないのが、近代という時代である。細君の枕元に置かれた山の芋の箱を貴重品と考えて盗む泥棒も、捕まった泥棒をその風采から刑事と思い込む苦沙弥も、それぞれ類型的な先入観によって判断を誤っている。

被害者を結ぶ泥棒

　捕縛の不安にかられる泥棒は、自らの利を求める探偵同様に心安まらず、それは「自覚心」の強い20世紀の人間のありようである、と論ずる苦沙弥にとって、泥棒と探偵に径庭はないのだが、「趣味の遺伝」の語り手は「探偵」に不愉快を表明しつつ、自らの探偵行為を「人間はどこかに泥棒的分子が無いと成功はしない」として正当化する。漱石作品において、しばしば攻撃的な言葉で否定される探偵に対し、泥棒には宥恕の視線がこめられる傾向がある。

　漱石自身の泥棒被害の体験については、夏目鏡子『漱石の思ひ出』（改造社、1928）に「有難い泥棒」の章があり、盗まれた衣類が洗濯されて戻ってきたという回想が記されているが、「永日小品」も同じ事件を素材として一家の騒動を描き、泥棒を捕まえれば必要経費で損をするという刑事の話なども紹介する。『門』の宗助は、泥棒が落としていった手文庫を被害者の坂井に届ける。つまり泥棒の盗品は、それまで家賃の支払いだけの関係であった宗助と坂井とを結びつけている。また『心』において、泥棒の用心のために先生の留守に雇われた「私」は、先生の秘密に触れる話を「奥さん」から聞く。『硝子戸の中』の語り手は、生まれる前後に被害にあった泥棒の話を、妻を経由して兄から聞く。泥棒は、無法な侵入者であることによって、人々を結びつける機能も果たしているのである。　（浜田雄介）

◆
生活空間

インフルエンザ

いんふるえんざ

◆親戚の者が矢張りインフルエンザに罹つてね。別段の事はないと思つて好加減にして置いたら、一週間目から肺炎に変じて、とうとう一ヶ月立たない内に死んで仕舞つた。 (「琴のそら音」)
◆三四郎は代診と鑑定した。五分の後病症はインフルエンザと極つた。 (『三四郎』十二の六)
◆安井は此悪性の寒気に中てられて、苛いインフルエンザに罹つた。 (『門』十四の九)

インフルエンザは強毒化して世界的大流行を繰り返した。漱石歿後のスペイン風邪(1918-1921)の死者は第一次世界大戦の倍以上だ。旧アジア風邪の大流行(1890-1892)で漱石の在学校が休校し、その社会的混乱は福沢諭吉の書簡に明らかだ。「野分」執筆中(1906・12)の漱石を除く家族が感染し倒れた。

インフルエンザは作品展開に関わる。「琴のそら音」は、菊池寛の「簡単な死去」(1919)と共にインフルエンザを扱った小説中滑稽味に特色がある。明治・大正の医学知識ではインフルエンザから腸チフスに変化し、肺結核を続発するとされる。当時恐れられた結核・腸チフスにインフルエンザが関わるのにその脅威は世間一般に認識されず、靖雄は露子の病死の可能性を実感出来ず、津田の忠告を取り違えて幽霊噺への興味を作品の枠組にする(福井慎二「漱石『琴のそら音』論」『河南論集』2001・3)。『三四郎』ではインフルエンザで寝込む三四郎は見舞い客から美禰子の婚約の真相を知らされても何も出来ない。『門』では安井の転地療養に付き添った御米に会えない宗助は想いを深め、インフルエンザは御米との姦通を用意する。 (福井慎二)

牛、馬

うし、うま

◆花の頃を越えてかしこし馬に嫁 (「草枕」二)
◆牛になる事はどうしても必要です。吾々はとかく馬にはなりたがるが、牛には中々なり切れないです。僕のやうな老猾なものでも、只今牛と馬とがつて孕める事ある相の子位な程度のものです。

(芥川龍之介・久米正雄宛書簡、
1916(大5)年8月24日付)

幻想に駆ける馬

漱石全集には、「牛」「馬」という単語が頻繁に現れる。まず目につくのは、「牛さへゐれば牛小屋で馬さへゐれば馬小屋だ」(「坑夫」)というように、身近な動物を表す記号として対で用いられるケースである。

ところが、それぞれが単独で登場する場合を見ると、圧倒的に多いのは「馬」の用例で、その意味も豊饒であるようだ。特に、勇者を乗せて恋に疾走する「幻影の盾」「薤露行」の馬、夜明けとともに処刑される恋人に会おうとする女を乗せて馳せ、崖下に転落する「夢十夜」の白馬など、幻想世界に人を運ぶ役目を果たす「馬」が目立つ。「草枕」でも「非人情」に思いをめぐらせつつ山を登る「余」の前に現れるのは「五六頭」の馬だ。「皆腹掛けをかけて、鈴を鳴らしてゐる。今の世の馬とは思はれない」(「草枕」二)と言いなから、「余」はこの後、かつて馬に乗って山を越え嫁入りした那美さんのもとを訪ねていく。ここでも「馬」は、日常と非日常の堺をこえて人を誘う働きをしているらしい。俳句にも、非常に多くの「馬」が登場する。

「馬」が漱石テクストに頻繁に登場する理由のひとつに、漱石が実際に生活の中で馬に

◆ 生活空間

175

接する機会が多かったことを挙げてもよいだろう。熊本時代、旅行中に馬に蹴られたり（狩野亨吉宛書簡、1899・1・14付）、ロンドンで自転車ごと馬に蹴飛ばされたり（「自転車日記」）「満韓ところどころ」の旅で馬車を利用したり（「日記5」）、日光への旅で馬に乗って動揺で胃を悪くしたり（夏目鏡子宛書簡、1912・8・26付）と、馬をめぐるさまざまな体験を漱石は書きとめている。

◆生活空間

牛のようになれ

一方、都会育ちの漱石には、当時全国で多用されていた農耕牛に接する機会はあまりなかったのだろうか。数少ない「牛」の用例を見ると、「代助から見ると、此青年の頭は、牛の脳味噌で一杯詰つてゐるとしか考へられない」（『それから』一の四）などと容赦ない。

それが一変するのが、晩年の書簡においてである。木曜会の若きメンバーであった芥川龍之介と久米正雄は、千葉県一の宮に滞在した1916（大5）年8月17日から9月上旬、漱石との間に長い往復書簡を交わしている（漱石からの書簡は8月21日、24日、9月1日、2日付のものが、芥川からの書簡は8月28日付のものが現存）。その中で漱石は、「新時代の作家」になるつもりなら、「たゞ牛のやうに図々しく進んで行くのが大事」（8・21付）だと説いている。牛のようになれという戒めは、8月24日付書簡でも繰り返される。「根気づくでお出でなさい。世の中は根気の前に頭を下げる事を知つてゐますが、火花の前には一瞬の記憶しか与へて呉れません。うんうん死ぬ迄押すのです」「牛は超然として押して行くのです」。

作家漱石において、「馬」から「牛」への転換があったことを思わせるメッセージである。この年の暮れに歿した漱石からの、新世代への遺言とも言える言葉だが、「火花」のような芥川の作家人生に、この言葉がいかされたかどうかは疑問である。　　　（篠崎美生子）

謡、謡曲、能

うた、ようきょく、のう

◆後架の中で謡をうたつて近所で後架先生と渾名をつけられて居るにも関せず一向平気なもので矢張是は平の宗盛にて候を繰返して居る

（『吾輩は猫である』一）

謡の稽古

漱石にとって能とは、まずは、趣味としてのめり込んでいった謡であった。

漱石の謡の稽古は、熊本の五高教授であった1898（明31）年頃から始まる。工学部長の桜井房記から手ほどきをうけ、同僚の神谷豊太郎について習い始めた。神谷から最初に習った曲が、平宗盛の愛人を描く「熊野」であった。「えゝ声は好い声でした。当人はなかなか熱心で、人が笑ふからといふので、よく便所の中で呻つてゐたところから、『後架宗盛』といふ名が付いて、一時評判でしたよ」（森田草平編「漱石先生言行録」十一、神谷豊太郎（談）「宗盛の素読と獅子狗（下）」昭和十年版漱石全集月報11）と神谷は述べている。冒頭に掲げた『吾輩は猫である』に描かれる苦沙弥先生の姿は、熊本で「熊野」から謡の稽古を始めた初心者漱石の投影にほかならない。

謡の稽古は、英国留学で中断し、帰国してもすぐに再開したわけではなかった。1907年4月、一切の教職を辞して朝日新聞社に入社して、時間に余裕ができると、謡熱は再燃する。運動不足の解消のためという意味もあった。漱石は、高浜虚子に、「人物のいゝ先生か。芸のいゝ先生か。どつちでも我慢する。両者揃へば奮発する」（書簡、1907・7・17付）と書き送って頼み込み、虚子の斡旋で、下掛宝生流（ワキ方）の名手宝生新（1870-1944）につく

ことになった。

漱石の声と謡

　もっとも、この年の元日に、漱石は、大鼓を習い始めた虚子を相手に、「羽衣」のクセを謡って一調（鼓を相手に謡う演奏形式）を試みたものの、虚子が大きな掛声で「カーン」と打ってくるたびに、謡がよろよろして小さくなり、門下の人たちや奥さんから笑われるという体験をしており（「永日小品」「元日」）、これも謡再興のきっかけだったろう。

　漱石の謡については、神谷が「えゝ声は好い声でした」と言い、宝生新まで「しかし声は能く出ましたよ」と認めているので、声量があることが長所であったにちがいなく、それもあって謡の趣味が長続きしたのだろう。

　しかし、宝生新は続けて言う。「處で、あゝいふ方ですから、巧く謡はうなぞといふ所謂当気味のない、たゞ素直に声を出しさへすればいいといふお考へだらうと思つてましたが、先生はどうもさうでありませんでしたね。謡つてる間に、御自分で節を拵へたいといふ意志が働く。そこがどうも夏目先生らしくないと思ひましたよ。尤も、声が出て、それに艶があつたから、自然さういふ事になつたのかも知れませんがね」（「漱石先生言行録」十三、宝生新（談）「謡曲の稽古」『漱石全集』昭和十年版「月報」13）。

　漱石に少し遅れて宝生新についた安倍能成は、「実をいへば私は先生の謡はあまり好きでなかつた」と言っており、謡をめぐって漱石と言い争ったことがあった。「正月だつたかと思ふが、早稲田南町の漱石山房に行き、例によつて謡をうたふことになつた。その時私は何のきつかけか、又きつかけなしにか、『私は先生の謡は嫌ひです』といつた。（中略）その詞に対して先生が『僕も君の謡は嫌ひだ』と応酬された詞の中には、多少の激昂があつたらしかつた」。安倍による漱石の謡評は、「先生は謡を一つの遊び若しくは養生の

一つと考へて居られたらしく、稽古は割に熱心であつたが、強ひて上達を期するといふやうな緊張はなかつた。節扱ひなど細かに器用な所があつたけれども、大体は放胆なあまり拘泥しない謡ひ振りであつた。先生の声量は随分豊富であつたが、まだ十分洗練されて居ないで少し濁つて居り、又鼻にかかつて居た」（「漱石先生二題」『漱石全集』昭和十年版「月報」18）というものである。

　これに対して、同じように宝生新に習つた野上豊一郎の評価も似たりよつたりである。「先生の謡の調子は、先生の画の如く個性的であつた。上手かといふと、上手であつたとは云へないが、下手かといふと、決して下手でもなかつた。声量は十分にあり、つやのある、密度の多い声柄であるが、それだけ節まはしがねばりがちなので、重ぐれて聞えることがあつた」（「漱石先生と謡」『漱石全集』昭和三年版「月報」15）。

武人能を好む漱石

　謡が最も濃厚に小説に入り込んだ例は、『行人』の「景清」である。そこでは、主人公一郎の父が、二人の来客とともに「景清」を謡うところが詳しく描かれる。その謡を聞いていた二郎の所感は、ほぼそのまま漱石自身のそれに重なるだろう。「自分はかねてから此「景清」といふ謡に興味を持つてゐた。何だか勇ましいやうな惨ましいやうな一種の気分が、盲目の景清の強い言葉遣から、又遥々父を尋ねに日向迄下る娘の態度から、涙に化して自分の眼を輝かせた場合が一二度あつた」（『行人』「帰つてから」十二）。

　この所感は、漱石が門下生たちに対して「謡曲の中で一番劇的に出来ているのは『七騎落』である。どうして『安宅』などの外に古来あれを戯曲化したものがないのか知らん。殊にあの中には本当の武士気質の表れているのがいい」と述べたという森田草平の証言（『夏目漱石』正・続）とも響き合うだろう。

◆ 生活空間

177

漱石が、能の中で最も心ひかれた部分とは、武人を主人公とする現在物の中で、対話場面において人物を鋭く描くような、シャープで深い心理展開がなされるところだったのかもしれない。

複式夢幻能と「草枕」

しかし、それは漱石が、能のスタンダードである複式夢幻能(二場構成の亡霊劇)を嫌っていて無知であったということを意味するものではない。たとえば「草枕」では、小説は、複式夢幻能の内容・形式に戯れるようにしてストーリーが運ばれる。それはこの小説の冒頭部の、「しばらく此旅中に起る出来事と、旅中に出逢ふ人間を能の仕組と能役者の所作に見立てたらどうだらう」という宣言通りの進行であった。

複式夢幻能にまず登場する諸国一見僧(ワキ)が転生した西洋画家の前に、シテとして登場する主人公那美さんではあるが、ワキはウォッチャーでありシテとはあくまで具体的関係に入らないという能の約束を守るかのように、画家と那美さんとはぎりぎりのところで交わらず、非人情の劇は保たれる。

たとえば、画家の部屋の前方の廊下に振袖姿であらわれる那美さんを前シテとすると(六)、画家が湯船につかっているときに風呂場に裸体で入ってくる那美さんは後シテであり(七、共同授業での小森陽一氏の発言)、二つの場面は、あたかも能「定家」における雨のように、神仙の女が化する雨や雲といった水蒸気的世界によって結ばれる、という仕組みなのである。

「草枕」は、能の構造や内容をはっきりと認識した人間によって、能がはじめて批評性をもって小説に組み込まれた最初の作品であり、それはW・B・イェーツによって能の世界が『鷹の井戸』として翻案される1917(大6)年より11年も早かったのである。 (松岡心平)

饂飩、蕎麦

うどん、そば

◆「蕎麦はツユと山葵で食ふもんだあね。君は蕎麦が嫌いなんだらう」「僕は饂飩が好きだ」「饂飩は馬子が食ふもんだ。蕎麦の味を解しない人程気の毒な事はない」 (『吾輩は猫である』六)
◆郵便局の隣りに蕎麦とかいて、下に東京と注を加へた看板があつた。おれは蕎麦が大好きである。 (「坊っちやん」三)

蕎麦対饂飩

『吾輩は猫である』の、迷亭と苦沙弥との蕎麦と饂飩の好みをめぐる会話は有名である。苦沙弥は胃病に悩み、医者の勧めでもりとかけを交代で食べているが効能はない。漱石自身も、胃を病んで後、日記に、胃痛で「夜蕎麦を三口程食ふ」などと書いている。

蕎麦は概ね東日本を代表するのに対し、饂飩は西日本のものというイメージが強い。「坊っちやん」の江戸っ子の主人公も例外ではない。四国辺のとある町で東京風の天麩羅蕎麦を四杯も食べ、生徒にからかわれている。一方、清には、鍋焼饂飩を差入れされた経験がある。屋台の鍋焼饂飩は東日本でも例外のようである。なお、「坊っちやん」のモデルとされる弘中又一は、松山中学の教師数え歌に「一つ弘中シッポクさん」と歌われたという。

『三四郎』(七)には、学校に、昼、ある蕎麦屋の擔夫が蒸籠や種ものの配達する様子が書かれている。夏でも釜揚饂飩を食う胃弱の先生も紹介される。三四郎は与次郎とこの蕎麦屋にしばしば出かける。

「二百十日」の碌さんは、九州阿蘇で、饂飩を食いたくないとしながら、結局食べるはめになり、その後具合が悪くなる。では蕎麦が

いいのかというと、麺類では凌げない、と、その差は無い。それでも饂飩の罵倒が続く。

優しさと懐かしさと

漱石は、ロンドン留学の途上、高浜清に葉書で、早くも「早く茶漬と蕎麦が食度候」と書いている。ロンドンからの鏡子宛手紙にも、「日本に帰りての第一の楽みは蕎麦を食（略）」ったりすることと書いている。

満州の日本市街では、「鍋焼饂飩が通る」（日記、1909・9・27）のを見て日本らしさを感じている。

『虞美人草』には、「蕎麦屋に藪が沢山出来」（一）ると書かれている。また、宗近が父に、「叡山の坊主は夜十一時頃から坂本迄蕎麦を食ひに行くさうですよ」（八）と述べているが、この話は1910（明43）年8月のいわゆる修善寺の大患の後に見た夢の記述にもある。

『門』には、かつての蕎麦の値段として、「盛かけが八厘、種ものが二銭五厘」（八）とある。

『心』には、奥さんが先生に蕎麦湯を持って来る場面がある。『道草』では、健三が細君に蕎麦湯を拵えてもらう。「永日小品」の「火鉢」にも、妻に蕎麦湯を持って来てもらう場面がある。「坊っちゃん」の清も同様である。これらには共通のイメージが認められる。

また、『道草』の健三は、比田という男に、軽井沢のプラットホームでの蕎麦の立食を勧められている。「永日小品」では、主人公が、昔、中村是公と共に蕎麦や汁粉や寿司を食って廻った経験が語られる。

漱石には、「寒月やから堀端のうどん売り」「長松は蕎麦が好きなり煤払」「新らしき蕎麦打て食はん坊の雨」「秋雨や蕎麦をゆでたる湯の臭ひ」「蕎麦太きもてなし振や鹿の声」などの句もある。

珍しいところでは、京都で大石忌に出かけ、「蕎麦の供養」（日記、1915・3・20）を見たこともあった。

やはり江戸っ子である漱石の好みは蕎麦に傾くようである。
　　　　　　　　　　　　　　　　（真銅正宏）

占い

うらない

◆御米は其時真面目な態度と真面目な心を有つて、易者の前に坐つて、自分が将来子を生むべき、又子を育てるべき運命を天から与へられるだらうかを確めた。　　　　　　　　　　　　　（『門』十三の八）
◆この不決断を逃れなければといふ口実の下に、彼は暗に自分の物数奇に媚びようとした。さうして自分の未来を売卜者の八卦に訴へて判断して見る気になつた。　　　（『彼岸過迄』「停留所」十五）

占いへの〈近代〉のまなざし

『東京風俗志　上の巻』「第四章第四節　迷信」の「五性、九星、及び方位」という項には、生年の干支によって推定する「五性及び九星」で運命や相性を占うことや、歳の十干によって「方位」の禍福（吉方、鬼門など）が決まることが説明されている。これらによる判断を重んじる人々を「愚俗」とし、続く「卜筮」の項には、「卜筮の如きは世に損失する所ありて更に益なし、須らく警察の権を以てこれを停めんことこそ願はしけれ。猶ほ俗間には銭占、畳算を始め、仏堂の御鬮などを以て、吉凶を判すること盛に行はれぬ」とある。占いを信じる人々への苦々しい視線には、「開明の国民」に、迷信、占いの類はふさわしくないという思いが露わである。

非合理を信じることの意味

漱石作品にも占いは度々登場する。中でも『彼岸過迄』では、占いが大きな役割を果たしている。敬太郎は就職という人生での大きな関門を前にして「文銭占なひ」（「停留所」十六）で未来を占ってもらい、その占いの言葉を指針にして自身の行動を選ぶ。彼が占いを信じ

◆生活空間

るのは、「迷信のはびこる家庭に成長」（同二十三）し、「方位九星に詳しい神経家」（同十五）の父を持ち、幼児期に不思議な体験（同）をしたからで、彼は人智を超えたものの存在を馬鹿にしきれないのである。同様の判断様式は漱石の五女ひな子の死に取材した「雨の降る日」にも見られる。松本が雨の降る日に客に会わないのは、雨の日の来客中にわが子が突然死んでしまったためである。子供の死という合理的に説明できない出来事が、人智を超えたものを意識させ、雨の日の来客と子供の死という非合理な結びつきに意味を与えているのである。占いや迷信を信じるということは、行き過ぎれば問題であろうが、『彼岸過迄』においては、非合理とも言えるそれらを信じることは、自我による決定、認識の限界と表裏であり、敬太郎の形象に自我に自縄自縛された須永の批判を見ることもできる。

「琴のそら音」の「迷信婆々」、『それから』の梅子など、占いに親しいユーモラスな人物もいるが、『門』の御米は悲痛である。三度身ごもり三度とも子を亡くした御米は、「真面目」に易者を訪ねている。人間の生死や運命への問は突き詰めても人間には答えられない。だからこそ御米は占いを訪ねるのである。占いは前近代的、非理知的かもしれないが、人間には解答不能な問の存在を示している。

漱石の実生活では、鏡子夫人が占いに親しく（『漱石の思い出』三七、四九）、『道草』にも「迷信家の細君は加持、祈禱、占ひ、神信心、大抵の事を好いてゐた」（六十六）とある。「思ひ出す事など」には「易断に重きを置かない余」（二十八）という言葉が見え、漱石はそれほど占いを信じてはいなかったようだ。しかし、まさに修善寺で生死の不思議を体験した漱石が、かつて言われた「貴方は西へ西へと行く相がある」という占いの言葉を記す時、彼は、その言葉の向こうに人智を超えて人を動かすものの存在を見ていたのではないだろうか。

（吉川仁子）

絵／画／絵画

え／え／かいが

◆小供のとき家に五六十幅の画があつた。ある時は床の間の前で、ある時は蔵の中で、又ある時は虫干の折に、余は交る交るそれを見た。

（「思ひ出す事など」二十四）

漱石と絵画趣味

漱石が絵画への深い造詣を持ち、また作品にも様々なかたちで絵画的要素を取り入れていることはよく知られている。漱石は、実家夏目家にある掛け軸の絵を眺めるのを好んだ幼少時代を、「思ひ出す事など」で回想しており、また英国留学時代にはナショナルギャラリー、現在のテート、ウォレス・コレクションなど主要な美術館へ何度も足を運び、帰国してからも数々の図録や画集、絵画論を買い集めた。さらに「文展と芸術」に見られるように明治末から大正初期の日本近代美術へも一家言を持ち、晩年は南画の製作にも自ら取り組んだ。鑑賞や知識の面においても、また技法などの面においても、非常に幅広い知見の持ち主であったといえる。

作品中にも実在の絵画が幾度もモチーフとして引用され、そのジャンルは西洋古典絵画から同時代日本の作品まで多岐にわたる。また、「坊っちゃん」で登場人物たちが釣りに興じる沖合の島が「ターナー島」と称され、『三四郎』の美禰子が持つ表情を説明するために「グルーズの絵」が引き合いに出されるなど、絵画から得たイメージが直接的にも間接的にも投影されている。

また『吾輩は猫である』の苦沙弥や『三四郎』のよし子など、趣味としての絵画をたしなむ人物たちが折々に描かれる。「草枕」の

◆生活空間

画工や、『三四郎』の原口など、職業的な画家たちがヒロインを絵画に写し取るまでの過程が、作品の主軸に据えられる場合もある。そうした作品では、最後に完成した絵画が、印象的なクライマックスを形作るのである。

表現論としての「絵／画」

一方で、漱石の作品における「絵／画」は、より観念的に表現上の概念として使用される場合もある。この場合、「画」は造形芸術の表現方法を意味し、言語芸術の表現方法は「詩」として対置される。

漱石は、18世紀ドイツの劇作家レッシングの芸術論 *Laocoon*（1766）を熟読しており、その理論は「草枕」における画工の思考にも反映されている。レッシングによれば、言語芸術にはある程度の時間の幅と、その時間経過に従った事件を盛り込むことができるが、造形芸術はその時間においてクライマックスとなりうる一瞬のみを表現することになる。こうした「作品に含まれる時間の長さ」については、漱石も概ね同意を示している。

とはいえ、何をもってクライマックスとするかは意見が分かれ、これを唯一の瞬間として捉えるレッシングに対し、「倫敦塔」に引用されるポール・ドラローシュの二つの絵画が、それぞれヨーク朝の悲劇の王子たちや、九日間の女王ジェーン・グレイの物語へと展開されうるように、漱石はある程度の幅を持つ時間が凝縮された瞬間として捉えていた形跡がある。こうした時間の幅が、作中に幾通りにも設定されることで、読者は作品を任意の「部分」として切り取りながら印象的な「画面」へと凝縮させることが可能となる。それは作品全体を貫く「筋」から脱線する楽しみを読者に許容する志向とも通底しており、こうした「部分」を含みこむ作品を、漱石は『文学論』の中で「断面的文学」と定義し、より「絵画」的な言語芸術のあり方を模索していたものと思われる。　　　　（神田祥子）

易経、易者

えっきょう、えきしゃ

◆思案に沈んでゐる憐れな人に、易者が何んな希望と不安と畏怖と自信とを与へるだらうといふ
（『彼岸過迄』「停留所」十五）

漱石の著作において、「易」に関連する言説は大きく二つのタイプに分類できる。一つは、『易経』についての言説、つまり狭義の「易」の話で、『易経』は、儒者にとっての必読の経典として登場し、また、いくつかの作品の中では、その本文、特に「繋辞伝」の引用や、その影響を受けた造語等が用いられている。漢詩の中にも、『易経』や「六十四卦」の語が出てくることから、漱石はある程度の関心を「易」に寄せていたと考えられる。もう一つのタイプは、より頻繁に現れる広義の「易」、すなわち「易者」を始めとして、占いを生業とした「売卜者」の話である。『それから』『門』『道草』には、占い師の怪しさについての言及があり、また、易断（占い）は、特に女性が信じがちな加持祈祷等のように、当時の人々にとっての前近代的な「迷信」と扱われている。

そこでは、漱石にとって、占いと占い師は「江戸時代」からの、やや迷惑な遺物であり、近代の西洋先進文化と対照的なものである。しかし、『それから』には、「石龍子」や「尾島某」、つまり人相学者の五代目石龍子と、家相家の尾島碩聞という、名声を博した占い師の名前が登場し、『彼岸過迄』には、敬太郎が占い師を訪ねる場面の精密描写がある。つまり、漱石は占いの実状についての知識も有していた。彼の占いに対する複雑な態度には、明治という時代の根底に存在する近世文化と近代文化の摩擦と矛盾が凝縮されていると言えまいか。
（マティアス・ハイエク）

◆生活空間

煙突

えんとつ

◆生活空間

◆坂を上つて伝通院の横へ出ると、細く高い烟突が、寺と寺の間から、汚ない烟を、雲の多い空に吐いてゐた。代助はそれを見て、貧弱な工業が、生存の為に無理に吐く呼吸を見苦しいものと思つた。

（『それから』八の三）

　三千代から依頼された金を、代助は、兄嫁梅子の融通によって工面できた。小切手を持って平岡の家に向かう途中、彼は工場の煙突を目にして否定的な印象を抱く。代助が目にしたのは伝通院に隣接していた桑原鉄工所の煙突と思われる。砲弾の信管類を造り、砲兵工廠の受注も受けていた工場を「貧弱」と感じる代助には、高等遊民としての優越意識が透けて見える。

　『行人』の二郎は、友人三沢の入院している病室から大阪市を見渡し、「何よりも先づ高い煙突から出る遠い煙」（「友達」十三）に注目する。「文芸の哲学的基礎」で漱石は、「砲兵工廠の高い烟突から黒烟が無暗にむくむく立ち騰るのを見て一種の感を得ました」と語り、「煤烟抔は俗なものであ」るにもかかわらず、「意志の発現に対して起る感じ」、「heroism」に通じるものを得たと述べる。世俗的な建造物の代表であり、近代工業の象徴でもある煙突は、積極的な意味も帯びる。

　「「ウォルト、ホイットマン」Walt Whitmanの詩について」には、「製造所の烟突より石炭の烟が黒々と立ち登る抔と我朝の思想にては俗気鼻を衝く程のことを事もなげに言ひ放つは奇と云ふの外なし」という一節がある。"Crossing Brooklyn Ferry"(1856)への言及と思しい記述は、煙突の両義的な把握の起源と言えよう。　　　　　　　　　（山口直孝）

音楽、音楽会

おんがく、おんがくかい

◆明日の晩は当地で有名なPattyと云ふ女の歌を「アルバート、ホール」へきゝに行く積り小生に音楽抔はちとも分らんが話の種故此高名なうたひ手の妙音一寸拝聴し様と思ふ

（寺田寅彦宛書簡、1901(明34)年11月20日付）

◆一、バイオリン、セロ、ピヤノ合奏とある。高柳君はセロの何物たるを知らぬ。二、ソナタ……ベートーベン作とある。名前丈は心得て居る。三、アダジヨ……パアージヤル作とある。是も知らぬ。四、と読みかけた時拍手の音が急に梁を動かして起つた。演奏者は既に台上に現はれて居る。（「野分」四）

謡曲に親しむ

　『吾輩は猫である』での苦沙弥先生と細君との会話には、漱石自身の邦楽、ことに義太夫節に対する知識が下敷きになっている場面があり、その若き日に寄席に通い、長唄、義太夫、俗曲に親しんだ経験を彷彿とさせている。また、「芸術のつもりでやつて居るのではなく、半分運動のつもりで唸るまでの事である」（「文士の生活」『朝日新聞』1914・3・22）と語る熊本時代に嗜むきっかけを持つ宝生流の謡は、小宮豊隆や野上豊一郎、安倍能成らの弟子たちを誘い、その晩年まで続けられた。漱石歿後、彼らは師を偲ぶ「漱石追善謡曲会」を1917(大6)年6月に催してもいる。

　このように邦楽に対する造詣を深く持つ漱石に対して、西洋音楽は「物珍しくかつハイカラな物として、主として好奇心の対象」であり、「書画に対した場合のように、鑑賞者の心を高い所に導く優れた芸術性を音楽に求めようとしたのではなかった」との評が定着していると云えよう（安川定男『作家の中の音楽

桜楓社、1976)。

寺田寅彦の導きによる西洋音楽受容

　しかしながら、漱石や漱石文学が西洋音楽と全くの無縁であるというわけではない。次男の伸六は、「自身洋楽は少しも解らぬと云いながら、当時音楽会が催されると必ず、出かけて行った様である」と、『父・漱石とその周辺』(芳賀書店、1967)に綴っている。漱石は、西洋音楽の当時の主たる演奏会場であった東京音楽学校の奏楽堂にしばしば足を運んでいたのである。このことには、五高以来の教え子で自らヴァイオリンやピアノも奏した寺田寅彦の存在が深く関わっている。寅彦は、『吾輩は猫である』に洋楽通として登場する理学士の水島寒月のモデルとしても知られる。皮相な近代化に対する批判を込めた「野分」に描かれた演奏会の場面は、寅彦と多く通った演奏会の体験が下敷きとなっていると云えるだろう。寅彦の「蛙の鳴声」(『渋柿』1918・12)や「夏目漱石先生の追憶」(『俳句講座』1932・12)には、ある音楽会で聴いた蛙の鳴き声のような音楽を漱石が面白がった様子が回想されており、多くの演奏会に連れ立って行く師弟の姿が微笑ましく想像される。我が国に於ける西洋音楽の受容に大きく貢献した東京音楽学校のアウグスト・ユンケルの送別演奏会(1912・12・1)に行ったのも、そのようなことの1つであった。

　長女の筆子はよく連れて行かれたという奏楽堂の演奏会での思い出を「夏目漱石の長女」(『銀座百店』1976・1)で語っている。英国での体験を交えて娘の行儀をたしなめる漱石は、聴衆8000人の収容を誇るロンドンのロイヤルアルバートホールで聴いただろうイタリア人ソプラノ歌手アデリーナ・パッティの演奏会を思い出していたのかも知れない。

　　　　　　　　　　　　　　　　（庄司達也）

海水浴

かいすいよく

◆御維新前の日本人が海水浴の功能を味はう事が出来ずに死んだ如く、今日の猫は未だ裸体で海の中へ飛び込むべき機会に遭遇して居らん。

　　　　　　　　　　　　　（『吾輩は猫である』七）

◆元来叔父は余り海辺を好まない性質なので、一家のものは毎年軽井沢の別荘へ行くのを例にしてゐたのだが、其年は是非海水浴がしたいと云ふ娘達の希望を容れて、材木座にある或人の邸宅を借り入れたのである。　　（『彼岸過迄』「須永の話」十三）

◆暑中休暇を利用して海水浴に行つた友達から是非来いといふ端書を受取つたので、私は多少の金を工面して、出掛ける事にした。　　　（『心』一）

医療行為からレジャーへ

　海水浴は、幕末維新期に翻訳された西洋の医学書を通じて紹介され始めた。当時の海水浴は医療行為としての側面を持っており、神経衰弱やヒステリーなどの神経病に効能がある行為として認識されていた。明治10年代には愛知県の大野や神奈川県の大磯などに海水浴場が設けられ、その後、各地に海水浴場が設置されるようになったのと並行して海水浴も人々の間に広まった。ただし、当初それが持っていた医療行為としての意味は徐々に薄れ、やがて中上流階層の避暑や保養を兼ねて行われるようになり、明治30年代にはレジャーとしての色彩も強くなっていった。海水浴が実践され始めた当初から、海水着を纏った女性の身体に対する男性の性的欲望は顕著で、そのような欲望を潜在化した男女の出会いや恋愛の物語も生まれ、反復されていった。男女の異性愛と男性同士の紐帯はコインの表裏のようなものであるが、明治後期

◆
生
活
空
間

183

からの海水浴場は青年たちの避暑旅行の場でもあり、大正期には「不良」たちが女性を誘惑する淫靡なイメージを持つようにもなる。

房州と鎌倉

漱石の記述に現れる海水浴の場面は、房州と鎌倉であることが多い。1889(明22)年8月、漱石夏目金之助は同窓生4人と共に房総半島を旅行し、浜辺で海水浴をしている。漱石は、このときの経験を漢詩漢文で構成された紀行文「木屑録」として著し、友人正岡子規に贈った。『吾輩は猫である』では、猫を通じて医療行為から始まった海水浴の由来が語られているが、「木屑録」に描かれている海水浴も医療行為としての意味合いが強い。青年時代のこの経験からか、『門』の小六が夏休みに向かうのも、『心』で神経衰弱に陥ったKが先生と共に向かうのも、房州である。

また、漱石は何度か鎌倉に別荘を借りてひと夏をそこで過ごしてもいる。『彼岸過迄』の「須永の話」における鎌倉避暑旅行の場面は、1911年の夏に漱石が鎌倉に滞在したときの経験を下地としたものだ。須永はこの避暑旅行で高木という青年を知るが、高木の出現によって須永の嫉妬と千代子への欲望が喚起されるという意味において、この鎌倉避暑旅行の場面は重要な意味を持っている。『心』の冒頭で語られる先生と「私」との出会いもやはり鎌倉の「由井が浜」(由比ヶ浜)という浜辺であり、「私」は知人が一人もいない海水浴場での無聊から脱しようと先生に声を掛けるのである。その偶然が、先生とKとの出来事を綴った長大な遺書を受け取る「私」の物語の始まりであったのだ。こうしてみると、漱石の記述に表れた海水浴や海水浴場は、同時代におけるその行為や場の意味を掬い取っていることが分かると同時に、その場面が意外にも重要な意味を帯びていることに気づかされよう。　　　　　　　　　(瀬崎圭二)

鏡

かがみ

◆鏡は己惚の醸造器である如く、同時に自慢の消毒器でもある。　　　　　(『吾輩は猫である』九)
◆美禰子は鏡の中で三四郎を見た。三四郎は鏡の中の美禰子を見た。美禰子はにこりと笑つた。

(『三四郎』八の五)

◆自分の顔を鏡に映して見た。其時は何だか自分の頬が見る度に瘠けて行く様な気がした。御米には自分と子供とを連想して考へる程辛い事はなかつたのである。　　　　　　　　　(『門』五の一)
◆有の儘なる浮世を見ず、鏡に写る浮世のみを見るシヤロツトの女は高き台の中に只一人住む。活ける世を鏡の裡にのみ知る者に、面を合はす友のあるべき由なし。　　　　　　　　　(「薤露行」二)
◆世間の掟といふ鏡が容易に動かせないとすると、自分の方で鏡の前を立ち去るのが何よりの上分別である。　　　　　　　　　(「坑夫」十二)

自己の確認／強化／解体

漱石の鏡に対する偏愛は初期から晩年まで持続されており、その属性についても様々に分類されてきた(三好行雄編『夏目漱石事典』学燈社、1992／山田潤治『研究会優秀論文　漱石の鏡』慶応義塾大学湘南藤沢学会、1994／木村功「漱石文学と「鏡」の表象」『『明暗』論集』和泉書院、2007／等)。

なかでも原型となるのは、『吾輩は猫である』で猫が開陳した鏡の哲学である。鏡は両義的な存在であり、見る者の「己惚れ」を増長させるとともに、他方で自己の慢心を反省させ、「消毒」する。つまり、鏡が生成する鏡像は、自己のイメージを確認したり、強化したりする一方で、既存の自己像を解体していく機能も有しているのである。このような鏡

のもつ両面価値的な機能は、後の作品でも様々に変奏されていくことになる。

『三四郎』では、鏡を見つめる三四郎の視線と、背後から来た美禰子の視線が、鏡を媒介として邂逅する場面がある。三四郎は自らの欲望を美禰子の鏡像に投影し、彼女の表情に自分への好意を読み取ろうとする。しかし、その好意が鏡像／虚像であり、美禰子の実像ではないことを、小説は後の展開で明かしていくことになる（石原千秋「鏡の中の「三四郎」」『反転する漱石』青土社、1997）。他者認識という次元で、鏡は主体の願望を補強するが、その反対に、小説の叙述はその願望の虚構性を告発していくのである。

また『それから』には毎朝鏡で自分の裸体を確認するナルシスト代助が登場するが、平岡から「自分の顔を鏡で見る余裕があるから、さうなるんだ。忙がしい時は、自分の顔の事なんか、誰だつて忘れてゐるぢやないか」（六の八）と難詰され、続く鏡の前で髭を剃る場面では「むづ痒い様な」（七の一）違和感が表明される。鏡の自己愛的な機能が、他者との関係によって減退していくのである。

鏡が意識の深層（無意識）を表象するケースもある。『門』に描かれる御米の部屋は、古い簞笥や昔の鞄があり、長雨の頃は真っ先に雨漏りするなど、負の属性を帯びている。なかでも桑の鏡台は、御米の脳裡に三人の子どもを死なせた暗い過去の記憶を浮かび上がらせる（前田愛「山の手の奥」『都市空間のなかの文学』ちくま学芸文庫、1992）。ここでの鏡とは、抑圧していた過去や無意識を解放し、自我を動揺させる機能を担っている。

これに類似するのが『彼岸過迄』の鏡だろう。須永は「僕は自分の顔を鏡の裏に見るたんびに、それが胸の中に収めた父の容貌と大変似てゐるのを思ひ出しては不愉快になる」（須永の話）三）と亡くなった父に言及している。この父親のイメージは、抑圧された須永の過去（出生の秘密）とも関与している。父が

母ではなく小間使いに生ませた子ども、それが須永だった。鏡はそうしたネガティヴな記憶を浮上させ、須永の安定した自己像を脅かすのである。

さらに『明暗』の後半（百七十五）には、津田が「好男子」としての「自信を確かめる」ために鏡を見る場面があるが、急に鏡に写る自己像に「不満足な印象」を覚え、「幽霊だ」と感じる場面が描かれている。ここでも自己像の強化と解体という、『吾輩は猫である』での鏡の機能が反復されている。

幻想を生み出す装置

一方、初期の短篇で繰り返し描かれたのが、幻想性や異界を創出する装置としての鏡である。例えば「幻影の盾」に描かれた呪いの盾は、中央に「恐ろしき夜叉の顔」が鋳出され、その周りの平らな部分は「鏡の如く輝いて面にあたるものは必ず写す」。つまり盾は鏡としても機能しており、盾の持ち主である騎士ウィリアムは、戦争で最愛の人と死別するが、「只懸命に盾の面を見」つめることで、最終的には「盾の中の世界」で幻想的に恋人と再会することになる。つまり、この場面では、盾＝鏡の中に幻想的な異界が出現しているのである。

また「薤露行」に登場する女性シャロットは高殿に一人で住み、長さ五尺の鏡が映し出す外の世界だけを見て暮らしている。この物語内容はテニスンの詩"The Lady of Shalott"を踏まえたものだが、漱石の「薤露行」では、鏡の中の「世の影」が現実の「活ける世」を侵食しはじめるなど、独自の世界観が提示されている。

さらに「琴のそら音」では、日露戦争に出征中の夫の「懐中持ちの小さな鏡」に、他界した「細君の病気に瘦れた姿」が浮かび上がる。そして「夢十夜」では、第一夜における女の瞳＝水鏡（三上公子「「第一夜」考」『国文目白』15、1976・2）や、第八夜における床屋の鏡の表象を通じて、夢と現実が交錯する。

世間からみた自己像

世間から見た自己イメージとして登場する鏡もある。「坑夫」には「自分が鏡の前に立ちながら、鏡に写る自分の影を気にしたつて、どうなるもんぢやない。」という発言の後、「世間の掟といふ鏡」は「容易に動かせない」と語られている。この場合の鏡は実像としての自己ではなく、他者の意向や欲望が投影されたイメージと言えるだろう。

この系列で見逃せないのが「草枕」(五)の髪結床の鏡である。この鏡は表面がデコボコで、画工の顔も「右を向くと顔中鼻になる。左を出すと口が耳元迄裂ける」。つまり自己像は歪められ、異質な自己像が現れている。この鏡が持つ意味は、髪結床の親方による那美への評価と連結している。親方は那美を「出返り」「贅沢」「き印」といった否定的な言葉で名指し、那美のイメージを世間の噂や偏見で歪めていく。つまり画工が体験した鏡の歪みとは、那美のイメージが世間のバイアスで歪められることと対応関係にある(木村功「『草枕』」『国文学　解釈と鑑賞』2001・3)。

同様の論点は「草枕」(十)の「鏡が池」にも連続している。池に散る椿を、画工は「妖女」になぞらえ、人を欺く「嫣然たる毒」や「屠られたる囚人の血」といった否定的イメージで語り、さらに池に浮かぶ那美のイメージとリンクさせていく。「鏡が池」は、前述した世間のバイアスと通底するかたちで、那美という存在を歪曲する、女性嫌悪のイメージを映し出しているのである(中山和子「『草枕』」『国語と国文学』1995・7)。

この他に、同時代言説の分析では、「夢十夜」と同時期に日本で紹介されたルイス・キャロル『鏡の国のアリス』を比較検討した考察や(解璞「「第八夜」における鏡と夢」『文芸と批評』11-2、2010・11)、漱石の実人生と作中の鏡や女性の表象との関連性を探る考察も存在する(芳川泰久『漱石論』河出書房新社、1994)。　　(西村将洋)

◆生活空間

家計

かけい

◆「私は御存じの通り原稿料で衣食してゐる位ですから、無論富有とは云へません。然し何うか斯うか、それ丈で今日を過ごして行かれるのです。」

(『硝子戸の中』十五)

「貧乏生活」の原因

1914(大3)年12月ごろの発言だが、事実とは異なっている。漱石は給与生活者であって、原稿料のみで生計を立てたことはない。1903年に就任した第一高等学校から年俸700円、東京帝国大学英文科講師として年俸800円、1907年に入社した朝日新聞社は月給200円と賞与という好条件で入社した。夏目鏡子は14年11月に岩波茂雄に3000円を用立てるほどになり、漱石の死の直前には、3万円近い株券を保有していたと回想する(『漱石の思ひ出』改造社、1928)。漱石は同時代の貧乏文士の遙か上をゆく高収入を得ていた。しかし、鏡子は1913年ごろまで「貧乏生活」が続いたとも述べている。

吉田凞生は入社以前の「貧乏生活」の主因として、数冊で20円に及ぶこともある洋書の購入を示唆した(「『道草』―作中人物の職業と収入」『別冊国文学』1979・9)。入社前の支出は最低月200円(『漱石の思ひ出』)なので、入社後の家計は安定するはずである。「貧乏」だったとすれば、400円のピアノ(日記四、1909・6・21)などの贅沢品の購入が原因だった可能性がある。「貧乏生活」を脱した時期にあたる、14年12月から翌3月にかけて、漱石は家計簿(「日記一三」「日記一四」)を自らつける。記載された金額を単純に計算すると、月ごとの支出は12月約745円、1月約452円、2月約377円、

3月約575円となる。一家の贅沢な暮らしぶりがうかがえる。ただ、気になるのは4ヶ月分を3倍した金額が6500円近くになることだ。一年間の支出が給与・賞与の倍額を超えてしまうのである。漱石は贅沢な暮らしを維持しながら、どのように万単位の資産を形成したのだろうか。

資産形成のポイント

漱石が一大ベストセラー作家だったことからすれば、印税のお蔭と考えるのが自然だろう。家計簿にある印税収入は12月178円50銭(鈴木三重吉58円、新潮社100円50銭、岩波書店20円)、1月新潮社から150円、2月春陽堂から322円50銭、3月285円(新潮社90円、大倉書店195円)、総計936円である。同時代の作家にはとうてい稼ぎ出せない金額であるが、漱石の場合、家計を赤字にしない程度である。この額が印税の最高額ではないだろうが、この後、1年に1万円の貯金ができるほど急増したとも考えにくい。岩波書店からの新作は自費出版だったし、最も部数の多い新潮社の『坊っちゃん』(1914・11 定価30銭)で、14、15年が8900部(松岡譲『漱石の印税帖』朝日新聞社、1955)である。印税率30%としても801円である。したがって、印税のみで3万円近い資産を形成するのは不可能に近い。13～15年発行の『日本紳士録』(交詢社)によれば、漱石の所得税は67円前後で一定している。注目されるのは、資産が所得税の対象となっていない株券だったことだ。小宮豊隆の従兄で第一銀行の犬塚武夫に依頼して「少しづゝ」「確かな会社の株券」(『漱石の思ひ出』)を購入したのは鏡子だった。鏡子が第一次世界大戦景気の中、犬塚の助けを借りながら、積極的に株の運用をすることで、3万円に及ぶ資産を形成したのではないだろうか。もっとも、泡沫会社の株に手を出し、美久仁真珠株式会社設立に関与して、夏目家を経済的な危機に陥れたのも鏡子だった。 (山本芳明)

傘

かさ

◆外面は雨なので、五六人の乗客は皆傘をつぼめて杖にしてゐた。女のは黒蛇目であつたが、冷たいものを手に持つのが厭だと見えて、彼女はそれを自分の側に立て掛けて置いた。其畳んだ蛇の目の先に赤い漆で加留多と書いてあるのが敬太郎の眼に留つた。 (『彼岸過迄』「風呂の後」十一)

日本で洋傘が普及しはじめたのは1881年頃である。また、1907(明40)年頃から様々な意匠を凝らした婦人用の洋傘が流行する。漱石の小説においても、雨除けや日除け、あるいはファッションアイテムとしての洋傘を持つ男女が頻繁に登場するが、和傘の登場回数は比較的少ないようである。しかし、明治期には未だ和傘が完全に洋傘に取って代わられたわけではなく、和傘と洋傘の使用比率はおおよそ半々であった。それにもかかわらず、洋傘の登場回数の方が多いのは、漱石の小説の登場人物たちが新しい時代のコードを身につけていることを表している。

上の引用は和傘が登場する珍しい一場面である。敬太郎が電車の中で出会った黒蛇目の女は、新しい時代のコードを一時的に無効化し、抑圧されていた古い物語の層を浮かび上がらせる役割を果たしている(井内美由起「「洋杖」と「傘」」『文学・語学』2012・7)。敬太郎は女を見て森本の別れた妻子の話を思い出すが、森本の子供は死んでいるのだから、かりにこの母子が森本の別れた妻子であったとしたら、それは幽霊ということになる。敬太郎はなぜか傘の女との出会いをすぐに忘れてしまうが、その印象は隣接するモチーフとしてのステッキに転移して、敬太郎に「妙な感」を抱かせるのである。 (井内美由起)

◆ 生活空間

菓子

かし

◆余は凡ての菓子のうちで尤も羊羹が好だ。(中略)あの肌合が滑らかに、緻密に、しかも半透明に光線を受ける具合は、どう見ても一個の美術品だ。(中略)西洋の菓子で、これ程快感を与へるものは一つもない。
(「草枕」四)

東西の甘い物カタログ

漱石は甘い物を好んだ。『吾輩は猫である』には本郷の老舗藤村(藤むら)の羊羹が登場する。日記には、婚礼披露の土産に藤村の「羊羹の中に松が染め抜いてあるのが一つ、白い蛤の形をした上に鶴の首がちよんぼり付いてゐる〔の〕が一つ、真赤な亀の子が一つ」もらって帰ったとある。「草枕」の画工も「ジエリ」(四)より羊羹を好む。「坑夫」にも、練羊羹と蠅のたかった揚饅頭が対比的に出てくる。

『虞美人草』の宗近の父も羊羹を好み西洋菓子を嫌う。岐阜の柿羊羹や味噌松風も好む。一方宗近は「チヨコレートを塗つた卵糖(カステラ)」(十一)をほおばる。『吾輩は猫である』には餅菓子、岡山の名産吉備団子、カステラ、芋坂の団子(羽二重団子)、阿倍川餅、下谷空也堂の空也餅、「夢十夜」「第八夜」に粟餅、『門』に伸餅と鏡餅、『明暗』に餅菓子が出てくる。「坊っちゃん」には金鍔や紅梅焼、越後の笹飴の名が見える。住田の団子の挿話から生まれた坊ちゃん団子は今も松山の代表的な土産品である。「草枕」には胡麻ねぢと微塵棒という駄菓子と蓬餅が登場する。『虞美人草』にも鉄砲玉という「黒砂糖を丸めて造る」(八)駄菓子が、また「永日小品」「懸物」には薄荷入の鉄砲玉が描かれる。『三四郎』には岡野の栗饅頭、『それから』には、「薄いウエーフアー」

(九)や蕎麦饅頭と「好い香のする葛の粽」(十四)、『門』には「模様の美くしい干菓子」(九)が出てくる。宗助夫妻には坂井から唐饅頭の菓子折が届き、坂井の家で「一丁の豆腐位な大きさの金玉糖の中に、金魚が二疋透いて見える」(二十二)のを出され、また「護謨鞠ほどな大きな田舎饅頭」(十六)の蒸したても振る舞われる。この他、『行人』(「塵労」)に「白砂糖を振り懸けた牡丹餅」(三)や「珈琲とカステラとチヨコレートとサンドヰツチ」(十九)、『心』に「チヨコレートを塗つた鳶色のカステラ」(上二十)や手製のアイスクリーム、水菓子(果物)やかき餅、「野分」に西洋菓子や今川焼が登場する。煎餅の類も多い。『硝子戸の中』のそれや、『行人』(「帰つてから」)の「瓦煎餅か何か」(十三)、「永日小品」「心」の軽焼の霰、『道草』の塩煎餅などである。

食い意地と胃弱

漱石は胃痛持ちながら、食べ物には生涯執着した。『硝子戸の中』には栗饅頭や寄席伊勢本の中入の菓子が書き留められている。学生時代は貧しさから「餅菓子の代りに煮豆」(九)を食べたともある。日記や書簡にも、鍵屋(鑑屋)の西洋菓子や観世落雁、月餅、風月堂の生菓子や菓子折、八つ橋、豆ねぢ、塩煎餅、紅屋の唐饅頭、虎屋の雛の菓子、修善寺飴と柚羊羹、京都三年坂阿古屋茶屋のあんころ、「ウエーフアーとカルス煎餅」や越後高田の翁飴、越後の笹飴、塩瀬の飴、柿餅や備後福山の柚餅、虎屋の粽や都豆、河村の菓子、金沢名物の干菓子長生殿など、とにかく頻出する。「日記及断片」の「田中君の話」には「越後屋の菓子(八百善、常磐屋の注文)。池の端の塩煎餅。黒砂糖の羊羹 槇町の太平堂。黒砂糖の飴、赤坂のチマキ屋(注文のみ)。」とある。句にも水餅や水仙粽、饅頭や塩煎餅など多く詠み込まれている。

漱石の食い意地と胃弱とは、どうやら鶏と卵の関係にあったようである。 (真銅正宏)

貸家、借家

かしや、しゃくや

◆巨万の富を蓄へたなら、第一こんな穢い家に入つて居はしない。土地家屋などはどんな手続きで買うものか、それさへ知らない。此家だつて自分の家では無い、借家である、月々家賃を払つて居るのである。　　　　　　　　　　　　（「文士の生活」）
◆「貸家が二軒先月末に空いちまつたんださうだ。それから塞がつてる分からも家賃が入つて来ないんださうだ。其所へ持つて来て、庭の手入だの垣根の繕ひだので、大分臨時費が嵩んだから今月は送れないつて云ふんだ」　　　　　　（『明暗』七）

プロットとしての貸家探し

　「家に対する趣味は人並に持つて居る」という夏目漱石は、談話「文士の生活△夏目漱石氏」において、「私は家を建てる事が一生の目的でも何でも無いが、やがて金でも出来るなら、家を作つて見たいと思つて居る」と述べたことがある。そんな漱石は、学生時代以来、松山、熊本、ロンドン、そして東京と、下宿・借家暮らしがつづき、ついに家をもつことはなかった。それゆえ、というべきか、漱石作品の登場人物たちは貸屋・借家に住まうことが多く、それはそのまま小説の舞台となる。
　『三四郎』においては、貸家探しがプロットを展開させていく。ことの発端は、与次郎にある。そこが広田先生の住まいであるにもかかわらず、「今の持主が高利貸で、家賃を無暗に上げるのが、業腹」だから、与次郎が「此方から立退を宣告した」（四の五）のだという。つまり貸家（探し）の根底には、経済的な事情が横たわっている。また、この貸家探しを通じて、与次郎は広田先生と三四郎を引き合わせることにもなる。当の広田先生も、開口一番、三四郎に「君、此辺に貸家はないか。広くて、奇麗な、書生部屋のある」（四の二）と尋ねており、結果、三人連れだっての街歩きへと展開していく。とはいえ、歩いているうちに「貸家の事はみんな忘れて仕舞」うのだから、『三四郎』における貸家（探し）とは、いわば口実のように登場人物たちの関わりをつくりだしていく装置とも見立てられよう。

隠喩としての借家

　明るい印象をもたらす『三四郎』の貸家（探し）と好対照をなすのが、『門』における宗助・御米の住まう崖下の借家である。その立地と様子、さらには借家を選んだ理由については、「宗助の家は横丁を突き当つて、一番奥の左側で、すぐの崖下だから、多少陰気ではあるが、其代り通りからは尤も隔つてゐる丈に、まあ幾分か閑静だらうと云ふので、細君と相談の上、とくに其所を択んだのである」（二の三）と記述される。しかも、長屋型とは異なり、この借家には門・壁・前庭が備わっており、それ自体で自律した機能を果たし得る。
　このような借家（とその特質）が、世間のまなざしから逃れるように暮らしていく宗助・御米夫婦にとってうってつけの物件であることはいうまでもないが、「崖下」・「陰気」・「隔つてゐる」・「閑静」といった借家をめぐる修辞は、「生きられた家」（多木浩二『生きられた家』岩波書店、2001）よろしく、そのまま夫婦（が置かれた社会的状況）の隠喩と捉えることもできる。このように、借家と作中人物とに強い結びつきを認めることができるならば、「安井がもし坂井の家へ頻繁に出入りでもする様になつて、当分満洲へ帰らないとすれば、今のうちあの借家を引き上げて、何処かへ転宅するのが上分別だろう」（二十一の一）と宗助が想到する段階において、夫婦の様態・世間との関係もまた別のステージへと転じたといえるはずだ。　　　　　　　　（松本和也）

◆
生活空間

瓦斯、瓦斯燈

がす、がすとう

◆「なに今夜は屹度くるよ。――おい見ろ見ろ」と小声になつたから、おれは思はずどきりとした。黒い帽子を戴いた男が、角屋の瓦斯燈を下から見上げた儘暗い方へ通り過ぎた。違つて居る。おやおやと思つた。其うち帳場の時計が遠慮もなく十時を打つた。今夜もとうとう駄目らしい。

（「坊つちやん」十一）

◆両方が同じ様な事を聞いて、同じ様な答を得た。しかも両方共迷惑を感じてゐる気色が更にない。三四郎は念の為め、邪魔ぢやないかと尋ねて見た。些とも邪魔にはならないさうである。女は言葉で邪魔を否定した許ではない。顔では寧ろ何故そんな事を質問するかと驚いてゐる。三四郎は店先の瓦斯の光で、女の黒い眼のなかに、其驚きを認めたと思つた。事実としては、たゞ大きく黒く見えた許である。

（『三四郎』九の六）

ガス灯と闇

1872(明5)年、横浜において日本はじめてのガス灯が設置され、1874年には東京の銀座にも設置されている。ガス灯は文明開化の象徴物の一つともなり、以後各地に設置されていく。近代日本のガス利用はこのように照明用としてはじまっており、夜の闇を明るく照らし出すガス灯は、暗闇に支配される前近代の夜の世界を劇的に変えたと言えるだろう。明治中頃には電灯が新たな照明器具として台頭してくるが、それでもガス灯は明治時代を通して日本の夜を照らし出した代表的な存在であり、漱石作品においても夜の街を照らすガス灯は何度となく描かれている。

『門』の主人公・宗助は、親友であった安井から妻・御米を奪った過去を持っているが、

宗助の大家である坂井から「安井」という人物が近く坂井家を来訪する旨を聞く。この「安井」の接近がひっそりと暮らしていた宗助に大きな動揺を与えることになるが、その場面では、「表は左右から射す店の灯で明らかであつた。軒先を通る人は、帽も衣装もはつきり物色する事が出来た。けれども広い寒さを照らすには余りに弱過ぎた。夜は戸毎の瓦斯と電灯を閑却して、依然として暗く大きく見えた。宗助は此世界と調和する程の黒味の勝つた外套に包まれて歩いた」（十七の五）と描かれており、明治になって暗闇を明るく照らしてきたはずのガス灯などでも照らしきれない夜の闇の深さや大きさが、宗助の心象風景に合わせて語られている。照らすことのできない深く暗い闇の存在があることを、ここでは近代の象徴的な照明器具を使いながら示した印象的な場面となっていると言える。

照明利用から燃料利用へ

1912年連載の『彼岸過迄』には、「陰鬱な冬の夕暮を補なふ瓦斯と電気の光がぽつぽつ其所らの店硝子を彩どり始めた」（二十六）と描かれ、先の『門』からの引用と同様、明治中頃に登場し増加していった電気の灯りとガスの灯りが混在する過渡期的な様子を物語っている。電灯に照明の主役の座を奪われたガスは、主な用途を燃料利用へと大きく転換していくことになり、日露戦争(1904-1905)後の好景気にのって、ガス敷設は一般家庭にも普及し、その需要も飛躍的に伸びていく。1909年7月20日の漱石の日記には自宅にガスを引いたことが記され、森鷗外もまた1911年12月26日の日記において、自宅にガスを引いたことを記している。なお、『彼岸過迄』では漱石の五女ひな子の急死をモデルとしたエピソードが書かれているが、ひな子が急死したときの漱石の日記(1911・11・29)には、ひな子の死に際して自宅のガスを使って湯を沸かしたことが書き記されている。

（若松伸哉）

楽器

がっき

◆「どこで」「どこでもそりや御聞きにならんでもよいでせう。ヴイオリンが三挺とピヤノの伴奏で中々面白かつたです。ヴイオリンも三挺位になると下手でも聞かれるものですね。二人は女で私が其の中へまじりましたが、自分でも善く弾けたと思ひました」
（『吾輩は猫である』二）

◆雨。とうとうピヤノを買ふ事を承知せざるを得ん事になつた。代価四百円。「三四郎」の初版二千部の印税を以て之に充つる計画を細君より申し出づ。いやいやながら宜しいと云ふ。

（日記、1909（明42）年6月21日）

西洋の楽器を弾くと云うこと

『吾輩は猫である』一、主人の下手の横好きの一々を紹介する中に、俳句や新体詩、英作文、弓、謡に混じつて「あるときはヴイオリンをブーブー鳴らしたりする」とある。『虞美人草』四では、「二階の書生がヴイオリンを鳴らし始めた。小野さんも近日うちにヴイオリンの稽古を始め様としている」と綴られる。また、『三四郎』では里見美禰子と野々宮よし子がヴイオリンを弾く。中流階級以上の知識人たちを登場人物の多くに持つ漱石作品に於いて、西洋音楽に触れること、とりわけヴイオリンやピアノなどの西洋の楽器を弾く人々が描かれることは、漱石の周囲に居て彼の西洋音楽への導き手ともなった寺田寅彦がそうであったように、不自然なことではない。むしろ、地方も含めた当時の社会や文化の、特に中流階級以上の人々の状況を如実に反映した形で作品に描かれている、と云った方が適当だろう。

漱石は、娘筆子のために『三四郎』の印税400円を使ってピアノを購入している。丁度、『それから』を執筆している頃にあたるが、これ以後の作品にピアノを弾く人々が登場することは、大変に興味深いことである。『それから』の長井代助、梅子、縫、そして佐川の令嬢、『門』の坂井の娘、『明暗』の継子、当時のピアノの価格などから考えても、代価が20円として描かれたヴァイオリンとは異なり、これらの人々が資産家であることを示す記号として作中に描かれているのである。

琴を弾くこと／ピアノを弾くこと

既に玉川裕子「夏目漱石の小説に見る音楽のある風景」（『桐朋学園大学研究紀要』22集、1996）による指摘があるが、漱石作品に於ける未婚の女性たちの奏でるピアノは、例えば作品『心』でお嬢さんの稽古事の1つであった琴と本来的には同じ意味性を保持しているのだろう。より良い結婚生活を得るためのたしなみの1つであり、そうである以上、所持すべきものだったのである。ヴァイオリン教育が女子の中等教育に於いて彼女たちの商品価値を高める目的を付与されていたという小森陽一『漱石を読みなおす』（ちくま新書、1995）の指摘も合わせて踏まえれば、漱石作品に於いて琴やヴァイオリン、ピアノを弾く女性たちは、中流以上の家庭に於ける女子教育の当時の実態にも重ねて読まれなければならない。

このことは、漱石作品の基底部を支えるリアリズムが、常に時代の動向と共に分析されることを要請していることを示す証左の1つでもある。東京、大阪の両『朝日新聞』の読者であるインテリたちが思い描く家庭の形、娘たちの姿とその指向は、彼女らの奏でる楽器に託して描かれる。その意味からも、娘たちの稽古事としてあった琴がヴァイオリン、さらにはピアノへと移るその道程が、日本の近代化の歩みとその軌道を一にしていることは、大いに注目されてよい。　　（庄司達也）

◆ 生活空間

家庭

かてい

◆彼等から大事にされるのは、つまり彼等のために彼の自由を奪はれるのと同じ結果に陥つた。彼には既に身体の束縛があつた。然しそれよりも猶恐ろしい心の束縛が、何も解らない彼の胸に、ぼんやりした不満足の影を投げた。　　　（『道草』四十一）

◆家は明治十四五年ころまであつたのだが、兄哥等が道楽者でさんざんにつかつて家なんかは人手に渡して仕舞つたのだ。(中略)馬場下の家は他人の所有になつてから久しいものだ。／僕はこんなづぼらな、呑気な兄等の中に育つたのだ、(中略)全体にソワソワと八笑人や七変人のより合ひの宅見たいに、一日芝居の仮声を遣ふやつもあれば、素人落語もやるといふ有様だ、　　　（談話「僕の昔」）

◆健三が遠い所から帰つて来て駒込の奥に世帯を持つたのは東京を出てから何年目になるだらう。彼は故郷の土を踏む珍しさのうちに一種の淋し味さへ感じた。　　　（『道草』一）

◆幸にして自然は緩和剤としての歇斯的里を細君に与へた。発作は都合好く二人の関係が緊張した間際に起つた。健三は時々便所へ通ふ廊下に俯伏になつて倒れてゐる細君を抱き起して床の上迄連れて来た。真夜中に雨戸を一枚明けた縁側の端に蹲踞つてゐる彼女を、後から両手で支へて、寝室へ戻つて来た経験もあつた。　　　（『道草』七十八）

漱石と家庭

漱石は、大まかにいって4種の「家庭」を体験している。最初の家庭は、生家ではなく、物心のついた養子先の塩原家で、昌之助・やす夫妻との3人暮らし、2番目は夫妻の離婚後、養父と日根野かつやその娘れんとの4人暮らし、3番目は10歳頃に戻った生家の夏目家、そして4番目が鏡子夫人との結婚で築いた家庭

である。

「家庭」とは、ひとまず「夫婦・親子を中心にした血縁者の生活する最も小さな社会集団。また、その生活の場所」（『日本国語大辞典』小学館、1973）であるが、「血縁」ではない養家を最初の家庭とし、生家でも実父母を祖父母と教えられていた漱石にこの定義はあてはまらない。彼自身、「世の中に居るうちはどこをどう避けてもそんな所（うつくしい家庭）はない」（鈴木三重吉宛書簡、1906・10・26付）とか「家庭とはどう云ふものを云ふか、私にはよく解らない」（談話筆記「家庭と文学」）と語っているのも、〈擬制の家庭〉で育った体験と無縁ではない。

「家庭」は、前述の辞書的定義をはるかに超えて人間的領域へと拡大される。なぜなら、家庭とは一つの居住空間（家屋・自宅）の中に住まう人間（家族）の生活とそこに生じる諸関係の全体をさし、それを中核とする「人間の生の総体」と密接に関連しているからだ。家庭は本来「安らぎ」と「安全に庇護するものの領域」であるが（O.F.ボルノウ『人間と空間』大塚恵一ほか訳、せりか書房、1978）、逆にそれが「心の束縛」すなわち重い枷や抑圧として作用する場合もあり、漱石の場合は後者の要素も少なくなかったであろう。彼の文学が主に家庭（子供のない夫婦や男女の同居も含め）を舞台とし、そこに生ずる人間の関係性を追求している以上、「家庭」は漱石文学を論じるための重要な鍵となる。

「家庭」という問題系

漱石における「家庭」の問題は、元は彼自身の生い立ちにまつわる血縁や親子関係のアイデンティティに対する懐疑から発するものであった。だが、結婚によって自身の「家庭」をもって以後、それはしだいに〈夫婦関係〉に移行し、焦点化されてゆく。たとえば、時代はやや下るが、「第三の新人」の文学を取り上げた奥野健男は、「家庭」が人間集団の最小

単位だとして、その実態を次のように論じている——「それは極めて不安定でありながら、極めて強固な存在である。『家庭』の中でもっともシンプルな型である夫婦という集団は、法律婚契約だけで成立している、一対の男女でしかない。いつでも結びつき、離れることのできる何の保障もない極めて不安定な集団だ。だがその強固さは『家』の比ではない。というのは夫婦は人間の存在形式の根本に関わっているからだ。夫婦を基とする『家庭』を否定することは、人間の生存形式の否定にもなりかねない。妻から自分をむしり剝ぐことは、自分の生命をむしり取っていると同じとも考えられる」(「『家庭』の崩壊と文学的意味」『文学界』1963・4)と。妻からの剝離が夫の生命力の喪失か否かは別としても、夫婦関係の「強固さ」ないし厄介さと「人間の存在形式」への問いかけが後年の『道草』に結晶する。

彼の自伝的な作品『道草』を「明治三十年代を《現在》とする家族小説」とみなし「心的世界としての家族=親族という観点」からの分析や、『坊っちゃん』を筆頭に『道草』に到る諸作品のうちに「『家』における兄弟対立および『家』の崩壊」を見、その登場人物たちを「『家』を失い、そしてまだ『家庭』は成立し得ないはざま」にある人間とみる立論などが口火を切る論考といえる(吉田凞生「『道草』—作中人物の職業と収入—」『別冊国文学　夏目漱石必携』1980・2、同「家族=親族小説としての『道草』」『講座夏目漱石(3)』有斐閣、1981・11/平岡敏夫「漱石における家と家族」『講座夏目漱石(1)』有斐閣、1981/等)。

「家庭」論の展開

1980年代後半には家(家庭)に注目するさらに新たな視点が展開される。『それから』について、従来の〈恋〉の言説を〈家〉の言説に反転し、そこに家の論理(家族語の枠)に搦め取られた人物という新たな代助像の提示、また家制度に基づく次男の立場(三兄が家督

をつぎ、漱石は実質的な次男)に注目した記号学などが提起される。さらに一般的な家庭(家族)像と違って、父や母の不在が漱石小説の基本設定とみる見解や、親のない子供に注目する論も展開された(石原千秋『反転する漱石』青土社、1997、同『漱石の記号学』講談社、1999/佐々木充『漱石推考』桜楓社、1992)。こうした研究の進展は、社会学はもちろんフェミニズムやジェンダー論の成果や家族社会学・家族心理学などの結実と呼応する展開ともいえる(山田昌弘『近代家族のゆくえ』新曜社、1994/亀口憲治『夏目漱石から読み解く「家族心理学」読論』福村出版、2011/等)。かつて都市空間論が文学テクストの新たな地平を開いたが、都市形成の核となるのは家屋(自宅)であり、大枠の都市空間からより微細な内部空間である「家庭」へと踏み込む考察へと進むのは自然の流れだろう。

旧民法の家制度を基盤とする一般的な家庭像と漱石独自の「家庭」観にはやや径庭がある。『漱石の思ひ出』などによると、「家庭」での漱石のふるまいや言動は時に特異であり、夫婦関係にしても別居や離婚を度々口にしつつも実行には至らない。夫婦間の苛烈な静いは逆に濃密な夫婦関係のあかしでもあり、『道草』の描写にもそうした痕跡が散見できる。お住のヒステリーの発作は乖離しかけた夫婦関係を修復する契機でもあり、彼女の発作に対する健三の処置にもどこかエロチックな匂いが漂う。「家庭」が夫婦や子供の身体的な同居でもある以上、新たに身体論やセクシュアリティの視点が加えられてよい。従来の家庭論をみるものとして、『道草』や『硝子戸の中』の文献リストや「家庭」論の展開を手短に整理した文献がある(工藤京子「『硝子戸の中』『道草』論ベスト30」『漱石研究』第4号、1995・5/三上公子「家族」『別冊国文学　夏目漱石事典』1990・7/石崎等「家族と親族」『別冊国文学　新・現代文学研究必携』1992・11/等)。　　(浅野洋)

金／金銭

かね／きんせん

◆金はある部分から見ると、労力の記号だらう。所が其の労力が決して同種類のものぢやないから、同じ金で代表さして、彼是相通ずると、大変な間違になる。 （「永日小品」「金」）

◆なあに仏国革命なんてえのも当然の現象さ。あんなに金持ちや貴族が乱暴をすりや、あゝなるのは自然の理窟だからね。 （「二百十日」四）

◆畢竟は生活のお金を得るため、労力の手形を得る為め、私は文学に著書に、諸君は養蚕に教育に従事するに過ぎないのである。
（講演「我輩の観た「職業」」）

金力嫌悪

金、金銭に対する漱石の姿勢には二つの特色がある。一つは「金持」や「金力」に対する反発と嫌悪の強さであり、もう一つは「労力の報酬」としての金銭に対する拘泥を隠そうとしなかったことである。第一の特色はよく知られている。主人公たちが金満家を「紙幣に目鼻をつけただけの人間」だと痛罵する『吾輩は猫である』から、「華族や金持ち」への憤懣を爆発させる「二百十日」や、金持の横暴を糾弾する「野分」に至る初期作品は言うまでもなく、その後の評論や講演でも漱石は金による支配への嫌悪を繰り返し表明しており、富裕な実業家に対する視線は一貫して冷ややかである。晩年に「上流社会の子弟」たちの集まる学習院で行なった講演「私の個人主義」でも、「権力」とともに「金力」が「人間の自由を買ふ手段」になることの恐ろしさを強調した漱石は、この講演原稿を、衆議院選挙に立候補した馬場孤蝶の後援会刊行文集に贈り、社会主義者や『青鞜』派を含む執筆陣

の筆頭を飾っている。(「有産階級」のための政治から「国民の大多数」の政治への転換を掲げた孤蝶は、投票権が限定された選挙制度の下では当然のごとく惨敗した。)

労力の報酬

森田草平が「先生は受取るべきものは平然と受取られた、要求すべきものは意張つて要求された」(『続夏目漱石』甲鳥書林、1943)と回想しているが、漱石は金持・金力に対する反発や嫌悪を露わにする一方で、「労力の報酬」として金銭を堂々と要求する姿勢の持ち主でもあり、この点において、金銭への無関心さを尊ぶ〝文士気質〟とも明確な距離を置いていた。「野分」の白井道也は金による支配を激しく批判するとともに「芸を售つて口を糊するのを恥辱とせぬ」と考え、「金は労力の報酬である」と演説しているが、漱石自身の実生活においても例えば帝大時代の英語学試験委嘱問題では、教授会への出席権が与えられていない講師に委嘱するならば「金銭か、敬礼か、依頼か、何等の報酬が必要である」いう主張を行っており、あるいは上述の学習院での講演後謝礼金が送られてきたことに触れて「私は労力を売りに行つたのではない。好意づくで依頼に応じた」のであって、「もし報酬問題とする気なら、最初から御礼はいくらとするが来て呉れるが何うかと相談べき筈」だとも述べている(『硝子戸の中』)。また朝日入社に際して、社員としての義務と報酬に関する詳細な契約交渉を行い、さらに同紙掲載の「入社の辞」で大学時代の自分の年俸も明示した上で、新聞社では「米塩の資に窮せぬ位の給料をくれる」と書いているが、ここにも「労力の報酬」に対する漱石の姿勢が鮮明に表われている。かつて内村鑑三に講演を依頼していきなり講演料の話を切り出されて憤激したという人物が新聞の投書でこれを難じた時、鑑三が「余はこの事を世に知られしをもって恥とせざるなり」「余の労働の正当の

報酬を要求したるにとどまればなり」と反駁し、報酬問題に触れないことをもって「志士仁人の風」と見なすような風潮を「東洋偽善国の風習」と断じたことがあるが、胸を張って「労力の報酬」を口や筆にしたという点において、思想基盤の異なるこの二人には通脈するところがあった。また漱石は「仕事」より「職業」という語彙を多用した作家でもあるが、「凡て職業はお金をとる手段」であり、著作に従事するのは「生活のお金を得るため」だという大胆な言説も（「我輩の見た「職業」」）、こうした「労力の報酬」に対する権利意識の文脈の中で理解しておく必要があるだろう。「芸術は自己の表現に始つて、自己の表現に終る」（「文芸と芸術」）というテーゼが前提になっていることは言うまでもない。

早くから「漱石ほど、作品や、他の文章の中で金銭のことに言及した作家はゐない」（荒正人「漱石文学の物質的基礎」『文学』1953・10）という指摘がある通り、小説作品では例えば「坊っちゃん」は氷水代（1銭5厘）、団子代（2皿2銭）、赤シャツの家賃（9円50銭）など細かな金額のオンパレードである。また『三四郎』では与次郎から「二十円」の受理を頼まれたことで三四郎の美禰子訪問が可能になり、『それから』では夫の借金清算のため「五百円」余の工面の依頼で三千代が代助宅を訪れ、嫂から調達した「二百円の小切手」を代助が三千代に届けるところから物語が本格的に始動する。毎月「十円」かかるという弟の学資をめぐる宗助と叔母との確執で始まる『門』は、「二十五円」で売却した屏風を家主が「八十円」で購入したことがプロットを動かし、学資問題が一応決着して宗助の俸給も微増したところで物語が終わる。『道草』は「毎章ごとに金銭にかかわる言葉が散りばめられて」おり（小森陽一『漱石を読みなおす』ちくま新書、1995）、『明暗』も父からの送金打ち切り宣告が発端であり、またここでも「小切手」が重要な役割を果たしている。このような漱石作品の特色も、金銭へのあからさまな言及を卑しむ気風と一線を画し続けた作家の姿勢と呼応しているはずである。

現代の文士が最も要求する所のものは、金である

人気作家だった漱石の著書は出版社から印税の特別待遇を受けていたが、それでも「印税だけで生計をたてるのは困難だった」（山本芳明『カネと文学——日本近代文学と経済史』新潮社、2013）という。大逆事件の検挙開始直前に発表された「文芸委員は何をするのか」は芸術に対する国家権力への介入を危惧する立場から文芸院設置を批判した論説であるが、その中で漱石は「現代の文士が述作の上に於て最も要求する所のもの」は「金である。比較的容易なる生活である」と明言している。そして政府に文士保護のための予算があるのなら、毎月掲載される小説の大部分に「此保護金なり奨励金なりを平等に割り宛て、当分原稿料の不足を補ふ」べきであり、自分は「根本に於て文芸院の設置に反対」であるものの、「もし保護金の使用法に就て、幸ひにも文芸委員が此公平なる手段を講ずるならば、其局部に対しては大に賛成の意を表する」と書いたのは皮肉の色彩が濃い。しかし続けて漱石は保護金の運用は「政府から独立した文芸組合又は作家団」のような組織が行うのが「筋」であるにもかかわらず、「日本の文芸家」が「同類保存の途を講ずる」ことをせず、「作家倶楽部と云ふ程の単純な組織すらも構成し得ない卑力」ぶりを嘆じている。「同類保存」のためには批評の自由とともに、作家の生活権の保障が必要あであることを明確に視野に入れていたのであり、作家の「相互扶助」を掲げて文藝家協会が結成される十数年前に、漱石の「個人主義」はこのような作家組織の必要性への認識を明示していたのである。

（高田知波）

硝子

ガラス

◆中野君は富裕な名門に生れて、暖かい家庭に育つた外、浮世の雨風は、炬燵へあたつて、椽側の硝子戸越に眺めた許りである。　　（「野分」二）
◆宝石商の電燈は今硝子越に彼女の鼻と、豊くらした頬の一部分と額とを照らして、斜かけに立つてゐる敬太郎の眼に、光と陰とから成る一種妙な輪廓を与へた。　　（『彼岸過迄』「停留所」二十七）

硝子戸の内と外

　ガラスという物質が日本の一般家庭に浸透したのは、板ガラスの国産化が軌道にのった明治40年代といわれる。当時の「俗語」を集めた『俗語辞海』（集文館、1909）には、「堅く脆い質で、すき透って、色がなく、鏡を造り、障子なぞに用ふるもの」とある。正岡子規が漱石に送った書簡（1899・12・17付）には、「先日ホト、ギスにて燈炉といふを買てもらひ且ツ病室の南側をガラス障子に致しもらひ候これにて暖気は非常ニ違ひ申候殊ニ昼間日光をあびるのが何よりの愉快に御座候」とある。病勢のすすむ子規は、「ガラス障子」のありがたみとして防寒・採光をあげつつ、そこから見える景色にも興趣を覚え、多くの歌を遺している。ちなみにこの時期のガラスは、ベルギーからの輸入品で、庶民には高嶺の花だったはずである。

　「野分」に登場する中野輝一は、「富裕な名門」の子弟で、「恋の煩悶」を熱く語る文学士でもある。結核を病み、不遇な身の上を嘆く同窓の高柳周作とはあまりに対照的な設定である。こうしたふたりの階層格差は、衣食住のレベルで顕著だが、「浮世の雨風は、炬燵へあたつて、椽側の硝子戸越に眺めた許り」と

いう表現には、中野輝一の立ち位置が明瞭に示されている。「硝子戸の中から外を見渡すと、（中略）是と云つて数へ立てる程のものは殆んど視線に入つて来ない。書斎にゐる私の眼界は極めて単調でさうして又極めて狭いのである」（『硝子戸の中』一）と内省的に語る漱石は、自分の立ち位置についても自覚的だったはずで、中野的なハビトゥスを一概に否定していないところに注意が必要である。

都市的なマテリアル

　一方、『彼岸過迄』（「停留所」）において繰り広げられる田川敬太郎の「探偵」のシークェンスでは、ガラスという物質がひときわ効果的に使われている。舞台は、当時、東京屈指の繁華街であった歳末の小川町通り。「陰鬱な冬の夕暮を補なふ瓦斯と電気の光がぽつぽつと其所らの店硝子を彩どり始めた」とあるように、種類の異なる光の洪水が「店硝子」に反射して、敬太郎を幻惑するさまが印象的に描かれている。敬太郎のまなかいに現れる謎めいた「若い女」は、じつは「探偵」を命じた実業家田口の娘で、それ以前にも須永の家で見かけた千代子だったのだが、「電燈」や「硝子」を通して映し出された「若い女」の表象には、意味に回収されない、記号との戯れともいうべき都市的感受性が発露している。そこにこの小説の先駆性が認められる。それを手助けしたのが「硝子」や「電燈」というマテリアルだった。

　敬太郎の陶酔的な都市体験／表象は、やがて萩原朔太郎や江戸川乱歩、梶井基次郎に受け継がれていくが、さらに射程を広げれば、19世紀の首都パリに登場した「遊歩者」の都市的感受性を探究したW・ベンヤミンの『パサージュ論』にも通底するものがある。漱石文学における都市的感受性のありようは、今後も吟味すべき課題のひとつであろう。

　　　　　　　　　　　　　（田口律男）

棺

かん

◆黒い男は互に言葉も交へずに黙つて此棺桶を担ついて行く。(中略)「昨日生れて今日死ぬ奴もあるし」と一人が云ふと「寿命だよ、全く寿命だから仕方がない」と一人が答へる。　　　　(「琴のそら音」)
◆小供の葬式が来た。(中略)白い棺は奇麗な風車を断間なく揺らして、三四郎の横を通り越した。三四郎は美くしい葬だと思つた。　(『三四郎』十の二)
◆あくる日は風のない明らかな空の下に、小いさな棺が静かに動いた。(『彼岸過迄』「雨の降る日」六)

　漱石の小説の「棺」「棺桶」の使用例は、殆どが20代の若い主人公が出会う乳児や子供の葬式である。「琴のそら音」では、主人公に「死ぬと云ふ事が是程人の心を動かすとは」と気付かせ、『三四郎』では、三四郎が「青春の血が、あまりに暖か過ぎる」ために「切実に生死の問題を考へた事のない男」(十の二)であることを示す。死の現実感と人生の捉え難さを示すのに、幼い者の死は他のどんな年代の者の死より有効であると考えられていた。
　漱石は1911(明44)年に五女雛子を1歳10ヶ月で失った。直後に書かれた『彼岸過迄』では、それを登場人物の一人千代子が経験する事件として描き、敬太郎を中心とする前半から、須永を中心とする後半へと転換するための結節点とした。ここでは幼い者の死は、小説の構想の転換と緊密に関係づけられている。
　一方、俳句やエッセイにおいては、「棺」は掛け替えのない人の死を象徴する。「筒袖や秋の柩にしたがはず」(1824、正岡子規)、「有る程の菊抛げ入れよ棺の中」(2242、大塚楠緒子)が代表的な例である。　　　　　(藤澤るり)

義太夫

ぎだゆう

◆廊下で熊本出の同級生を捕まへて、昇之助とは何だと聞いたら、寄席へ出る娘義太夫だと教へて呉れた。　　　　　　　　　　　(『三四郎』三の三)
◆仕方がないから「佐野さんはあの写真によく似てゐる」と書いた。「酒は呑むが、呑んでも赤くならない」と書いた。「御父さんのやうに謡をうたふ代りに義太夫を勉強してゐるさうだ」と書いた。
　　　　　　　　　　　(『行人』「友達」十)
◆今の夫婦ものは浜の生糸屋さんだとか、旦那が細君に毎晩義太夫を習つてゐるんだとか、宅のお上さんは長唄が上手だとか、色々の問を掛けると共に、色々の知識を供給した。　(『明暗』百七十四)

寄席の義太夫

　三四郎は、大学構内で娘義太夫・昇之助の噂を耳にする。昇之助は姉・昇菊とともに、1901(明34)年に大阪から上京し、一世を風靡した姉妹である。昇之助が太夫、昇菊は三味線であった。
　娘義太夫は青年たちを魅了した。かけ声をかけながら鑑賞し、好意をよせた娘義太夫を追いかけるような熱狂的なファン集団・ドースル連が誕生する。しかし一方で、娘義太夫は青年たちを堕落させるものとして問題になっていた。水野悠子『江戸東京娘義太夫の歴史』(法政大学出版局、2003)は、時の文部大臣外山正一が大学生の娘義太夫席への出入りを禁止したという流言などを紹介しながら青年たちへの影響の大きさを明らかにしている。
　『三四郎』において昇之助の噂は、卒業生の就職情報とともにもたらされたが、三四郎は「未来」を思うことからの「鈍い圧迫」はすぐに忘れ、昇之助に関心を寄せた。大学の講義

◆
生活空間

にも意味を見いだせず、将来を想うことを保留した空気の中にあらわれた娘義太夫の話題には、確かに一時の逃避といった甘美と堕落の香りが漂う。結局三四郎は、寄席で三代目柳家小さんの落語を聞くのみであったが、夏目伸六(『父・漱石とその周辺』芳賀書店、1967)は、漱石の義太夫好きを伝えている。

紳士の義太夫

　義太夫は寄席で聞くものばかりではなく、習いごととしてもあらわれている。『行人』の二郎は、お貞の見合い相手である佐野が義太夫を習っていることを、母への報告の手紙に書いた。佐野が義太夫の盛んな大阪にいるという地方色が表されたものであるとひとまずみてよいが、『明暗』の中で義太夫を習っていたのは、清子と同じ湯治場に滞在する、横浜で生糸商を営む男であった。ここからは、当時の義太夫をめぐる状況の変化をうかがうことができる。

　下田歌子(「婦人の間に流行して来た謡曲」『婦人世界』1914・3)は、義太夫を「男性に適した謡いもの」の一つとしながらも、「低級な趣味」としているが、明治末頃からの素人義太夫の隆盛からは、その性質の変化をうかがうことができる。多数のメディアではとりわけ「紳士」の「義太夫熱」に注目が集まっていた。なかでも、実業家の間に義太夫が流行していたことは「実業界義太夫鑑」(『実業之日本』1914・2)という特集記事が組まれていたことからもわかる。上演会の評判を伝えた「東京の素人義太夫(上)」(『大国民』1911・2)によると、ブームの背後には、近松門左衛門研究の流行や、それと連動した「民衆」「心理」への関心の高まりがあったようだ。

　漱石の「日記」にも、電車で乗り合わせた「壮士の親方か弁護士か」と思われる人物が義太夫を語る(1910・8・6)など、素人義太夫の姿が記されている。

（笹尾佳代）

着物

きもの

◆五月六日〔月〕の晩に市原君が約束の通り老妓の話を聞きに連れて行く。小学校の先生の様な服装をして鉄縁の眼鏡をかけてゐる。自分は袷に袷羽織にセルの袴で一所に行く。

(日記11A、1912(明45)年5月6日)

◆夏になると母は始終紺無地の絽の帷子を着て、幅の狭い黒繻子の帯を締めてゐた。不思議な事に、私の記憶に残つてゐる母の姿は、何時でも此真夏の服装で頭の中に現はれる丈なので、それから紺無地の絽の着物と幅の狭い黒繻子の帯を取り除くと、後に残るものはたゞ彼女の顔ばかりになる。

(『硝子戸の中』三十七)

◆不断着の銘仙さへしなやかに着こなした上、腰から上を、おとなしく反り身に控へたる、痩形。はげた茶の帽子に、藍縞の尻切り出立ちと、陽炎さへ燃やすべき櫛目の通つた鬢の色に、黒繻子のひかる奥から、ちらりと見せた帯上の、なまめかしさ。凡てが好画題である。

(『草枕』十二)

◆茶の勝つた節糸の袷は存外地味な代りに、長く明けた袖の後から紅絹の裏が婀娜な色を一筋なまめかす。

(『虞美人草』十五)

◆帰るときに、序でだから、午前中に届けて貫ひたいと云つて、袷を一枚病院迄頼まれた。三四郎は大いに嬉しかつた。

(『三四郎』三の十一)

◆三千代は玄関から、門野に連れられて、廊下伝ひに這入つて来た。銘仙の紺絣に、唐草模様の一重帯を締めて、此前とは丸で違つた服装をしてゐるので、一目見た代助には、新らしい感じがした。

(『それから』十四の八)

◆宗助は寒いと云ひ乍ら、単衣の寝巻の上へ羽織を被つて、縁側へ出て、雨戸を一枚繰つた。外を覗くと何にも見えない。

(『門』七の二)

◆さう云ふ場合が度重なるに連れて、二人の間は少しづゝ近寄る事が出来た。仕舞には、姉さん一寸

こゝを縫つて下さいと、小六の方から進んで、御米に物を頼む様になつた。さうして御米が絣の羽織を受取つて、袖口の綻を繕つてゐる間、小六は何にもせずに其所へ坐つて、御米の手先を見詰めてゐた。　　　　　　　　　　　（『門』十の三）
◆健三は自分の袴を借りなければ葬式の供に立てない兄の境遇を、一寸考へさせられた。始めて学校を卒業した彼は其兄から貰つたべろべろの薄羽織を着て友達と一所に池の端で写真を撮つた事をまだ覚えてゐた。　　　　　　　　（『道草』三十三）

近代の着物文化

　明治以降、「洋服」の輸入によって「和服」「日本服」として新たに再定義された「着物」は、まさに近代の産物として、普段着から礼服まで階層・性差・季節・身体部位・年齢などによって多様な表情を見せる（小池三枝『服飾の表情』勁草書房、1991）。製糸業や紡績業における近代化を経た日露戦後の男性作家である漱石の表象空間において、着物はおもに「着る人」の視点から切実ながらもどこか飄逸に綴られている。それは教育において「裁つ」・「縫う」ことが義務化され、「裁縫」を「しごと」と呼んで家事に勤しんだ女性たちを他者化しつつ微細な差異を表出する。

　たとえば入院中の漱石が妻鏡子に送った書簡（1911・2・2付）からは、着古しの大島やドテラなどが病人の必需品であったことがわかるが、日記9（1911・6・13）にある盗難に遭った門下の一人が「白縮緬の半襟に薩摩絣」に高価な「透綾の羽織」という不釣り合いな姿をするのを「傘屋の主人」に見立てる箇所には、多彩な表情をもつ明治の着物文化の一端がうかがえる。一方、日記11Aは老妓に回顧譚を聞きに行くという日、予想外の出で立ちの老妓の姿と、袴姿で緊張気味の漱石の対比が笑いを誘う。

　おおむね日用の必需品として描かれていた着物が、文学的な表象として機能しているの

は『硝子戸の中』であろう。「紺無地の絽」の着物（帷子）と「幅の狭い黒繻子の帯」を締めた夏姿の母親の像は、「思ひ出す事など」（十）の俳句「迎火を焚いて誰待つ絽の羽織」とも同様の季節のなかの死を演出している。

小説空間のなかの着物

　眼を小説世界に転じると、着物は「更衣」に象徴される季節の変化を表わす記号であるだけでなく、登場人物の階層・性別・境遇・内面などの表象から、しだいに家族や友人たちとの微妙な距離や離齬、さらには親密感を表わす物語空間の意義深い構成要素となっていく。

　たとえば「草枕」で物語の末尾近くで画工が、山の雑木の間から現われた那美が前夫と会うのを目撃する場面では、「不断着の銘仙」の「痩姿」と「藍縞の尻切り出立ち」の対照的な姿として提示されている。印象的な場面だが、それは「好画題」としてなのである。『虞美人草』では節の多い糸で織った絹織物の節糸と紅絹の裏地の対比によって藤尾の艶めかしさが表出されているが、この描写自体は紅葉の時代と大差はない。「野分」（二）にも孤高の厭世家が「大島の表」、磊落な円満家は「秩父の裏」という常套的な対句仕立てになっている。これは坑夫になろうとする絣の袷一枚の「自分」が、地方出身で単衣の上に赤毛布一枚の「若い男」とそう違いがないことを対比させている「坑夫」（二十四）の場合も同様である。漱石作品では珍しく下層の男性労働者を着衣から表象した点では興味深いが、小説技法としては説明的な段階に留まっているといえよう。

着物からのメッセージ

　着物の意味するものに変化が表われはじめるのは『三四郎』以降である。ここで「袷」は単なるモノから、使いを頼まれた三四郎という若い男の心情を表わす記号としての意味を帯びはじめる。着物姿が物語の展開に関わる

ことを示唆するのは、三千代が「銘仙の紺絣」で代助のまえに現われる場面（『それから』十四の八）である。男女の普段着として用いられた銘仙は、それをしなやかに着こなす那美（「草枕」十二）、その名の通り縫物をする姿がたびたび描写されている糸子（『虞美人草』十六）も着用しているが、それまで顔の表情や髪型が描写されることの多かった三千代はここでは代助に「新らしい感じ」を与えている。比較的廉価で丈夫な銘仙の着物に「唐草模様の一重帯」を配した「アール・ヌーボー風」（『漱石全集』第6巻「注解」岩波書店、1994）の装いは、不如意な日々を送る三千代の精一杯のハレ着だったのかもしれない。

　「着物」が人物や内面だけでなく場面を明確に演出するようになるのは『門』であろう。たとえば『門』七の二は衣服としての「着物」が主人公の境遇ばかりでなく心境や場面とも呼応して宗助の「生きられる空間」を表出している。十の三は二人の間がしだいに打解けてくる場面であるが、同時に御米が小六に対する気疲れで発病する布石にもなっている。「裁縫」の用例が多い御米は、炊事は女中に代行させもするが、いつも針をもって縫物をしている。このように「着物」に象徴される家事万端に精通しているからこそ、御米は宗助の父の唯一の遺品である抱一の二枚折屏風が彼の新しい靴だけでなく彼女自身の「銘仙の一反位」（六の五）になることを予想できたのかもしれない。『道草』三十三は兄弟間で着物を買える／買えないという生活上の細事が露わに表出され、実生活と虚構を架橋する表象として『道草』という小説のスタイルと呼応している。服飾は明治期の東京風俗のなかでも「ハレとケの混乱」が顕著に見られるとされるが（柳田國男編『明治文化史』第十三第二章、服飾、1954）、着物はその日常性と歴史性において人々の暮らしと身体に密着していたゆえに、その混乱もゆるやかにかつ多彩な表情をもって進行したのである。　　　　　（関礼子）

◆ 生活空間

牛肉／牛

ぎゅうにく／ぎゅう／うし

◆「ちょいと西川さん、おい西川さんてば、用があるんだよ此人あ。牛肉を一斤すぐ持って来るんだよ。いいか、分つたかい、牛肉の堅くない所を一斤だよ」と牛肉注文の声が四隣の寂寞を破る。「へん年に一遍牛肉を誂へると思つて、いやに大きな声を出しやあがらあ。牛肉一片が隣り近所へ自慢なんだから始末に終へねえ阿魔だ」と黒は嘲りながら四つ足を踏張る。吾輩は挨拶の仕様もないから黙つて見て居る。　　　　　（『吾輩は猫である』二）

　同小説ではご馳走であったのに入手出来なくなった「雁鍋」の代替品として、または人間を食用に見立てた時の肉として牛肉が描かれている。

　「坊っちゃん」では山嵐が「ご馳走」と称して牛肉を持ち込んで来る場面があり、「坑夫」ではすぐにまた食べたくなるものの例として「ロース」をあげている。これらの牛肉は、鍋によって甘く煮ることに共通点があり、『ホトトギス』（1908・9）の「正岡子規」でも美味なものの例として牛肉を火鉢で煮て食う例があげられている。それは『彼岸過迄』において西洋料理屋の臭いの例として牛肉を油で揚げることと比較してみるとおもしろい。

　『門』では物の値段の例として「牛肉」を「普通」と「ロース」に分けて説明している場面があり、例示されているものの中では最も高いものの例とされている。「明治座の所感を虚子君に問れて」（『国民新聞』1909・5・15）では物価が上がっている例として葱と牛肉があげられている。いずれも、高価かつ美味なものの例として挙げられることが多かった。

　　　　　　　　　　　　　　（正田雅昭）

牛乳

ぎゅうにゅう

◆でも矢っ張り年だからね。とても昔しの様にガセイに働く事は出来ないのさ。昔健ちゃんの遊びに来てくれた時分にや、随分尻ッ端折りで、夫こそ御釜の御尻迄洗つたもんだが、今ぢやとてもそんな元気はありやしない。だけど御藤様で斯う遣つて毎日牛乳も飲んでるし　　　　　　　（『道草』四）

『道草』において姉はひたすら自分の養生のために牛乳を飲み続けている。

『明暗』では手術の準備で何も口にしようとしない津田に、叔母は唯一口に出来るものとしてパンと「牛乳」を買ってこさせる場面があるし、「思ひ出す事など」では、胃の痛みの中で、「吸飲から牛乳を飲んで生きてゐた」という場面があり、『硝子戸の中』ではジステンパーを患らった犬が医者に牛乳を勧められて治ったエピソードが出てくる。

『吾輩は猫である』には胃の健康のため、固形体を食わないというアドバイスにより牛乳ばかりを呑んで暮らしてみようとして挫折したエピソードや近代人が健康に気を遣うようになった事例として牛乳を飲むことをあげている。

『虞美人草』では胃が痛くなった時の症状を「牛乳さへ飲む気にならん」（十四）と表している。『行人』でも「狂つた胃」は「牛乳でも肉汁でも、どんな軽い液体」でも受け付けないとか、「衰弱を極めた」「女の腸」には「少量の牛乳と鶏卵を混和した単純な液体ですら」吸収されないとある。当時の牛乳は、病中病後の滋養や、心臓や肝臓の薬などにも用いられ、健康にとって欠かすことの出来ない飲み物であった。

（疋田雅昭）

果物

くだもの

◆其の時与吉の鼻の穴が震へる様に動いた。厚い唇が右の方に歪んだ。さうして、食ひかいた柿の一片をぺっと吐いた。さうして懸命の憎悪を眸の裏に萃めて、渋いや、こんなものと言ひながら、手に持つた柿を、喜いちやんに放り附けた。柿は喜いちやんの頭を通り越して裏の物置に当つた。喜いちやんは、やあい食辛抱と云ひながら、走け出して家へ這入つた。しばらくすると喜いちやんの家で大きな笑声が聞えた。　　　（「永日小品」「柿」）

◆高柳君は又自由になつた。何だか広い原に只一人立つて、遥かの向ふから熟柿の様な色の暖かい太陽が、のつと上つてくる心持がする。小供のうちはこんな感じがよくあつた。今は何故かう窮屈になつたらう。　　　　　　　　　（「野分」四）

◆人が余に一個の柿を与へて、今日は半分喰へ、明日は残りの半分を喰へ、其の翌日は又其の半分の半分を喰へ、かくして毎日現に余れるもの、半分づゝを喰へと云ふならば、余は喰ひ出してから幾日目かに、遂に此命令に背いて、残る全部を悉く喰ひ尽すか、又は半分に割る能力の極度に達した為め、手を拱いてむなしく余れる柿の一片を見詰めなければならない時機が来るだらう。

（「思ひ出す事など」十五）

「生」に寄り添う果物「柿」

漱石の作品には柿がよく登場する。「永日小品」には「柿」という題名の小品がある。「柿」では、銀行の御役人の子である喜いちやんが、大工の子与吉に、崖の上から大きな赤い柿を見せて、あげようか、いらないの、とじらす。後に喜いちやんが柿を落とすと、与吉はそれを拾って食べるが実は渋柿で、怒った与吉が喜いちやんに柿を投げつける。柿をめ

◆生活空間

201

ぐるやり取りを通して、銀行の御役人の子と大工の子与吉との、子ども時代固有の遠慮のない、階層を越えた交流と、それを温かく見守る家族が描かれる。このように柿は、漱石の作品において、幼少時の思い出、他者との障壁のない心の交流の記憶と関連して描かれる。「野分」で描かれる、太陽の形容として用いられた熟柿では、そこからさらに、懐かしさ、自らを受け入れてくれる暖かさ、生命力の本来的な発露へとイメージの広がりを確認できる。修善寺の大患において一時人事不省になった経験を描いた「思ひ出す事など」に至っては、次第にその内実を減じながら消滅に向かう、「生」そのものの比喩機能さえ「柿」は担う。

贈答品としての果物

1903(明36)年頃は、東京でも果物専門店は少なく、果物は八百屋に少しずつ貧弱なものが並べられて売られていたに過ぎなかったが、1907年には進物に果物を贈ることが大流行し、明治時代末期から大正初期にかけて、東京市の果物小売屋が増加し、問屋の有名店が素地を備えた。専門店は華族や有産階級の趣味園芸やマスクメロンを買い入れたり、文化人中心の果物試食会を開催したりと、積極的な販売政策を実施した。(梶浦一郎『日本果物史年表』養賢堂、2008)このような時代背景を考えると、贈答品としての果物には、現在よりも高級かつ洗練された趣味を表象するイメージがあったと思われる。『明暗』には、湯治に向かう津田に吉川夫人がお見舞いの品として果物籃を贈り、その果物籃を津田が自筆の名刺を添え、吉川夫人から清子へのお見舞いの品として清子に贈る場面がある。津田は、果物籃の流通に際して、関与の痕跡を刻印することで、果物籃に附随する高級かつ洗練された趣味の媒介者として、自らを清子に印象づけることを試みている。　(宮薗美佳)

靴

くつ

◆小野さん此瞬間に此美くしい画を捕へたなら、編み上げの踵を、地に滅り込む程に回らして、五年の流を逆に過去に向つて飛び付いたかも知れぬ。
(『虞美人草』九)

◆「靴ばかりぢやない。家の中迄濡れるんだね」と云つて宗助は苦笑した。御米は其晩夫の為に置炬燵へ火を入れて、スコッチの靴下と縞羅紗の洋袴を乾かした。　(『門』六の三)

◆私が靴を脱いでゐるうち、──私は其時分からハイカラで手数のかゝる編上を穿いてゐたのですが、──私がこゞんで其靴紐を解いてゐるうち、Kの部屋では誰の声もしませんでした。　(『心』八十)

◆たしか十月の中頃と思ひます、私は寝坊をした結果、日本服の儘急いで学校へ出た事があります。穿物も編上などを結んでゐる時間が惜しいので、草履を突つかけたなり飛び出したのです。(『心』八十六)

靴と上昇への欲望

人物の外出という「移動」に関わる履物のなかで、この時期、日用の靴や編上げ靴は、主に比較的豊かな中流階層の男性用として使用されていた。たとえば『虞美人草』では甲野が宗近と山登りをする際には「切り石の鋭どき上に半ば掛けたる編み上げの踵」(『虞美人草』一の四)という趣味性の高い履物として登場している。いっぽう小野が小夜子と再会する場面の「編み上げの踵」は、それを履く男性主体としての小野の比喩として使われている。いまは零落しつつある恩師の娘で、小野を頼って上京した小夜子の引用文の前にある耳から首筋にかけての「暈した様」に曲線を描く「美くしい画」を彼が捉えることができたら、二人は「五年の流を逆に過去に向つ

て」巻き戻すことができたかもしれないのである。

これに対し、『門』五の三の靴は底がすり切れても買換えが容易ではない逼迫した宗助の生活の換喩としてはたらいている。靴はそれを買うことができない人を差別化するだけでなく、その新旧や材質の程度によって持主をさらに選別するのである。また『門』六の三の「靴足袋」や「スコッチの靴下」は役所から帰宅した宗助が洋服から和服に着替える、いわば公私の境界を表わす記号としての意味をもつ。彼にとっての靴は服とおなじく俸給生活者を表わす記号として、社会とのつながりを維持する最後の手段なのである。

冒頭では胡坐からやがて海老のように背中を丸め、末尾では俯いて爪を切る宗助の鬱屈した姿は、もはや靴による移動とは遠い存在であることを告げているかのようである。

下駄と靴

『心』の「先生」が初めてKと御嬢さんの親密さに気づく場面では、劇的な物語展開とは別の層をなすものとして履物が配されている。地方出身者ながら財産を有する富裕な階層出身の「先生」は「ハイカラで手数のかゝる」編上げ靴である。いっぽう養家とも実家ともうまく折り合わず自力で生きているKは階層性にくわえ、「衣食住」に価値を置かない精神主義者として振舞っている。そんなKが履くのはむろん下駄である。

明治から大正にかけて、中流階層以上の男性たちを職場や公的な場へと運ぶ靴は、個体の最底辺に位置するものでありながら「移動」という行為によって彼らを、より上位の社会的な「男性領域」と押し上げるまさに近代の欲望を表わす表象として日常的・私的な履物である下駄と対になって種々の場面を演出している。　　　　　　　　（関礼子）

下宿

げしゅく

◆生活空間

◆僕の下宿は東京で云へば先づ深川だね。橋向ふの場末さ。下宿料が安いからかゝる不景気な処に暫く——ぢゃないつまり在英中は始終蟄居して居るのだ。　（「倫敦消息」『ホトトギス』所収）
◆下宿した当座は万事客扱ひだつたので、食事のたびに下女が膳を運んで来て呉れたのですが、それが何時の間にか崩れて、飯時には向ふへ呼ばれて行く習慣になつてゐたのです。Kが新らしく引き移つた時も、私が主張して彼を私と同じやうに取扱はせる事に極めました。　　　　　　（『心』八十）

ロンドンにおける下宿

漱石は1900（明33）年から1902年のロンドン留学中で下宿を5回ほど変えている。書簡ではロンドンでの居心地の悪さとともに下宿への不満が書き綴られている。特に2回目の下宿は「下宿」「過去の臭ひ」（『永日小品』）の舞台として、また4回目の下宿は「倫敦消息」の舞台として描かれた。「下宿」「過去の臭ひ」で、「私」は、下宿の主人の先妻の息子と下女が似ているという、下宿内の家族関係をめぐる謎を発見する。下宿人で部外者の「私」はその謎を解明しようとはしないが、しかし家人達の中に「蟠る秘密」の「臭」に「暗い地獄の裏」を「私」は感じ取る。また「倫敦消息」では、主人の家族や下女に閉口させられる有様や、主人と差配人とのトラブルが面白おかしく書かれている。いずれも下宿人という「家」の中での部外者（異分子）でありながら、しかし、その「家」が抱える闇に触れざるを得ない有り様が描かれていた。漱石が吐露したロンドンにおける居心地の悪さは、下宿という場においても変わらなかったのである。

203

東京における下宿

明治末には東京帝国大学のある本郷や、私立大学や中学校がある神田を筆頭に「東京市中素人下宿の無い所無し」(永澤信之助編『東京の裏面』金港堂、1909)と言われていた。同時期の漱石の小説でも東京の下宿は頻繁に登場する。「琴のそら音」の冒頭では、世帯を持ち一戸を構えるようになった「余」と下宿生活の津田君との会話が繰り広げられる。「余」が津田君の気楽さを羨むように、下宿生活には一家の主という責任を負わずにすむ気楽さがあるといえるだろう。『三四郎』でも野々宮さんが下宿生活に戻ることを聞き「家族制度から一歩退退いた」(六)と三四郎が感じる場面がある。『心』の先生も「家を持つ面倒」を考え素人下宿に住むことにする。

しかし、下宿生活が気楽なだけではないことは、先述したロンドンの下宿を描いた作品からもわかるだろう。ロンドンにおける下宿では部外者ゆえの居心地の悪さが描かれているが、『心』では下宿人の先生が部外者でも家族でもない曖昧な状況であるがゆえに、事件が起きているといえる。『心』における先生の下宿を玉井敬之は「『こころ』二題」(『漱石研究への道』桜楓社、1988)で「窓のない、世間を拒否した密室のような家」と間取りを付して論じている。この様な空間の中で、先生はいつの間にか下宿の母娘と身内に近い存在になっていった。しかし、奥さんが自分を裏切った叔父と同様にお嬢さんと自分を接近させようとしている「策略家」ではないかと疑い、お嬢さんとの結婚を言い出せないでもいた。部外者でも家族でもないこの曖昧な状況の中にKが引き入れられることで、先生はKに嫉妬し、Kともお嬢さんとも関係性が変わっていく。一見、「家族制度」から自由で気楽な場に見える下宿も、漱石の小説では「家」「家族」をめぐる葛藤を描く上で恰好の舞台となっていたといえるだろう。　　　　　(西川貴子)

◆生活空間

下女

げじょ

◆玄関の代りに西洋間が一つ突き出してゐて、それと鉤の手に座敷がある。座敷の後ろが茶の間で、茶の間の向が勝手、下女部屋と順に並んでゐる。外に二階がある。　　　　　　　　　(『三四郎』四の九)
◆夫婦の坐つてゐる茶の間の次が台所で、台所の右に下女部屋、左に六畳が一間ある。(『門』四の十四)
◆彼女は、突然勝手口の方を向いて「時、時」と下女の名前を呼んだ。同時に勝手の横に付いてゐる下女部屋の戸を開けた。／二畳敷の真中に縫物をひろげて、其上に他愛なく突ッ伏してゐたお時は、急に顔を上た。　　　　　　　　(『明暗』五十七)

中流家庭と下女

漱石の小説には、下女と呼ばれる住み込みの家事使用人がひんぱんに登場する。下女は元来、勝手向きの雑用を担う下女中をさす言葉であった。それが明治以降、家事使用人の雇用が中流家庭に広まるにつれ、奥向きの家事を担う上女中との区別が曖昧になった。

漱石が活躍した明治末から大正にかけては、都市部を中心に官公吏、教員、会社員などの俸給生活者が増え、新しい中間層を形成した時代である。核家族が多い新中間層では、家事使用人を置くといってもせいぜい一人か二人。大半が勝手向きの雑用も行ったことから、「下女」が家事使用人の代名詞となった(清水美知子『〈女中〉イメージの家庭文化史』世界思想社、2004)。

当時の中流住宅にはたいてい下女部屋があった。たとえば、『三四郎』に登場する独身の高等学校教師広田の住まいは、部屋数5つか6つの一軒家。家賃25円の借家に下女部屋がある。また、『門』の主人公野中宗助は丸の

内方面に勤める下級官吏だが、終点駅から歩いて20分近くかかる校外の借家にも、下女部屋が設けられている。下女部屋は中流家庭のステイタス・シンボルでもあった。

下女のいる生活

下女部屋は2畳か3畳で、台所に接していることが多い。『明暗』には、主婦の留守を預かる下女が待ちくたびれて居眠りをしているシーンが描かれる。下女の仕事は、朝起きてから晩床につくまで、主家の都合にあわせて続く。許可なしには、どんなに遅くなろうとも先に寝てはならいのであった。

下女を置く家庭が必ずしも裕福だったわけではない。『明暗』の主人公津田由雄は、所帯を持ったばかりで、父親からの援助がなければ生活に窮するような会社員である。とりたてて豊かでもなさそうな家庭の下女が小説に描かれ、読者がそれを不思議とも思わずに受け止めていたのは、下女のいる生活が日常ありふれた情景だったことを示すものであろう。

あらためて、なぜ当時の家庭では下女を雇ったのだろうか。それは、家事が主婦一人ではとてもこなしきれないほど、手間と時間のかかるものだったからである。たらいと板による洗濯、竈を用いての煮炊き、箒とはたきを使っての掃除など。雑多で多岐にわたる家事に必要な労力は限りなく、下女なしには生活が成り立たない家庭も珍しくなかった。

一方、女性が現金収入を得られる仕事は限られていた。そのため、小遣い程度の給金で下女として働く女性はいくらでもいた。東京商業会議所の調査によれば、『三四郎』が発表された1908(明41)年、下女の平均月給は賄付で3円50銭(『明治大正国勢総覧 復刻版』東洋経済新報社、1975)。広田先生が払う家賃の7分の1以下にすぎない。つまり、下女の供給が潤沢であり、給金も比較的安かったことから、ちょっとした家庭でも下女を雇えたのである。

(清水美知子)

毛布／赤毛布

ケット／あかげっと

◆主人は椽側へ白毛布(ケット)を敷いて、腹這になつて麗かな春日に甲羅を干して居る。(『吾輩は猫である』四)
◆自分も不審かたがた立ち留つてゐると、やがて障子の奥から赤毛布(あかげっと)が飛び出した。(「坑夫」二十二)

明治初年から毛布(ケット)が簡便な防寒具として用いられたことは、服部撫松『東京新繁昌記「人力車」』(「一夫紅氈(ケット)己の身を掩ひ赤客の膝を掩ふ」1874)等によって知られるが、明治後期には珍しくもない日用品として日常生活に入り込んでいたことが、『吾輩は猫である』の一節からはうかがえる。ブランケット(blanket)を略して「ケット」と呼んだとは、『漱石全集』の注解等でも知れるが、『吾輩は猫である』に「白毛布」とあるのは、「フランス語のブランシェblanchet(白い毛織物)がイギリスでブランケット」と呼ばれたことに符合する(『改訂新版世界大百科事典』平凡社、2007 毛布：山浦澄子)。ここでは、せいぜい長閑な日常生活を構成する小道具に過ぎず、擦り切れた毛布を思わせるほどに、一風俗を表すとさえ言えなくなっている語の有り様を垣間見させる。ただ、これが「赤毛布」となって作品中に現れる場合は見逃せない。

換喩としての「毛布」

既に「赤毛布」は、「草枕」にも「草鞋穿きで、一人は赤毛布」と見えるし、饗庭篁村『水戸の観梅(三)』(「ボンヤリと赤毛布の中に交り」1895)から、リール家での漱石の微妙な問題に触れた土井晩翠「漱石さんのロンドンにおけるエピソード」中の記述「純粋の赤ケットが何かにつけ指導を被つた」(『漱石全集』別巻)まで、「『田舎者』の代名詞」(『漱石全集』第5巻「注

解」岩波書店、1994)として用いられた例は多い。この語が「坑夫」では作品の様相を一変させる。「赤毛布」が換喩として用いられていることは、その登場から明らかだが、全96節中半分近くを占める鉱山への道行きで反復される「赤毛布」の語は、換喩の特質を如実に表して、それが密着する存在の原質を露わにさせることになる。

日常と非日常を繋ぐもの

「赤」には、「色彩の赤と、なにも持たない、あるいは、まるはだか」(小島憲之『ことばの重み』新潮社、1984)の意味があるが、「坑夫」において「赤毛布」の語で呼ばれる人物は、人間としての最低条件しか具備しない者として描かれる。言わば、否定の徴を付された存在であり、この「赤毛布」の語が、執拗なまでに繰り返されて、語り手／主人公である「自分」に纏わり付くことになる。このとき、「赤毛布」は「夢十夜」第三夜の小僧(「坑夫」で「赤毛布」は小僧とも呼ばれる)を彷彿とさせる。第三夜と異なるのは、「坑夫」の小僧／赤毛布が忽然と姿を消す点にあるが、それは最終の目的地である鉱山の闇に溶け込み、「自分」の運命を予示するように消滅したと言うべきだろう。『「自分」を鏡に写したような分身的存在」(小森陽一『出来事としての読むこと』東京大学出版会、1996)ともされる「赤毛布」は、結局一枚の「赤毛布」でしかないかの如く、いかなる深さを表すこともなく、代わって「自分」が或る深さの喩としての坑道へ下って行かねばならない。『吾輩は猫である』では日常の一部を形作ったに過ぎない何でもない語が暗転して、「坑夫」では非日常の光景を浮かび上がらせるものとなる。第三者の坑夫体験という見馴れぬ題材をもとにしながら漱石的世界が生成する、漱石作品の創造の秘密がそこにはうかがえる。

(中井康行)

玄関

げんかん

◆其後ある人の周旋で街鉄の技手になつた。月給は二十五円で、屋賃は六円だ。清は玄関付きの家でなくても至極満足の様子であつたが気の毒な事に今年の二月肺炎に罹つて死んで仕舞つた。

(「坊っちゃん」十一)

◆私の記憶によると、町内のものがみんなして私の家を呼んで、玄関々々と称へてゐた。其時分の私には、何ういふ意味か解らなかつたが、今考へると、式台のついた厳めしい玄関付の家は、町内にたつた一軒しかなかつたからだらうと思ふ。

(『硝子戸の中』二十一)

漱石作品において玄関が重要な意義を担っているのは「坊っちゃん」だろう。

「清はおれを以て将来立身出世して立派なものになると思ひ込んで居」るが、「清にも別段の考もなかつた様」で、具体的に語られるのは「只手車へ乗つて、立派な玄関のある家をこしらへるに相違ない」(一)ということだけである。ここで玄関とは、「立派」な家の表徴であると同時に、そうした家に住む家主の「立派」さの象徴でもある。「赤シャツは一人ものだが、教頭丈に下宿はとくの昔に引き払つて立派な玄関を構へて居る」と観察する「おれ」は、「田舎へ来て九円五十銭払へばこんな家へ這入れるなら、おれも一つ奮発して、東京から清を呼び寄せて喜ばしてやらう」(八)とまで考える。

これは、各界著名人を訪問する連載記事、「玄関と応接室(一)」(『読売新聞』1908・1・7)冒頭の、「細君の人格が台所に発現するものならば、玄関は主人の趣味乃至品性等を代表するものと見て差支なからう」という見方とも通底している。

(松本和也)

原稿料、印税

げんこうりょう、いんぜい

◆此男は学校を出ると、教師は厭だから文学を職業とすると云ひ出して、他のものゝ留めるにも拘らず、危険な商買をやり始めた。やり始めてから三年になるが、未だに名声も上らず、窮々云つて原稿生活を持続してゐる。　（『それから』八の二）

原稿料の相場

経済力から見て、格段に低い「此男」、寺尾を描きながら、漱石は何を感じていたのだろうか。おそらく、漱石は「原稿生活」者として、訪れた友人に「もう今朝から五五、二円五十銭丈稼いだから」（同前）という挨拶をしたことはなかったはずだ。漱石は寺尾になることを注意深く回避したうえで、「原稿生活」を始めていた。しかし、興味深いことに、デビューしたとき、漱石は寺尾ほどの原稿料ももらっていなかったのである。

初期の漱石の主たる掲載誌は『ホトトギス』だった。高浜虚子「漱石と私」によれば、『吾輩は猫である』以前に「原稿料といふものを殆ど払つたことはなかつた」（『ホトトギス』1917・9）。どの時点から原稿料を払い始めたのか、虚子は明確にしていないが、原稿料は「一頁一円」だった。虚子は「他の雑誌はもつと沢山の原稿料を支払つて居るものであることが、後になつて分つた。今迄世間と殆んど殁交渉であつたホトトギスは、原稿料の相場といふやうなものは皆目承知しなかつた」と述べている。『道草』八十六には、『吾輩は猫である』一の原稿料が30円だったことを示唆する記述があるが、実際の原稿料とは異なっているだろう。『吾輩は猫である』一（『ホトトギス』1905・1）はカットをいれても15ページ

だった。虚子の証言は『猫』十と「坊っちゃん」で確認できる。漱石は原稿料として、それぞれ、38円50銭、148円を受取っている（虚子宛書簡、1906・4・30付）。金額は掲載された『ホトトギス』（1906・4）の頁数に対応している。前者が24字21行2段組なので、400字に換算すると約99枚、原稿料は約39銭である。『猫』の場合、組み方は一定しているので、どの号の原稿料も同じになる。しかし、後者は39字16行組なので、400字換算の原稿料は約64銭に上昇する。漱石は他の雑誌に発表していたので、相場を知っていたはずだが、この書簡で文句をいってはいなかった。夏目鏡子『漱石の思ひ出』（改造社、1928）には「『新小説』がやはり一円位、『中央公論』が一円二三十銭見当」とあった。朝日新聞社に入社した時点で、こうした「原稿生活」は終了するが、一転して、漱石は原稿の依頼者、斡旋者となった。著者のために、原稿料を交渉する中で、文壇が格差社会であることを実感したはずだ。1914（大3）年の相場、新聞小説1回4円（山本笑月宛書簡、1914・8・2付）では、1か月連載しても、漱石の月給200円には絶対に到達しないのである。

印税率と出版部数

松岡譲は『漱石の印税帖』（朝日新聞社、1955）で、『鶉籠』（定価1円30銭）出版に際して、春陽堂と交わした「覚書」を紹介した。印税率は初版15％、2版から5版までは20％、6版以上は30％で、発行部数についても、初版3000部、2版から5版までは1000部以内、6版以上は500部以内と定めていた。松岡は「後には第四版以後三割、初版は一千部と」「なつてる以外、後のものは全くこれに準拠して居るのである。恐らく大倉の『猫』その他も大体同じ契約だつたであらう」と述べた。初版1500部を売り切るのがせいぜいで、再版など期待できないほど低調だった日露戦後の出版ビジネスの状況を考える（小川菊松『出版興亡

◆生活空間

207

◆生活空間

五十年』誠文堂新光社、1953)と、著者に並外れて有利な契約だった。森鷗外や永井荷風のような大家でも印税率は12％、初版は1000部である(浅岡邦雄「樗山書店と作家の印税領収書および契約書」『〈著者〉の出版史』森話社、2009)。松岡は出版社が不利を承知で出版した理由を「絶えず版を重ねる事と、仮令それによる直接の利益は少くても」「店の看板になる」ことをあげている。市場の強者ならではの好待遇ということだろう。松岡は春陽堂などの検印部数表も掲げている。例えば、『鶉籠』は初版3000部、漱石生前の累計は12171部である。『虞美人草』(定価1円50銭)は初版3000部、累計8250部、『三四郎』(定価1円30銭)は初版3400部、累計4600部、『それから』(定価1円50銭)は初版2500部、累計3380部、『門』(定価1円30銭)は初版2000部、累計2700部、『彼岸過迄』(定価1円50銭)は初版2200部、累計2797部だった。『漱石全集』第二十七巻(1997・12)の「単行本書誌」を執筆した清水康次には、松岡の数字を検証した「漱石『単行本書誌』覚書」(玉井敬之編『漱石から漱石へ』翰林書房、2000)、「天理図書館蔵『吾輩ハ猫デアル』印税受取書」(『ビブリア』2001・5)がある。後者で、『吾輩は猫である』が「五版や十版に至ってなお、千部あるいは二千部の発行」で、印税率が約18.3％になることを明らかにした。松岡は検印部数が不明である大倉書店・岩波書店などを含めて、「漱石の生存中の全著作の売れ行き」を10万部前後と見積り、『吾輩は猫である』「坊っちゃん」「草枕」『虞美人草』の四作品の部数で「優に他の全体の部数」と同等になると推測している。

印税

松岡は、漱石が生前稼いだ印税について、「全部引つくるめて二万五千円から二万七千円程度」で、「これ以下の事も充分有り得る」(同前)とする。松岡の検印部数表は出版社を網羅しているわけではないので、印税を確定

するのは困難である。また、金額が明記された資料も少ない。清水が紹介したのは、『吾輩は猫である』の上編10版(定価95銭)、中編5版(定価90銭)、下編初〜4版(定価90銭)の計6000部、997円50銭の受取書(服部国太郎宛、1907・8・24付)だった。また、1914年12月から翌3月まで漱石のつけた家計簿(「日記一三」、「日記一四」)に記載された印税は、12月に鈴木三重吉58円、新潮社100円50銭、岩波書店20円、翌1月に新潮社計150円、2月に春陽堂計322円50銭、3月は新潮社90円、大倉書店195円である。総計936円となる。三重吉は『須永の話』(定価15銭)で、11月に5版が出ている。新潮社は『坊っちゃん』(定価30銭)で、検印部数表によれば、14年が3900部、15年が5000部である。岩波書店は『心』(定価1円50銭)で「半期半期に儲を折半」(『漱石の思い出』)した金額である。春陽堂は縮刷本の、『坊っちゃん』(定価35銭)、『艸枕』(定価40銭)、『彼岸過迄四篇』(定価1円50銭)の総計で、検印部数表に記載はないが、初版はそれぞれ1000部だろう。大倉書店は『吾輩は猫である』上・中・下篇、『漾虚集』(定価1円40銭)、縮刷本『吾輩は猫である』(定価1円30銭)の増版分ということになる。これらの金額から考えれば、年間3000円程度なので、松岡の推測は基本的に正しいことになる。漱石の場合、発行部数が飛躍的に伸びるのは死後だった。松岡は第一次、二次の全集も含めた1917年から関東大震災前までの総部数を生前の6・7倍の704526部とする。印税は単行本が「概略十六万円」、全集が「十四万五千円程」で、遺族は30万円以上の大金を得たことになる。遺族はこれを元手に株取引や会社設立に手を出して経済的に破綻してしまう。安倍能成が「漱石先生の文学は偏に遺族を湿してこれをスポイルするまでになつた」(「岩波と私」『世界』1946・6)と述べた所以である。

(山本芳明)

コート、外套

こーと、がいとう／マント

◆忽然として会堂の戸が開いた。中から人が出る。人は天国から浮世へ帰る。美禰子は終りから四番目であつた。縞の吾妻コートを着て、俯向いて、上り口の階段を降りて来た。　（『三四郎』十二の七）
◆女の身に着けたものゝ内で、纔かに人の注意を惹くのは頸の周囲を包む羽二重の襟巻丈であるが、夫はたゞ清いと云ふ感じを起す寒い色に過ぎなかつた。あとは冬枯の空と似合つた長いコートですぽりと隠してゐた。（『彼岸過迄』「停留所」二十九）
◆敷居際に膝を突いてゐる下女を追ひ退けるやうにして上り口迄出た。さうして土間の片隅にコートを着た儘寒さうに立つてゐた嫂の姿を見出した。
　　　　　　　　　　　　　　　（『行人』「塵労」一）
◆インヴネスを着た小作りな男が、半纏の角刈と入れ違に這入つて来て、二人から少し隔つた所に席を取つた。（中略）彼は何時迄経つても、古ぼけたトンビを脱がうとしなかつた。　　（『明暗』三十五）

コートの性差

　「道服と吾妻コートの梅見哉」（1602）にあるように、主に男性の和装用外出着としての「道服（道行）」に対して明治中期以降、肩掛に代わって女性の冬季用外出着として流行するのが吾妻コートである（平出鏗二郎『東京風俗志』中の巻, 冨山房, 1901)。『三四郎』（十二の七）では教会から出て来る美禰子を待つ三四郎の視点から寒そうに肩をすぼめる姿が語られ、9月に初めて出会う池のほとりの場面とは彩やかな対照を見せている。一方、フロックコートは明治期の男性用の代表的略礼服として着用され、紳士社会にはまだ手が届かない三四郎から「自分が存外幅の利かない様に見えた」（『三四郎』六の九）とまぶしく見つめられて

いる。「運動会は、学問のエリートであるとともに、将来が期待されるような若者達による、華々しい運動競技の場」（小池三枝『服飾の表情』勁草書房、1991)でもあった。

街をゆくコート

　他方、『彼岸過迄』（「停留所」二十九）の田口の依頼で探偵のように女を尾行する敬太郎が目印にする街路を行く「長いコート」は、それを包む身体や内面を読むように誘う記号として追跡者から凝視される。女性用のコートが「謎の記号」のレベルからさらに一歩進んで女性身体そのものを彷彿させるのは『行人』（「塵労」一）であろう。直が二郎の下宿を夜間に訪問するこの場面は、何事か目的をもって外出するという彼女の意志がコートによって表出されている。そんな姿にたじろぐ二郎は帰り際になってようやく「上り口で待つてゐた車夫の提灯」が「彼女の里方の定紋」（「塵労」四）であったことに気づくのである。
　男性用の「外套」が多義性を発揮している好例が『明暗』である。「外套を見せびらかした当時」（『明暗』三十三）という言葉からは津田の属する階層が中流であること、一歩まちがえれば下層に転落する危ういものであることが「外套」という言葉によって巧みに表出されている。ゴーゴリの『外套』にもあるように、男性にとっての外出着は防寒だけでなく社会的地位の象徴であることが端的に語られている。
　男物の外套には他に「インヴネス」があり、「何時迄経つても、古ぼけたトンビを脱がうとしなかつた」と語られる（『明暗』三十五）のように、それは「トンビ」とも俗称され、他者の秘密を探る探偵の記号として、津田の外套をねだって「朝鮮へ落ちる」（同三十六）小林との三者のいる「酒場めいた店」（同三十四）で緊張感を生んでいる。　　　　　（関礼子）

酒、酒精

さけ、アルコール

◆ 生活空間

◆人間は何の酔興でこんな腐つたものを飲むのかわからないが、猫にはとても飲み切れない。どうしても猫とビールは性が合はない。是は大変だと一度は出した舌を引込めて見たが、又考へ直した。

(『吾輩は猫である』十一)

「酒」を飲む人と漱石

漱石が死の床で口にしたいと言ったものが葡萄酒であったことは有名だが、漱石自身はあまり酒をたしなむ方ではなかった。ロンドン留学中にも、たった1杯で、顔がほてって街中を歩くことができなくなり難儀したことがあり、帰国後すぐに書かれた『吾輩は猫である』では、ビールを舐めた「吾輩」が、酩酊し水がめで溺死してしまう。

「吾輩」の飼い主・珍野苦沙弥は漱石を彷彿させる人物像だが「平生なら猪口に二杯ときめて居るのを、もう四杯飲んだ。二杯でも随分赤くなる所を倍飲んだのだから顔が焼火箸の様にほてつて、さも苦しさうだ」(七)とある様に、猪口に二杯というとこからもお酒の弱さが伝わる。

「坊っちゃん」で「勝手に飲むがいい。おれは肴を食つたら、すぐ帰る。酒なんか飲む奴は馬鹿だ」(九)と言わせているように、特に初期の作品では、こうした酒が飲めない人間から見た嫌悪感が色濃く反映されている台詞がある。しかしながら、運命に無情を感じ、人間のように愉快な気持ちを味わってみたかったことが、「吾輩」が酒を口にしてみたきっかけであったように、飲酒についての同情的な視線も、漱石作品には当初から内包されていた。

坊っちゃんは送別会の宴会の席で乱れる人々を、冷静な目で見つめていたが、熊本では赤酒を、東京では蕎麦屋で酒を飲むことを覚えた三四郎は、酒好きになったであったろうし、『心』の妻は呑めない人物であるが、先生は酒とのつきあいを経てその加減を知った人物として描かれている様に、漱石自身は生涯酒に順応することはなかったが、徐々に小説上の主要な人物たちには酒の味を解す者達が現れてくるようになる。

「酒」を飲むことと漱石

一方、小説の中での「酒」は重要なコミュニケーションツールとして機能しており、多くの酒宴での会話が物語中、しばしば重要な役割を負うこととなる。漱石にとって酒は、小説の登場人物たちの内面世界を浮き彫りにし、人生を語るために重要な小道具の一つだったようだ。

だが、漱石の小説における「酒」で最も多いのは、人生や世間を語るための教訓や比喩の事例として引用されるケースである。「香をかぎ得るのは、香を焚き出した瞬間に限る如く、酒を味はうのは、酒を飲み始めた刹那にある如く、恋の衝動にも斯ういふ際どい一点が、時間の上に存在してゐるとしか思はれないのです」(『心』六)という台詞は、後に親友を裏切ってしまうほどの激情に駆られながらも、他人から縁談を勧められた当時はどうしても、それを受け入れられなかった『心』の「先生」の心情を的確に語っている。

漱石の句「黄菊白菊酒中の天地貧ならず」(136)とは、『漢書』や『蒙求』にある「別に是れ一壺の天」という一節を、漱石が「草枕」の中で「壺中の天地」(三)と表現し、それをさらに酒に置きかえたものだが、これらの引用、教訓、比喩などは、漢籍や海外文学作品、警句などからの引用でありながらも、元の表現を換骨奪胎した表現も少なくない。(疋田雅昭)

散歩

さんぽ

◆夫からステッキでも振り回はして其辺を散歩するのである。向へ出て見ると逢ふ奴も逢ふ奴も皆んな脈が頗る高い。（中略）向ふから人間並外れた低い奴が来た。占たと思つてすれ違つて見ると自分より二寸許り高い。此度は向ふから妙な顔色をした一寸法師が来たなと思ふと是即ち乃公自身の影が姿見に写つたのである。不得已苦笑ひをすると向ふでも苦笑ひをする是は理の当然だ。

(「倫敦消息」『ホトトギス』所収)

◆午過になつてから、代助は自分が落ち付いてゐないと云ふ事を、漸く自覚し出した。腹のなかに小さな嫐が無数に出来て、其嫐が絶えず、相互の位地と、形状とを変へて、一面に揺れてゐる様な気持がする。代助は時々斯う云ふ情調の支配を受ける事がある。さうして、此種の経験を、今日迄、単なる生理上の現象としてのみ取り扱つて居つた。代助は昨日兄と一所に鰻を食つたのを少し後悔した。散歩がてらに、平岡の所へ行つて見やうかと思ひ出したが、散歩が目的か、平岡が目的か、自分には判然たる区別がなかつた。

(『それから』六の三)

◆宗助は郵便を持つた儘、坐敷から直ぐ玄関に出た。（中略）「一寸散歩に行つて来るよ」／「行つて入らつしやい」と細君は微笑しながら答へた。

(『門』一の二)

◆妙に不安な心持が私を襲つてきた。私は書物を読んでも呑み込む能力を失つて仕舞つた。約一時間ばかりすると先生が窓の下へ来て私の名を呼んだ。私は驚ろいて窓を開けた。先生は散歩しやうと云つて、下から私を誘つた。先刻帯の間に包んだ儘の時計を出して見ると、もう八時過であつた。私は帰つたなりまだ袴を着けてゐた。私は夫なりすぐ表へ出た。／其晩私は先生と一所に麦酒を飲んだ。

(『心』九)

ロンドンでの体験

漱石は英国留学(1900-1902)当初の体験として諧謔交じりに「散歩」を描いている。「ステッキでも振り回はして」のあたり、ロンドンの街歩きの風情が匂うが、漱石に先行する留学者森鴎外のベルリン生活に取材した『舞姫』に「余は獣苑を漫歩して」とあるのが連想される。漫歩に比し、ある種の緊張感が匂うところではある。引用文の前段には「冬の夜のヒューヒュー風が吹く時にストーヴから烟りが逆戻りをして室の中が真黒に一面に燻るときや窓と戸の障子の隙間から寒い風が(中略)何の為にこんな切り詰めた生活をするんだらうと思ふ事もある。エー構はない本も何も買へなくても善いから為替はみんな下宿料にぶち込んで人間らしい暮を仕様といふ気になる」という逼塞した生活ぶりが吐露されてあるのである。……しかし漱石一流の見聞欲・運動意欲に根差す「散歩」は、作家生活の端緒となった『吾輩は猫である』で、苦沙弥家に居付いた「吾輩」が近辺の家々に出掛けて観察を行う行動となって活かされるし、更に『三四郎』の世界が日露戦後の東京において開かれて行くきっかけとして、九州から上京したばかりの主人公が、友人のそそのかしもあって街々を「散歩」する、その間の向日的な姿勢からする数々の見聞が委細に描かれる、という設定を作り出している。

主人公たちの日常

『それから』の場合、冒頭より主人公の視点による身体的な感覚の描写で始まり、次いで「それで、家にゐるときは何をしてゐるんです」「まあ、大抵寝ていますな。でなければ散歩でも為ますかな」の様なやり取りが、主人公(長井代助)と、「やがて書生となる筈の門野」との間に交わされて、「散歩」は無為な日常から脱する手立てのように意義付けられているのが特徴である。次は、『門』冒頭の章、

日曜日の朝の夫婦のやり取りである。「一寸散歩に」などと言う措辞は、今にも通じる「散歩」の在り様として理解できる。勤め人たる主人公の言動だから、『道草』でも自然に辿れるケースなのだが、ここでも、散歩からの帰宅が遅れて、宗助の弟の小六が留守中に訪れるというプロットのきっかけになっていることも見落とせない。このような用例は他の作品にも散在しているのである。

物語のプロットとして

　『それから』の場合、旧友平岡と主人公との、ヒロイン(三千代)をめぐる宿命的なドラマの展開を卜する行動となる。それに通じている、と思われるのが、『心』の一例である。上掲の引用部分の前提として、青年「私」が夕刻になって、先生宅を訪れる経緯がある。玄関先に立って案内を乞う彼の耳に「先生夫妻」の言い争う(「言逆ひ」)声が聞こえたので、「其儘下宿へ帰つた」のであった。「私の知る限り先生と奥さんとは、仲の好い夫婦の一対」であったこの夫婦に何があったのか、「不安な心持」が、一層高まって行くという進行である。散歩を誘った「先生」との行き先が「麦酒(ビール)」を飲むこと、そしてその苦衷を聞く事になる、というのも異色ではある。しかし、『心』の後半(五十五〜百十)の「遺書」で綴られるKと「先生」のドラマ、それを大きく転回させる女性(静)の働きを考えるとき、作品初頭のかかる設定が、必須のものであったことを読者は知らされることになるのだろう。八十〜八十八は、前五章がKと「先生」との房総旅行、後四章が帰宅後のドラマである。Kの心が「御嬢さん」に向かって動き始めたことを意識した「先生」が旅行に誘い出し、帰宅後女性たち(御嬢さんと奥さん)の「先生」への配慮が一旦は示されたのだが、改めて彼の嫉妬心をそそることになったのが、八十七、帰宅した彼が、いつもは彼より遅く帰宅する筈のKがその日は一旦帰宅して又出掛けたと

「奥さん」から聞いて、いつもの「散歩」のコースを辿る途中でKに出合う、「するとKのすぐ後に一人の若い女が立つてゐる」「それが宅の御嬢さんだった」という、この経緯である。「御嬢さんと一所に出たのか」(八十八)という質問に対してKは、「真砂町で偶然出会つたから連れ立つて帰つてきたのだと説明」するが、これは当を得た説明なのであろう。これに引きかえ、食事時に同じ質問を投げかける彼に対して「御嬢さんは私の嫌ひな例の笑ひ方をする」……。

　「散歩」という恣意的な行為をめぐって、ここではひとりの女性の中に秘められてある「無意識の偽善(演技)」が現前している。

散歩の語義

　散歩の語源については、次のような説が存在する。「中国の三国時代に五石散(今でいうところのドラッグ)が貴族や文化人の間で滋養強壮薬として流行した。名前のとおり主材料は五石(石鐘乳、紫石英、白石英、石硫磺、赤石脂)であり、服用すると体が熱くなる(散発)のだが、散発がないと体に毒が溜まり害になるとされた。そのため、散発を促すべく歩き回るようになった(行散)。散発のために歩くことを散歩というようになり、これが転じてただ歩くことを散歩というようになった。しかし、散発があろうがなかろうがひどい中毒症状が出るため、命を落とす者も多くいたという」。　用語的にはこれに従いたいが、前田愛(『都市空間のなかの文学』筑摩書房、1992)や西村好子(『散歩する漱石』翰林書房、1998)の指摘にあるように、漱石の場合、西欧体験に根差す運動性・健康志向が加味されたこの語の活用が骨子となっているとみるべきであろう。また同時代の音楽家が作り出した散歩唱歌(作詞：大和田建樹、作曲：多梅稚、1901)も留意されるべきである。これは春夏秋冬で合計50連の散歩・頌歌なのであった。　　(内田道雄)

質／質屋

しち／しちや

◆「質を置いたつて、御前が自分で置きに行つたのかい」／彼自身いまだ質屋の暖簾を潜つた事のない彼は、自分より貧苦の経験に乏しい彼女が、平気でそんな所へ出入する筈がないと考へた。
（『道草』二十）

◆責めて此淡灰色の斑入りの毛衣丈は一寸洗ひ張りでもするか、もしくは当分の中質にでも入れたい様な気がする。 （『吾輩は猫である』六）

質屋嫌い

　明治時代の作家で、一部の特権階級をのぞいて、むしろ質屋を利用したことがない者の方が少ないのではないかと推察されるが、果たして漱石はどうだったのであろう。少なくとも1905(明38)年11月9日付の鈴木三重吉宛書簡では「猫の初版は売れて先達印税をもらひました。細君曰くは是で質を出して、医者の薬礼をして、赤ん坊の生れる用意をすると、あとへいくら残るかと聞いたら一文も残らんさうです」とあることから、帝国大学に職を持っていた彼もまた質屋の世話になっていた時期があることが判明する。当時はまだ大学教員は高給取りではなかった。

　その『吾輩は猫である』執筆時の苦しい生活が下敷きになっているとされる『道草』の健三は、妻から「鉛筆で汚ならしく書き込んだ会計簿」（二十）を突きつけられる。彼は家の経済には無頓着で「自分に金の要る時は遠慮なく細君に請求し」「月々買ふ書物の代価丈でも随分の多額に上ぼ」っており、彼の給金が実は「毎月余らない」という事実と、「自分の着物と帯を質に入れた顛末」を告げられる。そして「彼自身いまだ質屋の暖簾を潜つ

た事のない彼は、自分より貧苦の経験に乏しい彼女が、平気でそんな所へ出入する筈がないと考へ」るのである。同じようなやりとりは『明暗』にもあり、「金の入つた厚い帯の端を手に取つて」「質屋へ持つてつたら御金を貸して呉れるでせう」という新妻のお延に津田は衝撃を受け、「極端な場合の外、自分の細君にさうした下卑た真似をさせたくな」（八）いと思うのである。これらの記述から、同時代の多くの作家ほどには、漱石にとって質屋は日常的な場所ではなかったのであろう。

「無意識」としての質屋

　なお、漱石作品において、「質」「質屋」という語は何かを一時的に預ける行為・場所として比喩的に登場する。たとえば先の『吾輩は猫である』の語り手は、夏の暑さに「責めて此淡灰色の斑入りの毛衣丈」でも「当分の中質にでも入れたい様な気がする」（六）と語る。以上は文字通りの意味だが、これと別に『三四郎』の主人公は友人の佐々木与次郎に「借金の言い訳」（九）を聞かされる。それはある男が失恋で自殺をしようと短銃を買ったが、友人が金を借りに来たので「大事の短銃を貸し」「友達はそれを質に入れて一時を凌いだ」と。そして「質を受出して返しにきた時は、肝心の短銃の主はもう死ぬ気がなくなつて居た」ために命が救われたというのだ。三四郎はそれをただの笑い話として聞くが、与次郎は「己が金を返さなければこそ、君が美禰子さんから金を借ることが出来たんだらう」と言い、三四郎に美禰子への思いを気づかせることになる。すなわち積極的・能動的な行動でなく、「質に入れる」ような一時的な留保（行為ならざる行為）が結果として物事を動かすこともあるということだ。「質」は漱石の中で「常識を質に入れた当時の自分」（『坑夫』）と表現されるような「無意識」の領域とつながっているかのようである。

（大木志門）

◆生活空間

自転車

じてんしゃ

◆ 生活空間

◈よう聞いて、居なはれや——花月巻、白いリボンのハイカラ頭、乗るは自転車、弾くはヴイオリン、半可の英語でぺらぺらと、I am glad to see you と唄ふと、博物は成程面白い、英語入りだねと感心して居る。

(「坊っちやん」九)

明治の自転車

　ロンドン留学中の漱石が、苦労しながら自転車に乗る練習をする様子は「自転車日記」に記されている。その記述では自転車に乗ることが出来ないままで終わっているが、実際には乗りこなせたようである。しかし帰国後の漱石が、日常的に自転車に乗っていたという記録は無い。清水一嘉『自転車に乗る漱石 百年前のロンドン』(朝日選書, 2001)は、漱石が自転車に乗らなかったのは、留学時代の神経衰弱や屈辱を思い起こさせるからだと推定している。果たして、そこまで忌避していたのかどうかは分らないが、なじみの移動手段ではなかったようである。『吾輩は猫である』で、寒月が自転車の練習でズボンがすり切れ、つぎを当てている様子が描かれている。これなどは、ロンドンでの漱石の苦闘を思わせるエピソードであろう。寒月が自転車に乗れるようになったのかどうかは分らない。

　自転車は1810年代にドイツで発明されたとされるが、当初ペダルは無く、足で地面を蹴って進むものであった。その後さまざまな改良がなされるが、1880年代に空気入りのタイヤが実用化されて、乗り心地が格段に良くなり急速に普及していく。また女性解放思想とも結び付いて、女性の行動範囲を広げる乗物として受け取られるようになる。小栗風葉

『青春』(1905-1906)では、ヒロインが自転車に乗って颯爽と登場する。しかしその直後に転倒するように、新しい女性への揶揄的な表現である。漱石の「坊っちやん」では、うらなりの送別会で教師の一人が自作の小唄を披露するが、「白いリボンのハイカラ頭、乗るは自転車、弾くはヴイオリン、半可の英語でぺらぺらと、I am glad to see you」という歌詞で、やはりハイカラ女性を皮肉った内容のものであった。いずれにしても明治期の自転車は、都会の富裕層に限られた贅沢品であり、庶民の手に入るものではなかった。したがって街で見かける自転車の多くは荷物を運ぶための業務用として用いられていたと思われる。漱石作品では、『三四郎』のほこりが積もった道に付いた自転車の痕や、『行人』での人力車が自転車にぶつかりそうになりながら走るといったように、当時の道路事情の悪さや交通の混雑を物語る描写に登場するに過ぎない。

走り出す小野さん

　『虞美人草』には、「小野さんは隧道を出るや否や、すぐ自転車に乗つて馳け出さうとする。魚は淵に躍る、鳶は空に舞ふ。小野さんは詩の郷に住む人である」(二)という一節がある。小野さんが自転車で疾走しているようにも見えるが、実際に乗っているわけではない。これは、ヒロインの藤尾に呼びかけられた小野さんが、呼びかけの意図をはかりかねてためらったあと、話題がクレオパトラになって得意のシェイクスピアの話をする場面である。ここでは小野さんが文学の話になって急に多弁になる様子を、自転車に乗って走り出すさまにたとえている。自転車は、詩の世界の住人とされる小野さんにふさわしい乗り物として選ばれているのであろう。

(中沢弥)

趣味

しゅみ

◆詩を知らぬ人が、趣味の問題に立ち入る権利はない。　　　　　　　　　　　　　　　（『虞美人草』六）
◆余が平生主張する趣味の遺伝と云ふ理論を証拠立てるに完全な例が出て来た。（中略）父母未生以前に受けた記憶と情緒が、長い時間を隔てゝ脳中に再現する。　　　　　　　　　（「趣味の遺伝」三）

趣味の定義

　『文学評論』には、趣味の普遍性について書かれた箇所がある。趣味には完全な普遍性もないが、不一致のみならず必然的暗合も存する。「材料の継続消長から出る趣味」（第一編）も、必然的暗合を招来する要素である。「文学は吾人の趣味の表現」であり、作物の「読者に及ぼす活きた影響」が、「有機的に吾人の生命の一部を構成」し、「未来の行為言動を幾分でも支配する傾向」を持つ（第四編）。これが伝達される趣味の定義である。この際、趣味には必ず好悪が伴うともされる。
　『文学論』には、文学における道化趣味や滑稽趣味の重要性が論じられている。また、「非人情的、没道徳的趣味」（第二編第三章）は、現実世界とは基準の違う文学にはありうることも述べられる。談話「滑稽文学」においても漱石は、日本の国民性として滑稽趣味を有しているとする。また、驚き、かつ「程度と案を拍つ」（第四編第四章）ことを成程趣味と呼ぶが、これも文学の重要要素である。
　「野分」の中で、高柳が読む『江湖雑誌』の「解脱と拘泥……憂世子」（五）という文章には、「吾人は解脱を修得する前に正鵠にあたれる趣味を養成せねばならぬ。下劣なる趣味を拘泥なく一代に塗抹するは学人の恥辱であ

る」「趣味は茶の湯より六づかしいものぢや」「趣味の本家たる学者の考は猶更傾聴せねばならぬ」「趣味は生活の全体に渉る社会の根本要素である」などと書かれている。堕落した趣味はペストのように伝染するともあり、「学徒は光明を体せん事を要す。光明より流れ出づる趣味を現実せん事を要す」（五）と続く。その後、高柳は白井道也先生を訪ねる。先生は、文学者もまた「円熟して深厚な趣味を体して」（六）いるという。

人物像と趣味

　「草枕」の画工は、最高度の芸術家として観海寺の和尚を挙げ、「もし彼の脳裏に一点の趣味を貼し得たならば」（十二）完全な芸術家となると評している。また美しき趣味を貫くには、「無理矢理に自己の趣味観を街ふ」（十二）のは愚であるともする。自ら「趣味専門の男」（十二）とし、茶人にも厳しく、「あれは商人とか町人とか、丸で趣味の教育のない連中が」「器械的に利休以後の規則を鵜呑みにして」（四）する芸であるとしている。画工は最高を志向する無上趣味の人である。
　『虞美人草』の藤尾は、宗近のことを、「あんな趣味のない人」（八）と評す。一方、小野を、「趣味を解した人です。愛を解した人です。温厚の君子です」（十五）と持ち上げる。
　『三四郎』の主人公は、東京で「趣味品性の具つた学生と交際する」（一）ことを楽しみにしている。三四郎宛の美禰子の手紙には「イソップにもない様な滑稽趣味がある」（六）。
　『それから』で、代助は父から、「学んだものは、実地に応用して始めて趣味か出るものだからな」（三）と、就職を勧められる。一方、代助は、「泣いて人を動かさう」（六）とすることを低級趣味とする。代助は三千代の死んだ兄と親友であったが、この兄を趣味の人と見ていた。兄も、「趣味に関する妹の教育を、凡て代助に委任した如くに見えた」（十四）。
　『明暗』の岡本は「天から稟けた諧謔趣味」

◆生活空間

215

（六十一）を持ち、「時間の空虚な所を、自分の趣味に適ふ模細工で毎日埋めて行く」（七十五）人物である。一方津田は「趣味として夜寒の粥を感ずる能力を持たない」（百五十三）。

「趣味の遺伝」は、何代かを隔て、男女が相愛する好みが遺伝する不思議を書いた、偶然の物語である。

趣味と文学

「創作家の態度」では、「著者の趣味が深厚博大であればある程、深厚博大の趣味があらはれる」とされ、「自己の趣味は——趣味のない人は全然ありませんが——同趣味のものと、接触する為めに、涵養を受けるので、又異趣味のものに逢着する為めに啓発されるので、又高い趣味に引き付けられるが為めに、向上化するのであります」とされる。「世の中の運転は七分以上此趣味の発現に因る」とも書かれる。また、西洋では、「十九世紀の前半に浪漫的趣味の勃興」を来したとされる。

「私の個人主義」では、「個性はおもに学問とか文芸とか趣味とかに就いて自己の落ち付くべき所迄行つて始めて発展する」と話しているが、「鑑賞の統一と独立」には、「文学美術習慣道徳其他苟も趣味の附着し得る限りあらゆる方面」に渉る「趣味の差違」について、統一的な評価の困難も書かれる。「一方に於て個人の趣味の独立を説く余は、近来一方に於てどうしても此統一感を駆逐する事が出来なくなつた」というのである。「好悪と優劣」にも「個人の主観が個人的的制限に甘んぜずして、これを普通ならしめんとの活動を試みるのは、取も直さず、趣味に統一がなくてはならぬとの努力に外ならぬ」とある。趣味の統一とは、「多種多様の作物の個々を翫賞する場合に甲乙が其評価に於て一致する事を指」す。漱石は個人の趣味の統一、すなわち文学の標準尺度を模索し続けていた。また、「道楽と職業」では、道楽が職業になれば、己の趣味を貫けないことも述べられる。

「虚子著『鶏頭』序」には、「文章には低徊趣味と云ふ一種の趣味がある。是は（中略）一事に即し一物に倒して、独特もしくは連想の興味を起して、左から眺めたり右から眺めたりして容易に去り難いと云ふ風な趣味を指すのである。だから低徊趣味と云はないでも依々趣味、恋々趣味と云つてもよい」などと詳しく解説された後、虚子の小説には余裕から生ずる低徊趣味が多いと続けられる。

趣味の語の汎用性

寺田寅彦宛書簡（1901・9・12付）には、「僕の趣味は頗る東洋的発句的だから倫敦抔にはむかない」と書き、阿部次郎宛葉書（1911・1・6付）では、「趣味は年に従つて変ず、永き年を通じて融通の利く趣味を有するものは其人の幸福に候。二十五の時は二十五の趣味、三十の時は三十の趣味丈ならばあまりいき苦しく候」と書く。

『吾輩は猫である』にも「英吉利趣味」「江戸趣味」「呉服屋趣味」（十一）「ゴシック趣味な石塔」（四）「天来の滑稽趣味」（三）など、用例は多い。「二十世紀の人間が大抵探偵の様になる傾向」について東風は、「芸術趣味を解しないからでせう」（十一）と述べる。

この他、「学者趣味、精神趣味、俳諧趣味、坊主趣〔味〕ト町人趣味、粋人趣味、芸者趣味、ゼル（ママ）トルマン趣味トハ根本ニ於テ一致シ難キモノデアル」（「断片」）、「文学趣味」（『道草』八十四）、「家庭趣味」（「断片」）、「舟板塀趣味や御神灯趣味」（『虞美人草』五）、「芸人趣味」（『明暗』百二十三）、「サボテン趣味」（森田白楊宛書簡、1906・10・21付）、「英国趣味」（「断片」および（森田白楊宛書簡、1906・10・21付）、「支那的趣味」（橋口五葉宛書簡、1907・1・23付）「独乙語趣味」（小宮豊隆宛書簡、1909・3・13付）「東洋趣味」（太田正雄宛書簡、1916・10・9付）などがあるが、詳述の余裕がない。　　　　（真銅正宏）

書画骨董

しょがこっとう

◆父は斯う云ふ場合には、よく自分の好きな書画骨董の話を持ち出すのを常としてゐた。

（『それから』十二の六）

趣味

　小説や評論、あるいは日記や書簡において、しばしば日本や中国の古美術に言及することがある漱石だが、その古美術に関する知識は学問的あるいは体系的なものではなく、書画骨董に親しむ日常的な経験に支えられたものだった。ひとことで言えば、それは趣味ということになる。博物館などでの美術鑑賞体験も趣味の延長線に位置づけられるものであり、平素から書画骨董への関心が強かったことに起因しているといえるだろう。

　本項では、鑑賞される美術品ではなく、蒐集され、愛玩され、自慢し合い、思い出となり、売り買いされる書画骨董に注目している。

　そうした書画骨董の持つ意味合いそのものをテーマとした短編が、「永日小品」のなかの「懸物」である。亡き妻の三回忌に石碑を建てようと決心した老人が、先祖伝来の掛け軸を売って金を工面しようとする。「老人はこれを王若水の画いた葵だと称してゐる」と漱石はさりげなく書いている。中国元時代の画家で花鳥画の名手とされた王若水の真筆であれば、むろん大変な価値だと読者に想像させながらも、一方でそれがたとえ真筆でないとしても老人にとっては掛け替えのない無二の価値を持つ品である。それを売ろうと4、5軒の道具屋や息子の知り合いなどに見せるが、いずれも「老人の予期した程の尊敬」を払う者がいない。結局はさる好事家に売ることが

でき、老人は売却後その家に懸かった作品を眺めて安堵するという筋は、書画骨董に心理面と経済面とを併せ見ている漱石の眼差しをよく伝えている。

売立目録

　1934（昭9）年、漱石歿後20年近く経ってから漱石旧蔵品の売り立てが行われた。その時の売立目録が「後藤墨泉　夏目漱石両氏遺愛品入札」と「井上龍翁　夏目漱石氏　遺愛品下値附入札」である。漱石がどんな書画骨董を所蔵していたかを知る貴重な資料であるが、表題からわかるように、どちらももう一人の人物の遺愛品とセットで売り立てられたために、厳密にはどれが漱石の遺品であるかの判別ができない。また、2冊の合計が2000点を超えており、このうちどれほどが漱石に関係しているかも正確にはわからないが、配列や内容で大凡の見当を付けることはできる。

　その中で唯一「漱石遺愛」とはっきり書かれたものとして、「朱熹書」と題された12幅対がある。朱子の揮毫というこの書作品の入手経緯は不明であるが、遺愛が事実とすれば真贋を恐れない漱石の蒐集態度が透いて見える。ふと古道具屋で見かけた絵について「其画が気に入つたので、越前守岸駒とあるのが本当か偽かは論ぜず、価を聞いて見る気になつた」（日記、1911・5・28）と、後日またその店を訪れることもあった。

　ふたつの目録で漱石旧蔵品と見られる書画を挙げておくと、東郷平八郎、西郷隆盛、伊藤博文らの書、横山大観「独釣」、平福百穂「牧童」、津田青楓、結城素明の日本画などがある。同時代の南画家としては益頭峻南、高森砕巌の作が比較的多く、漱石の晩年の南画制作との関連について検討の余地がある。骨董（工芸）については、刀剣類を除外できるとしても、ふたつの目録から漱石の骨董趣味を特定していくことは難しいと言わざるを得ない。

◆
生活空間

◆生活空間

「草枕」

「草枕」八は、老人と主人公と大徹和尚との書画骨董問答に終始している。そこから、ふたつの事例を取り上げよう。

「杢兵衛です」と老人が簡単に説明した。
「これは面白い」と余も簡単に賞めた。
「杢兵衛はどうも偽物が多くて、――その糸底を見て御覧なさい。銘があるから」
と云う。

この件に関してはどの注釈も杢兵衛を江戸時代の文人・青木木米としている。しかし、「生壁色の地へ、焦げた丹と、薄い黄で、絵だか、模様だか、鬼の面の模様になりかかったところか、ちょっと見当のつかないものが、べたに描いてある」「覗き込むと、杢の字が小さく見える」という具体的な描写から推して、中国趣味を基調とし「木米」「聾米」と刻銘した青木木米の煎茶器イメージとは異なるように思われる。売立目録にもこれに該当するものはなく、モデルとなった茶器があるかどうかも不明である。

もう一例、老人が珍重している硯を見よう。蜘蛛の形が彫刻されていて、八本の足の先には鴝鵒眼（斑紋）を持ち、蜘蛛の背にある「黄な汁をしたたらした如く煮染んで見える」眼と合わせて九眼の逸品であると語られている。この硯の記述にはモデルとなった実物がある。奥本大三郎氏によって付随資料とともに紹介された解説によると、漱石は松山時代に地元の栗田旭川という人物が所有していた硯を見たようだ（『書斎のナチュラリスト』岩波書店、1997）。それから10年ほど経ってから執筆した「草枕」の一場面で、漱石は細部までいきいきと描写している。ただし、実在の硯を見ると蜘蛛の足の先と背の真中に眼があるのではなく、九眼とも周囲の装飾部に散在している。

老人は涎の出そうな口をして云う。
「此肌合と、此眼(がん)を見て下さい」
成程見れば見る程いい色だ。

漱石はここで、この老人の自己陶酔的な骨董趣味を揶揄する一方で、自分自身の中にある骨董へのフェティシズムを隠してはいない。

『門』

九眼の硯

長編小説『門』では、主人公宗助の父親がかつて書画骨董を趣味にしていたことが現在の宗助の心理状態や経済状態を表すのに効果的に用いられている。裏の崖の上に住む富豪の坂井という人物が、道具屋から出て来たところで宗助と出会うと、「あの爺い、なかなか滑い奴ですよ。崋山の偽物を持って来て押付けようとしやがるから、今叱りつけてやったんです」と言い出す。渡辺崋山は、「坊っちゃん」『心』「永日小品」などでもその書画が取り上げられ、漱石にとっては骨董品の象徴的存在であった。ここでは、崋山の話題をきっかけにして、宗助の手放した父の形見だった酒井抱一の屏風を坂井が手に入れていたことを知る。やがて、坂井の屋敷に屏風を見に行くことになる重要な場面への導入として扱われている。

父の死後、叔父の家にのこされていた唯一の遺品が抱一の二枚折り屏風だった。その絵には萩、桔梗、芒、葛、女郎花という秋草が描かれていて、銀の月が輝いている。その脇に「野路や月空の中なる女郎花」という句が添えられ、丸い「抱一」の落款があるというきわめて具体的な描写である。この劇中作が漱石の空想によるものか、実際に存在するかどうかは今のところ確かめられていない。前記の売立目録には抱一の「秋草」（二曲一隻屏風）が図版掲載されており関心を惹くが、文中で克明に描出される図様とは別のものである。

（古田亮）

書画帖、画帖

しょがちょう、がちょう

◆三四郎は詩の本をひねくり出した。美禰子は大きな画帖を膝の上に開いた。　（『三四郎』四の十四）
◆代助は仕舞に本棚の中から、大きな画帖を出して来て、膝の上に広げて、繰り始めた。
（『それから』十の三）
◆碌なものはないけれども、望ならば所蔵の画帖や幅物を見せても可いと親切に申し出した。
（『門』九の六）

　色々な書画帖（画帖）がある。『三四郎』の画帖は「マーメイドの図」が掲載されたテート美術館の目録、『それから』の画帖は装飾画家ブランギンの「港の図」が掲載された雑誌「ザ・スチューディオ」1904年10月号であるとの指摘がある。『門』の「画帖」は道具屋で扱う折本の類で、『彼岸過迄』（「報告」二）の「立派な表紙が、これは装飾だから手を触れちゃ不可ないと断る様に光る」「違棚の上にある画帖」も同様のものであろう。「草枕」の「画帖」は「写生帖」で、画工は、画以外に詩や俳句を鉛筆で書きつけた。「満韓ところどころ」の漱石は「宿帳だか、書画帖だか判然しない」「帳面」に「記念」（三十七）に一句認めるはめになったが、松岡譲作製の「漱石遺墨台帳」には「終戦後バラバラに分割し表具された三幅（芋銭の俳画に漱石が一茶の句を題したもの）」や「書も画もいずれも悉く漱石の自筆で、誠に愛すべき小品であった」が「十六幅になってしまった」「もと京都にあった一画帖」などの「画帖が七冊」（松岡譲「ああ漱石山房」「真贋」朝日新聞社、1967）登録されていた。
（青木稔弥）

食堂

しょくどう

◆「さあ食堂へ行かう」と宗近君が隣りの列車で米沢絣の襟を掻き合せる。　（『虞美人草』七）
◆翌日朝の汽車で立つた自分達は狭い列車のなかの食堂で昼飯を食つた。　（『行人』「兄」十）

　漱石作品における食堂は、日常生活から少しへだたった空間として設定されている。たとえば、『虞美人草』や『行人』では、食堂車が舞台とされている。従って、食堂では日常生活とは異なった話題が準備され、ささいな振る舞いが特別なニュアンスを帯びていく。
　『行人』でも食堂は旅先の車中として書かれる。遅めの朝食をとる二郎と母に遅れて、「兄と嫂の姿が漸く入口に現れ」るが、近くの食卓は空いていない。結局「彼等は入口の所に差し向いで座を占め」、「普通の夫婦のように笑ひながら話したり、窓の外を眺めたりした」というのだが、重要なのは、夫婦仲を案じていた母が「時々その様子を満足らしく見た」ことにある（「帰つてから」二）。つまり、この時食堂は劇場と化し、日常は上演として縁取られていく。
　また『明暗』では、津田の入院中に観劇に行ったお延が、幕間に吉川から食堂に招かれる。「平静のうちに一種の緊張を包ん」だお延は、吉川夫人を気にしながら、津田の妻としての地位を確保・維持すべく会食に臨む。そこでの成否は日常生活に波及するため、お延は失敗の許されない席で緊張を強いられる。後に、この会食でのお延の役回りは「お婿さんの眼利き」（六十四）だったと明かされる。してみれば食堂とは、日常から少しへだたった劇場空間のような場所だといえよう。
（松本和也）

◆生活空間

書斎

しょさい

◆此書斎を甲野さんが占領するのは勿体ない。自分が甲野の身分で此部屋の主人となる事が出来るなら、此二年の間に相応の仕事はしてゐるものを、親譲りの貧乏に、驥を櫪に伏す天の不公平を、已を得ず、今日迄忍んで来た。　　　　（『虞美人草』十五）

◆彼は島田の後影を見送つたまゝ黙つてすぐ書斎へ入つた。そこで書物も読まず筆も執らずたゞ凝と坐つてゐた。細君の方でも、家庭と切り離されたやうな此孤独な人に何時迄も構ふ気色を見せなかつた。夫が自分の勝手で座敷牢へ入つてゐるのだから仕方がない位に考へて、丸で取り合ずにゐた。

（『道草』五十六）

二つの条件

「書斎」にはステイタスの匂いが伴う。漱石の小説でもそれはしばしば二つの条件を備えた男性たちの空間である。一つは高等教育を受けた者、なかでも金銭上の儲けにつながらない思索的教養（学問）の中にいようとする者、一つは一定の経済基盤を持つ者である。条件に合う『虞美人草』の甲野欽吾は西洋館の中に仏蘭西窓のある書斎を、『それから』の長井代助は父の力で構えた一戸のうちに洋卓と大きな椅子を置いた畳の書斎を持つ。それは高等遊民を描く恰好の道具立てと言えるほど彼らの歴史や姿勢とつながっている。戸口まで続く西洋製の書棚のある書斎は、欽吾にとって「左程に嬉しい部屋ではな」（十五）くとも、「親譲りの貧乏」（十五）の続きにある小野さんには、「見る度に美しいと思はぬ事はない」（十五）場所である。自分なら博士論文も大著述も可能にしうる空間に、欽吾がただぽつねんといるように見えるその不公平感

は、小夜子と藤尾の間に引き裂かれる彼の苦悩と密接に関係している。

そんな豪華な書斎でなければ、経済基盤の条件は高等教育を経て思索する者という前者の条件より軽い。中学教師の苦沙弥（『吾輩は猫である』）や大学教師の健三（『道草』）は、相応に経済にも苦しむ者として描かれつつ、より強く書斎の人であるから。それは親の財力によって与えられた欽吾や代助の書斎と異なり、教育・学問に関わる彼ら自身の社会的関わりから得たものであり、畳に座る漱石自身の書斎のイメージと重なるものでもある。むろん書斎に明確な定義はない。机と椅子（座布団）と本棚があれば書斎である。「坐敷とは云ひながら客を通すから左様名づける迄で、実は書斎とか居間とか云ふ方が穏当である」とあるように、『門』の宗助にも書斎はある。とはいえそれは純粋な書斎がないとも言えることだ。宗助の書斎兼座敷は、むしろ教育と経済という二つの条件を二つとも自ら失効させた彼の現在を描くための空間であるかもしれない。

境界としての書斎

『道草』の健三は何より「時間」を惜しんだ。彼の侵されたくない時間は書斎の時間である。大学勤務の彼は講義の準備を初め「其日々々の仕事に追はれてゐた」（三）。社交を避け、人間を避け、彼が自分の頭脳と「教育」によって勝ち得た他者とは異なる境遇を生き抜くために、孤独を犠牲に、読まねばならぬもの、書かねばならぬもの、考えねばならぬものにたえず強迫的に責められていた。余裕のない彼に、狭い六畳敷の書斎は、世間のみならず家庭内の煩わしさをも遮断する空間のはずであった。書斎の人のいらいらは妻には背中合わせの暮らしを強いた。「彼女は自然の勢ひ健三を一人書斎に遺して置いて、子供丈を相手にした。其子供たちはまた滅多に書斎へ逼入らなかつた」（九）。

小説『道草』は、しかしその境界がむしろ保てない世界を描いている。金の無心に養父がやって来始めた時は、不安を感じつつも、帰れば書斎の事に集中できた健三だが、やがて「書物も読まず筆も執らずたゞ凝つと坐つてゐた」（五十六）という時間がやってくる。健三の教育と学問の証である場が、金銭のことを考える場へと侵されてくる。健三は彼に押し寄せてくるもの、書斎の時間を邪魔する者にことごとく異物感を抱いていた。血をわけた姉や兄にも、妻にも子にも、新たに生まれおちた赤子にも。まして自分のさびしい過去を思い出させる養父母には一層であった。書斎は、それら耳にしたくない情報の中継地であることを超えて、義父に金を工面した際には、そこが現場ともなってしまった。しかも彼はますます書斎の人であろうとする。たとえそれが「仮寐の夢から覚めた」（六十七）ような時でも、「失はれた時間を取り返さなければ」（六十七）と焦り、机の前を離れることが出来なくなっていくのだ。「世の中に片付くなんてものは殆んどありやしない」（百二）というある意味では悟りのような言葉は、その果てに出てくるものである。

書斎の身体性

書斎は家の中の一部屋に過ぎない。しかしそれは居間や客間（座敷）と異なり、より個人的な空間であるという意味でその人の延長にある。藤尾の視線の中の欽吾の書斎は、欽吾の象徴であり、藤尾の母の目に、その暗い場所は欽吾そのものの暗さと映った。硝子戸の内側に障子がある代助の書斎は、自分は何のために生まれて来たのかというような問いを入れるのにぴったりであった。やがてだが、そこは平岡とのやりとりを繰り返し考える息苦しい空間になっていく。「閉ぢ籠つて」「考へに沈」（八の六）むその場所は、読書家が書物を伏せる空間となった。代助が人生という方向に一歩踏み出そうとすればまず捨てられる

のは家という以上に書斎である。

書斎の身体性という問題は、とくに家の中、部屋の中で展開することの多い漱石作品では顕著となる。苦沙弥の書斎は連載の最初こそ「終日書斎に這入つたきり」（一）とあっても、議論で展開する物語の体裁は、「主人」がそこをしばしば空けることで成り立つものとなる。文庫の解説や事典類に、その議論を「書斎で」と記しているものもみかけるが、事実は客間（座敷）で行われている。それは客間と書斎の区別がつきにくいような書かれ方がされていると言った方がよいかもしれない。つまり、客間が書斎化して見えるのだ。

苦沙弥の書斎が社交場とつながりつつ、じつは彼の居場所としては守られているとすれば、健三の書斎は閉じられていながら、もはや彼の思考空間としては外部に侵されきっている。もちろんもともと当時の木造家屋の構造を実体化してみれば、一部屋の個別性は強いものではない。狭い六畳敷と書かれる健三の書斎も、廊下や他の部屋との完全な区切りの難しいものであろう。ただ、妻や子供の出入りの描写、「に入る（入った）」「に行く」「を出る」といったいちいちの書斎の境界を示す言説によって、物理的以上に健三の空間は独立的なイメージを持たされている。その区切られた部分が侵されるのである。

健三は、金銭的に「儲ける事の下手な男であつた」（五十七）正確に言えば、儲けるのが下手という以上に、「儲けられても其方に使ふ時間を惜がる男であつた」（五十七）。つまり彼の損の意識は、時間というものに向かっていたわけだ。時間の損を嫌うそういう彼は、経済的な損をするほかないであろう。『道草』は、「損をするといふ事」（四十八）に「何よりも恐ろし」さを感じる健三が、損をしていく物語でもある。書斎はそれを見事に演出する場であった。　　　　　　　　　（高橋広満）

◆生活空間

書生

しょせい

◆「本は読まんでも好いがね。あゝ云ふ具合に遊んで居たいね」　　　　（『それから』（一の二））

制度の外側にいる「書生」

　漱石の小説中で「書生」が頻出するのは『心』である。先生が学生時代を振り返る際、しばしば「書生」と「学生」が混用して使われている。小説全体の語りを統括する「私」が「学生」である点からみれば、「先生の遺書」の語り手にとっての「書生」は自分世代を指す自称と考えられる。漱石からすれば教員になる以前の自分が書生であり、おおよその書き分けの意識をみることもできよう。あるいは、学生は近代的な教育制度の産んだ新しい階層、書生はそれ以前の前近代的な社会から食客同様の存在とすることも可能だろう。漱石自身がその構成員であり、繰り返し描いた小説の舞台でもある本郷文化圏は、「学生」とその関係者によって重層的に形成されている。

　近代的「学生」に比して「書生」が別の階層を指し示す例も多い。社会の不正に不満を漏らし（『野分』）、東京生活に戸惑い（『三四郎』）、論文を書く（『虞美人草』）者たちは、学生としてのライフスタイルを持つ。一方でおよそ大学や学問に縁のない者たちも紛れ込んでいる。『それから』の門野は「書生」だが、「学問」とは無縁で、取り替え可能な出世のために「書生」の肩書きを名乗る。かつては方々の学校に行ったというが、飽きっぽく経済的自立もままならない。身体は丈夫だが積極的に社会へ出て生業に励む気力もない。「本は読まんでも好いがね。あゝいふ具合に遊んで居たいね」（一の二）と、学問をファッションの

一つにとし、消極的モラトリアムを延命させている。『三四郎』の与次郎は、大学にも東京生活にも精通した活動家だが、東京帝大の正規の構成員でなく、広田に私淑し図書館での学問を否定する人物として、学校制度そのものを相対化する（杉田智美「もうひとりの青年――『三四郎』遡行」『漱石研究』第10号、1999・10）。

家庭の外と内をつなぐ存在

　非血縁者（遠縁も含む）として一定期間家庭内外の雑事を担当しながら寝食を共にするのを「書生」だとすると、武家社会等にも存在した前近代的家族形態の進化形の一つともいえる。ある時は猫からも「人間中で一番獰悪な種族」（『吾輩は猫である』一）と呼ばれる位置から、苦沙弥宅の歴代の書生のように、家庭の内外をつなぐのが主な役割である。『行人』の岡田がその典型であるが、彼は玄関近くの書生部屋に「食客」として寝起きし、一定期間を経て出世するコースを歩む。「母の遠縁に当る男だけれども、自分の宅では書生同様にし」、「高商を卒業して一人で大阪のある保険会社へ」（『風呂の後』二）就職するに至る。「書生」は、就職活動期間と結婚のための準備期間をもつ、学歴エリート以外の青年たちの一つのライフコースとなっている。

　書生部屋という余裕を持つ家庭と書生との格差に注目すると、周縁化されがちな書生の境遇から見えるものがある。お嬢さんの語る『心』同様、Kが先生との関係を語る『心』も存在していない。金に不自由せず一家を構える選択肢（六十四）さえあった先生に対し、養家の意向を裏切ったため卒業さえ危ぶまれたKは、先生の寝起きする八畳部屋の「控えの間」（七十七）で生活することになる。お嬢さんの馴れ馴れしいまでの態度は、内外を行き来する書生が持つその家の女性たちとの親密さとも読める。漱石の描く「書生」の類型は、意外にヴァラエティに富んでいる。（杉田智美）

食客／居候

しょっかく／いそうろう

◆門野が代助の所へ引き移る二週間前には、此若い独身の主人と、此食客との間に下の様な会話があつた。／「君は何方の学校へ行つてるんですか」「もとは行きましたがな。今は廃めちまいました」

(『それから』一の二、一の三)

◆「僕は貴方の親類だと思つてやしません。貴方のお父さんやお母さんに書生として育てられた食客と心得てゐるんです。僕の今の地位だつて、あのお兼だつて、みんな貴方の御両親のお蔭で出来たんです。」

(『行人』「友達」十一)

明治期の中流の家では食客（居候）を置くことが多く、苦学の手引き書でも、食客を経て出世した話や食客の心得（特に家人への気遣い）を指南したものが散見される。「坊っちゃん」では、気弱なうらなり君が「天地の間に居候をして居る様」（六）と喩えられるが、食客は単に肩身の狭い境遇の象徴として作品に登場するだけではない。『行人』の岡田は堅実に家庭と社会的地位を得、かつての主家・二郎の家に恩義を感じる模範的な食客として描かれている。世間の価値観を体現するこの岡田の存在は、世間とズレを見せる一郎や二郎らとの差異を浮き彫りにする。また、『それから』における代助と食客・門野との関係も対照的だ。無職の二人は一見、同類に見えるが、しかし高尚な教育ゆえに神経を病み、「家」からも自由になりきれず頭を悩ます代助と、頑強な肉体で代助に肉迫し、のらりくらりと暮らす門野とは『行人』とはまた違った形で対比的である。漱石の作品の中では、「家」をめぐって、食客の存在が主人との対比のもと効果的に用いられているといえる。

(西川貴子)

相撲

すもう

◆力を商ひにする相撲が、四つに組んで、かつきり合つた時、土俵の真中に立つ彼等の姿は、存外静かに落ち付いてゐる。けれども其腹は一分と経たないうちに、恐るべき波を上下に描かなければ已まない。（中略）血を吐いた余は土俵の上に仆れた相撲と同じ事であつた。自活のために戦ふ勇気は無論、戦はねば死ぬといふ意識さへ持たなかつた。

(「思ひ出す事など」十九)

◆土俵の真中で四つに組んで動かない力士は、外観上至極平和さうに見える。今迄彼等の享有した平和も、実はそれ程に高価で、又それ程に苦痛性を帯びてゐたのである。しかも彼等は相撲取のやうにそれを自覚してゐなかつたために突然罰せられた。

(「点頭録」五 軍国主義(四))

「相撲」が予示すること

「相撲」の語は、季語の場合（「夜相撲やかんてらの灯をふきつける」1898）を除いても、初期から晩年まで漱石の作品には散見される。『それから』が発表された1909（明42）年は、相撲の常設館が両国回向院境内に落成、江見水蔭起草の披露文中の「相撲は日本の国技なり」から国技館と名付けられて、相撲見物の大衆化が推し進められた時期であった（新田一郎『相撲の歴史』講談社学術文庫、2010）。漱石はすかさずそれを話題に取り込んで見せる（「もし相撲の常設館が出来たら、一番先へ這入つて見たいと云つてゐる」三の一）。だが、これを新聞小説作家のサービス精神とばかりは言えない。自身の作品も新聞紙面では番付や取組等とべた一面で並べられた記事に過ぎないことを厭でも意識させられていた漱石の姿が、私信（「僕が原稿の催促を受けて書き出すと相撲が始つ

て記事が不足しない様になる。社の方では気が利かないと思つてゐるだらう」坂元雪鳥宛、1909・1・10付)や『硝子戸の中』(「私が書けば政治家や軍人や実業家や相撲狂を押し退けて書く事になる」1915)の記述からは読み取れ、「相撲」の語がせめぎ合う漱石の立場を期せずして表しもするからである。

隠喩としての「相撲」を超えて

　そのせいか、漱石は、これを隠喩として用いる時に独自性を発揮する。「あらそう」等の意味を持つ「すまふ」に、「あいうつ」と訓める漢語「相撲」が宛てられたところから、これが何らかの力関係を表す隠喩に用いられ易いことは想像が付く。ただ、『明治文学全集』総索引等による限り、他の作家に用例は多くない。その点では、「毎日土俵の上で顔を合せて相撲を取つてゐるやうな夫婦関係」(『明暗』四十七)にまで顔を覗かせるこの語を、月並みな隠喩と言うことは出来ない。「近代小説のなかで、ある必然をもって散文に喩法をみちびいたのは、漱石の『それから』が最初である」と指摘したのは、吉本隆明(『言語にとって美とは何か』「表現転移論」勁草書房、1965)であったが、それは小説に限るものではなかった。「思ひ出す事など」で漱石は、この語によって、後に修善寺の大患と呼ばれる出来事と死に瀕した自らの肉体とをなぞって、生の実相を垣間見させてくれる。語は単に隠喩的含みを体現するに留まらない。意味するものと意味されるものとの均衡が失われ、修辞の領域からはみ出すかに見える。ステレオタイプ化し易い隠喩が、生命を得て息づき始める瞬間である。こうした喩の有り様は漱石の探求的な眼差しに起因し、為にその表現は自己の身体から他者の存在や国家間の関係にまで絡まり付いて行く。「漱石の根源的な現実性」(吉本、同)が指摘されるとすれば、そこに由来するだろう。
(中井康行)

西洋料理

せいようりょうり

◆食物は酒を飲む人のやうに淡泊な物は私には食へない。私は濃厚な物がいい。支那料理、西洋料理が結構である。日本料理などは食べたいとは思はぬ。尤も此支那料理、西洋料理も或る食通と云ふ人のやうに、何屋の何で無くてはならぬと云ふ程に、味覚が発達しては居ない。幼稚な味覚で、油つこい物を好くと云ふ丈である。
(談話「文士の生活」)

◆野々宮君の話では本郷で一番旨い家ださうだ。けれども三四郎にはたゞ西洋料理の味がする丈であつた。然し食べる事はみんな食べた。
(『三四郎』二の六)

漱石の味覚

　日本人相手の洋食は、1869(明2)年東京・神田にできた三河屋が元祖とされている。1872年には上野精養軒が西洋料理店として開業した(『日本大百科全書』小学館、1994)。

　漱石は西洋料理を好んでいたようである。そのイメージについては蔵書への書き込みが参考になる。「西洋ノ男ト西洋ノ女ガ惚レタ時ノ言葉バ(〔原〕)西洋料理ノ如ク。コテコテシタル者ナリ。」濃厚でコッテリとした味の料理である。『文学論』第四編第六章対置法の箇所でも「自然の命ずる緩勢法に従ふ」ものとして、「西洋料理を常食とする洋人は食後の果物を欠くべからざる副食物と心得る如し」と記すのはその味ゆえであろう。漱石は小説内でも西洋料理をしばしば登場させる。

西洋料理店と内輪話

　西洋料理の店として登場するのは東京亭(断片33)宝亭(『彼岸過迄』)、池の端の西洋料理

屋(「琴のそら音」)、神田の西洋料理(『吾輩は猫
である』、『坊っちゃん』六)等である。神田には
当時三河屋・宝亭・万世軒など数件の店があっ
た。「彼岸過迄」では敬太郎が、松本と千代子
の後をつけて宝亭へ行く場面でその外観・内
観が詳しく記される。「淡路町迄来て其所か
ら駿河台下へ抜ける細い横町」を曲がりその
角にあり、最近普請をし、新しいペンキの色
が半分電車通りにさらされ、斜懸に断ち切ら
れた様な棟が南向きに見える。2階と3階だけ
けで用を弁じているが、よほど込み合わなけ
れば3階へは案内しない。敬太郎は「其薄青
いペンキの光る内側で、額に仕立てたミュン
ヘン麦酒の広告写真を仰ぎながら、肉刀と
肉叉を凄まじく闘かはし」た記憶を持つ。藤
森清が『漱石のレシピ』(講談社、2003)で指摘
するように同作では西洋料理提供のシーンも
細かく描かれる。「白服の給仕」「馬鈴薯や牛
肉を揚げる油の臭が台所からぷんぷん往来へ
溢れ」る。食卓の上の「支那めいた鉢に植ゑ
た松と梅の盆栽」の飾り、「指洗椀」「スープの
皿」「大きな匙」「卓上に掛けた白い布」「赤い
仁参の一切」「新らしい肉と青豌豆」「焼いた
小鳥」、デザートに「御菓子」「菓物」(「停留所」
三一~三四)。『心』には「私」が卒業した晩餐
を先生の家で食べる場面があるが、食卓は
「西洋料理店に見るやうな白いリンネルの上
に、箸や茶碗」が置かれている(三十二)。先生
の趣向のようだが卓布の白さが強調されてい
る。『それから』では銀行の支店勤務を辞職
し東京に戻ってきた平岡に代助が「一部始
終」を聞こうとしたが埒があかないため近所
の西洋料理を食べにいく。平岡の「硬い舌が
段々弛んで」きたという(二の二、二の三)。『行
人』では、兄夫婦について悩み家に居づらく
なり下宿した二郎が、父から「精養軒で飯で
も食ふか」(『行人』「塵労」八)と誘われている。
西洋料理は内輪話を聞く方途となっている。
一方、特定の西洋料理のメニューや料理店へ
のこだわりは見えにくい。　　　(米村みゆき)

烟草/煙草/莨

たばこ

◆赤シャツは琥珀のパイプを絹ハンケチで磨き始め
た。　　　　　　　　　　　　　　(「坊っちゃん」六)
◆烟草の烟は大抵のものを紛らす。況んや是は金の
吸口の着いた埃及産である。輪に吹き、山に吹き、
雲に吹く濃い色のうちには、立ち掛けた腰を据ゑ直
して、クレオパトラと自分の間隔を少しでも詰める
便が出来んとも限らぬ。　　　　　　(『虞美人草』二)
◆広田先生は例によつて煙草を呑み出した。与次郎
は之を評して鼻から哲学の烟を吐くと云つた。

(『三四郎』四の十六)

◆行啓能を見る。(中略)皇后陛下皇太子殿下喫烟
せらる。而して我等は禁烟也。是は陛下殿下の方
で我等臣民に対して遠慮ありて然るべし。

(日記、1912(明45)年6月10日)

◆彼は腰から烟草入を出して、刻み烟草を雁首へ詰
めた。(中略)彼は健三から受け取つた半紙を割い
て小撚を拵えた。それで二返も三返も羅宇の中を
掃除した。　　　　　　　　　　　　　(『道草』八十九)

登場人物を象徴するもの

漱石は「ロンドン留学日記」に「烟草四箱
を買ふ」(1901・3・19)「烟草二箱6/4を買ふ」(同、
6・3)と記し、「煙草を病中でもやめず、朝の目
覚めにも、食後にも喫む。大抵敷島[二〇本
入り]を日に二箱位」(『漱石談話』)と述べてい
る。このように作家前から生涯煙草好きだっ
た漱石は、煙草の種類によって、人物を巧み
に描き分けている。例えば「赤シャツ」は、
常に琥珀のパイプを咥えて、文学士であるこ
とを周囲にアピールする。実業界で活躍する
代助の兄(『それから』)や吉川(『明暗』)は高級
葉巻を吸っている。床屋の親方(「草枕」)など
の職人、藤尾の母と宗近老人(『虞美人草』)、代

◆生活空間

助や二郎の父（『それから』、『行人』）、お延の叔父の岡本（『明暗』）などの年配者は長烟管で刻烟草を呑んでいる。苦沙弥先生や寒月（『吾輩は猫である』）、甲野（『虞美人草』）、宗助（『門』）などの教師、学者、高等遊民、勤め人には「敷島」と「朝日」という紙巻を選ばせている。金田令嬢と縁組して実業界に出る多々良三平に「「朝日」や「敷島」でなく金の吸口の埃及煙草を呑まなくてはビジネスマンとして幅がきかない」（『吾輩は猫である』十一）と言わせた漱石は、常飲する煙草によって身分・職業・貧富・年齢が判別できた明治・大正の時代相を鮮やかに活写している。また、埃及煙草の烟越しにしか藤尾と対峙できない小野の軟弱性、「哲学の烟」を吐いて暮らす広田先生の超俗性、小撚で羅宇を掃除するようなことにだけ器用な島田の俗物性など、煙草に関わる描写によって、作中人物の本質を巧みに摘出している。

心理を具象化するもの

女連れの小野に遇った藤尾を観察する甲野（『虞美人草』十一）、夜の浜辺に座る一郎とHさん（『行人』四九）、喘息の姉を見舞った健三（『道草』六十七）は皆、黙って煙草を吹かしている。ここには、言葉で表現できない複雑な心理が「喫煙」という行為によって暗喩されている。また代助の家を訪ねた三千代が「早く帰りたい」と言った時、代助が「烟草の灰をはたき落」す動作や（『それから』四）、人妻の清子に再会した津田が「灰吹の底で吸殻がたてるじいという音」に耳を傾ける様子（『明暗』百七十七）などには、かつての恋人への未練が凝縮されている。

また行啓能での煙草を廻る皇族批判には、どういう煙草を選択するかが当時のステータス・シンボルだからこそ、喫煙という行為だけは全ての人が平等に楽しむべきと考える、天子の威光に盲従しない漱石の価値観が窺われる。

（神田由美子）

燵炉／暖炉

だんろ／ストーブ

◆時計は樺黒い宗近君の掌に確と落ちた。宗近君は一歩を燵炉に近く大股に開いた。やっとと云ふ掛声と共に樺黒い拳が空に躍る。時計は大理石の角で砕けた。　　　　　　（『虞美人草』十八）

燵炉／暖炉は、石炭を使う壁付の暖房装置。石油を用いる「燈炉」や、ガスを用いる「瓦斯暖炉」もあったが、いずれも一般家庭には珍しいものだった。イギリス留学時代の下宿を回想した文章に、「K君（長尾半平一注）の部屋は美くしい絨氈が敷いてあって、白絹の窓掛が下がってゐて、立派な安楽椅子とロッキング、チエアが備へ付けてある上に、小さな寝室が別に付属してゐる。何より嬉しいのは断えず暖炉（ストーブ）に火を焚いて、惜気もなく光つた石炭を崩してゐる事である」（「永日小品」「過去の臭ひ」）とある。この暖炉は、単なる暖房装置ではなく、財力やステータスを象徴するものでもあろう。

『虞美人草』では、藤尾の「我」が打ち砕かれる大団円で、「燵炉」が効果的に使われている。外交官だった亡父の富とステータスを象徴する「金時計」を使って、自由結婚を企てた藤尾の意図は、「金時計」もろとも「燵炉」に叩き付けられ、打ち砕かれる。後年の『門』では、崖上の坂井家に、「小さな書斎」向けの「瓦斯燵炉」が据えられている。『明暗』の吉川家の「応接間」にも、「季節からいふと寧ろ早過ぎる瓦斯燵炉の温かい焔」（十三）がともっている。時代とともに石炭からガスへの移行が読みとれるが、ともに富裕層の所有物であることに違いはないだろう。ちなみに漱石自身は「炭代」が気になり、「座敷暖炉を断念した」（「永日小品」「火鉢」）と書いている。　（田口律男）

蓄音機

ちくおんき

◆神楽坂へかゝると、ある商店で大きな蓄音器を吹かしてゐた。その音が甚しく金属性の刺激を帯びてゐて、大いに代助の頭に応へた。

（『それから』十一の一）

　蓄音機というと静かに音楽を聴くための機械、と捉えるのが一般だろうが、漱石作品に登場する蓄音機は必ずしもそういう用途を持ったものだとは云いがたい。上記『それから』では神楽坂の店頭での光景として描かれており、「野分」冒頭では「蓄音機の代理をする教師が露命をつなぐ月々幾片の紙幣を」と綴られ、『彼岸過迄』第二十二章では「幕だの楽隊だの、蓄音機だのを飾るやら具へるやらして」と客の呼び込みの準備をする小川町の商店街の年末の景色の中に登場している。

　漱石の声が蠟管（エジソン式蓄音機の録音媒体）に残されていることも、忘れてはならない。東大での教え子であった加計正文が1905（明38）年10月27日に千駄木町の漱石宅を訪ね録音したもので、英語教師をする理由など1分30秒ほど話した。しかしながら、現在は劣化が進み、再生されることは難しいと云われている（朝倉利光「幻の録音」『北海学園大学附属図書館館報』2003）。

　また、内田百間は幾つかの回想に漱石遺愛の蓄音機を譲り受けたと記しているが、漱石長男の純一によれば、これは百間の全くの勘違いで、その1台は義兄の持参した蓄音機であったとのこと。このことを踏まえてみれば、漱石が蓄音機を所有していた事実は無かったと云うべきか。　　　　　　　（庄司達也）

卓袱台／餉台／食卓

ちゃぶだい

◆平生食卓を賑やかにする義務を有つてゐると迄、皆なから思はれてゐた自分が、急に黙つて仕舞つたので、テーブルは変に淋しくなつた。

（『行人』「帰つてから」二十三）

◆生活空間

共同食卓の出現

　家族が一つの食卓を囲む風習が始まったのは、20世紀初頭のころである。洋風の食卓と椅子の生活は上流階級には採用されても、一般庶民の家庭では銘々膳（特に箱膳）が普通だった。その光景は島崎藤村の小説『家』の冒頭や長谷川時雨の回想『旧聞日本橋』などに描かれている。作中年代はともに19世紀である。女性啓蒙誌『女学雑誌』（1885年創刊）は「ホーム」の団欒を力説し、尾崎紅葉『多情多恨』も「家内なるものゝ快楽」の内、四割は食膳にあると主人公の考えを記したが、和室の茶の間に似合う食卓は、まだ現れなかった。下川耿史編『明治・大正家庭史年表』（河出書房新社、2000）の1891（明24）年の頃に脚を折り畳むチャブ台の特許が認められたとあるが、実用化は未詳。

　ちゃぶ台らしきものが登場した早い例は、堺利彦編『家庭雑誌』（1903・7月号）の小説「三子の感化力」に出て来る「丸き大きな食卓」である。富士山麓の某家ではその上に食器を並べ、主人夫婦も客も談笑しながら食事をする。まもなくちゃぶ台と呼ばれることになる同種の食卓は、その配膳の利便性や食事中の協調に加えて、不要の時は畳めるので場を取らない特色によって歓迎され、各地に広まった。漱石『吾輩は猫である』単行本下編にも苦沙彌家の子供たちが、丸テーブルでの食事

227

でやんちゃをする挿絵(浅井忠画)がある。なお「ちゃぶ」は明治初期の中国語で食事を意味する語の、音の訛りという。

漱石の卓袱台

　だが共同食卓は必ずしも一家和合の理想を実現した訳ではない。明治末から大正初期は、徳田秋声『新世帯』、田山花袋『田舎教師』、漱石『門』、『心』などの有名作が輩出した時期だが、それらに描かれる食卓はいずれも中心人物の不快感を内蔵している。特に『心』の食卓制度はそれ自体が悲劇の要因となった。事件の作中年代は「先生」の大学生時代、明治30年代半ばと推定される。寄宿舎を出て戦争未亡人宅に下宿した先生は、環境にも馴れ、次第にそこの「お嬢さん」に惹かれて行った。初めは部屋にお膳を運んで貰ったが、やがて茶の間で三人が膳を並べる準家族の間柄となる。先生には同郷で同学の親友Kがいた。彼は独立心が強く、郷里の家から絶縁されても貧乏に堪え、学問に打ち込んでいた。見兼ねた先生がKを同宿させ、その代りに自分が考案した「足の畳み込める華奢な食卓」を寄附した。食事の場を通じて、不愛想なKを「平等」に扱わせ、Kに「人間らしい」心を取り戻させたいと願ったのである。先生がこのちゃぶ台を考案したのはもちろん虚構。計画は成功するが、「人間」に戻ったKはお嬢さんに恋をして自分の「堕落」に悩み、告白された先生は嫉妬に苦しむ。

　結局、先生はKを出し抜き、未亡人にお嬢さんとの結婚の許しを得るのだが、その場が仮病を使って学校を休み、一人朝食を取る機会だったことは、食卓の機能を示して象徴的である。そこで使われたのは一人用の食膳である。かつて叔父の「策略」に憤慨した先生は、Kの自殺によって、自分もまた同様な人間であると自覚することになる。　　　(十川信介)

ちょん髷

ちょんまげ

◆其伯父が馬鹿に頑物でねえ——矢張りその十九世紀から連綿と今日迄生き延びて居るんだがね」と主人夫婦を半々に見る。(中略)「静岡に生きてますがね、それが只生きてるんぢや無いです。頭にちょん髷を頂いて生きてるんだから恐縮しまさあ。

(『吾輩は猫である』三)

　ちょんまげは時代錯誤の象徴を超えるような驚愕に近い感情で捉えられている。『虞美人草』(十六)には「だつて五分刈でさへ懲役人と間違へられるところを青坊主になつて、外国の公使館に詰めてゐりや気違としきや思はれないもの」と髪型で日本の閉鎖性を風刺する発言がある。

　毬栗頭では「二百十日」の圭さんと「坊っちゃん」の数学の教師・堀田のイメージが似通っている。髪型が人となりを表すということでは、『虞美人草』の「光沢のある髪で湿つぽく圧し付けられて居た空気が、弾力で膨れ上がると」という甲野さんと『行人』の兄が「三階の日に遠い室で例の黒い光沢のある頭を枕に着けて仰向きになつてゐた」という類似についても指摘できよう。差異ということでは、『三四郎』で、「文科で有力な教授である。フロックを着た品格のある男であつた。髪を普通の倍以上長くしてゐる。それが電燈の光で、黒く渦を捲いて見える。広田先生の坊主頭と較べると大分相違がある」(九の一)と広田先生が見かけ上は大学の教員にはふさわしくないということが示唆されている。

　千代子が島田髷に結うことが注目される『彼岸過迄』などとは異なり、注目されにくい男性の髪型も一つの視点と成り得るのである。　　　(出原隆俊)

杖、洋杖

つえ、ステッキ

◆洋杖は依然として、傘入の中に差さつてゐた。敬太郎は出入の都度、夫を見るたびに一種妙な感に打たれた。　　　　　（『彼岸過迄』「風呂の後」十二）

　日本では、もともと杖をつくのは老人や巡礼に限られていたが、明治時代になると、イギリス紳士がステッキを携行する習慣が模倣されるようになった。漱石の小説でも、多くの男性登場人物がステッキを持っている。また、『虞美人草』の宗近君は「太い桜の洋杖」（一）を持ち、小野さんは「細手の洋杖」（十七）を持つ、という具合に、ステッキやステッキの持ち方はそれぞれの登場人物の性格や心理状態を表すものでもある。

　ステッキはその形状や男の持ち物であることから、男根の象徴として解釈される場合もある（中澤宏紀『漱石のステッキ』第一書房、1996）。「夢十夜」の「第十夜」では、女に攫われた庄太郎が襲ってくる豚の大群をステッキで7日6晩叩き続けた話が語られる。ステッキが男根の象徴ならば、庄太郎を舐めようと襲ってくる豚は女の無尽蔵な性欲を象徴していることになる。

　『彼岸過迄』では、敬太郎のステッキに対する奇妙なこだわりが語られる。これもまた敬太郎のセクシュアリティの隠喩なのだろうか。しかし、作中においてステッキが登場する部分を抜き出してみると、敬太郎の意識において、ステッキが傘という別のモチーフと分かちがたく結びついていることに気付かされる。ステッキはここでは傘の換喩であり、敬太郎のステッキに対する奇妙なこだわりの背後には、雨の降る日に会った蛇目傘の女の記憶が伏在しているのである。（井内美由起）

月

つき

◆彼は棚の上から吾輩を見卸す、吾輩は板の間から彼を見上ぐる。距離は五尺。其中に月の光りが、大幅の帯を空に張る如く横に差し込む。　　　　　　　　　　　　　（『吾輩は猫である』五）

◆月は正面からおれの五分刈の頭から顋の辺り迄、会釈もなく照す。男はあつと小声で云つたが、急に横を向いて、もう帰らうと女を促がすが早いか、温泉の町の方へ引き返した。　（「坊っちやん」七）

◆表へ出ると、いつの間にか曇つた空が晴れて、細い月が出てゐる。路は存外明るい。其の代り大変寒い。袷を通して、襯衣を通して、蒲鉾形の月の光が肌迄浸み込んで来る様だ。　（「坑夫」九十一）

◆高い月を仰いで大きな声を出して笑つた。金を返されないでも愉快である。　（『三四郎』九の四）

◆雨は夕方歇んで、夜に入つたら、雲がしきりに飛んだ。其中洗つた様な月が出た。代助は光を浴びる庭の濡葉を長い間椽側から眺めてゐたが、仕舞に下駄を穿いて下へ降りた。（『それから』十四の十一）

曲者との邂逅を照らす月

　漱石は月をたびたび描いた。第一に、類型的な風流物として描く。「草枕」十一では、「あまり月がいゝから、ぶらぶら来ました」という画工の「余」を、寺の和尚が「いゝ月ぢやな」と迎え入れ、「野分」十二では、肺病の高柳を見舞った中野が「月は夏がいゝ」として「昔しの通人」の「風流」を語る。

　第二に、漱石作品の月は昼間は正体を現さぬ〈曲者〉との邂逅を照らし出すものでもある。『吾輩は猫である』五では、「吾輩」が鼠と対決するときに、月明かりが横に差し込み、鼠という曲者との邂逅に独特の緊迫感を与えている。また、「坊っちやん」七では、月光の

◆生活空間

下、坊っちゃんが、マドンナと逢い引き中の赤シャツと邂逅し、以来、彼を「曲者」と見なすことになる。

心情を表す月

第三に、月はしばしば主人公の一時の吹っ切れた明るい心情を象徴する。夜、ビールを飲んで陽気になった「吾輩」が窓から差し込む月影に「御月様今晩はと挨拶したくなる」(『吾輩は猫である』十一)のは、端的な一例だろう。さらに「坑夫」九十一では、同部屋の坑夫達に虐められた「僕」が、安さんに励まされ、「大変心丈夫」になって外へ出ると、「いつの間にか曇った空が晴れて、細い月が出てゐる」。ただし、その光は「僕」に「肌迄浸み込」む寒さをも与えており、ここでは月が「僕」の吹っ切れた気分と孤独感とを二つながらに象徴している。『三四郎』九では、「月の冴えた比較的寒い晩」、三四郎が与次郎との帰り道、あれこれと「借金の言訳」する与次郎の話ぶりが面白く、「高い月を仰いで大きな声を出して笑」い、「金を返されないでも愉快」な気持ちになる。『それから』十四では、代助が友人の妻三千代とついに想いを通わせて帰宅した夜、雲間から「洗った様な月」が顔を出すが、この月光が吹っ切れた代助の心を表すのは言うまでもない。さらに、『彼岸過迄』三十では、市蔵が母と千代子とともに夕涼みを愉しんでいるときに「風のない月が高く上」る。この凛とした月の姿は、千代子への想いに懊悩する市蔵に訪れた、しばしのわだかまり無い心の平穏を表していよう。一方、『門』二十二の三では、友人への裏切りについて苦悶を抱える宗助が、「月のない空を眺め」、「何とも知れない一種の悲哀と物凄さを感じ」る。月の不在こそが宗助の、鎌倉の寺での生活でも払拭できなかった遣り切れない暗鬱たる心情を象徴しているのである。

(武内佳代)

手紙

てがみ

◆手紙の文句は、書いた人の、書いた当時の気分を素直に表はしたものではあるが、無論書き過ぎてゐる。三四郎は出来る丈の言葉を層々と排列して感謝の意を熱烈に致した。普通のものから見れば殆んど借金の礼状とは思はれない位に、湯気の立つたものである。然し感謝以外には、何にも書いてない。夫だから、自然の勢、感謝が感謝以上になつたのでもある。三四郎は、此手紙を郵函に入れる時、時を移さぬ美禰子の返事を予期してゐた。

(『三四郎』九の六)

◆突然疑惑の焰が彼女の胸に燃え上つた。一束の古手紙へ油を灌いで、それを綺麗に庭先で焼き尽してゐる津田の姿が、ありありと彼女の眼に映つた。其時めらめらと火に化して舞ひ上る紙片を、津田は恐ろしさうに、竹の棒で抑へ付けてゐた。

(『明暗』八十九)

◆それは普通の手紙に比べると余程目方の重いものであつた。並の状袋にも入れてなかつた。また並の状袋に入れられべき分量でもなかつた。半紙で包んで、封じ目を鄭寧に糊で貼り付けてあつた。私はそれを兄の手から受け取つた時、すぐその書留である事に気が付いた。

(『心』五十二)

『心』の手紙

漱石作品の中で、手紙は多用されるが、『心』の全体の過半数の量を占める先生の手紙はもっとも重要である。この手紙は、「私は私の過去を善悪ともに他の参考に供する積です」(百十)とあるように「私」一人に向けられたものではない。また、その内容ばかりではなく、家族も待望し、「私」の手に入ると一部を読んだだけで、危篤の父を残して、先生の安否を尋ねて汽車に乗るというストーリーの

展開も担っている。予期した手紙がなかなか来ないということは「坊っちやん」『三四郎』や『明暗』などでも用いられるモチーフである。『心』における手紙の重要性は遺書だけに止まらない。Kが養家へ真実を告白する手紙、「私」(先生)のKの姉の夫への手紙なども二人のかかわりの上で見過ごせない。それらは中身が示されたものではないが、手紙を出すという行為が、その人物のその時の心性を浮かび上がらせるものである。先生からの手紙も最初のものは「特別の要件を含んでゐなかつた」「簡単な一本」(二十二)として概要すら記されておらず、遺書とは対照をなしている。先生からの手紙の回数をめぐって論争も行われた。「私は先生の生前にたつた二通の手紙しか貰つてゐない。其一通は今いふ此簡単な返書で、あとの一通は先生の死ぬ前とくに私宛で書いた大変長いものである」(二十二)に関して「日光へ行つた時は紅葉の葉を一枚封じ込めた郵便も貰つた」(九)とある箇所から三回来ているのではないかという指摘(浅田隆「漱石『こころ』論・素描」『枯野』1993・6)に対して、それは奥さんからのもので、「テクストはまちがわない」という反論(石原千秋『テクストはまちがわない』筑摩書房、2004)がなされた。

手紙の長短

　手紙の長さということでは、「坊っちやん」のお清への手紙も「奮発して長いのを書いてやつた」(二)ものだが、「坊っちやんの手紙はあまり短過ぎて、容子がよくわからないから、この次には責めて此手紙の半分位の長さのを書いてくれ」(七)と言われるものであった。『三四郎』での母からの手紙や『門』での禅寺にいる宗助への御米は長いものだが後者については、「宗助の心を乱す様な心配事は書いてなかつた」が、宗助は「常の細君思ひに似ず遂に返事を出すのを怠」(二十一の一)ってしまう状況にあった。また、『それから』の

三千代への父からの長い手紙は三千代の生活への不安を側面から浮かび上がらせる。また平岡から代助への長い手紙は、職をめぐっての不如意を記して代助の兄に頼ろうとする具体的な内容が示されたもので、二人の心情の懸隔を示している。

　三四郎から美禰子への過剰な謝礼の手紙とは逆に『それから』の代助から三千代への「文句は極めて短かいものであつた」(十四の七)ものの「三千代は固より手紙を見た時から、何事かか予期して来た。其予期のうちには恐れと、喜と、心配とがあつた」という状況をもたらす。「喜」を予期させるような働きをする手紙は、美禰子からの絵葉書を除けば皆無に近い(ただし、絵葉書は『心』の奥さんからのものや、『行人』の岡田が用意したものなど、心を和ませる機能を担っている)。

手紙の形態・文体

　手紙の形については、『行人』などの「Hさんは罫の細かい西洋紙へ、万年筆で一面に何か書いて来た。頁の数から云つても」(「塵労」二十八)というものと「力なく巻き納める恩人の手紙のなかゝら妙な臭が立ち上る」(四)のような毛筆で書かれた巻物がある。この『虞美人草』の孤堂の手紙は候体であり、『心』の先生のですます体は『行人』のHの手紙と同様である。『心』の「私」(青年)の手記がである体であることと対比することを要請しよう。『それから』の嫂からのものは「古風な状箱」に入った「観世撚の封じ目」の「旧式な趣味」(八の三)である。

手紙の機能

　手紙を書くという行為について、『門』での弟の処遇の問合せなど、多くの場合は懸案の問題を処理するための道具として使われているが、『明暗』での「不安から逃れようとする彼女には注意を一つ所に集める必要があつた。(中略)要するに京都へ手紙を書けば、ざ

◆ 生活空間

わざわしがちな自分の心持を纏めて見る事が出来さうに思へたのである」(七十八)というように、書くという行為そのものの意味が言及されることもある。しかし、その手紙は「私があなた方を安心させるために、わざと欺騙の手紙を書いたのだといふものがあつたなら、其人は眼の明いた盲人です。其人こそ嘘吐です。どうぞ此手紙を上げる私を信用して下さい」(同)というように虚栄心の強いお延という存在のありようを示すものでもあった。『明暗』では、それとは逆に妻が訪ねてこないようにするという策略のための夫の手紙も見られる。夫の側の思惑と夫の真意を探ろうとする妻の推察の交錯という『明暗』の基調につながるものと言える。

作品の基調ということでは、『三四郎』での上京して間もなくの母からの手紙と、中盤での田舎の様子をめぐるやり取り、終盤での「母からの電報が来ていた。あけて見ると、いつ立つとある」(十二の七)と描かれていることなどは、母から自立しきれない主人公の側面を照射する。

また、手紙が自己存在の安定性を疑わせるものとして、『吾輩は猫である』の「気狂の説に感服する以上は(中略)自分も亦気狂に縁の近い者であるだらう」(九)がある。それとは逆方向だが、『明暗』の貧困の苦痛を訴える青年の「此手紙ほど津田に縁の遠いものはなかつた。(中略)するとあゝ、あゝ是も人間だといふ心持が、今日迄まだ会つた事もない幽霊のやうなものを見詰めてゐるうちに起つた」(百六十五)ことからは津田という存在の位相が浮かび上がる。

漱石作品における手紙の機能は、このように、きわめて多面的で、重要なものである。

なお、『手紙』という作品には落語の「文違い」などを踏まえているとの指摘(恩田雅和「漱石の落語」『阪大近代文学』2007・3)がある。

(出原隆俊)

転地、温泉

てんち、おんせん

◆おれはこゝへ来てから、毎日住田の温泉へ行く事に極めて居る。ほかの所は何を見ても東京の足元にも及ばないが温泉丈は立派なものだ。

(「坊つちやん」三)

◆しかし、静かな春の夜に、雨さへ興を添へる、山里の湯壺の中で、魂迄春の温泉に浮かしながら、遠くの三味を無責任に聞くのは甚だ嬉しい。(「草枕」七)

◆病院を出る時の余は医師の勧めに従つて転地する覚悟はあつた。けれども、転地先で再度の病に罹つて、寝たまゝ、東京へ戻つて来ようとは思はなかつた。

(「思ひ出す事など」一)

◆旅費を貰つて、勤向の都合を付けて貰つて、病後の身体を心持の好い温泉場で静養するのは、誰に取つても望ましい事に違なかつた。ことに自己の快楽を人間の主題にして生活しようとする津田には滅多にない誂へ向きの機会であつた。

(『明暗』百四十一)

転地療法

湯治は古くから行われていたが、一般庶民の階層にまで広く浸透し始めたのは近世期である。近代に至ると、西洋医学の知見から温泉の効能が捉え直され、例えば、1876(明9)年に東京医学校の教師として招かれたドイツ人医師エルヴィン・フォン・ベルツは、『日本鉱泉論』(中央衛生会、1880)などで日本の温泉の効能を分析しており、日本各地にある温泉地を西洋的な温泉保養地にしようと考えていた。この頃から、西洋的な医学療法としての意味を帯びた温泉地などへの転地療法が、気候療法や森林療法、海水、海気療法という形で実践され始めるようになったと言える。

当時不治の病であった結核にこの転地療法

が適用されており、1887年には医学者長与専斎の発意で鎌倉に結核の療養施設海浜院が設立されている。海浜院では、機械を使って海水を取り入れ、それを温めた海水温泉浴が治療として行われていたが、次第にホテルとしての性格を強め、名前も鎌倉海浜院ホテルに改められた。『心』冒頭に登場する「ホテル」はこの海浜院ホテルを指す。1894年、自分の痰の中に血を認めた漱石も、同年3月9日付けの菊池謙二郎宛て書簡に「検痰を試み候処幸ひバチルレン抔は無之去れば肺病なりとするも極初期にて今の内に加摂生すれば全治可致との事に御座候(中略)今暑中休暇には海水浴か温泉にて充分保養を加ふる積りに御座候」と記しており、忍び寄る病への対処法を模索している。

神経衰弱の治療にも、海浜や山間部に転地する気候療法、その場での海水浴、湯治などがあてられていたことをふまえると、『心』における先生とKの房州旅行や、『行人』におけるHさんと一郎の伊豆、相模旅行には、単なる青年同士の避暑旅行ではなく、Kや一郎の神経衰弱に対する転地療法としての意味も含まれていると考えられよう。

温泉という場

「坊っちゃん」が1895年に愛媛県尋常中学校で教鞭を執っていた頃の漱石の経験が土台となっていることは言うまでもない。「坊っちゃん」に登場する「住田の温泉」が道後温泉をモデルとしていることや、赴任先の風俗を馬鹿にする「おれ」が温泉だけは評価することもよく知られている。木造三層楼の近代和風建築である道後温泉本館は、漱石が松山に赴任する前年に完成しており、漱石は同年5月10日付狩野亨吉宛ての書簡で「道後温泉は余程立派なる建物にて八銭出すと三階に上り茶を飲み菓子を食ひ湯に入れば頭まで石鹸で洗つて呉れるといふ様な始末随分結好に御座候」と絶賛した。「坊っちゃん」の「おれ」

も度々温泉を利用しており、学校の宿直を抜け出して温泉に入りに行くほどであった。

1896年4月、漱石は熊本の第五高等学校講師に就任し、イギリスに留学が決まって一旦帰京する1900年7月まで熊本に滞在するが、その頃何度か小天温泉に遊んだ。漱石は、1898年の正月をこの小天温泉で迎えており、「温泉や水滑かに去年の垢」(1349)という俳句を詠んでいる。「草枕」に登場する「那古井の温泉場」はこの小天温泉がモデルだ。白楽天の詩句「温泉水滑洗凝脂」に表れたような温泉を理想とする「草枕」の画工が、「透き徹る湯のなかの軽き身体を、出来る丈抵抗力なきあたりへ漂はして」、「土左衛門は風流である」ことを考えていたとき、三味線の音が聞こえてくる。そこに突如入って来た那美の裸体に「うつくしい画題」を見出した画工は、薄暗い風呂場の湯気の奥にほのめかされるその美を多くの語彙を尽くして捉えようとするのである。

熊本時代の漱石は阿蘇の戸下温泉と内牧温泉も訪れており、その経験をもとに「二百十日」を執筆した。圭さんと碌さんという二人の作中人物の会話によって支えられているこの小説の中に、温泉の湯を碌さんが飲む場面があるが、鉱泉の飲用は西洋では一般的な行為であり、先に挙げたベルツの『日本鉱泉論』の中でも紹介されている。漱石も『文学評論』の中でイギリスの保養場(ヘルス・リゾーツ)に触れており、「日本のは重に入浴のために行く。英国のは重に飲みに行く」と記している。

1909年の9月から10月にかけて、学生時代の友人中村是公の誘いで南満州鉄道沿線を旅行した漱石は、その折にも熊岳城と湯崗子の温泉に立ち寄り、その模様とそこで目にした女性の印象を「満韓ところどころ」に記している。よく知られているように、『明暗』で津田が逗留する温泉地は、やはり漱石が滞在した湯河原温泉をモデルとしており、その宿屋で津田はかつての恋人清子との再会を果たす

◆ 生活空間

ことになる。漱石の記述には温泉地での女性
との遭遇がよく描かれているようだ。

「修善寺の大患」前後

1910年6月18日、漱石はかねてから通院し
ていた長与胃腸病院に入院した。当時の長与
胃腸病院の院長は、前述の海浜院を設立した
長与専斎の子称吉で、作家長与善郎の実兄に
あたる。7月31日に一旦退院した漱石は、翌
月6日に転地療養のため修善寺温泉に向かっ
た。

しかし、胃潰瘍を患っていた漱石の病状は
思わしくなく、日記には、「余に取つては湯治
よりも胃腸病院の方遥かによし。身体が毫も
苦痛の訴がなかつた」(8・8)、「半夜一息づつ
胃の苦痛を句切つてせいせいと生きてゐる心
地は苦しい。誰もそれを知るものはない。あ
つても何うしてくれる事も出来ない。膏汗が
顔から脊中へ出る」(同・12)と記しており、そ
の後何度か吐血している。そして同24日、大
量に吐血し、一時人事不省の状態に陥った。
同日の夏目鏡子の記によれば、「診察ノ後夜
八時急ニ吐血五百グラムト云フ、ノウヒンケ
ツヲ、オコシ一時人事不省カンフル注射十五
食エン注射ニテヤヤ生気ツク皆朝迄モタヌ者
ト思フ」とある。

この「修善寺の大患」後、漱石はやや回復
を見せ、小康状態の中で10月11日に帰京、再
び長与胃腸病院に入院した。再入院後、院長
の称吉が9月5日に死去していたことを鏡子か
ら聞いた漱石は、日記に「治療を受けた余は
未だ生きてあり治療を命じたる人は既に死
す。驚くべし」(10・12)と記し、「逝く人に留
まる人に来る雁」(2204)という句を詠んでい
る。入院中、漱石は大患前後の記憶を「思ひ
出す事など」に綴り、翌年2月26日に退院し
て自宅に戻った。しかし、漱石の胃潰瘍はそ
の後何度も再発することになる。(瀬崎圭二)

電燈／電気燈

てんとう／でんきとう

◆「蛍てえものは、昔は大分流行たもんだが、近来
は余り文士方が騒がない様になりましたな。何う
云ふもんでせう。蛍だの烏だのつて、此頃ぢやつ
いぞ見た事がない位なもんだ」と云つた。／「左様
さ。何う云ふ訳だらう」と代助も空つとぼけて、真
面目な挨拶をした。すると門野は、「矢つ張り、電気
燈に圧倒されて、段々退却するんでせう」と云ひ終
つて、自から、えへゝゝと、洒落の結末をつけて、書
生部屋へ帰つて行つた。 (『それから』十一の四)
◆彼は襖越しに細君の名を呼びながら、すぐ唐紙を
開けて茶の間の入口に立つた。すると長火鉢の傍
に坐つてゐる彼女の前に、何時の間にか取り拡げら
れた美くしい帯と着物の色が忽ち彼の眼に映つた。
暗い玄関から急に明るい電燈の点いた室を覗いた
彼の眼にそれが常よりも際立つて華麗に見えた時、
彼は一寸立ち留まつて細君の顔と派出やかな模様
とを等分に見較べた。 (『明暗』六)
◆第三の世界は燦として春の如くに溢れてゐる。電
燈がある。銀匙がある。歓声がある。笑語がある。
泡立つ三鞭の盃がある。さうして凡ての上の冠と
して美くしい女性がある。 (『三四郎』四の八)

新時代の照明

「健三が遠い所から帰つて来て駒込の奥に
所帯を持つたのは東京を出てから何年目にな
るだらう」(一)と始まる『道草』には「電気燈
のまだ戸毎に点されない頃だつたので、客間
には例もの通り暗い洋燈が点いてゐた」
(四十八)との記述もあるが、『それから』(十一
の四)、代助の書生・門野のことばにあるよう
に、漱石が小説を書いた時代は、旧時代の照
明が新時代の照明である電気燈(電燈)によつ
て駆逐されていく時代であった。都市部にお

ける電燈の普及は、明治三十年代後半以降、急速に進んでいった。首都圏において電力供給の一翼を担っていた東京電燈株式会社では、富士山麓の山中湖を水源とする相模川水系の開発をおこない、日露戦争後の石炭価格高騰により経費の嵩んでいた火力発電からの転換を図り、電力供給の基盤を整備し、電気料金の値下げを実現した。また屋内布線を会社の負担とし、一般需要者も夜十二時以降の電燈使用を可能とするなど、サービス面を向上させたことも、この傾向を助長した。

　大正期に入ると、さらに電燈の普及に拍車がかかっていく。この時代には、「光力は同一消費電流の普通電燈に比し三倍大」であり、「光輝は純白にして太陽に克似するが故に夜間織物等の色彩を容易に鑑別」ならしめる（『時事新報』1911・7・20、東京電燈株式会社広告）と宣伝された「タングステン電燈球」が既に販売されていた。タングステン電球は、「明治は大正と改元せられ　電球はタングステンとなる」（『時事新報』1913・1・25、江東電球合資会社広告）とも謳われたように、大正期を象徴する照明でもあった。そうした世相と照応するように、『明暗』（六）には、津田の家に眩く点り、細君の着物を鮮やかに照らす「明るい電燈」が描かれている。

メタファーとしての電燈

　しかし、漱石のテクストにあって「電燈」（電気燈）は、単に新たな時代を象徴する照明器具そのものとして描かれているのみではない。地方から上京したばかりの三四郎には「明治十五年以前の香がする」第一の世界、「苔の生えた煉瓦造り」のある「第二の世界」を含む「三つの世界」が存在するが、彼を惹きつけてやまない「美くしい女性」がいる華やいだ「第三の世界」を象徴するもののひとつとして「電燈」があげられている。ここには、「電燈」の持つメタフォリックな意味合いが認められる。　　　　　　　　（柴市郎）

電話、電報

てんわ、てんぽう

◆職業柄産婆の宅には電話が掛つてゐたけれども、彼の家にそんな気の利いた設備のあらう筈はなかつた。　　　　　　　　　　　（『道草』八十）
◆学校が休みになるか、ならないのに、帰れと云ふ電報が掛かつた。母の病気に違ないと思ひ込んで、驚ろいて飛んで帰ると、母の方では此方に変がなくつて、まあ結構だつたと云はぬ許に喜こんでゐる。
　　　　　　　　　　　（『三四郎』十一の四）

急用を伝える手段

　漱石の生きた時代、大多数の人々にとって電話は手軽に使えるパーソナル・コミュニケーションのツールではなかった。そのため、変事を遠方に伝える最速の手段として、よく利用されたのは電報であった。だから三四郎は、ただ「帰れ」とのみある電報の文面から、何の疑いもなく母親が急病であると思い込んでしまうのである。

　電報の正式なサーヴィスが開始されるのは1870年1月、電話が1890年12月である。だが、電報に比べて電話の普及は遅く、たとえば1913（大2）年になっても、全国の加入者数は約18万2000、東京では3万9000余り（およそ60人に1台）にすぎない。これは住宅用に限らず、事業所等も含めた数字である。なお、東京市内に設置された「自働電話」すなわち公衆電話は、この時点でも300台にみたなかった。

　したがって、冒頭の引用にあるように、急な知らせを受け産婦宅に駆けつける必要のある産婆は個人宅に設置しているのに対し、一介の大学教員の居宅などには、電話がないということも珍しくはなかったのである。

　どうしても電話を利用する必要のある場合

◆生活空間

には近隣で借りて済ませていた漱石宅に電話がひかれたのは、修善寺の大患ののち、1912年12月上旬（荒正人『漱石研究年表』集英社、1974）である。それまで自宅に電話がなくても困らなかったのは、そもそも普及率が低いために利用する機会が限られる、端的に言えば、日常の交際相手に電話を持っている人が少ないということが第一の理由として考えられる。しかも、それでもなお無理に設置しようとすれば、かなり高額の出費を覚悟することが必要となったはずである。

富裕層の象徴

電話網の整備には施設費等の経費が嵩むため、限られた予算の中で需要に応えきれず、抽選が実施されていた。結果として、待たされる申し込み者が増え続け、その比率が、1912年から13年の間に50％を超えている。そのため、電話加入権を売買する市場が生まれ、高額で取引されていたのである。

漱石は電話を「元を糺せば面倒を避けたい横着心の発達した便法」（「現代日本の開化」）の一つに数えているが、実際に、個人用の電話を所有し、『明暗』の女性たちのように「都会の神経」（前田愛『都市空間の中の文学』筑摩書房、1982）ともいえるそのネットワークを活用して行動することは、一種の贅沢だったのだ。

したがって、小説テクストに登場する家庭に電話が描かれる場合、それは経済的な豊かさの象徴として機能し得る。『それから』（三の六、七の四、八の一、十四の七、十五の一）では代助の実家の電話への言及がたびたび見られ、『門』では、崖の上の坂井宅を訪れた宗助が、坂井の娘たちの「叔母さんごつこ」の声を襖越しに聞く場面で、「其間にはちりんちりんと云ふ電話の仮声も交つた」（九の五）という描写が挿まれるのである。

声の発見

鏡子夫人が、「頭が悪くな」った時の漱石が、

電話をめぐって始終「問題」を起こしていたと回想（『漱石の思ひ出』改造社、1928）していること等から、漱石がいわゆる電話嫌いであったとも推測されるが、少なくとも作品においては、電話という新しい時代のコミュニケーション・メディアが人々の身体感覚にもたらした変容のさまや、それによってよびおこされる違和感を、たくみに取り入れている。

『吾輩は猫である』（三）に、金田邸の「電話室」で鼻子が芝居茶屋に電話をかける様子を、廊下から障子越しに猫が立ち聞きするくだりがある。人と人とが会話を交わしている場に居合わせるとき、普通はその両者の声を聞くことができる。しかも、室内であれば、大声で話されることはまれだ。それが電話をかけている人の場合には、目の前に存在しない相手に向って一方的に話す、奇妙な独り芝居のようになる。また、当時の電話は音声を変換する性能も伝送の効率も悪く、自然と大声にならざるをえない。

この場面は「来て見ると女が独りで何か大声で話して居る」という語りで始まるが、聞こえてくるのは電話の無い世界では有り得なかった会話の断片の集積であり、猫が体験している事態そのものが新しい風俗としてテクストに取り入れられているのである。

新しい身体感覚

もちろんそのときも、回線を共有する通話者相互の間には、物理的な距離を超えて一対一の会話が成立している。だがそれは、閉じた空間で声のみが対面する、「電話のある社会」（吉見俊哉・若林幹夫・水越伸『メディアとしての電話』弘文社、1992）特有のコミュニケーションである。通常の対話でわれわれは、交わされる言葉が統辞的に生み出す意味に加えて、表情や身ぶり、声の調子などを読み取りながら相手の真意を理解している。それが電話では後者の情報がほとんど欠落してしまう。このため、未見の相手との電話では、そ

うした情報を声のみから想像することでコンテクストを付与しなければならないのだ。

『彼岸過迄』(「停留所」九)冒頭の、敬太郎と田口家の書生との通話では、「敬太郎の言葉つきや話し振の比較的横風な所から、大分位地の高い人とでも思つたらしく」、「どうぞ少々御待ち下さいまし、只今主人の都合を一寸尋ねますから」と丁寧な挨拶をして引き込んだ書生が、今度返事を伝へるときは、「前よりは言葉が余程粗末になつてゐた」ため、敬太郎は「一種厭な心持」にさせられる。彼への接遇が、まるで二人の人物に対するように変化するこの場面には、電話という排他的な空間でのコミュニケーションにおいて、現実の身体とは別の、いわば声のみによって形成される身体(もう一人の私)を人が所有してしまうことへの発見と驚きが潜在しているのである。

電話は、新しい時間・空間の感覚を日常の中に出現させることに加えて、それまでには経験されることのなかったコミュニケーションの様式と、それに伴う現実感を人々にもたらす。そのことはさらに、身体感覚の編制を解体するかのような、一種の目まいともいうべき体験をも可能とする。『彼岸過迄』(「須永の話」十)に、須永と千代子が電話を「一所に掛ける」場面がある。壁掛け式電話の受話器を千代子が耳にあてながら、送話器へ話す内容を須永に「小声」で指示するのだが、千代子は須永に「好奇心を挑発する様な返事や質問」を言わせ、受話器を「取らうとする取らせまいとする争」を演じ、「大きな声を揚げて笑ひ出」す。聴く器官と話す器官を分担することで、あたかも電話空間での身体を共有するかのような幻惑的官能が、ここには描かれているのである。　　　　　　(畑中基紀)

豆腐

とうふ

◆僕はサボテン党でも露西亜党でもない。猫党にして滑稽的+豆腐屋主義と相成る。

(森田草平宛書簡、1906(明39)年10月21日付)

私の豆腐屋主義

漱石は自身の出生地を「豆腐屋」のある風景として回想している(『硝子戸の中』)。同様に、「二百十日」にも「僕の小供の時住んでた町の真中に、一軒豆腐屋があつてね」とあるが、その「豆腐屋の圭さん」は暴力によらない「文明の革命」を唱える汎「豆腐屋主義」者である。権力者もその本質はしょせん「豆腐屋連」(他人を圧迫する「気違の豆腐屋」)に過ぎないという奇妙な平等思想をもとに、いつか本当に「華族や金持ちを豆腐屋にする」というのだ。ある日、彼は阿蘇山で「幾百噸の烟りの一分子が悉く震動して爆発するかと思はるゝ程の音」を耳にする。そして、地下で蠢動する巨大な潜勢力を感知した彼は、「文明の怪獣を打ち殺して、金も力もない、平民に幾分でも安慰を与へる」べく社会の変革を決意するのだった。高浜虚子宛書簡(1906・10・7付)に「今の青年は皆圭さんを見習ふがよろしい」とあるように、この豆腐屋主義は未来の権力者になる若者達に語りかけた講演「私の個人主義」での主張となるだろう。

豆腐屋と生存の美学

「文芸の哲学的基礎」によれば、人間は三種に大別される。「知」を用いて「物の関係を明める人」、すなわち「哲学者もしくは科学者」。「情」を用いて「物の関係を味はふ人」すなわち「文学者もしくは芸術家」。そして、「意」

を用いて「物の関係を改造する人」、すなわち「軍人とか、政治家とか、豆腐屋とか、大工とか」、「軍をしたり、冒険に出たり、革命を企てたりする」者たちである。つまり、「生欲の盲動的意志」の発現という観点からすれば、豆腐の製造も家屋の建造も戦争も革命も等しく人や物の新しい関係性や秩序を生み出す創造的な行為なのだ。この自己表現と社会的変革との無媒介な結び付きは、大正期に「美的アナキズム」として開花する（倉数茂『私自身であろうとする衝動』以文社、2011）。彼らによれば、「食べることも、読むことも、働くことも、子を産むことも、すべてより好く生きようとする人間性の実現」（与謝野晶子「母性偏重を排す」『太陽』1916・2）であり、「政治にかゝはつてゐようが、生産に従事してゐようが、税吏であらうが、娼婦であらうが、（中略）最上の生活を目指してゐる」（有島武郎『惜みなく愛は奪ふ』1920）点で、それらの営為は等しく「生の拡張」（大杉栄「生の拡充」『近代思想』1913・7）である。こうして、生の全域が新たな様式の発明、「文明の革命」の対象となる。対して、権力は人間の様々な能力を国家や市場といった特定の様式のもとでの価値生産に統制しようとするだろう。しかし、「豆腐屋が豆腐を売つてあるくのは、けつして国家のために売つて歩くのではない」（「私の個人主義」）。

　安藤礼二は、国家や国語などの制度が編制されてゆく過程を体験した漱石たちの世代を「例外者」と呼ぶ（『近代論——危機の時代のアルシーヴ』NTT出版、2008）。彼らは「忘れ去られてしまった近代の起源」の記憶を持つがゆえに、別の世界を構想しうるというのだ。だからこそ、「豆腐屋」のあった出生地を「夢幻のやうにまだ覚えてゐる」と想起する漱石は、「不思議そうな眼を見張つて、遠い私の過去をふり返る」と記すのだろう（『硝子戸の中』）。そうして、「例外者」は何度でも近代の根源（ルーツ）に立ち返り、「文明の革命」を反復するのである。

（西野厚志）

道楽

どうらく

◆人間の本体は、こゝにあるのを知らないかと、世の道楽ものに教へて、おやさうか、おれは、まさか、こんなものとは思つて居なかつたが、云はれて見ると成程一言もない、恐れ入つたと頭を下げさせるのが僕の願なんだ。　　　　　　　　（「野分」二）

◆白紙が人格と化して、淋漓として飛騰する文章があるとすれば道也の文章は正に是である。去れども世は華族、紳商、博士、学士の世である。附属物が本体を踏み潰す世である。道也の文章は出る度に黙殺せられてゐる。妻君は金にならぬ文章を道楽文章と云ふ。道楽文章を作るものを意気地なしと云ふ。　　　　　　　　　　（「野分」三）

◆道楽本位の科学者とか哲学者とか又芸術家とかいふものは其立場からして既に職業の性質を失つてゐると云はなければならない、　　（「道楽と職業」）

◆彼女の夫は道楽ものであつた。さうして道楽ものに能く見受けられる寛大の気性を具へてゐた。自分が自由に遊び廻る代りに、細君にも六づかしい顔を見せない、と云つて無暗に可愛がりもしない。是が彼のお秀に対する態度であつた。（『明暗』九十一）

「道楽的職業」としての芸術家あるいは文学者

　金にまかせて酒色の逸楽にのめりこんだり、趣味に打ち込む者を道楽者と言う。「僕の昔」には、「道楽者でさんざんにつかつて家なんか人手に渡して仕舞つた」兄について述べられている。「一番上」は「大学で化学を研究」して亡くなり、「二番目のは随分振るった道楽もの」で「唐桟の着物なんか着て芸者買やら吉原通ひにさんざん遭つて」「死んだ」。ここで道楽者は「研究」者と〈遊び人〉。『三四郎』をみよう。三四郎は、酒や煙草といった「道楽のない」広田先生の「哲学も鼻から烟に

して吹き出す量は月に積ると莫大なものである」と思う。「哲学」の専門家とモノを気儘に消費し尽くす者とが「道楽」という言葉で結ばれる。思い出されるのは講演「道楽と職業」だろう。「道楽と職業」では、「我儘」な「芸術家」は「極端な自然本位」で「道楽的職業の一種の変体」と言われる。日露戦争後、職業として認知された小説家(「芸術家」)が相応の原稿料を受け取る権利を主張した時代(飯田祐子「「作家」という職業」『彼らの物語　日本近代文学とジェンダー』名古屋大学出版会、1998)、啓蒙、善導、教育的有益性と結びつけるのでなく、文学者を「道楽本位の職業」、あるいは「道楽的職業」と命名する漱石。ここでまず、「芸術家」を「道楽」者と言いきらずに「道楽的職業」とすることに立ち止まっておこう。そもそも「職業」それ自体は、「人の言ふが儘にとか、欲するが儘」という「卑俗の意味」で「人の為にする」こととして強調される。「道楽的職業」とは、乱暴に言えば「自己本位」的「他人本位」の「職業」となるが、これはどんなものか。まず、「野分」から捉えていこう。

「野分」と『文学論』にみる「道楽」

「野分」の物語は、世に「黙殺」され妻に「道楽文章」と言われる、師・白井道也の「述作」を、結核治療にと友人の中野から与えられた金で、無職の文学青年高柳が購入するという結末を迎える。小森陽一は、この物語を「師を助けるために、自分の命を代償にしていく青年をめぐる美談」ではなく、師の作品を「高柳が買い取って専有」し、「道也が「文学者」となる可能性を摘み取」るもの(小森陽一『漱石を読みなおす』筑摩書房、1995)と読んだ。ここにさらに「苦痛の道楽者」を批評的に説く『文学論』「第四章　悲劇に対する場合」の一説をつなげてみたい。「苦痛の道楽者」とは、擬似自殺などの「恐れを弄び得て始めて人生の快事を味わひ得る」「パラドックス」に直面する「現代人」のことで、「苦痛を逃れん為に苦痛を愛す」倒錯を生きる者のことを指す。「苦痛の道楽者」は「通路あるにかゝはらず自ら進みて難に陥り、好んで自己を憂鬱界に封じて得意然」、「"pleasure of melanchory" "luxury of grief"」、「慷慨淋漓」といった言葉を弄ぶ。さらに「一生を困苦の裡に終」った「高徳の士」や「窮愁を嘗めた」「一世の碩学」など、堕ちた「英雄」の「苦痛」に「連鎖」しやすく、結果として「卓越の自覚著しく増進」する。「苦痛の道楽者」は特権者の「苦痛」に共感できる優位性に無自覚なのだ。

「野分」に戻ろう。高柳は、かつて自分たちが起こした追放運動で零落した白井道也の「苦痛」に「連鎖」できる。しかし「道也が「文学者」となる可能性を摘み取」る(前掲、小森)「苦痛」には無自覚のようだ。そもそも高柳は、中野との対話で文学を次のように述べる。文学は「自分の身体を切つて見て」「痛いなと云ふ所を充分書」き、「人間の本体はこゝにある」と「道楽もの」に教へ」、「恐れ入つたと頭を下げさせる」もの。自己探求の度合いと深刻さで「道楽もの」に優越し、これを恐縮させる文学と、それを求める者の位置は疑われないのだろうか。「道楽もの」を啓蒙する文学を目指す高柳を置く「野分」は、白井道也が「「文学者」となる可能性」のみならず、その「述作」が「道楽的」でもある可能性、すなわち、文学が「他人本位」であり「自己本位」でもあるというアンビバレンスの魅力を持つ点そのものの可能性を摘み取ったのかもしれない。

『明暗』の「道楽者」──堀と吉川夫人──

「道楽者」の性格が具体的に描かれるのは『明暗』だ。「道楽者」と名指されるのは、お秀の夫・堀、津田とお延の仲人・吉川夫人である。堀は「道楽ものに能く見受けられる寛大の気性」で、「細君にも六づかしい顔を見せ」ないかわりに「無暗に可愛がりもしない」。彼は「何にも執着」せず「呑気に、づぼらに、淡泊

◆生活空間

に、鷹揚に、善良に、世の中を歩いて行く」。だから誰からも「好かれてゐるといふ自信」を持って、もちろんお秀からも「好かれてゐるに違いないと思い込」むことができる。掘の「道楽もの」の「寛大の気性」は、他への無関心をかなめとするシニシズムに直結するだろう。これは、生活者としての当事者性の欠落ぶりからもわかる。彼は「自分が何んな宅へ入つてゐるか未だ曾て知ら」ぬが苦悩しない。「何でも世間の習俗通り」で「家庭に特有な習俗も亦改めやうとはしない」。「寛大な気性」とは、他者への依存と「他人本位」をすり替え、「自己の欠乏」に通ずる「自己本位」に捕らわれる様子なのだ。

次に吉川夫人をみよう。彼女は、他人への過剰な関心から「気に入った眼下の世話」に邁進し、「道楽本位の本性を露はにして平気」だ。過剰な関心は、相手を見下した上での同一化と同義であり、それは無関心と同義とも言えるだろう。だから人に対して「興味でもあるらしい様子を見せて済ましてゐ」られるし、「無闇に急いて事を纏めやう」とすることの限界も感じない。暇に「波瀾を与へる」「優者の特権」を行使する痛みに、無自覚でいられる吉川夫人の「道楽本位」。

堀と吉川夫人とのありようから、逆説的ながら、「道楽的職業」とされた「芸術家」(文学者)の意味内容もみえてくるかもしれない。「芸術家」(文学者)は、「道楽本位」の「道楽者」と異なる。それは「優者の特権」の行使を保障する「自己本位」に定められた「道楽者」ではない。「道楽的職業」としての「芸術家」とは、「他人」との関わりに拠る「彼我打ち解けた非実用の快感状態」(「道楽と職業」)をもたらす「他人」との関わりを、過剰にも無にも振り切らないで、常に「自己」を「社交機関」(「道楽と職業」)として駆動する運動家のことなのだ。

(浅野麗)

時計

とけい

◆敷布の上に時計がある。濃に刻んだ七子は無惨に潰れて仕舞つた。鎖丈は慥である。ぐるぐると両蓋の縁を巻いて、黄金の光を五分毎に曲折する真中に、柘榴珠が、へしやげた蓋の眼の如く乗つてゐる。(『虞美人草』十九)

◆三千代はこゞんで帯の間から小さな時計を出した。代助が真珠の指輪を此女に贈ものにする時、平岡は此時計を妻に買つて遣つたのである。(『それから』四の五)

◆私は其間に自分の部屋の洋燈を点けました。それから時計を折々見ました。其時の時計程埒の明かない遅いものはありませんでした。(『心』百三)

◆お延は帯の間から女持の時計を出して見た。津田は時間の事よりも是から受ける手術の方が気になつた。(『明暗』四十一)

〈近代〉を刻む音

例えば、「宿世の夢の焼点」とされた倫敦塔を訪れた「余」の抱く幻想を打ち破るものとして櫓時計の「があんと鳴る」音が設定される(「倫敦塔」)ように、機械仕掛けの均質化した時間を刻む時計は、近代合理主義の象徴にほかならない。それは、漱石作品において作中人物が感じる内的な時間としばしば対置される。例えば、『三四郎』では美禰子との間に「時計の音に触れない、静かな長い時間」(『三四郎』十の三)の流れを感じるし、『心』の先生も、Kの自死を目の当たりにした際の時の進む感覚を時計の刻む時間感覚との対照性において表現している。

明治初期から普及した懐中時計も、時間概念に縛られた近代人の内面を表すものとして作品内にしばしば登場する。例えば、「時間

に対して頗ぶる正確な男」とされた『道草』の健三がしばしば懐中時計を取り出して時間を確認する姿には「神経的な」姿が表されているし、世を離れて「非人情」の旅をする「草枕」の「余」や自らの心臓の鼓動を時計の針の音になぞらえる『それから』の代助がそうであるように、枕の下に入れた懐中時計の音は彼らの安眠を妨げ、作中の出来事に対する彼らの不安を表象するのである。

時計を持つ女たち

『虞美人草』は、冒頭から結末まで時計が繰り返し登場し、象徴的な意味が最も付与された作品である。本来は藤尾との婚姻と引き換えに宗近に譲られるはずだった亡父の金時計を、藤尾は自身の結婚相手に渡すアイテムとして保持する。一方、恩賜の銀時計を持つ秀才文学士の小野は、自らが惹かれる藤尾と金時計を重ね合わせる。男の社会的価値を表す銀時計と対置された金時計に、藤尾の婿取りと財産相続の欲望が暗示されているのである。

漱石作品に描かれた女たちはしばしば時計を持つ。『それから』において、代助が真珠の指輪を結婚祝いとして三千代に贈った際、夫となる平岡は懐中時計を贈っているが、ここには、単なる装飾品としての意味以上に、家庭において日常生活＝時間を管理する女性の位置が示され、代助と向き合いながら時計を取り出す三千代に人妻としてのイメージが重ねられる。そのほか、『行人』において貞操を試されて二郎とともに和歌山に出かけた直は、懐中時計で時間を確認しながら帰宅までの時間＝二郎と過ごす時間を管理するし、『明暗』において痔の手術を受ける際に不安を抱く津田に対し、妻のお延は繰り返し時計を見ながらその「精密な」時間を冷静に計測するのである。時計を持ち時間を確認するこうした姿には、漱石が描く男たちの近代人特有の内面の葛藤を他者の位置から相対化する女たちの位置が暗示されているのだ。　　（日高佳紀）

床屋、髪結床

とこや、かみゆいどこ

◆「使に出て、途中で魚なんか、とつて居て、了念は感心だつて、褒められたのかい」／「若いに似ず了念は、よく遊んで来て感心ぢや云ふて、老師が褒められたのよ」／「道理で頭に瘤が出来てらあ。そんな不作法な頭あ、剃るなあ骨が折れていけねえ。今日は勘弁するから、此次から、捏ね直して来ねえ」／「捏ね直す位なら、ますこし上手な床屋へ行きます」
（「草枕」五）

漱石は、理髪店を呼ぶのに、「床屋」とともに「髪結床」の語を用いた。作品だけに限れば、前者は10例、後者は4例を数える。森鷗外や芥川龍之介は「髪結床」の語を使用しない（近代作家用語研究会編『作家用語索引』教育社）。漱石は会話だけでなく、地の文にも「髪結床」を用いている（ちなみに、「理髪店」や「散髪屋」は、英国留学時代の日記に、各1例ずつ見えるだけである）。

「髪結床」は、髷を結った時代にこそふさわしい呼称である。漱石がこれを用いるのは、髪結床が庶民の社交の場であった江戸時代の文化が彼の心中で命脈を保っていることと無関係ではないだろう。冒頭に掲げた床屋の親方と客の会話からは、式亭三馬の『浮世床』や落語を連想しないわけにいかない。『琴のそら音』の末尾にも、床屋を舞台にした、「源さん」や「松さん」たちの珍妙なやりとりが書きとめられている。

が、これは初期の作品にだけ見られることで、「夢十夜」第七夜や『門』における理髪店は、思索や自己省察がなされる場所と化している。この変化は、漱石の文学が江戸文化との直接の結びつきを失っていくことと対応しているかもしれない。　　（藤尾健剛）

◆
生活空間

ヌーボー式

ぬーぼーしき

◆新しい普請であった。ポンチを画いた男は此建築の表を指して、是がヌーボー式だと教へた。

（「三四郎」三の三）

19世紀末から20世紀初頭にかけて西洋美術・工芸を席捲した美的流行。漱石がその『地上の楽園』を耽読したウィリアム・モリス等のアーツ・アンド・クラフト運動等に発し、20世紀に入って機能主義デザイン化に抑圧されながらアール・デコール（Art decor）運動に蘇った。19世紀産業革命と機能的美意識への反動として、植生等の有機的モティーフと曲線過剰のデザイン、総じて装飾芸術の一極点たるべき鮮烈な流行である。「アール・ヌーヴォー（新芸術）」という語自体は1894年初出。

漱石は1900（明33）年、ロンドン行きの途上に赴いたパリ万国博覧会でこの様式の美術工芸作品に関心を持った。当時の英国自体、ラファエル前派やアール・ヌーヴォー等が渾然一体となった装飾芸術の一大発信地で、漱石はその圧倒的影響を受けていった。

漱石の初版『吾輩は猫である』の装幀を手掛けた橋口五葉は三越の広告画展で有名なアール・ヌーヴォーの旗手。日比翁助率いる三越等、出発間もない百貨店が新進画家達を援助することで、日本にこの芸術様式が定着。『三四郎』に登場する深見画伯がモデルにしている浅井忠、藤島武二、杉浦非水、津田青楓等、漱石の近くにアール・ヌーヴォーのアーティストが蝟集しているのは偶然ではない。

アール・ヌーヴォーの曲線趣味はロマン派を通してマニエリスムと繋がるという異説があり、漱石マニエリスト論への可能性もある。

（高山宏）

ハイカラ／高襟

はいから

◆「ハイカラ野郎の、ベテン師の、イカサマ師の、猫被りの、香具師の、モヽンガーの、岡っ引きの、わんわん鳴けば犬も同然な奴とでも云ふがいゝ」

（「坊っちゃん」九）

◆斯う云ふ開化の影響を受ける国民はどこかに空虚の感がなければなりません、又どこかに不満と不安の念を懐かなければなりません、夫を恰も此開化が内発的でゞもあるかの如き顔をして得意でゐる人のあるのは宜しくない、それは余程ハイカラです、宜しくない、虚偽でもある、軽薄でもある、

（「現代日本の開化」）

ハイカラ嫌いのハイカラ

うらなり君の送別会の場面。山嵐は赤シャツを「美しい顔をして人を陥れる様なハイカラ野郎」と決め付ける。しかし「おれ」は、それだけでは「不足だ」として、冒頭に引いた啖呵を切って見せた。この啖呵に象徴されるように、『吾輩は猫である』にせよ『虞美人草』にせよ、漱石の初期作品におけるハイカラ攻撃は、ずい分と激しく手厳しい。

一高や東京帝大で教鞭を執っていた頃の漱石は、黒板にカリカチュアを描かれるほど典型的なハイカラであった。ただし、こちらは本場仕込み。たとえ周囲から「神経衰弱」と目されるような「尤も不愉快な二年」（『文学論』序）だったとしても、漱石は留学生活で西洋を体験し、『文学論』を生む根源的な思考法も身に付けた。それだけに、上辺だけ「らしく」繕った「ハイカラ野郎」が一際目障りなのである。

漱石の見るところ、そもそも現在進行形の日本の開化＝近代化が「外発的で」「皮相上滑

りの」開化だった。そう確認して読むと、次
に引いた「現代日本の開化」の一節は、さな
がらハイカラ攻撃自解の趣を持つ。「ハイカ
ラ」とは「空虚の感」「不満と不安の念」(漱石
は「食客をして気兼をしてゐる様な気持」と
も言っている)などの違和感を何ら懐かず、
現状に「得意でゐる人」の謂であり、当初、漱
石の苛立ちは直接そんな連中に向けられた。
しかし、例えば三四郎がそうだったように、
批判力があるはずの知識人も含め、実は同時
代人のほとんどが深層にある問題を見ようと
しない「ハイカラ」なのである。「坑夫」以降、
攻撃の矢面に立つ人物が登場しなくなるの
は、射るべき的を個人から時代に切り換えた
結果であろう。根源に向かって問題は深めら
れ、文明批評として作品の時空間に遍在させ
られるようになった。

創作衝動の根を照射

では「内発的」にやろうとすれば――「ハ
イカラ」の愚に陥らないように誠実に努力す
れば――どうなるか。漱石は「大学の教授」
を例に「神経衰弱に罹る方が当り前」だと言
う(以下、引用は全て『文学論』序)。この言葉
には切実な体験が響いている。漱石は帰朝後も
留学中と同様の眼差しを向けられて「亦不愉
快の三年有半」を強いられた。そして「神経
衰弱にして狂人なるが為、「猫」を草し「漾虚
集」を出し、又「鶉籠」を公けにするを得たり」
と自ら書いている通り、この神経衰弱こそが
小説家夏目漱石を誕生させたのである。

望んだ通り、大学を辞めても神経衰弱に
「見棄て」られることはなく、漱石は小説を書
き続けた。留学から帰った漱石のハイカラは、
物事を根源から捉えることで見えてくる現実
への違和感こそが、彼の作家活動のモチーフ
であったことを証す、ささやかな、しかし重
要な記号である。　　　　　　　　(酒井敏)

◆生活空間

肺病

はいびょう

◆「先生」と高柳君は往来に立ち留まつた。／「何
ですか」／「私は病人に見えるでせうか」／「え、
まあ、――少し顔色は悪いです」／「どうしても
肺病でせうか」／「肺病？　そんな事はないです」
／「いいえ、遠慮なく云つて下さい」／「肺の気
もあるんですか」／「遺伝です。おやぢは肺病で
死にました」／「それは……」と云つたが先生返答
に窮した。　　　　　　　　　　　(「野分」八)
◆医者は鼻の下へ手を宛てた。／「どうでせう。坑
夫になれますか」／「駄目だ」／「何所か悪いで
すか」／「今書いてやる」／医者は四角な紙片へ、
何か書いて拋り出す様に自分に渡した。見ると気
管支炎とある。　　　　　　　　(「坑夫」九十四)
◆気管支炎と云へば肺病の下地である。肺病になれ
ば助かり様がない。成程さつき薬の臭を嗅いで死
ぬんだなと虫が知らせたのも無理はない。今度は
愈死ぬ事になりさうだ。　　　　(「坑夫」九十五)
◆彼はよく風邪を引いて咳嗽をした。ある時は熱も
出た。すると其熱が必ず肺病の前兆でなければな
らないやうに彼を脅かした。　　(『道草』三十四)

漱石と肺病

1943(昭18)年にストレプトマイシンが発見
されてから、結核は亡国病などと呼ばれる難
病ではなくなった。だが漱石の時代はまだ手
の付けられない死病であり、おまけに国民の
知識も不十分であったため、1882(明15)年、
コッホにより結核菌が伝染病であることが証
明されてからもなお、一般には遺伝病として、
諦めとともに運命の病として恐れられてい
た。

漱石自身についていえば、本人も若いころ
医者から結核と診断されたことがある。その

◆生活空間

ことをたとえば正岡子規に書き送った手紙（1894・10・12付）で「小生も始め医者より肺病と承り候節は少しは閉口仕候」と綴っている。もっとも、「其後以前よりは一層丈夫の様な心持が致し医者も心配する事はなし抔申」したとした上で、しかし「俗慾再燃正に下界人の本性をあらはし候丈が不都合に御座候へどもどうせ人間は慾のテンションで生て居る者と悟れば夫もさほど苦にも相成不申先づ斯様に慾がある上は当分命に別条は有之間敷かと存候」として、健康な肉体と「俗慾」精神とを結び付けることで、諧謔としてではあるが肺病に脱俗性を見ている。また漱石自身は妻の鏡子に書き送った手紙（1902・5・14付）に「宿の下女は病身なる由もし伝染病（肺病等）の嫌疑あらば速かに解雇あるべし」とあることなどからもわかるように、結核が伝染病であると早くから承知していた。そのためむしろ松山時代の子規に対して、「正岡さんは肺病だそうだから伝染するといけないおよしなさいと頼りにいふ。僕も多少気味が悪かつた」（「正岡子規」）と、子規との接触を気にしていた。

遺伝病としての肺病

ところで、「野分」に登場する高柳周作は、結核が伝染病であることを知らない人物としていささか戯画的に描かれている。高柳は、かつての恩師である白井道也に自身が肺病であることを告げる際、肺病で死んだ父親の遺伝で、自分もまた肺病に罹っていると告白してから、自らの不幸な「歴史」を語り出す。それは公金横領で拘引され罪人となった父親の歴史であり、「罪人の子」としての高柳自身の歴史である。その時高柳は道也に「先生、罪悪も遺伝するものでせうか」（八）と、罪悪と肺病をアナロジーの関係で捉えて問いかける。「野分」には金持ちと貧乏人が明瞭に描き分けられている。これは『吾輩は猫である』以来の漱石文学のパターンでもある。金持ち

の代表は中野輝一（春台）であり、貧乏人の代表は道也と高柳である。ただし二人の貧者は、どこまでも他者のために生きようとする者（道也）と、どこまでも自己のためにのみ生きようとする者（高柳）とに描き分けられている。しかし高柳は道也の講演会に出かけ、自分の名誉のためにではなく、「理想の大道」のために生きよと説く道也の熱意に心打たれ、「肺病にも拘らず尤も大なる鬨を揚げ」（十一）るのである。かくして作品は肺病という「悲観病」に罹って絶望する高柳が、最終的には道也の講演に感動して覚醒し、「自己を代表すべき作物を転地先よりもたらし帰る代りに、より偉大なる人格論を懐にして、之をわが友中野君に致し、中野君とその細君の好意に酬いんとするのである」（十二）という語り手のまとめの言葉で完結する。

その後の「坑夫」にも、偶然見知らぬ男から坑夫の仕事の口を紹介された語り手が、健康診断書を書いてもらうため病院に行き、医者から気管支炎と診断される場面がある。病気と診断されたため、語り手は結局坑夫にはなれず、飯場で帳付の仕事に就くことになるのだが、彼はその時、「気管支炎と云えば肺病の下地である。肺病になれば助かり様がない。（中略）今度は愈死ぬ事になりそうだ」と悲観しつつも、同時に、これまで坑夫の仕事を「尤も穢ない」と思っていた偏見を改め、「穢ないも穢なくないもある段ぢやない」として「運命」に身を委ねて生きようとするのである。

また『門』の「宗助と御米の一生を暗く彩どつた関係」は「結核性の恐ろしいもの」（十七の一）として描かれている。

このように漱石作品において「肺病」は、貧困や堕落、あるいは罪悪といった負のイメージと結びつき、渦中の人物を悲観的境地に陥れるが、同時にまたそれを契機として、他者への思いやりや、人は平等であるという開かれた人間観への気づきのための階梯ともなっている点、あらためて注目されるべきで

あろう。一方でそれは、徳冨蘆花の『不如帰』の浪子のように、上流社会の美的薄幸さとも対照をなす世界となっている。

後期作品と肺病

その後しばらく漱石作品から「肺病」は姿を隠すが、完全に消えたわけではない。じつは晩年になっても「肺病」への恐れは作品に影を落としている。たとえば『道草』において健三の兄は、風邪を引いて咳が出て、発熱などすると「必ず肺病の前兆でなければならないやうに」（三十四）恐怖し、さらに自身の貧困の一端についても、「彼は其娘を救ふために、あらゆる手段を講じた。然し彼のなし得る凡ては残酷な運命に対して全くの徒労に帰した。二年越煩つた後で彼女が遂に斃れた時、彼の家の箪笥は丸で空になつてゐた」（同）とあるように、それを「悪性の肺結核」で亡くなった長女の所為にしている。ただし作品の時代設定は『吾輩は猫である』執筆の頃である。

なお『吾輩は猫である』では、二絃琴の御師匠さんと下女が交わす会話（二）として「それに近頃は肺病とか云ふものが出来てのう」「ほんとに此頃の様に肺病だのペストだのつて新しい病気許り殖えた日にや油断も隙もなりやしませんので御座いますよ」とあったり、また「近頃運動を始めた」（七）猫が、「運動をしろの、牛乳を飲めの、冷水を浴びろの、海の中へ飛び込めの、夏になつたら山の中へ籠つて当分霞を食へのとくだらぬ注文を連発する様になつたのは、西洋から神国へ伝染した輓近の病気で、矢張りペスト、肺病、神経衰弱の一族と心得てい、位だ」など悪態をついたり、肺病自体が西洋由来の近代病として茶化されている。

そして漱石最後の作品となった『明暗』においても、津田は医者の診察に対して「私のは結核性ぢやないんですか」（一）としつこく訊き返している。　　　　　　　　（有光隆司）

履物、下駄

はきもの、げた

◆女の話し声がする。人影は二つ、路の向ふ側を此方へ近付いて来る。吾妻下駄と駒下駄の音が調子を揃へて、生温く宵を刻んで寛るなかに、話し声は聞える。　　　　　　　　　（『虞美人草』十四）

◆白い眼は其の重たくなつてゐる所を、わざつと、ちりぢり見て、とうとう親指の痕が黒くついた俎下駄の台迄降りて行つた。　　　　　（「坑夫」一）

◆顔はよく分らない。けれども着物の色、帯の色は鮮かに分つた。白い足袋の色も眼についた。鼻緒の色はとにかく草履を穿いてゐる事も分つた。
　　　　　　　　　　　　　　　（『三四郎』二の四）

◆玄関には美禰子の下駄が揃へてあつた。鼻緒の二本が右左で色が違ふ。それで能く覚えてゐる。
　　　　　　　　　　　　　　　（『三四郎』十の三）

◆誰か慌たゞしく門前を馳けて行く足音がした時、代助の頭の中には、大きな俎下駄が空から、ぶら下つてゐた。　　　　　　（『それから』一の一）

◆秋日和と名のつく程の上天気なので、往来を行く人の下駄の響が、静かな町丈に、朗らかに聞えて来る。　　　　　　　　　　　　　　（『門』一の一）

消えゆく下駄の音

「下駄」は庶民の履物として明治以降に全盛期を迎える（前田愛「足の音」『前田愛著作集』第六巻、筑摩書房、1990）。しかし日露戦後の漱石の文学空間では「花曇りに暮れを急いだ日は疾く落ちて、表を通る駒下駄の音さへ手に取る様に茶の間へ響く」とある『吾輩は猫である』（五）や『虞美人草』（十四）などの前期作品のなかでこそ「下駄の音」などに気を留める場面が描かれるものの、やがてそれは履き手個人の境遇や内面、さらに身体性を表わす記号としての意味を担っていく。たとえば

◆ 生活空間

245

「坑夫」の「親指の痕が黒くついた岨下駄」（一）や「下駄の台を買つて、鼻緒は古いのを、着げ更へて、用ひられる丈用ひる位にしてゐる」（十の一）三四郎で地方勤めの教師の下駄も中・下層男性の日常の履物としてリアルに表出されている。『門』（一の一）で宗助は秋日和の休日に「下駄の音」に聴き入るものの、その音は妻の御米と共振することなく以後の物語展開から消え、孤立する宗助の心象世界を担うものとなる。

個性化される覆物

　下駄が新しい表象としての意味を発揮するのは『三四郎』（十の三）に登場する美禰子の左右で色が異なる鼻緒であろう。この下駄が畳表をつけた薄歯の婦人用の下駄である吾妻下駄か台も歯も同じ材料で刳って作った駒下駄か不明だが、硬質な男性用と柔らかく妖艶な女性用という対比的な性の差異性ではなく、履く人の個性という内面を表わす記号となっている。

　下駄に代わる外出用の履物として用いられているのは、『三四郎』（二の四）で彼が池の畔に佇む美禰子に初めて出会う場面で穿いていた「草履」である。それは粋な外出用として使用されながらも、衰退した「雪駄」とともに洋装文化のなかで辛うじて生き延びてゆく（平出鏗二郎『東京風俗志』冨山房、中の巻、1901）。

　いっぽう『それから』の小説冒頭には、代助の覚め際の夢の中で「岨下駄」が登場する。男物の大きな岨下駄は、高等遊民の生活を享受している代助を脅かす外部からの足音に呼応する彼の無意識の表象でもある。小説末尾、職業探しに奔走する素足でおそらく下駄履きの代助はもはや遊民からほど遠い。

　履物のなかでも、木という材質性や履き手の身体性、さらには歩く大地とも密接に連続する下駄文化の衰退は、日本の近代化と併行している。　　　　　　　　　　　　（関礼子）

麺麭

ばん

◆麺麭を離れ水を離れた贅沢な経験をしなくつちや人間の甲斐はない。　　　　　（『それから』二の三）
◆津田の膳には二個の鶏卵と一合のソップと麺麭が付いてゐる丈であつた。　　　　（『明暗』四十四）

　日本の麺麭食文化は、軍隊やミッションスクールでまず定着し、明治30年代の木村屋のあんパン販売を契機にめざましい普及をみた（『パンの明治百年史』パンの明治百年史刊行会、1970）。だが代助は「焼麺麭に牛酪を付け」（『それから』一の二）、美禰子は「サンドキッチ」（『三四郎』四の十五）を持参する。漱石の麺麭は専ら食パンである。

　留学中の健三は節約のために公園で「サンドキッチ」を食べた（『道草』五十九）が、日本では比較的高価だった。家計の逼迫は「あなたが御飯を召し上らんで麺麭を御食べにな」るからだと『吾輩は猫である』（三）で戯画化されている。代助や美禰子の麺麭は贅沢な西洋食の象徴なのだ。だが西洋では贅沢品ではなく、生活の糧や金銭を表す比喩である。マタイ伝「人の生くるはパンのみに由るにあらず」の麺麭は、神の聖言の対義語だ。代助は「麺麭の為に働らくことを肯はぬ心を持」（『それから』十六の六）ちつつも、「贅沢な経験」を求めて「焼麺麭」で瀟洒な朝食を味わう。代助にとって「麺麭」とは両義的なのだ。

　『明暗』の津田は手術前後に麺麭を食べているが、これは漱石自身の体験に材がある。当時は麺麭が病人食とされていたようだ。『明暗』の最終回「189」と書いて末期の床に伏してからも、漱石はトーストを食べている（夏目鏡子『漱石の思ひ出』改造社、1928）。

　　　　　　　　　　　　（佐々木亜紀子）

手巾／手帛

はんけち

◆女は紙包を懐へ入れた。其手を吾妻コートから出した時、白い手帛を持つてゐた。鼻の所へ宛てゝ、三四郎を見てゐる。手帛を嗅ぐ様子でもある。やがて、其手を不意に延ばした。手帛が三四郎の顔の前へ来た。鋭どい香がぷんとする。／「ヘリオトロープ」と女が静かに云つた。三四郎は思はず顔を後へ引いた。　　　　　　　　　　　（『三四郎』十二の七）

　漱石の小説において、ハンカチは単なる実用品としてだけでなく、持主の身分や西洋的教養を示す小道具として用いられている。たとえば、『吾輩は猫である』の迷亭や『虞美人草』の小野さん、『彼岸過迄』の高木のハンカチ使いは、彼らの上品さや趣味の良さをさりげなく見せびらかすものでもある。

　また、ハンカチは恋の記念として男女の間でやりとりされることもある。「坊っちゃん」の「おれ」は、赤シヤツが使っている「縞のある絹ハンケチ」を「マドンナから巻き上げたに相違ない」と推測している（六）。『彼岸過迄』の「須永の話」には、ダヌンチオが少女に自分のハンカチを進呈しようとして、手酷く断られる話が引かれている（十一）。

　さらに、ハンカチの持主が女性である場合、それは多くを語らない登場人物の思いを代弁することもある。香水の匂いが染み込んだハンカチを三四郎の顔の前へ突き出すという美禰子の行為は、彼女のセクシュアリティの非言語的表現である（木股知史「女とハンカチ」『〈イメージ〉の近代日本文学誌』双文社出版、1988）。特に恋愛に関する場面において、ハンカチは小さいが饒舌な小道具として機能していると言えよう。　　　　　　（井内美由起）

髭／鬚

ひげ

◆彼のアムビションは独乙皇帝陛下の様に、向上の念の熾なる鬚を蓄へるにある。それだから毛孔が横向であらうとも、下向であらうとも聊か頓着なく十把一とからげに握つては、上の方へ引つ張り上げる。　　　　　　　　　（『吾輩は猫である』九）
◆主人は予想通り血色の好い下臟の福相を具へてゐたが、御米の云つた様に髭のない男ではなかつた。鼻の下に短かく刈り込んだのを生やして、たゞ頬から腮を奇麗に蒼くしてゐた。（『門』七の六）

彼自身の髭

　漫画家岡本一平が巧みなデフォルメを施して「漱石八態」のアクセントに活かしたように、漱石の髭はその時々でたたずまいを変え、表情豊かで面白い。

　肖像写真をたどると、漱石は大学卒業の頃から髭を蓄え始め、八字髭から次第に立派なカイゼル髭に整えてゆく。中でも最も見事なカイゼル髭の肖像は、1906（明39）年3月に千駄木町の書斎で撮影された一葉。『吾輩は猫である』「九」の『ホトトギス』掲載と、まさに同じ月である。この髭、実は猫の主人・苦沙弥と同じような努力の賜物だったのかも知れない。

　修善寺の大患までカイゼル型を基本としていた漱石の髭を、森鷗外は「油気なしに上向きに捩ぢ上げ」た「少し赤み掛かつた、たつぷりある八字髭」と描写している（『青年』七、『昴』1910・6）。正確には登場人物の一人平田拊石の髭だが、読者はモデルである漱石をイメージしながら読んだはず。一平だけでなく、漱石の髭には誰もが目を惹かれたようだ。白黒写真では分からない色合いの描写も貴重だろう。

開化期以降、権威の象徴として西洋風の口髭が流行し、まず、その頂点に君臨したのがカイゼル髭であった。しかし、明治も終わりに近づくと、八字髭の上に向ける部分を短くしたり、両端を丸く刈り込んだり、あからさまに権威を誇示しないスタイルへと流行が移る。こうした変化に敏感に反応したのか、明治を送る、よく知られた喪章を付けた肖像の漱石は、もはやカイゼル髭ではない。

作中の髭

自分の髭に拘りを持ち、流行にも気を配っていたとすれば、それが小説表現に反映するのは自然であろう。例えば、朝日入社第一作『虞美人草』における弧堂先生の「疎髯」と小野さんの「髭」の対照。流行遅れの、しかも疎らな顎髯が辞世に遅れた老人の姿を強調する一方、西洋風の口髭は「一躍して紳士の域に上」った者の記号として機能している。さりげない叙述でありながら、両者の立場の違いを鮮やかに示す設定だと言えよう。

対照的な立場の人物という設定は共通していても、流行を反映してか『門』に描かれる髭の様相は異なる。崖の下に暮らす宗助・御米夫婦にとって、その崖の上に住む家主は文字通り見上げるような存在であろう。しかし、家主・坂井は「短く刈り込んだ」口髭の男とされ、御米が「髭のない男」と見誤ってしまうほど髭の印象が薄い。もはや、圧倒的な力関係の差を権威的な髭に象徴させる時代ではないのである。

次第に男性性の露骨な強調を厭う方向に変化した女性の眼差しの影響が大きかったと言われるが、大正デモクラシーの時代を迎えると権威的な髭はさらに廃れ、髭なしやチャップリン髭、コールマン髭が流行するようになる。漱石がもう少し長生きしていたら、彼の髭や小説に登場する髭の描写は、どのように変化していっただろうか。それを想像してみるのも、また楽しい。 （酒井敏）

火鉢、炬燵

ひばち、こたつ

◆短かい秋の日は漸く暮れて、巻烟草の死骸が算を乱す火鉢のなかを見れば、火はとくの昔に消えて居る。さすが呑気の連中も少しく興が尽きたと見えて、「大分遅くなつた。もう帰らうか」と先づ独仙君が立ち上る。つづいて「僕も帰る」と口々に玄関に出る。寄席がはねたあとの様に座敷は淋しくなつた。 （『吾輩は猫である』十一）
◆食事が終ると、小六はぢきに六畳へ逼入つた。宗助は又炬燵へ帰つた。しばらくして、御米も足を温めに来た。さうして次の土曜か日曜には坂井へ行つて、一つ屏風を見て来たら可いだらうと云ふ様な事を話し合つた。 （『門』九の三）

「太平の逸民」たちの中心

火鉢も炬燵も暖房器具として明治期の日本においては一般的なものであり、漱石作品のなかでも数多く登場する。火鉢は来客用、炬燵は家族用というように、用途における大まかな違いがあったが、漱石作品においてもそうした用途の差を見ることができる。

「永日小品」には「火鉢」のタイトルが付けられた章もあるが、火鉢について象徴的な漱石作品は『吾輩は猫である』で、迷亭や寒月をはじめとした「太平の逸民の会合」が行われる主人の座敷には火鉢が置かれている。この火鉢は煙草の吸い殻入れとしても使われており、彼らの会合の中心に据えられる。最終章の十一章末尾近くでは、火鉢が消えたことが「太平の逸民」たちの帰宅と関連付けられて語られており、このあと「吾輩」がビールを飲み、誤って溺死してしまう結末に向けて淋しげな様子を演出していく語りの転機ともなっている。

宗助夫妻におけるこたつ

　炬燵も漱石作品には多数登場するが、とりわけ登場頻度が多いのが『門』である。『門』は1909(明42)年秋が物語のはじまりの時間として設定されているので、時期的には暖房器具の使用はごく自然ではあるが、それにしても宗助夫妻は炬燵をよく利用する。「夜になると夫婦とも巨燵にばかり親しんだ。さうして広島や福岡の暖かい冬を羨やんだ」(七の一)と描かれ、その後も何度となく炬燵に入る夫妻に言及する『門』の語りは、厳しい寒さのなかでなんとか身を寄せて暖をとろうとする彼らの姿を強調する。宗助の家は「山の手の奥」の「崖下」にあり、さらにその日当たりの良くない座敷に炬燵は置かれる。このように幾重にも重ねられた退避的な場所で夫婦は炬燵に親しむ。もちろんこれは過去の出来事によって世間に顔向けできず、世間のかげでひっそりと二人で身を寄せ合いながら生きていこうとする宗助夫妻の状況そのものの比喩としても機能している。

　また、『門』の末尾は春の訪れを喜ぶ御米の言葉に対して、宗助が「うん、然し又ぢき冬になるよ」という言葉を投げかけて終わっているように、冬とそれに伴う寒さや痛みの永続的な反復を暗示している。この宗助の暗示について、1910年の日韓併合など大陸への侵略を進めていく日本の当時の時代状況を読み込むことも可能だが、どのようなかたちで最後の台詞を解釈するとしても、厳しい冬のなかにおいてもその寒さから身を守る拠点・方法として炬燵が繰り返し作中で語られているのは印象的である。炬燵に身を寄せて寒い冬に耐える宗助夫妻の姿。世間からの退避でありながらも、その耐える姿が持つ批判的強度も考える必要があるだろう。

　このように漱石作品において火鉢・炬燵は単なる季節の景物としてだけではなく、象徴的な意味を担っているといえる。(若松伸哉)

平野水

ひらのすい

◆お兼さんは黒い盆の上に載せた平野水と洋盃を自分の前に置いて、「如何で御座いますか」と聞いた。自分は「難有う」と答へて、盆を引き寄せやうとした。お兼さんは「いえ私が」と云つて急に纔を取り上げた。自分は此時黙つてお兼さんの白い手ばかり見てゐた。其手には昨夕気が付かなかつた指環が一つ光つてゐた。　　　　　　(『行人』「友達」六)

　平野水とは、兵庫県川西市の平野鉱泉から汲み取った炭酸水の商標名である。もともと宮内省が鉱泉に建てた工場は、1884(明17)年に三菱に払い下げられ、明治屋が権利を得て「三ツ矢平野水」として販売され、1897年には皇太子時代の大正天皇の御飲料に採用された。1907年に「帝国鉱泉株式会社」が、この平野水に砂糖等を加え、「三ツ矢印　平野シャンペンサイダー」が発売された。漱石の作品では、たびたびその爽やかさが描かれており、『思ひ出すこと』では、吐血後思うように水分がとれずその乾きを潤すため、日に数回平野水を飲ませて貰う際の心情を「くんくんと音を立てる様な勢で」あり「痛快」であった(二十六)と述べている。

　一方、炭酸の効用からか、胃腸やその他体調のすぐれない時の清涼剤として描かれてもいる。1912年の8月28日の日記では「平野水に薬をのむ湯を入れて隣に行く」という記述がある。同年の7月15付の笹川臨風宛書簡では、日盂蘭盆の7月13日に臨風と横山大観に伊予紋に招かれた際に、体調不良により「平野水ばかり呑んで一向に浮かれず」途中退出してしまったことの非礼をわびている。

(疋田雅昭)

午睡／昼寝

ひるね

◆生活空間

◆「時に御主人はどうしました。相変らず午睡ですかね。午睡も支那人の詩に出てくると風流だが、苦沙弥君の様に日課としてやるのは少々俗気がありますね。何の事あない毎日少し宛死んで見る様なものですぜ、奥さん御手数だが一寸起して入らつしやい」　　　　　　　　（『吾輩は猫である』六）

◆或時私は二階へ上つて、たつた一人で昼寐をした事がある。其頃の私は昼寐をすると、よく変なものに襲はれがちであつた。私の親指が見る間に大きくなつて、何時迄経つても留らなかつたり、或は仰向に眺めてゐる天井が段々上から下りて来て、私の胸を抑へ付けたり、又は眼を開いて普段と変らない周囲を現に見てゐるのに、身体丈が睡魔の擒となつて、いくら藻掻いても、手足を動かす事が出来なかつたり、後で考へてさへ、夢だか正気だか訳の分らない場合が多かつた。　　（『硝子戸の中』三十八）

束の間の安息

　『吾輩は猫である』で語られる苦沙弥の午睡癖にはじまり、漱石の作中人物はしばしば午睡を貪る。寺田寅彦が熊本時代を「このころからやはり昼寝の習慣があったと見える」（「夏目漱石先生の追憶」1932・12）と回想するように、昼寝は漱石自身の日課でもあったようである。松岡譲編の『漱石写真帖』（第一書房、1929）には安閑として横たわる漱石の姿が印象的である。

　「うき世いかに坊主となりて昼寝する」（1500、1896）という初期の句から、「住みにくい世」における草むらでの心地よい居眠り（「草枕」十二）、上京した三四郎が捉える「劇烈な活動」に対置される「昼寝」（『三四郎』二）、また代助が「尋常な外界」「世間との交渉を稀

薄」にするために「朝でも午でも寝る工夫」をしたように（『それから』十）、現実世界はしばしば嫌悪の対象として映し出される。漱石の肉体的疾患や近代文明批判とも重なるこうした現実認識の対岸にあって、午睡は安息の場として機能しているかのようにも見える。

近代知識人の内的風景

　一方、「身体の悪い時に午睡などをすると、眼だけ覚めて周囲のものが判然見えるのに、どうしても手足の動かせない場合がありません。」（『心』三十五）というとき、午睡は身体的不調に象徴される現実の苦しみを遠ざけるものとはなりえていない。また、「変なものに襲はれがちであつた」心身乖離状態としての「昼寝」（『硝子戸の中』）は、そのうちに覚醒状態を孕み、現実世界との境界線は曖昧なものとして語られる。

　漱石文学を仰臥という視点から捉えた論考に蓮實重彦「横たわる漱石」（『国文学』1974・11）がある。ここで、「漱石における午睡は、世間を遠ざかり孤独な眠りをむさぼることというより、かえって他者の闖入を惹起する接近の符牒として機能している」と言われるように、迷亭による苦沙弥の訪問然り、広田先生を見守る三四郎、さらには夢における女との遭遇など、午睡は他者性をそれ自体の必要条件としてさえしている。

　「少し宛死んで見る様なもの」とも語られた眠りが死を暗示するものであるとすれば、午睡は、休息として現実世界の対極に位置するものではなく、「夢だか正気だか訳の分らない」（『硝子戸の中』）危うさをも含んでいる。午睡のありようは、意識と無意識、自己と他者といった関係性にも通じ、生は明快な二分法で語られることを拒む。午睡する主体の一見のどかな姿には、近代知識人の内的風景が逆説的に映し出されているともいえるだろう。　　　　　　　　　　　　　　　（伊藤節子）

風流

ふうりゅう

◆「花活にしちや、口が小ぃさ過ぎて、いやに胴が張つてるわ」／「そこが面白いんだ。御前も無風流だな。丸で叔母さんと択ぶ所なしだ。困つたものだな」と独りで油壺を取り上げて、障子の方へ向けて眺めて居る。　　　　（『吾輩は猫である』十）
◆当時の余は西洋の語に殆んど見当らぬ風流と云ふ趣をのみ愛してゐた。其風流のうちでも茲に挙げた句に現れる様な一種の趣丈をとくに愛してゐた。／秋風や唐紅の咽喉仏　　　（「思ひ出す事など」五）

「無風流」への笑い

　明治期に出版された辞書『言海』では「風流」の項に「ミヤビタルコト。スキ。風雅。」(大槻文彦、六合館、1889)という説明が付されている。この時期「風流」に触れた作品は多い。例えば幸田露伴も『風流仏』(吉岡書籍店、1889)をはじめ「風流」を扱った小説を多く書いているが、そこでは、しばしば「風流」は「恋愛」の問題と繋げられ展開されていた。しかし、漱石作品で「風流」は、直接的に「恋愛」の話と結びつけて語られない場合が多い。では漱石はどのような形で「風流」を表現しようとしていたのか。

　例えば『吾輩は猫である』では、「主人」達の「風流」な世界の脆さが、猫である「吾輩」に揶揄され、「無風流」な人間達のあり様が描かれているといえる。岡崎義恵が指摘するように、まさにそこには「無風流者の寄合つてゐる世界をフモール的に俯瞰する一種の風流」(『日本芸術思潮　第二巻の下』岩波書店、1948)があったといえるだろう。また「坊っちゃん」でも宿の亭主が坊ちゃんを「風流人」と呼び書画骨董を勧める胡散臭さが語られている

し、「草枕」でも「勿体振つた茶人」の「風流」が「真の風流人を馬鹿にする」とされ、安易に「風流」を語る人々は批判されていく。代わりに「草枕」では「分別の錠前を空けて、執着の栓張をはづ」したような、流れるものの中に魂までも流し、湯の中で湯と同化する「土左衛門」が「余」によって「風流」とされている。ここでは、現実世界の縛りから離れた「非人情」の境地が「風流」(「美」)として表現されているのである。

「塵事」を離れた「風流」への憧れ

　1910(明43)年漱石は伊豆修善寺で大吐血の後、一時危篤に陥った。「草枕」では、一つの「美」のあり方として「風流」は描かれていたが、「思ひ出す事など」では、この修善寺での体験を契機に感じるようになった「風流」への強い思いが綴られている。ここでは、1910年9月25日に書かれた漢詩「風流人未死。病裡領清閑。日々山中事。朝々見碧山。」が引用され、李白「山中問答」とも通じる世界——自然の中で「清閑」に過ごし、興の赴くままに作が次々と浮かぶ状況——が詠まれている。漱石はこうした世界を「西洋」にはない趣だと「愛し」た。また「風流を盛るべき器」(表現方法)として「侃屈な漢字」からなる漢詩や「無作法な十七文字」からなる俳句を評価した。しかし、このような「風流」の境地は「後から顧みると、夫が自分の生涯の中で一番幸福な時期」であったと捉え直されているように、永続するものではなかった。東京に帰った後の日記に「風流の友の逢ひたし」「願ふ所は閑適にあり。獣ふものは塵事なり」(1910・10・31)と記されているように、「塵事」からは逃れたくともなかなか逃れられないのである。逃れられない「塵事」と、「清閑」な「風流」の世界への憧れ。両者のせめぎ合いが漱石作品では様々な形で表されているといえるだろう。　　　　（西川貴子）

豚

ぶた

❖此の時庄太郎は不図気が附いて、向ふを見ると、遥の青草原の尽きる辺から幾万匹か数へ切れぬ豚が、群をなして一直線に、此絶壁の上に立つてゐる庄太郎を見懸けて鼻を鳴らしてくる。(中略)庄太郎は必死の勇を振つて、豚の鼻頭を七日六晩叩いた。けれども、とうとう精根が尽きて、手が蒟蒻の様に弱つて、仕舞に豚に舐められてしまつた。さうして絶壁の上へ倒れた。　　　　(「夢十夜」第十夜)

隠喩としての「豚」

　寓意的性格の強い「夢十夜」第十夜に描かれる豚については、様々な解釈がなされている。新約聖書との関連だけでなく絵画的モチーフに注目すれば、漱石が留学中に見たであろうテート美術館の絵画「ガダラの豚の奇跡」との共通点から、豚を官能的欲望の象徴と捉える読みが成立する。この解釈は、『三四郎』に挿入されている、毒を含む桃と欲しい物に向かって鼻が延びていく豚の話が、女性の誘惑や人間の汚らしい欲望の隠喩として置かれていることからも、説得力を持つ(尹相仁『世紀末と漱石』岩波書店、1994)。

　また、豚が「群なして」迫ってくる設定に注目すれば、「坊っちやん」の中で、悪戯をする「卑怯」な学生たちを豚に喩えて、「豚は、打つても擲いても豚」(四)と評する場面などが視野に入ってくる。「坊っちやん」に見られるような、人を豚に喩えて批判する表現は、『吾輩は猫である』で、寒月と金田の娘を「聡明なる大象」と「貪婪なる小豚」(四)と喩える例や、「人物としての相場」が下落して「人に軽蔑」されても気付かない状態を「豚的幸福」(九)と名付ける例など、漱石の小説全般に多く見られる。ただ、単独では無力な豚が、「群」となると敵対する者を死に至らしめるほどの恐るべき存在となる点で、「夢十夜」第十夜の豚の描写は注目に値する。

　明治という時代を舞台とする「夢十夜」第六夜、第七夜、第八夜には、同時代の大衆の姿が書き込まれている。これらの話で大衆は「自分」と直接交わることがない存在であるのに対し、第八夜の一場面に登場する庄太郎の後日譚として設定される第十夜では、庄太郎は豚の群れによって死に追い込まれる。第十夜の豚を卑俗な大衆とするならば、その豚に舐められる庄太郎の死は、庄太郎のアイデンティティの喪失を意味する。第十夜には、大衆の卑俗性とともに、大衆の持つ圧倒的な存在に対する危機感も描かれているといえよう。

「豚と雲右衛門」が嫌いな庄太郎

　さらに第十夜で注目すべきは、庄太郎の嫌いなものとして「豚と雲右衛門」が並置されている点である。浪花節師桃中軒雲右衛門の語る武士道鼓吹の物語が大衆の支持を集めた時期は、漱石が朝日新聞に入社して文筆活動を行った時期と重っている。雲右衛門の背後には、彼の絶大な人気を利用して大衆に対して力を及ぼそうと画策する様々な権力者たちの存在が見え隠れする。「文芸家の精神気魄」を伝えて「社会の大意識」に影響を与えることを使命(「文芸の哲学的基礎」)とする漱石にとって、階層を踏み越えて次々と大衆を取り込んでいく雲右衛門は、単に卑俗さに対する蔑視や嫌悪の対象というだけでは片付けられない存在であった考えられる。当時の社会における雲右衛門の影響力を踏まえて第十夜の豚の「群」の意味を捉え直すと、「夢十夜」の新たな側面が見えてくる。(兵藤裕己『〈声〉の国民国家・日本』日本放送出版協会、2000／山口比砂「漱石から見た「衆」」『日本近代文学』2006・11)

(山口比砂)

フランネル

ふらんねる

◆何をしてゐるんだ。落し物でもしたのかい」と上から不思議さうに聞きかける須永を見ると、彼は咽喉の周囲に白いフラネルを捲いてゐた。手に提げたのは含嗽剤らしい。　　（『彼岸過迄』「停留所」三）

　フランネルは起毛した柔らかい厚地の布で、冬物の肌着などによく用いられる。漱石の小説では、「坊っちやん」の赤シヤツが「衛生の為め」に一年中赤いフランネルのシャツを着ている（二）。それは赤シヤツの虚弱さの表れであり、赤という色の女性的なイメージも相俟って否定的に語られていると言える（小池三枝「漱石作品における服飾」『夏目漱石Ⅱ』有精堂出版、1982）。
　また、『彼岸過迄』の須永は咽喉に白いフランネルを巻いた姿でテクストに登場する。フランネルはここでは病いの表徴であり、やはり須永の虚弱さを強く印象付けている。さらに、それは須永がコミュニケーションに何らかの障害を抱えていることを暗示している。
　須永は千代子を愛しているが、自分のように男らしくない男は千代子の結婚相手にふさわしくないと考えて、思いを打ち明けることができない。つまり、フランネルは須永のセクシュアリティが抑圧されていることを表すとともに、抑圧された願望を身体が物語ってしまっている（井内美由起「「白い襟巻」と「白いフラ子ル」」『日本近代文学』2009・11）。赤シヤツの赤いフランネルが男らしさの欠如であるのに対して、須永の白いフランネルは男らしさの規範が生み出す苦悩や葛藤を象徴していると言えよう。　　　　　　　　（井内美由起）

風呂、銭湯

ふろ、せんとう

◆湯のなかに、静かに浸つてゐた代助は、何の気なしに右の手を左の胸の上へ持つて行つたが、どんどんと云ふ命の音を二三度聞くや否や、忽ちウエーバーを思ひ出して、すぐ流しへ下りた。さうして、其所に胡坐をかいた儘、茫然と、自分の足を見詰めてゐた。　　　　　　　　　（『それから』七の一）
◆風呂に入れば裏の山より初嵐
　　　　　　　　　（1429、1899（明32）年）
◆黍遠し河原の風呂へ渡る人　（2102、1909（明42）年）

風呂という日常

　創作の中に出て来るものではないが、漱石が風呂について書いた文章のなかでもっとも印象的なのは、もしかしたら二葉亭四迷と全裸で話し合ったエピソードかもしれない。同じ『朝日新聞』に関係する文学者でありながら、接点が少なかった二人が、偶然近所の銭湯で顔を合わせ、湯上がりに「双方とも真赤裸」で頭の不調について話し合うようすは、後世の読者の想像力を刺戟して止まない（「長谷川君と余」）。
　さて、風呂は今も昔も身近な生活空間としてある。したがって小説の登場人物の生活のリアリティを支える小道具として頻繁に用いられ、日常のリズムを作りだす。漱石は食事や散歩、睡眠といった日常的な行為を数多く、しかし効果的に作品のなかに取り込んだ作家だが、風呂や銭湯もまたその例となろう。

風呂という転機

　一方、風呂が主人公の内省の契機となったり、人と人を出会わせたり、ストーリーを進めるきっかけとなったりすることもある。引

◆生活空間

253

用に掲げた『それから』の代助は、風呂に入りながらさまざまな思考をめぐらす。書生の門野の返事の仕方ににやにやし、近所の銭湯のエジプト人のような三助を思い出し、ウェーバーと同じように心臓の鼓動を操ろうとし、自分の足が不意に不思議な動物のように見え始め、そして平岡の言葉を思い出す。代助の性癖を充分に描き出すと同時に、ストーリーを前進させる巧みな場面である。

『彼岸過迄』の冒頭も「風呂の後」と題された章から始まる。風呂でたまたま顔を合わせた下宿人同士の敬太郎と森本が会話をはじめ、そこから敬太郎自身の「浪漫趣味」や、森本という奇妙な男の過去と現在が語られていく。下宿代を踏み倒して満洲に逃れたこの男は、就職活動中の敬太郎を大連に来いと誘う。風呂が、この探偵小説のような作品の冒頭を規定しているのである。

俳句と風呂

「満韓ところどころ」には営口近郊の温泉地、熊岳城へ入湯に出かける場面がある。どこをどう掘っても湯が出るという見渡すかぎりの砂地の河原に、浴槽がある。ここの宿屋の女将から漱石は帳面に何か書くよう求められ、ひねり出した句が「黍遠し河原の風呂へ渡る人」だった。詞書きには「熊岳城にて」。黍遠しは、満洲のどこまでもつづく高粱畑である。

二句ある漱石の俳句のもう一つは、寺田寅彦の句を添削するなかで詠まれた。寅彦の「湯上がりの渋茶すゝれば初嵐」について、漱石は「中七字初心のいひ様也拙句」と評し、「風呂に入れば裏の山より初嵐」という自句を示した（『寺田寅彦全集』第11巻、岩波書店、1997）。つまり同句は、漱石単独の句というより寅彦の句との応答のなかで詠まれたものであった。時は1898（明31）年秋、初嵐は秋の始めの強い風。漱石・寅彦師弟の、五高時代の作である。　　　　　　　　（日比嘉高）

ベースボール／野球

べーすぼーる／やきゅう

◆吾輩はベースボールの何物たるを解せぬ文盲漢である。然し聞く所によれば是は米国から輸入された遊戯で、今日中学程度以上の学校に行はるゝ運動のうちで尤も流行するものださうだ。
（『吾輩は猫である』八）

◆誠太郎と云ふ子は近頃ベースボールに熱中してゐる。代助が行つて時々球を投げてやる事がある。
（『それから』三の一）

◆日本ノgameハfairnessヲ失ス．blindナリ．第一ト商業ノraceヲ見ヨ．internationalノbase ballヲ見ヨ．
（「ノート」III-6）

日本に最初に野球が伝わったのは、1872、1873（明5、6）年のこととされる。その後徐々に日本各地に広まっていき、1887年頃には正岡子規が「此頃はベースボールにのみ耽りてバット一本球一個を生命の如くに思ひ居りし」云々というほどであった（正岡子規「新年二十九年」『日本人』1896・1・5）。その後も、学生層を中心に人気は拡大していく。

漱石のテクストにも、引用に掲げた『吾輩は猫である』『それから』、さらに「琴のそら音」などにも、野球に熱中する児童や学生が登場する。もっとも描写が多く面白いのは、やはり『吾輩は猫である』だろう。猫の目から見たベースボールの解説、戦争の見立て、苦沙弥と生徒たちの応酬など、全編中でも印象的な場面の一つとなっている。

興味深いのは、ノートに見られる漱石自身の日本のbaseball観である。漱石は、日本社会がfairness公正さを欠いていることの一つの例示として、野球をあげるのである。

（日比嘉高）

254

帽子／帽

ぼうし／ぼう

◆暖炉の横に赤い帽子を被つた士官が何か頻りに話しながら折々佩剣をがちやつかせて居る。其傍に絹帽が二つ並んで、其一つには葉巻の烟りが輪になつてたなびいて居る。(中略)所へ唐桟の羽織を着て鳥打帽を斜めに戴いた男が来て、入場券は貰へません改札場の中はもう一杯ですと注進する。

（「趣味の遺伝」一）

◆彼の位地も境遇もその時分から見ると丸で変つてゐた。黒い髭を生して山高帽を被つた今の姿と坊主頭の昔の面影とを比べて見ると、自分でさへ隔世の感が起らないとも限らなかつた。　（『道草』一）

　帽子の着用は、明治初期の散髪脱刀令(1871)制定のころから流行し、洋装の一要素として定着した。漱石の作品中にも外出する際に帽子を着用する場面が多く見られる。帽子は男性の公的主体を示すモードであり、鳥打帽、中折帽、学生帽、山高帽、絹帽、パナマ帽など、それぞれ身につけた人物の社会的位置の表徴として機能する。例えば「草枕」で那美の前夫が「茶色のはげた中折帽」とともに描かれるように、帽子はその印象と合わせて表情を垣間見させる小道具としてもしばしば登場する。また、帽子を取る／取らないといった仕草に、対面する相手との関係性やその内面が表されることも少なくない。

　人物設定において最も印象的に帽子が用いられたのは『道草』である。冒頭近くで知識階級に属する健三の現在が「山高帽を被つた今」とされる一方、養父・島田は「帽子を被らない男」(二)として対置され、健三に「片付かない」不安を与える存在であることが暗示されるのである。

（日高佳紀）

松、竹、梅

まつ、たけ、うめ

◆床には如何はしい墨画の梅が、蛤の格好をした月を吐いて懸つてゐた。　　　　　　　　（『門』十五の一）
◆善光寺境内向つて右池に河骨、蓮、菖蒲、文人画理想の松ある処、小庵あり

（日記、1911(明44)年6月18日）
◆呉竹の垣の破目や梅の花　　　　　（552、1896年）
◆梅一株竹三竿の住居かな　　　　　（1635、1899年）
◆梅の精は美人にて松の精は翁なり（1640、1899年）
◆竹藪の青きに梅の主人哉　　　（2327、1914(大3)年）
◆いち早く梅を見付けぬ竹の間　　　（2456、1916年）

　松竹梅の取り合わせは、もともとは中国に起こり、冬の寒さに耐える「歳寒の三友」との位置づけで、日本では、中世以降に吉祥の意味づけがなされ、近世期に定着した。松、竹、梅は画や俳句の重要な題材で、漱石には「竹林僧帰図」「一路万松図」「棕梠竹図」「松石図」等の画がある。瀧田樗陰「夏目先生と書画」(『新小説』1917・1)に「竹が一番先生のお気に入りのもので、色々な格好の竹を自由自在に書かれた」、「梅は最初のうちは最も困難を感じて居られたが、何時の間に稽古されたのか、近来は非常にうまくなつて、古木も、灌木も垂枝も直枝も自由に書けた」とある。寺田寅彦は「ある程の梅に名なきはなかりけり」の「句をきつかけにして先生の梅の句全体を総括的に研究したいと思つて」ゐて「梅といふ題を腕ならしの稽古台或は練習曲といつたやうな工合に使つたといふやうな気もする」(『漱石俳句研究』岩波書店、1925)と述べる。もとより明治日本の生活空間に松、竹、梅は珍しくなく、例えば「食卓の上には支那めいた鉢に植ゑた松と梅の盆栽」(『彼岸過迄』「停留所」三十二)とある。

（青木稔弥）

◆生活空間

洋服

ようふく

◆「丸で給仕人[ウエーター]だ」と一本足が云ふ。／高柳君は自分の事を云ふのと思つた。すると色胴衣[いろちよつき]が／「本当にさ。園遊会に燕尾服を着てくるなんて——洋行しないだつて其位の事はわかりさうなものだ」と相鎚を打つてゐる。

（「野分」九）

◆あとから席に導かれた平岡を見ると、もう夏の洋服を着てゐた。襟も白襯衣も新らしい上に、流行の編襟飾を掛けて、浪人とは誰にも受け取れない位、ハイカラに取り繕つてゐた。（『それから』八の五）

開化期において洋装は、西洋化・近代化の指標として支配層の公的なモードをかたちづくったが、漱石は、『心』で「私」の故郷を「洋服を着た人を見ると犬が吠えるやうな所」（四十八）とするなど差異化の指標として用いる一方、場にそぐわない洋服を表層的で歪な西洋化の象徴として批判的に取り上げている。例えば、『吾輩は猫である』には、衣服が社会的階層を表すものとする中に「遂には燕の尾にかたどつた畸形迄出現した」（七）と燕尾服を揶揄する箇所がある。こうした批判意識は、失業中にもかかわらず洋服を新調する『それから』の平岡、朝鮮半島に移住する際に洋服を新調する『明暗』の小林といった人物設定の上にも表わされている。

また、外出着であり公的主体の表徴である洋装は、私的領域で用いる和装と対置されることも多い。例えば『行人』の一郎は、帰宅後に妻や娘に不断着の和服を持参し出迎えさせるのを「習慣」とするが、二郎の視線を通して、そこに家族との束の間の交わりを求める一郎の内面が捉えられている（「帰つてから」二十六）。

（日高佳紀）

寄席、落語

よせ、らくご

◆木原店と云ふ寄席へ上がつた。此所で小さんといふ話し家を聞いた。

（『三四郎』三の四）

◆私は小供の時分よく日本橋の瀬戸物町にある伊勢本といふ寄席へ講釈を聴きに行つた。

（『硝子戸の中』三十五）

◆彼は高座の方を正視して、熱心に浄瑠璃を聞かうと力めた。けれどもいくら力めても面白くならなかつた。

（『門』十七の三）

講談から落語（円遊）へ

漱石にとって寄席は幼少時の遊び場でもあった。それは遊び好きだった漱石の兄たちの影響であり、江戸っ子の習慣を受け継いだものであった。子供の時分は講釈（講談のこと）が好きで東京中の講釈の寄席は大抵聞きに行ったという（「僕の昔」）。

明治初期の寄席は講談・浄瑠璃・落語の三種類の定席に分かれており、1879（明12）年の「講談浄瑠璃落語定席一覧表」では東京市内十五区内に163軒の寄席が記されている。当時は講談の定席が多かった。明治初めから20年頃までは、文明開化の反動で江戸趣味が横溢した時代でもあり、寄席は活気を持っていた。

1872年に発布された尊皇愛国思想の教化のための三条の教憲によって、講談の世界も白浪物から歴史物や実録物が中心になる。11歳の時に「正成論」を回覧雑誌に執筆したのは幼少時からの講談の影響によるものだろう。

漱石の関心が落語に傾いたのは円遊との出会いである。円遊は円朝の弟子であるが、滑稽噺を演じ、1880年頃より落語の後でステテコ踊りを行った。またヘラヘラの円橘、釜堀

の談志、ラッパの円太郎を率いて、落語四天王として人気を集めた。寄席では真打が15日間の連続物を演じるの普通であったが、地方から流入してきた人々にはそのような悠長な余裕はなく、一回切りで終わる滑稽噺や高座の踊りなどの笑いで満足であった。人々の求めていた笑いを見抜いた円遊は時代の寵児であった。漱石は、円遊の滑稽さを後に文学理論として活用し、また『吾輩は猫である』では円遊の特徴的な鼻やステテコ踊りを利用して、滑稽の世界を実現している。

小さんから寄席離れへ

松山、熊本、ロンドンとしばらく東京を離れていたため、落語界の状況にも疎くなっていたが、1905年3月21日に始まった落語研究会に足を運んだことにより、寄席通いが復活する。落語研究会や寄席などで小さんの滑稽噺を聴き、円遊の演じ方との違いを感じ、小さんに傾倒していった。そして『三四郎』では与次郎の口を借りた「小さん論」を論じることになる。小さんが上方の滑稽話を東京落語に移入したことにより、東京落語の滑稽噺が増えた。彼は元は常磐津語りであったので、愛敬に浄瑠璃を語ることもあった。

漱石は、義太夫にも興味があり、1904年の冬の竹本摂津大掾の東京公演に出かけたり、寄席に竹本朝太夫を聞きに行っている。1906年の正月には、野村伝四と浅草あたりを散歩して、女義太夫の竹本組玉、団洲や、音曲師の都々逸坊扇歌の家を突き止めたりもしている（野間真綱宛書簡、1906・1・15付）。

『門』執筆あたりから、精神的にもまた体力的にもすぐれず、また1907年秋から宝生新に師事した謡の影響によるものか、「虚子君へ」で述べているように、多くの人々と同じ場所で長時間聞いている精神的な余裕がなくなり、次第に寄席通いから遠ざかっていった。

（田島優）

裸体画

らたいが

◆もしある社会ありて、其社会の状態は此両者を一刀に劃断する事能はざれば、此社会に生存する人は裸体画に対して一種不安の念を禁ずるを得ざるべし。吾邦の現時は多少之に似たり

（『文学論』第二編第三章）

一般化＝グローバル化への志向

『吾輩は猫である』や「草枕」のような小説をはじめ、「文芸の哲学的基礎」や「日記」「断片」など、漱石の裸体画への言及はかなりの数にのぼっている。しかし、その中でも特に重要なのは、言語の相違にとらわれることのない一般的な文学の性格を問うために、意識（＝F）と情緒（＝f）の関係から文学を追究した『文学論』にみられる言及だろう。

その第二編第三章にあって、裸体画を例にしてFとfの関係を語る漱石は、裸体画も現実の裸体もともに意識に浮上する限りでは〝裸〟という「同一のF」であるにもかかわらず、それが惹き起こす情緒fには「質的差異」が生じるのだという。現実の裸体はとりわけ人前での露出を嫌う「西洋各国」がそうであるように、道徳的なfを誘い出して「風紀の制裁」をもたらす。ところが裸体画となると、文学作品の中の裸体描写を読む場合と同様に、「道徳分子」が除去され、「美感」としてのfがそれに代わって座を占める。西洋の「紳士淑女」が多くの裸体画が展示された美術館に平然と入り込み、「盛に之を品評して毫も憚る」ことがないのはそのためであり、現実の裸体をみる「直接経験」と絵としての裸体画をみる「間接経験」の差が、このような情緒fの変容を可能にすると漱石はいう。

◆生活空間

普遍——特異性への変貌

　ところが、そういっておきながら漱石は、最初に用例として挙げておいたごとく、「道徳」と「美感」の「両者を一刀に劃断」できない別の「社会」を呈示する。そこでは「間接経験」たるべき裸体画が「直接経験」としての裸体と同一視されて忌避される。そして、裸体画が芸術か猥褻かをめぐって明治期に3度にわたる論争が繰り広げられる「吾邦の現時」もまた「多少之に似た」様相を呈している。それは文化圏ごとの差を容認するばかりか、「吾邦」で、裸体画が論争を介して次第に芸術として認められ始めるという点では時代の転換点を示してもいるが、実はそれだけにとどまらない。

　第五編第二章で説かれるように、意識Fの波は通常は人力車から車夫へといった「習慣」にとらわれて推移するが、時にその波は「識末もしくは識域下」における内外からの「刺激」の「競争」の帰結として「習慣」を打ち破り、突然変異ともいうべき大変動を惹き起こす。直接／間接の経験差に応じて変容する情緒fもまたこうした内外の「刺激」と響き合い、スピノザ―ドゥルーズ的な共振と変移の資質に恵まれている限りで、大変動に加担する余地がある。そうした大がかりな突然変異にとって、裸体画が垣間見せる文化的な落差や時代ごとの変容は、その前兆ないしはエクササイズともいうべきものだろう。いっけん文学の一般化＝グローバル化を肯定するだけに見える『文学論』。それは、裸体画を契機に、万人に共通の一般性を打破しうる「習慣」とみなし、意識の波が「競争」において突然変異するといった普遍—特異性の思考へとめくるめく変貌を遂げる。そのとき『文学論』は、閉塞する時代と文化圏に大変動をもたらす優れて今日的な〝変革の書〟としての相貌を露わにするだろう。

　　　　　　　　　　　　　　　（中山昭彦）

洋燈／行燈

ランプ／あんどん

◆其行燈が又古風な陰気なもので、一層吹き消して闇がりにした方が、微かな光に照らされる無気味さよりは却て心持が好い位だった。（『行人』「兄」三十六）
◆夫婦は例の通り洋燈の下に寄った。広い世の中で、自分たちの坐つてゐる所丈が明るく思はれた。さうして此明るい灯影に、宗助は御米丈を、御米は又宗助丈を意識して、洋燈の力の届かない暗い社会は忘れてゐた。　　　　（『門』五の四）
◆それでもKの身体は些とも動きません。私はすぐ起き上つて、敷居際迄行きました。其所から彼の室の様子を、暗い洋燈の光で見廻して見ました。／其時私の受けた第一の感じは、Kから突然恋の自白を聞かされた時のそれと略同じでした。私の眼は彼の室の中を一目見るや否や、恰も硝子で作つた義眼のやうに、動く能力を失ひました。　　（『心』百二）

あかりの「栄枯盛衰」

　「因果は廻る小車ならで、走馬灯のそれの如く、さきには破竹の如く蠟燭や行燈を駆逐した石油燈は、今や主客顛倒己れ新進のこれら瓦斯燈、電燈の為に賑やかな都會を追はれ、今では寂しい農村や漁村に其光を投げて居るばかりになつて了つた」と、内россия素夫『日本燈火史』（東京電気、1917）は近代日本がたどためまぐるしいばかりの照明の変遷を記しているが、明治後期、家庭における照明は「洋燈」から「電燈」へと劇的にシフトしていく。その流れのもと、たとえば『時事新報』（1907・12・10、1908・3・10）では、「洋燈」と「電燈」が、それぞれ旧と新、貧と富の象徴として対比的に戯画化されている。（図1、2）

　漱石の小説にも、照明の推移はさまざまに描かれている。漱石が小説を書いた時代、『行

人』の用例に見えるように、「行燈」はあきらかに「古風な」時代の遺物として登場している。その「行燈」に代わり登場した「洋燈」も、明治後期になると「電燈」に取って代わられつつある世相が、たとえば「下女は是は電気燈のない田舎から出て来た人に違いないと見て取つたものか、くすくす笑ひながら」(『彼岸過迄』「停留所」十三) という一例からもうかがわれる。「行燈」から「洋燈」、そして「電燈」へという照明の時代における消長を背景として漱石のテクストは成立している。

▲図1　▼図2

洋燈が照らす〈場〉

しかし、漱石の小説にあらわれる「洋燈」は、時代の推移と平行するように旧や貧という二項対立における〈負〉のイメージとつねに単純に対応しているわけではない。『門』では、子供を持たない宗助と御米夫婦がひっそりと身を寄せ合うようにして生きる有様を「洋燈」のあかりは闇のなかに印象的に浮かび上がらせている。『心』では、「私」が、「洋燈が暗く点つてゐる」Kの室をのぞき、Kの自死を遂げた現場を目撃するという衝撃的な場面に、Kの室のものと「私」のものとふたつの「洋燈」が書き込まれている。自死を選んでしまったKと、その死に遭遇したがゆえに「仕方がないから、死んだ気で生きて行かうと決心」せざるを得なかった「私」。ふたりの過酷な人生が鋭く交差するこの場面を照らしていたのも、「暗い洋燈」であった。

このように漱石文学に現れる「洋燈」が照らし出す〈場〉は、照明の推移という時代背景を背負いつつも、時として濃厚な意味性を帯びている。
　　　　　　　　　　　　　　　　(柴市郎)

◆生活空間

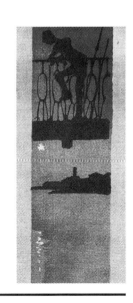

column 6

漱石を書きつぐ

『續明暗』は幸運な作品だったと思う。

十二歳の時に父が米国に派遣され、以来私は二十年を異国の空のもとで過ごすことになった。日本に戻ったのは三十歳を過ぎてからである。すると私が小説を書きたいのを噂で知った文芸誌の編集長から、新人賞の最終候補まで残すから、急いで短編を書かないかという連絡があった。むろん私が外国育ちだからである。私は外国育ちとしての小説家として出発したくなかった。かといって日本を舞台にした小説をどう書けるのだが見当がつかなかった。私はしどろもどろに断るしかなかった。

だが、その電話を契機に、何かが私のなかで動き始めたらしい。翌年驚いたことにまた同じ電話がかかってきた時、私は、実は漱石の『明暗』の続きを書こうと考えていると答えていた。初老に近かったあの編集長は何と思っただろう。ああ、ああ、このコは駄目だ、こんなコに関わっていても始まらない。そう考えて当然である。わかりました、それではがんばって下さい、と彼は大人らしく静かに電話を切った。その時『續明暗』を書くのを決めたように思う。自分は新人賞などにつながる作品は書けそうにもない。予期せぬ二度の電話は、幸い、まずはその事実を私に教えてくれた。

米国の大学で近代日本文学を教えないかという話があったのは、数ヶ月後である。その結果『續明暗』を異国で書くことになったのも今思えば幸運な成り行きであった。娘時代、放課後といえば、両親がもってきた明治大正の小説を読みふける毎日だった。あの頃、明治大正の日本が、なんと私のなかで生き生きとしていたことか。

現実の日本に戻って、なんと急速に遠ざかってしまったことか。日本語が聞こえぬ異国に舞戻って、その懐かしい日本が、条件反射のように、再び生き生きと目の前によみがえってきたのであった。

もちろん最大の幸運は『明暗』が未完で残されていたことにある。漱石は日本で例外的な地位を占める小説家である。その漱石が、珍しく、極めて「私小説的」な『道草』を書いたあと、あたかも何かに挑むように『明暗』を書き始めた。のちにいう「本格小説」である。出だしから伏線が張り巡らされ、「小説らしい小説を書いてみよう」という意気ごみが感じられる。どう物語を運ぶか、どう終わらせるかがおおよそわかっている作品の特徴である。

その『明暗』が佳境に入ったところでの漱石の急死。五十に満たないその死は、日本にとっての大いなる損失である。だが先を知りたい読者にとっては、苛立ちの種でしかない。よりによってこんなところで死んでしまうとはと、一読者として感じるその苛立ちが、『續明暗』を書くという行為に必然性を与えてくれた。

しかも『明暗』は二人の登場人物の視点で語られ、一人は女である。女の小説家だからといって、女の視点で書く必要はないが、女の視点でも書けたのは、おまけのように与えられた、さらなる幸であった。漱石が創ったお延という女に身を重ね、その息吹を己のものとして書いていた時間は、近代日本をそのまま自分が生きることができた、特権的な時間であった。

幸運な偶然が重なり、書く至福を味わえた作品である。

（水村美苗）

column 7

漱石を語りつぐ

漱石神格化への道

漱石はその死以後、まず偉大な先生、すぐれた文学者として語られた。津田青楓によって〈漱石十弟子〉と呼ばれた人々をはじめ、木曜の面会日に連なった人々の回想記は、総じて漱石をすぐれた人格者、創作家として語る。早く赤木桁平・和辻哲郎らがそうした立場からの回想記を書くが、全集が整備されると共に、漱石を崇める傾向はいっそう強まる。

その筆頭は、小宮豊隆である。小宮は漱石没後最初の全集の編集と校正にあたり、作品を読み込んだこともあり、その漱石理解は並々ではない。綿密な評伝『夏目漱石』(岩波書店、1938)や、決定版と称された全集の解説をまとめた『漱石の芸術』(岩波書店、1942)は、漱石への敬愛と理解に満ちている。

森田草平は小宮の『夏目漱石』に刺激され、『夏目漱石』(甲鳥書林、1942)と『続夏目漱石』(甲鳥書林、1943)を出す。やや余所行きの感のある正編よりも、「『煤煙』事件の前後」や「朝日文芸欄時代」を含む続編の方がはるかに面白く、貴重な回想記である。この二人の漱石観が、漱石神聖化に寄与したことは疑いがない。漱石の女婿松岡譲は漱石最晩年の弟子で、『漱石先生』(岩波書店、1934)にはじまり、『ああ漱石山房』(朝日新聞社、1967)など、その漱石ものは数多い。「漱石山房の一夜―宗教的問答」(『現代仏教』1993・1)は、〈則天去私〉をめぐっての回想で、注目された。が、そこに漱石神格化の傾向が見られるとして、のちの研究家から批判を浴びることにもなる。

〈則天去私〉という抽象性の強いことばを説明することの難しさが、そこにあったと言えよう。

さまざまな漱石

こうした漱石神格化の流れの一方に、早く漱石の妻鏡子の『漱石の思ひ出』(改造社、1928)というユニークな一書があったことは、忘れることができない。家庭人としての漱石の欠点をさらけ出した本書は、刊行当時「悪妻の悪書」とまで言われた。特に小宮豊隆ら、旧漱石門下の人々に拒絶反応が出た。小宮の『夏目漱石』自体、師の弔い合戦として書かれたともいう。総じて近親者の語る漱石評は手きびしい。長女筆子は、こわい父、「ほんとの気違い」とまで言い(「夏目漱石の長女」『銀座百点』1976・1)、帰国直後の漱石の異常な姿にもふれている(「『猫』の娘」『文藝春秋』1981・9)。

次男の伸六の漱石評とて然りである。伸六は『父・漱石とその周辺』(芳賀書店、1967)および『続父・漱石とその周辺』(芳賀書店、1967)で、理解できない父の行動を描く。孫の松岡陽子・マックレインになると、小宮豊隆らの漱石悪妻説を排し(『漱石の孫のアメリカ』新潮社、1984・1)、フェミニズムの立場からの論を展開する。

第二次世界大戦後、漱石は改めて評価される中で、江藤淳の『夏目漱石』(初版東京ライフ社、1956、増補版勁草書房、1965)が、漱石神話の打破を叫び、新たな漱石像を築く。以後漱石はさまざまに論じられ、そのテクストを近代日本の文脈の中で読み解く試みが続いている。　　　　(関口安義)

column 8

漱石全集の歴史

「日本人の経典」

　明治の『一葉全集』や『透谷全集』を嚆矢として、数多く刊行された近代作家の個人全集のなかで、『漱石全集』ほど繰り返し刊行され、また普及したものはない。「政治家・実業家・軍人の客間の書棚にすら、必ずあの橙色の表紙の「漱石全集」が見出される」とは、小泉一郎「漱石の影響」(赤門文学会編『夏目漱石』高山書院、1944)の一節であり、その幅広い影響から、「漱石全集は日本人の経典である」と喝破したのは内田百閒(1935年版全集推薦文)であった。

　この「橙色の表紙」、すなわち漱石自装の『心』の装幀を用いて、寺田寅彦・松根豊次郎・阿部次郎・鈴木三重吉・野上豊一郎・安倍能成・森田草平・小宮豊隆を編集委員とする漱石全集刊行会から、生前ゆかりの岩波書店・大倉書店・春陽堂の三社を発売元として菊判の『漱石全集』全十三巻別冊一が発刊されたのは、一周忌にあたる1917(大6)年12月9日のことだった。その後、書簡などを増補した1919年版、1924年版を経て、1928年には四六判全二十巻の普及版を刊行、この全集から岩波書店の単独刊行となって、月報が付され、さらに二十回忌にあたる1935年には、「決定版」をうたう四六判全十九巻が刊行された。

戦後の多彩な全集

　そして戦後には、歿後三十年を経て、著作権の保護期間が切れたことから、1946年からの桜菊書院版『夏目漱石全集』全二十五巻(既刊二十三冊)、1953年からの春

陽堂版『夏目漱石小説全集』全七巻別巻一、同じく創芸社版『夏目漱石全集』全十二巻別冊一などが次々と刊行された。その後も、1960年からは新仮名遣い新字体を採用し、同時期の小説・評論・書簡などを同じ巻に収めて「注解」を施した角川書店版『夏目漱石全集』全十五巻別巻一、1965年からは筑摩書房版『夏目漱石全集』全十巻、1970年からは伊藤整・荒正人編集で、本文校訂に力を注ぎ、詳しい「校異」を付した集英社版『漱石文学全集』全十巻別巻一などが刊行された。

　この間、岩波書店では、1947年からの戦後初の『漱石全集』全二十八巻に続き、1956年からは初めて語句に「注解」を付した新書判『漱石全集』全三十四巻を刊行。それらの蓄積を踏まえて、1965年から歿後五十年・生誕百年記念出版として刊行された菊判『漱石全集』全十六巻(のち第十七巻「索引」を増補)は、その後版を重ねて広く親しまれ、1993年には原稿を底本とする新たな本文と、詳しい注釈を特色とする四六版『漱石全集』全二十八巻を刊行、現在は別巻を増補した新版が出ている。

　『漱石全集』は、刊行のたびに新資料や書簡が増補されているだけでなく、出版社と編者との関係、遺族と著作権の問題、底本の選定と構成、本文校訂や注釈のありかたなど、近代の「全集」のモデルであり、諸課題が凝縮されている点においても、それ自体が興味深い研究対象である。なお、個々の全集の内容と特色については、矢口進也『漱石全集物語』(青英舎、1985)に詳しい。

　　　　　　　　　　　　　　　(宗像和重)

土地

会津

あいづ

◆帰りに山嵐は通町で氷水を一杯奢つた。学校で逢つた時はやに横風な失敬な奴だと思つたが、こんなに色々世話をしてくれる所を見ると、わるい男でもなさゝうだ。只おれと同じ様にせつかちで肝癪持ちらしい。あとで聞いたら此男が一番生徒に人望があるのださうだ。　　　　　　　　（「坊っちやん」二）

◆「君は一体どこの産だ」／「おれは江戸っ子だ」／「うん、江戸っ子か、道理で負け惜みが強いと思つた」／「君はどこだ」／「僕は会津だ」／「会津っぽか、強情な訳だ。今日の送別会へ行くのかい」
　　　　　　　　　　　　　　　（「坊っちやん」九）

「坊っちやん」における江戸讃美と田舎への排他意識は、坊っちやんの単一的性格を象徴して印象的である。しかし唯一朋友関係を結ぶ数学の堀田、通称山嵐は会津出身である。作品の勧善懲悪的世界から言えば、赤シャツ、野だを敵に、山嵐は坊っちやんの味方に位置するのであり、「会津っぽ」の「癇癪持ち」「強情張り」「頑固」さは短所というよりはむしろ、親しみとして描かれている。

ここに明治維新の背景を鑑みれば「これでも元は旗本だ。旗本の元は清和源氏で、多田の満仲の後裔だ」という旧幕臣出の坊っちやんと、旧幕府勢力である会津出身の山嵐とは平岡敏夫が「『坊っちやん』試論」（『文学』1971・1）等で指摘するように佐幕派という同志で結びつくのである。

彼らは赤シャツと野だを懲らしめ満足げに「不浄の地」を去るが、その地の権力体制は変わらないであろう。山嵐への親近感は、会津へのそれとも重なって、一方に明治政府の権力構造を照らし出しもするのである。
　　　　　　　　　　　　　　　　　　（伊藤節子）

浅草

あさくさ

◆二人の会話は互に、死と云ふ字を貫いて、左右に飛び離れた。上野は浅草へ行く路である。同時に日本橋へ行く路である。　　　　（『虞美人草』六）

◆凡ての中で最も敬太郎の頭を刺戟したものは、長井兵助の居合抜と、脇差をぐいぐい呑んで見せる豆蔵と、江州伊吹山の麓にゐる前足が四つで後足が六つある大蟇の干し固めたのであつた。
　　　　　　　　（『彼岸過迄』「停留所」十六）

東京一の盛り場

浅草寺の本尊は一寸八分の観音像。創建は上代に遡り江戸時代には徳川家の祈願寺であった。現世利益を求める観音信仰を基盤に境内には諸神諸仏が招かれて参詣者を集め、それに向けた飲食娯楽の施設が発達。明暦大火ののち日本堤に廓が出現し（新吉原）、天保の改革によって市中の芝居小屋が北に接する土地に集められると（猿若町）、吉原通いや芝居見物の客をも取り込んで発展し、浅草は江戸随一の盛り場となった。

本堂裏手は吉原の遊女が桜を植え込んだ場所で奥山と呼ばれたが、のちには見世物小屋、楊弓場、水茶屋、寄席が立ち並び、野天では大道芸人が腕を競う繁華な一帯となる。植物園の花屋敷や菊人形が見物を呼び、芸人の芸が評判となる一方、幕末には残酷、奇怪な売り物にする見世物も多くなり、売春や賭博も付いてまわる。こうした退廃的な雰囲気、猥雑さが浅草の魅力の源泉でもあった。

維新後、新政府によって寺社地の多くが没収され西洋式公園への転換が図られたため一時衰えたものの、10年足らずで活況を取り戻す。1883(明16)年公園地の拡張事業によって

◆
土
地

境内西側に街区が出来る(第六区)と奥山の興行はその新開地に移転。以降六区が歓楽の中心となる。1903年には日本最初の活動写真の常設館として電気館が開館し、大正時代には浅草オペラが興り、映画演劇の街として隆盛を極めた。1890年には六区の突き当たりに12階建ての展望塔・凌雲閣が建てられ浅草のシンボルとなる。これが1923(大12)年の関東大震災によって倒壊した光景は衝撃的だが、それは、震災後高級志向の銀座によって東京一の座を奪われる、浅草の命運を象徴する姿であった。

大道芸人の記憶

『虞美人草』では藤尾と糸子の性質が対照的であることを日本橋と浅草になぞらえる。前者が大店が整然と軒を連ねる経済、流通の場所、ロンドンでまごつく人物の譬えに「御殿場の兎が日本橋の真中へ抛り出された」(「倫敦塔」)とあるような近代の大都会ならば、後者は雑然とした庶民の生活、娯楽の場所、前時代の空気を色濃く残した垢抜けない土地である。

漱石は養父塩原昌之助とともに幼少時の数年を浅草で暮らした。祭日の賑わいを目にし奥山や猿若町にも通ったはずだが、実家に戻ると「浅草から牛込へ移された当時の私は、何故か非常に嬉しかつた」(『硝子戸の中』二十九)のであり、浅草という土地は人皆「銅臭之児」、暮らす彼をも「鄙吝之徒」(ともに金銭にいやしい者の意)に変える(「移居氣説」)とされる。『彼岸過迄』の敬太郎は非科学的と知りつつ旧式の売卜者を求める時、まず浅草に向かうが、活動写真の前に出て雑踏に驚き、街の性格が一変していることに気づいて逃げるように去る。寺や古びた店の間を進み、わざと東本願寺別院を抜けて向かう時、彼が思い浮かべたのは、祖父から聞き、草双紙の絵解きで想像を拡げた江戸時代の大道芸人たち。彼ひいては漱石の関心は新しい浅草の盛況には向かわない。 　　　　(市川祥子)

亜米利加／米国／米

あめりか／べいこく

◆蓋し「ホイットマン」あつて始めて亜米利加を代表し亜米利加あつて初めて「ホイットマン」を産す。
　　　(「文壇における平等主義の代表者『ウォルト、ホイットマン』Walt Whitmanの詩について」)
◆米国は突飛な事許り考へ出す国柄である
　　　　　　　　　　　(『吾輩は猫である』八)

英文学を専門にした漱石はアメリカについて多くを語らなかったが、作品におけるアメリカへの言及は何故か日米のジェンダー意識に触れるものが多い。『それから』では、佐川の令嬢がアメリカの「ミス」から英語を教わったのに、意外と日本的で「大人しい」と代助たちが話すシーンは、日米両側のジェンダーのステレオタイプを漱石流の皮肉をもって語っている。『彼岸過迄』では、「露西亞の文学者のゴーリキとかいう人が」アメリカで旅行して、同伴していた女性が正妻でなく「単に彼の情婦に過ぎない」ことがばれて、スキャンダルを起こしたという実話を松本が語るのだが、このエピソードもアメリカと日本、そしてロシアにおける男女関係の比較話のきっかけになる。漱石自身が個人的に最も親近感を抱いていたと考えられるアメリカの作家は男同士の愛情を謳歌した詩人ウォルト・ホイットマンである。1892(明25)年、まだ大学生の時に漱石は日本ではじめてのホイットマン論を書いた。「無上に前代を有り難がる癖なき」「亞弗利加の砂漠も倫敦の繁華も皆同等の権利を有してその詩中に出現しくる」平等主義的な思想を持つホイットマンを讃えるこの論文に、漱石自身の個人主義思想と供に、そのホモソーシャルへの傾斜の芽生えもうかがえる。 　　(キース・ヴィンセント)

英吉利／英国

いぎりす／えいこく

◆英国の紳士は学ばざる可からざる程、結構な性格を具へたる模範人物の集合体なるやも知るべからず。去れど余の如き東洋流に青年の時期を経過せるものが、余よりも年少なる英国紳士に就て其一挙一動を学ぶ事は骨格の出来上りたる大人が急に角兵衛獅子の巧妙なる技術を学ばんとあせるが如く、如何に感服し、如何に崇拝し、如何に欣慕して、三度の食事を二度に減ずるの苦痛を敢てするの覚悟を定むるも遂に不可能の事に属す。（『文学論』序）

「煤烟中ニ住ム人間ガ何故美クシキヤ」

　1900（明33）年10月28日から1902年12月5日まで漱石は文部省の第一回官費留学生としてイギリスで過ごす。目的は「帰朝後高等学校もしくは大学にて教授すべき課目を専修」することであった。みずから希望したわけではなかったが、「固辞すべき理由あるなきを以て」彼は派遣を承諾した（『文学論』序）。この当初の軽さと裏腹に、むしろそれゆえに、2年間のイギリス生活は漱石の生涯を決定的に変える。

　イギリスでまず彼の気を惹いたのは日本との差異である。「当地のものは天気を気にかけない禽獣に近い」（日記、1901・2・13）。「西洋人ハ執濃イイコトガスキダ。華麗ナコトガスキダ。芝居ヲ観テモ分ル。食物ヲ見テモ分ル。（中略）夫婦間ノ接吻ヤ抱キ合フノヲ見テモ分ル」（同3・12）。「小説でも西洋人は実を尊ぶ代りに理想的な完全な人間を写さない日本人は空邈たる代りに完全無欠な人間を写す」（断片八、1901）。そんな客観的な記録もあるが、初の異国で「体力脳力共に吾等よりも旺盛な西洋人」（「現代日本の開化」）に圧倒されたかのように彼はしばしばイギリスを称え、日本を批判する。「彼等ハ人ニ席ヲ譲ル」が、日本人は「我儘」である。「彼等ハ己ノ権利ヲ主張ス」るが、日本人は「面倒クサガ」る。お国自慢は日本もイギリスも同じだが、「何レガ自慢スル価値アリヤ試ミニ思へ」（日記、1901・1・3）。「西洋ノetiquetteハイヤニ六ヅカシ」いが、「日本ハ礼儀ナシ而モartificialityアリ且無作法ニ伴フvulgarityアリ」（同、1901・4・15）。外見でも劣等感に苦しむ。「此煤烟中ニ住ム人間ガ何故美クシキヤ解シ難キ（中略）往来ニテ向フカラ脊ノ低キ妙ナキタナキ奴ガ来タト思ヘバ我姿ノ鏡ニウツリシナリ」（同、1901・1・5）。自分は「ポットデの田舎者のアンポンタンの山家猿のチンチクリン」で、「馬鹿にされるは尤だ」（断片八、1901）。

　勝負できるのは知性のみであった。「英国人ナレバトテ文学上ノ智識ニ於テ必ズシモ我ヨリ上ナリト思フナカレ。談シヲシテ見レバ直ニ分ルナリ。（中略）西洋人ト見テ妄リニ信仰スベカラズ。妄リニ恐ルベカラズ」（日記、1901・1・12）。だが、腹立たしくも相手は「日本の事に興味を持つて居らぬ」（断片八、1901）。「西洋人ハ日本ノ進歩ニ驚ク。驚クハ今迄軽蔑シテ居ツタ者ガ生意気ナコトヲシタリ云タリスルノデ驚クナリ大部分ノ者ハ驚キモセネバ知リモセヌ」「ツマラヌ下宿屋ノ爺」のくせに「日本ヲappreciateセヌノミカ心中軽侮スル」とは何事か（日記、1901・1・25）とも憤っている。

「日本の将来と云ふ問題」

　このような「色々牆に障る」目にあって、外から見る日本・日本人について意識させられた漱石は「どう云ふものかいやに（中略）真面目になつて」いく。「日本の将来と云ふ問題がしきりに頭の中に起る」ようになる（「倫敦消息」）。「夜下宿ノ三階ニテツクヅク日本ノ前途ヲ考フ。日本ハ真面目ナラザルベカラズ」（日記、1901・1・27）。日本の前途とは、も

◆土地

ちろん後の講演「現代日本の開化」の主題である。異国の地にて彼は維新後の日本に本気で向きあったのである。日本は本当に開化したか？「日本ハ三十年前ニ覚メタリ」とはいえ「本当ニ覚メタルニアラズ狼狽シツ、アルナリ」（日記、1901・3・16）。江戸までの文化を棄てていいのか？「人は日本を目して未練なき国民といふ数百年来の風俗習慣を朝飯前に打破して毫も遺憾と思はざるは成程未練なき国民なるべし」、だがその是非は「疑問に属す」。いや、江戸までの文化も本当に日本のものだったか？「創造力を欠ける（中略）維新前の日本人は只管支那を摸倣して喜びたり維新後の日本人は又専一に西洋を摸擬せんとするなり」。しかもその「摸擬」は失敗だ。「憐れなる日本人は（中略）遂に悉く西洋化する能はざるを知りぬ」（断片八、1901）。

　結局日本は、西洋の潮流に「食客」のように気兼ねしながら乗っている、あるいは「煙草を喫つても碌に味さへ分らない子供のくせに（中略）さも旨さうな風」をしているだけであり、それで漱石は「空虚の感」・「不安と不満の念」を抱く。「外からおつかぶさつた他の力で已むを得ず一種の形式を取る」「皮相上滑りの開化」は、「取つてつけた様で甚だ見苦しい」のである（「現代日本の開化」）。

「軽快な心をもつて陰鬱な倫敦を眺めたのです」

　だが本当の問題は、「英語と来たら大嫌ひで手に取るのも厭」（「落第」）だったのになぜか英文科に入った漱石、「英学者なんてものになるのは馬鹿らしい様な感じがする」（藤代禎輔宛書簡、1901・6・19付）といいながら国費によりイギリスで研究生活を送る漱石自身にあった。彼こそ「外発的」に開花した日本、「西洋人が我々より強いから」という理由で「器械的に西洋の礼式抔を覚えるより外に仕方がない」日本人の代表なのであった（「現代日本の開化」）。

　そんな受身な過去と現在を清算すべく彼は

勝負に出る。「心理的に文学は如何なる必要あつて、此世に生れ、発達し、頽廃するかを極めん（中略）社会的に文学は如何なる必要あつて、存在し、隆興し、衰退するかを究めん」と誓い、「一切の文学書を行李の底に収め」て下宿に籠もる（『文学論』序）。「必ズシモ善イト思ヘヌ」イギリス文学を「外発的」に「強テ善イト」せず、「内発的」・主体的に理解することに彼は留学生活を捧げることにする（断片十四、1901）。これで「不安は全く消え」、漱石は「軽快な心をもつて陰鬱な倫敦を眺め」られるようになる。「漸く自分の鶴嘴をがちりと鉱脈に掘り当てたやうな気がしたのです。（中略）霧の中に閉ぢ込められたものが、ある角度の方向で、明らかに自分の進んで行くべき道を教へられた事になるのです」（「私の個人主義」）。

　しかし同時にこれは、「蠅頭の細字にて五六寸の高さに達した」という膨大なノート作成作業のはじまりであり、そのなかで漱石の心は病んでいく（『文学論』序）。「近頃非常ニ不愉快ナリクダラヌ事ガ気ニカハル　神経病カト怪シマル、」（日記、1901・7・1）。「神経衰弱にて気分勝れず（中略）生を天地の間に享けて此一生をなす事もなく送り候様の脳になりはせぬかと自ら疑懼致居候」（夏目鏡宛書簡、1902・9・12付）。そんな彼を見て、「ある日本人」は「書を本国に致して（中略）狂気なり」と伝えた（『文学論』序）。

　漱石は日本の神経衰弱を危惧したが、それは「百年」どころではない歴史をもつ英文学をわずか二年で「通過し了」ろうとした己の経験談でもあった。そして、そんな「神経衰弱にして兼狂人のよし」だったからこそ「「猫」を草し「漾虚集」を出し、又「鶉籠」を公にするを得た」として、ロンドンで「気息奄々として（中略）路傍に呻吟しつ、」あった頃の生活に「深く感謝の意を表するの至当なるを信ず」のであった（『文学論』序）。（冨樫剛）

上野

うえの

◆「二人で、夜上野を抜けて谷中へ下りる時だつた。雨上りで谷中の下は道が悪かつた。博物館の前から話しつゞけて、あの橋の所迄来た時、君は僕の為に泣いて呉れた」　　　　（『それから』十六の九）
◆割合に風のない暖たかな日でしたけれども、何しろ冬の事ですから、公園のなかは淋しいものでした。ことに霜に打たれて蒼味を失つた杉の木立の茶褐色が、薄黒い空の中に、梢を並べて聳えてゐるのを振り返つて見た時は、寒さが脊中へ嚙り付いたやうな心持がしました。　　　　（『心』九十六）

漱石と上野

東京都台東区（当時は下谷区）の地名。古くから桜の名所として知られ、江戸時代には、花見や夕涼みなどの遊興の地として賑わっていた。1873（明6）年、太政官布達による公園制度の創設で、日本初の公園として、西洋式公園が整備された。図書館、博物館、動物園、美術館、音楽学校、美術学校、音楽堂等も順次建てられ、憩いの場、遊興の場であると同時に、一大文化の地として発展した。

漱石は日常的に上野に出かけており、花見、散歩、美術館、音楽会、「精養軒」での会食等の記述が、随筆、日記、書簡等に散見する。

『吾輩は猫である』の珍野苦沙弥も、上野を散歩したり花見にでかけたり、動物園に虎を見に行ったりする。迷亭が、上京した親戚を案内するのも上野である。「野分」の白井道也は上野の図書館に調べ物に行く。『三四郎』の小川三四郎は、佐々木与次郎に誘われて上野の「西洋軒」に出かける。『行人』の長野二郎と、父と上野の表慶館を見学し、「精養軒」で昼食をとろうとしたが、貸し切りのため他

の洋食屋に行く。

『それから』の長井代助と三千代が初めて出会ったのは、三千代の兄菅沼の家である。その家は、「縁側へ出ると、上野の森の古い杉が高く見えた。それがまた、錆た鉄の様に、顔る異しい色をしてゐた。其一本は殆んど枯れ掛かつて、上の方には丸裸の骨許残つた所に、夕方になると烏が沢山集まつて鳴いてゐた」、「代助は上野の森を評して帰つて来た」とあり、家の描写ではなく、そこから見える上野の森が印象づけられている。代助の友人平岡が代助に三千代への思いを打ち明けたのは、月夜の上野である。代助も三千代を思っていたが、その時の代助は「僕の未来を犠牲にしても、君の望みを叶へるのが、友達の本分だと思」い、自分の思いを諦めて二人の結婚を周旋する。しかし、「なまじいに遣り遂げた義侠心」をずっと後悔することになったのである。

『心』における上野公園

『心』の「私」は桜の季節に先生と上野公園にでかける。そこで仲睦まじいカップルを見た先生は、「恋は罪悪です」という謎めいた言葉を発し、長く「私」の記憶に残る。なぜそのようなことを言ったのか、なぜその場面は上野であるのか。「先生と遺書」で、上野が先生にとっての苦い思い出の地であったことが明かされる。かつてKからお嬢さんへの思いを打ち明けられた先生は、自分もお嬢さんが好きなことは打ち明けないまま、自分の思いを遂げることだけを考えていた。そしてKと上野公園を散歩した時を逃さず、「精神的に向上心のないものは馬鹿だ」という言葉を投げつけて悲劇のひきがねをひいてしまう。『心』の先生は『それから』の代助の自己犠牲とは反対に、Kに打撃を与えて先を越すことだけを考えていたのである。冬の上野公園の寒々とした光景は、その時の淋しく寒々しい先生の心の風景だったのである。　　（海老原由香）

土地

牛込

うしごめ

◆浅草から牛込へ遷された私は、生れた家へ帰つたとは気が付かずに、自分の両親をもと通り祖父母とのみ思つてゐた。さうして相変らず彼等を御爺さん、御婆さんと呼んで毫も怪しまなかつた。向でも急に今迄の習慣を改めるのが変だと考へたものか、私にさう呼ばれながら澄ました顔をしてゐた。／私は普通の末ツ子のやうに決して両親から可愛がられなかつた。是は私の性質が素直でなかつた為だの、久しく両親に遠ざかつてゐた為だの、色々の原因から来てゐた。とくに父からは寧ろ苛酷に取扱かはれたといふ記憶がまだ私の頭に残つてゐる。それだのに浅草から牛込へ移された当時の私は、何故か非常に嬉しかつた。さうして其嬉しさが誰の目にも付く位に著るしく外へ現はれた。

（『硝子戸の中』二十九）

漱石のふるさと

　牛込区は1947(昭22)年に四谷区・淀橋区と合併し新宿区となつたが、明治期には麹町区、四谷区、小石川区、内藤新宿町、大久保村、戸塚村と隣接し、大正期には麹町区、四谷区、小石川区、淀橋区と隣接していた。市ヶ谷には陸軍予科士官学校、戸山には陸軍戸山学校、陸軍幼年学校、陸軍軍医学校などがあり、牛込見附から坂を上がると神楽坂の賑わいがあった。漱石の実家は牛込区喜久井町にあり、父親・夏目直克は名主だったが、明治新政府の制度改革により、世話掛中年寄となった。明治政府は何度か市中の制度改革を行ったが、1874(明7)年には朱引内を六つの大区に分け、直克は第四大区区長となったが、その行政区域は牛込だけでなく、本郷・神田・小石川など広範囲に及んだ。1876年に60歳で区長

を退任したが、その後内務省八等警視属第二課に転じた。冒頭に示した『硝子戸の中』の記述は、ちょうど直克の退職の時期と重なる。養家から戻った金之助は、6月ごろから市ヶ谷学校に転校した。当時の腕白ぶりは、篠本二郎「腕白時代の夏目君」(『漱石全集』月報2、岩波書店、1935)に詳しい。

親しみ深い土地

　実父母の家があり、自身も1907年9月以降早稲田南町七番地に「漱石山房」を構えていく土地でもあることから、漱石にとって牛込は、最も親しみのある、縁の深い地名だと言えるだろう。日記や書簡の中でも漱石は、しばしば自分の家のことを「牛込」と表記しているが、実際に漱石は、作品として発表していないノートや私信に至るまで、じつに細やかにこの地域の町名や情景を書き込んでいて、他愛もない噂話をふくめ、人々の生活の息吹を伝える細部を現在に伝えている。

　『吾輩は猫である』「七」の銭湯のシーンには、「御維新前牛込に曲淵と云ふ旗本があつて、そこに居た下男は百三十だつたよ」という声が記録され、同じく「九」には、「牛込の山伏町」にいた「浅田宗伯」という漢方医が「病床を見舞ふときには必ずかごに乗つてそろりそろりと参られた」様子が、時勢遅れの喩として登場する。『それから』の代助は、「牛込見附まで来た時、遠くの小石川の森に数点の灯影を認めた。代助は夕飯を食ふ考もなく、三千代のゐる方角へ向いて歩いて行つた」(十四)などと、牛込の方から平岡と三千代の借家があった小石川の方を見つめていた。

　早稲田南町の家は、漱石の歿後、東京朝日新聞からの退職金で遺族が購入、長女・筆子の結婚の際に改装が行われたことが知られている。この地の一部が「新宿区立漱石公園」として整備されており、2017年9月には新宿区立漱石山房記念館がオープンする。

（武田勝彦・五味渕典嗣）

越後

えちご

◆「何か見やげを買つて来てやらう、何が欲しい」と聞いて見たら「越後の笹飴が食べたい」と云つた。　　　　　　　　　　　　（「坊っちゃん」一）

◆──先生私はあなたの、弟子です。──越後の高田で先生をいぢめて追ひ出した弟子の一人です。　　　　　　　　　　　　　　　（「野分」十二）

　清が坊っちゃんに所望した「越後の笹飴」は越後高田の名産である。坊っちゃん（江戸）・山嵐（会津）・清を佐幕派とする見方（平岡敏夫『「坊っちゃん」試論』『文学』1971・1）にしたがえば、「由緒のあるもの」だった清を高田藩江戸屋敷の住人だったと想像してみることもできる。長州征討で幕府軍先鋒として大敗後、北越戦争で官軍先鋒となった高田藩は江戸幕府同様、恭順した佐幕派であり、「強情」に戦った会津とは異なる。清は山の手住まいにこだわる（石原千秋「「坊つちゃん」の山の手」『文学』1986・8）が、清のこだわりは、山の手の高田藩江戸屋敷が帝国大学横の岩崎邸になったという歴史的事実と照合すると、「野分」の「金力」への従属とつながる。

　岩崎邸は、「野分」で越後高田出身の高柳が「頭をぶつけて、壊して」やりたいと願った、「金力」の象徴「岩崎の塀」である。官軍に恭順することから出発した高田も東京も、「野分」では「金力」が支配する地となっている。それゆえに、「強情」を自認する道也が、「先例のない社会」で「金力」によらず「自己」によって立つべきことを説くと、高柳は強いあこがれを抱いたのである。道也と高柳は山嵐と坊っちゃんという二つの佐幕派の間の差異と共鳴の変奏なのである。　（木戸雄一）

江戸

えど

◆画学の教師は全く芸人風だ。（中略）私もこれで江戸っ子ですと云つた。こんなのが江戸っ子なら江戸には生れたくないもんだと心中に考へた。　　　　　　　　　　　　（「坊っちゃん」二）

◆江戸っ子は意気地がないと云はれるのは残念だ。（中略）是でも元は旗本だ。旗本の元は清和源氏で、多田の満仲の後裔だ。こんな土百姓とは生れからして違ふんだ。　　　（「坊っちゃん」四）

◆「御前がおれを殺したのは今から丁度百年前だね」／自分は此の言葉を聞くや否や、今から百年前文化五年の辰年のこんな闇の晩に、此の杉の根で、一人の盲目を殺したと云ふ自覚が、忽然として頭の中に起つた。　　　　　（「夢十夜」第三夜）

◆橋の袂にある古風な銭湯の暖簾や、其隣りの八百屋の店先に並んでゐる唐茄子などが、若い時の健三によく広重の風景画を聯想させた。

（『道草』六十九）

江戸への郷愁と嫌悪

　初期の小説「坊っちゃん」で〈坊っちゃん〉こと「おれ」は、自らを旗本の子孫の「江戸っ子」と規定している。小谷野敦は「おれ」を「共同体の価値基準に従う上層町人や宵越しの銭を持たない下層町人とは違う「武士」としての〈江戸っ子〉であり、金平浄瑠璃や馬琴の読本の主人公に繋がる人物」（『夏目漱石を江戸から読む』中公新書、1995）と述べている。慶応三年という旧幕時代最後の年に江戸の町方名主の家に生まれた漱石も、画学教師〈野だいこ〉のような素町人を嫌悪する「御家人」風江戸っ子だった。だが一方で「べらんめえ」の啖呵をきり、「回向院の相撲」や「江戸前の料理」を自慢する「おれ」の造詣には、町人的

◆土地

271

江戸文化への強い郷愁も読み取れる。

漱石の江戸への嫌悪と郷愁には、自伝小説『道草』に登場する養父島田、姉夫妻、兄など、江戸の影を引き摺り明治という新時代に凋落する人々と「血と肉と歴史とで結び付けられた」宿命への愛憎があった。「夢十夜」(第三夜)に描かれた〈文化五年の盲人殺し〉は、江戸の闇からの脱出を策りつつ、敗残の江戸人の宿命に囚われていく恐怖感の具象化ともいえよう。

◆
土
地

原風景としての江戸

漱石は牛込に生まれ内藤新宿、浅草、神田、江東、小石川、本郷に移転し、牛込で亡くなった。まさに江戸・東京の〈郊外〉〈下町〉〈川向う〉〈山の手〉の全てに住んでいる。さらに松山、熊本という地方都市とロンドンという西欧の都市にも暮らした。このような体験から漱石は、故郷への重層的視点によって、明治・大正の東京の背後に残る江戸的な文化と風景を作中に巧みに描き込む術を得た。

『吾輩は猫である』に登場する迷亭は、清元や歌沢の一節を呟き、言葉遊びに興じる。また多くの作品に「法返しがつかねえ」(『草枕』)などの江戸弁が散見される。身についた落語や音曲の言葉は、漱石文学の重要な礎となっている。「江戸名所図会」の「駿河町」に描かれた「越後屋の暖簾と富士山とが」健三の子ども時代の記憶の「焼点」という自伝小説『道草』の記述に見られるように、江戸的空間は漱石の原風景だった。だからこそ漱石は、明治の音楽会に集う男女を、豊国や芳年の挿絵の人物に準え(「二百十日」)、明治の新開地の光景を、広重の風景画と重ねるのである(『道草』)。「天子重患のため川開き中止」という当局の措置に怒る(日記、1912・7・20)姿勢にも、両国の花火に託す庶民の想いを解する漱石の、江戸っ子的反骨精神がうかがわれる。

(神田由美子)

円覚寺

えんかくじ

◆十年前円覚ニ上リ宗演禅師ニ謁ス禅師余ヲシテ父母未省以前ヲ見セシム．次日入室見解ヲ呈シテ日ク物ヲ離レテ心ナク心ヲ離レテ物ナシ他ニ云フベキコトアルヲ見ズト　　　　　　　　(「ノート」I-9)

臨済宗円覚寺派大本山円覚寺。鎌倉五山第二位。1282(弘安4)年北条時宗の発願により無学祖元を開山として建立される。時代と共に幾多の変遷を経て、明治の時代に今北洪川が住して、宗風大いに振う。洪川は、専門僧侶の指導のほか、早くに山内に択木園と称して、一般在家の参禅者達に修行の場を開放した。

洪川遷化の後、その弟子釈宗演が1892(明25)年、満32歳で管長に就任。1893年にはシカゴの万国宗教会議において講演、帰国後の宗演には、僧俗問わず大勢の者が参禅した。夏目漱石は菅虎雄の勧めで、1894年の暮れから1895年に到るまで、山内帰源院に止宿して、宗演に参禅し、この体験は、後の小説『門』に描かれている。

円覚寺での参禅は短い期間であったが、後に帰源院の住職となった富沢珪堂とも、深い親交があり、この参禅体験は、後の漱石に少なからぬ影響を与えたと察せられる。

釈宗演とは、その後1912(大元)年に再び東慶寺で出逢っており、奇しくも漱石の葬儀も、宗演を大導師として勤められた。戒名も宗演が授与している。

広く一般在家の者にも門戸を開いて坐禅をする宗風は、洪川、宗演両老師亡き後も、今日に到るまで連綿と受け継がれて、居士林などに参禅する人は後を絶たない。若き日の悩みを抱いて門を叩く姿は、ありし日の漱石を彷彿とさせるものがある。

(横田南嶺)

大阪／大坂

おおさか

◆僕は昨日京都から大阪へ来ました。今日朝日新聞
にゐる友人を尋ねたら、其友人が箕面といふ紅葉の
名所へ案内して呉れました。
（『彼岸過迄』「松本の話」十）
◆梅田の停車場〈ステーション〉を下りるや否や自分は母から云ひ付
けられた通り、すぐ俥を雇つて岡田の家に馳けさせ
た。岡田は母方の遠い縁に当る男であつた。自分
は彼が果して母の何に当るかを知らずに唯疎い親
類とばかり覚えてゐた。／大阪へ下りるとすぐ彼を
訪ふたのには理由があつた。　（『行人』「友達」一）

大阪と『朝日新聞』というメディア

　江戸っ子漱石にとって、京都や大阪の上方
文化には東京という新都市では味わえない心
地良いものがあった。初めての関西旅行は、
東京帝国大学英文学科の学生時代の1892（明
25）年の夏期休暇であった。7月に松山に帰省
する正岡子規に同伴し、京都、大阪、神戸を散
策し、8月には松山に子規を訪ねた。高浜虚
子や河東碧梧桐らの知遇を得たのち、子規と
ともに東京に戻る途次、堺で妙国寺の蘇鉄を
見たり、浜寺公園の料亭旅館一力楼で食事を
したりしている。

　その漱石が大阪という風土をごく身近に感
じるようになったのは、やはり『朝日新聞』
入社以後のことである。1907年4月4日、入
社挨拶のために大阪朝日新聞社に出向いて社
主の村山龍平と面会、大阪ホテルで鳥居素川
ら幹部と会食。鳥居の依頼で、「京に着ける夕」
を『大阪朝日新聞』（1907・4・9、10、11）に寄稿、
「大坂は気象雄大なり」（4・5）という印象を日
記に書きとめている。

　1909年10月14日に韓国、旧満州の旅を終

えて下関港に到着した漱石は、翌15日に大阪
朝日新聞社を訪問し、天下茶屋に長谷川如是
閑を訪ね、浜寺の一力楼で食事をした。さら
に1911年8月、大阪朝日新聞主催の講演旅行
のために関西に出かけた漱石は、11日に大阪
に到着し、12日に箕面の滝を見物。17日に堺
市立高等女学校で講演「中味と形式」をし、
18日に中之島公会堂で「文藝と道徳」と題す
る講演後に吐血し、18日に北浜の湯川胃腸病
院に入院した。

言語空間としての大阪

　冒頭部分に引用したように、『彼岸過迄』の
「松本の話」では、叔父の松本が須永市蔵の苦
悩を語るくだりに、1911年の関西での講演
「現代日本の開化」の記述が取り込まれてい
る。さらに卒業試験を終えた市蔵が「気の向
き次第予定の狂ふ旅行」先きから叔父にあて
た音信では、大阪朝日新聞の友人に箕面に案
内され、二人の老婆と出会ったことが印象的
に語られている。これも1911年8月の関西旅
行の体験を踏まえたものであるが、「僕は此
辺の人の言葉を聞くと微かな酔に身を任せた
様な気分になります」という市蔵は、「百年も
昔の人に生れたやうな暢気〈のんき〉した心持」を感受
するが、「滑〈なめ〉らかで静かな調子」の上方地方の
言葉は、「鎮経剤以上に優しい影響」を東京育
ちの市蔵にもたらした。

　『行人』は、大阪駅に到着した二郎が人力車
で天下茶屋に住んでいる岡田を訪れる場面か
らはじまる。「上方流」「上方風」の文化が「東
京もの」によって相対化されることで、『彼岸
過迄』の市蔵が活力をえたように、二郎の友
人である三沢は「大阪の女」を、兄の一郎は
「大阪の方へ御嫁に行つた」お貞さんをそれ
ぞれに心に刻むことで新たな人生の展開をみ
せる『行人』というテクストは、蒸し暑い夏
の大阪という言語空間を基盤にしているとい
えよう。　　　　　　　　　　　（太田登）

◆土地

沖縄

おきなわ

◆小生は東京を出てより松山松山より熊本と漸々西の方へ左遷致す様な事に被存候へば向後は琉球か台湾へでも参る事かと我ながら可笑しく存居候

　　（大塚保治宛書簡、1896（明29）年7月28日付）

◆主人は一応此三女子の顔を公平に見渡した。とん子の顔は南蛮鉄の刀の鍔の様な輪廓を有して居る。すん子も妹丈に多少姉の面影を存して琉球塗の朱盆位な資格はある。只坊ばに至つては独り異彩を放つて、面長に出来上つて居る。

　　　　　　　　　（『吾輩は猫である』十）

　明治政府は1872（明5）年に琉球王国を廃して琉球藩とし、1879年に琉球藩を廃して沖縄県を措定した。琉球処分と呼ばれるこの一連の強制的な政治措置によって「沖縄」は帝国日本の版図に組み込まれたが、その後も「琉球」という呼称自体は長く生き延びた。

　漱石もまた、「沖縄」を「琉球」と呼び慣わした一人であった。1896年に漱石が在ドイツの大塚保治に宛てた書簡では、「左遷」の極みの地として「琉球」が挙げられている。若き漱石は「琉球」と「台湾」をともに帝国日本の最果てとしてイメージしていた。また、1905年に発表された『吾輩は猫である』では、苦沙弥先生の次女すん子の丸顔が「琉球塗の朱盆」に喩えられ、娘の将来が嘆かれている。「琉球塗」は螺鈿や堆金などの技法を駆使した工芸品だが、ここでは価値のあるものとして捉えられているとは言い難い。

　なお、漱石は「沖縄」という語を1911年8月10日の日記に記している。ただしこれは「颱風沖縄に滞在す」という新聞記事を書き写したものであり、漱石自身が「沖縄」という語を用いているわけではない。　　（村上陽子）

◆土地

鹿児島

かごしま

◆桜島の温泉に這入つて見たい。

　　（野間真綱宛書簡、1908（明41）年6月14日付）

◆鹿児島が見たい。

　　（皆川正禧宛書簡、1911（明44）年10月23日付）

　用例から、漱石が「鹿児島」（＝「薩摩」）に強い願望を抱いていたことがうかがえる。かくも強い願望を抱き続けていたということは、漱石が「鹿児島」を実際に「見」てはいなかったことを示している。それにも関わらず、漱石は「鹿児島」という語をよく使っている。なぜ、漱石は実際に「見」ていない土地名をよく使ったのだろうか。漱石の周囲には「鹿児島」と関係の深い門下生（五高や東大での教え子）が多くいた。野間真綱（鹿児島生まれ、七高教授）、皆川正禧（七高教授）、野村伝四（鹿児島生まれ）、林久男（七高教授）、行徳二郎（七高に学ぶ）などがそうである。漱石はこれらの門下生達と書簡のやりとりをまめにしていた。門下生達は時々上京して漱石に会ってもいた。漱石にこういう門下生達との強い結びつきがあったからこそ、漱石は「鹿児島」の情報を入手することができ、「鹿児島」という語をよく使うようになっていったのである。しかし、漱石が「鹿児島」の地へ実際に行くことはなかった。この件について、漱石は既に「時々薩摩へ行つて桜島が見度なり候もの、某日々々に追はれると是も夢に候」（林久男宛書簡、1909・5・7付）と述べていた。漱石にとって、「鹿児島」は住んでいた熊本と違って憧れの地、「夢」のように思える地であった。

　　　　　　　　　　　　　　　（斉藤英雄）

鎌倉

かまくら

◆仏性は白き桔梗にこそあらめ
(1240「帰源院即事」1897(明30)年)
◆独仙も一人で悟つて居ればいいのだが、稍ともすると人を誘ひ出すから悪い。(中略)一人は理野陶然さ。独仙の御蔭で大に禅学に凝り固まつて鎌倉へ出掛けて行つて、とうとう先生で気狂になつて仕舞つた。(『吾輩は猫である』九)
◆「遊びに行くつて、何処へ入らつしやるの」(中略)「矢張鎌倉辺が好からうと思つてる」と宗助は落ち付いて答へた。地味な宗助とハイカラな鎌倉とは殆ど縁の遠いものであつた。突然二つのものを結び付けるのは滑稽であつた。(『門』十八の一)
◆山門を入ると、左右には大きな杉があつて、高く空を遮つてゐるために、路が急に暗くなつた。其陰気な空気に触れた時、宗助は世の中と寺の中との区別を急に覚つた。(『門』十八の二)
◆僕が大学の三年から四年に移る夏休みの出来事であつた。宅の二階に籠つて此暑中を何う暮らしたら宜からうと思案してゐると、母が下から上つて来て、閑になつたら鎌倉へ一寸行つて来たら何うだと云つた。鎌倉には其一週間程前から田口のものが避暑に行つてゐた。(中略)是非海水浴がしたいと云ふ娘達の希望を容れて、材木座にある或人の邸宅を借り入れたのである。
(『彼岸過迄』「須永の話」十三)
◆我々は二三日前から此紅が谷の奥に来て、疲れた身体を谷と谷の間に放り出しました。居る所は私の親戚の有つてゐる小さい別荘です。
(『行人』「塵労」二十九)
◆私が先生と知り合になつたのは鎌倉である。其時私はまだ若々しい書生であつた。(『心』一)
◆えい子さん御きげんはいかゞですか私はかわりもあ〔り〕ません／このとりがたまごをうみますからにて御上がんなさい

(夏目栄子宛絵はがき、1912(大元)年8月11日付)
◆あい子さんおにのゑは〔が〕きをかつて上げようとおもつたらあいにくありませんからがまの御夫婦を御目にかけます

(夏目愛子宛絵はがき、1912(大元)年8月11日付)

参禅体験と鎌倉

神奈川県鎌倉市の中心部の呼称。東・北・西の三方を山で囲まれ、南は相模湾に面した天然の要害で、12世紀末から14世紀半ばの1333年まで鎌倉幕府が置かれていた。

漱石にとって鎌倉は、若き日の参禅体験の場であると共に、避暑地・保養地として、作品に描き、また現実に家族と共に過ごした場の、二つの側面がある。漱石は、1894(明27)年の暮から翌年1月7日まで、菅虎雄の紹介で、鎌倉円覚寺塔頭帰源院に入り、釈宗演のもとで参禅を行っている。そこで与えられた公案が「父母未生以前本来の面目」であった。その後1907年に「鶏頭」序の中で、「余は禅と云ふものを知らない。昔し鎌倉の宗演和尚に参して父母未生以前本来の面目はなんだと聞かれてぐわんと参つたぎりまだ本来の面目に御目に懸つた事のない門外漢である」と書き記している。

引用の1つ目は、1897年8月に円覚寺塔頭帰源院を訪れ「山寺に湯ざめを悔る今朝の秋」と共に作られたもの。参禅の翌年1895年、漱石は愛媛尋常中学校に就職し、翌1896年、第五高等学校教授として熊本に赴任し、さらに1900年英語研究のためロンドンに留学することとなる。参禅の後、西へ西へと移動しているのも興味深い。

引用の2つ目は、『吾輩は猫である』からのもので、「独仙流の消極説を振り回す」苦沙弥に、美学者の迷亭が話して聞かせる台詞である。第八章において、落雲館中学の生徒のダムダム弾攻撃に苛立つ苦沙弥に対して、鈴木藤十郎は「金と衆に従へ」と「教へ」、甘木医

◆土地

275

師は「催眠術で神経を鎮めろ」と「助言」し、八木独仙は「消極的な修養で安心を得ろ」と「説法した」のであるが、その八木独仙の説を受売した苦沙弥が、いつも散々騙されている迷亭に遣り込められる場面となっている。

引用の3つ目と4つ目は『門』からのもので、「鎌倉」という場の持つ二つの側面を如実に表すものである。1つ目は宗助の言葉からお米が連想する「ハイカラな鎌倉」であり、もう一つが参禅を決意した宗助が同僚からの紹介状を携え、山門を潜った時の感想である。そもそも宗助が安井の消息を聞いてから参禅を決意するまで3日かかっているのであるが、それはまさに安井が大家の坂井の家に招かれたその夜の出来事であった。それから同僚からの「紹介状を懐にして山門を入る」までにほぼ「四五日」の日数が経過していることから考えて、宗助のとっての参禅の直接の動機は安井その人なのではなく、宗助自身の内部に潜む不安と苦痛であったことが予測できる。内田道雄氏が「宗助の『心の実質』の細さ、ひよわさ、無気力」(「『門』をめぐって」『古典と現代』1958・4)こそ「罪」であるとした所以であろう。

避暑地・保養地の鎌倉

『門』の1つ目の引用を境として、「鎌倉」は、〈人と人の出会いの場〉として意味合いが強くなってくる。引用の5つ目は、『彼岸過迄』「須永の話」からのものである。「須永の話」では、千代子の縁談話に端を発して「君は貰ふ気はないのかい」(二)という敬太郎の問いに答える形で、市蔵と千代子の出生時まで遡りつつ、「大学三年から四年に移る夏休み」の鎌倉での市蔵、千代子、高木の三人の葛藤の顛末が語られる箇所である。鎌倉材木座海岸と紅ケ谷の別荘は、漱石作品においても、また現実の夏目家の家族にとってもなじみの場として繰り返し登場する。

引用の6つ目は『行人』「塵労」からのもの

である。『行人』は、「旅」の物語でもある。一郎は妻・直が何を考えているかを知るために、二郎に直を連れて和歌山へ〈旅する〉ことを依頼したが、この場面は二郎が兄が何を考えているかを知るために、Hさんに一郎を連れて〈旅する〉ことを依頼し、その旅中での一郎の様子をつぶさに観察して報告するHさんの手紙の冒頭の箇所である。

引用の7つ目は、『心』からのもの。初出には「先生の遺書」という副題が添えられていた。それは明らかに漱石がその一行目から先生の死を描こうとしていたことを意味している。「先生と私」「両親と私」「先生と遺書」の三部構成は、「先生」の死後、「先生」との出会いからその遺書を読むに至るまでを改めて書き記すという回想形式が要請したものである。「私」が「先生」と鎌倉で出会ったのは、高等学校の最終学年より以前のことで、それから大学を卒業するまでの約5年間を「先生」と共に過ごすことになる。この回想形式という作品の構成は、同じ時間を過ごし、同じ風景を見つめながら、ついには先生の抱く「淋しさ」を共有することなく「先生」を失うこととなった「私」の限りない悔恨と無縁ではない。このような思いを根底に潜めつつ、一人残された「私」は手記を書き始める。万感の思いの込められた「鎌倉」である。

引用8つ目と9つ目は、娘のえい子、あい子に宛てた漱石の絵はがきの文章。子煩悩な父親としての漱石の姿を彷彿とさせる文章である。漱石における鎌倉の多様な意味を教えてくれる。

(佐藤裕子)

神田

かんだ

◆三田方面から丸の内を抜けて小川町で降りるには、神田橋の大通りを真直に突き当つて、左へ曲つても今敬太郎の立つてゐる停留所で降りられるし、又右へ曲つても先刻彼の検分して置いた瀬戸物屋の前で降りられるのである。さうして両方とも同じ小川町停留所と白いペンキで書いてある以上は、自分が是から後を跟けやうといふ黒い中折の男は、何方へ降りるのだか、彼には丸で見当が付かない事になるのである。 　　　　（『彼岸過迄』「停留所」二十五）

　千代田区（当時は神田区）の地名。「神田っ子」は江戸っ子の代表とされた。1885（明18）年、漱石は神田猿楽町に下宿する。その後も散歩、古本屋、謡会、小川亭の義太夫、青年会館での音楽鑑賞、洋食「宝亭」での食事等、頻繁に神田を訪れる。1911年から翌年にかけて、神田の佐藤病院（『明暗』の小林病院のモデル）に通院する。

　神田での飲食や散歩の場面は、『吾輩は猫である』『それから』『門』『心』『彼岸過迄』に出てくる。『それから』の平岡の旅宿は神田である。当時の神田は銀座に次ぐ繁華な地であった。「坊っちやん」では、両親歿後の坊っちやんは、神田小川町に下宿し、当時神田にあった物理学校に入学する。

　『彼岸過迄』の須永は神田須田町に住んでいる。彼は「自分の住んでゐる電車の裏通り」に、「社会の上層に浮き上らない戯曲が殆ど戸毎に演ぜられてゐる」ことを語る。その表通りにある小川町停留所で、敬太郎は田口に依頼されてにわか探偵をする。だが、小川町停留所は交通の要衝であり、電車、乗降客、路線の多さに困惑する。 　　（海老原由香）

九州

きゅうしゅう

◆兄は何とか会社の九州の支店に口があつて行かなければならん。 　　　　　　　　（「坊っちやん」一）
◆今般は一身上の都合で九州へ参る事になりました 　　　　　　　　　　　　　　　（「坊っちやん」九）
◆第一色が黒い。三四郎は九州から山陽線に移つて、段ゝ京大坂へ近付いてくるうちに、女の色が次第に白くなるので何時の間にか故郷を遠退く様な憐れを感じてゐた。 　　　　　　（『三四郎』一の一）
◆「黒ん坊の主人公が必要なら、その小川君でも可いぢやありませんか。九州の男で色が黒いから」 　　　　　　　　　　　　　（『三四郎』四の十五）

「坊っちやん」における「九州」

　「九州」という語は、『吾輩は猫である』「坊っちやん」「二百十日」「野分」『三四郎』『心』等に出てくる（『門』では「福岡」）。本稿では主に「坊っちやん」と『三四郎』における「九州」について述べてみたい。

　両親の死亡後、兄は家屋敷を処分、おれに六百円を分け与え、「九州へ立つ」。おれはその金を学資にして物理学校を出、「四国辺のある中学校」へ赴く。おれは四国で種々の事件に出会う。その一つがマドンナ事件。これはうらなりが婚約者を赤シャツに奪われるというもの。うらなりは四国から九州への転任をも余儀なくされる。おれが赴任した中学校がある四国の都市は、おれには地方であっても当地の人々には〈都〉であり、九州が地方である。よって、うらなりの九州行きは都落ちと言ってよい。つまり、「坊っちやん」ではまず兄が都落ちして九州へ行き、次におれがやはり都落ちして四国へ行くと、うらなりが都落ちして九州へ行くという次第。兄とうら

◆土地

なりの都落ちの場所として共に九州が選ばれている。これは九州が東京からも四国からも遠いからである。うらなりが送別会で「私は是から遠方へ参ります」と述べていたことを想起したい。以上から、兄とうらなりの共通の行先である九州は、「坊っちやん」において重要な場所になっていることがわかる。

「野分」でも、「九州」は地方の中学校を渡り歩いた白井道也の任地の一つで、道也の「漂泊」人生の一端が窺われる。

『三四郎』における「九州」

『三四郎』は九州の高校を出た三四郎が大学に入るべく東京に向かう汽車に乗っている場面から始まる。よって、三四郎は上京する青年達の一人である。おれと他の人物が地方へ下る「坊っちやん」と違って、三四郎の移動の方向が逆になっている点に注意したい。

車内で三四郎の眼についたのは、京都から相乗になった女。この女の特色は「色が黒い」こと。三四郎は「異性の味方を得た心持」になる。女の色が「九州色」だったからだ。三四郎は故郷の御光さんを思い浮かべる。黒という色は四章にも出てくる。広田先生との会話がアフラ・ベーンの『オルノーコ』に及んだ時、三四郎は最後の用例の言葉を与次郎に言われる。実は「九州の男」三四郎も「色が黒い」。作品が終わる頃、九州の母から手紙と電報が来、三四郎は帰郷する。この時、三四郎は御光さんと「婚約した」と考えられている（玉井敬之「三四郎の感受性」『漱石研究への道』桜楓社、1988）。とすると、九州から上京した三四郎は、東京の女美禰子とではなく、自分と同じく「色が黒い」九州の女御光さんと結ばれることになる。これは唐突ではない。作者は作品の冒頭で三四郎に「御光さんの様なものも決して悪くはない」と思わせていた。九州は『三四郎』においても重要な場所になっている。

（斉藤英雄）

京都／京

きょうと／きょう

◆唯さへ京は淋しい所である。原に真葛、川に加茂、山に比叡と愛宕と鞍馬、ことごとく昔の儘の原と川と山である。昔の儘の原と川と山の間にある、一条、二条、三条をつくして、九条に至つても十条に至つても、皆昔の儘である。　（「京に着ける夕」）

◆春はものゝ句になり易き京の町を、七条から一条迄横に貫ぬいて、烟る柳の間から、温き水打つ白き布を、高野川の礑に数へ尽くして、長々と北にうねる路を、大方は二里余りも来たら、山は自から左右に逼つて、脚下に奔る潺湲の響も、折れる程に曲る程に、あるは、こなた、あるは、かなたと鳴る。

（『虞美人草』一）

計45泊51日間滞在

全集総索引からは、京都府下の天の橋立も拾えるが、用例は主に京都市内である。漱石は京都市に計45泊51日間滞在した。作中人物の感想ながら「京程に女の綺羅を飾る所はない。天下の大勢も、京女の色には叶はぬ」（『虞美人草』五）、あるいは「加茂の水の透き徹る」（「京に着ける夕」）、あるいは「木地の新しい、当代風の寺などは何の有難味もないが、輪奐の美物古りたる智恩院に詣づれば自ら敬虔の念が生じて来る」（「文章の混乱時代」）の言辞は、曲亭馬琴の「京によきもの三ツ。女子、加茂川の水、寺社」以来、江戸っ子の京都観に通じる。漱石は京言葉の魅力を付加した。作中人物に「甚だ纒綿してゐる」（『三四郎』三）と評させ、「上方地方の人の使ふ言葉が、東京に育つた彼に取つては最も興味の多い刺戟になつたらしい」「市蔵の当時の神経にはあゝ云ふ滑らかで静かな調子が、鎮経剤以上に優しい影響を与へ得たのではなからうかと思ふ」

（『彼岸過迄』「松本の話」十）など。ただし作中人物に京言葉を直接話法で十分語らせるまでに至らなかった。

閑静な古き都

京都市の自然、「美しい山の色と清い水の色」（『門』十四）が目を牽き、「音を立てずに肌を透す陰忍な質の」（『門』十四）底冷えという盆地的気象がこたえる。関東平野に育った身に「狭い京都」（『門』十四）と感じ、赤土のローム層に慣れた目に白砂の風景が、「銀閣寺の砂なんど乙なものに候」（小宮豊隆宛書簡、3・31付）と印象的であった。善哉屋や寒さの印象は、甘党・寒がりの漱石を示すが、実景実体験である。漱石は1907（明40）年入洛時の体験を、『大阪朝日新聞』読者へのサービスでもあろう、「京に着ける夕」『虞美人草』に取り入れる。寄留先――もと社家の田中周道邸――を『門』の安井邸に利用する。

漱石の出会った京都は『それから』の登場人物の縁者が「京都で浪士に殺された」と書くような物騒な幕末を経て、近代化のさなかである。だが漱石は近代京都について、電車を冷笑的話題にのせる程度で、『日記』に記した京都帝国大学・京都帝室博物館・疎水の隧道等を作品に描かない。京都は引用箇所のように専ら「昔の儘」とする。「太古の京」・「桓武天皇の御宇」以来の都（「京に着ける夕」）で、「京の宿は静か」、「古き寺、古き社、神の森、仏の丘を掩ふて、いそぐ事を解せぬ京の日」（『虞美人草』）である。『明暗』では主人公の親の「隠栖の場所と定められると共に、終焉の土地と」なる「閑静な古い都」と描かれる。

伝統文化の土壌

『虞美人草』は素材に京都を描くだけでなく、表現の下地に伝統文化を活用した。越智治雄（「喜劇の時代―『虞美人草』」『漱石私論』角川書店、1971）が、引用箇所と、藤尾の死を「春は茲に尽きる」に重ねる箇所とに依って「藤

尾の提示するのは春の世、まさに青春の世界である」と書き、また小夜子紹介箇所に依って「藤尾と対比的に、小夜子は秋のイメージとして設定されている」ことを喝破した。河村民部「漱石『虞美人草』に於けるイメジャリーの世界」（『漱石を比較文学的に読む』近代文芸社、2000）が、「藤」から「紫」、「紫色のクレオパトラ」、「愛の女王」、「我の女は虚栄の毒を仰いで艶れた」までの藤尾を辿り、あるいは「尾」から「蛇」、「蛇になる」「清姫」へ、一方「富貴の色は蠏蛸を三重に巻いた鎖の中に、堆く七子の蓋を盛り上げてゐる」と形容される「藤尾とは縁の深い時計」を導き、小野が小夜子を選んだとき時計が宗近によって「大理石の角で砕けた」までを追う。本文に依って「紫に驕るもの」が藤尾、「黄に深く情濃きもの」が小夜子であるとわかるが、河村は『薤露行』の「温和しき黄と思ひ上がれる紫を交る交るに畳めば」も引用し、「紫と黄が対照されている。さらに藤尾が現在の女であり、東京であり、金時計であれば、小夜子は「過去の女」であり、京都であり、琴である」と概括した。小夜子は「東京もの」ながら五年間の京都生活が重視される。「琴の京である。なかでも琴は京に能う似合ふ」の「琴を引く別嬪」として登場し、「真葛が原に女郎花が咲いた」と黄色い花をつける秋の花に喩えられる。春に対する秋、紫に対する黄、の対照は動かない。黄が紫の補色であるように、京都は東京と相補的位置に置かれる。

藤が咲くのは夏であるけれど、季の決定を伝統に従う「歳時記」では「藤」は「春」に属する。高浜虚子の編書『新歳時記』（三省堂、1934）「序」に「中には理屈上をかしいものもあり事実と違つてをるものもある。例へば牡丹より藤は遅いに不拘、牡丹を夏とし藤を春とし」たとあるとおり。「傾く月の影に生れて小夜と云ふ」の「月」が歳時記で「秋」に属すること、言うまでもない。藤尾・小夜子の対比的設定は、伝統文化の背景を持ち出せば

◆土地

279

容易に説明できる。

古典の宝庫

　島内景二『文豪の古典力』（文藝春秋、2002）が報じたごとく、学生時代の作文に『源氏物語』『古今和歌集』『徒然草』を引用する。『方丈記』を英訳し、禅に関心を示し、謡曲・蕪村句等は御手の物であった。漱石が来京前から、京都の古典に豊かな知識を持っていたことは、水川隆夫『漱石の京都』（平凡社、2001）に詳しい。

　『門』について、野網摩利子『夏目漱石の時間の創出』（東京大学出版会、2012）が、背景に古典を透視した。「安井の居る所は樹と水の多い加茂の社の傍であった。彼は夏休み前から、少し閑静な町外れへ移って勉強する積だとか云って、わざわざ此不便な村同様な田舎へ引込んだのである。彼の見付出した家からが寂た土塀を二方に回らして、既に古風に片付いてゐた。宗助は安井から、其所の主人はもと加茂神社の神官の一人であったと云ふ話を聞いた」（十四）、安井家の「手桶」に、謡曲『加茂』の、矢が流れ来てとまる「水桶」を重ねる。野網によれば、御米が「秦の氏女」と突合せられ、神を懐妊出産した「神話とは、まったく逆の話、まったくの裏返しのストーリーが、彼女の現実に現れた」話はより印象的となる。

　1915（大4）年、京都の宿での作「牡丹剪つて一草亭を待つ日哉」。世話になった華道人西川一草亭への挨拶句であるが、私見では蕪村句「牡丹切て気のおとろひし夕かな」を踏まえる。対比してこそ、快方へ向かう心の明るみも浮かび上がってくる。荒正人は病臥前の3月28日作と「想像」するけれども、句意からいって床上げ前後、蕪村画賛を写した4月9日頃の作であろう。

　京都は古典の宝庫、伝統文化の生きる街である。
　　　　　　　　　　　　　　　　　（堀部功夫）

九段

くだん

◆神田の高等商業学校へ行く積りで、本郷四丁目から乗つた所が、乗り越して九段迄来て、序でに飯田橋迄持つて行かれて、其所で漸く外濠線へ乗り換へて、御茶の水から、神田橋へ出て、まだ悟らずに
　　　　　　　　　　　　　（『三四郎』三の七）
◆すると最初は青山といふのが来た。次には九段新宿といふのが来た。が、何も万世橋の方から真直に進んで来るので彼は漸く安心した。是でよもやの掛念もなくなつたから、そろそろ元の位地に帰らうといふ積で　　　（『彼岸過迄』「停留所」二十五）

漱石の九段／現在の九段

　九段坂は淀橋台の北東端にある数多くの坂の一つ、すなわち大きくは武蔵野台地の尽きるところにある。かつて葛飾北斎が版画「くだんうしがふち」で強調した狭く急峻な坂は、関東大震災後の昭和初期、路面電車の利便のため拡幅され、傾斜は切土によってなだらかになっている。その工事がなされるまで、路面電車はこの坂を登ることができなかった。つまり漱石の九段坂は、我々が知る現在の九段坂と少し違ったものである。

　「其頃は英語と来たら大嫌いで手に取るのも嫌な様な気がした」（『落第』）という中学生の漱石は、自宅より九段を経て漢学私塾の二松学舎に通う。漱石にとって中学時代とは、実母を亡くす時期でもある。「母」への複雑な感情と、「坂」を通っての漢学塾通いを絡ませて膨らむ想像は確かにある。じきに漱石は英語からの逃避をやめ、東京大学予備門への進学準備を開始する。九段下は幕末期、洋学輸入機関で東京大学の起源の一つとなる蕃書調所が置かれた場所でもあった。

前掲のように、漱石が書く「九段」とは、膨張し複雑化が進む東京を表す記号でもある。小川町・神保町方面からの路面電車は、坂を登ることができず、市ヶ谷・新宿方面にではなく、坂下で方向を北に90度変え、飯田橋方面に向かったのである。坂上には「招魂社横」の停車所があるが坂下の「九段」停車所と直接繋がっていない。もちろん徒歩では繋がっているわけで、東京の地理に詳しい方が却って混乱したのではないか。大久保にある野々宮の家に向かうのに三四郎は「甲武線[現在の中央線]は一筋だと、かねて聞いてゐるから安心して乗つた」(三の七)という。

見ること／見られること

また漱石が書簡や日記で「九段」と書くとき、東京招魂社にあった能楽堂をさすことがある。野上彌生子や高浜虚子と連れだっての能見物である。とはいえ虚子に宛てた能の誘いへの返事の手紙には、「前後を忘れ、自我を没して、此派手な刺激を痛切に味ひたい」一方で、「寄席興業其他娯楽を目的とする場所へ行つて座つてゐると、其間に一種荒涼な感じが起こる」とも書かれている。「男でも女でも左も得意です。其時ふと此顔と此様子から、自分の住む現在の社会が成立してゐるのだといふ考が何処からか出て来て急に不安になるのです。さうして早々自分の穴に帰りたくなるんです」(「漱石氏来翰[虚子君へ]」)。

日記には、九段坂上からの見渡せる下町の雪景色(1909・3・17)や、ロンドンを思い出す薄暗い日に坂下からみえる招魂社の「燈籠やら燈明台」の「影の如」き姿(1911・12・8)なども書き記されている。

漱石にとって「九段」とは、地理的な接続と切断がなされ、歴史的な旧さと新しさが媒介されて、そこにさまざまな意味が思いめぐらされる場所であったということだろう。

(野上元)

熊本

くまもと

◆一年ならずして余は松山へ行つた。それから又熊本に移つた。熊本から又倫敦に向つた。和尚の云つた通り西へ西へと赴いたのである。余の母は余の十三四の時に死んだ。其時は同じ東京に居りながら、つい臨終の席には侍らなかつた。父の死んだ電報を東京から受け取つたのは、熊本に居る頃の事であつた。是で見ると、親の死目に逢へないと云つた和尚の言葉も何うか斯うか中してゐる。

(「思ひ出す事など」二十八)

1896(明29)年4月13日、松山から広島を経由して汽車でやってきた夏目漱石は熊本市・池田停車場に降り立った。前任地の愛媛県尋常中学校嘱託教員を1年で依願退職。出生地東京を離れ2カ所目の異郷となる。その日の宿泊先は、第五高等学校教師で友人の菅虎雄宅。人力車に乗った漱石は台地を横切り、下りの新坂にさしかかると眼前に市街地が広がった。漱石が「而していい所に来た」とつぶやいたとされる街並み。春めいた田園を貫く白川、遠く阿蘇の外輪が壮大に横たわる。「実に美観」と感嘆している。東京から遠く離れた新天地の風景をしっかりと目に焼き付けた。

軍都・熊本

「眠る間もなく熊本の　町に着きたり扨汽車は　九州一の大都会　人口5万4千あり」と鉄道唱歌・九州編で歌われた明治中期の熊本市。漱石が来熊した年は市誕生7年。肥後54万石の城下町の風情を残しつつ、第六師団本拠地の軍都に姿を変えていた。漱石が熊本に赴任したころの師団配置は、東京、名古屋、大阪、仙台、広島、熊本、北海道。熊本の第六師

◆土地

281

団は九州の防衛の要であった。1889年の熊本市街地の地図を見ると、熊本城に師団司令部、大隊本部があり、練兵場、騎兵大隊、砲兵連隊が取り囲んだ。師団人口は約5000人。住民の10人に1人を占めた。(『第六師団と軍都熊本』熊本近代史研究会、2011／『熊本県の歴史』山川出版社、1999)

漱石が熊本で住んだ家はいずれも、軍施設とは数キロの距離。軍人の姿は日頃から目にし、練兵場から響くラッパ音なども耳にしたことだろう。『吾輩は猫である』「草枕」には戦争の匂いがする。これらの作品の発表は、熊本を離れた5年後ぐらいで、ロシアと戦火を交えた時期とほぼ重なる。

漱石は機会をとらえ、熊本市以外に足を伸ばしている。五高の修学旅行では天草と山鹿を訪ねた。同僚教師と小天、阿蘇などに出かけた。

赤レンガの門

「三四郎は熊本で赤酒許り飲んでゐた。赤酒といふのは、所で出来る下等な酒である。熊本の学生はみんな赤酒を呑む。それが当然と心得てゐる。たまたま飲食店へ上がれば牛肉屋である。その牛肉屋の牛が馬肉かも知れないといふ嫌疑がある」。『三四郎』で、熊本の五高生の一面を語る一節だ。漱石赴任中のこと、学生が寮内で飲酒による暴行事件を起こした。後に学校側が「禁酒令」を通告する事態になった。4年余在籍した五高の記憶は、漱石にとって色濃かった。

漱石が赴任した五高は市街地の北東にあり、小高い丘陵・立田山を背に阿蘇に向かって開けていた。広さは17万平方㍍。「いかめしき門を這入れば蕎麦の花」(1711、1899)。のどかな自然に囲まれたキャンパスには俊英が集った。東北、関東出身の学生もいた。なぜ遠くからやってきたのか。当時のナンバースクールは、東京、京都、仙台、金沢、熊本。東京、京都の両帝国大学への進学、さらには国の重

要ポストを志す若者には数少ない勉学の場だった。後の首相の池田隼人、佐藤栄作は五高卒業生(『第五高等学校』国立大学法人熊本大学五高記念館、2007)。

教場へはいると、まずチョッキのかくしから、鎖も何もつかないニッケル側の時計を出してそっと机の片すみへのせてから講義をはじめた。(『寺田寅彦随筆集第三巻』岩波文庫、2015)。旧藩時代からの気風がそうさせるのか、教師を敬う学生が多かった。「熊本の学生の敬礼に先づ感じた。あんな敬礼をされた事は未だ曾てない」(『九州日日新聞』1908・2・9)と漱石。居心地は悪くなかったのだろう。

家庭生活

熊本にやってきた漱石は、私生活で転機を迎える。熊本赴任して2カ月たっていない6月9日、婚約していた貴族院書記官長中根重一の長女鏡子と結婚。最初に借りた光琳寺の自宅で式を挙げた。新郎新婦のほか親戚は重一だけ。至って簡素だった。鏡子曰く「はなはだあつけない結びの式」(『漱石の思ひ出』改造社、1928)。それから20年間連れ添う漱石と鏡子の新生活のスタートとなった。

「安々と海鼠の如き子を生めり」(1772、1899)。3年後、第一子に恵まれた。名は筆子。字が上手になるようにとの願いからだった。2年前に流産していたこともあり、漱石夫妻はかわいがった。筆子が生まれた家には、産湯として使った井戸が残っている。

漱石の月給は、ほかの教師より高く100円だった。暮らしには余裕があり、お手伝いを雇い、書生の面倒も見た。五高の同僚、長谷川貞一郎は、漱石宅に下宿していた時期があるが、後に長谷川は「たいへん安いのにたいへん御馳走があって」(同書)と言っている。

熊本時代の趣味は何と言っても俳句。生涯の作句の4割にあたる1000句近くを残した。無二の友人、正岡子規のもとへ送り、添削もしてもらった。五高学生とは運座を開き、寺

田寅彦は俳句仲間でもあった。また、同僚の桜井房記には謡の手ほどきを受けた。作家活動に入る英国帰国後に比べて余裕があったのだろう。熊本では余暇にも楽しみを見出していた。

引っ越し

英国留学中や帰国後を含めて引っ越しを頻繁に繰り返したが、熊本時代の漱石も6〜7軒の家に移り住んだ。それぞれの家にエピソードを残している。

最初の光琳寺の自宅は、今の熊本市繁華街・下通町にある。不義をした妾が手打ちになったという気味悪い謂れから、3カ月で合羽町に転居。そこは部屋数が多く同僚の山川信次郎も同居していた。ただ家賃の高さに閉口し、翌年9月には大江村に家を借りた。この時、書生になったのが『吾輩は猫である』の愛嬌者、多々良三平のモデル俣野義郎。弁当箱を忘れてくる癖があり、またよく酒を飲んで帰り家のものを困らせたという。同じ五高生の土屋忠治も住まわせていた。井川淵町の住まいを経て移り住んだのが、内坪井町の家。庭も広く、熊本では最も長く約1年8カ月いた。次の北千反畑の住まいから英国留学に旅立った。光琳寺の前にもう一軒借りていたとの説もある。

内坪井町と北千反畑の家は、当時の場所に現存する。全国でもこの2軒だけだ。内坪井町の建物は熊本市が管理し、記念館として公開している。

漱石は英国からの手紙で「僕はもう熊本へ帰るのは御免蒙りたい」(狩野亨吉・大塚保治・菅虎雄・山川信次郎宛書簡、1901・2・9付)と言った。世界の大都会ロンドンの空気を吸った人なら当然だろう。狩野亨吉に宛てた手紙で「熊本は松山よりもいい心持で暮らした」(1906・10・23付)とも追憶している。4年3カ月の熊本滞在は、後にひと固まりとなって漱石の心に刻まれた。

(吉村隆之)

小石川

こいしかわ

◆ある日私はまあ宅丈でも探して見ようかといふそゞろ心から、散歩がてらに本郷台を西へ下りて小石川の坂を真直に伝通院の方へ上がりました。今では電車の通路になつて、あそこいらの様子が丸で違つてしまひましたが、其頃は左手が砲兵工廠の土塀で、右は原とも丘ともつかない空地に草が一面に生えてゐたものです。私は其草の中に立つて、何心なく向の崖を眺めました。今でも悪い景色ではありませんが、其頃はずつと趣が違つてゐました。見渡す限り緑が一面に深く茂つてゐる丈でも、神経が休まります。私は不図こゝいらに適当な宅はないだらうかと思ひました。　　　(『心』六十四)

◆土地

夏目家の菩提寺

小石川区は小日向台地、目白台地、本郷台地からなり、小石川、小日向、小石川大塚、雑司ヶ谷、関口、巣鴨、高田などの全部、又は一部を含んだ地である。1947(昭22)年、本郷区と合併し文京区となったが、明治期には本郷区、神田区、牛込区、戸塚村、高田村、巣鴨町に隣接し、大正期には本郷区、神田区、麹町区、牛込区、淀橋区、豊島区と接していた。

うち、小日向には夏目家代々の菩提寺・本法寺がある(真宗大谷派、東本願寺の末寺)。この夏目家の墓には、父直克、母ちえ、長兄大一(大助)、次兄臼井(夏目)直則(栄之助)、嫂登世らが埋葬され、墓石の夏目は父直克の筆である。金之助は1889年2月、第一高等学校英語会で「The Death of My Brother」という朗読を行ったが、そこでは墓前で念仏を唱え、死んだ兄に向かって自分の悲しみを語った、とある。「坊っちゃん」の最後は「清の墓は小日向の養源寺にある」と締めくくられるが、

そのとき漱石は、本法寺のことを意識していたのではないか。

描かれた「小石川」

　『それから』では、代助が三千代の住む小さな借家のことを、しばしば「小石川」と表現している。平岡から三千代の病を告げられ、「三千代は死ぬ前に、もう一遍自分に逢ひたがつて、死にきれずに息を偸んで生きてゐる」のではないかと思い悩む代助が、しかし自分は平岡の家を訪れる資格のない人間だと思い返し、「深い溜息を洩らして遂に小石川を南側へ降り」（十七）ていく場面は印象的だ。平岡と三千代の借家は小石川表町にあったと推測できるが、それは漱石自身が借家をしていた法蔵院のあたりかと思われる。『それから』十四章には、「安藤坂を上つて、伝通院の焼跡の前へ出た」とあるが、焼失した伝通院の本堂は1910年5月28日に竣工しており、地域の風景描写は正確である。小石川表町は、冒頭に示した引用の通り、『心』の「先生」とKとが下宿した場所でもある。「砲兵工廠」や小石川植物園があり、本郷の大学にも通いやすかった。作中、「先生」とKが「伝通院の裏手から植物園の通りをぐるりと廻つて又富坂の下に出」ていく、という描写があるが、このあたりは小一時間ほどの散歩道でもある。

　漱石は、小石川や小日向あたりの土地柄をいくつもの作品に書き込んでいる。『吾輩は猫である』では苦沙弥と迷亭、「鈴木の藤さん」が若いころ「小石川の御寺」で下宿していたとあり、「琴のそら音」では、津田真方の下宿を白山御殿町、靖雄の家を小日向台町に設定している。『明暗』三十四章には、津田が小林に半ば強いられるかたちで酒場に入るシーンがあるが、江戸川橋界隈の小日向水道橋商店街の場末の様子が、よく描かれている。

　　　　　　　　（武田勝彦・五味渕典嗣）

神戸

こうべ

◆上海モ香港モ宏大ニテ立派ナルコトハ到底横浜神戸ノ比ニハ無之特ニ香港ノ夜景抔ハ満山ニ夜光ノ宝石ヲ無数ニ縷メタルガ如クニ候

　　（夏目鏡宛書簡、1900(明33)年9月27日付）

◆此養子に子供が二人あつて、男の方は京都へ出て同志社へ這入つた。其所を卒業してから、長らく亜米利加に居つたさうだが、今では神戸で実業に従事して、相当の資産家になつてゐる。女の方は県下の多額納税者の所へ嫁に行つた。代助の細君の候補者といふのは此多額納税者の娘である。

　　　　　　　　　　　（『それから』三の七）

　漱石にとって、神戸は旅の始まりと終わりの場所である。ロンドン留学、満韓への旅、「坊っちやん」の松山への旅、いずれも神戸を経由している。しかし国内屈指の貿易港の賑わいも、上海や香港とは比べものにならず、この出発/到着地は彼に、日本を相対化するまなざしも与えた。

　神戸はまた、実業の地として漱石の小説に繰り返し登場する。『門』で宗助が、弟の学資問題の解決に手間取るのは、従兄弟が事業のため神戸に出かけているせいでもある。『明暗』の津田の父は、官僚を引退後、神戸で実業に従事して成功し、京都に隠居している。金銭の悩みから逃れられない知識人とは対照的な、経済的成功者の活躍地が神戸なのだ。

　この成功者イメージの一要素に、アメリカ渡航経験がある。北米やハワイはこの時期、国内の経済的行き詰まりを打開する「新天地」のひとつで、多くの人々が夢を追って海を渡った。芸術を愛し思索に耽る生活から代助を追い立てる力のひとつを、漱石はこうした人々のうちに見出している。（北川扶生子）

支那

しな

◆「鉄砲は何でも外国から渡つたもんだね。昔は斬り合ひ許りさ。外国は卑怯だからね、それであんなものが出来たんだ。どうも支那ぢやねえ様だ、矢つ張り外国の様だ。和唐内の時にや無かつたね。和唐内は矢つ張り清和源氏さ。なんでも義経が蝦夷から満洲へ渡つた時に、(中略)大明ぢや困るから、三代将軍へ使をよこして三千人の兵隊を貸してくれろと云ふと、三代様がそいつを留めて置いて帰さねえ。(中略)其女郎に出来た子が和唐内さ。それから国へ帰つて見ると大明は国賊に亡ぼされて居た。……」 (『吾輩は猫である』七)
◆印度の更紗とか、ペルシヤの壁掛とか号するものが、一寸間が抜けて居る所に価値がある如く、此花毯もこせつかない所に趣がある。花毯ばかりではない、凡て支那の器具は皆抜けて居る。(中略)見て居るうちに、ほおつとする所が尊い。日本は巾着切りの態度で美術品を作る。西洋は大きくて細かくて、さうしてどこ迄も婆婆気がとれない。 (「草枕」八)
◆日本人ヲ観テ支那人卜云ハレルト厭ガルハ如何、支那人ハ日本人ヨリモ遥カニ名誉アル国民ナリ、只不幸ニシテ目下不振ノ有様ニ沈淪セルナリ、心アル人ハ日本人卜呼バル、ヨリモ支那人卜云ハル、ヲ名誉トスベキナリ、仮令然ラザルニモセヨ日本ハ今迄ドレ程支那ノ厄介ニナリシカ、少シハ考ヘテ見ルガコカラウ (日記、1901(明34)年3月15日)

「支那」認識の振幅

漱石の「支那」に対する認識には、時代的な制約もあって、相応の振幅があることもまた、厳然たる事実である。加えて、日本や西洋の文化なり、習俗や慣習と比較する際にも、そうした一般的な通念に敢えて自らを委ね、それを批評的に表象している含意もあるが、些かステレオタイプ的な理解や常套的な表現が散見される。同時代の日本人の通念としては、むしろ一般的な感覚でもあろうが、「満韓ところどころ」に頻出するように、彼らの不衛生や無頓着ぶり、あるいは、辮髪のような風俗への違和感や蔑視感をかなり直截に吐露してもいる。また、その俳句でも、「就中大なるが支那の団扇にて」(853、1896)と詠んだ漱石は、「草枕」の叙述にも見られるように、どちらかと言えば、肯定的に評価する場合でも、ある種の大らかさを中国風の特徴と見なすなど、むしろ常套に属する通俗的な理解も多く見受けられる。

撫順での沈黙

しかるに、「昔は支那を真似て、今は盛に西洋を真似て居る」(講演「模倣と独立」)明治日本の有様を批判しながらも(他にも「現代日本の開化」など)、歴史的・文化的に見れば、日本が伝統的にその多くを中国に負っていること、同時代的には、西洋列強や日本の帝国主義的な覇権の下、「支那は天子蒙塵の辱を受けつゝある」(「倫敦消息」)という、基本的な認識の点では、些かの揺らぎもない。『吾輩は猫である』に見える会話は、義経伝説から、明清交替の動乱、その史実を誇張的に表現したフィクションとしての和唐内(近松門左衛門『国姓爺合戦』)の逸話などを織り交ぜた荒唐無稽なものであるが、近松と同様、日本と「支那」とのある種の連続性の認識に対して、「卑怯」な「外国」としての西洋を対峙させる点に、当時の国際情勢に対する漱石の理解の一斑を見ることも、強ち的外れではあるまい。また、「満韓ところどころ」は、当地の印象を些か不機嫌に綴りながら、撫順の炭坑のとば口で、唐突に中絶しているが、あるいは、彼の謎の沈黙の裡にも、存外、漱石の言外の意思表明が籠められているやも知れない。

(伊東貴之)

修善寺

しゅぜんじ

◆修善寺が村の名で兼て寺の名であると云ふ事は、行かぬ前から疾に承知してゐた。然し其寺で鐘の代りに太鼓を叩かうとは曾て想像至らなかった。(中略)今でも余が鼓膜の上に、想像の太鼓がどん――どんと時々響く事がある。すると余は必ず去年の病気を憶ひ出す。　　　　（「思ひ出す事など」二十九）

大患と生還の地

　漱石の胃潰瘍による修善寺での大吐血、三十分の人事不省の出来事は、「修善寺の大患」と呼ばれている。その修善寺で、漱石は「病に生き還ると共に、心に生き還つた」のである。

　1910(明43)年8月、漱石は松根東洋城のすすめもあり、修善寺に向かった。『門』の連載を終え、内幸町の長与胃腸病院に入院、退院後の転地のためであった。菊屋旅館に滞在するが、体調は悪化した。東洋城が東京朝日新聞社に連絡し、長与胃腸病院の医師森成麟造と五高以来の教え子坂元雪鳥、続いて妻の鏡子が駆けつけた。小康を保ったが、8月24日の午後8時過ぎ、吐血。金盥一杯におよんだという。この経緯は、雪鳥による「修善寺日記」(『国学』1938・7)に詳しい。修善寺の野田医師、当日胃腸病院から診察に来た杉本医師、森成医師らの懸命の治療により漱石は危機を脱した。雪鳥が危篤と電報を打ち、新聞にも報じられたため、家族、朝日の関係者、門下生らが次々に修善寺を訪れた。漱石が「釣台」に乗せられ雨の中を帰京したのは10月11日である。そのまま翌春2月まで長与胃腸病院に入院した。

　入院中に書かれた「思ひ出す事など」には、修善寺での体験が綴られている。危篤に陥ったものの「命の根は、辛うじて冷たい骨の周囲に、血の通ふ新しい細胞を営み初めた」とある。「血を吐いた余は土俵の上に仆れた相撲と同じ事であつた。(中略)余はたゞ仰向けに寝て、織な呼吸を敢てしながら、怖い世間を遠くに見た。病気が床の周囲を屏風の様に取り巻いて、寒い心を暖かにした」、「住み悪いとのみ観じた世界に忽ち暖かな風が吹いた」、「余は病に謝した」と記している。

遥かな修善寺

　病からの回復を「天幸」とする漱石は、「仰向に寐てからは、絶えず美しい雲と空が胸に描かれ」、「自然を懐かしく思つてゐた」と修善寺の日々を振り返っている。手帳に日記を記し、多くの俳句、漢詩を作った。

　作品に修善寺が描かれるのは、3年後の『行人』である。一郎が逗留した修善寺は、Hさんの手紙に、「此温泉場は、山と山が抱合つてゐる隙間から谷底へ陥落したやうな低い町にあります。一旦其所へ這入つた者は、何方を見ても青い壁で鼻が支へるので、仕方なしに上を見上げなければなりません」と描かれる。一郎が「あれは僕の所有だ」と百合の花を指す場面は、修善寺の山中でのことである。

　『心』連載開始の直前、津田青楓に宛てた手紙(1914・3・29付)には、「金があつてからだが自由ならば私も絵の具箱をかついで修善寺に出掛たい」とあり、「世の中にすきな人は段々なくなります。さうして天と地と草と木が美しく見えてきます」、「私は夫をたよりに生きてゐます」と結ばれる。

　漱石の療養した菊屋旅館本館二階の部屋は、修善寺虹の郷に移築され、記念館となっている。修善寺自然公園には、「思ひ出す事など」所収の「仰臥人如啞」で始まる五言絶句を漱石の手跡で拡大し刻した詩碑(1933年建立)がある。裏面に、狩野亨吉の「修善寺漱石詩碑碑陰に記せる文」として知られる一文が、菅虎雄の筆で刻まれている。　（長島裕子）

雑司ヶ谷

ぞうしがや

◆さて御願があります。私は一昨年の秋に一つ半になる女子を失ひました。今雑司ヶ谷へ埋めてありますが何うか其墓を拵へてやりたいと思つてゐますが、あなたに其図案を作つて頂けますまいか。普通の石塔は気に食ひません。何とか工夫はないものでせうか。字は此方でだれかに頼むつもりです、でなければ娘の事だから自分で書かうかと思つてゐます　（津田青楓宛書簡、1913(大2)年3月19日付）

　雑司ヶ谷は夏目家ともゆかりが深い土地である。1911(明44)年に開業した王子電車(現在の都電荒川線)は、早稲田から雑司ヶ谷を通り、大塚、飛鳥山、王子へと走り、雑司ヶ谷には行楽地の賑わいもあった。しかし、漱石の言及を確認すると、「雑司ヶ谷」は、ほとんど墓地の換喩として使われている。

　『心』のKの墓が雑司ヶ谷にあり、「先生」が毎月必ず、一人で墓参に出かけていたことは誰もが知る通りである。だが、墓地で青年が「先生」と呼びかけた際、「墓地の区切り目に、大きな銀杏が一本空を隠すやうに立つてゐた」という一節に続けて、「向うの方で凸凹の地面をならして新墓地を作つてゐる男が、鍬の手を休めて私達を見てゐた」という一文がある。1874年6月「墓地取扱規則」布達時に開設されたこの墓地は、1889年に東京市に移管された後、土地の買収・拡張を経て、1900年には現在の広さとなった。

　現在、雑司ヶ谷霊園には漱石の墓があり、鏡子夫人が建てた大きな墓石が置かれている。ケーベル先生、大塚楠緒子など、漱石ゆかりの人物たちも、多くこの地に眠っている。

（武田勝彦・五味渕典嗣）

台湾

たいわん

◆何が奇観だ？　何が奇観だつて吾輩は之を口にするを憚かる程の奇観だ。此硝子窓の中にうちやうちや、があがあ騒いで居る人間は悉く裸体である。台湾の生蕃である。二十世紀のアダムである。
（『吾輩は猫である』七）

◆「あれが台湾館なの」と何気なき糸子は水を横切つて指を点す。／「あの一番右の前へ出てゐるのが左様だ。あれが一番善く出来てゐる。ねえ甲野さん」／「夜見ると」甲野さんがすぐ但書を附け加へた。／「ねえ、糸公、丸で龍宮の様だらう」／「本当に龍宮ね」
（『虞美人草』十一）

　1900(明33)年、漱石は英国留学の途上、パリ万国博覧会を見物している。彼の生きた時代、博覧会は「帝国主義の巨大なディスプレイ装置」(吉見俊哉『博覧会の政治学』中公新書、1992)であった。

　漱石は、こうした博覧会の問題構成のうちに、日清戦争後に日本の植民地となった台湾を登場させる。人類館事件で知られる第5回内国勧業博覧会が開催された翌々年に発表された『吾輩は猫である』では、台湾先住民族の「裸体」をのぞく「猫」の姿が描かれる。見る／見られるといった視覚の権力性、典型的な文明と野蛮の構図である。『虞美人草』は、1907年に上野で開催された東京勧業博覧会を舞台として、「文明に麻痺したる文明の民」が「あつと驚く」刺激を求めて博覧会に集まる姿を批評的に語っている。「台湾館」は、総督府が輸出に力を入れた台湾茶の表象とともに、眩いばかりの「イルミネーション」に彩られた竜宮城に喩えられる。漱石の台湾は、オリエンタリズムを生み出す蔑視と羨望のまなざしの交叉に深く関わっている。（川口隆行）

土地

団子坂

だんござか

◆坂の上から見ると、坂は曲つてゐる。刀の切先の様である。幅は無論狭い。右側の二階建が左側の高い小屋の前を半分遮ぎつてゐる。其後には又高い幟が何本となく立ててある。人は急に谷底へ落ち込む様に思はれる。其落ち込むものが、這い上がるものと入り乱れて、路一杯に塞がつてゐるから、谷の底にあたる所は幅をつくして異様に動く。見てゐると眼が疲れるほど不規則に蠢いてゐる。

（『三四郎』五の六）

東京都文京区千駄木3、5丁目と1、2丁目（当時は本郷区駒込千駄木町と駒込千駄木林町）との間にある坂。幕末から明治にかけて、秋の菊人形（菊細工で拵えた歌舞伎役者や力士、芸子などの人形）で賑わった。

団子坂の菊人形見物は、『三四郎』において重要な場面である。三四郎は西方町の広田先生の家から、広田先生、野々宮・よし子兄妹、美禰子と連れだって菊人形見物にやってくる。だが、坂の上を散歩していた折には「騒がしいといふよりは却つて好い心持」であったはずの賑わいも、実際に坂に足を踏み入れると、「尋常を離れ」た喧噪として三四郎一行を圧倒する。「見物は概して町家のものである。教育のありさうなものは極めて少ない」と記されていることから、団子坂は一行にとっての非日常空間と知れる。そこで三四郎と美禰子は、一行と別行動をとる。三四郎はこの時美禰子から「迷へる子（ストレイシープ）」という語を教わる。それはその時の二人の状態であると同時に、それぞれの心の有り様をあらわしていた。その後も三四郎はその言葉に支配され、小説の最後でも「口の内で迷羊、迷羊と繰り返した」。　（海老原由香）

◆
土地

朝鮮、韓国

ちょうせん、かんこく

◆僕は九月一日から十月半過迄満州と朝鮮を巡遊して十月十七日に漸く帰つて来た。（中略）帰るとすぐに伊藤が死ぬ。伊藤は僕と同じ船で大連へ行つて、僕と同じ所をあるいて哈爾賓で殺された。僕が降りて踏んだプラトホームだから意外の偶然である。僕も狙撃でもせ〔ら〕れゝば胃病でうんうんいふよりも花が咲いたかも知れない。

（寺田寅彦宛書簡、1909（明42）年11月28日付）

自然・開化の地

『虞美人草』の宗近は「支那や朝鮮なら故の通の五分刈で、此だぶだぶの洋服を着て出掛けるですがね」（十六）と話す。宗近にとって朝鮮や満州がもはや外国ではなくなっていたことを示す言葉だが、そうした認識は作者漱石においても変わらなかった。それは、いうまでもなく、1897（明30）年から「大韓帝国」と名を変えていた朝鮮が1905年日本に外交権を奪われてしまっていた時代が生んだものである。まだその名を残していた「韓国」に、漱石は、朝鮮に名前を戻される日韓併合の一年前、1909年秋に訪れている。南満州鉄道株式会社の総裁を勤めていた友人中村是公の招待に応じた「視察」旅行だった。そして、そうした枠組みは、漱石の視線にある限界をはらませることになる。

たとえば紀行文と平行して書かれた「一度朝鮮に入れば人悉く白し／なつかしき土の臭や松の秋」（日記、1909・9・28）「高麗人の冠を吹くや秋の風／秋の山に逢ふや白衣の人にのみ」（日記、1909・10・7）などの短歌は、漱石の視線が極めて回顧的だったことを示している。一方で、漱石の目に映った朝鮮は日本人

町が増えていくことが「純粋な日本の開化なり」と認識されるような場所だった。漱石に町の人々が「高麗人」に見えたのは、文明化に立ち遅れた場所と見えたからだろう。漱石が、西洋を追いかけていくようないわゆる「開化」に批判的でありながらも、「満韓」の「開化」には肯定的だったのは、その開化が日本主導のものと認識されたためだった。

占領・移動の地

　漱石の韓国への視線は、「自然」と自然（野蛮）を制したはずの「開化」の現場にありながら、社会と政治に向かれることはなかつた。当時は、日本への抵抗やそれへの弾圧も激した時期で、多くの人々が殺されるような時代でもあったにもかかわらず、である。

　この旅行から漱石が帰った直後に、ハルビンで伊藤博文が安重根に暗殺される事件が起こる。漱石はそのことを冒頭の引用のように記していた。そしてこうした状況についてそれ以上触れることはなかった。代わりに、その旅行について漱石は「至る所に知人があつたので道中は甚だ好都合にアリストクラチックに威張つて通つて来た」（寺田寅彦宛書簡、1909・11・28付）とのみ記している。

　しかし『門』や『彼岸過迄』、『明暗』などには満州や朝鮮に渡るか帰ってくる人物、あるいは遠くない将来にその地に渡っていくことを余儀なくされた人々が描かれる。いわば、朝鮮や満州は開化の地でありながら「落ちてゆくもの」たちが流れていく空間でもあった。日本の中に居場所を得られなかった者たちが、未来を開きうる空間と認識されたのである。わけても、遺作となった『明暗』には、そうした移動を余儀なくされるのが貧しい人々であることや、そうした人々に向けられた視線の冷淡さも描かれる。それは、帝国主義時代の「移動」の仕組みへの視線でもあって、「植民」を支える構造をするどく突いたものでもあった。　　　　　　　　　（朴裕河）

独逸／独乙／独

どいつ

◆上等ノ甲板ニモ独乙人ガ喧嘩ヲスル様ナ説教ヲシテ居ル　　　　（日記、1900（明33）年9月23日）
◆熱心は成効の度に応じて鼓舞せられるものであるから、吾が輩の前途有望なりと見てとつた主人は朝な夕な、手がすいて居れば必ず輩に向つて鞭撻を加へる。彼のアムビションは独乙皇帝陛下の様に、向上の念の熾な輩を蓄へるにある。
　　　　　　　　　　　　（『吾輩は猫である』九）
◆自分は軍国主義を標榜する独逸が、何の位の程度に於て聯合国を打ち破り得るか、又いれ程強くそれらに抵抗し得るかを興味に充ちた眼で見詰めるよりは、遥により鋭い神経を働かせつつ、独逸に因つて代表された軍国主義が、多年英仏に於て培養された個人の自由を破壊し去るだらうかを観望してゐるのである。　（「点頭録」三　軍国主義（二））

同時代人漱石の、ドイツへのまなざし

　第一次世界大戦以前の漱石テクストでは、国としてのドイツ単独の用例は少なく、「英独仏等の欧州中の各国」といった英・仏とセットでの言及が多い。ただし日本人にとっては「ヨーロッパ」とほぼ等価のこの慣用表現も、ロンドン留学の往路で彼がプロイセン号上で論争したドイツ人が義和団事件を避けて帰国する宣教師だった（水川隆夫『夏目漱石と戦争』平凡社新書、2010/他）といった同時代状況に照らせば、単なる慣用表現を越えドイツは「英・仏に比肩する」帝国主義列強として漱石にまなざされていたとみるべきだろう。他方、講演や日記に散見されるドイツ文化そのものへの漱石の関心は、主として直近の過去のドイツロマン派に注がれ、それに混じってニーチェやズーデルマン、オイケンへの言

◆
土
地

及が目立つ。一方作品中では、『吾輩は猫である』が越智東風とドイツ人観光客の珍妙なやりとり、苦沙弥の蓄えるカイゼル髯、ドイツの名医発明の蛇毒の特効薬などドイツを時事ネタ的にとりあげ、また『三四郎』では帝大での三四郎がシュレーゲルのロマンチック・イロニーに混乱するペダンチックなエピソードが語られる。しかしもっとも作品の核心に位置付けられるのは『行人』における「Keine Brücke führt von Mensch zu Mensch.」と「Einsamkeit, du meine Heimat Einsamkeit!」（ニーチェ）だろう。その意味で1907年から始まり修善寺の大患以後も続く小宮豊隆とのドイツ語学習は、漱石のドイツへの関心の持続を知る上で注目される。

◆土地

第一次世界大戦への洞察

開戦3ヶ月で早くも見え始めた戦争の長期化は、主要交戦国である英独仏に、社会を一家庭の営みも、財産権の不可侵性も、消費物資の入手可能性も、近隣関係や階級関係も一根本的に変形する戦時産業動員を迫りつつあった（マクニール『戦争の世界史』刀水書房、2002）。当初戦争の帰趨を楽観視していた漱石も、マルヌの戦い、青島陥落に続く1915年の『硝子戸の中』では、ドイツ軍の塹壕戦をあたかもその痛みを分かち合うように自らの病状に喩え、欧州航路を行く知人には「独乙の潜航艇にやられないやうに」と書き送り、『明暗』には継子の見合い相手がドイツで巻き込まれた当時の戦時状況の一片が織り込まれる。だが漱石のドイツに対する最も重要な洞察は、用例中の「点頭録」でのドイツの「軍国主義」への言及だろう。イギリスでの兵役法成立を憂慮する彼の同時代的な視点は、まさにヨーロッパ全体を根柢から組み替えようとする戦時動員体制の本質を早くも1916年初頭の段階で予見している。　　（根岸泰子）

日本橋

にほんばし

◆三人は日本橋へ行つて買ひたいものを買ひました。買ふ間にも色々気が変るので、思つたより暇がかかりました。　　　　　　（『心』七十一）

江戸時代から明治時代に至る転換期に牛込で生まれ、生涯の多くの時期を東京市内で過ごした漱石の文章には、東京への言及がしばしば見られる。当時、日本を代表する商業地区であった日本橋もその一つである。

『心』の中で、先生が奥さん、御嬢さんと日本橋に呉服物を見に出かけ、その帰りに寄席のある木原店の横丁で夕食をとる場面がある。「此辺の地理を一向心得ない私は、奥さんの知識に驚いた位です」とあるように、三越、白木屋などの呉服店や軒を連ねる食堂は、主に女性たちが行く場所として描かれることが多い。1903（明36）年に和洋折衷式建築となったことで衆目を集めていた白木屋は、『吾輩は猫である』の中でも複数回言及されている。漱石の日記や妻鏡子の回想『漱石の思ひ出』（改造社、1928）には、鏡子が白木屋に買物に行ったことが記されている。一方、『吾輩は猫である』には、日本橋の書店・文房具店の丸善に行き、無暗に本を買う苦沙弥の「道楽」を、妻が「勝手に丸善へ行つちや何冊でも取って来て、月末になると知らん顔をして居るんですもの」と嘆く場面がある。『心』でも、丸善に本を探しに行く「私」の姿が描かれている。

漱石の小説の中で描かれる日本橋は、呉服店と書店のまちであったと言えるのかもしれない。なお、『吾輩は猫である』の版元の一つである、大倉書店は日本橋にあった。

（十重田裕一・小堀洋平）

巴理（里）／パリス

ばり／ばりす

◆「あの像は」と聞く。／「無論模造です。本物は巴理のルーヴルにあるさうです。然し模造でも美事ですね。腰から上の少し曲つた所と両足の方向とが非常に釣合がよく取れてゐる。——是が全身完全だと非常なものですが、惜しい事に手が欠けてます」　　　　　　　　　　　　　（「野分」七）

親近感と距離感の狭間

　小説「野分」には、パリのルーヴル美術館にある「愛の神」ミロのヴィーナス像をめぐって、新進作家の中野と恋人が恋愛談義を展開する場面がある。「古今の傑作ですよ」と賞賛する中野に対して、女は「是で愛の神でせうか」「何だか冷めたい様な心持がしますわ」と違和感を述べている。この会話について語り手は次のように解説した。「なまじいに美学抔を聴いた因果で、男はすぐ女に同意する丈の勇気を失つてゐる。学問は己れを欺くとは心付かぬと見える」。芸術の都パリを代表する美術館の、しかも最も著名な彫像をめぐる二人のやりとりには、単なるパリへの憧憬だけでなく、パリという街が象徴する美意識との心理的な隔たりが刻み込まれていたのである。

　こうした親近感と距離感が混在した感情は、「パリ」という言葉とともに、漱石の諸作品で繰り返し描かれることになる。例えば『吾輩は猫である』（二）には、「大の贅沢屋」として知られる文豪バルザックが「小説中の人間の名前をつけるに一日巴理を探険」した逸話が紹介されており、この時間と労力の浪費に対して、猫は「贅沢も此位出来れば結構なものだが我輩の様に牡蠣的主人を持つ身の上ではとてもそんな気は出ない」と語っている。ここでも好意的な評価とともに、猫自身との懸隔が印象づけられている。

　あるいは『明暗』（百五十五）には、津田が彼の過去の弱みを握る旧友の小林と会食する場面がある。その食堂は長い間パリ日本公使館で料理番をしていた人物の店であるが、津田は「四五遍食ひに来た因縁を措くと、小林を其所へ招き寄せる理由は他に何にもなかつた」と説明している。パリの味を伝えるこの店は「四五遍」通ったとあるように、ある程度は好きな店だったのだろう。だが津田にとっては苦手な旧友を連れて来られるくらいに愛着の薄い店でもあったのである。ここでもパリとの近さと遠さが混在している。

「繁華」と「堕落」

　英国留学に向かう途中、漱石は1900（明33）年10月21日から28日まで約1週間パリに滞在した。当時の日記には、夜のパリの街路が「夏夜ノ銀座ノ景色ヲ五十倍位立派ニシタル者ナリ」とあり、開催中のパリ万博に対しても強い関心が示されている。鏡子宛書簡には「名高キ「エフエル」塔ノ上ニ登リテ四方ヲ見渡」したことが驚きをもって綴られており、結局万博見物には3日間も行った。日記には「博覧会ニ行ク美術館ヲ覧ル宏大ニテ覧尽セレズ」とある。

　一方で漱石は、パリの夜の顔であるミュージックホールにも行っているが、その時の感想は否定的だ。日記には「巴理ノ繁華ト堕落ハ驚クベキモノナリ」と綴られており、この点については談話「夏目漱石氏曰」（『新声』1905・11）に詳しい説明がある。「巴里の女役者などは実に堕落極まつたもの」で、劇評家・脚本家・金持ちと「情夫が三人なければならぬ」と漱石は批判している。小説で描かれたパリへの近さと遠さは、こうしたパリ体験が遠因となっていたのかもしれない。

（西村将洋）

◆土地

哈爾浜

はるびん、はるびん

◆御米はこれでも納得が出来なかつたと見えて、「ど
うして又満州抔へ行つたんでせう」と聞いた。「本
当にな」と宗助は腹が張つて充分物足りた様子であ
つた。／「何でも露西亜に秘密な用があつたんだ
さうです」と小六が真面目な顔をして云つた。御米
は、／「さう。でも厭ねえ。殺されちや」と云つた。
「己見た様な腰弁は殺されちや厭だが、伊藤さん見
た様な人は、哈爾賓へ行つて殺される方が可いん
だよ」と宗助が始めて調子づいた口を利いた。

（『門』三の二）

伊藤公暗殺事件の現場

　哈爾浜は、中国北部の黒竜江省の省都。日
本ではハルビン、ハルピンと二様に発音され、
漢字では哈爾浜、簡体字では哈尔滨と表記さ
れる。ロシアの勢力範囲とされた時期もあっ
て、ロシア風の都市景観が残っている。中心
街には、ロシア正教の教会があり、キタイス
カヤ通りなどのロシア語名の街区もある。日
本が傀儡国として支配していた「満洲国」時
代には、ロシア革命の勃発によってソビエト
連邦から亡命してきた白系ロシア人の住民も
多く、中国というよりも、ヨーロッパ的都市
として、日本に一番近い「西欧文化」に触れ
ることのできる街として憧れの対象となっ
た。

　夏目漱石は、1909（明42）年9月にこの街を
訪れた。「満韓ところどころ」の紀行文で知ら
れる旅での滞在だが、合計3泊したはずの
この街での見聞は、紀行文には書かれていな
い。日記、書簡にわずかな記述はあるが、もっ
とも重要なのは、漱石が滞在した約1か月後
に、起こった、韓国人・安重根による伊藤博文

の暗殺事件だろう。日本の保護下にあった大
韓帝国の国民であった安重根は、祖国を勢力
下に置いた日本帝国の元兇は、初代の韓国統
監を務めた伊藤博文であるとし、哈爾浜駅頭
で彼をピストルによって暗殺したのである。
安はその場で捕縛され、裁判にかけられ、旅
順刑務所において死刑を執行された。

安重根への「同情」か

　日本では、暗殺犯、韓国や北朝鮮では、朝鮮
の救国の英雄として顕彰されている。漱石へ
の影響については、長らく、朝日新聞に「満
韓ところどころ」を連載中、この事件の報道
によって、たびたび紙面掲載がのびのびと
なったことから、連載継続の気力が失われ、
"満韓"とありながら、旅行後半の韓国の部分
が書かれずに、中断されたことを指摘するこ
とが多かった。「満洲所感」のなかで、自分が
「靴の裏を押し付けた」所で"伊藤公遭難事件"
が起きたことに驚き、「余は支那人や朝鮮人
に生まれなくて善かつたと思つた」と書いて
いる。この言葉はいろいろに解釈しうるが、
他国、他民族に侵略され、支配されるような
国に生まれて、愛国のためテロリスト（暗殺
者）とならねばならなかった朝鮮人青年（安重
根）に対する同情のようなものを表現してい
るとも考えられる。少なくとも、漱石の帝国
主義者的な心情を吐露したものとは思われな
い。

　『門』では、宗助が、妻の御米に「おい、大変
だ。伊藤さんが殺された」といって、号外を
見せる場面があるが、「其語気からいふと、寧
ろ落ち付いたものであつた」とある。『門』が
伊藤暗殺を報じる『東京朝日新聞』記事の文
章をほぼそのまま取り入れていることはすで
に指摘されているが（小森陽一ほか『漱石文学
全注釈9 門』若草書房、2001）満洲や朝鮮の実状
を見てきた漱石にとって、こうした事件もある
意味では想定内のものだったかもしれな
い。

（川村湊）

日比谷

ひびや

◆午に逼る秋の日は、頂く帽を透して頭蓋骨のなかさへ朗かならしめたかの感がある。公園のロハ台はそのロハ台たるの故を以て悉くロハ的に占領されて仕舞ぬ。高柳君は、どこぞに空いた所はあるまいかと、さつきから丁度三度日比谷を巡回した。
（「野分」二）

　皇居に隣接し、新橋や銀座といった近代東京の盛り場を中継する日比谷界隈は、日露戦争の前年（1903）から、本邦初の近代的な造園によって設計された「日比谷公園」として発達、公園開設に伴い市電の中枢でもある交通の要所となっていく。人々は市電に乗って都市を往来する群集となり、こうした西洋庭園を模した公園が彼らの足を休める場に選ばれるわけだが、皇居という帝国日本の象徴が傍らに控える日比谷公園とその一帯は、日比谷焼き打ち事件が代表するように、市民の憩いの場のみならず、政治的騒乱の舞台ともなる空間であった。明治近代を生きた人々にとって、日比谷とは即日比谷公園であり、そこには近代日本を支える新しい階層の知識人たちが多く訪れていた。「野分」において、清貧の学徒である高柳は勉強に疲れた頭を休めるため、無料で休める公園のベンチを探している。続いて登場する中野は、裕福な青年らしく公園内の西洋料理屋へ高柳を誘うことをためらわない。高学歴保有は共通していても、二人の間にある経済的格差が際立つ設定といえる。
　漱石自身、1910（明43）年に胃潰瘍の診断を受け、内幸町にあった長与胃腸病院（現平山胃腸クリニック）に入院、しばしば日比谷公園を散歩した記述が日記に残されている。
（鈴木貴宇）

広島

ひろしま

◆白牡丹李白が顔に崩れけり（2445、1915（大4）年）

　1915（大4）年の作。第一高等学校時代の友人で広島市大手町に住む井原市次郎に送られた横山大観作「白牡丹図」の画賛である。井原は西洋小間物雑貨、清酒販売店「青陽堂」を営んでいた。「白牡丹図」は井原の叔父で、賀茂郡西条町（現・東広島市）で酒蔵業を営む島博三に届けられた。灘、伏見と並び称される西条酒の発展は明治以降、軟水醸造法の開発と山陽鉄道の開通による。大本営のおかれた広島市中が日清戦争勝利に賑わったことも販路拡大につながった。
　漱石は一度だけ広島の井原邸を訪れている。1910（明43）年10月14日、「満韓ところどころ」に書かれる中国東北部から朝鮮半島の旅を終え下関に到着。新橋行の汽車に乗車するが広島で途中下車、井原邸に向かう前に人力車で広島東照宮、比治山公園、泉邸（縮景園）、歩兵第11連隊、広島連隊区司令部といった軍都広島の中枢を見物している。
　同年3月から6月にかけて連載された『門』の宗助は東京育ち、京都で親友を裏切って御米と結ばれ、広島、福岡と移り住んだのち、東京の「崖下の家」にたどりついた。広島にいた時に宗助は父に死なれ、御米は最初の流産を経験している。「僕は学校を已めて、一層今のうち、満洲か朝鮮へでも行かうと思つてるんです」と宗助の弟・小六に言わせるこの小説は、漱石の帝国主義・植民地主義、それに関わる人の移動というテーマを考えるうえで重要な作品であるが、宗助・御米夫妻の広島の記憶は、二人の家の問題にとどまらず近代日本の暗部とも重なるかに見える。（川口隆行）

◆土地

富士山

ふじさん

◆所が其富士山は天然自然に昔からあつたものなんだから仕方がない。我々が拵へたものぢやない

（『三四郎』一の八）

日本の象徴と劣等意識

富士山は、『三四郎』では、名古屋から東京へ向かう汽車の中で、西洋との文明の対比において登場する。三四郎は、浜松で窓から目にした西洋人が「奇麗」で「上等」に見えるため「一生懸命に見惚れてゐた」。同乗していた「髭の男」も西洋人の美しさに対比して、日本人が「こんな顔をして、こんなに弱つてゐては、いくら日露戦争に勝つて、一等国になつても駄目」だと言う。富士山は「日本一の名物」で「あれより外に自慢するものは何もない」と言う。同作には広田先生が東京は「富士山に比較する様なものは何にもないでせう」と述べる場面もある。これらは富士山が日本の誇るべき象徴として使用された典型的な例であろうが、その際、富士山は日本人の存在を皮肉なかたちで照らし出している。講演「現代日本の開化」では「外国人に対して乃公の国には富士山があると云ふやうな馬鹿は今日は余り云はない様だが、戦争以後一等国になつたんだといふ高慢な声は随所に聞くやうである、中々気楽な見方をすれば出来るものだと思ひます」というくだりがみえる。『虞美人草』では、甲野が富士山を「叡山よりいゝよ」と述べると「どうだい、あの雄大な事は。人間もあゝ来なくつちあ駄目だ」と宗近は答える（七）。日本人としての屈折した感情が富士山によって照射されているようだ。

無関心さを表すもの

富士山の登場を他の漱石テクストで見るとき、登場人物が何かに気をとられ、関心を向けていないことを示すためにも用いられているようだ。孤堂先生は「富士が奇麗に見えたね」と小夜子に話しかけるが、小夜子はそれに答えず、小野のことが心を占めている様子である。付言すれば、その富士山は、小野の「烟草入」の模様として登場する。煙草入はその松の「緑の絵の具」が「少しく俗」であるため「藤尾の贈物かも知れない」と推測されている（十二）。『行人』では和歌山から東京に帰る途中、兄の一郎は「富士が見え出して雨上りの雲が列車に逆らつて飛ぶ景色を、みんなが起きて珍らしさうに眺めている」ときでさえ寝台で寝ていたという。『道草』では健三が姉の持病を見舞うとき、姉の夫の比田が健三に見せる「古い本」の中に富士山が登場する。比田は自分の細君が咳の発作で苦しんでいても「丸で余所事のやうに聴いて」書物を見、『江戸名所図会』を健三に見せる。その「美濃紙版の浅黄の表紙をした古い本」は健三にとって「中にも駿河町といふ所に描いてある越後屋の暖簾と富士山とが、彼の記憶を今代表する焼点」となっている（二十五）。

漱石自身は富士山に何度か足を運んでいる。「文芸の哲学的基礎」では、「冬富士山へ登るものを見ると人は馬鹿と云ひます」というもの、この「馬鹿」を通して「一種の意志が発現される」ならば、「只其意志のあらはれる所、文芸的なる所丈を見てやればよいかもしれません」と記し、「素人と黒人」では、素人は「部分的の研究なり観察」には欠けているが「大きな輪郭に対しての第一印象」は、黒人よりも鮮やかに捉えることができると述べ「富士山の全体は富士を離れた時にのみ判然と眺められるのである」という。ほかに「元旦の富士の逢ひけり馬の上」などの俳句や漢詩「富岳」も残している。

（米村みゆき）

◆土地

北海道

ほっかいどう

◆森本の呑気生活といふのは、今から十五六年前彼が技手に雇はれて、北海道の内地を測量して歩いた時の話であつた。固より人間のゐない所に天幕を張つて寝起をして、用が片付き次第、又天幕を担いで、先へ進むのだから、当人の断つた通り、到底女つ気のありやう筈はなかつた。

（『彼岸過迄』「風呂の後」八）

　1892(明25)年4月、漱石は分家して、北海道後志国岩内郡吹上町十七番地浅岡仁三郎方に転籍した。帝国大学卒業にあたり、兵役を免れるためとされる。談話「夏目博士座談」(『高田日報』1921・6・21)の「徴兵忌避問答」には、「子供の笑話」として「父が北海道に転籍して徴兵避忌をしたなぞ誰が教へたものだか実際驚かれる」とある。『吾輩は猫である』六の「送籍」とも関わり、兵役逃れが漱石に大きな心の傷を残したとする丸谷才一「徴兵忌避者としての夏目漱石」(平岡敏夫編『夏目漱石Ⅱ』国書刊行会、1991)以後、これについて論議が続いている。『それから』で三千代の父は株で失敗して北海道に渡り、手紙に物価高や縁者のいない嗟嘆を書いてくる(十三の四)。『彼岸過迄』「風呂の後」八～九で森本は敬太郎に、北海道へ測量に行き、熊笹の道を切り開き、腹を焼いて食べ、あらゆる茸を食い、逆に絶食したことを語る。「満韓ところどころ」十三～四十三には、札幌農学校へ進んだ旧友橋本左五郎と大連で再会し、「北海道の住人だから苦もなく鞍に跨つた」とある。漱石作品において北海道は、未開の土地である。植民地主義との関わりからも検討が待たれる。

（中村三春）

本郷

ほんごう

◆岡は夜を掠めて本郷から起る。高き台を朧に浮かして幅十町を東へなだれる下り口は、根津に、弥生に、切り通しに、驚ろかんとするものを枡で料つて下谷へ通す。

（『虞美人草』十一）

◆是から本郷の方を散歩して帰らうと思ふが、君どうです一所にあるきませんか」／三四郎は快よく応じた。二人で坂を上がつて、岡の上へ出た。野々宮君はさつき女の立つてゐた辺で一寸留つて、向ふの青い木立の間から見える赤い建物と、崖の高い割に、水の落ちた池を一面に見渡して、／「一寸好い景色でせう。

（『三四郎』二の五）

◆土地

漱石と本郷

　東京都文京区東部(当時は本郷区)の地名。もと湯島郷本郷の略で、本郷・湯島・駒込・根津・千駄木などを含む本郷台一帯を指す。江戸時代には武家屋敷が多かった。明治になり、加賀藩上屋敷を中心とする屋敷跡に東京帝国大学、第一高等学校(1935年に駒場に移転)が建てられ、文教の地となる。『三四郎』の小川三四郎(大学生)、『門』の野中小六(高等学校生)、『彼岸過迄』の田川敬太郎(大学生)は本郷に下宿している。当時本郷には旅館下宿業が多かった。

　漱石は、第一高等中学本科在学中の1889(明22)年に校舎が本郷に移転して以来、一高・帝大・同大学院と本郷に通学した。1893年8月頃からの一年間は帝大寄宿舎に住んでいた。また、1903年4月から1907年4月まで、帝大講師として本郷に勤務していた。1903年3月から本郷区千駄木町に、1906年末から翌年9月まで本郷区西片町に住んでいた。

本郷を主要な舞台とする作品『三四郎』

『三四郎』の小川三四郎は本郷に下宿し、帝国大学に通う学生である。今も東大のシンボルとして知られる赤門、銀杏並木、心字池等が登場する。三四郎と里見美禰子の出会いの場である心字池は、本作にちなんで「三四郎池」と呼ばれている。野々宮宗八の勤務する理科大学は帝国大学理科(現東大理学部)のことである。理科大学に野々宮を訪ねた三四郎は、一緒に本郷を散歩し、真砂町(現本郷4丁目)で西洋料理を御馳走になる。途中野々宮がリボンを買う小間物屋は、「本郷もかねやすまでは江戸のうち」という江戸川柳で有名な「かねやす」であり、野々宮が「本郷で一番旨い」と言った西洋料理屋は「弥生亭」である。一高教師の広田先生は西片町(現文京区西片)に転居し、その二階に佐々木与次郎が下宿する。三四郎は与次郎と本郷通りの洋食屋「淀見軒」(現本郷4丁目)でライスカレーを食べる。美禰子の家は真砂町にあり、本郷の教会に通う。野々宮の妹よし子は、一時美禰子宅に寄寓する。その他寄席、買い物、文芸協会「ハムレット」観劇等、三四郎の行動範囲、交際範囲の大半が本郷である。

本郷から坂を降りると「教育のありさうなものは極めて少ない」とあることから、本郷が帝国大学を中心とする学問の世界として描かれていることは明らかである。熊本の高校を卒業して上京した三四郎は、「三つの世界が出来た」と考えている。「第一の世界」は母のいる郷里、「第二の世界」は広田先生や野々宮のいる学問の世界、「第三の世界」は美禰子のいる恋愛の世界である。このうち第二、第三の世界の舞台が本郷である。そして三四郎は、どちらの世界でも、「迷羊(ストレイシープ)」なのである。

(海老原由香)

◆土地

松山

まつやま

◆僕が松山に居た時分子規は支那から帰つて来て僕ところへ遣つて来た。自分のうちへ行くのかと思つたら自分のうちへも行かず親族のうちへも行かず、此処に居るのだといふ。僕が承知もしないうちに当人一人で極めて居る。(談話「正岡子規」)

新進の俳人 700句詠む

漱石は1895(明28)年4月、愛媛県尋常中学校(旧制松山中学、現松山東高)に英語の嘱託教員として赴任した。「愚陀仏庵」と称した松山市二番町の下宿で8月下旬から10月中旬までの52日間、療養のため里帰りした子規と共同生活を送る。「僕が学校から帰つて見ると毎日のやうに多勢来て居る。僕は本を読む事もどうすることも出来ん。尤も当時はあまり本を読む方でも無かつたが兎に角自分の時間といふものが無いのだから止むを得ず俳句を作つた」(「正岡子規」)

松山時代の漱石は教員であり、新進の俳人でもあった。子規のもとには地元の俳句結社「松風会」会員が集まり、漱石もその輪に加わり句作に熱中した。松山時代に詠んだ句は700余りに上る。当時の教え子で、のちに主治医となる真鍋嘉一郎は「夏目先生の追憶」(『新小説』臨時号、1917・1)で「俳句は其時分可なり熱心で、試験の時や、作文の間なぞには、教室でも頻りに俳句の本を読んでゐた」と回想している。授業内容に関しては「夏目先生が来て、スケッチブックを講義し初めると、不思議によくわかつて、英語の面白みが初めて感ぜられるやうになつた」と評している。一方、漱石の自己分析は「余は教育者に適せず」だった。

三層楼の道後温泉

松山市は1889年に市制施行、人口3万2916人。漱石赴任前年の1894年、木造三層楼の道後温泉本館が完成し、赴任した年の夏には松山市一番町と道後を結ぶ道後鉄道が開業した。10月6日、子規と道後を散策（子規「散策集」の第4回吟行）した際、道後鉄道で往復したと考えられている。

それにしても漱石の松山評は辛らつだ。着任早々、次のような手紙を送っている。「当地下等民のろまの癖に狡猾」（狩野亨吉宛、1895・5・10付）、「当地の人間随分小理窟を云ふ処のよし宿屋下宿皆ノロマの癖に不親切なるが如し大兄の生国を悪く云ては済まず失敬々々」（子規宛、1895・5・26付）といった具合。

「坊っちやん」の主人公同様、さんざん悪態をつくのだが、そんな漱石の心を癒やしたのが、足繁く通った道後温泉かもしれない。狩野宛書簡には「余程立派なる建物にて八銭出すと三階に上り茶を飲み菓子を食ひ湯に入れば頭まで石鹸で洗つて呉れるといふ様な始末随分結好に御座候」とも記している。帰省中の高浜虚子を誘って温泉に行くこともあり、その道すがら俳句を作った。

松山時代に初めてステーキを食べたというエピソードも残る。虚子と道後に出かけ、温泉近くの旅館ふなやで西洋料理を注文すると、白い皿に載った「黒い堅い肉」が出てきた。「私はまづいと思つて漸く一きれか二きれかを食つたが、漱石氏は忠実にそれを嚙みこなして大概嚥下してしまつた」（虚子『漱石氏と私』アルス、1918）

漱石の松山時代はわずか1年だが、子規を通じて知り合った俳人や教え子たちと終生つながっていた。
(岡敦司)

蒙古
もうこ

◆此弟は卒業後主人の紹介で、ある銀行に這入つたが、何でも金を儲けなくつちや不可ないと口癖の様に云つてゐたさうで、日露戦争後間もなく、主人の留めるのも聞かずに、大いに発展して見たいとかとなへて遂に満州へ渡つたのだと云ふ。（中略）「それから後私も何うしたか能く知らなかつたんですが、其後漸く聞いて見ると、驚ろきましたね。蒙古へ這入つて漂浪いてゐるんです。何処迄山気があるんだか分らないんで、私も少々剣呑になつてるんですよ。
（『門』十六の四）

『門』の宗助が大家の坂井のところへ行き、「蒙古刀」なるものを見せられる場面がある。坂井の弟が蒙古にいて、その兄に蒙古の珍しい話をしてくれたのだという。「蒙古人の天幕に使ふフェルトも貰いましたが、まあ昔の毛毯と変わつたところはありません」とか、蒙古人が上手に馬を使う事や、蒙古犬の痩せていることなどを聞いているが、その時代での一般的な「蒙古」のイメージからそれほど出たものではない。漱石にとって、「蒙古」はそうした一般的な理解、イメージから遠く離れたものではない。「彼らが支那人のためにだんだん押し狭められてゐる」ことを語る点などに、帝国主義─植民地の関係に関心を持っていた漱石の心情の一端が見えるかもしれない。

満韓（満鮮）、蒙蒙、蒙疆というように、朝鮮や満州や蒙古を独立した地域とは見なさず、常に一括した地域として括る、近代の帝国主義日本の地政学的な視点を漱石も持っていたと解することができる。

朝鮮、満州は実見した漱石だが、蒙古には行っていない。彼の蒙古観にはそうした限界が感じられる。
(川村湊)

◆土地

横浜

よこはま

◆「するとボイが又出て来て、近頃はトチメンボーの材料が払底で亀屋へ行つても横浜の十五番へ行つても買はれませんから当分の間は御生憎様でと気の毒さうに云ふと、先生はそりや困つたな、折角来たのになあと私の方を御覧になつて頻りに繰り返さるゝので、私も黙つて居る訳にも参りませんから、どうも遺憾ですな、遺憾極るですなと調子を合せたのです」　　　（『吾輩は猫である』二）
◆先生は其日横浜を出帆する汽船に乗つて外国へ行くべき友人を新橋へ送りに行つて留守であつた。　　　　　　　　　　　　　　　　（『心』十）

西洋文明の窓口であった横浜

　横浜は幕末までは半農半漁の静かな村であったが1858(安政5)年日米修好通商条約により翌年開港され、海外にひらかれた窓として西洋文明の窓口となった。開港とともに外国人居留地が設けられ、外国商人に雇われる中国人も大勢来日し日本のなかの異国となっていく。

　『吾輩は猫である』では日本派の俳人橡面坊の俳号を西洋料理名のように洒落てみせ、「横浜の十五番」というもと居留地の山下町を登場させている。「山下町には外国人の経営する銀行や商館が集って営業しており、商館のなかには、食料品・雑貨・ビールなどの輸出入品を扱う店が多かった」(『漱石全集』第1巻、「注解」岩波書店、1993)。また、『行人』(「塵労」四十三)で「此客は東京のものか横浜のものか解りませんが、何でも言葉の使ひやうから判断すると、商人とか請負師とか仲買とかいふ部に属する種類の人間らしく思はれました」というように、江戸の有力商人をはじめとす

る商売人が横浜に出店するようになり、横浜は西洋文明が日本に最も早く入る場所として発展していった。「文明の実際を見ようとすれば、人はまず横浜まで足をはこばなければならなかった」(工方定一・坂本勝比古『明治大正図誌　横浜・神戸』筑摩書房、1978)のである。その後、条約改正、居留地の撤廃、日清・日露の勝利によって日本の国際的地位が高まるなか、1889(明22)年横浜は市制をしき、近代都市としての規模を確立していった。漱石は「横浜発遠洲洋ニテ船少シク揺ク晩餐ヲ喫スル能ハズ」(日記、1900・9・8)と記しドイツ汽船「プロイセン」号で2年有余のイギリス留学に出航する。「横浜ヲ出帆シテ見ルト右モ左モ我々同行者ヲ除クノ外ハ皆異人バカリ」(日記、同9・12)と気づき、上海では「家屋宏壮横浜抔ノ比ニアラズ」(日記、同9・13)と驚きを見せながら、この留学で漱石は直に西洋を体験するのである。

日本初の鉄道が走った横浜

　1872年9月12日(旧暦)「日本初の鉄道」横浜～新橋間が正式に開通し、明治天皇臨幸のもと盛大な開通式が行われた。『それから』で代助の兄は実業家として登場し、「誠吾が待合へ這入つたり、料理茶屋へ上つたり、晩餐に出たり、午餐に呼ばれたり、倶楽部に行つたり、新橋に人を送つたり、横浜に人を迎へたり、大磯へ御機嫌伺ひに行つたり、朝から晩迄多勢の集まる所へ顔を出して、得意にも見えなければ、失意にも思はれない様子は、斯う云ふ生活に慣れ抜いて、海月が海に漂ひながら、塩水を辛く感じ得ない様なものだらうと代助は考へてゐる」と旺盛な活動家として描かれている。『心』では世間とは交際を絶っている先生が、数少ない知己を新橋まで見送りに行っている。西洋文明の窓口として全盛を誇った横浜は、鉄道の開通によって近代化の中心東京に吸収されていく。

（荻原桂子）

旅順、大連

りょじゅん、たいれん

◆森本は次に自分が今大連で電気公園の娯楽掛りを勤めてゐる由を書いて、来年の春には活動写真買入の用向を帯びて、是非共出京する筈だから、其節は御地で久し振に御目に懸かるのを今から楽しみにして待つてゐると附け加へてゐた。(中略)長春とかにある博打場の光景で、是は嘗て馬賊の大将をしたといふ去る日本人の経営に係るものだが、其所へ行つて見ると、何百人と集まる汚ない支那人が、折詰のやうにぎつしり詰つて、血眼になりながら、一種の臭気を吐き合つてゐるのだそうである。

『彼岸過迄』「風呂の後」十三)

ともに、中国遼寧省の都市。遼東半島の先端に位置し、日清戦争後、日本に租借され、関東州の中心都市となり、のちに「満洲国」に移管された。大連は、ダルニーと呼ばれ、ロシア人が建設した都市として出発し、ロシア文化と中国文化とが入り混じった近代都市として発展した。漱石は、大連に本社があった南満洲鉄道株式会社の二代目総裁の中村是公に招待され、大連、旅順をはじめとした〝満韓〟を旅行、「満韓ところどころ」を著した。そこには、大連の近代な西欧的な都市の一面が描かれている。『彼岸過迄』では、大連、長春などの街がそうした西欧的近代と近代以前の中国との混淆状態であることが指摘されている。
旅順は、日露戦争の激戦地となった〝二〇三高地〟があり、戦跡名所として多くの日本人が訪れる聖地となった。漱石も旅順を訪れた際、建立されたばかりの白玉山頂上の表忠塔を目撃している。日露戦争の戦勝記念のために日本軍が建てた慰霊塔である。その巨大さに鼻白んだような表現があり、乃木大将に対する漱石の複雑な心情も想像される。 (川村湊)

露(魯)西亜／露(魯)国

ろしあ／ろこく

◆先達中から日本は露西亜と大戦争をして居るさうだ。吾輩は日本の猫だから無論日本贔負である。出来得べくんば混成猫旅団を組織して露西亜兵を引つ掻いてやりたいと思ふ位である。

『吾輩は猫である』五)

◆「日本と露西亜の戦争ぢやない。人種と人種の戦争だよ」 (「虞美人草」五)

◆「何でも露西亜に秘密な用があつたんださうです」と小六が真面目な顔をして云つた。 (「門」三)

◆其うち、君は池辺君と露西亜の政党談をやり出した。 (「長谷川君と余」)

小説家夏目漱石は、日露戦争のただ中に登場した。『吾輩は猫である』を『ホトトギス』に発表した時、日本中が旅順開城の報に沸いていた。だから『吾輩』は初めて試みた鼠取りをバルチック艦隊との日本海海戦になぞらえ、自らを東郷平八郎に重ねるのだ。
『坊っちゃん』ではゴーリキーに言及し、『虞美人草』の甲野欽吾は日露戦争を「人種と人種の戦争だ」と、外交官を目指す宗近一に言明する。日清戦争のときわずか一日で陥落させた旅順要塞は、日露戦争の攻囲戦では数ヶ月かかり、多くの死傷者を出した。
『それから』ではアンドレーエフの『七刑人』、『明暗』ではドフトエフスキーに言及するなど、ロシア文学への関心も深い(人木昭男『漱石と「露西亜の小説』』ユーラシア・ブックレット151、東洋書店、2000)。
それは入社した『朝日新聞』に、長谷川辰之助(二葉亭四迷)が先輩社員として存在したことを、明確に意識しての実践でもあった。「長谷川君と余」はすぐれた人物スケッチだ。

(小森陽一)

◆土地

和歌山

わかやま

◆あくる日学校で和歌山県出の同僚某に向つて、君の国に老人で藩の歴史に詳しい人は居ないかと尋ねたら、此同僚首をひねつてあるさと云ふ。
（「趣味の遺伝」三）

◆「試すつて、何うすれば試されるんです」／「御前と直が二人で和歌山へ行つて一晩泊つて呉れゝば好いんだ」／「下らない」と自分は一口に退ぞけた。すると今度は兄が黙つた。
（『行人』「兄」二十四）

◆涼しさや蚊帳の中より和歌の浦
（日記、1911(明44)年8月14日）

1911(明44)年8月14日、漱石は初めて和歌山へと赴いた。朝日新聞社が開催した講演会のためである。日記によると、汽車で和歌山入りした漱石は電車に乗り換えて和歌浦に向かい、望海楼という宿に泊まっている。古く万葉集にも登場する和歌浦は、当時あらためて見なおされる場所となっており、電車も2年前に開通したばかりであった。翌年末から連載された『行人』では、その行程でのことが多く記述されている。たとえば、主人公が兄と乗った東洋第一のエレベーターや、嫂とともに和歌山の街に出て台風のため和歌浦に戻れなかったという小説中の出来事も、漱石自身が経験したことであった。つけ加えておくなら、その際の講演は「現代日本の開化」である。また、「趣味の遺伝」において「和歌山」という語は、主人公の戦死した友人浩さんの家が「紀州の家来」ということから記される。「同僚某」の紹介でもと家老の老人と出会い、なぞの女の正体へ至る、大きな要因となっているのだ。
（五井信）

column 9

明治四十四年、講演の旅

明治四十四(1911)年の漱石は、前年の「修善寺大患」から本復したとはいえぬ身で、二回講演旅行に出かけた。

六月十七日、長野と新潟に向かったのは、大患以前からの長野教育会との講演の約束を果たすためであった。また修善寺に長期出張してくれた森成麟造医師は、長与胃腸病院を退職して故郷の越後高田でこの年四月に開業していたが、その森成から母校高田中学での講演を依頼されたからであった。

講演「文芸と道徳」は概略つぎのような内容であった。

明治以前の日本では文芸も道徳もロマンチックであったが、それが近年はナチュラリスティックにかわった。しかしそこには本来無理があるので、旧来のものとは違うロマンチシズムが、文芸と道徳の双方に添えられなくてはならない——

漱石は当時の流行語「自然主義」を使わなかった。あえて「ナチュラリスティック」といった。

八月十一日、漱石は大阪へ向かい、十三日明石、十五日和歌山、十七日堺、十八日大阪で講演した。病中ひとかたならぬ世話になった朝日新聞からの依頼であったから、負担は大きくとも断ることはできなかった。実際漱石の人気は尋常ではなく、どこも満員札止めの盛況であった。

和歌山での講演「現代日本の開化」で、漱石は「開化」を、「活力を節約しようと奮闘する消極的精神」と「活力を任意随所に消耗しようとする積極的精神」、その両面の発露だと語った。「節約の工夫」は汽車、汽船、電信、電話の発達普及として現わる

が、それは人間の「横着」という消極的精神の産物である。ひるがえって、わざわざ歩いて行く、運動するなどは、好んで「活力消耗」をもとめる積極的精神のもたらす「道楽」だ。生計のためではない学問、小説を書くことなども「道楽」に違いない。

現代人は、活力節約のための機械の恩沢にあずかって大いに楽をしている。しかるに、生活上の苦痛は毫も軽減されず、「昔の人に対して一歩も譲らざる苦痛の下にある」「否、開化が進めば進むほど競争がますます劇しくなって生活はいよいよ困難になる気がする」。実に開化の「一大パラドックス」であろう。

江戸期までの日本は比較的「内発的の開化」で進んできた。それがこの四、五十年「俄然として我らに打って懸った」「外発的開化」に適応しなければならなくなった。急ぎ足をもとめられるあまり、「上滑り」のそしりをまぬがれ得ない。

世界の趨勢が「西欧的」蛮力にある以上「涙を呑んで上滑りに滑っていかねばならない」。しかし「こういう開化の影響を受ける国民はどこかに空虚の感がなければならない。またどこかに不満と不安の念を懐かなければならない」。

この講演「現代日本の開化」は、ロンドン留学以来の十年のうちに漱石が育んだ現代日本観・世界観の、小説よりはるかに直接的な発露といえた。

中之島公会堂での公演直後、漱石はまた吐血し、大阪の胃腸病院に入院した。帰京したのは九月十四日だが、今度は痔がひどく悪化、十六日には切開手術を受けなくてはならなかった。

（関川夏央）

column 10

ロンドン漱石記念館

漱石の息づかいが残る場所

　1984年8月、漱石最後の下宿ザ・チェイス81番地の真向いに開設された、海外初の私設文学記念館である。地下鉄ノーザン・ラインのクラパム・コモンを下車し、広いコモン（共有地）の北側にあるザ・チェイス80番地の2階にある。コモンは19世紀の画家J・M・W・ターナーが釣りをしている風景を「クラパム・コモンの景色」（1800-1805）として描いており、ノース・サイドとチェイス通りの交わる角の家には、英国会議事堂をデザインしたチャールズ・バリーが住んでいた。ノース・サイド一四番地にはカトリック作家のグラハム・グリーンが住んでいたが、当時の家が1940年に空襲で破壊された。その描写は『情事の終わり』に描かれている。

　漱石留学当時の古写真と比べると、周辺の建物は殆ど当時と変わっていず、漱石が神経症に悩まされていた当時、下宿のリール姉妹に勧められ自転車乗りの練習をしたラヴェンダー・ヒルや、「永日小品」の中の「霧」で「昨宵は夜中枕の上で、ぱちぱち云う響を聞いた。これは近所にクラパム・ジャンクションと云う大停車場のある御蔭である。このジャンクションには一日のうちに、汽車が千いくつか集まってくる。」と書いているが、雨の日には今でも列車のゴトゴトする音が聞こえる。

　漱石はロンドン滞在中に下宿を五回も変えており、最後の下宿には渡辺和太郎、戸川秋骨、土井晩翠や、漱石が帰国してすぐあとの同じ部屋には島村抱月も下宿している。記念館には抱月が下宿していた当時、リール姉妹と一緒に写した珍しい写真も展示してある。下宿の近くには、ヴィクトリア朝の七角形をした郵便ポストが残っており、漱石が鏡子夫人や正岡子規などの友人へ手紙を投函したのもここであったに違いない。

記念館の展示物

　漱石記念館に入ると、秋山清水画伯によって制作された100号の漱石像が来館者を迎えてくれる。漱石記念館の窓からは漱石の下宿が真正面に見える。展示室には漱石が観劇したプログラムや、ロンドンで購入した書籍、ウィンザー・マガジン、美術雑誌の「スチューディオ」、絵入り週刊誌「イラストレイテッド・ロンドン・ニュース」などがそろっており、訪問者は自由に手にとって読むことができる。

　最近、漱石の日記メモによって、池田菊苗や中村是公、漱石がオーダー・メイドしたテイラーや訪れた牧師の家などが確認でき、それらの現在の建物の写真も展示してある。隣の資料室には欧米の大学で書かれた漱石についての修士論文や博士論文のコピー、それに世界中の言語に翻訳された漱石作品の翻訳が展示してある。珍しい翻訳では、アラブ語訳の『心』、ハンガリー語訳「坊っちゃん」、ロシア語訳『こころ』、『門』、『それから』や安藤寛一訳の『吾輩は猫である』などがある。

　漱石記念館開設の目的は、漱石の下宿、交流のあった人物や、当時の留学体験が、のちの漱石の作品や人生にどのような影響を与えたかを考えてもらう場所である。漱石留学の成果を良く現しているのは、学

漱石最後の下宿を望む

下宿入口

習院での講演「私の個人主義」である。

「今まで茫然と自失していた私に、ここに立って、この道からこう行かなければならないと指図をしてくれたものは実にこの自我本位なのであります。白白すれば私はその四字から新たに出立したのであります」

漱石の座右の銘とも言われる「則天去私」の境地は、自我本位、個人主義が発展したもので、漱石が苦悩の末にやっとロンドンで摑み取ったものなのである。

（恒松郁生）

(注) ロンドン漱石記念館はリニューアルし、2018年夏に以下の場所に移して開館予定です。

住所：51, Park Hill, Carshalton Beeches, Surrey SM5 3SD
email: nsoseki@hotmail.com
facebook: https://www.facebook.com/sosekimuseum/
開館期間：2月から9月末まで(メールで要予約)
アクセス：Victoria Station (BR) 乗車しCarshalton Beeches下車し徒歩1分

性愛

愛

あい

◆相互を残りなく解するといふが愛の第一義である
といふ事すら分らない男なのだから仕方がない。

（『吾輩は猫である』二）

◆愛は尤も真面目なる遊戯である。遊戯なるが故に
絶体絶命の時には必ず姿を隠す。愛に戯むる、余
裕ある人は至幸である。　　　　　　（『野分』七）

◆藤尾は己れの為にする愛を解する。人の為にする
愛の、存在し得るやと考へた事もない。

（『虞美人草』十二）

◆代助は涜らざる愛を、今の世に口にするものを偽
善家の第一位に置いた。　　　（『それから』十一の九）

◆本当の愛は宗教心とさう違つたものでないといふ
事を固く信じてゐるのです。　　　　（『心』六十八）

◆「誰でも構はないのよ。たゞ自分で斯うと思ひ込
んだ人を愛するのよ。さうして是非其人に自分を愛
させるのよ」　　　　　　　　　　　（『明暗』七十二）

外来翻訳語「愛」への懐疑

「愛」は漢語、すなわち中国からの外来語で
ある。「慈愛」「仁愛」「敬愛」の語が示すよう
に、対象を慈しみ敬う意味は上代よりあるが、
「愛着」「愛執」「愛欲」の語もあるように、仏教
的倫理観の強い近世以前の日本においては、
自分本位な愛を連想させる否定的ニュアンス
の語でもあった。この「愛」が、明治になって、
キリスト教の神の愛（アガペー）の訳語に選ば
れるにあたっては、漢訳聖書の影響があった
と目される（宮地敦子『身心語彙の史的研究』明
治書院、1979）。続いて「愛」は、男女間の愛（ラ
ブ・アモール・リーベ）の訳語ともなり、その
語義はさらに拡張する。明治の新しい翻訳語
「恋愛」が、近世以前の儒教的・仏教的ニュア
ンスや、キリスト教の愛の観念から、比較的

自由でありえたのに対し、二重三重の外来翻
訳語である「愛」はじつに多義的な抽象概念
だったのである。

この「愛」の語を漱石はいったいどのよう
に用いているであろうか。作品用例に見るか
ぎり、興味の中心は、男女間の愛におかれて
いる。ちなみに柳父章（『一語の辞典・愛』三省
堂、2001）は、西洋的な「愛」の源流は12世紀の
トルバドゥール（吟遊詩人）による「騎士の貴
婦人への愛」にあるとし、その特質は、自ら愛
に障害を設け、「遥かな愛」を志向する点であ
り、旅や死が題材となるのもそれゆえである
とする。周知のように、『漾虚集』『夢十夜』に
は騎士道的な愛のモチーフが散見される。た
だし、これらの浪漫的な作品中で「愛」の語は
使われていない。用例は、むしろ同時期の現
実的傾向の作品（『吾輩は猫である』『野分』『虞美
人草』）に見いだせ、ここでは「愛」の概念規定
や分類（自己愛と他者愛）が、さかんに試みら
れている。男女の愛を「肉」と「霊」にわけ、
精神的な愛の尊さを提唱したのが巌本善治や
北村透谷であるなら、その理想とされる「神
聖な愛」を、客観的・批判的に検証しようとし
たのが漱石ではなかっただろうか。

サ変動詞「愛す」の回避

ところで、『それから』の代助は、三千代に
「貴女は平岡を愛してゐるんですか」と問い、
また平岡に「僕は君より前から三千代さんを
愛してゐたのだよ」と宣言するにもかかわら
ず、当の三千代に「愛」の語を発することは
ない。その告白には「僕の存在には貴女が必
要だ」という独特の表現が選ばれる。この点
について蓮實重彦（「「愛」の抑圧の一人称的構
造」『国文学』1980・8）は、「僕の存在」とは一人
称を三人称化した表現であり、一人称から二
人称にむかう「I love you」の他動詞性が回避
される点に、恋愛形式と文章形式の限界が現
れているとする。この点を、「愛」の語彙史を
踏まえて再考してみたい。宮地敦子前掲書に

◆
性
愛

307

よれば、漢語「愛」がサ変動詞化した「愛す」が現れるのは平安後期の和文（歴史物語・短編物語集・歌論）であり、その用例は、親から子、男から女、主人から従者・家畜へと、金品や肉体的な行為を伴って、上から下へと施される場合に限られていた。行為を伴わない愛情には「思ふ」が用いられたのである。「愛す」の下降の法則は、明治10年代の翻訳小説まで引き継がれ、男女間の恋愛感情を表す先駆的用例は、二葉亭四迷の『浮雲』である。内海文三は、「若しお勢が（中略）文三を愛してゐるならば」（二篇11回）「お勢は昇を愛してゐるやうで、実は愛してはゐず」（三篇19回）と煩悶する。

文三とは一世代異なる代助が三千代への愛を確信した時に選び択るのは、「僕の存在には貴女が必要だ」という表現である。「必要＝I need」とは、相手に施す行為ではなく、相手から与えられることを要求する言葉である。ここには、上位（男）から下位（女）へと施す一方向性の愛を否定し、互いに与え合うことを願望する心性、すなわち男女の愛の対等性・相互性に関わる問題意識が明瞭に打ち出されているのではなかろうか。

代助が三千代に与え、また三千代から与えられたいのは、金銭や肉体等の物質的支援ではなく、互いの「存在」である。長年、「瀆らざる愛」の偽善性を疑ってきた代助が、「誠の愛」として提示するのは、互いの全存在を与え合う愛なのである。しかし、そんな愛ははたして永続可能なのか。死によって凍結することなしに…。代助が味わう「愛の刑と愛の賚（たまもの）」の「刑」とは、必ずしも社会からの裁きではなく、互いの全存在を与え合うことを約した「愛」自体がもたらす刑罰、すなわち「誠の愛」に内在する拘束性・排除性・破滅性ではなかっただろうか。

実践可能な「愛」の探究

『それから』を折り返し地点として、漱石文学のテーマは愛の実践、すなわち実行可能な愛の探究へと向かうように思われる。ここに再び浮上するのは、「愛」の利己性と利他性の問題である。『心』において、「愛の理論家」を自負し、「本当の愛は宗教心とさう違つたものでない」と信じていた先生が、義母の看病をしても罪悪感から解消されないというエピソードは、きわめて示唆的である。漱石の愛の命題は、自己愛を克服し、利他へと向かう際に、宗教的な博愛には解消されない。キリスト教のアガペーが、神が人間に無制限に与える愛だとするなら、漱石は、自ら神になって万人に愛を施すこと、あるいは生贄の女神から無償の愛を授かることを是としていないのではなかろうか。たとえば、「草枕」に、「憐れと云ふ字のあるのを忘れて居た。憐れは神の知らぬ情で、しかも神に尤も近き人間の情である」という一節がある。神に近づくことを求めながら、あくまでも「神の知らぬ」「人間の情」としての愛を模索したのが漱石ではなかったか。『道草』の健三はお住のヒステリーの発作に「不憫」の情を覚え、『明暗』では、津田夫婦の互いの弱者性が現れたとき、相争う関係が緩和する。愛情は、じつに卑近な日常性のなか、精神と肉体の二元論を超えて探られているのである。

立川健二（「愛と差異に生きる私」『漱石研究』第4号、1995・5、『愛の言語学』夏目書房、1995）は、他者との関わり方を「社交性」と「関係性」の2種に分け、全ての他者との関係を「社交性」で処理する人間に恋愛は不可能だとした上で、漱石は全ての他者との関係を「社交性」で処理できない「関係性の人」だという。恋愛が、1対1の緊密な対関係を結ぶことだとしたなら、こういう愛の実践者が社会的広がりを保持するには、複数の他者との「関係性の束」（立川健二前掲書）を生きねばならないだろう。「愛」の語が最も多用される『明暗』は、津田とお延の関係を軸に、彼らの親族との「愛」の葛藤を「関係性の束」として再構築していく作品であるように思われる。　（鈴木啓子）

愛嬌

あいきょう

◆「あのべらんめえと来たら、勇み肌の坊つちやんだから愛嬌がありますよ」　（「坊つちやん」十一）
◆自分の見た彼女は決して温かい女ではなかつた。けれども相手から熱を与へると、温め得る女であつた。持つて生れた天然の愛嬌のない代りには、此方の手加減で随分愛嬌を搾り出す事の出来る女であつた。　（『行人』「兄」十四）
◆斯ういふ場合に彼等は決して愛嬌を売り合はなかつた。　（『明暗』九十二）

　『大辞泉』では、「「愛嬌」は「愛嬌のある顔」のように、その人にもともと身についたものをいうことが多いが、「愛想」は、「お愛想を言う」のように、意識的な動作や態度をいう」と、二語の用法の差を説明する。「坊っちやん」で野だいこが「おれ」を評した「愛嬌」の語は、天然にかわいらしく未熟で滑稽だといったぐらいの意味で使われている。初期にはごく単純な用法であった「愛嬌」の語は、漱石作品のなかで次第に複雑な様相を帯びてくる。
　『行人』の二郎から見た嫂の直は、天然自然の愛嬌はないが、こちらの対応によっては好もしさが引き出せる女性であり、「愛嬌」とは条件によって誘起しうるものとの認識がある。『道草』の健三は、妻の御住の顔が「下手な技巧」を交えた「不純」なものに見え、「わざと彼女の愛嬌に誘はれまいと」する。さらに『明暗』では、津田とお延、津田とお秀、お延とお秀など二人物が対峙する場で、何度も「愛嬌」の語が用いられる。もはや「愛嬌」は天然自然に備わった愛らしさではなく、天然に見えるように振る舞う、特に女性による技巧やお世辞なのである。　（有元伸子）

嫂

あによめ

◆もし嫂が此方面に向つて代助に肉薄すればする程、代助は漸々家族のものと疎遠にならなければならないと云ふ恐れが、代助の頭の何処かに潜んでゐた。　（『それから』十一の八）
◆「だつて嫂さんですぜ相手は。夫のある婦人、殊に現在の嫂ですぜ」　（『行人』「兄」十八）
◆お前が己の妹で、嫂さんが他家から嫁に来た女だ位は、お前に教はらないでも知てるさ
　（『行人』「帰つてから」九）
◆彼は教育も身分もない人を自分の姉と呼ぶのは厭だと主張して、気の弱い兄を苦しめた。
　（『道草』三十六）

敬愛と禁忌の対象

　「嫂」は、兄の配偶者を年齢の上下に関係なく敬称する語である。「叟」の字には、家中で火を司る長老の意があり、年長者に対する尊称であった。その使用が男性に特化するにともない「嫂」の漢字が造られた。日本では古くより「あによめ」と訓まれる。兄嫁は他家から嫁いだ、いわば新参者にすぎないが、家督を継ぐ長男の正妻の地位を得ることで権力的存在ともなった。『それから』の代助にとって、実兄よりも気安く感じられていた嫂が、彼の縁談に積極的に動き出したとき、家族全体と疎遠にならなければならないような脅威的存在に変わるのは、嫂が明治家父長制の重要なネジ釘であることを表している。
　長男の正妻には、容姿や人柄のみならず、家相応の教育や身分が必要とされた。選ばれた女性は親族の敬愛の的となりえた。と同時に、同居する弟たちにとってエロティックな憧憬の対象ともなりえたであろう。「兄嫁の

◆性愛

309

水に溺るとも手を以てせず」という諺は、嫂への近しさと憚りを如実に表している。ことに次男坊にとっては特別の意味を有していたのではなかろうか。「嫂直し」の民俗語彙が残るように、長男が亡くなれば、未亡人は次男の所有となる可能性を孕んでいた。

小栗風葉「涼炎」(『新小説』1902・4)は、遭難死した兄(一郎)の遺体を引き取りにいく途中の次郎とその嫂(一郎の妻)が、大雪のため鉄道が不通となって温泉宿に同宿し、「右妻」と記された宿帳を修正しないところで終わる。『行人』を連想させる作品であろう。

実在の嫂

漱石研究において、嫂の存在に注目したのは江藤淳である。「登世という名の嫂」(『決定版夏目漱石』新潮社、1974)において、兄和三郎直矩の二番目の妻登世を漱石の禁断の恋の対象として論じた。直矩は三男であるが、長兄次兄の相次ぐ病死により、1887(明20)年に家督を相続し、9月に最初の妻ふじを迎えるが3ヶ月で離婚。翌年2月に再婚するのが水田登世である。漱石が塩原家から夏目家に復籍するのが同年の1888年1月。9月に一高に進学し、下宿先から夏目家に戻った。すなわち、1891年7月28日に登世が死去するまでの約3年間、3ヶ月年下の登世を「嫂さん」とよび、姉弟として身近に暮らしたことになる。その死に際しては、子規宛に「一片の精魂もし宇宙に存するものならば、二世と契りし夫の傍らか、平生親しみ暮せし義弟の影に彷彿たらんか」と哀切の情を書き送った。直矩はその翌年4月に3番目の妻みよと再婚した。

江藤淳は、「もう一人の嫂」(前掲書所収)において、直矩の三人の妻と作品との関わりを検証している。モデル研究の是非はともかくとして、嫂というモチーフが、漱石作品の女性像に読者の想像をかき立ててやまないリアルな魅力を付与していることはまちがいない。

(鈴木啓子)

◆性愛

許嫁

いいなずけ

◆表向人の許嫁を盗んだ程の罪は犯さぬ積であるが、宗近君の心は聞かんでも知れてゐる。

(『虞美人草』十四)

「男女、幼キヨリ、予メ、婚姻ヲ約シオクコト」(『言海』)。本人以外の意向が婚約に関わる関係である。うらなりの「許嫁」(「坊っちゃん」七)マドンナを奪った赤シャツは「卑怯」(同八)「奸物」(同九)、マドンナは「油断が出来ん」「今時の女子」(同七)、許嫁の宗近を嫌い小野を愛す藤尾は「浅墓な跳ね返りもの」(『虞美人草』十七)。結婚を約した恩人の娘小夜子よりも藤尾との結婚を望む小野は、自らを「弱い」(同十八)「軽薄」(同)と評す。許嫁という約束に違背する彼等は周囲から批判され、両作とも不徳義への断罪がある点に、「履歴より義理が大切」(「坊っちゃん」十一)「人生の第一義は道義にあり」(『虞美人草』十九)等、道義重視の作品の主旨は明確である。「坑夫」にも許嫁への違背が描かれるが、これには断罪的要素はあまりない。また、後期の『彼岸過迄』では「許嫁」(停留所二)は道義的な束縛として働かない。「詩趣はある。道義はない」(『虞美人草』十二)藤尾に死を与えた作者には、利他主義が衰退し自我が偏重される時代への批判がある。「許嫁の弊習」(寒沢振作『婦人のてかゞみ』博文館、1894)、と当時の誰もが思っていたはずだが、敢て許嫁を軸にしたのは、約束への違背こそ「道義はない」ことの端的な表れだからだ。許嫁は、新旧道徳の過渡期における個の有り様の模索というまさに前期の漱石の問題意識を反映する装置だった。

(吉川仁子)

異性

いせい

◆「女と云ふものは始末におへない物件だからなあ」と主人は唱然として大息を洩らした。(中略)「とも角も女は全然不必要なものだ」
（『吾輩は猫である』十一）

◆「何故と云ふに。廿前後の同じ年の男女を二人並べて見ろ。女の方が万事上手だね。男は馬鹿にされる許だ。　（『三四郎』十二の五）

◆「何と云つたつて女には技巧があるんだから仕方がない」　（『道草』八十三）

◆一度夫婦関係が成立するや否や、真理は急に寝返りを打つて、今迄とは正反対の事実を我々の眼の前に突き付ける。即ち男は女から離れなければ成仏出来なくなる。女も男から離れなければ成仏し悪くなる。今迄の牽引力が忽ち反撥性に変化する。さうして昔から云ひ習はして来た通り、男はやつぱり男同志、女は何うしても女同志といふ諺を永久に認めたくなる。　（『明暗』七十六）

異性間の牽引力

「女は全然不必要なものだ」と『吾輩は猫である』連載の最終回で断言した苦沙弥先生は、トマス・ナッシュの『愚行の解剖』(1589)から先賢の女性批判を列挙してその例証としている(十一)。とはいえ彼には妻子があるのだし、そもそも女について「始末におへない」と思うに至ったのは、かつては女を「全然不必要なもの」と見ていなかったことの証拠ともいえる。実際、苦沙弥の飼い猫である「吾輩」は、「御三の険突を食つて気分が勝れん時は必ず此異性の朋友の許を訪問して色々な話をする。すると、いつの間にか心が晴々して今迄の心配も苦労も何もかも忘れて生れ変つた様な心持になる。女性の影響といふもの

は実に莫大なものだ」(二)と認めている。各猫の性格が飼い主のそれを反映するというこの小説の設定からすれば、苦沙弥とてこの「影響」について身に覚えがないわけではないということになる。

この「影響」が同性からは得がたいものであるならば、それは、『明暗』で言挙げされる「異性に基く牽引性」(六十六)の効果だということになる。お延の叔父、岡本は「男と女が引張り合ふ」(七十五)、自然の賜としてのこの「牽引力」を説きながら、「然しそれは結婚前の善男善女に限られた真理である」と釘を刺す。

異性間の反発性と同性社会性

たとえば『行人』の一郎が吐く「何んな人の所へ行かうと、嫁に行けば、女は夫のために邪になるのだ。(中略)幸福は嫁に行つて天真を損はれた女からは要求できるものぢやないよ」(五十一)という認識は、次作『心』にも結婚後の「先生」と奥さんとの微妙な不疎通の形で受け継がれ、さらに『道草』で反復される夫妻間の葛藤に分析的な表現を見ることになるもので、岡本の説法は漱石が自らの文学を概括したものとも読める。ただ、この「真理」は、実は「結婚後の善男善女に限られ」るわけではない。「反撥性」は『彼岸過迄』での須永と千代子の決裂に顕著だし、『草枕』『虞美人草』『三四郎』にもその前哨が読まれる。ともかく「牽引力が忽ち反撥性に変化する」という男女関係のこの困難に、漱石の文学的追求の焦点の一つが絞り込まれていたことは疑いようもない。

ともかく女は「始末におへない物件」で「全然不必要なものだ」として、苦沙弥は遊びに来る男たちとばかり付き合うようなのだが、これも岡本のいうとおり、上記の「反発性」から「男はやつぱり男同志」の諺を永久に認めたことによるのだろうか。とすると、この「男同志」主義は、『行人』の一郎が弟の

◆
性
愛

二郎や友人のHさんに向けてのみ真情を吐露して妻とは意思不疎通のままに終わることや、『心』でも「先生」が弟子格の「私」に向けてのみ事実を告げて妻は永久に蚊帳の外に置くよう遺言すること、また結婚前のことでいえば、好きな女を親友に譲るという『それから』の「義侠心」など、これもやはり漱石文学の要衝に関わってくる。

これを「同性社会性」の問題と呼んでもよいのだが、それが一般に含むとされる「同性愛嫌悪」はまた別問題となる。『心』の「先生」は「私」が彼に寄せる感情について「恋」と同じだと断じ、「異性と抱き合う順序として、まづ同性の私の所へ動いて来たのです」とも述べていたし（十三）、漱石その人にもその傾向は否定しがたい。かつそれを隠す必要性も現代ほどでなかったことは、当時の言説から知られる。たとえば「これ〔男色〕が肉体的であれば、断じて許されないけれども、これを精神的にするならば、十分に女性に代用するに足るものである」と大町桂月（『青年と煩悶』1907）。

女性嫌悪と女の「技巧」

それにしても、なにゆえに「真理」は反転して「今迄の牽引力が忽ち反発性に変化」してしまうのか。その要因として漱石の小説で求められるものとして、女性の「技巧」がある。たとえば『草枕』『虞美人草』『三四郎』の三作では、「技巧」を駆使する女主人公に結びでなんらかの懲罰が下されている。その後、『彼岸過迄』『行人』『心』と女性的「技巧」の描写は冴えと深みを増してゆくが、妻ないし恋人が結局、放擲されるという展開には、この懲罰のパターンが生き延びていると読めなくもないのである。

結局「女には技巧があるんだから仕方がない」と『道草』の健三は確信する次第だが、語り手は続けて「恰も自分自身は凡ての技巧から解放された自由の人であるかのやうに」と付言して、男性側の一方的観点を相対化してもいる（八十三）。次に来る『明暗』における、最後の「技巧」の女、お延の心理のポジティヴな描写は、『道草』で獲得されたこの相対化を基盤とするものであったといえる。

「second nature」における男女差

このように概観すると、『猫』から『明暗』へと、漱石の女性に向ける視線は徐々に軟化したとの印象を受け、これを裏返せば、『猫』以前の漱石における女性嫌悪の激しさが思いやられなくもないが、どうであったろう。

ロンドン留学期以降に書きためられた『ノート』は、このような観点においても示唆に富んでいる。たとえば人間の「nature」（自然、本性）は不十分なものであるから「second nature」（第二の自然）の発生が必然だが、これが個人、民族、時代と場所により異なってくるというコウルリッジの所説を整理した箇所で、漱石は「〔女ハ〕既得ノsecond nature ヲ守ルコト多シ　男ハ新シキsecond nature ヲ得ント力ムルコト多シ」との自説を書き込んでいる。いわゆる「art」（芸術）を含む人間の「artifice」（技巧）はすべて高度の「second nature」の形成を目的とするもので（IV-13）、「second nature即チartifice」（IV-35）ともいえる次第だが、「既得ノsecond nature」に固着する傾向が女は男より強い、との指摘である。別の箇所には、「変化ヲ好マズ」という意味で「女ト老人ハ似」ており、逆の意味で「男ト小児ハ似」るとの認識も述べられており（IV-21）、女の「技巧」が男を苛立たせるというパターンへの漱石の固執も、こうした哲学的考察をくぐり抜けた人のものと知るべきだろう。

(佐々木英昭)

イブセン流

いぶせんりゅう

◆只きれいにうつくしく暮らす即ち詩人的にくらすといふ事は生活の意義の何分一か知らぬが矢張り極めて僅小な部分かと思ふ。で草枕の様な主人公ではいけない。あれもいゝが矢張り今の世界に生存して自分のよい所を通さうとするにはどうしてもイブセン流に出なくてはいけない。

　　　（鈴木三重吉宛書簡、1906（明39）年10月26日付
　　　　　　　　　　　　　　　　　　　　　第二信）

◆すると与次郎が美禰子をイブセン流と評したのも成程と思ひ当る。但し俗礼に拘はらない所丈がイブセン流なのか、或は腹の底の思想迄も、さうなのか。其所は分らない。　　　（『三四郎』八の七）

「イブセン流」と近代文明の矛盾

　三重吉宛の書簡で、漱石は「草枕」の主人公の生き方を批判し、「閑文学」ではなく「維新の当士勤皇家」のように命を懸けて文学を目指さなければならない、と諭している。それは漱石自身の作家としての意気込みでもあった。「イブセン流」とは、そのような意気込みを当時流行していたイブセンの名前を借りて述べたものであり、周囲と軋轢を生じようとも、信念に従い「進んで苦痛を求め」る文学者の生き方を理想としている。

　漱石がイブセンに初めて言及したのは、1906（明39）年8月の『早稲田文学』の「夏目漱石氏文学談」である。

　「あくまでも個人の自由を十分に与へて働かして見なければいけない。しかし現今の文明が又一方に於いてこの個人主義に対するレヹリング、テンデンシー（平衡的傾向）とでもいつたやうな傾向があつて、個人的な傾向ばかり進まして置かぬやうになつてゐる。（中

略）イブセンの描いた人物などが、このレヹリング、テンデンシーに対して個人主義の矛盾を自覚したものでせう。」

　漱石は、この談話で近代文明の姿をふたつの傾向のなかに見ている。ひとつは、「個人主義」であり、もうひとつは「レヹリング、テンデンシー（平衡的傾向）」、すなわち大衆化社会への傾向である。イブセンがその登場人物で現代文明のこのふたつの傾向の矛盾を描いた、と漱石は解釈する。近代文明の孕む矛盾への言及は、「文学談」の一か月後に発表された「草枕」でも見られる。「文明はあらゆる限りの手段をつくして、個性を発達せしめたる後、あらゆる限りの方法によつて此個性を踏み付け様とする」という主人公の感想がそれである。個性を発達させた近代文明であるが、他方で個性をあらゆる手段で抑圧する「レヹリング、テンデンシー」もまた同じ近代文明によって助長された、という矛盾が指摘されるのである。

「イブセン流」の男

　漱石の小説のなかで「イブセン流」をもっとも体現したものは「野分」である。主人公の元中学教師白井道也は、勤務したどの中学でも金権や旧権力を批判して、学校を追い出されてきた経験があり、時代批判の大著「人格論」の出版を企てるが、出版社に相手にされない。道也は、電車ストライキ犠牲者の家族支援のための演説会で、「現代青年に告ぐ」という演説を行い、政治家や実業家を批判して、「吾人が今日生きて居る時代は少壮の時代である。過去を顧みる程に老い込んだ時代ではない。政治に伊藤侯や山県侯を顧みる時代ではない。実業に渋沢男や岩崎男を顧みる時代ではない」と主張する。さらに、聴衆である若者たちをも批判の俎上に乗せる。「事実上諸君は理想を以て居らん。家に在つては父母を軽蔑し、学校に在つては教師を軽蔑し、社会に出でゝは紳士を軽蔑してゐる。是等を

◆性愛

軽蔑し得るのは見識である。然し是等を軽蔑し得る為めには自己により大なる理想がなくてはならん。自己に何等の理想なくして他を軽蔑するのは堕落である。現代の青年は滔々として日に堕落しつゝある」。

聴衆である若者たちの間に憤慨の気色が見られると、道也は昂然として言い放つ。「諸君。理想は諸君の内部から湧き出なければならぬ。諸君の学問見識が諸君の血となり肉となり遂に諸君の魂となつた時に諸君の理想は出来上がるのである。付焼刃は何にもならない」彼の姿は強い信念を持ったイブセンの主人公、たとえば『人民の敵』のストックマンを彷彿させる。事実演説のなかで、「自己を樹立せんが為めに存在した時期」の個人のひとりとしてイブセンの名があげられている。

しかしながら、「野分」の道也はあくまで正義の士として造形されていて、彼の内面には最初から最後まで葛藤、矛盾はない。彼の主敵は岩崎家のような富豪であり、これも一貫している。他方、イブセンの作品では、正義の体現者と思われた主人公が、例えば『社会の柱』のベルニックのように、内面に大きな人生の嘘を隠し持っていて、それが暴露されることがドラマの主筋をなしている。その意味では、道也の「イブセン流」はいささか単純過ぎると言えよう。

「イブセン流」の女たち

強い個性により世間の「平衡的傾向」と格闘し、なおかつ内面に矛盾を抱えている人物こそ、「イブセン流」の人物としてふさわしい。そのような人物は、漱石の小説では、主として女性の姿で登場する。『虞美人草』の藤尾や『三四郎』の美禰子らである。藤尾は自尊心に満ちた傲慢な美女である。亡父が決めた婚約者の宗近を拒否して、接近してきた小野を恋人にする。しかし、小野が自分を捨てて他の女を選んだことを知ると、屈辱感の余り憤死してしまう。藤尾の姿には、イブセ

ン『ヘッダ・ガブラー』の支配欲の強い美女ヘッダが投影されている。ヘッダは、昔の恋人を策略により自殺させるが、他の男の支配下に陥りそうになると、自ら死を選ぶ。「草枕」の那美もイブセンのドラマに登場してもおかしくない女である。那美は自分に恋文を書いた若い修行僧のところに押しかけて行き、世間に狂人扱いされる。「草枕」でも次のようにイブセンに言及される。「文明は個人に自由を与へて虎の如く猛からしめたる後、之を檻穽の内に投げ込んで、天下の平和を維持しつゝある。此平和は真の平和ではない。動物園の虎が見物人を睨めて、寝転んで居ると同様な平和である。(中略)個人の革命は今既に日夜に起こりつゝある。北欧の偉人イブセンは此革命の起るべき状態に就て具さに其例証を吾人に与へた」。

ここでも、漱石の近代文明に対する基本的な見解が見られる。近代文明は個性を発達させながら、同時にそれを抑圧する「平衡的傾向」も育て、個性を抑圧する。藤尾は英語の小説を読みこなし、亡父の決めた婚約者を拒否する強い意志を持っている娘である。しかしながら、自らの選んだ「恋人」に裏切られ、憤死する。同様に知的な美禰子も三四郎に好意を見せながらも、結局は見合い相手のもとに嫁ぐ。奇矯に見えた那美も最後には、零落した前夫の姿に同情の涙を流す。彼女たちの敗北の姿には、封建的な家制度を残したまま大衆化社会に進んだ近代日本の歪みが見て取れる。その意味で、彼女たちこそ近代日本の生んだ「イブセン流」の人物たちだったと言えるだろう。

さて、『明暗』を「イブセン流」で解釈することはできないだろうか。自己に執着する津田は個人主義の権化である。他方、彼の回りの人々は、多くは「平衡的傾向」を代表しているように思える。それでは、謎めいた清子は、両者を止揚する人物として造型されているのだろうか。

(金子幸代)

情夫、情婦

いろ

◆今に三人が海老式部か鼠式部かになつて、三人とも申し合せた様に情夫をこしらへて出奔しても、矢張り自分の飯を食つて、自分の汁を飲んで澄まして見て居るだらう。　（『吾輩は猫である』十）
◆「例へば夫婦だとか、兄弟だとか、又はたゞの友達だとか、情婦だとかですね。色々な関係があるうちで何だと思ひますか」　（『彼岸過迄』「報告」四）

近代家族の情景

　情夫、情婦、あるいは情人は「いろ」とも読まれ、近世以降はもっぱら性愛を伴った男女関係によって生じた婚姻外の淫らな情事の対象者を指し示す語として用いられた。漱石もほぼこの否定的な意味合いでこの語を用いている。『行人』「帰つてから」（十三）には父の友人が若き日に使用人との間に起こった肉体関係を「情事」と表現している。ただ、明治期にあって、これを近代的な男女関係の意味に転化させようという試みもなされており、例えば1887（明20）年の中島湘煙『善悪之岐』（1887）には、「情人」が恋愛対象である「恋人」の意で用いられている。しかし、「情夫、情婦」という語は、概ねは表向きには語れない男女関係に適用されたと考えられる。

　漱石の作品中に「情夫、情婦」が用いられる頻度は低い。それは漱石の作品が近代家族・夫婦の情景を描き続けたとも言い換えられよう。前近代の慣習が残存する明治期において正妻以外の女性を「妾」や「権妻」として囲うことは一般的な風俗であり、公娼制は男性の性愛の対象を容易に提供していた。1898年に施行された明治民法の第七百六十六条「配偶者アル者ハ重ネテ婚姻ヲ爲スコトヲ得ス」によって単婚制（一夫一婦制）は確立され、近代婚姻制度は始まったが、漱石の作品にはそのモノガミーという制度が色濃く投影されている。

　『それから』には代助の父が若い妾を持ち、『門』でも宗助の父親は若い妾を残して先立っている。そうした父の世代に対して代助も宗助も殊更の倫理観を立てて批判することはない。むしろ、代助は独り身をかこって「生涯一人でゐるか、或は妾を置いて暮すか、或は芸者と関係をつけるか」（『それから』七）と考えるような青年である。しかし、彼はそのようにはせずにいちずに三千代を思い続ける。父の世代の性愛の配置をそれほどに異常なものとも思わず、だからといって彼らと同様な道を取ろうとはしない世代の物語がここに表出されていった。それは異性という他者に向けられた感情の観察であり、恋愛という概念の探求である。

恋愛という葛藤

　自分の内部に巻き起こる肉欲とは別の異性への「興味」について、一郎はこう述べる。「人間の作つた夫婦といふ関係よりも、自然が醸した恋愛の方が、実際神聖だから、それで時を経るに従つて、狭い社会の作つた窮屈な道徳を脱ぎ棄てゝ、大きな自然の法則を嘆美する声丈が、我々の耳を刺戟するやうに残るのではなからうか」（『行人』「帰つてから」二十七）。ここで漱石は明治期の近代家族制度によって保障された夫婦という確固たる紐帯は、恋愛の前には無力であることを述べ、そこに巻き起こる葛藤を剥出していく。「情夫、情婦」などは性愛を仲介にするのだから、むしろ単純なのである。だが恋愛を媒介に出来する「出来事」はもはや情事などという言葉には収束できないような物語を輩出していくことに、漱石はきわめて意識的であったといえるのではないだろうか。　（中川成美）

◆
性
愛

315

色気

いろけ

◆色気ばかりが沢山で肝腎の実意が乏しくてはぶまな作物が出来るといふものだ。／実意があればこそ惚れる世の中だもの。　（談話「色気を去れよ」）

色男・色女

　一般的に「色気」は、異性に対する性的魅力、関心・欲求・性的感情など、セクシュアリティを意味する語で、そこから派生した「色男」は器量よしの男、美男子、好男子、さらに好色な男、情夫の意味となる。「色男」の用例は全部で4例あるが、対称語の「色女」はテクスト中に見られず、「情婦」1例と「情夫」1例が『彼岸過迄』にみられるのみである。

　「色気」の注目すべき使用例は、「色気の付いた私は世の中にある美しいものの代表者として、始めて女を見る事が出来たのです」（「先生と遺書」七）と、セクシュアリティが異性愛に昇華されるメカニズムが語られる『心』の先生の述懐だが、これには「俗にいう色気」と、ただし書きがある。

　テクストで最初に登場する「色男」は猫の吾輩、次は赤シャツで、吾輩はさておき、「コスメチックと色男の問屋を以て自ら任じている」赤シャツは、赤いフランネルシャツを着用、絹ハンカチ、琥珀のパイプを愛用する洒落者で、マドンナだけでなく芸者にも手を出す、セクシュアリティ過剰の教頭である。

　赤シャツは、時々芸者遊びをするうえ「元禄時代の色男の様で可笑しい」（『それから』十二の四）と兄から揶揄される『それから』の代助に通じ、さらに新婚早々、妻をおいて昔交際していた女を温泉場まで追いかける『明暗』の津田由雄に至る「色男」の系譜の原型

で、「習慣に縛られた、かつ習慣を飛び超えた艶めかしい葛藤」（『彼岸過迄』「停留所」五）に囚われた、悩ましくも滑稽な境界的存在・トリックスターである。

　「情夫」「情婦」の使用例は、旦那とは別に役者を情夫にもち、それを旦那が認めるという「艶福家」の妾（『彼岸過迄』「停留所」四）と、セクシュアリティの女人の意味でつかわれている「情婦」がある（『彼岸過迄』「報告」四）。過剰なセクシュアリティと多夫性にフォーカスされているが、男女ともマイナスイメージは付与されていない。

見栄・自尊心・愛想・浮華虚栄

　また、「色気」には上記とは別に、外見・外聞を気にする見栄・自尊心・愛想・愛嬌・浮華・虚栄という意味での用例がある。

　冒頭に掲げた談話「色気を去れよ」では「色気」は「実意」と反対の「浮華虚栄」（『吾輩は猫である』九）の意味で使われている。

　『吾輩は猫である』では、欠けた歯に餅がついても無頓着で平然と人に接している水島寒月を金田鼻子が「色気がない」人というが、一方、博士論文を必死で書いている寒月を苦沙弥は「色気があるから可笑しい」と評し、その苦沙弥を吾輩が「（子供の頃は）今の様に色気もなかった」と評す。つまり、程度の差はあれ、どんな人間も「色気」を離れることができない、と「吾輩」に評されるのである。

　『明暗』（百四十一）では津田由雄が「色気が多過ぎ」、その結果、「己惚」が強くなり、「我」を立てて困ると吉川夫人から評される。過剰な「色気」は人を生きづらくさせるものと語られている。両方の意味で「色気」の多い由雄と対極に位置するのが藤井の妻お朝で、由雄は彼女を「色気がない」、「愛想がない」と評するが、語り手によれば、「世間並の遠慮を超越した自然」体の女、「性の感じを離れた自然」の所有者で、「色気を去った」、実意の女性なのである。

（吉川豊子）

陰陽和合

いんようわごう

◆「所が陰陽和合が必然でありながら、其反対の陰陽不和がまた必然なんだから面白いぢやないか」
（『明暗』七十五）
◆つまり人間が陰陽和合の実を挙げるのは、やがて来るべき陰陽不和の理を悟るために過ぎない。
（『明暗』七十六）

　『明暗』のお延は、「手前勝手な男」である津田と結婚したが、「何一つ不足のない夫を持つた妻としての自分」を示して周囲を欺いている。それゆえ、叔父の岡本から「夫婦和合の適例」として認められているとお延は信じて疑わなかったが、一方で初対面の時から叔父が津田を好いていないこともよく承知している。その叔父から、従妹の見合の席に同席させられたお延は、相手の男に対する評を言うように要求される。自分で自分の夫を選びながら、自分に先見の明がなかったことを自白させられそうな状況に陥って、お延は不覚にも涙を流す。その後の夕食の席で、叔父は「陰陽和合」とそれに伴う「陰陽不和」の話をする。それはつまり、男と女は互いに違った所があって引っ張り合うが、その違った所は自分と別物であるゆえに反発して離れてしまう、というものである。その話のあとに、叔父はお延を泣かせた「賄賂金」として小切手を渡し、「是は陰陽不和になつた時、一番よく利く薬だよ」と言う。「たゞ愛するのよ。さうして愛させるのよ」と男女（夫婦）の和合における愛の信念を従妹に語っていたお延だが、その愛は金で買われるのだという皮肉な真実がここに露呈している。　（増田裕美子）

後姿

うしろすがた

◆後姿だけで人間の心が読める筈はありません。御嬢さんが此問題について何う考へてゐるか、私には見当が付きませんでした　　　（『心』七十二）
◆須永の住居つてゐる通りの角迄来ると、彼より先に一人の女が須永の門を潜つた。敬太郎はたゞ一目其後姿を見た丈だつたが、青年に共通の好奇心と彼に固有の浪漫趣味とが力を合せて、引き摺るやうに彼を同じ門前に急がせた。
（『彼岸過迄』「停留所」二）

　最初に挙げた引用の中で、先生の語りは、後姿を端的に解釈している。後姿は、一方的なまなざしがそこにあることを表す。見られる対象が故意にそれを意図しない限り、見る行為そのものが窃視状態として、同時に読み手に提示されている。目が心を読む場所ならば、それが見えない後姿は、窃視という圧倒的な優位性と同時に、心理を読もうとする窃視者にとっての焦燥感を読者に共感させる機能をもつ。わずかな例外を除いて、男性が女性の心理を解読する側となる構造をもつ漱石テクストに、後姿は頻出する。一方、心理の解明が目的でない例に『彼岸過迄』の冒頭、敬太郎が未知の女性として千代子を目撃する場面がある。『心』の例同様に、一方的に対象を意味付けるまなざしの暴力は、探偵趣味や都市空間の匿名性と結びつく。
　男性から男性への同性間での窃視が、嫉妬という感情を介在して外見の描写（後姿）として描かれる場合、異常心理として同時代には理解されていた点も付記しておく（伊藤かおり「期待される男たち：夏目漱石『彼岸過迄』論」『日本近代文学』2013・11）。
（杉田智美）

◆性愛

御化粧、御白粉

おけしょう、おしろい

◆自分は電気燈がぱつと明るくなつた瞬間に嫂が、何時の間にか薄く化粧を施したといふ艶かしい事実を見て取つた。電燈の消えた今、其顔丈が真闇なうちに故の通り残つてゐるやうな気がしてならなかつた。／「姉さん何時御化粧をしたんです」／「あら厭だ真闇になつてから、そんな事を云ひだして。貴方何時見たの」　　　（『行人』「兄」三十六）

精巧な化粧

　女性の化粧は、そもそも技巧として捉えられるが、近代において、それは一層精巧となる。女性の美が健康と結びつけられたからである。そのため、身体内部の健康を反映するはずの皮膚を美しくすることが、化粧の最重要課題となった。白粉は、〈自然〉にみせる肌色の白粉が新たに発売され、皮膚に破れ目などないのと同じように、隙のない白粉の塗り方が工夫された。

　漱石作品の化粧する女性は、これらを背景に、例えば『明暗』のお延のように、巧妙な技巧を弄する者である。むろん、素顔が〈自然〉と称賛されるのも、素のままでは決してない。入浴して血行を良くし、洗粉で磨き立てて十分に手入れした場合だけとなったのだから、女性より、さらに文明的に進化すべき男性たちもまた、こうした化粧の強迫観念を免れるわけではない。明治期の広告を見ると、洗粉や化粧水は、男性にも頻りに勧められている。よく知られるように、『それから』の代助も、「実際彼は必要があれば、御白粉さへ付けかねぬ」人物なのである。

女という〈治らない病〉

　ところが、『門』のお米の化粧を論じた内藤

千珠子によれば、同時代言説において、男性身体が、健康で身体の境界を自己統制しうるものとして表象されるのに対し、女性身体は、自ら統御できないものとして区別されるという（小森陽一、五味渕典嗣、内藤千珠子「新聞のディスクール分析へ」石田英敬・小森陽一編『シリーズ言語態5　社会の言語態』東京大学出版会、2002）。

　女性たちは、雑誌・新聞の記事や広告において、手入れや、服薬を怠れば、すぐさま悪い顔色に転落すると脅かされていた。それというのも、皮膚によって測られる身体内部は、女性の場合のみ、特定の器官、即ち子宮を指し示し、血を流す罪もないその器官は、男性中心の文化においては、それ自体で病として表象されたからである。

　漱石テクストにおいては、しばしば、婚姻という人工的な関係性の外に、恋愛という理想的自然があると夢想される。水村美苗が指摘したように、そうした二項対立自体が虚妄だが（「見合いか恋愛か」上・下『批評空間』1991・4、7）、この図式の中で、治らない病のイメージは、より強化される。妻たちは、妻であるというだけでその愛を疑われ、経済のために自らを切り売りする商売女の悪しき身体イメージに接続された上、病んだ内部の象徴として不健康な顔色を与えられている。夫である一郎から、その愛情を疑いのまなざしで探られる『行人』の直がそれである。直は何回となく、顔色の悪さを書きこまれている（小平麻衣子『女が女を演じる』第9章 新曜社、2008）。

　漱石も、差別的な同時代言説から自由なわけではない。だが、直は、二郎が考えたように白粉の技巧を用いたわけではない。冒頭の引用に続けて、直はこう答える。「白粉なんか持つて来やしないわ。持つて来たのはクリームよ、貴方」。女の顔色は、問い直される契機を含んでいる。

　　　　　　　　　　　　　　　（小平麻衣子）

恐れない女、恐れる男

おそれないおんな、おそれるおとこ

◆恐れないのが詩人の特色で、恐れるのが哲学者の
運命である。　　　　（『彼岸過迄』「須永の話」十二）

新世代の女と男

　引用のように語られる一対の女と男は、『彼
岸過迄』で従妹の田口千代子と自分を比較し
て須永市蔵が語る、「西洋人の小説に其儘出
てゐる様な」（「須永の話」十二）女と男、すなわ
ち、西洋志向の新世代の女と男のことで、互
いに好意をいだき周囲も暗黙裡に結婚を促し
ながら決して結ばれることのない女と男の運
命・必然を説明したものであるが、似たよう
な男女関係は漱石のテクストに多く散見でき
る。

　「あらゆる女のうちで尤も女らしい女」（「須
永の話」十一）といわれる千代子だが、市蔵と
「夫婦となれば正に逆に出来上るより外に
仕方がない」ともいわれ、二人が20世紀初頭
の日本における一般的な男女関係のジェン
ダー配置と正反対の関係にあると語られる点
が味噌である。

　では、具体的に「恐れない女」「恐れる男」
とはどのような女・男なのか、「須永の話」で
市蔵は次のように語っている。

　第一に、「恐ろしい事を知らない女」と「恐
ろしい事だけ知った男」である。第二に、「詩」
と「哲学」、「詩人」と「哲学者」の区別である。
第三に、「恐れない女」は純粋な美しい感情に
生きる「感情家」で、「風の如く自由に振舞う」
ことができる「強者」である。しかし、その
「分別」は学問や経験とは独立した「単純」な
思考で「見識が狭い」点、「恐れる男」から「運
命のアイロニーを解せざる」詩人として憐れ

まれるが、彼らが戦慄する存在でもある。

　一方、哲学者・理論家とよばれる「恐れる
男」は、頭（ヘッド）と胸（ハート）の争いに悩む「愚図」（「須永の
話」二十八）で、「論理に於いて尤も強い代りに
心臓の作用に於て尤も弱い男」（『それから』十
の三）であるという。

　「論理」には秀でているが、臆病な「愚図」
（経済的・社会的生活弱者）のため、感情豊か
で情熱的、活発な「恐れない女」の眼から出
る「強烈な光」に堪えられず、女に射竦めら
れる。だから二人は性的関係に至ることが不
可能で結婚出来ない、と須永市蔵は告白して
いる。冒頭でのべたジェンダー配置の反転へ
の恐怖・嫌悪である。

　「頭」/理論と「胸」/感情・情念が分裂し、前
者の優位を疑わない代助～市蔵の〈知性〉の
ありようやジェンダー配置に対して、漱石テ
クストのセクシュアリティ/ジェンダー表現
の限界を指摘する論考が近年多く輩出して
いる。が、しかし、『彼岸過迄』では、「恐れる
男」市蔵にたいし「恐れない女」千代子は、「貴
方は妾（あたし）を学問のない、理屈の解らない、取るに
足らない女だと思って、腹の中で馬鹿にし切
つてる」（「須永の話」三十五）にも関わらず、高
木というライバルに猛然と嫉妬心をおこす
「卑怯な男」に過ぎないと、市蔵に全身全霊を
もって抗議し、対決している。

セクシュアリティ表現の戦略

　セクシュアリティのジェンダー配置の争いの
場において、男と対抗し、対決し、争うヒロイン
こそ「恐れない女」であり、「草枕」の那美から
『明暗』のお延・清子に至るまで、「恐れない女」
を描き続けた漱石テクストにおけるセクシュア
リティ表現の戦略であろう。

　『彼岸過迄』における須永市蔵・田口千代
子・高木と相似する男女関係は、『三四郎』の
野々宮宗八・里見美禰子・小川三四郎の関係
であり、主人公たちの結ばれざる恋である。
国際的理学者・野々宮は美禰子との結婚を願

◆
性
愛

319

い、当時としてはめずらしかった「男女交際」を努めるにもかかわらず、個人として自由に生きる人生への欲望―「空を飛ぶ」夢―を語り試行する、西洋志向の教養と感性ともに豊かなハイカラ女性美禰子が、「装置」もないまま空中飛行を「夢」みることをたしなめた。彼女自身の「夢」に寄り添おうとしない宗八を美禰子は「無責任な人」とよび、「臆病」な三四郎も見限って、彼らを復讐するかのような結婚をする。

　異性愛嗜好の〝不可能〟を生きた同性愛嗜好の独身者で哲学者の広田は、「男子の弊はかえって純粋の詩人になり切れぬところにある」と、「詩人」美禰子を擁護し、野々宮を論している。伯父と再婚した母に苦悩するハムレットを引用しながら自らのセクシュアリティのトラウマを示唆する広田も、須永とおなじく、「恐ろしい事丈知つた男」であろう。

　では、漱石のテクストにおいて女と男の性的関係やセクシュアリティのジェンダー配置における「恐ろしい事」とは何だろうか。「恐れる男」が恐・怖れるものとは何なのか、確認しておきたい。

　頭脳明晰で、始終、論理と覚醒した自己意識に苦しめられていた理論家の代助は、激情に我を忘れる「発作」や、覚醒したまま無意識界(「夢」)の中へ「自己を譲り渡す」ような行為―「狂気」―を恐れる男であったが、彼がもっとも「怖れ戦いた」ものは、「凡てに逆って互いを一所に持ち来たした力」(『それから』十五)、つまり、男二人が女一人を同時に恋い、奪い合う、「発作」や「狂気」のようなセクシュアリティの力である。「恐ろしい事だけ知った男」とは、婚姻制度をとりまくセクシュアリティの「自然」の力、「自然の斧」・「自然の法則」を畏怖する男のことであった。

恋愛小説のトリックスターたち

　「恐れる男」の典型広田萇の出生にまつわる秘密は『三四郎』では曖昧にしか語られていないが、『彼岸過迄』では、須永が実父の姦通の結果生まれた婚外子だったという市蔵の「継母の秘密」が松本によって語られている。広田の場合、実母の姦通によって産まれた婚外子の可能性が強いが、婚外子という出生の秘密を知った広田と須永は、一夫一婦制に規制された近代家族のジェンダー/セクシュアリティの秩序が擬制にすぎないことに覚醒した男たちであり、擬制のセクシュアリティや性愛に囚われ縛られることを「恐れる男」なのである。

　これに対し「恐れない女」とは、那美、美禰子、三千代、千代子、直など、純粋・自然な感情のまま臆することなく、男たちを性的越境やライバルとの争奪戦へ誘い、性的スキャンダルという暴風の海で男たちの人生を狂わせかねない「宿命の女」のことであった。

「恐れない女」と「新しい女」

　「草枕」のヒロイン志保田那美は「出戻り」の身ながら振袖を着て画工にたいし独特のパフォーマンスをおこなう。女からのプロポーズとも受け取れる仕草だが、一方、二人の男から同時に求婚されたら二人とも「男妾」にするばかりと答える彼女は、既成のセクシュアリティ/ジェンダー配置・秩序の越境を躊躇しない、「恐れない女」の典型である。

　那美こそは、マニュフェスト「元始、女性は太陽であった」のもとに女性表現者を組織し、「若い燕」を通わせて未婚の母ともなった雑誌『青鞜』(1911創刊)の主宰者平塚らいてうはじめ『青鞜』賛助員で歌人・小説家岡本かの子など、1910年代に開花した新時代のセクシュアリティの所有/表現者、「新しい女」の"姉"である。つまり、「恐れない女」と「恐れる男」は、近代家族のセクシュアリティ/ジェンダー秩序の擬制を暴露する存在であり、男性作家漱石の「恋愛小説」における栄光と挫折のトリックスターなのである。

(吉川豊子)

御多福

おたふく

◆御三は一向顧みる景色がない。生まれ付いての御多角だから人情に疎いのはとうから承知の上だが、そこをうまく泣きたてゝ同情を起させるのがこつちの手際である。　　　　　（『吾輩は猫である』十）

◆西洋画の女の顔を見ると、誰の描いた美人でも、屹度大きな眼をしてゐる。可笑しい位大きな眼ばかりだ。所が日本では観音様を始めとして、お多福、能の面、もつとも著るしいのは、浮世絵にあらはれた美人、悉く細い。みんな象に似てゐる。

（『三四郎』十の六）

　漱石はしばしば女性の容貌を表現するのに御多福を使っている。御多福はいわゆる「おかめ」で、丸顔で鼻が低く目が細くて頬が張り出した女性の顔である。近世では福を呼ぶ顔立ちとして好まれたが、近代では女性の容貌を罵る語として用いられようになった。『吾輩は猫である』では、「多角性」の顔をした珍野家の下女おさんを猫の視点からではあるが「御多角」とも呼び、「生まれ付いてのお多角だから人情に疎い」としている。イギリス留学中の鏡子宛書簡（1901・5・8付）にも、「下宿の神さんと妹」が鏡子と娘の写真を見て「大変可愛らしい」と褒めたので、「日本ぢやこんなのは皆御多福の部類に入れて仕舞んで美しいのはもつと沢山あるのさと云つてゝつまらない処で愛国的気焔を吐いてやつた」とある。

　留学体験により西欧的な近代的美意識に目覚めた漱石は、日本人の扁平な容貌に日本の文明度の低さを重ねていたと考えられる。とりわけ眼は外界を認識し意志を表現する器官であり、漱石は「新しい女」の出現する時代にあって眼の大きな女性を求めたことがわかる。　　　　　　　　　　　　　　（岡野幸江）

オタンチン・パレオロガス

おたんちん・ばれおろがす

◆「知らんけれども十二円五十銭は法外だとは何だ。まるで論理に合はん。夫だから貴様はオタンチン、パレオロガスだと云ふんだ」／「何ですつて」／「オタンチン、パレオロガスだよ」

（『吾輩は猫である』五）

　『吾輩は猫である』で、盗まれた山芋の値段を警察に12円50銭と申告し、妻から「法外」だと世間知らずを指摘された苦沙弥は、悔し紛れにこの言葉を用いて妻を罵る。妻は自分を馬鹿にした悪口だと感じてその意味を質すが夫は応じようとしない。オタンチン・パレオロガスは、「のろま」「間抜」を意味するオタンチンを、東ローマ帝国最後の皇帝コンスタンチヌス十一世コンスタンチン・パレオロガス（Constantinus XI Palaeologus, 1405-1453）に掛けた洒落で、江戸の俗語と西洋の知識のない交ぜにした漱石の造語。夏目鏡子『漱石の思ひ出』（改造社、1928）によれば、熊本での新婚時代、朝寝坊でへまが多い鏡子を漱石はしきりに「オタンチンノパレオラガス」とからかったという。「後々までも、妙に思い出の深い言葉となって頭に残っておりました」と鏡子は記している。『吾輩は猫である』では「主人の愚かさ、滑稽さが丸見えになる。漱石はそのように書いている」（渡邊澄子『男漱石を女が読む』世界思想社、2013）との指摘がある。「からかい」の本質については、相手が「獅子や虎の様に強過ぎ」ない時に、「そんなに害を与え」ず「自分の勢力」を示したい場合の恰好の手段（『猫』八）と漱石自身によって定義されているように、苦沙弥の妻への言葉もまた「からかい」の例として相対化して使用されている。　　　　　　　　　　（北田幸恵）

◆性愛

夫

おっと

◆其妻が女学校で行燈袴を穿いて牢乎たる個性を鍛え上げて、束髪姿で乗り込んでくるんだから、とても夫の思ふ通りになる訳がない

（『吾輩は猫である』十一）

◆「単に夫といふ名前が付いてゐるからと云ふ丈の意味で、其人を尊敬しなくてはならないと強ひられても自分には出来ない。もし尊敬を受けたければ、受けられる丈の実質を有つた人間になつて自分の前に出て来るが好い。夫といふ肩書などは無くつても構はないから」

（『道草』七十一）

転換期の「夫」像

漱石の小説家としての活動時期は家族制度や女子教育の転換期に位置しており、「夫」をめぐる語りの変遷にもそうした時代相が刻印されている。『吾輩は猫である』の第1話が発表されたのは1905（明38）年。旧民法の施行をめぐって1889年から1892年まで続いた民法典論争が延期派の勝利という形で終結し、その後新設された法典調査会で起草された明治民法が公布・施行された1898年から、遠くない時期にあたる。明治民法は江戸時代の武士階級の「家」制度を基礎とし、近代国民国家に適合的な形で家族を再編成した。長男子の単独相続を原則とし、財産権や親権は夫婦のうち夫（戸主）に集中することが定められる一方で、妻はこれらの権限に対し無能力者として規定された。こうした法制度の整備と連動して、ジェンダー規範の再編成が起こる。江戸時代、女性の理想像は「夫の思ふ通り」になるような従順な妻であった。しかし1890年代頃から、単に従順なばかりでなく、母として次世代の国民を育成し、家庭を守り、労

働する夫を支えることを理想とする、近代的な性別役割分業を前提とした良妻賢母思想が登場する（小山静子『良妻賢母という規範』勁草書房、1991）。1899年には良妻賢母を育成すべく高等女学校令が公布され、「女学校で行燈袴を穿いて牢乎たる個性を鍛え上げ」た、「夫の思ふ通りに」ならない妻たちが誕生することとなる。

ディスコミュニケーションの背景

「夫」の語はとくに『道草』や『明暗』に頻出するが、そこでは単に妻が「夫の思ふ通り」にならないだけでなく、夫婦間の深刻なディスコミュニケーションが前景化されている。江種満子『わたしの身体、わたしの言葉』（翰林書房、2004）は、『彼岸過迄』あたりから「作中の女性たちは明らかに男性にたいして批判的な視点を徐々に身に着け」るとし、その背景として『青鞜』グループの出現を指摘する。女たちの「批判的な視点」は、夫への「尊敬」や「情愛」を規範として妻に強いる夫婦像へと向けられている。『道草』の御住は「あらゆる意味から見て、妻は夫に従属すべきものだ」（七十一）という健三の思考に対して引用文のような反感を抱き、『明暗』のお延は「良人といふものは、たゞ妻の情愛を吸ひ込むためにのみ生存する海綿に過ぎないのだらうか」（四十七）と不満を抱きながら、同時にそれは自身の「男に対する腕」（同前）の問題かと疑ってもいる。これらの語りには、江種の指摘する「自己表現の運動を集団として維持し続けた、熱く沸き立つ女性言説間」の影響とともに、1887年頃からメディアに登場した「家庭の団欒や家族員の心的交流に高い価値を付与する新しい家族のあり方」（牟田和恵『戦略としての家族』新曜社、1996）の浸透を見て取ることができよう。

（倉田容子）

◆
性
愛

御転婆

おてんば

◆一日も早く円満なる家庭をかたち作つて、かの不貞無節なる御転婆を事実の上に於て慚死せしめん事を希望します。　　　　　　　（「坊っちやん」九）
◆「貴方は妾を御転婆の馬鹿だと思つて始終冷笑してゐるんです。貴方は妾を……愛してゐないんです。　　　　　　（『彼岸過迄』「須永の話」三十五）

　今では「御転婆」は、年のいかない少女の無邪気で愛らしい活発さをさす場合に使われるが、明治時代にはこの言葉は、もっと厳しい指弾を含んでいたようだ。明治30年代後半から創刊され始めた少女雑誌には、御転婆と呼ばれぬよう注意せねばならない、という戒めが頻繁に載っている。規範から逸脱し秩序を乱す者に向けられる、忌避すべき評価だったのだ。また漱石の小説では、もはや少女とはいえない、妙齢の女性にもこの言葉が使われる。女性が常に年少者のように、従順に慎み深くふるまうよう求められていた時代の意識を感じさせる。『彼岸過迄』の千代子が、須永から受けている最低の女性評価として「御転婆の馬鹿」と表現するのも、その反映といえよう。さらに「坊っちやん」で、婚約者を裏切ったとみなされるマドンナを山嵐が「不貞無節なる御転婆」と罵るとき、そこには「不貞転」と重なるイメージすらもたらされる。女性としてあるまじき、不道徳的で不純な像が喚起されるのである。「生意気」が、男女を問わず使用されるのに対し、「御転婆」は女性に限定される。あるべき型から離反していることを、容赦なく責める語彙として、女性だけに使われる言葉があるという点にも、当時の峻烈なジェンダー秩序の刻印をみることができよう。　　　　　　（久米依子）

オフェリヤ

おふぇりや

◆余が平生から苦にして居た、ミレーのオフェリヤも、かう観察すると大分美しくなる。何であんな不愉快な所を択んだものかと今迄不審に思つて居たが、あれは矢張り画になるのだ。　　　（『草枕』七）
◆自分は此絵を見ると共に可憐なオフヒリヤを連想した。／「面白いです」と云つた。／「写真を台にして描いたんだから気分が能く出ない、いつそ生きてるうちに描かして貰へば好かつたなんて申して居りました。不幸な方で、二三年前に亡くなりました。切角御世話をして上げた御嫁入先も不縁でね、あなた」／油絵のモデルは三沢の所謂「あの女」であつた。　　　　（『行人』「塵労」十三）

19世紀末の女性イコン

　漱石は、ロンドン留学時にラファエル前派が描いたファム・ファタール（宿命の女）を含む様々な19世紀末の女性表象に強く影響された。ウィリアム・シェークスピア『ハムレット』（1600頃成立）のオフィーリアもそうした女性表象のひとつである。デンマーク王国の王子ハムレットは、亡父の敵と思いこむ叔父クローディアスと間違えてオフィーリアの父の侍従長ポローニアスを殺してしまう。父を恋人に殺された娘オフィーリアは、姿を消したハムレットから事情を聞くこともできず、静かに発狂し、ハムレットの帰還を待つことなく、小川の淵で水死する。

　オフィーリアは副次的な登場人物の一人に過ぎないが、19世紀半ば俄然注目を集めはじめる。ハリエット・スミスソンなどロマン派的な狂女オフィーリアを演じた女優たちが大変な人気を博した。多くの画家たちにとってもオフィーリアの狂態と水死は、魅力的な題

◆
性
愛

材となった。なかでも1852年に描かれたラファエル前派の画家ジョン・エヴァレット・ミレーの『オフィーリア』は、オフィーリアを世紀を跨ぐ女性イコンに押し上げた。

男性中心主義的文化の中の狂女

「草枕」は時代の女性表象オフィーリアの芸術性、裳裾を水草に絡ませながら仰向けに浮かぶ少女の水死体という奇妙な絵画的趣向（「風流の土左衛門」）の芸術性を真正面から取り上げた作品として有名である。しかし漱石がこの表象の本質に迫るには、更に7年の月日を要した。

『行人』では狂女表象としてのオフィーリアの文化的意味が、長野二郎の友人三沢のエピソードを通して示される。三沢の家から嫁いだ娘（「あの女」）が夫の放蕩に苦しめられ、精神に失調をきたし三沢家に戻されてくる。三沢は彼を夫と勘違いするのかのような言動をとる娘に、病気が悪くなればなるほど惹かれ、終には病死したオフィーリアを思わせる娘の亡骸に接吻する。このエピソードは、二郎の兄一郎の関心を強くひきつける。一郎は妻お直の内心の不貞を疑っているからだ。娘の三沢への思いは本物だと思うかと、二郎に執拗に問いかけ、「噫々女も気狂にして見なくっちゃ、本体は到底解らないのかな」と嘆く。男たちはホモソーシャルな異性愛体制下で女性主体を抑圧しておきながら、その女性主体を欲望する。そして隠された女性主体は狂気によってすべての技巧が除かれたときはじめてあらわれるという歪んだ論理を作り出し、その論理に魅惑される。漱石はそう解説しているのだ。エレイン・ショーウォーターがオフィーリア表象を英国ヴィクトリア朝に女性の狂気を対象として発生した精神医学の文脈の中に位置づけてみせたのは、やっと1980年代にいたってからである。（『心を病む女たち—狂気と英国文化』朝日出版社、1990、原著1985）　　　　　　　　　　　（藤森清）

髪

かみ

◆内懐からクラヽの呉れた一束ねの髪の毛を出して見る。　　　　　　　　　　　（「幻影の盾」）
◆倨傲の如く主人に尻を向けた細君はどう云ふ了見か、今日の天気に乗じて、尺に余る緑の黒髪を、魁海苔と生卵でゴシゴシ洗濯せられた者と見えて癖のない奴を、見よがしに肩から脊へ振りかけて、無言の儘小供の袖なしを熱心に縫つて居る。実は其洗髪を乾かす為に唐縮緬の布団と針箱を椽側へ出して、恭しく主人に尻を向けたのである。
　　　　　　　　　　（『吾輩は猫である』四）
◆紫を辛夷の瓣に洗ふ雨重なりて、花は漸く茶に朽ちかゝる椽に、干す髪の帯を隠して、動かせば脊に陽炎が立つ。黒きを外に、風が翻り、日が翻り、つい今しがたは黄な蝶がひらひらと翻りに来た。知らぬ顔の藤尾は、内側を向いてゐる。（中略）髪多く余る光を椽にこぼす此方の影に、有るか無きかの細した顔のなかに、濃く引き残したる眉の尾のみが憺である。眉の下なる切長の黒い眼は何を語るか分らない。　　　　　　　（『虞美人草』十二の一）
◆次に黒い髪を分けた。油を塗けないでも面白い程自由になる。髭も髪同様に細く且つ初々しく、口の上を品よく蔽ふてゐる。　　　（『それから』一の一）
◆平岡の細君は、色の白い割に髪の黒い、細面に眉毛の判然映る女である。　　　（『それから』四）
◆代助は縫子の髪を見るたびに、ブランコに乗つた縫子の姿を思ひ出す。黒い髪と、淡紅色のリボンと、それから黄色い縮緬の帯が、一時に風に吹かれて空を流れる様を、鮮やかに頭の中に刻み込んでゐる。　　　　　　　　　　　　（『それから』七）
◆御米の髪が括枕の上で、波を打つ様に動いたが、御米は依然としてすうすう寝てゐた。（『門』十二の一）
◆御米の勧通髪を刈つた方が、結句気を新たにする効果があつたのを、冷たい空気の中で、宗助は自覚した。（中略）彼は坂井を辞して、家へ帰る途中にも、

折々インヴネスの羽根の下に抱へて来た銘仙の包を持ち易へながら、それを三円といふ安い値で売つた男の、粗末な布子の縞と、赤くてばさばさした髪の毛と、其油気のない硬い髪の毛が、何ういふ訳か、頭の真中で立派に左右に分けられてゐる様を、絶えず目の前に浮べた。　　　（『門』十三の二、三）
◆安井は黒い髪に油を塗つて、目立つ程綺麗に頭を分けてゐた。　　　　　　　　　（『門』十四の六）
◆「然し、気を付けないと不可ない。恋は罪悪なんだから。私の所では、満足が得られない代りに危険もないが、──君、黒い長い髪で縛られた時の心持を知つてゐますか」　　（『心』「先生と私」十三）

洗い髪の女たち

　髪とは人の頭に生える毛、毛髪のこと。髪形を指す場合もある。引用の1つ目は「幻影の盾」からのもの。この後、「盾の真中」で優に笑うクララの「顔の周囲を巻いて居る髪の毛が」「流れる水に漬けた様にざわざわと動いて」「髪の毛ではない、無数の蛇の舌」となって蠢く描写に続く。引用の2つ目は『吾輩は猫である』からのもの。苦沙弥の細君が「尺に余る緑の黒髪」を洗髪して、日当たりの良い縁側で髪を乾かす場面である。3つ目の『虞美人草』からの引用は、前夜博覧会のイルミネーションを見物して図らずも小野と井上孤堂・小夜子父娘の仲睦まじい様子を見て、内心穏やかならぬ藤尾が、洗い髪を乾かす場面。そもそも現代に生きる我々と比較して、当時の女性が髪を洗うことがかなり手数のかかる面倒な作業であることを考える必要があるが、まず束髪なり、日本髪なりに結った髪をほどき、汚れを落とすために洗うという作業が、私的領域での行為であることは、今も昔も変わりはない。その洗った髪を乾かすという作業を、苦沙弥の細君は夫の前に憚ることなくさらけ出し、夫の顔先に座布団を敷き、そこに座り、針箱を持ち出して子供の袖なしを縫っているというのである。語り手の猫は

この二人の様子を「御両人は結婚後一ケ年も立たぬ間に礼儀作法抔と窮屈な境遇を脱却せられた超然的夫婦である」と語る。この場面の後、苦沙弥が細君の頭に禿を発見し、それに端を発して夫婦共に遠慮のない、また他愛のない口喧嘩が始まるのであるが、その最中に金田の手先となった苦沙弥の「旧友」「鈴木藤十郎君」が来訪することで、夫婦喧嘩は一時お預けとなる。苦沙弥が発見した細君の頭の禿げは、彼女自身が「女は髷に結ふと、こゝが釣れますから誰でも禿げるんですわ」と弁護するように、日常的には髷に結っている限りは隠れて見えないものであるから、まさに髪を洗うという行為によって露わになってゆくのであるが、細君は悪びれもせず、ありのままの姿を苦沙弥の前にさらけ出して憚ることはない。一方『虞美人草』十一の博覧会の一夜で、小野さんが孤堂先生と小夜子と三人でお茶を飲んでいる様子は、同じ茶屋で落ち合った甲野さんと宗近君、藤尾と糸子の四人の目には睦まじい「好い夫婦」と映っている。洗い髪を乾かしながら物思いにふける藤尾の意識は小野さんそのものではなく、小野さんが思い通りにならないことにのみ集中している。「我は猛然として立つ。(中略)我の強い藤尾は恋をする為に我のない小野さんを選んだ。(中略)我の女は顋で相図をすれば、すぐ来るものを喜ぶ」と語り手は語る。藤尾にとって何にもまして先行するのは、対する相手が自分の意のままになるかならないかであって、それが親であれ、兄であれ、恋の相手であれかわることはない。思ったこと・考えたことを率直に口に出して夫に語り掛ける女と、何を伝えるかではなく、いかに自分の思いのままに男を操るかを最優先する女と、実に対照的な洗い髪の女たちである。

髪を分ける男たち

　引用の4つ目は『それから』の代助の朝の身繕いの場面。語り手が「丸で女が御白粉を

◆
性
愛

付ける手付と一般であつた。実際彼は必要が
あれば、御白粉さへ付けかねぬ程に、肉体に
誇りを置く人である」と語るように、代助は
「旧時代の日本を乗り超えている」人物とし
て我々の前に登場する。引用の5つ目は、
三千代の容姿容貌を説明する箇所。このあと
に「一寸見ると何所となく淋しい感じの起る
所が、古版の浮世絵に似てゐる」と続く。皮膚
の色の白さと、髪の黒さを強調する表現であ
る。引用の6つ目は、代助の姪の縫子の描写。

　縫子の髪を見るたびに、風に吹かれてなび
く黒髪と淡紅色のリボンと黄色い帯の様子を
連想するという場面である。引用の7つ目は、
『門』からのもので、暮れに「発作」を起こし
たお米が、医者から処方された頓服の効き目
で、ぐっすりと眠り込んでいる様子を描いた
箇所。結い上げた髪が崩れるのを防ぐために
通常であれば箱枕を使用するところを、括枕
を用いていることから、髪が崩れ、乱れるこ
とも厭わないほど具合が悪いお米の様子が伝
わってくる箇所である。引用の8つ目と9つ
目は、男たちの髪形を描く場面。お米の発作
がようやく落ち付いて、「新年の頭を拵らえ」
るために床屋に行った宗助は、「水道税の事」
を聞くために家主の坂井の家に立ち寄り、そ
こで出会った甲斐の織屋から御米のために銘
仙の反物を買うのであるが、その帰り道、宗
助が何を考え続けていたかというと、織屋の
髪型であった。その髪型とは、赤茶けて油気
のない硬い髪を「頭の真中で立派に左右に分
けられてゐる」というもので、それはまさに
引用9つ目の安井その人の髪形でもある。

　引用の最後は『心』からのもの。若い青年
に恋を語るのに「長く黒い髪が縛られる時の
心持」と表現する「先生」の心情は、どのよう
なものであったのだろうか。

　無数の蛇の舌のように蠢く髪、黒く豊かな髪、
さらさらと風に靡く髪、乱れた髪など、様々な
髪の表現の中に登場人物間の複雑な関係性が
描き出されているといえるだろう。(佐藤裕子)

可愛がる

かわいがる

◆母が死んでから清は愈々おれを可愛がつた。

(「坊っちやん」一)

　親子や夫婦間、近親者の情愛を示す語。「貴
方が奥さんを御貰ひなさつたら、始終宅に許
りゐて、たんと可愛がつて御上げなさいな」
(『それから』十四の二)のように、性愛をふく
め、好きなものを大事にする意味。

　冒頭に掲げた清の母親代わりの愛情や、「義
理の叔父の方を、心の中で好いていたお延は、
その報酬として、自分も此叔父から特別に可
愛がられてゐるという信念を常に有つてい
た」(『明暗』六十二)という具合に、目上や年上
の者が目下・年下の親しい者に注ぐ好意・愛
情といったニュアンスもある。しかし、こう
した情愛は、「人間の利害で割る事の出来な
い愛」(『彼岸過迄』「須永の話」十一)、「自然の事
実として成り上がつた夫婦関係」(『それから』
十六の八)など、理想とされる愛とは異なり、多
くは利己的な自己愛や権勢欲、あるいは機嫌
をとること、阿諛に過ぎないとされる。このよ
うな情愛で結ばれ、これに苦しむのが『明暗』
の津田夫妻で、二人をあからさまに批評する
のがお秀の次のセリフと語り手の語りである。

　「よござんすか、あなた方お二人は御自分
達の事より外に何にも考へてゐらつしやらな
い方だという事だけなんです(中略)兄さんは
自分を可愛がる丈なんです。嫂さんは又兄さ
んに可愛がられる丈なんです」(百九)。

　「お延を鄭寧に取扱ふのは、つまり岡本家の
機嫌を取るのと同じ事で、その岡本と吉川と
は、兄弟同様に親しい間柄である以上、彼の未
来は、お延を大事にすればするほど確かになつ
て来る道理であつた」(百三十四)。(吉川豊子)

看護婦

かんごふ

◆室の中は夕暮よりも猶暗い光で照されてゐた。天井から下がつてゐる電気燈の珠は黒布で隙間なく掩がしてあつた。弱い光りは此黒布の目を洩れて、微かに八畳の室を射した。さうして此薄暗い灯影に、真白な着物を着た人間が二人坐つてゐた。(中略)薄く照された白衣の看護婦は、静かなる点に於て、行儀の好い点に於て、幽霊の雛の様に見えた。

(『思ひ出す事など』二十二)

◆看護婦は入口の柱の傍へ寄つて覗き込やうにすれば見えると云つて自分に教へて呉れたけれども自分にはそれを敢てする程の勇気がなかつた。／附添の看護婦は暑いせゐか大概は其柱にもたれて外の方ばかり見てゐた。 (『行人』「友達」二十二)

死の使いか、白衣の天使か

いわゆる「修善寺の大患」と呼ばれる危篤状態を経験して以後、漱石はしばしば登場人物を何かしらの病気を患う人物として設定し、病院や医者、看護婦との関わりをそこに描き出した。病院や医者、看護婦との関わりが小説を読解する上で重要な役割を担わされる場面はあまり見られないものの、例えば看護婦などについて改めて検討してみることで、女性をいかに表象していたかを炙り出すことに繋がる。

「修善寺の大患」について、気を失ったという体験を主観的に書き留めつつ、記憶を失っていた部分についても、周囲の看護者たちからの後の伝聞を不思議な思いで聞いたことを綴った「思ひ出す事など」(二十二)では、看護婦について印象深い叙述を行っている。薄暗い電灯の球を見て「弔旗の頭」を思い出しながら、「余」は看護婦を「白い着物」と呼び、その「心持が少しも分ら」ず、「幽霊の雛の様」

で「恐ろしい」とさえ述べる。その一方で、彼等の行為を報酬のための義務とだけ解釈することはできず、そこに好意を感じ取り、感謝の念を吐露する。「白い着物」は〈白衣の天使〉を連想するイメージであるとはいえ、ここでは、幽霊や白装束にも繋がる死を連想させるものともなっている。

情報源として、謎として

漱石の小説で看護婦は、専ら病院内で自由の利かない患者にとっての情報源の役割を担わされる。短篇「変な音」では、入院している「自分」の隣室から聞こえてくる「変な音」が気になり、入院患者の人数や病名などを看護婦から聞き出し、最終的に隣室の看護婦と話すことで「変な音」の正体を突き止める。

『明暗』の津田は、入院の最中、看護婦を相手に世間話をしたり冷やかしたり、手紙や電話の取り次ぎをしてもらう。看護婦は、動けない患者の身体と外界を繋ぐメッセンジャーの役目を果たしている。

『行人』(「友達」)では、こうした情報源やメッセンジャーのみの役割で終始せず、他の女性登場人物の読解を誘う先触れのような役目を担って描写される。胃を悪くした三沢は入院した病院で、看護婦から様々な情報を収拾し、関心を抱く「あの女」の身上について知る。一方、語り手である二郎は、「あの女」に付き添う「美しい看護婦」に関心を寄せる。いつも「入口の柱にもたれて、うとうとしてゐる」(二十二)か、「産婆学の本か何か読んで」(三十)いるこの看護婦が、「あの女」と「冷淡さ加減の程度に於て」(二十九)似てゐると語られるこのくだりは、後に同じように冷淡で謎のある人物として語られる嫂・直を想起させる。女性だけでなく男性であっても人の内面や本心の不透明さに苛立つ一郎の苦悩と二郎の他者への関わり方とを読み解く上で、看護婦の語られ方に注目することは有効であるに違いない。 (鬼頭七美)

性愛

姦通

かんつう

◆「それから」の主人公は小生だとの御断定拝承所があの代助なるものが姦通を致しさうにて弱り候。小生にもそんな趣味があれば別段抗議を申入るゝ勇気も無之候。

（畔柳芥舟宛書簡、1909（明42）年7月26日付）

◆徳田秋江が来て姦通事件の話をする。小説の様に面白かつた。　　（日記、1911（明44）年6月7日）

◆
性
愛

漱石は一人の女性をめぐって二人の男性が争う三角関係をくりかえし描いたが、姦通を主要な問題として取りあげたものに、アーサー王伝説をもとにした「薤露行」や『それから』『門』がある。『それから』では、父の財産に寄食する高等遊民である代助が、愛する三千代を友人平岡に譲ったものの、平岡の事業の失敗と遊蕩によって三千代が不幸になったことを知り、愛と自然の児に戻ることを決意する。『門』は、その後の二人ともいうべき宗助と御米が、社会の規範を破って結婚し崖下の家でひっそりと暮らしながらも、御米の前夫の家主宅来訪の噂に脅かされるというもの。

「姦通罪」という法的規制

姦通は家族制度を基礎とした明治国家において大きな脅威であったため、1880（明13）年公布の刑法第353条で「姦通罪」が設けられ、「有夫ノ婦姦通シタル時ハ六月以上二年以下ノ重禁錮ニ処ス其相姦シタル者モ亦同ジ」とされた。この「姦通罪」は姦通した女性の夫を告訴権者とする親告罪で、告訴は離婚の提訴後でなければならず、夫のある女性とその姦通の相手である男性の双方に成立した。したがって「有婦ノ夫」、つまり妻のある男性の場合、未婚の女性相手との交渉は問題とはな

らなかった。関連条項として311条に「姦所で夫は妻を殺害しても許される」という「宥恕規定」もあり、もっぱら女性の側に厳しい内容であった。また民法によっても「姦通罪」で離婚、あるいは刑に処せられたものは姦通相手との婚姻を禁じられた。

日露戦後、家族制度に亀裂が生じると、1907年公布の刑法では「姦通罪」は第183条に引き継がれ、「二年以下ノ懲役」となって重刑化された（宥恕規定ははずされたが、姦通罪は1947年の廃止まで存続した）。つまり「姦通罪」とは、女性の婚外の交渉を禁ずることで、男性の血統を保証するという家父長制の重要な法的裏づけの一つであった。

メタファーとしての百合の花

こうした家父長制の禁忌に触れた作品に樋口一葉「裏紫」（1896）、島崎藤村「旧主人」（1902）などがあるが、姦通の場面が直接描かれたわけではない。その後、日露戦時下、木下尚江が『良人の自白』（1904-1906）でこれを正面から取りあげた。『それから』が書かれたのは日露戦後の刑法改正直後であり、ここには個と近代国家の根幹に据えられた制度とのせめぎあいが見られるのは確かである。連載中、代助が「姦通をいたしさうにて弱り候」と畔柳評を切り返したように、三千代が濃厚な百合の花の匂いをかぐ場面には二人の性的な関係の深化も暗示されている。また『門』では御米が流産、死産などで子供が持てないことを罪の符牒として描き、結婚により一層深まった二人の苦悩が掘り下げられている。

江藤淳は「登世という名の嫂」（『新潮』1970・3）で「なまなましい百合の花のイメージ」には、漱石と兄和三郎直矩の二度目の妻登世との間にあった何らかの「恋の確認」、「濃密な情緒をともなう性的な接触」が表象されているとした。しかし大岡昇平は「姦通の記号学」（『群像』1984・1）で三千代と代助との間に姦通はなかったとしている。　　（岡野幸江）

官能

かんのう

◆二三日前三四郎は美学の教師からグルーズの画を見せてもらつた。其時美学の教師が、此人の画いた女の肖像は悉くヴォラプチユアスな表情に富んでゐると説明した。ヴォラプチユアス！池の女のこの時の眼付を形容するには是より外に言葉がない。何か訴へてゐる。艶なるあるものを訴へてゐる。さうして正しく官能に訴へてゐる。けれども官能の骨を透して髄に徹する訴へ方である。甘いものに堪え得る程度を超えて、烈しい刺激と変ずる訴へ方である。甘いと云はんよりは苦痛である。

（『三四郎』四の十）

漱石は「官能」という言葉を感覚、知覚の意味で作中において数回用いているが（『それから』『門』「漱石氏来翰〔虚子君へ〕」など）、性的な意味を含んだ「官能」の使用例は少ない。数少ない例は『三四郎』の美禰子の形容だろう。ジャン゠バティスト・グルーズの絵画に描かれた女性の表情は「ヴォラプチュアス」、すなわち官能的と表現され、それが美禰子の印象を強く喚起する。しかし、これが物語のなかですぐに性愛に結びつくイメージかといえばそうではない。美禰子の妖艶さは三四郎にとって刺激であり、苦痛さえも刻印するほど強い視覚的イメージとして描かれている。かりに官能を表す表現に視覚イメージを伴うものと触覚イメージを伴うものとがあるとすれば、絵画イメージを女性の表現に用いることも少なくなかった漱石の官能表現は明らかに前者に傾いているだろう。ただ、単なる妖艶さの表現とは異質な漱石のそれは、視覚的でありながら、作中人物の感覚を強く活性化させ、深部に潜む欲望を誘引するものとしてある。 （天野知幸）

偽善家

ぎぜんか

◆偽善を偽善其儘で先方に通用させ様とする正直な所が露悪家の特色で、しかも表面上の行為言語は飽迄も善に違ないから、――そら、二位一体といふ様な事になる。此方法を巧妙に用ひるものが近来大分殖えて来た様だ。極めて神経の鋭敏になつた文明人種が、尤も優美に露悪家にならうとすると、これが一番好い方法になる。血を出さなければ人が殺せないといふのは随分野蛮な話だからな君、段々流行らなくなる （『三四郎』七の四）

〈優美な露悪家〉と〈無意識の偽善家〉
アンコンシヤス・ヒポクリツト

「偽善家」は、『それから』の代助が、「涵らざる愛を、今の世に口にするものを偽善家の第一位に置いた」と述べる程度で、用例がさほど多いわけではないが、『三四郎』における議論によって、研究では大きく取り上げられている。

『三四郎』の広田先生は、昔と現在の青年を、偽善家と露悪家とに対比してみせる。即ち、明治以前の儒学思想を背景とする、他本位ではあるが形式だけ整った生き方と、近代的自我の発達による自己本位だが痛快な生き方である。さらに現在は、偽善を行いながら、それが偽善であることを相手に通じさせる複雑な技巧が流行すると説明する。その意味で、漱石が「西洋人は自慢する事を憚らない日本人は謙遜する一方より見れば日本人はヒポクリットである」（断片8、1901）と記した例もあわせみれば、「偽善」は文明論の一部をなす重要な用語である（神田由美子「偽善と露悪」『別冊国文学 夏目漱石事典』学燈社、1990・7）。

ただし、特に論じられてきたのは、三四郎が広田先生の説をあてはめてみている美禰子

◆
性
愛

329

の女性像をめぐってであり、「無意識の偽善家（アンコンシヤス・ヒポクリット）」としてである。この言葉は、『三四郎』の中で使われるわけではない。事情は佐々木英昭『「新しい女」の到来』（名古屋大学出版会、1994）に詳しいが、森田草平が、平塚らいてう（明子）と心中未遂事件（煤煙事件）を起こした。その後、草平が明子について語ったのを聞いた漱石は、ヘルマン・ズーダーマンの“The Undying Past”（『消えぬ過去』原題“Es War”1894）の女性主人公フェリシタスを引き合いに出しながら、「あゝ云ふのを自ら識らざる偽善者（ヒポクリット）と云ふのだ」、「君が書かなければ、僕がさう云ふ女を書いて見せやうか」と述べて『三四郎』を書いた、と草平が伝えている（森田草平『漱石先生と私』下、東西出版社、1948）「無意識の偽善家」はこのエピソードに基づいている。

〈謎〉が発生するシステム

フェリシタスについて漱石は、「其の巧言令色が、努めてする」のでも「善とか悪とかの道徳観念も無」く、「殆ど無意識に天性の発露のまゝで男を擒にする」とも述べている（「文学雑話」『早稲田文学』1908・10）。美禰子は、よく知られるように、「迷へる子（ストレイシープ）」という言葉を三四郎に残し、耳元で聞こえないように何かを囁き、訳ありげに三四郎と出会った日の服装で絵のモデルになる。三四郎は、悉くこの意味を摑み損ね、愚弄されたと怒りもするが、その実、愚弄されているのかどうかもわからないのである。小宮豊隆や大岡昇平をはじめ、三好行雄（『作品論の試み』至文堂、1967）、越智治雄（『漱石私論』角川書店、1971）、小泉浩一郎『夏目漱石論』（翰林書房、2009）などが、立場は異なれども、「無意識の偽善家」として美禰子を分析してきた。

ただし、広田先生のいう優美な露悪家は、偽善であることを明白に相手にわからせるほどには自己本位で、行為者の意図は明白であり、「無意識の偽善家」が一般的に意味すると

ころとは、ずれがある。むしろ、三四郎からみた美禰子が、終始〈謎〉であることこそ、当人の自我意識に還元できない「無意識」の領分を含意するものだろう。そうしたギャップを正しく指摘してきたのは、美禰子が、三四郎から一方的に見られた像でしかないことに意識的だったフェミニズム批評・ジェンダー批評である。三四郎の、意味を確定しようとする解釈行為によって、美禰子の触れ得ぬ内面が存在するように感じられるのであり、それは美禰子自身の〈謎〉ではないのである（飯田祐子『彼らの物語』名古屋大学出版会、1998）。

〈謎〉が発生するのは、主に美禰子の〈眼〉と服装である。しかも飯田は、語り手が、三四郎を田舎者と評し、三四郎の知らない事象を語りうるにもかかわらず、美禰子の〈眼〉や服装について説明しないことを明らかにした。つまり、〈謎〉は、三四郎だけでなく、語り手の欲望によって産み出されているのである。こうした女性を読もうとする欲望は、漱石の外に目を転じてみると、田山花袋『蒲団』や、森田草平『煤煙』、有島武郎『或る女』などの明治40年代のテクストに共通する（藤森清「『或る女』・表象の政治学」『総力討論　ジェンダーで読む『或る女』』翰林書房、1997）。また、文学作品に限らない女性表象として広く見られるものである。

女は何を欲しているのか

近代の資本主義社会は、それまで着飾る必要のなかった女性たちをも、お得意様として教育すべく、雑誌や新聞記事、広告の図像やショーウィンドウで、手を変え品を変え、美しく磨かれ着飾った女性像を描き出し、あなたの〈本当の姿〉はここにあるのだと示し続けた。このあでやかな姿は男性を誘惑するが、他人が差し出してくれる像を自分だと思いこむとしたら、女性たちは自分自身が何をしようとしているのかを知らず、謎に見えるのは当然である。「無意識」は、もちろん近代科学

である心理学が発明した概念だが、特定の社会・文化によって構造化されている。

広告に一役買った小説類、例えば、当時百貨店となった三越のPR誌に掲載された松居松葉「神話喜劇元禄姿」(『時好』1905・6)、袖頭巾「橋姫」(『時好』1908・1)などには、流行の衣服をまとう女性たちの、受動的としか言えない主体化が描かれている(小平麻衣子『女が女を演じる』新曜社、2008、第1章)。作品としての完成度こそ異なるが、美禰子は、時代が作り上げたこのような女性像と共通性を持つ。

父母を早くに亡くし、金銭を自分で管理する特異な設定により、自由に買い物をする彼女は、三四郎によって、三越呉服店の看板の女性になぞらえられる。「奇麗な女が画いてある。其女の顔が何所か美禰子に似てゐる」。彼女もまた、消費文化の中で誰かに似てしまう女性の一人なのである(瀬崎圭二『流行と虚栄の生成』世界思想社、2008)。そして、買物の自由は、所詮限定された自由である。美しく着飾った女性が男性を誘惑するのは、男女の経済的不公平によって、結婚市場において選ばれなければならないからである。

つまり、広告で描かれる女性自身が、男性に所有される商品であり、結局は、美しい着物も装身具も、男性に買ってもらわなくてはならないのである。その意味で、森田草平が言うのとは異なり、研究においては、平塚らいてうをはじめとする現実の〈新しい女〉と、美禰子の差異がたびたび言われるのも首肯される。美禰子を描いた原口の絵が、「あんまり美しく描くと、結婚の申込みが多くなつて困るぜ」と広田に揶揄された通り、美禰子は、経済的に優位であろう見知らぬ男性と結婚して物語は終わる。「無意識の偽善家(アンコンシヤス・ヒポクリツト)」は、美禰子ではなく、むしろ時代の無意識を探るためのキーワードであろう。　　　　(小平麻衣子)

器量／容色

きりょう／ようしょく

◆女は自分を頼る程の弱いものだから、頼られる丈に、自分は器量のある男だと云ふ証拠を何処迄も見せたいものと思はれる。　　　(「坑夫」六十九)

◆なまじい容色が十人並以上なので、此女は余計他の感情を害するのではなからうかと思ふ疑惑さへ、彼に取つては一度や二度の経験ではなかつた。「お前は器量望みで貰はれたのを、生涯自慢にする気なんだらう」と云つて遣りたい事も屢あつた。

(『明暗』九十四)

器量／容色は、社会的に承認される〈力〉のジェンダー差を浮き彫りにするものとしてあらわれてくる。「坑夫」の青年は、女たちに対する自己の力量の顕示を願った。男たちの属性が表される時、器量は広くその能力を意味するのに対して、女たちのそれは容貌の意味を出ない。対外的なものとなり得る女の〈力〉は容貌に限られていることが、顕在化されるのだ。容色は、より容貌の意味を強くして、女をめぐる文脈のみに用いられている。

結婚の要因があえて器量望みと示される背後には、1871(明4)年に旧来の身分を超えた通婚の自由が許され、容貌が階級を超えるための新しい〈力〉となり得ていたという事情がある。漱石作品では、器量／容色という指標はとりわけ女たちに内面化され、女同士の間に序列を生み出している。『明暗』のお延がそうであるように、獲得できる「幸福」と比例するものとして了解されるのだ。一方、病の津田は妹のお秀にいらだちを覚える。身体的要素によって分かたれた明暗に、津田はいらだちを募らせた。近代化の中で機能しはじめた〈力〉への、漱石の意識の高さがうかがえよう。　　　　　　　　(笹尾佳代)

◆性愛

◆ 性愛

クレオパトラ

◆「沙翁の描いたクレオパトラを見ると一種妙な心持ちになります」／「どんな心持ちに?」／「古い穴の中へ引き込まれて、出る事が出来なくなつて、ぼんやりしてゐるうちに、紫色のクレオパトラが眼の前に鮮やかに映て来ます。剝げかかつた錦絵のなかから、たつた一人がぱつと紫に燃えて浮き出して来ます」／「紫?よく紫と仰やるのね。何故紫なんです」／「何故つて、さう云ふ感じがするのです」／「ぢや、斯んな色ですか」と女は青き畳の上に半ば敷ける、長き袖を、さつと捌いて、小野さんの鼻の先に翻へす。小野さんの眉間の奥で、急にクレオパトラの臭がぷんとした。　　　　　　(『虞美人草』二)

美貌と才知を恃みに結婚相手を自身で選ぼうとする女、藤尾。その「美」は、金銀や玉や薫香、あるいは絢爛たる言葉の装飾でかたどられている。クレオパトラの物語は、まず藤尾と小野との会話の小道具として二人を接近させる。貴顕の色である紫がすでに藤尾の換喩として出現していたが、ここでクレオパトラの換喩としても用いられ、藤尾にクレオパトラのイメージ属性を付与する装置となる。

加えて藤尾の演技的な振る舞いは、クレオパトラと自身とを重ねる行為と見なされる。

ギリシャ語で「父の栄光」を意味する名を持つ女王さながらに、藤尾は父の遺品の金時計を小野に与えようとするが、亡父の権限を代行するかの企ては、小説末尾における唐突な彼女の死によって頓挫する。つまりクレオパトラおよび虞美人とは、藤尾の隠喩であるのみならず、男を操る美貌の女への漱石の強い拘泥の表徴であった。　　　(藤木直実)

芸者／芸妓

げいしゃ／げいぎ

◆代助は、感受性の尤も発達した、又接触点の尤も自由な、都会人士の代表者として、芸妓を撰んだ。彼等のあるものは、生涯に情夫を何人取り替えるか分らないではないか。普通の都会人は、より少なき程度に於て、みんな芸妓ではないか。代助は淪らざる愛を、今の世に口にするものを偽善家の第一位に置いた。　　　　　　(『それから』十一の九)
◆其時咲松といふ若い芸者が私の顔を見て、「またトランプをしませう」と云つた。私は小倉の袴を穿いて四角張つてゐたが、懐中には一銭の小遣さへ無かつた。／「僕は銭がないから厭だ」／「好いわ、私が持つてるから」　　　(『硝子戸の中』十七)

漱石と芸者

芸者あるいは芸妓への言及は『吾輩は猫である』から『明暗』に至るまで継続して繰り返されるが、中で『硝子戸の中』には、「放蕩もの」の兄たちに連れられて芸者屋に遊びに行った少年時代の記憶が描かれている。この芸者はそのとき眼を病んでおり、やがて外交官と結婚してウラジオストクに行き、23歳で亡くなったという。漱石のいわゆる永遠女性たちのイメージに重なる描出であり、その夫の職業や任務も他作品に通じていよう。

加えて『硝子戸の中』には、二人の旦那に身請けを競われ本当に好きな別の男に操を立てて自死した芸者のエピソードや、往来ですれ違った大塚楠緒子を芸者と見まごうた話が記されているほか、『道草』の健三は人を殺した芸者が牢獄で暮らした20年余と自身の青春時代が「同じ」だという認識を示し、『行人』の三沢は病を得てもはや器量と芸を売ることがかなわない芸者への哀憐を吐露し、『明暗』

の小林は「芸者と貴婦人とは何所が何う違ふんだ」と発言する。「夢十夜」『門』『彼岸過迄』などにも個性的な芸者が点綴されて、関心の強度がうかがえる。

さらに、『吾輩は猫である』の苦沙弥が「あの人の妻は芸者ださうだ羨ましい事である」と日記に記し、「坊っちやん」の赤シャツがマドンナとの縁談を進める一方で馴染みの芸者とも関係を続けているという設定は、彼らが漱石自身の戯画であるとも見なされることを勘案すれば、いっそう興味深い趣向であるとも言えよう。

『それから』と芸者

故郷に帰って親の決めた相手と結婚した旧友からの報せを受けて、地方で暮らす人間にとっての「安全な結果」であり「自然の通則」であると考える代助は、その一方で「あらゆる意味の結婚が、都会人士には、不幸を持ち来すものと断定」する。都会とは「あらゆる美の種類に接触する機会」が得られる「人間の展覧会」であるからして、その度に心を動かさない者は「感受性に乏しい無鑑賞家」だとする理屈である。

不変の愛を唱える者を偽善家として退け、永続した伴侶を持たない芸妓を「都会人士の代表」と見なす代助は、三千代との再会を契機に、自身の「存在」を支える唯一無二の女性として彼女を求めるようになって行く。この代助の変貌は、『それから』を「恋愛小説」として読むときの根拠となってきた。

三千代に愛を告白する代助は、彼女の結婚以降独身でいたことを強調する。しかし彼は他方で芸者とも関係を続けており、その点では婚姻を維持しながら芸者遊びをする平岡と何ら変わるものではない。若い頃の芸者買いの費用を兄が埋めてくれたという挿話が示してもいるように、『それから』における芸者は、家や結婚や恋愛といった制度の補完として機能しているのである。

（藤木直実）

懸想

けそう

◆もし余があの銀杏返しに懸想して、身を砕いても逢はんと思ふ矢先に、今の様な一瞥の別れを、魂消る迄に、嬉しとも、口惜しとも感じたら、余は必ずこんな意味をこんな詩に作るだらう。　（「草枕」四）

「異性におもいをかけること。恋い慕うこと」（『広辞苑』第六版）という語義の懸想は、男女の関係性の神秘を描いたといわれる「幻影の盾」に登場する。「ブレトンの一士人がブレトンの一女子に懸想した事がある」という「アーサー大王の御代」の「遠き世の物語」である。「趣味の遺伝」では「老人」が「余」に語る昔の「憐れな話」においてである。二人の家が「向ふ同志」で「朝夕往来をする。往来をするうちに其娘が才三に懸想」をする。『文学論』「第一編第二章　文学的内容の基本成分」では英国小説家Anthony Trollopeの自伝中に「凡そ小説家の作品の大部分は必ず年若き男女の関係に何れかに於て触るゝものにして恋愛の分子を去りては小説に興味を附し其成功を期すること甚だ難きを認めざるべからず」とある。その「二三」の紹介としてColeridgeのLoveという詩を「此詩は、或人、Genevieveなる女性に懸想して或る月明の宵、古城の跡に、古き武士の石像によりかゝり」と記す。「草枕」では「婆さん」が「余」に「昔し此村に長良の乙女と云ふ、美くしい長者の娘が御座りましたさうな」と語り、その娘に二人の男が一度に「懸想」したという（二）。『虞美人草』でも宗近と甲野「小説なら、是が縁になつて事件が発展する所」として「君があの女に懸想して……」（七）とやりとりする。漱石文学において「懸想」は昔語り、架空の話、虚構を語る際の文脈に多用される。

（米村みゆき）

◆性愛

結婚、見合

けっこん、みあい

◆○パーソナリチーの世の中である。出来る丈自分を張りつめて、はち切れる許りにして生きて居る世の中となる。昔は夫婦を異体同心と号した。パーソナリチーの発達した今日そんな、プリミチーヴな事実がある筈がない。細は妻、夫は夫、截然として水と油の如く区別がある。而も其パーソナリチーを飽迄も拡張しなければ文明の趨勢におくれる訳である。そこである哲学者が出〔て〕夫婦を束縛して同居せしむるのは人性に背くと云ひ出した。元来人間はパーソナリチーの動物であつて此拡張が文明の趨勢である以上は苟も此傾向を害するものは皆野蛮の遺風である。夫婦同棲といふ事は野蛮時代に起つた遺物であつて、到底今日に実行すべからざる僻習である。嫁、姑が太古蒙昧の時代に同居したる如く夫婦が同居するのも人類の害である。一歩を進めて論ずれば結婚其ものが野蛮である。カクの如くパーソナリチーを重んずる世に二個以上の人間が普通以上の親密の程度を以て連結されべき理由がない。此真理は所謂前世の遺物なる結婚が十中八九迄失敗に終るので明瞭である云々

（「断片」32E、1905(明38)、1906(明39)年）

◆「僕の考では人間が絶対の域に入るには、只二つの道がある許りで、其二つの道とは芸術と恋だ。夫婦の愛は其一つを代表するものだから、人間は是非結婚をして、此幸福を完ふしなければ天意に背く訳だと思ふんだが。」　　　　（『吾輩は猫である』十一）

◆「君は結婚前の女と、結婚後の女と同じ女だと思つてゐるのか」　　　　（『行人』「塵労」五十一）

漱石の結婚

『吾輩は猫である』から『明暗』まで、漱石はいく組もの夫婦を登場させた。登場する男女は「見合」によって、あるいは「恋愛」の究極の形として「結婚」し、妻と夫としての生活が始まる。その意味で漱石文学は結婚を軸にした文学ともいえる。漱石自身は、松山中学在任中の1895(明28)年12月、貴族院書記官長中根重一の長女鏡子と見合する。翌年4月、熊本第五高等学校に講師として赴任後、6月9日、熊本市光林寺町の自宅で結婚式を挙げた。漱石は数え年30歳、鏡子は20歳。子規宛書簡の末尾に「衣更へて京より嫁を貰ひけり」と記した。しかしながら、豊かにのびやかに育った鏡子と漱石とでは、生活習慣、金銭感覚等々、男女の違い以上に相違があり、しかもにぎやかな実家から遠く離れた鏡子の不安に、漱石は振り回されることになる。第一子の流産に、鏡子は自殺を図り、夜間、鏡子の手首と自分の手首を紐で結んで寝た漱石のエピソードは知られている。筆子が生れ、出産間近の鏡子を実家に託してロンドンに留学する。

その間の漱石の鏡子宛書簡は「おれの様な不人情なものでも頻りに御前が恋しい」(1901・2・20付)「御前は産をしたのか子供は男か女か両方共丈夫なのかどうもさつぱり分らん」(1901・3・8付)等々、恋文といってもいい。漱石にとって鏡子は生涯においてはじめて、そして唯一深くかかわった異性だったのではないか。が、帰国後、漱石の神経衰弱はますます昂じて、ドメスティック・バイオレンスにいたり、別居を余儀なくされる。

結婚の理想と現実

1905-1906年に書かれた「断片」には、「パーソナリチーを重んじる」今の世に「二個以上の人間が普通以上の親密の程度を以て連結されべき理由がない」とある。さらに「此真理は所謂前世の遺物なる結婚が十中八九迄失敗に終るので明瞭である」と記されている。が、『吾輩は猫である』では、東風に「人間は是非結婚をして、此幸福を完ふしなければ天意に背く」とも言わせる。『彼岸過迄』の千代子は

煮え切らない須永に向かって「貴方は妾を……愛してゐないんです。つまり貴方は妾と結婚なさる気が……」と叫ぶ。愛の頂点に結婚を置く。『行人』では仲の良い岡田夫婦が登場して「結婚してからあゝ親しく出来たら嘸幸福だらう」と二郎を羨ましがらせる。登場人物を借りてのこうした言葉は、「結婚」への漱石の思いをも託していよう。『心』の先生のお嬢さんへの愛情も「結婚」をもって完結されるべきものだった。

しかしながら『三四郎』で画家の原田さんは、美禰子の肖像画を描きながら三四郎に友人の例をひいて「結婚は考へ物だよ。離合聚散、共に自由にならない」と言う。『行人』の一郎は「おれが霊も魂も所謂スピリットも攫まない女と結婚してゐる事丈は慥だ」と言い、結婚を目前にしたお貞に「結婚をして一人の人間が二人になると、一人でゐた時よりも人間の品格が堕落する場合が多い。恐ろしい目に會ふ事さへある。まあ用心が肝心だ」と忠告する。

見合い

お貞さんの結婚式の帰り道、二郎は「自分にも当然番の廻つてくるべき結婚問題を人生における不幸の謎の如く」考える。間もなく二郎は友人の三澤に雅楽の会に誘われる。三澤の婚約者がその友人を連れて来ていた。紹介も何もなく、ただ互に顔を見るだけの「見合」だった。帰宅した二郎に母親は相手の家の「財産」や「親類に貧乏人」がいるかどうか、「悪い病気の系統」がないかどうか、等々細かな質問をする。歌舞伎座で父親の恩人にあたる佐川の娘と見合した『それから』の代助にとっても見合の条件は十分に整っていた。『明暗』のお延を同席させた従妹の見合も結婚を前提にすべての条件が調べられていたのだろう。それぞれの家や相手の条件が明らかにされた上で「見合」が用意されていたことが想像される。漱石は鏡子の前にも見合

したが、その娘の母親が結核で死んだことを理由に断っている。

漱石文学における結婚の意味

漱石文学のメインテーマである、近代を生きる人間の「エゴイズム」「私」を描き出すための装置のひとつとして、漱石は「結婚」を作品に据える。男女がまさに「素の私」を出す場が結婚生活であり、妻を夫に従うものと見ることのできない漱石にとって、結婚は対等な男女の戦いの場でもあった。が、男尊女卑の時代・社会の中で、妻は「結婚」を通して変貌していく。それは夫である男の責任でもあった。

「何んな人の所へ行かうと、嫁に行けば、女は夫のために邪になるのだ。さういふ僕が既に僕の妻を何の位悪くしたか分らない。自分が悪くした妻から、幸福を求めるのは押が強過ぎるぢやないか。幸福は嫁に行つて天真を損はれた女からは要求出来るものぢやないよ」という『行人』の一郎の述懐となる。

男に比べて女をよりすこやかだと捉える漱石の女性観が見える。文明の毒は男に強かったのかも知れない。だから『心』の先生は、妻に何も告げない。「妻が己の過去に対してもつ記憶を、成るべく純白に保存して置いて遣りたい」と願う。『文学論』に漱石は「普通一般の小説戯曲中にあらはる、善男善女の徒、必ず其恋を結婚に終り、若し終り得ざる時は読者観客は不満足の感を生ずるより推すも、所謂恋情なるものより両性的本能即ち肉感を引き去るの難きは明らかなりとす」と書く。「結婚」という儀式なしには「本能即ち肉感」に至ることはありえないとするモラリスト漱石がいる。漱石の作品は愛の問題を中核としてさまざまなバリエーションの中を旋回するが、その軸にあるのは漱石自身の結婚観でありモラルだといえる。　　　（尾形明子）

◆
性
愛

恋、恋愛、失恋

こい、れんあい、しつれん

◆尋常の世の人心には恋に遠慮なく耽ることの快なるを感ずると共に、此快感は一種の罪なりとの観念附随し来ることは免れ難き現象なるべし。吾人は恋愛を重大視すると同時に之を常に踏みつけんとす、踏みつけ得ざれば己れの受けたる教育に対し面目なしと云ふ感あり。(中略)西洋人は恋を神聖と見立て、之に耽るを得意とする傾向を有する
（『文学論』第一編第二章）

◆社会から逐ひ放たるべき二人の魂は、たゞ二人対ひ合つて、互を穴の明く程眺めてゐた。(中略)二人は此態度を崩さずに、恋愛の彫刻の如く、凝としてゐた。／二人は斯る凝としてゐる中に、(中略)愛の刑と愛の賚(たまもの)とを同時に享けて、同時に双方を切実に味つた。　　　（『それから』十四の十一）

◆自分は何うあつても女の霊といふか所謂スピリットを攫まなければ満足が出来ない。それだから何うしても自分には恋愛事件が起らない
（『行人』「兄」二十）

◆「然し気をつけないと不可ない。恋は罪悪なんだから。私の所では満足が得られない代りに危険もないが、——君、長い髪で縛られた時の心持を知つてゐますか」(中略)「とにかく恋は罪悪ですよ。よござんすか。さうして神聖なものですよ」（『心』十三）

明治エリートの恋愛観に伴う罪悪感

　本項目では二つのことが考えられる。一つは、漱石自身の恋愛・失恋体験、他の一つは本項が主眼とする漱石文学の恋愛・失恋の表象である。前者には諸説あり、江藤淳『漱石とその時代』（新潮社、1970）の嫂登世説、小坂晋『漱石の愛と文学』（講談社、1974）の大塚楠緒子説が最も代表的。小坂の実証に敬意を表し、以下、漱石の恋愛表象に移る。

　『心』の先生が、「恋は罪悪ですよ。(略)さうして神聖なものですよ」と、若い「私」を諭した一節はあまりにも有名だが、じつは、同じ恋愛観が『心』よりも早く、『文学論』の冒頭近くに見られる。『文学論』から『心』までの7年間には長編恋愛小説が7つ介在し、しかも一作ごとに恋愛表象は展開を異にしつつ『心』に至るのである。そうした経緯を踏みながら、時を隔ててもなお酷似の恋愛言説が表明されるとすれば、はたして両者は単に同じ趣旨を繰り返しただけなのか、それとも時を経る中で変質しているのか。以下では、『文学論』から長編小説へと読み進めることで、曲折の多い漱石の恋愛表象の大概をたどる。

　『文学論』の恋愛観は、東京帝国大学での漢文調の講義形式と無関係ではあるまい。漱石いわく、恋は「両性的本能」に由来する「快感」が本源であるから、万人共通の情である。だが同時に、恋は社会の掟に反する「罪」に陥りやすい情でもあり、高等教育を受けた者はその「面目」にかけてもそんな罪深い恋は「踏みつけ」にすべきである、と。だが、西洋人はそんな恋を「神聖」視する傾向があるが、と述べて西洋的感性への違和感を示した。

　当時の日本ではまだ女性の人格は問われず、男女間に対等な恋愛が生まれる条件は乏しい。この限りでは、漱石も他の明治の男性たち同様に、強い国家意識と男の絆を優先する性言説に親和する人だった。他方、『文学論』の講義と並行して、「幻影の盾」「薤露行」など中世ヨーロッパの騎士物語を、「一心不乱」の恋として入魂の語りに浸る男でもあった。漱石の恋の表象は、最初から情（罪）と意志（社会の掟）の間で揺れていた。

　職業作家に転じ、『虞美人草』で華々しくデビューしたが、その表層を彩る恋愛観は前述の『文学論』に直結している。初の新聞小説ゆえに不特定多数の読者を意識し、勧懲小説かと見紛うほど道義主義を貫徹させる。許婚者を拒んで自由に恋人を選ぶ藤尾は、世の掟に

背いた高慢な「我」の人・「サタン」とまで擬され、最後は善き登場人物たちの総意によって成敗され、自ら死ぬ。だが皮肉にも、テクストはそうした表層の道義主義を裏切り、我の人の恋の生気を読者の脳裡深くに刻んだ。

罪を超える「幸」の恋

『三四郎』以後、『白樺』(1910)『青鞜』(1911)などの登場を予兆する煤煙事件や性言説が台頭する中、漱石は、三四郎や『それから』の代助など、男たちの恋を慈しみ肯定する作家に転じる。だが、『三四郎』のヒロインの美禰子は、自由意志と行動力をもつゆえに、自ら意図せずうぶな三四郎を「愚弄」する女とされ、藤尾につながるイブセン流の我の女の系譜に位置づけられたままだ。

『それから』になると、男が真剣に恋に身を投ずるまでの過程が主題化され、画期をなす。それを可能にするのは、「社会の制裁」(道義・罪)の上位に「天意」(自然の情)なる絶対的位相を創出したことである。それまでの恋における〈快対罪〉という横並びの二項対立は、対立のまま「天意」の高みで包摂され、至上の「幸」に浴する。恋の極致の恋人たちは、ともに「恋愛の彫刻の如く」凝然と塊り、「愛の刑と愛の賚を同時に」味わいつつ、濃密に凝縮された時空に身を委ねる。当時よく読まれたベルグソンの「純粋持続」の時間感覚に近いが、もともと漱石にはそうした感性が存在していたともいえる。次世代の武者小路実篤や谷崎潤一郎らは、そんな漱石の恋の肯定に拍手しつつも、さらなる冒険を期待する。

愛せない男性、愛の争闘する生活の場

しかし『彼岸過迄』と『行人』では、恋や愛が生活者の問題として問われ、愛したいのに愛せない新種の男たちが登場する。エレン・ケイらの恋愛結婚論が風靡する中、恋愛も結婚も愛によって連続させるべしとの言説は、現実的には恋にも結婚にも高いハードルを課す

ことになる。もはや恋の快対罪の二項対立よりも、男たちはその手前に立ち、ポケットに手を入れたまま恋人や妻に絶対的な「スピリット」を求め、行き詰まるのである。

他方、「新しい女」が注目される時代に生きている女たちは、もはや男たちの一方的な要求に応えなくても罰せられることはない。行き詰まった男たちの方が自己療養の旅に出、自然との直接的交感を介して自尊心の呪縛から放たれる端緒をつかもうとする。『行人』の一郎は、「自分が悪くした妻から、幸福を求めるのは押しが強すぎる」と、男女の関係性の歪みが愛を疎外するしくみに気づくのだ。

見方によれば、『心』は漱石文学中でもっとも画期的だと言えよう。Kの自殺を「失恋」ではなく「孤独」からだと先生の遺書が結論づけた時、恋における「罪悪」と「神聖」という周知の枠組みは、先生の悩みの半面でしかなかったことが明らかにされる。思えば、先生が「私」に伝えた恋＝罪悪という忠告は、それに続けて言われていた「自由と独立と己に充ちた現代人はみんな孤独」だ、という言葉とワンセットだった。先生は、恋が胚胎する罪を現代人の孤独の問題にシフトすることによってKと共通基盤に立ち、自死することでKと和解を遂げようとする。しかし作者漱石は、この先生の独善を錯誤として否定すべく、先生に劣らず孤独を生きたはずの妻の口から、先生を批判させている。

こうして、漱石文学が営々と見詰めてきた男の視点からの恋物語は、『心』の先生をキリストのように磔刑に架すことによって、快と罪、神聖と罪悪というパラダイムから漱石文学を一挙に解放する。そして、人々を生活者として生き延びるさせる方へ歩みだし、なによりも女たちが雄弁に争闘を仕掛ける場へと男たちを誘い込み、闘争・哀願・妥協が交錯する『道草』『明暗』という、まったく新たな舞台へと渾身で漕ぎ出す。　　　　　　（江種満子）

◆性愛

香水

こうすい

◆やがて、其手を不意に延ばした。手帛が三四郎の顔の前へ来た。鋭い香がぷんとする。／「ヘリオトロープ」と女が静かに云つた。三四郎は思はず顔を後へ引いた。ヘリオトロープの壜。四丁目の夕暮。迷羊。迷羊。空には高い日が明かに懸る。／「結婚なさるさうですね」　（『三四郎』十二の七）

ヘリオトロープの〈謎〉

　日本に初めて輸入された香水は、フランスのロジェ・ガレ社の『Heliotrope Blanc』だといわれる。ヘリオトロープは、ムラサキ科キダチルリソウ属の植物で、紫または白の小さな花が密集して咲き、甘い香りを放つ。

　近代において、下水や塵芥など街に漂う悪臭は、伝染病への恐怖や下層民への蔑視と相まって、急激に排除すべきものとして意識された。反対に、文明的に手入れの行き届いた身体は、よく香るべきものとなり、また、境界を持たずに漂い、触れずしてその人を感じさせる香りは、官能性の象徴ともなった（坪井秀人『感覚の近代』名古屋大学出版会、2006）。

　『三四郎』において、比喩ではあるが、与次郎に「田臭」を指摘される三四郎は、当然香水のことはわからない。唐物屋で偶然出会った美禰子に、香水選びを頼まれ、いいかげんにヘリオトロープの瓶を指す。美禰子は、三四郎にとって〈謎〉であり続けるが、ヘリオトロープもその一部を構成している。冒頭の引用場面で、三四郎は借りていた金を美禰子に返すが、この金の複雑なやりとりが、美禰子が経済的に優位な男性と結婚しなければならない事情を示しているとの指摘がある（小森陽一「漱石の女性像」柄谷行人・小森陽一・

亀井俊介・小池清治・芳賀徹『漱石をよむ』岩波書店、1994）。美禰子は他の男性を選んだが、三四郎に出会った日の服装を覚えており、原口に画を描いてもらう際には、その姿で画に収まっている。同様に、香水を彼に選んでもらったことも記憶している。金を返却すれば、二人のつながりは切れてしまうが、香りは、三四郎に馥郁たる余韻を残す。

懲らされる男の香

　男性で香水をつけるのは、『それから』の代助や、『虞美人草』の小野さんである。代助は銀座で香水を買い、その薔薇の香りに包まれて眠りに就く。だがそれは、三千代が持参した白百合の香りの〈自然〉の前に色あせる。

　『虞美人草』では、「文明の詩は金剛石より成る。紫より成る。薔薇の香と、葡萄の酒と、琥珀の盃より成る」とある通り、東京で出世と美に目覚める小野さんの現在は、「薔薇の蕾」に例えられ、ハンカチからはヘリオトロープが香る。

　京都の恩人・井上孤堂の手紙から立ち上るのは「古ぼけた黴くさいにほひ」「過去のにほひ」であり、小野さんはそこから逃れるため、婚約同然の娘の小夜子を遠ざけ、藤尾に接近する。「我の女」とされる藤尾が、紫色で象徴されるため、ヘリオトロープについても、紫のイメージや、オウィディウスの『変身物語』にある伝説との関連を言う論もある（太田修司「『虞美人草』における花と匂い」『成蹊大学文学部紀要』1994・3）。「勧善懲悪」といわれる『虞美人草』で、藤尾が受ける罰が理不尽であることは、夙に指摘があるが（水村美苗「「男と男」と「男と女」―藤尾の死」『批評空間』1992・7）、小野さんもまた、周囲の奔走で真面目にならされる。男性の香水は、近代の迷妄や幻惑であり、「懲悪」される対象であるのだろう。

（小平麻衣子）

細君／妻／女房

さいくん／さい／にょうぼう

◆「男は厭になりさへすれば二郎さん見たいに何処へでも飛んで行けるけれども、女は左右は行きませんから。妾なんか丁度親の手で植付けられた鉢植のやうなもので一遍植られたが最後、誰か来て動かして呉れない以上、とても動けやしません。凝としてゐる丈です。立枯になる迄凝としてゐるより外に仕方がないんですもの」／自分は気の毒さうに見える此訴への裏面に、測るべからざる女性の強さを電気のやうに感じた。（『行人』「塵労」四）
◆「何んな人の所へ行かうと、嫁に行けば、女は夫のために邪になるのだ。さういふ僕が既に僕の妻を何の位悪くしたか分からない。」
（『行人』「塵労」五十一）

〈男性原理〉への挑戦、妻の発見

　漱石文学は、富、地位、暴力で他を支配する近代社会批判から出発し、他者としての男女の関係性を凝視する作品へと移行する。この前期から後期への変容を分裂として捉えるのではなく、漱石の一貫したテーマ〈競争原理〉批判の深化として見、「男性原理の挑戦者」（駒尺喜美『魔女の論理　増補改訂版』不二出版、1984）として漱石を再評価する視点がフェミニズム思想の中で提出されてきた。
　漱石が中根鏡子と見合い結婚をした三年後の1898年に成立した明治民法は、戸主によって統制された家制度のもと、妻は「婚姻ニ因リテ夫ノ家ニ入ル」とされ、家・夫への二重の従属性が確定した。性差別的法制度と良妻賢母思想によって、女性は性役割の中に閉じ込められ、富国強兵の国家を下支えする第二国民として位置づけられた。漱石はこうした明治の家父長的ジェンダー・システムに深く呪

縛されながらも、自己本位、個人主義を徹底していき、『青鞜』などの女性解放の声に感応するかのように、男女関係、結婚制度、夫婦の問題を、自己の文学にとって不可避の問題として据えるようになる。『それから』の三千代、『門』の御米、『行人』のお直、『道草』のお住、『明暗』のお延などの多面的な妻の像は、漱石の想像力が捉えた近代の他者の表象であった。

ジェンダー・ナラティブ・沈黙

　戦前、宮本百合子は漱石の妻を描いた代表作『行人』を「力作」と評価しながらも、夫の心持ちの追求は「執拗」だが、妻の心理は受動的、静的にとどまるとし、妻の「沈黙の封印」を破り、「ありのまゝの精神」を発揮できない「女の条件」が分析される必要があると、漱石のリアリズムの問題性を指摘した（「分流」1939・10、戦後修正し『婦人と文学』に収録）。漱石のテクストにおけるナラティブとジェンダーの関係はその後も重要な論点となってきたが、水田宗子は「あくまでも夫の不幸という、ナラティブによってつくられた」漱石の「テキスト」を「読み替え」ることで「妻の不幸」を読み解くことができると指摘している（「夫婦の他者性と不幸——漱石の〈恋する男〉」『漱石研究』第9号、1997・11）。

お直・一郎そして二郎

　『行人』の一郎と妻お直の夫婦関係はいつ壊れるかわからない緊張状態にある。妻のお直は義弟の二郎に、自分が腑抜けだから夫に気に入られないのだと語り、一方、夫の一郎は、自分はスピリットのない女と結婚したと弟に訴える。しかし、直と二郎が旅先で嵐のためやむをえず同宿した際、直はいつでも死ぬ準備はできている、死ぬなら大津波か雷に打たれて死にたいといつも考えていると、胸中を二郎に吐露する。作品終末部「塵労」五十では、一郎は女は夫のために「邪」になるが、

◆性愛

僕が既に「僕の妻をどの位悪くしたか分からない」と友人Hに懺悔する。一方、四では義弟の二郎はお直に「測るべからざる女性の強さ」を見出している。漱石は、一方的に男性に抑圧され、貶められ「悪く」されるだけの存在としてではなく、いつ爆発するともしれぬ内在的エネルギーを秘め、震撼させる存在として、二郎にお直を感受させているのである。夫から見てスピリットのない女が環境を変えると「女性の強さ」に変換されることを漱石は追究している。

他者としての女と自然

『それから』では、「僕の存在にはあなたが必要だ」と友人の妻三千代に告白したものの最後の決断をしかねている代助に対して、三千代は「仕様がない。覚悟を決めましょう」と言い、代助を驚愕させる。『行人』では、同宿した翌朝「大抵の男は意気地なしね、いざとなると」と直にいわれ、二郎は不気味さを感じる。社会制度によって損なわれた無力な存在であるはずの女の力を、漱石は底知れぬ恐ろしさ、「不気味さ」として提示している。『行人』の中で、フランチェスカとパオロの例をあげ、「人間の作った夫婦という関係よりも、自然が醸した恋愛の方が神聖」だという一郎の価値観は、「男の法」制度が女の内面やセクシュアリティや自然までを完全に所有し支配することはできず、「女の法」ともいうべき女に内在する力に男も翻弄され報復されることを示している。「初めから運命なら畏れないといふ宗教心を、自分一人で持つて生れた女」、「男子さへ超越する事の出来ないあるものを嫁に来た其の日から既に超越してゐた。或は始めから超越すべき牆も壁もなかつた。」「囚はれない自由な女」「彼女の今迄の行動は何物にも拘泥しない天真の発現に過ぎなかつた」と二郎の視点から繰り返し女の超越性、囚われなさ、自由、天真を認知させている。男性社会によって侵犯的・他者的なものとさ

れる前の始源の女の可能性をさし示している（ジュリア・クリステヴァ『恐怖の権力』では母性的なものをおぞましいものとして拒絶することによって男性の法が成立していると説く）。男の法の権威に蹂躙されることなく、威厳と天真の「自然に近い或物」として語られている。二郎のような制度外の虚構の視点を設定し、「図々しく」さえ見えるほど、品位を持った「自然」である女を漱石は導き出しているのである。

『道草』では、お住の視点は、健三の視点を逸脱する相対化が見られ、『明暗』ではお延は自在に女としての声を上げ始め、津田に自分を愛させてみせると、結婚において自我を根拠として生きる女・妻お延を描く。

なお漱石テクストにおいては、妻君、妻、女房など、妻の呼称が混在するが、細君・妻の呼称をめぐる考察としては江種満子「『道草』のヒステリー」（『国語と国文学』1994・12）がある。

漱石の語りと女性文学との接点

これらの漱石文学の細君・妻・女房を含むヒロインたちの語りは、樋口一葉「にごりえ」、平塚らいてう「元始女性は太陽であった」、田村俊子「女作者」、宮本百合子「伸子」などの、「女性」を思想として追究する「女語り」と接合し、近代の「ジェンダーと語り」の合わせ鏡を形成している。

水田宗子は、近代に浮上した性的他者としての「女」の問題は、漱石においても「従来の言説や関係では対応」できない「自己の内面を不安定にさせる存在として意識される深刻な課題」であったと指摘している（「作者の性別とジェンダー批評」『Rim』1994・4）。漱石文学の妻たちの語り、夫婦の風景は、ジェンダー化された近代の制度を超えて、人間存在の根へと想像力を解き放つ営為であった。

（北田幸恵）

策略

さくりゃく

◆あなたは小野さんを藤尾の養子にしたかつたんでせう。私が不承知を云ふだらうと思つて、私を京都へ遊びに遣つて、其留守中に小野と藤尾の関係を一日一日と深くして仕舞つたのでせう。さう云ふ策略が不可ないです。　　　　　（『虞美人草』十九）
◆彼は今日迄嫂の策略にかかつた事が時々あつた。けれども、只の一返も腹を立てた事はなかつた。今度の狂言も、平生ならば、退屈紛らしの遊戯程度に解釈して、笑つて仕舞たかも知れない。
　　　　　　　　　　　　　（『それから』十一の八）
◆叔父は策略で娘を私に押し付けやうとしたのです。好意的に両家の便宜を計るといふよりも、ずつと下卑た利害心に駆られて、結婚問題を私に向けたのです。　　　　　　　　　（『心』六十三）
◆私の煩悶は、奥さんと同じやうに御嬢さんも策略家ではなからうかといふ疑問に会つて始めて起るのです。　　　　　　　　　　　　（『心』六十九）
◆「おれは策略で勝つても人間としては負けたのだ」といふ感じが私の胸に渦巻いて起りました。私は其時さぞKが軽蔑してゐる事だらうと思つて、一人で顔を赧らめました。　　　　　（『心』百二）
◆私はつい覚えてゐた独逸の諺を返事に使ひました。無論半分は問題を面倒にしない故意の作略も交てゐたでせうが。すると兄さんは、「さうだらう、今の君はさうより外に答へられまい」と云ふのです。　　　　　　　　（『行人』「塵労」三十六）

財産相続をめぐる策略

　漱石作品における策略は、家族やごく親しい者の間でめぐらされる。

　第一に財産相続に関わる結婚問題であらわれ、その非が糾弾される。『虞美人草』の「謎の女」＝継母は、先妻の息子にあたる欽吾を

退け、実娘の藤尾と将来ある小野とが結婚すること、つまり小野が甲野家に婿入りすることを目論む。手始めとして欽吾を京都に行かせ、その留守中に藤尾と小野の仲が深まるように仕組んだことを、十九において藤尾の死後、欽吾は継母に「さう云ふ策略が不可ない」と糾弾し、継母が懺悔することで二人は和解する。

　1898（明31）年施行の明治民法が規定した長男優先の相続のもと、父の死後、戸主となり、遺産を継いだのは欽吾に他ならない。これにより継母と藤尾の経済的基盤は失われ、継母は心打ち解けぬ欽吾に扶養されるという不安な身へと転落した。だが欽吾に家督放棄させ、自らが白羽の矢を立てた小野の養子縁組がかなうなら、戸主は欽吾から小野に交替し、継母には藤尾をそばに置いた安定した扶養が約束される。つまり継母の企てとは、ときの民法が定めた長子相続に対する寡婦の不安と反逆を意味し、一方で、亡父を崇敬し家父長的な民法を自然化している明治の男欽吾にとっては「策略」として断罪されるべきものということになる（北田幸恵「男の法、女の法—『虞美人草』における相続と恋愛」『漱石研究』第16号、2003・10／小山静子「藤尾一人の恋—『虞美人草』にみる結婚と相続」同）。

政略結婚という策略

　第二に、政略結婚に関する策略もある。『それから』十一では、代助が最も親しみを寄せている嫂の頼みで歌舞伎座に同行した際、遅れて来た兄に、かねてより父親から政略結婚を促されていた「佐川の娘」を紹介され、「うまく掛けられたと腹の中で思」う。嫂が歌舞伎座に誘ったのは、「父や兄と共謀して」「佐川の娘」と引き合わせるための「策略」だった。「平生ならば、退屈紛らしの遊戯程度に解釈して、笑つて仕舞たかも知れない」代助だが、その心はすでに三千代に向いていたため、「此姉迄が、今の自分を、父や兄と共謀し

◆性愛

341

て、漸々窮地に誘なつて行くかと思ふと、流石がに此所作をたゞの滑稽として、観察する訳には行かな」くなる。代助にとって、この政略結婚をめぐる策略が実家と疎遠になる前兆を意味していた。

策略とその余波

さらに『心』では、財産相続と政略結婚が絡み合った策略が描かれる。六十三、遺書の中で「先生」は、学生のころ、叔父に預けていた財産の一部を横領されただけでなく、娘との縁談まで勧められたことを告白し、この縁談を叔父の「下卑た利害心に駆られ」た「策略」と見なし、怒りを露わにしている。「血のつゞいた親戚」(三十)である叔父が、財産目当てで政略結婚させようとしたことに義憤を感じたのだろう。ここには、「明治以後の近代資本主義の論理」が、「先験化された「血」の論理に基づく「信頼」関係の幻想を根底から突き崩した」様子を読み取ることができる(小森陽一「「こころ」を生成する心臓」『文体としての物語 増補版』青弓社、2012)。しかし他方、叔父に視点を移すなら、叔父が財産を横領した要因は、長男優先の相続制にあるとも考えられる。

言うまでもなく「先生」の財産は亡父の遺産である。そして、その遺産は、「父は先祖から譲られた遺産を大事に守つて行く篤実一方の男でした」(五十八)という「先生」の回想から分かるように、かつて亡父が自らの父親から相続した金に相当する。この相続の際、明治民法が適用されたかは定かではないが、父親がよく、「自分よりも遙かに働きのある」実業家の叔父と比べて、「自分のやうに、親から財産を譲られたものは、何うしても固有の材幹が鈍る、つまり世の中と闘ふ必要がないから不可いのだ」(五十八)と口にしていた、ともあることから、長男だった「先生」の父親にだけ遺産が相続されたことがうかがえる。つまり「先生」が相続した遺産はもともと叔父

が長男ではないがゆえに相続し損ねた遺産とも言い換えられるのだ。欲も出て来よう。漱石作品の遺産相続において「次男が一番危ない」(石原千秋「「真実」の相続人」『『こころ』で読みなおす漱石文学 大人になれなかった先生』朝日新聞出版、2013)とされる所以である。

叔父の裏切りにより人間不信になった「先生」は、下宿先で「御嬢さん」に「殆んど信仰に近い愛」(六十八)を抱くも、六十九、「不図奥さんが、叔父と同じやうな意味で、御嬢さんを私に接近させやうと力めるのではないかと考へ出し」、「奥さん」を「狡猾な策略家」と見るようになる。さらにそれが「奥さんと同じやうに御嬢さんも策略家ではなからうかといふ疑問」に行き着くと、激しく苦悶することになる。

策略の連鎖

『心』九十五では、「先生」は、Kに「たゞ一打ちで彼を倒す事が出来るだらう」という「策略」から、「厳粛な改たまつた態度」で「精神的に向上心のないものは馬鹿だ」と云ひ放ち、「Kの前に横たわる恋の行く手を塞」ぐ。その上でKを出し抜いて「御嬢さん」との結婚を「奥さん」に申し入れるが、Kはそのことを知った後も、「先生」への態度を変えることはなかった。それにより、第百二章、「「おれは策略で勝つても人間としては負けたのだ」という感じ」が「胸に渦巻」く。かつて叔父の「策略」に憤怒した「先生」が、今度は親友に「策略」をめぐらすという連鎖がここにはある。「さぞKが軽蔑してゐる事だらうと思つて、一人で顔を絨らめ」たのも無理はない。

男性間の恋の鞘当てをめぐる策略は、『行人』「塵労」三十六では、弟の二郎と妻との関係を疑う兄一郎への、二郎による「問題を面倒にしない故意の作略」という形で表れる。

(武内佳代)

嫉妬

しっと

◆僕は普通の人間でありたいといふ希望を有つてゐ
るから、嫉妬心のないのを自慢にしたくも何ともな
いけれども、今話した様な訳で、眼の当りに此高木
といふ男を見る迄は、さういふ名の付く感情に強く
心を奪はれた試がなかつたのである。僕は其時高
木から受けた名状し難い不快を明らかに覚えてゐ
る。さうして自分の所有でもない、又所有する気も
ない千代子が源因で、此嫉妬心が燃え出したのだと
思つた時、僕は何うしても僕の嫉妬心を抑え付けな
ければ自分の人格に対して申訳がない様な気がし
た。　　　　　　　（『彼岸過迄』「須永の話」十七）
◆それのみか、もう一歩夫人の胸中に立ち入つて、
其真底を探ると、飛んでもない結論になるかも知れ
なかつた。彼女はたゞお延を好かないために、ある
手段を拵へて、相手を苛めに掛かるのかも分からな
かつた。気に喰はない丈の根拠で、敵を討ち懲らす
方法を講じてゐるのかも分らなかつた。幸いに自
分で其所を認めなければならない程に、世間からも
己れからも反省を強ひられてゐない境遇にある彼
女は、気楽であつた。お延の教育。──斯ういふ言
葉が臆面なく彼女の口を洩れた。（『明暗』百四十二）

男の嫉妬、女の嫉妬

　漱石の小説では嫉妬という概念は、近代日
本のジェンダー編成、具体的には男性中心主
義的な強制的異性愛体制の中に生じるものと
して極めて構造的に描かれている。ゆえに漱
石作品のなかにあらわれる嫉妬は、二つに分
けて考えるのが適当だろう。男同士の嫉妬と
女同士の嫉妬である。とは言っても、漱石作
品全般を通して描かれたのは、圧倒的に男同
士の嫉妬であり、そこには男同士の嫉妬が近
代のホモソーシャルな社会の中で生まれる機

構が詳細に描かれている。それに比べると、
『明暗』にいたってはじめて中心的に扱われ
た女同士の嫉妬は、作品が未完に終わったゆ
えに、その意味を確定的にたどることができ
ない。しかし、そこに漱石がホモソーシャル
社会に対して新たにどのような文明批評を企
てようとしたのかを知る手がかりがあること
は確かだ。

欲望の三角形

　漱石は『三四郎』以来、執拗に三四郎・野々
宮・美禰子（『三四郎』）、代助・平岡・三千代（『そ
れから』）など、二人の男と一人の女からなる
三角関係を物語の中心的な主題として描き続
けた。このことの精神史的、文化史的意味や
大正文学に対する影響については飯田祐子
『彼らの物語』（名古屋大学出版会、1998）が詳し
い。飯田がいうようにこの三角関係のパター
ンの完成型が『心』であることは間違いない。
先生・K・お嬢さんの三角関係の中で、先生は
「私のKに対する嫉妬」を意識するが、この感
情は欲望の三角形に起因するものとして構造
的に描かれている。欲望の三角形とは、ルネ・
ジラールが『欲望の現象学』（法政大学出版局、
1971）で唱えた議論で、欲望の対象の好ましさ
は、模倣関係によって生まれるという考え方
だ。先生にお嬢さんが好ましく見えるのは、
Kがお嬢さんに好ましい感情を抱いているよ
うに先生には見えるからだ。お嬢さんがほし
いという先生の欲望は、第三項であるKに対
する競争心のなかで内発的にではなくKの欲
望を模倣する形で生じているのだ。『心』に
は欲望の他者性にまつわる情報がふんだんに
書き込まれている。

ホモソーシャル

　こうした欲望の三角形の議論を歴史化し、
近代の男性中心主義的な異性愛体制の根幹に
ホモソーシャルと呼ぶべき文化的システムが
あることを指摘したのがイブ・コゾフスキー・

◆
性
愛

343

セジウィックである（『男同士の絆』名古屋大学出版会、2001）。このシステムでは、男性同士の絆を社会構成の安定した基盤とするべく、男性は適切なタイミングで特定の女性をあきらめ、譲渡することが求められる。それを可能にするのが、男性同士の絆を断つ可能性のある主体的で魅惑的な女性を排除する女性嫌悪と、男性同士を互いの所有をめぐる不安定な戦いに引きずり込む同性愛を禁じる男性同性愛恐怖という文化的命令である。ここでは欲望の三角形は、規範的な欲望形成のあり方として推奨されるものとなる。つまり、男性は女性を所有したいという形で欲望形成するのではなく、女性を所有する別の男性のようになりたいという形で欲望形成することを学習させられるのだ。

　三四郎は、野々宮と美禰子の関係を知れば知るほど美禰子を好きになるが、野々宮は三四郎が進むべき人生の一歩先を行くモデルである。この初恋物語は三四郎がホモソーシャル体制下の欲望形成方法を学習し終わったとき幕を閉じる。しかし、『三四郎』では、三四郎の野々宮に対する感情は「嫉妬」と表現されていない。こうした感情が「嫉妬」と表現されるのは、『彼岸過迄』の須永、高木、千代子の関係が描かれるに及んでである。

　引用した須永の堂々巡りの弁解にも千代子を「所有」したいという欲望が、高木との関係の中で形成される様が描かれている。奇妙なのは、この須永の言い訳がそれに1年先立つ森鷗外『青年』（1910-1911）の小泉純一の言い訳に大変似ていることだ。『三四郎』を意識して書かれた『青年』は、純一、坂井夫人、岡村画伯の三角関係を描く。愛人岡村画伯の存在を知らされた純一は、「おれは何もあんな男をうらやみなんかしない。あの男の地位に身を置きたくはない」と一度は否定するが、結局は自らの「嫉妬」を認めざるをえない。面白いことにこの嫉妬の説明は、漱石がバルザック作品への書き込みとして残した嫉妬の定義「嫉妬—甲ニナレザルヨリ甲ノ地位ヲChangeセントス」と完全に一致する。このように純一の言い訳は、須永の言い訳の内実をよく解説してくれる。ただし、純一は三四郎と同じようにホモソーシャルの教えを受け入れるが、漱石作品ではじめてこの種の「嫉妬」を自覚させられた「退嬰主義の男」須永は、ホモソーシャル社会への参入に失敗し続ける。

女同士の絆の可能性

　執拗に三者関係として恋愛を描いてきた漱石は、自伝的な素材を扱った『道草』で健三とお住の関係を二者関係として自省してみせた。それを経て『明暗』では津田とお延の二者関係をフィクショナルな物語として構造化しようと試みたとみていい。そのとき嫉妬し合う男たちに代わってあらわれたのが、津田を囲む女性たちの嫉妬の連鎖とも言うべき関係である。津田の妹お秀は、嫂のお延に「嫉妬」し、津田の上司の妻、吉川夫人はお延の「己惚れ」や「慢気」に対する嫉妬心を「教育」の名で隠す。お延はお秀に「嫉妬」し、育ての親の岡本の娘継子に「嫉妬」する。「嫉妬」という語の用例は四つに過ぎないが、「侮蔑」「羨望」「劣者」など関連する語を使う例や、引用した吉川夫人の内心の解説のように「嫉妬」を使わずに説明する例が多数ある。語り手は競うことを煽るかのように彼女たちを「比較」しながら語る。

　ホモソーシャルにおける男同士の絆という言い方に倣うなら、女同士の絆とも呼べるこの関係は、中途半端な男同士の関係と違って徹底して闘争的で競争的な関係として描かれる。そして、その中心には現実的にはどのような基盤も持たないお延の超越的な主体が置かれている。このことの文明批評性について考える必要がある。　　　　　　（藤森清）

娼妓、女郎

しょうぎ、じょろう

◆鈍ナ「アタマ」ノ者ガ哲学書抔ヲ一二冊読ンデ威張ツテ居ルハ放蕩子抔ガ娼妓抔ノ下等ナ美ニ迷ふと同一ノ程度ニアル者デ決シテ軒軽スベキ者デナイ　　　　　　　　　　（断片11、1901(明34)年）
◆「僕だなんて――書生ッ坊だな。大方女郎買でもして仕損つたんだらう。太え奴だ。全体此の頃の書生ッ坊の風儀が悪くつて不可ねえ。」

（『坑夫』四十九）

　漱石には「娼妓」は「下等ナ」「下層社会の女」という認識があった。英国からの鏡子宛書簡（1902・5・14付）にも「九時か十時迄寝る女は妾か、娼妓か、下層社会の女ばかり」だから、相応の家の女性は早起きすべきだとある。「坊っちやん」や「坑夫」でも芸者買いや女郎買いは揶揄され、道徳問題として批判の対象とされている。

　しかし、散歩で偶然「吉原神社の祭礼」に出くわし、白昼廓内を逍遥して娼妓に出逢った際には、「いづれも人間の如き顔色なく悲酸の極なり」（中村古峡宛書簡、1907・5・26付）とも述べている。また、徳田秋声「奔流」の『朝日新聞』連載にあたってはその労を取り、「穏健主義の社」では「女郎の一代記」はあまり歓迎しないだろうが、「たとひ娼妓だつて芸者だつて人間ですから人間として意味のある叙述をするならば却つて華族や上流を種にして下劣な事を書くより立派だらうと考へます」（秋声宛書簡、1915・8・9付）と秋声に伝えている。

　漱石は女郎や娼妓は醜業婦という意識を完全には払拭しきれなかったようだが、1910年代のセクシュアリティをめぐる論議や廃娼運動の高まりの中で、そうした女性たちに対する視線には変化が生じている。　　（岡野幸江）

女学生、女学校

じょがくせい、じょがっこう

◆仰せの通り方今の女生徒、令嬢抔は自尊自信の念から骨も肉も皮まで出来て居て、何でも男子に負けない所が敬服の至りだ。　　（『吾輩は猫である』六）
◆夫は飽迄も夫で、妻はどうしたつて妻だからね。其妻が女学校で行燈袴を穿いて牢乎たる個性を鍛え上げて、束髪姿で乗り込んでくるんだから、とても夫の思ふ通りになる訳がない。

（『吾輩は猫である』十一）

女学生と女学校の良妻賢母主義教育

　女学校は1899(明32)年に発布された高等女学校令によって、各道府県に最低一校の設置が義務づけられ、全国規模で次第に増えていった。教育の目標としては、男子の教育機関とは明確に区別され、中流以上の女子を対象として、特に家事や裁縫が教育科目として設定され、中流以上の女性としてのジェンダー規範・役割を身につける良妻賢母主義教育が目指されていた。『吾輩は猫である』の執筆された1905年頃には、高等女学校への進学率が5パーセントに満たなかったが、徐々に高まり、1925年には15パーセント近くまで上昇し、婚前の乙女期を彩る叙情的な女学生文化が花開いていった（川村邦光『オトメの祈り』紀伊國屋書店、1993／稲垣恭子『女学校と女学生』中公新書、2007）。

漱石の描く女学生

　漱石は女学生また女学校卒の女性について、ひとつは街路などでの生態・風俗の面、もうひとつは教養や資質、品性の面から描いている。「女学校から生徒がぞろぞろ出てくる。赤や、紫や、えび茶の色が往来へちらばる」

◆性愛

345

（「野分」八）と、赤や紫や海老茶の袴をまとうハイカラな女学生が街頭の色彩を豊かにしている光景を描いている。女学生たちは劇場や講演会、演奏会、朗読会などの公共の場に出没し、迷亭先生が「朗読会で船頭になつて笑はれた」（『吾輩は猫である』二）とあるように、屈託なくよく笑っている。

「往来を色眼ばかり使つてあるく女学生」（野村伝四宛書簡、1905・8・6付）というのが、漱石の女学生観であるかもしれない。小杉天外『魔風恋風』（1903）や小栗風葉『青春』（1906）に描かれたように、当時、女学生の恋愛と堕落は堕落女学生と呼ばれて社会問題になっていた（本田和子『女学生の系譜』青土社、1990）。寒月は「男女間の交際」に関連して「其時分の女が必ずしも今の女より品行がいゝと限らんからね。奥さん近頃は女学生が堕落したの何だのと八釜敷云ひますがね。なに昔はこれより烈しかつたんですよ」、「此頃の女は学校の行き帰りや、合奏会や、慈善会や、園遊会で、ちよいと買つて頂戴な、あらおいや？抔と自分で自分を売りにあるいていますから（中略）人間に独立心が発達してくると自然にこんな風になるものです」と女学生の独立心を力説している。

迷亭も女学生が「自尊自信の念から骨も肉も皮まで出来て居て、何でも男子に負けない所が敬服の至りだ。（中略）筒袖を穿いて鉄棒へぶら下がるから感心だ」（『吾輩は猫である』六）と評している。また迷亭は、女学校で「個性を鍛え上げて」、「賢夫人になればなる程個性は凄い程発達する」（『吾輩は猫である』十一）と、女学生また女学校卒のハイカラな教育のある「賢夫人」は独立心・自尊自信の念・強烈な個性を旺盛に発揮するというのが、漱石の見解といえよう。女学校の良妻賢母主義教育はいまだ途上であった一方で、「新しい女」が闘いの烽火を上げていったのである。

（川村邦光）

処女

しょじょ

◆其時敬太郎の頭に、此女は処女だらうか細君だらうかといふ疑が起つた。

（『彼岸過迄』「停留所」二十九）

◆処女としては水の滴たる許の、此従妹を軽い嫉妬の眼で視た。　　　　　　　（『明暗』五十一）

「処女」とは、もともと「家に処る女」、すなわち未婚の女性のことを意味していた。『彼岸過迄』の敬太郎が「此女は処女だらうか細君だらうか」と考えている処女は、未婚の女性、単なる娘の意味である。しかし、現在、処女とは性交経験のない女性のことを意味する。性交経験のない女性としての処女の意味が定着してゆくのは、おそらく明治末年頃からだと思われる（『性の用語集』講談社現代新書、2004）。

田山花袋「蒲団」（1907）では竹中時雄が、女弟子・芳子の処女性の有無について煩悶する場面がある。また、1914〜15年の青鞜誌上の処女論争では、処女を「かげがえのない尊い宝」として、積極的かつ精神的な価値を認めようとしていた。このように、同時代では、処女の意味内容が女性のセクシュアリティと結びつきはじめていたが、漱石作品の用例をみてみると、ほとんどが未婚の女性という意味で使用されている。

しかし、『明暗』には、お延が「処女としては水の滴たる許」の従妹の継子の「純潔」を羨ましがるが、結婚してしまえば「夫の愛を繋ぐために、其貴い純潔な生地を失はなければならないのです」と結婚生活の幻滅を心につぶやく場面がある。ここには、結婚によって、女性が処女性や純潔性を喪失するという冷めた現実認識がある。　　（光石亜由美）

◆
性
愛

世帯染みる、家庭的の女

しょたいじみる、かていてきのおんな

◆ある意味から云つて、慥にお延よりも老けてゐた。言語態度が老けてゐるといふよりも、心が老けてゐた。いはゞ、早く世帯染みたのである。／斯ういふ世帯染みた眼で兄夫婦を眺めなければならないお秀には、常に彼等に対する不満があつた。
(『明暗』九十一)

◆「三年のうちに大分世帯染みちまつた。仕方がない」
(『それから』四の五)

◆家庭的の婦女は家庭的の答へをする。男の用を足す為めに生れたと覚悟をしてゐる女程憐れなものはない。藤尾は内心にふんと思つた。此眼は、此袖は、此詩と此歌は、鍋、炭取の類ではない。美くしい世に動く、美しい影である。実用の二字を冠らせられた時、女は——美くしい女は——本来の面目を失つて、無上の侮辱を受ける。(『虞美人草』六)

心が老ける女、老けない女

「世帯」という言葉は、日本では古来からの使用例があり、生活の労苦に結びつくことが多い。対するに「家庭」は西洋のホームを指標とした明治の新語であり、家族構成員の相互の人格が承認された和合を理想とする。漱石の使い分けもこのとおりで、「世帯染みる」と「家庭的」を兼ねた女性はいない。

「世帯染みる」と形容される人物の代表は『明暗』のお秀である。他に『吾輩は猫である』「草枕」『門』などの傍役たちがいるが、お秀も含め、みんな「世帯」という家族組織の歯車と化し、個性を喪失した者たちである。津田の目に映る妹のお秀は、妻のお延より年上なのに美貌ゆえに若くみえるものの、「早く世帯染み」て「心が老けて」いると評される。お秀は子供の「母」役割だけに日夜没頭し、

女遊びの絶えない夫に対する「妻としての興味」を早々に捨て、姑・小姑のいる大家族と折り合って暮らすうちに自分を擦り減らしたのだ、というのが津田の見立てである。

特異な例に、『それから』の三千代の「世帯染みる」と『門』の御米にかかわる「世帯の苦労」がある。三千代が代助の前で帰宅の時間を気にする時、「世帯染みちまつた」と代助は三千代を揶揄するが、その言葉は逆に、平岡が「世帯染み」させた三千代を、その苦しい「世帯」から救い出そうという無意識の動機づけを代助にもたらす。ただし、御米の場合は、もう少し複雑だ。

「縫物」が醸す家庭的な平安

宗助と御米は恋の罪によって都落ちし、「痩世帯」に耐えるうちに何度も御米が子供に失敗する。それを宗助は「畢竟は世帯の苦労から」だと総括するが、宗助もテクストも「世帯の苦労」を重ねた御米を決して「世帯染みた」女とは言わない。それは、『門』冒頭の、秋陽の中で縫物をする御米とその傍らに寝転がる宗助とのこだわりない夫婦の図が、その後の曲折を経つつも、小説の終わりにいたるまで光彩を失わないからだ。

かつて漱石は『虞美人草』の糸子を「家庭的の女」の代表選手とし、『門』の冒頭と同一の構図を兄とのワンセットで先行的に描いていたが、そこで糸子が発散していたオーラは『門』の御米の上にもかかっている。漱石は、「縫物」をする女を即「家庭的の女」とするイメージがたいそうお気に入りだ。『彼岸過迄』の「一心に縫物」をしていた女占い師も「家庭的の女」の一人だが、その原点には、『硝子戸の中』(三十七)でしみじみと懐古される、唯一無二の母千枝の縫物をする姿があるだろう。このように、「家庭的の女」の原点に連なる縫物をする御米は、世帯の苦労を重ねても秋の陽ざしと夫宗助に暖められて心は老けず、「世帯染み」た女にはならない。
(江種満子)

◆性愛

素人

しろうと

◆世間ではある女を評してあれは黒人だといつたり、あれは素人だと云つたりしてゐる。此裏に含まれている襃貶の意義は品評者の随意としても、此二つの言葉によつて代表される事実は殆んど争ふ余地のない程明白である。　　　　　　（「素人と黒人」三）

◆三沢は「それは無論素人なんぢやなからうな」と聞いた。自分は「あの女」を詳しく説明したけれども、つい芸者といふ言葉を使はなかつたのである。　　　　　　　　　　　　（『行人』「友達」十九）

◆「素人だか黒人だか、大体の区別さへ付きませんか」／「左様」と云ひながら、敬太郎は一寸考がへて見た。　　　　（『彼岸過迄』「報告」四）

　芸術や文芸では熟達の深浅を示す言葉として通常用いられる黒人（玄人）／素人が、女性にあてはめられた場合、芸娼妓など色を売ることを生業とする女性とそうでない女性との区別となる。漱石は「素人と黒人」で芸術・文芸の黒人に手厳しい評を下しているが、その理由を述べるにあたり女性の例を引き合いにだして、黒人の特色を「上面丈を得意とし徘徊する」とし、「人格」や「精神の核」に触れることがないと述べている。こうした価値観と、芸娼妓など色を売る女性や彼女らとの親密な関係を美化して描かず、素人女性との恋愛ばかりを書いたこととは通じていよう。『彼岸過迄』では「高等淫売」と呼ばれる若い女性が登場するが、彼女もまた正式な恋愛対象とはなりえない。近代文学のなかで珍しいことではないが、近世的な「色」の世界ではなく、西洋由来の恋愛観と通じるように、漱石のヒロインは素人女性すなわち妻の候補者となりうる女性に偏っている。　（天野知幸）

真珠

しんじゅ

◆自分は夫れから庭へ下りて、真珠貝で穴を掘つた。真珠貝は大きな滑かな縁の鋭どい貝であつた。土をすくふ度に、貝の裏に月の光が差してきらきらした。湿つた土の匂もした。穴はしばらくして掘れた。女を其の中へ入れた。さうして柔らかい土を、上からそつと掛けた。掛ける毎に真珠貝の裏に月の光が差した。　　　　　（『夢十夜』「第一夜」）

◆三千代は今代助の前に腰を掛けた。さうして奇麗な手を膝の上に畳ねた。下にした手にも指輪を穿めてゐる。上にした手にも指輪を穿めてゐる。上のは細い金の枠に比較的大きな真珠を盛つた当世風のもので、三年前結婚の御祝として代助から贈られたものである。　　　　　（『それから』四の四）

◆松本夫婦は取つて二つになる宵子を、指環に嵌めた真珠の様に大事に抱いて離さなかつた。彼女は真珠の様に透明な青白い皮膚と、漆の様に濃い大きな眼を有つて、前の年の雛の節句の前の宵に松本夫婦の手に落ちたのである。

（『彼岸過迄』「雨の降る日」二）

復活と再会のシンボル

　『夢十夜』の「第一夜」において、女は「大きな真珠貝で穴を掘つて」埋めてくれるようにと男に言い置いて死んだ。真珠貝はアコヤ貝に代表される真珠母貝の別称で、貝殻の内側に光沢層を備える。民俗学的見地によれば、真珠および貝殻は亡き人に新しい誕生をかなえる再生のシンボルであるという。満ち欠けを繰り返す月の光を受け、「湿つた土の匂」すなわち循環する水のイメージをも伴って、真珠貝は「その強調のされ方からみて明らかに女の復活を願うシンボルとしてある」（三上公子「「第一夜」考」『国文目白』1976・2）。

三年の月日を経て代助と再会した三千代は、かつて彼から贈られた「真珠の指輪」を身につけて彼を訪う。ここに三千代の「意思表示」を見て取った斉藤英雄は、『それから』のドラマの進行をこの小道具から解き明かした(「「真珠の指輪」の意味と役割」『夏目漱石の小説と俳句』翰林書房、1996)。婚約指輪および結婚指輪の風習が流布しつつあった当時にあって、男性から女性への指輪の贈与行為はそれ自体で象徴性を帯びるが、さらに三千代は指輪を介した「挙措動作」によって代助からの金銭的援助と求愛を誘導してゆく。真珠は、ふたりの関係の再燃にかかわる象徴機能を担っている。

永遠に喪われたものへの憧憬

翻って、「指環に嵌めた真珠」とは『彼岸過迄』の宵子の喩でもある。慣用句「掌中の珠」を言い換えた表現と見なされようが、宵子をめぐる挿話が満一歳で突然死した漱石の五女ひな子に取材するとされることを踏まえ、真珠のシンボル性を併せ見るならば、ここには夭折した童女への哀切な祈りが託されているとも考えられる。

真珠は宵子の皮膚の形容としても用いられ、そのイメージが畳み重ねられている。真っ白な肌と漆黒の瞳は「第一夜」の女にも共通して付与された形象であった。さらに「文鳥」には、その足を描写して「細長い薄紅の端に真珠を削つた様な爪が着いて」という繊細な叙述が見られる。作家と日常の束の間を共有し儚く息絶えた小鳥は、かつて結ばれることなく別れた「美しい女」の隠喩でもある。すなわち真珠とは、現世に長らえることがかなわず、喪われて二度と戻らない対象への、それゆえにこそ掻き立てられる愛憐や憧憬を象徴する鍵語であった。

漱石の「真珠」は、再生への祈りと永遠の喪失との両義性の間で揺れている。

(藤木直実)

性

せい／セックス

◆男女の性（セックス）は自然に分賦せられて居るものではあるけれ共教育は男女の別に拘はらず同一の知識を与へる、更らに其れが職業に用ひらるゝ時は男子と異るところ無く生活を営んで行くのである。其結果此点に於いて男女のテンペラメント——性質と云はうか——が次第に同化せらるゝ傾きになつて居る様であります。(中略)敢て男女にかゝはつた事は無い。
（『作家としての女子』）

◆今迄の彼は、性（せい）によつて立場を変へる事を知らずに、同じ視線で凡ての男女を一様に観察してゐたのです。
（『心』七十九）

◆晩飯を食ひながら、性（セックス）と愛（ラヴ）といふ問題に就いて六づかしい議論をした。
（『明暗』十七）

性・セックス

漱石は性に「せい」と「セックス」のルビを振っている。性という言葉が男女の性別を意味するようになったのは、明治期になってからである。それ以前には、「しょう」とも読み、人間の本性、さが(性)、たち(質)、生まれつきの性質、仏教では万物の本体、変わらない本質を意味していた。セックスは英和辞典『英和字彙』(1873)のsexの項で、「類、性(共ニ男女ノ)」の訳語が載せられ、またsexualityは「性の区別」という訳語が付けられている(小田亮『性』三省堂、1996)。「セックス」は坪内逍遙の『当世書生気質』(1886)に「人間の楽しみは、セックス〔情欲〕ばかり」とあり、セックスを情欲また性欲を意味するようになる。19世紀末から、性・セックスは性欲や性行為・性交の意味合いを濃厚に帯びていったのである。

◆性
愛

セックス・ジェンダーとしての性

　漱石は「作家としての女子」（『女子文壇』1909）で、小説を「女子でも男子丈けのものは書け」、「敢て男女にかゝはつた事は無い」としている。そして、「男女の性」は自然に区別されたものだが、教育は男女の性別にかかわらず、同一の知識を与え、それが何らかの職業に用いられた場合、男性と異なるところなく生活を営んでいき、その結果、男女のテンペラメント（temperament）、性質・気質が男女ともに同じようになっていく傾向があるようだ、と語っている。当時の男中心の教育制度、また女に学問はいらないとする風潮は度外視され、生物学的・生理学的な性差を認めながらも、それにもとづいた差別観を漱石は抱いていなかった。また、小説の書き方にしても、女性の小説には、衣裳や髪型で「女らしい筆致」が見られるかもしれないが、逆に「女らしい処が無い」ために、その小説は「偽だ」という批評はできないとしている。少なくとも小説作法では、女性であるゆえに「女らしい処」がなければならないとする、ステロタイプ化されたジェンダー観を、漱石は当時としては珍しく抱いていなかった。

　『心』（七十九）には、Kが「性」の違いによらず、「同じ視線で凡ての男女を一様に観察して」、女性に対しても「知識と学問を要求し」、それがないと「すぐ軽蔑の念」を抱いたが、「女はさう軽蔑すべきものでない」と語るようになったとある。知識と学問において、男女の性差・ジェンダーによって何ら差別がないとする立場が記されているが、それに対して女性が体力・知力の能力において男性よりも劣るとする、科学的な性差決定論の立場も描かれ、このジェンダーに基づいた性差決定論が普及し支配的になっていったのである。

セクシュアリティとしての性と愛

　『明暗』（二十五）には「性の感じ」という言葉が現われている。これは「色気」と結びつけられて用いられている。津田由雄の叔母・藤井朝は43、4歳で、愛想がなく、「世間並の遠慮を超越した自然」を醸し出し、「殆んど性の感じを離れた自然さ」を漂わせている。津田が「叔母さんは相変らず色気がないな」と言うと、叔母は「此年齢になつて色気があつちや気狂だわ」と応じている。ここでの性は、単なる女という性別ではなく、色気と結びつけられているように、女らしい色っぽさ・艶っぽさ、コケットリー・エロティシズムを表わしている。漱石は「性」という言葉にセクシュアリティの意味合いをまとわせて用いていたといえる。この色気は、女として特有のエロティシズムを意味しており、女性というジェンダーに規制されているとみなすことができよう。

　同じ『明暗』（十七）には「晩飯を食ひながら、性と愛といふ問題に就いて六づかしい議論をした」とある。この「性」も男女の性別ではない。性欲を意味しているとともに、性行為と同義に用いられていよう。ここでは、どのような「性と愛といふ問題」について議論したのかは記されていない。しかし、少しは推測できる。津田がある医院（小林診察所）の暗い待合室で「妹婿」の堀とその友人に出会った後、医院を出て、一緒に晩飯を食べながら議論した。後に津田はこの医院で痔の手術をしている。漱石も1916（大5）年に痔の手術をした。この医院は梅毒などの性病（花柳病）も含めて、泌尿器・肛門の疾病を専門にしていた。津田は痔疾、妹婿は「ある特殊な病気」、すなわち性病の治療のためにこの医院を訪れたが、津田も同病だと思い込んで、「性と愛といふ問題」について議論したのである。公娼制度下の社会と自由恋愛の風潮のもとで、性欲を満たす性行為をするうえで、愛が不可欠なのかが、性と愛の問題である。妹婿は娼婦との性行為・買春によって、性病に罹った。それは単なる性欲・獣欲なのか、

遊びとしての色事なのか、そして愛のない性・性欲は絶つべきなのかが議論されたであろう。

1914年から15年にかけて、平塚らいてうをはじめとする青鞜社の生田花世や安田皐月、伊藤野枝、そして与謝野晶子らによって、貞操論争もしくは処女論争が行なわれた。この論争では、女性のセクシュアリティを社会的なトピックとして浮上させた一方で、男性のそれが問題視された。女性の純潔・貞操が絶対視・神聖化されるにもかかわらず、男性のそれは野放しにされている、非対称的な現状が告発されるとともに、性と愛、霊と肉の一致した結婚が力説された、あるいは理想化された。性、端的には性欲・セクシュアリティの管理・監視が性愛一致・霊肉一致の枢要なテーマとなっていったのである(牟田和恵『戦略としての家族』新曜社、1996／川村邦光『性家族の誕生』ちくま学芸文庫、2004)。

『心』(六十八)には「もし愛といふ不可思議なものに両端があつて、其高い端には神聖な感じが働いて、低い端には性欲が動いてゐるとすれば、私の愛はたしかに其高い極点を捕まへたものです。私はもとより人間として肉を離れる事の出来ない身体でした」と、神聖な愛と低劣な愛・性欲が対照的に捉えられ、愛を崇高化・神聖化させる一方で、性欲を低劣化・汚穢化させながらも、性欲・肉欲としての愛に囚われた自己を告白せざるをえなかった。このように、教養人・文化人にとって、性欲は内面や精神を拘束し、性と愛、霊と肉の対立・相克に悩ませる、きわめて厄介な問題としてありつづけて、文学の不可欠のテーマとなった。とはいえ、漱石の場合、愛が聖性・霊性と獣性・肉性の織り成す階調(グラデーション)として捉えられ、性と愛、霊と肉の二極化から免がれていたところは、当時のセクシュアリティ観としてはすぐれて斬新なものだったと言えよう。　　　　　　(川村邦光)

接吻

せっぷん／くちづけ

◆自分は首を前へ出して、冷たい露の滴る、白い花瓣に接吻した。　　　　　　(「夢十夜」第一夜)
◆仮令ば西洋で接吻と云ふことは親類夫婦の間に面会告別の際には礼として行はゝ法式であつて西洋人の之に対する趣味も此法式から割り出されて居る。然るに日本では維新前迄は女が男と同衾する位の程度の者である。今でも男女が無暗に接吻する抔と云ふ事は少くとも教育ある社会で公にすべきものではないとして居る。

(『文学評論』第一編　序言)

西沢りょう「接吻の日本文化史」(『待兼山論叢　文学編』2001・12)が、日本古来の「口吸い」と西洋伝来の「接吻」の差異から説き起こし、漱石作品における「接吻」表象について行き届いた考察を行っている。『文学評論』で、東西の文化圏の差による接吻の認識の差と、新体詩の描く接吻への違和感を表明する漱石にとって、「接吻」とは、西沢の説くように「現実の、当代の日本とは違う舞台を要求する行為」なのであり、「露に濡れた花びらのイメージ」による「夢十夜」や「薤露行」の清冽で濃密な描写はその表れであろう。

では、現実の日本で交わされる接吻はどうか。『行人』の精神を病んだ娘の遺骸の額に三沢が接吻した挿話では、接吻を、一郎が「魂」や「スピリット」といった精神的な愛の証左を見ようとするのに対して、「もし誰もそばに居ない時接吻したとする」と、それが人前で行われたのかどうかに拘泥する二郎はどうやら肉欲の表れと見なしている。兄弟の認識に接吻の文化的な二相が表出されている。　　　　　　　　　　(有元伸子)

◆性愛

金剛石

ダイヤモンド

◆英国はトランスヴァールの金剛石を掘り出して軍費の穴を填めんとしつゝある。

（「倫敦消息」『ホトトギス』所収）

◆文明の詩は金剛石より成る。紫より成る。薔薇の香と、葡萄の酒と、琥珀の盃より成る。

（『虞美人草』十二）

◆向後父の怒に触れて、万一金銭上の関係が絶えるとすれば、彼は厭でも金剛石を放り出して、馬鈴薯に齧り付かなければならない。さうして其償には自然の愛が残る丈である。其愛の対象は他人の細君であつた。

（『それから』十三の一）

生産量の増大によるダイヤモンドの大衆化

金剛石とはダイヤモンドのことである。

1866年オレンジ川で218カラットのダイヤモンドが発見された。この発見をきっかけとしたオレンジ川付近のダイヤモンド・ラッシュを経て、1869年に南アフリカのキンバリー鉱山は世界一の産地となった。

キンバリー鉱山が開発されたことでダイヤモンドの生産量が飛躍的に増大し、ダイヤモンドは貴族や富豪のものから富裕層の市民のものへと大衆化した。南アフリカのダイヤモンド鉱山はイギリスからの移民によって支配されていた。漱石自身も「倫敦消息」において、波乱を予期させつつ刻々と変化する国際情勢の例として南アフリカのダイヤモンド鉱山に言及している。（金銭的な）「穴を埋める」ために（物理的な）「穴を掘る」という逆説は、アイロニックなユーモアとともに、「穴」は別の「穴」に交換されるのみで、決して消滅しないことを暗示する。

経済的基盤の影響力を逆照射する輝き

漱石は、尾崎紅葉『金色夜叉』について、「金色夜叉の如きは二三十年の後は忘れられて然るべきものなり」（森田草平宛葉書、1906・4・3付）と、あまり評価していなかったが、経済力を象徴し、異性を惹きつける金剛石のイメージは『金色夜叉』の影響が大きいと考えられる。『金色夜叉』において、女性達がこぞって賞賛する大きな金剛石の指輪をはめているのは、資産家の息子で英国帰りの富山唯継である。

『虞美人草』では、小夜子について、約束された小野との幸福な生活の象徴として金剛石の珠が描かれる。一方で金剛石の輝きは、関係の継続に経済力が必要であるという名目で、恋愛に伴う道徳的な負い目を隠蔽する。詩人としての本分を果たすためには、詩的な生活を送るための経済的な基盤が必要である。藤尾は詩人である自分に理解があるのだから、詩人であることを維持しつつ、孤堂先生との恩義に応えるためには、暗黙の了解で許嫁とされている孤堂先生の娘小夜子ではなく、むしろ経済力を持つ藤尾と結ばれるべきであるという論法に小野は至る。

『それから』では、生存維持に必要な経済力を象徴する馬鈴薯と対比して、代助が人生で最も価値を置く、美意識や理想を具現化する営為の象徴として金剛石が描かれる。

代助は、持論である「自然の愛」の優位性を具現化することと父からの経済的援助をトレードオフで考える。代助が考える「自然の愛」の対象が既婚者の三千代であるために、代助は、持論を具現化し「自然の愛」である恋愛感情に基づく性愛関係を顕在化させることが、姦通を犯した上、経済的基盤を放棄するリスクに見合うのか、という問いを突きつけられる。恋愛がもたらす希望を映し出す金剛石の輝きは、他方で、当事者の自己規定がいかに経済的基盤に依拠したものであるかを逆照射する。

（宮蘭美佳）

男女

だんじょ

◆男女相愛すると云ふ現象は普遍的に人の興味を惹く者である。　　　　　（『文学評論』第一編）
◆その真理から出立して、都会的生活を送る凡ての男女は、両性間の引力に於て、悉く随縁臨機に、測りがたき変化を受けつゝあるとの結論に到達した。
　　　　　　　　　　　　　　（『それから』十一の九）
◆肉と肉の間に起る此関係を外にして、研究に価する交渉は男女の間に起り得るものでないと主張する程彼は理論家ではなかつたが、暖かい血を有つた青年の常として、此観察点から男女を眺めるときに、始めて男女らしい心持が湧いて来るとは思つてゐたので、成るべく其所を離れずに世の中を見渡したかつたのである。　（『彼岸過迄』「報告」五）
◆要するに母は未来に対する準備といふ考から、僕等二人を成る可く仲善く育て上やう育て上やうと力めた結果、男女としての二人を次第に遠ざからした。　　　　　　　（『彼岸過迄』「須永の話」六）

男女と恋愛

　漱石は『文学評論』で、文学は単純な要素からできているものもあるかもしれないが、単純なものは変化が乏しく、変化が乏しいと人が厭きると言う。さらに社会の状態や人間の頭脳は日々複雑になりつつあるため、文学は複雑化すると言う。そのように複雑化する例として取り上げるのが、最初の用例にある「男女相愛すると云ふ現象」である。「男女相愛すると云ふ外に色々な条件が加わつて」、たとえば「一人の男が夫のある女を愛する」というように複雑化すると述べている。
　また「家庭と文学」という談話では、家庭の少年少女にとって読物が有害となるのは、作家が「恋愛、男女両性の愛を描き出す場合」

に限られるようだと語っている。しかしながら恋愛の表現を除去した文学があまり見当たらない現状では、「恋愛の取扱方」すなわち恋愛の表現の仕方が問題になると言う。つまるところ「其表現をして純潔ならしめ、無害ならしむること丈けが肝要である」と述べる。
　このように男女は互いを愛する恋愛関係の上にとらえられ、そうした男女の恋愛は普遍的なものではあるが、同時に単純なものでも無害なものでもないことが認識されている。

結婚と男女

　夫のある女を愛する話である『それから』では、主人公代助は結婚というものに否定的である。彼は「あるゆる意味の結婚が、都会人士には、不幸を持ち来す」と断定している。都会に住んであらゆる美の種類に接触し得る代助は、そうした様々な美から美へと心を移すのが感受性豊かな鑑賞家であるとして、それを真理だと信じ込む。二番目の用例はその真理から引き出した結論を述べている部分で、男女「両性間の引力」すなわち愛情の度合が変化するとしている。そしてその結果「既婚の一対は、双方ともに、流俗に所謂不義の念に冒されて、過去から生じた不幸を、始終嘗めなければなら」くなるとする。まさしく『それから』において平岡と三千代は、三千代が代助と愛し合うことによって、夫婦関係が決定的に破綻する。
　このように男女は結婚によって互いの愛情を永久不変のものにすることはできないのであり、逆に不義という別の男女間の恋愛関係が生じてしまうことが『それから』という作品を通して示唆されている。

「男女の世界」

　都会人士で理論家の代助と異なり、『彼岸過迄』の敬太郎は地方出身者で、冒険に憧れる夢想家の青年である。彼は大学を出て就職口を探す中で、友人の須永の叔父田口の依頼

◆
性
愛

で探偵をする。その依頼は小川町の停留所で電車を降りる四十恰好の男を探偵するというものだったが、停留所で待ち受けるうちに若い女がそばに立っていることに気づく。この女は敬太郎が探偵する男と待ち合わせていて、男が到着すると二人は洋食屋に入り、その後別々の電車で帰っていく。

この一部始終を田口に報告した敬太郎は、田口から「男と女の関係に就いて」尋ねられる。「例へば夫婦だとか、兄弟だとか、又はゞの友達だとか、情婦だとかですね。色々な関係があるうちで何だと思ひますか」と質問する田口に、敬太郎は夫婦ではないようだと答える。田口はさらに、夫婦でないにしても「肉体上の関係」があると思うかと問いかける。この問いかけで敬太郎は自分も最初からこの二人の間に「肉体上の関係」を疑っていて、そういう「秘密の関係」が既にあるものと仮定していたがために、一層興味をもって偵察をしたのかもしれないと思う。そして三番目の用例にあるように、そうした肉体的関係という観点から男女を眺めてこそ「男女らしい心持」がすると敬太郎は考えている。年若い敬太郎にとっては「人間といふ大きな世界があまり判切分らない代りに、男女といふ小さな宇宙は斯く鮮やかに映つた」のである。それで彼は「大抵の社会的関係を、出来る丈此一点迄切落して楽んで」いて、問題の二人についても、「既に斯ういふ一対の男女として最初から結び付けられてゐたらしかつた」。

むろんカップルの背後に不義などの罪悪も想像できるが、道徳心が彼の空想に強く働きかけることはないので、「停留所の二人を自分に最も興味のある男女関係に引き直して見ても、別段不愉快にはなら」なかった。ただ二人の年齢の相違が甚だしいのが疑念となったが、「其相違が却つて彼の眼に映ずる「男女の世界」なるものの特色を濃く示してゐる様にも見えた」。

しかし二人の正体は須永のもう一人の叔父

松本と田口の娘千代子であったことがわかり、敬太郎の空想した「男女の世界」はもろくも崩れ去ってしまう。

異性としての男女

このように男女関係に大きな興味を抱く敬太郎が常々気にかけていたのが須永の家を訪れる女性の存在である。それが取りも直さず千代子であったが、敬太郎は千代子だとわかる前から「二人を結び付ける縁の糸を常に想像し」ていた。田口の家に出入りするようになり、現実に二人を目の前にする機会ができると、二人の関係は普通の従兄弟以上の何物でもないように見えたが、「斯ういふ当初からの聯想に支配されて、彼は頭の何処かに、二人を常に一対の男女として認める傾きを有つてゐた」。敬太郎にとっては「女の連添はない若い男や、男の手を組まない若い女」は「自然を損なつた片輪に過ぎ」ず、二人を頭の中で組み合わせたのは、「まだ片輪の境遇に迷児付いてゐる二人に、自然が生み付けた通りの資格を早く与へて遣りたいといふ道義心」からかもしれなかった。

そんな敬太郎に須永は千代子と結婚する気はないと言う。須永の母は千代子が生まれた時に千代子を須永の嫁にもらう約束を千代子の両親としていたが、須永にとって小さいころから一緒に遊んだりして成長した千代子は「余り自分に近すぎるためか甚だ平凡に見えて、異性に対する普通の刺激を与へるには足り」ず、またそれは千代子も同じだろうと言う。「男女の牆壁が取り除けられ」た二人ではあったが、互いに愛していない訳ではない。高木という青年に対して嫉妬する須永と、それをめぐって泣きながら須永を責める千代子。そこには「男女としての二人」の姿がくっきりと浮かび上がっている。　（増田裕美子）

艶

つや

◆オラプチユアス！ 池の女の此時の眼付を形容するには是より外に言葉がない。何か訴へてゐる。艶なるあるものを訴へてゐる。 （『三四郎』四の十）
◆自分は電気燈がばつと明るくなつた瞬間に嫂が、何時の間にか薄く化粧を施したといふ艶かしい事実を見て取つた。 （『行人』「兄」三十六）

「艶」には、自然の風物を華やかで風趣あるさまとする意味があるが、「艶（なま）めかしい」となると、風趣以上に官能的な意味合いが濃くなる。作中でも、ほぼ女性の形容として使われている。そして、艶めかしいと感じているのは若い男性たちである。「野分」では、若い中野が、間もなく妻になる女性とミロのヴィーナスの模像を眺めているところで、彼女自身が「艶なるヸーナス」（七）だとされている。嫂の化粧を「艶かしい事実」と認めるのは『行人』の二郎であり、旅先の旅館で一泊することを余儀なくされた状況にあって、この感覚はより切迫してくる。「何か訴へてゐる。艶なるあるものを訴へてゐる」と思うのは、美禰子を見た三四郎である。美禰子の眼付きを形容する「オラプチユアス」には、肉感的な、という意味がある。「なまめく」に艶の字を宛てて官能的な意に使うのは、漢文脈の流れであった。漱石「『七草集』評（其四）」の起句に、「艶骨 化して成る 塚上の苔」とある。「艶骨」とは美人の亡骸をいうが、ここでは隅田川の梅若丸伝説から、梅若の骨を指す。艶なのは死した梅若であり、そこに若衆趣味の香りもあるが、「墨江」の地で成った『七草集』（正岡子規）にちなんだか、あるいは子規に向けての気安い冗談だろう。

（宮内淳子）

度胸

どきょう

◆改札場の際迄送つて来た女は、／「色々御厄介になりまして、（……）では御機嫌よう」と丁寧に御辞儀をした。三四郎は革鞄と傘を片手に持つた儘、空た手で例の古帽子を取つて、只一言、／「左様なら」と云つた。女は其顔を凝と眺めてゐたが、やがて落付いた調子で、／「あなたは余つ程度胸のない方ですね」と云つて、にやりと笑つた。三四郎はプラット、フオームの上へ弾き出された様な心持がした。 （『三四郎』一の四）
◆「居るんですか」／「居るわ貴方。人間ですもの。嘘だと思ふなら此処へ来て手で障つて御覧なさい」／自分は手捜りに捜り寄つてみたい気がした。けれども夫程の度胸がなかつた。其うち彼女の坐つてゐる見当で女帯の擦れる音がした。

（『行人』「兄」三十五）

汽車の女の忠告

『三四郎』では「汽車の女」のことば。『行人』では嫂直の「挑発」に乗れなかった語り手としての二郎のことば。

漱石のテキストの中で、先ず登場して読者の心を捉えるのは、上記冒頭の、『三四郎』第一章での、この語の出現、そしてその迫力であろう。九州から大学入学のため上京する途次、「小川三四郎」が名古屋にて同宿する羽目になった「汽車の女」が、翌朝プラットホームで別れる際に彼に告げる言葉の中で使われる語、としてである。「余つ程度胸のない方」と言われるについては前夜からの主人公の周章ぶりがあるからだが、次に続く「三四郎はプラット、フオームの上へ弾き出された様な心持がした。」にも見られるようにこの一段が、作品の語り手によるやや嘲弄交じりの視

◆
性
愛

355

点から行われていることも見逃せない。同時に「にやりと笑つた」との女性の振る舞いに込められた「謎めいた余裕」もやがて三四郎が出会うこととなる東京での女性体験への伏線ともなっているのである。

二郎の反省言

　一方『行人』の「兄　三十五」の「度胸がなかつた」との二郎の反省言は、「汽車の女」とほぼ同じ立場に立った嫂直の「大抵の男は意気地なしね。いざとなると」(『行人』「兄」三十九)と対応している。ここでの「意気地なし」も、女性の立場から見た、男性への物足りなさを意味しているのは間違いない。『行人』前半の山場とも言える嵐の一夜・和歌山の宿での嫂・直は、夫一郎への関係意識として、強烈な自壊衝動を義弟の二郎に対して表明してみせるのである。それは一郎が「直の節操を御前に試して貰ひたい」という弟二郎への依頼で始まった「和歌山での一夜」での然るべき「反噬」でもあった。上記の経緯の前提として直が示す幾つかの蠱惑的な振る舞いがある。時にはそれは二郎への性的な挑発を意味する。二郎は多分に直線的に反応し戸惑い、そして抑制するというわけである。漱石の作品ではまことに稀に現れた「フラーティングな気配」である。

　女性の側からする男性原理への不信に根ざす、と見られる一連のテキストの中からもう一つ、『心』「十六」で、「先生」の妻静が青年「私」に挑戦的に告げることばも参考にしたい。

　「よく男の方は議論だけなさるのね、面白さうに。空の盃でよくああ献酬ができると思ひますわ」ここでは聞き手の「私」はたじろいでみせたりはしないのだが、作中で展開される男同士のドラマ、この前後では「先生」と「私」だが、やがて明らかにされる青年時代の「先生」と「K」との葛藤への潜在的批判として働く、と見られるのである。

(内田道雄)

◆性愛

独身

どくしん

◆明治の御代に生れて幸さ。僕などは未来記を作る丈あつて、頭脳が時勢より一二歩づ々前へ出て居るから、ちやんと今から独身で居るんだよ。

(『吾輩は猫である』十一)

◆そりや今は昔と違ふから、独身も本人の随意だけれども、独身の為に親や兄弟が迷惑したり、果は自分の名誉に関係する様な事が出来たりしたら何うする気だ」

(『それから』九の四)

　多くの家庭論を著した堺利彦は「独身生活の理想は、結婚者の為し得ぬ事を為すに在る」とし、「結婚者が善き家庭を作り、善き子を育て上げるを以て、其天職とすると同じに、独身者は其多くの余力を他人の為め(社会の為)に用ゐるを以て、其天職とする」と述べている(「独身生活の理想」『万朝報』1902・7・12-7・13)。明治時代の多くの男性知識人にとって、結婚生活は自身の充足した時間と空間を犯すものとして意識された嫌いがある。『三四郎』においても広田や野々宮宗八、原口など、本郷文化圏で知的生活を送る者たちは皆、「独身もの」である。「女が偉くなると、かう云ふ独身ものが沢山出来て来る。だから社会の原則は、独身ものが、出来得ない程度内に於て、女が偉くならなくつちや駄目だね」(十の四)と言う原口の言葉は、漱石のテキストにおいて表象される男性のみに与えられた特権的な独身性の希求が、実は女性嫌悪の無意識と表裏一体のものであることをよく表している。またそこには、結婚し家庭を持つことが、他者とともに暮らすことに他ならないという、対他関係における相対的な認識が内包されている。

(松下浩幸)

生意気

なまいき

◆「貧乏教師の癖に生意気ぢやありませんか」と例の金切り声を振り立てる。「うん、生意気な奴だ、ちと懲らしめの為にいぢめてやらう。

(『吾輩は猫である』三)

◆女は急に真面目になつた。／「私そんなに生意気に見えますか」　(『三四郎』五の十)

◆夫と独立した自己の存在を主張しやうとする細君を見ると健三はすぐ不快を感じた。動ともすると、「女の癖に」といふ気になつた。それが一段劇しくなると忽ち「何を生意気な」といふ言葉に変化した。

(『道草』七十一)

　「生意気」という言葉は、年齢や地位に比べ出過ぎた態度をとる者に投げつけられるが、漱石の小説では実に多様な人々がこの非難にあう。『吾輩は猫である』では実業家金田夫婦が苦沙弥を罵り、金田の娘は苦沙弥の教え子たちから生意気として、懲らしめのために偽艶書を送られ(十)、寒月は郷里で生意気と制裁されるのを恐れてヴァイオリンが買えず(十一)、猫の吾輩は人間たちを生意気とみなす(十)。誰もが目障りな存在になり得るし、その生意気な相手に意趣返ししようとする度量の狭さ、さらにそうした人間の営みを猫が生意気と語る、逆転の苦い笑いが鮮やかである。また『三四郎』の美禰子は自ら生意気ではないと弁解し、『道草』の健三は妻や義弟の生意気に苦しむ。旧時代の身分制度が崩れ、若者や女性の自己主張が強まる社会で、人間の上下関係は変動し、序列の指標も揺れる。多用される「生意気」は、分不相応と批判されがちな言動が溢れる世の中で、自他の定位置を求めて人々が苛立ち、葛藤を抱える時代状況を告げている。　　　　　(久米依子)

肉、肉慾

にく、にくよく

◆「何うも『煤烟』は大変な事になりましたな」(中略)「さうして、肉の臭ひがしやしないか」

(『それから』六の一)

◆もし愛といふ不可思議なものに両端があつて、其高い端には神聖な感じが働いて、低い端には性慾が動いてゐるとすれば、私の愛はたしかに其高い極点を捕まへたものです。私はもとより人間として肉を離れる事の出来ない身体でした。けれども御嬢さんを見る私の眼や、御嬢さんを考へる私の心は、全く肉の臭を帯びてゐませんでした。(『心』六十八)

◆肉慾を写すのは何も自然派に始まつた訳ではないが其描写の度が前とは大分違つて来た。

(談話「専門的傾向」)

◆ 性愛

精神的恋愛と肉体的欲望の対立

　『心』において先生が御嬢さんへの愛を説明するとき、その「高い端」に「神聖な感じ」が働き、「低い端」に「性慾が動いてゐる」とする考え方は、近代の霊肉二元論的恋愛観に基づいている。近代の恋愛観が、近代以前の色好みや色恋と異なるのは、恋愛と肉慾、精神と肉体を分離するばかりではなく、「「ラッブ」は高尚なる感情にして「ラスト」は劣等の情慾なり」(「色情愛情辨」『女学雑誌』1891・2・28)というように、精神的恋愛を肉体的欲望より優位に置くところである。精神的営為としての恋愛の価値づけは、恋愛＝精神＝文明／肉慾＝肉体＝野蛮という差別化によって強固なものとなっていった。

　一方、男女の関係を生物学的に両性の「本能」として解明しようという性科学も明治以降、西洋から移入される。性科学では、人間の本能や男女の生殖関係を重視し、性や本能

357

という観点から人間を観察・規定しようとする。「私はもとより人間として肉を離れる事の出来ない身体でした」(『心』)という場合の「肉」とは性欲、肉慾のことである。自己の内面に存在する性的欲望を認識し、それに自己が縛られていると感じる考え方も、性科学を経由した近代的な認識のありかたである。『心』において、御嬢さんに精神的で神聖な愛を見る先生も、「動ともすると精神と肉体とを切り離したがる癖」があり、「肉を鞭撻すれば霊の光輝が増す」ように感じて禁欲し、自己鍛錬するKも、霊肉二元論に縛られた恋愛に苦悩している。崇高な恋愛も本能としての肉慾も、ともに近代の青年たちを苦しめるものであった。

◆
性
愛

漱石と「肉慾」

漱石自身は極端な恋愛至上主義から距離をおいていたようである。「所謂恋情なるものより両性的本能即ち肉感を引き去るの難きは明かなりとす」(『文学論』)というように本能としての肉慾を肯定的する記述がみられる。しかし、積極的に肉慾を描いた自然主義文学に対しては「肉慾其物ニ興味ヲ以テ」(断片47D)描くものではないと苦言を呈した。

同時代の自然主義や白樺派の作家たちが、肉慾の苦悩や、それとの葛藤を通じて自己を描き出そうとしたのに対し、漱石は直接的に肉慾を描かない。三角関係や不倫・姦通を扱った『心』『それから』などにおいて、肉慾の問題は無関係でないにもかかわらず、内在する欲望や性的衝動という意味での肉慾は描かれていない。漱石作品において性的欲望は、嫉妬、罪悪、自然といったテーマに変形されて、人間の精神性や倫理観を図る尺度として、登場人物たちを規定している。漱石作品において肉慾の問題は、精神や倫理と隣接する問題領域であるといえよう。　　　(光石亜由美)

妊娠、出産

にんしん、しゅっさん

◆三千代は東京を出て一年目に産をした。生れた子供はぢき死んだが、それから心臓を痛めたと見えて、兎角具合がわるい。　　　(『それから』四の四)
◆産も案外軽かつた。けれども肝心の小児は、たゞ子宮を逃れて広い所へ出たといふ迄で、浮世の空気を一口も呼吸しなかつた。　　　(『門』十三の六)
◆五分経つか経たないうちに、彼女は「もう生れます」と夫に宣告した。さうして今迄我慢に我慢を重ねて怺へて来たやうな叫び声を一度に揚げると共に胎児を分娩した。　　　(『道草』八十)
◆安々と海鼠の如き子を生めり
　　　(1772、1899(明32)年)
◆妻にきくと、血が出ないうちなら、流産にせずに済んだのかも知れなかつたのだと医者が云つたさうだ。——其言葉を聞いて、自分の作つたものを壊して仕舞つて済まない様な気がした。又残酷な事をしたと云ふ様な気もした。
　　　(日記、1911(明44)年5月28日)

命の危機としての妊娠・出産

漱石自身、子どもは7人あるが、最初の子は流産し、数えで2歳であった雛子の原因不明の死を体験している。また、1911(明44)年5月28日の日記にも流産らしき出来事が記されている。そして、自らの作品でも漱石は妊娠・出産が胎児と母体の命の危機となる例を数多く書いた。とりわけ流産する女性は『それから』の三千代、『心』の「私」の兄嫁、『明暗』の清子、『門』の御米など数多い。当時は、医療の発達した現代とは比較にならぬほど、命の誕生と死は接近していたのだろう。乳児死亡率の高さもさることながら(「赤ん坊／赤児」参照)、妊産婦の死亡原因第一位である産

褥熱は腸チフスなど伝染病の死亡率とほぼ同じだったという。なるほど実際に命の誕生は死と隣接していたに違いないが、漱石は命の危機のみならず、罪の意識や他者との違和を生む契機として妊娠・出産を書いた。

たとえば、『門』の御米は、一度目は五ヶ月目に流産、二度目も努力の甲斐なく早産し、三度目は月満ちるも死産する。死産の原因となる臍帯纏絡は御米の責任ではないものの「半以上は御米の落度」と宗助は見なし、御米自身も「残酷な母」「恐ろしい罪を犯した悪人」と自らを責める。悲しみの淵に沈む御米の中には、子を失った親の苦しみ、子を身ごもりながら自らの手に抱くことができなかった母の苦しみ、そして、母になることができなかった女性の苦しみが折り重なっており、この点において、仲睦まじく見える御米と宗助夫婦は決定的に隔たっている。「道義上の呵責を人知れず受け」、産褥期間には「呪詛の声」を一人聞き続ける御米の苦しみと孤独は他者と共有されることはないのだが、この男女の隔たりは、生の再生産が女性の責務とされたこととも無縁ではないだろう。

男女の隔たりを顕在化させるものとしての出産

また、出産場面が詳しく書かれるのは『道草』だが、ここでも男女は非対称な関係に置かれている。偶然、妻の出産に立ち会うことになった健三は「狼狽」し、「男性の見るべからざるものを強ひて見るやうな心持」を感じる。出産の光景は、男性登場人物にとっては、観察者としての思考を混乱させるものとしてある。赤子も同様であり、健三は「一種異様の触覚」を感じさせる輪郭の判然としない「塊」と不気味な異物として形容される。漱石が長女の誕生を受けて1899年に詠んだ句の「海鼠」の比喩のように。赤子や赤子を育み、産む女性の身体は、男性とは容易に馴染み得ない疎遠な対象として書かれている。

（天野知幸）

薔薇

ばら

◆囓まるゝとも螫さるゝとも、口縄の朽ち果つる迄斯くてあらんと思ひ定めたるに、あら悲し。薔薇の花の紅なるが、めらめらと燃え出して、繋げる蛇を焼かんとす。しばらくして君とわれの間にあまれる一尋余りは、真中より青き烟を吐いて金の鱗の色変り行くと思へば、あやしき臭ひを立てゝふすと切れたり。　　　　　　　　　（「薤露行」一）

◆小野さんの現在は薔薇である。薔薇の蕾である。小野さんは未来を製造する必要はない。蕾んだ薔薇を一面に開かせればそれが自からなる彼の未来である。未来の節穴を得意の管から眺めると、薔薇はもう開いて居る。　　　　（『虞美人草』四）

薔薇自体はノイバラやバラ科のハマナスなど古来から日本にあり、江戸時代には園芸種の栽培もされていた。明治時代になると、華やかな西洋品種が大量に輸入され、上流階級から一般の園芸愛好家へと愛好者を増していった。そのため同時代言説においても西洋、特に英国のイメージが強い花とされている。「薤露行」では騎士ランスロットと姦通するギニヴィアとの密会を「薔薇の香に酔へる病」と形容する。その際ギニヴィアの見た夢には燃える紅の薔薇が描かれ、薔薇は背徳やエロスを含んだ危険かつ甘美な恋愛を象徴する。また「倫敦塔」に見られるように、英国を舞台にした作品に登場する薔薇には多く薔薇戦争のイメージが重ねられる。『虞美人草』では、前途洋々な小野さんの比喩として薔薇が用いられているが、この未来には藤尾への恋愛感情が甘美な誘惑として含まれていることに留意すべきである。　　　　（宮薗美佳）

◆性愛

半襟

はんえり

◆女は何にも云はずに眼を横に向けた。こぼれ梅を
一枚の半襟の表に掃き集めた真中に、明星と見まが
ふ程の留針が的皪と耀いて、男の目を射る。

（「野分」七）

◆丸顔に愁少し、颯と映る襟地の中から薄鴬の蘭の
花が、幽なる香を肌に吐いて、着けたる人の胸の上
にこぼれかゝる。糸子は斯んな女である。

（『虞美人草』六）

◆買物のうちで一番私を困らせたのは女の半襟であ
つた。小僧にいふと、いくらでも出しては呉れるが、
偖何れを選んでいゝのか、買ふ段になつては、只迷
ふ丈であつた。其上価が極めて不定であつた。

（『心』三十六）

　半襟は、和服を着用する際、長襦袢や半襦
袢の襟の上に掛けて汚れを防ぐ長方形の布
で、襟の部分に縫い付けて用いる。和装小物
の一つとして襟元を華やかに演出する機能も
持つ。礼装では白が用いられるが、明治・大
正時代は着物が現在より地味であったため、
礼装以外では華やかな半襟を用いる傾向に
あった。

　漱石の作品では、女性の人物造型を形象化
する際に、その柄や色が効果的に用いられる。
『虞美人草』では、薄鴬という柔らかな色彩の
柄を用いた半襟を描くことで、糸子の穏やか
で家庭的な性格を具象化する。『心』では、半
襟という事物について、金銭との交換価値を
全く予測できないことを示すことで、万人が
認め、普遍的に流通する価値である金銭価値
へ回収され得ない、女性の不可解さの象徴と
なっている。漱石の作品において半襟は、男
性に対して、女性の他者性を開示する機能を
果たしていると言えよう。

（宮薗美佳）

微笑

びしょう

◆少なくともお延は久し振に本来の津田を其所に認
めたやうな気がした。彼女は肉の上に浮び上がつ
た其微笑が何の象徴であるかを殆んど知らなかつ
た。　　　　　　　　　　　　　　（『明暗』百十一）

◆母は其時微笑しながら、「心配しないでも好いよ。
御母さんがいくらでも御金を出して上げるから」と
云つて呉れた。私は大変嬉しかつた。それで安心
してまたすやすや寝てしまつた。

（『硝子戸の中』三十八）

記号としての微笑

　漱石にとって微笑は、きわめて両義的な意
味をもつ。一方で微笑は、顔の「肉の上に浮
かび上が」る記号である。それは心理学的で
精神分析学的な、それゆえ解釈の多義性に開
かれた問題含みの表情という記号である。「心
理の現象学」（石原千秋『国文学 解釈と鑑賞』
1993・4）とも言うべき『明暗』では、語り手が
登場人物の表情と内心のずれをことあるごと
に執拗に指摘する。引用したのは主人公津田
の微笑だが、ここでもお延はその解釈に失敗
している。男性にも使われるが、全作品を通
してみると漱石おなじみの「女の技巧」のひ
とつとして女性に使われることが多い。女性
の微笑は男性中心主義の異性愛体制下で主体
的であることを許されなかった女性が暗示的
に男性に働きかけるための技巧の一種、コ
ケット（媚態）の一部として示され、同時に隠
された女性の主体を女の謎としてテーマ化す
るときの代表的な記号ともなっている。

　この女性の謎としての微笑という主題は、
広く同時代に共有されたものである。「永日
小品」の「モナリサ」と「草枕」の微笑がその

代表例だ。「モナリサ」はレオナルド・ダ・ヴィンチ『モナ・リザ』の複製をそれと知らず古道具屋で買ってきた男が、いわゆる「モナリザの微笑み」として知られる表情に悩まされるという話だ。この作品では一般に「微笑み」と表現される表情を「薄笑ひ」と表記し、そこには「女性の謎がある」とする。「草枕」では那美さんの「微笑」に「うすわらひ」のルビをふる。那美さんはオフィーリアに擬せられるのだから、語り手はオフィーリアを介して那美さんの微笑に女の謎を見ていることになる。(「オフェリヤ」の項参照)

超越的な微笑

しかし厄介なことに一方で漱石は、この問題含みの記号に簡単に超越的な位置を与えてしまう。『硝子戸の中』の創作態度としての微笑がそれである。『硝子戸の中』は、修善寺の大患以後に懺悔としてではなく自己を語ることを試みた最初の実践であった。

漱石は、その創作態度を「一般の人類をひろく見渡しながら微笑してゐるのである。今迄詰らない事を書いた自分をも、同じ眼で見渡して、恰もそれが他人であつたかの感を抱きつゝ、矢張り微笑してゐるのである」(三十九)と説明する。いささか唐突にあらわれるこの超越的な微笑の意味は、直前の三十八にあらわれる少年時代への追想が教えてくれる。その頃昼寝をすると悪夢に襲われがちであった漱石は、ある時「何時何処で犯した罪か知らないが、何しろ自分の所有でない金銭を多額に消費」してしまった夢にうなされる。聞きつけてやってきた母は、夢うつつのなかで自分の苦しみをどうかしてくださいと懇願する漱石を引用のように慰撫する。若き漱石の前にあらわれた母の微笑は、あらゆる解釈を超越した絶対的な記号である。「天」「自然」がそうであるように、微笑の場合も極端な両義性が形作る磁場の中に漱石の真実があるのだろう。

(藤森清)

美人

びじん

◆あまり別嬪さんぢやけれ、学校の先生方はみんなマドンナマドンナと言ふといでるぞなもし。(中略)其マドンナさんが不慥なマドンナさんでな、もし
(「坊っちゃん」七)

◆当地ニ来テ観レバ男女共色白ク服装モ立派ニテ日本人ハ成程黄色ニ観エ候女抔ハクラダヌ下女ノ如キ者デモ中々別嬪有之候小生如キアバタ面ハ一人モ無之候
(夏目鏡宛書簡、1900(明33)年10月23日付)

◆如何なる美人も孕むといふ事は甚だ美術的のならぬものに候況んや荊妻に於てをやかね
(菅虎雄宛書簡、1903(明36)年9月14日付)

救済と物語

漱石テクストにおいて美人は、男たちのまなざしのなかに立ち現れる。それはときに男を救済する絶対的価値となる。マドンナを見た「坊っちゃん」の「おれ」は「水晶の珠を香水で暖めて、掌へ握つて見た様な心持ち」になり、『彼岸過迄』の須永は、雑誌の口絵の美人の「顔が眼の前にある間、頭の中の苦痛を忘れて自から愉快になる」と言う。『行人』の二郎も「芸術品、高山大河、もしくは美人、何でも構はないから、兄さんの心を悉皆奪ひ尽して」くれればと願う。美人は自然や芸術品と並び、その超越性や調和性によって男を煩悶から一時救済する。

女をこのように把握できるのはそこに距離が確保されているからだが、このような距離は一方ではまた、才子佳人や傾国の美女などの物語類型を発達させてきた。漱石テクストもそれを受け継いでいる。「倫敦塔」の「余」は塔で出会った謎めいた美人について「少し

気を付けないと険呑ですぜ」と宿の主人に注意される。「坊っちゃん」のマドンナは男の欲望の焦点となり、男同士の力関係をあぶり出す役割を果たす。美人は強い男になびくもので、それゆえ男の自尊心や男性集団を維持している倫理を破壊する。そのことで、物語を起動させる主要な要素となる。

序列化するまなざし

　日常世界を舞台とした小説でも、女は互いに比較されその容貌によって序列化される。『虞美人草』の宗近は見知らぬ女(小夜子)を「あ、別嬪だよ。藤尾さんよりわるいが糸公より好い様だ」と即座に位置づける。このようなまなざしは、女の容貌が家柄に代わってこの頃見合いの重要な条件となっていたこととともつながっている。

　美と序列化が、まなざす集団の力の産物であることは、人種や民族、国家間の関係においても同様である。『それから』の代助は園遊会で会った白人女性の美しさに「日本杯へ来るには勿体ない位な容色」と感じる。漱石はロンドンで、自身の容貌へのコンプレックスを抱え込んだ。美は力の産物であり、その力はまた人種や民族や国家を序列化するまなざしの源にあるものだ。

　このように漱石テクストの美人は、まなざす集団の力によって立ち上げられるが、ここからはみでる女も描かれている。たとえば「草枕」の那美は、彼女を美=絵に封じ込めようとする主人公の画家のまなざしを常に逃れ出てゆくし、『虞美人草』の藤尾は、美貌が持つ力をみずから行使しようとして罰される。『道草』や『明暗』では、女は男と同じ日常を生き、男と同質の存在として描かれる。それは彼女らが、見られるだけではなく、みずからも男を見返す存在であることによって実現している。
 (北川扶生子)

歇私(斯)的里

ヒステリー

◆三千代は歇私的里の発作に襲はれた様に思ひ切つて泣いた　　　　　　（『それから』十六の三）
◆其当時強烈であつた彼女の歇私的里は、自然と軽くなつた今でも、彼の胸に猶暗い不安の影を投げて已まなかつた。　　　　　（『道草』二十四）
◆幸にして自然は緩和剤としての歇斯的里を細君に与へた。発作は都合よく二人の関係が緊張した間際に起つた。健三は時々便所へ通ふ廊下に俯伏になつて倒れてゐる細君を抱き起して床の上迄連れて来た。真夜中に雨戸を一枚明けた縁側の端に蹲踞つてゐる彼女を、後から両手で支へて、寝室へ戻つて来た経験もあつた　　　（『道草』七十八）
◆其前から妻〔は〕ヒステリーに罹るくせがあつたが何か小言でもいふと屹度厠の前〔で〕引つ繰り返つたり縁側で熙れたりする　（日記、1914(大3)年）

近代の病としての「歇斯的里」

　現代でも使われるこの言葉は、いくつか辞書をひくと、まず「Hysterie(ドイツ)」とあり、続いて「神経症の一型」として縷々説明が続いていく。医学的にも俗説的にも、概ね、感情を統制できず激しく泣いたり怒ったりする症状を特徴とする、とある。歴史的には、明治時代に移入された言葉のようである。当時の表記は様々であるが、漱石は上記引用に見るように三通りほどの表記を使用、特別書き分けているようでもない。1909(明42)年刊の『日本類語大辞典』(晴光館)には「臓躁狂 Hysterisches Irresein」とあり「感情生活ノ異常」をその症状としている。女性特有のものとする説明はない。

　しかし「一般的には、ヒステリーは子宮から来る病、血の道の病と考えられていた」(『漱

石全集』第十巻「注釈」、岩波書店、1994)「一般に
ヒステリーは性的な抑圧から発生する女性固
有の病として論じられる場合が多く」(山本芳
明「ヒステリーの時代」『学習院大学研究年報』
1990・3)との指摘があるように、当時は女性特
有の病として理解されていた。山本論文によ
れば19世紀西欧で「「性」の確立と女性を「家
庭」に封じこめていく過程とにかかわって」
「大きな問題を提起」したとのことで、日本で
は20世紀に入って、同様な問題を受け、明治
中頃からは小説中にもヒステリーが頻繁に登
場し始めたとする。また、ヒステリーの背後
にある他者との関係性の問題は、大正期に
入って描かれたと指摘する。

漱石テクストのなかのヒステリー

漱石もまた、ヒステリーを起こす女性を、
小説に登場させている。同時代の理解を反映
してか、女性特有のものとしている。感情の
昂ぶりから、激しく涙したり、異常な高笑い
をしたりする女性たちを形容する言葉として
使っている。たとえば、「歇私的里性の笑は
窓外の雨を衝いて高く迸つた」と形容される
『虞美人草』の藤尾の笑であり、先に引用した
『それから』の三千代の涙である。

しかし、夫婦の日常的な関係のなかでは、
単に「ヒステリー」といって片付けられない
側面も見ていたようである。『門』の野中宗
助は「又ヒステリーが始まつたね」と、妻の
御米が眼をうるませると、単純に解釈して意
に介さない時もあるが、「或る時」は「多少は
ヒステリーの所為かとも思つたが、全然さう
とも決しかねて、しばらく茫然してゐた」と
いう姿を見せる。流産や早産、死産を繰り返
してきた御米は、この時「思ひ詰めた調子で、
/「私にはとても子供の出来る見込はないの
よ」と云ひ切つて泣き出した」のである。宗
助は「此可憐な自白」によって、二人の背負っ
た過去(姦通)を御米なりに重く受け止めてい
ることを知る。語り手は夫婦の感情の機微

仔細に探っていくのである。

『道草』と「歇斯的里」

漱石の自伝的小説とされる『道草』は、ま
さに「歇斯的里」をめぐる夫婦の「物語」とし
て読むことができる。36歳になる健三と「ま
だ三十に足りない細君」御住は、健三の勤務
地であった「遠い田舎」で結婚して以来、7、8
年になる夫婦である。その間、夫の健三は、
ロンドン留学をはさみ、帰国後東京で大学講
師の職を得、駒込に居を構えた。小説内の時
間は進み、やがて妻は3人目の子どもを出産
する。再び動き出した夫婦の日常生活のなか
で、「発作の今よりも劇しかつた昔」ほどでは
なくても、妻の「歇私的里」は起こり、健三を
悩ませる。「髪剃」を握ってみたり、或時は、
「唸るやうな声」を発して天井を見つめたり
する。新婚時代の暗い記憶が蘇り、健三を不
安にさせる。その怯え方は尋常ではない。

石原千秋は「御住に現れる、朦朧状態、ヒ
ステリー弓、自殺企図などは、教科書通りの
典型的な症状」(「『道草』のヒステリー」『漱石全
集』第十巻「月報」岩波書店、1994)と指摘する。
しかし、この夫婦にとっての「歇私的里」は、
その症状の特徴や女性特有の時代の病として
問題化し片付けるだけでは充分ではない。こ
の夫婦だけに認識される固有の問題が関与し
ているようである。「二人は二人に特有な因
果関係を有つてゐる事を冥々の裡に自覚して
ゐた」と語り手がいうように、「二人に特有な
因果関係」の存在が、「妻の病」「妻の発作」「歇
私的里」を引き起こし、夫の尋常ではない「恐
れ」を導きだすのである。「換喩」的表現を多
用する小説手法からか、具体的には読み取れ
ない。しかし、御住の生死に関わるものとし
て健三が了解していることだけは確かであ
る。

御住は、「流産してから間もない」頃、「妾
の死んだ赤ん坊が来たから行かなくちやなら
ない」など「不思議な言葉」を発しては、抱き

◆性愛

363

すくめる夫の手を振り払おうとした。御住の
自殺願望を暗示する言葉である。「今」も健
三は、激しい発作を繰り返した、この「昔」を
想起しては「大いなる不安」を抱く。「死を恐
れ」「肉の消滅について何人よりも強い畏怖
の念を抱いてゐた」健三は、妻の歇私的里に
遭うと、傍に付き添っていなければ、と慌て
るのである。就寝時には、妻と自分との帯に
紐を結んでみたり、発作後静かに寝入った妻
の「呼息」を確かめたり、わざわざ「揺り起し
て見」たりして「実在」を確かめなければ承
知できないのである。その時の健三が「大い
なる慈愛」の心をもって看病し、妻の機嫌を
「出来得る限り」取るよう努めるのもそのた
めであろう。

　漱石の妻・鏡子も「ヒステリーに罹るくせ
があつた」と日記に記されている。熊本時代
に鏡子が投身自殺を企てたことはよく知られ
ている。最初の妊娠の際、漱石の実父直克が
死去（1897・6）したために上京、流産する。そ
の翌年、鏡子は白川の井川淵に投身自殺し未
遂に終わる。直後（9月頃）から、長女筆子を身
ごもって悪阻が重くなり、ヒステリー状態が
昂進する。鏡子の投身の原因は、流産とも悪
阻のせいとも諸説あるが、『道草』の御住を想
起させ、夫婦だけが知る「因果」を作ったで
きごとのように思われる。

　『道草』の健三夫婦の「今」は、相変わらず
お互いの思い込みの中に自閉したまま、背中
合わせに暮らす日々が続く。そんな「二人の
仲」に「自然」がもたらした「緩和剤」として
の役割を果たすのが「歇私的里」である。今
やその「源因」は曖昧化しており、妻の「策
略」かと疑ってしまう夫が、「考へ込」んだり
してしまわない限りにおいてのことであるが
…。いずれにしろ『道草』では、「歇私的里」
はまさに「関係性の問題」を夫婦に提起して
いくのである。　　　　　　　（戸松泉）

瞳／瞳子／眸

ひとみ

◆耶蘇教の牧師は救はれよといふ。臨済、黄檗は悟
れと云ふ。此女は迷へとのみ黒い眸を動かす。迷は
ぬものは凡て此女の敵である。（『虞美人草』十二）
◆女は瞳を定めて、三四郎を見た。三四郎は其瞳の
中に言葉よりも深き訴を認めた。——必竟あなた
の為にした事ぢやありませんかと、二重瞼の奥で訴
へてゐる。　　　　　　　　　（『三四郎』八の十）
◆三千代は美くしい線を奇麗に重ねた鮮かな二重瞼
を持つてゐる。眼の恰好は細長い方であるが、瞳を
据ゑて凝と物を見るときに、それが何かの具合で大
変大きく見える。代助は是を黒眼の働らきと判断し
てゐた。三千代が細君にならない前、代助はよく、
三千代の斯う云ふ眼遣を見た。さうして今でも善く
覚えてゐる。三千代の顔を頭の中に浮べやうとす
ると、顔の輪廓が、まだ出来上らないうちに、此黒
い、湿んだ様に暈された眼が、ぼつと出て来る。
　　　　　　　　　　　　（『それから』四の四）
◆「僕は其度に娘さんから、斯うして活きてゐても
たつた一人で淋しくつて堪らないから、何うぞ助け
て下さいと袖に縋られるやうに感じた。——其眼
がだよ。其黒い大きな眸が僕にさう訴へるのだよ」
　　　　　　　　　　　（『行人』「友達」三十三）

黒い瞳の魅惑

　眼は口ほどに物を言う——。ことわざでそ
う言われる通り、漱石の小説でもさまざまな
場面で、輝く瞳が無言のメッセージを発し、
相手に瞳の奥の思いを受け取るよう促してい
る。「昔の人は人に存するもの眸子より良き
はなしと云つたさうだが、成程人焉んぞ廋さ
んや、人間のうちで眼程活きて居る道具はな
い」（「草枕」四）と述べられるように、瞳は、外
から見え難い内心を覗かせる窓として重視さ

れる。とりわけ女性のうるんだ黒い瞳は、男性登場人物の心を捕え、新たな関係に誘いこむ力を発揮する。黒い瞳は魅惑の源泉であり、セクシュアルな局面を開く危険な誘惑ともなる。「草枕」の「余」は、深山椿の赤色に「毒気のある、恐ろしい味を帯びた調子」を見て、「妖女の姿を連想」する。「妖女」とは「黒い眼で人を釣り寄せて、しらぬ間に、嫣然たる毒を血管に吹く」（十）恐ろしい存在である。「活きて居る道具」である黒い瞳にうかうかと引き寄せられると、妖艶な「毒」によって、身の破滅に至ることもあるのだ。『虞美人草』の藤尾は、「引き掛る男」を迷わそうと、「黒い眸」を動かす。そして三四郎は、初めて美禰子の「黒眼の動く刹那」に出くわした時、「汽車の女」を思い出しながら「恐ろしくな」るのである（『三四郎』二の四）。

西洋の中の黒い眼

漱石の黒い瞳へのこだわりは、イギリス留学経験によっても強められたように思われる。「永日小品」では、ロンドンの最初の下宿先の主婦について、「北の国に似合はしからぬ黒い髪と黒い眸を有つてゐた。けれども言語は普通の英吉利人と少しも違つた所がない」（「下宿」）と説明している。「黒い髪と黒い眸」の持ち主の話し方を、わざわざ「普通の英吉利人」と同じだと断る点に、西洋人の髪と眼の色に敏感になっていたこと、それは当然、「黒い髪と黒い眸」の東洋人の自意識から生じた結果であろうことがうかがえる。また西洋中世を舞台とする「幻影の盾」の主人公キリアムは、「石炭の様に黒い」眼と髪の持ち主で、幼なじみで金髪の恋人クラヽから子供時代、「黒い眼の子は意地が悪い、人がよくない、猶太人かジプシイでなければ黒い眼色のものはない」とからかわれる。やがて成長後、戦いによってクラヽを失い、絶望したキリアムに救いの幻影を見せるのは、岩の上で歌う「黒き眼の黒き髪の女」である。「猶太人かジ

プシイ」と評される、周縁的存在に近しいと見られた黒い眼の男が、同じ黒い眼の女に助けられて、クラヽの幻影を見る。「古往今来」誰も見たことのない、死んだ恋人との夢想のビジョンに歿入するのだ。一念の強さ、内なる神秘的な能力の深さにおいて、黒き瞳の者は決して劣ってはいない、ということを示す物語といえよう。

ただし、漱石の小説中で男性登場人物の眼が印象的に描かれる例は実はまれであり、「幻影の盾」以後は、もっぱら男性を虜にする、女性の瞳が描かれていく。その点で「幻影の盾」は、西洋における黒い眼の男性を、幻影を〈見る〉者であると共に、「猶太人かジプシイ」のような差異化される存在であり、金髪の女性クラヽから〈見られる〉者としても形象化したといえる。いっぽう日本を舞台にした小説では、女性たちの瞳こそが活写され、彼女たちは〈見る〉よりも〈見られる〉＝客体化される存在として特化される。本来〈見る〉役割を果たすべき瞳が、〈見られる〉対象にも転じてしまうのだ。そこに西洋人／東洋人（黒い眼）の、〈見る／見られる〉関係と、国内の男性／女性の、〈見る／見られる〉の位置取りが、同じ構造として重ね合わされていると考えることもできよう。

言語を超える関係

ともあれ、〈見られる〉女性となる『三四郎』の美禰子も、『それから』の三千代も、瞳の力で主人公の心を摑んで離さない。まだ男女間の言語コミュニケーションが活発だったとは言い難い時代にあって、女性は言葉にできない強い思いを美しい瞳に込めて、男性を見詰める——ように受け止められる。「夢十夜」の「第一夜」の「女」も、「真黒な眸の奥に」男の姿を、封じ込めるように浮かべる。三四郎は美禰子と雨の中で対峙した時、「瞳の中に言葉よりも深き訴」——あなたの為にした事、を読みとる。さらに『行人』の三沢が語る、

◆ 性愛

365

精神に異状をきたした「娘さん」に至っては、もはや普通の言葉はほとんど発しないが、ただ黒い大きな眸でのみ語りかけるように思われ、「淋しくつて堪らないから、何うぞ助けて下さい」という訴えを、三沢は彼女の瞳から聞き取ってしまうのだ。

こうして女性の瞳は男性との間に、通常の言語も、現世のしがらみも超えるような特別な関係をもたらすが、しかしそれは男性側の思い込みで成立している面もある。『それから』の三千代の場合は、確かに代助への好意があり、代助の告白を受けて「瞼」を赤く染めて泣く（十四の十）。しかし美禰子や三沢の「娘さん」が、果たして男性たちが期待する通りのセクシュアルな思いを、瞳を介して本当に訴えていたのかは分からない。

あるいは逆に、『道草』の健三はしばしば、具合が悪い時の細君の、「何処に向つて注がれてゐるのか能く分らない」暗くてうつろな「黒い大きな瞳子」に出逢う（五十）。その時に健三が「おい」と問いかけても、肩を揺すっても、そして瞳を覗いても、細君の「瞳子」は健三に応える「生きた働き」を見せない。「歇私的里（ヒステリ）」の細君の瞳は、もはや夫にとっての心の窓とはならないのである。〈見る〉男の優位性は、ここでは確かに揺るがされている。

瞳に魅了されて開かれる、言葉なきセクシュアルなコミュニケーションは、甘美な悦楽をもたらすが、それが〈見る／見られる〉状態における間主観的な親密性を築くとは限らず、一方的なあやうい思いを募らせるだけの場合もある。誰かを見詰め、かつ誰かに見詰められる瞳は、「妖」の危険性だけでなく、そうした点でも剣呑な面を備えている。「活きて居る道具」ながら、その扱い方がなかなか難しいことを、読者に改めて思考させるよう描かれているのである。　　　（久米依子）

夫婦

ふうふ

◆護謨紐のやうに弾力性のある二人の間柄には、時により日によつて多少の伸縮があつた。非常に緊張して何時切れるか分らない程に行き詰つたかと思ふと、それがまた自然の勢で徐々元へ戻つて来た。さうした日和の好い精神状態が少し継続すると、細君の唇から暖かい言葉が洩れた。／「是は誰の子？」
（『道草』六十五）

家族・夫婦から日本の近代を照らす

漱石の一生は、養子、復籍、分籍・送籍、転籍など、めまぐるしく変転する戸籍上の身分に翻弄された。漱石にとって家族とは「自然」でも「自明」でもなく、家族の起源となる恋愛や結婚は謎の迷宮であった。作家として踏み出した時期、「遊離的文素」を減らし「実際ノ生活問題ニ触レタ者ヲ加味」した恋愛は「大ニ真面目」になり「読者ガ首肯スルコト受合」（断片35E、1906）という恋愛小説構想を示しているが、それを裏付けるように漱石は、「夫婦」という「実際ノ生活問題」に収斂した「恋愛小説」を追求していくことになる。「「制度」や「場」ではなく、「関係」が「問題」となる時代を「先取り」（石原千秋「鼎談 ゆらぎの中の家族」『漱石研究』第9号、1997・11）した、近代日本の都市型「夫婦・家族」小説の開始でもあった。

「恋愛結婚」と「見合い結婚」

『吾輩は猫である』の中で漱石は、将来、人間は個人として生きるようになるので、異心同体の「夫婦雑居」は「蛮風」として消滅するだろうという「非婚論」を、迷亭の「未来記」を通して展開している。この「非婚論」はルトゥルノー『結婚と家族の進化』に依拠して

いるとの藤尾健剛『漱石の近代日本』(勉誠出版、2011・3)の指摘がある。結婚への懐疑と葛藤は、その後の漱石の小説のライトモチーフとなっていく。『それから』『門』『彼岸過迄』『行人』『心』において、一作ごとに、主客、視点、立場を移動し反転させ、恋愛／見合い、自然／制度、姦通／貞節を対立させ、夫婦の諸相を描いている。

戦前の日本では見合い結婚が主流で、1930年代でも見合い結婚が70％近くを占め、恋愛結婚が見合い結婚を凌駕するのは戦後の1965(昭40)年のことであった。近代日本の「恋愛」は複雑な内実を持ち、「恋愛小説」も独自の課題を背負わざるをえなかった。西洋と違い、「お見合い」結婚では、「恋愛闘争」が結婚後に持ち越される」(織田元子「漱石のセクシャル・ポリティックス」『漱石研究』第3号、1994・11)のであり、見合いにおいて「人間の意志と共同体の意思は未分化」であり、「〈自然〉と〈法〉との二項対立を前提としない」(水村美苗「見合いか恋愛か」『批評空間』1991・7)という見解も成立しよう。見合い結婚優位の時代に、見合い夫婦に「愛」は可能か、という前例のない問いを敢えて立てて追求したのが漱石であった。

先取りされた男女のモデル

晩年の到達点を示す自伝的小説『道草』では、夫婦の病いや妻の妊娠・出産が、緊張した夫婦に性的接触や心身の融合をもたらす様をリアルに描き出す。さらに未完の『明暗』では、恋愛結婚による夫婦の問題へと進展させ、世代、階層、家族・結婚形態など、複雑多様な夫婦の葛藤劇を現前化させている。「愛の戦争」(『明暗』)を避け得ない「夫婦」を核に、家族と姻戚のネットワークの中に「血と肉と歴史で結び付けられた自分」(『道草』)を通して、近代日本を浮かび上がらせる漱石の方法は、他者との葛藤と共存の可能性を探る試みでもあった。　　　　　　　　　　　(北田幸恵)

婦人／婦女子

ふじん／ふじょし

◆自然ノ法則，社会ノ制裁コノ二者ハ吾人ノ自由ヲ束縛スル者ナリ之ヲ名ケテ運命ト云フ．此運命ニ安ンズル者ヲ君子ト云ヒ此運命ヲ逃レントスル者之ヲ小人ト云ヒ此運命ヲ怨ム者之ヲ婦女子ト云ヒ此運命ヲ覆サントスル者之ヲ天才ト云フ．

(「ノート」Ⅵ-22)

◆(4)(中略)Noraハ第一世間ニ反抗スルtheoreticナ勇気非常ニアル人ト見倣サ*ル可ラズ是ハ婦人ニ稀ナリ少ナクトモ日本ノ婦人ハauthorityニ従フナリ第二彼［女］ハintellectuallyニ発達セザル可ラズ"duty to self"ナル観念ヲ有セザル可ラズ而シテコハ日本ノ婦人ニ殆ンドナキコトナリ．

(「ノート」Ⅳ-14)

◆ソクラチスは婦女子を御するは人間の最大難事と云へり。デモスゼニス曰く人若し其敵を苦しめんとせば、わが女を敵に与ふるより策の得たるはあらず。　　　　　(『吾輩は猫である』十一)

「婦女子」と「婦人」の使い分け

漱石が「婦女子」と言う時には、「女子と小人は養い難し」と述べた『論語』の女性観に近い。「女」を未熟な人間とみなして「小人」同様に貶めた蔑称である。英国留学前の「ノート」には、自分と対等にものを言う資格を認めない人物を非難する時、それがたとえ男性であっても「婦女子」「小人」の類だと決めつける。けれども、激高が沈静すると、自分の中に「君子」も「小人」「天才」「婦女子」もみんな幾分かずつ混在していると、まれに自省することもある。

留学期(及び帰国後)に記された英文学などのノート・断片・蔵書書き込み等になると、「婦女子」の語は全く使用されず、原則的に「婦人」

◆

性愛

である。ロンドンで読んだ西洋文学のヒロインたち——とくに漱石の言及が多いイプセンの戯曲作品には、とても「おんなこども」などと切って捨てられるような女性はいなかった。

「self」をもつ「婦人」の存在

『人形の家』のヒロインで、人間宣言をして家出をするノラに対しては、驚きを隠せなかった。ノラの「selfガassertシテ」「dutyヲ破ル」という家出については、「世間ニ反抗スルtheoreticナ勇気」と「intellectuallyニ発達」した“duty to self”の観念があり、知的にも意志的にも発達した筋金入りの「婦人」だと、漱石は感服する。こんな場合、自分が後にしてきた「日本ノ婦人ハauthorityニ従フ」だろうし、そもそも“duty to self”ナル観念」(護るべき自己)などもちあわせないと、彼我の女性の落差を痛感している。とはいえ、かりにノラが、『虞美人草』の藤尾のように、恋のためにself(我)を通し、duty(世の約束事)を破って家族を捨てたとするなら、漱石はその恋を罪悪と見なし、ノラを容認することはできなかっただろう。

だが3年の留学を終えて帰国した漱石は、日本の女性事情が留学前と大きくちがっていることに戸惑う。帰国して最初に書いた『吾輩は猫である』の最終章には、ギリシャの哲学者の説と称して苦沙弥の露骨な女性嫌悪が連ねられ、あえて「婦女子(ミツジニー)」の語が口にされている。だが同じ『吾輩は猫である』の他の箇所では全て「御婦人」「婦人」と書かれている。

以後の小説では「婦人」の使用例さえ消滅し、ほとんど「女」に代わる。漱石は、近代の個我意識に目覚めた、いわゆる「新しい女」たちをいかに受け容れるかに真剣な試行を重ね、極論すればそこに作家生命をかけていく。(ちなみに昨今は、女性たちが自虐的に「腐女子」を名乗って自身のセクシュアリティを肯定・主張する動きもある。「フジョシ」の語には、いつもバイアスがかかっている。)(江種満子)

蛇／青大将

へび／あおだいしょう

◆「今に其の手拭が蛇になるから、見て居らう。見て居らう」と繰返して云つた。(中略)／仕舞には、／「今になる、蛇になる、／呢度なる、笛が鳴る、」／と唄ひながら、とうとう河の岸へ出た。
（『夢十夜』第四夜）

◆けれども彼は遂に其中に這入れなかつたのである。其所が彼に物足らない所で、同時に彼の仕合せな所である。彼は物足らない意味で蛇の頭を呪ひ、仕合せな意味で蛇の頭を祝した。
（『彼岸過迄』「結末」）

◆彼女の事を考へると愉快であつた。同時に不愉快であつた。なんだか柔かい青大将に身体を絡まれるやうな心持もした。／兄は谷一つ隔てゝ向ふに寐てゐた。(中略)さうして其寐てゐる精神を、ぐにやぐにやした例の青大将が筋違に頭から足の先迄巻き詰めてゐる如く感じた。自分の想像には其青大将が時々熱くなつたり冷たくなつたりした。夫からその巻きやうが緩くなつたり、緊くなつたりした。兄の顔色は青大将の熱度の変ずる度に、それから其絡みつく強さの変ずる度に、変つた。
（『行人』「帰つてから」一）

人世の曖昧なる鍵としての蛇

生命・治癒力、悠久・豊饒・再生、大地・冥界、水、宝の番人、死霊、男根、太母神、邪悪、善良——『イメージ・シンボル事典』(アト・ド・フリース、大修館書店、1984)の小見出しに見られるように、蛇は古来両義的な文化シンボルとされてきた。日本でも、道成寺伝説で女性の化身とされる一方で、蛇婿入婚譚では男性の象徴とみなされる。

蛇が鍵として登場する漱石作品は多いが、こうした両義的イメージによるものか、解釈

は定まらない。「幻影の盾」では、アーサー王伝説や北欧神話を下敷に、夢と現が交錯する。騎士キリアムの盾に鋳られた夜叉の髪はすべて舌を出した蛇であり、彼はその霊を宿す盾の世界の中でクラ、姫と再会する。「夢十夜」の「第四夜」は東洋的な蛇のイメージである。爺さんは、地面に描いた輪のなかに置いた手拭が蛇になると言って笛を吹いて踊り、箱に入れた手拭いが蛇になると言ってどこまでも歩いて行く。子供の自分は追いかけていくが、爺さんはついに水のなかから出てこない。

『彼岸過迄』では、田川敬太郎は、大陸に渡った森本が残した洋杖（ステッキ）に導かれるように探偵する。杖の握りには蛇の頭が彫られており、「鶏卵とも蛙とも何とも名状し難い或物が、半ば蛇の口に隠れ、半ば蛇の口から現はれて、呑み尽されもせず、逃れ切りもせず、出るとも這入とも片の付かない状態」である。占いによってこの杖を手に遊歩する敬太郎は、生死、男女、日常と非日常といった種々の世界を見聞するが、しかし結末で、彼はついにそれらの世界には入れなかったと語られる。蛇は、曖昧なる人世に接触する鍵なのである。

冷たく絡みつく女性性としての青大将

「冷たい青大将でも握らせられた様な不気味さ」（『彼岸過迄』「風呂の後」十一）のイメージの「青大将」はどうか。『行人』の二郎は、偶然により一夜を過ごした和歌山からの帰途の列車のなかで、嫂の直を、ぐにゃぐにゃと柔らかく絡みつく青大将として想像する。蛇のダブルイメージそのままに、愉快でも不愉快でもある青大将は、男性の身体と精神に絡みつき誘引する女性性そのものとして認識される。二郎の想像のなかで、直は、妻の「スピリット」をつかみたいと切望する一郎を翻弄する青大将であるが、直の真意なるものは作中では決して語られることなく曖昧であり、ただ絡みつく青大将のイメージのみがただようのである。　　　　　　　　（有元伸子）

放蕩

ほうとう

◆平岡は、あの地で、最初のうちは、非常な勤勉家として通つてゐたのだが、三千代が産後心臓が悪くなつて、ぶらぶらし出すと、遊び始めたのである。（中略）仕舞にはそれが段々高じて、程度が無くなる許なので三千代も心配をする。すれば身体が悪くなる。なれば放蕩が猶募る。　（『それから』八の四）
◆お秀は、堀の所へ片付いてから始めて夫の性質を知つた。放蕩の酒で臓腑を洗濯されたやうな彼の趣も漸く解する事が出来た。斯んなに拘泥の少ない男が、また何の必要があつて、是非自分を貫ひたいなどと、真面目に云ひ出したものだらうかといふ不審さへ、すぐ有耶無耶のうちに葬られてしまつた。　　　　　　　　（『明暗』九十一）

生の転機としての放蕩

漱石の小説では、酒色に耽るのみならず、自由気儘な者も放蕩と呼ばれている。気儘を徹底すれば身の破滅も避けられぬ。漱石の小説において、他からの制限や束縛を受けず、自分の感情に従って行動出来る放蕩の者たちは、自由に生きられる男たちである。だが、そんな彼らには、いささか類型的ともいえる、虚無的で退廃的なしるしも刻印されているようだ。といっても放蕩は、漱石には生を駆動させるポジティヴな転機でもある。『文学論』に関するノートをみよう。そこでは、放蕩を徹底した者は「放蕩の各種類にあきて自殺するか心機一転するか」と問い、生の勢いが窮まる局面を転ずる「反動」としての放蕩も要請される。書簡では、借金してでも「放蕩」して「鬱気」を晴らせというように、気分転換の「放蕩」を勧める（森田草平宛書簡、1906・2・13付）。小説はどうか。「坑夫」には、一人の

◆
性
愛

男が、放蕩の末に炭坑に流れた自分は「駄目だ」と荒々しく言う場面がある。この語りは「獰猛」さにおいて、他に優越する可能性を聞き手の「自分」に思わせるものとなっている。放蕩をめぐる男の語りは、敗北者を英雄にみせるもの、すなわち、男性ジェンダー化された〈滅びの美学〉、堕ちた王子の話型である。

女を巻き込む放蕩

では、男の「放蕩」に関わる女たちはどうか。『それから』の三千代は、平岡の「放蕩」が募ったのは、自分の産後の病が発端で、全て私が悪いと代助の前で自責する。『行人』では二郎の友人の三沢が、「放蕩家」だか「交際家」だかの旦那に抑圧され離縁されて死んだ「娘さん」への恋慕を語るエピソードがある。『硝子戸の中』でも、放蕩家と薄幸の女は繋げられる。「大の放蕩もの」で、家の懸物や刀剣類を売り飛ばす「二番目の兄」が「ごろごろ」していた頃、居宅の「向いの芸者屋」に、眼を患っていたらしく「襦袢の袖でしきりに薄赤くなつた二重瞼を擦」っていた咲松という女の記憶が甦る場面がある。放蕩者の兄と病の女をめぐる記憶には、さらに後日、勧工場で「品の好い奥様」として旦那に寄り添う彼女をみた記憶が重ねられる。そして語りの現在、咲松が「二十三の年」に客死したと聞かされる「私」に焦点が据えられ、『硝子戸の中』で、生き残った者の寄る辺なさに捕われる「私」が描き出される。最後に『明暗』をみよう。「放蕩の酒で臓腑を洗濯されたやうな」「拘泥の少ない男」である堀を夫に持つお秀は、夫が自分を嫁にしたことへの「不審」を、その日常において詳らかにしようとする気力を「有耶無耶」にされ殺がれている。彼女は「妻としての興味」をなくし、そのかわりに「母らしい輝いた」「眼」を持つようになった。放蕩者は、人間としての生の危機を含む、生の転機を炙り出す文学にとって、重要な設定だったのだ。

（浅野麗）

惚れる

ほれる

◆「すると不人情な惚れ方をするのが画工なんですね」／「不人情ぢやありません。非人情な惚れ方をするんです。小説も非人情で読むから、筋なんかどうでもいゝんです。」 （『草枕』九）

◆「いや、少し言葉をつめ過たから──当り前に延ばすと、斯うです。可哀想だとは惚れたと云ふ事よ」／「アハヽヽ。さうして其原文は何と云ふのです」／「Pity's akin to love」と美禰子が繰り返した。 （『三四郎』四の十六）

◆「嫂さんが何うかしたんですか」と自分は已を得ず兄に聞き返した。／「お直は御前に惚てるんぢやないか」 （『行人』「兄」十八）

「愛する」か？「惚れる」か？

夏目漱石の作品では、異性に対する親密な感情を表現する場合、「愛する」や「好き」を使う場合と、「惚れる」を使う場合がある。中古から中世にかけて「ほれる（惚れる・恍れる・耄れる）」とは老齢や肉体的精神的衝撃のために放心状態になることの意味で、「惚れる」が「相手に夢中になる」「うっとりする」という意味に限定されてゆくのは室町時代後期からであるといわれる（『日本国語大辞典第二版』小学館、2001）。

近代以降、異性に対する親密な感情を表現する場合、「Love」の翻訳語としての「愛」や「恋愛」が使われるようになる。近代以前の「愛」は、身分が上のものが下のものをかわいがる、物を愛玩する、仏教における執着などを示していたが、明治期以降、キリスト教の神への愛、そして男女の精神的な愛情を表す場合に用いられるようになる。一方、先述したように「相手に夢中になる」の意の「惚

れる」は室町時代後期からあり、江戸時代の俗謡または人情本などでは、異性への情愛を示す場合に「惚れる」が使用される。「惚れて通へば千里も一里」という俗謡のように、男女の情愛を示す言葉としての「惚れる」には、俗ではあるが、庶民に密着した語感がある。

異性に対する親密な感情は、昔から変わらず存在する。しかし、それに与えられた言葉によって、人物関係が規定されることがある。柳父章は、『心』において、明らかに「愛」と「恋」とが使い分けられているという（『一語の辞典　愛』三省堂、2001）。先生のライバルであるKの御嬢さんへの気持ちには、「恋」という言葉が使われ（「彼の御嬢さんに対する切ない恋を打ち明けられた時の私を想像して見て下さい」）、先生＝「私」の御嬢さんに対する内面は「愛」、それも信仰としての「愛」として語られる（「私は其人に対して、殆んど信仰に近い愛を有つてゐたのです」）。先生は御嬢さんを「恋する」のではなく、「愛する」と主張することによって、Kとの差別化を図る。そして、その「愛」の重荷は、Kを裏切った罪悪感とともに先生を死に導く。当然ながら、先生の御嬢さんへの気持ちを「惚れる」で表現することは不似合であろう。

惚れられる男／惚れる女

小谷野敦によれば、後期江戸文芸において、「惚れる」側は女性であり、男性は女性に「惚れられる」側だったという。『春色梅児誉美』の丹次郎をはじめ、一人の男に二人の女という構図で、「女に「ほれられる」ことが男の価値」であった（『夏目漱石を江戸から読む』中公新書、1995）。漱石の時代においても、女が男へ惚れるという江戸文芸的な用法が残っていたのは、『明暗』の津田の叔父・藤井が「昔は女の方で男に惚れたけれども、男の方では決して女に惚れなかつたもんだ」というところからも確認できる。また、『三四郎』でも、「君、あの女の 夫《ハズバンド》になれるか」と与次郎から問わ

れた三四郎は、「美禰子に愛せられるといふ事実其物が、彼女の 夫《ハズバンド》たる唯一の資格の様な気がしてゐた」と考える。「愛」という言葉が使われているが、三四郎が夫になることを、女から「愛せられる」ことだと考えている点は、三四郎の恋愛観のベースが「惚れられる男／惚れる女」にあることを物語っている。

『三四郎』の三四郎も、『それから』の代助も、『行人』の一郎も、自分から「惚れて」行動するよりも、相手の女性から自分が「惚れられている」という確信を得たいと思っている男である。『それから』の代助がそうであるように、「惚れられたい男」が自ら女に惚れようとすると悲劇が起こる。能動的に「愛する」ことに不慣れな男性主人公たちがいる一方、『明暗』のお延のように、「自分で斯うと思ひ込んだ人」を「たゞ愛するのよ、さうして愛させるのよ。さうさへすれば幸福になる見込は幾何《いくら》でもあるのよ」と信じる女性がいる。小谷野が論じるように、漱石作品には、江戸文芸的な「惚れられる男／惚れる女」と、西洋的な「愛する男／愛される女」が混在する。それが男女の葛藤や不調和を誘発する要因となっている。

「惚れる」の漱石的用法

漱石は「惚れる」の軽妙な語感を利用して、名言をいくつか生み出している。

「惚れる」という言葉からまず想起されるのは『三四郎』に登場する「Pity's akin to love」の与次郎訳「可哀想だとは惚れたと云ふ事よ」であろう。広田先生の引越しに集まった三四郎、美禰子、与次郎たちのあいだで、17世紀の英国の女性作家アフラ・ベーンが書いた作品『オルノーコ』が話題になる。

千種キムラ・スティーブンによれば、「Pity's akin to love」は、アフラ・ベーンの原作にはなく、サザーンの脚本に登場する言葉である。本来は男女ではなく「男同士の心の触れあいを表明した言葉」である。それを与

次郎の意訳により「通俗的でかつまた喜劇的な内容をもつ男女間の恋愛」が強調されるところに、三四郎がこれから「通俗的で滑稽な恋」をすることを暗示すると読み解いている（『『三四郎』の世界』翰林書房、1995）。

ちなみに、森田草平は「可哀想だとは惚れたと云ふ事よ」の「翻訳権」は、与次郎のモデルとされる鈴木三重吉にあると言っている（『漱石先生と私　上』東西出版社、1947）。

また、「草枕」の「非人情な惚れ方」というフレーズも有名だ。「余」は那美さんに、小説は始めからでも、終わりからでも「いゝ加減な所をいゝ加減に読んだつて」いゝと主張する。それは男女関係でも同じで、「何ならあなたに惚れ込んでもいゝ。（略）然しいくら惚れてもあなたと夫婦になる必要はないんです。惚れて夫婦になる必要があるうちは、小説を初から仕舞迄読む必要があるんです」という。これを「不人情な惚れ方」と言う那美さんに対して、「余」は「非人情な惚れ方」だと反論する。「余」の言う「非人情な惚れ方」とは、「小説を初から仕舞迄読む」ように、恋愛を経て結婚する恋愛結婚観を否定するものである。一方、「いくら惚れてもあなたと夫婦になる必要はない」という言葉は、利那的な恋愛観にも見えるが、世俗を離れて「非人情の天地」に逍遙したいと願っている「余」にとって、「非人情な惚れ方」とは、一瞬の出会いに永遠を見るような超越性への憧れをも意味しているだろう。「非人情な惚れ方」は、男女の恋愛関係だけではなく、世俗的な関係にとらわれたくない「余」の世界観も表現している。

『三四郎』の「可哀想だとは惚れたと云ふ事よ」も、「草枕」の「非人情な惚れ方」も、「惚れる」という軽妙な語感を使用しているが、その諧謔性を含んだ言葉の表現から、作品の核心へとつながる通路が開けているのだ。

（光石亜由美）

◆性愛

迷へる子／迷羊

まよえるこ／すとれい・しーぷ

◆机の上に絵端書がある。小川を描いて、草をもぢやもぢや生やして、其縁に羊を二匹寐かして、其向ふ側に大きな男が洋杖を持つて立つてゐる所を写したものである。男の顔が甚だ獰猛に出来てゐる。全く西洋の絵にある悪魔を模したもので、念の為め、傍にちやんとデギルと仮名が振つてある。表は三四郎の宛名の下に、迷へる子と小さく書いた許である。三四郎は迷へる子の何者かをすぐ悟つた。のみならず、端書の裏に、迷へる子を二匹描いて、其一匹を暗に自分に見立てゝ呉れたのを甚だ嬉しく思つた。迷へる子のなかには、美禰子のみではない、自分ももとより這入つてゐたのである。それが美禰子の思はくであつたと見える。美禰子の使つたstray sheepの意味が是で漸く判然した。

（『三四郎』六の三）

◆三四郎は何とも答へなかつた。たゞ口の内で迷 羊、迷 羊と繰り返した。（『三四郎』十三）

同心円状の世界

美禰子と三四郎を同時に「迷へる子／迷羊」として捉える視点が不可欠である。とすると、二人にとって「悪魔」であるような存在とはそもそも何か。美禰子からの「絵端書」は彼らが小川の辺で「迷子」となったときのことを描いたものであり、悪魔に擬せられているのは「其目のうちには明らかに憎悪の色」を宿し「正面から三四郎と美禰子を睨め付けた」「知らん人」である。

『三四郎』の基本図式を示すのは一の広田先生のセリフであろう。彼は「いくら日露戦争に勝つて、一等国になつても」日本は「亡びるね」と言い放つ。「熊本より東京は広い。東京より日本は広い」「日本より頭の中の方

が広い」。

狭い熊本から広い東京へ出て行く三四郎であるが、さらにそれは日本、頭の中と同心円状に広がっていくのである。日本より広いとされる頭の中であるが、まずは日本をとりまくのは世界であろう。さらに、そこに日露戦争勝利後という状況が絡むのだとすると、ここで想起すべきは「坊っちゃん」である。坊っちゃんが〈近代日本〉であり、「赤シャツが〈西欧列強〉の暗喩」(柴田勝二『漱石の中の〈帝国〉「国民作家」と近代日本』翰林書房、2006)であるならば、『三四郎』においては〈近代日本〉は都会に出てきた九州の田舎者として表象され、「迷へる子/迷羊」には理解しがたい他者である「知らん人」は〈西欧列強〉の暗喩にして、日本が「亡びる」元凶となり得る「悪魔」なのだ。

世界情勢の中の迷羊たち

『三四郎』が描いているのは、赤シャツ(=〈西欧列強〉)に「天誅」を加え(=日露戦争)一矢報いたとしても、大勢に本質的な影響はなく、迷いに絡め取られていくばかりの「坊っちゃん」後の世界である。世界情勢の中に放り出された「迷へる子/迷羊」としての極東の小国こそが三四郎と美禰子なのだ。美禰子の肌は「薄く餅をこがしたような狐色」で、三四郎が汽車の旅において「異性の味方を得た心持がした」「九州色」の肌の女を想起させる点においても、二人が同胞であることが示唆されている。だが雄の迷羊は雌の迷羊を悪魔から守る力を持たない。羊禰子が嫁ぐことになる兄の友人は赤シャツの後継であり、「背のすらりと高い細面の立派な人」で、三四郎の及ばない〈西欧列強〉的な力を持った誰か「知らん人」の一人なのである。

「迷へる子/迷羊」同士の恋愛めいた交渉はあるいは一時的には成立し得るのかもしれない。しかし、それは迷羊を喰う悪魔によって成就することはないのだ。 (跡上史郎)

妾

めかけ

◆九時か十時迄寐る女は妾か、娼妓か、下等社会の女ばかりと思ふ

 (夏目鏡宛書簡、1902(明35)年5月14日付)
◆代助の尤も応へるのは親爺である。好い年をして、若い妾を持つてゐるが、それは構はない。代助から云ふと寧ろ賛成な位なもので、彼は妾を置く余裕のないものに限つて、蓄妾の攻撃をするんだと考へてゐる。 (『それから』三の二)
◆生涯一人でゐるか、或は妾を置いて暮すか、或は芸者と関係をつけるか、代助自身にも明瞭な計画は丸でなかつた。只、今の彼は結婚といふものに対して、他の独身者の様に、あまり興味を持てなかつた事は慥である。 (『それから』七の六)

妾という身分

漱石文学の中で、妾は、母、妻、恋人と同列に並べるほど大きな比重を占めているわけではない。妾を描いた代表作を持つ同時代の『二人女房』『三人妻』の尾崎紅葉や、『雁』の森鷗外などと比べるとその差は明瞭である。しかし、妾、情婦への言及がないわけではない。たとえば漱石がロンドンから妻鏡子にあてた書簡では妻の夜更かし朝寝坊に苦言を呈し、遅くまで寝ている女は「妾か、娼妓か、下等社会の女ばかりと思ふ」と記し、女性を上等/下等と識別し、「妾」を劣等視している。

『道草』の中で主人公健三は、異母姉の夫比田が泊まりだ宿直だと言って宅へ帰らないのは、勤め先の近くに妾を囲っているせいだろうと思っていると記している。暴力を振るう夫と不仲にもかかわらず、夫の不在を宿直だと信じ、「ありゃ一人で遊ぶために生れて来た男なんだから仕方がないよ」と諦めている

◆
性
愛

373

病弱な姉の様子を悲惨な夫婦の末路として描いている。『彼岸過迄』では須永の住む家の近くに妾が住んでいると、妾に注目して日本橋辺の土地の特色を叙述している。また同作品で、主人公の敬太郎は、一人の女を観察する際、細君、女房、上さんと呼称を使い分け、品定めをし、革手袋をはめている若い千代子を「洋妾」だと想像する。『それから』では、代助は妻に死なれた父親が若い妾を持つことを肯定し、反対する者は持つ余裕がないからだと考える。『門』の主人公宗助は父が死んだとき、25、6の父の妾と、弟が遺され、財産は意外に少ないにもかかわらず、邸を売った中から相当の金を遣って妾に暇を出そうとし、弟は叔父の家に引き取ってもらったとしている。妾を下等な女として軽侮の対象としつつも、家父長的な家を補完する必要なものとして記述している。

妾の地位の下落

　日本では1873(明6)年まで戸籍に「妾」の身分が妻と同様に二等親として記載されていたが、1880年刑法から「妾」が消され、一夫一婦の原則が成立した。1898年施行の明治民法では重婚を禁止し、一夫一婦となった(中川善之助『をんなの座　《妻・妾・後家》』至文堂、1964)。しかし、刑法353条では、「有夫ノ女」には一切の罪を問うのに対して、男は相手が「有夫ノ女」である場合に限り成立するものとして、二重基準によって「姦通罪」を規定した。そのため、入籍せず夫が妾を持つことは慣習として根強く残存した。妾は徳川中期以来、妾奉公といわれる雇用関係となり、「妾というものの品が落ち」、「娼婦と妻との中間」くらいのものと考えられるようになり、明治後期になると妾を持つ人への信用がさらに低落していく(中川前掲書)。漱石の著作には下落していく不安定な妾の地位と妾をめぐる意識が表れている。　　　　　　(北田幸恵)

◆
性
愛

遊廓

ゆうかく

◆「ハ、、日本堤分署と云ふのはね君、只の所ぢやないよ。吉原だよ」／「何だ?」／「吉原だよ」／「あの遊廓のある吉原か?」

(『吾輩は猫である』九)

◆おれの這入つた団子屋は遊廓の入口にあつて、大変うまいと云ふ評判だから、温泉に行つた帰りがけに一寸食つて見た。　　(「坊っちやん」三)

　漱石作品の舞台として遊廓はほとんど登場しない。数少ない例として、『吾輩は猫である』において苦沙弥が吉原遊廓に行ったエピソードがある。苦沙弥家に入った泥棒が捕まったという知らせを受け、日本堤署へ行った苦沙弥は警察で待たされている間、吉原を散歩し骨董品の油壺を買ってくる。これは1905(明38)年4月、夏目家に泥棒が入った事件をもとにしている。また、「坊っちやん」では、遊廓の入り口にある団子屋で団子を食べ、翌日生徒たちに「遊廓の団子旨い旨い」と黒板に書かれ、からかわれている。この遊廓は、道後温泉の近くにあった松ケ枝遊廓である。

　漱石の次兄・栄之助は遊蕩者だった。漱石の父親が集めた懸物や刀剣類を売り飛ばしては、芸者買いや吉原通いをしていたという。一方、若いころ怪しげな裏路地で私娼に抱きつかれ逃げ出した経験のある漱石にとって「遊蕩は遂に無縁のものであった」(夏目伸六「父の家族と道楽の血」『父・夏目漱石』文春文庫、1991)。『吾輩は猫である』や「坊っちやん」に登場する遊廓は登楼するところではなく、骨董品や団子を買う場所であって、登場人物の滑稽さ、あるいは性的なものに対する鈍感さを際立たせる働きをもつ場所として機能している。　　　　　　(光石亜由美)

374

指輪／指環

ゆびわ

◆「指環を受取るなら、これを受取つても、同じ事でせう。紙の指環だと思つて御貰ひなさい」

(『それから』十二の三)

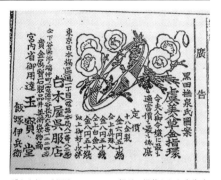

(『東京朝日新聞』1907・10・13朝刊に掲載された広告。)

反復されるイメージ

苦沙弥や語り手の猫の前で得意げに話す素封家金田鼻子の手には「金剛石入りの指環」が嵌っており(『吾輩は猫である』三)、写生文家として出発した漱石の女性表象の小道具として、指環が有効に機能している。「野分」では、父親に金剛石の指環をねだる娘のエピソードが織り込まれ(七)、『虞美人草』では「虞美人草指輪」が売り出されて、藤尾のイメージは小説の外側まで広がった(『東京朝日新聞』1907・1・13朝刊)。男性から金を引き出すことに屈託がなく、奔放で単純な消費文化に身を任せる女性イメージの反復例を見ることができる。

『彼岸過迄』で敬太郎が探偵のように窃視する松本と千代子の場面は、そもそも田口が、松本を小川町へおびき出すための策略であり、指環を叔父に要求するということを報酬として、自分の娘に若い女性の媚態を演じさせ、それが第三者によってどのように観察されるかを報告させるという異常事態でもある。性愛対象として肉親を第三者の同性を介して共有するという、男性の解釈共同体を成立させているのが指環というアイテムである。その意味で同時代のPR誌にも掲載された文学的言説と共振する解釈をするなら「消費者、あるいは流行／モードを追う存在としての女性の形象を、物語のプロットを中心として情緒的に共有させていこうとする力学を携えたものであった」(瀬崎圭二『流行と虚栄の生成——消費文化を映す日本近代文学』世界思想社、2008)と言うべきであろう。

女性たちの運命の象徴

指環には、男性が女性に対して、貞操を半ば強制させる装置という認識もあったとされるが、三千代という女性の意識的自由恋愛として読むこともできる『それから』では、後に夫となる小野よりも先に、三千代に指環を贈った代助によって、心を束縛された象徴ともなる。代助は再会した三千代に対し冒頭の引用のように述べて、夫に知られないように経済援助をするのである。かつて結婚祝いとして愛情の仮託されていた指環は、ここでは友人の妻となった三千代に、生きる糧「紙の指環」として受け渡されることになる。

指輪を高価な装飾品として身に着けることを選べば、消費文化の対象者として彼女たち自身も読者によって消費され、換金すれば男性支配から抜け出すことのできない資本主義社会の敗者としての運命が待ち受けている。近代女性が二者択一を迫られる、象徴としての小さな装飾品である。「指輪」に言及した論考に早くは斎藤英雄「『真珠の指環』の意味と役割——『それから』の世界」(『日本文学研究資料叢書　夏目漱石Ⅲ』有精堂、1985)がある。

(杉田智美)

百合

ゆり

◆真白な百合が鼻の先で骨に徹へる程匂つた。そこへ遥の上から、ほたりと露が落ちたので、花は自分の重みでふらふらと動いた。自分は首を前へ出して、冷たい露の滴る、白い花瓣に接吻した。自分が百合から顔を離す拍子に思はず、遠い空を見たら、暁の星がたつた一つ瞬いてゐた。／「百年はもう来てゐたんだな」と此の時始めて気が附いた。

（「夢十夜」第一夜）

◆代助は、百合の花を眺めながら、部屋を掩ふ強い香の中に、残りなく自己を放擲した。彼は此嗅覚の刺激のうちに、三千代の過去を分明に認めた。其過去には離すべからざる、わが昔の影が烟の如く這ひ纏はつてゐた。彼はしばらくして、／「今日始めて自然の昔に帰るんだ」と胸の中で云つた。

（『それから』十四の七）

百合の象徴性

キリスト教社会では一般に白ユリは純潔や処女性を表し、聖母マリアの持物（アトリビュート）とされ、処女懐胎のシンボルでもあった。また、墓地の百合は生者への死者からの挨拶、あるいは無実で死んだ者の復讐を告げるものという伝承があり、不死や復活、再生などを意味し、一方で永遠の愛の象徴ともされた。漱石の作品に描かれる百合にも、そのような西洋キリスト文化の影響が強く見られるが、同時に男女の恋愛、特にエロス的な関係を暗示する比喩として解釈されることが多い。

石﨑等は『それから』について「冒頭に登場する八重椿に始まり、季節の推移に相応してアマランス、君主蘭、薔薇、石榴の花、鈴蘭などを経て「大きな百合の花」にいたる見事

なフローラル・シンボリズムの連鎖を形成」し、「日本近代小説史上初めての〈匂い〉と記憶による感性の美学の登場」であったと述べ、花の表象が喚起する象徴性を高く評価している（「代助の感性革命」『夏目漱石　テクストの深層』小沢書店、2000）。その「フローラル・シンボリズム」としての百合に、いち早く注目したのが江藤淳であった。江藤は漱石と嫂の登世との関係を想定しながら、「夢十夜」や『それから』の「百合が喚起する濃密な情緒は、この花が男女を結びつける性を象徴することを暗示している」とし（「登世という名の嫂」『新潮』1970・3）、さらに百合は「豊饒の象徴という点では薔薇や柘榴と共通し、しかも男性のシンボルをも暗示し得る点では、ある意味で薔薇よりは一層なまなましい象徴だとも考えられる」と指摘した（「『それから』と『心』」『講座夏目漱石』第三巻　有斐閣、1981）。

しかし、このように「フローラル・シンボリズム」を一義的な方向へ収れんさせることへの批判もある。木股知史は「花の象徴にこめられているのは、言葉では簡単に表現できないこと、つまり、たがいに相反する意味が同時に暗示されるということではないだろうか」と問い、「漱石が矛盾を承知で、百合に〈純潔〉と〈官能〉の両義を担わせようとしている」と述べ、そのような〈純潔な官能〉という形容矛盾の表現が、「たぶん三千代はエロスの対象でありながら、純潔のままでいるという矛盾した役割を担わされているのである」と、意味の多義性に注目することの必要性を説いている（『イメージの図像学』白地社、1992）。

博物学と百合

一方、百合の表象を世界史的な視野の中で見てみると、シーボルトらの外国人によって再発見された日本の植物が、ヨーロッパで紹介されるために表わされた「枯れない標本」としての植物画（ボタニカル・アート）との関係が重要になってくる。17世紀の大航海時

代以降、ヨーロッパでは異国の花を正確に記録しておくために、植物の肖像画ともいえるボタニカル・アートが急速に普及していくが、例えば百合の植物画は、内部の見えない生殖器官（蕊）をも分解して描き、単に鑑賞用としてだけではなく、科学的な分類のための根拠として用いられた。代助の性愛への欲望を読者に喚起させる『それから』の語りには、そのようなボタニカル・アートの図柄が切り開いたイメージと通じるものがある。

また、18世紀後半から19世紀にかけて、西洋では空前の博物学ブームが起きるが、引き金となったのはスウェーデンの植物学者、カール・フォン・リンネの植物分類学であり、その説明のために用いられたのが擬人化のレトリックであった。「分類学の父」と呼ばれるリンネは、「雄しべ」と「雌しべ」の用語を駆使した「セクシャル・システム」とよばれる分類方法によって、植物の世界を秩序化しようとし、「花びら自体は生殖に寄与していない。それは、偉大なる創造主がしつらえた素晴らしい婚礼の床である。それは高貴なカーテンに飾られ、柔らかな香りに包まれている。花婿（雄しべ）と花嫁（雌しべ）はここで厳粛に婚礼を執り行う。床が準備できたなら、花婿は花嫁を抱き、贈り物（花粉）を捧げる。」（『植物の婚礼序説』1730）と、新たな科学的認識をレトリカルでセクシャルな詩的表現によって説明し、それは後のロマン主義文学へも影響を与えた（松永俊男『博物学の欲望』講談社、1992）。これも『それから』の百合の位相と共通する部分がある。

百合と希少性

あるいは経済史的な観点から百合を見た場合、日本産の百合がヨーロッパに渡ったのは1830年代にシーボルトが長崎から持ち帰ったのが最初だとされるが、19世紀から20世紀にかけては、日本産の百合が世界を席巻したという歴史がある。そして、大型で美しい日本産の百合は、西洋人の鑑賞用としてイギリスを中心に広まることになる。塚谷裕一は『それから』に描かれた「白百合」は「山百合」である可能性が高いことを、植物学の見地から指摘しているが（『漱石の白くない白百合』文藝春秋、1993）、「Lilium auratum（黄金のユリ）」という学名を持つ日本の山百合は、その大きな花弁と強い芳香によって西洋で人気を博した。元来、日本では百合の多くはその根が食用とされ、純粋な鑑賞用として花弁が価値化されるためには、このような西洋からの視線が必要であった。明治期の百合にそのような世界史的な意味が付与され、西洋からの眼差しによって百合の希少性が見出されたことは、『それから』における三千代のイメージに一つの方向性を与えるだろう。百合はその希少性を他者（西洋）によって見出され、貨幣の額に応じて移動していく。それはまさに、夫の財力の喪失によって平岡から代助へ三千代が〈再譲渡〉されるという出来事とのアナロジーを感じさせる。自らの希少性を生み出す起源はつねに他者の側にある。心臓病によって性の〈交配〉を禁じられている三千代は百合同様、男たちから鑑賞されることによってその希少性を帯びることになる。

また、高桑法子は「夢十夜」の「第一夜」における風景と、世紀末ドイツの象徴主義を代表する画家であるマックス・クリンガーの版画『死について、第一部』の中の「夜」との共通性について論じており、その版画の中に描かれた荒涼とした世界に咲く一輪の百合の花は、その存在感ゆえに「第一夜」の物語世界を彷彿とさせる（「二つの夜─クリンガーと漱石」『漱石研究』第8号、1997・5）。さらに高桑はクリンガーの版画に、「百合の花」に留まろうとしている「死の翳り」をおびた蝶が描き添えられているところに、「第一夜」と共通するエロスとタナトスの二重性という世紀末芸術的なモチーフを見ている。　　　　　（松下浩幸）

能くつてよ、あんまりだわ

よくってよ、あんまりだわ

◆「それぢや雪江さんなんぞは其かたの様に御化粧をすれば金田さんの倍位美しくなるでせう」／「あらいやだ。よくつてよ。知らないわ。だけど、あの方は全くつくり過ぎるのね。なんぼ御金があつたつて──」　　　　　　　　（『吾輩は猫である』十）

◆「己が何うしたといふんだい」／「何うしたつて、──あなたが御病気だから、私だつて斯うして氷嚢を更へたり、薬を注いだりして上げるんぢやありませんか。それを彼方へ行けの、邪魔だのつて、あんまり……」／細君は後を云はずに下を向いた。
　　　　　　　　　　　　　　　　　（『道草』十）

◆梅子と縫子は長い時間を御化粧に費やした。代助は懇くも御化粧の監督者になつて、両人の傍に附いてゐた。さうして時々は、面白半分の冷かしも云つた。縫子からは叔父さん随分だわを二三度繰り返された。　　　　　　　　（『それから』十一の六）

女学生ことば

　明治の女学生がよく用いたことばに、通称〈テヨダワことば〉といわれるものがある。『三四郎』のよし子や、『それから』の縫子がよく口にする「よくつてよ、知らないわ」ということばがその典型である。

　『吾輩は猫である』の雪江は、自分の容貌の話になると「あらいやだ。よくつてよ。知らないわ」と曖昧な返事をして話題を変えようとする。女学生の「知らないわ」ということばは、無知や無理解を示すものではなく、相手のメッセージに背を向け、会話を宙吊りにするものだった（本田和子『女学生の系譜』青土社、1990）。

　女学生ことばは、男女別学が制度化された1880年頃に始まり、1900年頃に定着したと言われている。堕落女学生言説では、「女らしさ」を強調した女学生ことばが「性的堕落」のしるしとして批判された。しかし、次第に女学生ことばは、女学生だけでなく、山の手の女性の間でも使われるようになった。

イメージとしての女学生

　「よくつてよ、知らないわ」と共によく使われる女学生ことばとして「あんまりだわ」や「随分だわ、随分ね」がある。「あんまりだわ」や「随分だわ」ということばは、漱石の小説では、「野分」の白井道也の妻政や、『行人』のお直など、女学生以外の女性たちも使っている。これらのことばは、相手の言動を非難するものだが、その理由や内容までは明言されない場合が多い。たとえば、『道草』では、健三に対して御住は「彼方へ行けの、邪魔だのつて、あんまり……」と言うが、すぐに御住は「後を云はずに下を向い」て口をつぐんでしまう。また、『それから』の代助は縫子の化粧が長いことをからかうが、縫子は「叔父さん随分だわ」を繰り返すだけである。大野淳一は、相手に反論の機会を与えず、議論に発展しないこのようなことばを、会話を宙吊りにする「知らないわ」と同質のものであると指摘している（「漱石のことば・ノート」『国語と国文学』1990・10）。

　女学生ことばは、女学生だからといって誰もが使うわけではない。『虞美人草』の小夜子は、元女学生だが、女学生ことばを使わない。「口を利けぬ様に育て」られた「過去の女」である小夜子は、小野を前に口籠るのみであり、「何か云ふと、好くつてよ、知らないわと答へる」『それから』の縫子とは対照的である。事実のいかんにかかわりなく、女学生ことばは、あくまでイメージとしての女学生を表す記号だといえるだろう。　（徳永夏子）

リボン

りぼん

◆近頃こないなのが、でけましたぜ、弾いて見まほうか。よう聞いて、居なはれや——花月巻、白いリボンのハイカラ頭、乗るは自転車、弾くはヴイオリン、半可の英語でぺらぺらと、I am glad to see youと唄ふと、博物は成程面白い、英語入りだねと感心して居る。　　　　　　　（「坊っちやん」九）
◆野々宮君は早速店へ這入つた。表に待つてゐた三四郎が、気が付いて見ると、店先の硝子張の棚に櫛だの花簪だのが列べてある。三四郎は妙に思つた。野々宮君が何を買つてゐるのかしらと、不審を起して、店の中へ這入つて見ると、蝉の羽根の様なリボンをぶら下げて、／「どうですか」と聞かれた。
　　　　　　　　　　（『三四郎』二の六）

髪型の上の〈近代〉

　リボンは明治40年代に大流行した装飾品であり、漱石の小説でも何人もの若い女性の髪を彩っている。リボンが愛好されたのは、西洋風の束髪が普及したからである。鹿鳴館時代の1885（明治18）年、医師らが「婦人束髪会」を結成し、結うのに時間がかかり、洗髪もしにくい島田や丸髷に代る束髪を「衛生と経済と便益」から勧め、図解書を刊行、講習会も行った。以後急速に束髪は広まり、そこに飾る西洋渡来のリボンが求められた。1894年には国産品の製造も始まる。さらに高等女学校令（1899）以後に増加した女学生の、結い流しにリボンを付ける髪形も一般化した。女学生を主人公にして人気を博した小杉天外『魔風恋風』（『読売新聞』1903・2・25-9・16）の連載初回挿絵には、「白リボン清し」という本文に即し、リボン付きの結い流し髪をなびかせ、袴姿で颯爽と自転車に乗るヒロインが描かれ

た。本田和子は「髷から解放され、その頭を軽々と上げることは、彼女らの肉体に訪れた自由の先触れであったろう」とし、特に女学生は「近代都市を代表する「記号」となり」、さらには「「明治」という時代の象徴でもあった」と指摘する（『女学生の系譜』青土社、1990）。彼女たちの新たな飾りであるリボンも、西欧化の風潮を目に見える形で示す、可憐でちょっと贅沢な「記号」だったのだ。

「ハイカラ頭」のゆくえ

　漱石の小説中、『それから』では、「好くつてよ、知らないわ」という女学生言葉を口癖とする代助の姪の縫が、ヴイオリンの稽古に通いながら「日に何遍となくリボンを掛け易へ」（三の一）る。裕福な家のお洒落な少女だということがそこに示される。いっぽう「坊っちやん」のうらなりの送別会では、座敷に呼ばれた芸者が三味線で「白いリボンのハイカラ頭」という唄を披露し、西洋かぶれの女性を揶揄するまなざしも世間にあることを伝える。
　中でも印象的なのは、三四郎が野々宮に会ったその日に、野々宮が「小間物屋」で買った「蝉の羽根の様なリボン」だろう。そのリボンが、野々宮の妹よし子の入院先で、見舞いに訪れた美禰子の髪に結ばれているのを見て、三四郎は野々宮と美禰子の親密さを察する（三の十四）。しかし野々宮から贈られた、近代的自由の徴としてのリボンを結びながら、美禰子と野々宮はついに結ばれることはない。「蝉の羽根の様な」もろく薄い縁に終わってしまうのである。新時代の装いを楽しみ西洋的教養を身に付けた、近代の知的女性である美禰子や女学生たちは、まるでリボンのように都市の装飾品としてのみ愛され、消費される。漱石の小説はハイカラ女性の魅力と、しかし自由を謳歌しきれずに屈折していく彼女たちの姿を、揺れるリボンのはかない美のように描いているといえよう。

　　　　　　　　　　　　　　（久米依子）

◆性愛

両性的本能

りょうせいてきほんのう

◆次に来るべきは両性的本能、更に上等の文字を用ふれば恋なり。両性的本能は如何にも下品の様なれど、これもと人間固有の本能の一なれば、事実にして、嫌なりと云ふも片附け方なし。而して所謂恋なるものは此両性的本能を中心として複雑なる分子を統合して発達したる結果なれば到底其性質より此基本的本能を除去すること能はざるなり。

（『文学論』第一編第二章）

情緒の一つとしての両性的本能

『文学論』第一編「文学的内容の分類」では、まず第一章「文学的内容の形式」で（F＋f）という公式を示して、「認識的要素（F）」とそれによって生じる「情緒的要素（f）」との結合が文学的内容となると説く。

そして第二章「文学的内容の基本成分」では、文学的内容の分類のためにまず基本的な「感覚的要素」——触覚、温度、味覚、嗅覚、聴覚、視覚——を挙げ、ついで人間の「内部心理作用」すなわち「情緒」について述べる。「情緒」には単複二種あるとし、「恐怖、怒、同情、自己観念、男女的本能」を単純な情緒に挙げている。この「男女的本能」がすなわち両性的本能である。

両性的本能と恋

両性的本能は用例にあるように恋と関連づけて説明される。恋は上等、両性的本能は下品なことに聞こえるが、恋の根底にこの本能があることは否定できないというのである。

そして「たゞ恋は神聖なり抔、説く論者」に対しては、「所謂Plato式恋愛なるもの、若し世に存在すると仮定せば、これには劣情の

混入しあらざること勿論なれども、同時にまた劇烈の情緒として存在し能はざることも明かなり」と説く。また、ウィリアム・ジェイムスの説くような、「情緒は肉体的状態の変化に伴ふものにして、肉体的状態変化の因にあらず」という議論は「普通の恋」に当てはめることは不都合であるとし、「普通一般の小説戯曲中にあらはる、善男善女の徒、必ず其恋を結婚に終り、若し終り得ざる時は読者観客は不満足の感を生ずるより推すも、所謂恋情なるものより両性的本能即ち肉感を引き去るの難きは明かなり」と述べる。

さらに、恋には種々の感情が纏わりついて複雑なものだとするハーバート・スペンサーの議論を引用した上で、「兎に角、恋は両性的本能に其源を有すること明か」であるとくり返し主張して、それゆえ単純な情緒に分類するのだと述べる。

ついで、「此情緒が文学的内容即ち（F＋f）の資格を具有すること」は否定できないとして、「普通の意義に於る恋の作例」を挙げていく。

以上のように、両性的本能はほぼ恋と同義に用いられている。ただし、恋という言葉はスペンサーの議論にあるように複雑な情緒と見られやすいのに対し、両性的本能という言葉は恋が単純な情緒であることを示すのに効果的である。単純な情緒のあとに述べられている複雑な情緒の一つに嫉妬があるが、そこでも恋が単純な情緒であるのは、「其普通の場合に於いてはたゞ両性的本能を中心として幾多の附着物を呼び出すにすぎ」ないからだと述べている。

なお本能という言葉は、両性的本能と同じく単純な情緒である同感についての文章にも見える。「此本能は文芸の賞翫に方り寸時も欠く能はざるもの」で、「注意すべきは此本能が恋の根底なる両性的本能と全く絶縁して存在すること」であると述べており、情緒は本能であることが了解される。　　（増田裕美子）

column 11

漱石とホモソーシャリティー

セジウィックの「ホモソーシャリティー」と近代日本

　「ホモソーシャリティー」という用語は、同性間の絆は男女間の「ヘテロソーシャル」な関係に優先するという社会的現象を指す。漱石の作品はしばしば男性間のホモソーシャルな関係を描く。「ホモソーシャル」は、1970年代の社会学において、「ホモセクシュアル」と区別する意図をもって作られた造語であったが、英文学研究においてそれを初めて使ったイヴ・コゾフスキー・セジウィックは、男性間のホモセクシュアルとホモソーシャルの明確な線引きに疑問を呈した。『男同士の絆：イギリス文学とホモソーシャルな欲望』という1985年の著書で、セジウィックは、政治的連帯から友情や性的親密さにまで及ぶ男性の間の「ホモソーシャルな連続体」の西洋近代における存続をシェイクスピアからチャールズ・ディケンズに至る作品中で指摘し、理論化した。日本でも、ホモソーシャルとホモセクシュアルの断裂は近代化がもたらした不可避な現象だったとしても、明治期まで、江戸時代の男色と衆道の記憶は残っていた。漱石の小説は、20世紀初期の日本の近代化による男性ホモソーシャル連続体の現在進行形の断裂に対する広範囲に及ぶ文学的応答として読むことも可能だ。

漱石作品がホモソーシャルと言える所以

　初期の作品群では、男性たちにのみ焦点を当てがちで、女性が登場しても二次的な造形であり、しかも男性視点からしか描かれない嫌いがある。限りなく慈悲深い母性的人物（「坊っちゃん」の清）とか、邪悪な妖婦（『虞美人草』の藤尾）とか、不可思議で捉えどころのない美人（「草枕」の那美や『三四郎』の美禰子）など。女性をこのように男性の視点からのみ捉え、男性たちの間でより多大な親密さを作り出しているように見えるのは、漱石の作品群が「ホモソーシャル」と呼ばれ得る一つの所以だ。女性が男性の恋愛の対象として登場しても、男友達の欲望は、その女性自身に対してでなく、男同士の間のライヴァル心によって焚き付けられるという「ホモソーシャル三角形」も漱石の作品の全てを通して散在している。それが後期の作品になるにつれ、女性の登場人物たちにより多くの注目が払われるようになってくる。特に『明暗』では、水村美苗が論じたように、漱石の作品で初めて男と女が同一の小説空間を占めるようになった。それゆえ漱石作品群を縦断するホモソーシャルからヘテロソーシャルに至る一種の運動を図式化することも可能だ。ホモソーシャリティーとホモソーシャルな欲望に関する漱石の注意深い描写は、フェミニストとクィア・スタディーズに肥沃な土壌を与えた。『心』はまた「腐女子」たちにも人気で、ある調査で「匂い系」小説の第1位作品に選ばれた。『心』ファンの腐女子たちは、この小説にある男性同性愛とホモソーシャルな欲望との間の潜在的な連続性に注目することで、彼女たち自身の共同の快楽と解放とを引き出し、女性同士のホモソーシャルな世界を開拓する。

（キース・ヴィンセント）

column12

漱石の恋

「漱石の恋」とは

「漱石の恋」という時、「好きだ」「惚れた」という漱石の直接の言明があるものの、「鰹節屋のお上さん」に代表されるように、「恋」と言えるかどうか疑問を覚えるものも多い。そうしたものを一応除外してしまうと、これまでに「漱石の恋」の対象として取り上げられてきた女性は以下の三人に限られるであろう。

A夏目登世（三兄直矩の妻、漱石と同年齢、1888年夏目家入籍、同年金之助夏目家に復籍、1891年24歳で死去）

B井上眼科で出会った「可愛らしい女の子」（1891・7）

C大塚楠緒子（親友大塚保治の妻、八歳年下）1889年頃初会〜1895年（小屋保治と結婚）〜1910年11月35歳で死去）

その他に「芸者の娘（D）」、「『三四郎』の広田の語る「十二、三のきれいな女」（E）」（1889・2）などが云々されているが、これらの女性について、包括的に検討した加藤湖山『謎解き　若き漱石の秘恋』（アーカイヴス出版、2008）は、B、EをCに集約して一人物としており、大塚楠緒子こそが漱石の恋の対象と言える女性であったとしている。

本命は大塚楠緒子か

楠緒子は漱石の大学時代以来の親友小屋（結婚後、大塚）保治と結婚した女性であるが、小屋との縁談がまとまるまでに、漱石との関わりが認められ、むしろ漱石の方が楠緒子への恋情を早くから自覚し、楠緒子の方でも女学生時代から漱石に関心を寄せていたことが明らかであると言う。1894年の漱石の異常な言動の背後に、恋する女を親友に奪われた漱石の「理性と感情の戦争」（正岡子規宛書簡、1894・9・4付）があったのであり、それが松山行きの原因だったと考えられるに至っている。当事者三人はもとより周囲の人達が誰も語らぬまの秘事になっている一件であるが、楠緒子の作品には漱石への慕情を発信していると読める章句が認められるのは確かで、その点を重要視するとすれば、B、Eについて楠緒子の言及が確認されていないが、Cに重ならないとも言えないだろう。やがて、楠緒子が漱石に師事するようになるという複雑な経緯があって、楠緒子の余りに早い逝去（1910・11・9）に至るが、「あるほどの菊投げ入れよ棺の中」という漱石の追悼句に帰結した悲恋であった。『硝子戸の中』所載のこの句に接した大塚保治が「漸く忘れようとすることが出来かけたのに、あれを見てからまた一層思ひだす」と嘆いたと言う（長谷川時雨『美人伝』1918）こともあり、漱石・楠緒子の関わりが複雑なものであって秘事扱いされた事情が推察される。

Aは漱石の身内だが、江藤淳の説（「漱石、嫂不倫説」『朝日新聞』1970・2・2）は『それから』『行人』中の男女関係から浮かび出た「嫂＝恋人」説であり、発表当時人々を驚かせたが、宮井一郎の反論（『夏目漱石の恋』筑摩書房、1976）以降は、もはや問題の埒外として良いもののようである。

Bを陸奥宗光の娘清子（さやこ）と想定する新説も発表されている（荻原雄一「漱石の初恋と菅虎雄」（菅虎雄先生顕彰会『夏目漱石外伝』2014））。

（海老井英次）

身体感覚・情緒

赤ん坊／赤児

あかんぼう／あかご

◆夫婦はわが時間と算段の許す限りを尽して、専念に赤児の命を護つた。けれども凡ては徒労に帰した。一週間の後、二人の血を分けた情の塊は遂に冷たくなつた。　　　　　　　　　　（『門』十三の五）

◆妾の赤ん坊は死んぢまつた。妾の死んだ赤ん坊が来たから行かなくつちやならない。そら其所にゐるぢやありませんか。　　　　　（『道草』七十八）

◆赤ん坊はまだ眼鼻立さへ判明してゐなかつた。頭には何時迄待つても殆んど毛らしい毛が生へて来なかつた。公平な眼から見ると、何うしても一個の怪物であつた。　　　　　　　　（『道草』九十三）

　漱石は赤ん坊の死を繰り返し書いた。明治末の乳児死亡率（子ども1000人における1歳までの死亡数）は160前後。2に近づいている現在からすれば、80倍である。漱石自身は、1903（明36）年に鏡子の流産、1911年に五女ひな子の死を経験している。当時、赤ん坊の死自体は珍しくなかったのかもしれないが、漱石はそれを夫婦の不調あるいは罪の符牒として描いた。『それから』の三千代の赤ん坊は生後まもなく死に、『門』のお米は流産し早産し死産する。『心』の静は身籠もることも許されない。『道草』で描かれる健三の最初の子は流産し妻にヒステリーを起こさせる。赤ん坊の死は意味を帯びて女たちのその後の時間を傷つけるのである。男たちは外側で押し黙る。『道草』の健三は赤ん坊を「怪物」と形容する。男にとって、赤ん坊はその生死に関わらず物語化を拒み、現在の生を裂く他者性を帯びている。赤ん坊に夫婦や世代を繋ぐ役割を担わせる通念から遠く隔たり、漱石の赤ん坊は、関係の齟齬、現実の裂け目の感覚と重ねられているのである。　　（飯田祐子）

痘痕

あばた

◆主人は痘痕面である。御維新前はあばたも大分流行つたものださうだが日英同盟の今日から見ると、斯んな顔は聊か時候後れの感がある。あばたの衰退は人口の増殖と反比例して近き将来には全く其迹を絶つに至るだらうとは医学上の統計から精密に割り出されたる結論であつて、吾輩の如き猫と雖も毫も疑を挟む余地のない程の名論である。現今地球上にあばたづ面を有して生息して居る人間は何人位あるか知らんが、吾輩が交際の区域内に於て打算して見ると、猫には一匹もない。人間にはたつた一人ある。而して其一人が即ち主人である。甚だ気の毒である。　　（『吾輩は猫である』九）

◆汽車の中では別に是と云ふ出来事もなかつた。只自分の隣りに腫物だらけの、腐爛目の、痘痕のある男が乗つたので、急に心持が悪くなつて向ふ側へ席を移した。どうも当時の状態を今からよく考へて見ると余り程可笑しい。　　　　（「坑夫」十七）

◆彼は其所で疱瘡をした。大きくなつて聞くと、種痘が元で、本疱瘡を誘ひ出したのだとかいふ話であつた。彼は暗い櫺子のうちで転げ廻つた。惣身の肉を所嫌はず掻き挘つて泣き叫んだ。

（『道草』三十九）

トラウマ＝聖痕としての痘痕

　漱石は3歳の時に天然痘の予防のため種痘を受けたことが元で顔に痘痕が残った。『道草』の主人公健三が幼少期を回想する場面にもそれと照応する記述が見られる。これを記した漱石自身にとっても、自らの身体を掻きむしってのたうち回る苦痛の記憶は生々しく、その結果残ってしまった痘痕は逆説的にある種の聖痕として記憶の奥深くに秘匿されることになったのではあるまいか。漱石は顔

◆身体感覚・情緒

の痘痕を終生気にしていたとされ、写真のポーズを取る時にも顔の右側を隠そうとしたり写真自体も修正されたりしたと言われる。

『吾輩は猫である』九は、主人の苦沙弥が自分の顔や頭に残る痘痕のことをしきりに気にするところを繰り返し描写している。勤め先の学校で生徒たちの前に痘痕面を曝し、往来の通行人から痘痕の持ち主を探しては日記に記録する。痘痕に対する苦沙弥のこの向き合い方には強い桎梏の感覚が見出せる。

鏡に映された自身の顔に「成程きたない顔だ」と独り言ちる苦沙弥にとって、「自己の醜」を他者の眼前に可視化する疱瘡は前世紀的な時代遅れの遺物であり、西欧の仲間入りするはずの日本が抱える近代化の遅れを刻印する象徴でもある。作者の漱石は自身の顔の痘痕は他人に見せようとしなかったが、『吾輩は猫である』の苦沙弥は自虐的なまでに自己の顔に残されたトレースを受けとめ、そこから批評的なモメントを探り出そうとしている。

自己オリエンタリズム

両者の分裂から漱石の屈折した自己オリエンタリズムを読み取ることも可能かもしれない。「坑夫」の主人公が炭坑に雇われて行く汽車の中で痘痕のある男をあからさまに嫌忌するように、確かに痘痕が少ないとされる西洋人の身体を基準として中心化し、それが身にまとう知のヒエラルヒーに従属することから漱石が自由であったとは思えない。だが、永遠の未完としての文明開化主義、その不完全性、あるいは欺瞞性を自身の顔に刻印せんとする意志がこれらの痘痕の表象から読み取れるとするなら、顔に刻印された痘痕とは思想的な発条の場となる可能性を託されたものであったと見なすことも出来るだろう。

（坪井秀人）

◆身体感覚・情緒

有難い、難有い

ありがたい

◆自分の介抱を受けた妻や医者や看護婦や若い人達を難有く思つてゐる。（「思ひ出す事など」七の下）
◆思ふに一日生きれば一日の結構で、二日生きれば二日の結構であらう。其上頭が使へたら猶難有いと云はなければなるまい。（「思ひ出す事など」六）
◆難有い事に自分は此の至大なる資を有つてゐる（「坑夫」三十）

修善寺の大患と「有難い」

漱石は1910（明43）年夏のいわゆる「修善寺の大患」前後を振り返った「思ひ出す事など」において、繰り返し「難有い」という言葉を用いている。その言葉が向けられるのは妻や担当の医師、看護婦など周囲にいる様々な人々に対してであり、危篤状態にあった自分を手厚い看護と治療とによって回復させてくれたことに対する率直な感謝の心境を描いたものである。

一方、ここで漱石は、「余が無事に東京まで帰れたのは天幸である」（二）などに示されるように、自身の生のあり方をより巨視的な視点から捉えている。「生き延びた自分丈を頭に置かずに、命の綱を踏み外した人の有様も思ひ浮べて、幸福な自分と照し合せて見ないと、わが難有さも分らない、人の気の毒さも分らない」として「たゞ一羽来る夜ありけり月の雁」という句を添えている記述は、次の（三）の章にあるウィリアム・ジェームズの訃報と、自身の主治医だった長与称吉の死についての感懐に接続しており、そこで漱石は「二人に謝すべき余はたゞ一人生き残つてゐる」という認識を述べる。これは「修善寺の大患」の際に読んでいたとされる、ジェイム

ズの『多元的宇宙』(William James, A Pluralistic Universe, 1909)に対して漱石が抱いていた親和性を窺わせるものであり、漱石が「思ひ出す事など」で繰り返し述べている感謝の念が、自身の存在を「自然」や「進化論」「宇宙」と対照し、そういった世界の中で自分が生かされていることそのものを含んでいることを示唆しているのである。

佐藤泰正が早く「〈修善寺の大患〉の意味——「思ひ出す事など」の語るもの」(『国文学』1978・5)においてこの問題を指摘しているが、特に昭和10年代に編成され、昭和40年代にさかんに取り上げられた「則天去私」を主軸に据えて人格者としての漱石を論じようとする言説の端緒のひとつが、このように表現された漱石の感謝の念にあったと考えられる。

漱石の世界観との接続

また、以上のような文脈で用いられる「難有い」という表現が見られる小説作品が、「坑夫」である。ここでは、語り手である「自分」が繰り返し「難有い」という表現を用いている。だが、これは目の前にいる他者に対してだけでなく、体を休めるという行為について「魂も成程難有いと、始めて長蔵さんの好意を感謝した」(三十四)と自身の身体に対する「魂」を問題に取り上げたり、あるいは、人間が内面を持っていることそのものを「自然の賚」として捉え、そのような営為が存在することに対して「難有い」と述べたりする(十八)など、人間を取り巻く世界や、自己を全体的に捉えて「難有い」という表現が用いられることが少なくない。その意味でこの問題は「修善寺の大患」の前後における問題としてだけでなく、漱石が持っていた世界観、宇宙観の問題や、それがどのような文脈から編成されたものなのかという同時代の哲学における文脈のなかで考えられるべきものなのである。

(大橋崇行)

憐れ

あわれ

◆憐れは神の知らぬ情で、しかも神に尤も近き人間の情である。御那美さんの表情のうちには此憐れの念が少しもあらはれて居らぬ。そこが物足らぬのである。ある咄嗟の衝動で、此情があの女の眉宇にひらめいた瞬時に、わが画は成就するであらう。

(「草枕」十)

◆彼は明日の朝多くの人より一段高い所に立たなければならない憐れな自分の姿を想ひ見た。其憐れな自分の顔を熱心に見詰めたり、または不得意な自分の云ふ事を真面目に筆記したりする青年に対して済まない気がした。

(『道草』五十一)

「草枕」における「憐れ」

「草枕」は、最後に「那美さんは茫然として、行く汽車を見送る。其茫然のうちには不思議にも今迄かつて見た事のない「憐れ」が一面に浮いてゐる」(十三)とあり、これは明らかに上の引用と呼応している。「憐れ」は作品全体を締めくくるのである。その意味で「憐れ」がどのように使われているかは、作品全体の読みにかかわってくる。この言葉をめぐっては、「然しあの歌は憐れな歌ですね」「憐れでせうか。私ならあんな歌は詠みませんね。第一、淵川へ身を投げるなんて、つまらないぢやありませんか」(四)と那美は言う。これは『虞美人草』の「男の用を足す為に生れたと覚悟をしてゐる女程憐れなものはない。藤尾は内心にふんと思つた」(六)を想起させる。『明暗』のお延についても「暗に人馴れない継子を憐れんだ。最後には何といふ気の毒な女だらうという軽侮の念が例もの通り起つた」(五十四)とあるように同情などとはほど遠い。語り手の「余」との議論の際の発言も含

◆ 身体感覚・情緒

め、那美という女性像の把握に深く関係する。その身に「憐れ」が浮き出した時、「余」は「不思議」と捉えている。しかし、本当の実感だったのだろうか。那美は出征する青年を見送りに行ったところ、思いがけずに前夫も同じ汽車に乗っていたのである。それ以前に二人が財布のやり取りをしている場面を「余」は目撃していた。その時に那美に見られているのに気づいていた。那美の気質から「憐れ」が浮き出すことはあり得ない。ここでは、那美自身が予期せぬ前夫の出現に素の顔を見せたのではなかったか。「余」はそのことに気づいていながら、「不思議」とつぶやいてみせたのではないか。

「憐れ」の双方向性

「憐れ」という思いに捉われることでは、『それから』には「仕方がないんだから、堪忍して頂戴」と云った。代助は憐れな心持がした」(十の六)とあり、「自分の紙入の中に有るものを出して、三千代に渡」すのであった(『草枕』とは逆)。代助の三千代への心の傾斜がより一層明確になるものである。また、夫婦間のことではあるが、『門』の「宗助は此可憐な自白を何う慰さめて可いか分別に余つて当惑してゐたうちにも、御米に対して甚だ気の毒だといふ思が非常に高まつた」(十三の四)に通じる。なお、御米も夫を「気の毒」と思う。『彼岸過迄』では「娘の未来の夫として、僕が彼等の眼に如何に憐れむべく映じてゐたか」(須永の話七)と自らを捉える須永は、自己と対極だと捉える恐れない女としての千代子を「運命のアイロニーを解せざる詩人として深く憐れむ」(同三十)こともあり、その単純さが心を休めてくれる小間使の作について、「千代子というハイカラな有毒の材料が与へられたのを憐れに眺め」(同十二)など、その心性と「憐れ」が連関する。

漱石作品における「憐れ」は、人間関係において一方的に使われるのではない。(出原隆俊)

胃

い

◆久し振りで正宗を二三杯飲んだら、今朝胃の具合が大変いゝ。胃弱には晩酌が一番だと思ふ。タカヂヤスターゼは無論いかん。(『吾輩は猫である』二)
◆肝癪が起ると妻君と下女の頭を正宗の名刀でスパリと斬つてやり度い。然し僕が切腹をしなければならないからまづ我慢するさうすると胃がわるくなつて便秘して不愉快でたまらない僕の妻は何だか人間の様な心持がしない。

(鈴木三重吉宛書簡、1907(明40)年6月21日付)
◆本郷の通り迄来たが倦怠(アンニュイ)の感は依然として故(もと)の通りである。(中略)自分を検査して見ると、身体全体が、大きな胃病の様な心持がした。(中略)車中で揺られるたびに、五尺何寸かある大きな胃囊の中で、腐つたものが、波を打つ感じがあつた。

(『それから』八の二)
◆私の病気と云へば、何時も極つた胃の故障なので、いざとなると、絶食療法より外に手の着けやうがなくなる。(『硝子戸の中』二十二)

病理の二系統

漱石の生涯は、神経系と胃疾患系のふたつの病理によって支配を受けたといえる。三度にわたる神経衰弱は創造推進の力として働いたけれども、胃疾患はそれに同調することによって悪化をもたらし漱石を苦しめた。とりわけ胃潰瘍は宿痾となった。ふたつの病理とも執筆のストレスと関係し、漱石の肉体と精神に容赦ない負荷を加えた。文学作品のみならず、日記・書簡などには胃病・胃弱・胃潰瘍・胃袋などおびただしい記述がある。それらは人生の大半が胃病との闘いであったことを示し、創作活動や精神生活に大きな影響を及ぼしたかを物語っている。代助のアンニュイ表

現はいかにも漱石らしいレトリックだ。

胃病といえば『吾輩は猫である』の苦沙弥に戯画化されている。もし彼が胃酸を苦にする人間でなかったら魅力は半減するだろう。胃弱ながら食い意地の強い男は笑いを誘う起爆剤である。

胃病との闘い

朝日新聞入社は念願の創作の喜びと自由な生活をもたらしたが、その代償として胃病との闘いを恒常化させた。漱石は若い頃から胃弱だったが、イギリス留学から帰国してそれが昂進した。入社前から「胃病で近々往生可仕候」と書いている（小宮豊隆宛書簡、1906・7・18付）。書簡や日記に胃の不調の訴えや不快の表現が多くなるのもそのころからだ。妻鏡子との感情的な対立は胃の変調を誘発し、その鬱憤晴らしをせざるをえなかった。

漱石の胃はことに夏場に弱かった。『それから』完成後、胃の不具合を押しての満韓旅行、『門』を発表した直後の長与胃腸病院への入院を経て「修善寺の大患」では大吐血して生死の境をさまよった。寺田寅彦は満韓旅行が漱石の死期を早めた原因としている。「修善寺の大患」は職業作家の道を着実にこなしてきた漱石に警告を発し休息を強いた。しかし1911年夏、朝日新聞主催の関西での四回にわたる連続講演後には大阪の湯川病院で入院生活を余儀なくされた。

満韓旅行に招待した親友の中村是公は「胃が悪いときは、河豚の干物でも何でも、ぐんぐん喰つて、胃腸を驚かしてやらなければ駄目だ」（「満韓ところどころ」十八）と述べ、『行人』の三沢は胃病の芸者と自暴自棄になって大酒を飲みともに入院するにいたる。胃に関して乱暴な考えが明治人にあった証拠である。　　　　　　　　　　　　（石﨑等）

粋

いき

◆黒人は次に着物の着こなし方が旨い。それから化粧方が頗る上手である。頭のものでも穿物でも自然と粋に出来てゐる。　　　（「素人と黒人」三）

「粋」とは、「意気(中略)(二)気象ノミヤビタルコト。風采ノサッパリトシタルコト」（大槻文彦『言海』）、「キナカビテ居ヌコト。(中略)アカヌケノシテ居ルコト」（山田美妙『日本大辞書』）。一方、「粋」は「洒落ニシテ物堅カラズ、人ノ苦心ナドヲ言ハヌニ覚リ、思ヒ遣リテモノスルコト」（『言海』）で、近世前期に上方で発生し、遊里の事情や人情の機微に通じた振舞いを指す。これが、文化の中心が江戸に移る近世後期に及んで、主として男性中心の「通」、女性中心の「粋」に分化し、美意識として流行した。漱石の用例はほとんどが「粋」で、「粋」は僅少である。

「無論彼の容子には爺々汚いとか無骨過ぎるとか、凡て粋の裏へ廻るものは一つもなかつた。」（「手紙」三）や「此御神さんは浜のものだとか云つて、意気な言葉使ひをしてゐたが、」（「満韓ところどころ」三十七）などはそうした用例である。

上記「素人と黒人」は、芸娼妓などの「黒人」が単に外面を飾るに過ぎないと評した部分。漱石にはこれに特化した例が多い。「素袷や素足は意気なものださうだが、」（『吾輩は猫である』十）、「其女は眉毛の細くて濃い、首筋の美しく出来た、何方かと云へば粋な部類に属する型だつたが、」（『彼岸過迄』「風呂の後」十一）、「婦人に慕はれるなんて粋事は」（『行人』「帰つてから」十三）、「何故つて、素人にしちやあんまり粋過ぎるぢやないか」（『明暗』百八十）などである。　　（須田千里）

◆身体感覚・情緒

厭味

いやみ

◆「代さん、あなたは不断から私を馬鹿にして御出なさる。——いゝえ、厭味を云ふんぢやない、本当の事なんですもの、仕方がない。さうでせう」

（『それから』七の五）

◆上述の如く調和法は文学上特殊の勲功を有するものなれども、一たび誤つて其配合の自然を失ふ時は、忽ち厭味を生じ、其価値頓に減退すること、尚ほ滑稽法の場合と異なるなし。

（『文学論』第四編第五章）

◆馬鹿律儀なものに厭味も利いた風もあり様はない。其処に重厚な好所があるとすれば、子規の画は正に働きのない愚直ものゝ旨さである。

（「子規の画」）

文学的技巧

　厭味には人を不快にさせる言動という意味のほかに、態度や身なり、物言いがあまりに技巧的にすぎて逆にいやらしさを感じさせてしまうという語義がある。漱石はそのどちらも用いているが、特に後者は漱石の文学観を考える上で重要なタームとなっている。漱石は『文学論』で、この「厭味」という概念を基礎に、文学作品の考察を行った。『文学論』第七章の「写実法」の箇所で、レトリックとしての文学的技巧は成功した時にはその成果が発揮されるが、「一たび正鵠を失して斧鑿の痕を縦横に印するとき、天巧は人巧に陥り、人巧は拙巧に堕し、意を用ゐる事愈深くして、醜を露わはす事愈多きに到る」とその弊を強調し、写実法の技巧なき技巧について筆を進めた。「写実法は拙なる表現なり。拙を蔽はざる表現なり。故に粗にして野なり、真率にして質直なり。簡易にして無雑作なる表現な

り。単なる表現法とするも写実の価値亦殺すべからざるに似たり」と漱石は、過剰なる技巧、装飾性を批判し、より直截で真摯なものへの肉薄を提示した。

過剰への忌避

　親友、正岡子規の画業を述べた「子規の画」には、そうした漱石の文学観が他の芸術領域にも及んでいたことがよくわかる。子規の画を「愚直」さを評価する漱石自身も、多くの画や讃を残しているが、それは子規の画と同様に達者な画とはいいかねる出来であることは知られている。しかし、子規に与えた言葉そのままに漱石の「愚直」な画は、ある種の迫力を見る者に与える。過剰になる一歩手前、装飾的になる寸前で禁欲し、なお表現へと立ち向かう姿勢そのものが迫力となって表れているとも言い換えられよう。

　漱石の過剰なるものへの忌避感は「厭味」という言葉で表わされるが、人間関係においてもこの考えは援用されている。1906（明39）年10月21日の森田草平宛書簡で漱石は草平の手紙がいつも愚痴っぽいのだが、今回の来信は「愚痴を並べても愚痴に拘泥してゐない」ところが良いと述べ、「凡そ愚痴でも何でも拘泥した奴は厭味だね。いくらスキのない服装でも本人が夫に拘泥してゐると厭味が出る。凝つた身装をしてさうして凝つた所を忘れてゐるのがいゝぢやないか。」とその意識を披歴している。漱石は「厭味」の反対側に、「愚直」「直截」という概念を対置させ、技巧的表現を越えて顕現する新しい文学的境地の可能性を示唆した。漱石は『文学評論』のなかで、この「厭味」に「忌味」という字を当て、「愉快な感が起こらない」という意を表現したが、まさしく漱石にとって「厭味」とは忌むべき感情を惹起する違和感そのものである。表現者が意図的に行使する自己意識への拘泥を、漱石はここで排した。それは「則天去私」への道程としても興味深い。

（中川成美）

身体感覚・情緒

色／色彩

いろ／しきさい

◆女はばつちりと眼を開けた。大きな潤のある眼で、長い睫に包まれた中は、只一面に真黒であつた。其の真黒な眸の奥に、自分の姿が鮮に浮かんでゐる。（中略）と思ふと、すらりと、揺ぐ茎の頂に、心持首を傾けてゐた細長い一輪の蕾が、ふつくらと瓣を開いた。真白な百合が鼻の先で骨に徹へる程匂つた。
（「夢十夜」第一夜）

◆不図ダヌンチオと云ふ人が、自分の家の部屋を、青色と赤色に分つて装飾してゐると云ふ話を思ひ出した。ダヌンチオの主意は、生活の二大情調の発現は、此二色に外ならんと云ふ点に存するらしい。
（『それから』五の一）

◆烟草屋の暖簾が赤かつた。売出しの旗も赤かつた。電柱が赤かつた。赤ペンキの看板がそれから、それへと続いた。仕舞には世の中が真赤になつた。
（『それから』十七の三）

赤と青の構図

漱石は作品のイメージを構成する折に、巧みに色・色彩を用いた。特に印象的なのは、鮮やかな青と赤の対照的な色を用いて、人間の心情の二側面を説明した、『それから』の「五」の冒頭部分であろう。「興奮を要する部屋」を赤く塗り、「精神の安静を要する所」を青く塗つたダヌンチオの実例が引かれる。このエピソードを、漱石はPuttkamerの著作によつて知つたと推定されているが（平石典子『煩悶青年と女学生の文学誌』新曜社、2012）、色調といつた明快な枠組みで心理を造型しようとした漱石は、自己を強引に納得させてしまう代助の心的傾向を浮かび上がらせる。落ち着きたいとあせつた気持を描写するのに、ダヌンチオに触れたすぐ後で、青木繁の画を代

助に思い出させ、「自分もああ云ふ沈んだ落ち着いた情調に居りたかつた」とするのは、追いつめられた代助の心情にふさわしい。

それ以上に、『それから』において見事な色彩表象は、作品の幕切れにおける、「赤」の強烈なイメージだろう。「あゝ動く。世の中が動く」と感じる心情に「回転」の動きが重なり、そこから熱が生じ、一気に「渦」となり、世界が「赤」となる。自筆原稿を観察すると、「真赤な」「赤い」などの修飾語句は、後から挿入されており、漱石の思い入れが感じられる。文学における「赤」の表象については、蓮實重彦『「赤」の誘惑』（新潮社、2007）に詳しい。漱石作品にも言及がある。

色の変容―白、黒そして闇へ

鮮やかな原色以外でも、漱石作品には心に残る色が見られる。『それから』では、冒頭の赤い「八重の椿」と対応するように、要所要所で白い百合が描かれる。そして、代助は「十四」で、「白百合の花を沢山買つて」準備をし、三千代に自分の心情を打ち明けた後、一人「白い花瓣が点々として月の光に冴えた」中で過ごす。代助の心情の「自然」と、色彩が見事に呼応する。その白は、すでに、籠の中の「薄暗い中に真白に見える」鳥を描く「文鳥」の「二」や、「夢十夜」の「第一夜」に登場する女の「真黒な眸」と、百年後に咲いた百合の白さとのコントラストにも、造型されていたのである。

黒の色は、更に「闇」のイメージに広がる。『行人』の和歌山での嵐の夜の闇は、『明暗』では、津田の温泉場に行く旅で、「蜜柑の色」（百七十）の山を越えて、「大きな闇」「暗闇」（百七十一）としての目的地に入る描写につながる。「山を神秘的に黒くぼかす夜の色」（百七十二）という巧みな表現では、「色」は単なる色彩を超え、深みのある世界を描き出すエネルギーに満ちた一語ともなっているのである。
（中島国彦）

◆身体感覚・情緒

因果／因縁

いんが／いんねん

◆因果は諦らめる者、泣く子と地頭には勝たれぬ者と相場が極つて居た。成程因果と言ひ放てば因果で済むかも知れない。然し二十世紀の文明は此因を極めなければ承知しない。　（「趣味の遺伝」三）

◆「宗さんは何うも悉皆変つちまいましたね」と叔母が叔父に話す事があつた。すると叔父は、／「左うよなあ。矢つ張り、あゝ云ふ事があると、永く迄後へ響くものだからな」と答へて、因果は恐ろしいと云ふ風をする。　（『門』四の七）

◆此二つの小さい位牌を、眼に見えない因果の糸を長く引いて互に結び付けた。それから其糸を猶遠く延ばして、是は位牌にもならずに流れて仕舞つた、始めから形のない、ぼんやりした影の様な死児の上に投げかけた。　（『門』十三の七）

因・縁・果の辞書的意味

　因・縁・果の関係について『言海』は「因縁」の項の(一)に「仏教の語、譬ヘバ、穀ヲ地ニ植ウレバ、稲ヲ生ズ、穀ハ因ナリ、地ハ縁ナリ、稲ハ果ナリ、然シテ、コレヲ行フコトヲ業トイフ。因テ、因縁、因果、因業ナド、人事ノ成立ハ皆、因アリ縁ル所アリテ、果ニ至ルコト、予メ定マレリトス」と説明している。(二)には「由来。由緒」とある。また、「因果」については「(一)因ト果ト(因縁ノ條ヲ見ヨ)(二)前二行ヒシ業ノ報(多クハ悪シキニ云フ)」とある。漱石作品においては、「因縁」の語は、『言海』の(二)の項の意味に重なる「縁、ゆかり」(『日本国語大辞典』)「いわれ」などの意味として用いられ、また、「因」と「縁」が分かれて問題になることはほとんどない。それに対して、「因果」は「因」と「果」、それぞれが何なのかが問われ、解釈上の問題点となってくる。

「因」と「果」をいかに結ぶか

　「趣味の遺伝」では、戦死した浩さんの墓に浩さんが生前一目見ただけの若い女性が訪れるという不思議を、浩さんの友人「余」が追究する。「余」は、不思議なことを「因果」(前二行ヒシ業ノ報)であるとしてあきらめずに、調査の手を尽くし先祖の代の恋愛の遺伝が「因」であるという結論を導く。ここでの「因果」は一応科学的な原因と結果に当たり、進化論の流行を反映した面白い作品である。

　『門』の場合、「因」は宗助と御米の過去、「果」は現在ということになる。御米は安井を裏切った自らの過去と三度身ごもり三度子供を失うという現在の不幸とを「因果の糸」で結び付けている。一方、宗助は、叔父ほどに自分の過去と現在を「因果」として捉えてはいない。「因果」を認めるということは、「因」という責任を負うことだが、宗助は、御米とは違い、自分の過去を「因」として負うことを回避し、代りに「運命」という語で現在の自分を諦めているのである。関谷由美子(「『門』試論」『漱石・藤村〈主人公〉の影』愛育社、1998)は「坑夫」四十一節中の言葉を用いて「十分に発展して来て」「予期を満足させる」ものが因果と呼ばれる関係」だとし、まとまった「因果」のような「外在的秩序の入り込みようのない、人間の意識にこそ」問題があると指摘している。漱石は、「文芸の哲学的基礎」の中で「意識の連続のうちに」「いつでも同じ順序につながつて出て来る」ものに「吾人は因果の名を与へるのみならず」、「因果の法則と云ふものを捏造するのであります」と述べている。「捏造」の語に明らかなように「因果の法則」の恣意性を言う漱石は、人の心は「因果」に回収できない図りがたいものだと見ていたのだろう。「因果」を認めることは自らの罪の自覚だが、自らも知らぬ罪を人は抱えている。　（吉川仁子）

嘘、虚偽

うそ、きょぎ

◆嘘は河豚汁である。其場限りで祟がなければ是程旨いものはない。然し中毒たが最後苦しい血も吐かねばならぬ。其上嘘は実を手繰寄せる。黙つて居れば悟られずに、行き抜ける便もあるに、隠さうとする身繕、名繕、偖は素性繕に、疑の眸の征矢はてつきり的と集り易い。繕は綻びるを持前とする。綻びた下から醜い正体が、それ見た事かと、現はれた時こそ、身の錆は生涯洗はれない。

『虞美人草』十二）

◆「お前はお父さんの子だけあつて、世渡りは己より旨いかも知れないが、士人の交りは出来ない男だ。なんで今になつて直の事をお前の口などから聞かうとするものか。軽薄児め」／自分の腰は思はず坐つてゐる椅子からふらりと立ち上つた。自分は其儘扉の方へ歩いて行つた。／「お父さんのやうな虚偽な自白を聞いた後、何で貴様の報告なんか宛にするものか」／自分は斯ういふ烈しい言葉を背中に受けつつ扉を閉めて、暗い階段の上に出た。

『行人』「帰つてから」二十二）

◆嘘吐といふ言葉が何時もより皮肉に津田を苦笑させた。彼は腹の中で、嘘吐な自分を肯がふ男であつた。同時に他人の嘘をも根本的に認定する男であつた。それでゐて少しも厭世的にならない男であつた。寧ろ其反対に生活する事の出来るために、嘘が必要になるのだ位に考へる男であつた。彼は、今迄斯ういふ漠然とした人世観の下に生きて来ながら、自分ではそれを知らなかつた。

『明暗』百十五）

◆ケーベル先生は今日日本を去る筈になつてゐる。然し先生はもう二三日前から東京にはゐないだらう。先生は虚偽虚礼を嫌ふ念の強い人である。二十年前先生が大学の招聘に応じて独乙を立つときにも、先生の気性を知つてゐる友人は一人も停車場へ送りに来なかつたといふ話である。先生は影の如く静かに日本へ来て、又影の如くこつそり日本を去る気らしい。

（「ケーベル先生の告別」）

漱石の倫理性

漱石が軽薄な人間を嫌い、真面目な人間を愛したこと、虚偽虚礼を嫌い、素朴と真率を愛したことは疑いをいれない。初期の「坊っちゃん」から遺作の『明暗』まで、漱石作品の多くが、こうした倫理的な対立軸によって構造化されている。

漱石の倫理性はきわめて明確にみえる。裏表のない正義漢を主人公とし、対するに偽善者たちを配した「坊っちゃん」を始め、作品の登場人物たちをそれぞれどちらかに振り分けるのは容易である。こうした特質は、よき意味における大衆性を漱石文学に与えたが、同時にそのことが「近代性」と漱石との複雑な関係をめぐる論点を形成することとなった。近代社会が形成されるプロセスで、何を「虚偽」とするか、虚偽の反対概念は何であるかは必ずしも自明ではなかったのである。

近代リアリズムの人間観

日本において近代リアリズム文学の思想は、なによりもまず「勧善懲悪」小説を否定することからスタートした。前時代の文芸の主流となった歌舞伎には、悪人と善人を可視的なレベルで弁別可能にするシンプルなコードが備わっており、この軸に沿って容易に物語を解読することができた。これに対し、坪内逍遙『小説神髄』が提示したのは「人間といふ動物」には「外に見えたる行為」と「内部に包める思想」とがあるという新しい人間観である。人間の内的心理こそ、近代小説が映し出すべき真実であり、外部とはその真実を覆い隠す虚偽である。以後、人間を内と外、表と裏に分かつ近代的な人間観が、近代小説の観念とともに通念となっていく。近代小説は当初から、虚偽との対抗によって成立した

◆身体感覚・情緒

393

のである。さらにこのとき坪内逍遥は、旧時代の形骸化した「道理」と生身の人間の「劣情」との対立をここに重ねた。旧来の枠組みにおいて道徳に対する不道徳の側に置かれていた「劣情」が、今度は虚偽に対する真実の側に、新たな位置を見出したのである。

日本自然主義も、こうした人間観の延長上に登場した。自然主義文学は、人為的な脚色と文彩を拒否し、そして既成道徳の虚偽に反抗することを二重の課題とした。この新しい文学運動は、文学運動であると同時に道徳をめぐる抗争の舞台でもあったのだ。そして、表面をとり繕う虚偽を嫌った自然主義文学は、外に表すのがはばかられる秘密、不道徳、動物性を特権的な主題とする傾向を強めた。

漱石文学と自然主義文学とは、ともに日露戦争後の文壇に登場した同時代の文学動向である。漱石も虚偽を嫌った点で自然主義と価値を共有していたのだが、同時に両者を隔てる分岐点は明らかである。「坊っちゃん」で赤シャツ一派に対して坊っちゃんが配されたように、漱石が虚偽を憎むことは、正義を愛することと一体になっている。と同時に、「坊っちゃん」はリアリズム小説ではない。漱石は同時代社会が虚偽と正義の対立軸で動いていないということを認識していた。『三四郎』の広田先生に「昔しの偽善家に対して、今は露悪家ばかりの状態にある」という台詞を言わせている。今ではだれもが虚偽の形式を拒否して、生地のままで暮すようになった、ところがそのとき再び、全員が「露悪家」であることに不便さを感じるようになったというのが広田先生の見解である。

真偽、善悪、美醜は相互に異なる価値であって、虚偽を排したからといってそこに正義が現れるわけではない。むしろそこに立ち現れたのは醜悪さであったということだ。漱石は講演「文芸と道徳」等で、勧善懲悪時代の固定した道徳観の時代的な限界を認め、虚飾を排する「自然主義」を評価しながらも、さらに旧道徳とは異なる新しい道義、理想の価値を擁護するという道徳論を語った。

嘘と真実

『行人』の主人公は、「自分の周囲が偽で成立してゐる」と言う。この場合の「偽」とは何であり、その対立概念は何であるのか。彼は、父親も母親も「偽の器」だと言い、ことのほか自分の妻がそうだと言う。真実を掴もう、他者の真実に至ろうとする強い要求を抱いたこの主人公にとって、安定をかき乱す真実よりも人間関係の調和を優先する家族が「偽の器」に見えるのである。この小説でも嘘と真実は単純に対立させられてはいない。絶望をもたらす真実と、心地よい嘘のどちらを欲するか、という形で問いは複雑化されている。

『行人』は、たとえそれが恐るべき内容であっても、真実を追求しなければならないと考える主人公が、周囲の関係のなかで孤立していく様を描いた。ところが、この作品は、同時に、主人公の抱くこうした唯一の真実という観念を解体するいくつかの仕掛けが設定されている。まず、主人公の理解者であるHさんは、観察点によって見え方は異なるという相関主義的な考えを述べ、すなわち真実を表象のレベルに置き換えている。あるいは、この小説にあっては、真実の追及者と彼が獲得すべき真実とが、それぞれ夫と妻に割り当てられていることに注意をむけるべきだ。ここでは真実探究という場面はジェンダーの権力関係と不可分である。そして妻は唯一の真なるものを想定し、他者にそれを要求する夫の思考形態を、その独善性とともにやり過ごし、逆に彼の論理を袋小路に追いつめる。

この作品は真偽の対立を設定しながらそれを同時に無効化しているのである。漱石の倫理性は明確である。が、それは実と偽の対立から自らを生み出した近代文学そのものと、複雑な緊張関係を維持しているのだ。

（佐藤泉）

◆ 身体感覚・情緒

美しい

うつくしい

◆私の『草枕』は、この世間普通にいふ小説とは全く反対の意味で書いたのである。唯だ一種の感じ——美くしい感じが読者の頭に残りさへすればよい。　　　　　　　　（談話「余が『草枕』」）

◆昔し美しい女を知つて居た。此の女が机に凭れて何か考へてゐる所を、後から、そつと行つて、紫の帯上げの房になつた先を、長く垂らして、頸筋の細いあたりを、上から撫で廻したら、女はものう気に後を向いた。　　　　　　　　　　（「文鳥」五）

◆第三の世界は燦として春の如く澄んでゐる。電燈がある。銀匙がある。歓声がある。笑語がある。泡立つ三鞭の盃がある。さうして凡ての上の冠として美くしい女性がある。　　（『三四郎』四の八）

◆女が、あなたは、其時よりも、もつと美くしい方へ方へと御移りなさりたがるからだと教へて呉れた。其時僕が女に、あなたは画だと云ふと、女が僕に、あなたは詩だと云つた　　（『三四郎』十一の七）

多彩な用例から

　この最も有名な形容詞を付した表現は、漱石作品に枚挙にいとまがないが、『三四郎』で、美禰子が野趣に富んだ郊外の風景を見て、「美くしい事」とつぶやく一節（五の八）、ヒロインを「美くしい」と形容する『心』の一節（四）が思い出される。静の人物像は必ずしもはっきりしないが、この一言は書き込まれてはいるのである。風景や人物以外でも、注意すると、人間の感情や精神性においてもこの言葉は使われ、『硝子戸の中』の「七」での、「私は今持つてゐる此美しい心持が、時間といふものゝ為に段々薄れて行くのが怖くつて堪らないのです」という描写など、すぐさま想起されよう。もとより、この「美しい」は主観に過ぎないが、すぐ前に、「美くしいものや気高いものを一義に置いて人間を評価すれば」云々とあり、人間にとって無くてはならない高次なものと考えられている。

　『それから』で「古版の浮世絵に似てゐる」と評される三千代は、はっきりと「美くしい女」とはされないが、「美くしい線を奇麗に重ねた鮮かな二重瞼を持つてゐる」とされ、漱石好みの造型がなされている（四の四）。『心』で「先生」の家を訪ねた学生の「私」は、奥さんを「美くしい奥さんであつた」と語る。「硝子戸の中」「二十五」に描かれる大塚楠緒子は、はっきりと「美しい人」とされる。

美・夢・憧れ

　「文鳥」の「美しい女」は、特定出来ない、ある意味で夢の中の女という色彩を持っている。それは、「永日小品」の「心」に出て来る、「たつた一つ自分の為に作り上げられた顔」を持つ女の造型と呼応する。この小品「心」には「美しい」という表現は見られないが、そうした存在が、幻想的な夢の中の存在であることは確かであろう。逆に「美しい」と書くことにより、対象が朧化されるのである。

　ではどうして、人は「美しい」という言葉を口にするのだろうか。『三四郎』に出て来る広田先生の夢の一節（十一の七）は、一度しか会ったことのない「十二三の豊麗な女」との会話を再現するが、広田が変わってしまうのは、「美くしい方へ」行こうとするからだとされている。含みのある表現だが、あいまいではあっても人を魅了する「美」を前にして、人はどうしても憧れの心埋に住み着こうとするのである。「草枕」について漱石が言う「美くしい感じ」という有名な言葉は、「感じ」が付されることで、「美くしい」という魔法の言葉で作者と読者が一つの世界に結び付くメカニズムを示している。情調の世界で、さまざまな要素が渾然となるのである。（中島国彦）

◆身体感覚・情緒

上部／上皮

うわべ／うわかわ

◆人間は年に一度位真面目にならなくつちやならない場合がある。上皮許で生きてゐちや、相手にする張合がない。　　　　　　　　（『虞美人草』十八）

　上皮（うはかは）、外部（うはべ）、外部（うはかは）といった語は、初期の『虞美人草』、後期の『道草』『明暗』の三作にわずか数例用いられるのみだが、上記の引用のようにきわめて印象的な形で登場する。「上皮許（ばかり）」で生きる、というのは上記の場合、「真面目」に生きることと対義をなしている。見栄や体裁のみで行動する「上皮の活動」はもっとも不真面目な行動なのである。『虞美人草』にあってはそれが「上皮許で生きてゐる軽薄な社会」「上皮の文明」といった用法にも転じており、単に個人の倫理に留まらぬ対社会的、文明論的な色彩、つまり西洋近代にいかに対峙するかという、「日本」のあり方が重ね合わされてくるわけである。

　後期の『道草』『明暗』になるとこうした文明批評の性格は消え、「上部の事実」「上部の所作」といった形で、表面の体裁を取り繕う、偽善的な態度の意味でのみ用いられることになる。「私だつてさう外部ばかり飾つて生きてる人間ぢやありません」（『道草』九十八）、「上部は大変鄭寧で、お腹の中は確かりし過ぎる位確かりしてゐるんだから」（『明暗』百四十二）などがそれにあたる。そこには先の「真面目」のような、明確な文脈上の意味の対比は存在しない。まず厭うべき「上部」が強調されることによって、それと対を為す「個」の実質が模索されていく、言葉の運動として捉えられるべきなのであろう。　　　（安藤宏）

◆
身
体
感
覚
・
情
緒

運命

うんめい

◆運命は単に最終結を告ぐるが為にのみ偉大にはならぬ。忽然として生を変じて死となすが故に偉大なのである。　　　　　　　　（『虞美人草』十九）
◆歩きながら、自分は今日、自ら進んで、自分の運命の半分を破壊したのも同じ事だと、心のうちに囁いた。　　　　　　　　　　（『それから』十四の五）
◆僕は又感情といふ自分の重みで蹴爪付さうな彼女を、運命のアイロニーを解せざる詩人として深く憐れむのである。　（『彼岸過迄』「須永の話」十二）

人物・物語と運命の両義性

　運命の語義には、運、めぐり合わせ、人生の幸・不幸とそれをもたらす力の意味と、物事の成り行き、必然、将来・今後の意味との二つが含まれる。前者は人間の生を決定づける人知を超えた摂理であり、後者は時間的契機や方向性とそれを導く方法論とも関連する。「私は個々の人が個々の人に与へられた運命なり生活なりを其儘にかいたものが作品と思ひます」と小泉鉄宛書簡（1914・1・7付）に書いた漱石は、小説家として、この二つの意味を縦横に展開し交錯させて運命と取り組んだ。その作品は、まさに運命との対峙を基軸とする。

　「趣味の遺伝」では、「是が此の塹壕に飛び込んだものゝの運命である」と浩さんの戦死を戦争の必然的帰結として描く。その運命（必然）に抗って「郵便局で逢つた女」への浩さんのかなわぬ思いを救おうとする「余」が、遺伝という運命（摂理）を追求するこの小説は、運命の両義性自体が根幹にある。『虞美人草』五で宗近君は「運命は神の考へるものだ。人間は人間らしく働けば夫で結構だ」と言うが、『虞美人草』に描かれるように、神による

運命に対する人間の働きは、必ずやまた別の運命を導く。小説もまた人間の営為（行為・感情）を描く人間の営為（物語・筋）である。そこで運命は多義的となる。

『それから』十四の五で、「好いた女がある」と嫂に告白した代助は「自分の運命の半分を破壊したのも同じ事」と思惟する。この運命は既定の安泰な人生軌道であり、それを変えたのは代助自身の行為である。運命は人物の心境の表現ともなる。「どうも運命だから仕方がない」（『それから』十六の十）、「矢っ張り運命だなあ」（『門』三の二）、「運命の宿火だ」（『明暗』百七十二）などは出来事を受け止める個人の覚悟を示す。他方、「其安井と同じ家主の家へ同時に招かれて、隣り合せか、向ひ合せに坐る運命にならうとは」（『門』十七の二）や、「二十何年の後、二人が偶然運命の手引で不意に会つた」（『行人』「帰つてから」十五）、「彼の看護婦へ渡したお延への手紙は、また彼のいまだ想ひ到らない運命に到着すべく余儀なくされた」（『明暗』百二十二）などは、人物個人に外から働きかける要因であると同時に、小説構造としての仕組みである。ここで運命は、ほぼ物語（筋）と同義となる。

運命と文体（比喩・寓意）

『虞美人草』には、運命の語が頻出するが、それはその実質よりも文章的効果のために物象化されている。物象化とは、本来は観念的な対象であるはずの運命が、あたかも実体を備えた存在者であるかのように描かれるということである。「只運命が暗い所に生へて居ろと云ふ」（四）、「運命は丸い池を作る」（十一）、「運命は無限の空間に甲野さんの杖と小野さんの足を置いて、一尺の間隔を争はしてゐる」（十二）、「運命の玩弄児はわれ先にと此箱へ這入る」（十四）など枚挙に暇がない。美文効果が「他界性」を生み、藤尾を〈宿命の女〉〈運命の女〉として形成する文法については北川扶生子『漱石の文法』（水声社、2012）

が詳しい。同様の例はその後も、「其時三四郎の頭には運命がありありと赤く映つた」（『三四郎』九の九）や、「早く運命が戸外から来て、其手を軽く敲いて呉れれば好いと思つた」（『それから』十四の一）と続く。運命を比喩・寓意によって主体化し、修辞法として用いている。

運命の支配

運命論は決定論とも呼ばれることがあり、その際には人間の生を左右する抗いがたい力の存在が認められる。小倉脩三『夏目漱石』（有精堂、1989）に代表されるように、漱石と決定論・自由論との関わりについては、スペンサーの社会進化論的決定論から、ジェームズやベルクソンの自由論への展開が議論されてきた。ただし少なくとも小説においては、一貫してその要素が認められる。

『門』には「動かしがたい運命の厳かな支配を認めて」（十三の七）、「平凡な出来事を重大に変化させる運命の力を恐ろしがつた」（十四の八）との叙述がある。宗助は自らの過去の行為の帰趨に脅かされ、人生を支配し恐怖をもたらす運命の権力から、逃れようとしても逃れられない。畑有三「門」（『国文学』1969・4）や水谷昭夫『漱石文芸の世界』（桜楓社、1974）が論じたように、ここで運命は人知の必然を超えた偶然と見紛う力をもって迫る。『彼岸過迄』でも、敬太郎・須永・松本は共通に運命の支配を意識する。敬太郎「運命が今彼を何処に連れ去つたらうかと考へ考へ下宿へ帰つた」（「風呂の後」十一）、須永「穏かな顔をした運命に、軽く翻弄される役割より外にあるまい」（「須永の話」二十二）、松本「二人の運命は唯成行に任せて、自然の手で直接に発展させて貰ふ」（「松本の話」一）のように、人物と語り手が異なつても、彼らは皆運命論において共通である。

修善寺の大患に触れて、漱石は事実の恐ろしさに無頓着であった「自分の無智に驚い

◆ 身体感覚・情緒

た。又其の無智を人間に強ひる運命の威力を恐れた」(「思ひ出す事など」十一)と書いた。人間理性の及ばない運命の支配力を認めている。

死と運命のアイロニー

　人間にとって免れえない究極の運命は死である。漱石作品は、死へ向かう人生を常に基調とする。銃殺刑寸前に執行を停止されたドストエフスキーの逸話に触れ、「運命の擒縦(きんしょう)を感ずる点に於て、ドストイエフスキーと余とは、殆んど詩と散文ほどの相違がある」(「思ひ出す事など」二十一)にも拘らず、死の瀬戸際まで行つた体験は、人間にとって最終的な決定論が死であることの体認であった。『硝子戸の中』二十二では、同じく胃病について語り、「自分の生きてゐる方が不自然のやうな心持にもなる。さうして運命がわざと私を愚弄するのではないかしらと疑ひたくなる」とも述べる。運命のアイロニーは、生全体を根底から相対化する。

　自刃を遂げたKを発見し、「私は忽然と冷たくなつた此友達によつて暗示された運命の恐ろしさを深く感じたのです」(『心』百三)と書く先生の運命は、まさに死に向かうべき方向性である。さらに、「私は其新らしい墓と、新らしい私の妻(さい)と、それから地面の下に埋められたKの新らしい白骨とを思ひ比べて、運命の冷罵を感ぜずにはゐられなかつたのです」(同、百六)ともある。冷罵する運命は、人物に対して、生においても死においても安住の場所を与えない。林淑美「〈心の革命〉と〈社会の革命〉」(『文学』2000・3)は『心』に即し、漱石がベルクソンの自由論を受容したにも拘わらず、それを倫理・道徳の内側に閉じ込めてしまったと論じる。運命と死に関する漱石の思念は、論理・倫理を凌いで強く働いたのかも知れない。

(中村三春)

◆身体感覚・情緒

江戸っ子／江戸っ児

えどっこ

◆教場へ出ると今度の組は前より大きな奴ばかりである。おれは江戸っ子で華奢に小作りに出来て居るから、どうも高い所へ上がつても押しが利かない。喧嘩なら相撲取とでもやつて見せるが、こんな大僧を四十人も前へ並べて、只一枚の舌をたいて恐縮させる手際はない。然しこんな田舎者に弱身を見せると癖になると思つたから、成るべく大きな声をして、少々巻き舌で講釈してやつた。

(「坊っちやん」三)

山の手の江戸っ子の屈折

　江戸っ子は、周知のように、江戸に生まれ、江戸で育った住民を表す。言葉としては、明和期(1764-1771)の川柳に用例があり、文化文政期(1804-1830)には定着していたと見られる。徳川幕府によって新たな行政首都となった江戸は、一地方の城下町からの急速に発展する。流入者による人口膨張が一段落した後、定住者となった町人層の土着意識から江戸っ子は生み出されていった。彼らは、支配階級である武士に対する反発感があり、江戸屋敷に勤める田舎武士や上方商人などの地方出身者への対抗意識も強かった。そこから、金離れがよい、喧嘩っ早い、人情に厚い、正義感が強いなどの気質や、いきを尊ぶ美意識が形成されていく。

　町方名主の夏目直克を父とし、江戸牛込馬場下横町に生まれた漱石は、江戸っ子と呼ばれる資格を持つ。本人も江戸っ子であることを自認しており、「私は東京で生れ、東京で育てられた謂は純粋の江戸ツ子である」(「一貫したる不勉強――私の経過した学生時代」)と発言している。ただし、一方で「何、僕の故家(へ)

かね、君、軽蔑しては困るよ、僕はこれでも江戸ッ子だよ、しかし大分江戸ッ子でも幅の利かない山の手だ、牛込の馬場下で生れたのだ」（「僕の昔」）とも断っている。「純粋の江戸つ子は今深川に多く本所に多し」（斎藤緑雨「おぼえ帳」1897）と証言されるように、江戸っ子の典型として受け止められていたのは、下町の庶民であった。山の手出身の漱石にとって江戸子は、留保を付けて初めて引き受けることのできる属性であったかもしれない。談話以外で江戸っ子を吹聴することがなかったのは、一つの傍証となろう。

　江戸っ子が名乗られる珍しい例外は、「倫敦消息」である。開業したばかりの素人下宿がはやらず、郊外への移転が計画される。唯一の下宿人であった漱石は、家人から同行を頼まれ、気の毒に思う。「元来我輩は江戸つ児だ。然るに朱引内か朱引外か少々あいまいな所で生れた精か知らん今迄江戸つ児のやる様な心持のいい慈善的事業をやつた事がない」とふり返った漱石は、ここでもためらってしまう。逡巡し、速断できない様子は、およそ江戸っ子らしくない。また、ロンドン訛りについて、「此倫敦のコツクネーといふ言語になると丁度江戸ッ子のベランメンと同じやうなもので、僕などには到底解らない」と譬えている箇所もある。江戸っ子は、現地の言葉遣いを形容するために持ち出されている。江戸っ子は、異国という環境においてこそ意識される概念であり、かつ、自身の属性としては引き受けられていない。江戸っ子の使用は、「倫敦消息」が元々は、正岡子規・高浜虚子に宛てられた私信であったという特別の事情も無関係ではない。第一高等中学校時代、漱石は、療養で帰省中の子規が進級できるように奔走し、成果を「先づ江戸つ子の為す所を御覧じろ」と興じながら伝えていた（子規宛書簡、1889・9・27付）。知己への諧謔を交えた語りも、江戸っ子を呼び出す条件であろう。漱石にとって江戸っ子は、無造作に使え

る自己規定ではなかった。

「坊っちやん」——他郷での江戸っ子

　漱石作品で江戸っ子と言えば、「坊っちやん」が真っ先に思い浮かぶ。実際、東京出身の「おれ」が教師として赴任した「四国辺のある中学校」（一）での騒動を描いたこの作品において、江戸っ子の語は頻出する。掲出文は、「おれ」の初講義の日、二時間目の様子を伝えるもの。生徒が出した「まちつと、ゆるゆる遣つて、おくれんかな、もし」という要請に、「おれ」は「早過ぎるなら、ゆつくり云つてやるが、おれは江戸つ子だから君等の言葉は使へない」と応える記述が続く。

　「坊っちやん」において江戸っ子対「田舎者」の構図は、鮮明なものに映る。しかし、話は見かけほど単純ではない。まず、「おれ」の生まれ育った場所がはっきりしないということがある。ゆかりの地が山の手・下町のいずれとも特定できず、江戸っ子に元々抱いた「おれ」の意識は不明である。次に、江戸っ子像が一元的でないことが挙げられる。「坊っちやん」で江戸っ子の語が現われるのは、「おれ」が着任の挨拶をする場面で、野だの口からである。「夫りや嬉しい、御仲間が出来て（中略）私もこれで江戸っ子です」と愛想を言う野だに対して、「おれ」は「こんなのが江戸っ子なら江戸には生れたくないもんだ」と密かに思う。「江戸っ子の名折れ」（七）にならぬよう、野だのふるまいを斥けようとする「おれ」の言動を追う「坊っちやん」は、複数の江戸っ子の姿を描き出す。しかも、「江戸っ子は軽薄だ」（五）の見本のように野だを見なしていた「おれ」が「江戸っ子の軽佻な風を、よく、あらはしてる」（九）と山嵐から評されているのであるから、事情は簡単でない。江戸っ子をめぐる「おれ」の自意識は、空転しがちである。

　「おれ」は、当地で生活を続けると、言い逃れで済ます悪風に染まらざるをえず、「さう

◆身体感覚・情緒

399

なつては江戸っ子も駄目だ」(十)と懸念する。「こんな田舎に居るのは堕落しに来て居る様なものだ」と感じ、帰京を決意する「おれ」であるが、江戸っ子はあくまで赴任中の精神的葛藤から求められた拠りどころであろう。清との再会を果たした「おれ」が江戸っ子を口にすることはない。東京の人間が他郷に出向いた時に江戸っ子であることが問われ、しかし確固たる結論を出せないまま、再び東京に戻ってくる。近世期にすでに両義的であった江戸っ子の意味が、近代になってさらに不確定性を増したことを、「坊っちゃん」という物語は体現している。

「東京もの」への移り行き

　東京から異郷に赴いた「余」の私語りである「草枕」(「坊っちゃん」と同じく、江戸っ子を自認する者がまず主人公に話しかけてくる)以降、漱石文芸で江戸っ子が話題になることは少なくなる。『彼岸過迄』で須永が敬太郎から「江戸つ子は贅沢なものだね」(「須永の話」二)と指摘される場面があるが、軽口に過ぎない。

　江戸っ子に代わって目立ってくるのは、「東京もの」という語である。「東京のものは気心が知れない」(『三四郎』四の七)、「全く東京ものは口が悪い」(『行人』「兄」四)、「其所には東京もの、持つて生れた誇張といふものがあつた」(『明暗』百六十八)と述べられるように、彼らは地方出身者が警戒する行動様式を身につけている。岡田の妻お兼が「普通の東京ものよりずつと地味」(『行人』「友達」十一)と評されるように、東京ものは男女を問わない括りである。性差を越えてとらえられている東京ものは、しかし、江戸っ子のように愛すべき側面を持たない。江戸っ子から東京ものへの移り行きは、世俗的で体裁を繕う都市住居者の行動様式が地域性を失って無機質となり、内面がいよいよ不透明になっていることと対応していよう。　　　　　(山口直孝)

◆身体感覚・情緒

横着

おうちゃく

◆彼女は自分の前に甚だ横着な兄を見た。其兄は自分の便利より外に殆んど何にも考へてゐなかった。
　　　　　　　　　　　　　　　　(『明暗』九十六)
◆彼等は自分の好きな時、自分の好きなものでなければ、書きもしなければ拵へもしない。至つて横着な道楽者であるが既に性質上道楽本位の職業をして居るのだから已を得ないのです　(「道楽と職業」)

　漱石の作品には多くの「横着」な人間が登場する。例えば『道草』では、養父母の寵をほしいままにし、「凡ての他人」が自分の命令を聞くと思っていた幼少期の健三の行為が「横着」と呼ばれている。また、健三に当然のように金を貰いに来る養父も「横着」と言われる。『明暗』でも、自分で稼ごうとせず、津田に金を要求しにくる小林は津田から「横着」だと捉えられるし、その津田も、お秀のことを斟酌しようとしないが故にお秀に「横着」と捉えられる。このように「横着」という語は、登場人物と他者や世間との隔たりを表すものとして、しばしば使われている。一方、漱石が1911(明44)年8月に行った講演「道楽と職業」では、芸術家や学者が、世間の要望に合わせるよりも自分の好みに合わせて仕事をする「横着な道楽者」とされている。この講演では特に否定的な意味では使用されていないが、しかしやはり芸術家や学者と世間との距離を示す語として「横着」という語が使われた。他者や世間といかに上手く折り合いをつけていくか。「横着」という語はそうした葛藤を浮き上がらせるべく、漱石作品で使われることが多いのである。　　　(西川貴子)

鷹揚

おうよう

◆今人について尤も注意すべき事は自覚心が強過ぎる事なり。(中略)天下に何が薬になると云ふて己を忘るゝより鷹揚なる事なし無我の境より歓喜なし。カノ芸術の作品の尚きは一瞬の間なりとも恍惚として己れを遺失して、自他の区別を忘れしむるが故なり。是トニックなり。此トニックなくして二十世紀に存在せんとすれば人は必ず探偵的となり泥棒的となる。恐るべし。

(断片32G、1905、1906(明38、9)年頃)

漱石の小説中では、鷹揚な人物がその対極的人物に寄り添う。「運命は大島の表と秩父の裏とを縫ひ合せる」と語り手が評する「野分」の中野と高柳や、『彼岸過迄』の松本と須永、『行人』のHさんと一郎。その点『心』の「先生」は、「鷹揚」とその対極を一人で背負う人物造形といえる。一度は失った生来の鷹揚さを、下宿の未亡人に「鷹揚」と褒められることで取り戻すものの、やがてその心は再び深い傷を負うことになるからだ。仙人じみた心構え(『吾輩は猫である』)や、寺の境内の泰然とした赤松(「趣味の遺伝」)とも結びつく「鷹揚」の語は、現代文明の苦悩の彼岸にある。『吾輩は猫である』(十一)で苦沙弥の持論、「文明の呪詛」として展開するのと同論旨の上記断片(1935-1936年頃)を鑑みれば、「鷹揚」は漱石にとって芸術の存在意義に繋がる。神経衰弱的苦悩を抱えて齷齪する人物と「鷹揚」な人物との関係に注目すれば、深刻さを増していく漱石の小説の底にゆったりと流れる超俗的な味わいが見つかる。それはあたかも文明の裏地に芸術を縫い合わせようとしたかのようだ。

(服部徹也)

御世辞

おせじ

◆Affectation(金ノナキ者が金ノアル風ヲスル. 金アル者ガ──. 学問ナキ者ガアル風ヲスル── 食タキヲ食タクナキ風ヲスル── 悪キヲ好ク風ヲスル── 腹ニナキ御世辞ヲ云フ)
此意味ノaffectionハ裏表ト云フ意味ナリ

(「ノート」II-14)

◆「奥様が不器量なら、わたくしなんか何といへば可いので御座いませう」／お時の言葉はお世辞でもあり、真実でもあつた。両方の度合をよく心得てゐたお延は、それで満足して立ち上つた。

(『明暗』八十)

理論面での位置付け

率直にものを言おうとする場合、発話の瞬間、社会的諸関係(階級、ヘゲモニー)を配慮した道徳的な言葉に屈折することがままある。「御世辞なしに」という言い方も、この屈折の社会性を先取り的に軽減しようとする意識を表す。

漱石の小説でもこの意識は働き、言葉の率直さを表明する場面で「御世辞」は否定語を伴い、「御世辞」を語る登場人物は社会的階級やヘゲモニーの中に埋没しているように描かれる。

一方漱石は、後の『文学論』の構想に関わる「ノート」には、社会に対する英文学の距離を「moralニ関セザル」「文芸」から分類した断片がある(「〔III〕文芸ノPsychology」)。漱石は、「moralヲ含ム文芸ハ餅ニアキタル処へ餅ノ画ヲミセラルゝガ如」きものであり、そのような「文芸」に対して、「moralヌキノ文学」にとって「(1)生存競争(2)manners, moralノ束縛」を三分割するArnoldの場合、「moral」

◆身体感覚・情緒

から「超然タル処に住シテ遊ブ」場合、さらに「此束縛ヲ脱シテmoralヲ倒ス」場合を挙げる。

さらに同「ノート」には「Affectation」に関する二つの断片があり（〔Ⅱ-14〕,〔Ⅳ-35〕）、前者で「腹ニナキ御世辞ヲ云フ」のような内容/形式の「表裏」ある修辞上の例が、後者では作者と読者の「taste」の一致/不一致の作品のもたらす効果に拡大される。両者を勘案すると『文学論』第四編の修辞分類から間隔論への移行も、程度の差異において言語を捉え、言語と懸隔した「個人」の表現として「moralヌキノ文学」を設定している。

作品での使用

文学である以上作品は社会に関わる。仮に「御世辞」という語から漱石文学を急ぎ足で眺め、物語世界が作者と読者の社会に接近する程度によってその配分の変化の見取り図を作成すればどうか。例えば、「moralヌキノ文学」がまだ念頭にある時期の『吾輩は猫である』や『坊っちゃん』では、一人称の主人公たちに対立するように「御世辞」を弄する人物たち（前者は金田家や二弦琴の師匠の家に集まる人々、後者は赤シャツに対する野だいこ）が配され、喜劇ジャンルの要素として典型化される。一方、中期で主人公代助に「御世辞」を語らせる『それから』では、典型化は抑制されてジャンル意識が薄れ、物語世界も作者と読者の属する社会に接近する。さらに後期にはその「表裏」を推し量るお延らの言葉の次元での繊細なやりとりが『明暗』で繰り広げられる。

重要な点は、社会的なコミュニケーションの基底にある道徳から離れた特異な「個人」の文学という設定が、「餅ニアキタル処へ餅ノ画ヲミセラルヽガ如」き文学に対する批評的視線を読者にもたらすことにある。その際「御世辞」は言葉を屈折させる道徳的指標となる。

(永野宏志)

◆ 身体感覚・情緒

自惚／己惚

おのぼれ／うぬぼれ

◆此故に彼等はヘーゲルを聞いて、彼等の未来を決定し得たり。自己の運命を改造し得たり。のつぺらぼうに講義を聴いて、のつぺらぼうに卒業し去る公等日本の大学生と同じ事と思ふは、天下の己惚なり。　　　　　　　　　　　　（『三四郎』三の六）

◆先生は私を離れゝば不幸になる丈です。或は生きてゐられないかも知れませんよ。さういふと、己惚になるやうですが、私は今先生を人間として出来る丈幸福にしてゐるんだと信じてゐますわ。

（『心』十七）

◆苟くも筆を執て文壇に衣食する以上は余の如きものでも、相当の自信と抱負のあるのは勿論である。その自信あり抱負ある点に於ては敢て何人にも譲らぬ丈の覚悟は己惚にもせよ有してゐる。

（「太陽雑誌募集名家投票に就て」『太陽』）

実感としての自惚れ

「己惚、自惚」とは自分の持つ能力以上に自分を見積もり、得意になったり、人を見下したりする心持ちを表す言葉である。そうした若気の至りの気恥ずかしさを、漱石は大学図書館で借りた本の見返しに記された誰かの書き込みを読む三四郎の描写に示している。井の中の蛙になって自己過信に陥る愚を攻撃する文章に、三四郎は「黙然として考え込」むのだが、「のつぺらぼう」と表現された学生たちの画一的な価値認識の小ささがここでは強調されている。「己惚」に込められた矮小な自足感を漱石は嫌った。

また一方でこの語は謙遜に裏打ちされた装いながら、自己の実感を表出する場合にも良く用いられている。『心』で先生の自閉的な生活への疑問を奥さんに投げかける「私」が、

きっぱりと奥さんから反撃される場面にこの語は活用されている。奥さんは「己惚」と断りながらも、明瞭に自分の立場を、誇りをもって宣言した。ここでは「おのぼれ」とルビが振られているが、同義異形の語彙である。通例としてどちらも同じ意味に使われた。

作家の矜持

「己惚、自惚」は否定的な意味合いのみに使われていない。1909(明42)年6月15日発行の『太陽』に発表された「太陽雑誌募集名家投票に就て」で漱石は、「己惚」と断りながらも、作家としての矜持を示した。「己惚」を矜持の導入口に位置させる漱石は、そこに如何なる謙遜の意も反映させずに、むしろ「覚悟」の開示としてそれを用いている。それだけにこの「己惚」は、確固たる自己の存立と、それを常に冷徹に客観視しようとする自己認知の間で葛藤する。著名な講演録である「現代日本の開化」で漱石は、開化を「皮相上滑りの開化」と呼び、「我々の開化の一部分、或は大部分はいくら己惚れて見ても上滑りと評するより致し方がない」と冷静に分析してなお、「涙を呑んで上滑りに滑つて行かなければならない」とした。この苦渋の選択の底には、西欧と日本に相渉る根源的な相違を、どのように止揚していくかという問題系が横たわっていたのであり、「己惚、自惚」がそれを開いていくタームとなっていることに注目したい。そしてなおその東西の対立という問題すらも「吾等人類が此大歴史中の単なる一頁を埋むべき材料に過ぎぬ事を自覚するとき、百尺竿頭に上り詰めたと自任する人間の自惚は又急に脱落しなければならない」(「思い出す事など」)と突き詰めていく明治終焉期の漱石の思考力の動態についても、また考察を及ぼしていかなければならないであろう。

(中川成美)

顔

かお

◆光線が顔へあたる具合が旨い。陰と日向の段落が確然(かつきり)して——顔丈でも非常に面白い変化がある」

(『三四郎』十三)

◆兄は自分の言葉を聞いた時、平生と違つて、顔の筋肉を殆ど一つも動かさなかつた。(中略)眼さへ伏せてゐたから、自分には彼の表情が些とも解らなかつた。(中略)自分はたゞ彼の顔色が少し蒼くなつた丈なので、是は必竟彼が自分の強い言葉に叩かれたのだと判断した。

(『行人』「帰つてから」二十二)

まなざしとしての言説

『三四郎』の男性登場人物は光源の比喩で語られている。野々宮が「燈台」、与次郎が「丸行燈」、そして広田は光を発しない光源として「偉大なる暗闇」と名付けられる。『三四郎』では、美禰子に惹かれている三四郎の関心に焦点化されることで、広田や与次郎をはじめとするさまざまな登場人物の美禰子をめぐる評言が張りめぐらされていくことになるが、「顔丈でも非常に面白い変化がある」という、美禰子の肖像画「森の女」における「光線が顔へあたる具合」は、そのような美禰子に向けられた『三四郎』の男性登場人物たちのまなざしの多様性を意味している。漱石のテクストにおいて、顔をめぐる描写は、いわば対象をめぐる観察主体の言説の束として与えられているのである。

監視への欲望、解読不能性への恐怖

漱石の蔵書にはマンテガッツァの『*Physiognomy and Expression*』があり、「容貌と内心」の関連性に関するノートも残されているよう

◆身体感覚・情緒

403

に、漱石は、ヴィクトリア朝においても影響
力のあった観相学や、『吾輩は猫である』にも
出てくる読心術のような、外見的な特徴の分
析によって内面を読み取ることを可能にする
学問ないし技術について関心を持っていた。
「坑夫」における坑夫の容貌の描写などにも、
その直接的な影響は顕著だが、同様の関心は、
例えば漱石の小説において繰り返し描かれて
いる、焦点化された人物が他の人物の顔の筋
肉の動きに向ける執拗な視線にも見ることが
出来る。

　『行人』で二郎は、この「顔の筋肉」の動き
と「顔色が少し蒼くなつた」ことから、目を
伏せていて表情が読めない兄の内面を、「彼
が自分の強い言語に叩かれたのだと判断」す
るのだが、直後にこの「判断」は、二郎の「自
白」の「虚偽」性に対する兄の激しい怒りに
よって打ち砕かれ、二郎は自身の「驕」りを
反省的に捉えなおすことになる。漱石のテク
ストでは、外見上の特徴と内面との直接的な
対応関係よりも、顔という外面から内面を読
み取ろうとする解読行為の無効性や誤読の危
険性が前景化されているのである。そこに顕
在化されているのは解読によって他者を監
視、支配したいという観察主体の側の欲望で
ある。『心』ではKのあらゆる身体的な動き
に細心の「注意」を向けることで、「彼の保管
してゐる要塞の地図」を「眺める」ように「御
嬢さん」への恋に囚われたKの内面を監視
し、Kとの「他流試合」を支配しようとする
「先生」のまなざしが語られているが、このま
なざしは、「他流試合」があった日の夜半に夢
うつつの中で見た逆光の中に立つKの、「顔
色や眼つき」が見えない「黒い影法師」、解読
不能性への不安と恐怖を呼び込んでしまう。

　漱石のテクストにおいては、登場人物の顔
についての描写は、対象としての人物の性格
や感情の表現であるよりは、対象に目を向け
る観察主体のまなざしのありようを顕在化さ
せるのである。　　　　　　　　（村瀬士朗）

◆ 身体感覚・情緒

牡蠣的

かきてき

◆牡蠣の口堅く鎖して生涯蒼海を知らざるが如し。
　　　　（「文壇に於ける平等主義の代表者『ウォルト、
　　　　ホイットマン』Walt Whitman の詩について」）
◆彼は性の悪い牡蠣の如く書斎に吸ひ付いて、嘗て
外界に向つて口を開いた事がない。
　　　　　　　　　　　　　　（『吾輩は猫である』二）
◆贅沢も此位出来れば結構なものだが我輩の様に
牡蠣的主人を持つ身の上ではとてもそんな気は出
ない。　　　　　　　　　　　（『吾輩は猫である』二）
◆健三は実際其日々々の仕事に追はれてゐた。家へ
帰つてからも気楽に使へる時間は少しもなかつた。
其上彼は自分の読みたいものを読んだり、書きたい
事を書いたり、考へたい問題を考へたりしたがつ
た。それで彼の心は殆んど余裕といふものを知ら
なかつた。彼は始終机の前にこびり着いてゐた。
　　　　　　　　　　　　　　　　　　　（『道草』三）
◆世間には諷語と云ふがある。諷語は皆表裏二面の
意義を有して居る。（中略）滑稽の裏には真面目が
つ付いて居る。大笑の奥には熱涙が潜んで居る。雑
談の底には啾々たる鬼哭が聞える。（「趣味の遺伝」二）

寡黙で孤独な牡蠣

　漱石が牡蠣に言及した初出は「ホイットマ
ンの詩について」である。

　ホイットマンの楽天主義を賞賛し友愛を推
奨し、その対極として牡蠣が登場する。寡黙
で孤独で蒼い大海を知らない牡蠣のような人
なのだ。英語の牡蠣とは「極端に寡黙な人」
（『漱石全集』第1巻「注解」岩波書店、1993）の意
味で用いられ、それに冷たい対人関係しか持
てず、広い世界を知らないことを添えたのである。

　俳句では、「岩にたゞ果敢なき蠣の思ひ哉」
（415）と詠んでいる。恋句を装いながら、寡黙

な牡蠣は我身に引き寄せられ、「岩」という崩しようもない堅い巨大な何事かに固着する孤独な自己が幻視されている。

猫の眼から

そういうイメージを踏まえ「的」を伴い直喩となるのは、英国留学後に書かれた『吾輩は猫である』で、苦沙弥の基本的たたずまいとして紹介される。猫からの諷刺は、「牡蠣的主人」「牡蠣的生涯」「牡蠣先生」(二)と様々な諷語となる。この「牡蠣的」に込められた滑稽さは、自嘲の裏返しであろう。そういう重層性は、『吾輩は猫である』と併行して執筆された「趣味の遺伝」の挿入部分を想起させる。

猫の眼は作者の深部に根付いているのだから、読者は、「牡蠣的」の裏に潜む「真面目」と「熱涙」を感じ、「啾々たる鬼哭」を聞かねばならないだろう。

つまり、「牡蠣的」とは、書斎に閉じこもり、文学とは何かを解明すべく蠅頭の細字(『道草』八十四)で、『文学論』となるノートを書き続け、対人関係を避け自閉し、孤独で寡黙で偏屈という身体感覚を表現している。

漱石は、この時期、大学で『文学評論』を講義しており、スキフトの「苟しくも人間たる以上は悉く嫌悪すべき」という厭世主義に共感し、鬱的であっただろう。それは、人間と日常を嫌悪する暗い情緒に通底する。

さらに、名前のない猫は、『吾輩は猫である』二の挿話と対比されている。バルザックが、朝から晩までパリを探索して小説中の人物の名前を付けるという「贅沢」な挿話である。猫に名前を付けようとしない苦沙弥は、「牡蠣的」寡黙さと偏屈さの裏にある自己嫌悪に閉じ込められ、自嘲している漱石を彷彿とさせる。しかし、猫の眼から、滑稽に描くことで、堅い牡蠣の殻から解放され、小説という大海に漕ぎ出し、饒舌な人物が次から次に登場する『吾輩は猫である』が、誕生したのである。

(西村好子)

覚悟

かくご

◆「妾や貴方よりいくら落付いてるか解りやしないわ。何時でも覚悟が出来てるんですもの」

(『行人』「兄」三十八)

◆すると彼は卒然「覚悟?」と聞きました。さうして私がまだ何とも答へない先に「覚悟、——覚悟ならない事もない」と付け加へました。(『心』九十六)

語義の幅

「覚悟」の元来の意味は「迷いを去り、真実の道理を悟ること」だが、その意味で使うことは現代ではほとんどない。事態を予測して心構えをすること、また諦めること、といった日本固有の訓義でもっぱら用いられていると言える。その用例は、小さな諦めから死の決断まできわめて多様である。

漱石の用いる「覚悟」にも幅がある。『それから』の代助の「覚悟」は、三千代と共に生きる道を決めた時、運命という問題と連動して起こった強いものだ。「凡てと戦ふ覚悟をした」(十五の一)には、平岡や父たちだけでなく、社会との戦いが含まれていた。それは「若もの事があれば、死ぬ積で覚悟を極めてゐるんですもの」(十六の三)という三千代の悲痛の声とも重なり合うが、違いもある。代助のは勇気や責任を伴う決断、とくに生活費を稼ぐという未知の領域への姿勢を意味した。小説の末尾は、彼の切った覚悟の手形が、真に果されたかどうかを判断しにくくしている。

『行人』で「自分」と嫂が和歌山に行く場面がある。兄の猜疑が強いた小旅行の時間は半日よりも短かった。それが天候のために、一晩を旅館で過ごすことになる。「何時でも覚悟が出来てるんですもの」という嫂の言はそ

◆ 身体感覚・情緒

の夜のものだ。その日、出がけに嫂が言った「今日は勇気がないやうね」の「勇気」の延長にそれはある。勇気が個人的意思だとすれば、覚悟は暴風雨という不可抗力もあずかった運命的なものである。「御天気の所為なら仕方がない」（三十）と諦める嫂に比し、「天災とは云へ二人で此処へ泊つた言訳を何うしたものだらう」（三十七）と考える「自分」は、「覚悟」の前に佇む者だ。冒頭の引用は寝床で「死人の如く大人しくしてゐた」（三十七）嫂が、海嘯に攫われるような死への願望を語った後の箇所である。死や運といった要素では共通しても、三千代の覚悟に比べると複雑なニュアンスを持つ。それは反逆にも従順にも、発露にも抑制にも、決意にも諦めにもとれる。この語の持つ幅が嫂の謎を作り出している。

多義性を用いた物語

　『心』はこの語の幅を物語展開にまで用いている。「覚悟ならない事もない」というKの言葉を、恋の断念の意と先生はまずは受け取ったが、やがて「御嬢さんに対して進んで行くという」（九十八）解釈に至った。その二義に加え、自殺という帰結、とくにKの遺した「もつと早く死ぬべきだのに何故今迄生きてゐたのだらうといふ意味の文句」（百二）から逆算すれば、「覚悟」は死の意味も持たされ、先生の行方に関わっていくものとなる。

　Kの言葉は先生の遺書中のものだ。先生は「新聞で乃木大将の死ぬ前に書き残して行つたものを読みました。西南戦争の時敵に旗を奪られて以来」「死なう死なうと思つて、つい今日迄生きてゐたといふ意味の句を見た時、」「乃木さんが死ぬ覚悟をしながら生きながらへて来た年月を勘定して見ました」（百十）とあるように、乃木の遺書を見た後筆を執る。Kの「覚悟」は、時間的にはずっと後の乃木の遺言中の「茲に覚悟相定め候事に候」の文字とも響き合う関係にある。　　（高橋広満）

◆身体感覚・情緒

過去

かこ

◆倫敦塔は宿世の夢の焼点の様だ。倫敦塔の歴史は英国の歴史を煎じ詰めたものである。過去と云ふ怪しき物を蔽へる戸帳が自づと裂けて龕中の幽光を二十世紀の上に反射するものは倫敦塔である。
（「倫敦塔」）

◆明治四十年の日月は、明治開化の初期である。更に語を換へて之を説明すれば今日の吾人は過去を有たぬ開化のうちに生息してゐる。従つて吾人は過去を伝ふべき為めに生れたのではない。
（「野分」十一）

◆小野さんは優しい、物に逆はぬ、気の長い男であつた——所へ過去が押し寄せて来た。二十七年の長い夢と背を向けて、西の国へさらりと流した筈の昔から、一滴の墨汁にも較ぶべき程の暗い小い点が、明かなる都迄押し寄せて来た。
（「虞美人草」十二）

◆振り返つて思ひ出すほどの過去は、みんな夢で、その夢らしい所に追懐の趣があるんだから、過去の事実それ自身に何処かぼんやりした、曖昧な点がないと此夢幻の趣を助ける事が出来ない。
（「坑夫」四十一）

◆只脊中に小さい小僧が食附いてゐて、其小僧が自分の過去、現在、未来を悉く照らして、寸分の事実も洩らさない鏡の様に光つてゐる。
（「夢十夜」第三夜）

◆三四郎は脱ぎ棄てた過去を、此立退場の中へ封じ込めた。なつかしい母へ此処に葬つたかと思ふと、急に勿体なくなる。　　（「三四郎」四）

◆此過去を負はされた二人は、広島へ行つても苦しんだ。福岡へ行つても苦しんだ。東京へ出て来ても、依然として重い荷に抑えつけられてゐた
（「門」十五の一）

◆彼はつい今迄自分の過去を碌でなしの様に蹴なしてゐたのに、酔つたら急に模様が変つて、後光が逆

に射すとでも評すべき態度で、気焰を吐き始めた。さうして夫が大抵は失敗の気焰であつた。

（「彼岸過迄」（風呂の後）七）

◆恐ろしい「時」の威力に抵抗して、再び故の姿に返る事は、二人に取つてもう不可能であつた。二人は別れてから今会ふ迄の間に挟まつてゐる過去といふ不思議なものを顧みない訳に行かなかつた。

（「硝子戸の中」十）

◆人が溺れかかつたり、又は絶壁から落ちようとする間際に、よく自分の過去全体を一瞬間の記憶として、其頭に描き出す事があるといふ事実に、此哲学者は一種の解釈を下したのである。

（「道草」四十五）

◆過去から持ち越した斯ういふ二人の関係を、余儀なく記憶の舞台に躍らせて、此事件の前に坐らなければならなくなつたお延は、辛いよりも寧ろ快よくなかつた。

（「明暗」六十六）

〝歴史〟としての過去

漱石夏目金之助の文学的出発点において、「過去」とは歴史そのものであった。したがって日露戦時下における「太平の逸民」の生態を猫の側から描き出す『吾輩は猫である』には、全十一章を通じて「過去」という言葉は現われない。しかし『倫敦塔』は、「過去と云ふ怪しき物」を内在させ、大英帝国の数百年の「歴史を煎じ詰め」た空間として位置づけられる。

『文学論』で定式化した、「焦点の印象又は観念」としての「F」は、「一刻に於けるF」、「個人の　生に於けるF」、そして「社会進化の一時期に於けるF」が重なった言語表現に、連続した「過去」を凝縮しているのが、大英帝国の権力闘争の記憶を刻みつけた「倫敦塔」なのである。

他方大日本帝国の「明治四十年の日月」は「明治開化の初期」であり「則とるに足るべき過去何にもない」と、「野分」の白井道也は演説で主張する。彼のとらえる「明治」は『吾

人が今日生きて居る時代は、小壮の時代である。過去を顧みる程に老い込んだ時代」ではないのである。

私生児として生まれ、京都で井上孤堂に育てられた『虞美人草』の小野清三は、東京帝国大学を卒業する際「恩賜の時計」を天皇から授けられ、現在は博士論文の執筆をしている。小夜子を小野と結婚させようとして、学校を退職した恩師孤堂が上京する。それは小野にとって「さらりと流した筈の昔から」「押し寄せて来」る、現在の彼を脅かす「過去」なのである。

熊本から東京帝大入学のために上京してくる三四郎にとって、生まれ育った故郷、母のいる場所は、彼女を「葬」る「立退場」であり、「脱ぎ捨てた過去」なのだ。地の文の書き手は「明治の思想は西洋の歴史にあらはれた三百年の活動を四十年で繰り返してゐる」と読者に強調する。

帝国大学に入学する前ではなく、むしろその後友人を裏切って関係を結んだ『門』の宗助と御米夫婦にとって、「過去」は「徳義上の罪」に結びつけられている。二人はこの「過去」のために、「親類」も「友達」も棄て、「一般社会を棄て」ざるをえないことになり、京都から広島、そして福岡へと逃亡するように転居し、ようやく東京に戻って来たのである。

罪としての「過去」の自覚が、記憶の在り方そのものを決定的に改変する恐怖は、「夢十夜」の「第三夜」において、「脊中」に食附いている「小僧」によってもたらされている。「過去」に「一人の盲目を殺したといふ自覚」が、「忽然」として「自分」の意識に生起するのである。

意味を変容させる過去

「溺れかかつた」「刹那」に、「自分の過去の一生」を「回想」するとき「細大洩らさずありありと、眼の前に見」る場合があるとする「坑夫」では、「過去」の「事実」を想起することは

◆身体感覚・情緒──

「夢」だとしている。「夢」であるために、その「過去の事実」の意味付けは、そう簡単には成立しない。

自分の同じ「過去」であるにもかかわらず、同じ下宿の森本は酒に酔うと、それまで「礫でなしの様に蹴なしてゐた」「自分の過去」を、「失敗」談であるにもかかわらず、「気焔を吐く」のである。「過去」は必ずしも、否定的な領域に限定されるわけではなくなっていく。

それまで言及することのなかった、自分の子ども時代、養子にされた塩原家から夏目家に戻る経緯をはじめて書いた『硝子戸の中』では、学生時代の友人と再会し、「互の顔」に「昔しの儘の面影」を「懐かしい夢の記念」として認知する。そこには「恐ろしい「時」の威力」が働いている。ここでの「過去」は「二人に取つて」共有されなかった時の流れなのである。しかし、その「過去」を想い起こすことによって「別れてから今会ふ迄」を共に「顧み」ることになる。

自己と他者との間で、共有された「過去」と、共有されなかった「過去」との弁証法的関係を小説に導入することで、自伝的小説『道草』を実現する大きな原動力となった。「過去全体を一瞬間の記憶として描き出す」文学的実践が漱石にとって可能になったのである。『道草』の主人公健三にとって、どのような順序で過去の出来事が想起されるかが、小説の要となっていく。

この『道草』での実践を基に、『明暗』において、男性主人公津田に即する場合は、フラッシュバックのような「過去」の想起と、お延の側からの「津田の過去に遡つて行」(八十五)く、「二人の関係」を「記憶の舞台に躍らせて」いく表現が結実していく。ある作中人物の「過去」を、別な作中人物と共に読者が捜っていく、記憶のサスペンスとも言える小説方法が生まれたのである。　　　(小森陽一)

◆ 身体感覚・情緒

片付ける、片付かない

かたづける、かたづかない

◆「まだ中々片付きやしないよ」/「何うして」/「片付いたのは上部丈ぢやないか。だから御前は形式張つた女だといふんだ」/細君の顔には不審と反抗の色が見えた。/「ぢや何うすれば本当に片付くんです」/「世の中に片付くなんてものは殆んどありやしない。一遍起つた事は何時迄も続くのさ。たゞ色々な形に変るから他にも自分にも解らなくなる丈の事さ」　　　　　　　　(『道草』百二)

健三の〈片付かない〉関係

「片付ける、片付かない」という主題は『道草』において現れる。『道草』では「片付かない」という言葉が繰り返し語られ、片付けようとしても片付かないという事態が反復的に描かれている。

主人公の健三の仕事に関して「片付かない」という表現が見られる。健三は大学教員という仕事に就いているが、その仕事は苦痛を伴っている。その仕事の準備に膨大な時間を費やしているにもかかわらず、満足な結果は得られない。「明日の講義もまた纏まらないのかしら」(五十一)と嘆く健三は、自分の講義は不出来な「自分の虚栄心や自尊心を傷げる」(五十一)ものと感じている。健三にとって、仕事は、ホメロスの叙事詩『オディッセイア』に登場するペネロペーが、織物を完成させないために、昼に織った所を夜になって解き続けたというエピソードを連想させるものである。「『ペネロピーの仕事』といふ英語の俚諺が何遍となく彼の口に上つた。『何時迄経つたつて片付きやしない』」(九十四)。

また、健三と妻のお住との関係も「片付かない」ものと描かれている。二人の関係は「非

常に緊張して何時切れるか分からない程に行き詰つたかと思ふと、それがまた自然の勢で徐々元へ戻つて来」(六十五)ることを繰り返しており、「円い輪の上をぐるぐる廻って歩い」(七十一)ているような間柄である。また「片付かない」関係は、妻のみならず養父母の島田やお常、また兄弟との交際において繰り返されている。

このように、健三が自分の仕事や夫婦関係、親族関係を思い通りに進めることのできず、片づけようとしても「片付かない」と感じていることの背後に、健三自身が無意識裡に抱えている抑圧の存在がある。小説の冒頭部の「健三が遠い所から帰って来て」以降に、この抑圧が語られる。「彼の身体には新らしく後に見捨てた遠い国の臭がまだ付着してゐた。彼はそれを忌んだ。一日も早くその臭を振ひ落さなければならないと思つた。さうして其臭のうちに潜んでゐる彼の誇りと満足には却つて気が付かなかつた」(一)。健三自身が「気が付かない」ことに言及する冒頭部の語りによって、健三の無意識が顕在化する。「帰つて来た」健三は、身についた「遠い国の臭」に気づき、それを振り落そうとふるまうが、同時に、その「臭」に「誇りと満足」を抱いてもいる。しかし、健三はこの「誇りと満足」に対して「気が付かない」という態度を取っており、「遠い国」の経験を無意識裡に抑圧する。

いまだ完了しない経験としての〈片付かなさ〉

つまり、健三は「遠い所から帰つて来」たにもかかわらず、その「遠い所」に行ったという経験の意味や価値を健三自身が明確に意味づけることができないため、その経験を無意識の領域に抑圧してしまうのである。「遠い所」は帰ってきた〈ここ〉からはあまりにも遠いため、〈ここ〉の価値基準の内に回収することができないでいる。健三に漱石自身の姿を重ねれば、「遠い所」を漱石が留学した英国とみなすこともできるだろう。しかし、『道

草』の語りは〈「遠い所」に行き帰った〉という経験を既存の言葉で語り、「遠い所」を旧来の世界の中に意味づけることを拒んでいる。ここに佐藤泉の「漱石には、むしろ片付けてしまわないことへの強固な意志があった」という言葉をつなげることができる(『漱石　片付かない〈近代〉』日本放送出版協会、2002)。

この抑圧は、健三に反復的な運動をもたらしてしまう。健三は「落付のない態度で、千駄木から追分へ出る通りを日に二辺づゝ規則のように往来し」(一)、「器械のように又義務のように何時もの道を往つたり来たり」(二)する。この反復運動は〈「遠い所」に行き帰った〉という出来事が健三の内でいまだに完了していないことによって生じている。この反復運動を介して、健三は無意識裡に帰還の意味を模索するのだ。

新しい時間感覚の登場

健三自身に内在するこの抑圧によって、テクストには独自の時間がもたらされる。「彼は自分の生命を両断しやうと試みた。すると綺麗に切り棄てられべき筈の過去が、却つて自分を追掛けて来た。彼の眼は行手を望んだ。然し彼の足は後へ歩きがちであつた」(三十八)。健三は〈過去—現在—未来〉という時間の流れに従って進むことができず、未来に向かおうとすると現在の裡に過去が回帰してしまう。

そのような健三にとって、若い青年たちは対照的な存在に映る。「彼の眼に映ずる青年は、みんな前ばかり見詰めて、愉快に先へ先へと歩いて行くやうに見えた」(四十五)のだ。健三は青年たちと自分を比較し、未来に進むことのできない自分に「仏蘭西のある学者」の説、「人が溺れかゝつたり、または絶壁から落ちようとする間際に、よく自分の過去全体を一瞬間の記憶として、其頭に描き出す事があるといふ事実」(四十五)を重ね合わせ、「人間は平生彼等の未来ばかり望んで生きている

◆ 身体感覚・情緒

のに、その未来が咄嗟に起こつたある危険のために突然塞がれて、もう己は駄目だと事が極まると、急に眼を転じて過去を振り向くから、そこで凡ての過去の経験が一度に意識に上るのだといふんだね」（四十五）と解説する。これは、アンリ・ベルグソン『物質と記憶』(H, Bergson, *Matiere et Memoire*, 1896) の「第三章 イマージュの残存について——記憶力と精神」で紹介されるエピソードである。『物質と記憶』ではこのエピソードは「過去の経験が一度に意識に上る」こと、つまり、過去の絶えざる累積が顕在化し、真の持続が現れるという「純粋記憶」の体験として語られているのに対して、『道草』では未来がふさがれ「もう俺は、駄目だと事が決まる」こと、つまり現在と未来の間に大きな障壁が生じており、連続的なものとなっていない状況の例とみなされている。

急激に変化する世界の中で

　『道草』と同じく、現在から未来への連続性の感覚の喪失という観点からベルクソンに注目した言説として、現代を変化の時代としてとらえた山谷閑人「世界の最大危険人物」（『趣味』1912・9）がある。そこでは「人は過去のままを現代に応用しなかったと等しく現代のままを未来に伝えようとは欲しない。一時たりとも物の安定、停滞を許さない。世界は時々刻々変化して止まらない」、「この不安、不定、変化といふことがベルグソンの哲学の根本思想である」と述べられている。大杉栄はこの論文について、ベルグソンの「変化」「創造」の思想をいち早く紹介した論として評価している（「九月の評論」『近代思想』1912・10）。当時、ベルグソンは急激に変化する世界に対応することの困難さという問題で注目されていたのである。『道草』が描く「片付かない」という感覚は、新たな世界体験に直面した日本近代において生じていたのだ。

(生方智子)

◆身体感覚・情緒

神

かみ

◆彼は神といふ言葉が嫌であつた。然し其時の彼の心にはたしかに神といふ言葉が出た。さうして、若し其神が神の眼で自分の一生を通して見たならば、此強慾な老人の一生と大した変りはないかも知れないといふ気が強くした。

(『道草』四十八)

漱石における神とは何か

　漱石における神と言えば、先ず我々の心を打つのは、あの『文学論』中の「神は人間の原形なりと云ふ聖書の言は却つて人間は神の原形なりと改むべきなり」（傍点筆者以下同）という言葉であろう。然しここに見るべきは、神の存在の否定ならぬ、この背後にひびく作家の凛たる覚悟の声であろう。この矛盾に満ちた人生をいかに生き抜くか。神の審きとか、救済という安易な概念は持ち出さず、人間の確たる意識そのものの力によって、いかに生き抜くかという覚悟であろう。

　こうして問われるのは、我々が生死の局面に出会った時の、生身の発言にこそ何を見るかということだが、漱石の場合はそこでも敢て「神遠き思ひあり」と呟いている。言うまでもなく伊豆修善寺の旅館で療養中、彼を襲ったあの「三十分の死」(1910・8・24)であり、彼はすべてをはっきりと覚えていると想ったが、後で妻から貴方は金盥一杯の血を吐いた30分間、完全に死んでいたと言われて愕然とし、次のように語る。「俄然として死し、俄然として吾に還るものは、否、吾に還ったのだと、人から云ひ聞かさるものは、ただ寒くなる許である」と。ここでも生き還ったのは神の恵みだなどという言葉は出ず、こうして生死の境をめぐって生還した時、その覚悟の何

たるかは漢詩の中に見る〈帰来命根を覚む〉の一語であろう。これは当時の日記では〈命根何処来〉(1910・10・16)から〈命根何処在〉(同・17)、さらに〈命根何処是〉(同・18)と転じ、最後に〈帰来覚命根〉となって当時の漢詩中に収められたものだが、問いつめる所は極まって〈帰来命根を覚む〉の一句に定まった所に漱石のなみならぬ決意のほどがみえて来よう。

後期三部作

ここから漱石の後期三部作『彼岸過迄』『行人』『心』が始まり、いずれの主人公も徹底した内向的な人物だが、わけても『行人』の長野一郎が妻の心を摑むことが出来ず、その苦しみの姿を、「血と涙で書かれた宗教の二字が、最後の手段として、躍り叫んでゐる」のではないかと友人(H)は言うが、一郎自身は逆に「僕が有難いと思ふ刹那の顔、即ち神ぢやないか」(三十四)「僕が崇高だと感ずる瞬間の自然、取も直さず神ぢやないか。其外に何んな神がある」(三十四)と言う。これは彼を支える〈独我論〉のきわみを訴えるものだが、その矛盾を語る背後の作者そのものの声は熱い。しかし、ここから一転すれば、次作『心』の先生の告白となるが、漱石はその前年(1913・12・12)、母校第一高等学校での「模倣と独立」と題した講演の中で、人は罪を犯してもそれを「其儘人にインプレッス」出来れば、その罪は消えると、三たびにわたって語っているが、この発言が『心』の〈先生〉があの遺書の中で自分を慕う若者に向かって「私は今自分で自分の心臓を破つて、其血をあなたの顔に浴びせかけ」る。そうして「私の鼓動が停つた時、あなたの胸に新しい命が宿る事が出来るなら満足です」(五十六)と語る所にもつながっていることは明らかであろう。この切実な告白さえもが神ならぬ、他者の、隣人の魂にひびき、インプレッス出来れば、その罪は消えるという所に、作中人物を

も超えて、我々読者にもあえて語らんとする作家漱石の熱い想いは伝わって来よう。

ひらかれた宗教性

然しこのような神の存在に敢てふれぬ漱石の眼をひらいたものこそ、冒頭に掲げた自伝的作品『道草』の一節に見る所であろう。たしかに漱石は神という言葉を嫌い、作中、妻のお住のヒステリに悩む姿に対しては、思わず「跪まづいて天に禱る時の誠と願もあつた」(五十)と語り、妻が安らかな眠りに入った姿を見ては「天から降る甘露をまのあたり見るやうな気が常にした」(五十一)と言い、あえて〈神〉とは言わず、すべて〈天〉という。その健三が繰り返し金の無心に来る養父であった島田老人の哀れな姿に、「斯うして老いた」が、自分はどうであろうと思う。この時思わずして不意なる光が彼の心をひらく。斯うしてあの冒頭に掲げた一節が語られる。思わず〈神〉という言葉が出た、その〈神〉の眼で見れば、この強欲な老人も自分も変りはないのではないかという。これはあの北村透谷が『内部生命論』(1893・5)で語った〈瞬間の冥契〉につながるものではないか。神との〈瞬間の冥契〉によって再造された心の眼をもって見る時、世界は一変して根源の真実をひらいてみせると透谷は言う。次作『明暗』における宗教性とは、まさにこの神の眼から問われれば、みな平等な存在という、ここに漱石の行きついた真の宗教性の何たるかを見るとは、筆者と対談した『漱石的主題』の中で吉本隆明の語る所だが、然しまたこの未完に終った作品の目指す所は何であったか。漱石は親しい若い禅僧(鬼村元成)への手紙の中で、「十月頃は小説も片づくかも知れませぬ」(1914・8・14付)と語っているが、だとすればそのはじめの構想は何であったか。それをさらに切り拓いて問わんとした世界とは何であったか。改めてこの作品の冒頭で津田に言う医師の「まだ奥があるんです」とはまた、漱石の

かかえた問いの深さでもあろう。最後に挙げてみたいのは、あのV・H・ヴィリエルモの『私の見た漱石』(『文芸』11、1954・6)の中で「漱石の中にはキリスト教信仰のあらゆる要素がある」という指摘があり、その仔細にふれる余裕はないが、いまひとつは作家古井由吉の吉本隆明との対談『漱石的時間の生命力』(『新潮』1992・9)で語る「一神教という存在の中にあったら、もっとあの資質は救われたんじゃないだろうか」「漱石という人の気韻、あるいは業の質みたいなものは、むしろキリスト教臭いものがあるという感じ」だという。これらの指摘は筆者が終始こだわって来た、その作品の背後に見る真摯な宗教性の深さを共に語るものでもあり、その閉じられた幕を開いて見せたものといえよう。それは漱石の生涯を貫くものが〈ひらかれた宗教性〉の世界であったという一事に尽きるものでもあり、これにふれずして漱石における〈神〉の何たるかを語ることは出来まい。

〈知〉と〈信〉

このように晩年に至るまで、徹底した認識者としての漱石の意識の鋭さは変らぬが一面、人間の素朴な信徒としての敬虔な姿に対する共感もまた深い。たとえばロンドンに留学中の日記に、下宿の主人夫婦がEaster Holidayで里帰りをしたあとにひとり残された妹の、なんの娯楽も好まず勉学と労働にいそしんでいる姿に「アナタハコンナ生活ヲシテ愉快デシタカト聞ケバ真ニ幸福ナリト答フ何故ト尋ヌレバ宗教ヲ信レバナリト答フ、難有キ人ナリ」(1901・4・4)と述べている。〈知〉をもって神を拒否しつつ、なお敬虔なる信徒の心情を是とする漱石の姿は矛盾に似て矛盾ではない。無垢なる〈信〉への共感と神への異和の併存。恐らくここにこそ漱石という作家をつらぬく開かれた眼の本質を読みとることが出来よう。 (佐藤泰正)

◆身体感覚・情緒

頑固

がんこ

◆夫程自分が悪いと思つてゐない頑固な健三も、微笑するより外に仕方がなかつた。 (『道草』六十五)

自己の性格

頑固の語意は頑な、片意地、強情、執拗、へそ曲がり、融通が利かない等である。漱石の筆名は正岡子規の『七艸集』に書いた七言絶句の所感に「漱石妄批」と添えたのが最初で、『木屑録』の扉に署した「漱石頑夫」によって筆名が定着したらしい。後に、「陳腐で俗気のあるもの」(『中学世界』1908)と述べているが、『蒙求』『晋書』の「枕石漱流」を「漱石枕流」と誤ってしまったのを強引に押し通した故事に由来しているという。漱石はこの号一つで生涯を通したまさに「頑夫」だった。漱石は頑固な夫を自認している。そこを証拠だてるのは自己を投影させた『道草』の健三の性格に頑固を挙げていることだろう。「いくら話したいことがあつても細君に話さない」「偏屈」「論理の権威で自己を伴つてゐる事に丸で気が付かなかつた」「例の我」「独断家」「執拗」「雅量に乏しい」「頑強」「権柄づく」「依怙地」などは頑固に通底する。当時は勅令だった博士号授与(1911・2)を当人の意思を無視したとして最後まで辞退し続けたことに象徴的だが、この頑固な性情は自分を縛ることにもなっている。英国留学時に発症した神経衰弱が以後痼疾となって苦しむことになるが、帰国から約半年後、理由もなく癇癪を起こして弱者である家人に当たり散らし、悪阻の妻を実家に帰らせている。病気と知って覚悟を決めて戻った妻を離縁しようとして、納得出来ぬと岳父に拒否されると、妻の親や親戚との

絶交を宣言して枉げようとしない。だが、岳父が零落すると窮状を扶け、父の看護に妻が一週間ほど泊まりきりになったときも苦情を言わず、葬式には顔を出さなかったが金を出し、死亡広告に名を連ね、遺族に感動的な手紙を送り、忌引き欠勤もしている。頑固が自身を縛った例だろう。後者の例は頑なな、性情の表象だが、前者は強靱な主体性の発露と言える。

作品に見る頑固な人たち

漱石作品に「頑固」の用語が使われることはそれ程多くないが頑固の語意の性情を与えられている作中人物は多い。「偏屈」で「天探女」の『吾輩は猫である』の珍野苦沙弥を嚆矢として、「坊っちゃん」の「親譲りの無鉄砲」で「お世辞は嫌」の「おれ」(坊っちゃん)と「おれ」の性情に似た「山嵐」。『野分』の、妻政に「強情」「癇癪持ち」と言われる白井道也、『虞美人草』の「我の女」の藤尾、長男で「家」の継承者にもかかわらず、財産は全部藤尾にやるといい切る欽吾も、「凡てを見逃」さず賢明な判断力を持つ糸子もこの部類に入るだろう。その他、『行人』の一郎、『心』のK。『道草』の健三、夫の論理を相対化するお住、『明暗』の津田、お延、さらに、小林や吉川夫人にも言えるだろう。こう見てくると、「我」「個性」に通う「頑固」を漱石は多くの女性に付与していて「夫は天」の明治民法時代の漱石の新しさが浮上する。

頑固はプラスにもマイナスにも機能する。漱石は鈴木三重吉に「死ぬか生きるか、命のやりとりをする様な」「烈しい精神で文学をやつて見たい」と書き送っている。ここには頑固がある。この頑固によって「私の個人主義」に見られる、性二分法を越境した人間誰しものパーソナリティの「独立と発展」を求める平等の思想を手に握る事が出来たのだろう。
(渡邊澄子)

癇癪

かんしゃく

◆疳癪玉がセリ上ると後ろから「ヤッツケロ」といふ暴れ者が両手を出して押ゲテ居ル其下ニ「茲が思案ノシ処ぞ」といふ外山さんの新体詩然たる奴がぶらさがつて待つた待つたといつて居るひつくり返る逆蜻蛉をうつ其内に肋の三枚目辺で大きな太鼓をドンドンと叩く奴がある腹の中を弘道館の道場だと思つて居る (断片 12、1901(明34)年)
◆「詰りしぶといのだ」(中略)彼は余所を真闇にして置いて、出来る丈強烈な憎悪の光を此四字の上に投げ懸けた。細君は又魚か蛇のやうに黙つて其憎悪を受取つた。従つて人目には、細君が何時でも品格のある女として映る代りに、夫は何うしても気違染みた癇癪持として評価されなければならなかつた。 (『道草』五十四)
◆彼の神経は此肝癪を乗り超えた人に向つて鋭どい懐しみを感じた。彼は群衆のうちにあつて直さういふ人を物色する事の出来る眼を有つてゐた。 (『道草』七十八)

自己の内なる他者

鏡子夫人の『漱石の思ひ出』(改造社、1928)、次男伸六の『父・夏目漱石』(文藝春秋社、1956)など、遺族によって語られ広く知られるようになった漱石の実生活上の癇癪は、相手が出産前後の妻や幼い子供たちである場合、その制御の利かなさがひたすら威圧的で恐ろしい印象を読者に与える。その恐怖感は、漱石の死後遙か時を隔ててなお子息伸六をして次のように言わしめている。「私の部屋の書斎の上に二枚の兄の写真にはさまれて父の写真が飾つてある。其写真を毎日起伏眺めながら、私は今でもフッと深刻な恐怖に襲はれて、思はず写真から顔を背ける事が時折ある」(『父・夏目漱石』)。

◆
身体感覚・情緒

「良心は不断の主権者にあらず、四肢必ずしも吾意思の欲する所に従はず」(『龍南会雑誌』1896・10)、つまり人間には自分自身が他人であるという認識を漱石は生涯手放そうとしなかった。冒頭の漱石自身による癇癪の客観的説明は、この時漱石が自己の内に巣食う自分では制御し難い〈癇癪という他者〉を発見している場面と言い得る。しかし文芸の領域においては一転して漱石は、この自分の属性に豊かな芸術的表現を与えることができた。

表象としての〈癇癪〉

漱石の生涯に3度(①明治27～28年頃、②明治34～39年頃、③明治45～大正3年頃)の深刻な〈鬱〉を見る事は定説となっているが、②の時期に該当する『吾輩は猫である』「坊っちゃん」『道草』、③の時期に該当する『行人』などの主人公に、やはり〈癇癪〉も頻出している。しかしテクストによって表象は全く異なり多彩である。「坊っちゃん」の「おれ」も癇癪持ちだが、この小説では「山嵐もおれに劣らぬ癇癪持ちだから」と、正義に与する者たちの聖徴としての意味を持ち、それゆえ癇癪は「卑怯な待駒」をした兄を始めとしてひたすら〈卑怯な者たち〉に向けて爆発することとなる。この場合癇癪は倫理の別名である。しかし後期の『行人』『道草』になると、そうした心理的明快さはもはや漱石の中で維持できなくなる。『行人』の一郎も『道草』の建三も〈品格のある妻〉に対して〈気違い染みた癇癪持ち〉であることを免れない。殊に『道草』には妻の「ヒステリ」に対して、夫婦間の険悪さの緊張に耐えきれなくなった時に起こる「発作」という、夫からの理解が示された。完成された最後の小説『道草』に〈自己の内なる他者＝癇癪〉を媒介として〈妻の内なる他者＝ヒステリー〉を見出し、「憐れ」と感ずる事の出来る主人公が造形されたことで、〈癇癪〉の問題系は漱石の中で一たびは〈片付いた〉のではなかろうか。 (関谷由美子)

気違／気狂

きちがい

◆ことによると社会はみんな気狂の寄り合かも知れない。(中略)其中で多少理屈がわかつて、分別のある奴は却つて邪魔になるから、瘋癲院といふものを作つて、こゝへ押し込めて出られない様にするのではないかしらん。すると瘋癲院に幽閉されて居るものは普通の人で、院外にあばれて居るものは却つて気狂である。 (『吾輩は猫である』九)
◆「旦那あの娘は面はいゝ様だが、本当はき印しですぜ」／「なぜ」／「なぜつて、旦那。村のものは、みんな気狂だつて云つてるんでさあ」 (「草枕」五)

明治期の精神病研究

1879(明12)年に上野恩賜公園に設立された東京府癲狂院は、やがて東京府小石川区巣鴨駕籠町に移転し、1889年に東京府巣鴨病院と改称される(現・東京都立松沢病院)。当時、その病院は東京市民によく知られ、何かと注目を集める場所でもあった。1901年にその巣鴨病院院長を兼任した東京帝国大学教授・呉秀三は、患者に対する束具使用禁止や病院構内での運動の自由化などを促進し、またE・クレペリンの臨床精神学を導入した『精神病学集要』(吐鳳堂書店、1894)において、「変質性遺伝性ノ疾病」は「狂癲ノ疾タル人間霊智ノ府タル神経系統ヲ荒敗シ、其変質ヲ致シ、子孫ノ遺伝ヲナスヿ多シ」とし、精神病は大脳皮質病のひとつであると、精神病を科学的見地から見ることの必要性を説いた。また、門脇真枝『狐憑病新論』(博文館、1902)は多くの症例と統計表の掲載によって、「狐憑」は迷信であり、「狐憑」が精神病の一種であることを知らしめた(川村邦光『幻視する近代空間』青弓社、1990)。近代以前、「気ちがい」とは気が入

れかわることを意味し、気の異常によって狂人と付き合った際に生じる対人関係上の違和感の表現でもあった。しかし、明治期には上記のような近代医学の導入によって、「気ちがい」や「狂気」「乱心」といった用語に類するものは、神経病、脳病へと呼び名が変えられていった。また、呉秀三は社会の偏見を取り除くため、「狂」の語を精神病学の用語から排除するようにも努めた（小田晋『日本の狂気誌』思索社、1990）。

揺れと固定化

しかし庶民の間では、まだ従来の呼称が広く使用されていたことが、漱石の作品群から知ることができる。近代の精神医療や衛生制度の整備は、患者を治療する一方で、社会からの隔離やその立場を固定化する一面があった。漱石の作品内にも、そのような視線が内包されていることは否めないが、同時にそのような異常／正常という対立関係を相対化する言説も見られる。「然し宗教には何うも這入れさうもない。死ぬのも未練に食ひ留められさうだ。なればまあ気違だな。然し未来の僕は措置いて、現在の僕は君正気なんだらうかな。もう既に何うかなつてゐるんぢやないかしら。僕は怖くて堪まらない」（『行人』「塵労」三十九）という長野一郎の独白は、何が異常で何が正常かという判断基準そのものへの疑いが表出されている。その意味において「気違」や「気狂」という語は、自己疎外や他者性の記号でもある。

同様のことは『吾輩は猫である』においても、文明開化の社会では異常と正常が必然的に曖昧化することが、主人（苦沙弥）の言葉として説かれる。しかしその一方で、「草枕」ではヒロインの那美が閉鎖的な共同体内において、エキセントリックな「き印」の女性としてラベリングされる排他的な視線のあり様が表象されている。

　　　　　　　　　　　　　　（松下浩幸）

気の毒

きのどく

◆気の毒とは自我を没した言葉である。自我を没した言葉であるから難有い。小野さんは心のうちで宗近君に気の毒だと思つてゐる。然し此気の毒のうちに大いなる己を含んでゐる。　（『虞美人草』十四）

　「気の毒」という平凡な言葉を、漱石はよく用いている。『漱石全集』第二十八巻「総索引」では、「気の毒」の項にあげられている用例は600を超え、それは小説だけでなく、日記・書簡にもひろく及んでいる。

　「気の毒」の語は、「『心臓の方は、まだ悉皆善くないんですか』と代助は気の毒さうな顔で尋ねた」（『それから』十の五）のように、他者の苦痛や不幸に対する同情の意で用いられたり、「まだ六時だよ。そんなに遅かあない」／「遅いわ貴方、六時なら。妾もう少しで帰る所よ」／「何うも御気の毒さま」（『彼岸過迄』「停留所」三十一）のように、他者に迷惑を掛けたことをすまなく思う意で用いられたりと、一般的な用法で使用される例も多い。また、「気の毒」の念は、他者へむけられるばかりでなく、「斯う思ふと、兄を気の毒がるのは、つまり自分を気の毒がるのと同じ事にもなつた」（『道草』三十七）とあるように、自らに反響する思いでもあり、「然し自分は当時の心情を真面目に書いてるんだから、人が見て可笑しければ可笑しい程、其の時の自分に対して気の毒になる」（「坑夫」四十五）や「自分がもし失脚して、彼と同様の地位に置かれたら、果して何の位の仕事に堪えるだらうと思ふと、代助は自分に対して気の毒になつた」（『それから』十五の三）とあるように自己分析のなかにたびたびあらわれる感慨でもある。漱石における「気の毒」は、このように自他の別なく用いられ

◆身体感覚・情緒

ている。また、以下の諸例からうかがえるように、その類義語と隣接関係に置かれることも少なくない。

「気の毒だの、可哀相だのと云ふ私情は学問に忠実なる吾輩如きもの、口にすべき所でないと平気で云ふのだろう」(『吾輩は猫である』四)

「只の宿無に附属する憐れとか気の毒とかの念慮よりも」(『坑夫』二十八)

「代助も三千代が気の毒だとか、可哀想だとか云ふ泣言は、可成避ける様にした」(『それから』六の一)

屈折した優越性

「気の毒」という語が用いられる場合、その思いを抱く主体とその対象との間に距離が設定される。そして、その距離は次のように「気の毒」の対象への優越性としてあらわれることがある。

「一歩進めば彼等が平常罵倒して居る俗骨共と一つ穴の動物になるのは猫より見て気の毒の至りである」(『吾輩は猫である』二)

「英国風を鼓吹して憚からぬものがある。気の毒な事である。己に理想のないのを明かに暴露して居る」(『野分』十一)

「代助はこんな場合になると何時でも此青年を気の毒に思ふ。代助から見ると、此青年の頭は、牛の脳味噌で一杯詰つてゐるとしか考へられないのである」(『それから』一の四)

これらの用例には、程度差はあれ、対象を突き放し見下ろすニュアンスがみとめられ、そこには憐憫のみならず皮肉や侮蔑が含まれている。しかし、「気の毒」がる主体の、対象への優越性は、現実の立場や地位の上下関係と即応するものとは限らない。『吾輩は猫である』を例にすると、人間に対して皮肉めいた優越的な感情を抱いている主体は、実際には人間より下位に置かれ、しかもそれによって飼われている存在(猫)でしかないという立場の転倒が見られるのである。「気の毒」が

る主体の、対象への優越性は、漱石のテクストにおいてこのようにしばしば屈折をはらみつつ相対化されている。

「真」の「気の毒」

漱石のテクストは、「気の毒」の真偽に関して敏感に反応する。本項冒頭に引用した『虞美人草』では、「気の毒」を「自我を殺した言葉」ゆえに「難有い」としつつ、小野の「気の毒」のうちに「大いなる己」が含まれていることを指摘している。以下の例も「気の毒」の識別をめぐるものである。

「わが不平が通じたのか、通じないのか、本当に気の毒がるのか、御世辞に気の毒がるのか分らない」(『野分』二)

「彼は世事慣れた男であつた。口で気の毒さうな事にいふ割に、それ程殊勝な様子を彼の態度の何処にも現はさなかつた」(『道草』九十八)

しかし、「中学教師抔の生活状態を聞いて見ると、みな気の毒なもの許の様だが、真に気の毒と思ふのは当人丈である」(『三四郎』十の一)という箇所で、「真に気の毒」という思いは「当人」のみしか抱き得ないということをも漱石のテクストは指摘している。人は、他者に対し「真」の「気の毒」の念を抱き得ないという認識を、ここに垣間見ることができる。

「晴らさ」れない「気の毒」

「気の毒」という語は、漱石のテクストにあって、痛切なる思いの表白のなかに見出されることもある。

『吾輩は猫である』「中編自序」において、ロンドン留学時代に病床の子規が書き送ってきた手紙を引用し、更にその書簡中の言葉をあらためて引いて「書きたいことは多いが、苦しいから許してくれ玉へ抔と云はれると気の毒で堪らない」(傍点原文)と記し、「余は子規に対して此気の毒を晴らさないうちに、とう

とう彼を殺して仕舞つた」(『吾輩は猫である』中編自序)と続けていく条からは、友を亡くしたことに対する漱石の思いが、いかに痛切で重いものであったかがうかがわれる。病死した子規を「とうとう彼を殺して仕舞つた」とまで自らに言わしめる心の負債の重さをここに見ることができる。

小説のなかではたとえば、『それから』にある「彼は病気に冒された三千代をたゞの昔の三千代よりは気の毒に思つた。彼は子供を亡くした三千代をたゞの昔の三千代よりは気の毒に思つた。彼は夫の愛を失ひつゝある三千代をたゞの昔の三千代よりは気の毒に思つた。彼は生活難に苦しみつゝある三千代をたゞの昔の三千代よりは気の毒に思つた。」(『それから』十三の四)という叙述に、「代助の三千代に対する愛情」と「気の毒」という感情との癒合が深く掘り下げられている。

「気の毒」とユーモア

漱石のテクストでは、「気の毒」という言葉が自分自身に向かって立ち現れる際、時としてそこにユーモアが生じる。

「現今地球上にあばたっ面を有して生息して居る人間は何人位あるか知らんが、吾輩が交際の区域内に於て打算して見ると、猫には一匹もない。人間にはたつた一人ある。而して其一人が即ち主人である。甚だ気の毒である。」(『吾輩は猫である』九)という部分では、「主人」のあばた面が、「吾輩」によって「気の毒」と評されている。自分のあばた面を気にしぐもいた漱石の自己は、『吾輩は猫である』において、あばた面の持ち主である「主人」とそれを「気の毒」がる「吾輩」とに二重化しているのである(高橋義孝訳/フロイト「ユーモア」『フロイト著作集3 文化・芸術論』人文書院、1969/柄谷行人『ヒューモアとしての唯物論』筑摩書房、1993)。『吾輩は猫である』におけるユーモアはこうしたこととも関わっている。

(柴市郎)

虚栄心

きょえいしん

◆津田が自分の細君に対する虚栄心から、内状をお延に打ち明けなかつたのを、お秀はお延自身の虚栄心でもあるやうに、頭から極めてかかつたのである。 (『明暗』九十五)

◆彼はお延の虚栄心をよく知り抜いてゐた。それに出来る丈の満足を与へる事が、また取も直さず彼の虚栄心に外ならなかつた。お延の自分に対する信用を、女に大切な其一角に於て突き崩すのは、自分で自分に打撲傷を与へるやうなものであつた。お延に気の毒だからといふ意味よりも、細君の前で自分の器量を下げなければならないといふのが彼の大きな苦痛になつた。 (『明暗』九十七)

虚栄心は漱石文学を貫流する最も重要なテーマの一つである。『吾輩は猫である』の語り手である猫は、虚栄心の塊である登場人物たちを一刀両断に切り捨てるが、その語り手自身が虚栄心の塊であり、しかも、「自分ながら満更な猫でもないと云ふ虚栄心も出る」などと、嬉々として読者に自慢する。『虞美人草』のヒロイン藤尾は異母兄の甲野欽吾らに虚栄心を打ち砕かれて憤死する。漱石作品の主要人物たちは、ほぼすべて、男の虚栄心、あるいは女の虚栄心に囚われた人々である。彼らは義理や己惚れ、利害や打算、気位や痩せ我慢といった様々な虚栄心に翻弄されつつ世間の中で齷齪と生きている。就中、最も見事に男女の虚栄心を剔抉してリアルに迫ってくる作品は『明暗』であろう。津田も延子も秀子も繼子も、互いに相手の心理の裏面を探り合い、疑心暗鬼に陥っては相手を支配できない悔しさを味わわされながら、人生の修羅場をさまよっている人々である。(有光隆司)

◆ 身体感覚・情緒

気楽

きらく

◆「継子さんは何時でも気楽で好いわね」／彼女は斯う云つて継子を見返した。当り障りのない彼女の言葉は逆も継子に通じなかつた。／「ぢや延子さんは気楽でないの」／自分だつて気楽な癖にと云はん許りの語気のうちには、誰からでも、世間見ずの御嬢さん扱ひにされる兼ての不平も交つてゐた。(中略)「そりや気楽は気楽よ。だけどあなたの気楽さとは少し訳が違ふのよ」　（『明暗』七十一）

　漱石作品において、初期の『吾輩は猫である』「草枕」などから晩年の『明暗』に至るまで、「気楽」の語は頻繁に用いられている。
　たとえば、『それから』冒頭(一の一)では、「自分を死に誘ふ」「此警鐘を聞くことなしに生きてゐられたなら」「如何に自分は気楽だらう」のように、実際には「気楽」には生きられない主人公像を描き出すために「気楽」の語が用いられている。その意味では、漱石作品における「気楽」の語の用いられ方は両義的である。
　また、漱石作品の中でもっとも集中的に「気楽」の語が用いられるのは、『明暗』七十一であり、延子と継子の会話を描くこの章だけで11回用いられている。そこでは既婚者の延子と見合い直後の継子がお互いを「気楽」と呼び合っている。相手から「気楽」と言われたことを肯定すれば自分の未熟さを認めることになる。しかし、自分が「気楽」であることを否定すれば自分が不幸であると告白することになる。そのようなジレンマをおこす装置として「気楽」の語が用いられており、この語によって、二人の女性の虚栄心や対抗心を同時に描き出すことを可能にしている。

（宇佐美毅）

義理

ぎり

◆「夫で僕も、君の知つてゐる通、先生の世話には大変なつたんだから、先生の云ふ事は何でも聞かなければ義理がわるい……」／「そりや悪い」／「悪いが、外の事と違つて結婚問題は生涯の幸福に関係する大事件だから、いくら恩のある先生の命令だつて、さう、おいそれと服従する訳には行かない」　（『虞美人草』十七）
◆何う考へても交際のは厭でならなかつた健三は、また何うしてもそれを断わるのを不義理と認めなければ済まなかつた。彼は厭でも正しい方に従はうと思ひ極めた。　（『道草』十三）

『虞美人草』の義理

　夏目漱石のテクストにおいて義理の意識は、自己の本意と義理的行為との間に乖離が生じる時にしばしば現れる。『虞美人草』の小野清三は、過去に井上孤堂の世話になっており、「先生の云ふ事は何でも聞かなければ義理がわるい」のであるが、甲野欽吾の異母妹藤尾に惹かれている小野は、孤堂の娘小夜子との結婚の約束に関しては「服従する訳には行かない」という。旧恩への義理に背こうとした小野は、宗近一の「真面目になれ」という言葉によって翻意し、「小夜子を捨ては済まんです。孤堂先生にも済まんです」と、小夜子との結婚を決意する。
　一方、藤尾の母は、欽吾が財産も家も藤尾に譲り、家を出ようとすることに対して、世間への体裁を気にして引き止める。欽吾の申し出は藤尾の母にとって都合の良いものであるが、「義理の着物」をまとい、「自分より世間の義理の方が大事」という藤尾の母は、欽吾の申し出を素直に受け取らない。本来の望

みと世間への義理立てとの間に矛盾が生じ、それが「貰ふ料簡で貰はないと主張する」「謎」を生むが、欽吾はそのような態度を「策略」と批判する。

恩義に対する義理に自己の本意が外れること、および自己の本意に背きながら世間への体裁のために行う義理立ては否定され、報いるべき義理と自己の本意とが一致することこそが、欽吾と宗近によって体現された『虞美人草』の倫理であった。

『道草』の義理

『道草』における義理は『虞美人草』のような安定した倫理を形成しない。『道草』を構成している世界は、「健三を常に一方の当事者とする家族＝親族という関係の集合」(吉田凞生「家族＝親族小説としての『道草』」『講座夏目漱石　第三巻』有斐閣、1981)であり、健三は親族の係累に基づく義理的行為に対して無縁ではいられない。健三はかつての養父母島田とお常から昔通りの交際を求められ、「其人の世話になつた昔を忘れる訳に行かな」いと同時に「其人に対しての嫌悪の情も禁ずる事が出来」ず、「両方の間に板挟み」となる。結局、健三は交際を断ることは「不義理」であると考え、「厭でも正しい方に従はう」と決める。健三は世間への見栄のためではなく、「正しい」からこそ義理を果たそうとする。

しかし、健三は旧恩を抱くべき島田やお常に対する記憶を失っており、彼にとっての報いるべき恩義とは「理解力の索引」に照らした限りのものである。健三は義理に背くのでも自己の本意を偽るのでもなく、本来そこにあるべき「恩義相応の情合」が欠如していることに悩むのであり、それを補填するかのように義理的行為を遂行する。健三は、自己の本意を伴わない義理的行為について、「俗社会の義理を過重する姉」と「同じ事なのかしら」と疑いながらも、「片付かない」義理を抱え続けるのである。　　　　(富塚昌輝)

愚

ぐ／おろか

◆「先生泥棒に逢ひなさつたさうですな。なんちゆ愚な事です」と劈頭一番に遣り込める。／「這入る奴が愚なんだ」と主人はどこ迄も賢人を以て自任して居る。　　　　(『吾輩は猫である』五)
◆評して見ると木瓜は花のうちで、愚かにして悟つたものであらう。世間には拙を守ると云ふ人がある。此人が来世に生れ変ると屹度木瓜になる。余も木瓜になりたい。　　　　(『草枕』十二)
◆大愚難到志難成　五十春秋瞬息程　　(漢詩、207)

「愚」の狂騒曲

「実語教に、人学ばざれば智なし、智なき者は愚人なりとあり。されば賢人と愚人との別は学ぶと学ばざるとに由て出来るものなり」とは、いうまでもなく福沢諭吉『学問のすすめ』(自家版、1872-76)の一節である。教育資本の蓄積の有無によって、人間を「賢者」と「愚者」、さらには「富者」と「貧者」に区別する、酷薄な二分法の時代の到来を宣言しているが、しかし「貧」と「富」がそうであるように、「愚」と「賢」も相対的な概念に過ぎないから、自らが「賢」であることを示すためには、他者の「愚」を言い立てるほかはない。『吾輩は猫である』の主人は、多々良君から泥棒に入られたことをやり込められて抗弁するが、「這入る方も愚だばつてん、取られた方もあまり賢こくはなかごたる」とさらにやり込められ、「然し一番愚なのは此猫ですばい」と「吾輩」にまでとばっちりが及ぶ。その「吾輩」も「主人は余程愚だ」というのが口癖で、主人は主人で誰彼を「愚だ」と批評し、──つまりはお互いがお互いを「愚」と名指しあう、「愚」の狂騒曲が漱石の初期の作品にはつね

◆身体感覚・情緒

419

に鳴り響いている。

だからこそ『虞美人草』の甲野さんは、宗近君を「君は感心に愚を主張しないからえらい。愚にして賢と心得てゐる程片腹痛い事はないものだ」と評するのだが、そういう賢しらがまかり通る時代に、もみくちゃにされながら孤軍奮闘するのが「坊っちやん」の「おれ」であり、「野分」の白井道也である。他方、「利害の旋風に捲き込まれ」まいとする「草枕」の画工は、「枝は頑固で、かつて曲つた事がない」木瓜の樹に「二十年来の旧知己」を見出し、「余も木瓜になりたい」と願ってやまない。

漱石における「愚」の諸相

ひるがえって、「其愚には及ぶべからず木瓜の花」(1653)や、「愚かければ独りすゞしくおはします」(1832)、「兀々として愚なれとよ」(俳体詩〔無題〕)などの俳句・俳体詩があるように、漱石にとっても「愚」は愛用語の一つであった。「愚陀仏」が漱石の俳号の一つであったことはよく知られており、自ら主宰した『東京朝日新聞』文芸欄には、「太平洋画会」(1911・5)ほか二編を「愚石」の名で寄稿。また、1912(明45)年には秋元梧楼の企画で、漱石が一茶の俳句を書き、小川芋銭が俳画を添えた色紙の画帳『三愚集』を作成、その序に漱石は「句は一茶画は芋銭書は漱石それ故に三愚集といふ(中略)漱石は三人のうちにて一番の大馬鹿なり」とも記している。

「現下の如き愚なる間違つたる世の中には正しき人でありさへすれば必ず神経衰弱になる事と存候」(鈴木三重吉宛、1906・6・6付)や、「世上幾多の才子は愚に近づきつゝ、自ら賢に進むと思へり」(中川芳太郎宛、1906・7・24付)など、漱石の書簡にも「愚」はしばしば登場するが、こうした「愚」への親炙がかりそめのものでなかったことは、まだ学生だった漱石が子規に示した1889年の漢文紀行『木屑録』に、「白眼甘期与世疎／狂愚亦懶買嘉誉」(漢詩31)が

見られることによっても確認できる。「白眼」をもって世を疎んじ、「狂愚」をもって世に背く姿勢は、晋の孫楚の故事に由来する「漱石」を自らの号として選びとって以来のものだった。

一方で、上に掲げた「兀々として愚なれとよ」が、中国、元代の『従容録』第二十三則の一句「兀兀如愚兮道貴」に由来することが指摘されており、「愚」の背景に禅への関心があったことも見逃せない。この句について、神保如天『従容録通解』(無我山房、1915)は、「愚の如く魯の如くにして兀座不動なる其所に仏祖も測度し難き道の尊貴が現成してある」と解釈しているが、それはまさに「草枕」の画工が木瓜を評する「愚かにして悟つたもの」の謂にほかならないだろう。しかし、1907年頃の『校補点註　禅門法語集』への書き入れに、「愚ナル問答ヲナスヨリアクビヲ一ツスル方ガ心持ヨキモノナリ」とあるように、漱石における「愚」は悟りへの憧憬であると同時に、悟り済ました行いそのものを懐疑する、研ぎ澄まされた批評用語でもあった。それゆえ、「彼は平生自分の分別を便に生きて来た。其分別が今は彼に祟つたのを口惜く思つた。さうして始から取捨も商量も容れない愚なもの、一徹一図を羨んだ」(『門』二十一)と語られる『門』の宗助は、「愚」に徹することも「愚」から離れることもできずに佇立するばかりなのである。

「狂愚」から「大愚」へ

このように、漱石とそのテクストにおける「「愚」の系譜」(加藤二郎『漱石と禅』、翰林書房、1999)を跡づけてくれば、いうまでもなく、最晩年の漢詩にまで到り着く。1916(大5)年10月21日作の七言律詩(漢詩197)に、「吾失天時併失愚」とあるのを、一海知義(『漱石全集』第18巻「訳注」岩波書店、1995)は、「句意、さだかでない。むかし子供のころの天真さを失ったとき、同時に理想の到達点である大愚の境地

をも失った、というのであろうか」というが、松岡譲『漱石の漢詩』(朝日新聞社、1966)は「この詩、甚だ悲調を帯び、彼の当時の内生活に何等かの葛藤があった事を思わせる」と述べている。漱石が、「変なことをいひますが私は五十になつて始めて道に志ざす事に気のついた愚物です」(富沢敬道宛、1916・11・15付)と述懐するのも、この頃である。

また、死の直前にあたる11月19日作の七言律詩(漢詩207、最後から二番目の詩である)には、「大愚難到志難成」の句が現れる。「大愚」は、『荘子』天地篇に見える語であるとともに、1914年頃から漱石が強い関心を寄せていた良寛の法号でもあることは、多くの指摘がある。とりわけ、「二十二歳の「狂愚」から五十歳の「大愚」まで、「愚」というものが、漱石の精神を生涯にわたって貫いて」おり、「漱石にとって「愚」なるものは、生得のものでありながら、いやそうであればそれだけ、とうとう徹底することのできなかった、ありうべき境地ででもあったのだろう」という秋山豊『漱石の森を歩く』(トランスビュー、2008)の指摘は、示唆に富む。もとよりその「ありうべき境地」に、あえて「則天去私」という名称を与える必要はないけれども。

漱石における「愚」は、一方で「拙」と、他方で「狂」と近接しながら、つねにその生涯とテクストに見え隠れし、また深く沈潜している。「愚」への憧憬が、「愚」であることの羞恥と韜晦に綯い交ぜられていると言い換えてもよいが、この間、「愚」を「愚」として大胆に肯定する若い世代の登場は、このような漱石の目にどう映じただろうか。「其れはまだ人々が「愚」と云ふ貴い徳を持つて居て、世の中が今のやうに激しく軋み合はない時分であつた」とは、いうまでもなく谷崎潤一郎を文壇に押し上げた、1910年の「刺青」の冒頭の一節である。　　　　　　　　　　　(宗像和重)

偶然、必然

ぐうぜん、ひつぜん

◆彼は二三日前ある友達から聞いたポアンカレーの話を思ひ出した。彼の為に「偶然」の意味を説明して呉れた其友達は彼に向つて斯う云つた。

(『明暗』二)

◆その必然性を認めるために、過去の因果を遡付けて見ようといふ気さへ起らなかつた。

(『明暗』百十一)

ポアンカレーの『科学と方法』

ポアンカレーの「偶然」は1908(明41)年に出版された『科学と方法』に収められている。そして『明暗』の連載が『朝日新聞』で始まる前年の1915(大4)年、寺田寅彦が『科学と方法』の中から、この「偶然」ともう一編「事実の選択」を翻訳し、『東洋学藝雑誌』に発表している。それを読むと、『明暗』の津田が友達から聞かされた「普通世間で偶然だ偶然だといふ、所謂偶然の出来事といふのは、ポアンカレーの説によると、原因があまりに複雑過ぎて一寸見当が付かない時に云ふのだね」という説明で始まる一節が、寺田の翻訳を下敷きにしていることがわかる。かつての恋人、清子を諦めきれぬまま、そのつもりがなかったにもかかわらず、お延と結婚してしまった津田は、こうした自分の運命を「偶然？　ポアンカレーの所謂複雑の極致？　何だか解らない」と自問自答する。優柔不断で覇気に欠ける津田の性格を端的に表わす台詞である。ポアンカレーは「偶然」の中で、「眼にとまらないほどのごく小さい原因が、認めざるを得ないような重大な結果をひきおこすことがあると、我々はそれを偶然と呼ぶ」という趣旨のことを述べている。津田にとっては清子が

◆身体感覚・情緒

去り、お延と一緒になってしまった結果は、自分でも気がつかない小さな原因の複雑な絡み合いによるものといいたかったのである。己を省みず、すべてを偶然というブラックボックスにほうり込もうとする津田の人間性がそこに現われている。

『明暗』の結末の予兆

ところで、ポアンカレーの語る偶然はニュートン力学にもとづく力学的決定論と呼ばれる自然観に依拠している。ニュートン力学に従えば、初期条件（原因）を定めると運動方程式を解くことによって、解（結果）は一意的に導き出される。つまり、そこには必然しかあり得ない。しかし、現実の世の中は無数の初期条件が錯綜しているため、必然がぼやけ、偶然にしか見えないというわけである。したがって、錯綜する因果の糸をほぐす努力をすれば、津田の運命は本人がぼやくように偶然に支配されているばかりではなく、必然の帰結として浮かび上がってくるはずである。たとえば、清子にとってみれば、津田と別れる決断を下したのは偶然などではなく、津田の人格に起因する必然の結果であったのであろう。過去の因果を迹付けてみようとする気のない津田には、それが見えなかっただけである。

ポアンカレーが「偶然」の中で述べたように、小さな諸原因が因果の連鎖の末に大きな変化（重大な結果）をもたらすことがある。『明暗』の展開も、清子、お延、吉川夫人といった登場人物のひとつひとつは些細に見える言動が相互作用を起こしながら徐々に累積し、どこかで臨界点を越えたとき、津田が破局的な運命に見舞われるという結末になったのかもしれない。未完に終った『明暗』であるが、そうしたことを予兆させる伏線が作品の中にはいくつも張られている。しかし、そうなっても津田はやはり「偶然？　何だか解らない」と呟くだけなのであろうか。　（小山慶太）

苦痛

くつう

◆彼の苦痛は何時ものアンニュイではなかつた。何も為るのが懶いと云ふのとは違つて、何か為なくてはゐられない頭の状態であつた。

（『それから』十三の二）

◆私はたゞ妻の記憶に暗黒な一点を印するに忍びなかつたから打ち明けなかつたのです。純白なものに一雫の印気でも容赦なく振り掛けるのは、私にとつて大変な苦痛だつたのだと解釈して下さい。

（『心』百六）

苦痛を超えるもの

「凡そ世の中に何が苦しいと云つて所在のない程の苦しみはない」とは「倫敦塔」の一節だ。ボーシャン塔に落書きした囚人の心の内に、「余」は生きていながら活動を奪われた者の「死よりも辛い苦痛」をみた。これは『文学論』の中の「苦痛は吾人の尤も忌む所なるが故に尤も存在の自覚を強ふすと云ふパラドックスより来るに似たり」と通じている。人は活動禁止の状態に最大の苦痛を覚えるから、存在の自覚のためにより激しい苦痛を選ぶ。苦痛と快感は正比例するので、快楽を求めれば苦痛は必然だというのだ。「ノート」（『漱石全集』第21巻、岩波書店、1997）中の「Pain and Pleasure」にも、「大ナル理想ヲ有シテ之ヲ是非共realiseセントスル者ハ遂ニpain多キヲ免レズ」という考えが見られる。

所在なさの苦痛は、『それから』の代助には「倦怠」として表れる。が、それは彼の選んだ生活様式の必然であり、切羽詰まったものとも言えない。代助はむしろその苦痛から抜け出て、新たな苦痛の前に追いこまれていく者である。「彼の苦痛は何時ものアンニュイで

はなかつた」は、三千代への傾斜とその危険を感じつつ、父の進める縁談を受けねばならなくなる時間に生じたものだ。ここに苦痛同士のせめぎあいがある。精神の自由を失うことを恐れる代助は、自由を保証する経済力を失うのを恐れる者だ。三千代へと進む道は、財源の途絶を意味する。処世上の経験には苦痛しかないと考えていた代助に、それを味わわせずにおかない道である。苦痛の種を上書きしていく先に代助の混乱はあった。

苦痛を倍加するもの

「野分」の白井道也「解脱と拘泥」の一節に、「苦痛其物は避け難い世であらう。然し拘泥の苦痛は一日で済む苦痛を五日、七日に延長する苦痛である」とある。『心』の先生は苦痛を拘泥によって倍加させた一人だ。彼は自身の来歴の根に財産を騙し取った叔父への執念深い恨みを語った。策略によって与えられた苦痛に拘泥しながら、恋のために取った自らの策略に今度は拘泥し続けねばならない。先生は自尊心に拘って苦痛を感じ、Kの死後はその記憶に拘り、遺書の筆をとれば、うまく運ばない苦痛に見舞われる。苦痛はしばしば他者から与えられるものだが、ここでの苦痛の送信元は自分である。妻の純白を保存することが先生の「唯一の希望」とは、先生が恐れる苦痛を、妻という他者に与えてしまうことが苦痛だということである。

「苦痛」の古い用例「心之憂懼、形之苦痛」(『韓非子』)は身体の苦痛である。漱石は「Pain and Pleasure」で「mental pain」という言い方をしたように、自身の病などのほかは、おおむね精神的苦痛に用いた。だが代助のような身体の丈夫な者の苦痛に「身体全体が、大きな胃病の様な心持がした」(『それから』八の二)などと表現するような身体性は剝ぎとっていない。健三(『道草』)や一郎(『行人』)の神経衰弱的性向と絡み合った、まさに痛いと感じられる苦痛もそうである。　　　(高橋広満)

軽薄

けいはく

◆江戸っ子は軽薄だと云ふが成程こんなのが田舎巡りをして、私は江戸っ子でげすを繰り返して居たら、軽薄は江戸っ子で、江戸っ子は軽薄の事だと田舎者が思ふに極まつてる。　(「坊っちやん」五)
◆私は人間を果敢ないものに観じた。人間の何うする事も出来ない持つて生れた軽薄を、果敢ないものに観じた。　(『心』三十六)

江戸っ子と軽薄

漱石作品の登場人物中、「軽薄」と称される筆頭は「坊っちやん」の野だいこであろう。野だは坊っちやん同様に東京出身者だが、江戸っ子気質とされる「軽薄」ぶりを坊っちやんは「江戸っ子」への評価と重ね合わせて批判する。その坊っちやんはといえば、元は旗本で、多田満仲以来の清和源氏の血統に誇りをいだく零落した幕臣の子弟であった。同じ江戸っ子でありながら、野だとは異なり坊っちやんに「軽薄」の気質は希薄である。いや、希薄というよりは、坊っちやんは自己認識として自らを「軽薄」などとは考えていないだけで、読者の目には坊っちやんだってそれなりに軽薄であるようにも写るのだが、ともかく寄宿舎の一件で「何等の源因もないのに新来の先生を愚弄する様な軽薄な生徒を寛仮しては学校の威信に関はる」と述べ、「教育の精神」は「高尚な、正直な、武士的な元気を鼓吹する」(「坊っちやん」六)ことにあり、と主張する山嵐に坊っちやんは感謝する。

はたして武士の出なら江戸っ子でも「軽薄」の気質はないのか、こういう単純な参りようこそが「軽薄」ではないのか、と言ってやりたくもなるが、そうした自己認識と読者

◆身体感覚・情緒

の目に写る像とのズレがこの作品を面白くしているとはいえる。

真面目と軽薄

漱石の作品群から浮かび上がる「軽薄」の語には「真面目」の対義語として表れる側面がある。

「坊っちゃん」に「真面目」という語彙はほとんど用いられないが、たとえば『虞美人草』の小野は、小夜子との約束がありながら藤尾と交際する自分を「軽薄」とし、「真面目な人間になります」と宣言して藤尾と別れる。同様に小夜子の父の井上も「特段の理由もないのに、急に断はられて、平気ですぐ他家へ嫁に行く様な女があるものか。あるかも知れないが小夜はそんな軽薄な女ぢやない。そんな軽薄に育て上げた積ぢやない」と啖呵を切る。

「軽薄」と「真面目」との対比は『心』において深まりをみせる。卒業を果たし、病気の父を見舞うために帰省した「私」は、父の病状を軽く考える自分自身を「気の変りやすい軽薄もの」(三十六)と考える。そのあと、二三日前に先生と奥さんとの間に起こった「何つちが先へ死ぬだらう」という会話に触発されて、「私は人間を果敢ないものに観じた。人間の何うする事も出来ない持つてうまれた軽薄を、果敢ないものに観じた」と考える。もともと「私」は先生に「それ程軽薄に思はれてゐるんですか」と詰め寄った経緯があるが、先生もかつてKに「精神的に向上心がないものは馬鹿だ」と「さも軽薄ものゝやうに」批判された経験がある。その先生は「あなたは真面目だから。あなたは真面目に人生そのものから生きた教訓を得たいと云つたから」(五十六)と自らの一生の記録を「私」に委ねる。「真面目」と「軽薄」という形容を用いることで、漱石は人生への接し方を対比的に描き出している。

(杉山欣也)

軽蔑

けいべつ

◆極めて因循な男なんだから。其点で卑怯だと云ふなら云はれても仕方がないが……」/「そんな事を誰が卑怯だと云ふもんですか」/「然し軽蔑はしてゐるだらう。僕はちやんと知つてる」/「貴方こそ妾を軽蔑してゐるぢやありませんか。

(『彼岸過迄』「須永の話」三十五)

◆「奥さん、僕は人に厭がられるために生きてゐるんです。(中略)僕は無能です。幾ら人から軽蔑されても存分な警討が出来ないんです。仕方がないから責めて人に嫌はれてでも見ようと思ふのです。

(『明暗』八十五)

冒頭の引用、須永と千代子のジェンダー間の争いは「貴方は妾を(略)腹の中で馬鹿にし切つてるんです」「それは御前が僕を愚図と見縊つてるのと同じ事だよ」と、類語を重ねながら更に続くのだが、相手の本心を知ろうとする双方の目論見は不毛な言葉の争いに堕してゆくのみである。「軽蔑」という心的態度は、一つは相手に対する優位を固持しようと焦る男女の争いの用語として用いられている。しかし「軽蔑」は「冷笑」「侮蔑」などと並んで頻度において『明暗』に圧倒的であり、この場合階級間の闘争の中に頻出している。引用例は、津田の入院中に津田が着古した外套を貰いに来た小林がお延に向って言う言葉であるが、確かにお延は平生から小林を、単に小林が「貧乏」で「地位がない」というだけの理由で「侮蔑」している。現存の『明暗』の見どころの一つは自分の無頼性の責任を「天」に帰し「責任のない所に卑怯はありません」と嘯く小林が、津田とお延の関係に踏み込もうと図るこの場面であろう。

(関谷由美子)

◆身体感覚・情緒

喧嘩

けんか

◆人間は竹の様に真直でなくつちや頼母しくない。真直なものは喧嘩をしても心持がいい。

(「坊っちやん」八)

◆「体格が悪ると華族や金持ちと喧嘩は出来ない。こつちは一人向は大勢だから」(「二百十日」二)

◆お延と仲善く暮す事は、夫人に対する義務の一端だと思ひ込んだ。喧嘩さへしなければ、自分の未来に間違はあるまいといふ鑑定さへ下した。

(『明暗』百三十四)

喧嘩の人生観

漱石の人生観・文学のキーワードの一つ。明治期にあり現在消滅した「騒がしい」の意味(惣郷正明・飛田良文編『明治のことば辞典』東京堂出版、1986)で漱石は用いていない。子供の頃喧嘩好きの腕白者で(「僕の昔」1907・2)、夫婦喧嘩振りが日記(1914・11・7)に記され漱石の人間味がうかがわれる。

漱石の喧嘩には二つの側面がある。一つ目は趣味(美的・道徳的判断力)の教育・文明批評としての喧嘩だ。漱石は「愉快の少ない所に居つてあく迄喧嘩をして見たい」「世の中を一大修羅場と心得てゐる。さうして其内に立つて花々しく打死をするか敵を降参させるゝどつちかにして見たいと思つてゐる。敵といふのは僕の主義僕の主張、僕の趣味から見て世の為めにならんもの」(狩野亨吉宛書簡、1906・10・23付)だと述べて、自らの創作を意味づける。それは「二百十日」・「野分」に表われる。

二つ目は自己本位としての喧嘩だ。日露戦争は西洋の兵器で「露国と喧嘩でもしやうといふのだ、日本の特色を拡張する為め」(「批評

家の立場」)だとの発言に明らかだ。しかし第一次世界大戦で漱石は、個人も国も喧嘩が強いのは自慢にならず、勝てるので戦争をするのは文明破壊以外効果がなく、その損害を補う貢献をすべきだ(「点頭録」九)と述べる。同じ第一次大戦で三宅雪嶺は、喧嘩は本能で利害の思案を外れると行い、喧嘩好き故に強国を作った白人は文明国の紳士でも一変して喧嘩腰になる(「喧嘩と戦争」1914・9『続　世の中』実業之日本社、1917)と述べる。抑々漱石は「世に悪人ある以上は、喧嘩は免るべからず」(「愚見数則」)と喧嘩を本能と別に見る故に、趣味の教育・文明批評・自己本位の捉え方をする。喧嘩は漱石には社会性との齟齬と秩序の感覚を表わす。

喧嘩と文学

明治・大正の小説の喧嘩の主な扱い方は二つある。一つ目は弱虫等の主人公の人柄や腕力型等のタイプを表わし、それがテーマになること(久米正雄「大人の喧嘩」1919・9)もある。二つ目は痛快な見せ場・活劇ストーリーの形成で、立川文庫など大衆小説に比較的多い。単なる滑稽なエピソードや意外な展開を用意すること(徳冨蘆花『思出の記』1900-1901)もある。

漱石の特徴は三つある。一つ目は人物造型で、「坊っちやん」八の常識を転倒した主張による正義漢のパロディの独特さだ。二つ目は漱石文学のテーマに密接に関わることだ。即ち三角関係をめぐる喧嘩(『明暗』百三)や嫉妬(『心』八十九)、『虞美人草』十五の結婚への干渉、『明暗』百三十四の夫婦喧嘩の損得勘定だ。三つ目は「二百十日」二・「野分」十一の華族・実業家批判や『吾輩は猫である』十一の迷亭の結婚不可能説のような文明批評に喧嘩を用いる独特さだ。似た独特さには岩野泡鳴の『断橋』(1911・1-3)五で痴話喧嘩も貿易・一国の支配も事業・実行上同一視する刹那主義がある。

(福井慎二)

◆身体感覚・情緒

好奇心

こうきしん

◆例の小路を二三度曲折して、須永の住居つてゐる通りの角迄来ると、彼より先に一人の女が須永の門を潜つた。敬太郎はたゞ一目其後姿を見た丈だつたが、青年に共通の好奇心と彼に固有の浪漫趣味とが力を合せて、引き摺るやうに彼を同じ門前に急がせた。　　　　　　（『彼岸過迄』「停留所」二）

◆もし私の好奇心が幾分でも先生の心に向つて、研究的に働らき掛けたなら、二人の間を繋ぐ同情の糸は、何の容赦もなく其時ふつりと切れて仕舞つたらう。　　　　　　　　　　　　　　（『心』七）

「好奇心」の二側面

　漱石文学において、「好奇心」が特別なニュアンスを帯びてくるのは、後期三部作あたりからだろう。

　『彼岸過迄』では、職探しに奔走する田川敬太郎のシークェンスに「好奇心」が頻出する。そもそも敬太郎は、「遺伝的に平凡を忌む浪漫趣味の青年」（「風呂の後」四）とされ、学生時代から現実離れした空想に耽る傾向があった。同じ下宿に住む「漂泊者」の森本は、その来歴や行状から、格好の話のネタにされ、友人である須永と千代子の関係も詮索の対象となる。実業家の田口による人物考査をかねた「探偵」行為でも、敬太郎の「好奇心」は遺憾なく発揮される。とはいえ敬太郎の「好奇心」には、どことなく滑稽味がただよう。「顧みると、彼が学校を出て、始めて実際の世の中に接触して見たいと志ざしてから今日迄の経歴は、単に人の話を其所此所と聞き廻つて歩いた丈である。（中略）殆んど冒険とも探検とも名付けやうのない児戯であつた。彼は夫がために位地に有つく事は出来た。けれども

人間の経験としては滑稽の意味以外に通用しない、たゞ自分に丈真面目な、行動に過ぎなかつた」（「結末」）と要約されるところからも、それは明らかだろう。一方、敬太郎によって詮索される須永と千代子との「結婚問題」は、当時の読者にも「深刻な思索的暗示」（鈴木三重吉「解説」『須永の話』東京堂、1914）を与えたようである。この文脈に出てくる「好奇心」は、恋愛や結婚にかかわる当事者同士の心理の駆け引き、腹の探り合いに関係することが多い。

心理の駆け引きへ

　こうしてみると、漱石文学における「好奇心」には、ふたつの側面がありそうだ。『心』における青年の「私」は、先生との一回性の濃密な時間を共有したあとで、「もし私の好奇心が幾分でも先生の心に向つて、研究的に働らき掛けたなら、二人の間を繋ぐ同情の糸は、何の容赦もなく其時ふつりと切れて仕舞つたらう」と回想する。これは「先生と遺書」における先生とKとの関係性を踏まえた言説であることは明らかだろう。「私にはKが何と答へるだらうかといふ好奇心があつたのです。Kの唇は例のやうに少し顫へてゐました」（『心』九十二）というように、先生はまさにKの心を「研究的」に切り刻み、結果としてKを死に追い詰めた。このように「好奇心」は、当事者の関係性によって、プラスにもマイナスにも作用するものとして表象されている。しかし、最後の長編『明暗』にいたると、「津田は迷宮に引き込まれる丈であつた。引き込まれると知りながら、彼は夫人の後を追懸けなければならなかつた。其所には自分の好奇心が強く働いた」（『明暗』百三十九）というように、「滑稽」や「同情」といった要素は影をひそめ、心理的な葛藤や駆け引きにつながる「好奇心」が、人間の宿痾として追究されるようになっていく。

　　　　　　　　　　　　　　　（田口律男）

◆
身
体
感
覚
・
情
緒

強情／剛情

ごうじょう

◆「会津つぼか、強情な訳だ。」 （「坊っちやん」九）
◆K君はまだ私の云ふ事を肯はない様子であつた。私も強情であつた。 （『硝子戸の中』十五）
◆彼はいつも話す通り頗る強情な男でしたけれども、一方では又人一倍の正直者でした
（『心』九十六）

「強情／剛情」者の代表格は「坊っちやん」の山嵐である。山嵐は「君はよつぽど剛情張りだ」「会津つぼか、強情な訳だ」と坊っちやんに言われる。漱石の登場人物には「強情／剛情」ものの系譜があり、『行人』の三沢、『心』のK、『道草』の健三、『野分』の道也、『明暗』の津田の叔父等と、主要作品の多くの作品に「強情／剛情」者が登場する。

坊っちやんが山嵐を「剛情」と考える理由は氷水の代金をめぐる諍いからである。『吾輩は猫である』の苦沙弥は「金に頭はさげん」と頑張り、金田に「どうも剛情な奴だ」と驚かれる。彼らに通底する「強情／剛情」は、金銭に頭を下げず、周囲に金銭以上の価値を認めさせようとする際に現れる気質ということができる。

この「強情／剛情」者の系譜の根源に、『硝子戸の中』（十五）の「私」の、「普通営業的の買売に使用する金」が「感謝の意を表する」手段に用いられることへの違和感を結びつけることができる。「私」は金銭以上の価値として「好意」を力説するが、納得しないK君に「強情」となる。中学校内部の権力構造に楯突く山嵐の「強情」も、世間一般以上の価値を示そうとする、正直者らしい態度といえる。
（杉山欣也）

幸福、不幸

こうふく、ふこう

◆先生は私を離れゝば不幸になる丈です。或は生きてゐられないかも知れませんよ。さういふと、己惚になるやうですが、私は今先生を人間として出来る丈幸福にしてゐるんだと信じてゐますわ
（『心』十七）
◆私と妻とは決して不幸ではありません、幸福でした。然し私の有つてゐる一点、私に取つては容易ならん此一点が、妻には常に暗黒に見えたらしいのです。 （『心』百八）
◆「あるのよ、あるのよ。たゞ愛するのよ、さうして愛させるのよ。さうさへすれば幸福になる見込は幾何でもあるのよ」 （『明暗』七十二）
◆人間として丸で逆なのです。だから大変な不幸なのです。さうして兄さんは其不幸に気が付いてゐらつしやらないのです。 （『明暗』百九）

「幸福な一対」と危機

静は自分の愛が夫である先生を幸福にしていると言うが、先生はその幸福のただ中でなお暗黒の一点を抱えている。「容易ならん此一点」という過去の痛覚と「幸福な一対」たるべき夫婦の絆が『心』を動かす原動力ともなっているのだ。『門』の宗助の平穏もノイローゼの自覚や「過去からの声」とともにあり、夫婦の「幸福な一対」としての日常があってこそ危機も際立つのである。『行人』の一郎はより危機的に見えるが、そこにもなお幸福のイメージがはりついている。「兄さんが此眠から永久覚めなかつたら嘸幸福だらうといふ気が、何処かでします。同時にもし此眠が永久覚めなかつたら嘸悲しいだらう」（『行人』「塵労」五十二）と語られる、Hさんの前で眠り続ける一郎の身体は、究極の幸福＝死を

◆ 身体感覚・情緒

427

も示唆していると見えるのだ。それは、例えば志賀直哉『暗夜行路』末尾の、直子によって見られる病床の謙作の身体にも通じる脱力しきった平穏をあらわし、また、「意識が生のすべてであると考へるが同じ意識が私の全部とは思はない死んでも自分〔は〕ある、しかも本来の自分には死んで始めて還れるのだ」(岡田(林原)耕三宛書簡、1914・11・13付)と記した、漱石自身の幸福感のありようをも暗示している。

我執と不幸

『明暗』のお延は我執にとらわれ、うぶな継子に向かって愛による幸福獲得を力説する。それは場違いなおかしみを見せつつも、同時に懸命な希求の声として読む者を動かすのである。また一方、理屈っぽいお秀が、狭量な小姑として兄夫婦に向かって「人間としてまるで逆なのです」と言いつのる人倫論議も、大仰で滑稽な言挙げではあるが、なお作中随一の真摯な発言としても迫ってくるのだ。だが、お秀の訴えは津田とお延には、頑固で偏狭な強弁と聞かれるのみで終わるのである。お秀の言う「不幸」とは、そうした滑稽や悲惨を内実とする日常の生の持続にこそ向けられているのだといえるだろう。

他にも、『彼岸過迄』には、なさぬ仲の母と須永の一隅の幸福があり、『行人』には、若い二郎の目にする岡田夫婦の凡常な幸福や、煩悶する一郎の見据えるお貞さんの純朴な幸福もある。さらに、『明暗』中で最も柔軟な人物と見える岡本には、『門』の坂井を発展させた理想的な家庭人としての幸福が体現され、その闊達と鋭敏を兼ね備えた姿には、漱石自身のあらまほしき自己像も見てとれるだろう。それらに比して、危機に瀕した津田とお延の今後にも、なお不和と和合の両様の可能性が開かれており、刻々の幸不幸の波に揺れる夫婦の動きが凡常かつ切実なものとして読者を動かすのである。　　　　　　(細谷博)

◆ 身体感覚・情緒

小刀細工

こがたなざいく

◆「只死と云ふ事丈が真だよ」／「いやだぜ」／(中略)「御免だって今に来る。来た時にあゝさうかと思ひ当るんだね」／「誰が」／「小刀細工の好な人間がさ」　　　　　(『虞美人草』一)

◆「妾死ぬなら首を縊つたり咽喉を突いたり、そんな小刀細工をするのは嫌よ。大水に攫はれるとか、雷火に打たれるとか、猛烈で一息な死方がしたいんですもの」　　　　(『行人』「兄」三十七)

『虞美人草』の甲野と宗近の会話は結末における藤尾の唐突な死の予告であり、「小刀細工の好な人間」とは藤尾とその母ということになるであろう。夏目鏡子『漱石の思ひ出』(改造社、1928)によれば、三女が生まれる頃の漱石は、女中に「『これを奥さんのとこへ持つて行つて、これで澤山小刀細工をなさいつてさう言ひなさい』／と申しまして、錆ついた小刀を渡し」たという。漱石は夫人と女中が小刀細工(こせこせした策略)で自分を苦しめていると思い込んでいた。

『虞美人草』五では「天下国家の為めに死ぬ」「君は日本の運命を考へた事があるのか」と問う甲野に、宗近は「日露戦争を見ろ」と答えるが、甲野は「日本と露西亜の戦争ぢやない。人種と人種の戦争だよ」と返す。男たちから見限られる藤尾の死には、外交(宗近)、哲学(甲野)、文学(小野)すべての局面において小刀細工を排すべしという主張が隠されている。

一方『行人』では、旅先の直が小刀細工を否定し、二郎を驚かせる。小刀細工属性は、一方的に女性に貼り付けられていたかのように見えるが、その傾向は徐々に変化していくのだ。　　　　　　　(跡上史郎)

滑稽

こっけい

◆時々冗談を言ふと人が真に受けるので大に滑稽的美感を挑撥するのは面白い。

(『吾輩は猫である』一)

◆今わが親方は限りなき春の景色を背景として、一種の滑稽を演じてゐる。 (「草枕」五)

◆世の中は泣くにはあまり滑稽である。笑ふにはあまり醜悪である。

(皆川正禧宛書簡、1906(明39)年10月20日付)

◆滑稽と云ふものは唯駄洒落と嘲笑ばかりではあるまいと思ふ。深い同情も無ければならぬ。読む人に美感をも与へなければならぬ。

(談話「滑稽文学」)

◆「滑稽だな。如何にも貴女らしい滑稽だ。さうして貴女はちつともその滑稽な所に気が付いてゐないんだ」／重さうに籃を提げてゐる清子の様子を見た津田は、殆んど斯う云ひたくなつた。

(『明暗』百八十三)

学者・俳人・小説家

漱石は小説家である前に学者たらんとした人である。文学とは何かという問いは、倫敦以後の漱石をつき動かした。文学の言語表現と心的作用はその考察の中心に置かれ、「滑稽」もその中にあった。さらに実作者漱石にとって、「滑稽」は即実践的課題ともなったのである。『吾輩は猫である』の迷亭が説く「滑稽的美感」は、『文学論』では「文学の不道徳分子は道化趣味と相結ぼれて存する事あり」(第二編第三章)云々と論述され(『漱石全集』第一巻「注解」岩波書店、1993)、「趣味の遺伝」中で、「マクベス」の王殺害時に現れる門番の滑稽に注目し「物凄さ、怖しさは此一段の諧謔の為めに白熱度に引き上げらるゝ」(二)とし

た読解は、『文学論』でも説かれている。

また、漱石は小説家である前に俳人でもあった。漱石の滑稽趣味は、子規も言うように俳句のそれに通じている(「わが俳句仲間において俳句に滑稽趣味を発揮して成功したる者は漱石なり」『墨汁一滴』)。「倫敦消息」「自転車日記」に始まり、『吾輩は猫である』『漾虚集』『草枕』『二百十日』『野分』『虞美人草』『坑夫』『三四郎』と続く実作には、俳味ある滑稽があり、落語的諧謔も見出される。だが、その後はどうか。『それから』にも低徊があり、門野や婆さん、嫂との間の滑稽もあるが、小説世界の雲行きは怪しくなる。続く『門』では坂井、『行人』では岡田夫婦、『彼岸過迄』では敬太郎と、滑稽味や低徊趣味はなお残るが、もはや滑稽小説とは呼べぬ世界へと変ずるのである。

滑稽文学論

「『トリストラム、シヤンデー』」では、『吾輩は猫である』に影響を与えたスターンを「一代の豪傑」として、その諧謔を野卑だが無邪気と賞する。『文学論』では、道徳感を脱する価値として「滑稽」を「崇高、純美」と並べ、シェイクスピア劇中最も滑稽でかつ不徳も有する者としてフォルスタッフをあげて、「一種の怪物」(第二編第三章)「滑稽の核を有して天地を横断するもの」(第五編第一章)とし、前述「マクベス」の王殺害と門番の酔態の対照を「仮対法」として分類する(第四編第六章)。18世紀英文学論である『文学評論』では、アジソンとスチールをヒューモアとウイットのある常識文学とし(第三編)、悪戯と公憤を蔵したスウィフトを厭世文学として詳説する(第四編)。さらに、スウィフトに対し十返舎一九の『膝栗毛』を比して陽気な滑稽物で諷刺ではないとし、滑稽物は読者が真似をしたがり、諷刺物は真似を厭う、と平易に区別する(同)。だとすれば、漱石初期も諷刺物でなく滑稽物ともなろうが、『吾輩は猫である』にも厭世と狂気とが色濃くにじむのである。

◆ 身体感覚・情緒

談話「滑稽文学」では、滑稽は「駄洒落と嘲笑」ばかりでなく「深い同情」も必要であるとして、モーパッサンの短編「頸飾り」末尾の滑稽を「厭な感じがする」と論難する(大島真木「芥川龍之介と夏目漱石—モーパッサンの評価をめぐって」『比較文学研究』1978・6)。また、「写生文」では、写生文の特徴を親が子供に対する態度で書かれるものと喩えてその滑稽味を説き、「ノート」では、「文芸のmoralは $\frac{2}{3}$ で沢山、残る $\frac{1}{3}$ は無邪気、滑稽、呑気、愉快」(III-6)と記す。すなわち、漱石における滑稽の理解は、倫理意識との通底とへだたりの計測の中で行われようとしたのである。

中期から後期へ

本来陽気で罪のない笑いを好んだはずの漱石は、『猫』以来の厭世や狂気をかかえつつ『それから』以降へと進む。『行人』では、低徊趣味と切迫、滑稽と深刻がせめぎ合い白熱化している。岡田夫婦、三沢の話等の低徊があり、一郎の深刻が二郎の柔軟さや父の軽薄さとの対照によって際立つ。父の話も三沢の話も岡田夫婦も男女の相互理解のアポリアに関わっているが、一郎とお直、二郎とお直、さらに二郎と一郎の「人と人との関係」(「帰つてから」三十七)の緊迫は、終章のHさんの手紙へと接続されて終わるのである。一郎の「死ぬか、気が違うか、夫でなければ宗教に入るか」(「塵労」三十九)という切迫も、Hさんの受けとめによって軟化されたかに見える。モハメッドの話は滑稽味も含む悟りを示すが、なお末尾の一郎の眠りは異様に深いのである(佐藤勝「作家の論理と小説の論理—『行人』論」『国文学』1976・11)。一方で宙づりのままとなったお直の冷笑は、次作『心』の静の笑いの不可解へと受け渡されたともいえるだろう。

『道草』から『明暗』へ

初期の滑稽味溢れた漱石文学は中期の深刻な人間ドラマへとのめり込んだ後、さらに後期の『道草』で再び変容し、『明暗』に至ることで滑稽への志向を再生させ、みごとに創作エネルギーを活性化させたのである。後期の滑稽はもはや初期の継承ではなく、別種のひろがりをもった諧謔となったのだ。

まず『道草』では、『心』の純粋志向や深刻癖が大きく後退し、雑多な現実の中で右往左往する人間の卑小さと滑稽さが滲み出た痛切な世界が描出される。養父の出現や妻の無理解にあって動揺する健三に対する〈語り手〉の姿勢は、かつての猫の語りがさらに幾重もの現実をかいくぐった末に獲得したかのような辛辣と共感とをたたえている。

続く『明暗』では、卑近かつ生気溢れる人間の姿が、手ごたえある俗世の出来事として描かれる。精密に仕組まれたプロットと人間関係の対称性の図式的ともいえる提示が、読み手を引きつけて飽きさせない。さらに、〈語り手〉による辛辣な評言や引き延ばしの中で、意味ありげでなお他愛なく、愚かしくもまた切実であるような、独特な感触をもった笑いの世界が現れるのだ。そこでは、人間の身近さと不可解、健気さと狡知、手ごわさと悲惨等の諸相が、味わうに足るものとして剔抉され、陳列される。人間模様の多彩さ、せめぎ合いつつ動き続ける人物像の描出の巧みさにおいて、『明暗』はまさに漱石滑稽文学の頂点であり、未完でありながらも現実味溢れる人間関係の動静とともに、豊潤さと躍動感を伴った滑稽味が横溢する遺作となった。

『明暗』は、『行人』や『心』を離れ『道草』を経た後の漱石の人間再発見の試みであり、また緻密な人物配置やプロット構築の場でもあった。人間の凡常がおかしみとともに活写されたその小説世界は、漱石みずから親が子供に対する態度と喩えた、滑稽味を含む写生文的な姿勢の到達点としての「則天去私」による成果ともいえるだろう。 (細谷博)

孤独、独り

こどく、ひとり

◆然ししばらくすると、其心持のうちに薄雲の様な淋しさが一面に広がつて来た。さうして、野々宮君の穴倉に這入つて、たつた一人で坐つて居るかと思はれる程な寂寞を覚えた。(中略)けれども此孤独の感じは今始めて起つた。　　　（『三四郎』二の三）
◆私は其時始めて、兄さんの口から、彼がたゞに社会に立つてのみならず、家庭にあつても一様に孤独であるといふ痛ましい自白を聞かされました。
　　　　　　　　　　　　　（『行人』「塵労」三十七）
◆夜更に鳴る鉄瓶の音に、一人耳を澄ましてゐる彼女の胸に、何処からともなく逼つてくる孤独の感が、先刻帰つた時よりも猶劇しく募つて来た。それが平生遅い夫の戻りを待ちあぐんで起す淋しみに比べると、遥かに程度が違ふので、お延は思はず病院に寝てゐる夫の姿を、懐かしさうに心の眼で眺めた／「矢つ張りあなたが居らつしやらないからだ」
　　　　　　　　　　　　　　　　（『明暗』五十七）

孤独からの出発

　『三四郎』の主人公は、大学の池の面をみつめつつ、「薄雲の様な淋しさ」、「野々宮君の穴倉にたつた一人で坐つて居るかと思はれる程な寂寞」に襲われ、それらを「此孤独の感じは今始めて起つた」と総括している。「孤独」は「淋しい」「寂寞」など情緒的要素を多く含む語群を論理的に意味づけ、整理する上位概念なのである。そして、「淋しさ」から「孤独」に至る階層序列の背景には、例えば「何故愛してもゐず、細君にもしやうと思つてゐない妾に対して」、「嫉妬なさるんです」、「貴方は卑怯です。徳義的に卑怯です」と言う『彼岸過迄』の須永に向ける千代子の批判（「須永の話」三十五）、『行人』の一郎の「何んな人の所

へ行かうと、嫁に行けば、女は夫のために邪になるのだ。(中略)自分が悪くした妻から、幸福を求めるのは押が強過ぎるぢやないか。」（「塵労」五十一）という自己否定の言葉、『心』の先生の自殺への心理的必然性を語る「私は仕舞にKが私のやうにたつた一人で淋しくつて仕方がなくなつた結果、急に所決したのではなからうかと疑がひ出しました。さうして又慄としたのです。私もKの歩いた路を、Kと、同じやうに辿つてゐるのだといふ予覚が、折々風のやうに私の胸を横過り始めたからです」（『心』百七）という的確な自己分析などに示されているような否定すべからざる倫理的負性の自覚が明確に存在している。

女々しい男性、雄々しい女性

　以上を平易にまとめるとすれば、男性における女性存在への嫉妬という身も蓋もない話になるが、漱石のテクストにおける「孤独」は、男性という「不可思議な」（『心』百十）存在の心理領域に深い分析のメスを加えている。「女性の「内面」という(中略)新しい開拓地」を「発見」（佐藤泉『漱石　片付かない近代』NHKライブラリー、2002）したに留まらない、「女々しい」（渡邊澄子『女々しい漱石、雄々しい鷗外』世界思想社、1996）男性心理の発見を通じて、男性に始まり男性に終るとも言いうる「明治の精神」（『心』同上）に訣別する。男女それぞれの孤独の生れる根源としての、精神の言葉と肉体の言葉との差異に着目し、男性存在と女性存在との関係意識の修復を図った、『心』の次作『道草』での認識の鍛錬を転機として造型された、夫津田由雄との愛の関係意識確立のために挺身する未完の大作『明暗』のヒロインお延の次のような孤独には、愛をめぐる主体の位相の曖昧な夫津田を上廻る行為者としての一元性の裏付けがある。文字通り、漱石文学における女性の孤独は、男性の孤独を超えたのだ、と言っても良いだろう。

　　　　　　　　　　　　　　　　（小泉浩一郎）

子供

こども

◆「私にはとても子供の出来る見込はないのよ」と云ひ切つて泣き出した。／宗助は、此可憐な自白を何う慰さめて可いか分別に余つて当惑してゐたうちにも、御米に対して甚だ気の毒だといふ思が非常に高まつた。／「子供なんざ、無くても可いぢやないか。上の坂井さん見た様に沢山生れて御覧、傍から見てゐても気の毒だよ。丸で幼稚園の様で」／「だつて一人も出来ないと極つちまつたら、貴方だつて好かないでせう」／「まだ出来ないと極りやしないぢやないか。是から生れるかも知れないやね」／御米は猶と泣き出した。宗助も途方に暮れて、発作の治まるのを穏やかに待つてゐた。

（『門』十三の四）

漱石とわが子

夏目鏡子『漱石の思ひ出』（改造社、1928）には、漱石のわが子へのかかわりに関する記述が散見する。

長女筆子とのことについては、「最初の子供ではあり、結婚してから満三年後に出来た子ではあり、ずいぶんとかわいがりまして、自分でよく抱いたりいたしました。」とある（一〇　長女誕生）。この筆子から第四子までが女の子で、そのあとに長男純一が生まれたときは、「夏目もたいそう喜んで、後で長女に聞きますと、学校から帰つて来ると、男の子だ男の子だと喜んでいたそうです」（三〇　長男誕生）。

末つ子の雛子の誕生と死についても語られている（四八　雛子の死）。雛子の死と葬儀については、『彼岸過迄』を構成する一章「雨の降る日」で、松本の幼い娘、宵子のこととして書かれている。宵子は、夕飯の最中に突然具合が悪くなる。夏目鏡子は、漱石がこの小説を書き終えたとき、亡くなつた子供への供養になつたといつていたとも語り伝えている。

「子供」というオブセッション

『漱石の思ひ出』のなかの漱石は、父親らしい父親に見える。ところが、漱石の小説に「子供」は大きな不安の影を落とす。

「彼女は三度目の胎児を失つた時、夫から其折の模様を聞いて、如何にも自分が残酷な母であるかの如く感じた。自分が手を下した覚がないにせよ、考へ様によつては、自分と生を与へたものの生を奪ふために、暗闇と明海の途中に待ち受けて、これを絞殺したと同じ事であつたからである。斯う解釈した時、御米は恐ろしい罪を犯した悪人と己を見傲さない訳にいかなかつた」（『門』十三の七）。

三好行雄は、『門』のこの一節をを引いて、「死産した母の抱く感想としては似つかわしくない。そして、その異様な暗さは、漱石が子ども、とくに幼いものの死にこだわりつづけた作家であるという事実を、あらためて想起させる」と述べる。そして、「琴のそら音」や『三四郎』の子供の葬式の場面などをとり出し、「夢十夜」第三夜の百年前に「自分の子」を殺したことを知る夢にも言及する（三好行雄「『門』のなかの子ども」『三好行雄著作集』2、筑摩書房、1993）。

三好によれば、お米は「産めない母」であり、宗助の寝姿は「胎児」である。『門』の冒頭で、宗助は、こんなふうに寝ている。

「どう云ふ了見か両膝を曲げて海老の様に窮屈になつてゐる。さうして両手を組み合はして、其中へ黒い頭を突つ込んでゐるから、肱に挟まれて顔がちつとも見えない。」

宗助と、宗助の友だちの安井の妻だつた御米は、突然の「大風」に吹きたおされ、世間は、ふたりに「徳義上の罪」を背負わせた。ふたりは、広島へ行つても福岡へ行つても苦しみ、東京へ出てきても苦しみつづける。これが、

全二十三章の小説の十四章の終わりになって
ようやく明らかになる彼らの過去である。彼
らは、安井のその後の人生についても心配を
重ね、その存在におびえつづける。

『門』は、代助が親友の平岡の妻になってい
た三千代に近づいていく前作『それから』の
ふたりの、そのあとのすがたを描いた小説と
もいわれる。『それから』の幕が開いたところ
で、銀行の地方支店の勤めをやめて、久し
ぶりに東京にもどった平岡と代助は、「子供
は惜しい事をしたね」「うん。可哀想な事を
した。」と言い合う。三千代は、赤ん坊を亡く
した母である。『それから』や『門』において、
「子供」は、一種のオブセッション（強迫観念）
として男女にせまってくる。それは、『心』の
先生と奥さんにとっても同様だ。

「「子供でもあると好いんですがね」と奥さ
んは私の方を向いて云つた。（中略）／「一人貰
つて遣らうか」と先生が云つた。／「貰ツ子ぢ
や、ねえあなた」と奥さんは又私の方を向い
た。／「子供は何時迄経つたつて出来つこな
いよ」と先生が云つた。／奥さんは黙つてゐ
た。「何故です」と私が代りに聞いた時先生
は「天罰だからさ」と云つて高く笑つた」
（『心』八）。

そして、『道草』では、健三が細君の分娩に
立ち会うことになる。

「彼は狼狽した。けれども洋燈を移して其
所を輝すのは、男子の見るべからざるものを
強ひて見るやうな心持がして気が引けた。彼
は已を得ず暗中に模索した。彼の右手は忽ち
一種異様の触覚をもつて、今迄経験した事の
ない或物に触れた。其或物は寒天のやうにぶ
りぶりしてゐた。さうして輪郭からいつも
恰好の判然しない何かの塊に過ぎなかつた」
（『道草』八十）。

健三がふれたのは、彼の三番めの女児だっ
た。細君は、最初の子供を流産してヒステリー
の発作をおこしたが、その後、3人の女児を得
る。子供たちの「器量」を心配した健三は、

「あゝ云ふものが続々生れて来て、必竟何う
するんだらう」と考える。「その中には、子供
ばかりではない、斯ういふ自分や自分の細君
なども、必竟どうするんだらうという意味も
朧気に交つてゐた」から、ここでも、「子供」
は、オブセッションである。

「坊っちやん」と呼ぶ声

高等遊民として過ごしている『それから』
の代助を平岡は「小供視」し、代助のほうも
平岡を「小供視」する。しかし、漱石の作品
群のなかで抜きん出た子供性を発揮するの
は、やはり、「親譲りの無鉄砲で小供の時から
損ばかりして居る」と語り出す「坊っちやん」
の男だろう。無鉄砲でいたずらな子供だった
男が引き起こす、さまざまな事件からは、男
の旺盛な子供性が見て取れる。

男をこんなにも子供のままにしておくもの
は何か。小説は、この男が「おれ」という一
人称で語るスタイルをとっているが、小説の
タイトルだけは、「おれ」が語ったものではな
い。本文の「おれ」は、「坊っちやん」と呼ば
れる男であって、自分から「坊っちやん」とい
うことはない（これについては、三浦雅士『漱石
　母に愛されなかった子』岩波新書、2008に指摘
がある）。「おれ」を「坊っちやん」と呼ぶのは、
下女の清である。縁のうすい家族とちがっ
て、清だけは、「おれ」を「坊っちやん」といっ
て、かわいがる。四国の中学校に赴任する前
に、いまは自分の甥のところに身をよせてい
る清をたずねていくと、「おれ」のことをまだ
「坊っちやん」と呼ぶ。「坊っちやん」と呼ぶ声
にあまえて、男は、子供性を発揮する。清は、
「おれ」の母であり、妻であり、恋人だから、男
は、子供でありつづけ、「坊っちやん」と呼ぶ
声にこたえて語りつづける。小説のしめくく
りでは、その清がすでに亡くなったことが知
らされるから、男は、いまは亡き清に語った
のだ。

（宮川健郎）

◆身体感覚・情緒

淋しい、寂寞

さびしい、せきばく

◆もう怖い事も不安な事もありません。其代り何だか急に心細くなりました。淋しいです。世の中にたつた一人立つてゐる様な気がします。
（『彼岸過迄』「松本の話」六）

◆私は今より一層淋しい未来の私を我慢する代りに、淋しい今の私を我慢したいのです。自由と独立と己れとに充ちた現代に生れた我々は、其犠牲としてみんな此淋しみを味はわなくてはならないでせう
（『心』十四）

◆私は仕舞にKが私のやうにたつた一人で淋しくつて仕方がなくなつた結果、急に所決したのではなからうかと疑がひ出しました。（『心』百七）

変化する「淋しい」

　「淋しい（さびしい・さみしい・さむしい）」または「寂寞（せきばく・じゃくまく）」は、漱石のテクスト全般にわたって見られる用語である。ごく初期には、「近頃は両側へ長屋が建つたので昔ほど淋しくはない」（「琴のそら音」）のように、無人でひっそりした様子を表すことが多かったが、それが次第に、登場人物の内的要因がもたらす心象風景の表現に用いられるようになる。「池の面を見詰め」る三四郎の「其心持のうちに薄雲の様な淋しさが一面に広がつて来た。さうして、野々宮君の穴倉に這入つて、たつた一人で坐つてゐるかと思はれる程の寂寞を覚えた」（『三四郎』二の三）などが、その最も早い例のひとつと言えよう。

　それが「孤独の感じ」をさらに越えて、人の心に常に巣くう何らかの充たされぬ思いを表象するようになるのは、『それから』以降のようだ。代助は、平岡に顧みられない三千代

が「淋しい顔」（十三の四）をしていることを意識するが、後半では三千代自身が「淋しくつて不可ないから、又来て頂戴」（十三の五）と彼に呼びかけ、それが代助の決心を促す言葉となる。さらに『門』では、小説冒頭で語られた「身体と頭に楽がない」（二の一）小市民の宗助の「淋しみ」が、次第に彼の過去の「罪」をあぶりだすように展開していく。「淋しい」という語の重みは、こうして次第に増すのである。

後期三部作

　だが、「淋しい」という語の存在感が最も際だつのは、後期三部作においてである。

　まず『彼岸過迄』では、用例にあるように、周囲との違和感に悩み、「其訳を」「唯僕丈が知らない」（「松本の話」四）と苦しむ須永が、自分が父と女中の間にできた子で、母にとっては継子であったことを聞かされたときに陥るのが、「淋しい」思いであった。

　尤も、「漱石の主題は須永市蔵の出生の秘密などによって左右されるような性質のものではな」（桶谷秀昭『夏目漱石論』河出書房新社、1976）かったとも考えられ、『行人』では、これといって特別な過去を持つわけではない一郎が陥った近代人としての苦悩にこの語があてられている。一郎の苦しみは、「自分の周囲が偽で成立してゐる」（「塵労」三十七）という、強烈な孤独感、疎外感に由来する。中でも、「女性の「内面」という、それまで男性にとっては存在していなかった新しい開拓地」を「発見」（佐藤泉『漱石　片付かない〈近代〉』NHKライブラリー、2002）してしまった彼にとって、「妻から解釈可能な「心」を呼び出」（松下浩幸「狂気と恋愛の技術―『行人』論―」『漱石研究』第15号、2002・10）したいという願いは、弟に妻の「節操を試」（「兄」二十四）させようとするほどに切実だ。まさに、「死ぬか、気が違ふか、夫でなければ宗教に入るか」（「兄」二十四）の瀬戸際に一郎は立っているのである。

◆ 身体感覚・情緒

自分を理解してくれる他者を切望しながら求め得ない絶望的な「淋しさ」は、『心』にも通底している。世の中にも出ず「何の為に勉強するのか」と妻に聞かれた時の気持ちを、先生は「世の中で自分が最も信愛してゐるたつた一人の人間すら、自分を理解してゐないのかと思ふと悲しかつたのです。（中略）私は寂寞でした」（百七）と語る。用例に挙げたように、Kの自殺の理由も「淋しさ」ではなかったかと彼が覚るのは、このすぐあとのことなのである。

「淋しい」自己本位

　多くの先人たちは、こうした漱石の「淋しさ」を『私の個人主義』の問題と絡めて解釈してきた。『私の個人主義』では、「自己本位」または「個人主義」について「権力や金力のために盲動」せず、ただ「理非」に従う己の自由を尊重するとともに、「他の自由」も認める精神だと説明されている。しかし、西洋的価値観にしろ、封建的「党派」にしろ、依存する対象をもたない以上、「ある時ある場合には人間がばらばらにならなければならない」点で「淋しい」とも漱石は語っている。江藤淳はそこに、「「個人主義」とはいいながら、決して「自己」にとどまってその枠内に安住することができ」（『漱石とその時代 第五部』新潮社、1999）ない漱石のゆらぎを見出した。また山崎正和も、『門』の宗助の参禅を例に、「「自分の罪や過失」を忘れ、思わず自己本位に生きようとして逆に無力を自覚」（『淋しい人間』河出書房新社、1978）する人物を漱石テクストに見出していく。「自由と独立と己れ」の時代にありながら、「自我の観念を疑」（山崎）わずにいられない「実存」の苦しみが「淋しい」のであって、この感情が、『心』の先生を自己目的化した「自己処罰」にのめり込ませるのだと山崎は解釈する。「自己本位」は、貫いても貫き得なくても「淋しい」ものなのだろう。

開かれる「淋しさ」

　とはいえ、先に挙げた『それから』『行人』で女性登場人物の「淋しい」様子が語られているところからも察せられるように、漱石テクストの「淋しさ」は決して知識人男性の特権的な問題ではない。ことに『道草』の場合、「健三をとらえた不安は、知識人としての不安ではなく、裸形の人間としての不安」つまり、「「お前は何者か、どこから来てどこへ行くのか」という不安」（柄谷行人『畏怖する人間』講談社文芸文庫、1990）だと言える。そのため、健三の「淋し味」は『行人』や『心』の場合と同様、他者とわかり合えない苦悩に由来してはいるものの、その感情は、小説内の他の人物にもある程度応用可能なのである。

　例えば『道草』には、健三が彼の老いた兄に「淋し」さを感じたり、その兄が島田のことを「人情」ではなく「慾で淋しいんだ」（三十七）と評する場面がある。また、この小説の語り手は健三のほかに妻の御住にも焦点化することがあり、「彼女はわが夫を世の中と調和する事の出来ない偏屈な学者だと解釈してゐた」（四十七）などと語ることから、身近な他者に理解されない健三の「淋し味」は、御住の気持ちに当てはまるとも考えられそうだ。「淋しさ」は、漱石テクストの歴史を通して深く追究される一方で、外に向かっても開かれようとしているのである。

　外と言えば、「淋しい」「寂寞」は決して漱石の専売用語ではなく、日露戦争頃から文学やジャーナリズムで多用された重宝なタームでもあった（平岡敏夫『日露戦後文学の研究』上下、有精堂出版、1985）。正宗白鳥の『寂寞』（1904）『何処へ』（1911）、田山花袋『生』、志賀直哉『城の崎にて』（1917）など、漱石テクストと同時期に書かれ、読まれた「淋しい」をキーワードとする小説群との比較や関連についての研究も、一層必要となるだろう。　　（篠崎美生子）

◆身体感覚・情緒

死

し

◆吾々の生命は意識の連続であります。さうしてどう云ふものか此連続を切断する事を欲しないのであります。他の言葉で云ふと死ぬ事を希望しないのであります。（『文芸の哲学的基礎』）

◆意識を数字であらはすと、平生十のものが、今は五になつて留まつてゐた。それがしばらくすると四になる。三になる。（中略）愈零に近くなつた時、突然として暗中から躍り出した。こいつは死ぬぞと云ふ考へが躍り出した。（中略）自分は同時に、豁と眼を開いた。（『坑夫』七十七）

◆猶余る五分の命を提げて、将に来るべき死を迎へながら、四分、三分、二分と意識しつゝ進む時、更に突き当ると思つた死が、忽ちとんぼ返りを打つて、新たに生と名づけられる時、（中略）回復期に向つた余は、病牀の上に寝ながら、屢ばドストイエフスキーの事を考へた。ことに彼が死の宣告から蘇へつた最後の一幕を眼に浮べた。

（「思ひ出す事など」二十一）

三十分ばかりの死

1910（明43）年の夏、漱石は転地療養のため伊豆の修善寺に滞在していた。これに先立ち、『門』の連載中に激化した胃痛のために長与胃腸病院へ入院（6・18）、退院後まもなくして東京を出立（8・6）、当地で病状が悪化して「夢の如く生死の中程に日を送る」（日記7A、8・12）。容態が急変したのは8月24日のことであった。「夜八時急ニ吐血五百カラムト云フ、ノウヒンケツヲ、オコシ一時人事不生（中略）皆朝迄モタヌ者ト思フ」（日記7B、8・24）。かろうじて一命を取り留めた漱石は回復を待って10月11日に帰京、再度入院する。白い布に覆われた「橇の如きもの」で移送された様は、

本人をして「わが第一の葬式」と言わしめた（日記7D、10・11）。以上が漱石の臨死体験、いわゆる修善寺の大患である。

生還した漱石は、この「忘るべからざる二十四日の出来事」を「思ひ出す事など」に綴る。しかし、出来事の核心に触れようとして、妻・鏡子から「あの時三十分許は死んで入らしつたのです」と告げられ、唖然とする。実は当日の「一時人事不生」という日記も鏡子の代筆であったが、意識を失くしていたあいだにあった出来事の記憶はもちろん、記憶がないという事実自体の記憶まで喪失している。ならば、「三十分の死は、時間から云つても、空間から云つても経験の記憶として全く余に取つて存在しなかつたと一般である」だろう。

このとき、漱石は底知れぬ忘却の淵に立ち、自身の〈死〉について当事者でありながらも語るべき言葉を失うという出来事の表象不可能性に直面していた。

死の固有性と証言不可能性

「余は一度死んだ。さうして死んだ事実を、平生からの想像通りに経験した」（「思ひ出す事など」）。誕生と終焉という両極のあいだにある時間を単一の生として構成するもの、それが〈死〉である。「死というこの終りは（中略）現存在のそのつど可能な全体性を境界づけ規定している」（マルティン・ハイデガー『存在と時間』中央公論社、1971）。それは、当人以外に経験できない各人固有の出来事だ。つまり、「死は、それが「存在する」かぎり、本質的にそのつど私のものなのである」。

しかし、「死を考えるとは、思考のなかに、この上なく疑いしいものを、確からざるものによる崩壊作用を、導入すること」ではないか（モーリス・ブランショ『文学空間』現代思潮社、1962）。〈死〉の生起した瞬間に消滅する主体が〈死〉という出来事を体感して我有化することはない。そうである以上、そこに見出

されるのは「一切の基礎づけの不在であり喪失である死」、「不可避だが、近づき得ぬ死」であろう。死んだ本人が自分は死んだという事実を知ることは終ぞなく、私は死んだという一人称完了形の言表は不可能なのだ。「私なるものが自分は死んだと言うことができないとすれば、（中略）それは私なるものが一個の主体とは別のものだからである」（J＝L・ナンシー『無為の共同体』以文社、2001）。認識と行為の主体としての資格を失くした非人称的な何者かが到達不能な出来事に向けて無限に死に行く。ならば、「私は、常に他者として死ぬのではないだろうか？　だから、正しくは、私は死なないと言うべきではないだろうか？」（ブランショ、前出）

　かくして、ゼノンのパラドックス（「足の疾きアキリスと歩みの鈍い亀との間に成立する競争」）のごとき、「いくら死に近付いても死ねないと云ふ非事実な論理」（「思ひ出す事など」）に我々は逢着する。

仮死と刑死

　自らの〈死〉を生き延びた漱石は、その証言不可能性を埋め合わせるように他者の〈死〉を語り、なかでも「ドストイエフスキーの事」にこだわりをみせる（「思ひ出す事など」）。「彼が死の宣告から蘇へつた最後の一幕」、すなわちペトラシェフスキー事件である。反乱謀議の廉で死刑が確定するも執行直前に皇帝の恩赦が間一髪でもたらされ、小説家は「死の門口まで引き摺られながら、辛うじて後戻りをする事のできた幸福な人」となったのだった。

　絓秀実は、この王権への反逆にまつわる死と再生の劇が、漱石の臨死体験ばかりでなく、時を同じくして起こった大逆事件の明らかなアナロジーになっていると指摘する（『『帝国』の文学』以文社、2001）。漱石は一度も事件を語らなかったが、「自分の癒りつゝある間に、容赦なく死んで行く知名の人々や惜しい人々」（「思ひ出す事など」）に死刑宣告を受けた24名の大逆犯たち（半数が特赦を受け、半数が刑死）も数えられるというのだ（しかし、漱石は罪を赦す慈愛に満ちた父（王権）という表象によって罰を下すその冷酷な顔を否認し、〈王殺し＝大逆〉を真に思考し得なかった）。

　いまなお病床にあって新聞報道に接したであろう漱石の姿は、「心」において「天子さまの御病気」と同じ病に侵されながら死の床で「崩御の報知」の記事を読む父と鏡像関係にある。単独では完結しえない〈死〉という出来事の連鎖が、個々の存在を分かちつつ結び付ける。

死を分有する共同体

　修善寺の大患に臨んだ坂元雪鳥は、漱石の「左手を堅く握つて殆んど死体と同じき冷たさの内に幽かに消え行く脈拍を探し」ながら（日記、日本近代文学館蔵）、「左の手で畳の上を辿りやすい小形の手帳に」病状を記録したという（「八月廿四日の夜に」『ホトトギス』1910・10）。「死のあとに訪れることは、ましてや、死がまさに無と化せしめた自分自身には把へられない。それ以後の意識、ないしは後件的な意識は、いやでもおうでも、第二人称あるいは第三人称だ」（ウラジミール・ジャンケレヴィッチ『死』みすず書房、1978）。〈死〉という出来事は、無媒介に触れつつ看取る他者の臨在によって生起し、他者の不如意な筆先によってようやく言語化される。そうしてはじめて私は〈死〉を死ぬことができるのだ。

　〈死〉は単独では出来しない。私（一人称）の〈死〉は親密な者たち（二人称）、そして法や言語の秩序（三人称）といった複数の他者の存在を前提としている。つまり、「死は公共のものである」（ブランショ、前出）。他者と〈分割＝分有 [partage]〉された〈死〉には、個と共同体の限界が刻まれているのだ。

（西野厚志）

◆身体感覚・情緒

自白

じはく

◆自分の所為に対しては、如何に面目なくつても、徳義上の責任を負ふのが当然だとすれば、外に何等の利益がないとしても、御互の間に有た事丈は平岡君に話さなければならないでせう。其上今の場合では是からの所置を付ける大事の自白なんだから、猶更必要になると思ひます

（『それから』十六の四）

◆Kの話が一通り済んだ時、私は何とも云ふ事が出来ませんでした。此方も彼の前に同じ意味の自白をしたものだらうか、夫とも打ち明けずにゐる方が得策だらうか、私はそんな利害を考へて黙つてゐたのではありません。たゞ何事も云へなかつたのです。

（『心』九十）

◆自分の弱点に対しては二様に取り扱ふ方法がある。（中略）一はコンフェッションである。然し無用の人若しくは此コンフェッションをきいて之を軽蔑する人若しくは之を利用して害を加へやうとする人には自白したくない。

（森田草平宛書簡、1906(明39)年1月9日付）

「自白」と明治末の文芸思潮

「自白」と類似した語としては、「告白」「白状」「コンフェッション」などがある。いずれも漱石が用いている言葉だが、数としては「自白」が圧倒的に多い。いずれも意味は、言いにくいこと、言うべきでないことを、敢えて発言するという意味である。

「自白」という語の用法に、漱石に固有のニュアンスがあるかと言えば、特に存在するわけではない。また明治末の文芸思潮の中で「自白」といえば、当然田山花袋の『蒲団』や島崎藤村の『春』の登場をきっかけとして文壇を賑わすこととなる、作家自身の履歴、体験に基づいた小説の創作が視野に入ってくるが、漱石のこの言葉の用い方として、そうした文芸思潮としての自己告白と交差するようにも、とくには感じられない。もっとも、書簡で漱石と「コンフェッション」について応答した森田草平が『煤煙』や『自叙伝』を書いているし、漱石の作品が告白に重きを置く時代的文脈の中で読まれえたということはあるだろう。

「コンフェッションの文学」

では、漱石の用語法において「自白」はさほど重要でないかといえば、そうではない。日常的な用法も数多く存在し、平凡でありうるこの言葉に、深く苦い響きを負わせることに成功したのが漱石の作品であるともいえよう。

代表的な用法を長篇から拾えば、『それから』の代助の「自白」が挙げられる。三千代との関係を平岡に告げようと話す場面、「今の場合では是からの所置を付ける大事の自白」（十六の四）だと代助は言う。そして、やはりもっとも代表的なのは、『心』における「自白」だろう。Kから「私」（先生）、「私」（先生）からK、先生から私への手紙、それぞれの語りや迷いが「自白」という言葉を用いながら描かれている。

興味深いのは、「コンフェッション」という言葉をめぐる森田草平との応答である。引用に掲げたように、同じ文中で「自白」と言い換えられているから、ほぼ同義で用いているといってよい。漱石はここで、弱点を自白すると「本人が愉快を覚えるのみならず。相手も快よく思ふ」と言っている。また、続く森田草平宛の書簡では、「コンフェッションの文学程人に教へるものはない」とも述べている（1906・2・15付）。漱石は、「自白」という語りの構えが、作品と読者を強く結びつけるということを、同時代の自然派とは異なる意味において、意識していたのだろう。　（日比嘉高）

自分

じぶん

◆「自分のしてゐる事が、自分の目的になつてゐない程苦しい事はない」と兄さんは云ひます。

(『行人』「塵労」三十一)

自己対象化の指標

　自称詞としての「自分」は古く中世から用例があるが、これが近代になって「一人称」という概念と共に自覚的に小説に使われるようになったのは、二葉亭四迷の翻訳『あひびき』(1888)などの影響も大きい。だたし当初から広く用いられていたわけではなく、それはあくまでも「余」「我」「妾」「僕」など多くの自称詞のうちの一つに過ぎなかった。

　漱石の小説にあって、この語は語る主体の自称詞としてよりも、むしろ多くの場合、対象化された自己を指し示す語として用いられることを特徴にしている。「僕は返事に窮した。自分で気の付かない自分の矛盾を今市蔵から指摘された様な心持もした」(『彼岸過迄』「松本の話」四)とあることからもわかるように、「自分」は語る主体の「僕」とは区別され、客体化された、二次的な主体である。

　「私は自分の過去を顧みて」(『心』五十七)という時の「私」と「自分」の使い分けが示すように、「自分」は自身で自身を省みる時の、自己対象化の指標なのである。したがってこれらは主語としてよりも、目的語として用いられることが多い。

　写生文の影響が色濃い初期の一人称小説、『吾輩は猫である』「坊っちゃん」「草枕」等では、当然のことながら「自分」の用例は少ない。これらの作で「吾輩」や「余」が自身を批評し、外側から観察の対象とする要素は希薄

なのである。

不可知な「自分」

　この語のもう一つの特徴は、語る主体としての性格を離れ、人間一般の性状を説明するために持ち出されるケースである。たとえば『三四郎』の「人間はね、自分が困らない程度内で、成る可く人に親切がして見たいものだ。(与次郎の発言)」(『三四郎』九の五)といった例がこれに該当する。自身を回想する場合に「自分」が使いやすいのもこうした客体化作用のためで、たとえば「坑夫」では、「当時の自分には自分に対する研究心と云ふものが丸でなかつた」(九)といった具合に、「思い出す自分」に対し、「思い出される自分」が明確に打ち出されている。

　「夢十夜」などにもこうした萌芽が見られるのだが、しかし漱石の文学はその後必ずしもこうした方向には進まなかった。写生文の影響から離れると共に、前期三部作では一人称は採用されず、全能的な語りが用いられることになるからである。そこでは「自分」が「自分」を語るのではなく、主人公達が自身をどのように認識しているのかが、語り手によって冷静に記述される形がとられている。「(三四郎は)自分が存外幅の利かない様に見えた事であつた」(『三四郎』六の九)「(代助は)自分は今日、自ら進んで、自分の運命の半分を破壊したのも同じ事だと、心のうちに囁いだ」(『それから』十四の五)「彼(宗助)は冷たい鏡のうちに、自分の影を見出した時、不図此影は本来何者だらうと眺めた」(『門』十三の一)などの例からもわかるように、『二四郎』『それから』『門』と進むにつれて、当初の素朴な自己把握から、次第に未知で不可知の「自分」に気づき始める過程を読み取ることができよう。

漱石の「個人主義」理解

　漱石が「個人主義」という概念に正面から

◆ 身体感覚・情緒

◆身体感覚・情緒

向き合うようになるのは、時期的にはこれ以降のことであった。

「小生は何をしても自分は自分流にするのが自分に対する義務であり且つ天と親に対する義務だと思ひます」(高浜清宛、1906・7・2付)、あるいは「標準は自分自身で定めねばならぬ」(談話「戦後文学の趨勢」)といった具合に、それは本来、「自己本位」に基づく個人主義的な「自分」——他の誰とも違う「自分」の自覚——であったはずなのである。しかし実際にはそれにこだわればこだわるほど、「僕は打死をする覚悟である。打死をしても自分が天分を尽くして死んだといふ慰藉があればそれで結構である。実を云ふと僕は自分で自分がどの位の事が出来て、どの位な事に堪へるのか見当がつかない。」(狩野享吉宛書簡、1906・10・23付)という形で、逆に「自分」の姿は把捉しがたいものになっていく。漱石が後期の実作で再び一人称を使い始めるのは、まさにこうした「疑ぐる自分も同時に疑がはずには居られない」(『彼岸過迄』「須永の話」十六)ことへの関心とも連動していた。

「僕は自分といふ正体が、夫程解り悪い怖いものなのだらうかと考へて、しばらく茫然としてゐた」(『彼岸過迄』「須永の話」十)という一節と冒頭にあげた『行人』の例に明らかなように、実作では「個人主義」にこだわればこだわるほど、「自分自身さへ頼りにする事の出来ない私」(『心』百八)が浮き彫りにされていくことになるのである。

相対概念としての「自分」

この時期、白樺派の作家たちが素朴に自己を肯定し、一斉に「自分」を主語にする小説を書き始めて文壇に大きな衝撃を与えていた。しかし漱石の「自分」は彼らとはかなりその性格を異にしている。

「世間と切り離された私が、始めて自分から手を出して、幾分でも善い事をしたといふ自覚を得たのは此時でした」(『心』百八)とあるように、「私」も「自分」も、「個人」は「世間」があって初めて成り立つ概念なのである。漱石の後期作にあって「自分」は、あくまでも「世間」「相手」といった他者との相関関係から問われるものとしてあった。「他の存在を尊敬すると同時に自分の存在を尊敬する」のが「個人主義」である(『私の個人主義』)という主張や、『社会と自分』という講演の題目などからもそれをうかがうことができよう。『彼岸過迄』『行人』『心』で部分的に一人称を復活させていた漱石が、最後の『道草』『明暗』では、あえて一人称を使わず、登場人物と周囲との相関関係を冷徹に見据える方向をとったのもこれに関連している。

「彼は毫も他人に就いて考へなかつた。新らしく生れる子供さへ眼中になかつた。自分より困つてゐる人の生活などはてんから忘れてゐた」(『道草』八十六)

「(お延は)腹の中では自分に媚びる一種の快感を味はつた。それは自分が実際他に左右思はれてゐるらしいといふ把捉から来る得意に外ならなかつた」(『明暗』六十四)などの例からもわかるように、ここではいずれも、自己を絶対化しようとするがゆえに、かえって浮き彫りにされてしまう他者との関係性が問われている。ここに、同時代、「自分」を前面に自我を打ち出していった白樺派の作家達との決定的な差異を見ることができよう。

漱石は晩年、「私の個人主義」で「自己本位」に目覚めた体験を学習院で講演するが、これは学習院を母体にする「白樺派」の作家たちが素朴に強固な「自分」を全面に押し立てていったことを多分に意識したものだった。漱石の「個人主義」は、武者小路実篤や志賀直哉らの打ち出した「自分」を意識しつつ、それとは対比的に、最晩年にあらたにつかみ取られていった概念だったわけである。

(安藤宏)

自由

じゆう

◆文明は個人に自由を与へて虎の如く猛からしめたる後、之を檻穽の内に投げ込んで、天下の平和を維持しつゝある。　　　　　　　　（「草枕」十三）
◆私は今より一層淋しい未来の私を我慢する代りに、淋しい今の私を我慢したいのです。自由と独立と己れとに充ちた現代に生れた我々は、其犠牲としてみんな此淋しみを味はわなくてはならないでせう。　　　　　　　　　　　　　（「心」十四）
◆彼女は男子さへ超越する事の出来ないあるものを嫁に来た其日から既に超越してゐた。或は彼女には始めから超越すべき牆も壁もなかつた。始めから囚はれない自由な女であつた。彼女の今迄の行動は何物にも拘泥しない天真の発現に過ぎなかつた。　　　　　　　　（『行人』「塵労」六）
◆自分が何の位津田から可愛がられ、又津田を何の位自由にしてゐるかを、最も曲折の多い角度で、あらゆる方面に反射させる手際を到る所に発揮して憚からないものは彼女に違なかつた。
　　　　　　　　　　　　　（『明暗』百三十三）

東洋的自由／西洋的自由

　「自由」は、明治初期の訳者たちが翻訳に苦労した概念の一つである。福沢諭吉は『西洋事情二篇』(1869)の「例言」で、西洋の書を翻訳するにあたり「妥当の訳字なくして訳者の困却する」語の一つとして「自由〔原語「リベルチ」〕」を第一にあげている。もともと中国の古典籍にあらわれている「自由」の語は、「専恣横暴」という意味と、「他から制約や拘束をうけないこと」の二つの語義があった。日本においても同じように二様に受け止められたが、中世以降、「自由狼藉」「自由濫吹」のように秩序や慣例に背く放恣なふるまいを指

す、マイナスの意味合いで用いられることが多かったとされる。

　これに対して、西洋においては、自由と平等は自然法思想を背景に近代市民社会のもっとも基本的な原理となっている。歴史的にいえば、西洋中世の身分制社会では自由は貴族などの支配階層の特権であったが、絶対王政下においてそれが王権によって侵される危機に瀕したときに、宗教的寛容の要求、思想・信条の自由として自覚されるようになった。その後、ブルジョア革命を経て、経済的自由主義が強く意識されるにともない、個人の自由と権利が公的に制度化されるにいたる。それによって保障されたのは第一に精神の自由、第二に経済活動の自由、第三に政治的自由ということになる。ただし、その道のりは平坦ではなく、そこには自由を獲得するための苦闘の歴史がはりついている。福沢においては、こうした西洋的な自由と東洋流の「自由」の語とのズレが自覚され、「未だ原語の意義を尽すに足らず」と省察されていたといえよう。

イデオロギーとしての自由

　漱石においても、はやくから自由は西洋文明を語るに重要なタームであると意識されていた。「草枕」では、画工の「余」が那美の出征する従弟を見送るために、吉田の停車場に向かう末尾で、「汽車」の見える所が現実世界だとして、「汽車程二十世紀の文明を代表するものはあるまい」とひとしきり西洋文明論を開陳した後、上記引用のように「文明」と「自由」について述べている。「文明はあらゆる限りの手段をつくして、個性を発達せしめたる後、あらゆる限りの方法によつて此個性を踏み付け様とする」と同様に、文明は個人が自由に振る舞うことを許容しながら、「鉄柵」を設けてその埒外で自由に行為することを禁じている。自由を与えながら、自由に枷をはめることで「天下の平和」と秩序を維持

◆身体感覚・情緒

しているというのである。個性を発達せしめ
ながら、個人の個性に顧慮しないのが現代の
文明であると、西洋的な自由概念の限界性と
逆説を問題にしている。

学習院輔仁会で行われた講演「私の個人主
義」でも、将来自由を容易に行使できる「権
力」と近い位置に立つと考えられる学生たち
を前に、イギリスを例に挙げながらあるべき
自由について述べているのは知るとおりであ
る。イギリスほど「自由でさうしてあれほど
秩序の行き届いた国は恐らく世界中にない」
として、それは「自分の自由を愛するととも
に他の自由を尊敬する」ような「社会教育」
を受けているからだとする。「自由の背後に
は屹度義務といふ観念が伴つて」いるという
のである。漱石は「個人の幸福の基礎となる
べき個人主義」の根本には「個人の自由」が
あるとしながら、逆に自由を制限するかのよ
うな義務と責任によって自由は支えられてい
ると繰り返す。東洋流の自由観を遠くに見据
えながら、自由に倫理性を求めているといえ
よう。

関係概念としての自由

また、「我は我の行くべき道を勝手に行く
丈で」「他人の行くべき道を妨げない」、それ
が「ある時ある場合には人間がばらばらにな
らなければな」らない、「其所が淋しいので
す」と、個人主義と自由についてまわる孤独
について述べている。それは、いうまでもな
く「私」という青年を前にした『心』の先生の
述懐、「自由と独立と己れとに充ちた現代に
生まれた我々は、其犠牲としてみんな此淋し
みを味はわなくてはならないのでせう」(上、
十四)と重なっていく。親友平岡との疎隔を
意識した『それから』の代助が感じる「現代
の社会は孤立した人間の集合体に過なかつ
た」(八の六)という実感とも繋がっている。
自由とそれに伴う孤独を直視することは漱石
文学に遍在するテーマの一つといってよい。

◆身体感覚・情緒

ただし、作中人物に付与される「自由」の
質は性(ジェンダー)によって異なる。例えば
『行人』のお直は、「彼女には始めから超越す
べき牆も壁もなかつた。始めから囚はれない
自由な女であつた」(「塵労」六)と設定され、迷
いと懐疑に揺れる一郎・二郎兄弟の前に「男
子さへ超越する事の出来ないあるもの」を
もった他者として立ち現れ、男たちを苦悶と
混乱に陥れる。こうした漱石がしばしば描く
「自由」で「畏れない女」たちは物語を展開
させる構成力ともなっている。

一方、絶筆となった『明暗』では、それらと
は異なる形で自由が問題化されている。上記
の引用のように、津田の妻お延は夫にどれく
らい愛され、夫をどれだけ自由に扱っている
かを他の作中人物に示すことに腐心してい
る。そういうお延を、津田のみならず津田の
上司の妻で媒酌人の吉川夫人はコントロール
しようとしている。それぞれの作中人物が主
導権を握って、いかに相手を自由にコント
ロールしようとしているかが、人間関係の
ネットワークを作りあげている。こうした自
由の奪い合いは、人間関係に巣くう虚栄心や
エゴイズムを鮮やかに浮上させている。津田
自身も、かつて自分のもとを不意に去った清
子の真意を知りたいという願望に促されて
やって来た温泉で、自分の自由について次の
ように問返す。「自由は何処迄行つても幸福
なものだ。其代り何処迄行つても片付かない
ものだ、だから物足りないものだ。それでお前
は其自由を放り出さうとするのか」(百七十三)。
自分のいまある自由と引換に過去の不思議を
解くべきか、それとも立ち止まるべきか。津
田にとって自己の自由を守ることは自分の優
位性とプライドを保持することでもある。漱
石は、こうした自由をめぐってさまざまに綾
なされた人間模様を粘り強く描いている。自
由は文明批評の鍵概念としてだけでなく、物
語構成原理としても機能しているといえよ
う。

(高橋修)

情、人情

じょう、にんじょう

◆憐れは神の知らぬ情で、しかも神に尤も近き人間の情である。御那美さんの表情のうちには此憐れの念が少しもあらはれて居らぬ。　（「草枕」十）
◆即ち物に向つて知を働かす人と、物に向つて情を働かす人と、それから物に向つて意を働かす人であります。（中略）情を働かす人は、物の関係を味はふ人で俗に之を文学者もしくは芸術家と称へます。
（「文芸の哲学的基礎」）
◆「何しろ淋しいには違ないんだね。それも彼奴の事だから、人情で淋しいんぢやない、慾で淋しいんだ」　（『道草』三十七）

一般的用例・用法

「智に働けば角が立つ。情に棹させば流れる」と「草枕」の冒頭でお馴染みだが、この情は感情と同義であろうか。他に「情に篤い」「情に訴へる」等の用例も見られるが、この情も感情と同義ではない。喜怒哀楽の凡てを包み込んだ感情ではなく、「人として当然持っているべき他者を思いやる心」（中村明『日本語　語感の辞典』岩波書店、2010）に近い感情と思われる。その意味では人情も情に近い語彙として扱っていいであろう。「人情の機微」「人情のない男」「人情か義理か」という使用例を見てもそのことが言える。関連語として友情、愛情もあるが「情愛（合）」がかなりの頻度で出ていることも注意しておきたい。

極めて一般的な用例としては、「人情を知らないから平気でそんな事を云ふんだらう。小野の方が破談になれば小夜は明日から何処へでも行けるだらうと思つて、云ふんだらう。」（『虞美人草』十八）、「自然は公平で冷酷な敵である。社会は不正で人情のある敵であ

る。」（「思ひ出す事など」十九）等が挙がるが、国語辞書的な意味を大きくは出ない。

芸術理論としての「情、人情」

この「情」「人情」が頻出し、それが漱石の芸術理論と関係付けられているのが「文芸の哲学的基礎」と「草枕」である。「我を分つて知、情、意の三」とし、「感覚物を通じて知、情、意の三作用が働く場合」に、情の働く場合が「愛に対する理想及び道義に対する理想」となると言う。知の場合が真、意志の場合が荘厳に対する理想となり、これを以て芸術家の理想の種類としている。この場合の情は幅広い言葉のように思えるが、それが愛や道義と結び付けられるとかなり意味が限定されるように思われる。しかし、理論通りに漱石の作品が展開しているか否かは検討を要する。又、注意を促したいのは知、情、意という分類は従来の真、美、善に対応するようでいてそうではないことである。漱石は感覚物そのものに対する情緒として美に対する理想を挙げていて、その時、情が最も激しく働くと言う。従って、美は感覚物そのものへの理想であり、我の知、情、意が働く以下の諸理想とは異なるとする。その美への理想を語ったのが「草枕」とも言えるが、そこに道義や荘厳の理想を見ることも否定し難い。

「憐れ」を神は知らぬが、最も神に近い人間の情であるという規定はまさに美そのものであり、「尊い」ことにおいて、荘厳にも通ずる。

「草枕」は言うまでもなく、「非人情」という語を巡っての言説である。俗人情でもなく純人情（沙翁劇）でもない状態として「非人情」を持ち出す画工は、言わば人情界を距離を以て眺めようと実験を試みるのである。芸術家の現実への対し方を模索していると取れば、この期における漱石の面白い試みであるが、この方法がその後の人情界を眺める視点にどのように変化をもたらしたかは検討の余地がある。　（上田正行）

◆　身体感覚・情緒

正直

しょうじき

◆正直だから、どうしていゝか分らないんだ。世の中に正直が勝たないで、外に勝つものがあるか、考へてみろ。　　　　　　　（「坊っちやん」四）
◆偽善を偽善其儘で先方に通用させ様とする正直な所が露悪家の特色で、しかも表面上の行為言語は飽迄も善に違ないから、――そら、二位一体といふ様な事になる。　　　　　（『三四郎』七の四）
◆今の人は正直で自分を偽らずに現わす、かうゆう風で寛容的精神が発達して来た、（「教育と文芸」）

◆
身
体
感
覚
・
情
緒

独立独行としての「正直」

　「坊っちやん」四でバッタ事件に困らされた「おれ」は、自らの拠り所を「正直」に求めようとする。五の釣りの場面でも、「正直にして居れば誰が乗じたつて怖くはない」と主張する。この「おれ」が立脚する「正直」という規範は、やがて「世の中」が虚偽に満ちていることを思い知らされ、敗北せざるをえないが、世間に流通する価値観とはまったく異質である。

　戦前の小中学校の修身教育を通して重んじられた日常道徳的な「正直」が、世間の常識にもとづく他律的なものであり、現実の矛盾を素直に受け入れて生きることを美徳とするのに対して、「真直な気性」（四）とされる「おれ」が依拠する「正直」は、世間体や他者との関係性に規制されない、自律的かつ絶対的な規範としてある。

　このような「正直」は、明治半ば頃までは確固たる理念として息づいていた。自主自立の精神を説いたスマイルズ著・中村正直訳『西国立志編』（1870-1871）には、「正直ニシテ義ヲ行ナ」（十三編）うことの重要性が力説さ

れ、二葉亭四迷は「俯仰天地に愧じざる正直」（「予が半生の懺悔」『文章世界』1908・6）を生涯の理想として追求し続けた。ここでの「正直」とは、「独立独行」し、「自分が正しいと信ずることを、あらゆる拘束を排して、行為に表して行くこと」であり、「近代的自我、近代的合理精神」をいうものであった（十川信介「二葉亭四迷における『正直』の成立」『二葉亭四迷論』筑摩書房、1971）。

　幸田露伴の「五重塔」（1891-1892）に「正直ばかりで世態を知悉ぬ姿」（其十三）とあるのっそり十兵衛、樋口一葉の「大つごもり」（1894）で「正直は我身の守り」（下）と信じるお峰、さらに漱石の『虞美人草』の「正直な者」（三）である宗近一、『心』の「独立心の強い男」（七十七）で「人一倍の正直者」（九十六）のKなども、この系譜に位置づけられる。

二十世紀的な「正直」

　自律的で絶対的な規範としての「正直」の価値は、資本主義的な競争社会が形成されるのにともない急速に見失われていくことになる。『吾輩は猫である』では、偏屈な苦沙弥先生が「正直な人」と評され、他方で「正直ですら払底な世」（十）という認識が示される。

　しかし、「正直」は変質を遂げて生き変える。『三四郎』七で「二十世紀」の流行として広田先生の説く、「偽善を偽善其儘で先方に通用させ様とする正直な所」に特色がある「露悪家」がそれであり、「極めて神経の鋭敏になつた文明人種が、尤も優美に露悪家にならうとする」という。「正直」と「露悪家」とは、反転した関係で結びついているのである。

　「今の人は正直で自分を偽らずに現はす、かういう風で寛容的精神が発達して来た」（「教育と文芸」）と漱石が述べるように、それは個人主義とともに誕生した新しい精神にほかならなかった。　　　　　　　　　（関　肇）

焦慮つたい

じれったい

◆Hさんからは何の音信もなかつた。絵端書一枚さへ来なかつた。自分は失望した。Hさんに責任を忘れるやうな軽薄はなかつた。然し此方の予期通り律儀にそれを果して呉れない程の大怠はあつた。自分は自烈たい部に属する人間の一人として遠くから彼を眺めた。　　　　　（『行人』「塵労」二十八）

◆たゞ貴方の思つた通りの所を一口伺へばそれで可いんです」／見当の立たない津田は愈迷付いた。夫人は云つた。／「貴方も随分焦慮つたい方ね。云へる事は男らしくさつさと云つちまつたら可いでせう。そんな六づかしい事を誰も訊いてゐやしないんだから」　　　　　　　　　（『明暗』百三十五）

　『行人』で、旅行中の一郎の様子について、手紙で知らせてくれるよう同行者のHさんに求めた二郎は、手紙が届くまでのあいだ、一郎とHさん、二人の世界の外側に自分がいるということに焦燥することになる。そのあいだ、もともと二郎に感じられていた、兄の正体を謎と思う苦しみは持続している。そして『行人』は、二郎がHさんからの手紙をどう読んだのか、一郎をどう理解したのかを告げずに終わることによって、一郎と二郎の物語の終わりをみせない。じれったさを解消できない二郎の思いは、物語の傷となり、読者をどこにも着地させない違和感を残すことになるだろう。『明暗』には、お延への思いを告白せよと吉川夫人に迫られ、答えられない態度を、「男らしく」なくじれったいと言われる津田が登場する。自力で何かを解決することができない、自分自身をうまく説明することのできない後期小説の主人公たちのためらいは、物語を未結とする装置となって小説の魅力を際立たせる。　　　　　　　　　　　（浅野麗）

神経、脳

しんけい、のう

◆なあに、みんな神経さ。自分の心に恐いと思ふから自然幽霊だつて増長して出度ならあね

（『琴のそら音』）

◆自分の神経は、自分に特有なる細緻な思索力と、鋭敏な感応性に対して払ふ租税である。高尚な教育の彼岸に起る反響の苦痛である。天爵的に貴族となつた報に受る不文の刑罰である。是等の犠牲に甘んずればこそ、自分は今の自分に為れた。否、ある時は是等の犠牲そのものに、人生の意義をまともに認める場合さへある。　（『それから』一の四）

◆代助は、何事によらず一度気にかかり出すと、何処迄も気にかかる男である。しかも自分で其馬鹿気さ加減の程度を明かに見積る丈の脳力があるので、自分の気にかかり方が猶眼に付いてならない。

（『それから』五の二）

五臓思想から脳・神経中枢観へ

　神経と脳は、近代日本の身体認識を考察するうえで、きわめて重要な概念のひとつである。長谷川雅雄他『「腹の虫」の研究』（名古屋大学出版会、2012）によれば、近世までの代表的な心身理論は、中国医学にもとづく「五臓思想」だった。五臓思想では、心・肺・肝・脾・腎の五蔵が身体と精神の両機能を司ると考え、部分よりも全体を重視する。五蔵それぞれの協調性、関係性に重きを置く、多元的中心を内包した思想である。「五蔵」の働きは、いわゆる「頭」と「こころ」の両者の機能を内包していた。

　しかし明治維新に始まる近代化の波は、江戸時代の伝統医学をも押し流した。新たに導入された西洋の近代医学は、精神と身体を切り離して捉える心身二元論の立場から、脳と

◆ 身体感覚・情緒

神経を中枢器官とする、新たな世界観を提示した。こうした心身観は、学校教育を通じて速やかに浸透していった。

例えば1876(明9)年刊行の『小学人体問答』には、脳の説明として次の一節がある。「脳ハ神経ノ根本ニシテ霊魂ノ舎ル処ナリ」。さらに啓蒙主義の文脈においても「何故に人類は万物の最霊長として其他の動物の上に位いするや、蓋し人類は其精神を活用する所の霊府即ち脳の霊力を仰ぎて意識、智覚、思慮、智識を具ふるに固ればなり」といった言説が現れる(健康老人『通俗無病健全法』、青木嵩山堂、1893)。神経を束ねる場として、または、今まで霊魂と呼ばれていた機能が内在する場として、脳が強く意識されていくのである。やがて神経と脳は、明治のパラダイム・チェンジを象徴する流行語となった。「琴のそら音」で床屋の主人が、幽霊を神経のせいと片付けるのも、この文脈にもとづく。

新しい世にあって、もはや不思議は存在しない。もし不思議な現象に遭遇したというのなら、それは視覚や聴覚、触覚などの感覚器官か、もしくはそれを統御する神経、脳のトラブルに原因がある。こうしたトラブルが世界を歪め、不思議と思わせてしまうにすぎない、という論理である。こうして「神経」は新しい世界認識の鍵語となり、神経の府である「脳」の力こそが、新しい世界に適応するための武器とみなされていった。

脳病、神経病の時代

明治の世にあって「脳」力は、立身出世に欠かせない、必要要件となる。福沢諭吉『学問のすすめ』(1872・2-76・11)が示したように、高等教育機関に入学して勉学を積むことが、世に出る近道だからである。そのためには、強靱な「脳」力が必要になる。脳の地位は、格段に上昇した。だがそれは同時に、脳と神経を酷使する世界の幕開けでもあった。

江戸から明治という劇的な社会構造の変化

は、多くの人々に精神的な圧力を与えた。だがその変化は、若者たちに「脳」力による階層の上昇という夢も提供した。彼らにとって脳の強化=酷使は、不可避の事態となる。滋強丸、健脳丸、脳丸といった脳病薬が世に溢れたのは、上記の理由による。

しかし1900年前後から、立身出世よりも精神の充実を尊ぶ若者たちが現われる。いわゆる「煩悶の時代」の始まりである。彼らの多くは宗教や哲学にその答を求めたが、人生の真の目的を模索する若者たちにとって、神経病(神経衰弱)はもっとも身近な病だった。彼らの存在は、立身出世に象徴される向日的な「明治の精神」の陰画と言える。こうして、脳病、神経病は、苦悩する青年たちの属性となった。

知力=「脳」力によって立身出世を果たすという物語が一般化することで、その陰画もまた、現実性を獲得する。いわく「故郷の期待を一身に背負って上京し勉学に励むものの、高等教育機関への合格はかなわず、努力が報われないまま、ついには脳病、神経病にかかってはかなくなる」といった悲劇の定型化である。こうした物語の型は、例えば豊島与志雄「都会の幽気」(『サンデー毎日』1921・1)など、大正期の小説にも見いだすことができる。

石原千秋『百年前の私たち』(講談社現代新書、2007)が指摘するように、脳病や神経病(神経衰弱)は、ジェンダーに規制された病である。それは、男の病だった。高等教育機関への進学がきわめて制限されていた女性とは異なり、男性には、社会進化論的な眼差しのもと、立身出世が強要された。その歪みの象徴が脳や神経の病であり、同時期に女の病として顕在化したのがヒステリーだったと言えよう。

漱石テクストの「脳、神経」

漱石の文学テクストに登場する男性たち

は、しばしば脳や神経のトラブルに見舞われている。神経衰弱に悩まされる『吾輩は猫である』の苦沙弥先生を筆頭に、『虞美人草』の小野や甲野、『彼岸過迄』の須永、『行人』の長野一郎など、枚挙に暇ない。彼らは家や家族や人間関係に悩まされ、その背景にある不可視の社会的な圧力を肌で感じ、その結果「神経」的なトラブルを抱え込む。

こうした男性陣のなかで異質なのは、『それから』の長井代助である。彼は、すでに神経病の域に達しているかのような、異様なほどに鋭い感受性を、自らの特権性の証拠としている。彼にとってその鋭敏な神経は、彼のアイデンティティの基盤なのである。

苛烈な学歴競争を勝ち抜いて帝大を卒業した代助は、卓越した「脳」力の持ち主として世間的に認知されている。にもかかわらず、彼は自らの鋭敏な感受性を生かす仕事がないと嘯き、いわゆる高等遊民として日々を過ごしている。かつては学歴競争の敗者の刻印とされた脳病、神経病が、ここでは一転して、自らの卓越性を誇示する指標に変化している。さらに彼は、この感受性を理由に、明治の男子の行動指針たる「立身出世」をも否定してみせる。煩悶の時代にあって、負の属性として認知されていた神経病を反転させ、特権的な「感性」装置にまで高めた点に、代助の特徴を認めることができるだろう。

芥川龍之介は「点心」(『新潮』1921・2)で『それから』に触れ、彼と同世代の多くの人々が『それから』に動かされ、代助の性格に惚れ込んだのみならず、自ら代助を気取った者も少なくなかったと回想している。大正期には代助と感性を同じくする「神経」エリートが活躍し、多様な文学テクストを生み出した。「神経」は「憂鬱」「メランコリー」「変態」などとともに、時代のキーワードとなる。代助の「神経」は、新たな文学誕生の萌芽となったのだ。

（一柳廣孝）

神聖

しんせい

◆人間の作つた夫婦といふ関係よりも、自然が醸した恋愛の方が、実際神聖だから、それで時を経るに従つて、狭い社会の作つた窮屈な道徳を脱ぎ棄てゝ、大きな自然の法則を嘆美する声丈が、我々の耳を刺戟するやうに残るのではなからうか。

（『行人』「帰つてから」二十七）

◆もし愛といふ不可思議なものに両端があつて、其高い端には神聖な感じが働いて、低い端には性慾が動いてゐるとすれば、私の愛はたしかに其高い極点を捕まへたものです。（『心』六十八）

◆神聖の愛は文字を離れ言説を離る。

（日記、1909(明42)年3月6日）

漱石は高次元の清浄性を表現する際に、「神聖」の語を用いており、その対象となるものは、主として恋愛である。『虞美人草』のヒロイン藤尾の利己的な視点を批判的に描いたくだりには「神聖とは自分一人が玩具にして、外の人には指もさゝせぬと云ふ意味」(十二)という逆説的な表現もみられるが、多くは「自由」や「自然」を背景として芽生えたけがれない恋情、愛情を登場人物たちが賛美する場合に選択されている。

妻との関係に苦しむ『行人』の一郎は、『神曲 地獄篇』に登場する「パウロとフランチェスカ」を「神聖」とみなし、不倫の罪で地獄に堕ち恋人たちと、法や道徳などの人間社会における契約を対置させて語る(「帰つてから」二十七)。そこには覚醒の苦みが湛えられているが、若き日に愛の「神聖」に触れ、「其高い極点を捕まへた」と自覚した『心』の先生は逆に、愛の「神聖」の前にすべてを捧げつくしてしまったがゆえに、幸福な結婚生活は獲得しえなかったのである。（谷口基）

◆身体感覚・情緒

人生

じんせい

◆若し人生が数学的に説明し得るならば、若し与へられたる材料より、Xなる人生が発見せらるゝならば、若し人間が人間の主宰たるを得るならば、若し詩人文人小説家が記載せる人生の外に人生なくんば、人生は余程便利にして、人間は余程ゑらきものなり、不測の変外界に起り、思ひがけぬ心は心の底より出で来る、容赦なく且乱暴に出で来る海嘯と震災は、啻に三陸と濃尾に起るのみにあらず、亦自家三寸の丹田中にあり、険呑なる哉。（「人生」）

◆小生の考には「世界を如何に観るべきやと云ふ論より始め夫より人生を如何に解釈すべきやの問題に移り夫より人生の意義目的及び其活力の変化を論じ次に開化の如何なる者なるやを論じ開化を構造する諸原素を解剖し其聯合して発展する方向よりして文芸の開化に及す影響及其何物なるかを論ず」る積りに候　（中根重一宛書簡、1902（明35）年3月15日）

◆
身体感覚・情緒
──

出発期のキーワード

　とりわけ出発期の漱石にとって、「人生」の語には彼なりの重い意味が込められていた。冒頭の引用は熊本時代に五高の校友会雑誌に寄せたエッセイの一節。ジャンルとしての小説を、「錯雑した人生」の一側面を物語の論理で切り取ったものだ、と規定していくさまは、時間性を排したスケッチ風のテクストの末尾に「三人の言語動作を通じて一貫した事件が発展せぬ？　人生を書いたので小説をかいたのでないから仕方がない」と書き綴った「一夜」の一節につながる認識だろう。

　一方で漱石は、ロンドン留学中の書簡で二つ目の引用のようにも述べている。若さゆえの気負いに満ちた一節とも見受けるが、やがて『文学論』として結実する書物の内容を構

想していた漱石が、倫理的な面も含め、文学を人間や世界の真理を探究する手段たりうるものと位置づけていたことは銘記したい。その場合「人生」は、単に個人の生というよりは、社会的なそれを含む人間世界の人事一般を示唆する語となる。

態度の変更

　「人生」に対するこの二つの捉え方は、漱石初期作品の世界観とも関連する。理屈では説明できない偶然性や、事後的に見れば狂気とも取られかねない心的な飛躍を排除しない形で、人間の生を総体として受け止めていこうとする姿勢は、同情はしても同一化はせず、観照的ではあるが決して冷淡でも冷酷でもないという「写生文家」のありようを想起させる。ひとは社会の中でどう生きるべきか、という問いをはらんだ後者の意味は、登場人物が「成功を目的にして人生の街頭に立つものは凡て山師である」と語る「野分」をはじめ、「二百十日」や『虞美人草』に見られるような、世界における〈道義〉と対他的な倫理の探究に接続していくことになるだろう。

　だが、後期作品になると、こうした意味論的な負荷を帯びた「人生」の用法はほとんど見られなくなる。興味深いのは、こうした漱石の内的な変化が、自然主義文学の隆盛とちょうど逆の軌跡を描いていることだ。よく知られるように、長谷川天渓や島村抱月らは、自らの依拠する自然主義文学の立場について、しばしば「人生」「人生観」の語を用いて語った。いわゆる〈芸術と実行〉論議につながる話柄だが、漱石はそうした議論と距離を取りながら、メタレベルから「人生」を意味づけるというよりは、まさにその「不測の変」に満ちた「人生」の中で痛切に思い悩む個に焦点化した語りを主調とするテクストを書くようになる。「人生」を見る立場を変えたことで、漱石のテクストは、新たな文学の地平を開くことになった。
（五味渕典嗣）

親切

しんせつ

◆「屹度？　僕はさうでない、大変親切にされて不愉快な事がある」／「どんな場合ですか」／「形式丈は親切に適つてゐる。然し親切自身が目的でない場合」　　　　　　　　　　（『三四郎』七の三）
◆母の亡くなつた後、私は出来る丈妻を親切に取り扱つて遣りました。たゞ当人を愛してゐたから許ではありません。私の親切には箇人を離れてもつと広い背景があつたやうです。　　　　　（『心』百八）
◆医者がいくら親切をつくしても患者が夫程ありがた〔が〕らないのは薬礼をとるからで、もし施療的に同様の親切を尽してやつたなら薬価診察料を収めた時以上に患者の方で親切を余計恩にきるのが必然のサイコロジーだと思ふのです。だから実をいふと品物も受けるのは嫌です。

（畔柳芥舟宛書簡、1915(大4)年2月15日付）

一般的な用例・用法

　全集の索引では「親切」は71例とかなり拾える。作品では『吾輩は猫である』から『明暗』までコンスタントに出てくるが、『明暗』に頻出するのは注目に値する。一般には「人情に厚く配慮の行き届く様子をさし、くだけた会話から硬い文章まで幅広く使われる日常生活の最も基本的な漢語」（中村明『日本語語感の辞典』岩波書店、2010）と辞典類にあるが、漱石の用法は複雑である。

　上記のような一般的な用法で使用されるケースは意外と少ない。「知つてる積です。叮嚀で、親切で、学問が出来て立派な人ぢやないか」（『虞美人草』十五）等は真っ当な方で、作品では「坑夫」での使用がこの一般的な用例に近い。しかし、大半の使用例はこの言葉がその意味のままに通用していないことへの

苛立ちに満ちている。

　「今の人は親切をしても自然をかいて居る」（『吾輩は猫である』十一）「弱虫は親切なものだから、あの赤シヤツも女の様な親切ものなんだらう。」（「坊っちやん」六）等の表現からは、親切の負のイメージがかなり露骨に出ている。漱石作品の「親切」からは親切が親切として通じにくくなった時代の病のようなものが透けて見える。

「親切」が抱える欺瞞

　これは漱石語彙に限らないことかも知れない。「親切」にまつわる語として「親切顔」「親切気」「親切ごかし」「親切めかしい」「親切めく」という語彙が国語辞典からすぐに拾える。親切そのものが目的ではなく親切を装い別の目的を遂げようとする場合が多くあることを意味する。つまり、親切に潜む偽善を人々は理解しているのである。そして、この偽善に鋭いメスを入れたのが漱石その人である。

　親切が親切で通らない欺瞞や偽善を暴いている点で『明暗』は凄まじい作品である。金を巡る津田、延、秀の葛藤は「親切」を巡る葛藤でもあるし、この葛藤は吉川夫人、小林、原までを巻き込み三すくみにも幾すくみにも連鎖して行き収拾がつかなくなる。欺瞞を嫌って露悪に流れるのは『三四郎』時代の青年達であろうが、それが出来ない場合、好意（親切）には好意を以て報いて欲しい（『硝子戸の中』十五）という漱石の願望は実に真っ当な主張であるが、それすら出来にくくなったのは漱石当時のみならず、我々が最早、正直では生きられなくなったことを意味するのであろうか。

　近代人の宿命のように、親切や人の善意をそのまま素直に受け止められなくなるという病を抱えてしまった人間に救いはあるのか。この時、『心』の先生が口にした個人を離れたもっと広い意味での「親切」の意味が蘇ってくる。

（上田正行）

◆
身体感覚・情緒

精神

せいしん

◆終点迄来た時は、精神が身体を冒したのか、精神の方が身体に冒されたのか、厭な心持がして早く電車を降りたかつた。　　　　　（『それから』十四の五）

◆生活の堕落は精神の自由を殺す点に於て彼の尤も苦痛とする所であつた。彼は自分の肉体に、あらゆる醜穢を塗り付けた後、自分の心の状態が如何に落魄するだらうと考へて、ぞつと身振をした。
　　　　　　　　　　　　　　　　（『それから』十六の一）

◆なまじい昔の高僧だとか聖徒だとかの伝を読んだ彼には、動ともすると精神と肉体とを切り離したがる癖がありました。肉を鞭撻すれば霊の光輝が増すやうに感ずる場合さへあつたのかも知れません。
　　　　　　　　　　　　　　　　　　　（『心』七十七）

◆精神的に向上心がないものは馬鹿だと云つて、何だか私をさも軽薄ものゝやうに遣り込めるのです。
　　　　　　　　　　　　　　　　　　　（『心』八十四）

「身体」「肉体」との均衡に関連して

　談話「戦後文学の趨勢」で漱石は、「気力」を「精神」と言い換えた上で、「精神といふのは自分はこれだけの事が出来るといふ自信自覚の力である、この自覚自信の無い国民は国民として起つことは出来ぬ」と、その能動的、目的意識的側面を強調しているが、創作の場においては、常に「身体」もしくは「肉体」との関係のうちにその特質を語ろうとしているようだ。それは単純な二元論を越えて、複雑に錯綜する「霊」と「肉」との闘争にまで発展する、漱石文学の一大テーマへと繋がる。

　『それから』の代助は「精神」と「身体」の同一性に重きを置く生活理念の持ち主であり、両者の均衡が最適の状態に保たれた日常をこそ理想としてきた。しかし、代助のいわゆる「高等遊民」としての平穏は、平岡・三千代夫妻の帰京によって徐々にその均衡を狂わされていく。父の薦めた縁談を断り、あまつさえ主ある女への恋情を告白した代助は、「精神」と「身体」、いずれに対する「自信自覚の力」も自己に失われていることに気づく。崩れゆく「精神」と「身体」の均衡を予感させるエピソードとして、「七の一」における風呂場の出来事をあげることができよう。まだ三千代への思いが何に兆すものであるか自覚できない代助はしかし、湯につかっているうちに、自分の「足」がまるで「自分とは全く無関係のものが、其所に不作法に横はつてゐる様に思はれて来」る。山崎正和はここに、サルトルに先立つこと三十年、「不機嫌な人物に世界はどう見えるのかを描くことから始めた」漱石の先見性を評価している（『不機嫌の時代』新潮社、1976）。「精神」と「身体」の理想的なバランスが崩れたとき、はたして自己を支え、前進せしめる力は何なのか。代助はそこに、「それから以後」の時間、隠蔽されてきた自己の真実を見出すことになるのだ。

自己の内の他者として

　代助とは正反対に、『心』のKは「精神」と「肉体」を一定法則下に分離することを自己に義務づけていた。これは、「肉体」の本能的な要求を退け、酷使、鞭撻するほどに、「精神」の霊性が高まるという思想に裏付けられた試みであり、「精神的に向上心がないものは馬鹿だ」という彼一流のフレーズを導き出すものも、この思想にほかならない。「身体」ではなく「肉体」ということばが選ばれているのは、より本能的な要素が、Kによって修業のさまたげと意識されていたからであろう。そのKが自己内部の他者ともいうべき慮外の感情と衝動の発生にたじろくとき、若き日の「先生」もまた、制御不能の「精神」に身をゆだね、運命の車は動き出すのである。　　（谷口基）

責任

せきにん

◆「責任を逃れたがる人だから、丁度好いでせう」
　　　　　　　　　　　　　　　（『三四郎』五の九）
◆彼女は何時でも彼女の主人公であつた。又責任
者であつた。　　　　　　　　　　（『明暗』六十五）

　「責任を逃れたがる人」―学究生活を重ん
じ、結婚に踏み切らない野々宮への美禰子の
批判の言葉である。一見西洋的で自立した女
性に見える美禰子だが、彼女は、兄と二人暮
らしで、経済的に自立していない自分を「御
貰をしない乞食」と認識していた。「他家の
男の金銭によって扶養されるしか生きる道の
ない、〈妹の宿命〉」(小森陽一「漱石の女たち―
妹たちの系譜―」『文学』1991・1)ゆえに、野々宮
を待てない美禰子は、別の男性との結婚に踏
み切らざるを得なかった。美禰子の批判は痛
切だが、こうした男女の立場を考えると、男
の現実的な「責任」はなかなかに重い。三千
代に告白した代助は「三千代の運命に対」
(『それから』十五の一)する「責任」を強く自覚
するものの、親からの金銭的援助を打ち切ら
れ、また、職業について具体的に考えられな
い彼は、「物質上の責任」(十六の三)を果たせ
ないことに懊悩し三千代の前に詫びねばなら
なかった。こうした対他的な「責任」の一方
で、『明暗』では、自己への「責任」が問われる。
「為る事はみんな自分の力で為、言ふ事は悉
く自分の力で言つた」(『明暗』二)つもりでも
「精神界」の「変」に無自覚な人間のありよう
を思うとき、人が常に自分の「責任者」であ
り得るかどうか。他者に責任を尽くすことは
難しい。しかし、自己はどこまで自己なのか、
自己に責任をもつことはさらに難しく危う
い。　　　　　　　　　　　　　　（吉川仁子）

拙

せつ

◆才子群中只守拙　小人圏裏獨持頑　(才子群中
只だ拙を守り／小人囲裏　独り頑を持す)
　　　　　　　　　　　　（54、1894(明27)年)
◆善悪亦一時只守拙持頑で通すのみに御座候
　　　　（正岡子規宛書簡、1895(明28)年12月18日付)
◆木瓜咲くや漱石拙を守るべく
　　　　　　　　　　　（1091、1897(明30)年)

　津田青楓の兄・西川一草亭(1878-1938)に
贈った自らの書画集に『守拙帖』と題した漱
石にとって、「守拙」という言葉は、その生涯
を貫く生の姿勢を示すものであったと言えよ
う。それは陶淵明の詩「帰園田居(園田の居
に帰る)五首」・「其一」の一節、「開荒南野
際　守拙帰園田(荒を開く南野の際　拙を守
りて園田に帰る)」によるという。利口に立
ち回るのでなく、世渡り下手な拙劣な態度を
守って生き抜く生き方と言えようか。
　その友正岡子規を「最も「拙」の欠乏した
男であつた」とする漱石は、彼の遺した東菊
の画に拙を認め、「子規に此拙な所をもう少
し雄大に発揮させて、淋しさの償としたかつ
た」(「子規の画」)とも述べている。
　「木瓜」との関連でいえば、「草枕」(十二)の
「木瓜は面白い花である。(中略)評して見る
と木瓜は花のうちで、愚かにして悟つたもの
であらう。世間には拙を守ると云ふ人がある。
此人が来世に生れ変ると屹度木瓜になる。余
も木瓜になりたい」とする画家の感慨が、あ
るいは「其愚には及ぶべからず木瓜の花」と
いう漱石自身の俳句が思い起こされる。この
「愚」こそ漱石が求めたものであったのだろ
う。「正月の男といはれ拙に処す」もまた漱
石の句である。　　　　　　　　（須田喜代次）

◆ 身体感覚・情緒

俗

ぞく

◆すると旨く中(あた)つた形容が俗で、旨く中(あた)らなかつた形容が詩なんだね。　　　（『虞美人草』十一）
◆彼の所謂特殊な人とは即ち素人に対する黒人(くろうと)であつた。無知者に対する有識者であつた。もしくは俗人に対する専門家であつた。
　　　　　　　　　　　　　　　（『明暗』百八十五）

　漱石における「俗」の用例は「俗気」「俗人」「俗人情」「俗物」など熟語が多い。それらは芸術上の議論に用いられる場合が多く、対義語や同義語をともなう場合が多い。それらの特徴を捉えることができれば、漱石の芸術観の一端を垣間見ることができる。
　『虞美人草』の記述は芸術上の議論における「俗」の用例である。博覧会の台湾館を「丸で竜宮の様だ」という宗近の感想に対し、藤尾はその「形容」が「俗」だと答える。形容は「旨く中る」と「俗」になり、詩は「実際より高い」から外れる、という議論が交わされ、「無味くつて中らない形容」として「哲学」の存在がほのめかされ、議論は締めくくられる。また、1906(明39)年9月30日付森田草平宛書簡で漱石は「草枕」の画工を「俗人情」、「ことに二十世紀の俗人情を陋と」して、「非人情の旅をしてしばらくでも飄浪しようと」している、と述べており、作中でも「俗気がない」、「拙を蔽はうと力めて居る所が一つもない」「無邪気な画」を「上手で俗気があるのより、いゝ」と賞賛している。
　対義語、同義語について詳述の暇がないが、「天才」「哲学者」等が対義語、「才子肌」「愚物」等が同義語となる。典型例が『明暗』である。これら対義語・同義語の用例をも組み合わせ、漱石の芸術観の一端に触れたい。（杉山欣也）

探偵

たんてい

◆不用意の際に人の懐中を抜くのがスリで、不用意の際に人の胸中を釣るのが探偵だ。知らぬ間に雨戸をはづして人の所有品を偸むのが泥棒で、知らぬ間に口を滑らして人の心を読むのが探偵だ。
　　　　　　　　　　　　　（『吾輩は猫である』十一）
◆「普通の小説はみんな探偵が発明したものですよ。非人情なところがないから、些とも趣がない」
　　　　　　　　　　　　　　　　　（『草枕』九）
◆元来探偵なるものは世間の表面から底へ潜る社会の潜水夫のやうなものだから、是程人間の不思議を攫んだ職業はたんとあるまい。
　　　　　　　　　　　（『彼岸過迄』「停留所」一）

同時代の「探偵」たち

　1890(明23)年の帝国議会開設以後、警視庁は探偵組織の管理強化を進めるが(大日方純夫『近代日本の警察と地域社会』筑摩書房、2000)、この頃より民間の探偵社や興信所の創業が相継ぎ、1895年には岩井三郎探偵事務所が開業している。民間人による探偵が若干のリアリティを持ち始めた時代とも言えるが、もと警視庁勤務であった岩井の経歴が示すように、探偵の中心イメージにあるのは警察組織であった。一般読書界においても1888年には黒岩涙香によるガボリオなどの翻案探偵小説が新聞連載され、やがてドイルのホームズ譚も移入される。創作探偵小説も含め、中には素人探偵や私立探偵の登場するものもあったが、中心イメージはやはり警察で、黒岩涙香『無惨』(1889)冒頭は「刑事巡査、下世話に謂う探偵、世に是ほど忌はしき職務は無く又之れほど立派なる職務は無し」と始まり、半井桃水『長尾拙三』(1893)の警視局刑事課の長

尾拙三は「刑事探偵を命ず　月俸十二円下賜　警視局」なる辞令を持つ。1893年に始まり大流行を見せる探偵実話は、やはり警視庁出身の高谷為之の創始による、言わば警察小説であった。谷口基「〈漱石の探偵〉」(『『新青年』趣味』2003・12)は、読者の探偵観と、同時代における刑事巡査、私立探偵、素人探偵の分別とのそれぞれを明確化して論ずる必要を説くが、そのように探偵の語が多方面で活性化していた時代に漱石は青年期を送り、やがて英国留学を間に挟んで創作に向かうこととなる。

漱石にとっての「探偵」

　『吾輩は猫である』の苦沙弥が語る探偵嫌悪を、涙香『無惨』の「我身の鬼々しき心を隠し友達顔を作りて人に交り、信切顔をして其人の秘密を聞き出し其れを直様官に売附けて世を渡る、外面如菩薩内心如夜叉」といった言説とも重なるが、『彼岸過迄』の田川敬太郎は「警視庁の探偵見たやうな事」がしたいと言い、しかし罪悪の暴露を目的とするのではなく「人間の異常なる機関が暗い闇夜に運転する有様を、驚嘆の念を以て眺めてゐたい」と言う。小宮豊隆(『漱石全集』第六巻「解説」岩波書店、1936)は両者の間に、人間心理の奥底を探究するに至った漱石の変化を指摘した。以後も探偵に対する漱石のアンビバレントな態度は繰り返し取り上げられ、『彼岸過迄』はベンヤミンなどを援用しつつ探偵小説の文脈でも論じられることとなる。

　漱石にとって探偵は職業である以上に20世紀の精神であり、従って「草枕」に描かれるような小説論も生まれる。さらに「文芸の哲学的基礎」(1907)ではゾラ、モーパッサンを例に挙げ、「真の一字を標榜して、其他の理想はどうなつても構はないと云ふ意味な作物を公然発表して得意になる」文学者を「探偵」になぞらえて批判している。　　(浜田雄介)

血

ち

◆壁の隅からぽたりぽたりと露の珠が垂れる。床の上を見ると其滴りの痕が鮮やかな紅ゐの紋を不規則に連ねる。十六世紀の血がにじみ出したと思ふ。
(『倫敦塔』)
◆余は深山椿を見る度にいつでも妖女の姿を連想する。黒い眼で人を釣り寄せて、しらぬ間に、嫣然たる毒を血管に吹く。(中略)ぱつと咲き、ぽたりと落ち、ぽたりと落ち、ぱつと咲いて、幾百年の星霜を、人目にかゝらぬ山陰に落ち付き払つて暮らしてゐる。(中略)あの色は只の赤ではない。屠られたる囚人の血が、自づから人の眼を惹いて、自から人の心を不快にする如く一種異様な赤である。　　(「草枕」十)
◆私は今自分で自分の心臓を破つて、其血をあなたの顔に浴せかけやうとしてゐるのです。私の鼓動が停つた時、あなたの胸に新らしい命が宿る事が出来るなら満足です。　　(『心』五十六)

「ぽたりぽたりと」滴るイメージ

　漱石が自身の小説のなかで血について描写するシーンは数知れない。初期の「倫敦塔」において、エドワード4世の2王子の幽閉や、9日間の女王の名で知られるジェーン・グレーの処刑が、ドラローシュの絵画をもとに、幻想的なシーンとして描出される。そして、「ボーシャン塔」(一般的にはビーチャム・タワー)の壁面に刻まれた幽閉者や処刑者の題辞から、彼らの「剝がれたる爪」や「生を欲する執着の魂魄」を思い描き、壁から血が滴り落ちる場面を夢想する。「草枕」では、落ちるように散る椿の様子を妖女が人を欺す姿に喩え、血の滴り落ちるイメージのもとに描き出す。

　これらにおいて血はあくまで人の生命とそ

◆身体感覚・情緒

453

の死を司るものとされている。「趣味の遺伝」で日露戦争を印象的に描く際の「血を啜れ」、『虞美人草』(十二)で小野の藤尾への恋心を説明する「苦しい血」「新らしい血」といった叙述も同様である。

『心』における隠喩としての血

こうした滴り落ちる血のイメージから一転して、独特の意味を付与されたのが『心』における血をめぐる表現であろう。

語り手「私」が「(自分の)血のなかに先生の命が流れてゐる」(二十三)と述べるくだりと、先生が遺書のなかで「私の心臓を立ち割つて、温かく流れる血潮を啜らうとしたから」(五十六)その血をあなたの顔に浴せかけようとしたと述べるくだりは正確に呼応している。先生は語り手「私」の胸に新しい命が芽吹くことを期待している。

さらに先生はKにも「錆び付きかゝつた彼の血液を新らしくしやうと試み」(七十九)つつ、「私の注ぎ懸けやうとする血潮は、一滴も其心臓の中へは入らない」(八十三)と嘆く。『心』において血は精神的な意味を担わされながら、他者へ伝達される何ものかとして表象されている。

一方、Kは頸動脈を自ら切り自殺する。文字通り、襖や蒲団にほとばしる夥しいKの血が生々しく描かれる。この描写は、語り手「私」の父や静の母を見舞った腎臓病、あるいは明治天皇の死因となった尿毒症(糖尿病による)など、血液を濾し老廃物を取り除く器官の病とともに、血が滞留したまま他者へと伝達されず、何ものをも生み出さないことを表象しているかのようである。

Kの血や明治天皇の血を浴びるようにして死に急ぐ先生の血は、語り手「私」にどこまで受け継がれたのか、または受け継がれないのか、さらなる考察の余地があるだろう。

(鬼頭七美)

◆ 身体感覚・情緒

罪

つみ

◆私はたゞ人間の罪といふものを深く感じたのです。其感じが私をKの墓へ毎月行かせます。其感じが私に妻の母の看護をさせます。さうして其感じが妻に優しくして遣れと私に命じます。私は其感じのために、知らない路傍の人から鞭たれたいと迄思つた事もあります。斯うした階段を段々経過して行くうちに、人に鞭たれるよりも、自分で自分を鞭つ可きだといふ気になります。自分で自分を鞭つよりも、自分で自分を殺すべきだといふ考が起ります。私は仕方がないから、死んだ気で生きて行かうと決心しました。
　　　　　　　　　　　　　　(『心』百八)

不倫・姦通の「罪」

「罪」は漱石文学を貫くキーワードでもあるが、同時にさまざまな意味で漱石は「罪」という文字を作品に書き込んだ。それらの「罪」の多くは、慣用としての使用であり、あるいは軽い意味の「罪」である。「責任」「原因」等々の言葉に置き換えることができる。「罪のない」は「無垢＝イノセント」としてもいい。そうした「罪」に並行して、漱石が向き合う「罪」がある。「薤露行」でクローズアップし、『それから』『門』と続き『心』で頂点をむかえ、『硝子戸の中』で心に沈められた「罪」である。

マロリーの『アーサー王の死』に題材をとった「薤露行」は、王妃ギニヴアと円卓の騎士ランスロットの恋から始まる。罪に怯えながらも二人は恋に酔う。が、北の方なる試合に出かけたランスロットは「罪は吾を追ひ、吾は罪を追ふ」と壁に刻んで消息を絶つ。13人の騎士たちがアーサー王に王妃とランスロットの罪を告発した時、ランスロットを

454

愛した少女・エレーンの亡骸が城の水門に着く。『三四郎』の美禰子は「われは我が恋を知る。我が罪は常に我が前にあり」と『詩篇』のダビデの詩句を呟くが、「無意識な偽善家」である若い美禰子の心の「罪」は軽い。「罪」は『それから』の代助・三千代、『門』の宗助・お米によって深められる。「姦通」の「罪」だった。1880（明13）年、刑法353条に規定された「姦通罪」は、1907年公布の刑法183条に引き継がれた。「有夫ノ婦姦通シタルトキハ二年以下ノ懲役二処ス其相姦シタル者亦同シ」とされ、姦通は犯罪だった。「自然の愛」に従えば犯罪者となる。それでは刑法上の「罪」にならなければ、許されるのか。

『心』の罪

漱石は『心』を書くことで、刑法を越えた人間の「罪」に迫る。未婚の男女の自然な愛情が、大きな悲劇へと繋がっていく。先生は下宿先のお嬢さんを愛し、先生の親友Kもまたお嬢さんを愛した。Kを裏切り、先生はKを出し抜いて婚約を成立させてしまう。Kは死を選び、先生はその遺書に自分の卑劣な行為が書かれていなかったことに安堵する。が、お嬢さんと結婚したものの、恋が金銭と同じように人間を蝕み、親友の命を奪ったという事実に打ちのめされる。法・規範による「罪」ではなく、自らの中に深く巣食う「罪」の自覚だった。1913（大2）年12月、漱石は第一高等学校において講演し「法律上罪になると云ふのは徳義上の罪であるから公に所刑」される・くきだが、その人が「其経過を」ありのままに書くなら、罪は消えると語る。「私」に宛てて遺書を残したことで先生の「罪」は消え、許されたともいえる。だからこそ『硝子戸の中』で「私の罪は、——もしそれを罪と云ひ得るならば、——頗る明るい處からばかり写されてゐただらう」と述懐し「春の光に包まれながら」、縁側で一眠りするのである。

（尾形明子）

天、宇宙

てん、うちゅう

◆「危きに臨めば平常なし能はざる所のものを為し能ふ。之を天祐といふ」　（『吾輩は猫である』二）

◆大きく云へば公平を好み中庸を愛する天意を現実にする天晴な美挙だ。　（『吾輩は猫である』三）

◆俗人の使用する壮士的口吻がないのが嬉しい。怒気天を衝くだの、暴慢なる露人だの、醜虜の胆を寒からしむだの、凡てえらさうで安っぽい辞句はどこにも使つてない。　（「趣味の遺伝」三）

◆踏むは地と思へばこそ、裂けはせぬかとの気遣も起る。戴くは天と知る故に、稲妻の米嚙に震ふ怖も出来る。　（「草枕」六）

◆年の若い彼の眼には、人間といふ大きな世界があまり判切分らない代りに、男女といふ小さな宇宙は斯く鮮やかに映つた。　（『彼岸過迄』「報告」五）

◆天が自分に又一年の寿命を借して呉れた
　（『点頭録』一）

◆天の幸福を享ける事の出来た少数の果報者
　（『明暗』六十六）

◆僕自身は始めから無目的だといふ事を知つて置いて頂きたいのです。然し天には目的があるかも知れません。さうして其目的が僕を動かしてゐるかも知れません。　（『明暗』八十六）

宗教色

「天地万有は神が作つたさうな、して見れば人間も神の御製作であらう、現に聖書とか云ふものには其通りと明記してあるさうだ」と『吾輩は猫である』（五）にあり、三四郎と美禰子はstray sheep、迷える子的存在となる。また、『門』の宗助は坐禅をし、『彼岸過迄』の市蔵は「天とか、人道とか、もしくは神仏とかに対して申し訳がないといふ、真正に宗教的な意味に於て恐れたのです」（「松本の話」十一）と

◆身体感覚・情緒

述べる。これらは宗教色が濃い例であると言えようが、漱石作品全体を見渡してみると、むしろ、世俗的な天、宇宙観が支配的である。

漱石の天、宇宙観

「理性と感情の戦争益劇しく恰も虚空につるし上げられたる人間のごとくにて天上に登るか奈落に沈むか運命の定まるまでは安身立命到底無覚束候」(正岡子規宛書簡、1894・9・4付)と述べ、「生を天地の間に享けて此一生をなす事もなく送り候様の脳になりはせぬかと自ら疑懼致居候」(夏目鏡子宛書簡、1902・9・12付)とする漱石の天、宇宙観は、「天道自ら悠々一死狂名を博するも亦一興に御座候」(狩野亨吉宛書簡、1895・5・10付)で、「あなた方は博士と云ふと諸事万端人間一切天地宇宙の事を皆知つてゐるやうに思ふかも知れないが全く其の反対で、実は不具の不具の最も不具な発達を遂げたものが博士になる」(「道楽と職業」)との認識に至る。

「僕が天に代つて誅戮を加へるんだ」(「坊っちゃん」十)の意気込みが通用する「壺中の天地」(「草枕」三)に安住し、「人生観を増補すると宇宙観が出来る。謎の女は毎日鉄瓶の音を聞いては、六畳敷の人生観を作り宇宙観を作つてゐる。人生観を作り宇宙観を作るものは閑のある人に限る」(『虞美人草』十二の九)として、「一つのセオリー」で「全篇を」(小宮豊隆宛書簡、1907・7・19付)書き続けることは容易なことではない。

「凡て宇宙の法則は変らないが、法則に支配される凡て宇宙のものは必ず変る。すると其法則は、物の外に存在してゐなくてはならない」(『三四郎』十一の七)、すなわち人智を越えた宇宙は儼として存してゐるので、「已を得ないから運を天に任せ」(『彼岸過迄』「停留所」二十五)ることになる。人間は結局、人智を越えた宇宙の枠内で、それぞれに小宇宙を構成しつつ活動しているにすぎない。この境地は明治知識人の日常生活の延長上にある天、宇宙観というべきものであろう。　(青木稔弥)

天真爛漫

てんしんらんまん

◆自分は兄の気質が女に似て陰晴常なき天候の如く変るのを能く承知してゐた。然し一と見識ある彼の特長として、自分にはそれが天真爛漫の子供らしく見えたり、又は玉のやうに玲瓏な詩人らしく見えたりした。　　　　　　　　(『行人』「兄」十九)

この語は他に登場人物の寝相の悪さを描いた「天真爛漫ながら無風流極まる此光景」(『吾輩は猫である』五)があるのみ。『吾輩は猫である』の表層的で視覚的な表現が、『行人』では一郎の気質の複雑さを描くものに変っていて、それは「彼女の今迄の行動は何物にも拘泥しない天真の発現に過ぎなかつた。」(「塵労」六)「幸福は嫁に行つて天真を損はれた女からは要求できるものぢやないよ」(「塵労」五十一)というお直の「天真」の用例と対比的だ。「単なる無愛想の程度で我慢すべく余儀なくされた彼には、相手の苦しい現状と慇懃な態度とが、却つてわが天真の発露を妨げる邪魔物になつた。」(『道草』七十六)「あなたは父母の膝下を離れると共に、天真の姿を傷げられます。」(『明暗』五十一)の例と併せて、『行人』『道草』『明暗』の間で一貫して、漱石が性善説に拠るごとく、この言葉に聖性を付与し、神話化することに最大の問題がある。

『三四郎』には「天醜爛漫」(七)の例があり、広田先生は偽善家の利他主義、露悪家の利己主義を比較し、露悪家の流行は悪い事でなく、痛快で「天醜爛漫としてゐる」が、度を越すと利他主義が復活し、現代はこの二つを繰返して生きると、天真爛漫をもじって批評する。『行人』はこの言葉遊びの余裕が消えている。
　　　　　　　　　　　　　　　(石井和夫)

尊い

とうとい、たっとい

◆それを思ふと清なんてのは見上げたものだ。教育もない身分もない婆さんだが、人間としては頗る尊とい。　　　　　　　　　　　　（「坊っちやん」四）
◆正しき人は神の造れる凡てのうちにて最も尊きものなりとは西の国の詩人の言葉だ。道を守るものは神よりも貴しとは道也が追はるゝ毎に心のうちで繰り返す文句である。　　　　　　　　　（「野分」一）
◆「君でも一日のうちに、損も得も要らない、善も悪も考へない、たゞ天然の儘の心を天然の儘顔に出してゐる事が、一度や二度はあるだらう。僕の尊いといふのは、其時の君の事を云ふのだ。其時に限るのだ」　　　　　　　（『行人』「塵労」三十三）

　全集索引の「尊い」の用例は僅か5例であり不完全である。それも「女」や「顔」という名詞にかかる連体修飾語としての用法のみであり、単独の用例が挙がっていない。これが索引作成上の単なるミスに由るのか、意図的なものかは分からないが、漱石作品に親しんだ読者には寂しい限りである。「趣味」と並んで双璧をなす漱石文学の重要語彙である。
　この語は『吾輩は猫である』以下、かなりの作品に見られるが、『三四郎』『それから』『門』『明暗』等には見られず、執筆時期や作品の内容による偏りが見られると言えるかも知れない。利害損得と言う現世的価値から超越しているものへの愛好と言う点では意外と初期作品に多いと言えるであろう。道や義に生きるという倫理的側面とは別に、天然自然の状態を指す場合もあり、謂はば「我」の放棄状態を尊いと呼んでいる。「死は生よりも尊とい」（『硝子戸の中』八）と並んで、禅的なものもその背景に考えられる。　　（上田正行）

独立

どくりつ

◆私は今より一層淋しい未来の私を我慢する代りに、淋しい今の私を我慢したいのです。自由と独立と己れとに充ちた現代に生れた我々は、其犠牲としてみんな此淋しみを味はわなくてはならないでせう　　　　　　　　　　　　　　　　（『心』十四）

　漱石は1913（大2）年12月12日に、安倍能成の要請を受けて第一高等学校で「模倣と独立」という講演を行っている。前半は第一高等学校の思い出、後半は最近見に行った文展の印象で、そこに掲げられている画が西洋の模倣にはしり、個性に乏しいことを批判している。このなかで、意外にも「模倣」（イミテーション）の対語として「独立」（インデペンデンス）の語を使っていた。漱石は講演を聴きに来た畔柳茶舟あての書簡でもこの「対語」に言及している。「イミテーション」は「人の真似をしたり、法則に囚はれたりする」あり方、一方の「インデペンデント」は「自由、独立の径路を通つて行く」あり方とだと対照化する。日露戦後の新時代の学生たちを前に、個性を発揮するような「独立自尊」の行き方を強く望み、「心の発展は其イデペンデントと云ふ向上心なり、自由と云ふ感情から来る」のだと強調している。『心』の先生が青年の「私」に向かって述べた上記の引用部「自由と独立と己れとに充ちた現代に生まれた我々」は、こうした文脈で読まれなければならない。その一方、『それから』『行人』では「個人が一戸を構へ且つ完全に私権行使の能力を有すること」（『辞林』1911）という字義通りの意味で使用され、まさに家からの「独立」が問題化されている。　　　　　　　　　　（高橋修）

◆　身体感覚・情緒

泣く、涙

なく、なみだ

◆やがて鼻と口を塞がれた感動が、出端を失つて、眼の中にたまつて来た。睫が重くなる。瞼が熱くなる。大に困つた。安さんも妙な顔をしてゐる。二人ともぽうが悪くなつて、差し向ひで胡坐をかいた儘、黙つてゐた。　　　　　　　（「坑夫」八十六）

◆「余りだわ」と云ふ声が手帛の中で聞えた。それが代助の聴覚を電流の如くに冒した。代助は自分の告白が遅過ぎたと云ふ事を切に自覚した。打ち明けるならば三千代が平岡へ嫁ぐ前に打ち明けなければならない筈であつた。彼は涙と涙の間をぽつぽつ綴る三千代の此一語を聞くに堪へなかつた。　　　（『それから』十四の十）

◆彼女は突然物を衝き破つた風に、「何故嫉妬なさるんです」と云ひ切つて、前よりは劇しく泣き出した。僕はさつと血が顔に上る時の熱りを両方の頬に感じた。彼女は殆んど夫を注意しないかの如くに見えた。　（『彼岸過迄』「須永の話」三十五）

男たちの共同体と「尊い涙」

　「泣く」という行為は生理的な要因と心理的な要因を分かつことができない形で現れる。漱石が書いた「涙」も、それらが重なる地点で起こる現象を明らかにしている。例えば、「坑夫」の中で、漱石は、涙があふれるまでのメカニズムを詳細に描いている。銅山の「坑の底」で、語り手の「自分」は、自らと同じ、高学歴の知識人男性である安さんに「説諭」される。そのとき、心理的な働きである「感動」が込み上げ、「鼻」と「口」を塞ぎ、「涙」として「眼の中」にたまってくるのを感じる。この場面で、「自分」は、安さんという「人格」に対して、自らをそれに見あうように引き上げなければならないと思う。立身出世、国家

中心といったイデオロギーが重なりあうこの場面で、二人の男性は、どれほど暗い「坑の底」でも侵されない「人格」を確かめあい、「難有い誨を垂れ」る安さんの言葉に触れて、「自分」は「尊とい涙」を流したのである。しかし、若い女性たちが登場しない「坑夫」を経て、漱石の小説には、「尊とい涙」に象徴されるような男性たちの「人格」の欺瞞を問う女性たちが登場するようになる。

「彼女たちの物語」――読まれなかった涙

　『それから』の三千代は、平岡と結婚してから3年も過ぎた後に、「僕の存在には貴方が必要だ」と告白した代助に対して、「余りだわ」といいながら涙を流す。結婚という制度の中で自由ではいられない三千代は、女性である自分が置かれた情況を考慮しなかった代助の身勝手さを突きつける。また、『彼岸過迄』の千代子は、激しく泣きながら、高木とのライバル関係ばかりを意識している市蔵に、「何故嫉妬なさるんです」と痛烈な言葉を投げかける。この場面で、女性である自分のことを蔑視し、高木を介してのみ自分のことを見ようとする市蔵に向けた千代子の批判は、涙という形で噴出する。

　民俗学者の柳田国男は、1941(昭16)年に発表した「涕泣史談」の中で、「泣く」ことは、「言語以外の表現方法」であり、「適当な言語表現がまだ間に合わぬ」時に、「泣く」ことで自らの感情表現を行っていたと述べている。漱石の小説における女性たちの涙は、一つの表現であり、その涙の意味を受けとめられない「男たち」の限界をあぶり出す。「尊とい涙」として解釈される、自己形成へと向かう若い男性の涙と、「歇私的里」と結びつけられてきた女性たちの涙との対比は、漱石の小説がジェンダーの非対称を意識的に書きわけていることを示す。それならば、新しい漱石読解は、彼女たちの涙に応答するところからはじまるのではないだろうか。　（岩川ありさ）

のつそつ

のっそつ

◆凝と仰向いて、尻の痛さを紛らしつゝ、のつそつ夜明を待ち佗びた其当時を回顧すると、修禅寺の太鼓の音は、一種云ふべからざる連想を以て、何時でも余の耳の底に卒然と鳴り渡る。

（『思ひ出す事など』二十九）

◆私がのつそつし出すと前後して、父や母の眼にも今迄珍らしかつた私が段々陳腐になつて来た。

（『心』二十三）

　漱石独自のものではないが、漱石が比較的多用する表現。「伸りつ反りつ」が「のつそつつ」と音変化した後、促音が略されたもので、近世期以後に用例がある。「唯のつそつしてゐる自分の手持無沙汰を避けるため」（『明暗』六十一）というような、する事がなくて単に退屈している場面で使われる例もあるが、「坑夫」（九十二）に「今頃は熟睡してゐるだらう。羨ましい。――夫れとも寝られないで、のつそつしてゐるかしらん」とあるように、寝ることが出来ないで、えてして悶々として、あちこちと体の向きをかえているような場面で使用されることが多い。負けず嫌いの坊ちやんは、イナゴ騒動の後「中々寝られない」で「清の事を考へながら、のつそつして居る」（『坊つちやん』四）し、宗助は寝ているのに「御米は依然として、のつそつ床の中で動いてゐ」（『門』七の三）る。「すやすや寐てゐる千代子」に「必竟のつそつ苦しがる僕は負けてゐるのだと考へない訳に行かなくなつた。僕は寐返りを打つ事さへ厭にな（『彼岸過迄』「須永の話」三十一）」のである。

（青木稔弥）

長閑

のどか

◆あらゆる芸術の士は人の世を長閑にし、人の心を豊かにするが故に尊とい。　　　　　　（「草枕」一）

◆所が病気をすると大分趣が違つて来る。病気の時には自分が一歩現実の世を離れた気になる。（中略）さうして健康の時にはとても望めない長閑かな春が其間から湧いて出る。此安らかな心が即ちわが句、わが詩である。　　　（「思ひ出す事など」五）

　この語は、漱石が終生愛した心的態度を指す語である。

　初出は、「明天子上にある野の長閑なる」（1076、1897）で、「明天子は明君」という注解（坪内稔典『漱石全集』第十七巻、岩波書店、1996）であるが、恐らくは明治天皇をもさし、30年前、血塗られた維新の戦場であった上野が、平和でのんびりしていると、言祝いだ句であろう。一説に「明天子上にあり、出でて仕るべし」（韓愈「董邵南を送る序」）を踏まえたとある。

　「草枕」では、芸術家の存在意義として述べ、雲雀の「鳴き尽くし、鳴きあか」す「のどかな春の日」として使用される。雲雀が天に向かって「どこ迄も登つて行く、（中略）屹度雲の中で死ぬに相違ない」（一）という画工の評は、「長閑」の中に一瞬死の影をひらめかせる。

　「草枕」の「長閑な春の感じ」の「太平の象を具したる春の日」（五）は、『虞美人草』の「春の旅は長閑である」（三）につながる。

　「修善寺の大患」後の入院中に書かれた「思ひ出す事など」では、病気となり、現実離れし安らかな心となり「長閑かな春」が湧き出て、俳句や漢詩の創作の源泉となる身体感覚を表現しているのだ。

（西村好子）

◆ 身体感覚・情緒

呑気

のんき

◆仮令交際を謝して、唯適宜の講義を聞く丈にても給与の金額にては支へ難きを知る。よしや、万事に意を用ゐて、此難関を切り抜けたりとて、余が目的の一たる書籍は帰朝迄に一巻も購ひ得ざるべし。且思ふ。余が留学は紳商子弟の呑気なる留学と異なり。　　　　　　　　　　　　（『文学論』序）

◆「ハ、、教師は呑気でいゝ。僕も教員にでもなれば善かつた」／「なつて見ろ、三日で嫌になるから」／「さうかな、何だか上品で、気楽で、閑暇があつて、すきな勉強が出来て、よささうぢやないか。　　　　　　　　　（『吾輩は猫である』四）

漱石作品における「呑気」の語は、「気楽」の語と類似した意味で用いられることが多い。用例としては『吾輩は猫である』などの初期作品に多い。引用文のように、ここでは「教師」という職業を揶揄する語として、「呑気」と「気楽」はほぼ同じような意味に用いられている。

『心』『道草』『明暗』などの後期作品にも「呑気」の用例はある。「気楽」も「呑気」も、字義通りの意味に加えて、真面目さや深刻さの欠如に対する皮肉の意味がこめられていることが多い。ただし、同じ皮肉の意味としても、「呑気」の方が「気楽」よりも軽いニュアンスで使われている。「気楽」に込められた、相手の深刻さ真摯な姿勢の欠如を批判するような意味が、「呑気」にこめられることは少ない。

その中で、『明暗』百二十一で津田が小林に向けた「君も余程呑気だね。吉川の奥さんが今日此処へ何しに来るんだか、君だつて知つてるぢやないか」は小林への非難のニュアンスがあり、他の用例よりも重く感じられる。

（宇佐美毅）

馬鹿

ばか

◆女は装飾を以て生れ、装飾を以て死ぬ。多数の女はわが運命を支配する恋さへも装飾視して憚からぬものだ。恋が装飾ならば恋の本尊たる愛人は無論装飾品である。否、自己自身すら装飾品を以て甘んずるのみならず、装飾品を以て自己を目してくれぬ人を評して馬鹿と云ふ。　　　　（「野分」三）

◆自分の当時は、長蔵さんの話をはいはい聞く点に於て、すぐ坑夫にならうと承知する点に於て、其の他色々の点に於て、全く此の若い男と同等即ち馬鹿だつたのである。　　　　　（「坑夫」二十四）

◆「あゝ、私忘れてゐた。美禰子さんからの御言伝があつてよ」／「さうか」／「嬉しいでせう。嬉しくなくつて？」／野々宮さんは痒い様な顔をした。さうして三四郎の方を向いた。／「僕の妹は馬鹿ですね」と云つた。三四郎は仕方なしに、たゞ笑つてゐた。／「馬鹿ぢやないわ。ねえ、小川さん」／三四郎は又笑つてゐた。腹の中ではもう笑ふのが厭になつた。　　　　　　（『三四郎』九）

◆「僕は明かに絶対の境地を認めてゐる。然し僕の世界観が明かになればなる程、絶対は僕と離れて仕舞ふ。要するに僕は図を拡いて地理を調査する人だつたのだ。（中略）僕は迂闊なのだ。僕は矛盾なのだ。然し迂闊と知り矛盾と知りながら、依然として藻掻いてゐる。僕は馬鹿だ。人間としての君は遥に僕よりも偉大だ」　　（『行人』「塵労」四十五）

◆私は先づ「精神的に向上心のないものは馬鹿だ」と云ひ放ちました。是は二人で房州を旅行してゐる際、Kが私に向つて使つた言葉です。私は彼の使つた通りを、彼と同じやうな口調で再び彼に投げ返したのです。然し決して復讐ではありません。私は復讐以上に残酷な意味を有つてゐたといふ事を自白します。私は其一言でKの前に横たはる恋の行手を塞がうとしたのです。

（『心』九十五）

様々な「馬鹿」

漱石全集の中で「馬鹿」の語は、派生語も含めて111箇所にも及ぶ。引用の1つ目は、「野分」からのもの。「三度教師となつて三度追ひ出され」八年ぶりに東京に戻った白井道也の家の装飾品一つない質素な書斎と、その書斎を「不愉快」に見つめる妻の様子が描かれる。「愛人は無論装飾品である」の一文、後の『虞美人草』を連想させる箇所でもある。引用の2つ目は「坑夫」からのもの。一人称回想形式のこの作品の中で、道連れとなった「若い男」の愚かさと、当時の自分は実は全く同じであったという、小説的現在の自分が過去の自分を相対化する場面で発せられた言葉である。引用の3つ目は『三四郎』からのもの。妹よし子の言葉に「痒い様な顔をして」「僕の妹は馬鹿ですね」と三四郎に語る野々宮の言葉は、自らと美禰子の関係が浅からぬものであること、妹のよし子もそのことを知っていること、つまりは野々宮兄妹を取り巻く全ての人々が知っていることを明らかにしている。野々宮と美禰子の関係がどのようなものか、思い悩む三四郎に突き付けられた事実である。引用の4つ目は『行人』からのもの。手に入れることができないのは、「絶対の境地」だけではない。一郎がお直に自己の存在の全てを理解してほしいと希求する時、一郎は寸毫の偽りも「技巧」も許さないのだが、そのような一郎の存在自体が、自分もお直も抜き差しならぬ状況にまで追い詰めることとなるのだ。引用の最後は『心』からのもの。最初はKから先生に、次に先生からKへと投げつけられた「馬鹿」という言葉は、それぞれの場面において、最大の効果を発揮する最強の罵倒の言葉となっている。その時の自分を痛切な痛みをもって回想し、「私」に伝える先生の言葉である。　　　　　　　　（佐藤裕子）

恥

はじ

◆つらつら思へば人間は恥のかきつゞけの様なもの故下らぬ書物でも本屋が出すと云へば大抵は我慢して応じ申候

（鳥居素川宛書簡、1913（大2）年11月28日付）
◆私は凡ての人間を、毎日々々恥を搔く為に生れてきたものだとさへ考へる事もあるのだから、変な字を他に送つてやる位の所作は、敢てしやうと思へば、遣れないとも限らないのである。

（『硝子戸の中』十二）

生きるとは恥を搔くこと

漱石は、生きるとは恥を搔くことだと考えていた。冒頭に掲出した鳥居素川宛書簡は『行人』出版に際するもので、以下「旧著など縮刷して出すといふ申込も単に芸術上よりは至つて辞易なれど多少小遣になると思へば恥のかきついでだから構はぬといふ了見も起り申候」と続く。「旧著」とは『鶉籠　虞美人草』のことである。また、上記『硝子戸の中』や、「方々へ恥の掻き棄をやつてゐる」（津田青楓宛書簡、1916・2・26付）など、自分の揮毫した字が人の目に触れるのを恥じてもいた。これらからは、未熟さを承知の上で、ありのままの自分をさらけ出そうという覚悟のようなものが看取される。「こんな事を云つたら笑はれはしまいか、恥を搔きはしまいか、又は失礼だといつて怒られはしまいかなどと遠慮して」（『硝子戸の中』十一）本来の自分を隠すことは無用であり、『心』の「先生」も、「近頃は知らないといふ事が、それ程の恥でないやうに見え出し」（二十五）、無理に本を読もうとしなくなった。いわば、世間や他者の目から解放されたのである。

◆**身体感覚・情緒**

恥を掻くのをおそれる人々

逆に、世間体や外聞を気にする態度は強く批判される。『虞美人草』で、継母に邪魔者扱いされた甲野欽吾が、雨のなか家を出ると言ったとき、「面当の為め」（十九）と誤解した継母は、「御前が其気でなくつても、世間と云ふものがあります。出るなら出る様にして出て呉れないと、御母さんが恥を掻きます」「私が世間へ対して面目がない」（十八）などと押しとどめる。一方、小野に待ち合わせをすっぽかされ、面目を潰された藤尾は、「辱しめられたる女王の如く」「怒の権化」（十八）となって帰るが、もはや手遅れである。愛娘藤尾を失った継母は、欽吾に諭されるに至って、「全く私が悪かつたよ」（十九）と反省するのである。

『明暗』のお延も、外聞を気にし、「生きてゝ人に笑はれる位なら、一層死んでしまつた方が好い」（八十七）というほど、「虚栄心」（九十七）に満ちた女性である。家庭内で夫津田と敵対することはあっても、一旦世間に向かえば、その弱味を曝さずに済むよう、夫の肩を持たなければ「恥づかしくてゐられない」（四十七）。そんなお延は、「恥を恥と思はない男」（八十八）小林に津田の過去の恋愛を暗示され、屈辱感から泣き伏してしまう。「津田のために凡てを知らなければならない」（百二十九）と思っても、恥を忍んで叔父叔母に相談もできず、「絶対に愛されて見たいの。」（百三十）という彼女の願望は危機に瀬する。一方の津田も、お延の虚栄心を満足させることで自分の虚栄心を満たそうとしているため、厳しい経済事情を打ち明けられない。そのくせ、妹お秀から補助を受けたり、父から金を貰ったりすることには恥ずかしさを感じない。見栄や虚栄心を捨てられない夫婦の危機は、自然体の清子によって対照的に顕在化される。

（須田千里）

煩悶

はんもん

◆一番始めには現代青年の煩悶に対する諸家の解決とある。高柳君は急に読んで見る気になつた。——第一は静心の工夫を積めと云ふ注意だ。積めとはどう積むのか些ともわからない。第二は運動をして冷水摩擦をやれと云ふ。簡単なものである。第三は読書もせず、世間も知らぬ青年が煩悶する法がないと論じてゐる。無いと云つても有れば仕方がない。第四は休暇毎に必ず旅行せよと勧告してゐる。然し旅費の出処は明記してない。——高柳君はあとを読むのが脈になつた。　（「野分」五）
◆私は卑怯でした。さうして多くの卑怯な人と同じ程度に於て煩悶したのです。　（『心』五十五）
◆それは兎に角、私の経験したやうな煩悶が貴方がたの場合にも屡起るに違ひないと私は鑑定してゐるのですが、何うでせうか。　（「私の個人主義」）

「煩悶」する青年たち

「煩悶」とは文字通り「わずらいもだえること」で、漱石も作品や文章の中で多用している。しかし、「煩悶」が明治の文脈の中で特別な意味を持っているのは、この言葉が、明治後期の一種の流行語だったからだろう。

「煩悶」が流行語になった契機は、1903（明36）年の藤村操の華厳の滝への投身自殺だった。それ以前にも、高山樗牛や国木田独歩は自覚的に「煩悶」の語を用いているが、藤村の遺した「巌頭之感」にある「我この恨を懐いて煩悶、終に死を決するに至る」という一文は、のちに徳富蘇峰が「煩悶青年」と呼ぶことになる、「一世を不可とし、而して此の不可なる世を、如何に渡る可きかに当惑する」（徳富蘇峰『大正の青年と帝国の前途』1916）若者たちを生み出した。近代化を急ぐ日本社会の

価値観に矛盾や閉塞感を感じるようになっていた高学歴青年たちを、「煩悶」という言葉と行為が捉えたのである。文学の世界でも、青年の煩悶は恰好なテーマとなった。1905年に『読売新聞』に連載され、人気を博した小栗風葉の『青春』予告（1905・3・4）には、「青春妙齢、花の如く火の如き情緒を抱いて、偏に荒涼たる社会の風霜を傷み、兼ねて近世思想の奔放なる潮流に漂ふ者、誰か内部の衝突と煩悶とならん」とうたわれており、主人公の「煩悶」が主題であることが強調されている。

煩悶の流行と変質

　このような「煩悶」流行を受けて、新聞・雑誌などのメディアも「煩悶」を取り上げるようになったが、漱石がこの時流に敏感に反応している作品が「野分」である。上記引用では、高柳が雑誌の「煩悶」特集を読んでいるが、『新公論』1906年7・8月号は、特集「厭世と煩悶の救治策」を組み、総勢33名の各界識者が、「世間一般に全く知らぬ顔をして自殺者などのありたる場合にも新聞にも出さず、評判もせぬが一番」、「運動させる」、「文学を禁止すべし」などと回答していた。また、作中で中野が語る、「我々が生涯を通じて受ける煩悶のうちで、尤も痛切な尤も深刻な、又尤も劇烈な煩悶は恋より外にないだらうと思うのです」（三）というくだりも、当時の社会で「煩悶」が「恋」に結び付くようになった状況を描き出す。当初、「煩悶」は、国家や社会における自分の存在意義に悩む青年に特有のものだと考えられていたが、流行するにつれてその内実は変質し、個人的な悩みに深刻さを付与する装置となっていった。漱石は、「草枕」において既に「世には有りもせぬ失恋を製造して、自から強ひて煩悶して、愉快を貪ぼるものがある」（三）と記していたが、「野分」でも、「煩悶すなわち恋」と断言してはばからない日本の煩悶青年たちの実状を鋭く切り取っているのである。
　　　　　　　　　　　　　　　　（平石典子）

卑怯

ひきょう

◆小癪と云はうか、卑怯と云はうか到底彼等は君子の敵でない。吾輩は十五六回はあちら、こちらと気を疲らし心を労らして奔走努力して見たが遂に一度も成功しない。　　　　　（『吾輩は猫である』五）
◆いくら人間が卑怯だつて、こんなに卑怯に出来るものぢやない。まるで豚だ。　　（「坊っちやん」四）
◆「囚はれちや駄目だ。いくら日本の為めを思つたつて贔屓の引き倒しになる許りだ」／此言葉を聞いた時、三四郎は真実に熊本を出た様な心持ちがした。同時に熊本に居た時の自分は非常に卑怯であつたと悟つた。　　　　　　（『三四郎』一の八）
◆「男は卑怯だから、さう云ふ下らない挨拶が出来るんです。」　　（『彼岸過迄』「須永の話」三十五）
◆自分は歩きながら自分の卑怯を恥ぢた。同時に三沢の卑怯を悪んだ。けれども浅間しい人間である以上、是から先何年交際を重ねても、此卑怯を抜く事は到底出来ないんだといふ自覚があつた。
　　　　　　　　　　（『行人』「友達」二十七）

ユーモアと自己批評性

　『吾輩は猫である』で鼠に何度も翻弄される「吾輩」の構図は、「坊っちやん」では生徒たちのしつこい悪戯に翻弄される「坊っちやん」として繰り返される。「吾輩」や「坊っちやん」が反応しているのは、隠れて悪事を働くことに対する以上に、それを反復し続けるしつこさ、くどさ、洗練されない野暮に対してである。彼らは、文字通り身体感覚的な嫌悪感にかられ反射的に過剰反応してしまい、その結果、かえって相手に徹底的に翻弄され、「卑怯」と怒る。そして、こうした漱石の江戸っ子的な感覚、美意識が空回りする様を誇張し、戯画化して語るところに、初期作品の

◆身体感覚・情緒

ユーモアが生まれている。

しかし、漱石の文学活動の本格化にともなって、『三四郎』では、「卑怯」という言葉は相手に対してではなく「自分」自身に向けられるようになり、周囲に影響されて公正さを見失っている「自分」に対する自己批評性と同時に社会批評性も帯びてくる。そして、登場人物の内省的傾向が強くなるにしたがって、合わせ鏡のように続く重苦しい自意識、苦い自己否定の言葉に変化していく。

女の所有権ゲーム

『彼岸過迄』では、「卑怯」という言葉は須永と千代子との間で多用され、特に、高木を意識して千代子に率直に向き合わない須永に対し、千代子から幾度も浴びせられる。『行人』では、三沢と「自分」が、「あの女」と美しい看護婦をめぐって、二人ともその女たちに特別な興味も関心も持たないにもかかわらず、互いにけん制し合い、「自分」は、そのような女性をめぐる男同士の心理的な暗闘を「卑怯」だが、やめることができないと「自覚」する。実存的な不安にかられ、厭世的に世俗の成功を望まず、女と向き合わないにもかかわらず、第三者の男の方を意識して勝手に女の所有権ゲームを始めてしまう男たちの姿を、自意識の鏡に映して見れば、我ながら「卑怯」なのである。

「卑怯」という言葉は、女性を所有したいという欲望と男同士の友情や絆を壊したくないという葛藤に引き裂かれ、身動きのとれない非主体的な男としての自分に対し、他者としての女の口から、それ以上に自意識の側から発せられる自己否定の言葉である。と同時に、男同士の友情や絆を壊しても女性を所有しようとする欲望の主体としての自分に対する自己否定の言葉でもある。男同士の関係性の中では、動いても、動かなくてもどちらをとっても卑怯なのである。

（遠藤伸治）

◆
身体感覚・情緒
——

皮肉

ひにく

◆高柳君は口数をきかぬ、人交りをせぬ、厭世家の皮肉屋と云はれた男である。　　　　　（「野分」二）
◆観覧車を発明したものは皮肉な哲学者である。
（『虞美人草』十四）
◆「またそんな皮肉を仰しやる。あなたは何うしてそう他のする事を悪くばかり御取りになるんでせう。　　　　　　　　　　　（『道草』十九）
◆津田は相手の観察が真逆是程皮肉な点迄切り込んで来てゐやうとは思はなかつた。
（『明暗』百三十六）

初期の「野分」では主人公高柳周作が「厭世家の皮肉屋」と評されるが、彼と対比される中野輝一の円満な世渡りが批判的に描かれている点からも、ここでの「皮肉屋」は、人生と真剣に対峙する高柳への共感的表現と受け取れる。また『虞美人草』の「観覧車を発明したものは皮肉な哲学者」という警句の「皮肉」にも、「人生の本質を見極める」という肯定的意味合いが含まれている。

〈あてこすり〉や〈意地悪い非難〉という一般的用法で「皮肉」という言葉が頻出するのは、『道草』と『明暗』である。この二つの後期作品に登場するのは、金銭や保身のため自身の欲望をぶつけあう人々である。健三からの経済的援助を目論む島田の語気は「皮肉」であり（『道草』）、津田の秘密をお延に仄めかして金銭を得ようとする「小林の顔には皮肉の渦が漲つ」ている（『明暗』）。ただ吉川夫人が、津田のお延への気持ちを「表向きだけ」と評した時の「これ程皮肉な点」という表現には、吉川夫人の〈意地悪さ〉と〈夫婦の本質を見抜く鋭さ〉が、同時に暗喩されている。

（神田由美子）

百年

ひゃくねん

◆「百年、私の墓の傍に坐つて待つてゐて下さい。
屹度逢ひに来ますから」　　　（『夢十夜』第一夜）
◆百年の昔から此処に立つて、眼も鼻も口もひとし
く自分を待つてゐた顔である。百年の後迄自分を
従へて何処迄も行く顔である。　（『永日小品』「心」）

「百年」という時間

　『夢十夜』「第三夜」の「自分」は、「御前がおれを殺したのは今から丁度百年前だね」と小僧に言われ、「今から百年前文化五年の辰年」を思い出す。しかし、こうした正確な数として用いられた例は少ない。「無辺際の空間には、地球より大きな火事が所々にあつて、其の火事の報知が吾々の眼に伝はるには、百年も掛るんだからなあと」（『永日小品』「金」）や、「百年待つても動きさうもない、水の底に沈められた此水草は」（『草枕』十）など、漠然と永い時間を意味する場合が一般的である。特に、「百年の昔に掘つた池ならば、百年以来動かぬ」（『虞美人草』十一）や「百年も昔の人に生れたやうな暢気した心持がしました」（『彼岸過迄』「松本の話」十）など、遙かな過去を指す用例が目立つ。『彼岸過迄』の例は、須永市蔵が大阪の箕面で、頭をくりくり坊主に剃つているお婆さんの様了を見た時の気持ちであり、「僕は斯ういふ心持を御土産に東京へ持つて帰りたいと思ひます」と続く。箕面のゆつたりした時間が、東京の慌ただしさに対比されている。元禄と明治を対比した「東京は目の眩む所である。元禄の昔に百年の寿を保つたものは、明治の代に三日住んだものよりも短命である」（『虞美人草』四）も同様である。

「百年」の意味するもの

　「百年」はまた、人の生きられる限界の年月であり、人の一生をいう。「百年の後」は、従つて死後を含意する。「正に知る　百年の忙」（漢詩67〔春日静坐〕）、「功業は百歳の後に価値が定まる」（森田草平宛書簡、1906・10・21付）などはその例である。漱石の場合、「百年の齢ひは目出度も難有い。然しちと退屈ぢや。（中略）百年を十で割り、十年を百で割つて、贏す所の半時に百年の苦楽を乗じたら矢張り百年の生を享けたと同じ事ぢや」（『幻影の盾』）や、「百年は一年の如く、一年は一刻の如し。一刻を知れば正に人生を知る」（『一夜』）のように、生きた時間の濃密さによって人生の価値を量ろうとする傾向が見られる。掲出した「永日小品」「心」の「百年の後」も、単に死後を意味するのではない。「百年の昔」と併せ、過去や未来を超越し、永劫の時を共に生きようとする男女の、濃密で運命的な出会いが暗示されている。

　『夢十夜』「第一夜」で女の言う、「百年待つてゐて下さい」も、正確な時間ではなく、永劫の時を意味しよう。「赤い日をいくつ見たか分らない」「自分」は、女が逢ひに来たことによって逆に「百年」が過ぎたことを知る。「女に欺されたのではなからうかと思ひ出した」「自分」の疑念を解き、「屹度逢ひに来ます」という約束を果たすために、女は白百合となつて逢ひに来たのだが、その予言に見られない「暁の星」を見た「自分」は、すでに女とのつながりを持たない外部に放たれたことを知る。つまり、「自分」が疑つてしまつた時が「百年」目であり、疑わない限り「百年」は永遠に来ない。ここでの「百年」は、女を信じて待ち続けることで「自分」の愛の強さが試される時間なのである。

　　　　　　　　　　　　　　　　　（須田千里）

◆
身
体
感
覚
・
情
緒

病気

びょうき

◆私は自分の病気の経過と彼の病気の経過とを比較して見て、時々其所に何かの因縁があるやうな暗示を受ける。(中略)猫の方では唯にやにや鳴く許だから、何んな心持でゐるのか私には丸で解らない。　　　　　　　　　　　　（『硝子戸の中』二十八）

◆「矢張穴が腸迄続いてゐるんでした。此前探つた時には、途中に癜痕の隆起があつたので、つい其所が行き留りだとばかり思つて、あゝ云つたんですが、今日疎通を好くする為に、其奴をがりがり掻き落して見ると、まだ奥があるんです」（『明暗』一）

◆
身体感覚・情緒

多病だった漱石

胃潰瘍を患い、伊豆の修善寺に滞在した漱石は、「修善寺の大患」と呼ばれる危篤状態を経験する。痔を患った際には、手術と入院を余儀なくされる。そして、自らのこれまでの多病な有り様を、風邪で無聊を持てあます書斎での物思いに乗せながら、『硝子戸の中』において描き出す。

自らが生死の境をさまよっている間に、自分の身近な人々が死んだことをのちに知らされ、生き長らえる自分の命の不思議を観じる漱石は、一方で、ひどい皮膚病で助かりそうにない猫に自らを重ねて見ていたにもかかわらず、猫も自分も不思議に病が癒えていくという符牒を見出し「何かの因縁があるやうな暗示」（『硝子戸の中』二十八）を受ける。

こうした生死と病との説明のつかない連関について、その都度意味づける作業を試みたのがとりわけ後期における長篇小説の諸作であったと言えよう。

「奥」へと誘う漱石の可能性

「修善寺の大患」前に発表された『それから』において、すでに病気を物語展開上の駆動力となすような設定を見出すことができる。冒頭で自分の心臓を気にする代助の立ち居振る舞いが、実は三千代の心臓病を気にかける所作であったことが、あとから分かる。三千代は「心臓から動脈へ出る血が、少しづつ、後戻りをする難症」（『それから』四）を宣告されるが、三千代のこの「後戻り」する血流と符合するように、代助は三千代の結婚以前の自分たちの関係を想起し、後戻りしつつ前進するかのような決断をなしていく。

『心』には腎臓病を患う人物が複数登場する。血液を濾過して老廃物を取り除くというこの器官の病は、時代の精神性や伝統文化といった社会の有り様そのものを、あたかも滞留する血の如くに描き出しており、語り手「私」と先生の間で交わされる「血」（＝精神的な何か）の循環（＝伝承）と対照をなしている。

さらに遺作『明暗』では、こうしたイメージに彩られた病の表象に留まらず、「まだ奥があるんです」という痔の手術をする医師の言葉を冒頭に配し、腸が曲がりくねって常にその先が見えないというイメージが、物語構造そのものの「奥」の不可視性を予告する隠喩となっている。登場人物同士が腹のなかを探り合う心理戦について「其奥を覗き込まうとした」（『明暗』百四十七）と表現されるように、語りの構造そのものが奥へ奥へと分け入っていく。終盤、津田が湯治に行く温泉場も一望できない迷路のような構造を持ち、津田は旅館で方向を見失い「はてな、もっと後かしら。もう少し先かしら」（『明暗』百七十五）と呟くこととなる。イメージに留まることなく物語構造をも暗示する病気をモチーフとした『明暗』は、漱石の文学世界そのものに「まだ奥があ」ったかもしれない可能性を示してやまない。

（鬼頭七美）

貧／貧乏

ひん／びんぼう

◆中学の教師は貧乏な所が下等に見える。此下等な教師と金のある紳士が衝突すれば勝敗は誰が眼にも明かである。　　　　　　　　　　（「野分」一）
◆代助は平生から物質的状況に重きを置くの結果、たゞ貧苦が愛人の満足に価しないと云ふ事実を知つてゐた。　　　　　　　　（『それから』十六の三）
◆小遣の財源のやうに見込まれるのは、自分を貧乏人と見傚してゐる彼の立場から見て、腹が立つ丈であつた。　　　　　　　　　　　（『道草』六十）
◆君は僕が是程下層社会に同情しながら、自分自身貧乏な癖に、新しい洋服なんか拵へたので、それを矛盾だと云つて笑ふ気だらう　（『明暗』三十六）

晏如とした貧乏生活

　漱石は、主人公の経済状態を、その人物像と切り離せないものとしている。「二百十日」の圭さんは金力や権力を振りかざすものに対し、「豆腐屋だつて人間だ」（四）と怒る。しかし、現実は資本主義社会の世の中なので、「野分」の白井道也は、「勝敗は誰が眼にも明か」（一）という。ただ彼はその勝負に価値を見出さないから、貧困と無理解の中に孤立しても恬淡としている。かえって貧しさに圧し拉がれそうな高柳に、文学は人生そのものであり貧困によって阻害される性質の学問ではない、と言って励ます。このとき、貧乏はむしろ彼の高潔さの証である。『虞美人草』では、精神的なものを重んずる甲野や宗近の倫理が藤尾を倒していた。『三四郎』でも、知識人の暮らす世界を三四郎は、「服装は必ず穢ない。生計は屹度貧乏である。さうして晏如としてゐる」（四）とし、精神的に高いところにいるゆえに、貧乏でも「晏如」、つまり安らかで落ち着いた精神状態でいられる人々を認めている。

貧困は何を奪うか

　しかし、多くの生活者にとって物質的な困窮は忌むべきものであり、漱石はやがてそうした視点を作中に導入するようになる。『道草』では、海外留学から戻って大学で教えている健三を親戚たちが出世頭と見做して頼り始め、実際は家族を養うのにやっとである健三を苦しめている。金銭に重きを置かなくとも、貧困によって精神生活まで侵されるとなれば、それを防ぐための最低限の保障はなくてはならない。ここではもう、貧乏と精神の気高さは結びつかないのだ。
　『それから』は、愛する人を選べば父からの金銭的援助が断ち切られる、という代助の危機を描いた。彼には物質的な豊かさを味わい尽くすだけの教養があるが、貧困に陥ればその教養がかえって彼を苦しめるかもしれなかった。精神生活だけではない。『門』では、御米の流産を、「愛情の結果が、貧のために打ち崩され」（十三）たものとしている。宗助は唯一の女性を選ぶ代わりに、安定した経済を捨てた。その選択の意味は、金力によって最低限保障されなくては成り立たないものがあるという側面を認めていればこそ、一層重くなるのだ。
　貧といえば、漱石文学の中でも際立った個性を持つ『明暗』の小林を逸することはできない。彼は恵まれた生活をしている津田夫妻の周囲に出没して、自らの貧困を訴え、彼らを当惑させる。津田夫妻は彼らなりの葛藤があり反発しあってもいる二人なのだが、小林が登場すればたちまち結託する。階級社会から這い上がろうとして果てず、夫婦を嫉み、皮肉をいう小林に対し、津田夫妻は同じ階級に属する者として手を結び、相対するのだ。小林像は非常に興味深いものながら『明暗』は未完に終わった。
　　　　　　　　　　　　　　　　（宮内淳子）

◆身体感覚・情緒

不安

ふあん

◆代助の頭には今具体的な何物をも留めてゐない。恰かも戸外の天気の様に、それが静かに凝と働らいてゐる。が、其底には微塵の如き本体の分らぬものが無数に押し合つてゐた。乾酪の中で、いくら虫が動いても、乾酪が元の位置にある間は、気が付かないと同じ事で、代助も此微震には殆んど自覚を有してゐなかつた。たゞ、それが生理的に反射して来る度に、椅子の上で、少し宛身体の位置を変へなければならなかつた。／代助は近頃流行語の様に人が使ふ、現代的とか不安とか云ふ言葉を、あまり口にした事がない。

（『それから』六の二）

世紀末的不安

　漱石の小説には「不安」に突き動かされて思わぬ行動に及んでしまう主人公が描かれる。『門』の宗助、『彼岸過迄』の須永、『行人』の一郎、そして『心』の先生は、皆、不安に脅かされているが、始まりは『それから』の代助である。不安というテーマは『それから』において顕在化する。小説中に、書生の門野が新聞連載中の小説『煤烟』を読み「一体に、こう、現代的の不安が出ている様じゃありませんか」（六の二）と代助に感想を語る場面が描かれている。『煤烟』は『それから』連載が始まる直前に、漱石の弟子の森田草平が朝日新聞に連載していた。

　門野までも口にする、「近頃流行語の様に人が使ふ、現代的とか不安とか云ふ言葉」（六の二）とは、1980年代から20世紀初頭にかけてヨーロッパで隆盛した芸術傾向としての「世紀末的不安」を指す。この「世紀末的不安」は「世紀末」という時代感覚によってもたらされる。マックス・ノルダウ（Max Nordau）が

1892（明25）年に発表した『退化論』（Die Entartung）は世紀末文化論ともいえるテクストであり、日本では『現代の堕落』（大日本文明協会、1914）として翻訳出版されたが、その中で「世紀末」とは「一種の心的状態」であると述べられる。「世紀末」は「熱病的不安、疲れたる落胆と、恐怖に充たたる予想と、卑怯なる諦めとが錯綜し、混合して、複合的心的状態を呈し」ながら、「滅亡の感情」「衰弱者の感ずる絶望」が広がる時代であるという。この『退化論』の1898年の英訳本（Degeneration）は漱石の蔵書に含まれている。また『それから』において、強い刺激を受けた「神経」は「困憊」して「退化」する、「進化の裏面を見ると、何時でも退化である」（二の五）と述べられる所に『退化論』の引用を見ることができる。

ヨーロッパ世紀末の受容と展開

　このような「世紀末」の概念を日本にいち早く紹介したのが、生田長江「自然主義論」（『趣味』1908・3）であり、ヨーロッパ自然主義の後に現れた象徴主義の文学を取り上げ「『世紀末』（Fin de siècle）と云ふ、特殊なる時代」の影響を受け、「感受性の鋭敏」と「神経の疲労」、そして「たゞ強烈なる刺激を、強烈なる刺激とのみ求める」傾向が描かれていると述べる。

　『煤烟』はダンヌンツィオ（Gabriele D'Annunzio）が1894年に発表した小説『死の勝利』（Il Trionfo della Morte）の影響を強く受け、「世紀末」の時代感覚を模倣的に描き出そうとしており、門野はそこに「現代的の不安」を見出している。しかし、代助は安易な「不安」の解釈に否定的である。

　その一方で『それから』では代助が「自覚を有してゐな」い領域で「微塵の如き本体の分からぬものが無数に押し合つてゐた」と語られる。「不安」は、人間の意識下の運動として描き出されており、ここに漱石の文学における受容の深化を見ることができる。（生方智子）

◆
身体感覚・情緒

468

父母未生以前

ふぼみしょういぜん

◆十年前円覚ニ上リ宗演禅師ニ謁ス禅師余ヲシテ父母未省以前ヲ見セシム．次日入室見解ヲ呈シテ曰ク物ヲ離レテ心ナク心ヲ離レテ物ナシ他ニ云フベキコトアルヲ見ズト　　　　　　　（「ノート」I-9）
◆昔し鎌倉の宗演和尚に参して父母未生以前本来の面目はなんだと聞かれてぐわんと参つたぎりまだ本来の面目に御目に懸つた事のない門外漢である。
（虚子著『鶏頭』序）
◆「まあ何から入つても同じであるが」と老師は宗助に向つて云つた。「父母未生以前本来の面目は何だか、それを一つ考へて見たら善からう」／宗助には父母未生以前といふ意味がよく分らなかつたが、何しろ自分と云ふものは必竟何物だか、其本体を捕まへて見ろと云ふ意味だらうと判断した。
（『門』十八の四）

鎌倉での参禅体験

　「父母未生以前」あるいは「父母未生以前本来の面目」は禅の公案の一。漱石の生涯と文学にかかわる重要な概念である。自己存在の自覚の根拠、主客を絶した自我のすがた、死からの視線の自覚、生死の円環を認識することなどいろいろな解釈が可能だが、知的な思考を誘う公案といえる。
　漱石は菅虎雄の紹介で、1894(明27)年12月23日から翌年1月7日まで鎌倉五山第二の臨済宗円覚寺の塔頭帰源院に籠って管長釈宗演のもとで修行をした。宗演は35歳。漱石は28歳でわずか7つ違いであった。1年前の1893年、宗演がシカゴで開催される世界宗教会議に出席し講演するための草稿を鈴木大拙から頼まれて眼を通したという因縁があった。

『鶏頭』の「序」もほぼ同趣旨だが、『ノート』では公案に対する漱石の解答に対して、老師は「ソハ理ノ上ニ於テ云フコトナリ」と冷然と突き放した。こうした体験が『門』の宗助の参禅体験に生かされている。この公案は難解中の難解といわれるもので、初心者に与えられるのは異例とされる。
　満足な見解を見出せないで苦しんだ宗助が相見のとき何と答えたかは書かれていない。「心の実質」を太くするために参禅した宗助は、老師からは「もつと、ぎろりとした所を持つて来なければ駄目だ」「其位な事は少し学問をしたものなら誰でも云へる」と一蹴されてしまう(十九の二)。漱石は宗助の参禅の失敗を強調するためにあえて伏せている。

作品への反映

　公案の原拠はわが国で編集された参禅者の基本公案集『宗門葛藤集』の「六祖衣鉢」にみえる。六祖＝慧能(638-713)を追いかけてきた明上座(生歿年不詳)は衣を投げ与えられるが、自分は師の衣を求めて来たのではないというと、六祖から「善悪を思わないちょうどそのとき、明上座の父母未生以前本来の面目はどうか」と問われて、明はただちに大悟したと伝えられている。
　「父母未生以前」は「趣味の遺伝」『行人』などの作品にも登場する。「趣味の遺伝」では、男女相愛の趣味の根拠として先祖の遺伝や神秘現象が付与され、漱石自ら「男女相愛するといふ趣味」(森田草平宛書簡、1906・2・13付)とパラフレーズしている。『行人』の場合は、無学文盲といわれた慧能とすべての「知」を放擲して悟りをひらいた香厳というふたりの禅僧への長野一郎の憧れが秘められている。香厳については「父も母も生れない先の姿になつて出て来い」(『塵労』五十)という潙山のことばが友人のHさんに語られるが、「六祖衣鉢」にあった優しさは消え、強度のある表現となっている。
（石﨑等）

不愉快

ふゆかい

◆著者の心情を容赦なく学術上の作物に冠して其序中に詳叙するは妥当を欠くに似たり。去れど此学術上の作物が、如何に不愉快のうちに胚胎し、如何に不愉快のうちに組織せられ、如何に不愉快のうちに講述せられて、最後に如何に不愉快のうちに出版せられたるかを思へば、他の学者の著作として毫も重きをなすに足らざるにも関せず、余に取つては是程の仕事を成就したる丈にて多大の満足なり。

（『文学論』序）

◆ある時自分は、不愉快だから、此の家を出やうと思ふとK君に告げた。K君は賛成して、自分はかうして調査の為方々飛び歩いてゐる身体だから、構はないが、君抔は、もつとコンフオタブルな所へ落ち着いて勉強したら可からうと云ふ注意をした。

（「永日小品」「過去の臭ひ」）

◆健三の心を不愉快な過去に捲き込む端緒になつた島田は、それから五六日程して、ついに又彼の座敷にあらはれた。

（『道草』四十六）

「不愉快」の淵源

　「不愉快」の語は、語義の一般的性格上、どの作品中にも見られる。頻出するのは、修善寺の大患以降、とりわけ緊張感を漲らせた『行人』『道草』であるが、『三四郎』のような、作者と登場人物達との距離の均衡が保たれた作品にも少なくない。もとより、これら用例を同列に扱ってよいわけでなく、見かけは同じ語でありながら、別の根から生まれた場合もある。それが形態上の相同性によって繋ぎ合わされ、漱石文芸全体の中で多義的相貌を表すようになる。

　作品以外に用例を探るならば、公的には『文学論』序文の一節に遡ってこれに逢着し、

誰しも語調の激しさにたじろがされる。そこから、『文学論』が構想されたイギリス留学時代に「不愉快」の淵源を求め、「倫敦に住み暮らしたる二年は尤も不愉快の二年なり」（『文学論』序）とされた留学時の日記や書簡類を精査すれば、「不愉快」を推測させる事実の断片は無数に拾い集められる。これに周辺的事実を突き合わせて、「不愉快」の内実を探ることも可能である。

　これらを手懸かりに、漱石のイギリス留学時の足跡をたどり明らかとなった事実は多い（出口保夫『ロンドンの夏目漱石』河出書房新社、1982／武田勝彦『漱石 ロンドンの宿』近代文芸社、2002／末延芳晴『夏目金之助 ロンドンに狂せり』青土社、2004）。ただ、序文では『文学論』が「如何に不愉快のうちに出版せられたるか」ともされている以上、「不愉快」をイギリス留学時の事実関係にのみ還元して済ますわけには行かない。

「不愉快」の文明論的枠組

　一方で注目されるのは、「帰朝後の三年有半も亦不愉快の三年有半なり」（『文学論』序）と記して畳み掛けるようにこの語を書き連ねた序文後半の行から、序文前半に記された「何となく英文学に欺かれたるが如き不安の念あり」という行へ視線を移し、そこに「不愉快」の淵源を求めようとする観点である（日本比較文学会シンポジウム「夏目漱石における東洋と西洋」1977・6）。それは、西洋対東洋、英文学対漢文学等の二項対立的枠組みを前提にするが、こうした東西文明論風の捉え方は、漱石自身この種の対立軸を設定して自らを規定せざるを得なかったこともあり（「漢学に所謂文学と英語に所謂文学とは到底同定義の下に一括し得べからざる異種類のものたらざる可からず」『文学論』序）、イギリス留学時の漱石から東大講師時の漱石、さらに朝日新聞社入社までの漱石（『虞美人草』等）を理解する上で、有効な準拠枠を提供し、そこに「不愉快」の内実を

身体感覚・情緒

探ることも可能と言える。しかし、そうした観点からだけでは、漱石が「不愉快」という一語をもって耐えていた現実との間の力学は、現に働く力として捉え切れるものではない。

「文学とは何か」という問いに即して

晩年の講演「私の個人主義」が思い起こさせてくれるのも、その一点に関わっている。序で言う「不愉快」の底には、晩年にまで反響し続ける文学をめぐる初源的な問い掛け「文学とは何んなものであるか」が存在したのである。この問い掛けが、作家漱石の過去から現在、さらに未来までも照し出す。『文学論』序がすぐれた「文学的自叙伝」(水谷昭夫「『文学論』序と狂気」『TON』第6号、1970・12)とされる所以もそこにあった。序文を草した時点で過去になり果せたことを振り返ったというに留まらず、「文学とは何か」という問いを潜めて後に続く漱石の道のりを指し示していたが故のことである。序において「不愉快」と表裏一体であるかのように「多大の満足」と付け加えもしたのは、当の『文学論』が自らの道標たり得たことをアイロニカルに語ろうとしたからにほかならない。

「不愉快のうちに出版せられた」という現下の状況にしても、英国留学最後の年、1902(明35)年岳父中根重一に宛てた書簡中(3月15日付)に記された原『文学論』の構想(「漱石の作家的出発をめぐって」熊坂敦子発題『国文学』1973・4)との齟齬だけに帰せられるものではない。構想は「文学・てのものの原像」(佐藤泰正「作家漱石の出発」『近代文学研究』第2輯1973・11)を求める問いとして生き続けたという観点から、なお捉え返されねばならない。それは、晩年に至ってなお「失敗の亡骸」「未成市街の廃墟」(「私の個人主義」)等と思い起さざるを得ず、それ故に却って死に絶えることのない問題意識の所在を吐露する言葉となってゆく。ただ、そこには屈折した力学的関係が覗く。

文学をめぐる問いの影の領域

原『文学論』が、「世界を如何に観るべきやと云ふ論より始め夫より人生を如何に解釈すべきやの問題に移り」(中根重一宛同書簡)等々と、漱石を取り巻く現実と地続きで構想されねばならなかった以上、その根幹に定められた「文学とは何か」という問いは、「開化を構造する諸原素」(同書簡)と繋がると共に、問い自体そこから問い返される不安定な状況へ、漱石を導くものであった。《文学は何のために存在するか／何の役に立つか》という問いを突き付けられたということである。そこに「不愉快」の語を介して繋がる別の根の所在が見出せる。

「凡てが金力に支配せらる、地」(『文学論』序)と言い、「帰るや否や私は衣食の為に奔走する義務が早速起りました」(「私の個人主義」)と言う。『文学論』に触れると、申し合わせたように金銭的問題が語られずにはいなかった。それは「文学とは何か」という問いが、資本主義社会の中に在って、その社会構造に組み込まれるほかなく、問う者は極めて卑近なところで足を掬われかねないことを物語る。

ロンドンの下宿の想い出を記したように見える小品の記述にしても、金銭的問題を介して、幼年期の問題から養父との関係その他「不愉快」な事実へと結び付く(中井康行『倫敦の不愉快な漱石 東京の孤独な漱石』双文社出版、2011)。「文学とは何か」という問いの周囲には、自らの営為を執拗に問い質す地平が、薄気味悪く拡がっているのである。「不愉快」の語は、こうして作品の内と外を繋ぎ、期せずして伸び拡がり結び合わされる漱石の表現のネットワークの重要な起点を形作るものとなっていた。

(中井康行)

◆ 身体感覚・情緒 ——

辟易

へきえき

◆「何うも左右いふでこでこな服装をして、あのお医者様へ夫婦お揃ひで乗り込むのは、少し──」／「辟易?」／お延の漢語が突然津田を撲つた。彼は笑ひ出した。　　　　　（『明暗』三十九）

『明暗』冒頭部で、津田は医者から痔疾の病が腸の奥まで続いていることから、完治のためには「根本的な手術」を要することを告げられる。病という身体的な問題とともに、津田は心理的な問題を抱えている。彼は半年前にお延と結婚したのであるが、結婚をめぐって、なぜ「あの女」（清子）は別の男と結婚したのか、なぜ自分はお延と結婚したのかが不可解のまま、日常生活を送っている。

手術当日の朝、津田は着飾ったお延の姿に驚く。そんな派手な服装で医者に行くのは言いよどむ津田に、お延は「辟易?」と「漢語」で応じる。「辟易」とはたじろぐこと。津田は、媚態とともに自己の都合を通そうとするお延の姿勢に妥協する。

物語は優柔不断な津田をどのように覚醒させるか、その「手術」を誰がどのように行うかが中心となる。その役はお延、会社の上司の夫人吉川、妹のお秀、社会主義者の小林、清子なのか。作品は作者の死によって未完となり、謎のまま残される。いずれにしろ、「辟易」をめぐるお延との小さなやりとりは、物語の構造につながる重要な伏線となる。

また、英国滞在中の論考「英国の文人と新聞雑誌」に、新聞の主筆に就いたチャールズ・ディケンズが「辟易降参」し、辞表を出したことを紹介する。漱石が新聞社と関係を持つのは後年だが、将来の自身の姿をあるいは予見したのかもしれない。　　（池内輝雄）

◆
身体感覚・情緒

真面目

まじめ

◆藤尾さん、今日迄の私は全く軽薄な人間です。あなたにも済みません。小夜子にも済みません。宗近君にも済みません。今日から改めます。真面目な人間になります。　　（『虞美人草』十八）
◆あなたは真面目だから。あなたは真面目に人生そのものから生きた教訓を得たいと云つたから。
　　　　　　　　　　　　　　　　　　　（『心』五十六）
◆日本ハ真面目ナラザルベカラズ日本人ノ眼ハヨリ大ナラザルベカラズ（日記、1901(明34)年1月27日）

漱石の用いる「真面目」の質量

漱石の小説中「真面目」の語をもっとも数多く用いているのは『虞美人草』だが、その本文の多くは「真面目」の漢字三文字に「まじめ」とルビを振ってある。「まじめ」は江戸時代から用いられた言葉だが、「まじめ」を「真面目」と書くようになったのは明治時代からで、いわゆる当て字である。「真面目」はもともと「しんめんもく」または「しんめんぼく」と読み、「面目が立つ」「面目ない」などと用いられる「面目」の語に「まさに」という意味の「真」が付いたものである。

ところで、現在の「真面目」の使用法と比べたとき、漱石の小説における「真面目」の使用例には微妙な違和感がある。「真面目な人柄」「真面目な顔」といったように「真面目」という言葉は今日、人の状態を形容する際に用いられ、それ自体の概念はさほど重いものではない。ところが漱石の「真面目」の場合、『それから』の代助が「凡そ何が気障だつて、思はせ振りの、涙や、煩悶や、真面目や、熱誠ほど気障なものはないと自覚してゐる」と述べ、『文学評論』第三編〔一常識〕に「真面目

は野暮」とあるように、実体感があるとでも言おうか、「気障」で「野暮」な質量をもっているという印象がある。

漱石作品において「真面目」が振りかざされるとき、それは結婚をめぐる状況において用いられる場合が多い。それはおそらく『虞美人草』における「真面目」の語の用いられ方によるのだろう。藤尾と別れ小夜子と結婚するよう小野に迫る宗近のセリフ、そして宗近の説得に応じて藤尾を思いきる小野のセリフに「真面目」は頻出する。また、『明暗』三十でも結婚をめぐる津田とその叔母の対話に「真面目」の語が登場する。

一方、『心』においては、上・中の語り手である「私」が自らを「真面目」と呼び、また先生も「私」を「真面目」と見なしている。「たゞ真面目なんです。真面目に人生から教訓を受けたいのです。」と先生に向かう「私」に対して、先生は「あなたは本当に真面目なんですか」と念を押し、さらに「私」は「もし私の命が真面目なものなら、私の今いつた事も真面目です」と答えている。その問答の末の自己告白があの長大な先生の遺書であり、上に掲げた遺書の一節である。

「真面目」の原点

そのような「真面目」の使用法の原点は、ロンドン留学時の「日記」における「真面目」にあるだろう。「夜下宿ノ三階ニテツクヅク日本ノ前途ヲ考」へながら、「日本ハ真面目ナラザルベカラズ」と漱石は思い至る。「真面目」が漱石の小説中で用いられたとき、直接には結婚や人生の教訓を得ようとする台詞ではあるが、その背後に「気障」「野暮」を承知で小説中に「日本ノ前途」を問う姿勢を読み取ることは十分に可能である。漱石の「真面目」に感じられる実体感・質量は、こうした背景をもつが故であると考えたい。（杉山欣也）

眉、眉間

まゆ／まみえ、みけん

◆お重は案外な様な又予期してゐたやうな表情を眉間にあつめて、凝と自分の顔を眺めた。

（『行人』「帰つてから」二十三）

◆あんまり腹が立つたから、手に在つた飛車を眉間へ擲きつけてやつた。眉間が割れて少々血が出た。兄がおやぢに付けた。おやぢがおれを勘当すると言ひ出した。（「坊つちやん」一）

◆曝露の日がまともに彼等の眉間を射たとき、彼等は既に徳義的に痙攣の苦痛を乗り切つてゐた。彼等は蒼白い額を素直に前に出して、其所に焔に似た烙印を受けた。（『門』十四の十）

「眉をあつめる」「眉を焦す」「眉を攣める」「眉を寄せる」——漱石作品に頻出する慣用句に見られるように、眉は人物の感情がとりわけ顕著に表れる部位である。『行人』のお重は、一郎－お直－二郎の関係を間近で見つづけて憂慮し、また自身もいずれは家を出される存在であることを意識していた。兄の二郎から家を出て下宿をすることを告げられたときのお重の複雑な感情は、彼女の眉から読み取れる。『それから』の平岡は、「強い刺激を受けさうな眉と眉の継目」をぴくつかせて、精神状態の狂いを代助に見せる（四の三）。

感情や性格の集積の場としての眉は、面子や体面の象徴でもある。「坊つちやん」の「おれ」が「卑怯な待駒」をした兄に将棋の駒をたたきつけたのは、顔のなかで最も目立ち、人格を象徴する眉間であった。親友安井に対して「徳義上の罪」を犯した『門』の宗助と御米に、「曝露の日」が射られ、罪の烙印が押されたのが彼等の「眉間」だったことは、「眉」という身体部位が、社会的総体としての人格をも象徴することを示している。（有元伸子）

◆ 身体感覚・情緒

道

みち

◆Kは昔しから精進といふ言葉が好きでした。私は其言葉の中に、禁慾といふ意味も籠つてゐるのだらうと解釈してゐました。然し後で実際を聞いて見ると、それよりもまだ厳重な意味が含まれてゐるので、私は驚きました。道のためには凡てを犠牲にすべきものだと云ふのが彼の第一信条なのですから、摂慾や禁慾は無論、たとひ慾を離れた恋そのものでも道の妨害になるのです。Kが自活生活をしてゐる時分に、私はよく彼から彼の主張を聞かされたのでした。 （『心』九十五）

◆貴方は何故と云つて眼を睜るかも知れませんが、何時も私の心を握り締めに来るその不可思議な恐ろしい力は、私の活動をあらゆる方面で食い留めながら、死の道丈を自由に私のために開けて置くのです。動かずにゐれば兎も角も、少しでも動く以上は、其道を歩いて進まなければ私には進みやうがなくなつたのです。 （『心』百九）

人間本来の生き方としての「道」

「道」は漱石作品のあらゆる箇所に見られる語であるが、多くは「〜するより道はない」のように「方法」の意で用いられるか、あるいは「道義」「道楽」などの単語の一部として使われることが多い。ただし、人間の本来の生き方を示す重要な語として作中に用いられている例も多い。たとえば、「人間は道に従ふより外にやり様のないものだ。人間は道の動物であるから、道に従ふのが一番貴いのだらうと思つて居ます」（「野分」八）という白井道也の言葉がそれにあたる。また、『門』において釈宜道が宗助に「それだつて、只刺戟の方便として読む丈で、道其物とは無関係です」と説く用い方も同様の性質を持つ。あるいは、

『行人』の兄が僧・香厳について「聡明霊利が悟道の邪魔になつて何時迄経つても道に入れなかつた」（『行人』「塵労」五十）と語る場合の「道」はさらに高い境地を示しているのと同時に、それを求めても得られない兄の苦悩を表現している。

『心』における「道」

このような「道」の用い方の中でも特に高い境地を表現しようとしているのは『心』である。「先生と遺書」の中でKが「道」という語を用いて自らの生きる姿勢を示そうとしている。

ここで用いられている「道」とは、引用のように、「精進」「禁欲」などの意味を含むものの、それよりもさらに厳しく、自らのすべてを投げうつ必要があるようなものである。ただし、Kはしばしば「道」という語を使うが、その語の内実を具体的に説明している記述は作中にほとんどない。最初の引用のように、「道」のためには何々が妨げになる、という否定的な表現をとり、「道」そのものを説明はしない。さらに、「道」の内実が読者に明かされないだけではなく、その語を用いているK自身にも理解されていないと先生によって判断されている。

漱石は後期の作品で人間の欲や自我を描き続け、そこから逃れようとする人間の姿を追究していった。『心』に多用される「道」という語に具体的な内実が示されていないことは、漱石にとっての「道」が追究すべき課題でありながら、同時に簡単には明らかにすることのできない重い課題であったことを示しているし、それが人間の救いになるという楽観的な見通しを持ったわけでもなかったことを示している。それを証明するかのように、『心』における「道」の語は最終的には引用（『心』百九）のように使用されて終っている。漱石が生涯にわたって「道」を追究し続けたことを示している。 （宇佐美毅）

水底

みなそこ

◆うれし水底。清き吾等に、譏り遠く憂透らず。
(新体詩「水底の感」)
◆深くして浮いてゐるものは水底の藻と青年の愛である。
(「野分」七)
◆水底の藻は、暗い所に漂ふて、白帆行く岸辺に日のあたる事を知らぬ。
(『虞美人草』四)

　水底のモチーフは、寺田寅彦宛の葉書(1904・2・8付)に、「藤村操女子」の署名で「水底の感」と題する新体詩を記したことにはじまる。ここに、藤村操の日光華厳投身自殺(1903・5・22)が関与することは否めない。漱石に先立ち、大塚楠緒子は操への追悼詩「華厳」(『こころの華』1903・12)を発表した。
　また、楠緒子が操事件に先立ち、「みなそこ」(『女学世界』1901・2)と題する、イタリアの美少女が遠方の青年を恋いながら、兄の友人に迫られてレミ湖に身を沈める小説を書いていることも注目されよう。水底の「藻」「玉藻」は、万葉以来、男女の恋愛や性愛のメタファを持つ語であり、山部赤人は「勝鹿の真間の入江にうち靡く玉藻刈りけむ手古奈し思ほゆ」と詠っている。真間の手古奈の話型、すなわち複数の青年に思われて水死する美女の伝説は、「草枕」に「長良の乙女」として登場し、J・E・ミレーのオフェーリアの絵が重ねられる。漱石の水の女のモチーフには、西欧世紀末芸術の「宿命の女」のイメージも濃厚に広がっているのである。
　死者との再会を願う永遠の愛への共感とともに、青く暗い水底に漂う「青年の愛」からの解脱をめざしたのが漱石ではあるまいか。相対化の視線は、「野分」や『虞美人草』にも見いだしうる。
(鈴木啓子)

眼、眼つき

め、めつき

◆「おいお延」／彼は襖越しに細君の名を呼びながら、すぐ唐紙を開けて茶の間の入り口に立った。すると長火鉢の傍に坐つてゐる彼女の前に、何時の間にか取り拡げられた美くしい帯と着物の色が忽ち彼の眼に映つた。暗い玄関から急に明るい電燈の点いた室を覗いた彼の眼にそれが常よりも際立つて華麗に見えた時、彼は一寸立ち留まつて細君の顔と派出やかな模様とを等分に見較べた。
(『明暗』六)

視覚の時代の知覚感覚

　近代とは視覚の圧倒的優位が決定づけられた時代である。藤井淑禎らが指摘するように(「あかり革命下の『明暗』」『立教大学日本文学』1991・3)、そのタイトル自体が電灯に通じる小説『明暗』では、物理的・心的闇が可視化されるが、同時に視覚を司る知覚感覚器官としての眼の働きが描かれる。『明暗』の夫・津田と妻・お延、二人の夫婦の間には、視線の勝負とも言うべき争いが現象している。その中で可視化の技術は女の側につき、他者性を以て男性主体を脅かすことに寄与している。『明暗』の六では、「暗い玄関」から来た夫に対して、妻は「明るい電燈のついた室」に座しており、光を持つ者/持たぬ者との非対称性の中、「電燈」に照らされる女の優位が決定づけられる。さらにこの駆け引きで、妻お延の側を利するのは可視化の技術と不即不離の眼の仕組みである。「暗い玄関から急に明るい電燈のついた室をのぞいた」津田の網膜は、速度・質・量で激化を極めた光学的刺激に急襲される。この時、津田の眼では、網膜細胞の自動的な切替えが行われている。「暗い玄関」で働く夜間視を担う桿体細胞から、

◆身体感覚・情緒

「明るい」「室」で働く昼間視を担う錐体細胞への網膜細胞の切替えという不随意な生理反応である。部屋に入った津田の眼には「美しい帯と着物の色」が映っている。この叙述は、網膜細胞を切替えた眼が焦点化することになる対象を正鵠に表象している。明所で働く昼間視を担う錐体細胞は色覚の機能も司る。桿体細胞から錐体細胞へ網膜が切替わった津田の眼は、「色覚」によって「着物の色」を感じ「常よりもきわ立って華麗に見えた」のだ。

女と他者と眼

『それから』の代助は、三千代の「眼遣」を見て「細君にならない前」を思い出すが、『明暗』において漱石は、女たちに、こうした眼への奇襲を行わせた。『明暗』で視覚に対する不意打ちで自己の不如意さをあらわとするのは、常に津田という男である。『明暗』の、もう一人の女、清子は、津田の心的外傷の記憶となって津田を襲う。心的外傷とは抑圧された記憶であり、それはすなわち言葉によって統御されず、ゆえに自分では制御不能な記憶である。したがってその過去の記憶と重なる視覚的な像が現れると、意図せずして突如記憶が主体へよみがえり、精神分析で言うところのフラッシュ・バックの現象が起こる。『明暗』の清子は、こうした記憶の視覚に対する不意打ちで津田を苦しめる。漱石が描くこれら知覚や心理の作用には、小倉脩三らが指摘するウィリアム・ジェームズの影響を見ることができる（『夏目漱石——ウィリアム・ジェームズ受容の周辺』有精堂、1989）。小説『明暗』をめぐって野網摩利子は、身体感覚を起点とする身体精神の往還運動で事物、出来事を存在させ、器具の力が及ばない対象へ他者との関係で入り込んでいくメカニズムを解明する（「『明暗』——Picturesque Light and Shade」『国文学研究資料館紀要』2015・3）。視覚の時代たる近代の技術や知識をもとに漱石の『明暗』の眼は描かれたと言える。

（渡邊英理）

夢

ゆめ

◆こんな夢を見た。 （「夢十夜」第一夜）
◆微かな羽音、遠きに去る物の響、逃げて行く夢の匂ひ、古い記憶の影、消える印象の名残——凡て人間の神秘を叙述すべき表現を数へ尽くして漸く髣髴すべき霊妙な境界を通過したとは無論考へなかつた。 （「思ひ出す事など」十五）
◆所詮我々は自分で夢の間に製造した爆裂弾を、思ひ思ひに抱きながら、一人残らず、死といふ遠い所へ、談笑しつゝ歩いて行くのではなからうか。

（『硝子戸の中』三十）

夢と現実の間

漱石は、修善寺の大患における臨死体験を「思ひ出す事など」で語っている。そこでは夢（「夢の匂ひ」）は、漱石にとって生の感覚を構成する重要な要素であった。同じく「思ひ出す事など」の「再び目の前に現れぬと云ふ不確かな点に於て、夢と同じく果敢ない過去」（一）という記述が示すように、生を意識の連続と不連続の集積として捉えようとした漱石にとって、夢の経験は現実の経験と肩を並べうるほど重要なものだった。そして、死の二年前『道草』に先立って自らの人生を回顧した『硝子戸の中』では、夢にさらに重要な役割を見出している。そこでは夢（「夢の間」）にこそ、人生という生の経験の総体を構想し形作る核心があるとする。

前者の生の感覚を構成する夢の影や響きは、その断片を漱石作品のあらゆる場所に見つけ出すことができる。なかでも「永日小品」には、夢と記憶とが分かちがたく結びついた世界の感触（「蛇」「霧」）や、漱石が見たリアルな夢の反映（「心」）を見出すことができる。し

◆ 身体感覚・情緒

かし、後者の生という経験の中心にある構想的な力としての夢について考えるには、やはり「夢十夜」に赴かなければならない。

夢と物語の間

　夢は、単にわれわれの精神生活の反映や無意識が回帰する通り道ではない。しばしば生理的な経験としての夢の記述にしては結構が整いすぎていると評される「夢十夜」が主張しているのはそういうことだ。漱石はそこに生という経験が組織される始原的な力を見ている。それは冒頭に置かれた「第一夜」に最もよくあらわれている。思いを寄せる女が死んで百年後に男のもとに白い百合になって戻ってくるという夢である。なぜ女は百合の姿で戻ってくるのか。その答えは、テリー・イーグルトンの解説の中に求められる。

　イーグルトンは、ジークムント・フロイトによって母親がいないことをつぐなう小児の象徴的行為と解釈された「fort-da(いない－いた)遊び」を、物語発生の最初の萌芽として読んでみせる。(『文学とは何か』岩波書店、1985)この遊びは、小児が母親不在時に糸巻きを遠くへ放り投げては「いない」と叫び、糸巻きを手繰り寄せては「いた」と叫ぶ遊びである。はじめにある対象が失われ、やがてそれが再発見されるという意味で物語の始原であると言えよう。しかしこの遊びは同時にもう一つ別の始原でもある。再発見された対象は、最初の対象とは別の性格を帯びたものに変わってしまっているからだ。小児は母親の不在を現前までの待機期間として耐えるのだが、それは同時に母親の現前を母親が再び失われるまでの猶予期間として受け入れることを意味する。母親(女)は、不在の可能性の相を帯びた別の存在(百合)としてしか戻ってこない。漱石は「欲望の終わりなきメトニミックな運動」(ジャック・ラカン)として生が動き出す始原的な瞬間を書き留めてみせる。

（藤森清）

蠅頭文字

ようとうもじ

◆留学中に余が蒐めたるノートは蠅頭の細字にて五六寸の高さに達したり。余は此のノートを唯一の財産として帰朝したり。帰朝するや否や余は突然講師として東京大学にて英文学を講ずべき依嘱を受けたり。　　　　　　　　　　　（『文学論』序）

　「蠅頭」の語は、漱石『文学論』序文に、上記のように用いられている。「蠅」の「頭」のように小さな文字で書いたノートが「五六寸の高さ」にも達したというのは、単にこのノートの分量を示すだけではなく、このノートの内容を得るために漱石が費やした時間と労力、そしてそこまでにあった苦悩を示している。実際に『文学論』序文に記述されているように、漱石はこのノートの内容を得るために、大きな困難に直面していた。それは「文学書」をいくら読んでも「文学とは何か」は明らかにならないという困難さである。

　漱石は英国滞在において、大学やクレイグの個人教授で学んだ後、「英文学に関する書籍を手に任せて読破」し、それから「心理的に文学」を究めるため「購へる書をを片端より読み、読みたる箇所に傍註を施こし、必要に逢ふ毎にノートを取れり」という努力の果てにこの「五六寸」のノートを得た。「蠅頭の細字」という表現にはそのような背景が込められている。

　小説中では、「蠅の頭のやうな字を十五行も並べて来る」(『行人』「友達」六)、「蠅の頭といふより外に形容のしやうのない其草稿」(『道草』五十五)のように、人物の緻密さや几帳面さを示すのに「蠅の頭」という表現が用いられている。　　　　　　　（宇佐美毅）

◆身体感覚・情緒

余裕

よゆう

◆然し自身が其局に当れば利害の旋風に捲き込まれて、うつくしき事にも、結構な事にも、目は眩んで仕舞ふ。従つてどこに詩があるか自身には解しかねる。／これがわかる為めには、わかる丈の余裕のある第三者の地位に立たねばならぬ。（「草枕」一）

方法としての余裕

『草枕』の画工は別の箇所で、「放心と無邪気とは余裕を示す。余裕は画に於て、詩に於て、もしくは文章に於て必須の条件である。今代芸術の一大弊竇は、所謂文明の潮流が、徒らに芸術の士を駆つて拘々として随処に齷齪たらしむるにある」（「草枕」七）と言う。漱石は留学中のノートに芸術一般論の枠組で次のように記した。「suggestionノ方向ハ余裕ニテキマル．余裕多ケレバ多キ程，非実用的即芸術的トナル」（Ⅱ-16 Suggestion）「artハartificial creation of natureナリ．余裕ナケレバ生ズルコトナシ．」（Ⅲ-4ArtノOriginニ就テ）「文章ニ頓着スル者ハ頓着シ得ル余裕時間ヲ有スルナリ此時間ヲ消費シテモ生命ニ別条ナキ徒ナリ．」（同前）

漱石の「余裕」の語は、『漾虚集』『四篇』の諸短編、『思ひ出す事など』『硝子戸の中』の随筆、『行人』には皆無。それ以外ほぼ全作品に及ぶが多くとも5、6度以下である。

『明暗』の「余裕」の用例は20と頻度が高く、全188回中、初めて清子の名が出る137回以後に17度と偏る。この語は総じて人間関係上の葛藤と経済的な貧富の差に起因し、特に小林と津田の間で、叔父に欺かれ酷使されて悩む青年の手紙が話題に上る直前、155回〜161回に11度反覆し、この局所の集中に、余裕の

語の方法化をうかがわせる。

自然主義との論争

「虚子著『鶏頭』序」では、漱石は自然主義を念頭に置いて、小説を「余裕のある小説」と「余裕のない小説」に分類し、前者は「逼らない」「触れない小説」で、後者を「セッパ詰まつた」「息の塞る様な小説」とし、虚子のは「余裕から生じる低徊趣味が多」く、俳味が禅味から来た余裕と一致して、「セッパ詰まつた問題も」「余裕のある問題になる」、独特の小説になった、と言う。

長谷川天渓は「所謂余裕派小説の価値」（『太陽』1908・3）で、「余裕小説」は眼前の光景に束縛された極端な印象主義で、窮屈で余裕が無い。「一段高く停り」、「人生を、ちやかし」「冷笑」し「諷刺」し、「人間を機械人形と見た」。「実は不平に堪えぬ、癪に触つてならぬ、人間社会が厭でたまらぬと言ふ無余裕心の一変態である」という。高踏的な社会批判を攻める論調だが、漱石の主張に通じている。

鴎外の「あそび」へ

こそ泥と軍人の感情の交流を書いた鴎外の「金貨」（1909）は、「左官の八」を主人公にした落語調の文体と、「山の神」を「喊声を上げて来る」、「こけら葺に立て籠つてゐる敵」という修辞に、『吾輩は猫である』に刺激された（「キタ・セクスアリス」）痕跡がある。財界人と知識人の対立の図式から離れない漱石と対照的に、境遇を超える感情の主題は「高瀬舟」等の鴎外の基調になる。「ニルアドミラリ」や「resignation」を説いた鴎外が「あそび」（1910）を書くのは自然の成行だろうが、自身の作家の立場を「余裕」の語によって示した漱石の言動が鴎外の脳裏にあったかも知れない。

（石井和夫）

◆
身体感覚・情緒

笑、苦笑、冷笑

わらい、くしょう、れいしょう

◆世の中は笑つて面白く暮すのが得だよ。(中略)「笑ふのも毒だからな。無暗に笑ふと死ぬ事があるぜ」

（『吾輩は猫である』八）

◆腹の中で今迄の我を冷笑した。彼は何うしても今日の告白を以て、自己の運命の半分を破壊したものと認めたかつた。 （『それから』十四の五）

◆父は大きな声を出して笑つた。御客も其反響の如くに笑つた。兄だけは可笑しいのだか、苦々しいのだか変な顔をしてゐた。

（『行人』「帰つてから」十四）

◆嫂の唇には著るしい冷笑の影が閃めいた。

（『行人』「帰つてから」三十四）

◆先生は「天罰だからさ」と云つて高く笑つた。

（『心』八）

◆私は斯んな時に笑ふ女が嫌でした。

（『心』八十）

◆「奥さん、あなたさういふ考へなら、能く気を付けて他に笑はれないようにしないと不可ませんよ」

（『明暗』八十七）

◆此答は津田に突然であつた。さうして其強い調子が、何処迄も冷笑的に構へようとする彼の機鋒を挫いた。 （『明暗』百八）

様々な笑い、多様なおかしみ

漱石作中の「笑ひ」は様々であり、作品自体のおかしみも多様である。

『吾輩は猫である』の「太平の逸民」達の笑いは「毒」の持って行き場もなく、鈴木藤十郎君の常識に太刀打ちすべくもないが、なお読み手を笑わせることで、その厭世や狂気までが共感を呼ぶ要素となる(清水孝純『笑いのユートピア 『吾輩は猫である』の世界』翰林書房、2002)。まんまと迷亭に騙され「アンドレ

ア、デル、サルト」を極め込んだ苦沙弥先生を読者は笑って許容するのだ。すなわち、笑いは共感から共犯関係までを擬して我々を誘うのである。

「琴のそら音」末尾の笑い声は暖気に満ちて快いが、清の死に至る「坊っちゃん」の笑いは読者の判官贔屓を誘い、『虞美人草』の糸子の「夜の笑」(十一)もかなわぬ思いを響かせる。『行人』で、父の「女景清の逸話」に客達は笑うが、独り顔を強ばらせる一郎は父の「軽薄」の対極に立つ。はざまにいる二郎は父に通じる剽軽さを持ちつつも、作品後半で一郎の如く憂鬱に変じて後景に退き、一郎はHさんの余裕の前で暫し自然な笑いをも見せる。『行人』には、こうした笑いと真面目、滑稽と深刻のせめぎ合いがあるのである。

静の笑いから、凡常な冷笑へ

『硝子戸の中』(二)の、笑わずに撮られた写真が修正されて「注文通りに笑つてゐた」と知る逸話は、今までの「笑ひたくもないのに笑つて見せた経験」への復讐とかまで反省され、印象深い。さらに『心』の静の笑いは、先生とKを翻弄し、最後に「殉死でもしたら」との声となって再び先生を動かす。女の自然な嬌態や冗談と見るか、あるいは「策略」を問うか、漱石作品に潜む女性嫌悪までが問題となるのである。

苦笑には苦みがあり、冷笑には棘がある。『それから』の代助は、苦笑で対応していたはずの嫂に告白をした直後、己れに対する冷笑と共に、自ら運命を破壊せり、と念ずるのだ(十四)。『行人』で宙づりとなったお直の冷笑や「薄笑ひ」を『心』の静の笑いや「策略」と比することも可能だろうが、さらに『明暗』に至って現れるのは、津田やお延、お秀らのいかにも卑近で凡常な冷笑なのである。

また別に、「京に着ける夕」に「子規は冷笑が好きな男であつた」と記された「冷笑」の味わいも忘れがたい。 （細谷博）

◆身体感覚・情緒

悪口

わるくち・あっこう

◆人間と生れたら教師となるに限る。こんなに寝て居て勤まるものなら猫にでも出来ぬ事はないと。

（『吾輩は猫である』一）

◆金の力で活きて居りながら、金を譏るのは、生んで貰つた親に悪体をつくと同じ事である。其金を作つてくれる実業家を軽んずるなら食はずに死んで見るがいい。

（「野分」一）

多様かつ多義的

悪口とは、一般的には他人を悪く言う言葉や行為を意味するが、直接的に対象を罵る場合には悪態（悪体は漱石の宛字）といい、嘲弄するならば揶揄ともなるように、その範疇に含まれる具体的な表現は、用いられる状況や内容に応じて多種多様である。

基本的に悪口を言う側と言われる側との間は非対称の関係にあるため、たとえば弱い立場にある人間が、ひそかな優越感とともに相手の批評をもくろんで機知に富んだ言い回しを弄する場合のように、真意が隠された多義的な表現や、地口や諺を用いた一種の言語遊戯となることも多い。冒頭の猫の言葉に対して、表面的な皮肉以外の、「主人」に対する様々な感情を解釈することが可能である点に、そうした特徴があらわれている。

悪態から諷刺まで

柳田國男は『笑の本願』（養徳社、1946）で、本来「笑いは一つの攻撃方法」であり、巧みな言葉によって周囲の笑いものとすることで相手を制する手段であったと論じ、江戸っ子が喧嘩で用いる啖呵なども、その例として指摘している。そうした悪態は、江戸歌舞伎、

とくに「助六」に代表される荒事に取り入れられ、社会的強者に対する反抗と媚び、妬みと羨望を含んだ「いき」がりの表現として洗練されていく。悪態が、いわば、セリフにおいて文学性を獲得し、戯作や落語を経て漱石のテクストに流れ込んだと見なすこともできるのである。

それゆえ、江戸っ子を自負する「坊っちゃん」の語り手は、「一時間あるくと見物する町もない様な狭い都に住んで、外に何にも芸がないから、天麩羅事件を日露戦争の様に触れちらかすんだらう。憐れな奴等だ」と「田舎者」を罵倒し、さらには「どうも厄介な奴等だ」「あきれ返つた奴等だ」（三）と繰り返さずにはいられない。これが、社会全体といった、さらに茫漠とした存在が対象となると、『三四郎』の広田先生の「亡びるね」（一の八）のような文明批評的言説ともなる。

漱石は『文学評論』第四編で諷刺の条件に、「一隻の批評眼を具して世間を見渡」し「真実を探り事相を明め」て読者の共感を喚起することをあげているが、「猫」の言説にあるような諷刺もまた、そうした条件を備えた「正義」の悪口と言い得る。つまり悪口とは、自らの正当性や社会に対する不承認の表明ともなるのだ。

また、「坑夫」の主人公が飯場で「坑夫の団体」に対面する場面で、「やに澄ますねえ」という悪態とともに「面白さうにどつと笑」われて、「口答へ」をする「度胸」（四十八-四十九）も失ってしまうのは、柳田の言う笑いの効力の典型例になっている。このように、集団のルールを学ばせる一種のイニシエーションに用いられたり、「野分」の白井道也が地方社会を正面から批判し、「生意気な奴」「馬鹿教師」（一）などと罵られてその土地（集団）から排除されるように、悪口は個人の言動を制する力をもつ。その意味では、言語行為論にいう行為遂行的発言として機能するわけである。

（畑中基紀）

column13

漱石の肖像

少なくとも戦後期以降、ある程度活躍した作家であれば、そのビジュアル・イメージを形作る情報がリアルタイムで流通しており、ある程度多様なイメージの中に核心的な像を定位する構図が描きやすいのだが、事後的なイメージの集積に依拠せざるを得ない明治・大正期の作家となると、ビジュアル・イメージが定まらない場合も少なくない。漱石の場合、松山や熊本を別にすれば、千円札の肖像画になった1912年9月の写真のイメージが中心的とみなせようが、やや視線の定まらない印象を与える不安げな表情のためか、「文豪漱石」の肖像として今ひとつ確信できないのは私だけであろうか。

近代作家のビジュアル・イメージ

もちろん、レンズを見据えないポーズは、明治期の写真撮影のコードである。例えば『新潮日本文学アルバム』の森鷗外の巻を眺めてみると、暮らしの節目に写真撮影をする明治期の中流層の習慣に対して、漱石よりも冷淡な印象を与えるにもかかわらず、顎を少し左側に傾け、自分の左斜め上方に視線を定めるポーズに統一感があって、比較的安定したイメージが現出しているように思われる。少し年下の島崎藤村の場合、断然家族の記録に熱意を示すようになるが、若い頃から視線のずらし方がさほど大きくなく、目の表情が見えやすいのに加え、明治の終わり頃からレンズを直視する構図を多用しており、被写体の内面性を表象するナダール式の構図に忠実である。ちなみに、レンズに視線を向ける構図を早い時期から見せているのは有島武郎である。留学時に接したアメリカ式の写真撮影や、早くからスナップショットに親しんでいた環境が関係しているのだろう。有島とも親しかった志賀直哉の場合、動きのある構図の中で気楽にレンズを眺めたフォトジェニックな姿態を記録した多彩なスナップがあり、鋭い真剣な眼差しでレンズを凝視する構図と絶妙なバランスを生み出している。

漱石の「不安」

その一方、肖像写真が表象する「文豪漱石」はどこか曖昧である。岩波の漱石全集は口絵に写真を採用しているが、単独で撮影されたもののうち、レンズを直視するのは4例、視線が被写体側から見て画面フレーム右側を向いているのが7例、左側が4例である。集合写真13枚のうち、右側を向いているのが3例、左側が2例で、レンズを直視するのは8例。撮影時期に大きな差があり、一概に傾向を指摘するのは危険だが、漱石はどうも右側を向くのが得意のようである。しかし、視線の角度がまちまちで安定した印象を与えない。むしろ、個性的な構図を意識するあまり、統一感のない曖昧な眼差しを見せてしまっているようだ。また、大人数の集合写真ではどうも迂闊に正面を見ることが多いようである。岡本一平が描く漱石像が、目の表情によって生き生きとした性格を伝えることを考えれば、単に瞳の表情が乏しいとも言えようが、表象すべき内面性を有する人物は茫然とレンズを眺めてはいけないという「明治の精神」が、漱石に何ともいえない居心地の悪さをもたらしているようである。

（金子明雄）

column 14

漱石の死

「天才」漱石のイメージ

1916(大5)年12月9日の夏目漱石の死は、のちの芥川龍之介のように社会化されたわけではなかった。追悼記事を繰ると、「文壇の巨星」「文壇の重鎮」など、その存在感を強調する言葉は目につくものの、代表作や文学上の功績を云々する記述は見られない。当時の新聞メディアは、漱石の仕事を文学史的・思想史的に位置づけていく視点を持ち得ていなかったのだ。

いきおい漱石の死を語る言葉は、夏目漱石個人を神話化する方向に傾斜する。解剖を担当した長与又郎は、漱石の脳が日本人平均より75g重く、「右側の前頭部」には活発な「連想作用」を可能にする多くの「皺」が観察されたと語ったが、この所見は、漱石の弟子たちが語った学識の深さと包容力のある「教師」のイメージと連携しつつ、天才「漱石」の像を織り上げている。

国家の元老と文壇の元老

漱石の死の翌日、明治の元勲・大山巌の逝去が報じられている。大山の病状をめぐる詳細な報道は、漱石の死を悼む記事の分量を新聞紙上で圧迫している。

この扱いの差異に、当時の社会と文学との関係が反映されているとひとまずは言える。だが、一方で興味深いのは、この二人の死を連想において節合してしまう記事の存在である。例えば、『大阪日日新聞』には、長閥のリーダーとして権勢を振るう山県有朋を念頭に、大山を「資性恬淡、寡黙、名利の外に超然たる」、「尊敬に値する人格者」だと述べた上で、同じように「文学博士を固辞」した漱石の振る舞いは「当代名聞の徒を愧死せしむるに足る」ものだと述べた(「大山公と漱石氏」1916・12・11)記事がある。「大山公爵は国家の元老である、丁度夏目さんが文壇の元老であるやうに」と語る『読売新聞』の記者は、だが「世界の進歩」「人間の幸福」にとって、どちらが大きな損失だろうかと問いかけている(「一日一信」1916・12・13)。

確かに、新聞紙上で費やされた言葉の量を比べれば、漱石の方が明らかに少ない。しかし、日露戦争当時の満洲軍司令官、他方は日露戦争後の文学シーンの驍将として名声を確立した二人の死を語る言葉が、どういうわけか似通ってしまうというのは、いかにも新聞小説家の最期にふさわしい事態であろう。

国家や政治とは異なる場で、独自の価値を有するものとしての「文学」。漱石に与えられた「元老」という比喩は、同時代の「文学」がひそかに嘱望していた社会的な位置を暗に物語ってしまっている。

(五味渕典嗣)

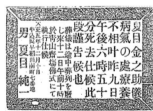

漱石の死亡広告。
同じ紙面には、『明暗』の第185回が掲げられていた。
(『東京朝日新聞』1916・12・11)

思想・思潮

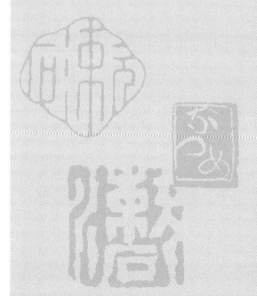

遺伝

いてん

◆又此形体に追陪して起る心意的状況は、たとひ後天性は遺伝するものにあらずとの有力なる説あるにも関せず、ある程度迄は必然の結果と認めねばなりません。　　　　　　　　（『吾輩は猫である』三）
◆近頃余の調べて居る事項は遺伝と云ふ大問題である。　　　　　　　　　　（「趣味の遺伝」三）
◆其折は何かの拍子で兄の得意とする遺伝とか進化とかに就いての学説が、銅版の後で出て来た。
　　　　　　　（『行人』「帰つてから」二十一）

遺伝という趣味

　遺伝学は進化論と並び近代日本が西洋の生物学から受け取った大きな影響の源である。『吾輩は猫である』三で迷亭は「ウイルヒヨウ、ワイスマン諸家の説を参酌して」、「先天的形体の遺伝は無論の事」と前置きし、「形体に追陪して起る真意的状況」は「ある程度迄は必然の結果」としている。これは寒月に金田令嬢の「鼻の構造」に母の影響が「潜伏期」を経て出現することを予言する諧謔に満ちた一節である。「後天性は遺伝するものにあらず」すなわち後天的獲得形質は遺伝しないという現代の遺伝学の基礎は、ここにウイルヒヨウ（病理学者フィルヒョー）と並んで言及されるワイスマン（動物学者ヴァイスマン）らが唱えた説である。漱石の文章には遺伝に触れたものが多い。

　その代表である「趣味の遺伝」は、旅順で戦死した浩さんの意中の人が、寂光院に墓参りをしていた女であると感じ、遺伝の観点から、「余の考によると何でも浩さんの先祖と、あの女の先祖の間に何事かあつて、其因果でこんな現象を生じたに違ひない」という仮説

を突き詰める話である。「野分」八で高柳君は、父から「肺病の遺伝があるんです」と言う。『行人』の一郎は弟の二郎が「正直」（「兄」十八）や「おつちよこちよい」（「帰つてから」二十一）の点で父の遺伝を受け継いでいると述べる。

修辞的な遺伝学

　「趣味の遺伝」には遺伝学の祖メンデル（「メンデリズム」）、先のワイスマンのほか、進化論の動物学者ヘッケル、発生学者ヘルトウィッヒ、社会進化論者スペンサーらの名が挙がる。斉藤恵子「『趣味の遺伝』の世界」（『比較文学研究』1973・9）は、フランスの心理学者リボーとその影響を受け「遺伝による愛」を描いたダントンの小説『エイルウィン』（1898）の受容について、「小説「エイルヰン」の批評」も参照して論じた。

　とはいえ、漱石作品における遺伝は自然主義のようにそれを真に受けたものとは異なる。一柳廣孝「「理科」と漱石」（『国文学』1997・5）は上記の人々の学説を概説し、語り手「余」はむしろ遺伝を因果関係の解釈コードとして提示したことによりパラダイムの有効性を相対化するものと見なす。神田祥子「趣味は遺伝するか」（『日本近代文学』2007・5）は、日露戦争を背景として遺伝を語る「余」を「欺瞞的に、戯画的に」描くことを漱石の自己主張ととらえる。迷亭・一郎も併せて、遺伝は韜晦や批判性とともに言及されるのは確かである。遺伝は漱石一流の修辞法の一角を占める。

　畔柳芥舟宛書簡（1914・1・13付）には、「僕はメンデリズム杯と文芸など、は今の所到底結び付けて考へられるもではないと考へてゐますがね」とある。ただし、超自然的な霊の感応を含む「幻影の盾」や「琴のそら音」を参酌すれば、「趣味の遺伝」における遺伝を単純に批評の対象とだけ見ることも難しく、今後も展開の必要がある。　　　　　　（中村三春）

◆思想・思潮

印象派（イムプレショニスト）

いんしょうは（いむぷれしょにすと）

◆もしイムプレショニストなら単純な色を並べて、すぐに画布へ塗り付ける。　（『創作家の態度』）

◆伝統は兎に角、イムプレショニストの特色は、如何なる色を出すにも間色を用ゐぬと云う事に帰着する。彼等の考ふる所によれば、凡ての色は主色の重なつたもので混つたものではない、といふ立脚地から出立する。　（談話「文章一口話」）

　『文学論』の「第五編第六章　原則の応用（四）」の中で、夏目金之助は「天才の意識」を持った芸術家が、その「天才」を社会から認められていない段階において、どれだけ「孤憤、窮愁、奮闘、迫害の痕跡」が刻まれているかについて論じ、その絵画の世界の例の一つとして「Impessionist派」をあげている。

　20世紀の現在において印象派は、きわめて「優勢」であるが、「四十年前を回顧」すると、強い「迫害」を受けていたことを紹介している。1863年のサロンに、印象派の絵画を展示することが拒否されたので、「主権名」であるナポレオン三世が、「落選者の部屋」というのをわざわざつくって展示した。そこにクロード・モネは「日没の景色に題してImpression」としたので、印象派と命名されたのだという解説をつけてもいる。また、印象派の画家たちは、自分たちの「元祖」として、ターナーを位置づけていることから語り始められる談話「文章一口話」では、「文章の上にも亦イムプレショニスト」がいて、それが「現在の写生文家」であるとしている。さらに「form（形）に重きを置く技巧派」が「イムプレショニストと同傾向」としている。

（小森陽一）

◆思想・思潮

ヴィクトリア時代

ゔぃくとりあじだい

◆白金に黄金に柩寒からず

◆凩や吹き静まつて喪の車

（1800・1802、1901（明34）年）

世界に君臨するイギリスの時代

　ヴィクトリア女王（1819-1901）がイギリスおよびイギリス連邦を統治していた1837年から1901年の60年余りの期間を指し、世界中に植民地経営を展開させたことにより「太陽の沈まない国」として最も力を持った時期とされている。ヴィクトリア時代の区分については諸説があるが、産業革命や科学技術の発達によりにより急速な経済発展を果たし、国力の増強に伴い、国家としてさらなる発展を遂げていくことへの期待感が高まった前半期と、1870（明3）年あたりを境に、あまりに急速な発展に伴う社会的な矛盾や公害などの負の諸問題が表面化したことで、ある種の停滞感や虚無感が強い暗く重苦しい雰囲気が社会に蔓延した後半期とに分けられることが多い。イギリスにおける産業革命は18世紀半ばから19世紀半ばにかけて漸進的に展開したとされ、これを世界に先駆けて達成できたことにより、近代世界システムにおける覇権を握ることに成功させた。ちょうどロンドンに留学していた漱石は、日記の中で「英国は天下一の強国と思へり」と書き記している。

　ヴィクトリア時代には、勤勉・禁欲・節制・貞淑などを特徴とする価値観が浸透したが、この時代の独特の道徳観は「ヴィクトリアニズム」と呼ばれ、人々の生活を強く縛った。その特徴として、しばしば表と裏を極端に使い分けるダブル・スタンダードの感覚、特に

性的なことには滑稽なまでに厳格になり、体裁だけを取り繕う上品ぶる様子などから偽善的と批判されることも多い。男性は外で活動し、女性は「家庭の中の天使」として家庭内を守るという社会的性役割の固定化が確立するのもこの時代であり、富の分配が平等に行われない社会システムにより貧富の差が拡大し、時の首相ベンジャミン・ディズレーリが「二つの国民」と読んだ経済格差の問題も深刻であった。居酒屋であるパブを訪れた漱石は、貧しい階層の人々が苦しい生活の憂さ晴らしに酒に溺れる場面を目撃し、その様子を「女ノ酔漢ヲ見ルハ珍シクナイ」と日記に書き記している。

ロンドンの漱石

　ヴィクトリア時代は、ダーウィンの進化論、ベンサムの功利主義、マルサスの人口論など、その後の社会に大きな影響を与えた多くの思想が出てくる時期でもあり、イギリスの社会そのものが近代化を果たすことになった。そんなイギリスでの生活について、漱石は、『文学論』の「序」で、「倫敦に住み暮らしたる二年は尤も不愉快の二年なり。余は英国紳士の間にあつて狼群に伍する一匹のむく犬の如く、あはれなる生活を営みたり」と書いていることは有名である。しかしながら、生活を切り詰めながらも600冊あまりの書籍を買い込み、「英国人は余を目して神経衰弱と云へり。ある日本人は書を本国に致して余を狂気なりと云へる由」となるほど英学の勉強に邁進したことからも、その後の漱石にとってこの時の経験が大きなものであったと察することができる。ヴィクトリア女王が亡くなったとき、その葬儀の様子について、ハイド・パークで3万人を超える人びとに混じって下宿の主人に肩車をしてもらって見物したことを日記に書いている。冒頭の引用は、「女王の葬儀を見ての作」。大英帝国の凋落の始まりに漱石は、立ち会っていた。　　　　（向井秀忠）

エリザベス時代

えりざべすじだい

◆エリザベス時代は青春時代で、元気旺盛で、創造的で、浪漫的で、万事に気儘勝手な所がある。
（『文学評論』第五編「一　ポープの詩には知的要素多し」）

エリザベス時代の幕開けから安定期へ

　エリザベス時代とは、狭義には英国ルネサンス文化の隆盛時代を築いたエリザベス一世の治世(1558-1603)を指す。ただし文学史の定義では、その後のジェイムズ一世(1603-1625)の時代まで含めることが多い。

　父王ヘンリー八世の治世以降の新旧両派による宗教的混乱の中、1558年に即位したエリザベス女王は、翌1559年に礼拝統一法を発布し、父王の英国国教会を再興した。彼女の即位当時の英国は宗教的に混乱していただけでなく、スペイン、フランスという二大カトリック強国に挟まれた政情不安定な国であった。さらにスコットランド女王メアリー・ステュアートによるイングランド王位の要求や北方諸伯の反乱などエリザベスの体制を脅かす要素には事欠かなかった。

　だが、のちに「栄光女王」と称えられたエリザベス女王は幾多の苦難を乗り越え、国の安定を築いていく。銀貨の改鋳や「救貧法」の制定により社会的経済的安定を図り、新産業の育成にも力を注いだ。近代的な経済組織の勃興や商業貿易の発展とともに、エリザベスは海外進出にも積極的に乗り出していく。フランシス・ドレイクが世界一周の航海に成功し、ウォルター・ローリーがヴァージニアから煙草を輸入したのもこの時代であった。1588年にはスペイン無敵艦隊の襲撃を奇跡的に退け、国民の士気も高揚する。

◆思想・思潮

そうした国力興隆の精神は文学の上にも反映された。ソネットやブランク・ヴァース（無韻詩）といった新しい文学形式がシェイクスピア、スペンサー、マーロウなどの詩的想像力を掻き立て、エリザベス朝文学は大きな発展を遂げる。こうした事情を指して漱石は冒頭の引用に掲げた通り、エリザベス朝文学に奔放な活力を見てとっており、「規律づくめの」ポープの時代と比較している。また、史書、航海記、宗教書、古典の翻訳書が多く刊行されたのもこの時代の特徴であり、そうした文化的所産はジェイムズ時代の1611年に欽定訳聖書の刊行という形で結実する。

エリザベス女王の晩年

だが、エリザベス女王の晩年になるとそうした趨勢にも翳りが見え始める。戦争による財政の逼迫や1594年以降の不作による穀物価格の高騰などによって庶民の暴動が起こり、またアイルランドの反乱や寵臣エセックスの反乱など、年老いた女王の晩年に憂愁の影が忍び寄っていった。そうした風潮は文学にも暗い影を落とすようになる。ベン・ジョンソンによる諷刺的な気質喜劇やジョン・ウェブスター、ジョン・フォードによる流血悲劇が人気を博し、ジェイムズ王の世相を反映した暗いジャコビアン・ドラマの隆盛につながっていく。

エリザベス女王は1601年、独占特許権をめぐる議会を召集し、「黄金のスピーチ」とされる名演説で国民に対する愛情を表現したあと、1603年3月24日、その生涯を閉じる。彼女の死とともにテューダー朝は終わりを告げた。皮肉なことに、エリザベス女王を悩ませ続けたスコットランド女王メアリーの息子ジェイムズがエリザベスの後継者となり、スチュアート朝を開く。ここにイングランドとスコットランドは一国王のもとに統合され、現在の連合王国の基礎が築かれる。英国は近代への道を歩み始めるのである。（由井哲哉）

◆ 思想・思潮

厭世主義

えんせいしゅぎ

◆余は只「バイロン」の厭世主義を悲んで「ホイットマン」の楽天教を杜とするのみ。

（「文壇に於ける平等主義の代表者「ウォルト、ホイットマン」Walt Whitmanの詩について」）

◆彼の厭世主義は其実、真個真面目のものにあらず、評家Kuno Fischerはこれを全くの贅沢厭世観なりと断言せり。「Schopenhauer が此世に関し真面目なる悲観を抱きしは事実なれどその悲観は畢竟一種の光景、絵画たるに過ぎず。

（『文学論』第二編第四章）

◆僕前年も厭世主義今年もまだ厭世主義なり

（正岡子規宛書簡、1891（明24）年11月10日付）

ショーペンハウアーとバイロン

漱石の文章の中で、「厭世」、「厭世的」といった言葉は多く、「厭世哲学を説くハウプトマン」という語句もあるが、漱石が「厭世主義」の人としてとりあげているのは、バイロン（George Gordon Byron）とショーペンハウアー（Arthur Schopenhauer）という極めて一般に有名な二人と漱石自身である。

バイロンに関しては、ホイットマンを紹介するための比較対象として取りあげられているが、この個所より前に「「バイロン」「シエレー」は革命の詩人なり去れども十九世紀を改良し数百年来の旧弊を一掃したる上に希臘[ギリシア]古代の分子を注入せざれば其理想を満足せしむる能はざらん」とあり、自由と平等という理想の側から現実社会を否定し、痛烈に批判するバイロンが、言いかえれば、現実社会から遠く離れた高みに立って、はるか下界を見降ろしているという、バイロンと現実社会との間の乖離を強調している。

Schopenhauerについては、「悲劇」を「F（観念）＋ f（情緒）」の理論に基づいて分析する中で言及されている。漱石は、好んで「悲劇」を求める人間を「贅沢家」と呼び、彼等を、偉業を成し遂げた歴史上の人物の苦悩という「F（観念）」と偉人たちを崇敬して自らも苦悩を求めるという「f（情緒）」という形で論ずる。そして、この「贅沢家」を「知的」と「道徳的」の二つに分け、「知的」な「贅沢家」の代表としてSchopenhauerをあげ、ドイツの哲学史家「Kuno Fischer」（Ernst Kuno Berthold Fischer）を引用する形で、「絵画」を眺め、「居心地よき褥椅子に座を占め」て「浮世と題せる悲劇」を観る「観客」になぞらえる。漱石は、Schopenhauerが世界を悲観していることはまぎれもない真実として認めつつ、悲劇的世界を注視した後で書きとめるという行為自体が、世界から距離をとることであり、距離をとって「知的」に対象化することにほかならないことを指摘するのである。

書くという行為

漱石自身に関しても、正岡子規宛ての書簡で「僕前年も厭世主義今年も厭世主義なり」と記した後、「僕は世を容るゝの量なく世に容れらるゝの才にも乏しけれどどうかこうか食ふ位の才はあるなり」と続け、最終的に自身を「厭世主義」とは言っても「極端ならざる」「厭世主義」とする。漱石にとって、世を容れることなく、おのれの文才によって世に対して立つこと、すなわち、明治の近代化社会を批評対象として書くという行為そのものが、直接現実社会に参与せず、距離をとって眺めるという「極端ならざる」「厭世主義」であり、また、物事を対象化して書くという知的行為の本質と認識されていたと言える。

(遠藤伸治)

開化、文明

かいか、ぶんめい

◆耶蘇教的カルチユアーでなければ開化と云へないとは、普通の日本人に何うしても考へ得られない点である。　　　　　（「マードック先生の日本歴史」下）
◆我々の方が強ければ彼方に此方の真似をさせて主客の位地を易へるのは容易の事である、がさう行かないから此方で先方の真似をする、(中略)我々の遣つてゐる事は内発的でない、外発的である、是を一言にして云へば現代日本の開化は皮相上滑りの開化であると云ふ事に帰着するのであります
（「現代日本の開化」）
◆汽車程二十世紀の文明を代表するものはあるまい。何百と云ふ人間を同じ箱に詰めて轟と通る。情け容赦はない。詰め込まれた人間は皆同程度の速力で、同一の停車場へまつて、さうして同様に蒸気の恩沢に浴さねばならぬ。（「草枕」十三）
◆朝鮮に於ける日本の開化は歳月の力で自然と南部から北の方へ競り上げて行つたもので、満洲の方は度胸のある分利者が思ひ切つて人工的に周囲の事情に関係なく高層の開化を移植しつゝあると見れば間違ひはないでせう。私はどつちが好いと云ふのぢやない、此二つが歳月と富力に束縛せられて斯く著るしく分化して発展するのを面白く感ずるのであります。　　　　　　　　（「満韓の文明」）

「開化」と「文明」

「開化」も「文明」も共にcivilizationの訳語として明治期を席巻した言葉である。この二つの言葉は論者によって意味に微妙な差異があった。福沢諭吉のように「文明」をcivilization、「開化」をその「文明」を目的とする途上として区別する論者がいる一方、西周や田口卯吉のように両者を同義としながらも、「文明」を事実上西洋文明の意で用い、「開化」は

◆ 思想・思潮

西洋化した「文明」のこととする論者もある。だが、いずれにしても「文明」を東洋や西洋という地域で分節化し、さらに、開化・半開・未開・野蛮と階層化する文明論が、19世紀後半から20世紀前半の日本における世界認識の支配的な枠組みであった。

漱石は「開化」について原理的説明を試みている。ノートに「開化トハ人巧的工夫的ノ者ナレバナリ（中略）開化ノ目的ハ人工的ニ人間ヲ製造スルニアリ（中略）how to liveハ開化ノ目的ナリ」（『ノート』Ⅱ-1）という断想が書きつけられているが、この場合の「開化」とは人間が生きるという行為によって自らを「人工的」「工夫的」に生成していくことと言えよう。漱石は「現代日本の開化」においてさらにそれを分析して、「開化」を「節約」と「消耗」という二つの「活力」が絡み合う「人間活力の発現の経路」とした。一方、「文明」について漱石は特に原理的な説明をしていない。「開化」の総体が「文明」であるような用例もあれば、近代文明とほとんど同義で使われる場合もある。

西洋中心主義的「開化」への懐疑

漱石は、「マードック先生の日本歴史」において、「開化」に対する自らの基本的な考え方を示している。それは、「開化」とキリスト教文化を同義と考える西洋人の西洋中心主義的な「開化」認識への懐疑。そして、「開化」の差異は「複雑の程度」の差異によって生じ、複雑の度合いが進んでいる「開化」の方が単純な「開化」に対して優位性を持つとする、進化論的な「開化」認識である。漱石は「開化」を並立するものと見なす一方、その進度において競合的なものとしてとらえている。漱石のテクストにおいて「開化」が必ずしも西洋の「開化」のみを指していないことは、「江戸式の開化」（『彼岸過迄』）という言葉が使われていることからもうかがえる。また、佐々木英昭は漱石文庫の書き込みを分析し、あら

ゆる領野において、「差異」が「差異」を生み、無限の「defferentiation〔差異化〕」が進行することが、漱石の述べる「開化趨勢」の「開化」観であるとしている。（佐々木英昭「「自己本位」で見る西洋文明—漱石「開化」論の前提」佐々木編『異文化への視線』名古屋大学出版会、1996）漱石は「開化」を進化論的な枠組みでとらえつつも、西洋文明を頂点とした固定的な枠組みではなく、それぞれの地域や時代の「文明」にそれぞれ進化した固有の「開化」があると考えている。

「開化」「文明」の実体化

漱石は「現代日本の開化」において、西洋の「開化」は「自然」な「内発的の開化」であるのに対し、日本の「開化」を西洋の「開化」を形だけ取り入れた「自然に逆らった」「外発的」な「開化」であるとして批判した。「開化」は本来「自然」に生成する自立的なものとしてとらえられており、異質で強い「開化」にふれるとその「自然」の生成はさまたげられるとされてている。異なる「文明」同士は衝突すると共に優位な「文明」の「開化」によって劣位の「文明」の「開化」は無効化されるという、「文明」間の生存競争という解釈枠の中に漱石はいる。このような文明論的解釈は西洋の帝国主義的覇権が生み出した西洋中心主義的なものである。

英国体験に起因する西洋的な「文明」「開化」への危機意識に満ちた屈折した肯定も、日本の「文明」や東洋の「文明」が失われていくことを認識しながら「自己本位」という理念でいささかでもそれを救抜しようとする態度にも、「文明」を自立した実体としてとらえる文明論的な志向が抜きがたく存在する。朴裕河は「漱石はむしろ開化を肯定的にとらえているのであって、（中略）漱石が批判したのはあくまでも「外発的」な開化だった。」（『ナショナル・アイデンティティーとジェンダー』クレイン、2007）と述べている。「文明はあらゆ

る限りの手段をつくして、個性を発達せしめたる後、あらゆる限りの方法によつてこの個性を踏み付けやうとする」「一人前何坪何合かの地面を与へて、この地面の裡では寝るとも起きるとも勝手にせよと云ふのが現今の文明である」という印象的な一節を含んだ「草枕」が描いた、「二十世紀の文明」のメタファーとしての「汽車」は、そうした「外発的」な「開化」を端的に表現している。

「開化」観のゆらぎと植民地

　漱石が「開化」「文明」の生存競争として世界をとらえる際、日本は西洋に対しては弱者として危機感を持つべき存在であったが、転じてその植民地においては「開化」「文明」の強者として立ち現れる。「満韓の文明」で漱石は、日本という「暖国」の「開化」が自ずと朝鮮半島の一定の地域まで北上するとしている。ここには朝鮮半島南部を覆いつつある日本の「開化」は、「暖国」という自然条件によってその定着が根拠づけられ、朝鮮固有の「開化」も、朝鮮民族にとって日本流の「開化」が「外発的」であることも共に顧みられない。また、より北方では気候の条件が合わずに日本式の「開化」の浸透は困難であり、満洲には西洋的な「開化」が満鉄という巨大資本によって移植されると見ている。「満州の経営は外部から見ると、日本の開化を一足飛びに飛び越して、直に泰西の開化を同等の程度のものを移植しつゝある様に見えます」。このように、満鉄による西洋流の「開化」の移植を人工的なものと強調する反面、朝鮮半島南部の日本流の「開化」は自然なものとされている。朝鮮半島の日本流「開化」を「内発的」と呼ぶことはないが、満洲の西洋流「開化」を「外発的」と批判することもない。日本によって植民地にもたらされた「開化」に対する漱石の批判は鈍い。漱石の日本と植民地に対する「開化」観の差異がここに見られる。

（木戸雄一）

科学

かがく

◆本日の新聞でProf. RückerのBritish AssociationでやつたAtomic Theoryに関する演説を読んだ大に面白い僕も何か科学がやり度なつた

（寺田寅彦宛書簡、1901(明34)年9月12日付）

◆成程花は科学ぢやない、然し植物学は科学である。鳥は科学ぢやない、然し動物学は科学である。文学は固より科学ぢやない、然し文学の批評又は歴史は科学である。　　　（『文学評論』第一編序言）

漱石の科学への関心

　一般に西洋文明との対峙を余儀なくされていた明治の知識人はおしなべて、その基盤をなす科学への関心が強かった。それは彼我の歴然たる力の差は科学とその応用になる技術に発しており、その積極的な受容と摂取なくしては近代国家の建設は成し得ないと考えたからである。こうした時代背景の中、英国に留学したにもかかわらず、英文学研究に行きづまり、その泥沼でもがいていた漱石はロンドンで科学への関心を急速に深めていく。用例にある寺田寅彦宛書簡にも漱石の心境がうかがえる。また、ロンドンで出会った化学者、池田菊苗の刺激を受けた漱石は、「幽霊の様な文学をやめて、もつと組織だつたどつしりした研究をやらうと思ひ始めた」（「時機が来てゐたんだ」）と科学への傾斜を強めていった。帰国した1903(明36)年、第一高等学校の教壇に立った漱石は英語の教科書に*Science and Technical Reader*という本を選んでいる。このとき授業を受けた高嶺俊夫（後に分光学の分野で業績をあげる物理学者）は後年、「先生は此本の理工科の内容に異常な興味を持っておられた」と述懐したほどである。

◆ 思想・思潮

文学研究と科学

科学に対する漱石の"異常な"興味は、東京帝国大学での講義をもとに出版された『文学論』と『文学評論』にも色濃く現われている。科学が有する明晰さ、客観性、実証性、普遍性といった特性は、もともと理詰めで分析的な思考を好む漱石の性格に合致したのである。そこから漱石は文学研究に科学の方法を取り入れるという斬新であると同時に無謀な試みに挑み、前述の二作を物したのである。留学中に抱いた思いを漱石は『文学論』の序でこう綴っている。「一切の文学書を行李の底に収めたり。文学書を読んで文学の如何なるものかを知らんとするは血を以て血を洗ふが如き手段たるを信じたればなり」。なんとも禍々しい表現であり、およそ研究書には似つかわしくない言葉で心情が吐露されている。その反動から、漱石は明晰な科学の方法で文学を読み解けば活路が開けるという幻想を抱いたのである。用例に引用した『文学評論』の一節などはレトリックを駆使した論理のすり変え以外の何ものでもない。確かに歯切れのよい文章でたたみかけるような主張はいかにも漱石らしく、文学的には面白いが、科学的に見れば牽強付会そのものといわざるを得ない。いみじくも漱石が「私の著はした文学論はその記念といふよりも寧ろ失敗の亡骸です」(「私の個人主義」)と語ったとおりとなった。こうして科学を文学研究に適用することはかなわなかったものの、漱石は『吾輩は猫である』『三四郎』『明暗』などの作品に科学の話題を織り込むことで、小説に膨らみと味わい深さを与えることには成功している。文学研究者から作家への転身を通し、漱石は文学と科学とのかかわりの二面性を身をもって示したのである。 (小山慶太)

◆ 思想・思潮

学者、学問

がくしゃ、がくもん

◆学問は金に遠ざかる器械である。金がほしければ金を目的にする実業家とか商買人になるがいゝ。学者と町人とは丸で別途の人間であつて、学者が金を予期して学問をするのは、町人が学問を目的にして丁稚に住み込む様なものである (「野分」十一)

「一歩の進」にかける学者

「野分」に「文学者」として登場する白井道也は演説会で、「学問」とは何かを主張し、学問は金銭を目的にしない無償の行為だという。ここには漱石の「学問」観が端的に示されている。

夏目漱石は自身が英文学者であったことから、学者・学問に関する言説は数多い。学者は研究に生涯をかけ、最大の努力を傾け「一歩の進」を目指す。「学者鏤骨腐心兀々として、窮暑を白頭に惜む。しかも猶前蹠を追ふて一歩の進を誇るに過ぎず」(『文学論』第五編第五章)という。学者は「微細」な差異を問題にしているように見えるが、じつは「凡庸な俗人」には及びもつかない大仕事なのだという。

一方、学者の陥りがちな傾向を批判して「内容に余り合はない形式を拵へて只表面上の纏りで満足してゐる事が往々あるやうに思ひます」(「中味と形式」)といい、また、「知ラヌコトヲ知ツタフリスルコト」、「己ヲ高ムル為ニ人ヲクサスコト」、「器量偏狭ナルコト, 一般ノinterest」少キコト」(「ノート」Ⅵ-19)の欠点をあげる。

世相批判と世間知らず

学者は『吾輩は猫である』に初登場する。美学者迷亭は「凡庸の俗人」たちを揶揄し、

批評する。彼は美学を専攻する学生の頃から、「天地間の面白い出来事は可成写生して置いて将来の参考に供さなければならん、気の毒だの、可哀相だのと云ふ私情は学問に忠実なる吾輩如きものゝ口にすべき所でない」と主張し、日露戦争の「戦勝」気分に酔う現下の国民意識を冷笑する。

前田愛は迷亭を「社会的文脈を断ち切ったところで自由に飛翔しはじめる」「醒めた自意識」の持ち主であると指摘する（「猫の言葉、猫の論理」『前田愛著作集』6、筑摩書房、1990）。だが、古代ギリシャのある女性が助産師を志した例を出して日本女性の自立・職業意識を暗に示唆するように、時代の先端を見据える「社会的文脈」の持ち主でもある。

『三四郎』に登場する理学者の野々宮宗八は、「暗い穴倉」（地下の研究室）に籠って「光線の圧力」を研究している。与次郎は「野々宮さんは外国ぢや光つてるが、日本ぢや真暗だから。――誰も丸で知らない」という。「一歩を進める」学者に世間が無関心の例であろう。

学者が研究に打ち込むあまり、世間知らずに陥りがちな姿を批判的にとらえた作品もある。『行人』の一郎は、弟の二郎から妻・親・兄弟の心を理解できないと批判され、「講義を作つたり書物を読んだりする必要があるために肝心の人間らしい心持を人間らしく満足させる事が出来なくなつたのだ」と告白する。学問にかかわり、「形式」を重視するあまり、物事の「内容」から遠く離れてしまい、「塵労」（煩悩）にわずらわされる学者の悲劇である。

ただ、友人Hと伊豆の海岸や箱根の山中に滞在し、自然の中で自己の存在を見つめ直し、「絶対の境地」を模索するところに、救いの道が見えるようである。　　　　（池内輝雄）

漢学

かんがく

◆喜いちやんも私も漢学が好きだつたので、解りもしない癖に、能く文章の議論などをして面白がつた。彼は何処から聴いてくるのか、調べてくるのか、能く六づかしい漢籍の名前などを挙げて、私を驚ろかす事が多かつた。　　　　（『硝子戸の中』三十一）
◆元来僕は漢学が好で随分興味を有つて漢籍は沢山読んだものである。今は英文学などをやつて居るが、其頃は英語と来たら大嫌ひで手に取るのも厭な様な気がした。　　　　（「落第」）

嗜好としての漢学

漱石における漢学は、知的基盤としての素養というよりも、まずはこうした感覚的嗜好の問題であった。もちろん、漱石が漢籍の何を学んだか、どのような傾向があるか、小説の主題とどのように関わるかなどを研究することは、漱石文学の理解のためにも重要である。一方で、小学生の頃を回想したこの『硝子戸の中』の一節に示されるような漢学への興味が、あくまで個人的なものとして語られていることにも留意すべきだろう。明治以前の日本では漢学は普遍的な学問として修得が求められていたが、「落第」にも「考へて見ると漢籍許り読んで此の文明開化の世の中に漢学者になつた処が仕方なし」とあるように、漱石の世代では必ずしもそうではない。それゆえ漱石は、漢学を必要や実用という面からでなく、個人的な好みとして語ることができた。「余は漢籍においてさほど根底ある学力あるにあらず、しかも余は充分これを味ひ得るものと自信す」（『文学論』序）という一文は、そうした文脈で読まれるべきであり、それはまた「一体に漢学者の片仮名ものは、きちき

◆
思想・思潮

ち迫つてゐて気持ちがよい」「一体に自分は和文のやうな、柔らかいだらだらしたものは嫌ひ」（「余が文章に裨益せし書籍」）のように、文章に対する好みにも支えられている。

自己と時代

　時流から外れたものと認識しつつ、自らそれを好むこと。その意味で、漱石における漢学は、その自己認識や時代認識と深く関わっている。そしてそれは、漱石の小説における漢学者や漢籍の描かれかたとも関わるであろう。たとえば『虞美人草』の小野が孤堂先生との関係に苦慮することや『明暗』の由雄とお延の父たちが漢籍をやりとりすること（野網摩利子『漱石の読みかた：『明暗』と漢籍』平凡社、2016）などのように、プロットへの寄与において強弱はありながら、漱石は主人公たちの行動の背後にしばしば漢学者や漢籍を読む人を置く。旧時代の象徴としてでも、回帰すべき価値としてでもなく、そのようにしか振る舞いえない存在としてその人々は描かれ、小説世界に一つの視点を与える。

　漱石が学んだ漢学には、徂徠学や陽明学も老荘思想も含まれる。明らかに性格の異なるそれらが漢学として概括されるのは、洋学という別の知的体系が大きな流れとなっていたからである。漢学とはどのような知的体系なのか、総体としてどのような価値をもつのか。近代になって改めて浮上したこの問いを、漢学者ではない漱石が直接に発することはない。だが、晩年の漢詩からも看取されるように、自らに親しい世界としての漢学を、新たな自己ないし新たな価値へと向かうための一つの立脚点にしようとしていたことは、確かであろう。その意味で、近代における漢学をめぐる問いに、漢学者とは異なる形で、漱石は身をもって答えていたのではないだろうか。

（齋藤希史）

義務、権利

ぎむ、けんり

◆元来をいふなら、義務の附着して居らない権力といふものが世の中にあらう筈がないのです。私が斯うやつて、高い壇の上から貴方方を見下して、一時間なり二時間なり私の云ふ事を静粛に聴いて頂く権利を保留する以上、私の方でも貴方方を静粛にさせる丈の説を述べなければ済まない筈だと思ひます。（中略）／私は貴方がたが自由にあらん事を切望するものであります。同時に貴方がたが義務といふものを納得せられん事を願つて已まないのであります。斯ういふ意味に於て、私は個人主義だと公言して憚らない積です。　（『私の個人主義』）
◆休養は万物の旻天から要求して然るべき権利である。此世に生息すべき義務を有して蠢動する者は、生息の義務を果す為に休養を得ねばならぬ。

（『吾輩は猫である』五）

近代主義としての義務、権利

　対概念としての義務と権利は、明治憲法の「臣民権利義務」にあるように、近代的な立憲政治の基礎であり、人権、租税、政治といったシステムを支えるものである。

　「私の個人主義」では、権利には義務が伴うという考え方を示した上で、自由を得るためには義務を果たす必要があること、それによって個人が自らの自由・権利・権力を正しく行使できるようになると述べる。近代的個人主義のあるべき理想と言えよう。朴裕河「漱石的個人主義」（『ナショナル・アイデンティティとジェンダー』クレイン、2007）は、この「個人」は日本の男性知識人に限られており、マイノリティは意識されていないという。

　この講演会で「貴方」と呼びかけられている学習院の学生は「金力」「権力」を持ちうる

◆思想・思潮

特別な存在であった。この義務と権利の理念は特定の宛先に向けて語られているのだ。

小説作品における義務、権利

ところで、小説作品では義務と権利が並列されることは少なく、その幸福な結合が実現することはない。『吾輩は猫である』では、屁理屈の中で惰眠を貪る権利と義務が検討されている。また「草枕」でも「汽船、汽車、権利、義務、道徳、礼義で疲れ果て」た思考の対極に、東洋的な詩境を見出して称賛している。漱石の小説で義務と権利を並べているときには揶揄的な思考が透けて見えるのだ。だが一方で、義務と権利という語は遠い存在ではなく、猫の思考の中で振り回せる程度に、身近な、利用可能なものであることも忘れてはならない。

丸尾実子は「民法制定下の『道草』」(『漱石研究』第9号、1997・11)で、身近なレベルでの義務と権利の意識を読み取っている。健三が帰国すると一斉に零落した親族が金銭的援助を求めて訪れるようになるのは、親族相互の扶養義務が明文化されたことの反映だという。

『明暗』においても、津田と妹のお秀は、妹から兄への経済的援助を「義務」「親切」として語る(百十一)。むしろ義理ということばに近く、そして彼らは権利という語を使おうとはしないのである。

そもそも漱石作品で権利の用例は義務に比してきわめて少ないが、それはrecht(独)、right(英)の翻訳の問題によるのかもしれない(「権利と義務」『哲学・思想翻訳語事典』論創社、2013／柳父章「権利」『翻訳語成立事情』岩波新書、1982)。日本語では権利の権は権力の権でもある。自然権や道徳的正当性という意味での権利とはずれるものだ。漱石も小説では権利ということばを人間関係に持ち込むのを避けている。そこにあるのは義理に近い義務で結ばれた関係なのだ。　　　　(古川裕佳)

教育

きょういく

◆今の書生は学校を旅屋の如く思ふ、金を出して暫らく逗留するに過ぎず、厭になればすぐ宿を移す、かゝる生徒に対する校長は、宿屋の主人の如く、教師は番頭丁稚なり、主人たる校長すら、時には御客の機嫌を取らねばならず、況んや番頭丁稚をや、薫陶所か解雇されざるを以て幸福と思ふ位なり、生徒の増長し教員の下落するのは当前の事なり。

(『愚見数則』)

葛藤モデルの学校小説

漱石は、1895(明28)年4月から翌年4月まで愛媛県尋常中学校(松山中学)英語教諭をつとめたが、上記の引用文は同中学校『保恵会雑誌』(1895・11・25)に寄稿されたものからの抜粋である。

この寄稿文から10年後、松山中学校時代の教師経験をもとに、辛辣な「愚見数則」を小説の形にしたと思える「坊っちゃん」が『ホトトギス』に発表される。「親譲りの無鉄砲で子供の時から損ばかりしている」ではじまる「坊っちゃん」は、夏目漱石の小説の中でももっとも読まれている作品であろう。坊っちゃんは、赴任のとき生徒の集団にであう。「中にはおれより脊が高くつて強さうなのが居る。あんな奴を教へるのかと思つたら何だか気味が悪るくなつた」とはじめから圧迫を感じている。数学の授業がおわると、生徒が幾何の難問をもってきて、解けなく、冷や汗がでてきた。そこで「何だか分からない此の次教へてやる」と言うと、生徒は「出来ん出来ん」と囃立てる。教師と生徒を教え、学ぶの麗しい関係からは描かれてはいない。狸や赤シャツと山嵐などの人物を登場させ、教師

◆思想・思潮

集団の対立も描いている。その意味で漱石の想定する学校モデルは、価値の共有を前提とし、葛藤を例外的逸脱としてみる合意モデルではなく、教師—生徒、教師間などの対立こそが学校の存在そのものであるとする葛藤モデル的である。

すぐれた学校小説はしばしばこうした学校における葛藤の場面を描出している。19世紀半ばの英国パブリック・スクールを描いた学校小説『トム・ブラウンの学校生活』では、教師は教えたがり生徒は怠けたがるから、教師と生徒のそれぞれが自分たちの思う通りの学校生活を実現しようとして互いに争っている二つの闘争集団に見立てられ、生徒が教師を天敵とみなすのも当然の事とされている。

学歴エリートの相対化

しかし「坊っちゃん」は葛藤モデル的学校小説のはるか先にいっている。「一体中学の先生なんて、どこへ行つても、こんなもの(生徒—引用者)を相手にするなら気の毒なものだ。よく先生が品切れにならない。余っ程辛抱強い朴念仁がなるんだらう」というように、そもそも坊っちゃんには生徒が好きだとか、教育が好きだということがない。さらに一本気な性格(大人になりきれていない坊っちゃん)である坊っちゃんを観察者にすることで、学校や学校教師を徹底的に相対化する視座が生まれているからである。

坊っちゃんが赴任したときの校長訓示や生徒の乱闘事件のあとに生徒や職員の過失は校長の不徳であり、責任であるといいながら、具体的になにも行動しない「狸」(校長)の訓話に、学校教師の裏表をみて、「こんな条理にかなわない議論はない。(中略)狸でなくちゃ出来る芸当ではない」としている。「品性」や「精神的娯楽」の説論を垂れる赤シャツに坊っちゃんは、こうもいわれている。「あなたは失礼ながらまだ学校を卒業したてで、教師は始めての、経験である。所が学校と云ふ

ものは中々情実のあるもので、そう書生流に淡白には行かないですからね」。

教育が学校という官僚的組織で展開され、教師がそういう制度を背景にした指導者、教育社会学者ウィラード・ウォーラーの用語でいえば、指導される側が指導する人の能力や才能を信頼している「人間的指導」(personal leadership)ではなく、教師や生徒という社会的役割が介在することで教え導かれる「制度的指導」(institutional leadership)(石山脩平ほか訳『学校集団』明治図書出版、1957)からくる歪みを描出しているのである。「人間的指導」は、人間同士の相互作用から生じるが、「制度的指導」では教師と生徒という社会の型と関係にはめられ、その後に人間同士の接触がおこなわれる。漱石の「坊っちゃん」には葛藤モデル以上の「脱学校論」(イヴァン・イリッチ、東洋ほか訳『脱学校の社会』東京創元社、1977)や「反学校小説」(西村好子「反・学校小説『坊っちゃん』」『国文論叢』2000・3)の趣さえある。

したがって学校が産出する優良品である学歴エリートへもきびしいまなざしを向けている。坊っちゃんを学校が産出する優良品である帝大文学士という学歴エリートではなく、東京物理学校卒業の学歴ノン・エリートにすることで、赤シャツに代表される学歴エリートを批判する視点もうまれている。しかし、漱石自身は帝国大学卒のれっきとした学歴エリートである。実際、松山中学校では唯一の文学士で、月給も校長につぐものだった。「坊っちゃん」の中の人物を実在のものと認めるなら、「赤シャツは即ちこういう私の事にならなければならん」(『私の個人主義』)と、自らさえも相対化している。

真の教育

漱石は、冒頭の「愚見数則」の引用文のあとには、「余は教育者に適せず、教育家の資格を有せざればなり。その不適当なる男が、糊口の口を求めて、一番得やすきものは、教師

の位地なり。余の教育場裏より放逐さるるときは、日本の教育が隆盛になりし時と思え」とまで言っている。熊本時代にも子規宛書簡で「教師をやめて単に文学的の生活を送りたきなり」と書き、のちに大学教師になってからも鈴木三重吉宛書簡（1905・11・10付）に「大学の教師だとか講師だとか申して評判をしてくれますが一向ありがたくはありません。僕の理想を云へば学校へは出ないで毎週一回自宅へ平常出入りする学生諸君を呼んで御馳走をして冗談を云つて遊びたいのです」と書いている。

　たしかに漱石は制度的指導である教職から派生する教育の歪みを剔抉したが、にもかかわらず時間をかけて講義ノートをつくる真面目で熱心な教師だった。また、教育そのものを嫌ったわけではない。よく知られているように漱石は「木曜会」を師友の場としたが、そこでは漱石は弟子たちの議論を誘発するための意見を言うにとどまり、弟子たちの話の聞き役にまわることが多かったとも言われる。書簡をつうじての弟子たちとのやり取りをみても、熱心な教師であったことはよくわかる。教育への関心の薄さではなく、関心が強いからこそ、制度化された、つまり学校化された教育への疑問と警鐘だったのである。馬を水辺まで連れていくことはできるが、水を飲ませることができない、馬は水を飲んではじめて成長するといわれるように、被教育者による自己教育（self-directed learning）が介在することなしには教育的行為はありえないことも漱石の教育論は示唆している。「愚見数則」の冒頭は、こう書かれている。「昔しの書生は、笈を負ひて四方に遊歴し、この人ならばと思ふ先生の許に落付く。故に先生を敬ふ事、父兄に過ぎたり、先生もまた弟子に対する事、真の子の如し。これでなくては真の教育といふ事は出来ぬなり」。　　（竹内洋）

基督教／耶蘇教

キリストきょう／やそきょう

◆強大なる宗教的Fを有せる耶蘇教に於てすら、純抽象的神のみにては効力の意外に弱きを見るや、人間なる聖母を担ぎ来れる時代もあり、知識的に其無能なるを見て取るや、人間と神との媒介者にして合一体なる耶蘇を以て其真髄となせり。耶蘇とは取も直さず有限の世より無限の界に進む掛け橋の用に供せらるゝなり。　（『文学論』第一編第三章）

漱石の見るキリスト教／耶蘇教とは何か

　耶蘇教とはラテン・ポルトガル語のJesusの近代中国音訳語「耶蘇」を音読みにしたもので、日本では昭和初期の頃まで用いられていたが、その呼称は近代の日本人には乾いた距離感を感じさせるものとも見えた。然しあのルナン（Ernest Renan　1823-1892）の『イエス伝』の訳書を挙げれば、綱島梁川・安倍能成訳『ルナン氏耶蘇伝』（1908）や加藤一夫訳『耶蘇の生涯』（1921）、広瀬哲士訳『耶蘇』（1922）などがあるが、いずれも多くの版を重ね、広く愛読をされて来たことが分る。耶蘇の存在を評して「われ等の矛盾の中の大きな旗である汝は、最も激しい戦ひの行はれる中にあって、我等の目標となるであろう」と言い、「教義の如何なる改造」があろうと、「イエスは純な感情の創造者として残るであろう」と言うルナンの言葉が、イエスと自分を重ねて人生の戦いの何かを語らんとした芥川の『西方の人』などに大きな影響を与えていたことは明らかであろう。

漱石における〈ひらかれた宗教性〉をめぐって

　しかし漱石にはこのようなイエスの存在に対する熱い共感は無く、それが冒頭に掲げた

◆
思
想
・
思
潮

一節にも明らかだが、然しその背後にある〈ひらかれた宗教性〉ともいうべきものは、冒頭の概念的な批判を超えて、我々の心に熱く迫るものがある。

そのひとつは、あのイギリスへの留学途次の同行者芳賀矢一の『留学日記』に言う「夏目氏耶蘇宣教師と語り大に其鼻を挫く、愉快なり」の言葉通り、上海から乗り込んだ英米人の宣教師一行との烈しい論戦が見られるが、この時期に書かれた英文「断片」に、彼らもまた「偶像崇拝」ではないかと断じる漱石の背後の〈ひらかれた宗教観〉ともいうべきものが、最も端的に現われた言葉が次の一節ではあるまいか。

「私の宗教をして、すべての宗教をその超越的偉大さのなかに包含するようなものたらしめよ。私の神をして、あのなにものかであるところの無たらしめよ。私がそれを無と呼ぶのは、それが絶対であって、相対性もそのなかに含む名辞によって呼ぶことができないからだ。それはキリストでも聖霊でも他のなにものでもないもの、しかし同時にキリストであり精霊であり、すべてでもあるようなものである」(「断片」江藤淳訳)。

この〈ひらかれた宗教観〉が晩期まで一貫するものであることは、次の漢詩の一節にも明らかであろう。〈非耶非仏又非儒〉(耶に非ず仏に非ず又た儒に非ず)と起句に唱い、〈打殺神人亡影処／虚空歴歴現賢愚〉(神人を打殺して影亡き処／虚空歴歴として賢愚を現ず〉(無題、1916・10・6)と終句にしるす所にも、そのすべては明らかであろう。この〈ひらかれた宗教観〉を晩期に至るまで、その根源より語らんとした所に、漱石の宗教的志向の何たるかもまた、明らかに見えて来よう。

(佐藤泰正)

◆思想・思潮

劇場

げきじょう

◆夜美野部氏とHaymarket Theatreヲ見ルSheridanノThe School for Scandalナリ

(日記、1900(明33)年10月31日)

◆「ハーマジェスチー」座で、「トリー」の「トエルフスナイト」を見た。脚本で見るより遥かに面白い。

(「倫敦消息」『ホトトギス』所収)

◆「ドルリー・レーン」と云ふ倫敦の歌舞伎座の様な処へ行つたが実に驚いた尤も其狂言は真正の芝居ではない「パントマイム」と云つて舞台の道具立や役者の衣装の立派なのを見せる主意であつて是は重に「クリスマス」にやるものだがはやるものだから去年から引き続いてやつて居る(中略)そこで此道具立の美しき事と言つたら到底筆には尽せない (夏目鏡宛書簡、1901(明34)年3月8日付)

◆雨を冒して虚子の宅から明治座に行く。丸橋忠弥。御俊伝兵衛、油屋御こん、祐天和尚生立、何とか云ふ外題の踊り。一時から午後の十一時迄かかる。非常に安きものなり。然らずんば見物が非常に慾張りたるものなり。御俊伝兵衛と仕舞のをどりは面白かつた。あとは愚にもつかぬものなり。あんなものを演じてゐては日本の名誉に関係すると思ふ程遠き過去の幼稚な心持がする。まづ野蛮人の芸術なり。あるひは世界見ずの坊つちやんのいたづらから成立する世界観を発揮したものなり。

(日記、1909(明42)年5月12日)

「劇場」すなわち「しばい」

漱石は、「劇場」あるいは「劇」と書いて、しばしば「しばい＝芝居」と読ませている。また劇場の呼称も、今日では「○○劇場」というべきところを「○○座」としている。英文学専攻の彼として、劇場という言葉は、先ずtheatreとして発想されたであろうが、この言

葉が建物を指すだけではなく、いうところの演劇を指すのは常識で、漱石の時代感覚から言えばまさにそれは芝居であったわけである。要するに建物（ハード）とそこで演じられる戯曲（ソフト）とが一体になったものが、漱石の云う「劇場」だと考えてよいだろう。その上で敢えて区別して言えば、漱石は劇場の社会的な側面と、演劇の美学的側面とに関心を示している。そうした漱石の劇場への関心の嚆矢というべきものは、英国留学の途次でのパリでの「Music Houseニ至リマタUnderground Hallニ至ル午前三時帰宅ス巴里ノ繁華ト堕落ハ驚クベキモノナリ」（日記、1900・12・23）という記述に端的に現れている。

日本の劇場芸術への視点

漱石が最も親しんだのは、のちに明治・大正・昭和の三代にわたるワキの名人と知られることになる宝生新に習った謡で、彼の上演芸術に関する感性の根底には、この能の美学が潜んでいる。つまり何処か士大夫的な感覚である。と同時に小説『三四郎』の中で登場人物の与次郎に噺家の小さんと円遊の芸の比較をさせるほどに落語にも親しんでいる。イギリス留学中にもパントマイムを見て「滑稽は日本ノ円遊ニ似タル所アリ面白」と記しているぐらいである。こちらは、市井の江戸っ子気質が顔を出している。

歌舞伎に関しては、9代目市川団十郎の「春日局」を見て「団十郎の春日局顔長く婆々然として見苦し」と明治一代の名優をこきおろしている（十規宛書簡、1891・7・9付）。「明治座の所感を虚子君に問れて」や「虚子君へ」などの記述から照らしてみても、相伴で見ることはしても、彼のお歯には合わなかったことが歴然としている。新派については「本郷座金色夜叉」という談話が残っていて、いささか気のなさそうな口調の中で、「自然を本としてやつて居る壮士俳優と云ふものは、型は要らぬだらうと思ふ。で今のやうにして気を付けて行けば、矢張旧派の俳優みたいなものになるでせう」と、その後の新派の歴史を予見している。新劇にについては、「坪内博士とハムレット」で、文芸協会で演劇の実際に手を染めた坪内逍遙に同情と批判とを示している。が、その代表的な舞台となった、松井須磨子主演のイプセンの「人形の家」に関しては、「すま子とかいふ女のノラは主人公であるが顔が甚だ洋服と釣り合はない。もう一人出てくる女も御白粉をめちや塗りにしている上に眼鼻立が丸で洋服にはつらない。ノラの仕草は芝居としては、どうだかしらんが、あの思ひ入れやジエスチユアーや表情は強いて一種の刺激を観客に塗りつけやうとするのでいやな所が沢山あつた」（日記、1911・11・28）と、未だ揺籃期にあった女優に対しても容赦がない。如何にも新帰朝者流の視点である。

研究者としての英国演劇

漱石は倫敦到着の3日後には、ヘイマーケット劇場（Hay Market Theatre）で、英国独特の風習喜劇（comedy of manners）の傑作として知られるシェリダンの「悪口学校」を見ており、次いで、やはり格式の高いハーマジェスティーズ劇場（Her Majesty's Theatre）で、俳優であり劇場支配人としても名を成したビヤボム・ツリーが、華麗なスペクタクル様式で上演していたシェイクスピアの「十二夜」を見ている。そして、さらにドゥリリー・レーン劇場（Drury Lane Theatre）ではパントマイムの「眠れる森の美女」を見ている。漱石の劇場巡りと演目は、研究対象としては確かなものである。パントマムは「黙劇」の事ではなく、クリスマスから新年の休暇にかけて家族で楽しめる言わばファミリー・ミュージカルのようなもので、概ね童話を題材として、男の俳優が女装をして女性の役を演じるのを特色とした英国独特のものである。

漱石はこれとは別に息抜きの為に、ヒッポロドーム劇場（Hippodrome Theatre）やメトロ

◆思想・思潮

499

ポール劇場(Metropole Theatre)或いは下宿近くのケニントン劇場(Kennington Theatre)などで肩の凝らない「滑稽演劇」を見ている。

英国の劇場を語ったものには「英国現今の劇況」「倫敦のアミューズメント」『文学評論』の「七　娯楽」の章の芝居の項目、「沙翁当時の舞台」などがある。特に「英国現今の劇況」は、当時のロンドンの劇場街の様子から観劇の仕方、演技や舞台の革新の進捗状況など演劇をめぐる諸相を詳しく解説している。多くの劇場がいまだに残るウエスト・エンドの興行界の案内としては物価などわずかな訂正で今日でも通用しそうである。

しかし、漱石の劇場感覚を最も鮮やかに示すのは「マクベスの幽霊について」である。彼は、ダンカン王と盟友のバンコーを殺したマクベスが見る幽霊は「一、幽霊は一人なるか、又二人なるか。二、果たして一人なりとせば、ダンカンの霊かバンコーの霊か。三、マクベスの見たる幽鬼は、幻想か将た妖怪か。」を論理的に解明して行く。詳細は本文に譲るが、第三の、幻想か妖怪かに関して、科学と文芸との混同を戒め「此光景ににあつて実物の幽霊を廃するときは劇の興味上何等の光彩を添へずして、却つて之を減損するの虞ある事前に述べたる如くなれば、余は此幽霊を以て幻怪にて可なりと考ふ。若しくはマクベスの幻想を吾人が見得るとし、其見得る点に於て幻怪として取扱つて不可亡き者と考ふ」と結論している。

この論は、能の「隅田川」における、死んだ梅若丸の幽霊役の子方の扱いについて、作者の観世元雅は当然出すべきだと言い、能の大成者である世阿弥は、母が幻にみる亡者で現実の子供ではないから出さない方が良いと言ったとされる論争を想起させる。紛れもなく漱石は机上の人ながら、結論はともかく、百戦錬磨の稀有の舞台人と同様の感覚を以て、劇場の効果ということについて考えていたことになる。　　　（みなもとごろう）

◆思想・思潮

高等遊民

こうとうゆうみん

◆「実は田口さんからは何にも何がはずに参つたのですが、今御使ひになつた高等遊民といふ言葉は本当の意味で御用ひなのですか」／「文字通りの意味で僕は遊民ですよ。何故」／松本は大きな火鉢の縁へ両肢を掛けて、其一方の先にある拳骨を顎の支へにしながら敬太郎を見た。敬太郎は初対面の客を客と感じてゐないらしい此松本の様子に、成程高等遊民の本色があるらしくも思つた。

（『彼岸過迄』「報告」十）

◆小説をやめて高等遊民として存在する工夫色々勘考中に候へども名案もなく苦しがり居候

（笹川臨風宛書簡、1912(明45)年2月13日付）

高等遊民問題とは

高等遊民とは、中学校卒業程度以上の教育歴を有しながらも、一定の職業を有していない人を指して呼んだ言葉である。この高学歴だがしかし不確かな立場の人々については、明治末から昭和戦前期にかけて、社会の不安定要素としてしばしば注目が集まった。漱石も、高等遊民に関心を寄せた知識人の一人であったが、それ以上に、その小説による表現を通じ、近代日本の高等遊民像そのものの形成に関わった作家だったということが重要だろう。

近年、高等遊民の社会史については、町田祐一の実証的な研究書『近代日本と「高等遊民」』(吉川弘文館、2010)が刊行されている。日露戦争前から、中学校数の増加に対してその後の進学、就職口が追いつかず、また中途退学者も増加したために、就学も就職も思うに任せない人々が増加する。中学校以降の高等教育機関への進学者においても就職難は同様

であったため、高学歴を有するにもかかわらず「遊民」となっている人々の存在が顕在化する。町田の推計では、1908年時点の学校教育機関の就学人口中に占める「高等遊民」の割合は、実に12.38％に上るという（9頁）。

これにメディアや政治、教育界が注目して、はじめて議論が巻き起こったのが1911（明44）年だった。漱石が『彼岸過迄』を連載する前年に当たる。高等遊民問題に広く注目を集まるきっかけとなったのは、小松原英太郎文相の学制改革案をめぐる議論だった。高等中学校の新設によって中学校卒業生の受け皿を用意しようとしたこの案をめぐる論議がきっかけとなって、高等遊民という層そのものへの注目が集まり、さまざまな新聞雑誌が論説記事を掲載した。

漱石自身も学生の就職難に触れながら、自分本位であることと社会のなかで働くこととの意味を整理して述べた講演「道楽と職業」を残している。文壇でも、漱石門下の安倍能成が「文壇の高等遊民（上）（下）」（『東京朝日新聞』1911・8・30、31）を発表するなどしているが、この問題の根深さと深刻さを、まさにその世代の中から鋭く描出したのは石川啄木の「時代閉塞の現状」（未発表、1910）だった。

漱石の高等遊民を論じる

さて、漱石の作品中に高等遊民的な男たちが登場することは、早くから指摘されてきた。熊坂敦子「「高等遊民」の成立」（『夏目漱石の研究』桜楓社、1973）は、同時代の評論や談話を参照しながら、高等遊民が当時の社会問題であったことを指摘し、漱石の描いた高等遊民像と比較している。熊坂は、漱石の描いた高等遊民的人物像が、同時代に取り沙汰された高等遊民そのものではなく、漱石の解釈、観念の網目を通ったものであると注意しながら、代助などの人物像の魅力が白樺派や芥川たちなどに影響を与え、大正文化へ流れ込んでいくという展望を示した。

漱石の作品史および執筆動機の観点から、この問題を論じているのが高木文雄「高等遊民の系譜」（『漱石の道程』審美社、1966）である。同時代の高等遊民の定義とは距離があるが、『虞美人草』から『彼岸過迄』の作中人物の系譜を丹念にたどっている。長島裕子「「高等遊民」をめぐって」（石原千秋編『日本文学研究資料新集14 夏目漱石・反転するテクスト』有精堂出版、1990）は、『彼岸過迄』を取り上げながら、同時代における高等遊民という言葉の意味合いと、漱石の作品中での用法の差異を測り、漱石が松本の造形を通して自らの高等遊民志向の限界を探ったとする。

高等遊民像の系譜

漱石の作品のなかに高等遊民の系譜をたどる論考では、以下のような作品が言及される。各登場人物たちをどのような意味において「高等遊民」と位置づけるかは論者の規定によるが、その系譜を示してみることにしよう。

漱石が高等遊民的な人物像を描きはじめる以前の、類似した、しかし異なる造形として『吾輩は猫である』の迷亭や苦沙弥などのいわゆる「太平の逸民」たち、そして「草枕」の画工が挙げられる。高等遊民的な男性の劈頭には『虞美人草』の甲野が置かれることが多く、「野分」の白井道也にも言及されることがある。

注目されてきたのが『それから』の代助である。代助はテクストによって高等遊民と呼ばれることはないが、高学歴だがしかし徒食する人物として、そして最後その身分をなげうつ人物として、漱石作品においてこの問題を考えるときに避けて通れない。もっとも重要なのが『彼岸過迄』であり、その登場人物である須永と松本、論者によっては敬太郎である。また『心』の先生もこの系譜の中で捉えられることもある。

ただ繰り返せば、同時代の文脈における高等遊民が何を指していたのかには注意深くあ

◆ 思想・思潮

501

らねばならないし、何より漱石のテクストで
この言葉が用いられるのは、『彼岸過迄』にお
いて、そしてその連載中に書かれた笹川臨風
宛書簡(1912・2・13付)においてのみであるこ
とは、忘れてはならないだろう。

高等遊民と「高等淫売」

　ところで、『彼岸過迄』の敬太郎が自ら高等
遊民を名乗った松本と会話を交わす条には、
「ぢや田口へ行つてね。此間僕の伴れてゐた
若い女は高等淫売だつて、僕自身がさう保証
したと云つて呉れ玉へ」という一言が現れる
(「報告」十二)。探偵紛いのいたずらで自分を
からかった田口への逆襲として、彼の娘を
「高等淫売」呼ばわりしようというのである。
　ここで「高等遊民」が「高等淫売」と対のよ
うにして現れていることの意味は、立ち止
まって考えてもよいだろう。高等遊民は、そ
れと名指されないが男の問題であったと言っ
ていい。就職難は男性であったからこそ、深
刻な問題として捉えられたのである。その意
味で、学歴はあるが徒食する男の対に、高級
な「淫売」が浮上していることは興味深い。
　「高等淫売」は文字通り程度の高い「淫売」
という意味も持つが、一見普通の素人や人妻
が裏で売春を営むものという意味合いをもも
つ。「本当」の「高等遊民」である男と、仮構
の「高等淫売」である女とがここで唐突に結
びつく時、「高等遊民」という言葉がその時代
に有していたジェンダー的な偏差が顕わにな
る。
　「高等」と「淫売」とが結びつけられること
によって、女の身体に蔑視と欲望が貼りつけ
られているのだとすれば、「高等」と「遊民」
が結びつけられることによって与えられてい
るのは、自負と自嘲と無力感だろう。このと
き「高等」という語は、時代の苦々しいため
息の色を帯びはじめる。　　　　(日比嘉高)

◆ 思想・思潮

個人、個人主義

こじん、こじんしゅぎ

◆個人主義は人を目標として向背を決する前に、ま
づ理非を明らめて、去就を定めるのだから、或場合
にはたつた一人ぼつちになつて、淋しい心持がする
のです。　　　　　　　　　　(「私の個人主義」)

個人主義の流行

　個人とか個人主義はan individual、individu-
alismの訳語として、明治20年代に作られた
らしい。早い例では内田不知庵訳・ドストエ
フスキイ『罪と罰』(1892-1893)にその語が見
える。主人公ラスコーリニコフが人間を「尋
常人」と「非尋常人」に分け、後者は「新説あ
るひは新事実を為し遂ぐる天稟と能力を有つ
てる」から「一箇人主義の上から自身の概念
を実行する」際に良心の範囲を越える権利が
あると説く条りである。強欲な金貸しの老婆
殺しはそれに基づく。彼は最終的にその独善
性を反省し懺悔に至るが、自己の信念の実行
と既成道徳の無視が、ここに表れていること
は注目してよい。まもなく個人・個人主義と
表記されるこの種の観念は、西洋近代の輸入
が進むにつれ、自我の伸長を促す一方、利己
主義egoismと結びつき、特に経済面では富
豪・財閥に対する非難が高まった。たとえば
福地桜痴の小説『買収大策士』(春陽堂文庫、
1897)では、自分の利害のために「国家の利害
を顧みざる」のが「個人主義の骨子」と攻撃
する人物が登場する。
　これに対して高山樗牛「文明批評家として
の文学者」(『太陽』1901・1)および「美的生活
を論ず」(同、1901・8)は、ニーチェの思想を彼
なりに取り入れ、その個人主義は、元来相対
的なものにすぎぬ歴史や道徳、真理、社会な

どの既成観念を超克した文明批評であると称えた。彼によれば人生の目的は幸福の追求にあり、それは人間「本然の要求」たる「本能」の満足によって得られる。それが「美的生活」である。この論は賛否両論を招き、「個人主義」は時代の流行語となった。賛成派には斎藤野の人、登張竹風、反対派には長谷川天渓、匿名の坪内逍遙ら、加えて、ドイツ文明が「ニーチエの如き狂気の天才」に心酔するのは「人心が自ら内部の瓦解に悟り始め」た徴候だと警告した姉崎嘲風の「高山樗牛に答ふるの書」(『太陽』1902・2・3)もそこに属する。これらの諸作諸論は逍遙文「馬骨人言(うまのほねひとのごとくものいふ)」(『逍遙選集』8)を除いて、『明治文学全集』7、11、40、43巻に収録されている。

私の個人主義

漱石が「個人主義」の語を用いた最初の例は『吾輩は猫である』の猫が、苦沙弥先生の髯が自分勝手な方向に生えているのを「いくら個人主義が流行る世の中だつて」とからかったもので、「個人主義」に好感は抱いていない。「二百十日」や「野分」などには金力・権力に対する激しい反感が溢れているが、それを個人主義の名で統括するにはまだ間があった。

彼の著作の随所に見られる諸要素が「個人主義」としてまとめられたのは1914(大3)年11月25日、学習院での講演においてである。その当初は単に「講演」とあったこの文章が、「私の個人主義」の名で定着したのは、そこに彼独自の要素が含まれているからである。そこで彼は権力・金力がしばしば党派を組んで他者を圧迫する危険性を説き、自分が信ずる「道徳上の個人主義」を説明した。彼によれば、人間は自分の個性を発達させ、それに適合した道に進むのが幸福な生を送る必要条件である。だが他者もまた同じ権利を持つから、それを尊重しなければならない。たとえ権力者や富豪になったとしても、そこには勝手に

それを使用できない義務と責任が伴うのである。これらが彼の訴えたかった要点だが、それに附随して、彼はなぜ「個人主義」者となったかを語る。前半生の自分を支配していた心の空虚さである。

「自己本位」について

英文学を専攻して衣食のために教師となり、やむを得ず授業をしていた空しさ、官命でイギリスに留学し、日本人が英文学を研究することの意義を把握できなかった時代の不安が彼を苦しめた。それを彼は「自己本位」という言葉に到達することでやっと解消したと言う。英国人の借物(他人本位)ではなく、自分の個性によって文学と向き合う自己本位の自覚である。それが以後の彼を支えることとなった。

帰国後の彼は東京帝国大学講師として、やがて『文学論』となる講義を行ったが、その序文には、ロンドンの二年は「尤も不愉快の二年」、「帰朝後の三年有半も亦不愉快」とある。前者は空虚感のためとしても、後者は彼の「自己本位」が、「神経衰弱、狂気」と見なされ、「親戚のものすら」それを認めたこと(同)にあるらしい。親友狩野亨吉宛書簡(1906・10・23付)で、自分の敵は自分の主義主張や趣味から見て世の為にならないものと述べ、帰国後の「余の家庭に於ける歴史は尤も不愉快な歴史である」(同)と打ち明けている。学習院講演でも言ったように、彼の個人主義の中核である自己本位は、自分が「汚辱を感ずる」ときでも決して助力は頼めない「淋しい」個人主義に展開した。

国家と個人主義

彼は西園寺公望招待の雨声会出席を辞退し、博士号をも辞退した。権威に連なることを潔ぎよしとしなかったためだろう。だがこと国家体制に関する限り、彼はそれを直接の「敵」と認識することはなかった。彼は、自分

◆ 思想・思潮

◆ 思想・思潮

の「道義上の個人主義」は「国家に危険を及ぼすもの」ではないと断わり、「事実から出る理論」として、「個人の自由」が「国家の安危に従つて」拡大縮小するのは当然だと語った。『文学論』序の言葉を借りれば、国家は「個人の意志よりも大きな意志」を持つ。「日本の臣民たる光栄と権利を有する」彼にとって、日本帝国のありかたは批判の対象外だったようだ。その意味で「明治の精神に殉死する」(『心』)という「先生の遺書」は、漱石と通底していたのかもしれない。

彼よりほぼ二世代年下の石川啄木は、「時代閉塞の現状」(1910・8執筆、『明治文学全集』52)で青年の「内訌的・自滅的」傾向を憂慮した。啄木はその根本原因を国家体制の「強権」に求め、「その「敵」の存在を意識し」、「先づ此時代閉塞の状況に宣戦」すると記した。「全精神を明日の考察——我々自身の時代に対する組織的考察に傾注」しようと呼びかけるのが、その結論である。周知のように大逆事件直後に書かれた文章で、熱烈な気概に満ちているが、漱石は闘病中だったせいか、この事件に何も触れていない。

武者小路実篤の初期短編「二日」(1907・7執筆、『明治文学全集』76)は、主人公が自己を発展させつつ他者を尊重する「個人主義」者で、その点では漱石と共通する。しかし漱石に漂う淋しさはここにはない。学習院講演の数ヵ月前まで漱石が執筆していた『心』の「先生」の覚悟、「自由と独立と己れに充ちた現代」に生きる「淋しさ」は、講演で言う「個人主義の淋しさ」と地続きなのである。その自己を貫いて「一人ぼっち」になる淋しさは、『行人』や『道草』にも流れている。晩年の言葉とされる「則天去私」は、それを超えようとする心境を示すものにほかならない。

(十川信介)

国家、国家主義

こっか、こっかしゅぎ

◆成程世界に戦争は絶えない訳だ。個人でも、とどの詰りは腕力だ。 (「坊っちゃん」十一)
◆日露戦争はオリヂナルである、軍人はあれでインデペンデントなることを証拠だてた、芸術もインデペンデントであつてい、 (「模倣と独立」)
◆事実私共は国家主義でもあり、世界主義でもあり、同時に又個人主義でもあるのであります。

(「私の個人主義」)

「独立」への志向

漱石は「自己本位」の理念に則った個人主義の立場から、晩年の「則天去私」の境地へと移行していった文学者として捉える見方が古くからあり、その観点からは国家への意識は前景化されにくい。しかし上の引用に見られるように、漱石は西洋列強の侵攻に晒される明治時代を生きる人間の一人として国家への慮りを抱きつづけた文学者でもあった。その意識が強く喚起されることになったイギリス留学時には、日記に「日本ハ真ニ目ガ醒メネバダメダ」(1901・3・16)といった、西洋の先進国との落差を目の当たりにしつつ日本の真の近代化を願う思いを書き付けている。

作家となってからも西洋諸国からの自律性を確保することへの希求は持続し、その契機となった日露戦争に言及した講演「模倣と独立」では、軍事と芸術の両面において「インデペンデント」であるべきことが力説されている。

また小宮豊隆が『夏目漱石』(岩波書店、1938)で述べるように、日露戦争の開戦自体が漱石を昂揚させ、『吾輩は猫である』執筆の動機となった面もあり、国家への意識は漱石文

学を考える上で看過しえない重みをもっている。

表象される国家

漱石を佐幕派と見る言説が平岡敏夫、半藤一利、小谷野敦らによって唱えられてきたが、漱石が薩長出身者による明治政府に批判的であったことと、国家への慮りのなかを生きたことはとくに矛盾しない。むしろ国家の進み行きを憂慮するからこそ、現行の政府、政治家のあり方に対して批判的にならざるをえないのであり、西洋世界に拮抗しえない時代として江戸時代に対する評価の方がさらに否定的である。『文学論ノート』ではそこからの重大な「方向転換」を成し遂げた主体として倒幕派の志士たちが評価されている。

また講演「私の個人主義」で「国家主義」と「個人主義」が両立しうるものとして並べられているのは、福澤諭吉にも見られるように明治の知識人に特有の着想であり、それが漱石にも強く認められる。そこから作中人物の振舞いが同時代の国家の動向を比喩的に写し出す特有の表現が生まれてくる。上の「坊っちゃん」の引用でも、国家間の戦争と個人間の「腕力」による衝突が連続的に捉えられており、それを念頭に置けば赴任先の中学校での「おれ」と教頭の「赤シャツ」との対立は、やはり前年に終わった日露戦争を反映させたものであることが分かる。

しかし佐幕派とも称される心性から当然その表象は現況への批判性が軸とされることになる。柴田勝二『漱石のなかの〈帝国〉』(翰林書房、2009)藤尾健剛『漱石の近代日本』(勉誠出版、2011)などでは、帝国主義的な戦争、侵略の主体となった明治日本を批判的に表象、言及しつづけた作家として漱石が位置づけられている。 (柴田勝二)

自己本位

じこほんい

◆私はそれから文芸に対する自己の立脚地を堅めるため、堅めるといふより新らしく建設する為に、文芸とは全く縁のない書物を読み始めました。一口でいふと、自己本位といふ四字を漸く考へて、其自己本位を立証する為に、科学的な研究やら哲学的の思索に耽り出したのであります。(中略)私は此自己本位といふ言葉を自分の手に握つてから大変強くなりました。彼等何者ぞやと気概が出ました。今迄茫然と自失してゐた私に、此所に立つて、この道から斯う行かなければならないと指図をして呉れたものは実に此自我本位の四字なのであります。(中略)今迄霧の中に閉ぢ込められたものが、ある角度の方向で、明らかに自分の進んで行くべき道を教へられた事になるのです。 (『私の個人主義』)

霧の中での探究

漱石はロンドンに留学中の1901(明34)年秋頃から文学書よりも科学・倫理学・美学書を読み(日記・書簡)、「自己本位」の信念を見出し、「煩悶」を克服したという。学習院輔仁会での講演「私の個人主義」では、「自己本位」の信念はさらに強まったといい、「個人主義」の対極に「自分の個性を他人の頭の上に無理矢理に圧し付ける道具」としての「権力」「金力」を置き、権力者・金力家を批判する。

権力・金力批判は初期の作品『吾輩は猫である』「二百十日」「野分」などに顕著である。「二百十日」の中で青年圭さんは「金力や威力で、たよりのない同胞を苦しめる奴等」「社会の悪徳を公然商買にして居る奴等」をやっつけると息巻く。「野分」に登場する白井道也は越後の中学教師だったとき、大企業と青年師弟の「黄白万能主義」を批判し、また中国

◆
思
想
・
思
潮

地方では授業中、参観に訪れた旧藩主の華族に頭を下げなかったために職を失った。文筆家になった彼は青年たちを前に、「現代の青年たる諸君は大に自己を発展して中期(注：時代の)をかたちづくらねばならぬ(中略)只自我を思の儘に発展し得る地位に立つ諸君は、人生の最大愉快を極むるものである」と演説する。こうした人物に作者漱石の思いが託されているようである。

偽善家・露悪家の誕生

一方、「自己本位」の行き過ぎを『三四郎』では、広田先生の口を通して、「近頃の青年は我々時代の青年と違つて自我の意識が強すぎて不可ない。吾々の書生をして居る頃には、する事為す事一として他を離れた事はなかつた。凡てが、君とか、親とか、国とか、社会とか、みんな他本位であつた。(中略)悉く偽善家であつた。その偽善が社会の変化で、とうとう張り通せなくなつた結果、漸々自己本位を思想行為の上に輸入すると、今度は我意識が非常に発展し過ぎて仕舞つた。昔しの偽善家に対して、今は露悪家ばかりの状態にある」(七の三)と指摘する。

また、『門』の宗助は過去に妻とともに倫理的な罪を犯し、住居も職業も変え、市井に隠れて生きてきた。その行為は「悉く自己本位」であった。最近、妻の結婚相手だった友人が身近に現れたことを知り、不安になる。どうしたら、不安から逃れることができるか。彼は突然学生時代に聞いたことのある座禅修行を思い出し、鎌倉の禅寺に向う。老師から「父母未生以前本来の面目」という公案を出され、無の境地に入ろうとするが、結局悟りは開けず、むなしく帰宅する。

自らの生や存在の根本的な問題に取り組まず、他力本願から真の「自己本位」を確立しようとすることが、いかに難しいかを描いた作品。　　　　　　　　　　　　(池内輝雄)

自然

しぜん／じねん

◆「今日始めて自然の昔に帰るんだ」と胸の中で云つた。斯う云ひ得た時、彼は年頃にない安慰を総身に覚えた。(中略)雲の様な自由と、水の如き自然とがあつた。さうして凡てが幸であつた。

(『それから』十四の七)

◆斯ういふ不愉快な場面の後には大抵仲裁者としての自然が二人の間に這入つて来た。二人は何時となく普通夫婦の利くやうな口を利き出した。／けれども或時の自然は全くの傍観者に過ぎなかつた。夫婦は何処迄行つても背中合せの儘で暮した。

(『道草』五十五)

近代語としての自然

「自然」は、「おのずからしからしむさま」を表す語として古来より用いられており、「自然」の働きの中に人間存在とその営みは包摂される。留意すべきなのは、もともとこの語が、もっぱら形容詞的もしくは副詞的に用いられてきた語であるという点である。これに対して、近代になって名詞natureの翻訳語としての「自然」が、森羅万象を総括する意味で用いられるようになった。こちらは、西洋近代の物心二元論に基づくもので、物体界とその諸現象を指す。自己を包摂する「自然」と、自己と対立する「自然」。系統を異にする二つの「自然」が出会い、混在し、葛藤を繰り広げ、多彩な表現の可能性が模索されたのが近代文学という場に他ならない(伊藤俊太郎『一語の辞典 自然』三省堂、1999)。漱石文学における「自然」の多義性や重層性がこうした状況と密接に関わっているのも自然なことである。

◆ 思想・思潮

自然の昔に帰る

　近代的な「自由」の成立に大きく関わったルソーの「自然状態」という鍵概念がある。文明化された自己にまとわりついている制度や慣習をすべて剥ぎ取った状態を「自然状態 state of nature」と指定し、このゼロ座標(本性・本然)を基点に人間の自由／不自由を測定しようというわけである(『人間不平等起源論』1755)。そもそも「自然」は状態を表す語だから「自然状態」という同意反復的な用法には馴染まないことに注意しよう。「自然状態」は、もともと「自然」一語で表し得た概念なのである。

　この「state of nature」なる概念において、「自然nature」は「自然」そのものを示すのではなく、喩えとして用いられている。「(手つかずの)天然草木のような状態」の人間を仮説的に取り出すために、ルソーは「自然状態」という修辞を用いたのである。では、この喩えから「のような」を取り外し、隠喩表現に書き換えてみよう。ここに隠喩としての「自然」が成立する。この「自然」は、人間と対立する「自然」とは明らかに異質な「自然」である(『三四郎』の「自然を翻訳すると、みんな人間に化けて仕舞ふから面白い」(四の三)というくだりが想起される)。と同時に、もともとこの「自然」は「自然状態」として成り立っているわけだから、むしろ「自然」に近似していることにも気付くだろう。容易にメタファーに組み込むことのできる名詞「自然」の獲得によって、「自然」の含意が及ぶところは広まり、深まった。これこそが「自然」の近代化に他ならない。

　冒頭に引用した『それから』の一節は、まさにこのような文脈上に浮上してくる用例である。また『門』には、「宗助は当時を憶ひ出すたびに、自然の進行が其所ではたりと留まつて、自分も御米も忽ち化石して仕舞つたら、却つて苦はなかつたらうと思つた」(十四の

十)という解釈の鍵となるべき用例があり、制度や慣習といった欺瞞を拒んだ過去と現在の「苦」とが因果の綾で結ばれる。これらの「自然」は、主人公の自意識をまるごと包んでそれに輪郭線を与え、外界と自己とを分かつ鎧のような役割を果たすものであった。

暗い不可思議な力

　『それから』の代助とよく似た特権的な自意識を持つ人物に『明暗』の津田がいる。彼は、「為る事はみんな自分の力で為、言ふ事は悉く自分の力で言つたに相違なかつた」と自覚する男であるが、テクストは、そんな彼が「自尊心を傷けられ」る挿話で幕を開ける。端緒は、ある友人の「所謂偶然の出来事といふのは(中略)原因があまりに複雑過ぎて一寸見当が付かない時に云うのだ」という言葉である。ちなみに「自然」には「偶然」の意味もあることに注意しよう。「原因が複雑すぎて見当が付かない」ものとは「自然」に他ならないのである。津田はこう自問する。「此肉体はいつ何時どんな変に会はないとも限らない。それどころか、今現に何んな変が此肉体のうちに起りつゝあるかも知れない。さうして自分は全く知らずにゐる。恐ろしい事だ」。こう思い至った彼は「暗い不可思議な力」が自分をどこかで牽制しているイメージを払拭できなくなる(二)。

　この、深いところで主人公の生をおびやかす「暗い不可思議な力」こそ、漱石が逢着した「自然」に他ならない(柄谷行人「意識と自然」『漱石論集成』平凡社、2001)。その特徴は、「自然」が動作主体として自己に作用を及ぼす点に求められる。同様の用例は、早い例として『門』に、「彼等は自然が彼等の前にもたらした恐るべき復讐の下に戦きながら跪づいた」(十四の一)などとあるが、『彼岸過迄』『心』などにおいて同趣向は顕著となり、『道草』に至ってテクストの中心的な主題の一つになる(亀井雅司「漱石の「自然」」『光華日本文学』2004・

◆ 思想・思潮

10)。『道草』では、「何時でも自己に始ま」り「自己に終る」(五十七)自意識の持ち主である健三の日常に、「過去」すなわち兄や姉夫婦、島田の存在が不如意な「自然」として侵入してくる。彼は「自分の背後にこんな世界の控えてゐる事を遂に忘れる事が出来なくな」(二十九)り、また、細君との間柄までもが「自然」に包摂されていることに気付く。「斯ういふ不愉快な場面の後には大抵仲裁者としての自然が二人の間に這入つて来た」(五十五)。

「おのずから」と「みずから」

　これら、自己存在をまるごと包摂する「自然」のあり方は、『それから』における「幸」[ブリス]をもたらす「自然」とは対蹠的に見えるが、作中人物たちの力でもっては手出しのできない位相の「力」であり、かつ「恩恵」か「苦患」かのいずれかをもたらすものという点では通じている。この場合「「恩恵」と「苦患」はもはや紙一重であり、どちらがもたらされようと、それが彼の心身に達し、貫き通れば、それで「自然」として出現したことを意味」する(高橋英夫「漱石と「自然」」『文学界』1989・6)。

　注目すべきは、他の作家に類を見ないほど広汎な「自然」探求が、「英国詩人の天地山川に対する観念」以来晩年に至るまで執拗になされたという事実である(熊坂敦子「漱石・その求めたもの」『国文学 解釈と鑑賞』1978・11)。近代語「自然」は、自らが主体であることに根拠を与えつつ、同時に、自己が自ずから[おのず]「自然」に与りつつある存在であることを突き付けもする両義的な語である(竹内整一『「おのずから」と「みずから」』春秋社、2010)。「猫」「草枕」から『明暗』にいたるまで、漱石は「自然」をさまざまに主題化してみせた。その道程は、「自ずから[おの]」の働きに与りながら「自ら[みずか]」であることを「自然」を通して問い続けた軌跡であり、その閲歴は、「『草枕』から『明暗』へ」などの単線的な物語に回収できるような性質のものではない。
　　　　　　　　　　　　　　　　(永井聖剛)

実業

じつぎょう

◆学問は金に遠ざかる器械である。金がほしければ金を目的にする実業家とか商買人になるがいゝ。
　　　　　　　　　　　　　　　　(「野分」十一)
◆元来こゝの主人は博士とか大学教授とかいふと非常に恐縮する男であるが、妙な事には実業家に対する尊敬の度は極めて低い。　(『吾輩は猫である』三)
◆代助の父の場合は、一般に比べると、稍特殊的傾向を帯びる丈に複雑であつた。彼は維新前の武士に固有な道義本位の教育を受けた。(中略)父は習慣に囚へられて、未だに此教育に執着してゐる。さうして、一方には、劇烈な生活慾に冒され易い実業に従事した。父は実際に於て年々此生活慾の為に腐蝕されつゝ、今日に至つた。　(『それから』九の一)

実業への不信

　『吾輩は猫である』における苦沙弥先生にとどまらず、漱石の小説には、「野分」の白井道也や『それから』の長井代助など、実業及び実業家に対して、否定的な感情を抱き、距たりをとろうとする人物に事欠かない。もっとも作者たる漱石自身、「実業家米国の招待に応じて渡航[ママ]　うちに神田乃武、佐藤昌助、巖谷小波あり。何の為なるやを知らず。実業家は日本にゐると天下を鯨呑にした様なへらず口を叩けども、一足でも外国へ出ると全くの啞となる為ならん」(日記、1909・7・26)などと、まさに侮蔑的な文言を連ねる始末だ。

　漱石の世界においては、これは単に抱懐する嫌悪の表明にとどまらない。"金"を生むこと、持つ"金"の多寡、"金"によって生じる"力"や"地位"や"立場"を本位とするような、漱石が向き合う社会とそこで生きる多くの人々が信奉する価値観と、これとは異なる、"金"のも

たらすもののみをよしとはしない価値観との
――そして、「己を枉げるといふ事と彼等の仕
事とは全然妥協を許さない性質のもの」(「道楽
と職業」)としての"学問""芸術"、およびこれらに
携わる者や積極的に関わろうとする者たちと
の鋭い対峙が、漱石の世界を形づくっている。

実業への屈服／実業の屈服

　しかし漱石の世界は同時に、それこそ苦沙
弥先生が近所の実業家・金田とその協力者た
ちによるたび重なるいやがらせに悩まされる
ことや、かつての教え子である自称「ビジネ
ス、マン」多々良三平の怪気炎に煽られた後
の索莫とした空気のもと、「吾輩」の死という
結末へ向かうさまに明らかだが、まさに「世
の中を動かすものは慥かに金である。此金の
功力を心得て、此金の威光を自由に発揮する
ものは実業家諸君を置いて外に一人もない」
(『吾輩は猫である』八)という「吾輩」の放言に
対応する、実業が担う"金"と"金"のもたらす
"力"に学問や芸術が翻弄、屈服させられてい
くありようも必須の要素としている。
　だが漱石の世界では、実業もまたその無様
さを、諸々の物語的形象を通して露わに示す。
『吾輩は猫である』における「金に頭は下げ
ん、実業家なんぞ――とか何とか、色々小生
意気な事を云ふから、そんなら実業家の腕前
を見せてやらう、と思つてね」(八)とうそぶ
く金田、「先生も法科でも遣つて会社か銀行
へでも出なされば、今頃は月に三四百円の収
入はありますのに、惜しいことで御座んした
な」(五)と苦沙弥先生へ言い放つ多々良三平、
『それから』において、「誠実と熱心」を説く一
方で自分の事業の「便利」「必要」のために
「政略的結婚」を代助に求める長井得などは
その好例だろう。そしてこの二様の無様さを
現出するものこそ、「漱石」という名とともに
書きつけられたことばと、それが示す運動な
のである。
　　　　　　　　　　　　　　　(大野亮司)

社会学

しゃかいがく

◆不幸にして余の文学論は十年計画にて企てられた
る大事業の上、重に心理学社会学の方面より根本
的に文学の活動力を論ずるが主意なれば、学生諸
子に向て講ずべき程体を具せず。のみならず文学
の講義としては余りに理路に傾き過ぎて、純文学の
区域を離れたるの感あり。　　　　　(『文学論』序)

『文学論』と社会学

　イギリス留学によって、「漢学に所謂文学
と英語に所謂文学とは到底同定義の下に一括
し得べからざる異種類のもの」と思い至った
夏目金之助は、「根本的に文学とは如何なる
ものぞと云へる問題を解釈せんと決心」す
る。ただし、「文学書を読んで文学の如何な
るものなるかを知らんとするは血を以て血を
洗ふが如き手段たる」ことから、「心理的に文
学は如何なる必要あつて、此世に生れ、発達
し、頽廃するか」、「社会的に文学は如何なる
必要あつて、存在し、隆興し、衰滅するか」と
いうように課題を改めた。
　19世紀前半に体系化された学問である社
会学は、西周によるコント思想の紹介や、東
京大学におけるフェノロサの社会学講義(特
にスペンサー)などを通して、明治期の日本
に早くから移入された。アカデミズムにおい
ては、社会学講座の初代担当者となる外山正
一がスペンサーを中心に講じたが、その社会
有機体論・社会進化論の思想は明治国家の志
向に連なるものであった。『哲学(会)雑誌』
の編集委員を務めるなどした学生夏目金之助
もまた、そうした社会学受容の只中にいた。
ただし小森陽一が「金之助は「心理学」の成
果については多くを利用しているにもかかわ

◆
思
想
・
思
潮

らず、スペンサー流の「社会学」、とくに社会進化論的な発想には懐疑的であり、あるときは批判的でさえある」と述べるように(『漱石論』岩波書店、2010)、社会学への関心の軸は別のところにあったと言える。

「心理学的社会学」の受容

『文学論』における社会学とは、いわば心理学とセットとなった社会科学、すなわち「心理学的社会学」の側面を強く持っている。『文学論』本文やそのノートには、ボールドウィン、ギディングス、キッド、ルトゥルノー、ル・ボンらの名が挙がっており、独自の理論構築を目指して諸文献にあたる様子がうかがえる。藤尾健剛は、それらの受容が「集合意識F」の考察に与えた影響などを検証している(『漱石の近代日本』勉誠出版、2011)、「夏目漱石「ギディングス・ノート」翻刻」(『日本文学研究』1997・2)、「夏目漱石「ボールドウィン・ノート」」(『文藝と批評』1997・5)。また、蔵書中にはアメリカ社会学の先駆者ウォードの著作も含まれており、関心は一部継続していたと推測される。なお、当時すでに欧米社会学の趨勢は社会有機体論から心理学的社会学へと展開しており、明治30年代後半の日本でも、英、仏、米の心理学的社会学に受容の軸が移行していた。イギリス留学の成果であった『文学論』は、こうした日本社会学の同時代傾向とも期せずして重なるところがあった。

『文学論』序で掲げられた文学の社会的考察は、続く『文学評論』における18世紀英文学史研究においてより具体的に実践される。同時代社会学との関わりはさておき、文学を取り巻く社会事象に力点を置いたその内容は、文学の科学を目したいわゆる「社会学」的アプローチの成果になっている。このような社会学的関心は、作家漱石の表現の根底をなすものでもあろう。　　　(山本亮介)

社会主義

しゃかいしゅぎ

◆薄笑ひをした津田は漸く口を開いた。／「君見たいに無暗に上流社会の悪口をいふと、早速社会主義者と間違へられるぞ。少し用心しろ」／「社会主義者?」／小林はわざと大きな声をだして、ことさらにインヴネスの男の方を見た。／「笑はかせやがるな。此方や、かう見えたつて、善良なる細民の同情者だ。僕に比べると、乙に上品振つて取り繕ろつてる君達の方が余り程の悪者だ。何方が警察へ引つ張られて然るべきだか能く考へて見ろ」

(『明暗』三十五)

漱石の「社会主義」観

幸徳秋水が『社会主義神髄』を著したのは、漱石が英国留学から帰国した1903(明36)年である。留学時にイギリスで文献に触れ、また実地にもその風に当ってきた漱石にとって、社会主義者の立場から、社会主義、とりわけ史的唯物論の概略を含むマルクス主義思想の大要を、文学的ともいえる格調の高い文章で綴ったこの書の出版は刺激に富むものであったに違いないと思われる。

もともと漱石は近代化の過程での資本主義の肥大にともなって拡大する階級格差、社会的不公平については、文明批評の視点からも強い批判的意見を持っていた。1902年3月15日付、当時留学中のロンドンから中根重一に宛てた書簡には「カールマークスの所論の如きは単に純粋の理窟としても欠点有之べくとは存候へども今日の世界に此説の出づるは当然の事と存候」とも記している。

帰国後小説を書き始めて間もない頃の作品「野分」には、電車事件煽動の嫌疑で検挙された同僚の家族を救うために演説会を計画した

白井道也が、「社会主義と間違えられてはあとが困る」と申し立てる細君に対して、「間違へたつて構はないさ。国家主義も社会主義もあるものか。只正しい道がいゝのさ」と返し、さらに犠牲への懸念を述べる細君に「そんな馬鹿な事はないよ。徳川政府の時代じやあるまいし」と否定する一幕がある(十一)。また『それから』では、平岡が代助との話のなかで、幸徳秋水に昼夜を分かたぬ監視がついていると話し、それも「現代的滑稽の標本」ではないかと問いかける場面がある。

「大逆事件」と漱石

しかし「社会主義者」を危険視し、監視や弾圧の下に置くことを否定する余裕が失われるような事件が、間もなく発生する。1910年にフレームが形作られ、翌年1月に幸徳秋水以下26名の被告のほとんどに死刑の判決が出される「大逆事件」がそれである。

大半が権力とジャーナリズムの合作になるフレームアップとされるこの事件ではあるが、その報道には「社会主義者」の文字が頻出し、「大逆」というセンセーショナルな罪名とともに、あたかも彼らが危険な極悪人であるかのような言説の流通と定着をもたらす事態となった。

冒頭に掲げた『明暗』は、そのような言説の編成が起こった後に書かれたものであり、『全集』十一巻の「注解」で十川信介が記しているように「「社会主義者」に対する弾圧・取締りは極めて厳しく、大衆も「社会主義者」を恐ろしい危険思想と思いこみがちだった」という現象を背景にしている。なお漱石自身がこの「大逆事件」に対してどのようなスタンスをとったかについては、島村輝『臨界の近代日本文学』(世織書房、1999)、渡部直己『不敬文学論序説』(太田出版、1999)、絓秀実『「帝国」の文学』(以文社、2001)などで、さまざまに論じられてきているところである。(島村輝)

進化、進化論

しんか、しんかろん

◆斯様な大き〔な〕事故哲学にも歴史にも政治にも心理にも生物学にも進化論にも関係致候
　　　(中根重一宛書簡1902(明35)年3月15日付)

キッド、レトルノー、ギュイヨー

引用したのは、英国留学中に『文学論』執筆の抱負を語ったものである。ここにおける進化論への関心は、直接のダーウィンよりはむしろ進化論派の社会学にあったと思われる。熟読の痕跡のある蔵書から主なものを取り上げると、アイルランド生まれの社会学者ベンジャミン・キッドの『西洋文明の原理』(*Principles of Western Civilization*, 1902)は、進歩の原理を「生存競争」とそれに勝ち抜く種の「計画された効率性の原理」に求めている。種の進化は世代が交代する際の「変異」によるから、「個人は…広大な進歩の過程の中で、自らの種族のより大きな利益に資するために死なねばならない」という意味である。フランスの人類学者・社会学者シャルル・レトルノーの『結婚と家族の進化』(*The Evolution of Marriage and of the Family*)と『財産、その起源と発達』(*Property: Its Origin and Development*, 1892)は、動物の「結婚と家族」「財産」の形態に始まって、古代から近代へ、そして東洋、西洋、オセアニア、さまざまな地域と種族の結婚・家族・財産の変遷を考察している。「乱交」「一妻多夫制」「一夫多妻制」などを経て、現行の「一夫一妻制」に至るのが、彼の考える進化の過程である。しかし「一夫一妻制」も、円滑な「財産」継承と子供の養育のためにとられる現在における最善の策であって問題がなくはなく、将来はより緩やかな結びつきになるだろうとも予測して

いる。フランスの夭折の哲学者ジャン・マリー・ギュイヨーの『教育と遺伝』(*Education and Heredity*, 1891)の立場は、「序言」に「人間の種族とそれへの有用性に対する人間個人の本来の能力全体の調和的発達」「種族内に恒久的な優越性が作り出せるように、また種族自体に有害な要因がたまる傾向があるときにはその影響を抑えるように、均衡をもって遺伝を助成すること。」と述べられる「教育の目的」に端的に表されていると言える。

ノルダウ、ロンブローゾ

ハンガリーのユダヤ人の家庭に育ち、迫害のためパリ移住を余儀なくされた医者・評論家マックス・ノルダウの『退化論』(*Degeneration*, 1898)は、ロンブローゾに捧げる「献辞」で、「退化」という概念を著しく発展させたのがロンブローゾであり、自分はその恩恵を多く被っていると述べている。進化してきたはずの近代文明が「退化」の徴候を孕んでいる、というのがその主旨で、前述の人々の論とは異なって、進歩の負の側面に目を向けるのが両者に共通する特色である。ノルダウは「退化」現象を現代文明の宿痾としてさまざまに指摘しているが、根幹をなすのは、人間は成長と共に幼児期の「利己主義」を克服し、他者の存在、つまり「利他主義」に目ざめるはずであるのに、それに逆行する、つまり「退化」する目に余る大人たちの存在である。彼はそれをエゴマニア(Ego-Mania)と評している。イタリアの精神医学者・犯罪学者チェーザレ・ロンブローゾの『天才論』(*The Man of Genius*, 1891)は、天才に、「精神異常」「てんかん症」「ヒステリー症」「アルコール中毒」など、社会的不適応者の多いことを指摘しているが、ノルダウと異なるのは、それを糾弾するよりもむしろ主に天才を、無理解な社会に敢えて挑戦する存在と捉え、その犠牲の上に国や社会の進歩が歴史的になされてきたと考え価値を認めるところである。　(小倉脩三)

人格

じんかく

◆「お前に人格といふ言葉の意味が解るか。高が女学校を卒業した位で、そんな言葉を己の前で人並に使ふのからして不都合だ」　　　(『明暗』百二)

創作の源泉としての人格

人格は、Personalityの訳語として近代に用いられるようになった日本製漢語である。井上哲次郎の造語という説があるが(広田栄太郎『近代訳語考』東京堂出版、1969)、佐古純一郎『近代日本思想史における人格観念の成立』(朝文社、1995)は、『哲学雑誌』の雑録欄などにすでに使用例があると指摘する。「①独立して思考し行動し得る個体。②〔倫〕精神の統一を持続して意識的行動をなし、道徳上の責任をも受け得られ、資格ある個体」(『辞林』三省堂、1907)、「ソノ人ノ品格。個人トシテノ資格。良民トシテノ資格。又、倫理学ノ語。健全ナル精神デ、道徳上ノ責任ヲ尽クシ得ル一個体」(『大辞典』嵩山堂、1912)など、価値的な意義を強く帯び、言動をよく制御しうる人を表すのに用いられる。

漱石にとって人格は、倫理と同時に文芸に密接に関わる言葉であった。『文学評論』「第三編　ヒユーモアとキット」には、「作物は時代の反射であると同時に、人格の表現である」、「ヒユーモアとは人格の根底から生ずる可笑味である」という命題が見られる。18世紀のアディソンやスティールの文章の面白さを説明する際、個性的な表現を束ねる内面性を指す語として、漱石は人格を使った。人格は、創作の源泉であり、また、読者を感化する作品の精髄でもある。「偉大なる人格を発揮する為めにある技術を使つて之を他の頭上に

浴せかけたとき、始めて文芸の効果は炳焉と
して末代迄も燿き渡るのであります」(「文芸
の哲学的基礎」)という発言には、優れた人格の
伝達を目的に置く功利的な文芸観がうかがえ
る。

到達目標から相対化の対象へ

　初期の小説においては、人格形成は一つの
到達目標であった。それが最も明確に現われ
ているのは、「人格に於て流俗より高いと自
信して居る」(一)白井道也を主人公とする
「野分」である。「公正たる人格は百の華族、
百の紳商、百の博士を以てするも償ひ難しき
程尊きものである」(三)という信念に基づき、
道也は『人格論』を執筆し、世人の啓蒙を試
みる。人を人たらしめる要件として人格が尊
ばれ、「いかに殿下でも閣下でもある程度以
上に個人の人格の上にのしかゝる事が出来な
い世の中」(『吾輩は猫である』十一)が肯定され
ていることは疑いえない。しかし、「人格ハ推
移スル者ナルコト」(「ノート」IV-14)を自覚す
る漱石にとって、人格は安定した拠りどころ
とはならない。後期作品の登場人物は、ひと
かどの見識を備えながら、なお他者との関係
においてさまざまな葛藤を抱えることにな
る。『彼岸過迄』の須永は、「僕は何うしても
僕の嫉妬心を抑え付けなければ自分の人格に
対して申訳がない様な気がした」(「須永の話」
十七)と述懐する。『道草』の健三は恩人の吉
田と向き合い、「人格の反射から来る其人に
対しての嫌悪の情も禁ずる事が出来」ずに苦
労し(十二)、健三の養母の御常は、「醜いもの」
を「彼女の人格の中に蔵してゐ」る(四十二)。
掲出文では、お秀の意見に激高した津田が人
格の語を持ち出して非難している。津田のふ
るまいが人格者にふさわしいものでないこと
は言うまでもない。人柄や個性に近い語とし
て人格が相対化されている世界を描く漱石文
芸の後期は、教養主義が掲げた理想とはおよ
そ異なる道行きを示している。　(山口直孝)

心理学

しんりがく

◆(一)吾々は生きたいと云ふ念々に支配せられて居
ります。意識の方から云ふと、意識には連続的傾向
がある。(二)此傾向が選択を生ずる。(三)選択が理
想を孕む。(四)次に此理想を実現して意識が特殊な
る連続の方向を取る。(「文芸の哲学的基礎」第七回)

リボー、モーガン、スペンサー

　引用したのは、『文学論』刊行と同年の1907
(明40)年4月の講演で、「意識の連続」を総括
した部分である。この総括は、『文学論』執筆
時の漱石がどのような心理学の立場にあった
かを考える手がかりとして重要である。

　漱石蔵書には心理学書が多く、村岡勇編
『文学論ノート』引用のものだけでも十冊に
上る。そこにはスペンサーの名前は多出す
るが著書への言及はなく、またジェームズ
の『心理学原理』(W. James, The Principles of
Psychology, 1900)もまだない。そして『文学
論』で実際に主に引用されるのは、リボーの
『感情の心理学』(Th. Ribot, The Psychology of
the Emotions)とモーガンの『比較心理学入
門』(C. Morgan, An Introduction to Comparative
Psychology, 1894)である。

　『文学論』は冒頭の第一編第一章「文学的内
容の形式」で、心理学を基礎とした論全体を統
括する原理を提示している。「焦点的印象又
は観念」をF、「これに附着する情緒」をfとす
れば、「文学的内容の形式」は(F+f)になると
いう独自の原則である。この言わば根幹部分
の説明に先ず援用されているのは、それを「F
ありてfなき場合」、「Fに伴ふてfを生ずる
場合」、「fのみ存在」する場合の三つに大別す
る際のリボーである。そしてFつまり「焦点」

◆
思
想
・
思
潮

513

の説明には、モーガンの『比較心理学入門』第一章「意識の波」の、意識が「所謂識末」から刻々と「焦点」、「辺端的意識」へと移っていく説明が図表と共に取り入れられている。

この時点で何故モーガンを選んだのかといえば、漱石自身「最も明快なるを以て此処には重に同氏の説を採れり」と『文学論』にも記すように、学生向けに分かりやすいと考えたからではないか。モーガンの援用は、この冒頭部に留まらない。漱石は第五編第二章「意識推移の原則」で、要因として「暗示の法則」「自己の有する自然の傾向」「類似」「対照」を挙げているが、これはモーガンの第四章「暗示と連想」(Suggestion and Association)における、「個人的経験による精神的体質」(mental constitution by individual experience)、「類似による連想」(association by similarity)、「対照による連想」(association by contrast)と、章題を含めると対応している。この考え方は所謂「観念連合派」と呼ばれる心理学者に共通したもので、漱石はそれを踏襲している。

そこで冒頭に引用した、漱石の「意識の連続」についての総括に戻ると、われわれには先ず(一)「生きたいと云ふ念々」があり、(二)「此傾向が選択を生」じ、(三)(四)「選択」が「理想を孕」んで「特殊なる連続的方向」となる、という、いわば因果で結ばれる論理は、モーガンが十七章「主体と対象」で「私自身の肉体的精神的成長を内省的に振り返ってみると、両者のうちに固有の活動力に起因する現象の連続を見いだせる。そこには肉体的すなわち物質の現れがあり、そして心的精神的現れがあり、そして両者の背後には、固有の選び統合する活動力がある。」と述べる、人間の「精神的現れ」と「物質的現れ」は共に「固有の活動力に起因する現象の連続」であるという考え方と重なると言わなければならない。特に「生きたいと云ふ念々」という表現には概念的に「固有の活動力」(intrinsic activity)を含意する要素が多い。

ジェームズの『心理学原理』

ジェームズの『心理学原理』は『文学論』では、第九章「思考の流れ」と第二十五章「情動」からの引用が各一箇所ずつ見られるが、特に漱石の理論の根幹に関わるものではない。島田厚「漱石の思想」(『文学』1960・11)、重松泰雄「『文学論』から『基礎』『態度』へ──ウィリアム・ジェームズとの関連において─」(『作品論夏目漱石』双文社出版、1976)等の指摘以来、明治四十年頃から漱石の関心がジェームズに移ったらしいということはほぼ定説になっているが、何故そうなったのか等、細部は未解明のままである。

『心理学原理』の「前書き」の第二段落冒頭で、ジェームズは「全編を通じて、厳密に自然科学の観点を採り続けた」と述べている。その観点で彼は、カント派の観念論から観念連合派、精霊主義と、精神病の臨床例も多数引用しながら徹底的に批判している。しかし想定や逡巡も多く、肝心の彼の説が必ずしも直截的に分かりやすいとは言いがたい。「前書き」の冒頭で「以下の論文は著者の心理学に関する教室の授業との関係で主にできた。けれどもいくつかの章がより『形而上学的』であり、他もこのテーマを初めて歩もうとする学生たちにふさわしい以上に、細部に満ちているのは事実である」と断るように、科学的「心理学」であることと哲学的思索との境界の曖昧なまま揺れる部分も多い。彼自身はこの二年後に教科書用の簡略版『心理学要論』(Psychology Brief Course／1902 今田恵訳『心理学』はこれによっている)を書き上げた後、初期の目標を完全に達成したとは言えぬまま、心理学からは離れ、むしろ哲学的思索の領域へと移っていく。第一章「心理学の狙い」で彼は、「脳心理学」と「神経心理学」に解決の糸口を示唆しているが、それは結局、想定の域を出ることはなかった。しかし仮説であれ形而上学的であれ、彼の学説、特に「意識の流れ」

理論が漱石を含め世界の多くの文学者たちに多大な影響を与えたことは事実である。

その第九章冒頭をジェームズは、「私たちはここで内部から心の研究を始める。大抵の著書は感覚の最も簡単な事実から出発し、そしてその下の方の事柄から統合的に、それぞれの心の高度な状態を築くように進む。しかしこれは研究の経験的方法を断念することである。」と書き始めている。「経験的方法」に悖ると糾弾される「大抵の著書」が、主に観念連合派のものを目することは明らかである。続けてその理由を、「誰一人かつてそれ自体による単一の感覚を持ったことはない…意識は、私たちが生まれてきて以来、諸対象と諸関係の多数の集まりとしてあり…」(No one ever had a simple sensation by itself…Cosciousness, from our natal day, is of a teeming multiplicity of objects and relations, …)と述べる。現象をあたかも単一の元素と元素が一定の条件下で結ばれる化学反応であるかのように捉える「連合」派に対して、現実の人間生活には単一の観念・感覚など存在しないというのがジェームズの考え方であった。そしてその結果ジェームズの採るのが、第九章の章題ともなる、観念・感覚が複合体であることを前提とする、思考・意識の「流れ」(the stream)という基礎概念である。

典型的な観念連合派の一人と思われるモーガンは、先の意識推移の原理でも、「…は、(1)遺伝的脳構造すなわちその心的に相関的な精神的体質によって決定される」(…is determined by (1) inherited brain-structure or its psychical correrative mental constitution)というように説明する。ジェームズが掲げる「思考の五性質」には、何等かの決定を伴う内容は見あたらない。ジェームズが観念連合派に疑義を待った理由の一つは、その決定に導く思考法でもあった。自由意志(free will)にこだわりを持ち続けた彼は、それを科学的に論証しようと苦闘してもいる。　(小倉脩三)

スピリチュアリズム／スピリチズム

スピリチュアリズム／スピリチズム

◆彼はメーテルリンクの論文も読んで見たが、矢張り普通のスピリチユアリズムと同じ様に詰らんものだと嘆息したさうである。　(『行人』「塵労」十五)
◆さうしてスピリチユアリストやマーテルリンクのいふやうに個性とか個人とかゞ死んだあと迄つづくとも何とも考へてゐないのです。唯私は死んで始めて絶対の境地に入ると申したいのですさうして其絶対は相対の世界に比べると尊い気がするのです　(畔柳芥舟宛書簡、1915(大4)年2月15日付)

スピリチュアリズム／スピリティズム(心霊主義)とは、霊魂不滅説に基き死者との交信可能を説く立場で、特に19世紀後半から20世紀初頭にかけて、欧米で流行した交霊術とその前提となる霊魂不滅・死後生存説を指す。

他者や自然から切り離された不安な近代的自我は、自我を超えた超越界、異界を求め、世紀末芸術には、死者との交流など非合理的、超自然的モチーフが散見する。欧米の思潮の影響下、近代的自我の問題をその文学の核とする漱石にとっても、この意味でスピリチュアリズムは看過できず、「琴のそら音」「趣味の遺伝」などにはその反映が見られる。しかし、上の引用のように、漱石は「普通のスピリチユアリズム」の説く死後の生存には否定的で、修善寺の大患での「30分の死」も単に個性と意識を失ったに過ぎないとする(「思ひ出す事など」十七)。しかし、晩年の手紙には、死により有限な自己が、無限かつ絶対的なるものに合一する、「本来の自分には死んで始めて還れる」(林原耕三宛、1914・11・14付)という考えが見られ、閉塞し孤立する近代的自我の突破が模索された。　(頼住光子)

◆思想・思潮

青鞜派

せいとうは

◆女に少々学問が出来て、幾分か六づかしい談話に口を挟む様になつたのは十八世紀の中頃以後の事である。夫の「青靴下」と云ふ字は此時代から始まつたのである。此「青靴下」の隊長はモンタギュー夫人であつて、当時の婦人の馬鹿で無学なのを慷慨するの余り率先して精神的修養を奨励したのである。　　　　　　　　　　（『文学評論』第二編）

　漱石は『文学評論』で、「青靴下」と呼ばれる18世紀イギリスの知的女性たちの活動について論じている。「青靴下」（Blue stockings、青鞜派）とは、ロンドンのモンタギュー夫人（Elizabeth Montagu）のサロンで、芸術や科学を論じた女性たちを指す。Blue stockingsの起源は、サロンに参加していた男性評論家ベンジャミン・スティリングフリート（Benjamin Stillingfleet）が、絹の黒靴下の代わりに労働者階級が履くような青いコットンの靴下を履いていたことによるが、やがてこの名前だけが一人歩きして、新しいことをする女性たちを揶揄する言葉として使われるようになった。

　日本では、女性による文学雑誌『青鞜』が1911（明44）年9月に刊行された。否定的な意味を含んだBlue stockingsの訳語をあえて雑誌名に選んだのは、社会からの批判に先手を打とうとしたからである。『青鞜』は『三四郎』の美禰子のモデルといわれる平塚らいてうが中心となって、女性解放運動を推し進めた。漱石の青鞜派への言及は必ずしも多くないが、『行人』や『道草』などで家父長的支配の問題について触れており、新しい女性のあり方に関心を寄せていたことは確かである。

　　　　　　　　　　　　　　（徳永夏子）

青年

せいねん

◆彼は須永を訪問して此座敷に案内されるたびに、書生と若旦那の区別を判然と心に呼び起さざるを得なかつた。さうして斯う小じんまり片付いて暮してゐる須永を軽蔑すると同時に、閑静ながら余裕のある此友の生活を羨やみもした。青年があんなでは駄目だと考へたり、又あんなにも為つて見たいと思つたりして、今日も二つの矛盾から出来上つた斑な興味を懐に、彼は須永を訪問したのである。

　　　　　　　（『彼岸過迄』「停留所」二）

◆健三は時々宅へ話しに来る青年と対坐して、晴々しい彼等の様子と自分の内面生活とを対照し始めるやうになつた。すると彼の眼に映ずる青年は、みんな前ばかり見詰めて、愉快に先へ先へと歩いて行くやうに見えた。　　　　　　（『道草』四十五）

藤村操と青年の煩悶

　1903（明36）年5月、第一高等学校生・藤村操による華厳の滝での投身自殺は、世間に大きな衝撃を与えている。彼が投身の直前に書き残した「巌頭之感」のなかの「煩悶」の語とともに、彼の自殺は〈青年の煩悶〉として社会で取り沙汰されていく。藤村操の死が国家や公の倫理ではなく、自己の内面を行動原理として前面化させる言説と結びつきながら、浪漫主義の北村透谷の自殺（1894）や自然主義文学の勃興（1906）とも接点を持っていたことが現在の文学研究では指摘されている（木村洋「藤村操、文部省訓令、自然主義」『日本近代文学』2013・5）。漱石にとって藤村操は教え子であり、その死は漱石も大きく動揺させ、作品のなかで彼や〈青年の煩悶〉についての言及も見られる。もちろん漱石作品は浪漫主義や自然主義とは異なっているが、漱石作品におい

ても三角関係など〈青年の煩悶〉は描かれて
おり、藤村操をはじめとした当時の青年表象
との関係は今一度検討されるべき問題とも言
えよう。

立身出世のモード

多くの漱石作品には青年が登場人物として
描かれる。大学進学のために地方から上京し
てきた三四郎や、実業家の家に生まれ高等遊
民として暮らす代助など、『三四郎』『それか
ら』では他者や社会との関係で〈煩悶〉を抱
える青年を主人公に据えている。そしてその
一方で、事業熱に燃える青年も漱石作品では
たびたび描かれる。『門』では安之助や坂井
の弟が事業に手を出し、就職に悩む『彼岸過
迄』の田川敬太郎はシンガポールでのゴム林
栽培も構想している。こうした背景には明治
期の立身出世の価値観および大学卒業者をは
じめとした青年の就職難という時代状況も関
わっている。明治期における立身出世の価値
観の流行を象徴する雑誌として、アメリカの
雑誌『サクセス』を範にとった雑誌『成功』の
刊行が挙げられるが、『門』では宗助がこの雑
誌を手に取り、「非常に縁の遠いもの」（五の
二）として感じる場面があり興味深い。相続
に失敗した宗助と相続に成功した坂井、事業
に熱意を持つ安之助と坂井の弟、自分の将来
に大きな不安を抱く宗助の弟・小六など、『門』
の男たちは立身出世というモードのなかでの
偏差をそれぞれ持った人物群として設定され
ている。また、青年が雄飛する場所として海
外が挙げられている点も注目すべきだろう。
『門』の坂井の弟や安井は満州や蒙古で活動
し、『彼岸過迄』の森本も満州に渡り「有為の
青年が発展すべき所」（「風呂の後」）として田
川敬太郎に満州を勧めている。このとき日本
はまさに朝鮮半島や満州への支配を強めてい
く時期であり、漱石作品の青年のあり方は当
時の日本の海外政策とも深く関連しているの
だ。
　　　　　　　　　　　　　　　（若松伸哉）

禅

ぜん

◆私は貴方方の奇特な心持を深く礼拝してゐます。
あなた方は私の宅へくる若い連中よりも遥かに尊と
い人達です。

（富沢敬道宛書簡、1916(大5)年11月15日付）

二人の僧

漱石は晩年、神戸祥福寺僧堂の二人の僧鬼
村元成と富沢敬道と親しく手紙を交わしてい
る。1914(大3)年に鬼村が漱石の本を読んで
手紙を出したことから交流が始まり、その後、
鬼村の先輩の富沢も加わって、鬼村宛20通、
富沢宛5通に及ぶ。二人は1916年10-11月に
漱石の家に止宿して、東京見物をする。帰寺
した彼らに宛てた手紙は、漱石の実のある最
後の手紙になった。その中で漱石は、「私は
五十になつて始めて道に志ざす事に気のつい
た愚物です」（富沢宛）と告白し、「私は私相応
に自分の分にある丈の方針と心掛で道を修め
る積です」（鬼村宛、11月10日付）と、その希望
を述べる。「此次御目にかゝる時にはもう少
し偉い人間になつてゐたいと思ひます」（同）
というのは、あの皮肉屋で屈折に満ちた漱石
に似つかはしくないまでに、率直で素直な心
情の吐露である。「あなたは二十二私は五十
歳二十七程違ひます。しかし定力とか道力
とかいふものは坐つてゐる丈にあなたの方が
沢山あります」（同）と、年若い僧に対する敬
意に満ちている。

晩年の漱石の境地をめぐっては、門弟たち
のように、その賛美に終始するか、逆にそれ
を全面否定するか、両極端に分れて、かえつ
て実態が分からなくなっている。しかし、二
人の僧に対する漱石の正直すぎる告白を読め

思想・思潮

517

ば、漱石が彼らを尊敬し、「道に志さす」決意を持っていたことは間違いない。しかし同時に、「気がついて見るとすべて至らぬ事ばかりです」(鬼村宛)と、自らその境地に遠いことも、正直に認めている。『行人』『心』『道草』などの苦渋に満ちた作品を経て、『明暗』に至り、その『明暗』も中盤の山場に差し掛かったところである。

明暗双双

『明暗』というタイトルが禅語に由来することは、1916年8月21日付久米正雄・芥川龍之介宛消息に、「尋仙未向碧山行。住在人間足道情。明暗双双三万字。撫摩石印自由成」という漢詩を披露し、それに「明暗双双といふのは禅家で用ひる熟字であります」と自注を付していることから明らかである。この「明暗双双」は、『碧巌録』第55則の雪竇の頌に「明暗双双、底の時節ぞ」(伝統的な読みでは「明暗双双底の時節」)とあるのが、もっともよく知られた例である。この「明暗双双」については、圜悟の評唱にあるように、巌頭の「恁麼恁麼、不恁麼不恁麼」という言葉をめぐる羅山と招慶の問答で、羅山が「双明亦た双暗」と答えたことが典拠となっている。「双明」は「恁麼恁麼」(そうだ、そうだ)といふ肯定で、万物が明々白々に明らかになっている方面、「双暗」は「不恁麼不恁麼」(そうでない、そうでない)という否定で、万物が一体となった方面を意味する。「明暗双双」は、まさしくその両面が具わっているということである。「暗」は、悪い意味での暗部ではない。小説『明暗』は、現実の男女のありのままの姿を明らかにしていくことが、理想としての「暗」に通ずるということであろう。漱石が、『明暗』を「則天去私」の態度で書いていると言っているのは(松岡譲『漱石先生』岩波書店、1934)、そのことを指しているのであろう。

かつて、『明暗』の宗教的理想が清子によって表わされるかのような論がなされたことも

あるが、それはありえないであろう。漱石は、1916年7月19日付大石泰蔵宛消息で、お延を女主人公と認め、「女主人公にもっと大袈裟な裏面や凄まじい欠陥を拵へて小説にする事は私も承知してゐました。然し私はわざとそれを回避したのです」と述べている。さらに、「他から見れば疑はれるべき女の裏面には、必ずしも疑ふべきしかく大袈沙な小説的の欠陥が含まれてゐるとは限らないといふ事を証明した積でゐるのです」と、彼女が醜悪な裏面を持たないことの証明が、『明暗』の意図であるかのように書いている。そうとすれば、「彼を愛する事によつて、是非共自分を愛させなければ已まない。——是が彼女の決心であつた」(『明暗』百十二)と、「愛の戦争」(百五十)を闘ふお延が、『明暗』の理想を体現するとも言えるであろう。

そのような『明暗』を書き継ぐことが、はたしてただちに「道を修する」ことだったと言えるかどうか、安易な結論付けは危険である。しかし、漱石としては、小説と別のところに道を求めるのではなく、小説を書くことの中にこそ、二人の僧の修行に見合う自らの求道の営みがあったと考えるべきであろう。

男と女

振り返ってみると、早い段階で禅味の濃い作品として挙げられる「草枕」でも、禅らしさを体現しているのは女主人公の那美さんであった。那美さんは、僧の泰安が本堂でお経をあげているところに飛び込んで、「そんなに可愛いなら、仏様の前で、一所に寝よう」(五)と抱きついて、到頭泰安は寺にいられなくなって、逃げ出すことになる。その那美さんを、寺の和尚は、「わしの所へ法を問ひに来たぢやて。所が近頃は大分出来てきて、そら、御覧。あの様な訳のわかつた女になつたぢやて」(十一)と褒める。皮肉なことに、「煤煙事件」で漱石を悩ませた平塚らいてうもまた参禅に熱中したが、若い僧に突然接吻して、そ

の僧がすっかりのぼせあがるという、似たような事件を起こしている。

「草枕」と『明暗』を結ぶ中間に『門』がくる。よく知られているように、ここには明治27年の円覚寺での参禅体験が取り入れられている。円覚寺の釈宗演(1860-1919)は、慶應義塾に学び、セイロンに留学、師の今北洪川の歿後、34歳で円覚寺派の管長に就任した。積極的に居士を受け入れ、鈴木大拙らを育てた。『門』では、主人公の宗助が参禅したものの、結局うまくいかず、「彼は門を通る人ではなかつた。又門を通らないで済む人でもなかつた。要するに、彼は門の下に立ち竦んで、日の暮れるのを待つべき不幸な人であつた」(二十一)と結論付けられる。それは、世俗と、それを超えた世界との間で立ち竦む漱石自身の姿でもあった。

その延長上に『行人』の一郎がいる。白い花片を見ても、「あれは僕の所有だ」と言い、森だの谷だのを見ても、「あれ等も悉く僕の所有だ」と言う(「塵労」三十六)。こうして極端な自我中心主義に陥った一郎は、最後に禅僧の香厳に憧れる。あまりに聡明すぎて悟りに至れなかった香厳は、すべてを捨ててはじめて、竹藪に石の当る音を聞いて悟ることができた。一郎は、「どうかして香厳になりたい」(同五十)と願いながら、果たせない。

『門』も『行人』も、男女の問題でありながら、男の独我的な世界に終始し、その中で悟りを求めようとして挫折する。こうしてたどり着いた『明暗』において、これまでの男主人公の延長である津田はむしろ狂言回しとなって、お延という女性が「愛」を掲げてはたらき出す。いかにも禅臭い悟りではなく、男が女という他者を見出し、その言葉に耳を傾けるという転換に、漱石が踏み出した大きな一歩があったのかもしれない。

(末木文美士)

戦争

せんそう

◆お延は此単純な説明を透して、其奥を覗き込まうとした。津田は飽く迄もそれを見せまいと覚悟した。極めて平和な暗闘が度胸比べと技巧比べで演出されなければならなかつた。然し守る夫に弱点がある以上、攻める細君にそれ丈の強味が加はるのは自然の理であつた。だから二人の天賦を度外に置いて、たゞ二人の位地関係から見ると、お延は戦かはない先にもう優者であつた。正味の曲直を標準にしても、競り合はない前に、彼女は既に勝つてゐた。津田にはさういふ自覚があつた。お延にも是と略ぼ同じ意味で大体の見当が付いてゐた。／戦争は、此内部の事実を、其儘表面へ追ひ出す事が出来るか出来ないかで、一段落付かなければならない道理であつた。

(『明暗』百四十七)

漱石の戦争観──先行研究の動向

「明治」の元号が示す数字を満年齢とした漱石は、その生涯で、戊辰・西南の二つの内戦を含め、明治政権＝日本帝国が経験した五つの戦争の時間を生きた人物である。実際、漱石夏目金之助にとって戦争は、日常的とは言えないまでも、決して特別な出来事ではなかった。ロンドンへの到着の翌日にボーア戦争帰りの義勇兵の凱旋行進と遭遇してしまったことが象徴するように、漱石の英国留学は、ヴィクトリア時代の終焉と日英同盟締結という世界史的な秩序の変動期と重なっていた。なればこそ彼は、繁栄の絶頂からゆるやかに滑落しつつあった大英帝国の首府で、「国家と国家の間の力の優劣が、個人の社会的地位や、知的教養をこえて関係性を支配」するかのごとくふるまう人々の植民地主義的な発想に直接さらされることにもなった(小森陽一

◆
思
想
・
思
潮

『世紀末の予言者・夏目漱石』講談社、1999)。漱石とは「ほとんど戦争の中で考えた人」だという柄谷行人の評言(柄谷・小森「夏目漱石の戦争」『海燕』1993・3)は決して大仰なものではない。

ゆえにであろう、漱石の戦争観・戦争認識をめぐっては、多くの議論が積み上げられてきた。その方向性をまとめれば、(1)講演・エッセイ類を中心に、伝記的事実も踏まえて漱石の戦争観を明らかにしようとする立場と、(2)主に小説テクストから、日本帝国の戦争がどう語られたかをたどるものとに大別できる。前者については、漱石の戦争に関する言及を経年的かつ網羅的に整理した水川隆夫『夏目漱石と戦争』(平凡社新書、2010)が基礎文献。だが、水川の仕事は、戦争という局面で露呈する漱石的「個人主義」と「国家主義」の矛盾・相克を説明できてはいない。しばしば指摘されるように、漱石の発言には、国民主義的なナショナリズムが確実に影を落としている。日本語の近代文学研究・批評は、漱石の言葉に、それぞれの論者が夢想する〈近代・日本・文学〉の像を読み込もうとしてきた傾きがある。戦争観をめぐる議論はその典型的な事例だろう。だが、それらの議論は、むしろ論者の側の戦争観、ナショナリズムへの認識の方を物語ってしまっている(絓秀実『日本近代文学の〈誕生〉』太田出版、1995)。

隠喩としての戦争

その点では、あくまで漱石のテクストに即して考えようとする後者の方が、より具体的に同時代言説との関わりを問題化している。作中で直接的に戦争・戦場が言及された作としては「琴のそら音」「趣味の遺伝」がすぐに思い浮かぶが、「倫敦塔」「幻影の盾」までを視野に入れれば、出発期の漱石は一貫して、極限状況としての戦場における人間の思念と記憶を主題としてきた、とも言える。『吾輩は猫である』と「坊っちゃん」をめぐっては、同

時代のメディアにおける戦争の語りに対する批評性がそれぞれ指摘されている(五井信「「太平の逸民」の日露戦争」『漱石研究』第14号、2001・10、芳川泰久「〈戦争＝報道〉小説としての『坊っちゃん』」『漱石研究』第12号、1999・10)。また、漱石のテクストではしばしば、戦争が人間の運命を左右する重要な契機となる。「草枕」の那美と『三四郎』冒頭に登場する女性は日露戦争をきっかけに夫と離別しており、同じ戦争は『門』の宗助・御米の道行きにも微妙な影を落としていた。『それから』の三千代の父は日清戦争時に株に手を出して失敗した人物であり、『心』の「奥さん」「御嬢さん」は、日清戦争の軍人遺家族なのだった。こうして見ると、彼の小説テクストには、戦争で幸福になった人間は登場しない。いかにも〈成金〉を憎悪した漱石らしいと言えよう。

だが、それ以上に重要と思うのは、テクストに隠喩として戦争が召喚される瞬間である。内藤千珠子の『虞美人草』論(「声の「戦争」」『現代思想』1998・6)が着意した問題だが、既知の語によって未知の事象を了解可能なものに置き換えたり、事態の複雑さを述べる言語を節約したりする隠喩は、話者が無自覚に前提している認識も表出してしまう。漱石テクストでの用例を列挙すれば、「坊っちゃん」の「おれ」が、「一銭五厘」をはさんで睨み合う山嵐との関係を「戦争」と表している。内藤が論じた『虞美人草』では、藤尾と糸子が互いの恋愛観結婚観をめぐって言い争う際にこの語が呼び出されている。冒頭に引いた『明暗』では、津田とお延の心理ドラマ的な暗闘に「戦争」の一語が当てられている。『心』で「K」の心を見通せたと思いこんだ「先生」が「彼の保管している要塞の地図」を手渡されたかのようだ、という喩を持ち出したことも合わせ考えれば、漱石のテクストでは、一対一の、それも互いの力量や立場に大きな逕庭のない相対性の中での対立・葛藤を問題にするとき、「戦争」の語が想起されるとひとま

ずは言える。同じ戦場で二つの国家が争い合う闘技としての「戦争」。すなわち、漱石の戦争観は、すぐれて19世紀的なものなのだ。

「点頭録」の可能性

そう考えると、1916年の元日より「点頭録」の連載を始めた漱石が、「欧洲戦争」＝第一次世界大戦の展開に注目していることが興味を惹く。同日の『東京朝日新聞』「新年の辞」は、世界各地に戦場が飛び火していった開戦以来の状況を「過去一年の歴程変局、人をして真に驚嘆に堪へざらしむ」と概括したが、その中で漱石は、新聞紙面を大活字で賑わせていた英国の「強制徴兵案」をめぐる報道をつぶさに追いかけながら、「「軍国主義」と「個人の自由」の戦いとして第一次世界大戦を認識する」(佐藤泉「漱石と第一次世界大戦」『アナホリッシュ国文学』2013・3)立場を書き入れていた。いわば漱石は、〈事変の新しさ〉には、彼なりに心づいていたのである。

しかし、生きて翌年の元日を迎えられなかった漱石は、自身の直観を十分に論理化できていないように見える。「点頭録」後半には、ドイツの歴史家トライチュケの主張について、彼の言う「軍国主義」「国家主義」は近代国民国家の構築にとっては重要でも、「今の独乙には不必要で不合理なもの」ではないか、という指摘がある。この議論は「国家危難ノトキ」には「美術的良心」「道徳的良心」は後景化されるというノートの一節(「ArtノOriginニ就テ」)や、「愈戦争が起つた時とか、危急存亡の場合とかになれば」「個人の自由を束縛し、個人の活動を切り詰めても、国家の為に尽すやうになるのは天然自然」だ、とする「私の個人主義」の発言と正確に一致している。

明治日本の選良たる漱石は、20世紀の戦争には出会い損ねてしまった。まるで途中で放置されたかのような「点頭録」の途絶は、漱石の戦争にかかる思考の局所を示している。

(五味渕典嗣)

彫刻

ちょうこく

◆住みにくき世から、住みにくき煩ひを引き抜いて、難有い世界をまのあたりに写すのが詩である、画である。あるは音楽と彫刻である。こまかに云へば写さないでもよい。只まのあたりに見れば、そこに詩も生き、歌も湧く。 (「草枕」一)

◆美術家の評によると、希臘の彫刻の理想は、端粛の二字に帰するさうである。端粛とは人間の活力の動かんとして、未だ動かざる姿と思ふ。 (「草枕」三)

◆古代希臘の彫刻はいざ知らず、今世仏国の画家が命と頼む裸体画を見る度に、あまりに露骨な肉の美を、極端迄描がき尽さうとする痕跡が、ありありと見えるので、どことなく気韻に乏しい心持が、今迄われを苦しめてならなかつた。 (「草枕」七)

芸術論としての「草枕」と彫刻

「草枕」には、彫刻についての言及が数か所に亘って見出される。「希臘の彫刻の理想は、端粛の二字に帰する」「古代希臘の彫刻はいざ知らず」との記述が、16世紀に入って間もなくのころ、ローマのネロ宮殿跡から発掘された、「ラオコオン群像」と、その像をめぐる考察から書き起こされたG.E.レッシングの古典的芸術評論『ラオコオン』(1766)を強く念頭においた上で書かれたものであろうとは、これまでの研究がすでに明らかにしてきたことである。

「草枕」の語り主体は「画工」であり、その論ずるところの多くもまた、絵画と詩という対立項を軸に展開されているが、そのことはそもそもレッシングの論の構成が、絵画と彫刻とを截然と区別せず、造形芸術一般として括り、それに対して、言語芸術にあっては時

◆
思
想
・
思
潮

521

間的継起性が特徴となるとして、対立的な面をきわだたせたものであることに由来するものであり、絵画・彫刻と詩文という枠と考えて差支えない。先に掲げた2番目の引用の直前には「レッシングと云ふ男は、時間の経過を条件として起る出来事を、詩の本領である如く論じて、詩画は不一にして両様なりとの根本義を立てた様に記憶する」との記述も見出される。漱石自身はこの『ラオコオン』について、「さう、Laocoonは是非読んでいゝ 本だね。あれほどanalyticalに着々論歩を進めてゐる書物はまあ珍しいね」(「夏目先生の談片」『英語青年』1917・2)と、非常に高く評価している。

「極端」を避け、「空想」の余地を残す

3番目の引用に、極端で露骨な描写をよしとしない画工の見解が現れているが、それもまた「ある感情の流れのなかで、その最高段階ほど、こうした(想像力に自由な活動を許す)利益を持つことの少ない瞬間はない」「目に極端なものを示すということは、空想の翼をしばること」(斎藤栄治訳、岩波文庫、1970)という主旨の『ラオコオン』の記述を受けたものといえよう。所蔵英訳本のこの部分に、「climaxノ不可representationニ　能、俳句(永き日や、長き夜)二極端ヲ避クルハ是ト同一理ナリ　去レドモ一歩進ムルヲ得ベシ　不安ノ念是ナリ」との書き込みがある。

なお漱石の『ラオコオン』受容に関しては、造形芸術と言語芸術との対比を軸に捉えてきた従来の論に対して、漱石が「演劇論」としての観点を保持し、漱石所蔵英訳本に併せて収められたレッシングの演劇関係の評論からも、多くの示唆を受けており、そのことが「草枕」の内容に反映しているのではないかとする刺激的な論が、中島国彦によって提示されている(中島国彦「漱石・美術・ドラマ」『近代文学にみる感受性』筑摩書房、1994)。　(島村輝)

低徊趣味

ていかいしゅみ

◆文章に低徊趣味と云ふ一種の趣味がある。是は便宜の為め余の製造した言語であるから他人には解り様がなからうが先づ一と口に云ふと一事に即し一物に倒して、独特もしくは連想の興味を起して、左から眺めたり右から眺めたりして容易に去り難いと云ふ風な趣味を指すのである。

(「虚子著『鶏頭』序」)

余裕のある小説とない小説

漱石が「低徊趣味」なる造語を初めて用いたのは、高浜虚子『鶏頭』(春陽堂、1908・1)に付した序文においてで、刊行に先立ち『東京朝日新聞』(1907・12・23)に発表された。形式は書評だが、中身は日頃抱懐する創作上の信条を縷説しており、当時の漱石の文学観をうかがう上で欠かせない。

漱石は余裕のある小説とない小説という区分を持ち出す。余裕のない小説とは、「イブセンの脚本を小説に直した様なもの」で、「眼前焦眉の事件」や「死ぬか活きるかと云ふ運命」だけに興味を置いた、切実で深刻なものである。一方、余裕のある小説とは、「寄道をして油を売」るような、「生死の現象は夢の様なもの」だと見るような、「物寂びた春の宿に梭の音が聞えると云ふ光景」を思い浮かべるようなもので、そこにあるのが「低徊趣味」だという。前者で念頭に置かれているのは当時隆盛の自然主義文学、後者は『ホトトギス』を舞台とする「写生文」である。

自然主義文学との応答

喧嘩を売る料簡はないと断った漱石だが、一面全部を用いた堂々たる評論は、立派に喧

嘩を売ることとなった。岩野泡鳴は、「一時代前の人々に催眠術を施す様なもの」で、「深刻もない、沈痛もない、熱烈もない。これ、劣等文学たる所以」だと罵り（「文界私議」『読売新聞』1908・2・9）、長谷川天渓は、もし小説が娯楽を目的とするなら、「浅草公園の球乗も、皿廻しも、落語も皆な立派な芸術で、虞美人草や、鶏頭と肩を列」べると皮肉った（「所謂余裕派小説の価値」『太陽』1908・3）。田山花袋が虚子の写生文を、「日本在来の型で、低徊趣味だ」と評したように（「評論の評論」『文章世界』1909・1、「低徊趣味」は漱石及び写生文派を否定的に語るレッテルとして用いられる。のちに谷崎潤一郎は「芸術一家言」（『改造』1920・10）で、漱石は「新しい意味に於ける近代の小説家ではない」と断じつつ、「草枕」や『門』は「東洋的な低徊趣味に終始」したと評した。

だが、近松秋江が小栗風葉を論じながら、「切羽詰まつた小説」にも「低徊趣味」を見出したように（「文壇無駄話」『読売新聞』1908・4・23）、両者には共通点がある。そもそも漱石自身、自然主義の代表的作家とされた国木田独歩の「巡査」（『運命』左久良書房、1906・3）に対し、「低徊趣味」を感じていた（談話「独歩氏の作に低徊趣味あり」）。「普通の小説は筋とか結構とかで読ませる」が、「巡査なる人は斯う云ふ人であった」という観察のみを書いて「原因結果」を書かず、巡査其物に低徊している点に、「面白味」を見出している。「低徊趣味」は漱石の文学観を洗い出すとともに、日露戦後文壇の「文学」を再考する切り口ともなりうる。

なお「低徊趣味」は「低回」とも書かれるが、漱石の用字は「低徊」だった。その点を含め、「低徊趣味」については、竹盛天雄「低徊趣味」（三好行雄編『夏目漱石事典』学燈社、1992）、論文としては平岡敏夫「「虞美人草」から「坑夫」「三四郎」へ——低徊趣味と推移趣味」（『漱石序説』塙書房、1976）を参照されたい。

（大東和重）

哲学

てつがく

◆ヘーゲルの伯林大学に哲学を講じたる時、ヘーゲルに毫も哲学を売るの意なし。彼の講義は真を説くの講義にあらず、真を体せる人の講義なり。舌の講義にあらず、心の講義なり。真と人と合して醇化一致せる時、其説く所、云ふ所は、講義の為めの講義にあらずして、道の為めの講義となる。哲学の講義は茲に至つて始めて聞くべし。

（『三四郎』三の六）

「哲学（者）」という理想

上京生活の軸が定まらない三四郎は、ある日、大学図書館で久しぶりに読書に耽る。上記引用は、その帰り際、借りた書物の見返しに見つけた書き込みである。この一節は、大学辞去と朝日新聞入社を決意した時期に記された書簡（野上豊一郎宛、1907・3・23付）の記述に対応する。自他に対する現実嫌悪の裏返しとして理想化されたイメージに、19世紀ドイツの講壇哲学者ヘーゲルの伝記がピタリと当てはまったのだろう。哲学の探究を通して「真を体せる人」と化した「哲人ヘーゲル」（『三四郎』）への言及は、曲がりなりにも肯定的に語られた、数少ない学者像のひとつと言える。

こうした哲学（者）をめぐる理想と現実のはざまに、『虞美人草』の甲野欽吾、『行人』の長野一郎、『心』のKなど、迷える学徒の姿が創出されていよう。もとより、漱石作品の随所に描かれる学問と人生の相剋とは、哲学に限定されるものでない。ただし、「兄さんの絶対といふのは、哲学者の頭から割り出された空しい紙の上の数字ではなかつたのです。自分で其境地に入つて親しく経験する事の出来

◆ 思想・思潮

る判切した心理的のものだつたのです。」(『行人』「塵労」四十四)といった表現については、哲学特有の文脈を重ねることもできるはずだ。

経験主義者漱石の反発と仄かな憧憬

漱石は自らの哲学的志向に触れる際、経験主義者としての自己表明を繰り返した。たとえば『文学評論』では、ロックの経験論について「空漠なる哲学を堅固なる基礎の上に建立した者」とし、その「実際的な着実的な態度」を評価する。他方、「自分に経験の出来ない限り、如何な綿密な学説でも吾を支配する能力は持ち得まい。」(「思ひ出す事など」十七)とした漱石は、経験の抽象から先験的観念の措定に至るような思考形態に強く反発する。とりわけカントらのドイツ観念論は、人間社会の現実から離れて「絶対」・「無限」を論じる「純正哲学者」のものと括られる(「草平氏の論文に就て」)。「神秘の雲のうちに隠れて弁証の稲妻を双手に弄する人」(「トライチケ(二)」)とも形容されたヘーゲルの哲学もまた、漱石にとって思想上は受け入れ難いものであったと考えられる。

「到底普通の人には解し得ない世界」を打ち立てるかに見える「カントとかヘーゲルとか云ふ哲学者」(「創作家の態度」)への反発と、「真と人と合して醇化一致」した「哲人」に対する仄かな憧憬。自身相容れぬ理想といった両義的存在であるが、漱石にとってのありうべき具体像を探すとするならば、様子はまったく異なるものの、『吾輩は猫である』の曾呂崎のモデル、早世した畏友米山保三郎が挙げられるかもしれない。漱石の志望を建築から文学へと変えさせた哲学科生米山は、また漱石と同時期に『哲学(会)雑誌』の編集に携わり、多分に「哲学」的影響を与えた人物と考えられる(上田正行「『哲学雑誌』と漱石」(『金沢大学文学部論集文学科篇』1988・2)。(山本亮介)

◆ 思想・思潮
——

天皇

てんのう

◆言葉さへぞんざいならすぐ不敬事件に問ふた所で本当の不敬罪人はどうする考にや。(中略)皇室は神の集合にあらず。近づき易く親しみ易くして我等の同情に訴へて敬愛の念を得らるべし。

(日記、1912(明45)年6月10日)

漱石の皇室観

漱石の天皇観は、『心』の「明治の精神」に殉じた先生のそれと重ね合わせられる場合が多かった。ところが、渡部直己『不敬文学論序説』(太田出版、1999)は、同じ腎臓病の青年の父と明治天皇との身体の通底性や可視化、Kは幸徳秋水のイニシャルであるとするアナグラムなどを論拠として、『心』を不敬文学とみなす。

だが、このような脱構築的な読みを実践しなくても、漱石の日記などを参照するだけでも、先生と漱石との間にはずれがあることがわかる。漱石は、明治天皇の重篤に際して、隅田川の川開きや演劇などの民間の催しや営業を自粛するように通達する当局の規制が、民衆の皇室に対する不満となって、「恐るべき結果を生み出す原因」を作り出していると非難している(日記、1912・7・20)。また、「皇室は神の集合にあらず」と漱石が天皇家の神聖に懐疑的だったのは、門下生に宮内省式部官をつとめる松根東洋城がおり、皇族たちの生活情報が直に伝わっていたということもあっただろう。

伊豆利彦『漱石と天皇制』(有精堂、1989)は、進歩派としての漱石像を最大限に引きだそうとしている。漱石が博士号を辞退したり、病後をいとわず各地に講演に出かけたりしなが

ら、暗黙のうちにも明治の国家体制＝天皇制批判を展開したという。

大逆事件と漱石の沈黙

漱石が危惧した「恐るべき結果」には、1910（明43）年の大逆事件も念頭にあっただろう。漱石は、『それから』において、幸徳秋水にまつわるエピソードについて触れていた。平岡が語るところによると、幸徳秋水のまわりには、昼夜巡査が見張りをし、外出すれば尾行する。見失うものなら「非常な事件」になるというので、莫大な公費がつぎ込まれる。平岡はそこに「現代的滑稽の標本」を見る。『それから』が書かれた翌年に大逆事件が発覚するのだが、その後直接言及することはなかった。江藤淳『夏目漱石』（東京ライフ社、1956）は、先述した『それから』のエピソードに触れつつ、平岡の生活無能力者から『明暗』のプロレタリア意識を持った小林への移行には、漱石なりの大逆事件を受け止めた屈折があったと指摘している。

この漱石の沈黙は、新聞ジャーナリズムが、大逆事件についてセンセーショナルな報道を繰り広げていたのとは対照的であった。『硝子戸の中』でも、1910年の回想は、大塚楠緒子の個別的な死についてである。島村輝「〈硝子戸〉の中からの返書」（『漱石研究』第4号、1995・5）は、その漱石の態度に大逆事件をめぐる当時のセンセーショナリズムを志向する新聞メディアへの批判を読み取っている。

それに対して絓秀実『「帝国」の文学』（以文社、2001）は、漱石が大逆事件について一言も言及していないにもかかわらず、『思ひ出す事など』においてそれについて暗示していることの意味を問う。漱石が北白川宮との面会を断ったことの罰として大患を患い、宮からの許しの手紙とほぼ同時に恢復して天恩を感謝するというストーリーを読み取り、天皇から恩赦を受けて則天去私を誓う「国民作家」としての漱石像を批判した。　（押野武志）

徳義、道義

とくぎ、どうぎ

◆僕は御前から卑怯と云はれても構はない積だが、苟しくも徳義上の意味で卑怯といふなら、そりや御前の方が間違つてゐる。僕は少なくとも千代ちゃんに関係ある事柄に就て、道義上卑怯な振舞をした覚はない筈だ。愚図とか煮え切らないとかいふべき所に、卑怯といふ言葉を使はれては、何だか道義的勇気を欠いた──といふより、徳義を解しない下劣な人物の様に聞こえて甚だ心持が悪いから訂正して貰ひたい。　（『彼岸過迄』「須永の話」三十五）
◆彼は高尚な生活欲の満足を冀ふ男であつた。又ある意味に於て道義欲の満足を買はうとする男であつた。さうして、ある点へ来ると、此二つのものが火花を散らして切り結ぶ関門があると予想してゐた。　（『それから』十一の二）

徳義／卑怯

『彼岸過迄』の引用は「須永の話」で、須永が高木のことをめぐって千代子の責めを受けて反駁する場面。千代子の「貴方は卑怯だ」という強い批判に対して、「徳義上」「道徳上」「道義的」「徳義」と語を微妙に使い分けながら自分の考えを述べている。しかし、詳しく語を検討すると、「徳義上」と「道徳上」は単純に言い換えられて意味の違いがないようにみえる。また、「道義的勇気を欠いた」ことにより「徳義を解しない」「下劣な人物」と見なされることのほうが心持ちが悪いとされ、これらの引用から「道義」と「徳義」の語を明瞭に規定するのも難しい。一方の千代子は「貴方は卑怯です、徳義的に卑怯です」（三十五）ときっぱり云い放つ。二人の性格の違いがあらわれていて興味深い。いずれにせよ、「徳義的」であることが重要な意味を持っ

◆
思
想
・
思
潮

ており、それに反する行為あるいは感情は、「卑怯」「下劣」であると侮蔑の対象となっているのである。

構成力としての徳義・道義

一方、『虞美人草』では、「徳義」「道義」は人物形象のキーとなっているだけでなく物語の構成力ともなっている。ヒロインの藤尾は「己れの為にする愛を解する。人の為にする愛の、存在し得るやと考へた事もない。詩趣はある。道義はない」（十二）と形象化される。その対極に宗近が表象する道義的な人物が配され、人物配置の背後に道義（善）対反道義（悪）のアレゴリカルな抗争が見て取られる。物語の大団円では、反道義的な藤尾と小野の恋愛は潰え、両者は宗近のいう「真面目」「道義」の前に屈するという勧善懲悪的な結末を迎えている。

また『それから』においては、代助にとって、父から受けた「徳義上の教育」（九の一）から離脱し、自己に忠実であることが新しい倫理（道義）となるはずだったが、それを実践しようとすればするほど「生活欲」に押しつぶされることになる。「生活欲」と「道義欲」の引き合いのなかで物語が展開している。三千代へ思いを打ち明ける場面でも、三千代への「責任が尽せない」ことの危惧を、「徳義上の責任ぢやない、物質上の責任です」（十六の三）と相反するものとして述べている。

ただし、後期の作品に進むにつれて、「徳義」「道義」が物語の構成原理から後退していく。『明暗』に登場する人物たちの行動原理も徳義や道義によるものではない。むしろ、「人間の徳義とか世の掟とか称ふるもの、三分の二は、自己の同一性を人から認められる切なさの余りに、辛うじて保存せらる、場合が多い」（『文学評論』第二編「娯楽」）というような人間関係の力学のなかで相対化されている。

（高橋修）

日本、日本人

にほん、にほんじん

◆黄色人とは甘くつけたものだ。全く黄色い。日本に居る時は余り白い方ではないが先づ一通りの人間色といふ色に近いと心得て居たが此国では遂に人-間-を-去-る-三-舎-色と言はざるを得ないと悟った。
（「倫敦消息」二『ホトトギス』所収）
◆最後に突然御前は日本人かと尋ねた。余はさうだと正直な所を答へた様なもの、、今迄は何処人と思はれてゐたんだらうかと考へると、多少心細かつた。
（「満韓ところどころ」六）
◆斯う云ふ家に住んで、斯ういふ景色を眼の下に見れば、内地を離れる賠償には充分なりますねと云つたら、白仁君も笑ひながら、日本ぢや到底這入れませんと云はれた位である。

（「満韓ところどころ」二十四）

帝国主義と日本

夏目漱石が「日本」「日本人」について本格的に意識するきっかけとなったのは、1900（明33）年から2年間にわたるイギリス体験である。漱石は、大英帝国の最盛期に、帝国の首都ロンドンで「黄色人」としての自己に遭遇する。「倫敦消息」などを通して示された具体的な経験とは、日本人と中国人が区別されないまま、同じ「黄色人」として括られることによって起きる出来事である。「倫敦消息」における「日本」言説と、英国式の帝国主義を大切な参照枠としながら、「帝国主義」的な膨張を夢見る日本語メディアにおける「日本」言説の間にはズレがある。

何故、この時期の日本では、帝国主義の概念をめぐる議論が盛り上がりを見せるようになったのだろうか。そこには、中国の義和団戦争の問題が横たわっている。英・米・露・独・

仏・伊・墺と連合を組んだ日本は、1900年8月14日の北京の陥落に加わっている。それによって、日本の内部でも「清国」の処理をめぐる議論が交わされ、「日本」という国の膨張について真剣な議論が交わされることになる。ここからは、欧米列強とはじめて肩を並べたという自負がうかがえる。この現象について批判的だったのは幸徳秋水である。「倫敦消息」の『ホトトギス』への掲載とほぼ同じ時期に、幸徳秋水の『帝国主義　廿世紀之怪物』(1901・4)が刊行された。20世紀が世界的な「帝国主義の流行」の只中で迎えられたことを憂えている秋水が、「日本」の膨張に反対しているわけではない。この本の中で、秋水が支持しているのは「武力の侵奪却掠」によらない「イギリス」的な膨張の方法、すなわち「移動」、「各植民地の自治」による「経済的膨張」である。

このように、朝鮮や満州を如何に領有すべきかという政策論をめぐる議論が行われていた時期、秋水が学ぶべき「帝国主義」を体現していると述べたイギリスの首都で漱石は、「然し時々我輩に聞こえぬ様に我輩の国元を気にして評する奴がある。此間或る所の店に立つて見て居たら後ろから二人の女が来て"least poor Chinese"と評して行つた。least poorとは物匂い形容詞だ」(「倫敦消息」)という経験をしているのである。ここでは、位階の構図によってはっきりと示されることの多い日本語の文脈における日本と中国の差異が、イギリス英語の文脈では、人種的な線引きによって消されてしまう可能性すらあることが露呈している。にもかかわらず、まだこの時期の漱石は、「満韓ところどころ」に見られるような、「中国人」に間違えられることへの不安を示してはいないのである。

「内地」から見る日本の境界

「内地」という言葉がもっとも頻出するのは、「満韓ところどころ」である。「内地」は「外地」と対になる言葉であり、それの使い方を媒介に、書き手の「日本」あるいは「日本人」に対する感覚がうかがえる。漱石が満州に渡ったのは、南満州鉄道会社の総裁であった中村是公の招聘によるものである。南満州鉄道会社は、日露戦争の勝利によりロシア帝国から譲渡された南満州地域における鉄道、鉱山開発利権、およびその付属地を経営するため、1906年に設立された。

満鉄は日本の占領地域の経営を行っていたのだが、漱石にとって満鉄が作り上げた「外地─満州」は「内地にも無いもの」が随所にあり、「内地から来たもの」が「田舎もの取扱にされても仕方ない」ところである。しかし、同じ満州であっても「支那町の真中へ出た」途端、彼は異なる風景に遭遇することになる。それは我慢し難い「臭」や汚い水、そして中国人の「無神経さ」「残酷」さであった。この問題に内在している「差別的な眼差し」対する現在の議論は、これまで二つに分かれていた。一方では、そこから「帝国主義的優越感」を読み取る解釈が、もう一方では、「諧謔」だという解釈が展開されていたのである。お互いに相いれないようにみえる、これらの議論はもっぱら漱石個人の意思だけに目を向けたものである。しかし、漱石の言葉が、当時の帝国主義的「衛生意識＝文明」言説の枠組みと同様な構図を持っていたことを見逃してはならない(朴裕河『ナショナル・アイデンティティとジェンダー』クレイン、2007)だろう。とにかく、漱石の「新しい」経験は、「内地」との比較を通して意味づけられ、優劣という枠組みによって線引きされていく。このような漱石の感覚は、日本の外縁を縁取る「満州」という地域に対する軍事的な占領を所与の前提とした上で編成されていることに注意すべきである。

伊藤博文の「暗殺」と「満韓ところどころ」の交錯

漱石は1909年9月2日から10月17日まで満

◆ 思想・思潮

州と朝鮮を旅行している。その記録にあたる「満韓ところどころ」は10月21日から『朝日新聞』に掲載されるが、10月26日に満州で起きた「伊藤博文暗殺」をめぐる報道のためにしばしば休載される。漱石を満州に招いた中村是公は、伊藤博文が安重根に撃たれた現場に居合わせている。中村は運良くかすり傷で済んだのだが、伊藤博文の事件報道と「満韓ところどころ」の間には、出来事のレベルでも、言葉のレベルでも密接なつながりが生じることになる。伊藤博文の「暗殺」は、朝鮮を日本の支配下に置こうとする動きへの抵抗であった。しかし、「朝鮮人」「暗殺者」をめぐる報道は、「人力」のような「日本人の発明」したものに「尊敬を払わない」朝鮮人の「引子」のことを、「全く朝鮮流」という言葉で批判的に普遍化をしていく「満韓ところどころ」と交錯することになる。

小説『門』には、伊藤博文の暗殺という言葉が挿入される。この場面について、小森陽一は朝鮮の植民地支配の過程と伊藤博文のかかわりを「小説の時間構造自体が想起させる仕掛け」(『ポストコロニアル』岩波書店、2001)として捉えている。しかし、そのような評価は「朝鮮人＝暗殺者」の位置付けに対する「満韓ところどころ」の同時代的な役割を見逃すことになる。『門』に出てくる「満州や朝鮮」は、小六や坂井の弟のような「平凡人＝日本人」が、新たなチャンスをねらう時に想起しうる空間である。だから、漱石をめぐる「日本」「日本人」のような問題を考える際、例えば日韓併合の直前に発表された『門』における「平凡人＝日本人」の日常を語る言葉が、むしろ連載終了から2ヶ月後、メディアの「日韓併合」の言説化へ盗用＝援用されていくプロセス(五味渕典嗣「占領の言説、あるいは小市民たちの帝国」『漱石研究』第17号、2004・11)について考える姿勢が必要だと言わざるをえない。

(高榮蘭)

回々教

ふいふいきょう

◆本間久。ダッタン人の回々教の管長と事を友にする天下の志士を連れてくると云つてくる(中略)奇人だから材料にしたらどうだと書いてある。

(日記、1909(明42)年6月16日)

古代中国において「回々」はウイグルを指すものであったが、次第に「西胡」すなわち万里の長城からペルシアに至る「西域」を漠然と意味するものとなり、その住民の宗教を「回々教」と呼ぶようになった。

明治以前の日本とイスラム圏との交流はわずかであったが、1871(明4)～1872年、不平等条約改正に向けて欧米に派遣された使節団は、日本と同様の状況にあるトルコやエジプトの法制度について調査を始めた。このとき林薫が英語から翻訳し、1876年に出版した『馬哈黙伝』が、イスラム教を日本に紹介した最初の文献である。1920(大9)年には坂本健舟による最初の日本語訳『コーラン』が出た。

引用した日記にある「ダッタン人の回々教の管長」は、当時来日中だったアブデュルレシト・イブラヒム、また「天下の志士」とは陸軍から派遣され、同年12月に彼と共にメッカ巡礼を行った山岡光太郎のことだと思われる。彼らを創作の「材料」として勧めた本間に対し、漱石がどう応じたかは定かではないが、1910年に発表された『門』16章において、安井を連れて現れる坂井の弟が「蒙古へ這入つて漂浪」する「冒険者」として描かれているのは興味深い。また、1912年からの『行人』、1914年の『心』には、死、狂気と並ぶ絶対性に関する文脈において「モハメッド」の名が見える。

(高橋洋成)

仏教

ぶっきょう

◆彼の傾向は中学時代から決して生家の宗旨に近いものではなかつたのです。　　　　（『心』九十五）
◆私はたゞ人間の罪といふものを深く感じたのです。　　　　　　　　　　　　　　（『心』百八）

漱石と他力宗

漱石は、唐代の僧道綽の分類に従い、仏教を自力聖道門と他力浄土門とに分けて考えていた。前者では、特に禅宗に関心が深く（「禅」参照）、後者では、夏目家の宗教である真宗に自然になじんでいた。1911（明44）年頃からは、愛児ひな子の急死、新仏教運動の杉村楚人冠や無我愛運動の安藤現慶らとの交流、浩々洞編『真宗聖典』など親鸞関係書との出会いによって、真宗思想への理解を深めた。1913年の講演「模倣と独立」では、「インデペンデントの人」の例として親鸞を挙げ、「肉食妻帯」を是認し実践したために迫害されたが、それに屈しなかったことなどを称揚している。

『心』における自力と他力

漱石の作品の多くには仏教思想の反映があるが、『心』にもそれが顕著に認められる。先生やKの学生時代は、仏教を江戸時代以来の家の宗教から個人の信仰へ転換しようとした真宗の近代化運動（精神主義・新仏教・無我愛）が結実しつつあった1900年代にあたる。二人の故郷は親鸞流謫の地新潟県であり、「大変本願寺派の勢力の強い所」（七十三）であった。先生とKとの劇は、このような真宗思想の浸透した時空と関連しつつ展開する。

Kは真宗寺の次男であったが、生家の宗旨にさからい、自力を頼んで修行に精進し、道

の妨げになるとして恋も否定していた。Kがこのような禁欲主義を信条とするに至った原因は、彼の実母の死後すぐに継母を迎え、彼を養子に出した父に対する反感によるものだとも考えられる。Kの目には父が「薬（弥陀の救い）あればとて毒（煩悩）を好む」（『歎異抄』）人間と映り、そのことが真宗思想からの離反につながったのではないだろうか。

その後、養家からも実家からも絶縁されたKは、働きながら精進を続ける。先生は、肉体を無視した我慢が「自分で自分を破壊しつゝ進」（七十八）むことを恐れ、いやがるKを説得して、自分の下宿に連れて行く。このような先生の心の動きには、「難行苦行」（八十五）を否定的に見る真宗思想の投影が見られる。

先生とKは、房州旅行中に論争する。Kは、日蓮について関心の乏しい先生に対して、「精神的に向上心のないものは馬鹿だ」（八十四）と批判する。それに対して、先生は「人間らしい」（八十五）生き方を主張し、Kが隠している「人間らしさ」を指摘する。すでに下宿のお嬢さんへの恋を自覚していたKは返す言葉もなかったが、このとき、Kの心に「妻帯」（「模倣と独立」）を是認する真宗の易行道への回心がはじまったとも考えられる。

やがてKは恋を告白するが、先生から平生の主張との矛盾を詰問されて自力の難行道へ押し戻され、先生の背信行為によって追撃ちをかけられ、孤独に堪え切れず自殺する。叔父に裏切られて他人不信に苦しみ、親友を裏切ってその死を招いた先生は、「人間の罪」を深く感じる。その自覚は、親鸞の人間悪の思想と共通している。だが、他力による救いが信じられなかった先生は、自分の罪を許すことができず、自殺への道を歩んだ。先生とKとの関係には、古代から近代に至る自力と他力とをめぐる宗教的対立が組み込まれ、探究されている。（水川隆夫『漱石と仏教』平凡社、2002／野網摩利子『夏目漱石の時間の創出』東京大学出版会、2013）　　　　（水川隆夫）

◆思想・思潮

文壇

ぶんだん

◆今の所謂文壇が、あゝ云ふ人格を必要と認めて、自然に産み出した程、今の文壇は悲しむべき状況の下に呻吟してゐるんではなからうかと考へて茫乎した。　　　　　　　　　　（『それから』十五の三）

◆もし長く文壇に関係しやうと思ふなら私のいふことを参考にして下さい。
　　　　　　（赤木桁平宛書簡、1914(大3)年1月5日付）

◆あゝいふものを是から二三十並べて御覧なさい文壇で類のない作家になれます
　　　　　（芥川龍之介宛書簡、1916(大5)年2月19日付）

俗なるもの

　漱石がその文壇デビュー当時「軽文学に於て現代に於ける江戸趣味の唯一面影也」（月旦子「漱石と小さん」『新潮』1906・4）と称された「軽文学の王」であったことは知られている（大東和重『文学の誕生』講談社、2006）。そしてその後生前一度も文壇の中枢にいたことはなく、彼の存在が弟子たちにより神格化されるのは歿後になってからである。また、自然主義文学や白樺派の盛衰を横目に見ながら、その潮流に積極的に介入することなく、常に余裕を持って文壇に接していたように見える。

　では作品ではどうかというと、たとえば『それから』の代助は、友人の寺尾が文壇にかじりつき、いつも「血眼になつて、何か探してゐ」る様子にあきれつつ、同時にそれを「自分より社会の児らしく見」（十五の三）ている。そして父からの援助が打ち切られた時、自分に「第二の寺尾になり得る決心」があるか否かを自問し、「あゝ云ふ人格を必要と認めて、自然に産み出した」「文壇」を「悲しむべき状況の下に呻吟してゐるのではないか」と推察

する。また『三四郎』の主人公は「零余子」等の号を用いて雑誌に執筆する友人・佐々木与次郎の「文壇」についての熱弁を「少し法螺のような気が」しながらそれでも「だいぶ動かされ」（五）たという。つまり、これら漱石作品の主人公たちは、文壇に関わろうとする人間を、一種の俗物として描写している。しかし同時にその熱意自体は肯定するという点では共通し、この冷笑しつつ容認するという姿勢は、すなわち漱石自身の文壇への関わり方に通じているのではないか。

プラグマティストとして

　そのことは、漱石が弟子たちに送った書簡から読み取ることが可能だ。たとえば小宮豊隆には「是から文壇に立派な批評家と創作家を要求してくる。今のうちに修養して批評家になり玉へ」（1907・8・15付）、「文壇に出る一歩は実際的ならざるべからず」（1908・12・20付）とアドバイスし、赤木桁平には「もし長く文壇に関係しやうと思ふなら私のいふことを参考にして下さい」（1914・1・5付）と諭し、芥川龍之介には「鼻」を絶賛して「あゝいふものを是から二三十並べてご覧なさい文壇で類のない作家になれます」（1916・2・19付）と激励した。いずれもきわめて実用的な助言であり、ここでは「文壇」の存在に対して何ら疑いを表明していない。

　なお漱石は1911年6月には飯田青凉（政良）の小説『女の夢』を大阪朝日新聞にいた長谷川如是閑にはかり、徳田秋聲との合作として掲載するよう斡旋しており、当時「文壇」の必要悪であった代作にも寛容であった。このことからも、漱石は文学に対して頑迷な原理主義者・理想主義者ではなく、むしろ「文壇」という俗な装置を通して表現しなければならないと考えていたプラグマティストであったといえよう。
　　　　　　　　　　　　　　　　　（大木志門）

翻訳

ほんやく

◆其代り台詞は日本語である。西洋語を日本語に訳した日本語である。(中略)三四郎はハムレットがもう少し日本人じみた事を云つて呉れゝば好いと思つた。御母さん、それぢや御父さんに済まないぢやありませんかと云ひさうな所で、急にアポロ抔を引合に出して、呑気に遣つて仕舞ふ。それでゐて顔付は親子とも泣き出しさうである。(『三四郎』十二の三)
◆沙翁劇は其劇の根本性質として、日本語の翻訳を許さぬものである。其翻訳を敢てするのは、これを敢てすると同時に、我等日本人を見棄たも同様である。(中略)博士はたゞ忠実なる沙翁の翻訳者として任ずる代りに、公演を断念するか、又は公演を遂行するために、不忠実なる沙翁の翻案者となるか、二つのうち一つを選ぶべきであつた。

（「坪内博士と「ハムレット」」）

翻訳の不可能性の認識

　同時代に坪内逍遥や森鷗外が外国文学の翻訳を意欲的に行っていたのとは対照的に、漱石が自身の作品として発表した翻訳は「セルマの歌」「カリツクスウラの詩」(いずれも抄訳)のみと極めて少ない。評論で外国語文献を引用する際も原文を載せるだけの場合が多く、引用に和訳を併記している例は『文学評論』など少数である。

　漱石自身の翻訳が少ないことの背景には「日本と西洋とは人情風俗が違つて居るから、どうしても翻訳の出来ない事があ」り、それは注を付けて説明すべきである(二宮行雄「大学の講師時代」『漱石全集』月報第16号、1929・6)という持論があったようだ。

　漱石の英語教員時代の逸話として、"I love you."を「月が綺麗ですね」と訳したという話が巷間伝えられているが、本人の著述はもとより、教え子の回想などにも典拠を見出すことができない。そもそも、漱石は学生時代のレポート〔中学改良策〕で、授業中に「日本人として云ふに忍びざるの言辞を翻訳」して「赤面」せずに済むよう、教材は吟味すべきであると主張していた。翻訳に対する上記の方針を考え合わせても、この逸話は後世の創作であるように疑われてならない。

知的遊戯として、生活の糧として

　上記の逸話の発想源のひとつと推測されるのが、"Pity's akin to love."(憐れみは愛に近し)を「可哀想だた惚れたつて事よ」と訳した『三四郎』の与次郎の挿話である。また『吾輩は猫である』の苦沙弥は、地球の引力を巨人に喩えた中学向けの英語読本を直訳して、その突飛さを面白がる。漱石作品には、このように東西文化の類似や相違を確認するための、知的遊戯としての翻訳の試みが描かれることがある。

　また、漱石やその登場人物はしばしば、「人間が自然を翻訳する」(『虞美人草』五)のように、解釈や比喩という意味で「翻訳」の語を用いる。そこには、翻訳とは解釈を伴う行為であるという漱石の認識がうかがえるであろう。

　その一方で、漱石作品には生活の糧として翻訳に携わる文学士たちも登場する。「野分」の高柳は「地理教授法」の翻訳に追われ、『それから』の寺尾は「二週間」で本を一冊訳して「原稿料は頁で」支払われることになっている。自身も「外務の翻訳官」への転職を検討した時期があり(正岡子規宛書簡、1897・4・23付)、弟子らに翻訳の仕事を斡旋することもあった(森田草平宛書簡、1906・6・26付)。漱石にとって、創造的とは言いかねるこのような仕事も、翻訳の一つの営為であった。

（菅原克也）

◆思想・思潮

マホメット／モハメッド

まほめっと／もはめっど

◆「モハメッドは向ふに見える大きな山を、自分の足元に呼び寄せて見せるといふのださうです。それを見たいものは何月何日を期して何処へ集まれといふのださうです。／期日になって幾多の群衆が彼の周囲を取巻いた時、モハメッドは約束通り大きな声を出して、向ふの山に此方へ来いと命令しました。所が山は少しも動き出しません。モハメッドは澄ましたもので、又同じ号令を掛けました。それでも山は依然として凝としてゐました。モハメッドはとうとう三度号令を繰り返さなければならなくなりました。然し三度云つても、動く気色の見えない山を眺めた時、彼は群集に向つて云ひました。——「約束通り自分は山を呼び寄せた。然し山の方では来たくないやうである。山が来て呉れない以上は、自分が行くより外に仕方があるまい」。彼はさう云つて、すたすた山の方へ歩いて行つたさうです」

(『行人』「塵労」三十九、四十)

ベーコンの逸話

漱石は作品の中でイスラームの預言者ムハンマドについてはほとんど言及していない。しかし、『行人』の「塵労」第三九節から第四〇節にかけて上記のような預言者に関わる逸話に触れている。

漱石は1898年にすでに「不言之言」(『ホトトギス』第二巻第二・三号)においても「マホメット」喚山としてこの逸話に触れており、「「マホメット」の談は「ベーコン」の論文中にありしを記臆す。両者とも真偽覚束なし」と締めくくっている。このことから、漱石はこの逸話の出典として『Bacon's Essays』に依拠していることがわかる。ベーコンは第十二章「大胆について」において次のように

記している。「マホメットは丘を自分のほうに呼び寄せ、その頂上から自分の授けた掟を守る人々のために祈りを捧げる、ということを民衆に信じさせた。民衆は集まった。マホメットは丘に自分のほうにくるように何度も呼びかけた。丘がじっとしたままであった時、彼は少しも悪びれずに、「丘がマホメットのほうにこようとしないなら、マホメットが丘のほうへ行こう」と言った。このように、こうした手合いは、どえらいことを約束し、失敗して面目が丸つぶれになっても、(彼らが申し分なく大胆であるならば)それを鼻であしらい、やりすごし、騒ぎをおさめてしまう」(フランシス・ベーコン著、渡辺義雄訳『ベーコン随想集』岩波文庫、1983、61頁)『Bacon's Essays』は、東北大学附属図書館漱石文庫に1892年刊行のサイン入り蔵書が所蔵されている。

預言者、英雄として

また、漱石がT・カーライル『英雄崇拝論』を通じて「預言者として英雄」としてのマホメットを熟知していることは、1911年6月18日の講演「教育と文芸」から明らかである。「英雄崇拝論」でカーライルは、マホメットがイスラム教を剣＝武力で広げたという説に対し、マホメットは自分自身の剣を手に入れるところから出発した人物なのだ、と論じている。漱石は『心』「先生の遺書」第七四節において「私」がKの部屋で聖書を見た場面で次のように「モハメッドと剣」との関連で言及している。「基督教に就いては、問はれた事も答へられた例もなかつたのですから、一寸驚きました。私は其理由を訊ねずにはゐられませんでした。Kは理由はないと云ひました。是程人の有難がる書物なら読んで見るのが当り前だらうとも云ひました。其上彼は機会があつたら、コーランも読んで見る積りだと云ひました。彼はモハメッドと剣といふ言葉に大いなる興味を有つてゐるやうでした」。

(臼杵陽)

明治の精神

めいじのせいしん

◆自由と独立と己れとに充ちた現代に生れた我々は、其犠牲としてみんな此淋しみを味はわなくてはならないでせう」　　　　　　　　（『心』十四）
◆すると夏の暑い盛りに明治天皇が崩御になりました。其時私は明治の精神が天皇に始まつて天皇に終つたやうな気がしました。　　　（『心』百九）

「自由と独立と己れ」

　『心』の下巻で「先生」が語る「明治の精神」を解く鍵と見なされてきたものが、上巻で若い「私」に向けて彼が口にする「自由と独立と己れとに充ちた現代」という言葉である。この言葉についてはそれを個人に引き付けるか、国家に引き付けるかの二様の解釈がなされ、それに応じて「明治の精神」も二様の姿を呈してきた。

　この言葉を個人の地平で捉える視点としては、桶谷秀昭は「先生」に「自己本位」を機軸とする「新しい日本の時代精神」と「古い日本の伝統的な倫理」という二つの「明治の精神」が重なっており、両者の葛藤の末に前者が後者を葬ったとし（『夏目漱石論』河出書房新社、1976）、山崎正和は個人の自律への強い志向が孤独や寂寞を呼び込んでしまうところに明治人の精神の特質を捉えている（「淋しい人間」『ユリイカ』1977・11）。『心』が大正期の作品であることにも示唆されるように、「自由と独立と己れ」の尊重はそれ自体としてはむしろ白樺派をはじめとする大正時代の潮流だが、それを前提としつつそこに同一化しきれない人間の自覚として、「明治」の姿が逆説的に浮かび上がっているともいえる。

折り重なる個人と国家

　こうした自己の主体性に重きを置く視点に対して、天皇を中心とする国家の自律と独立を確保することへの志向として「明治の精神」を眺める論も少なくない。江藤淳はその当事者であった乃木希典と「先生」を重ね合わせ、彼が乃木のように明治天皇のあとを追おうとしたことが「明治の精神」に殉じたことの内実であるとした（「明治の知識人」『決定版夏目漱石』新潮社、1974）。また大澤真幸は天皇の超越性が日本人の心的構造を規定していた様態として「明治の精神」を捉えている（「明治の精神と心の自律性」『日本近代文学』2000・5）。

　1871（明4）年の廃藩置県によって中央集権的な国民国家が成立し、「藩」を枠組みとしてその君主に仕えることを専らとした江戸時代から、西洋諸国とのせめぎ合いのなかで日本という「国」のあり方を意識せざるをえない時代へと移行していった。そこでは個人は第一に国家を構成する要素であり、「明治の精神」の代表ともいうべき福沢諭吉が「一身独立して一国独立する」と主張したように、個人と国家が入れ子的に折り重なっていたのが明治時代の特質であった。『心』の「明治の精神」が二様の解釈を導くのも、そうした時代の性格の反映にほかならない。「先生」は明治という時代の終焉とともに自身の命を閉じる点で、明治そのものの象徴とも見られるが、三浦雅士が『行人』の一郎の神経症的な姿について「作者は、現代文明を俎上に載せたかったために一郎の神経症を用意したのだ」（「文学と恋愛技術」『漱石研究』第15号、2002・12）と述べるように、多くの漱石作品の主人公たちは同時代の「日本」の姿をまとっている。そうした折り重ね自体が、漱石が内在化させた「明治の精神」の発露でもあっただろう。

（柴田勝二）

◆思想・思潮

メスメリズム

めすめりずむ

◆思ふに不可思議を説くに一面あり之を唱ふるに一法あり。苟しくも此方面に位して此一法を講ずれば天下の耳目を聳導して流俗好奇の心を喚起するに難からず。必ずしも時の古今を論ぜず洋の東西を問はじ。野蛮人は云ふに及ばず史筆以前の民も亦此境界を免かれざるべし。此方面とは何ぞ此一法とは何ぞ。霊心の秘力を指示し精神の奇質を表章するの謂のみ手を挙げ目を揺かさず緘黙不言の間に我が印象を取つて彼に通ず此術を講ずるの謂のみ五官以外に一歩を推開し常人の知らざる所に於て他の心を饗す此策を行ふの謂のみ。(中略)今の世に之を催眠術、「メスメリズム」、動物 鑛 気術、読心術、伝心術抔と称す。其古人智未だ開けず合理の法を以て自然の現象を解析するに拙なりしに方つては「メヂアン」の幻術、狐憑の怪、禁呪の験抔と云ふ大抵似たる者なるべし。
（翻訳「催眠術（「トインビー院」演説筆記）」）

メスメリズムから催眠術へ

メスメリズムとは、フランツ・アントン・メスメル(1733-1805)が提唱した、動物磁気説を核とする思想である。宇宙には不可視の物質である動物磁気が浸透している。人体にあっても、それは隅々まで浸透し、流動している。病気は、この動物磁気の滞りによって生じる。したがって、大量の動物磁気を患者の体内に流し込むことで、病は完治する。

彼の理論にもとづく治療法は、パリで大盛況をもたらした。さらにメスメルの弟子、ピュイゼギュールが動物磁気催眠を発見することで、メスメリズムは新たなイメージを獲得する。動物磁気による治療のさなか、患者が睡眠状態に陥り、しばしば超常能力を発揮した

ことで、メスメリズムは科学を超えた「超」科学、言い換えれば「オカルト」と見なされるのである。

しかし、ジェイムズ・ブレイドがこの現象を大脳の生理作用としたことで、メスメリズムはヒプノティズム（催眠術）へと名称を変え、科学的な考察の対象となった。こうして1880年代には、催眠術は心理学、精神医学における最先端の研究対象となる。ベルネームらのナンシー学派と、シャルコーのサルペトリエール学派との対立は、暗示という概念を催眠術研究の焦点にした。催眠術研究は世界的に活況を呈し、1900年前後には、そのピークを迎える。

日本における催眠術と漱石

日本においても、催眠術をめぐる世界的な研究動向は『哲学雑誌』『東洋学芸雑誌』などを通して頻繁に紹介された。掲出した漱石による翻訳、アーネスト・ハート「催眠術」が『哲学雑誌』に掲載されたのも、この流れのなかにある。

ただし日本では、学術レヴェルでの催眠術研究だけではなく、オカルトに近い催眠術イメージも一般社会に流布していた。超常的なイメージが付与されたメスメリズムと、心理学や精神医学による科学的知見の所産としての催眠術が、同時並行的に紹介されたのである。催眠術は医学の治療法として認知されたものの、民間での使用は犯罪行為とみなされ、取締の対象となった。

こうした催眠術のダブル・イメージは、『吾輩は猫である』「琴のそら音」などに反映されている。漱石の催眠術への関心は、ウィリアム・ジェームズの思想に対する親近感や「識閾下」「夢」への関心、心霊学の日本での受容状況などの問題に接続する。催眠術をめぐる同時代の世界的な動きと漱石の関心は、響き合っているのである。　　　　（一柳廣孝）

◆思想・思潮

世の中

よのなか

◆苦しんだり、怒つたり、騒いだり、泣いたりは人の世につきものだ。余も三十年の間それを仕通して、飽々した。飽き々々した上に芝居や小説で同じ刺激を繰り返しては大変だ。余が欲する詩はそんな世間的の人情を鼓舞する様なものではない。俗念を放棄して、しばらくでも塵界を離れた心持ちになれる詩である。　　　　　　　　　（「草枕」一）

◆然し悪い人間といふ一種の人間が世の中にあると君は思つてゐるんですか。そんな鋳型に入れたやうな悪人は世の中にある筈がありませんよ。平生はみんな善人なんです、少なくともみんな普通の人間なんです。それが、いざといふ際に、急に悪人に変るんだから恐ろしいのです。だから油断が出来ないんです　　　　　　　　（『心』二十八）

芸術論における「世の中」

　漱石作品における「世の中」の特徴的な用例として、二つの系統を挙げることができる。

　一つは芸術論の文脈において語られるものであり、「草枕」における「世の中」「人の世」「世間」のように、芸術から排すべき世俗性といった意味合いの語としての用例である。「草枕」では芝居や小説、西洋の詩などは「世間的の人情」を「解脱」できないものと位置づけられる一方で、東洋の詩歌には「暑苦しい世の中を丸で忘れた光景が出てくる」（一）として陶淵明や王維の詩が引用され、また「非人情」な「画」が探求される。これと近似する芸術論が、1897（明30）年1月20日に『読売新聞』に掲載された「写生文」においては、写生文の特色として論じられている。普通の小説家は「隣り近所の人間を自己と同程度のものと見做して、擦つたもんだの社会に吾自身

も擦つたり揉んだりして、飽く迄も、其社会の一員であると云う態度で筆を執る」が、写生文家は「両親が児童に対するの態度」で「泣かずして他の泣くを叙する」のだという。ここでも「世間的の人情」からの「解脱」が重要視され、「非人情」の概念が具体的に示されているが、同時にここでは俳句や写生文について「面白いには違ないが、二十世紀の今日こんな立場のみに籠城して得意になつて他を軽蔑するのは誤つてゐる」とも述べられている。

「油断ができない」世間

　もう一つの特徴的な用例は、『心』の「先生」の発話に見られるような、底知れぬ悪意が潜在する「油断ができない」世間を示す語としてのそれである。『明暗』の小林の言葉に「僕には細君がないばかりぢやないんです。何にもないんです。親も友達もないんです。つまり世の中がないんですね」（八十二）とあるように、「世の中」は異分子を容赦なく排除する冷酷な側面を持つものとして語られる。この他、「坊つちやん」の「おれ」は「四国辺のある中学校」で「わるくなる事を奨励して居る」（五）ような「世の中」に出会い、「野分」の高柳周作は「成程自分は世の中を不愉快にする為めに生きてるのかも知れない。どこへ出ても好かれた事がない」（十二）と悲観する。

　このように漱石作品には「世の中」と折り合いの悪い男たちが数多く登場するが、その一方で、女たちはしばしば「世の中」に迎合的な人物として造形される。「野分」の白井道也の妻は「世の中が夫を遇する朝夕の模様で、夫の価値を朝夕に変へる細君」（一）とされ、『明暗』のお延は「一旦世間に向つたが最後、何処迄も夫の肩を持たなければ、体よく夫婦として結び付けられた二人の弱味を表へ曝すやうな気がして、恥づかしくてゐられない」（四十七）女として語られている。

（倉田容子）

◆思想・思潮

理想

りそう

◆只真の一字が現代文芸ことに文学の理想であると云ひ放つて置きます。
（「文芸の哲学的基礎」第十六回）

◆我々の理想通りに文芸を導くためには、零砕なる個人を団結して、自己の運命を充実し発展し膨脹しなくてはならぬ。（『三四郎』六の八）

◆凡ての理想は自己の魂である。うちより出ねばならぬ。（「野分」十一）

翻訳語としての「理想」

「理想」という漢語はもともと中国古典では用例が少なく、幕末から明治期にかけて翻訳語として流通した哲学の用語だった。西周が『利学』(1877)で「ideal」の翻訳語として用い、井上哲次郎らが編んだ『哲学字彙』(1881)でも採用されている。西周の『利学』はジョン・スチュアート・ミルの『功利主義論』(J.S. Mill, *Utilitarianism*, 1863)を翻訳したものであるため、ここで用いられた「理想」とは、19世紀のイギリス理想主義において論じられた、現実を究極的に発展させた最高の状態を示す概念だった。

しかしこの「理想」という用語は、明治10年代後半にはすでに、これとは異なる文脈で用いられていたと考えられる。特に文芸批評において、「現実」に対する「理想」、すなわち、現実においてはまだ実現されていないが、将来的にそうあってほしいと思い描かれた状態という程度の意味で用いられるようになった。たとえば、1891(明24)年から翌1892年にかけて坪内逍遥と森鷗外とのあいだで交わされたいわゆる「没理想論争」における「理想」は、後者のほうの意味だったと考えられる。

ここで論じられた「没理想」とは、対象を描くときにできるだけそのような「理想」を排し、私たちをとりまく世界にあるありのままの「現実」を描こうとする方向性だったのである。

哲学と「理想」

漱石は翻訳語として流通していた「理想」という概念に直接的に関わる文学と哲学という問題について、1903年9月から1905年6月にかけて東京帝大英文科でおこなった講義をもとにした『文学論』をはじめ、いくつかの文章において繰り返し言及している。そこでの議論を深化させたのが、明治40年4月20日に東京美術学校でおこなった講演をもとにした「文芸の哲学的基礎」である。

ここでは、文芸家は哲学者であると同時に実行的の人としての創作者でなくてはならないとして、「知・情・意」それぞれについての「理想」について論じている。その上で文芸、芸術においては「情を理想とする」(第十回)と述べている。すなわち、文芸家はあくまで具体的、感覚的なものに即した「情」を働かせ、それを損ねない範囲で「知」や「意」を必要とすると位置づけることで、文芸と哲学とは根を同じくするものとしながら双方を切り分けようとしたのである。

さらに、漱石は「情」の「理想」を、知覚される対象を感覚によって認識したときに生じる「美的理想」としての「物」に対する理想と、「我」に対する「理想」とに分け、「我」に対する「理想」には、「知」が機能した場合の「真に対する理想」、「情」が機能した場合の「愛に対する理想及び道義に対する理想」、「意」が機能した場合の「荘厳に対する理想」とがあるとしている(第十四回)。これらの四つの理想は時代によってどれが流行するかが異なっており、特に「知」が重視されるようになった「現代文芸」においては「真に対する理想」こそが求められていると指摘する一

◆思想・思潮

方、漱石はむしろこれらの四つが均等の価値を持つものであり、これらを統合することこそが文芸家の役割だと位置づけている。

またこのとき、「我」と「物」とを切り分けていく発想については、小倉脩三「文芸の哲学的基礎、創作家の態度」(『国文学』1994・1)などで指摘されるように、ウィリアム・ジェームズ『心理学原理』(William James, *The Principles of Psychology*, 1890)との関係性も指摘できる。

新ローマン主義

一方で漱石は、同時代の浪漫主義について論じるとき、より同時代の文芸批評で用いられていたものに即した概念に基づいて「理想」を論じている。

1911年6月18日に長野県会議事院において行われた講演「教育と文芸」においては、カーライルの「英雄的崇拝」を例に挙げながら、文学における「ローマンチシズム」を、人間には現実にある自己に対してより高次にあるものを根本的に求める欲求があり、そういった「望んで得べからざる程の人物理想」を描くものだと規定している。

その上で、「新ローマン主義」をかつての浪漫主義のように実現不可能な「空想に近い理想」を追い求めるのではなく、より現実に即した実現可能な理想を求めるのだと位置づけ、このような「新ローマン主義」と「自然主義」とを調和させ、そこで生み出された「理想」を教育に反映させていくことが必要だと論じたのである。また、1908年2月15日に神田の東京青年会館で行われた講演「創作家の態度」でも、同じような文脈で「理想」を論じている。ここでは「写実派」「自然派」を「客観的態度」、「浪漫派」「理想派」を「主観的態度」だと位置づけ、日本の文学には「文学に於ても、非我の事相を無我無心に観察する能力は全く発達して居らなかつたらしいと思ひます。」として「客観的態度」がなかったとい

う問題を指摘した上で、それが「理想的人物」が小説において描かれてきた原因だと論じている。それに対して現在では「客観的態度」を不必要なほど重視する作品が書かれているものの、人間は「両極端の間」にあるものであるため、やがてはその「間」にあるような文学が書かれるであろうと結論づけている。

小説における「理想」

これらの言説に対し、漱石の小説において見られる「理想」という用語は、基本的には哲学の用語としての「理想」とは距離をとり、より日常的な、現代語に近い概念として用いられている。たとえば「野分」で、道也先生が聴衆に向かって青年にとっての「理想」を演説する場面(十一)では、「理想は諸君の内部から湧き出なければならぬ」と述べており、学校や教師、社会のなかに「理想」を見いだすのではなく、学問を身につけた上で自らの力で自身が将来においてどうあるべきかという「理想」を掲げることが、現代の青年に求められていると論じる。

また、『吾輩は猫である』においては独仙君がニーチェの「超人」を論じ、「あれがあの男の理想の様に見えるが、ありや理想ぢやない」としている(十一)。これは「個性の発展した十九世紀」における他者との関係性について述べたものである。

このように語られた「理想」はともに、1911年8月に大阪朝日新聞社の主催で行われた講演「文芸と道徳」において、「実現の出来る程度の理想を懐いて、こゝに未来の隣人同胞との調和を求め」た上で、「現在の個人に対する接触面の融合剤とするやうな心掛」を求めたことを想起させる。すなわち、漱石がここで問題にした「理想」とは、近代的な「個人」と近代社会とがどのように関係性を持ちうるのかという問題意識の発露だったのである。

(大橋崇行)

◆ 思想・思潮

column15

漱石と人種主義、植民地主義

視線と人種主義

漱石は、まだ26歳のとき韓国王妃が殺害されたことに「小生近頃の出来事の内尤もありがたき」と書き、高宗の譲位に対しても「日本から云へばこんな目出度事はない。もつと強硬にやつてもいい所」(小宮豊隆宛書簡、1907・7・19付)と書いている。当時の日本のメディアを支配していた韓国王妃への憎悪から自由ではなかったのである。それでも漱石は「朝鮮の王様は非常に気の毒なものだ。世の中に朝鮮の王様に同情しているのは僕ばかりだらう。あれで朝鮮が滅亡する端緒を開いては祖先へ申訳がない。実に気の毒だ」(同)と語っている。

漱石の、朝鮮や中国に対する意識は一種のパターーナリズム(温情主義)と呼ぶべきものである。漱石が「満州」に行ったとき「汚い」ことへの嫌悪をあらわにしたのは文明主義的な視線に支えられてのものだったが、そうした意識ともつながっている。そして、そうした温情主義と文明主義こそが、植民地主義を支えるものであった。

漱石は中国人労働者に対して「大人なしくて、丈夫で、力があつて、よく働いて、たゞ見物するのでさへ心持が好い」とも語っている。そこには「見る」主体としての視線の権力が介在している。「如何にも汚ない国民である」(「満韓ところどころ」四十七)といった言葉もそうした人種主義的視線が支えたものだった。

文明主義と植民主義

漱石は、朝鮮の町の書店に『中央公論』や『ホトトギス』が入っていた、つまり多くの日本人が入植していた朝鮮の現実を植民地主義とは見ていなかった。単に「日本人が多くて内地にいるのと同様」としか考えなかったのは、すでに韓国人が25万人いたソウルに日本人が5万人以上いた(『朝鮮鉄道駅勢一斑』1914)という「植民」や「移動」を懐疑しなかった結果である。漱石が「幸福な日本人」「気の毒な支那人」(「満韓視察」)といった認識を持つのは当然のことだった。

こうしたことは、いわゆる「開拓」や「発展」を「男子会心の事業」(「満韓視察」)と考える思考による。いわば、そうした「進出」を国家のためと考え、「死物狂で、天候と欠乏と不便に対して戦後の戦争を開始した」と(「満韓ところどころ」十六)と考えるような、近代国民主義国家の発展主義が人種主義や植民主義を肯定させたのである。そうした発展を「文学者の頭以上に崇高なもの」(「満韓ところどころ」十五)と考えたことが、人種主義や植民地主義への批判を不可能にしたのである。

漱石が作品の登場人物に「満州ことに大連は甚だ好い所です。貴方の様な有為の青年が発展すべき所は当分ほかにないでせう」(『彼岸過迄』「風呂の後」十二)と言わせていたのも、その延長線上のことだった。植民地獲得は個人と国家の「発展」とのみ認識されたのである。西洋への従属に激しく反発した漱石が、「日露戦争はオリジナルである」(「模倣と独立」)と認識していたのは、自発的であることへの強迫観念ゆえのことであり、そのことこそがこうした限界をはらませたのである。

(朴裕河)

column 16

漱石と教科書

圧倒的な漱石人気

　国語教科書において、夏目漱石の人気は圧倒的である。阿武泉の労作『読んでおきたい名著案内　教科書掲載作品13000』（日外アソシエーツ、2008）によれば、戦後の高校国語教科書における漱石作品の採録数は、のべ347編。第一位である。第2位の芥川龍之介が310編、第3位の森鷗外は300編。芥川と鷗外は「羅生門」と「舞姫」の採録のみにとどまる場合が大半なので、現行の教科書において国語総合の「夢十夜」と現代文の「こころ」という掲載パターンが目立つ漱石は、さらに採録数を伸ばしてリードを広げているはずである。しかも、現代文Bには「現代日本の開化」を「こころ」とともに掲載しているものがある。たとえば第一学習社の場合、現行の国語総合4冊のうち3冊が「夢十夜」を、2冊の現代文Bはいずれも「こころ」を採録し、そのうちの一つは「現代日本の開化」を併載している。国語総合と現代文の双方で同一作家の小説を掲載するということだけでも例外的なのに、第一学習社だけでも相当数の高校生に、漱石作品を3編も読ませている計算になる。

　もちろん、これらの漱石作品の中でも、「こころ」の人気は圧倒的だ。高校生が宿題として読み続けているため、各社の文庫本累計発行総数は1000万部を越えている。殁後百年を過ぎてもなお、漱石が「国民的な人気」を誇る作家であり続けていくであろう最も大きな要因は、「こころ」が定番教材として確固たる地位を築いていることにある。

　漱石作品の教科書採録は、1950年代から60年代には「三四郎」や「草枕」が目立つのだが、戦後最初の学習指導要領大改訂を経た1963（昭38）年に筑摩書房が『高等学校国語二』で「下　先生と遺書」を抄録した頃から一挙に増加する。しかも、戦前の旧制中学校の国語読本では「草枕」を筆頭に書簡や俳句を含めた数多くの漱石作品が掲載されているにもかかわらず、不思議なことに「こころ」の採録は皆無なのだ。いや、「不思議なことに」という表現は適切ではない。友人を裏切って自殺に追い込み、自らも命を断つ人物を描いた小説が教育現場に持ち込まれないのは、考えてみれば至極当然のことだ。むしろ不思議なのは、戦後になってにわかに定番教材となった「こころ」が、なぜ50年以上にわたって教育現場で支持され続けているのかということである。

定番教材とサバイバーズ・ギルト

　じつは「羅生門」「山月記」「舞姫」なども、「こころ」と同じように戦後になってにわかに採録数を増やした定番教材である。これらの教材には、サバイバーズ・ギルトが影を落としているというのが夙に私が主張してきた仮説である。身近な人物を事故によって破滅させ、自らは生き残ってしまった者が抱え込んだ罪障感を、告発することを通して許容する小説。これら定番教材の受容は、現代社会を生きる者が内向させている後ろめたさに、免罪符を与える。だとすれば、震災後の日本において、「こころ」は依然として聖典として流通し続けることになるにちがいない。　　　　（野中潤）

column17

漱石と学校

与次郎の目に映る大学

東京帝国大学文科大学の選科生として『三四郎』に登場する与次郎は、大学における学問のあり方を辛辣に批判するトリックスターである。第五高等学校を卒業して本科生となった三四郎は、与次郎の思わせぶりな言動に困惑しながらも次第に彼の感化を受けていく。「専門学校」出身の与次郎は、日頃から「活きてる頭を、死んだ講義で封じ込めちや、助からない」と放言し、古色蒼然とした文学講義よりも図書館で本を読み思索することを勧める。そのくせ図書館で見かけることはほとんどなく、わざわざ「用事をこしらえ」ては学内を奔走する。また、「ギーナスは波から生れたが、活眼の士は大学から生れない」といった警句で埋め尽くされた論文を書き、とりとめのない問答や議論を繰り返す。三四郎によって「根拠地のない戦争」と喩えられるように、彼の周辺には「活動」だけがあって「実」にあたるものがどこにもない。信じるに足る究極の価値など存在しないという本質的な意味でのニヒリズムだけがある。

そんな与次郎は、「人間が、自から哲学に出来上つてゐる」第一高等学校の英語教師・広田先生に私淑し、師を「大学教授」にしようと画策したりもする。博識でありながら「些とも光らない」と愚痴る一方、「あれだから偉大な暗闇だ」と称える。広田先生も、周囲に迷惑ばかりかけている与次郎を「始末に了へぬいたづらもの」と嘆きつつ、「それ自身が目的である行為程正直なものはなくつて、正直程味のないものは無いんだから、万事正直に出られない様な我々時代の小六づかしい教育を受けたものはみんな気障だ」と評する。そこには、「活動」を通して他者への働きかけを試みる工作者と、それを適度な距離感で見守る庇護者という関係が構築されている。

漱石はなぜ「選科生」を描いたのか?

『東京帝国大学一覧』が、「各文科大学課程中一課目又ハ数課目ヲ選ヒテ専修セント欲シ入学ヲ願出ツルトキハ各級正科生ニ欠員アルトキニ限リ毎学年ノ始メニ於テ選科生トシテ之ヲ許可ス」(選科規定・第1条)、「選科生ハ年齢十九年以上ニシテ選科主管ノ教授其学力ヲ試験シ所選ノ科目ヲ学修スルニ堪フルト認ムル者ニ限リ其入学ヲ許可スルモノトス」(同・第3条)と記すように、当時の選科生はあくまでも「欠員」を埋めるための科目等履修生という扱いだった。実際、漱石と同じ時期に哲学科の選科生だった西田幾多郎も、「当時の選科生というものは、誠にみじめなものであった」(「明治二十四、五年頃の東京文科大学選科」『図書』1942・12)と告白している。

だが、西田はこの随想のなかで、「何事にも捉われず、自由に自分の好む勉強ができるので、内に自ら楽しむものがあった。超然として自ら矜持する所のものを有っていた」とも語っている。そこには、劣等意識への省察と、「何事にも捉われず」学問に没頭したという「矜持」が折り重なっている。学問を志した人間がとるべき「超然」とした態度が示されている。漱石は、与次郎という選科生に若き日の西田幾多郎と同質の輪郭を与え、彼の視線を通して大学のありようを逆照射したのである。(石川巧)

column 18

漱石『こころ』と『魔の山』

「死の饗宴」

バッハの偉大な演奏者であったカナダのピアニスト、グレン・H・グールドの蔵書には夏目漱石とトーマス・マンの作品があったという。グールドが愛読したのは、漱石では『草枕』だと言われているが、きっと『こころ』も読んでいたに違いない。そしてマンの作品では『魔の山』を好んだらしい。

『こころ』と『魔の山』。東西を代表するふたりの巨匠的な作家の作品には、一見すると何の関連もなさそうだ。しかし、ふたつの作品に第一次世界大戦が暗い影を落としている点や、平凡な若者が「秘技」を授かり（イニシエーション）、人生の謎解きを通じてより成長していく様を描いている点で、共通したモティーフが扱われていると言える。しかも、ふたつの作品には、最初から最後まで死の気配がつきまとっている。『こころ』におけるKと先生の自死、そして乃木の殉死。『魔の山』の場合は、「死の館」とも言えるサナトリウムでの、全編死の影に覆われた物語は、第一次世界大戦という「死の饗宴」で終わっている。

そしてふたつの作品に共通しているのは、主人公の若者が、人間性の秘密を少しずつ説き明かしていく、幾分、ミステリアスなストーリーになっていることだ。この点に関連してマンは、「『魔の山』入門」の最後に「人間そのものが一つの秘密であり、そしてあらゆる人間性は、人間という秘密に対する畏敬に基づく」と語っているが、この指摘は『こころ』に通じる真実に違いない。

Kはなぜ自ら死を選んだのか。先生はどうして死ななければならなかったのか。小説を読めば読むほど、よくわからなくなる。いや、もしかして、Kにも、先生にも、その理由（わけ）はわからなかったのかもしれない。そして「私」もまた、その謎を解こうとして解き明かせないまま、『こころ』の冒頭の書き出しにあるように、自分と先生との関係を、誰かに語り継ごうとしているのである。『こころ』は、ある意味で、かつては「煩悶青年」のひとりであったに違いない「私」が、先生というメンターの秘密と死を知る陰鬱な冒険を通じて、人生の「秘技」を「伝授」される「教育」小説とも言える。

『魔の山』では、「人生の厄介息子」であるハンス・カストルプが、熱狂的な人文主義者セテムブリーニをはじめ、結核サナトリウムに蝟集する有象無象の人物たちの間で揉まれながら、やがて「秘技伝授の寺院」である「魔の山」を去り、「下界」へと降りていくのである。明らかに『魔の山』も、教育的な冒険小説の傑作とみなされるべきなのだ。

文学と人間性

第一次世界大戦から百年。世界はグローバリゼーションの渦に巻き込まれ、謎の欠片もない様な、記号化した透明な世界に変貌しつつある。そしてすべてが可視化され、人間性の秘密などどこにも許されない様な「一望監視」（パナプティコン）的な「素晴らしい世界」が現れようとしている。漱石の『こころ』とマンの『魔の山』は、まさしくそうした「素晴らしい世界」とは異次元の「謎に満ちた危険な世界」を描くことで、わたしたちに今でも文学が、人間性がかろうじて生き延びていることを指し示しているのである。

(姜尚中)

メディア

朝日新聞

あさひしんぶん

◆大学を辞して朝日新聞に這入つたら逢ふ人が皆驚いた顔をして居る。中には何故だと聞くものがある。大決断だと褒めるものがある。大学をやめて新聞屋になる事が左程に不思議な現象とは思はなかつた。(中略)／新聞屋が商売ならば、大学屋も商買である。商売でなければ、教授や博士になりたがる必要はなからう。月俸を上げてもらふ必要はなからう。勅任官になる必要はなからう。新聞が商売である如く大学も商売である。　　　　　　（「入社の辞」）

漱石招聘の意味

　西南、日清、日露の戦争は、いずれも近代日本の新聞ジャーナリズム拡大のスプリングボードとして機能したが、西南戦争は別にしても、戦後期に到来する発行部数の反動減は、新聞経営の根幹を揺るがす問題であった。日露戦争終結の二年後に実現する『東京朝日』の漱石招聘の背景には、もともと報道中心で言論の面でさしたる特徴を持たなかった同紙が、文化の面での高級化によって競争力を増し、経営的な攻勢を可能にする狙いがあったと思われる。そこに、日清戦争の後、『大阪毎日』との熾烈なライバル関係にあった大阪で、「家庭小説」という文学的コンテンツが新派演劇との相乗効果によって販売促進に大きな役割を果たした記憶が作用したことは想像に難くない。

　漱石の招聘は、『東京朝日』における小説欄を含む社会面の強化を目論んでいた池辺三山の思惑に、『大阪朝日』の鳥居素川の発意と、熊本・第五高等学校時代から俳句の縁で漱石と親交があり、1907(明40)年3月から『東京朝日』の社会部長に就任することが決まってい

た渋川玄耳らの推薦が結びついて、五高以来の漱石の弟子格である坂元雪鳥が使者役となって実現した。その少し前に『読売』の竹越三叉からも同様の打診があったが、待遇と地位の安定性で優った『東京朝日』が獲得に成功する。月俸200円、賞与を含めた年俸2800円。地位の安全を朝日側が保証。営業面を斟酌しない創作の自由に加えて、小説掲載のペースにもある程度の裁量を容認。小説以外の雑誌寄稿を認め、単行本の版権は漱石所有とするなどが入社の条件であった。

　『東京朝日』の紙面には、1907年4月1日に「我国文学上の一明星が其本来の軌道を廻転し来りていよいよ本社の分野に宿り候」とする社告が掲載され、2日の紙上で漱石の名前が明かされる（『大阪朝日』では3日）。そして5月3日に「入社の辞」が掲載される（『大阪朝日』では「嬉しき義務」として4・5日に分載）。以後、1916年に亡くなるまで、漱石は「新聞屋」として同紙の経営に貢献することになる。

創刊から日露戦争期まで

　『朝日新聞』は1879年1月25日、大阪で創刊された。事業の中心となったのは市内で洋品雑貨商を営んでいた木村騰、父木村平八が資金を提供し、同じ町内で同業者であった村山龍平が「持主」（社主に相当）、『大坂新報』の主筆であった津田貞が主幹となった。記事の中心は雑報欄。挿画入り、傍訓付き、「児童婦女子ヲ教化スル主義」（発刊宣伝ビラ）とした典型的な小新聞としての出発であった。西南戦争を契機とするメディア事業の拡大機運に乗った創業といえよう。

　当時の大阪のジャーナリズムは、大新聞（判型が大きく、漢文脈で書かれた政論を中心にした知識層向けの新聞）である『大坂日報』（後の『大阪毎日新聞』）が主導しており、一日の発行部数は約7600部で、東京の大新聞とほぼ同程度であった。しかし、その姉妹紙であっ

◆メディア

た小新聞『大阪新聞』は1700部程度(当時日本最大の小新聞『読売新聞』の発行部数は一日約22000部)で、小新聞市場開拓の余地は十分にあった。予想通り『朝日』は順調に拡大し、二年目には早くも一日約7500部を発行して、大阪トップの座を獲得する。

その後の自由民権運動期、新聞が軒並み政党機関紙となった時代、内紛を経て実質的な経営者となっていた村山のもと(譲渡は81年、共同経営者として上野理一)、政治活動から距離を取り、政治的主張よりも価値ある新鮮な情報提供を重視する、民権運動期後のジャーナリズム全体の中新聞化(政治的中立を保ち、ニュース報道を重視する)を先取りする経営戦略を推し進める。それは1890年代の新聞再編期や日清戦後の新聞競争において大きなアドバンテージとして作用することになる。その間、1883年には一日の発行部数が約22000部に達し、日本最大の新聞となっている。

念願であった本格的な東京進出は、『めざまし新聞』(元の『自由燈』)を買収し、『東京朝日新聞』(主筆は小宮山桂介)を創刊した1888年7月10日に実現する。一日6000部程度での出発であったが、地方を含めた販売網の拡充や、値引き、豪華な付録など大阪で鍛えた販売力と、関西の商況を軸とした迅速な報道で部数を拡大させ、東京の競争紙の脅威となった。熾烈な新聞競争、日清戦後の部数落ち込みにも耐え、1897年には『東京朝日』は一日約44000部で東京でのトップクラスを維持し、『大阪朝日新聞』(1889年1月に改題)は一日10万部を超えた(同時期の『大阪毎日』は6万部程度)。

朝日新聞の漱石

漱石は『虞美人草』以降の小説作品のすべてと、随筆・評論などの多くを『東京朝日』『大阪朝日』紙上に発表するが、自ら直接あるいは仲介者を立てた交渉を行って小説欄での若手作家の掲載を次々に実現するなど、この時期に各紙で進展した最新の現代小説掲載の流れに棹さす、文学的な紙面構成への貢献も顕著である。新聞社主催の講演会での登壇も、販売促進キャンペーンとしての意味づけを理解してのことであろう。

また、高浜虚子を主宰者として1908年に開設された『国民新聞』文芸欄に続いて、1909年11月25日に『東京朝日』の文芸欄を開設する。漱石が主宰者となり、実際的な編集事務を森田草平、小宮豊隆が担当した。しかし、社会面の記事と整合性を欠く場面もあり、紙面の中で孤立した印象を与える一方、森田、小宮に加え、安倍能成、阿部次郎ら漱石門下生の「気焔の吐き場所」(小宮宛書簡、1911・10・25付)となった面もあり、後世の漱石＝反自然主義者というラベリングに貢献するものの、三山退社に至る内紛露呈の引き金となって1911年10月に廃止される。ほぼ同時期の『大阪朝日』の文学的コンテンツの中心が渡辺霞亭(1910年、社会課長に就任)の創作であった状況を考えれば、漱石といえども紙面全体を一新させるまでの影響力は持ち得なかったのである。新聞における現代的な文学の情報価値は、まだまだ限定されたものであった。

漱石の在籍期間、増減のなみはあるものの、『大阪朝日』は一日20万部台、『東京朝日』は一日10万部台の発行部数に到達し、概ね増大傾向を維持する。それに対する漱石の直接的な貢献の度合いは測りがたいが、『朝日』の文化的イメージを高め、知識階層読者に浸透させる牽引力となったことは間違いない。2014(平26)年、『朝日』は連載100年を記念して『心』の復刻連載を行うが、文化的高級感を担保するシンボルとしての漱石の影響力は、現代に至るまで持続しているのである(新聞の発行部数については『朝日新聞社史　明治編』『同　資料編』に基づいて推計した)。

(金子明雄)

朝日文芸欄

あさひぶんげいらん

◆其所へもつて来て此二十五日から文芸欄といふものを設けて小説以外に一欄か一欄半づ、文芸上の批評やら六号活字で埋めてゐる。君なぞが海外から何か書いてくれゝば甚だ光彩を添へる訳だが、僕は手紙を出さない不義理があるからヅウヅウしい御頼みも出来かねる。尤も文芸欄の性質は文学、美術、音楽、なんでもよし。ハイカラな雑報風なものでも、純正な批評でもいゝとして可成多方面にわたつて、変化を求めてゐる。あとで六号活字を愛嬌につける。

（寺田寅彦宛書簡、1909(明42)年11月28日付）

「文芸欄」の始まり

　いわゆる朝日文芸欄は、『東京朝日新聞』紙上で1909(明42)年11月25日より開設され、1911年10月12日まで続いた記事欄を指す。時期的におよそ2年弱、23ヶ月間にわたってつづいた。その間、漱石が編集責任者となり、実務を森田草平が担い、ついで小宮豊隆がこれを助けた。名称としては「文芸欄」とのみ掲げられたが、通称「朝日文芸欄」と呼ばれる。

　新聞紙上における文芸欄については、1901年4月に始まる『読売新聞』の「月曜文壇」が先蹤であり、その後、1908年10月に『国民新聞』において高浜虚子らを担当とする「国民文学」欄が開設された。とりわけ後者では片上天弦や千葉亀雄のほか、安倍能成、小宮豊隆ら漱石門下生も登用された。こうした情勢を見て、東京朝日新聞社は文芸欄が新たな読者開拓につながると判断し、専属契約にあった漱石をさらに活用しようと考えたのだろう。寺田寅彦宛の手紙からもうかがえるように、動かされることを好まぬはずの漱石も、

この申し出には積極的に乗り出した。自然主義文学の言説が『早稲田文学』や『文章世界』、また『読売新聞』などを通じて、メディアの大半を覆うようになったとき、文芸が単調になるのを嫌った漱石は文芸をめぐる言説の相対化と多様化を期待して編集に取り組んだと思われる。地球物理学の研究のためにベルリンに留学していた寺田に上記のような手紙を寄せたのもそのためである。

漱石と執筆者たち

　文芸欄は、当時、8段組の紙面のなかで1段半から2段程度の分量を与えられ、連載小説のすぐ上に配置された。ほぼ1つないし2つの記事に、翌年7月までは「柴漬（ふしづけ）」と題された海外の文芸トピックを紹介したコラムで組み立てられた。もちろん、漱石自身もここに多くのエッセイを発表した。『『煤煙』の序」「日英博覧会の美術品」「元日」「東洋美術図譜」「客観描写と印象描写」「草平氏の論文に就て」「長塚節氏の小説『土』」「文芸とヒロイック」「艦長の遺書と中佐の詩」「鑑賞の統一と独立」「イズムの功過」「好悪と優劣」「自然を離れんとする芸術」、さらには修善寺の大患後に書かれた「思ひ出す事など」や「博士問題とマードック先生と余」「マードック先生の日本歴史」「病院の春」「博士問題の成行」「子規の画」「ケーベル先生」「変な音」「手紙」などがそれである。なかでも漱石はいったん自身で没と判断した原稿を森田が勝手に採用しようとしたことを怒り、代わりの文章を書きつづけた。結果的に「文芸とヒロイック」以下、漱石の重要なエッセイが集中的に発表されることになったのである。

　ついで執筆者としては、「木曜会」メンバーおよびその周辺にいた阿部次郎、安倍能成、小宮豊隆、魚住折蘆、野上豊一郎らが入れ替わり採用された。森田はもっぱら文芸時評を、阿部と安倍は、同時代に盛んな自然主義文学への批判を展開した。彼らの盟友であった魚

◆
メディア

住折蘆はこれをきっかけに「真を求めたる結果」「自然主義は窮せしや」「自己主張の思想としての自然主義」を書いた。同じ朝日新聞社の校正係であった石川啄木の「時代閉塞の現状」執筆にいたる契機となったのも本欄を介してである。

また、海外文学に通じ、アカデミックな学知を背景とした批評を求めて、大塚保治、笹川臨風、戸川秋骨、坂本四方太、畔柳都太郎、山崎楽堂などが登用され、論壇で存在感を発揮した。森鷗外も「槖吾野人」というペンネームで「木精」を寄稿しているほか、内田魯庵、薄田泣菫、河井酔茗、徳田（近松）秋江、茅野蕭々も執筆。その顔ぶれの多彩さが目立つ。当時は文学だけでなく、美術や演劇、音楽など、さまざまな表現ジャンルにおいても変革期にあった。こうした趨勢に応じて、石井柏亭、藤島武二、橋口五葉、織田一磨、齋藤与里、西川一草亭、久米桂一郎、新海竹太郎らが起用され、絵画や彫刻、建築など、紙面をさまざまな観点と考察でにぎわせた。のちにロシア革命後、亡命知識人としてフランス、アメリカで日本学の種を蒔いたロシア人セルゲイ・エリセーエフも漱石への親炙を通じて「露国新進作家　ボーリス、ザイツェーフ」「アンドレイエフの近作『アナテマ』の批評」など、最新ロシア文学事情をレポートしている。冒頭に引いた寺田寅彦も留学先からの通信を掲載し、他方、新進作家であった武者小路実篤も指名を受け、歯に衣きせぬ『門』の短評を書きつけた。

折りから政府の文芸検閲と統制の問題が浮上し、「文芸欄」でもしばしばトピックとして取り上げられた。小宮豊隆「文芸行政サロン」、戸川秋骨「文芸委員は何をするか」「危険ならざる文学とは何ぞや」、内田魯庵「VITA SEXUALIS」、桐生悠々「風俗壊乱罪」、徳田秋江「文芸院の審査」など、漱石のエッセイとも呼応しながら、文芸の不羈独立と検閲批判が紙面を飾った。

◆メディア

軋轢と葛藤

しかし、他方、こうした論壇への問題提起は、しばしば漱石を記事の細部をめぐる苦情に直面させることになる。「私の個人主義」において漱石はぼかしながらもこう書いている。三宅雪嶺を批評した記事——森田草平「文壇近時」（1910・5・24）——について『日本及日本人』編集部が抗議してきた。「当時私は私の作物をわるく評したものさへ、自分の担任してゐる文芸欄へ載せた位ですから、彼等の所謂同人なるものが、一度に雪嶺さんに対する評語が気に入らないと云つて怒つたのを、驚きもしたし、又変にも感じました」と。論壇はまだ一味徒党が群雄割拠し、互いに牽制しあう場所であった。「朝日文芸欄」の書き手もまた「青年大学派の崛起」（石川啄木「一年間の回顧」『スバル』1910・1）と見なされはしたが、批評ジャーナリズムの未成熟な時期にあって自由闊達で刺激に富んだ言論の場を作ろうとしたことは間違いない。

しかし、森田本人は「文芸欄」を盛り上げるとともに、トリックスター役を果たしたと言ってもいいだろう。1911年9月、社内会議で森田の小説「自叙伝」の評価をめぐって、弓削田精一と池辺三山が対立。前々から両者のあいだに編集方針をめぐる対立が下地にあったため、大激論となり、結果的に漱石を支援してきた池辺の退社（9月29日）となった。経緯を知った漱石は、翌10月にかけて編集部と「文芸欄」の存続について協議。結局、発火役となった森田を解任し、同時に「文芸欄」の廃止を決めた。このときみずからも退社を申し出た漱石だが、最終的には朝日新聞社側の慰留に応じて辞表を取り下げた。こうして「朝日文芸欄」は漱石を介して誕生し、その判断によって突然の終焉を迎えた。しかし、これによって新聞「文芸欄」の意義と役割についての認識は高まることとなった。

（紅野謙介）

外国雑誌

がいこくざっし

◆東京を立つ前に、取りつけの外国雑誌の封を切つて、一寸眼を通したら、其うちに此詩人の逸話があつた　　　　　　　　（『行人』「塵労」三十八）

『タトラー』『スペクテイター』と『文学評論』

　漱石は『文学評論』第三編において「アヂソンおよびスチールと常識文学」という、18世紀の雑誌文学についての優れた研究を残している。スティールの創刊した『タトラー』と、彼がアディソンと刊行した『スペクテイター』は、18世紀の文化を語るうえで重要な資料である。これらはコーヒーハウスやクラブなどの社交場に集う中流階級の人々に、市中の人物描写や世相の描写を通して、文学、哲学、政治、科学について、常識人に欠かせない話題を提供し、この時代の潮流を作り上げた。ポープ、スウィフト、サミュエル・ジョンソンら同時代を代表する知識人の多くはこうした雑誌の寄稿者となっていた。両誌の発行部数は3000部程度であるが、コーヒーハウス等で回覧され、読者数はその何倍にも上った。隔日ないし日刊で発行された両誌は、後に書籍の形にまとめられ、それらは数十年にもわたって増刷、再刊が繰り返された。漱石はそうした再刊本を丹念に読んでは、18世紀の思潮を研究している。アディソンらの雑誌記事の特徴は「中庸」であり、決して過激にはならない文章は、機知と娯楽性を兼備え、イギリスの常識人にとっての模範的道徳観を広める役割を果たした。18世紀のヨーロッパ諸国の中でも最も言論が自由であったイギリスにおける公共圏形成という現象の顕著な例として、ドイツの社会哲学者ユルゲン・ハーバーマスは『スペクテイター』に注目している。その後『ジェントルマンズ・マガジン』ら、人気雑誌が次々と登場し、18世紀末までに150を超える雑誌が刊行された。また、女性読者を対象にしたものなども数多く刊行され、雑誌は各読者層に特化していった。

『エディンバラ・レビュー』と『文学論』

　18世紀後半になると、書評記事を中心とした雑誌が影響力を持つ。その中で漱石が注目しているのが、フランシス・ジェフリー(1773-1850)を主幹とする『エディンバラ・レビュー』(*The Edinburgh Review*, 1802-1929)らの批評誌である。『文学論』中で漱石はジェフリーが、サウジーやワーズワース、コールリッジらを酷評していることを取り上げ、その評論の仕方を批判的に紹介している。ホイッグのジェフリーによる『エディンバラ』に対抗して王党派のジョン・マレーにより創刊されたのが『クオータリー・レビュー』(*The Quarterly Review*, 1809-1967)である。ジョン・キーツの『エンディミオン』が『クオータリー』誌上で酷評を受けたことを踏まえて、『文学論』ではこの書評の不当なることを論じている。このように時に公平さを欠いた批評はあるものの、上記の批評誌は、当時次々と出版された、科学、医学、農業、世界地誌、哲学、文学、政治、宗教書等、あらゆる種類の書籍を論じることで、当時の出版文化の発展と知識の拡散に大いに貢献した。当時、高価な書籍が多く、人々にとって、書評で読んだ本を実際に手に取ることは難しかった。批評誌の読者は書評を読むことで、新しい知識を貪欲に吸収していったのである。批評誌に現れた同時代評をたどることは、漱石の優れた文学史観を形成する上で重要な学術的作業であった。さらに雑誌は、漱石にとって、各時代の文学の背景となった文化についての豊富な知識の源泉でもあった。　　　　　　　　　　　　　　（田久保浩）

◆メディア

活動写真

かつどうしゃしん

◆ルナパークの後から活動写真の前へ出た時は、是や占ない者などの居る所ではないと今更の様に其雑沓に驚ろいた。　　（『彼岸過迄』「停留所」十六）
◆「やあ何時の間にか勧工場が活動に変化してゐるね。些とも知らなかつた。何時変つたんだらう」／白い洋館の正面に金字で書いてある看板の周囲は、無数の旗の影で安価に彩られてゐた。自分は職業柄、左も仰山らしく東京の真中に立つてゐる此粗末な建築を、情ない眼付きで見た。（『行人』「塵労」九）

常設映画館の誕生と普及

　漱石が作家として活躍した明治時代後期から大正時代前期には、映画は「活動写真」ないし「活動」と呼ばれ、それを上映する場は娯楽施設として急成長を遂げた。1903(明36)年に日本初の常設映画館が浅草に開館したのを皮切りに、それまでの巡回興行から常設館での映画の上映が増加する。東京の各地に増えた常設館は、それまで見世物小屋や勧工場だった建物を改築・改装して利用したものが多い。『行人』の二郎とその父親が上野に出かけた折に目にするのも、そうした同時代の光景の一つである。ここでは、当時の映画常設館によく見受けられた、「安価に彩られ」たファサードが的確に写し出されている。また、『彼岸過迄』の敬太郎が散策中に通る「ルナパーク」は、1910年に浅草に作られたアメリカ式遊園地だが、その園内には力士の取組を上映する「相撲活動写真館」があり人気の施設だった。旧来の娯楽施設を活用し、海外式遊園地の中で相撲映画を上映するなど、当時の映画館は最新のものと旧来のものとが混ざり合う場でもあり、幅広い世代の人々で賑わった。

活動写真のレトリック

　漱石は講演の中で「元来私は活動写真と云ふものを余り好きません」（「中身と形式」『社会と自分』実業之日本社、1913）と述べている。さらに続けて、彼が子供と活動写真を見に行くと、たびたび登場人物の善悪を問われて閉口するのだという。むろんこれは話の枕であって、活動写真に対する好悪で捉えるべきではない。「中身と形式」と題したこの講演で漱石は、複雑な様態に「只表面上の纏り」をつくって安心することに警鐘を鳴らす。上の発言は、単純化を求めすぎることの陥穽を説いていく伏線なのである。
　一方、漱石の小説には活動写真が街並みの情景とともに描かれる。物語の登場人物たちは、活動写真館の前でふと立ち止り、その建物を見つめて思索に耽る。『彼岸過迄』の敬太郎は、活動写真館の前まで来たときに幼少期の懐かしい記憶が街の喧騒で打ち消されるのに気づく。『行人』の二郎は、活動写真館に変貌した街並みを父とともに眺めつつ、賑やかな周囲とは不調和な「老いた父」を実感する。動く写真を上映する場所は、登場人物が時間を認識し、その意識のなかに過去と現在が対比的に浮かび上がる空間でもあったのだ。さらにこの特徴は、漱石が比喩として用いた「活動写真」にも窺える。例えば『道草』の御常は、「彼女は自分の頭の中に残つてゐる此古い主観を、活動写真のやうに誇張して、又彼の前に露け出す」人物として描かれる（『道草』六十四）。ここでの「活動写真」は、単に「誇張」の程度を示すだけではなく、「古い主観」という過去のものを、語る現在において対照的に示す働きを持っている。このように、時間芸術としての活動写真と、それを上映する活動写真館は、作中人物の時間に対する意識とも深く結びついていたのである。

（塩野加織・十重田裕一）

検閲、発売禁止

けんえつ、はつばいきんし

◆其頃内閣が変つて、著書の検閲が急に八釜敷くなつたので、書肆は万一を慮つて、直接に警保局長の意見を確めに行つた。すると警保局長は全然出版に反対の意を仄めかした。もし押切つて発売に至る迄の手続をしやうものなら、必ず発売禁止になるものと解釈して、書肆は引下つた。(「『煤煙』の序」)

『煤煙』の刊行と検閲の重層性

　明治時代中期から昭和時代前期の日本では、出版法(1893年公布)・新聞紙法(1909年公布)に基づき、内務省警保局図書課が出版物に対する検閲を行なっていた。多くの場合、出版社において自己検閲が行われ、安寧秩序紊乱・風俗壊乱による発売禁止を回避するために、編集者が検閲官に内閲を求めることもあった。

　森田草平の小説『煤煙』(金葉堂・如山堂、1910・2)に寄せた序(初出『東京朝日新聞』1909・11・25)は、1908(明41)年7月の桂太郎内閣発足以来の検閲強化の流れを背景に、『煤煙』刊行の経緯を明らかにする。用例に示した書肆と警保局長との交渉の後、「安全な部分丈を切り離して小冊子に纏めたらどんなものだらうといふ新案」に従い、『煤煙』はその前半部分のみが第　巻として出版される。ここには、出版者が刊行後の発禁による経済的打撃を回避すべく、事前に内閲を受け、さらに自主検閲を行っていた実態が示されている。

　草平の訪問を記す1909年5月15日の日記には、「彼は他の書物が発売禁止になつても平気な男也。そこで余かれに告げて曰く。煤烟どころか如何なる傑作が発売禁[止]にならうと世間は平然たる時代なり。煤烟なん

かどうなつたつて構ふものか」とあり、同時代の読者の発禁への一般的無関心、作者の自作以外の発禁への関心の薄さへの、漱石の批判がうかがえる。さらに漱石は、読者による積極的検閲に関して、談話「読書と西洋の社会」(『読売新聞』1912・10・20)の中で、英国の「巡回文庫[サーキュレーチングライブラリー]」の例も挙げている。

　上記の漱石のテクストは、政府、出版者、作者、読者という重層性の中で機能する検閲システムのあり方を浮彫りにするものだといえる。

文芸委員会への批判的態度

　「点頭録」の「六　トライチケ(一)」(『東京朝日新聞』1916・1・17)の中で、漱石は当時の日本における「政治」と「思想」の殳交渉を指摘し、「たまに両者の連鎖を見出すかと思ふと、それは発売禁止の形式に於て起る抑圧的なものばかりである」と述べて、「思想家」の「貧弱」と「政治家」の「眼界が狭い」ことを批判している。

　その一方、文学への理解を装いつつ、実際には検閲の効果を有する政府の側からの文学奨励策に対しても、漱石は懐疑的だった。1911年5月17日公布の文芸委員会官制に対して漱石は明白な反対姿勢を打ち出し、「文芸委員は何をするか」(『東京朝日新聞』1910・5・18-20)で「政府は又文芸委員を文芸に関する最終の審判者の如く見立て、此機関を通して、尤も不愉快なる方法によつて健全なる文芸の発達を計るとの漠然たる美名の下に、行政上に都合よき作物のみを奨励して、其他を圧迫するは見易き道理である」と述べている。隠微な形での検閲権力の行使をも、漱石は見抜いていた。漱石は生前、自身の著作が発禁となることはなかったものの、検閲システムに対して折にふれ鋭い言及を行っていたのである。　　　　　　(小堀洋平・十重田裕一)

◆メディア

時事新報

じじしんぽう

◆私が画をかくとか箇人展覧会を開くとか新聞にあつたからもし開いたら見せてくれといつて来た人があります(中略)あなたの御手紙で其出所が漸く分りました時事新報では大方冗談半分にそんな事を書いたのでせう

（水落露石宛書簡、1914（大3）年5月25日付）

1907（明40）年に東京朝日新聞社に入社した関係もあって、漱石は他紙へはあまり寄稿していない。『時事新報』の場合は応間の類が散見される程度だ。雅号の由来を訊ねるアンケートへの回答（1913・10・2付）をはじめ、津末ミサオの入水に関するコメントを寄せるなどしている（1915・10・8付）。

むしろ、紙面上でゴシップの対象となる機会の方が多い。例えば、1914年5月22日付の「文藝消息」欄には次のようにある。「夏目漱石氏　近く自作の絵画展覧会を極めて内所に開く但し自分の画を賞める人だけを招待して見せるのださうだ」。上記用例は当該記事に関する漱石の言及である。大阪在住の俳人・水落露石に宛てた書簡（1914・5・25付）に見える。気のむいたときや人に請はれた際に描く程度だからすぐにというわけにもゆかぬが、「そのうち機会があつたら変なものでも御笑ひ草に御覧に入れませう」と続く。満更でもないようだ。

ちなみに、『報知新聞』1915年8月25日夕刊に掲載された談話記事（「楯の半面」欄）によると、絵を描くのかと問われ、「私が個人展覧会を開くと云ふ噂ですね、勿論巫山戯た話でせうが」と前置きしたうえで、絵画論を展開している。

（大澤聡）

◆メディア

写真

しゃしん

◆写真は奇体なもので、先づ人間を知つてゐて、その方から、写真の誰彼を極めるのは容易であるが、その逆の、写真から人間を定める方は中々六づかしい。是を哲学にすると、死から生を出すのは不可能だが、生から死に移るのは自然の順序であると云ふ真理に帰着する。　　　（『それから』十二の四）

写真がうつし出すもの

写真は、さまざまなものを身近に引き寄せてくれる。『行人』の登場人物たちは頻繁に絵葉書をやりとりしているが、そのなかには名所を撮影した写真の絵葉書も含まれているだろう。写真によって多様なイメージが広く流通していく。とりわけ、西洋文化の移入に関して写真は重要な役割を果たしている。『三四郎』の広田先生は、東京が汚いと主張する。洋行経験のない先生は、パリやロンドンの街を写真によって研究したというのだ。撮影された状況や被写体の取捨選択といった要素は考慮されず、写真は実物と限りなく等価なものと認識されている。また『行人』の三沢の部屋には、エッチングや水彩画が壁一面に貼ってある。本文の記述からは判然としないが、それらは雑誌などから切り取った写真版の口絵の可能性がある。実物を見る機会の少ない西洋美術作品は、写真版によって広まっていった。その三沢は、写真を元にして油絵を描いている。理由は、モデルの女性が死んでしまったためということだが、写真がデッサンの代りとして画家たちに利用されていたのも事実である。一方『野分』では、写真は「今ぢゃ立派な美術です」と主張される。画面を修整したり現像の方法を工夫すること

552

で多様な表現が可能であることを示し、写真が芸術の一ジャンルとなっているというのだ。写真は、現実を写し取るものにとどまらず、創作物としての評価が与えられている。

修整された肖像

そうした芸術写真とは異なり、実用的なものとして世間に広まっていったのは見合い写真である。『それから』の代助は、佐川の娘との結婚を勧められその写真を受け取っている。それ以前にも多くの見合い写真を代助は手にしているようである。その一方で代助は、金具の付いた立派な写真帳の若い女性の写真に見入っている。いうまでもなく写真の女性は、現在平岡の妻となっている三千代に他ならない。代助にとってこの写真は、花嫁候補たちの写真とは異なる重い価値を持っている。また『行人』では、長野家に奉公するお貞さんの縁談に見合い写真が使われている。写真を見た人々の間では、見合い相手のおでこが話題になる。お貞さんはその佐野という男と結婚することになるのだが、本人と面会した二郎は、母へ「佐野さんはあの写真によく似ている」と手紙に書く。当の本人が写真と似ているというのは本末転倒だが、写真と実物との印象は、必ずしも一致しないものとして受け取られている。

そもそも見合い写真に修整が施されているのはよくあることで、ある程度の偽装はお互い様と言うことであろう。写真の修整ということでは、漱石自身の経験が『硝子戸の中』（二）に書かれている。カメラマンが自宅にやってきて笑顔を注文したが漱石は笑わなかった。しかし出来上がった写真は笑っており、漱石や家族は修整と判断する。いったい何が真実の姿なのか、被写体と写真のあいだにはあいまいで微妙な関係が存在する。

（中沢弥）

趣味（雑誌）

しゅみ

◆早い話がヘッダ、ガブラなんて女は日本に到底居やしない。日本は愚か、イブセンの生れた所にだつてゐる気づかひはない。それだからイブセン劇になるのである。　　　（「愛読せる外国の小説戯曲」）

上記「愛読せる外国の小説戯曲」は、雑誌『趣味』第3巻第1号（1908・1）の附録として掲載された談話記事である。同号には漱石のほかに島崎藤村・正宗白鳥・国木田独歩ら24名による愛読書が紹介されている。1906（明39）年6月に創刊した『趣味』は1907年9月号まで彩雲閣から発行され、以後1910年7月の中絶まで易風社が発行所となった。坪内逍遙は創刊号の巻頭を飾る記事「趣味」の中で、「今日の如き大変遷期」にこそ「国民が善悪の美醜の評価力」を身につけるべきだと説いている。「国民全体の趣味の善悪は風俗の本源」であり、「理想建設の地盤」は「趣味性の高下によつて定まる」と考えるからだ。創刊当初の『趣味』は文芸雑誌というよりも、日本の伝統的な芸能文化と西欧式の文化とを視野に入れた文化啓蒙雑誌だった。西村翠蔭が編集を担当するようになってから文学雑誌としての形を整えていくように見えるが、越智治雄が指摘したように、すぐれた文芸評論を数多く残したわけでも、当時の文壇に新しい問題を提供したわけでもない（「『趣味』」『文学』1955・12）。むしろ、この雑誌がしばしば採用した合評や随筆、アンケート記事に見られるゆるやかな文芸家同士の相互批評にこそ、ほかのメディアでは見えにくい作家の嗜好や自然主義時代の文壇を包む当時の文化状況を確認することができる。　　　（伊藤かおり）

◆ メディア

書肆

しょし

◆寺尾は、此間の翻訳を漸くの事で月末迄に片付けたら、本屋の方で、都合が悪いから秋迄出版を見合せると云ひ出したので、すぐ労力を金に換算する事が出来ずに、困つた結果遣つて来たのであつた。では書肆と契約なしに手を着けたのかと聞くと、全く左様でもないらしい。と云つて、本屋の方で丸で約束を無視した様にも云はない。要するに曖昧であつた。　　　　　（『それから』十五の三）

本の作り手と売り手

　いまではほとんど死語のようになった「書肆」とは、「書物を出版したり売ったりする店。書籍商」（『日本国語大辞典』第2版）とあるように、出版社（本の作り手）と書店（売り手）のどちらか、あるいはその両方を指す名称である。「本屋」と言った時、現在では本を商品として並べて売る店（書店）を指す。しかし、上記の引用にもある通り、漱石は「書肆」と「本屋」は同じ意味で用いているが、ここではどちらも書店ではなく出版社を指している。江戸時代、京都を中心に「書肆街」が発達し、木版印刷による本を家内制手工業によって作り、盛んに店頭で商っていた書籍業は、文明開化後に本格的な近代商業出版が始まったことにより、作り手と売り手が専業化して分かれるようになった。江戸と明治の狭間に生まれた漱石は、書籍業の形態変化を見ながら育ったのかも知れない。少なくとも、漱石の中で「書肆」という言葉は、出版社と書店に対して、ゆるやかに用いられる名称であった。
　「書肆」と同じように、漱石は「本屋」も出版社と書店の両方の意味を持つ名称として用いている。『道草』十六に「健三は昔此男につ

れられて、池の端の本屋で法帖を買つて貰つた事をわれ知らず思ひ出した」とあるが、次の十七では島田の言葉として「御祝儀は済んだが、○○が死んだ時後が女だけだもんだから、実は私が本屋に懸け合ひましてね。それで年々若干と極めて、向ふから収めさせるやうにしたんです」と書かれている。前者は書店、後者は出版社を指している。他にも、「何か御著述があるさうで、夫を本屋の方で御売渡しになる迄延期の御申込でした」（「野分」十二）は出版社、「足りん筈はない、医者へも薬礼は済したし、本屋へも先月払つたぢやないか」（『吾輩は猫である』三）は書店として「本屋」を用いている。

「本屋はズルイ」

　先の引用に、苦沙弥が書店へ支払いを済ませたことを言っている箇所があるが、彼が本を購入していたのは「丸善」である。「無暗に読みもしない本許り買ひましてね。それも善い加減に見計らつて買つて呉れると善いんですけれど、勝手に丸善へ行つちや何冊でも取て来て、月末になると知らん顔をして居るんですもの、去年の暮なんか、月々のが溜つて大変困りました」と細君は夫の浪費に不平をこぼしている。漱石の妻・鏡子は後年、父親の借財返済に苦労した話の中で、「此頃が一番金に困つてゐた時なので、一寸したことにも弱りましたが、しかし苦しい中にも丸善から本を買ふのだけは、よして下さいとは言へず、足りないときはだまつて質屋通ひなどして、どうやら凌ぎをつけて居りました」（『漱石の思ひ出』改造社、1928）と記している。鏡子から直接言われはしなかったが、漱石は無暗に本を買いすぎることは自覚して、苦沙弥の性格に当てはめたのだろうか。
　漱石は、1905（明38）年5月18日に野間真綱に宛てた書簡の中で、「本屋は君のとこへ行くと云ふて居た。来たらよい加減に話をし玉へ。向のいふなり次第になつてはいけない。

◆ メディア

554

本屋はズルイ者だから滅多な言をすると致される」と記している。同年6月号の『ホトトギス』に掲載される真野の作品「看病」の添削をした手紙の追伸として添えられた文章であるが、これはどういうことだろうか。

作家と出版社との経済関係には、第一に原稿料による報酬がある。次に、契約によって支払われる印税がある。漱石は、この印税の率や額にこだわった作家と言われている。1907年7月20日の野間宛書簡には、「五割の印税をとつたら僕も今頃は一万円のうち位買へるだらうに」と、冗談めかして記しているが、印税は生活費以外に入用の物を買うための資金でもあった。1909年6月の日記には「とうとうピヤノを買ふ事を承諾せざるを得ん事になつた。代価四百円。『三四郎』初版二千部の印税を以て之に充つる計画を細君より申し出」された。

1907年5月に朝日新聞社へ入社したことで、漱石は専業作家となったが、その名声は1905年に『吾輩は猫である』を発表した時点から高まり、様々な出版社が原稿の依頼に来た。その煩わしさは漱石にとって堪えがたいものであったようで、1905年11月9日付鈴木三重吉宛の書簡に「僕は方々から原稿をくれの何のと云つて来て迷惑します。僕はホトヽギスの片隅で出鱈〔目〕をならべて居れば夫で満足なのでそんなに方々へ書き散らす必要はないのです」と記している。同年7月26日の三重吉宛書簡にも「其他色々な人がくる。十八世紀文学は金尾をやめて春陽堂にした。昨日服部の印税未納をしらべたら八百円程ある。僕も中々寛大な著作家たるに驚いた。服部も通知を受けて驚いたらう」とし、商売の相手として割り切った付き合いを望む漱石の姿が垣間見える。しかし、まだこの時期は出版社に対して作家の地位が一般的に低く、原稿を買い取った出版社が著作権も譲り受ける形が文芸書では多かった。先の「本屋はズルイ者だから」という表現は、相手が有利になるような口約束ではなく、作家としての権利を確保する交渉を行え、という助言ととれる。

冒頭の『それから』にあるような、出版社との「曖昧」な関係への警鐘であった。

ちなみに、近代の著述の中で、出版社との印税契約を結んだ最初の事例として確認されるのは、小宮山天香による翻訳書『概世史談・断蓬奇縁』(鳳文館、1887)であり、1886年12月22日付の出版契約書が遺族のもとに残されている（木戸清平「新資料による小宮山天香の研究」『明治大正文学研究』1954・4、および同『知られざる文学』川又書店、1960）

春陽堂と漱石

「文士の生活」の中で漱石は、「これを云つて了つては本屋が困るかも知れぬ」として「外の人よりは少し高い」印税の率は明かさなかったが、『吾輩は猫である』の版次部数は明記している。漱石は数字に対して不満足さを顕にし、「幾割印税を取つた処が、著書で金を儲けて行くと云ふ事は知れたものである」と嘆いている。漱石の頭の中には、常に経済的安定を希求する思いがあったのだろう。

漱石と出版社との関係では、『心』をロングセラーにした岩波書店がまず思い浮かぶが、それ以前の作品を主に出版していたのは春陽堂である。外交部主任であった本多嘯月は、「先生の『吾輩は猫である』の第一編が大倉書店から出た当時、何か先生の新しい著作をいただきたいと、それはそれは五月蝿ほどお願ひした。寧ろ強要した」と書き残している（「夏目先生と春陽堂と新小説其他」『新小説』1917・1）。単行本出版の際にも「お迫りしてこれも其の乞ひを容れられた」と、やや強引な姿勢が見られるが、結果として漱石作品は「春陽堂の発行物の権威の一つ」になった。その反面、漱石は出版社の「ズル」さに誤魔化されないよう、作家として自身の価値を高率な印税に反映させようと企図したのかも知れない。

なお、春陽堂創設者の和田篤太郎については、拙稿所収の『東海の異才・奇人列伝』(風媒社、2013)を参照されたい。 　　　　(牧義之)

◆メディア

新思潮

しんしちょう

◆拝啓新思潮のあなたのものと久米君のものと成瀬君のものを読んで見ましたあなたのものは大変面白いと思ひます落着があつて巫山戯てゐなくつて自然其儘の可笑味がおつとり出てゐる所に上品な趣があります夫から材料が非常に新らしいのが眼につきます文章が要領を得て能く整つてゐます敬服しました、

（芥川龍之介宛書簡、1916(大5)年2月19日付）

第四次『新思潮』とのかかわり

　1907(明40)年小山内薫が『帝国文学』に対抗するべく創刊してから、断続的に継承刊行された文芸誌。1910年9月に帝国大学在学中の和辻哲郎や谷崎潤一郎などにより第二次『新思潮』が刊行される。漱石との関係が深いのは山本有三が中心となった第三次『新思潮』にも参加していた芥川龍之介・菊池寛・久米正雄・松岡譲・成瀬正一による第四次『新思潮』(1916・2創刊)である。創作熱の高まりのなかで漱石との対面を果たし、『新思潮』発行への思いが強くなったと想像される。「以前の『新思潮』時代には夏目先生と同人とは全く没交渉であつたのが、今の『新思潮』になつて、夏目先生の作物なり批評なりが同人の創作に強い影響を及すやうになつた」(菊池寛「先生と我等」『新思潮』1917・3)のである。当然批評を仰ぐべく創刊号を進呈すると、漱石は芥川の「鼻」を激賞する。「ああいふものを是から二三十並べてご覧なさい文壇で類のない作家になれます」(漱石書簡)といった「夏目先生からの称賛が、彼の作家たらんとする意志を決定させた」(久米正雄『二階堂放話』)のである。第四号の「校正後に」には「私達はさう云う点

で、夏目漱石先生を、日本の文壇のどの先輩よりも多く尊敬する」(成瀬正一)とある。

漱石からの手紙

　漱石は1916年の8月中旬から約半月の間千葉の九十九里海岸の一宮館に滞在していた芥川と久米に対し複数の書簡を送っている。当時『明暗』を執筆中の漱石は小説を書く心持ちを「苦痛、快楽、器械的」と述べている。そのような心境にありながら二人に対して「君方は新時代の作家になる積でせう、僕も其積であなた方の将来を見てゐます」(8・21付)、「君等の若々しい青春の気が老人の僕を若返らせたのです」「あせつては不可せん。頭を悪くしては不可せん。根気づくでお出でなさい。世の中は根気の前に頭を下げることを知つてゐますが、火花の前には一瞬の記憶しか与へて呉れません。うんうん死ぬ迄押すのです。それ丈です。決して相手を拵えて押しちや不可せん。相手はいくらでも後から後からと出て来ます。さうして吾々を悩ませます。牛は超然として押して行くのです。何を押すかと聞くなら申します。人間を押すのです。文士を押すのではありません」(8・24付)と次々手紙を送るのである。『新思潮』の掲載作品に対する批評ばかりではなく、ここには自分を慕う若い作家への励ましと親愛の情が溢れている。また芥川龍之介の書簡に、「創作のプロセスに　始終リフアーしてゆく批評は　先生より外に　僕たちは　求められません」(漱石宛書簡、1916・9・2付)とあるように、漱石にどのように読まれ、批評されるかが彼らにとっても重要であったのである。このような手紙のやり取りがあった年の12月9日に漱石は死去する。『新思潮』第二年第二号(1917・3)は「漱石先生追慕号」となった。漱石という第一読者を失った第四次『新思潮』はこの号を最後に幕を下ろし、同人達はそれぞれの道を歩み始めることになるのである。

（山岸郁子）

新小説

しんしょうせつ

◆来九月の新小説に小生が芸術観及人生観の一局部を代表したる小説あらはるべく是は是非御読みの上御批評願度候。

（畔柳芥舟宛書簡、1906(明39)年8月7日付）

不偏不党の文芸雑誌

『新小説』は春陽堂による文芸雑誌。須藤南翠、饗庭篁村、森田思軒らによる第一期（1889・1-1990・6）を経て1896(明29)年7月に第二期創刊。日清戦争下、博文館が『太陽』『文芸倶楽部』を創刊しており、勝利の余韻の中、それに刺激されての発刊である。編集は幸田露伴、次いで石橋忍月。小説中心を旨とし、既存の雑誌が大家の惰性ともいえる作品に頼っていたのに対し、新人や未だ世に出ていない作家による力作の掲載を謳った。ここから巣立った新人も多く、これらは「一党一派に偏することなく」作者、読者、出版社が尊重し合う「春陽堂の経営上の鉄則」に支えられていた（尾形国治編著『『新小説』解説・総目次・索引』「解説」不二出版、1985・1）。

広津柳浪の『河内屋』（1896・9）に続いて後藤宙外『闇のうつゝ』（1896・10）、小栗風葉『亀甲鶴』（1896・12）を載せ新人を登用。1897年には紅葉門下の泉鏡花、風葉、柳川春葉らが編集部に加わる。文苑には薄田泣菫や島崎藤村の詩が載り、懸賞詩歌俳句・小説の募集は若き情熱の受け皿となった。鏡花は『辰巳巷談』（1898・2）『高野聖』（1900・2）などで注目され同門の徳田秋声も掲載が多い。藤村にも『旧主人』（1902・11）『水彩画家』（1904・1）などがある。また柳浪も『雨』（1902・10）はじめ定期的に小説を発表。1900年2月からは宙外が主に編集

を担った（-1910・12）。

田山花袋『蒲団』（1907・9）も『新小説』に発表された。自然主義文学の確立に寄与したわけだが、次号からは宙外を中心にこれへの批判的な論評を展開。『早稲田文学』『文章世界』が自然主義一辺倒に進む中、一派に偏しないあり方は、反自然主義的な作風に貴重な発表の場を提供した。本欄に白柳秀湖『駅夫日記』（1907・12）岩野泡鳴『耽溺』（1909・2）、永井荷風『歓楽』（1909・7）『すみだ川』（1909・12）、鏡花『歌行燈』（1910・1）など。こののち小宮豊隆が劇評を担当し鈴木三重吉が編集顧問を務めるなど門下との関係も深く、漱石が自作掲載の仲介依頼に対応した書簡も残る。

「草枕」の発表

「草枕」は1906年9月『新小説』に発表された。漱石はこれ以前、日露戦争勝利のもたらす自信自覚によって西洋偏重を脱する可能性を述べた談話「戦後文界の趨勢」（1905・8）を寄せている。執筆は「新小説抔からは半年位前からたのまれて」（大町桂月宛書簡、1905・11・25付）という前年からの熱心な依頼に応じたもので、在来の小説が「人情的な方面」を写すのに対して「純美の客観的実在」を扱う、理解のない者は「殆んど小説と認めざる程の変調なもの」（藤岡作太郎宛書簡、1906・8・31付）という作品に、新しい小説を冠する舞台はふさわしい。

8月上旬の書簡にはどれも、酷暑の中『新小説』の小説に向かうとの一言が添えられ、「是非読んで頂戴。こんな小説は天地開闢以来類のないものです（開闢以来の傑作と誤解してはいけない）」（小宮豊隆宛書簡、1906・8・28付）の文面からは高揚感と自信とが窺える。果たして読者には高い関心と好評とを以て迎えられ、小林万吾の口絵の付いた「草枕」と正宗白鳥『旧友』の並んだ9月号は三日で売り切れたという（寺田寅彦宛書簡、1906・9・2付）。

（市川祥子）

新潮、新声

しんちょう、しんせい

◆私の考では自然を写す—即ち叙事といふものは、なにもそんなに精細に緻細に写す必要はあるまいとおもふ。写せたところで其が必ずしも価値のあるものではあるまい。

（「自然を写す文章」『新声』1906年11月）

◆巡査がどうして、それから斯うしたと云ふやうに、原因結果を書いたものではない、其巡査が明日はどうなつても、明日のことは関はない。只、巡査其物に低徊して居れば好いのである。

（「独歩氏の作に低徊趣味あり」『新潮』1908年7月）

投稿雑誌としての『新声』

　『新声』は1896(明29)年7月創刊の文芸雑誌である。編集者は後に『新潮』を創刊する橘香佐藤儀助(後の義亮、1878-1951)であり、その意味で『新声』は『新潮』の前身であるといえる。とはいえ、メディアとしての性格はやや異なる。『新声』創刊号は、「「新声」は次代国民の声」「満天下同志の投書を歓迎す」とのスローガンを掲げ、広く読者の新しい「声」を蒐集する〈投稿雑誌〉としての性格を表明した。ジャンルは論説・小品・和歌・漢詩など多岐に亘り、中村春雨・蒲原有明らの新人を直ちに発掘するなど、〈投稿雑誌〉隆盛の機運に乗じて有力誌に成長した。1900年には田口掬汀が小説『罪不罪』でデビュー、この頃から職業作家の小説も掲載し始めたが、文壇照魔鏡事件(1901)や、経営不振などにより、1903年、橘香は『新声』を森山吐虹に譲渡するに至る。1904年5月、橘香が『新潮』を創刊すると、6月号をもって『新声』は休刊となるが、1905年に再刊される。漱石が、些細な出来事を長文で綴るイギリスの作家「ジョルジ・メレデス」について語った談話「夏目漱石氏日」が掲載されたのは、同年の11月号だった。この他にも談話「自然を写す文章」(1906・11)がある。両者は内容的に対を成しているようで面白い。『新声』自体は、〈投稿雑誌〉の機運が退潮しきった1910年、その体質を変革することができず廃刊に至る。

日露戦争後の文学状況の中で

　『新潮』創刊号を見ると、表紙に「軍国の文学を見よ」とあり、表紙裏には「国家自ら生動し、国民自ら活躍す。国運の勃興まさに無前と称す。希くは、我文学をして、剛健活大、此勃興時代に恰当するものたらしめよ。」と、日露戦争下における「文学」の役割が宣明されている。ただし、当初は時局を反映した評論などが掲載されるも、いずれも微温的で、『新声』の〈投稿雑誌〉としての性格を多分に残した文芸雑誌として出発する。『新潮』がそのような性格から脱し、文芸誌の主位を占めるようになるのは1910年頃からで、それは1907年に入社した中村武羅夫の企画力に依る所が大きい。座談会形式で新作を論評する「創作合評」(1923-1931)などの企画が特に有名だが、国木田独歩の死の直後に「独歩追悼号」(1908・7)を刊行した迅速な編集で既に注目されていた。漱石も談話「独歩氏の作に低徊趣味あり」を寄せ、独歩の小説「巡査」の面白味を「低徊趣味」と評した。「低徊趣味」という語は、「虚子著『鶏頭』序」(『東京朝日新聞』1907・12・23)を初出とする漱石の造語で、その後の漱石の文章に散見される。「虚子著『鶏頭』序」では、「一世の浮沈問題」に対置される書き手の「余裕より生ずる材料」を描いた小説より醸成されるとされ、これより「余裕派」という範疇も導出される。これらの文章は、漱石の文学・社会的イメージの史的位置を考える際、長谷川天渓「所謂余裕派小説の価値」などの自然派の言説と対照させながら参照する必要がある。

（黒田俊太郎）

成効(成功)(雑誌)

せいこう

◆夫から「成効」と云ふ雑誌を取り上げた。其初めに、成効の秘訣といふ様なものが箇条書にしてあつたうちに、何でも猛進しなくつては不可ないと云ふ一ヶ条と、たゞ猛進しても不可ない、立派な根底の上に立つて、猛進しなくつてはならないと云ふ一ヶ条を読んで、それなり雑誌を伏せた。(『門』五の二)

　歯医者の待合室で宗助はこの雑誌を手に取る。ここでは『成効』となっているが、モデルとなった雑誌は『成功』であり、村上俊蔵(濁郎)の設立した成功雑誌社から1902(明35)年10月に創刊された。小説内での描写は、1910年1月号の内容と重なっている。『成功』はその名の通り、立身出世を目標としてかかげる。明治20年代末から就学率、通学率は急速な上昇を見せ、男子の就学率は明治30年代には8割を超える(竹内洋『立身出世主義』日本出版放送協会、1997・11)。その一方で、中学校や旧制高等学校への進学は経済的に難しく、上級学校へ進学することへの羨望や、そうした上昇階梯からはずれていくことへの焦燥、煩悶が学生のうちに広範に内面化されていく。そうした人々の増加に呼応して、こうした自学、自立による階層上昇を説く出版物も数多く出現した。地方青年においては上京、苦学がブームとなっていく時期でもある。成功雑誌社はまた、1906年に雑誌『探検世界』を、1908年には『殖民世界』を発刊しており、立志、立身の欲望はまた、対外的な植民地への欲望に接続していくものでもあった。村上俊蔵自身、南極探検の支援に私財を投じたことが知られている。　　　　　　　　(和田敦彦)

太陽

たいよう

◆「あなたが東風君ですか、結婚の時に何か作つてくれませんか。すぐ活版にして方々へくばります。太陽へも出してもらひます」

(『吾輩は猫である』十一)

博文館の雑誌『太陽』と漱石

　『太陽』は、1895(明28)年1月博文館が創刊した総合雑誌で、近代における代表的雑誌のひとつである。四六倍判、総ページ数216ページの創刊号は、当時の雑誌界では突出したボリュームを誇るものであった。それまで刊行していた雑誌を、『日清戦争実記』を除いてすべて廃刊として、『少年世界』『文藝倶楽部』そして『太陽』の3誌体制をとり、この3誌に総力を傾注した。発行部数は、創刊号が5万部でスタートし、増刷して約8万部と、博文館の社内資料をもとにした草稿「博文館五十年史稿」に記載がある。その後部数は下降気味で、創刊4年目からは4万部程度で推移している(浅岡邦雄「明治期博文館の主要雑誌発行部数」『明治の出版文化』臨川書店、2002)。

　漱石と雑誌『太陽』との関係は薄く、後述の事例を除いて同誌に執筆することはなかった。ただ、1905年11月25日付大町桂月宛の書簡によれば、桂月から『太陽』に何か書いてほしいとの依頼を受けたが、他誌への執筆多忙を理由に断っている。

「新進名家投票募集」への対応

　1909年1月、『太陽』は誌上に「新進名家投票募集」の記事を掲げ、16の分野から「理想的代表的人物」25名を選出すべく広く投票を募った。5月にその結果が発表され、「文藝界

◆メディア

の泰斗四名」として、漱石が14539票を獲得して1位当選となる。以下、中村不折、幸田延子、島村抱月の順であった。5月2日の日記にはこうある。「太陽雑誌を送って来る。名家の投票当選と云ふのがある。政治家、宗教家、抔色々あるうちに文芸家として自分が当選している。当選者に金盃を進呈すると書いてある。金盃を断わらうと思ふ。投票に就ての自分の考を公けにする必要があると思う」。翌日、「太陽雑誌募集名家投票に就て」を『東京朝日新聞』に送る。冒頭に、投票というものは良くないと言明し、以下縷々と投票への持論を述べ、自己の主義に反するので金盃は受けないとした。新聞掲載の翌日、博文館の坪谷善四郎が訪ねてきて、金盃受け取りについて交渉、結局、金盃を受けない代わりに『太陽』に意見を書くことを約す。この中で漱石は、『東京朝日新聞』掲載の全文を引用して、投票に対する自己の主義をこう述べている。「然るに投票なるものは、己れの相場を、勝手次第に、無遠慮に、毫も自家意志の存在を認める事なしに他人が極めて仕舞ふ。多数の暴君が同盟したと同じ事」であり、はなはだ不公平な運動だからやらぬ方がよいのだとしたうえで、さらに諧謔まじりにこう述べる。人間は「将棋の駒の様に積みかさねられるべきものでは無からう。人の肩の上に乗るのは無礼である。且つ危険である。人の足をわが肩の上に載せるのは難儀である。かつ腹が立つ。何方にしても等級階段をつけられて一直線に並ぶべき商買とは思へない」。末尾で漱石は、自分の主義から出たことだから『太陽』や坪谷らに悪感情を持っているわけではないとし、折衝のすえ投票反対の意見を『太陽』に載せることでやっと相談がまとまったのだ、と内情を明かしている。「此篇はさういふ因縁で金盃を貰はない罰として書いたのである」とあって、内心、漱石は苦笑の思いでなかったか。

(浅岡邦雄)

中央公論

ちゅうおうこうろん

◆朝鮮は満洲と違つて山が多い処だ。空が澄み渡つていい天気ばかりだつた。京城の雑誌屋に雑誌新着と云ふ赤い幟が立つてゐたから入つて見ると、十月の『中央公論』や『ホトトギス』などがあつた。

(「汽車の中」『国民新聞』1909年10月19日)

雑誌の創刊とその変化

『中央公論』はもともとは京都で出されていた仏教系の雑誌であり、その歴史は『中央公論七十年史』(中央公論社、1955)に詳しい。1885(明18)年京都の西本願寺法主大谷光尊は近代教育に見合った仏教教育の必要から普通教校を設立、この有志学生の出していた機関誌『反省会雑誌』(のちに『反省雑誌』と改称)が、やがて東京に移り、内容も禁酒、進徳を求める宗門の雑誌から、次第に文芸、思想、社会の領域を含んだ総合雑誌へと体裁を整えていく。桜井義樵の編集のもと、『中央公論』と誌名を改めるのは1899年だが、社会矯風問題への関心は依然強く、精神、宗教問題を背景としつつ国民の徳育教育が社論としてもしばしば取りあげられていた。

編集にあたっていた桜井はこの雑誌から離れ1904年に『新公論』を創刊、『中央公論』は一時休刊を余儀なくされるが、その後高山血来、瀧田樗陰を編集に迎え、血来の提唱で総合雑誌化への戦略の柱として文芸創作欄を充実していくこととなる。明治末には代表的な総合雑誌となってその文学欄も活況を呈しており、新人作家の登竜門と見なされてもいた。

文芸欄の役割

漱石は1904年9月号に「一夜」を、同年11

◆メディア

560

月の通巻200号増大号には「薤露行」が、幸田
露伴「付焼刃」、泉鏡花「女客」といった作と
ともに掲載される。また、樗陰に乞われて翌
年10月には「二百十日」をここに執筆してい
る。漱石の弟子である鈴木三重吉や森田草平
らの発表の舞台として、あるいは著名な自然
主義の評論、実作の発表される場ともなった。
また文芸欄の充実は、小説作品の掲載のみで
はない。1904年1月から連載されている「文
士初対面録」のように、作家への訪問記事や
評伝も連載してもいく。総合雑誌化していく
『中央公論』において、文学欄は政治、社会評
論とともにこの雑誌を特徴付けていくものと
なる。

　社会、矯風問題への関心は、青年の男女交
際や、学生の読み物、夏期休暇の過ごし方と
いった、青年の身体、精神の管理へと関心を
向けた言説としてこの時期にも数多く見いだ
すことができる。学生の自殺や煩悶が社会問
題化するこの時期、諸家の意見やアンケート
といった多様な形で、雑誌が様々な規範を読
者に作り上げていた点も注意しておきたい。
漱石もまたこの雑誌の「夏期学生の読物」
(1906・7)といった企画に乞われて文を寄せて
おり、「何でも勝手なものをよんだらよからう
と存候」と答えている。

　1909年に漱石は朝鮮の京城(ソウル)の書店
でこの雑誌を見かけている。『国民新聞』の
野上豊一郎に京城から便りを出したのがこの
年の10月9日であり、そのときにすでに10月
号の『中央公論』が朝鮮で売られていたわけ
である。日本の雑誌は、大正期には台湾や朝
鮮、後には満州といった外地へと販路を広げ
ていく。外地への取次で著名な大阪屋号書店
は1907年に活動をはじめており、日本の植民
地や日系人の移民地を含め、広範な流通を作
り出しつつあった。作家にとっての読者イ
メージは、すでに内地を越えて広がっていた
わけである。　　　　　　　　　（和田敦彦）

帝国文学

ていこくぶんがく

◆赤シヤツは時々帝国文学とか云ふ真赤な雑誌を学
校へ持つて来て難有さうに読んでゐる。山嵐に聞
いて見たら、赤シヤツの片仮名はみんなあの雑誌か
ら出るんださうだ。帝国文学も罪な雑誌だ。

（「坊つちやん」五）

『帝国文学』の軌跡

　『帝国文学』は、帝国大学文科大学の教員、
学生、卒業生などからなる「帝国文学会」の
機関誌として、1995(明28)年1月に創刊され
た学術文藝雑誌である。創刊号は、菊判で表
紙は赤地に花筏をあしらい定価10銭であっ
た。10周年の回顧談によれば、学生であった
岡田正美が発案し、友人の桑木厳翼・高山樗
牛・大町桂月らと相談し、教員の上田万年・井
上哲次郎・芳賀矢一らの賛同を得た。発行所
は、高山樗牛の親類が幹部であった大日本図
書株式会社が引き受けた。井上哲次郎、高山
樗牛、大町桂月、上田敏らの評論、夏目漱石、
森鷗外、芥川龍之介らの小説などが掲載され
ることとなる。

　大正期に入ると、発行元の大日本図書がた
び重なる損失を理由に廃刊を提案するに至
る。1916(大5)年に姑射良が後藤宙外に向陵
社を紹介し、4月から向陵社が発行元となっ
た。しかし、1年で向陵社が破産したため、
1917年3月から休刊。その後、ミツワ文庫発
行所が発行元となり、同年10月から復刊する
ことになるが、約2年半後の1920年1月を以
て廃刊した。総冊数は、臨時増刊号を含め
269冊である。

◆
メ
デ
ィ
ア

561

漱石と『帝国文学』

　『帝国文学』の創刊時、文科大学英文学科の大学院生で高等師範学校講師であった漱石は、会員として誌面に名前は載るが、作品が掲載されるようになるのは、英国留学から戻った翌年の1904年以降のことである。同年1月、評論「マクベスの幽霊に就て」を皮切りに、同年5月、日露戦争に触発された新体詩「従軍行」、1905年1月に英国留学での経験をもとにした小品「倫敦塔」を、さらに1906年1月、日露戦争の出征兵士を材とした小説「趣味の遺伝」を発表した。

　留学先の英国で精神的不調が高じ、帰国後東京帝国大学講師に着任したが、精神的衰弱は癒えなかった。この頃高浜虚子に勧められて、『ホトトギス』に書いた小説「吾輩は猫である」が評判となり、連載として執筆することとなる。同作品の好評により執筆依頼が増えるが、大学での講義その他もあり、依頼を謝絶することもあった。1905年11月の大町桂月宛書簡では、『太陽』執筆を断りつつ、ほかにも『明星』『白百合』『新小説』からも依頼されたが謝絶したといい、『新小説』などは半年も前から頼まれているのに断ったため「大分小言を頂戴」したほどだと陳弁につとめている。このように雑誌メディアからの注文が相次ぐことになるが、漱石にとって『ホトトギス』と『帝国文学』は、気兼ねなく執筆できるホームグラウンド的な発表媒体の思いが強かったのだろう。同年12月11日付高浜虚子宛の書簡では、講義を休んで『帝国文学』の原稿を書き上げたが、明日からは猫の執筆で、代作を頼みたい程だと述べている。その後、東京帝国大学を辞職して朝日新聞社に入社したため、漱石と『帝国文学』との関係は途絶えた。

（浅岡邦雄）

◆メディア

哲学雑誌

てつがくざっし

◆思ふに此提起法は応用次第にて暗憺たる血痕を史上より拭ひ去り荒唐の怪譚を冊裏より除くの力あるべし。
（「催眠術」）

　「哲学雑誌」は、1887（明20）年2月哲学会の機関誌「哲学会雑誌」として創刊され、1892年6月第64号より改題、哲学雑誌社発行となった。藤代禎輔「夏目君の片鱗」（『芸文』1917・2）によれば「少し世間向の材料を加へようといふ方針」になったため、漱石や藤代らが第65号より編集員となったという。実際には「本誌改良ノ趣意」（第64号）に、内容の拡充と「凡ソ文学ニ関スル事項ハ尽ク、此中ニ掲載」することがうたわれ、「哲学ト同ジク永遠ニ渉リテ世人ノ同ジク注意スルモノハ文学」と、「文学」の比重が強調されている。漱石の評論「文壇に於ける平等主義の代表者「ウォルト・ホイットマン」Walt Whitmanの詩について」等が掲載されるのもこうした方針によろう。用例は漱石が最初に寄稿した翻訳「催眠術」の一節で、「提起法」とは「suggestion」の訳語。著者名のみ記され原文は未詳とされていたが、佐々木英昭によってアーネスト・ハート『催眠術、メスメリズムと新しい魔術』（1893）収録の巻頭論文であることが明らかとなった（『漱石先生の暗示』名古屋大学出版会、2009）。この論文を翻訳した理由について「不明」（岩波全集注解）、あるいは「帰属する場所を得られぬものの不安」（江藤淳『漱石とその時代』新潮社、1970）等を指摘されてきたが、『哲学会雑誌』が度々催眠研究を紹介していたことから、同誌による「負託」（佐々木前掲書）とも考えられる。

（山本良）

図書館

としょかん

◆其翌日から三四郎は四十時間の講義を殆んど、半分に減して仕舞つた。さうして図書館に這入つた。広く、長く、天井が高く、左右に窓の沢山ある建物であつた。書庫は入口しか見えない。此方の正面から覗くと奥には、書物がいくらでも備へ付けてある様に思はれる。　　　　　（『三四郎』三の五）

◆「然し他事ぢやないね君。其実僕も青春時代を全く牢獄の裡で暮したのだから」／青年は驚ろいた顔をした。／「牢獄とは何です」／「学校さ、それから図書館さ。考へると両方ともまあ牢獄のやうなものだね」　　　　　（『道草』二十九）

漱石作品と図書館

　大学という場所を扱い、あるいは大学に通う人物を登場させる漱石の小説は数多いが、そうしたときにはしばしば大学図書館をはじめとする図書館が登場する。そこでは、特に学術的な世界を代表する表象として用いられ、経済、実業的な世界や、大衆的な世界と対立的なイメージを負わされることとなる。

　『吾輩は猫である』では登場人物の寒月が「活動図書館」と呼ばれる。迷亭が経済的な報酬を目的とする世界と、研究に熱心に取り組む寒月を対比して評する場面である。「趣味の遺伝」では、「図書館以外の空気をあまり吸つたことのない」主人公の「余」が、駅で日露戦争の凱旋兵たちを目にすることで物語が展開していく。外側で流れる時間や事象と切り離された静的な場として図書館がイメージされているわけである。

　だが図書館が具体的な場面として登場し、作中でも大きな意味を持ってくるのは、『三四郎』である。熊本から上京し、東京の大学で学ぶ三四郎は、周囲の様々な人々と接しながら、自らの将来についても思いをはせる。選択肢として、彼には「三つの世界」が意識されている。第一の世界は故郷に代表される「明治十五年以前の香がする」過去の世界、第二の世界は広田先生や野々宮の属する学術の世界であり、その世界はこの大学図書館のイメージである。そして第三の、華やかで活発な世界が「泡立つ三鞭（シャンパン）」や「美しい女性」でイメージされる世界である。

　図書館で過ごすようになった三四郎は、閉架書庫の向こうにある膨大な書物、そしていくら見ても切りが無いように思える箱入りの目録カードに接する。驚いたことに、どのような本を借りても、そこには誰かが読んだ痕跡がある。三四郎、そして美禰子、与次郎とが広田先生の書物の引っ越し作業をする場面も含め、この小説ではこうした書物を介して人物や小説内の出来事がつながり、展開していくことが少なくない。

当時の図書館の状況

　『三四郎』をはじめとして、漱石がしばしば描いているのは帝国大学図書館である。1877（明10）年に誕生した東京大学は神田錦町にあったが、その後本郷へと移転し、1886年に帝国大学と改称する。そのときには、図書館は約15万冊の図書を抱えていたものの、新たな図書館は建てられておらず、仮の教室にこれら書籍が置かれていた（高野彰『明治初期東京大学法理文学部図書館史』ゆまに書房、2004）。

　新たな図書館は現在の東京大学附属図書館とほぼ同じ位置に建てられることとなり、1892年に完成する。書庫、事務所、閲覧室を含む総建坪は433坪であり、書庫は3階建て、閲覧室は平屋造りとなっていた。特徴的だったのは仕切りのない広大な閲覧室であり、300人を収容する一大閲覧室となっていた。当時としては最大規模の学術図書館ではあったが、大学の急速な規模の拡大に応じて増築

◆メディア

されていく。この図書館は、関東大震災で崩壊することとなる。

　漱石は教鞭をとっていたこの大学を離れる折、「大学で一番心持ちの善かつたのは図書館の閲覧室で新着の雑誌抔を見る時であつた」と述べている。(「入社の辞」『朝日新聞』1907・5・3)。この閲覧室で図書館員の私語が気になり、そしてそれをなんとかしてほしい学長に訴えた書簡も漱石には遺されている(坪井九馬三宛書簡、1903・6・4付)。先の「三つの世界」の中でも、彼がこの図書館に代表される世界に強く惹かれていたことがうかがえる。

　こうしたいささか浮世離れした図書館イメージは、現在では当然のようにも思われるが、当時の公共図書館とはかなりかけ離れている。『三四郎』が連載されていた明治の末においては、東京の公共図書館は学生、特に受験生達が朝から列を作って席を争い、それら多くの独学する苦学生たちの実用的な場となっていた。日本で各地に図書館が増加していくのは明治30年代であり、1900年には34館であった図書館が10年後には374館、大正初年には500館を超えていた。

楽園か、牢獄か

　このような社会教育機関の拡充は、文部省による通俗教育奨励策によるものであり、1911年以降、組織的に地方での施設拡充がはかられ、通俗図書館や巡回文庫、通俗講演会といった形で全国にひろがっていく。明治末から大正期にかけての図書館の増加の背景にはこうした動きがあるが、それは同時に精神、思想を方向付けていく場としての図書館が意識されていたからでもある。

　1910年、文部大臣小松原英太郎は地方長官への訓令「図書館ニ関スル注意事項」を出し、文部省では『図書館管理法』改訂版(金港堂書籍、1912)を刊行、全国各地での図書館の創設はさらに増加する。そしてこの訓令では書籍の選択に言及し、特に通俗図書館では「最健

「東京大学の百年」編集委員会編『東京大学の百年：1877-1977』(東京大学出版会、1977・4)

全ニシテ有益」な図書の選択を求めている。小松原はまた、通俗教育調査委員会の官制の設置、推進を進め、「有害」「不健全」な書物を選別をはかっていく。図書館は、読者に書物を提供していく場を作り出していくが、その場所は同時に読書を制限し、方向付ける場でもあった。

　『三四郎』での図書館に代表される世界は「現世を知らないから不幸で、火宅を逃れるから幸である」という、現実から遊離した学問の空間として用いられている。ただ、同時に漱石の描く小説からは、こうした学術、あるいは図書館という空間の持つ閉鎖性や、不自由さについての批判的な意識や懐疑もまたうかがえる。留学を終えて大学で教鞭をとっている『道草』の主人公の健三は、ある日、ともに歩いている年若い青年に、かつての自身を重ねながら、図書館を「牢獄」として語ってもいる。

　図書館におかれている書物は、それ自体が、取捨選択を経たものであることは言うまでもない。学術図書館にしてもそれは同様である。それは知をすべてカバーする場とも見えようが、一方で統制され、制約された知の場でもある。折しも、文学を国家によって保護し、あるいは顕彰しようとする文芸院構想が具体化してくる時期でもある(和田利夫『明治文芸院始末記』筑摩書房、1989)。図書館や学術、文芸という場に強まっていく規制、拘束の力を、『道草』の「牢獄」という比喩から見て取ることもできよう。

(和田敦彦)

日本（新聞）

にほん

◆しばらくしてボイが出て来て真に御生憎で、御誂ならこしらへますが少々時間がかゝります、と云ふと迷亭先生は落ち付いたもので、どうせ我々は正月でひまなんだから、少し待つて食つて行かうぢやないかと云ひ乍らポッケットから葉巻を出してぷかりぷかり吹かし始められたので、私しも仕方がないから、懐から日本新聞を出して読み出しました、

（『吾輩は猫である』二）

新聞『日本』というメディア

『日本』は1889（明22）年2月11日、日本新聞社から創刊された新聞である。それまでの性急かつ過度な欧化主義路線への反発から、国粋主義的な姿勢を打出したことで知られる。主筆、陸羯南による「創刊の辞」には、「日本の亡ぼせる「国民精神」の回復と発揚が謳われると同時に、どの政党とも関わらない〈独立新聞〉たることが明確に宣言されている。以後、本紙に集まった杉浦重剛、福本日南、小島一雄、三宅雪嶺、内藤湖南といった言論人たちは、そうした自由な立場から政府に対する鋭い批判を展開し、幾度も発行停止処分を受けた。

本紙は論説新聞たることが強く意識されていたため、通俗的と目された小説は掲載されず、文芸欄は原則として詩歌や評論で構成されている。漢詩人、国分青厓が担当した「評林」欄の時事評論漢詩も著名だが、しかし本紙が近代文学に対してはたした最も大きな役割は、やはり正岡子規を擁して俳句・短歌革新運動の場となったことであろう。子規は『獺祭書屋俳話』（1892・6・26-10・20）の連載後に入社して俳句欄を担当、また評論「歌よみ

に与ふる書」（1898・2・12-3・4）や随筆など多数の文章を発表した。1902年に子規が歿した後も、その業は弟子の河東碧梧桐や高浜虚子らに引継がれたが、1914年末に火災のため廃刊した。

漱石と『日本』

『日本』は、漱石の文筆活動にとっても重要な意味を持つメディアであった。子規の嚮導によって俳句をはじめた漱石は、1895年から1899年の間だけで1700句あまりを作っているが、その多くは添削を受けるために子規に送られ、時として本紙に掲載された。なかでも注目すべきは、1897年3月7日に掲載された子規の「明治二十九年の俳諧（廿一）」であろう。彼はこの文中で、漱石を新進の俳人として高く評価し、その実作を38句にわたって紹介しているのであり、本紙は漱石の文学的出発を用意した場の一つとなったのである。

漱石の句作は英国への留学中に激減するが、それでも日本から本紙を取寄せて読んでいたことが、1901年8月10日付・同年9月22日付の鏡子宛て書簡から知られる。後年には、池辺三山が1894年から連載していた『巴里通信』を「ひどく愛読した」とも語っており（「余が文章に裨益せし書籍」）、読者としても親しんだ新聞であった。帰国後は、子規の死去もあって紙上に句を発表することはなくなるが、高浜虚子らいわゆる「日本派」の俳人たちとの交友は続き、彼の勧めで『吾輩は猫である』が書かれたことは有名である。その第二回、迷亭が「日本派の俳人」安藤楳雨坊を西洋料理の名らしく言って店員をからかう場面において、東風が本紙を読みはじめるのも、第一次的な読者層として想定された『ホトトギス』の同人たちに向けた洒落であろう。ほとんど楽屋落に近い趣きだが、それだけにこの記述は、漱石が小説家として再出発した背景にあった、『日本』および日本派の人々とのつながりをうかがわせているのである。　　　（出口智之）

博物館

はくぶつかん

◆もし主人の様な人間が教師として存在しなくなつた暁には彼等生徒は此問題を研究する為めに図書館若くは博物館へ馳けつけて、吾人がミイラに因つて埃及人を勢髴すると同程度の労力を費やさねばならぬ。　　　　　　　（『吾輩は猫である』九）

博物館の成立

　図書館とここで並び用いられている博物館は、実際に日本の場合その起源を同じくしている。啓蒙、教育を目的として、文部省に博物局が1871（明4）年におかれ、翌年には湯島の聖堂で最初の官設博覧会が開催された。文部省博物館の名称がそこでは用いられている。同年作成の「博物学之所務」が日本における博物館構想の原形とされるが、これは自然科学を軸にした博物館と博物園に図書を扱う書籍館、そしてそれらを運営する博物局とを含んだ構想であり、この書籍館が後に図書館の原形となっていく（椎名仙卓『日本博物館成立史』雄山閣、2005）。

　1873年には太政官所轄の博覧会事務局が博物局を統合し、先の官設博覧会の出品物を定期的に公開しはじめ、施設としてはこれが日本の最初の博物館となった。1875年、博覧会事務局は内務省のもとにおかれる。一方、文部省管理下には東京博物館が設けられ、これが学校教育の支援や教材普及の機能をもった教育博物館として1877年に開館し、戦後の国立科学博物館の前身となっている。

　先の湯島での官設博覧会の後、湯島の聖堂に置かれていた収蔵品は、上野公園の新博物館へと引き継がれていく。この建物は1881年の第二回内国勧業博覧会で美術館としても使用され、その後、博物館となる。そしてこの年、博物館は内務省から農商務省へ、さらに1886年には宮内省の所管となる。名称は1889年に帝国博物館、1900年に帝室博物館となった。戦後の国立博物館の前身でもある。

博物館と近代のまなざし

　漱石の小説に登場するのは、この帝室博物館であり、『三四郎』では降り出した雨の中、この建物の前で三四郎と美禰子が言葉をかわす。あるいはこの博物館から谷中へ向かう道で、『それから』の平岡は、三千代への愛情を代助に語るのである。また、『心』で先生が私に、「君は私が何故毎月雑司ヶ谷の墓地に埋つてゐる友人の墓へ参るのか知つてゐますか」と、思わせぶりな言葉をなげかけるは、この博物館の裏から鶯谷へと向かう道である。

　博物館は、起源として博覧会と深い関係があることからも分かるとおり、近代的な知を普及させていく教育装置である。そこでは対象は分類、体系化されて位置づけられる。それはまた、文明と非文明を切り分け、序列化し、それらを俯瞰的に見るまなざしを作り上げていく装置でもあった。

　こうした近代のまなざしは、博覧会とともに、デパートをはじめとする消費空間の出現ともあわせて考えておく必要があろう。『虞美人草』にも登場する東京勧業博覧会では、日本の植民地としての台湾を支配、教化すべき対象として見世物化してもいる。西欧において白人／非白人を切り分け、植民地を非文明として序列化、見世物化していく博覧会は、日本においても同様の機能を担った人気イベントともなっていく。文明を体現した博覧会への嫌悪も漱石の小説にはうかがえるが、支配する側として自らをどこまで批判的に意識できていたかは定かではない。　（和田敦彦）

博覧会

はくらんかい

◆博覧会にて御地は定めて雑沓の事と存候。

（『虞美人草』四）

◆「あれが台湾館なの」と何気なき糸子は水を横切つて指を点す。／「あの一番右の前に出てゐるのが左様だ。あれが一番善く出来てゐる。ねえ甲野さん」

（『虞美人草』十一）

◆「あれが器械館。丁度正面に見える。此所から見るのが一番奇麗だ。あの左にある高い丸い屋根が三菱館――あの恰好が好い。何と形容するのかな」と宗近君は一寸躊躇した。／「あの真中丈が赤いのね」と妹が云ふ。／「冠に紅玉を嵌めた様だ事」と藤尾が云ふ。／「成程、天賞堂の広告見た様だ」と宗近君は知らぬ顔で俗にして仕舞ふ。

（『虞美人草』十一）

◆博覧会は当世である。イルミネーションは尤も当世である。驚ろかんとして兹にあつまる者は皆当世的の男と女である。　（『虞美人草』十一）

『虞美人草』の博覧会

　漱石は1907（明40）年6月23日から10月29日まで朝日新聞に連載した『虞美人草』で、博覧会を重要な装置として用いた。この年の3月20日から7月30日まで、東京では上野公園を会場として東京勧業博覧会が開催されていた。作中最初に「博覧会」の言葉が現れるのは京都の孤堂が東京の小野に宛てた書簡中で、それが新聞に掲載されたのが会期中の7月11日。その後も会話の中で「博覧会へ行つたか」「博覧会へも入らつしやらないの」といった言葉があり、甲野・宗近・糸子・藤尾が連れだって博覧会見物に出掛け、そこで小野・小夜子・孤堂を見かける場面が掲載されたのが、現実の博覧会終了後の8月12日から8月

16日である。作中では単に「博覧会」とあるだけなので、それを東京勧業博覧会と単純に同一視することはできないが（和田敦彦「博覧会と読書――見せる場所、見えない場所、『虞美人草』」『漱石研究』第16号、2003・10）、小説中の博覧会の会場も上野・不忍池であることや、そこで描かれる展示館が現実の東京勧業博覧会のものと同じであることから、漱石がこの博覧会を念頭に置いていたのは明らかだ。掲載された朝日新聞を始めとする新聞、雑誌、書籍でもこの博覧会がさかんにとりあげられており、連動する商業的な企画も様々に展開していたので、当時の読者の多くは作中の博覧会を現実の東京勧業博覧会と重ね合わせていたことだろう。他方、連載終了後に書籍で『虞美人草』を読む者は、漠然と「昔の博覧会」として読む場合もあれば、注を読んで東京勧業博覧会という歴史的事実を念頭に置いていることを知る場合もある。

　上記のことから、『虞美人草』のテクストにおける博覧会を理解するためには、博覧会という近代的な制度が作品内でどう機能し、何を表象しているのかを読みとると同時に、それがモデルとした東京勧業博覧会が当時の日本と東京という具体的な場の中でどう機能し、何を表象していたのかということとの関係でも、作中の博覧会について考える必要がある。また文学史・メディア史的には、『虞美人草』が新聞小説として発表された当時のメディアや資本や社会との関係でも、博覧会を考察する必要があるだろう。

　なお、『虞美人草』以外の漱石作品には博覧会は登場しない。

博覧会の時代と東京勧業博覧会

　博覧会の歴史は1798年にパリで開催された産業博覧会に始まり、1851年にはロンドンで最初の万国博覧会が開催された。1862年の第2回ロンドン博の開会式に福澤諭吉を一員に含む幕府の使節団が出席。1867年のパ

リ万博では幕府が正式に出品し、明治政府も1873年のウィーン博に出品した。近代産業の成果を展示すると共に、世界各地の文物の一望化を可能にする博覧会のメディアとしての機能を理解した明治政府は、1877年に第1回内国勧業博覧会を上野で開催したのを皮切りに、計5回の内国勧業博を東京・上野、京都・岡崎、大阪・天王寺で開催し、その後も1907年には東京勧業博覧会、1914年には東京大正博覧会がいずれも上野で開催されている。日記・書簡によれば漱石は、1900年10月のイギリス留学途上立ち寄ったパリで開催中の万国博覧会を見物している。東京勧業博覧会については1907年7月15日付小宮豊隆宛書簡で「博覧会へ行ってwaterシュートへ乗らうとおもふがまだ乗らない」と述べており、1914年の東京大正博覧会を複数回訪れたことも書簡から確認できる。漱石の生きた時代は勃興する近代国民国家と産業資本主義が、博覧会という近代のイデオロギー装置によって大衆を近代的な国民や消費者へと教化し、動員していく「博覧会の時代」だった(吉見俊哉『博覧会の政治学』中央公論社、1992・9／石原千秋『反転する漱石』青土社、1997・11)。当時の日本に対する文明批評という側面をもつ『虞美人草』において博覧会は、西欧近代に範をとり、それを模倣することで主体化していこうとする日本という国家とその国民と、新しさと燦めきによって人びとを魅惑し、消費へと動員していく資本主義の文化のあり方を象徴する場として用いられている。

帝国の「文明人」たち

明治後期の日本という具体的な文脈では、博覧会は、東京という明治の首都が当時の日本社会でもっていた社会的な機能や文化的な意味と位置を象徴することになる。それは台湾を植民地化した帝国の首都であり、三菱のような財閥によって機械文明に先進的に組み込まれてゆく未来都市である。銀座尾張町の

時計・宝飾店である天賞堂を宗近が引き合いに出すように、東京という都市自体が当時の日本で、常設の博覧会場のような場所として存在していた。『虞美人草』の博覧会見物の場面は、芝居の書き割りのような東京の近代都市化と、そこで「文明人」を演じる明治の人びとのコスプレじみたあり方を、人工の光に照らされた博覧会という舞台装置を導入することによって際立たせる。『虞美人草』の博覧会の場面の語りは、博覧会それ自体だけでなく、博覧会場のような当時の東京と日本に対する「嫌悪」を示している(石原、前掲論)。

東京勧業博覧会の会期中に連載が始まった『虞美人草』とその中の博覧会は、博覧会をとりあげた当時の新聞記事、雑誌の特集、案内記などと共に、「書かれ、読まれる博覧会」として、物理的な博覧会場に限定されないメディア・イベントとしての博覧会の一部をなしていた(和田、前掲論)。たとえば『虞美人草』連載にあわせて虞美人草浴衣地を売り出した三越は、東京勧業博覧会でも呉服を展示し、『東京と博覧会』と題する小冊子を発行して、「東京に来て博覧会を見ざる人ありや、博覧会を見て三越を見ざる人ありや」という広告コピーで宣伝活動を展開していた。『虞美人草』とその中の博覧会は、そこに示された当時の社会と世相への「嫌悪」にもかかわらず、メディアと資本、国家が作り出すイデオロギー装置である博覧会の一部としても機能していたのである。この作品に関して従来指摘されてきたジェンダー的な支配や植民地支配の隠蔽や抹消も、博覧会をなかだちとして小説、作家、メディア、読者が社会と取り結んだ関係の中で考察することができるだろう(中山和子「『虞美人草』—女性嫌悪と植民地」熊坂敦子編『迷羊のゆくえ』翰林書房、1996／和田、前掲論文)。 (若林幹夫)

文章世界

ぶんしょうせかい

◆詳しく云へば、原因もあり結果もあつて脈絡貫通
した一箇の事件があるとする。然るに私はその原
因や結果は余り考へない。事件中の一箇の真相、例
へばBならBに低徊した趣味を感ずる。

（「『坑夫』の作意と自然派伝奇派の交渉」
『文章世界』1908年4月）

『文章世界』は1906（明39）年3月から1920年
12月まで、博文館から発行されていた文芸雑
誌である。創刊号から1913年3月号まで、編
集兼発行名義人を田山花袋が務め、前田晁が
編集助手としてそれを補佐した。花袋が書い
た「発刊の辞」を参照すると、「敢て論説と言
はず、美文と言はず、書簡文と言はず、浮華を
廃し、形式を排し朦朧を排するは、今の文を
学ぶものゝ、最も必要となる所なるべし。」と
あり、実用的文章の〈投稿雑誌〉としての性
格が強調されている。事実、〈投稿雑誌〉とし
ての性格は最後まで失われることはなかった
が、1907年4月の通常号から設けられた「文
章講壇」欄で花袋が自然主義的主張を展開し
始め、また他の執筆者や投稿欄の選者に自然
主義陣営の顔ぶれがそろうことで、『早稲田
文学』などとともに自然主義文学運動の牙城
とみなされた。

漱石は「「文章世界」の如きも拝見して居ら
ん」（「田山花袋君に答ふ」『国民新聞』1908・11・7）
としているものの、創刊号に談話「余が文章
に神益せし書籍」を寄せており、その後も『文
章世界』側の求めに応じ、自作に対する分析
的談話を寄せている（「余が草枕」1906・11・15、
「『坑夫』の作意と自然伝奇派の交渉」1908・4・
15、「時機が来てゐたんだ―処女作追懐談」1908・9・
15）。　　　　　　　　　　　　（黒田俊太郎）

報知新聞

ほうちしんぶん

◆僕明治大学をやめやうと思ふ。先日高田が来て報
知新聞へ何かかいてくれと云つたから明治大学を
やめて新聞屋にならうか知らん国民新聞でも読売
でも依頼されてゐる。

（皆川正禧宛書簡、1906（明39）年10月20日付）

漱石は1903（明36）年4月に就いた第一高等
学校と東京帝国大学の教職のほかに、家計の
不足分を補充すべく、翌1904年9月より明治
大学予科の講師稼業もはじめた。毎週土曜日
の4時間勤務で月俸は30円だった。着任から
2年経過した1906年10月20日、皆川正禧に宛
てた書簡のなかで、漱石は上記のように書き
つける。皆川は帝大に赴任した年の教え子で
ある。

続けてこうも記す。明治大学の4時間分を
執筆に充て、もしその収入（＝30円）が変わら
ないのであれば、執筆に専念した方が「便宜」
的によいのではないか、と――この手紙も土
曜の夜に書かれている。実際、漱石のもとへ
は新聞各紙からの寄稿依頼が増加していた。
帰国直後から持続した「生活」と「文学」との
あいだでの葛藤に拍車がかかる。そこには、
大学での講義環境をめぐる不満も強く作用し
ただろう。書簡はこう結ばれる。「来客は皆
木曜にまとめて仕舞つた」。木曜会の起点で
ある。時間捻出をめぐる漱石の苦悩が透かし
見える。

私たちは、手紙が書かれた翌1907年3月、
漱石が明治大学のみならず帝大も一高も辞
し、そして文中にある『報知新聞』『国民新聞』
『読売新聞』ではなく、『東京朝日新聞』に移籍
し、「新聞屋」になることを知っている。

（大澤聡）

◆メディア

ホトトギス

ホトトギス

◆子規病状は毎度御恵送のほとゝぎすにて承知致候
処、終焉の模様逐一御報被下奉謝候。

（「倫敦来信」—『ホトトギス』1903年2月）

◆僕つらつら思ふにホトゝギスは今の様に毎号版で
押した様な事を十年一日の如くつゞけて行つては
立ち行かないと思ふ。（中略）先づ巻頭に毎号世人
の注意をひくに足る作物を一つ宛のせる事が肝心で
すね。（高浜虚子宛書簡、1906(明39)年1月26日付）

◆既に御許容のホトゝギスと雖ども入社以後は滅多
に執筆はせぬ覚悟に候

（坂元雪鳥宛書簡、1907(明40)年3月11日付）

子規との友情と精神的な距離

松山版『ホトトギス』(1897年1月創刊・柳原
極堂)は子規派の俳句の普及に努めたが、その
発信力は愛媛県内に留まり、20号で終刊。版
権を買い取った高浜虚子は同年10月、東京で
継続発行した。正岡子規の企画の下、虚子は
編集実務と営業に当たった。青春時代に漢詩
文集「七草集」(子規)と「木屑録」(漱石)の相
互批評によって子規と文学的親交を結んだ漱
石は、「不言之言」を初めとして英文学の教養
の深さを示す文章を寄稿した。2年後漱石が
イギリスに留学したとき、外国を見たがって
いた子規はすでに短詩型文学に自己の凝縮し
た生を写す病床六尺の世界に仰臥せねばなら
なかった。病床の子規を慰めるため漱石はロ
ンドンの下宿生活の見聞を記した長い書簡を
3回送った。この「倫敦消息」(『ホトトギス』
1901・5-6)の諧謔的文体は後の『吾輩は猫で
ある』に通じている。

ロンドンで子規の死(1902・9・19)を知った
漱石は「倫敦来信」(『ホトトギス』1903・2)で追
悼の文章を書いた。「きりぎりすの昔を忍び
帰るべし」と、俳句によって文学的友情を結
んだ至福の青春時代を回顧する一方で、「半
ば西洋人にて半日本人」「日本に帰り候へば
随分の高襟党」とも言う。日本の伝統的な短
詩型文学に凝縮した生を託して生を終えた子
規。それに対して、東西の文化や漢学と英文
学の懸隔を自己本位によって止揚する方途を
見出せないまま、帰国すれば西洋通として国
家の要請に応えねばならない漱石。子規の死
は、子規と隔絶した漱石の精神的な位相と社
会的な位相を痛切に認識せしめた。それは後
の『文学論』の悪戦苦闘や「現代日本の開化」
の自己本位の困難さへと繋がっていく。

小説家と「ホトトギス」誌面企画者の顔

子規歿後、新聞『日本』の俳句欄は河東碧
梧桐が継承し、虚子は従来どおり『ホトト
ギス』の編集実務と営業に当たった。誌面の企
画は編集権を有する碧梧桐・坂本四方太・寒
川鼠骨・内藤鳴雪が虚子と共に当たり、漱石
は後見人の立場であった。

写生文などを持ち寄り、朗読し批評し合う
文章会(山会)が盛んとなり、『ホトトギス』の
誌面も写生文が中心を占め文芸雑誌的色彩が
強くなった。漱石は「倫敦消息」の続き物の
ような「自転車日記」を寄稿する一方、虚子
との俳体詩「尼」に創作意欲を示した。虚子
のすすめで文章会用に書いた『吾輩は猫であ
る』が、1905(明38)年1月号の巻頭に載るやメ
ディアの爆発的発信力が生じ、漱石の立ち位
置と『ホトトギス』の性格や発行部数に衝撃
的な変化をもたらす契機となった。

世の中への爆発的な発信力が生じた外的理
由は、東京帝国大学の教師が小説を書いたと
いうカルチャーショックであり、内的要因は
猫の眼を借りて、諧謔的な文体で衆愚を戯画
化し社会を諷刺した痛快な趣向にあった。そ
の後2年間、『吾輩は猫である』を全10回連載
し、「幻影の盾」「坊っちやん」などを寄稿する

◆ メディア

570

過程で、漱石は人気小説家と『ホトトギス』の誌面を積極的にプロデュースする企画者という二つの顔を持つことになった。

小説家としては低徊趣味を重んじた余裕のある小説「草枕」(『新小説』掲載)を書く一方、島崎藤村の『破戒』(1906・3)を「後世に伝ふべき名篇也」(森田草平宛書簡、1906・4・3)と賞賛、刺激を受けた。そして、「一面に於て俳諧的文学に出入すると同時に一面に於て死ぬか生きるか、命のやりとりをする様な(中略)烈しい精神で文学をやつてみたい」(鈴木三重吉宛書簡、1906・10・26付)として、道義感に生きる小説「野分」を寄稿した。朝日新聞社に入社後は、日本の近代社会の矛盾や愛をめぐる葛藤・心理を描き、後者の文学の方向を深めた。また、文章会の朗読に対して、文章は黙読するものという独自の認識を示した。誌面企画者としては、毎号巻頭に読者が注目する作品を載せて誌面を刷新することを提案した。中村不折の仏国土産特集号(1905・7)、「坊っちゃん」号(1906・4)、「野分」号(1907・1)では300頁前後の大冊を企画し、伊藤左千夫の「野菊の墓」(1906・1)や鈴木三重吉の「千鳥」(1906・5)などで巻頭を飾った。また、漱石の小説は1頁100円、他の作者にも相応の原稿料を払うこととした。こうして『ホトトギス』は小説中心の文芸商業誌の装いを呈した。しかし、虚子は写生文を重視する四方太や俳句の課題句の掲載も無視できず、純文芸雑誌には踏み切れなかった。

『吾輩は猫である』の絶大な発信力によって『ホトトギス』の発行部数は急速に上昇した。「吾輩は猫である」が連載されている号は毎号売り切れた。発行部数の推移は松山での創刊号300部→東京での第1号1500部→1902年2月号2800部→「坊っちゃん」号5500部。最盛時は8000部を超えたという。漱石は『ホトトギス』の浮沈を握るキーパーソンであることを自覚していた。だから、『ホトトギス』が3000〜4000部も出るのは異数ゆ

え油断するな、と虚子に忠告するのを忘れなかった。

門下生を文壇デビューさせる黒子

一躍人気作家となった漱石は、来客の煩を回避するため毎週木曜日の午後3時以後を面会日とした(1906・10)。この「木曜会」には虚子も参加したが、中心は鈴木三重吉・野上臼川(豊一郎)・野上彌生子・寺田寅彦・小宮豊隆・森田草平ら、漱石門下の俊秀であった。漱石は彼らの作品を積極的に『ホトトギス』に推薦した。三重吉の「千鳥」や彌生子の「縁」などはそのデビュー作。1907年4月、朝日新聞社に入社。以後もっぱら朝日新聞に小説を連載する一方、『ホトトギス』や『朝日新聞』に門下生たちを文壇デビューさせる黒子としてかかわった。『ホトトギス』には臼川・彌生子夫妻の小説がしばしば載り、小宮豊隆と安倍能成は毎月小説と評論の時評を執筆した。『朝日新聞』には森田草平の「煤煙」を連載、文壇にデビューさせた。

しかし、朝日入社後、漱石は『ホトトギス』への小説を控えねばならず、門下生たちの作品もあまり好まれなかったため、同誌の読者は盛時の三分の一ほどに激減した。そこで虚子は1911年、社員組織と原稿料を廃し、自分を中心に同人の寄稿を仰ぐという誌面の刷新を断行。翌年には「雑詠」選を復活し、碧梧桐の新傾向俳句に対抗し平明で余韻のある有季定型俳句を鼓吹した。やがて、原石鼎・飯田蛇笏・前田普羅ら大正主観派の高弟が台頭し、発行部数も3000部に回復した。

漱石が『ホトトギス』に執筆しなくなって以後、漱石と虚子は共に病気療養もあって、しだいに疎遠になった。漱石が病死した後、『ホトトギス』は追悼号を発行せず、虚子は回想文「漱石氏と私」を連載した。そこに虚子の漱石と子規への親密さの温度差がうかがえる。 (川名大)

◆ メディア

満洲日日新聞

まんしゅうにちにちしんぶん

◆大連に着いてから二三日すると、満洲日々の伊藤君から滞留中に是非一度講演をやつて貰ひたいといふ依頼であつた。（「満韓ところどころ」二十六）
◆昨夜久し振りに寸暇を偸んで満洲日日へ何か消息を書かうと思ひ立つて、筆を執りながら二三行認め出すと、伊藤公が哈爾浜で狙撃されたと云ふ号外が来た。（「満韓所感」上）

『満洲日日新聞』と夏目漱石の関係は旧く、1907(明40)年11月3日の創刊号にすでにその名がみえる（目次のみ）。南満洲鉄道株式会社総裁中村是公が漱石を訪ねた1909年7月31日の日記には、「中村是公来。満洲に新聞を起すから来ないかと云ふ」とあり、翌月には、同年満洲日日新聞社の社長に就任した伊藤幸次郎の来訪を受けて、「伊藤幸次郎来訪。満洲日日新聞の事に就て一時間半ばかり談話」(8月17日)と書き留めている。伊藤は漱石や是公と予備門時代に同級だった。9月、満韓旅行に出かけた漱石は、伊藤の手引きにより「満洲日日新聞社主催第二回学術講演会」(12日、大連露西亜町満鉄従業員養成所)で講演。内容は『満洲日日新聞』に掲載された（「物の関係と三様の人間」9・15-19）。帰国後も『満洲日日新聞』との関わりは続き、伊藤博文暗殺事件にふれた「満韓所感」(11・5-6)を寄稿。また、満鉄東京支社の山崎正秀を通じて同紙小説欄に水上夕波訳「ボヴリー夫人」(1910・1・21-4・2)の連載を斡旋した。このとき窓口になった弟子の西村濤蔭は漱石の訃に接し、同紙に「夏目漱石先生の事ども」(1916・12・11)を発表している。（小泉京美）

明星

みょうじょう

◆元来此主人は何といつて人に勝れて出来る事もないが何にでもよく手を出したがる。俳句をやつてほとゝぎすへ投書をしたり新体詩を明星へ出したり間違ひだらけの英文をかいたり時によると弓に凝つたり謡を習つたり又あるときはヴイオリン抔をブーブー鳴らしたりするが気の毒な事にはどれもこれも物になつて居らん。（『吾輩は猫である』一）
◆ホトゝギスは方々の文壇で独毛色のちがつたものである。明星其他の文章家から見ればホトゝギスの文章は文章でないかも知れないがホトゝギス連から見ると明星流は又文章にならんのである。レトリック許りだと思つて居るかも知れん。

（野村伝四宛書簡、1905(明38)年6月27日付）

反ホトトギスとしての明星

もともと正岡子規と与謝野鉄幹(寛)は、ともに旧派和歌を打破し明治の新しい詩歌を開拓する革新者として連携していた。1901(明33)年4月に創刊された『明星』第2号の第一面には、子規の「病床十日」と鉄幹の「小生の詩」とが掲載されていた。しかしその年の秋に集中した子規鉄幹不可並称論争以後は、「子規は写実的の美で、鉄幹は観念の美」（『関西文学』文壇評、1901・11）、「根岸派は淡白な抒景に妙をえて居る、新詩社連は濃艶な抒情にうまい。さて其両派の体度は如何と云ふに根岸は保守で鉄組は進歩だ。」（石川啄木、小林茂雄宛書簡、1902・7・25付）というような対立的構図が生じた。

『吾輩は猫である』（『ホトトギス』1905・1）によって創作家として登場した漱石は、写生文という表現手法と対極的な『明星』の主情的浪漫的な表現技巧を認めることができなかっ

た。「明星の投書家抔の新体詩の主人公となり候へば少々位の病気は我慢致すべく候」(野間真綱宛書簡、1904・6・28付)、「文章は明星派の系統を引く。」(寺田寅彦宛書簡、1905・1・30付)、「ホトヽギス連から見ると明星流は又文章にならんのである。レトリック許りだと思つて居るかも知れん。」(野村伝四宛書簡、1905・6・27付)などという漱石の言辞には、あからさまな敵対意識さえうかがえる。

反転すれば、漱石と同じく東京大学英文科講師であった上田敏の提唱する象徴主義が横溢する『明星』の詩歌には、同時代の文学青年を魅了する清新な神秘性、官能性があったといえよう。

アール・ヌーボーと『明星』

その『明星』の特性である神秘性や官能性をより高揚させたのは、絵画という視覚的メディアであった。白馬会の藤島武二、中澤弘光、和田英作らの洋画家が提供する斬新で浪漫的な挿絵や装幀は、『吾輩は猫である』の第十章で雪江さんが語る艶書に藤島武二が装幀した『みだれ髪』の図像が投影するように、漱石の美的感性を刺激したにちがいない。

漱石文学の基層にラファエル前派やアール・ヌーボーの視覚芸術が深く関与していることは、すでに江藤淳『漱石とアーサー王伝説──「薤露行」の比較文学的研究』(東京大学出版会、1975)、芳賀徹『みだれ髪の系譜』(美術公論社、1981)、『絵画の領分 近代日本比較文化史研究』(朝日新聞社、1984)、佐渡谷重信『漱石と世紀末芸術』(美術公論社、1982)、木股知史『画文共鳴──『みだれ髪』から『月に吠える』へ』(岩波書店、2008)などの綿密な論証がある。

白馬会研究所、東京美術学校洋画科でアール・ヌーボーの意匠を学んだ橋口五葉が手がけた『吾輩は猫である』の装幀に満悦する漱石にとって、『明星』との距離は意外に近いといえる。　　　　　　　　　　　(太田登)

木曜会

もくようかい

◆拝啓小生是から毎木曜日三時よりを面会日と相定め候につき時々遊びに御出下さい

(野間真綱宛書簡、1906(明39)年10月7日付)

◆其日は又木曜で、若い人の集まる晩であつた。自分は又五六人と共に、大きな食卓を囲んで、山鳥の羹を食つた。さうして、派手な小倉の袴を着けた蒼白い青年の成功を祈つた。五六人の帰つたあとで、自分は此青年に礼状を書いた。其なかに先年の金子の件御意に及ばずと云ふ一句を添へた。

(「永日小品」「山鳥下」)

「面会日　木曜日午後三時ヨリ」

1906(明39)年10月11日を境として、夏目漱石の面会日は木曜日の午後3時からと決められた。このことが、結果として、漱石の教員時代の教え子や彼を慕う若い作家志望の青年たち、旧知の人々が中心となって集う会のような形を持ち、世に「木曜会」と呼ばれるようになったのである。この集まりには誰でも自由に出席できるとあって、参加者たちは自身の近くにいる人を連れて来ることも多くあった。歌舞伎役者の中村吉右衛門が小宮豊隆に連れられて来たことや、平塚らいてうが森田草平と共に参加したことがあったのも、その例である。この会もまた、森鷗外の観潮楼歌会や財界人の鹿島龍藏が関わった道閑会などと同じく、明治期から大正期にかけてよく見られた、文壇に関わる人々の集いにとどまらない、学界人、出版人など多方面の人々が集う文化サロンを形成していたといえるだろう。漱石自身「木曜には色々な人がやつて来て愉快に候クラブの観之有候」と綴る(坂元雪鳥宛書簡、1906・10・23付)。

面会日を木曜日に限ることは、鈴木三重吉の発案であったと云われている。教え子の皆川正禧に宛てた書簡(1906・10・20付)に「来客は皆木曜にまとめて仕舞つた。壱週間丸つぶしにして人の為めに応接をしてやつたつて自分が疲労する許りである」と書き送る。この頃多忙をきわめていた漱石にとっては、さぞかし妙案と思われたことだろう。この日を境に、漱石を訪ねる人々は、「木曜日」の来ることを待たねばならなくなった。このことが始められた翌日の12日、漱石は高浜虚子に宛てて「今日も三人来ました。然し玄関の張札を見て草々帰ります。甚だ結構です」と書き送る。早速に、玄関の戸に貼られた赤唐紙上の告知の効果を、漱石は実感したのであった。

木曜会という「場」

漱石の古くからの門弟である小宮豊隆は、自ら創刊した雑誌『反響』(1914・4)に漱石の座談を載せているが、その冒頭に木曜会のことを次のように紹介している。「漱石先生の面会日は木曜である。其日の夕方から漱石先生の門に出入する若い連中が集まつて、勝手な無駄話をするのが常例になつて居る」。初めの頃は高浜虚子、坂本四方太らの俳人も来ていたが、その多くは、漱石の教え子たちであったという。小宮の文章は、よくその雰囲気を伝えるものとなっている。漱石もその書簡にこの会の様子を伝える文言を少なからず残しており、「いづれ今度の木曜日にでも来たら 大に議論をやる」(森田草平宛書簡、1906・10・13付)、「昨日の面会日には四五人来て十時頃迄文学談をやつて愉快であつた」(野間真綱宛書簡、1906・10・19付)と綴る。また、集う人の賑やかな様子は、「諸君子三時頃参りてごたごたに飯をくふ由。晩には宝生氏美声にて深山実盛を謡はれ候」(野上豊一郎宛書簡、1908・2・10付)からも知られる。談論だけではなく、さまざまな形を介しての交流の場ともなっていたのである。そこには、自らを慕っ

て集ってくれる若者らとの新たな出会い、そして彼らと共に過ごす時間を楽しみとする漱石の温かな人柄が認められる。漱石山脈と呼ばれる人々のつながりは、漱石の人格一個を核として、さまざまに広がっていったのである。

しかしながら、世の中には少なからぬ誤解もあったようだ。他の弟子たちと同様に足繁く漱石山房に通った野上臼川は、この集まりを漱石を祭り上げる一派と見る世評に不満を覚え、「木曜会」などという名前も実際には使われてはいないのであり、あくまで「個人対個人の問題です。文壇に朋党を結んでどうするの斯うするのツて、そんなけちな了見の起り得やう筈はないぢやありませんか」(「木曜会の話(文壇回顧の五)」『文章世界』1915・7)と憤った。

漱石山房の風景

漱石の書斎は、十畳の板の間であったという。そこに絨毯が敷かれ、座布団を敷き、漱石はその上で机に向かい原稿を執筆していた。木曜日の集まりは、その書斎と隣の客間を使って行われた。ここが「漱石山房」である。ここで繰り広げられたさまざまなドラマ(エピソード)は、古くから通っていた小宮豊隆や、森田草平などから芥川龍之介や久米正雄などの晩年の弟子たちまで、新旧を問わぬ多くの弟子たちの回想の素材としてよく取り上げられており、巷間に流布しているものも多い。作家の半藤一利は、「ある日の漱石山房」(『漱石先生ぞな、もし』文藝春秋、1992・9)で、その幾つかを紹介している。いずれも、漱石の機知、弟子たちを想う師としての姿、そして何よりも漱石の人としての温かさを伝える逸話が多い。

九日会——師を偲ぶ

1916(大5)年12月9日に漱石は亡くなる。悲しみに暮れた多くの弟子たちは、それ以後、

師の毎月の命日に集うことにした。この集まりを「九日会」と呼ぶ。第1回は、師の亡くなった翌月の1917年1月9日に、漱石の生前に木曜日に集ったのと同じ早稲田南町の夏目家の「山房」で催された。そこには、古参の小宮や森田に混じり、若い芥川や久米などの弟子たちが、そして、大塚保治や中村是公のような古くからの友人たちの姿もあった。長女筆子の娘である半藤末利子の『漱石の長襦袢』(文春文庫、2015)によれば、その夜の参会者は26人を数えたという。未亡人となった鏡子は、集う人々に食事を振る舞い、一切の費用を負担した。それはこれ以後にもつづく「九日会」の最後の回まで続いたのだという。多くの漱石ゆかりの人々が集う「九日会」は、漱石に関わることで夏目家が何事かを決めねばならぬ際には、欠かせぬ大切な相談先となったようだ。筆子の夫となった若い弟子の一人松岡譲は、その立場の上からもこの会に対して相当に気を遣ったらしいことが、末利子のエッセイに綴られている。そのようにして毎月に催されていた偲ぶ会だが、1937(昭12)年4月をもって閉じられた。最後の回の参会者は、4人であったという。なお、山梨県立文学館には松岡譲の「手帳」が所蔵されており、そこには、「九日会」に関する詳細な記録が残されている(保坂雅子「松岡譲旧蔵「九日会記録」手帳(1)総覧」『資料と研究』2002・1、同(2)同誌2003・1)。　　　　　　　(庄司達也)

第1回「九日会」の様子 (1917年1月9日)

読売新聞

よみうりしんぶん

◆「どうしてでも」と雪江さんはやに済した顔を即席にこしらへて、傍にあつた読売新聞の上にのしかかる様に眼を落した。　(『吾輩は猫である』十)

〈文学新聞〉として

『読売新聞』は1874(明7)年11月の創刊。ニュース中心で、漢字には語の意味をかみ砕いたルビを振る平易な口語体を用い、紙幅から「小新聞」と呼ばれ、社説・政論を主とする「大新聞」とは異なる読者を獲得していった。

1887年以降評論に坪内逍遙、森鷗外、小説に尾崎紅葉、幸田露伴を迎えて文芸色を強める。紅葉は硯友社同人とともに連載を一手に引き受け、小説の人気が発行部数を左右した時代の新聞を支えた。最大のヒットは1897年の『金色夜叉』(1・1-2・23、9・5-11・6、以降1902・5・11まで断続的に連載)。財産にひかれ許嫁同然の相手を裏切った女の後悔と、裏切られ高利貸しとなった男の意地という内容は、美文調の地の文に口語の会話という文体と相まって女性読者を酔わせた。漱石も「私は尾崎紅葉氏が小説を書く時分に読売新聞を愛読したもので」「うちのものが、みんな読売でなくつちや不可ない様なことを云つてゐました」(相馬由也宛書簡、1909・3・7付)と振り返る。後編開始時には熊本まで新聞を送らせてもいるが(『漱石の思ひ出』改造社、1928)、『破戒』を後世に伝えるべき名作と褒める時、忘れ去られる作品として引き合いに出すのはこれである(森田草平宛はがき、1906・4・3付)。

紅葉が離れた後は小杉天外『魔風恋風』(1903・2・25-9・16)、小栗風葉『青春』(1905・3・5-06・11・12)が女学生という新勢力の恋愛を

描いて評判となる。引用箇所で苦沙弥夫人と姪の雪江がくつろぐ茶の間に『読売新聞』はふさわしい。作中の時間は1905年秋。寒月を意識してお茶を運ぶことを渋る女学生雪江の目が形ばかりに追い、夫人がわざと茶碗を乗せる紙面には『青春』が見えていたのかも知れない。そこでは繁に縁談が起こる一方で妊娠が明らかに。堕落女学生の物語が佳境に入っていた。

　文芸附録を売り物としていたが、1895年に始まった全面(後に2面)の「月曜附録」には1901年4月に「月曜文学」欄が設けられ島村抱月が主宰。正宗白鳥、近松秋江も加わって硯友社の勢力に対抗する(翌年3月から「日曜附録」)。1907年からは上司小剣や岩野泡鳴も加わって旺盛な評論活動の場となり『読売新聞』は自然主義の一牙城と目された(紅野敏郎編『読売新聞文芸欄細目』上下「解説」日外アソシエーツ、1986・7)。

入社を断る

　1906年漱石は『読売新聞』に、人物に真実味を与える作家の力量を述べた談話「作中の人物」(10・21)、「文学論序」(11・4「日曜附録」)を提供。主筆となった竹越与三郎は漱石に入社、日曜文壇の担当を依頼するが、読み捨てられる短文に割く時間を惜しむこと、竹越一存の招きに応ずる立場が不安定なこと、在来の記者との関係が難しいことを理由に断っている。月給60円の提示も不足であったろう(瀧田樗陰宛書簡、1906・11・16付)。特別寄書家として創作批評を寄せるとの社告は出るものの翌年1月、過去の文学から批判すべき条項とその法則を明らかにし、それに基づいて批評を行う責任を求めた「作物の批評」(1・1)、写生文を「作者の心的状態」から分析した「写生文」(1・20)を出したのみ。4月には他に小説を提供しない条件で朝日新聞に入社している。
　　　　　　　　　　　　　　(市川祥子)

column19

漱石作品の舞台化、映像化

メディアを横断する漱石の小説

　漱石の小説は、これまでに数多く映像化・舞台化されてきた。そのジャンルは、映画・テレビドラマ・テレビアニメのほか、舞台では歌舞伎・新派劇・ミュージカル・オペラなど多岐にわたる。作品別では、『吾輩は猫である』『草枕』「坊っちやん」『虞美人草』『夢十夜』『三四郎』『それから』『門』『こゝろ』がいずれも複数回上映されている。なかでも多いのは「坊っちやん」で、5度の映画化に加え、テレビドラマは10本以上、舞台に至っては30本を超える。「坊っちやん」が初めて歌舞伎の舞台で上演されたのは1927年で（本郷座、1927・11、脚本木村錦花）、このとき観劇した森田草平によれば、「まだ芝居も何もせぬうちから、わあわつとどよめき渡る騒ぎ」だったという（「『坊ちやん』の芝居（上）」『東京朝日新聞』1927・11・9）。この開幕直前の1927年11月3日には、明治節が新たな祝日として創設され、各地ではその記念行事が催されていた。このとき上演された「坊っちやん」の盛況ぶりは、明治時代を懐古する当時の祝祭ムードを背景としていたのである。

映画「坊っちやん」と明治時代

　「坊っちやん」は、1935年に初めて映画化された（監督山本嘉次郎、脚本小林勝、P.C.L）。日本でトーキー映画が一般的となった1930年代半ばに、文学作品を原作とする「文芸映画」が数多く製作されたが、「坊っちやん」もその一つである。これ以後も53年（監督丸山誠治、脚本八田尚之、東宝）、58年（監督番匠義彰、脚本椎名利夫・山内久、松竹）、66年（監督市村泰一、脚色柳井隆雄、松竹）、77年（監督前田陽一、脚本前田陽一・南部英夫、松竹）とリメイクされた。これらの映画は、小説の舞台である明治時代の描き方にそれぞれ特色があり、それが広告では強調され、映画評でも指摘されていた。例えば35年版は、「「蒼白いさらりまん」や、ちつぽけな「いんてりげんついあ」が、うぢやうぢやしてゐる今の日本に、一番必要」なのが「英雄坊つちやん」だとして、オーディションで発掘した新人を主役に据えた（『キネマ旬報』広告1935・2・1）。これに対し「夏目漱石生誕百年」の区切りの年に公開された66年版では、「明治以来一世紀の歩みが、そのまま日本の現代史の全貌である」という惹句のもと、「平均的日本人といわれる坂本九」を坊っちゃん役に配し、「笑いと感動の中に〝明治の心〟をとらえる」ことを謳っていた（『キネマ旬報』「日本映画新作紹介」1966・8・1）。

　また、マドンナの描き方を比べてみると、35年版では専ら男性たちの会話の中で一方的に語られるのに対して、例えば、77年版では自ら意見を述べ男性たちを翻弄する。原作を大胆に脚色したこの77年版は「明治ブームに追随し賛美するのはなく」「長所も短所も美点も欠点も未分化のままにはらんでいる明治」を描いた点が、畠山純「今号の問題作批評」（『キネマ旬報』1977・9・15）で指摘されていた。繰り返し映画化された「坊っちやん」は、明治時代をいかに回顧するかという視点とともに語られてきたのである。　　　　（塩野加織・十重田裕一）

column20

漱石の小説技術

いま仮に、『小説技法大全』とでもいった書物があるとしよう。世界中に現存するすべての作品を渉猟することは不可能だろうから、さしあたり、古今東西の「名作」群を中心に、小説を形づくるさまざまな技術ポイントにつき、しかるべきカテゴライズを講じたうえで、①その技術の初出例、②その模範例や特異例を、それぞれ具体的に指摘し、可能な限り丁寧に引用する。必要に応じて他の文学ジャンルからの採取も可とし、たとえば、大項目「メタフィクション」中の「中心紋」なる下位クラスなら、①には『千夜一夜』の「六百二夜」か、『ラーマーヤナ』の最終巻、②の筆頭には『ハムレット』の劇中劇が来て、ポーの『アッシャー家の崩壊』などを手招きするといった案配式の——現役の作家や批評家にとってはまさに「夢」のような——大著があった場合、日本からこの『大全』中に採録される頻度の最も高い作家が漱石であることには、およそ疑いを容れまい。

「技術」の世界規準

たとえば、「心内語」のパートで、相手のその思惑を(いわば「読者の分身」として)あっさり読み取る人物の好例としては、『草枕』の那美、『行人』の直、『明暗』の吉川夫人のいずれかは、『白痴』のムイシュキン公爵と、『審判』『城』の脇役たちとに挟まれて掲げられることになるだろう。その①に、たぶん『ドン・キホーテ』の一挿話(河船での羊渡し)が指定される「時間処理」中の一項目(＜叙述の時間／虚構の時間＞の関係活用)の②にも、『トリストラム・シャンディー』の幾多の場面とともに、『猫』の寒月

の語る"落ちない夕日"が登記されるに相違ない。「空間構成」中、並ぶことと似ることとの関係につきJ・リカルドゥーが「構造的隠喩」と呼ぶ生動の、ロブ＝グリエ『嫉妬』における話者の妻とムカデにくらべれば確かに古風ではありながら、「ヌーヴォー・ロマン」のその傑作にくっきりと繋がる先例としては、『文鳥』の女と鳥。「焦点化」の離れ業的な技法なら、『門』冒頭の宗助の動きに伴う記述か、『道草』の夫婦間にみる振り子めいた焦点移動、もしくは『虞美人草』の書斎描写。「反復的細部」の活用なら、『それから』における＜花＞と＜水＞……といった調子で、さらに何本も指を折ることが出来る。現にわたしは、いくつかの書物でこれらの「小説技術」の数々に言及してきた者であるが(『日本小説技術史』等)、そのつど感銘を新たにするのは、ほかでもない。その、文字通りワールド・スタンダードな「技術」のほとんどすべてが、彼自身の『文学論』には登記されていない事実にある。

「創作」というフィールド

だから『文学論』は貧しいということではない。漱石にとって、創作という体験が、いかに豊穣な機会であったかという話である。小説にまつわる理論と実践とのあいだの、何かしら残酷なまでの相違！　その相違を、当時としてはやはり世界級の理論書『文学論』の著者みずからが示してみせたところに、漱石の小説技術の、凡百の「批評家」の羨望を誘ってひときわ貴重な、そしてむろん、現役「作家」たちにはとってはいまになお有益な生彩がかかっているだろう。

(渡部直己)

作品

A Translation of Hojio-ki with a Short Essay on It

◆On the 29th of February in the fourth year of Jishō(1180), a whirlwind arose in Kiogoku and rushed toward Rokujō with terrible vehemence.

（「Hojio-ki」）

1891（明24）年、文科大学2年の漱石が書いた『方丈記』の英訳と解説。表題・解説に12月8日・同5日の日付、両者に漱石の名を記す。ほぼ逐語訳だが、1180～1185年の遷都、飢饉、大地震を省略。主語はI（長明の一人称）にWe（人類全般）が混じり、「you see」「you will find」など語りかけ口調も見える。文科大学教師J.M.ディクソンは、これらを使って2ヶ月後に講演"Chōmei and Wordsworth: A Literary Parallel"と英訳朗読をしたが、口頭ゆえ漱石訳を自身の手柄に替えた公算が高い。後にディクソンが講演記録と共に、自身の訳と称して"A Description of My Hut"を発表したのは1年も後だからである（*Transactions of the Asiatic Society of Japan* vol.20, 1892-93）。

従来、漱石はディクソンの依頼で英訳したと推測されてきたが、漱石は表題や解説に自身の名を記し、日本語をどう訳したかも自己表明しているので、丸ごとの使用許可を与えていたかどうか疑問である。

なお、漱石訳には不自然な間違いもある。1180（治承4）年4月（史実も4月29日）に中御門京極で起きた辻風の日付が2月29日とされている。旧暦と、採用され始めたばかりの新暦の換算ミスだとしても、2ヶ月も違う。

（川勝麻里）

イズムの功過

いずむのこうか

◆大抵のイズムとか主義とかいふものは無数の事実を几帳面な男が束にして頭の抽出へ入れ易い様に拵へてくれたものである。一纏めにきちりと片付いてゐる代りには、出すのが臆劫になつたり、解くのに手数がかゝつたりするので、いざと云ふ場合には間に合はない事が多い。

初出は、『東京朝日新聞』（1910・7・23）の「文芸欄」に掲載された。『大阪朝日新聞』には掲載されなかった。後『切抜帖より』（春陽堂、1911・8・18）に収録。

漱石は、多くのイズムが、無数の事実や微細な類例から再編された「輪郭」であり、また経過した事実に基づいた過去を簡略に総合した「輪郭」「型」でもあると述べる。そして人間の精神生活において、イズムで人間の未来や生活を拘束することに苦痛や屈辱を感じるとする。過去が特定のイズムに支配されていても、これからもそうであるとは限らない。5、6年前に日本に起こった自然主義も、西洋の歴史に基づいた「輪郭」を輸入したものである。世間が嫌う自然主義を支持する者が、自然主義を「永久の真理」と見なし、人生の全局面を覆う「大輪郭」のように考えるよりも、「輪郭中の一小片」である事実を把持し、そこに自然主義の普遍性を読者に認識して貰う方が得策であると主張した。

イズムの批判から始まるこの小論は、イズム批判よりもむしろ、自然主義文学が自然主義のための文学となっている問題点を指摘し、翻って自然主義者たちには人生を構成する事実の一小片を意識する姿勢が大切であると牽制している。

（木村功）

一夜

いちや

◆「美くしき多くの人の、美くしき多くの夢を……」と髯ある人が二たび三たび微吟して、あとは思案の体である。(中略)「画家ならば絵にもしましょ。女ならば絹を枠に張つて、縫ひにとりましよ」と云ひながら、白地の浴衣に片足をそと崩せば、小豆皮の座布団を白き甲が滑り落ちて、なまめかしからぬ程は艶なる居ずまひとなる。

「小説」ではない作品

「一夜」は『中央公論』(1905・9)に発表され、のちに短編集『漾虚集』(大倉書店・服部書店、1906・5)に収録された。

名前も素性もわからない二人の男(「髯のある人」と「丸顔の人」)と一人の女が、ある夜、一つの部屋で、「美しき夢」をどう描くかというテーマについて語り合う。この語り合いは様々に暗示的な内容をはらみながら蛇行する。途中に偶然差し挟まれるほととぎすの鳴き声、蚊、蜘蛛、蟻の登場、そして合奏の音で何度も話が中断され、そのたびに別の方向へ話の矛先が向かう。そして結局、テーマに結論が出ないまま、三人とも突然「思ひ思ひに臥床に入」り寝てしまい、話はあっけなく終わる。要所で新体詩や俳句や漢詩といった短詩形が挿入され、また地の文も美文と呼ばれる装飾的文体で彩られている。

一貫した筋がないため、発表当初より「一読して何のことか判らず」(正宗白鳥『読売新聞』1905・9・7)といった感想が噴出していた。漱石も、書簡で「多少分らぬ処が面白い」(高浜虚子宛、1905・9・17付)と述べ、この作品の性質を認めている。実はこの作品には、末尾に「作者」自身の付言がある。そこでは「人生を

描いたので小説をかいたのでない」と述べられ、通常の小説の要件(人物の性格、筋など)を故意に外したことが明かされている。従来、読者の立場から三人の男女を分析し、一貫した内容を読み取る試みがなされてきた。(内田道雄「「一夜」釈義」『古典と現代』1967・4／加藤二郎「漱石の「一夜」について」『文学』1986・7)

「画」的な「詩」という試み

作中、「髯ある人」が「美しい夢」をどう表現するか吟じあぐねていた際、「女」は「画家ならば絵にもしましよ」と言葉ではなく絵にすることを提案する。

漱石は初期作品においてよく「詩」と「画」の問題を取り上げている。「詩」とは言語芸術一般のことである。言語芸術と空間芸術との対比は『文学論』で論じられており、漱石は両方の芸術の特性を踏まえ、時間芸術である「詩」にも時間の要素を取り去った一瞬を描写する空間芸術の要素を取り入れることができると考えていた。この問題意識は「草枕」に顕著に見られるが、「一夜」もその試みの一つと言えよう。

例えば、途中で介入してくる虫たち、そして作品空間の描写、果ては自分たちでさえも、登場人物たちは「画」の一部として捉えようとする。また、様々な色の描写は視覚を喚起し、読者も、美文に彩られた各場面を「画」として鑑賞できる。俯瞰してみれば作品そのものも一つの「画」といえる(神田祥子「夏目漱石初期作品における〈詩〉と〈画〉──「一夜」を中心に」『国語と国文学』2006・3)。登場人物の男女を意識した言動も作品に彩りを与える要素の一つとして描かれているともとれる。「一夜」という作品は、「画」的な「詩」を描くという試み、つまり芸術論の実践という位置づけにある作品なのである。　　　　(矢田純子)

英国詩人の 天地山川に対する観念

えいこくしじんのてんちさんせんにたいするかんねん

◆以上の談話を約言すれば、(一)「ポープ」時代の詩人は、直接に自然を味はず。古文字を弄して其詩想を養ひし事。(二)「ゴールドスミス」、「クーパー」は、自然の為に自然を愛せしにあらざる事。及び「トムソン」の自然主義は、単に客観的にして、間々殺風景の元素を含む事。(三)「バーンス」は情より、「ウォーヅウォース」は智より、共に自然を活動力に見立てたる事。及び自然主義は此活物法に至つて、其極に達する事等なり。

1893(明26)年1月、東京帝国大学の3年生だった漱石が帝国大学文科大学英文学談話会で行った講演。『哲学雑誌』(哲学雑誌社)の「論説」欄に3月から6月まで4回に分けて掲載された。

ここで漱石が論じている「自然主義」は、エミール・ゾラや田山花袋に代表される、人間の生態を直視する文学の流派ではなく、18世紀後半から19世紀前半にかけて自然を鑑賞し主題化し始めた詩人たちの傾向を指す。通例、技巧に凝るポープの古典主義から自然(とそれと相関する内面)を重んじるロマン主義への移行として捉えられるこの現象を、漱石は「ローマンチシズム」と一緒にせずあえて「自然主義」として論じている。

ポープ、アディソン、トムソン、ゴールドスミス、クーパー、バーンズ、ワーズワースの詩行を引用しながら、それぞれの特質を鋭く押さえて批評し、上記引用のような結論に至る本講演は、漱石文学の重要なテーマである自然と人間の関係への関心の早い表れとみなせよう。 　　　　　　　　　　　　(田尻芳樹)

英国の文人と新聞雑誌

えいこくのぶんじんとしんぶんざっし

◆初の新聞紙は皆政治的のものである。政治的でないものも文学的趣味に乏しかつたのである。夫が段々発達して有ゆる種類の文学が新聞雑誌の厄介になると云ふ時代になつた。是に連れて文学者と新聞雑誌との関係が漸く密切に成つて来て現今では文学者で新聞か雑誌に関係を持たないものはない様になつた。

17世紀末から19世紀半ばまでの英国の新聞雑誌と文学の関係を、文人達の興味深い逸話を数多く紹介しながらたどったエッセイ。『ホトトギス』(1899・4)に発表された。

小説というジャンルが浸透する以前、著名な英国文学者たちが、政論や裁判記録、世間の人情風俗のスケッチや読者への訓戒などを、新聞雑誌に寄稿して好評を博し、あるいは自ら新聞雑誌を発行したことが、豊富な事例とともに説かれる。ジャンルに縛られない、「文」の社会性が、歴史的事実の中に確認される。

同時に、文学という現象は、メディアを媒介として作品が流通し、特定の読者集団と経済的関係を結ぶことで成り立つことを明確に指摘しており、芸術を特権的領域とみなす思考は見られない。東洋でも西洋でも、近代初頭まで政治家と文章家は一致する場合が多かった。「文学者」ではなく「文人」という呼称を選んでいる点からも、東西の歴史的事実とその照応を、漱石が明晰に把握していることがわかる。

作品を寄稿するだけでなく、文芸欄を創設して『朝日新聞』を改革した漱石の念頭には、文学者も「新聞屋」も本質的に異ならないという、幅広い歴史的知識に支えられた認識があった。 　　　　　　　　　　　　(北川扶生子)

◆作品

永日小品

えいじつしょうひん

◆此下に稲妻起る宵あらん　　　　　　（「猫の墓」）
◆自分の頭は突然先刻の鳥の心持に変化した。さう
して女に尾いて、すぐ右へ曲がつた。　　　　（「心」）

声の変幻、その俳諧的生起

　『三四郎』の翌年、「夢十夜の様なもの」との
注文に応じ、「永日小品」の総題で『大阪朝日
新聞』『東京朝日新聞』に断続的に連載(1909・
1・14-3・9)された小品集。同年の「元日」(1.1)
「クレイグ先生」(3・10、11、12)を首尾に配し、
「文鳥」「夢十夜」「満韓ところどころ」と共に
『四篇』(春陽堂、1910・5)に収めた25篇が定稿。
大阪と東京では掲載日等に若干のずれがあ
り、東京には終盤の「紀元節」「行列」「昔」「声」
「金」「心」「変化」が掲載されなかった。
　連載第一話は、豪雨の中、蓑笠姿の叔父と
魚獲りに出た記憶を語る怪談めいた「蛇」で
あった。濁流に身を閃かせた「長いもの」が
叔父の手を離れると、対岸で鎌首をもたげ
「覚えてゐろ」と言い放って叢に消える。「慥
かに叔父さんの声であつた」が本人は蒼い顔
で「誰だか能く分らない」と呟く。声の主は
己に憑依した蛇か、蛇に移入した己か。はた
また何者か。主客の壁を攪乱する雨中の怪事
は、命に潜む意識の深淵を覗かせる謎として
幻想的小品集の劈頭に相応しい。
　だが定稿の巻頭は、極めて日常的な夏目家の
正月を綴る「元日」となった。次に「蛇」、再び
現実界の「泥棒」と、一見脈絡のない印象を呈
する。そこには漱石の「推移の法則」(『文学論』
第五編第二章)に根ざした何らかの編集美学を
読みとることもできよう。「夢十夜」全話の運
びに、夢想から「自らを現実に引き戻そうとす

る激しい運動」(内田道雄「『夢十夜』と『永日小
品』」『夏目漱石』おうふう、1998)、前後の「付合」
的連関(竹盛天雄「イロニーと天探女」『明治文学
の脈動』国書刊行会、1999)、非人称的視線獲得の
ドラマ(室井尚『文学理論のポリティーク』勁草書
房、1985)を辿れるとすれば、本作の配列にも作
家の詩的精神の運動が脈打っているだろう。
　冒頭、「元日」の鼓と謡の〈声〉の余韻が、
「蛇」の不思議な声を記憶の底から揺り起こ
し、闇に光る長い姿態の不気味さが、深夜の
「泥棒」が〈帯〉のみを奪って消えたという連
想の揺曳を招く。尻取り遊びのような意識の
連鎖が齎す〈推移の妙〉は、無意志的想起の如
く五感の弦を幾重にも震わせ、その興趣は連
句或は俳体詩の付合に近い。発端に「元日」
を配した由縁には、俳諧的詩境や能の現世と
夢幻の自在な往還への憧憬もうかがえよう。
年始風景の山場は、かつて俳体詩「尼」を両吟
した虚子と漱石による謡曲「羽衣」であった。
　開幕の祝言性は、声の変幻の果てに老クレイ
グ先生の熱弁に漂着し、師の訃報を包む淡い
諧謔と寂寞が追善の一巻のように首尾対照を
暗示して幕となる。各篇の連なりが全体で一
篇の結構を成す用意は創作メモにも偲ばれる
が、「短篇を重ね」「一長編を構成する」(『彼岸
過迄』緒言)方法の水脈でもあろう。「遠心的
散策」と「連鎖の妙」に関して佐藤泰正「『永
日小品』をどう読むか」(『佐藤泰正著作集1』翰
林書房、1994)、連句と暗示に関して佐々木英
昭「「暗示」実験としての漱石短篇」(『日本近
代文学』2007・5)がある。全体に漂う「現実か
らの離陸」の志向を佐々木充「漱石の〈永日感
覚〉」(『漱石推考』桜楓社、1992)が指摘する。

夢幻の稲妻、現世の磁力

　各篇の分類には荒正人(『漱石文学全集』第10
巻、集英社、1973)のように「夢十夜」系(蛇、声、
心)、英国留学時代の回想(下宿、印象、暖かい
夢など7篇)、身辺随筆(元日、火鉢、猫の墓、
人間、火事、行列、変化など11篇)、短編小説(懸

物、金など4篇)などと4項目を立てるのが通例である。当然分類上の揺れがあり、「巨大な都市が迷路と化す」(持田季未子『生成の詩学』新曜社、1987)体験を描く「印象」や、「火事」の痕跡が消えた街に幻の映像は色濃い。「下宿」と「変化」の世界史的背景、「人間」の小説的虚構も見逃せまい。それ故、舞台や小説的強度の差異を離れ、超現実的感覚が濃厚な夢幻的作品と、日常の陰影や社会的話題を主眼とした現世的作品の二系列を緩やかに設けることも意義があろう。『漾虚集』系の想像力と『吾輩は猫である』の文明批評が響き合う場である。

本作の夢幻性は、夢の枠を明示する「夢十夜」と異なり、「現実生活の襞に深くくい込んでいる幻想」(石﨑等「『永日小品』の位置」『漱石の方法』有精堂、1981)が白昼の意識に地滑りを起こすように露頭を現す。「『夢十夜』の夜を昼にしたやうな」(安倍能成)夢と現の連続性は、確かな輪郭を見せる眼前の世も、人の想念が描く偶然とも思わせ、別の世界の可能性を暗示する。現世的作品にはそうした個人の認識野を相対化する社会の眼差しが注がれた篇もあり、貧しい酔漢の「人間」宣言を他人事と見たお作さんや、「柿」の喜いちゃん一家の微笑ましくも「崖下の家」への思慮のない驕りに、儚き階層差に囚われた「人間の営為への省察」(秋山公男「漱石『永日小品』」『愛知大学国文学』2005・12)が込められて感慨深い。

『三四郎』以降の語りの実験工房

『虞美人草』から『三四郎』への移行期に「夢十夜」が生まれたように、本作にはそれ以降の語りの方法を手探りする実験工房としての意味があった。美文調の語り手の采配から脱した三四郎は、自分の眼で周囲を語る視点人物となる。そこでは、語り手が彼の内部に同化しつつ同時に彼を三人称叙述する自由間接話法が成立しており、その「透明な語り手と主人公との二声の対話」(松元季久代「『三四郎』の語り手と作者」『日本近代文学』1991・10)は

『それから』以降に引き継がれる。だが『三四郎』には、語り手が身を透明にせず外縁から唐突に文明批評を開陳したり主人公を茶化したりする〈作者を彷彿させる外側の語り手〉が随所に残され、その超越的な視野と主人公の限定的視野との二重構造が現出、その下で三四郎は語り手のアイロニーに統御されていた。『それから』では、外縁の語り手は相対的に影を潜め、代助は自らの声で彼の内部と社会を観察する主体となり、「自己像のパロディー化の運動は自己認識の劇に」(島田雅彦『漱石を書く』岩波書店、1993)変貌する。

「永日小品」には、こうした語り手の透明化の方向として、主人公が見つめる対象に同化し、その五感で自身と世界を描くという主客が混淆した夢現の境を浮遊する実験的手法が見られる。「心」の主人公は、「運命を自分に託すもの、如く」飛来した美しい鳥を〈籠〉に入れて眺め、「此の鳥はどんな心持ちで自分を見てゐるだらうか」と考える。やがて「百年の昔から自分を待つてゐた」〈運命の女〉に出会って尾いて行くが、岐路で突然「鳥の心持ち」になる。「声」の豊三郎は都会の下宿で故郷を歩く過去の自分を甦らせ、「今採った許の筍の香」を嗅ぎ、自分を呼ぶ亡母の声をありありと聞く。それは「我」と「非我」の間の「焦点の取り具合」(「創作家の態度」)の模索であり、《過去》の意味の変容と、それらへの眼差しの転換」(二宮智之「夏目漱石「永日小品」考」『国文学攷』2001・12)とも呼べよう。

一方、外縁の語り手が作品世界に介入して司っていた主人公の戯画化や同時代批判を、一人称主人公を含む作中人物に相対的に委譲する方向がある。「元日」の夏目家主人の失敗談のユーモアは「負け惜しみ的言辞でオチをつけ」た〈写生文〉の文体(中島佐和子「夏目漱石『永日小品』」『国文』2000・7)に負うものであり、「金」の空谷子が説く〈五色の通貨〉論は代助の〈麺麭を離れた労働〉の精神性の議論に生かされたものだろう。 (松元季久代)

◆作品

英文学形式論

えいぶんがくけいしきろん

◆私は此講義に於ては、吾々日本人が西洋文学を解釈するに当り、如何なる経路に拠り、如何なる根拠より進むが宜しいか、かくして吾々日本人は如何なる程度まで西洋文学を理解することが出来、如何なる程度がその理解の範囲外であるかを、一個の夏目とか云ふ者を西洋文学に付いて普通の習得ある日本人の代表者と決めて、例を英国の文学中に取り、吟味して見たいと思ふのである。

（「文学の一般概念」）

成立の背景

英国留学から帰国後まもなく、1903(明36)年4月に東京帝国大学英文科講師となって最初に行った講義の筆録。講義は"General Conception of Literature"（文学の一般概念）と題し、4月20日～5月26日の6週間にわたって月曜と火曜の午後に行われた。漱石在世中は公刊されなかったが、歿後3年を経た1919(大8)年暮に、当時聴講した皆川正禧が野上臼川の依頼を受けて講義筆記の整理に着手、皆川自身と学友3名（小松武治・吉松祖通・野間真綱）のノートを対照取捨して一冊にまとめ、1924年9月「夏目漱石述・皆川正禧編」として岩波書店から出版した。『英文学形式論』という標題はこのとき編者によって冠されたものである。

本書は『文学論』『文学評論』と並ぶ講義録として重要であるが、漱石の草稿が存在せず、編者の依拠した筆記も「極めて不完不備」な「抄録」（編者はしがき）である上、漱石自身は目を通していないなど、他の二著とは事情が異なり、その扱いには慎重を要する。

内容と意義

本書は目次上「文学の一般概念(General Conception of Literature)」「文学の形式(Form)」「総括」の3部に分れているが、「文学の一般概念」は開講にあたって講義の展望を示した序論、「総括」は最終講をしめくくるごく短い結語であり、全体の9割近い頁を占める「文学の形式」が中心といってよい。

「文学の一般概念」を講義名として掲げたとおり、序論において漱石がまず問題としたのは「文学」という語の概念である。彼は古今の文人が「文学」について記した言葉を参照した上で、この語に充分な定義を与えることは困難であるため、本講義ではまず文学を〈形式Form〉と〈内容Matter〉に大別して各々について論じ、そののち両者の関係や文学が人間に及ぼす効果などを分析するとしている。しかし実際には「形式のみに付ての説明」（総括）で学期を終えたのである。

本論では文学の形式を、読者の趣味に訴える条件によって、〈智力的要求を満足する形式・雑のもの・歴史的趣味より来る形式・音の結合を生ずる語の配列〉に分類し、詩・小説・戯曲・評論など多様な英文学作品を引用しつつ具体例に即して論じている。ここにいう〈形式〉とは主に〈文体〉の問題であり、基準となるのは日本人である漱石自身が面白いと感じるか、そう感じるのは何故かという点にある。なかでもスティーヴンソンやカーライルの文体を分析したくだりは、作家漱石を考える上でも示唆するところが大きい。

本講義は「大学の講座に於ける小手調」（はしがき）として看過されがちだが、〈形式〉に続いて〈内容〉を論じたのが『文学論』であり、両者を総合した延長上に漱石の文学観を見るべきであろう。 　　　　（飛ヶ谷美穂子）

『オセロ』評釈

『おせろ』ひょうしゃく

◆此のDesdemonaの言葉はいかにも気の毒に書いてある．頼みにした人は死んでゐる．明日まで待ちたまへ．今夜まで待ちたまへ．半時間待ちたまへ．祈をする間待ちたまへ．而かもその人に罪なし．痛切の感がある．──併し此の方面以外からも書き得る．Cassioは死んだ．それでは殺して下さい．さういふ風に書いても面白い効果を生じ得るだらう．

(第五幕第二場)

1906(明39)年1月から10月まで漱石が東大で行なった『オセロ』評釈については、学生として出席した野上豊一郎が自らの詳細なノートを『漱石のオセロ』として出版し、小宮豊隆が『英語青年』で補注を加えた(野谷士・玉木意志太牢『漱石のシェイクスピア』朝日出版社、1974)。驚くほど膨大な量の字義解釈上の注記が主だが、学者としての注釈の中に、「自分ならこうは書かぬ」といった作家としてのコメントが何度も顔を出すところが面白い。

漱石は1903年9月から1907年3月に東京大学を辞めるまで、順に『マクベス』、『リア王』、『ハムレット』、『テンペスト』、『オセロー』、『ヴェニスの商人』、『ロミオとジュリエット』と講義を重ねたが、克明な記録が残るのは『オセロー』のみ。この記録から見えてくるのは、面白く作品を書くにはどのような技巧を用いるべきかを追究する創作者の姿勢である。「此処はShakespeareの失敗である」と断ずる箇所もある。芝居について「十年間に世の中で見ることを一夜の芝居にcondenseして見せる也。随つてstageとpractical lifeとは別物也」と記しているのは、practical life(実生活)を描こうとした漱石が劇作をしなかった理由であろう。

(河合祥一郎)

思ひ出す事など

おもいだすことなど

◆「思ひ出す事など」は平凡で低調な個人の病中に於ける述懐と叙事に過ぎないが、其中には此陳腐ながら払底の趣が、珍らしく大分這入つて来る積であるから、余は早く思ひ出して、早く書いて、さうして今の新らしい人々と今の苦しい人々と共に、此古い香を懐かしみたいと思ふ。

(四)

◆自分は今危険な病気からやつと回復しかけて、それを非常な仕合の様に喜んでゐる。さうして自分の癒りつゝある間に、容赦なく死んで行く知名の人々や惜しい人々を今少し生かして置きたいとのみ冀つてゐる。

(七の下)

◆強ひて寝返りを右に打たうとした余と、枕元の金盥に鮮血を認めた余とは、一分の隙もなく連続してゐるとのみ信じてゐた。其間には一本の髪毛を挟む余地のない迄に、自覚が働いて来たとのみ心得てゐた。程経て妻から、左様ぢやありません、あの時三十分許は死んで入らしつたのですと聞いた折は全く驚いた。

(十五)

◆余は一度死んだ。さうして死んだ事実を、平生からの想像通りに経験した。果して時間と空間を超越した。然し其超越した事が何の能力をも意味しなかつた。余は余の個性を失つた。余の意識を失つた。たゞ失つた事丈が明白な許である。

(十七)

◆回復期に向つた余は、病牀の上に寝ながら、屢ばドストイエフスキーの事を考へた。ことに彼が死の宣告から蘇へつた最後の一幕を眼に浮べた。──寒い空、新らしい刑壇、刑壇の上に立つ彼の姿、襯衣一枚の儘顫へてゐる彼の姿、──悉く鮮やかな想像の鏡に映つた。独り彼が死刑を免れたと自覚し得た咄嗟の表情が、何うしても判然映らなかつた。

(二十一)

修善寺の大患

「思ひ出す事など」は1910(明43)年10月29

587

日から1911年2月20日まで『東京朝日新聞』に全32回断続して発表された。同一内容が若干遅れ気味で『大阪朝日新聞』にも掲載された。『門』完成直後の1910年6月、漱石は胃潰瘍を悪化させ内幸町の長与胃腸病院に入院して加療につとめた。小康を得て伊豆修善寺の菊屋旅館に転地療養に出かけ、8月24日に500mgの大吐血をして危篤に陥り死の淵をのぞきみて現実に帰還した。世にいう「修善寺の大患」である。

漱石が胃潰瘍の吐血で倒れたことは、朝日新聞社にとって一大事件であった。朝日入社に一役買った主筆の池辺三山は、元社員の坂元雪鳥を派遣して社として万全の態勢を整え、病気回復に最善を尽くした。

10月11日、大患を克服した漱石は修善寺を引き払い、汽車で家族や多くの知人・友人の出迎えを受けて新橋に到着、そのまま東京内幸町の長与胃腸病院に入院した。

「思ひ出す事など」は執筆再開後115日間におよぶ断続掲載だから、恢復期の病床で研ぎすまされた漱石の頭脳は、現実への飽くことのない関心と思索をもたらした。時代の動きを横目で見つつ、異常ともいえる記憶力と集中力による実に幅広いことがらが包含された思索的な随筆である。

「思ひ出す事など」は「忘るべからざる二十四日の出来事」つまり30分間の仮死体験とその後の闘病記録が中心である。文中、朝日新聞社の指示による長与胃腸病院の森成麟造医師らによる懸命な治療、妻・友人・知人たちの看護と好意への謝意、子どもたちや死んだ兄たちのことなどが語られている。ときに印象的な過去の記憶が点綴され、自然風物に癒され、南画的世界を憧憬し、長与称吉、W・ジェームズ、大塚楠緒子の死と対照的に生に舞い戻ったアイロニーを凝視する生死の哲学が考察される。執筆再開をめぐる池辺三山との応酬もまた興味深い。

◆作品

心境の小宇宙から現実へ

「思ひ出す事など」の特徴の一つは、病床で制作され、療養生活で推敲された俳句や漢詩が書き付けられていることである。その数、俳句は「秋の江に打ち込む杭の響かな」「人よりも空、語よりも黙 肩に来て人懐かしや赤蜻蛉」「腸に春滴るや粥の味」など20句、漢詩は「仰臥人如唖 黙然見大空 大空雲不動 終日杳相同」など16首に及ぶ。此岸に帰還したときの心境が詠われた傑作が多く、自ら「天来の彩紋」と称し「風流」を盛る器として楽しんだ。恢復後には揮毫の要望が相次いだ。詩や俳句を文章にはさむことについて、「当時の余は此の如き情調に支配されて生きてゐたといふ消息」を読者に伝えたいからだと述べている。土台、「思ひ出す事など」は、病気を気遣ってくれた人々「各各に向けて」礼状を送るべきところ、「略して文芸欄の一隅にのみ載せて、余の如きものゝために時と心を使はれた難有い人々にわが近況を知らせる」ために執筆された(「五」)。しかしその目的を早く終えて、大患以前から関心を懐いていた現実社会への目を取り戻すことのほうが重要であった。明治末期の現実は激しく動きつつあり、手をこまねいている暇などなかった。ときには他人も家族も敵と意識された。気掛かりのひとつに大逆裁判の進展があった。詩や俳句は心境の小宇宙を切り取った貴重な表現世界ではあるが、生々しい現実を描く小説とは隔たっていた。現実への関心は読書体験に示されている。漱石は修善寺に6冊の書物を携行していった。①W・ジェームズの『多元的宇宙』、②『Croceの美学』、③モーリス・ベアリングの『ロシア文学の道標』、④『現今哲学』(バーンズの『近代哲学の発展』と推定)、⑤リードの『自然と社会道徳』、⑥ウォードの『ダイナミック・ソシオロジー』である。この中で大患を契機に思索を深めた書物が①と③であった。

思想を内包したテクスト

　「思ひ出す事など」執筆段階で読書体験は整理されとうぜん淘汰されているが、特筆すべきは『多元的宇宙』への共感だろう。ジェームズのプラグマティズムを享けたベルグソン哲学が最晩年の思想形成に大きくあずかった機縁は大患時に育まれたのである。さらに漱石は当時流行のオイケン、フェヒナーの思想に違和感を表明し、代ってペテルブルクの寒空の下、目隠しをされて刑壇に立ち、ロシアの暗い現実に向って直立する銃殺刑直前のドストエフスキーに眼が向けられていく。

　1911年1月5日・10日に掲載された「二十」「二十一」では、修善寺での臨死体験とドストエフスキーの癲癇発作による「不可解な歓喜」が対比されている。ペトラシェフスキー事件に連座し「死の宣言から蘇へつた」ドストエフスキーに同一化をはかり、「ドストイエフスキーは自己の幸福に対して、生涯感謝する事を忘れぬ人であつた」と書き記す。ドストエフスキーが処刑寸前まで追い込まれ翻弄された運命と自分の30分の仮死体験とを対比しながら、明治国家社会の病理に鋭い嗅覚を働かせ、大逆裁判を始めとする1910年前後の政治の地平の擬制が批判的に暗示されている。〈生—死—生〉という三象面の現象を話題にすることで「容赦なく死んで行く知名の人々や惜しい人々を今少し生かして置きたい」という願望が表白されている。胃潰瘍を克服したばかりの横たわる人間にとって、フレームアップされた「大逆事件」や官憲による思想弾圧や朝鮮の植民地化をめぐる国際情勢に積極的になることは容易ならぬことであった。「思ひ出す事など」は「修善寺の大患」の貴重な回想録の体裁をとっているが、気ままに書かれた随筆ではなく、韜晦された表現の中に時代を見すえた思想性が内包された戦略的なテクストでもある。　　　　（石﨑等）

カーライル博物館

かーらいるはくぶつかん

◆カーライルは書物の上でこそ自分独りわかつた様な事をいふが、家を極めるには細君の助けに依らなくては駄目と覚悟をしたものと見えて、夫人の上京する迄手を束ねて待つて居た。

明治日本のカーライル受容

　「吾輩は猫である(第一回)」「倫敦塔」の発表と時を同じくする1905(明38)年1月に、『学鐙』に発表された最初期の小品。漱石自身を思わせる「余」が、カーライル旧居を訪問し、その人間像に思いを馳せる様子を紀行文風に綴る。実際イギリス留学中にこの旧居を訪れた漱石は、翌2月にカーライルの蔵書を収蔵階ごとに目録にして同誌上に発表している。

　研究史は主に、漱石留学時の事実や典拠とされるカーライル旧居の所蔵目録*Carlyle's House Catalogue*(1900)との比較が中心であるが、近年になって、典拠からの取捨選択状況や末尾のカーライルの独白などから、漱石の意図的な創作意識を読み取ろうとする動きが出ている。

　「カーライル博物館」の発表に先だって、日本ではすでにいわゆる「偉人」としてのカーライル像が知識人層を中心に形成されていた。明治日本でのカーライル受容は、中村正直の『西国立志編』が嚆矢と見なされており、苦心して書いた草稿を誤って燃やされてしまっても挫けずに大著を完成させる、〈不屈の人〉としての肯定的イメージがまず紹介されていた(今井宏『明治日本とイギリス革命』研究社出版、1974)。また著書*Heroes and Hero-Worship*(1841)はその代名詞的作品として多くの知識人に愛読されていたとされる。時代

◆作品

が下り、やや古めかしい印象を与えつつあった史観や文体から、カーライルは近代社会における「批判者」、そしてさらに時流に遅れた「厭世家」へと、やや否定的なニュアンスを交えつつ印象を変化させていくが、長きにわたり、日本の知識人層に親しまれた文人の一人であり続けた。

人間カーライルへのまなざし

漱石は学生時代の英作文で、カーライルの文体を真似ようとして、カーライル自身にたしなめられるという夢を見たことを題材としている。『吾輩は猫である』で言及される「胃弱」も含め、漱石はカーライルの文人としての業績もさることながら、その人柄により強い親近感を抱いていたものと思われる。

「カーライル博物館」を訪れる「余」は、旧居に残された日常的な家具や愛用品から、私人としてのカーライルの人となりや生活感を感じ取っていく。また家を選ぶにあたっての夫人とのやりとり、騒音から逃れようと空しい努力を重ねる姿、リ・ハントやテニスンら近い文人たちとの交流、愛犬の死と失われた墓標などの私的なエピソードが、旧居の案内人である「婆さん」の流暢な口調を通して伝えられ、「余」に往事の姿を偲ばせる。いわゆる「偉人」の伝記を彩るべき社会的業績の類は極力後景化されている。こうした微笑ましい人間カーライルへの共感が、時代やナショナリティを超えた親近感を「余」に抱かせている。

だが「余」は同時に、刻々と変化し続ける現在のロンドンと、かつてカーライルを取り巻いていた過去の風景の断絶を感じ取る。昔のままに残るカーライルの旧居は、時流に遅れた「四角四面」の厭世家のイメージを象徴しつつも、「偉人」カーライルが「人間」として生きたささやかな痕跡を内包し、近代化の中に取り残されつつあるがゆえの「情緒」を強く立ち上げているといえる。　　　（神田祥子）

薤露行

かいろこう

◆陽炎燃ゆる黒髪の、長き乱れの土となるとも、胸に彫るランスロットの名は、星変る後の世迄も消えじ。愛の炎に染めたる文字の、土水の因果を受くる理なしと思へば。

先行研究とその問題点

『中央公論』1905(明38)年11月号に発表、翌年『漾虚集』に収録。アーサー王の妃ギニヴィアと騎士ランスロットとの不倫の愛を、ランスロットに対するエレーンの純愛と対比し、「シヤロットの女」によって物語が「超自然」の要素を含むことを示した短編。本格的材源研究は、阪田勝三「『薤露行』とその素材」（『文学』1942・12）を嚆矢とし、江藤淳『漱石とアーサー王伝説』（東京大学出版会、1975）は視覚芸術との関連を導入、作品研究に新次元を拓いた。大岡昇平は江藤の研究を厳しく批判したが（『小説家夏目漱石』筑摩書房、1988）、両者の論争は充分深化しなかった。英文学との関連では、江藤も重要な材源を看過する等、再考すべき点が多い。

「ギニヸア」の夢とその源泉

作品の冒頭、ギニヴィアは奇怪な夢を見る。冠に彫られた蛇が動き出して自分とランスロットとを結びつけるが、「紅」の薔薇が燃え出して蛇を焼き切ってしまう夢である。これは、*Idylls of the King*の一編、*Guinevere*(1859)で彼女が見る夢の換骨奪胎である。ギニヴィアは、ランスロットとの関係を疑うモードレッドの執念に不安を覚え、自らの不倫の暴露とアーサーの宮廷の崩壊とを予告する悪夢を見た。彼女はランスロットに、宮廷を去って自分の領地に帰るよう懇願する。「一　夢」

の章では、『ギニヴィア』のこの場面が*Lance-lot and Elaine*(1859)にモンタージュされている。夢で蛇を焼き切る「紅」の焔は後にエレーンがランスロットに贈る「紅」の「片袖」を示唆し、夢自体はギニヴィアとランスロットとの未来を予告する。また『ギニヴィア』では、ランスロットとギニヴィアとの最後の密会がモードレッドに暴露されるが、「薔露行」ではこれが変形されて「四　罪」の章におけるモードレッドの告発になる。かくして「薔露行」は、『ギニヴィア』の冒頭百行あまり、つまり彼女の夢に始まってモードレッドによる不倫の告発に至る部分が、「二　鏡」と「三　袖」とを包み込む大枠となる。

　ランスロットの出立に際し、門の真上から見送るギニヴィアが冠を石畳の上に落すと、彼は「槍の穂先に冠をかけて、窓近く差し出」す。この構図は『ランスロットとエレーン』(973-981行)に示唆を得たが、ギニヴィアが危機に瀕すればランスロットが彼女を救うというこの場面の含意は、漱石の創作である。彼女の罪がモードレッドに告発された時、エレーンの亡骸を乗せた舟がカメロットに着く。アーサー以下一同はこれに涙し、ギニヴィアの王妃の座からの転落は当面回避される。大岡はこの舟を先導して波に沈んだ白鳥を「ランスロットの化身」としたが、「シヤロットの女」が投げかけた「末期の呪」はランスロットの変身の布石である。

　漱石のギニヴィアはマロリーやテニソンの場合と違って、自分を疑わぬアーサーの言葉にか・えって強い罪責感を触発される。その契機は「死ぬる迄清き乙女」エレーンである。彼女は遺書に「わが命もしかく脆きを、涙あらば濺げ」と書くが、「薔」の葉に置く露は、彼女の「睫に宿る露の珠」でもある。「薔露歌」とは漢に仕えるのを恥ぢて自殺した斉王田横への挽歌であり、「薔露行」はランスロットへの想ひの故に「食を断つて」自殺したエレーンへの挽歌である。　　　　　　　（塚本利明）

硝子戸の中

がらすどのなか

◆要するに世の中は大変多事である。硝子戸の中に凝と坐つてゐる私なぞは一寸新聞に顔が出せないやうな気がする。　　　　　　　　　　　（一）

◆私の罪は、——もしそれを罪と云ひ得るならば、——頗る明るい側からばかり写されてゐただらう。其所にある人は一種の不快を感ずるかも知れない。然し私自身は今其不快の上に跨がつて、一般の人類をひろく見渡しながら微笑してゐるのである。今迄詰らない事を書いた自分をも、同じ眼で見渡して、恰もそれが他人であつたかの感を抱きつゝ、矢張り微笑してゐるのである。　（三十九）

新聞記者／文学者としての位置取り

　『心』と『道草』発表の間の期間に東京・大阪両『朝日新聞』に連載(1915・1・13-2・23)された随筆。この年年頭、風邪を煩った漱石は、書斎の硝子戸の中で「坐つたり寝たりして其日其日を送つてゐる」。持病の胃潰瘍への不安と、『朝日新聞』からの依頼の文章の締切を引き延ばしていることへの重圧をかかえながら書斎に引きこもらざるをえなくなっているこの状況は、15年ほど以前に、やはりガラスの嵌った障子越しに外界を眺めていることしかできないことをこぼしていた、正岡子規の状況を思い起こさせる。『硝子戸の中』の第一回は、書斎の硝子戸越しに見える風景の「単調でさうして又極めて狭い」ことを嘆く内容から書き起こされている。硝子戸の中の問題として提示されているのが、その透明な仕切りによって閉ざされた空間の中に身を置く、身内に病や不安を抱えた自分のあり方であるとするなら、硝子戸の外の問題もまた、漱石にとって15年前に子規の直面していた

◆作品

問題を思い起こさせるものであったはずだ。すなわち「新聞社員」を本職とする人間としての仕事の問題である。

日露戦争後の新聞ジャーナリズムの肥大化により、読者層も、その記事に対するニーズも変化した。各新聞は戦争報道の空白を埋めるため、競ってセンセーショナルな紙面作りを行い、それが結果として文学の世界の言語をまで、大きく変質させるに至ったのである。この時期のこれらメディアの様態の変化については、『文学』第5巻第3号(1994・7)の特集「メディアの造形性」に収められた各論文が、個別の論点について詳しく論じているが、当時の都市勤労市民の多事多忙な生活の中で読まれている新聞というメディア上において、『硝子戸の中』で試みようとしているような表現が果たして可能かどうかということが、漱石にとって大きな課題として浮かび上がっていたことがわかる。すでに実績ある小説家となっていた漱石にとってさえ、決して軽くないこの課題に取り組む後押しとなったのが、「ガラス戸」の中の親友・子規から届き、返事を書くことができなかった手紙に、15年越しのメッセージを書くというモチベーションだったのではないだろうか。

◆作品

書かれた死と書かれなかった死

佐藤泰正「漱石と神——その序説・「硝子戸の中」をめぐって」(『国文学』1969・4)、越智治雄「硝子戸の内と外」(『漱石私論』角川書店、1971)などをはじめとして、『硝子戸の中』は漱石の死生観を中心的な主題として論じられることが続いてきた。比較的近年にあっても、山口洋子「『硝子戸の中』論——生と死の葛藤をめぐって」(『日本文学研究』2006・1)、橋元志保「夏目漱石『硝子戸の中』を読む:死生観を視座として」(『教養・文化論集』2012・3)などにこの論点はひきつがれており、その重要さが失われたわけではない。死生の問題については、「告白する女」をめぐって、モデルとさ

れる吉永秀への言及を交えつつ、漱石の他の作品にも通ずる造形として論じた相原和邦の「『硝子戸の中』」(『国文学 解釈と鑑賞』1990・9)が興味深い。しかし、単に個的な死生の問題を越えて、この作品に描かれた死と、そこから照り返される生について考える場合、その陰画ともいえる作品に描かれなかった死に向って思考をめぐらせることも有効であろう。

『硝子戸の中』のあちこちにちりばめられた少なくない死の記述のうちで、もっとも印象深く描かれているのが、第25回の大塚楠緒子をめぐるものであることは、異論のないところだろう。彼女が亡くなったのは1910(明43)年11月9日。修善寺から東京に帰って、長与胃腸病院に入院中だった漱石が、13日にその事実を知り、手向けの俳句を作って彼女を悼んだのは周知のことである。ここで見落とせない事実は、漱石が「楠緒子さんの死を新聞で知る」と日記に記述していることである。

楠緒子の死の報に接したその新聞紙面は、彼が新聞を手にしていた以上かならず目に触れていたはずでありながら、頑なにそのことに対して沈黙を守り続けた、死をめぐる大きな言説構制のもとにあるものだった。言うまでもなく、「大逆事件」の報道がそれである。この言説構制については先にあげた『文学』の特集中にある拙論「社会主義者捕縛」から「逆徒の死骸引取」まで——「大逆事件」と〈死〉の言説構制」に詳しく論じたが、大塚楠緒子の死を『硝子戸の中』に記したとき、漱石の意識の中に「大逆事件」報道の、大規模な死をめぐる言説構制が浮上したであろうことは確実であり、そのことが漱石に意識的沈黙を守らせる大きな要因となっていたのではないかと考えられるのである。「自分以外にあまり関係のない詰らぬ事」だけを記述した漱石は、それ以外には何も記さぬこと、沈黙のうちに、センセーショナリズムを指向する

新聞メディアの言説構制への批判を行っているとするのは、おそらく的外れではあるまい。

「自分」という「他人」の発見

『硝子戸の中』では、さまざまな人物たちが漱石の前に立ち現れ、奇妙な関わりを持ち、不可解な印象を残したままに立ち去っていく。本人の意向を無視して写真を笑い顔に修正してしまった写真師、あれこれと品物を送りつけてはその返礼を要求する人物、酒宴の席で相手と絶交するとまで激したのに、その後そのことに全くふれないですましている男など、何を考えているのかわからない人々やそうした人々の引き起こす事件は漱石を困惑させ、どのように理解し接していったらいいのかという疑問を抱かせるにいたる。結局のところ、人間はそうした不条理な関係の不幸を引きずったまま、死にいたるまで生きて行かなければならないのだ(三十三)というのが、他者理解の不可能性についての、漱石の苦い認識に他ならない。そしてそれは記憶の様態をたどることで、自分自身の理解のあやふやさに漱石を突き当らせることになる。自分自身のことにしても「本当の事実は人間の力で叙述出来る筈がない」(三十九)のであってみれば、硝子戸の表に浮かび上がる自分自身を描くことも十分に虚構的であり、意識的な虚構作品と本質的な違いはない。硝子戸は、ある時は透明な仕切りとなって外界を見通させ、ある時は鏡面となってその内側に在る者を映し出す。硝子戸の中の「自分」の姿は硝子戸の外の「他人」の姿に重なり合い、そこに向かい合う者は「自分」という「他人」と出会うことになるのである。ならば彼が「他人」としての「自分」をモチーフにした作品を書こうとするにいたるのは、ごく自然であろう。そこから『道草』への距離は、遠くない。

（島村輝）

カリックスウラの詩

かりっくすうらのし

◆去らば行かん我も。其戟とりて、其太刀佩きて、輝く武器といふもの持て。コンアルと共に行く我、戦ふ野辺にダアゴオと見えん。アアドゴンの山に負いて、山に住む鹿に負いて、山に鳴る水に負いて、吾等行くなり。吾等行きてまた還らず。吾等が墓は遥か彼方。

男装して勇士コンナル(コナル)を追う恋人クライモラ(クリー・モール)の悲歌。「セルマの歌」とともにジェイムズ・マクファーソン『オシアン詩集』からの抄訳。

3世紀、スコットランド北部のフィンガル王は、海外にまで援軍を送り闘ったが、一族は次々に倒れ、王子オシアンとわずかな縁者が残った。盲目となった老オシアンは、戦場に散った英雄たちを語る。「オシアン伝説群」として、アイルランド・スコットランド・ウェールズなどケルトの故地に残るゲール語伝説(ゲール語は「カリク・フーラ」)を、マクファーソンはスコットランド高地に特化させ、愛国的な叙事詩として英訳し、ゲーテやナポレオンにも愛読された。他方、偽作論争も絶えなかった。

オシアン詩は、英雄の勲よりも名誉と恋に殉じた高貴で純粋な英霊を静かに悲しみ描き出す。ヒースの丘や夕陽や風に心情が馴染み、万象を領するはかなさは、善悪も怨讐も一つに溶かしていく。

深い情緒と自然が一体となる『オシアン詩』の美しさに打たれた漱石は、その一節を訳出した。情緒の本質をつかみ取る訳しぶりは、マクファーソンがゲール語を英語に移したときの自由闊達な息遣いを伝えている。

（塩田勉）

◆作品

元日

がんじつ

◆元日を御目出たいものと極めたのは、一体何処の誰か知らないが、世間が夫れに雷同してゐるうちは新聞社が困る丈である。雑録でも短篇でも小品でも乃至は俳句漢詩和歌でも、苟くも元日の紙上にあらはれる以上は、いくら元日らしい顔をしたつて、元日の作でないに極つてゐる。

　1910（明43）年1月1日朝日新聞に掲載された。「元日新聞へ載せるもの」という新聞社からの依頼によって書かれ、正月にふさわしい文章にするために、苦慮しながら文机に向かう漱石の姿が彷彿とさせられる。

　「現に今原稿紙に向つてゐるのは、実を云ふと十二月二十三日」とあからさまに暴露したり、「年にちなんで、鶏の事を書いたり、犬の事を書いたりする」のは「駄洒落を引き延ばした」程度のもので、「新年の実質とは痛痒相冒す所なき閑事業」というあたり、漱石の言を飾らぬ態度がうかがえて痛快でもあろう。

　前年の「元旦」に描いたものについても、実は、「何も浮んで来なかったので、一昨年の元日」に虚子が来訪し、彼の鼓に合わせて披露した漱石の謡が大崩となったエピソードだったことを取り上げて、それが「営業上已を得ず」の告白だと示した。（この様子は、「永日小品」に「自分の声は威嚇されるたびによろよろする」「しばらくすると聞いてゐるものがくすくす笑ひ出した」「自分も内心から馬鹿馬鹿しくなつた」などとある）

　「元日に対して調子を合せた文章を書かふとする」のは、「丁度文部大臣」が「あらゆる卒業式に臨んで祝詞を読むと一般」と結び、中身と内実が伴わない現実を揶揄している。

（増満圭子）

鑑賞の統一と独立

かんしょうのとういつとどくりつ

◆けれども一方に於て個人の趣味の独立を説く余は、近来一方に於てどうしても此統一感を駆逐する事が出来なくなつたのである。

　『東京朝日新聞』（1910・7・21）の「朝日文芸欄」に発表された、批評上の問題を扱った論考である。内容は、アーサー・バルフォアの講演録「批評と美」の「美の標準は客観的に定めにくい」という美の標準の普遍性を否定した結論を読んだ漱石が、自身がロンドン留学時代に到達した「自己本位」との共通点を見出すと同時に、現在の自分の批評の在り方を反省するものである。漱石は、『文学論』の序文にもあるように西洋の文学作品の評価を考える際に西洋人の評価を絶対と捉えず、人の鑑識眼は地域・時代に左右されるとする価値相対の見地を得た。ここを土台とし西洋の権威と対峙する「自己本位」の姿勢が生まれる。一方で漱石は、当代の作品を批評する際、自らの鑑識眼を絶対として自分に反対する若い人々の意見は間違っていると思う自分を発見する。自己の鑑識眼を絶対化する姿勢は「自己本位」といえるが、本来の主張である価値相対の見地とは矛盾する。だが各自の「独立」した鑑識眼を是とするならば、そこに「統一」、つまり共通の見解は必要ではないのか。この問題に直面した漱石は批評の客観性と、「カノン」つまり普遍性を分けて考える論考「好悪と優劣」において一つの結論を得る。この気付きは大きな転換点であり、後の漱石の作品にも影響を与えていると考えられている。（藤尾健剛「『朝日文芸欄』時代」『夏目漱石の全小説を読む』学燈社、1994・7・15／等）

（矢田純子）

客観描写と印象描写

きゃっかんびょうしゃといんしょうびょうしゃ

◆客観描写と印象描写を両刀の如く心得て同時に振り廻す事が出来る様に説いてゐるものも有る様だが、是は恰も金貨本位と銀貨本位を同時に採用すると一般で、甚だしき乱暴である。／主観のうちの一般に共通な部分が即ち客観なのである。／客観描写の徳は一般に通ずる点にあつて、印象描写の趣は作家の特有な点に存するのである。無論一篇の小説を作るうちに両描写を兼用する事は出来るが、主張として是を併立させる事は性質上不可能である。／もし客観的描写を主張して極限迄行くとすると、彼は頭を下げたとは云へるが、彼は感謝したとは書けない訳になる。

発表の発端と同時代評

本編は漱石が主宰する『東京朝日新聞』の「文芸欄」(1910・2・1)に発表された。田山花袋の談話「『生』に於ける試み」(『早稲田文学』1908・9)に見られる「客観の自然を印象のまゝに描いて行く」のような術語の誤用が世に広まるのを危惧して執筆されたものである。ちなみに漱石は、「用語の精確を期する為め、──それをはつきり説明した上で次に移つて行く」(小宮豊隆「解説」『漱石全集』第20巻、岩波書店、1957)人であった。

これに対して『早稲田文学』(1910・3)に2つの反論が出た。

1つは相馬御風の「漱石氏の描写論に就きて」で、術語の間違いを認めつつも、「術語の解釈などをする前に、先づ客観描写を主張する根底の問題を考へ」るべきと主張した。これに対し、安倍能成は「三月の評論」(『ホトトギス』1910・3)で、漱石の論は用語の定義に言い足らない所があるが、御風もそこを論じて

おらず、議論になっていないと評した。

2つ目は本間久雄の「二月の評論界」で、漱石の論の矛盾を以下のように指摘した。〈(漱石の論では)「自分の頭に映る花が赤いと迄は誰も一致するが、此赤い花から受ける心持は各々異つて居るかも知れぬ。だから客観描写の徳は一般に通ずる点にあつて、印象描写の趣は作家の特有な点にある」と云うてある。これは綿密な区別のやうで、其実極めて粗笨な分け方と云ふべきだ。何となれば、氏に従つて「自分の頭に映る花が赤いと迄は誰も一致するが此赤い花から受ける心持は各々違つて居るかも知れぬ」と云ふならば、其反対に各々の心持は異つて居ないかも知れぬ。もし、さうならば、それは印象的事実ではなくて、客観的事実と見なさなくてはなるまい。従つて氏の如き見解からは、どうしても客観描写、印象描写の区別は立てられなくなる〉。

後年の論評

相馬庸郎は「漱石と自然派の人々」(『講座夏目漱石』第4巻、有斐閣、1982)で、当時の自然派・御風と反自然派・漱石の間には、単なる考え方や立論の相違というよりも、相互不信の段階に達してしまった党派的な対立が出来上がっていたと結論づけた。

熊坂敦子は「漱石と『朝日文芸欄』」(『講座夏目漱石』第4巻)で、漱石の論は「主観・客観の用語に自然主義・非自然主義の双方が納得するほどの周到さはない」と評し、客観描写の根底から考えるべきとの御風の説と、言い足らないところのある議論との能成の説を支持した。

なお、本編冒頭(客観描写・印象描写は近頃の小説家の)「よく用いたがる言葉」とあるが、初出では「よく用いたる言葉」であった。これは客観・主観を論ずる上で重要な違いであると思われるが、原稿の現存の有無が不明のため確認は不可能となっている。

(中原幸子)

京に着ける夕

きょうにつけるゆうべ

◆「遠いよ」と云つた人の車と、「遠いぜ」と云つた人の車と、顚へて居る余の車は長き輻（ふく）を長く連ねて、狭く細い路を北へ北へと行く。静かな夜を、聞かざるかと輪を鳴らして行く。鳴る音は狭き路を左右に遮ぎられて、高く空に響く。かんからゝん、かんからゝん、と云ふ。石に逢へばかゝん、からゝんと云ふ。陰気な音ではない。然し寒い響である。風は北から吹く。

太古の京

　初出は『大阪朝日新聞』。1907（明40）年4月9日から同月11月まで3回にわたって掲載された。1965（明40）年3月28日の「日記」には「八時東京発。（中略）／○夜七条ニック車デ下加茂ニ行ク。京都のfirst impression 寒イ／○湯ニ飛ビ込ム／糺ノ森ノ中ニ宿ス。／春寒ク社頭ニ鶴ヲ夢ミケリ／○暁ニ烏ガ鳴ク。への字ニ鳴きくの字ニ鳴く／○夜中に時計がチーンと鳴る」

　また、「断片四〇A」には「京都へ落ちる。糺の森の夜。烏。時計。雨。正岡子規」とある。

　冒頭の文は畏友狩野亨吉、菅虎雄の迎えを受け、糺の森へと人力車を走らせる場面だが、これは即、次作『虞美人草』の前触れとなる内容だ。漱石にとって二度目の京都旅行は、最初に子規と共に来た1892年夏の追憶と繋がっている。昔学生服で子規と共に過ごした幸多き日々、彼への思慕がこの作品を貫いているといって過言ではない。歴史的には近代文明批判の見地から機械文明の先端である東都と対比する為殊更「太古の京」、進歩しない都だと書き綴っている。

　明治に日本で最初の水力発電、市中電車等と自力で設置していた京都は、科学的にも先進的な面があったが、作家は実体験とは異なる創作として描いたのである。

子規への「餞（はなむけ）」

　これまで「京に着ける夕」は旅行記の如く受け取られてきたのではなかったか。先行論文の数も少ないが、岡三郎の大著『『虞美人草』と「京に着ける夕」の研究』（国文社、1995）は短編小説というより実際の記録として精緻な分析により検証されたものであった。漱石の朝日新聞入社後の第1作であるこの小品は、『虞美人草』の陰に隠れたような不運な扱いがなされてきたのは何故か。漱石が大阪朝日新聞の鳥居素川から依頼を受け応じた事で、東京朝日新聞では掲載されず、単行本にも収録されなかった。

　ただ見逃してしまいそうなことは、昔漱石が子規と付き合うようになった最初のきっかけが寄席・落語の趣味にあったことである。漱石はここで寒夜に響く人力車の鉄輪の音を克明に描いている。加茂の社の烏の鳴声にも、真夜中にチーンと鳴る置時計の音にも鋭い聴覚の効果がみられ、暗夜の赤い提灯などの視覚的な夢幻の世界へ読者をいざなう。漱石が好んだ円朝の怪奇噺、深夜に響くカランコロンの下駄の音…。読み返す程に二人の文豪の息遣いを感じられる。

　桓武天皇の亡魂が夜の闇を照らす赤い提灯のもとへぜんざいを喰ひにやってくるという「余」の想像は、「怪談牡丹燈籠」の中の、お露の幽霊が夜の闇を照らす牡丹花の灯篭をお米に持たせて、萩原新三郎のもとへ会いにやってくるという場面にヒントを得たものではないかと、水川隆夫も指摘している（京都漱石の會会報『虞美人草』13号、2014・3・30）。

　小品「京に着ける夕」は、新聞記者として志半ばに逝った子規への「餞」であると共に、歩き出した職業作家・漱石の、みずからに課した意志の表明なのであった。（丹治伊津子）

◆作品

虚子著『鶏頭』序

きょしちょけいとうじょ

◆文章に低徊趣味と云ふ一種の趣味がある。是は便宜の為め余の製造した言語であるから他人には解り様がなからうが先づ一と口に云ふと一事に即し一物に倒して、独特もしくは連想の興味を起し、左から眺めたり右から眺めたりして容易に去り難いと云ふ風な趣味を指すのである。(中略)換言すれば余裕がある人でなければ出来ない趣味である。(中略)虚子の小説には余裕から生ずる低徊趣味が多いかと思ふ。

俳人高浜虚子の初短編小説集『鶏頭』(春陽堂、1908・1)の序文。当時、虚子は俳誌『ホトトギス』を発行していたが、漱石の『吾輩は猫である』等に刺激されて小説執筆に力を注ぎ、『鶏頭』を刊行する。漱石は長大な序文を寄せ、当時隆盛しつつあった自然主義と比較して虚子作品の特徴を述べた。すなわち、自然主義小説は「人生の死活問題を拉し来つて、切実なる運命の極致を写す」「余裕のない小説」だが、虚子作品は「余裕のある小説」のため「低徊趣味」「俳味禅味」があるという。虚子評のみならず自然主義評ともいうべき内容で、自然主義陣営から漱石や虚子が「余裕派」と括られる一因となった。漱石は、「低徊趣味」を他評で「筋とか結構」と異なる「面白味」とも述べ(「独歩氏の作に低徊趣味あり」)、これに「草枕」等も考慮すると、漱石は「小説」に「筋」の面白さのみでない「趣味」の可能性を看取した節がある。その点、『鶏頭』序は初期漱石の「小説」観を探る上で重要といえよう。　　　　　　　　　　　　　　　　　（青木亮人）

愚見数則

ぐけんすうそく

◆人を観よ、金時計を観る勿れ、洋服を観る勿れ、泥棒は我々より立派に出で立つものなり。
◆理想を高くせよ、敢て野心を大ならしめよとは云はず、理想なきもの、言語動作を見よ、醜陋の極なり、理想低き者の挙止容儀を観よ、美なる所なし、理想は見識より出づ、見識は学問より生ず、学問をして人間が上等にならぬ位なら、初から無学で居る方がよし。

「坊っちやん」の源となる松山市での教師時代に、愛媛県尋常中学校(松山中学)の交友会雑誌『保恵会雑誌』第47号(1895・11・25)の「雑録」欄に掲載された。漱石の俳号「愚陀仏」を冠し「愚陀仏庵」と名付けられた上野邸の離れで執筆された。「愚陀仏庵」には、一時、正岡子規も住み、句会を開いていた。

漱石は自らが教育者としての資質に欠けることを度々記しており、義父中根重一宛書簡(1896・10頃)、正岡子規宛書簡(1897・4・10付)、村上霽月宛書簡(1904・5・8付)、また、「私の個人主義」などに見受けられ、事実、教育者を辞めるに至っているが、その意識を表している。「愚陀仏」である漱石の私見を「愚見」と謙遜しつつ、本文の前には論説を頼まれたことに対する苦言が示され、「昔の書生は」として始まる本文冒頭部は、当時の教育批判、生徒批判となっている。ただし、その批判は、教師は生徒よりえらきものではないのでどこまでも従うべきものでもないとし、教育者として、世は善人だけではなく、また、悪人のみでもないこと、威張らず諂はず、遠慮はせず控え目にし、損得と善悪を混ぜず、志を高く持つことを説いている。　　　　　　　　（高木雅恵）

◆作品

草枕

くさまくら

◆しばらく此旅中に起る出来事と、旅中に出逢ふ人間を能の仕組と能役者の所作に見立てたらどうだらう。丸で人情を棄てる訳には行くまいが、根が詩的に出来た旅だから、非人情のやり序でに、可成節俙してそこ迄は漕ぎ付けたいものだ。　　　（一）
◆現実世界は山を越え、海を越えて、平家の後裔のみ住み古るしたる孤村に迄逼る。朔北の曠野を染むる血潮の何万分の一かは、此青年の動脈から迸る時が来るかも知れない。　　　　　　（八）
◆那美さんは茫然として、行く汽車を見送る。其茫然のうちには不思議にも今迄かつて見た事のない「憐れ」が一面に浮いてゐる。　　　（十三）

自作自解

　『新小説』（1906・9）に掲載した小説。雑誌の巻頭を飾り、口絵もヒロイン那美の輿入れ姿を描いた小林万吾の『草まくら』。

　世知辛い東京を離れて鄙びた那古井温泉を訪れた画工の「余」は、旅館の娘、那美の奇行に悩まされつつ、彼女の顔に「憐れ」が浮かぶ瞬間を画題に選んで描こうとする。

　漱石は読者が「人生の苦を忘れて慰」められ、「美しい感じを覚え」る、「俳句的小説」を企てた（「余が『草枕』」）。森田草平は、画工が結末で那美の顔から憐れを観取するのは人情だから、彼が主張する非人情と矛盾するのではないかと疑問を投げかけた。漱石は次のように応えた。シェイクスピアは観客同様、ハムレットを、自己の利害の打算を離れた純粋な同情・反感で見る。「純人情的である」。画工は松や梅を見るように人情を捨てて那美を見る。「非人情的である」。「われわれ」は「俗人情的である」。画工は20世紀の俗人情を嫌悪するあまり、純人情たる芝居さえ厭になり、非人情の旅で漂泊し、非人情で押し通せなくても、能を見る時のような非人情に近い人情で、人間を見ようというのである（森田草平宛書簡、1906・9・30付）。

中世の視点

　画工は、人生は舞台、人間は役者（シェイクスピア『お気に召すまま』）の見方に対して、旅中の出来事と人間を、能の仕組と能役者の所作に見立てて（一）、「憐れ」を「非人情」に捉えようとする。この着想と、那古井を「平家の後裔のみ住み古るしたる孤村」（八）とする設定に中世の影がある。

　世阿弥は演者が後姿を見る手段として観客席の視点を想定して、我見（主観）に対する離見（客観）を説いた（『花鏡』）。後鳥羽院は〈秋の夕暮〉に〈春霞の夕べ〉を対峙し（『新古今和歌集』）、兼好は前から来る老死（『伊勢物語』）を「かねて後に迫れり」と革めた（『徒然草』）。「夕暮れの机に向」い、「春とともに動」く「心持ち」を焦点化する（『草枕』六）文脈は、「心に移りゆくよしなしごとをそこはかとなく書きつく」る営みと遠くなく、オフェリアに擬せられた那美が、能の〈物狂い〉を体現するのも「怪し」く「物狂ほし」き姿だろう。湯煙越しに女の裸体を幽玄に写す場面を含めて、総じて漱石が近代文明を批判する方法的視点に中世を導入したことを窺わせる。

芸術（家）小説

　画家が一枚の画を脳中に完成するまでを描いた「草枕」は、プーシキン『オネーギン』、ジイド『贋金つくり』のように、創作過程を書いた作品であり、この種のものとして日本では先駆を成す。作曲家グレン・グールドが「草枕」を愛読した理由の一つだろう。彼は、カナダのCBCラジオで「草枕」の「戦争否定の気分が第一次世界大戦をモチーフとしたトーマス・マンの『魔の山』を思い出させ」

「二十世紀の小説の最高傑作のひとつ」と語り、「志保田の娘のメモ」を残した(横田庄一郎『「草枕」変奏曲』朔北社、1998)。入浴場面の全段落に番号を振り、第5段落に「非常に重要な題材。画工はこの審美的な無重力状態を経験することにより、宇宙と一体になっている」とメモした(サダコ・グエン「北のピアニストと南画の小説家」横田庄一郎編『漱石とグールド』朔北社、1999)。「草枕」を「傑作」と称揚した(「芸術一家言」『改造』1920・4～10)谷崎潤一郎の評価はこの先駆的な意味を持つ。

漱石は、『吾輩は猫である』(七)や『文学論』(第二編第三章fに伴ふ幻惑)と同様、「草枕」(七)でも裸体画を批判しながら、なぜ那美の裸体を描いたのか。その理由を次のように語った。「『草枕』の中で、若い女の裸体を描いたが」、「読む人に厭な感じを与へはしなかつたらう」。「裸体のやうなものでも、かきやうに依つては、随分綺麗に、厭な感じを起させないやうに書くことが出来る」。「その一例としてあれを書いて見た」。「恋愛でも描写の方法次第で、充分清潔にかき得られないことはなからうと思ふ」(「家庭と文学」『家庭文芸』1907・2)。

漱石は裸体を湯煙越しに「幽玄に化する」ことによって、「十分の美を奥床しくほのめか」(七)す方法を用いた。女の裸体が招く危うさは超時代的で、汽車は20世紀の文明の危機を象徴する。漱石の裸体描写はターナーの「汽車の美」(三)が霧を駆使した朧化の方法でよることと軌を一にする。兼好は逸早く「花は盛りに月は隈無きをのみ見るものかは」と洞察し、花月から男女の仲に至るまで対象と距離を設けて感受する必要を説いている(『徒然草』)。

「茫然」と「憐れ」

鏡が池の伝説に先立つ『オフェリヤの死』の設定は、画工が東京で死を省察し画題を想定したことを示唆する。大徹の那美への讃辞は彼女の半生から死の覚悟を感知したことを

うかがわせる。久一を「死んで御出で」と送るのも自身に重なるからだ。那美の画工への接近は彼の内に死を観取したことを暗示する。二人の遭遇は互いに死中に活路を開かせる。『オフェリヤの死』のモチーフは生死の間に慰安が浮上する「憐れ」を描いて、旧来の小説を差異化する。ミレーの『オフェリヤの死』を援用した鏑木清方の『金色夜叉』の挿絵は、俯せの宮の顔に原画の安らぎが消えている。

結末で先夫の姿を目撃した那美は「茫然」とする。それは画工が狙っていた「憐れ」の必要条件としての我の消失を意味する。これは小野と宗近に求婚を拒まれた藤尾が「呆然として立つ」姿の先例になる。那美の先夫は死の戦地に向かい、藤尾は「呆然とし」た後に自殺する。死後の藤尾を描く脆弱な文が憐みを代行している。那美の「茫然」を見た瞬間、予感した画工は、修羅場の写真家のように「非人情」になり、「其茫然のうちに」那美の「憐れ」を捉える。レッシングを批判して筋を否定した画工の主張によれば、「憐れ」は先夫への感情以上に、その場の彼女の佇まいから拡がる「ムード」(六)だろう。遠ざかる小女の足音が誘発した画工の〈置き去り感〉(三)は、那美が「憐れ」を浮かべる場面で、デジャヴとなり、彼は自身の経験から彼女の〈置き去り感〉を体感する。草双紙風の怪談話にまで仕立てた誇張表現の深層に、『居移気説』で変転した住環境と人間関係からの影響を説き、捨て猫や家族と不和の主人公を選び、後に養父母との確執を書く漱石の、笊に入れられ夜店に曝された幼時体験(『硝子戸の中』二十九)が象徴する、「ドメスチツク ハツピネス」不信(子規宛書簡、1889・12・18付)のコンプレックスを感じさせる。　　(石井和夫)

◆作品

虞美人草

ぐびじんそう

◆女は唯隼の空を搏つが如くちらと眸を動かしたのみである。男はにやにやと笑つた。勝負は既に付いた。　　　　　　　　　　　　　　　　　　（二）
◆「九寸五分の恋が紫なんですか」／「九寸五分の恋が紫なんぢやない。紫の恋が九寸五分なんです」／「恋を斬ると紫色の血が出るといふのですか」　　　　　　　　　　　　　　　　　　（二）
◆紫を辛夷の瓣に洗ふ雨に重なりて、花は漸く茶に朽ちかる橡に、干す髪の帯を隠して、動かせば脊に陽炎が立つ。黒きを外に、風が嬲り、日が嬲り、つい今しがたは黄な蝶がひらひらと嬲りに来た。　（十二）

題名の衝撃と物語設定

　『朝日新聞』入社後始めての新聞連載小説（1907・6・23-10・29）。題名は雛罌粟の美称。項羽の愛人虞美人（虞姫）は、漢の劉邦と覇権を争っていた中、共に従軍していた。垓下で劉邦軍に囲まれ「四面楚歌」となった中、項羽は別れの酒宴で虞に別離の詩を作り共に歌い、虞は足手まといにならぬよう自殺。この時流された血が虞美人草となったという伝承や、後にこの物語を歌う「虞美人曲」が作られ、それが歌われると枝葉を動かす草が虞美人草という伝説も生み出されていった。

　「折柄小説の題に窮して、予告の時期に後れるのを気の毒に思つて居つたので、好加減ながら、つい花の名を拝借して巻頭に冠らす事にした」（『虞美人草』予告、1907・5・28）という発表で、小説連載前に題名が一人歩きし、「虞美人草指輪」（天賞堂）や、「虞美人草浴衣」（三越呉服店）などが売り出された。

　小説の主要な登場人物は9人。外交官の父が客死した甲野欽吾、異母妹藤尾とその母。

欽吾の父が生前藤尾との結婚を示唆していた宗近一と妹糸子、そして二人の父。大学卒業時優等で銀時計をもらい、博士論文を執筆中の小野清三と、彼を京都で育てた井上孤堂とその娘小夜子。子の世代は、相続と一人親の老後の世話の問題をかかえる。物語は甲野家の相続の問題と一客死した外交官の父が残した藤尾と宗近一を結婚させる、という約束が履行されるか否かをめぐって展開する。

　自ら「作者」と名乗る地の文の書き手が「謎の女」と名指す藤尾の母は、血のつながった藤尾に老後の世話をしてもらいたいと考え、亡夫の決めた宗近一との結婚の約束を破棄し、藤尾の英語の家庭教師である小野を婿に取り、甲野家を相続させようとしている。藤尾も一との結婚は望んでおらず、小野の愛を自分に向けさせて、彼と結婚しようとしている。講談物によく出てくる後添いによるお家乗っ取り物語の設定であり、それが勧善懲悪小説として読まれてしまう要因であった。

　しかし藤尾は、「高尚な詩人」として小野の文学的才能を認め、さらに「愛を解した人」として信頼し、自分が結婚するのにふさわしい男性として選びとっている。知的で教養のある女性が、自らの意思で自分の結婚相手を選ぶという、近代社会においては当然であると見なされる行為が、母を除くすべての作中人物から批難され、藤尾が死に追い込まれるという「作者」による設定については、批判的な議論が積み重ねられてきた（水村美苗「『男と男』と『男と女』―藤尾の死」『批評空間』1992・7／中山和子「『虞美人草』―女性嫌悪と植民地」『迷羊のゆくへ』翰林書房、1996／飯田祐子「『虞美人草』藤尾と悲恋」『彼らの物語 日本近代文学とジェンダー』名古屋大学出版会、1998／等）。

古今東西の物語との相互干渉

　藤尾は『プルタークの英雄伝』を英語で読む女性として、読者の前に「紫の濃き一点を、天地の眠れるなかに、鮮やかに滴たらしたる

が如き女」としてあらわれる。「源氏物語」の紫のゆかりであると同時にクレオパトラの「紫の恋」とも重ねられていき、シェイクスピアの『アントニイとクレオパトラ』とも結びつけられていく。また、ツルゲーネフの『ルージン』とも深くかかわり（沼野恭子「『虞美人草』と『ルージン』」『比較文学研究』1990・6）、ジェーン・オースティンとの親近性も指摘されている（水村美苗、前掲論）。

さらに、この長編小説の末尾近く、藤尾との大森行きの約束を、小栗風葉の『青春』（『読売新聞』1905・3-1906・11）をふまえている（平岡敏夫「『虞美人草』論―〈自我〉と〈虚構〉をめぐって」『日本文学』1986・9）という同時代の日本の小説との相互関係や、尾崎紅葉の『金色夜叉』（『読売新聞』1887・1-1902・5）や、菊池幽芳の一連の家庭小説との深いつながり（金子明雄「小説に似る小説：『虞美人草』」『漱石研究』第16号、2005・10）もある。

鉄道小説としての二都物語

この小説は、古今東西の文学と渉り合う構想の下に、「謎の女」が藤尾と小野との関係を深めさせようとして、欽吾と一を一緒に京都へ旅をさせるのだが、その旅先の二人の山登りから書き始められる。前半は奇数章で京都の甲野欽吾と宗近一との旅を、偶数章では東京での藤尾と小野との恋愛を描く、旧新二つの都をめぐる物語として提示される。

七章では、連載前年の1906年4月16日から運転を始めた東海道最大急行列車に乗って、

と欽吾が東京に戻る。その同じ列車に井上孤堂と小夜子が乗り合わせるという設定となり、八章以後は東京が舞台となる。十一章では主要登場人物が、1907年4月から6月まで上野公園で催された東京府勧業博覧会の会場で、イリュミネーションの光に誘われるように遭遇し、孤堂と小夜子を案内している小野の姿を藤尾が見て強い嫉妬を抱いてしまうという設定になっていく。

したがって、この小説は鉄道小説であり、観光小説であり、文明批評小説でもある恋愛小説なのだ。藤尾との大森行きをためらう小野の脳裏に「メレヂスの小説」の「ある男とある女が謀し合せて、停車場で落ち合ふ手筈をする。手筈が順に行つて、汽笛がひゆうと鳴れば二人の名誉はそれぎりになる。二人の運命がいざと云ふ間際迄逼つた時女は遂に停車場へ来なかつた。男は待ち爹の顔を箱馬車の中に入れて、空しく家へ帰つて来た。あとで聞くと朋友の誰彼が、女を抑留して、わざと約束の期を誤らしたのだと云ふ」『エゴイスト』の一場面が浮かぶのも偶然ではない。

絵画論的小説の可能性

この小説の末尾で、「北を枕に寐る」藤尾の死の床に、「抱一」の「二枚折の銀屏」がおかれ、そこに「赤」と「紫」に「虞美人草」の「花」が描かれていることと、それまでのきわめて絵画的な藤尾の描写とは、東西の絵画論的問題意識と深く結びつけられている。

小野が憧れている、甲野家の書斎には、欽吾の父の肖像画がかけられている。「画布の人は、単に書斎を見下ろしてゐる」「見下ろす丈あつて活きて居る。眼玉に締りがある」「其中に瞳が活きている」。死んだ人にもかかわらず、父の「瞳」は息子を射竦め続けているのだ。そして遺言ともなった結婚の命令が娘を死に負いこんだのだ。男から男へ権力を委譲する儀式に用いられた、ヨーロッパの上から見下ろす肖像画の視線の技法こそが、藤尾の死というこの長編小説の結末をもたらしていると考えることもできる。

父の肖像画の視線と向き合っている欽吾が、イタリアの厭世詩人ジャコモ・レオパルディの『感想』という書物の文章を書き写しているのも偶然ではない。「哲学」という文明開化によってもたらされた明治の思考様式それ自体が、この小説においては批判にさらされているのである。　　　（小森陽一）

ケーベル先生、
ケーベル先生の告別

けーべるせんせい、けーべるせんせいのこくべつ

◆文科大学へ行つて、此所で一番人格の高い教授は誰だと聞いたら、百人の学生が九十人迄は、数ある日本の教授の名を口にする前に、まづフォンケーベルと答へるだらう　　　　（「ケーベル先生」下）

　ケーベル先生ことラファエル・フォン・ケーベルはロシア生まれのドイツ系哲学者である。当初はモスクワ音楽院でピアノをチャイコフスキーらに師事していたが、のちに哲学に転向し、両分野での研究と教育に携わった。ハルトマンの推薦により、1893(明26)年に東京帝国大学に招聘され、主に西洋哲学・美学関連の講義を行った。自主的にギリシャ語など西洋古典についても指導することがあり、さらに東京音楽学校でもピアノを教授した。

　大学院時代、来日当初のケーベルから美学の講義を受けたことは、後の「文芸の哲学的基礎」に見られるような漱石の思想に多大な影響を及ぼした（新関公子『漱石の美術愛』推理ノート』平凡社、1998)。「ケーベル先生」（『東京朝日新聞』1911・7・16-17)では、往事の記憶を交えつつ、安倍能成とケーベル宅を訪問したことを随想形式に書いている。

　他の外国人教師のように長期休暇も取らず、21年間教壇に立ち続けたケーベルは、1914(大3)年に東京帝国大学を退職し、ドイツへ帰国することになった。帰国直前、教え子たちへの送別の辞は漱石に託され、漱石自身の回顧を交えた「ケーベル先生の告別」として『東京朝日新聞』(1914・8・12)に発表される。しかし翌日の「戦争から来た行違ひ」で、漱石はその帰国が第一次大戦により阻まれたことを報じている。ケーベルは9年後に日本で生涯を閉じた。　　　　　（神田祥子)

◆作品

現代日本の開化

げんだいにほんのかいか

◆若し一言にして此〔＝開化の(執筆者注)〕問題を決しやうとするならば私はかう断じたい、西洋の開化(即ち一般の開化)は内発的であつて、日本の現代の開化は外発的である。

◆体力脳力共に吾等よりも旺盛な西洋人が百年の歳月を費やしたものを、如何に先駆の困難を勘定に入れないにした所で僅か其半ばに足らぬ歳月で明々地に通過し了るとしたならば吾人は此驚くべき知識の収穫を誇り得ると同時に、一敗また起つ能はざるの神経衰弱に罹つて、気息奄々として今や路傍に呻吟しつ、あるは必然の結果として正に起るべき現象でありませう。

「外発的」な開化

　1911(明44)年8月15日に和歌山県会議事堂でおこなわれたこの講演で、漱石は有名な「外発的な開化」の論を語っている。すなわち西洋への追従を専らとして性急に進んでいった維新以降の物質的な近代化が、それまでの日本人の生活様式に十分内在化されないままに進められていった点で「外発的」であり、その「内発的」な自然さを欠いた物質的な近代化のなかで日本人が疲弊していっているとされる。

　もっとも漱石も指摘しているように、西洋諸国の開化が自国の固有の原理のみで実現されていったわけではなく、また日本の近代以前においても、古代からの中国文化の享受と消化がやはり開化をもたらしてきた。そうした事情を踏まえた上で、漱石は日本の近代の開化が「外発的」であり、それが決して日本を豊かにしていないことが強調されている。

　山崎正和はこの講演に時代の「速過ぎる変

化」とのズレから「精神的な失速状態」に陥っ
た近代知識人の姿を見（『不機嫌の時代』新潮
社、1976）、三好行雄はこの講演を「西洋化を
最後まで拒む心象の核」を漱石が抱きつづけ
たことの証であるとしている（『鑑賞日本文学5
夏目漱石』角川書店、1984）。二人の論に見ら
れるように、この講演は「現代日本」の状況
を問題化しつつ、近代に対峙する知識人の立
場を浮かび上がらせている。

「神経衰弱」に至る近代

この時点で日本人が「気息奄々」の状態に
あったことは否定しがたいが、それをもたら
していたのは一般的な開化の潮流というより
も、『それから』に語られるような日露戦争後
の不況であり、あるいは大逆事件に象徴され
る社会主義運動や民衆運動への弾圧であっ
た。石川啄木が前年の1910年に「時代閉塞
の現状」として語った政治的、経済的な事情
による社会の沈滞を、開化の「外発」性に帰着
させようとするところに、メタレベルから自
国の状況を捉えようとする漱石的な着想を見
ることができる。

すなわち現時点における国民の疲弊は日露
戦争後の極限的な状況ではなく、強国たること
を目指した維新以降の日本が辿った必然的な
帰趨なのであり、すでにイギリスのような西洋
の強国がその先蹤をなしていた。引用に見ら
れる漱石が語る国民の疲弊の様相は、おそらく
マックス・ノルダウの『退化論』（Degeneration）
の叙述を踏まえているが、ここでは文明の進
展の末に神経衰弱やヒステリーといった否定
的な精神現象が民衆の間に瀰漫している19
世紀末の様相が描かれている。「内発的」な
開化の道を進んできたはずの西洋諸国におい
てこうした悩ましい状況が一般化しているの
であれば、その後を性急に追いかけてきた日
本の状況はより悲観的なものにならざるをえ
ないということである。　　　　（柴田勝二）

行人

こうじん

◆「嫂さんが何うかしたんですか」と自分は己を得
ず兄に聞き返した。／「お直は御前に惚てるんぢや
ないか」／兄の言葉は突然であつた。且普通兄の
有つてゐる品格にあたひしなかつた。　（「兄」十八）
◆「妾や本当に腑抜けなのよ。ことに近頃は魂の抜
殻になつちまつたんだから」（中略）「妾のやうな魂
の抜殻はさぞ兄さんには御気に入らないでせう。
然し私は是で満足です。是で沢山です。兄さんに
ついて今迄何の不足を誰にも云つた事はない積で
す。其位の事は二郎さんも大抵見てゐて解りさう
なもんだのに……」　　　　　　　　　（「兄」三十一）
◆私は兄さんを促して又山を下りました。其時です。
兄さんが突然後から私の肩をつかんで、「君の心と
僕の心とは一体何処迄通じてゐて、何処から離れ
てゐるのだらう」と聞いたのは。　　（「塵労」三十六）
◆ある時は頭さへ打たれました。それでも私は貴方
と貴方の家庭の凡ての人の前に立て、私はまだ兄さ
んから愛想を尽かされてゐないといふ事を明言出
来ると思ひます。　　　　　　　　　（「塵労」四十六）

執筆過程と内容

『行人』は1912（大元）年12月から1913年11
月まで『朝日新聞』に連載された。「友達」「兄」
「帰ってから」「塵労」の四篇から成る。ただ
し、1913年4月に漱石の病気により「帰つて
から」三十八で休載となり、同年9月に「塵労」
一から連載再開、11月に完結した。大正3年1
月に単行本として大倉書店から刊行された。

小説は、長野家のメンバー、特に長男一郎
と次男二郎、一郎の妻直を中心に展開する。
「友達」「兄」「帰つてから」は二郎の一人称で
書かれ、「塵労」は二十八前半までが二郎の一
人称、後半から五十二までが、手紙の形式に

◆
作
品

よる一郎の友人Hさんの一人称、という構成である。

「友達」の舞台は大阪である。二郎が梅田の駅に降り立ったところから始まり、長野家に縁のあった岡田夫婦、二郎の友人三沢が描かれる。「兄」では、来阪した兄一郎夫婦、母と二郎の和歌浦への旅行が記され、妻直が弟二郎に「惚れている」のではないかと疑う一郎によって、二郎が直の貞操を試すために、直と二人で和歌山に行くという事態が語られる。「帰つてから」で舞台は東京に移り、父やお重(二郎の妹)、「厄介もの」(「友達」七)であるお貞も加えた、帰京後の長野家の状況が描かれ、直との和歌山行き以来蟠っている一郎との関係を解決できないまま、二郎が長野家を出て一人暮らしを始めるまでが描かれる。

二郎は、一郎を心配する両親の意向を受けて、一郎の友人Hさんに、一郎と旅行に行き、旅行中の一郎について報告してくれるように依頼する。Hさんの手紙には、一郎にとっての問題——個人の主体を保ちつつ、他人と関わることについての根源的な問い——が記されている。

この「塵労」は、中断によって当初の予定とある程度異なっただろうと推測できる。「友達」「兄」「帰つてから」には、二郎の語りの現時点を想定させる部分が何箇所かあるが、「塵労」には見られない。二郎の現時点を示す記述を回収する形での別の終わり方が、『行人』には想定されていたかもしれない。一郎本人が何らかの告白を行い、二郎の視点故に書かれなかった、一郎の側からの、時間的経過も含めた一郎と直の関わりを語る展開という可能性も考えられる。

二郎の問題

小宮豊隆以来、『行人』は一郎と彼の問題意識を中心に論じられてきた。しかし、伊豆利彦の「『行人』論の前提」(『日本文学』1969・3)を皮切りに、二郎の問題に注目した考察がされ

るようになった。一郎と二郎それぞれが担う問題があり、それらが表層では異なりを示し、深層では水脈を通じていることが、『行人』の特質である。

二郎の記述から炙り出されるのは、結婚という制度と、〈家〉における個人の在り方の問題である。彼は小説の冒頭から結婚について述べる。幸福そうに見える岡田とお兼の結婚生活、岡田の世話する貞の縁談、三沢の語る「娘さん」(「友達」三十二)の不幸な結婚、子供がいても不和である兄夫婦、「娘さん」を絵に封じ込めて結婚する三沢、結婚の決まらないお重、二郎が「此無責任を余儀なくされるのが、結婚に関係する多くの人の経験なんだらう」(「友達」九)と感じても実現してしまう、貞の結婚。二郎自身も三沢の段取りで変則的な見合いをするが、結婚に踏み切れない。

結婚とは、〈家〉を維持するための制度である。そこでは、個人は、〈家〉を存続させるための主体であることしか許されない。母は、一郎と直を日常的に心配している。二郎はその母に気を遣い、兄と母の媒介者となり、そのために兄より優遇される。「名状しがたい不愉快」(「兄」七)を感じながらも「母の懐に一人抱かれやうと」(同)する長野家の次男としての生き方を、それが彼本来の主体であるかを問う暇もなく、身に付けていた。しかし、一郎から直との関係を疑われたことから、彼はこの在り方から逸脱せざるを得なくなり、ついに長野家を出るに至る。

直はその二郎に、自分は「腑抜け」「魂の抜殻」であると語る。女性にとっての結婚が、夫の〈家〉に〈嫁入る〉ことであれば、夫の〈家〉の家族的言語で会話することは義務である。直は長野家の家族的言語では自己の「腑」「魂」を生き生きとさせ、伝えることが出来ないと訴える。直が和歌山や二郎の下宿である程度饒舌なのは、それが長野家の家族的言語から比較的自由になれる状況だったからである。

一郎の問題

　二郎によって述べられるのは、妻直に苦しむ一郎である。一郎は二郎に、「おれが霊も魂も所謂スピリットも攫まない女と結婚してゐる」(「兄」二十)と語る。この「スピリット」は、直の言う「腑」「魂」とほぼ等しいと考えられるが、見合い結婚をしたであろう一郎が妻の「スピリット」を攫みたいという恋愛の次元での欲求を持つことへの批判と、それに基づく優れた分析がある(佐伯順子「愛でも救えぬ孤独―夏目漱石」『「色」と「愛」の比較文化史』岩波書店、1998／水村美苗「見合いか恋愛か―夏目漱石『行人』論」『日本語で書くということ』筑摩書房、2009)。

　一郎の欲求は、個人が他人と交流する時に何が根源になるか、という主題に迫ることである。「君の心」と「僕の心」がどれだけ「通じて」どれだけ「離れて」いるかという問題である。「僕の心」に確信がなければ、個人の主体は揺らぎ、自分の行動が「自分の目的(エンド)」(「塵労」三十一)であるか分からない。「君の心」を持つ他人との交流に確信が持てなければ、あらゆる「君」を人間として対象化できず、人間を超えて「神は自己だ」「僕は絶対だ」(同四十四)と言うしかなく、しかも「実行的な僕」(同四十五)になれなければ「絶対は僕と離れて仕舞ふ」(同)。そうなれば、未来は「死ぬか、気が違ふか、夫(それ)でなければ宗教に入るか」(同三十九)しかなくなるだろう。

　一郎は彼の問題の対極を非言語的交流に求める。相手への暴力、雨中で叫び声をあげる行動、香厳の境地への憧憬、すべてに言語が介在しない。そしてそれは、一郎から「愛想を尽かされてゐない」と強く確信できるHさんが相手であるから、語り、実行できる。ここに、一郎の問題が行き着く先への展望がわずかに見られるが、『行人』は、それを十分に追求しないままで終わる。　　　(藤澤るり)

坑夫

こうふ

◆よく小説家がこんな性格を書くの、あんな性格をこしらへるのと云つて得意がつてゐる。読者もあの性格がかうだの、あゝだのと分つたような事を云つてるが、ありや、みんな嘘をかいて楽しんだり、嘘を読んで嬉しがつてるんだらう。本当の事を云ふと性格なんて纏つたものはありやしない。本当の事が小説家扮にかけるものぢやなし、書いたつて、小説になる気づかひはあるまい。　　　　　　(三)

小説の成立経緯

　1908(明41)年1月1日から4月6日まで『東京朝日新聞』『大阪朝日新聞』の両紙に掲げられた新聞連載小説。『虞美人草』に続く『朝日新聞』入社第二作。小説の題材は、談話(「坑夫」の作意と自然派伝奇派の交渉」(『文章世界』1908・4)が明かすように、漱石山房を訪問した青年の坑夫体験談を素材としたもの。同談話には「島崎君のが出るまで、私が合ひの楔に書かなきやならん事になつた」とあり、朝日新聞小説欄に空白を作らないよう、急遽執筆された成立経緯もうかがえる。

　青年が漱石に語った坑夫体験談は、1907年の手帳に書き付けられた「断片45」で読むことができ、小説の展開もこの断片の記述に準じていることが確認できる。小説では、「自分」とみずから書き記す一人称の語り手が、自身の恋愛経験から逃避するように東京を出奔し、周旋屋の長蔵さんに連れられて銅山に行き坑夫となる。獰猛な坑夫たちに囲まれた「自分」は、南京米を食べ南京虫に食われる生活に身をおく。やがて、坑道を経て八番坑の奥底までもぐった「自分」だったが、医者から気管支炎と診断されたため坑夫にはなれ

◆作品

ず、飯場の帳附を勤めたのち下山する。こう
した、ひとつらなりの出来事からは、たしか
に筋らしい筋が見受けられない。

前掲の漱石談話が「個人の事情<ruby>パーソナル・アフェア</ruby>は書き度く
ない」と述べるように、「坑夫」の小説記述か
らは、「自分」の身の上の詳細、東京からの具
体的な経路、「断片45」にある足尾銅山という
重要な地名などが、丁寧に取り除かれている。
むしろ記述の力点は、過去の回想を通じて心
理状態の再現を試みる「事実」の記録を構成
することに置かれ、小説末尾でも「自分が坑
夫に就ての経験は是れ丈である。さうしてみ
んな事実である。其の証拠には小説になつて
ゐないんでも分る」(九十六)と締めくくられ、
小説記述はみずからを小説ではないと言明し
ている。

「坑夫」の評価史

このような成立経緯を持つ「坑夫」につい
ては、小宮豊隆「坑夫」(『漱石の芸術』岩波書店、
1942)が「筋の殆んどない小説」、「無性格論」、
前作「虞美人草」からの文体の転換といった
論点を提示しているが、他の小説と比較した
場合、決して高い評価を与えてはいない。し
かしながら、中村真一郎「「意識の流れ」小説
の伝統」(『文学の魅力』東京大学出版会、1953)
は、「坑夫」を「ある異様な心的状態そのもの
の再現を試みてゐる」と捉え、フォークナー、
プルースト、ジョイス等の心理主義文学の系
統に連なる泰西作家を挙げつつ、「坑夫」の価
値を20世紀文学の主題に連なるものとして
再発見している。もちろん、小説の筋を、作
者が小説に埋め込むものではなく、読者が小
説から発見し掘り起こすものと見なせば、
佐々木充「漱石『坑夫』試論—坑道と梯子—」
(『日本近代文学』1973・5)のように、死から生へ
の〈回心〉という筋を見出す論考が出現して
くるのは当然のことだ。

柄谷行人は評論「意識と自然」(『群像』
1969・6)以来、持続的に「坑夫」および漱石へ

の言及を行っており、とりわけ文とジャンル
の意識をめぐる発言は、研究史の動向に対し
て深く示唆を与え続けている。

研究の大きな到達点としては、佐藤泉「「坑
夫」—錯覚する自伝」(『国語と国文学』1993・8)、
「文体の患う病—「坑夫」と漱石のことばあ
そび」(『国語と国文学』1995・10)があり、同時に
また小森陽一『出来事としての読むこと』(東
京大学出版会、1996)においても、小説「坑夫」
を読む経験と文の生成について、細部まで行
き届いたテクスト分析が提示されている。も
ちろんこれ以降も、多くの「坑夫」論が積み
重ねられて、現在に至っている。

たとえば、小森陽一『村上春樹論「海辺の
カフカ」を精読する』(平凡社、2006)や上田穂
積「田村カフカはなぜ「坑夫」を読むのか—
漱石・直哉そしてハルキ」(『徳島文理大学研究
紀要』2010・3)は、村上春樹『海辺のカフカ』に
召喚されてしまった「坑夫」の現代性を注意
深く検討しているし、一方で、西田将哉「「小
説」と「事実」—夏目漱石『坑夫』の「事実」
性」(『文藝と批評』2013・5)などは、同時代の足
尾銅山暴動の新聞報道に触れ、「坑夫」の同時
代性を検証している。

同時代の文脈からの眺望

それでは、評価史の文脈から翻って、同時
代の文脈との隣接関係を見直しておこう。死
から生へと〈回心〉する青年という主題は、
「坑夫」連載終了後、朝日新聞小説欄に連載さ
れた島崎藤村「春」(1908・4・7-8・19)、さらに
森田草平「煤煙」(1909・1・1-5・17)においても
共有されている。

また、小説というジャンルへの自己言及は、
同じく朝日新聞小説欄に掲載された二葉亭四
迷「平凡」(1907・10・30-12・31)や、森鷗外「ヰ
タ・セクスアリス」(『スバル』1909・7)といった、
明治20年代から文壇で近代小説を形作って
きた世代が共有する明治40年代の自然主義
小説への違和感と連接させた把握もできるだ

ろう。

　別の通路も模索しておきたい。新聞初出掲載時、『東京朝日新聞』では挿画掲載がなかった「坑夫」だが、『大阪朝日新聞』では、第一回から第五六回まで、日本画家野田九浦による挿画が添えられた。九浦の描き出す「坑夫」の挿画は、図像化が決して容易ではない「坑夫」の小説記述を率直に受けとめたものだが、その挿画が指示してしまうのは、探訪記や記録文学の領分との想定外の隣接だろう。

　たとえば、地底世界と海洋世界をこよなく愛好した硯友社作家の江見水蔭『短篇小説／避暑の友』(博文館、1900)は、その雑文欄に「名は言はず、同人の中に某なる者あり。大志あれども未だ風雲を得ず。空しく江湖に落魄して、終に足尾銅山の坑夫と為り、留る事歳余に及び、其間に見聞したる坑の内外の珍談奇話少からず、聞い以て細大筆に写せり」との前書きを持つ「足尾銅山坑夫の話」を掲載しており、「坑夫」と照応する記述も随所に見受けられ、短い記事ながら興味深い。こうした社会の裏面を描く探訪記は、明治30年代に多く執筆され、また多くの出版物が仮装本紙くるみ装の四六判といった粗悪な造本で活発に出版されてもいた(大学館の社会の裏面叢書などがその一例)。

　「坑夫」を収録した単行本『草合』(春陽堂、1908)の重厚な造本と装幀は、「坑夫」がそのような読まれ方から峻別されることを強く望んでいる。前掲の漱石談話が「作意」という言葉で作者の意図を強く発揮したのも同趣旨からだろう。

　しかし『大阪朝日新聞』の挿画画家野田九浦の眼が捉えたように、「坑夫」が社会種の探訪記としての相貌を持ち得ていたこともまた、それが誤読であれ、これまで小説の内奥にもぐってきた「坑夫」論が外部へと向かう通路のひとつとなるはずだ。　　(加藤禎行)

心
こころ

◆私は其人を常に先生と呼んでゐた。だから此所でもたゞ先生と書く丈で本名は打ち明けない。　(一)
◆「誰の墓へ参りに行つたか、妻が其人の名を云ひましたか」／「いゝえ、そんな事は何も仰しやいません」／「さうですか。──さう、夫は云ふ筈がありませんね、始めて会つた貴方に。いふ必要がないんだから」　　　　　　　　　　　　　(五)
◆私は其友達の名を此所にKと呼んで置きます。私はこのKと小供の時からの仲好でした。　(七十三)

「代表作」としての位置づけ

　『東京朝日新聞』『大阪朝日新聞』に発表された連載小説(1914・4・20-8・17、全110回)である本作は、連載に先だって掲載された予告(1914・4・16)では短篇連作の形式が示唆された。『こころ』はそれらを束ねる総題となるはずだったが、実際には「先生の遺書」と題された部分だけで終わっている。単行本化(岩波書店、1914)に際して、全体が上・中・下の三部に分割された。その趣意については漱石自身が序文で説明している。

　初出から100年目に当たる2014年においても、『こころ』は岩波文庫、新潮文庫をはじめ複数の文庫から刊行され続け(新潮文庫では累計部数第一位の地位を維持)、『朝日新聞』紙上では掲載100年を記念して小説全文の再連載まで行われた。また、高等学校の国語教科書においても、1960年代以降、定番教材となっている(2014年に「現代文」の教科書を刊行している9社すべてが、教材として採用している)。

　もっとも、こうした高評価は不動のものではなく、発表当初は門下生の小宮豊隆でさえ

作品

批判していた（「漱石先生の『心』を読んで」『アルス』1915・4）。しかし、こうした評価が大きく変化し、この作品を漱石の代表作へと押し上げていく契機を作ったのもまた小宮である。1930年代刊行の全集（岩波書店刊）で全巻の解説を担当した小宮は、一転してこの作品を高く評価し、苦悩する知識人の心理を鋭く解剖する作家像＝神話を『夏目漱石』（岩波書店、1938）『漱石の芸術』（岩波書店、1942）などで確立し（山本芳明『文学者はつくられる』ひつじ書房、2000）、その結果『心』は阿部次郎『三太郎の日記』などと並ぶ旧制高校生のバイブルともなった（筒井清忠『日本型「教養」の運命』岩波書店、2009）。

こうした読解モードの形成は、必然的にこの小説を専ら「下　先生と遺書」を中心化して受容する傾向を招来し、後年、国語教科書に抄録される場合にも「下」だけが抜粋される形をとることになった。そこでは、友人「K」を出し抜いて下宿先の「お嬢さん」である静との結婚話をまとめたためにKの自殺という帰結を招いた、という過去を自らの「罪」として遺書にまとめる「先生」の内面は、近代社会を生きる知識人・教養人が突き当たるエゴイズムの問題として一般化される（高橋広満「定番を求める心」『漱石研究』第6号、1996・5／佐藤泉『戦後批評のメタヒストリー』岩波書店、2005／など）。

『こころ』論争以後

その後、制度化された読解モードに抗する新しい切り口が研究者から提示されたことをきっかけに議論は活発化する（小森陽一『構造としての語り』新曜社、1988／石原千秋『反転する漱石』青土社、1997）。『こころ』論争」とも称される一連の議論の具体的な経緯については別項（コラム「『こころ』論争」）に譲るが、「下」を中心化して読解する従来の枠組みを相対化するための足がかりとされたのは、「上」冒頭にある「私は其人を常に先生と呼んでゐた。

だから此所でもたゞ先生と書く丈で本名は打ち明けない。（中略）余所々々しい頭文字抔はとても使う気にならない」という語り手「私」の言葉である。これが「下」において「先生」が旧友を「K」という「頭文字」で表記していることへの批評として注目されるのであり、こうした相対化をなし得る「私」は、先生を乗り越える自らの物語を語るのだと見なされる（石原千秋『こころ』で読みなおす漱石文学」（朝日新聞出版、2013）。

「先生」の相対化を試みる、こうした議論は「先生」の妻やその母（未亡人）といった作中の女性たちに注目する新たな解釈（押野武志「静」に声はあるのか—『こころ』における抑圧の構造」『文学』1992・10／赤間亜生「〈未亡人〉という記号」小森陽一ほか編『総力討論 漱石の『こころ』』翰林書房、1994）を導いた一方、文芸批評の領域にも影響を及ぼし、「余所々々しい頭文字」の隠喩性をめぐる議論を誘発した（絓秀実『日本近代文学の〈誕生〉』太田出版、1995／渡部直己『不敬文学論序説』太田出版、1999／等）。もっとも、「K」とは「夏目金之助」（漱石の本名）の頭文字であり、「主＝King」の隠喩である（絓）とか、「大逆」事件の首謀者に擬せられた「幸徳秋水」を暗示する（渡部）といった議論は、「大逆」事件という言論の危機に「国民作家」漱石がいかに処したのかを問うものとしては興味深いが、作品そのものの解釈という次元からは乖離するものでもあった。

名前と私的領域

そもそも、「K」という文字は、「A」「B」あるいは「X」「Y」といった抽象的な記号ではなく、あくまでその人物の固有名詞に基づく頭文字（イニシャル）である。そして、「私は（中略）Kの姓が急に変つてゐたので驚ろいた」（七十三）という中学時代の記憶を記す先生にとって、「K」という頭文字は姓ではなく、改姓前から長らく呼び慣わしたファースト・ネームに由来するものだった可能性もある。

これは果たして「余所々々しい頭文字」なのだろうか。さらに、このことは雑司ヶ谷で「K」の墓参をしていた「先生」が、突然姿を現した「私」に狼狽しながら、「誰の墓へ参りに行つたか、妻が其人の名を云ひましたか」（五）ということをまず気にしたこととも響き合う。「先生」は「其人の名」を自分だけの親密さの中にとどめるためにこそ「K」という頭文字を使用したのであり、「私」はそれを誤読していたかもしれない。

なお、「先生」のこうした態度は、作者・夏目漱石自身が、連載開始直後に一読者から寄せられた書簡への返信として予め示していたものだとも言える（宗像和重「「こゝろ」を読んだ小学生—松尾寛一宛漱石書簡をめぐって—」『文学』2001・7）。すなわち、「あの「心」といふ小説のなかにある先生といふ人はもう死んでしまひました、名前はありますがあなたが覚えても役に立たない人です」という、兵庫県の小学六年生に宛てた返信（1924・4・24付）において漱石は、「あなた」がその人の「名前」を知る必要はないという禁止を申し渡しているわけだが、人はこのように禁止されれば、かえって「知りたい」という欲望に駆られるだろう。

こうした一読者と作者・夏目漱石との間のやりとりに見られる構図は、『心』における「先生」と青年「私」との関係に符合する。そして、漱石はとうとう最後まで読者に対して「先生」の固有名を示すことはなかったし、「先生」もまた、「私」に対して「K」という「頭文字」しか示さなかった。その結果、彼らの名前は、空白のままに放置される。この小説にはこうした空白が随所に散りばめられているが、それが、しばしば答えのない袋小路である（でしかない）ということを、この小説について論じようとする者は肝に銘ずべきだろう。

（大原祐治）

琴のそら音

ことのそらね

◆津田君の頭脳には少々恐れ入つて居る。其恐れ入つてる先生が真面目に幽霊談をするとなると、余も此問題に対する態度を義理にも改めたくなる。

◆「狸が人を婆化すと云ひやすけれど、何で狸が婆化しやせう。ありやみんな催眠術でげす……」

笑いと恐怖

小山内薫らの同人誌『七人』7号（1905・5）に漱石が東京帝国大学講師の時に発表し、『漾虚集』（大倉書店・服部書店、1906・5）所収。靖雄は旧友津田真方を訪ねて話の序でに許婚の宇野露子がインフルエンザに罹ったと告げる。津田は、インフルエンザで急死した親戚の女が出征中の夫の持つ鏡に姿を死亡時刻に見せた話を紹介し、病気を警告する。気味悪がる靖雄は深夜の帰り道で露子を案じる。帰宅後も下女の迷信で不安な靖雄は眠れず、早朝宇野家に行くと露子は全快していた。床屋で靖雄は狸が化かすのは催眠術だと聞き込み、昨夜の体験を納得する。早朝の訪問理由を知って露子の愛情が増したように靖雄は思う。

漱石は本作品を「気がぬけた様な気合」で下女が「不自然」（野村伝四宛書簡、1905・5・21付）と評価したが、発表時から滑稽味が注目された。『怪談牡丹燈籠』などの影響が指摘されて（水川隆夫『増補漱石と落語』講談社ライブラリー、2000）漱石の落語の素養がうかがわれ、怪談噺と落語的笑いが対照されている。死の恐怖と露子を案じる想いを真剣に語る程滑稽味を生じる写生文のおかし味もある。

小日向台町・極楽水・切支丹坂など実在の地名の作中での使用は靖雄の帰路を地図上に再現させるだけでない。急峻な小石川の地形

609

や地名のイメージが靖雄を内省させ、死を観念から実感に変化させる都市空間小説の側面がある（武田勝彦「琴のそら音」『漱石の東京』早稲田大学出版部、1997）。

幽霊噺と結末

　津田の紹介した幽霊噺は寺田寅彦の体験談やA・ラング『夢と幽霊』に、亡妻の姿を鏡に見た説明はF・ポドモア『生者の幻像』に基づくとされる（藤井淑禎「〈先立つ女〉をめぐって」『不如帰の時代』名古屋大学出版会、1990／塚本利明「琴のそら音」『漱石と英文学』彩流社、1999／一柳廣孝「〈科学〉の行方」『文学』1993・7）。この噺の霊の感応のモチーフは『吾輩は猫である』・「幻影の盾」に、テレパシーのモチーフは『行人』に用いられる漱石文学の主要モチーフの一つだ。

　この幽霊噺と異なる靖雄の体験が津田の著書に収録されるのに靖雄が肯定的なのは矛盾に見えるだけでなく、作品の捉え方に関わる。幽霊噺のように死んだら会いに行くと露子と靖雄は約束せず、露子の幽霊も見ていない。何よりも自らの体験を狸の風刺的な説明通り催眠術とする靖雄の理解は、幽霊噺を脳細胞の感応（テレパシー）とする津田の説明と異なるように見える（塚本利明）。本作品名が催眠術の作用の詩的言い換え（竹盛天雄「琴のそら音」『漱石　文学の端緒』筑摩書房、1991）ならば、作者の立場は靖雄と同じになる。しかし心理学的幽霊研究は神経作用とテレパシーを含み、靖雄の考え方はテレパシーを許容するという見方（一柳廣孝）もある。ところで幽霊噺は津田に張り合う靖雄の姿を浮き彫りにし（赤井恵子「『琴のそら音』論」『国文学』1994・1）、「趣味の遺伝」・「彼岸過迄」に継承される靖雄のような軽薄な人物造型はハッピーエンドを額面通り受取れぬ要素にも見える。

（福井慎二）

催眠術

さいみんじゅつ

◆幽玄は人の常に喜ぶ所なり。幽玄の門戸を開いて玄奥の堂を示す者あれば衆翕然として起つて之に応ず。(中略)去れば俗に所謂鑷気睡眠、生物電気、奉信入定杯と小六づ簡敷御大層なる名を附するものも一たび其源頭に逢着すれば単に主観的の情況に過ぎざるなり。

　「催眠術」は、『哲学会雑誌』(1892)に無署名で発表された。『漱石全集　第14巻』(岩波書店、1936)の「解説」において、小宮豊隆は藤城禎輔の示唆により漱石訳と推定、『漱石全集第13巻』(岩波書店、1995)もそれに倣っている。

　題字の下には「Ernest Hart, M.D.」と原著者名が記されており、佐々木英昭『漱石先生の暗示（サジェスチョン）』(名古屋大学出版会、2009)は、医学博士・医学ジャーナリストであったアーネスト・ハート『催眠術、メスメリズムと新しい魔術』の巻頭論文「催眠術といかさま」を原典に、その4割程度、すなわち、催眠術の「いかさま」性を暴く原典の後半部分を捨てて翻訳されたものが「催眠術」であると推定している。その前半部分は、催眠現象が電気などの物質や施術者の行為・意志とは独立した被施術者の「主観的の情況」に過ぎないことを論証するものであり、佐々木前掲書は、アーネスト・ハートの力点が催眠術への批判にあるのに対して、漱石の力点は〈暗示〉力にあると指摘する。なお、一柳廣孝『〈こっくりさん〉と〈千里眼〉』(講談社、1994)は、『吾輩は猫である』「琴のそら音」『明暗』にも催眠術用語が登場し、漱石の催眠術への関心が晩年まで続いたことを示唆している。漱石の神秘主義への関心・懐疑を合わせ、漱石文学全体の中で本翻訳を位置づけることが重要と言える。（安藤恭子）

作物の批評

さくもつのひひょう

◆過去を綜合して得たる法則は批評家の参考で、批評家の尺度ではない。尺度は伸縮自在にして常に彼の胸中に存在せねばならぬ。

◆作家は造物主である。造物主である以上は評家の予期するものばかりは拵へぬ。

1907(明40)年元旦『読売新聞』に掲載された評論。文芸批評のありかたや批評家の責任について、創作家の立場から論じている。

漱石はまず学校の教師を話頭に上せ、「専門以外の部門に無識にして無頓着」な教師が「自尊の念と固陋の見」をもって他の領域に侵入し他を罵倒することの弊害を説く。次いで「今の評家のあるものは、ある点に於て此教師に似て居る」と本題に転じ、文学には千差万別の内容と価値が含まれるのに、批評家が自らの狭隘な経験や趣味に固執して恣意的な評価を下すことに苦言を呈する。

漱石によれば、「評家の責任」とはまず「文学とは如何なる者ぞ」という問いに解決を与えることであり、そのために批評の基盤となる「条項」と「法則」、すなわち個々の作品を価値あるものとする多様な要素と、そこから導き出される評価の基準とを知らなければならない。しかもそれに拘泥せず、未知なるものに接した時それを認める程の「見識と勇気と説明」が必要だという。文学的価値が単一の尺度で測り得ないことの例としては、シェイクスピアの諸作を挙げている。

「過去の文学を材料と」して研究することにより「昔しの人の述作した精神と、今の人の支配を受くる潮流とを地図の様に指し示さねばならぬ」という本論の根幹は『文学論』にも通底するといえよう。　(飛ヶ谷美穂子)

三山居士

さんざんこじ

◆余が最後に生きた池辺君を見たのは、その母堂の葬儀の日であつた。柩の門を出やうとする間際に駈け付けた余が、門側に佇んで、葬列の通過を待つべく余儀なくされた時、余と池辺君とは端なく目礼を取り換はしたのである。其時池辺君が帽を被らずに、草履のまま質素な服装(なり)をして柩の後に続いた姿を今見る様に覚えてゐる。

1912(明45)年2月28日、元東京朝日新聞主筆で、ジャーナリストの池辺三山が急性心不全で亡くなった。その追悼文として書かれたのが「三山居士」である。『東京朝日新聞』1912年3月1日(『大阪朝日』は翌2日)に発表された。漱石にとって東京朝日新聞社への入社を決定づけたこの人物は、修善寺の大患のときもすぐに駆けつけ、転院の手続きや病後についても助言を惜しまなかった。

一方、三山自身は森田草平の「自叙伝」連載や「朝日文芸欄」の評価をめぐって、弓削田精一らとの社内対立が深まったときにさらりと辞職し客員となった。その三山急死の報を聞いたとき、漱石は『彼岸過迄』に苦慮しているさなかで、十分な対応ができなかった。

漱石には数々の追悼文があるが、そのなかでも、「三山居士」では訃報が届く前後のきめ細かな情景が語られている。死に対する距離感が近くなっていた漱石は、生死の境界の曖昧さにふれながらも、「母堂」の葬儀で出会いながら言葉を交わせなかったそのときの、取り返しのつかない思いを書きつけている。

(紅野謙介)

三四郎

さんしろう

◆女は此夕日に向いて立つてゐた。三四郎のしやがんでゐる低い陰から見ると岡の上は大変明るい。女の一人はまぶしいと見えて、団扇を額の所に翳してゐる。顔はよく分らない。けれども着物の色、帯の色は鮮やかに分かつた。　　　　（二の四）

◆覚めて見ると詰らないが、夢の中だから真面目にそんな事を考へて森の下を通つて行くと、突然其女に逢つた。行き逢つたのではない、向は凝と立つてゐた。見ると、昔の通りの顔をしてゐる。昔の通りの服装（なり）をしてゐる。　　　　　（十一の七）

◆野々宮さんは、招待状を引き千切つて床の上に棄てた。やがて先生と共に外の画の評に取り掛る。与次郎丈が三四郎の傍へ来た。／「どうだ森の女は」／「森の女と云ふ題が悪い」／「ぢや、何とすれば好いんだ」／三四郎は何とも答へなかつた。たゞ口の内で迷羊（ストレイシープ）、迷羊（ストレイシープ）と繰り返した。（十三）

成立と設定

「坑夫」に続く3番目の『朝日新聞』連載小説（1908・9・1-12・29）。題名に関しては、1908（明41）年8月と推定される渋川玄耳宛書簡に「題名――「青年」「東西」「三四郎」「平々地」（中略）小生のはじめに付けたは三四郎に候。「三四郎」尤も平凡にてよろしくと存候」とあり、漱石自身が『三四郎』という表題を考えていたことが分かる。留意すべきは、男性の名がそのまま題名となっているのは、日本近代小説において稀である点であろう。なお漱石が書き残した「断片」の1908年執筆分には『三四郎』構想に関するメモが複数存在する。

連載直前に『朝日新聞』に掲載された「予告文」（1908・8・19）に「田舎の高等学校を卒業して東京の大学に這入つた三四郎が新しい空気に触れる、さうして同輩だの先輩だの若い女だのに接触して色々に動いて来る、手間は此空気のうちに是等の人間を放す丈である」とある通り、『三四郎』は小川三四郎が九州から東京に向かう車中から始められる。三四郎は東京で、郷里の先輩である野々宮宗八、同輩である佐々木与次郎、広田先生、里見美禰子らと交流するようになる。とりわけ三四郎の関心は美禰子に向けられるが、二人の関係は恋愛の手前を徘徊する。作品の中盤から画家原口によって美禰子の肖像画の制作が始められる。そして作品は美禰子の突然の結婚、肖像画の完成をもって終わりをむかえる。

『三四郎』は無人称の話者の語りによるいわゆる三人称小説であるが、大部分は三四郎を焦点人物とし、三四郎が眼差した世界と三四郎の意識によって展開されてゆく。三四郎の主観を前景化しながらも、作品を統括するのは話者であるという特徴的な語りに関しては、石原千秋「鏡の中の『三四郎』」（『反転する漱石』青土社、1997）が詳細に論じている。

「教養小説／反教養小説」

『三四郎』は、地方出身の青年三四郎が、新しい世界の中で困惑しつつも成長・成熟してゆくという物語、つまり「教養小説（ビルドゥングスロマン）」として論じられてきた。そのような読みに一石を投じたのが、越智治雄「『三四郎』の青春」（『漱石私論』角川書店、1971）、三好行雄「迷羊の群れ―『三四郎』夏目漱石」（『作品論の試み』至文堂、1987）などの論考である。

越智は「三四郎は、その触れる人間から刺激を敏感に、敏感すぎるほどに受けとめてはいるが、それが彼に蓄積され、その内部の発展の契機となるような存在としては描かれていない」として、動揺の中で自らも動揺したままあり続ける三四郎の「無性格」を指摘する。

また三好は、『三四郎』を教養小説であることを否定し、三四郎の認識が作者によって相

対化されてゆく部分があることを指摘する。これらの論考は、従来の読みの修正をもたらしただけにとどまらず、教養小説的解釈のコードから逸脱する作品細部の検証と、それによる新しい解釈の可能性を示唆したのである。

「新しい女」と「結婚しない男たち」

平塚雷鳥がモデルともされる美禰子は、新しい女として描かれると同時に、「露悪家」「無意識の偽善」といった語とともに謎めいた女性として描写される。千種・キムラ・スティーブンは「『三四郎』論の前提」（『国文学解釈と鑑賞』1984・8）において、名古屋での女性との同衾事件に三四郎の隠された性的欲望を指摘すると同時に、作品にとって女が謎の存在であることが要件であったとする。

また飯田祐子も美禰子が謎の女として描出される作品のメカニズムを「眼」「服装」に焦点をあてて分析し、むしろ美禰子が新しい女となるべき可能性を抹殺された存在であると論じている（「女の顔と美禰子の服—美禰子は〈新しい女〉か—」『漱石研究』第2号、1994・5）。

これらの論考が浮上させたのが、美禰子が三四郎という男性によって眼差され、語り手もまた男性的な眼差しを有するという問題である。『三四郎』には、年齢的に「広田・原口／野々宮／三四郎・与次郎」とおよそ三層に分割しうる男性達が登場する。彼らは全て独身者であり、その意味では全てが美禰子と結婚可能なのである。しかし彼らは独身者のまま作品を全うする。そして彼らは世代を超えて緩やかな紐帯を持っている。飯田祐子が漱石作品に導入した「ホモソーシャル」という概念（『彼らの物語　日本近代文学とジェンダー』名古屋大学出版会、1998）も含め、広く「男性／女性」という観点から「三四郎—美禰子」問題を考える必要があるだろう。

表象の網目状構造

たとえば「水」を典型とするように、『三四郎』には様々な表象が描かれている。蓮實重彦は『夏目漱石論』（青土社、1978）において、漱石作品に反復する「横たわる身体」「依頼と代行」「水」といった表象の意味を分析した。『三四郎』においても、作品に横溢する水の戯れを指摘しつつ、当初「水の女」として登場した美禰子が最終的に「森の女」に変容しなければならなかったと論じている。

また小森陽一は、野々宮が研究対象とする「光」に着目し、作品発表当時「光」が粒子であると同時に波でもあることが議論されていた事実を指摘したうえで、「『三四郎』における「矛盾」するものの共存関係は、常に波でもあり粒子でもある光を仲立ちとして、人と人のかかわりの中にあらわれてくる」と論じる。すなわち、作中の「光」とは、相矛盾するものの同時存在という構図の表象であり、それによって、「光」のみならず「色彩」「視線」といった他の問題へと系として連続しているとしている（「光のゆくえ」集英社文庫『三四郎』解説、1991）。

さらに芳川泰久も『漱石論　鏡あるいは夢の書法』（河出書房新社、1994）所収の『三四郎』論において、「水」「数詞」「名と翻訳」といった表象を系として分析している。

漱石前期三部作、とりわけ『三四郎』『それから』には、表象が稠密に張りめぐらされており、それらは単独で連鎖するとともに、異なる表象間で複雑に手を結び合っている。しかもそれらは、作品の展開、いわゆるストーリとも大きく関係するのである。おそらく『三四郎』に些末な細部など存在しない。それらを体系的に論じることが今後の課題であり、読みの可能性でもある。　　（武田信明）

◆作品

子規の画

しきのえ

◆余は子規の描いた画をたつた一枚持つてゐる。

　その画は「一輪花瓶に挿した東菊で、図柄としては極めて簡単な者である」(「子規の画」『東京朝日新聞』1911・7・4)。病床の子規から贈られたこの画を漱石は、子規が「写生」を「実行しやう」としながら失敗した「拙」なる画であるという。

　この画を虚子は「旨い」と言い、漱石も「単純な平凡な特色」があることは認める。「写生は平淡である」(子規「病牀六尺」『日本』1902・6・26)という観点からすれば、この画は十分写生的である。にもかかわらず漱石の目にそうは見えなかった。なぜならそれは、子規の写生理論に漱石が忠実であったためなのである。

　子規の写生(写実)理論は、連想を生じさせず、言葉と物とが一対一対応するような句を「印象明瞭」な句、連想を多く惹起する句を「余韻」ある句とし、前者を写実的とした。

　ここに描かれているのはただの菊である。だが漱石はその「煉ん」だ筆致自体に注目してしまう。そこから「少くとも五六時間の手間を掛けて」自分のため「馬鹿律儀」に画を描く病床の子規を連想してしまうのだ。この時、この菊の画はもはや単なる写生画ではなくなる。写実から離れ、子規の「隠し切れない拙が溢れた」「余韻」深きものとなる。

　漱石は、生前の子規がついに見せることのなかったこの「拙」に「微笑を禁じ得ない」。思えば漱石は、写生文を「傍から見て気の毒に堪えぬ裏に微笑を包む」ものと言った(「写生文」『読売新聞』1907・1・20)。菊の画に微笑む漱石は、ここにおいて紛れもない写生文家となるのである。　　　　　　(鈴木章弘)

◆作品

自転車日記

じてんしゃにっき

◆乗つて見給へとは既に知己の語にあらず、其昔本国にあつて時めきし時代より天涯万里孤城落日資金窮乏の今日に至る迄人の乗るのを見た事はあるが自分が乗つて見た覚は毛頭ない、去るを乗つて見給へとは余り無慈悲なる一言と怒髪烏打帽を衝て猛然とハンドルを握つた迄は天晴武者振頑母しかつたが愈鞍に跨つて顧盼勇を示す一段になると御誂通りに参らない、

漱石、自転車に乗る。

　イギリスからの帰国後間もなく『ホトトギス』(1903・6)に掲載されたエッセイ。留学中に「下宿の婆さん」に言われて自転車の練習を始めた漱石が、苦心の練習を試みる様子がユーモラスに描かれている。具体的な日付は記されてはいないが、「西暦一千九百二年秋忘月忘日」という文句で始まるので、留学二年目のことと分る。漱石に自転車の乗り方を教える「○○氏」は、小宮豊隆の叔父の犬塚武夫。犬塚は、本文中に「貴公子某伯爵」として登場する小笠原長幹(最後の小倉藩主の長男)に同行してロンドンに滞在し、漱石と同じ下宿に住んでいた。「自転車日記」では、「下宿の婆さん」に命じられて自転車の練習を始めることになっているが、神経衰弱との噂が立った漱石の気持ちを和らげるために周囲が勧めたものといわれている。部屋に閉じこもりがちだったとされる漱石が、好奇の視線にさらされながらも屋外で自転車と格闘する姿は興味深い。また、この年の日記類が残されていないため、留学中の生活を記した貴重な資料と言えよう。

創作への道

とはいえ、いきなり「乗つて見給へ」と突き放すコーチ役の言葉を「無慈悲なる一言」と書き記し、四字熟語や定型句をもじった表現が多用される文章は、単なる日常の記録である日記を逸脱するものでもある。知り合いのお嬢さんからウィンブルドンへの遠乗りを誘われて断ったことを記す部分では、断ったことが幸か不幸か判断が付かないことを「日本派の俳諧師の朦朧体」に例える。これは掲載誌の『ホトトギス』にひっかけた楽屋落ちともいえる。明らかに事実の記録を目指した文章ではなく、言葉で遊ぶ意識を前面に出した文章であろう。さらに石垣や立木に衝突して軽いケガをしたあげく「而して遂に物にならざるなり」と、自転車を乗りこなすことが出来ないままに終わるが、これも事実とは違うようだ。実際には、サイクリングに出かけるくらいになったようである。つまりこのエッセイは、自らの挑戦が失敗で終わるように意図的に仕組まれているのである。

その他にも、女性用の自転車をあてがわれそうになってプライドを傷つけられる場面や、練習中に50人ほどの女学生の行列に出会ってあわてて止まろうとするが止まれず、巡査にぶつかりそうになって冷や汗をかくシーンなど、自らの姿をより滑稽な姿として強調していることは確かであろう。「女学生」や「巡査」の存在は、自己の体面を保とうとする漱石を監視する存在でもある。このことは、本文の末尾において、自己の〈黄色な顔〉を意識する部分に明らかに現れている。留学生として選ばれたことの誇りが、異国の地にあって何の価値も持たないというあせりと失望。さらには日本人としての劣等感が、滑稽な自己像の創出につながっていく。つまり「自転車日記」は、小説家漱石誕生への最初の一歩としての意義を持っているのである。

（中沢弥）

詩伯「テニソン」

しはく「てにそん」

◆「テニソン」の一生は平穏にして奇変少なく。且つ其心情の発達に至つては、其詩既に之を尽せり。

漱石が編集委員を務めていた時期の『哲学雑誌』に3回に分けて掲載された（1892・12-1893・3）無署名の翻訳。昭和10年版『漱石全集』に「狩野亨吉の同意により（中略）小宮豊隆によつて漱石のものと推定されて」（小宮豊隆「解説」『漱石全集』第14巻、1936）収録され、以後の全集にも踏襲されている。原稿の現存は確認されておらず、翻訳底本も不明である。

「オウガスタス、ウード」の署名のあるこの小文は、この年の10月に亡くなった詩人アルフレッド・テニスンの生涯を、作品の引用とともに振り返る評伝である。文語体による翻訳で、テニスンからの引用はおおむね原詩と文語訳が併記されている。

オーガスタス・ウッド（Augustus Wood, 1855-1912）はこの年度に帝国大学に着任したばかりのアメリカ人教師。「自身の講義ノート」に見えるように文献を読み上げるだけの退屈な授業に、大学3年の漱石は「プンプン怒つて」いたという証言がある（松本文三郎「漱石の思ひ出」『漱石全集』月報第16号、1937・2）。

しかし、漱石がウッドから何も学ばなかったと見るのは早計であろう。ウッドの小文には『国王牧歌』（Idylls of the King, 1859-85）など、アーサー王伝説を題材とするテニスンの作品が取り上げられており、後に「薤露行」に結実する漱石のアーサー王伝説への興味は、この翻訳がひとつの契機となった可能性が指摘されている（上田正行「『哲学雑誌』と漱石」『金沢大学文学部論集文学科篇』1988・2）。

（菅原克也）

写生文

しゃせいぶん

◆つまり大人が小供を視るの態度である。

　自然主義が台頭する1907(明40)年前後、その比較対象として写生文が盛んに論じられるようになり、漱石も『読売新聞』に「写生文」という論考を発表した(1907・1・20)。写生文は一般に「世を馬鹿にしてゐる」と思われているが、そうではない。写生文家は「大人が小供を視るの態度」を持つと漱石は言う。「大人」が「小供」と共に泣くのではなく「微笑」をもって「小供」を見る。柄谷行人はここに超自我と自我の「自己の二重化」(『ヒューモアとしての唯物論』筑摩書房、1993)を見た。
　だが1903〜1905年にかけての講義をまとめた『文学論』では、漱石は写生文を「著者」が「篇中の人物と融化」し「盲動」する「同情的作物」に分類するのみで(第八章「間隔論」)、そこに二重化の認識はまだ見られない。『文学論』執筆時の漱石は、写生文家の「主張」を聞く機会がなかったという。だが1907年の「写生文」は、写生文家坂本四方太、高浜虚子への応答となっており、そこに二重化という認識に至るまでの鍵がある。
　この間、漱石「草枕」に触発された四方太は、その中の「非人情」という語を写生文の特徴であると指摘(「文話三則」『ホトトギス』1906・12)、虚子も写生文を「非熱情文学」(「俳句と写生文」『国民新聞』1906・10・27)と定義づけた。
　つまり漱石は、『文学論』の「同情的作物」という認識に、「草枕」の執筆経験と四方太、虚子の写生文論を重ね、「同情的」でありかつ「非人情」であるという二重化された写生文認識へと到達したのである。　　　　(鈴木章弘)

◆作品

Japan and England in the Sixteenth Century

◆The Japanese have ever been marked by excess of imagination and the lack of originality. The relation of cause and effect, the universality of the law of Nature, induction, deduction, all the methods of investigation have totally been neglected.

日本人はこれまで過剰な想像力と独創性の欠如とに特徴づけられてきた。因果関係、自然法則の普遍性、帰納法、演繹法、あらゆる研究方法などがまったく無視されてきた。　　　　　　　　(山内久明訳)

　1890(明23)年、第一高等中学校文科二年に在学中だった漱石が書いた英語による作文。英語教師ジェイムズ・マードックによると思われる添削や評語が書き込まれている。末尾のあとがきめいた部分(情報不足、判断力の欠如、時間不足による欠陥を弁明している)のみが『みゆーぜあむ雑誌』第三号(1890・7・9発行)に掲載された。このレポートで漱石は、政治・社会状況、宗教、美的発達、知的発達、産業の5つの点に分けて16世紀の日本とイギリスを比較している。上記引用のような例のほか、日本人は何でも詩に仕立ててしまうのに対し、イギリス人は実際的、散文的である、日本人は自然に拝跪するのに対し、イギリス人は自然を服従させようとする、日本人は富を蔑視したのに対し、イギリス人はお金を尊重する国民であるといった調子で、国民性に関して今日から見ればかなり単純化された意見が目立つが、西洋と東洋の差異という終生の課題に漱石が若くして取り組んだ跡として興味深い。英語は格調高く表現力豊かである。　　　　　　　　　　　(田尻芳樹)

趣味の遺伝

しゅみのいてん

◆余が平生主張する趣味の遺伝と云ふ理論を証拠
立てるに完全な例が出て来た。ロメオがジユリエ
ツトを一目見る、さうして此女に相違ないと先祖の
経験を数十年の後に認識する。エレーンがランス
ロツトに始めて逢ふ此男だと思ひ詰める、矢張り
父母未生以前に受けた記憶と情緒が、長い時間を
隔てゝ脳中に再現する。　　　　（「趣味の遺伝」三）

戦争と遺伝

　「趣味の遺伝」は『帝国文学』1906（明39）年
1月号に掲載され、『漾虚集』（1906・5、大倉書店・
服部書店）に収録された。日露戦争で戦死し
た友人、河上浩一の墓参りに赴いた「余」は、
彼の墓を拝む美しい女性に出会う。浩一と彼
女との間に秘められた関係が存在すると確信
した「余」は、彼らの数奇な運命を「趣味の遺
伝」理論によって解説してみせる。そのため
「趣味の遺伝」は、同時代の〈事件〉としての
日露戦争の表象について、または、彼が主張
する特異な「趣味の遺伝」理論について、し
ばしば言及されてきた。

　例えば、掲載時期の問題である。「趣味の
遺伝」が発表された1906年1月は、ポーツマ
ス条約（1905・8・29）締結、日比谷焼打事件
（1905・9・5）から四か月後になる。また1906
年には、戦場からの凱旋が本格化していた。
このような同時代状況にあって、テクストの
戦争描写はきわめて特異である。「陽気の所
為で神も気違になる」から始まる冒頭部の描
写は、人間性が排除され、狂気に充ちた暴力
性に覆われている。また松樹山攻撃の場面は、
その俯瞰的、固定カメラ的な視点もさりなが
ら、あたかも司令部に鎮座する将軍の目を通

しているかのように、兵士の個別性が奪われ
ている。彼らは蟻の「黒い河」となって流れ、
個々人は「蟻群の一匹」に過ぎない。

　また、これらの戦場描写は、同時期の新聞
を始めとするメディアの記事や、そこに掲載
された写真の影響が指摘されている。しかし
「余」は、戦争に対する一定の距離感を隠そう
ともしない。たまたま新橋での凱旋の場面に
立ち会った時、将軍の姿に涙するものの、そ
れもまた「諷語」と化すことで群集との一体
化を回避する。

　特異といえば、「余」が主張する「趣味の遺
伝」理論も、相当に怪しい。この時期に遺伝
は、科学的合理主義の象徴である進化論の最
新の学説と見られていたが、進化論は一方で、
戦争を正当化する政治的なイデオロギーに利
用されてもいた。また、文学との関連でいえ
ば、遺伝はゾライズムとその影響を受けた自
然主義を連想させるが、テクストには全く言
及がない。

語りの戦略

　このような不自然さは、恐らく「余」の語
りに起因している。この物語は、一人称回想
体で語られる。つまり、事後的な物語である。
したがって、この物語が唐突に幕を閉じるの
も、周到な「余」の戦略によるものと考えら
れる。「余」の過剰なほどの語り、あまりにも
自己言及的な姿勢は、彼の親友である浩一を
焦点化すること、亡友への鎮魂歌を人知れず
まとめるためだという指摘がある。だとすれ
ば、戦争に対する忌避感は当然であるし、「余」
が半ば捏造する「趣味の遺伝」理論とは、浩
一、さらには彼の母を慰撫するために必要な
「物語」だったということになる。こうした
語りの設定は、漱石における「文学とは何か」
という問題を招来する。さらにそれは、同時
代における文学場の問題と接続することにな
るだろう。　　　　　　　　　　（一柳廣孝）

小説「エイルヰン」の批評

しょうせつ「えいるうぃん」のひひょう

◆「エイルヰン」は小説にして尤も詩に近きものである。

1899(明32)年8月『ホトトギス』に掲載された評論。『エイルウィン』Aylwinは英国の作家ウォッツ＝ダントンTheodore Watts-Dunton(1832-1914)が前年に発表した長篇小説で、神秘的・ロマン主義的色彩が時代の好尚に投じ、刊行後たちまちベストセラーとなった。当時熊本五高教授であった漱石がいちはやくこれを取り寄せて読み、精細な批評を発表したことじたい、注目に価する。

漱石はこの小説の海外での評価を概観した上で、闊達な訳文で引用を交えながら内容を詳しく紹介する。さらに本作の特色として、登場人物が皆「詩趣を帯び」ていること、物語の舞台が「風流」であること、「呪詛を骨子に」した「結構」の面白さなどを挙げ、「読み去り読み来つて一篇も無用だと思ふべき所がない」「尤も趣味ある小説」と絶賛している。ことにジプシーの少女シンファイがウェールズの山中で胡弓を弾じて幻を現出させる場面に強い感銘を示しており、短篇「幻影の盾」にその投影が指摘されている。

戸川秋骨訳『エイルキン物語』(1915)の序に「ラファエル前派の画を小説にした」とあるとおり、原作者ウォッツ＝ダントンはラファエル前派ときわめて密接な関わりがあり、本作に登場する画家ダーシーのモデルD. G. ロセッティをはじめ、漱石が愛読した作家メレディスや詩人スウィンバーンとも親交が深かった。『エイルウィン』に対する漱石の関心と評価も、そうした文脈において捉えなおすことが必要であろう。　(飛ヶ谷美穂子)

◆作品

初秋の一日

しょしゅうのいちにち

◆自分は此の果しもない虫の音に伴れて、果しもない芒の籬りを眼も及ばない遠くに想像した。さうしてそれを自分が今取り巻かれてゐる秋の代表者の如くに感じた。

1912(大1)年9月22日付『大阪朝日新聞』に発表された。この年9月11日、漱石は満鉄総裁中村是公、同理事である犬塚信太郎を同行し、鎌倉の東慶寺に釈宗演を訪ねた。その折のことを書いた小品。訂正が書き込まれた初出紙の切り抜きが存在するが、未発表。

「Kの町」の縁切寺に住むS禅師の許を「自分」と「Z」と「J」の三人は訪ねる。「巡錫の打ち合わせ」のためである。往きの車窓から眺めると、折しも降り出した「細かい糠雨」によって草木は「淋しい色」にぬりかえられる。「其の日の侘びしさ」は、いやでも二日後に控えた9月13日の大葬の「暗い夜の景色」を三人に想像させた。汽車を降りて車に乗った時から「秋の感じは猶強くなつた」ものの、その「秋」は淋しい・侘びしいものではなかった。「自分」は自然界の秋の風情を一つ一つ発見していく。「虫の音」「芒」、「真赤な鶏頭」、「木槿」の白い花、というように。

そして20年ぶりに再会したS禅師は、「昔の儘」であった。「打ち合せ」と雑談の後、三人を玄関まで送ってきた禅師は「今日は二百十日だそうで」と言った。一行は翌日帰京。「御大葬と乃木大将の記事」で都下の「あらゆる新聞の紙面が埋まつたのは夫から一日置いて次の朝の出来事である」。直線的に進む歴史的な時間と、循環する自然の時間と。「自分」は、この二つの時間の中に身を置いた経験を語ったのである。　(戸松泉)

素人と黒人

しろうととくろうと

◆自分は此平凡な題目の下に一種の芸術観乃至文芸観を述べたい。自分が何故こんな陳腐な言葉を択んだかといふに、普通の人の使つてゐる素人と黒人といふ言葉には大分の誤解が含まれてゐる、従つてそれを芸術上に用ゐる時に、一種滑稽な響きを与へる例が多いからである。

評論「素人と黒人」は『東京朝日新聞』(1914・1・7-12)に5回に渡り連載された。「文展と芸術」(『東京朝日新聞』1912・10・15-28)や、講演「摸倣と独立」(『校友会雑誌』第232号、1914・1)などとも関連を持ち、漱石晩年の「芸術観乃至文芸観」の一端を示す点で重要な評論である。漱石によれば「俗にいふ黒人の特色」とは、「人間の本体や実質とは関係の少ない上面丈を得意に徘徊してゐる」点にあり、「黒人の誇りは単に技巧の二字に帰着」する。このような「技巧」は「練習と御浚」によって容易に摸倣することができ、しかも、「黒人」の「技巧」や「観察」眼は、多くの場合、「局部」にのみ発揮されるため、「根本義」を喪い、結果的に「小刀細工」に「堕落」する危険がある。一方、「素人は固より部分的の研究なり観察に欠けてゐる」が、「其代り大きな輪廓」を「把捉出来る」点において「黒人」よりも優れている。「素人」とは「黒人のやうに細かい鋭どさは得られないかも知れないが、ある芸術全体を一眼に握る力に於て、靡爛した黒人の眸よりも慥に潑溂としてゐる」。このように漱石は「素人と黒人」という言葉から連想される「普通世間」の常識や評価を批判し、「俗にいふ黒人と素人の位置が自然顛倒しなければならない。素人が偉くつて黒人が詰らない」と結論付ける。　　　　（木戸浦豊和）

人生

じんせい

◆若し与へられたる材料より、Xなる人生が発見せらるゝならば、若し人間が人間の主宰たるを得るならば、若し詩人文人小説家が記載せる人生の外に人生なくんば、人生は余程便利にして、人間は余程ゑらきものなり

熊本の第五高等学校の交友会雑誌『龍南会雑誌』第四十九号(1896・10)の論説欄に「教授夏目金之助」の署名で発表された。漱石は、同校へ赴任した1896年4月から英国留学へ発つ1900(明33)年5月まで、当地で過ごした。

「人生は一個の理屈に纏め得るものにあらず」。一方、「小説は一個の理屈を暗示する」のみ。生の根底には、対象化し得ない「一種不可思議のもの」、すなわち「X」(＝未知の存在)が横たわっている。それは「秩序なく、系統なく、思慮なく、分別なく」、「盲動する」ものである。例えば、濃尾大地震(1891)や三陸大津波(1896)といった自然災害が人知を超えて到来したように、「不測の変外界に起り、思ひがけぬ心は心の底より出で来る」のだ。

ときに、人間存在を構成する「X」は「狂気」として発現する。まさに、英国留学後に、〈夏目金之助〉が〈夏目漱石〉という小説家へと変貌するのは、「狂人なるが為め」(『文学論』序)であった。以降、この「思ひがけぬ心」(「人生」)、「正体の知れないもの」(「坑夫」)、「人の心の奥」の「自分達さへ気のつかない、継続中のもの」(『硝子戸の中』)を巡って、漱石文学は「他者(対象)としての私と対象化し得ない「私」の二重構造」、すなわち「倫理的な位相と存在論的な位相の二重構造」(柄谷行人「意識と自然」『畏怖する人間』冬樹社、1972)として展開されるだろう。　　　　（西野厚志）

◆作品

セルマの歌

せるまのうた

◆語れ亡き魂、邸に聳ゆる岩の間より、風の吹くなる峰の上より、われは怖れじ。逝ける人の休らふ国はいづこ、いづこなる洞の裏にて君と相見ん。風のもたらす声もきかず、あらしの奪ふ答だになし。

『英文学叢誌』第一輯(1904・2)に「カリックスウラの歌」と並べて掲載された訳詩で、二作ともスコットランド古代の詩人オシアンが詩作したゲール語の英雄譚をジェイムズ・マクファーソンが採集して英訳したとされる『オシアン詩集』(1760-)を原典とする。『文学評論』でも、「マクフアーソンの胡魔化し物」だとの指摘にもかかわらず「兎に角之が出た時は非常な評判でゲーテも愛読し、ナポレオンも愛読した」評判作と紹介され、「出版当時の人気には合ひ、現今の人気には到底合はぬ」ものの好例とされている(「第一編 序言」)。

「現今の人気」に合わぬと知りつつ漱石がこれをあえて訳出した動機に関しては、素材としての戦が日露戦争直前という日本の時勢に適合したことや、原文より多く対句表現を取り入れた、漢詩の素養を背景とした訳詩に漱石の挑戦意欲があったろうこと(大澤吉博「夏目金之助訳『セルマの歌・カリックスウラの歌』」『作家の世界 夏目漱石』番町書房、1977)、またゲーテの『若きウェルテルの悩み』でウェルテルがロッテに読み聞かせる部分と「セルマの歌」とがほぼ一致すること(劍持武彦「漱石『こころ』とゲーテ『若きウェルテルの悩み』」『上智大学国文学紀要』1986・1)などの指摘がある。　　　　　　　　(佐々木英昭)

戦争から来た行違ひ

せんそうからきたいきちがい

◆先生がまだ横浜の露西亜の総領事の許に泊つてゐて、日本を去る事の出来ないのは、全く今度の戦争のためと思はれる。従つて私に此正誤を書かせるのも其戦争である。(中略)たゞ「自分の指導を受けた学生によろしく」とあるべきのを、「自分の指導を受けた先生によろしく」と校正が誤つてゐるの丈は是非取り消して置きたい。斯んな間違の起るのも亦校正掛を忙殺する今度の戦争の罪かも知れない。

1914(大3)年8月13日の『東京朝日新聞』に発表された小品。前日にドイツに発つ予定であったケーベルへの告別の辞として、漱石が「ケーベル先生の告別」と題する原稿を朝日新聞社に送ったのだが、11日の夜になってケーベルが出国を見合わせたという知らせを受け取る。その原稿はそのまま、翌日の『東京朝日新聞』に掲載される。この行き違いの顛末を述べたもの。「今度の戦争」とは、1914年7月28日に始まった第一次世界大戦のことである。ケーベルはミュンヘンに戻る計画を立て、横浜から船に乗り込みドイツへ行こうとしていた。しかし、8月1日にドイツがロシアに宣戦布告したので、帰国の機会を逸してしまう。ここでの「戦争の罪」は、原稿の行き違いや校正の誤植として、ユーモラスに表現されているのだが、「軍国主義」(『点頭録』)では、ドイツの軍国主義という時代錯誤の精神が自由と平和を愛する英仏にも悪影響を与えたことを悲しんでいる。その後ケーベルは1923年に亡くなるまで横浜のロシア領事館の一室に暮らした。ケーベルの墓は、漱石の墓と同じ雑司ヶ谷墓地にある。　(押野武志)

創作家の態度

そうさくかのたいど

◆一つの作物と、一つの主義をアイデンチフワイしなければ気が済まない様な考は是非共改める事に致したいと思ひます。是から先き文学上の作物の性質は異分子の結合で愈複雑になつて参りますから、幾多の変態を認めなければならないのは無論の事であります。

流派の歴史から叙述の態度へ

　1908(明41)年2月15日、神田美土代町の青年会館で行われた「第一回朝日講演会」(東京朝日新聞社主催)の筆録に手を入れたもの。『ホトトギス』(1908・4)に掲載された。

　創作家の「態度」、つまりは「如何なる立場から、どんな風に世の中を見るか」を考察するにあたって、漱石は通常の「歴史的研究」——諸々の流派の消長に従って作家の世界観を分類する「文学史」的手法は排し、単に作家の「心理現象」から説明したいと述べる。作家の「物の観方」は「十人十色」「個々別〻」であるにも拘わらず、これらを「某々主義」の下に「律し去る」のは「窮屈」であり、また「曖昧」たるを免れないからである。

　漱石によれば、われわれの「意識の流」は、膨大な意識の容量から一瞬一瞬の注意力が選び取っ〻くくる「意識の焦点」の連続から成るものであり、つまるところ、特定の対象を叙述しようとする創作家の「物の観方」とは、このような「焦点」の「取り具合と続き具合」として表されるものである。ウィリアム・ジェイムズの〈意識の流れ〉(『心理学原理』1890)による知見であるが、ここから漱石は、まず「作家自身」を「我」、「作家の見る世界」を「非我」と名付けて対置し、「非我」に重きを置いて明らかにしようとする「客観的叙述」と「我」の受け止め方の方を主にする「主観的叙述」とに大別する。さらに「客観—主観」の対項のそれぞれに、修辞学から借用した〈直喩的、隠喩的、象徴的〉の3つの段階を割り振って、合わせ6通りの叙述の態度を詳説した最後に、作家の叙述も「六通りの中間を左へ出たり右へ出たりして好い加減に都合の好いところで用を足して居るに違ない」と結論して、あらゆる叙述が双方の因子を相互に含み合ってしか成立しえないことを指摘する。

科学的精神のインパクトを超えて

　この「叙述」をめぐる2つの態度——「客観的態度」と「主観的態度」をいわゆる「自然主義」と「浪漫主義」に対応させた漱石は、2つの流派の差異を、対象を「叙する時」の「態度」の違いに帰する。「情緒」に訴えない客観描写が存在し得ず、また「真」を含まぬ主観の展開が荒唐無稽であるように、「自然派と浪漫派もある場合には、客観主観の叙述が合し得る如くに合し得る」のではないか。

　「作物」を措いて「主義」を「本位」とする発想法は「其主義に叶ふ局部」を作品から切り取って「排列」するようなものだと論駁し、「叙述」の解釈は「本人」の意図を超えて、受け取る「読者の態度如何によつて決せられる」と主張する漱石は、あたかも〈作品〉の自立から〈開かれたテクスト〉へ至る現代文芸理論を先取りするかのようである。

　この時、作品は歴史の因果律から解き放たれ、西欧の文学史の到達点を「標準」として強いられることを免れる。その上で、漱石はあえて「今日の日本文学」に欠乏しているものはと問いを立てて「客観的態度」と自答する。まずは西欧の「科学的精神」と「観察」の力を借りて「真を写す文学」を招来し、旧幕時代の「理想」の時代錯誤が暴かれなければならない。それを俟って西欧との差異を主張するというのが、漱石の一貫したスタンスである。　(森本隆子)

◆作品

それから

それから

◆代助は渝らざる愛を、今の世に口にするものを偽善家の第一位に置いた。／此所迄考へた時、代助の頭の中に、突然三千代の姿が浮んだ。其時代助はこの論理中に、或因数を数へ込むのを忘れたのではなからうかと疑つた。　　　　　（十一の九）

◆「僕は三四年前に、貴方に左様打ち明けなければならなかつたのです」と云つて、憮然として口を閉ぢた。　　　　　　　　　　　　　（十四の十）

過去・現在を行き来する意識

「それから」は『東京朝日新聞』と『大阪朝日新聞』に110回にわたって連載された（1909・6・27-10・14）。小説内現在時は1909（明42）年である。登場人物の読んでいる新聞記事に、学校騒動（申西事件）、日糖事件、森田草平「煤煙」などが載る。

長井代助は三年前に、学生時代からの友人、平岡常次郎と菅沼三千代とのあいだの結婚を取り持った。これが取り返しのつかないこととして意識されてゆく。意識・無意識によって時間を遡り、失われた時間を取り戻そうとする人間の心の動きが描かれる。三千代はもともと、代助の親友である菅沼の妹で、代助とは五年前から知り合いである。趣味に関する妹の教育を代助に委任していた菅沼は三年前に急死した。

意識また無意識によって3、4年前と現在が行き来される。この小説のベースとなる揺らぎを形づくる。4年前とは、菅沼が妹の三千代と谷中清水町で一家を持ち、代助が遊びに行っていた頃のことである。3年前とは、菅沼が母のチフスに伝染して亡くなり、代助が三千代と平岡との結婚を取り持ち、銀行員に

なった平岡が京阪地方で三千代と世帯を持った頃のことだ。代助は、最新の学問だった心理学を牽引していたウィリアム・ジェームズを読んだうえで自己分析する人間である。（藤井淑禎「『それから』の感覚描写」『小説の考古学へ』名古屋大学出版会、2001）。彼が思い出すのは、入眠の間際を捕えるような、不明瞭な意識の意識化の困難を覚えた3、4年前のことである。過去・現在を行き来する情緒と神経は彼の記憶想起を刺激する。（吉田煕生「代助の感性」『国語と国文学』1981・1）。

抑圧された情緒の回帰

「不安」（二）や癖等でしか表れていなかった、追いやったはずの情緒が擡げてくる段階は克明に記される。代助には、近来、寝ながら胸の脈を聴いてみる癖がある。その癖は当初、三千代が東京を出た一年目に産をし、心臓を痛めたのを懸念する仕草であったろう。三千代の産後まもなく、産まれた子が死んだ頃は、平岡・代助間の手紙のやりとりもまばらになっていた。そのうち代助は独立して一戸を構えるが、年賀状で平岡に今の住所を知らせただけだった。青山の実家には近頃建て増した西洋作りの客間がある。内部の装飾は代助の意匠に基づく。代助の思い入れのある模様画は北欧神話の女神を描いている。彼が現在、その画に不満を感じるのは、その画に塗りこめて忘却しようとしていた三千代に関する不安が、精神的動揺とともに表に出てくるからだ（野網摩利子「棄却した問題の回帰」『夏目漱石の時間の創出』東京大学出版会、2012）。

金による変換作用

白百合を純潔の象徴と読んでよいだろうか。具体的名称が挙げられているだけでも15種類もの草花が出てくるこの作品中、百合は、三千代からすれば、「arbiter elegantiarum」（十四）、すなわち、趣味の審判者である代助から香を学んだ花である。三千代は二度目に代

助宅を訪れるとき、引き返して白百合を買って持って来た(中山和子「『それから』——「自然の音」とホモソーシャルな欲望」『漱石・女性・ジェンダー』翰林書房、2003)。京阪地方で三千代が出産後心臓を悪くして以来、平岡は芸者と関わり、借金が嵩んだ。そのうちの五百円の工面を、三千代が代助に頼んでいた。だが、父の金で暮らす「遊民」(三)の代助は、自由にできる金を持っていない。嫂の梅子のはからいにより、二百円だけを三千代に都合する。三千代はその金を生活費に崩してしまい、詫びに来たのだった。白百合も代助の与えた二百円の残りから購われたのであろう。

何にでも置き換わる金の性質を利用して、この小説は白百合に意味を注入した。つまり、平岡による、三千代以外の女性との性の代金の一部、および、平岡家の生活費の一部を代助が支払ったということ、ならびに、三千代の趣味ある生活の復活用の代金も代助が負担したということである。代助は平岡家の経済について、重きを置いていなかったにもかかわらず、対応しているうちに諸因縁が生まれ、重大な方向へと進んだ。それからそれへと進ませられる。現在と過去とは、金によって新たな鎖で繋ぎ直されるのである。

因果の構築

代助の父である長井得は、戊辰戦争に出た侍だった。彼は誠之進という名前で、幕末、兄とともに無頼の青年を斬り殺した。高木という勢力家の奔走により切腹を免れたが、兄の方は3年後に浪上に殺される。明治改元後、誠之進は国元から東京へ両親を呼び寄せ、妻を迎え、得という一字名に変えた。現在は自身の息子の誠吾(代助の兄)とともに会社を経営している。そのような長井得は恩のある高木の養子の佐川の娘と代助とを政略結婚させようとしている。父が代助に示す財産分与の条件は、維新前から持ち越された、父自身のこの因縁を代助が引き受けることである。

代助はしばしば芸者買いをした後に、三千代に逢う。たとえば、歌舞伎鑑賞に連れ出され、佐川の娘や高木との引き合わされた日の晩、代助は赤坂行の電車に乗っている。赤坂には待合がある。旅行に出ることにした代助は、その前に平岡の家に立ち寄る。そのとき、三千代が、代助の贈った結婚祝いの指環を質入れしたことを明かしたため、旅行に使用予定だった金を三千代に渡してしまう。旅行に行けなくなり、佐川の娘と高木との午餐に出席する。その晩、赤坂の待合で、三千代に遣った旅行費の余りを使う。翌日また三千代に逢いに行く。三千代が平岡の相手をなしえないほど身体が悪いなら、代助に対しても同様であるが、代助にとってその点は三千代の欠点として映らないという仕掛けであろう。三千代は代助が渡した金で、代助の贈った指環を質から請け出していた。このとき指環はもはや元の意味を失い、三千代の「引力」(十二)から逃れられなくなった代助の因果を凝縮している(斉藤英雄「『真珠の指輪』の意味と役割」『夏目漱石の小説と俳句』翰林書房、1996)。

代助の父と同様、平岡も代助の実行力不足を批判していた。「食ふ為めの職業」(六)では誠実な仕事はできないと言い放つ代助と違って、平岡は解雇と背中合わせの労働者だからだ。頭の内外の不調和を自覚していた代助は、平岡や嫂などの問いかけをきっかけに三千代の方に向かう次第になる。周囲の人間は代助のそのような形での「積極的生活」(十四)を決して許すわけがないにもかかわらず、彼は独自の因果を築いてしまった。新聞記者となった平岡は、長井家の会社の弱みを握っており、代助と三千代の顛末について記した手紙を代助の父宛に送りつける。代助は勘当され、職業を探しに出る。「それから」の論理はこうして、つなぎえない事柄同士を繋ぐのである。

(野網摩利子)

田山花袋君に答ふ

たやまかたいくんにこたふ

◆拵へものを苦にせらるゝよりも、活きて居るとしか思へぬ人間や、自然としか思へぬ脚色を拵へる方を苦心したら、どうだらう。

　漱石は「文学雑話」(『早稲田文学』1908・10)の中で、ズーデルマン『カッツエンステッヒ』(『猫橋』)を讃えた。これを受けて田山花袋は「評論の評論」(『趣味』1908・11)で、自分も6年前にこれに感服し翻訳を試みたが、後日、「新たなる眼新たなる心」で読むと「全篇唯是れ作為の跡のみ」と認識するようになったと述べた。この一文の主意は、かつて『猫橋』を一読してその作為を見抜いた国木田独歩の眼力を顕彰するところにあるが(「我友の頭脳の進んで居たこと、眼識の高かつたことに敬服する」)、結果的に、この小説評を物差しにして、独歩、花袋、漱石という序列が示されることになった。漱石は「田山花袋君に答ふ」を『国民新聞』(1908・11・7)に載せ反論。自分の鑑識眼が花袋たちより遅れているかのように思わせる論調を問題視する。この姿勢は、「歴史的研究丈を根本義として自己の立脚地を定めやうとする」傾向を難じた講演「創作家の態度」に通じ、単線的な進歩史観を前提とした議論の理非を糺すものであった。なお、冒頭に引用した漱石文は、「実際にあつたことは不自然に思はれても実際にあつたが為めに書け。実際にないことはいかに自然に思はれても、実際でない故に書くな」(『文章世界』1907・9)という花袋の素朴実在論的な認識を転倒させ、そこにこそ「クリエーター」の価値を見定めようとするものである。

（永井聖剛）

坪内博士と『ハムレット』

つぼうちはかせと『はむれっと』

◆博士が沙翁に対して余りに忠実ならんと試みられたがため、遂に我等観客に対して不忠実になられたのを深く遺憾に思ふのである。(中略)悉く沙翁の云ふが儘に無理な日本語を製造された結果として、此矛盾に陥たのは如何にも気の毒に堪へない。沙翁劇は其劇の根本性質として、日本語の翻訳を許さぬものである。

　1911(明44)年5月22日、坪内逍遙の文芸協会公演『ハムレット』を観劇した漱石は、同年6月6日の東京朝日新聞に「坪内博士と『ハムレット』」と題する論考を発表して、公演を批判した。そもそもシェイクスピアは300年も前の英国詩人である上に「不自然で突飛な表現」を用いているので、そのまま翻訳しても「使ひ慣れない詩的な言葉がのべつに挟まつている」と感じられて、日本人観客には享楽し得ないというのがその主旨。逍遙の翻訳については「忠実の模範とも評すべき鄭重なもの」と褒めているが、「朗詠吟誦の調子に伴つて起る快感」がないことを批判している。つまり、シェイクスピアの台詞の字義だけを訳したのではだめで、原詩が持つ韻律の響きを「能とか謡とかの様な別格の音調」で表現しなければならなかったというのが論の要である。シェイクスピアの翻訳不可能性を述べた文章として取り沙汰されることが多いが、要するに原文の「音調」への配慮に欠けていたことを難じているのである。逍遙の翻訳が「忠実」で「鄭重」というのは言葉の解釈においてのみでしかなく、詩文の劇的効果を無視していたというわけである。『三四郎』で三四郎が『ハムレット』公演を観て「気が乗らない」理由はここにある。　（河合祥一郎）

手紙

てがみ

◆平生何の角度に見ても尋常一式な彼男が、何時の
間に女から手紙などを貰つて済まし返つてゐるの
だらうと考へると、当り前過ぎる不断の重吉と、色
男として別に通用する特製の重吉との矛盾が頗る
滑稽に見えた。　　　　　　　　　　　　　　（六）

研究史

　「手紙」は、1911（明44）年7月25日から31日
まで『東京朝日新聞』に掲載され、同年8月の
『大阪朝日新聞』に転載された。表題は「手紙
（一）～（七）」、署名は「漱石」、東京版には各回
に「文芸欄」というキャプションが付けられ
ている。

　研究史は二つの傾向に分かれる。一つは、
比較文学の視点から書簡体文学と対比した
「漱石の「手紙」と書簡体文学」（持田季未子、
『比較文学研究』1990・6）。一つは、身辺雑記な
いしは随筆として考察し、その伝記的背景を
探る「漱石の小品「手紙」について」（八木恵
子、『埼玉大学紀要 人文科学篇』1993・3）。また、
従来注目されることの少なかったこの作品に
注意を促した竹盛天雄『国文学』2006・3）をう
けて、佐藤深雪の「時制のレッスン」（『日本文
学』2012・3）がある。

虚構と現実

　佐野重吉は、語り手である「自分」の身内
とも厄介者とも片の付かない青年であった
が、大学を卒業するとすぐH市へ行き、妻の遠
縁に当る者の次女である静との縁談が中途に
なっていた。「自分」はK市への旅行の帰りに
H市へ寄ることにした。重吉は道楽をしない
夫という条件に合う尋常な青年であったが、

道楽の証拠の艶書を偶然重吉の宿で見つけた
「自分」は、重吉を責め、毎月婚資を送らせる
ことにして内済し東京に帰って来る。何も知
らない妻は婚資を送ってくる重吉に感心して
いたが、重吉の秘密を知る「自分」はその誠
意を危ぶんでいる。

　従来からこの小品には、事実か虚構かをめ
ぐって評価の揺れがあった。荒正人は、重吉に
ついて熊本時代に漱石宅に寄宿していた行徳
二郎の面影を指摘するが、伝記的事実とは齟
齬があるとも言う（『漱石文学全集10』集英社、
1983）。虚構の中に重吉を求めれば、『行人』に
おける佐野夫婦あるいは岡田夫婦がその将来
の姿として想起されるだろう。一方、西欧小
説への見識などから「自分」には漱石その人を
当てて見るほかはなく、当時婚資を月々送らせ
る妻鏡子の提案があったことも確認されてい
る。

　作家の実像にきわめて近い語り手が、係累
とも縁者ともつかない微妙な距離にある男女
のエピソードを語るこの小品は、東京の「自
分」とH市の重吉との対比、「る」文末と「た」
文末との書き分けなどが観察されることから、
枠と本文とが空間的・時間的な遠近法のもと
に構築されたフレームストーリー（枠物語）の
一種であると考えられる。冒頭で参照されて
いるモーパッサンの『二十五日』とプレヴォー
の『不在』もまた枠物語である。この二作では
旅先の宿屋で偶然発見した手紙を紹介するこ
とに眼目があるが、この小品では、手紙の発見
が導火線になってある実際上の効果を収め得
たことに眼目があると説明されている。

　艶書は重吉に返却されて秘密となり、この秘密
を担保として毎月婚資が送られてくる。不断の
尋常な重吉と特製の色男の重吉が表裏で語ら
れる本文（虚構）と枠（現実）とが、具体的なものを通
して繋がり、影響を及ぼすことがこの小品の眼目
である。手紙を用いた枠物語であるヘンリー・
ジェイムズの『ねじの回転』と同じように、手紙を
媒介にして虚構と現実とが接続する。（佐藤深雪）

◆作品

点頭録

てんとうろく

◆自分は独逸によつて今日迄鼓吹された軍国的精神が、其敵国たる英仏に多大の影響を与へた事を優に認めると同時に、此時代錯誤的精神が、自由と平和を愛する彼らに歎く多大の影響を与へた事を悲しむものである。　　　　　　　（五　軍国主義(四)）

　1916(大5)年1月1日から21日まで、通算9回『東京朝日新聞』、『大阪朝日新聞』に掲載された年頭の随想である。漱石のリウマチの悪化により、9回の執筆で中断された。一種の時事批評と考えてもよい。

　全体が三つの大きな章に分かれ、はじめの「また正月が来た」では、齢50を迎えた漱石が、〈過去〉と〈現在〉の繋がりを考察する。〈過去〉は、眼に見えない「仮象」として、人生の不確かさを明らかにする「探照灯」であるとする。こうした時間意識は、晩年の『道草』や『明暗』の中で、思うに任せぬ自身の老いや病いと対峙しつつ、深化させていった主題である。

世界戦争と軍国主義

　のこりの二章は、1914年に勃発した「欧州戦争」に関わる批評。ドイツの軍国主義を文明論の視座から論じたもの。当時『朝日新聞』には、様々な戦争言説が踊っていたが、本随想もそうした文脈の中で読む必要がある。第一次世界大戦の勃発にともない、日本は日英同盟を背景に山東省の青島に出兵した。この青島占領の直後、学習院輔仁会で行ったのが著名な講演「私の個人主義」である。漱石は、世界戦争の進行を注視しつつ、「個人」の生死が国家の中に回収されていく事態を、根本から考察していた。

　戊辰戦争、西南戦争から世界戦争まで、漱石の人生が日本の戦争と深く関わることは疑いない。本随想で漱石が意識したのも、「軍国主義」と「個人主義」の対質である。個の自由を掲げてきた英国が、この戦争を契機に「強制徴兵案」を議会に提出した事実に、漱石は注目している。それはドイツの「軍国主義」が世界を制覇しつつある事実として、彼には重く映っていた。最後に漱石が持ち出すのがドイツの思想家、トライチケとニーチェである。H・トライチケ(Heinrich Treitschke 1834-96)は、ビスマルクの協力者として権力国家論を唱道した思想家である。漱石はトライチケを「新しい解釈を受ける必要のない名」として、軍国主義の考察の上で最も重視している。トライチケの思想はドイツ統一にあって不可欠な問題であったと言えるのか、また軍国主義は世界に広がる普遍性を持つものなのか、もしそうなら人類はそれに対してどのように対処すべきかというのが漱石が抱えていた大きな課題である。

ナショナリズムに抗して

　その一方で、ナショナリズムに抗う、個の「力」に注目しているのがニーチェである。「ビスマルクを憎みトライチケを侮つた」ニーチェが、イギリスの思想界に及ぼした影響を漱石は考察している。さらにヘーゲルの「観念論」が、こうした軍国主義の背景としてフランスなどでもてはやされた経緯にも言及する。漱石が意識するのは、〈思想〉が戦争の背景として様々に曲解され利用されてきた事実である。それに対して、なんらこうした「大哲学者の影響」とは無縁なところで勃発してしまった日露戦争の現実にも、彼は目を注いでいる。

　軍国主義の象徴的存在であるトライチケを論じながら、一方で世界戦争はそうした思想問題を越えた次元でも起こりうることに、晩年の漱石の意識は向けられていたとみてよい。　　　　　　　　　　　　　（中山弘明）

トリストラム、シヤンデー

とりすとらむ、しゃんでー

◆「シヤンデー」は如何、単に主人公のみならず、又結構なし、無始無終なり、尾か頭か心元なき事海鼠の如し、

　1897(明30)年3月、第五高等学校教授であった漱石が『江湖文学』第4号に「夏目金之助」名で寄せた評論。漱石にとって最初の小説論であり、また英国18世紀の文人ローレンス・スターンの代表作である『紳士トリストラム・シャンディの生涯と意見』(1759-1767)をはじめて日本に紹介する一文となった。坂本武「漱石のスターン論」(『文學論叢』第43号第1号、関西大学、1993・11)に「巨視的かつ微視的見解をバランスよくそなえた、明快なもの」と評されているとおり、同作品の文学史的位置づけから、20世紀に再評価される要因となった特異な小説技法への注目、優れた和訳による諧謔的性格や文体の紹介など、英文学者夏目金之助の先見と力量をよく示すものとなっている。
　漱石は『吾輩は猫である』について、冒頭に掲げた引用部とほぼ同じ表現(「此書は趣向もなく、構造もなく、尾頭の心元なき海鼠の様な文章であるから」(「上編」自序))を用いて語っており、ここから『トリストラム・シャンディ』が漱石の処女作に及ぼした影響の強さを見ることができる。さらに、坪内逍遙が『小説神髄』において「小説を綴るに当たりて最もゆるかせにすべからざることは脈絡通徹といふ事なり」と述べている点と対比すれば、『トリストラム・シャンディ』への親炙が、同時代のそれよりもはるかに自由で広やかな小説観を漱石にもたらしたとも言えるだろう。
　　　　　　　　　　　　　　　　(安藤文人)

長塚節の小説「土」

ながつかたかしのしょうせつ「つち」

◆「土」は長塚君以外に何人も手を著けられ得ない、苦しい百姓生活の、最も獣類に接近した部分を、精細に直叙したものであるから、誰も及ばないと云ふのである。　　　　　　　　(「「土」に就いて」)

　長塚節の代表長編作「土」は、節の写生文「佐渡が島」に関心を持った漱石が推薦し、『東京朝日新聞』に掲載された(1910・6・13-11・17、全151回)。連載前の6月9日の「文芸欄」に「長塚節氏の小説「土」」という漱石の紹介文が掲載されているが、漱石の「土」に対する認識が顕著に現れているのは、『土』(春陽堂、1912・5)の「序」の「「土」に就いて」である。そこには「是は到底余に書けるものでない」と同時に、文壇でも誰にも書けそうにない、とある。それは、「作物中に書いてある事件なり天然なりが、まだ長塚君以外の人の研究に上つてゐない」からで、「土」の世界が長塚節独自のものであることを指摘している。そして、文壇の作家たちが誰も想像できないような貧農の暮らしぶりや「人事を離れた天然」をありありと写したことを評価している。
　しかし、その精緻な自然の観察と描写が時に行きすぎ、「筋をくつきりと描いて深くなりつゝ前へ進んで行かない」ことが読者の興味を減退させるという欠点も指摘している。この読みづらさは「圧迫と不安と苦痛を読者に与へる丈で」救いのないものであるが、この「苦しさ」を我慢して、人格形成や世間を知るために、「土」を読む勇気を持つべきだと漱石は書く。「土」を介して漱石の小説観が垣間見える。　　　　　　　　　　(安元隆子)

◆作品

中味と形式

なかみとけいしき

◆要するに形式は内容のための形式であつて、形式の為に内容が出来るのではないと云ふ訳になる、モウ一歩進めて云ひますと、内容が変れば外形と云ふものは自然の勢ひで変つて来なければならぬという理窟にもなる、

1911(明44)年8月17日大阪・堺の市立高等女学校講堂で行った講演。「物の内容を知り尽した人間、中味の内に生息している人間」ほど「形式に拘泥しない」、「門外漢になると中味が分らなくつてもとにかく形式だけは知りたがる」、「一種の智識として尊重する」と、外形ばかりに捉われ本質を見ようとしない危険性を指摘する。

当時のドイツ哲学者オイケンの「相反する事を同時に唱えておっては矛盾だから、モッと一緒にして、意味のある生活を人がやって行かなければならぬ」という考えを引き合いに、形式だけの統一で終始する態度に言及し、内容の伴わない傍観者的態度を批判している。同年2月すでに漱石は、「博士でなければ学者でない様に、世間を思はせる程」「博士に価値を賦与」されてしまう嫌悪から、博士号辞退していた事実とも関連できよう。

聴衆に理解されやすいように、英語の文法習得と会話実践の例、和歌の規則理解と作歌の例等も挙げながら、形式のみの理解が内実を伴わない危険性を説く。こうした形式だけの統一が中身のない無味乾燥なものへと結びつく批判は、後の「私の個人主義」で「近頃流行るベルグソンでもオイケンでも、みんな向こふの人がとやかく言ふので日本人もその尻馬にのつて騒ぐ」という言にも通じていく。

(増満圭子)

二百十日

にひゃくとおか

◆「然し世の中も何だね、君、豆腐屋がえらくなる様なら、自然えらい者が豆腐屋になる訳だね」/「えらい者た、どんな者だい」/「えらい者つて云ふのは、何さ。例へば華族とか金持とか云ふものさ」と碌さんは、すぐ様えらい者を説明して仕舞ふ。/「うん華族や金持か、ありや今でも豆腐屋ぢやないか、君」/「其豆腐屋連が馬車へ乗つたり、別荘を建てたりして、自分丈の世の中の様な顔をしてゐるから駄目だよ」/「だから。そんなのは、本当の豆腐屋にして仕舞ふのさ」　　　　(一)

会話の妙

1906(明39)年10月号の『中央公論』に発表。『鶉籠』収録。「漱石の文学のなかに現れる会話のうちいちばんすぐれたものの一つ」(荒正人『夏目漱石』五月書房、1950)とその会話の妙が評価されもするが、「『傑作』とするたぐいの評価をみつけることはむずかしい」(石井和夫「二百十日」『講座夏目漱石』2 有斐閣、1981)とも評されるように、「二百十日」は大好評を博した俳句的低徊趣味の「草枕」と、血を見ぬ修羅場に生きる現代青年に向けて勤王の志士以上の覚悟を呼びかける問題小説「野分」にはさまれ、両作品の蔭に隠れたかの印象が強い。慷慨家圭さんと穏健派碌さんとが交わす阿蘇での軽妙な会話が「滑稽から来る余裕」(浅田隆「私説『二百十日』」『国文学』1994・1)を漂わせてはいるものの、圭さんの慷慨が空疎な力みに過ぎないため、中心を欠いたような印象を与えてしまう弱さがある。

縹渺とした筆致

豆腐屋のせがれから身を起こし「ならうと

思へば、何にでもなれる」(一)という気概で今の何者かになった圭さんは、引用文のように「華族や金持」の横暴と品格の低さを批判するが、〈豆腐屋〉は語られるたびに多義性を深め、リズミカルな会話の中で〈低位の身分の者〉というニュアンスから〈品格の低い者〉へと意味変化を起こす。このような言葉ころがしや他にも見受けられる落語的おかしみにのせて、圭さんの現実社会への慷慨が語られる。しかしもと豆腐屋の圭さんがどのような経路を経て今何者になりおおせているのか、またどのようにして華族や金持などの「文明の怪獣を打ち殺」(五)すのか、さらに掛け合いの相方役の碌さんは何者なのか等々謎が多く、現実性や具体性を伴わない標渺とした筆致であるため、圭さんの慷慨は宙に浮く。

中心を欠いた鬱憤

　「ハリツケの上から下を見てこの馬鹿野郎と心のうちで軽蔑して死んで見たい」(虚子宛書簡、1906・7・7付)とか、次作「野分」の白井道也に通じる「維新の志士の如き烈しい精神で文学をやって見たい」(鈴木三重吉宛書簡、1906・10・26付)や、「僕は世の中を一大修羅場と心得てゐる」(狩野亨吉宛書簡、1906・10・22付)等々、作品執筆前後の漱石には「内向し昂進していった懊悩・鬱憤」(酒井英行「『二百十日』の周辺」『漱石　その陰翳』沖積舎、2007)からくる切迫した表白願望が見受けられはするが子細に検討すると、圭さんがいたずらに「華族と金持」をあげつらっているのと同様、漱石の自己周辺への懊悩や鬱憤に具体性がとぼしく、自己周辺及び社会のどのような事柄に対して戦いたいのかも不明瞭であり、この時期の漱石の「不愉快」には「殻気焔」(既出狩野宛書簡)のような印象が強い。このような中心を欠いたとも言える鬱憤が「二百十日」の抽象性の源になっていると言えるに違いない。
　　　　　　　　　　　　　　　　　　(浅田隆)

入社の辞

にゅうしゃのじ

◆新聞屋が商売ならば、大学屋も商買である。商売でなければ、教授や博士になりたがる必要はなからう。月俸を上げてもらふ必要はなからう。勅任官になる必要はなからう。新聞が商売である如く大学も商売である。

　1907年(明40)年5月3日『東京朝日新聞』に発表。1906年11月、漱石には読売新聞社から入社の提案があった。条件が折り合わなかったためにこの話は流れたが、翌年には朝日新聞社から同様の話が持ちかけられた。『東京朝日新聞』の池辺三山の働きが決め手となり、急速に交渉が進められた。大学教授の内示を辞して新聞社へ入社した漱石の決断は、新聞記者を賤しい職業とみなしていた当時の読者層にとって驚くべきものだった。漱石はその決断の理由を家の経済と労働環境とを挙げて説明している。これまでの教員生活を振り返り、「いつでも犬が吠えて不愉快であつた」と告白している。大学講師として「年俸八百円」を受け取っていても、複数の学校を掛け持ちしなければ生活を維持できない現実。これに対して朝日新聞社が漱石に提示した条件は、十分な給料と出社義務のないフレキシブルな勤務形態だった。「新聞屋」と「大学屋」を〈商売〉という一語で結びつけて比較したうえで、前者を評価したのである。漱石が洋行帰りの講師に向けられた期待や義務よりも、破格の待遇とともに自分を迎えてくれる新聞社のために力を尽くして文筆業に力を注ぐことを「嬉しき義務」と呼び、自ら選んだことは、当時の小説家や新聞記者に対する社会的評価が見直される契機になった。
　　　　　　　　　　　　　　　　　(伊藤かおり)

野分

のわき

◆白井道也は文学者である。 （一）

二つの世代、三人の文学者

　初出は『ホトトギス』(1907・1)。「白井道也は文学者である」という一文で語り始められ、白井、高柳周作、中野輝一という二つの世代、三人の文学者を主要人物とする「野分」は、日露戦後の社会状況の中で、「文学者」存立の社会的な要件を浮上させるテクストである。

　三人の文学者の表現活動や文学的志向性には明瞭な相違が見られ、白井が「筆の力で社会状態を矯正する」ことを志向する社会運動家タイプの思想家であるのに対し、高柳と中野は小説の創作を活動の中心としている。一方、白井の「解脱と拘泥」を読んで「あれは私の云ひたい事を五六段高くして、表出した様なもの」と言う高柳は、文学的志向性の点では白井に親近性を感じている反面、同じ小説の創作を志向しながら中野とは互いに「大分方角が違ふ」と方向性の相違を意識している。

産業資本主義と「文学者」存立の要件

　テクストは白井が中学の教員を辞めて「筆で食ふ」ことを決意して東京に帰ってくるところから語り始められていくが、この教員から文筆業へという白井の転身の背景にあるのは日露戦後の「文学の時代」の社会状況である。小森陽一(『漱石論』岩波書店、2010)や紅野謙介(『投機としての文学』新曜社、2003)が指摘するように、この時期、日露戦争を契機とする出版メディアの隆盛によって、「小説を書くことが」「資本金なしで世に出ることを可能にする営為」となり、「「文学」が社会のなか

に一角を占め、その世界において地位の上昇や名誉の獲得や経済的な自立を図ることが出来る」という「可能性」が生まれていた。同時に一方では、高等教育の大衆化によって文科の学生たちの就職口である教職のポストが飽和状態に達し、「中学の教師の口だつて、容易にあるもんぢやないな」という就職難の状況が生じていた。教職から文筆業への転身という白井の選択は、そのような社会状況とリンクしているのである。

　高柳が中野から受け取った療養費によって「自己を代表すべき作物」を書き上げる代わりに白井の『人格論』を購うという、従来、とかく批判の対象とされてきた「野分」の結末は、そのような同時代的な文脈の中に置いて見れば、日露戦後の新聞業界の経営戦略の中、連載小説の主力商品化によって政論家の時代が終わり新聞小説作家が重用されるようになったという、論客から小説家へという流れの中にあったと考えられる。「英語に所謂文学」である小説という形態の中で、経世済民を旨とする「漢学に所謂文学」を継承していこうとする、新聞小説作家への転身を図る漱石の意思がそこに反映されていると見ることもできる。

　同時に結末にあらわれた、「野分」の主要人物のほとんどが関係している「百円」の巡る廻路からは、「日露戦争後の商業ジャーナリズムの中で、言説が商品となっていくばかりか、そうした思想や言葉を生み出す「人格」自体までもが商品になってしまう」「見えざるシステムとして機能するプリント・キャピタリズム」(小森陽一『漱石を読みなおす』ちくま新書、1995)の現実が浮上する。「野分」では戯画的に描かれている消費文化の中で趣味の指導者として生きる中野の「文学者」としての在り方が、『虞美人草』の小野を経由して『それから』の代助で正面から焦点を当てて追究されていくことも含めて、産業資本主義の社会における「文学者」存立の要件を「野分」は問うているのである。　　　（村瀬士朗）

長谷川君と余

はせがわくんとよ

◆文学者でもない、新聞社員でもない、又政客でも軍人でもない、あらゆる職業以外に厳然として存在する一種品位のある紳士

　追悼集『二葉亭四迷』(坪内逍遙・内田魯庵編、易風社、1909)に発表。この年5月、ロシアから帰国途中に歿した二葉亭こと長谷川辰之助(1864-1909)を偲んだ文章である。二葉亭の特質を言い当てている。
　形式上は大阪朝日に属した二葉亭との間に直接的関係は少なかったが、漱石は『其面影』や『平凡』の女性描写に感心していた。前者には賞讃の手紙を送ったという。だが実際に出会って見ると、漱石の彼に対する印象は一変した。彼のいかつい風貌や恂々として低音で語る態度に文士らしからぬ重厚さを感じたのである。一時期の二人は本郷西片町(現文京区)に住み、偶然に銭湯の昼風呂で裸の対面をしたことがある。漱石にとって忘れられない時間だった。
　理想と現実の矛盾に悩みながら、たえず自己実現をめざした二葉亭に漱石は深い共感を示した。しかし二葉亭がまもなく社の特派員としてペテルブルグに派遣されたため、二人の交際も短期間に終った。漱石にとって二葉亭はまさに「遠い朋友」である。地理的な距りと心理的な同調において。出発に際して、二葉亭は女弟子の物集芳子(のち筆名大倉燁子)と和子(筆名藤岡一枝、雑誌「掃苔」の藤浪剛一と結婚)姉妹を漱石に托して行った。

（十川信介）

母の慈、二人の武士

ははのいつくしみ、ふたりのもののふ

◆西も東も同じ様なるものゝふのさまかないさましきことにこそ　　　　　　　　　（「二人の武士」）

　漱石が第一高等中学文科二年の時に、ドイツ語の授業で訳した。西詩意訳とされる西洋詩の意訳である。漱石はドイツ語を解さないとしていたが、この高等中学校時代に第二外国語でドイツ語を習得しており、修善寺の大患時には二人の医師が頭越しに交わすドイツ語での会話を理解している（「思ひ出す事など」十四）。
　「母の慈」の原詩は、川島隆によると、オーストリアの詩人、フォーゲル(Johann Nepomuk Vogl, 1802-1866)「おもかげ」(*Das Erkennen*, 1846)とされる。故郷を離れ変わり果てた姿となって帰郷した青年に、誰も気づかないものの、母のみがおもかげを見分け、帰還を受け入れたことが詠まれている。原詩は、ドイツで広く知られる童謡、ヴィーデマン(Franz Wiedemann, 1821-1882)の詩による『小さなハンスちゃん』(*Hänschen Klein*)の元になった詩である。この童謡は日本では唱歌『ちょうちょう』として知られる。
　「二人の武士」はハイネによる「擲弾兵たち」(*Die Grenadiere*, 1820)が原詩である。ナポレオン1世がロシア遠征に敗れた時、ロシアの捕虜であったフランス兵らの嘆きが詠われている。漱石の意訳には、原詩にはない上記の感想が最後に記されている。原詩は、シューマン(Robert Schumann, 1810-1856)がフランスの「ラ・マルセイエーズ」(La Marseillaise)を取り入れて歌曲『二人の擲弾兵』(*Die beiden Grenadiere*, 1840)としたことでも知られる。

（高木雅惠）

作品

彼岸過迄

ひがんすぎまで

◆敬太郎は始めて自分が危険なる探偵小説中に主要の役割を演ずる一個の主人公の様な心持がし出した。　　　　　　　　　　　　（「停留所」二十一）
◆僕は自分と千代子を比較する毎に、必ず恐れない女と恐れる男といふ言葉を繰り返したくなる。
　　　　　　　　　　　　　　　（「須永の話」十二）
◆「貴方は卑怯です、徳義的に卑怯です。
　　　　　　　　　　　　　　　（「須永の話」三十五）
◆敬太郎の冒険は物語に始まつて物語に終つた。彼の知らうとする世の中は最初遠くに見えた。近頃は眼の前に見える。けれども彼は遂に其中に這入つて、何事も演じ得ない門外漢に似てゐた。（「結末」）

短編連作形式の試み

　『彼岸過迄』（『朝日新聞』1912・1・2-4・29）は、「修善寺の大患」後、初めて書かれた小説。序文「彼岸過迄に就て」（『朝日新聞』1912・1・1）には、長く休んだために面白いものを書かなくてはいけないと感じたということ。題名は、元日から始めて彼岸過ぎまで書くつもりで名づけたということ。個々の短編を集めて一つの長編を構成するという手法を試みたことなどが述べられている。このように、長編としての統一性を求めず、各章で語りの視点と文体の変化をもたせているため、鈴木三重吉が編集した「現代名作集」第一編（『須永の話』東京堂、1914）には「須永の話」が独立した短編として収録された。「雨の降る日」は、発表前年の11月に急逝した五女雛子をモデルにして書かれているのだが、この章も独立して文集『色鳥』（新潮社、1915）に収録された。
　就職活動中の敬太郎は、いろんな経歴を持つ同じ下宿の森本からおもしろい話を聞くの

を楽しみにしていたのだが、彼は突然居なくなってしまう。蛇の頭を彫った不思議なステッキだけが残された（「風呂の後」）。友人の須永から叔父の田口を紹介してもらい、敬太郎はある男の探偵を頼まれる（「停留所」）。敬太郎が、その男に直接会ってみると田口のいたずらであったことがわかる。男は松本という高等遊民を自称する須永の叔父で、若い女は、田口の娘の千代子であった（「報告」）。松本が雨の日に面会を断った理由が、千代子から語られる。雨の日の来客中に、幼い娘が急逝した経験があったからだった（「雨の降る日」）。須永と千代子は幼なじみで仲もいいが、須永はどうしても結婚に踏み出せない。しかし、洋行帰りの高木という男が身近に現れると、嫉妬する（「須永の話」）。松本は、敬太郎に須永の孤独と苦悩が出生の秘密に由来することを明かす（「松本の話」）。敬太郎が見聞きしてきたこれまでの物語が、これから先どう流転していくだろうかと考えるのであった（「結末」）。

話者の代行劇

　ゆるやかには、敬太郎を中心とする前半部と須永を中心とする後半部に分けられ、小宮豊隆をはじめとする同時代評は、後半の須永の内面に焦点が向けられ、近代知識人の苦悩を描いたとされる漱石の作家イメージを形成した（山本芳明「『彼岸過迄』から『須永の話』まで─漱石評価の転換期の分析」『漱石研究』第11号、1998・11）。その後は、聞き手としての敬太郎像やその役割にも関心が向けられるようになり（山田有策「「彼岸過迄」敬太郎をめぐって」『別冊国文学　夏目漱石必携Ⅱ』1982・5）、敬太郎という語り手の成長物語として読む試みもなされる（工藤京子「変容する聴き手─『彼岸過迄』の敬太郎」『日本近代文学』1992・5）。
　話者が何度も交代し、敬太郎が経験する物語の現在と敬太郎が他者から聞いた物語内容の過去の時間が錯綜しており、そこが本作の構成上の問題として指摘されてきた。小説の

◆作品

時間としては破綻していると否定的に評価する論（秋山公男「『彼岸過迄』試論—松本の話の機能と時間構造」『国語と国文学』1981・2）もあれば、時系列的には破綻はないとする反論（酒井英行「『彼岸過迄』の構成」『国文学研究』1981・10）もある。依頼／代行／報告という説話構造や話者の代行という本作の特質は、典型的な漱石的主題の変奏であるとする見方もある（蓮實重彥『夏目漱石論』青土社、1978）。あるいは、不統一性や反物語性をむしろ積極的に評価する論も多い（柄谷行人「漱石試論」Ⅰ、Ⅱ『群像』1990・1、5／佐藤泉「『彼岸過迄』—物語の物語批判」『青山学院女子短期大学紀要』1996・12／中村三春「物語は、終わらない—"反小説"としての『彼岸過迄』」『国文学 解釈と鑑賞』2005・6）。

植民地主義と探偵

前半部においては漱石の意図通りに、迷探偵ぶりを発揮する敬太郎の姿が作品におかしみを与え、また森本から譲り受けたステッキが個々の短編を有機的に結びつけるメディアとしても機能している。さらに敬太郎の冒険への願望やロマンティックな物語を欲する指向性は、日露戦争後の植民地主義的想像力とも通底している（松下浩幸「「彼岸過迄」論—三角関係と「男」らしさ」『文芸研究』1995・3／柴市郎「あかり・探偵・欲望—『彼岸過迄』をめぐって」『漱石研究』第11号、1998・11／大坪利彦「夏目漱石と小説の「植民地」—「彼岸過迄」を中心に」『熊本大学社会文化研究』2009・3）。また、世紀末のイギリスにおける近代的な都市空間と大衆の成立は、コナン・ドイルのシャーロック・ホームズシリーズを誕生させ、都市の匿名性と外部のおぞましいものとしての植民地が探偵小説に導入されていく。本作においても、都市論や探偵小説論からのアプローチがなされてきた（前田愛「仮象の街」『都市空間のなかの文学』筑摩書房、1982／宮崎かすみ「探偵の記号論—『彼岸過迄』とホームズ物語」『聖徳大学総合研究所論叢』1995・11／坪井秀人「観察者の空虚—『彼岸

過迄』」『江古田文学』2001・10）。

聞き手としての敬太郎は、それぞれの物語の主体とはなりえない「門外漢」であると同時に、メディアとしての敬太郎は、読者に対してはインサイダーであった。「自分の様な他人の様な」森本のステッキのように敬太郎は、自在に他者の物語に介在する。その敬太郎の浪漫趣味と探偵的行為が、最後に須永の血統をめぐる物語を引き出す。

血縁幻想の呪縛

須永は、血統の物語に囚われている。かつて父親が小間使いの御弓を孕ませた時のように、須永も小間使いの作に同じようなまなざしを向ける。作の存在は、かつての御弓、つまりは須永の実母と二重写しになる。敬太郎の浪漫趣味が「遺伝的」であったように、父親の趣味も須永に遺伝している。そのような運命の呪縛と継母の母系の血統へのこだわりが、須永と千代子との関係に影を落とす。高木に嫉妬する「恐れる男」須永に対して、「恐れない女」千代子は、「卑怯」という言葉を何度も投げつける。「恐れない女」は、その後『行人』のお直、『道草』のお住、『明暗』のお延へと継承されていく（渡邊澄子「ジェンダーで読む『彼岸過迄』—須永と千代子」『大東文化大学紀要〈人文科学編〉』2009・3）。須永のような「恐れる男」の心性は女性嫌悪と表裏でもあり、当時の強いられた「男らしさ」へのプレッシャーの中で「男を恐れる男」でもある（伊藤かおり「期待される男たち—夏目漱石『彼岸過迄』論」『日本近代文学』2013・11）。ジェンダー批評的には否定的な須永像が導き出されてしまうが、須永の回想は、自分への非難の言葉も直接引用することで、少なくとも自己を対象化している。そして、そのような書き方において須永の記憶は聞き手の敬太郎に分有された。
　　　　　　　　　　　　　　（押野武志）

病院の春

びょういんのはる

◆正月を病院で為た経験は生涯にたつた一遍しかない。(中略)退院後一ケ月余の今日になつて、過去を一攫にして、眼の前に並べて見ると、アイロニーの一語は益鮮やかに頭の中に拈出される。

　修善寺の大患後東京に戻り、長与胃腸病院で迎えた正月を回想して書かれた。春は新春のこと。『大阪朝日新聞』(1911・4・9)「日曜附録　春」の面に、また、『東京朝日新聞』(同4・13)「文芸欄」に発表された。この時の病中記については「思ひ出す事など」として『東京朝日新聞』と『大阪朝日新聞』に、断続的に発表されている。

　病院で正月を迎えることに戸惑いながら、大晦日には病室の入口に正月用の松を飾ることを思い立つが諦めたり、看護婦の町井石子嬢を石井町子嬢と呼んだり鼬の渾名を付けて鼬の町井さんと言ったり、森次太郎(円月)から見舞いに贈られた墨竹画の飾られた病室に紅白の梅を飾る様など、漱石の入院生活のほほ笑ましい一端が垣間見られる。この正月1日は『門』が春陽堂から刊行された日でもあり、漱石は森鷗外への献呈本を森田草平に託している。死と生が隣り合った病院で除夜の鐘を聞き、春を迎え、雑煮で新春を祝い、梅の咲き始める頃に退院した漱石が、病院での春を思い出している。退院して外の世界を見ることなく病院で亡くなった患者らの消息が語られ、運命の一角を病院で同じくしたことに対する思いがアイロニーとして綴られている。生死を分ける病院で新春を祝うアイロニーから、病室での日常、すでに記憶の中にのみ存在する患者らとの病院での春が全てアイロニーとして懐古されている。(高木雅惠)

不言之言

ふげんのげん

◆「ほと、ぎす」なるものあり。一日南海を去つて東都に走る。書を糸瓜先生に寄せて其説を求む。
◆俳句に禅味あり。西詩に耶蘇味あり。故に俳句は淡泊なり。洒落なり。時に出世間的なり。西詩は濃厚なり何処迄も人情を離れず。

　漱石が俳句文芸雑誌『ホトトギス』に初めて発表した散文。1898(明31)年の11月号と12月号に掲載された。第2巻第2号目次には「不言の言」夏目某とあるが、本文では「不言之言」と表記され「糸瓜先生」の署名がある。1897年松山で柳原極堂編集で創刊された『ホトトギス』は、翌年東京に移り正岡子規主宰高浜虚子発行人となる。漱石は当時熊本の第五高等学校の英語教授であり、東西思想文学に造詣が深かった。

　まず、漱石は俳句は世俗を離れた淡泊な風趣であるのに対して西洋の詩は濃厚で人間の愛憎に拘泥した有情の境界であると東西相違の点について述べる。西詩への批評は1906年『新小説』に発表された「草枕」で「西洋の詩になると、人事が根本になるから所謂詩歌の純粋なるものも此境を解脱する事を知らぬ」という画工の吐露となって繰り返される。

　さらに、「去ればとて俳句が善くて西詩が悪しとにはあらず」と続け、「東西類似の点」を挙げ、一休和尚の逸話「飲魚」の機知にも通じるマホメットのエピソード「喚山」が紹介される。「喚山」の挿話は1912(大1)～1913年『朝日新聞』連載の『行人』(「塵労」)で「私がまだ学校に居た時分、モハメッドに就いて伝へられた下のやうな話を、何かの書物で読んだ事があります」とHさんの手紙に引用している。(荻原桂子)

文学評論

ぶんがくひょうろん

◆趣味と云ふ者は一部分は普遍であるにもせよ、全体から云ふと、地方的なものである。
（「第一編 序言」）

◆日本は日本で昔から一個の趣味を有して、それが今日の趣味に自然に進化して来たものだから必ずしも我邦現代の趣味が英国現代の趣味と一致する訳に行かぬ。又一致せぬからと云つて恥づべき者でない　　　　　　　　　　　　（「第一編 序言」）

◆此社会が正当の社会で、此道徳が正当の道徳で、此政体が正当の政体で、万事が正当であるから根本的に満足である。(中略)元禄、天明の江戸は正にこれであつた。アヂソン、スチールの生れた倫敦は正にこれであつた。
（「第三編 アヂソン及びスチールと常識文学」）

歴史・社会と文学

　本書は、東京帝国大学文科大学における講義「十八世紀英文学」の原稿を改訂したもので、1909年3月春陽堂より発行された。研究方法について述べる「序言」、社会状況を概観した「十八世紀の状況一般」、時代を代表する文学者たちをとりあげた「アヂソン及びスチールと常識文学」「スキフトと厭世文学」「ポープと所謂人工派の詩」「ダニエル、デフォーと小説の組立」の六編から成る。「此式で十八世紀の末浪漫的反動の起る所迄行く積りであつた」(「序」)が、帝大辞職により中絶、現在の形になったという。

　漱石の文学研究を代表するもうひとつの著作『文学論』が、あえて歴史性や社会性を捨象して、文学の構造的把握を目指したのとは対照的に、本書の特色は、徹底して時代状況の中で文学をとらえようとする点にある。

帝国主義／ローカリティと〈趣味〉

　「第一編 序言」では外国文学史を記述する方法を検討しつつ、芸術作品を味わう〈趣味〉の普遍性と地方性を問題にしている。漱石によれば、文学作品に用いられる「材料の継続消長」に対する〈趣味〉が普遍的なものであるのに対し、言語の「意味の微妙(delicate shade of meaning)」や習慣の違いなどに起因する〈趣味〉は限定的であるという。このような〈趣味〉の地理的・歴史的限定性を指摘した上で、「日本人」が英国18世紀文学を鑑賞するとき、「十八世紀の人の趣味になるか、又は現今の英人の趣味で読むか」、あるいはそのいずれとも異なるか、あくまで自分自身の感じを出発点にするべきであると、みずからの研究方法を表明している。

　続く「第二編 十八世紀の状況一般」では、「文学は社会的現象の一つ」という立場から、当時の社会状況を概説する。哲学、政治、芸術の傾向に始まり、ロンドンの不潔さ、珈琲店の賑わい、酒と賭博に溺れる人々、読者層が未発達な時代にパトロンの機嫌を伺い貧困にあえいだ文学者など、ロンドンという都市空間の繁栄と、そこに暮らす諸階層民を活写。芸術を特権的領域とみなす思考とは一線を画し、文化史・社会学・読者論からの文学へのアプローチを先取りしている。

常識の文学

　漱石がイギリス18世紀文学の特徴とみなしたのは、常識や理知を重んじる態度である。「第三編 アヂソン、スチールと常識文学」では、「タトラー」および「スペクテイター」を定期刊行したジョセフ・アディソンとリチャード・スティールの文学の特色を、「常識」、「訓戒的傾向」、「都会的キット」に見出し、これらの特色は18世紀英文学をよく表すものだとする。

　「第五編　ポープと所謂人工派の詩」では、

◆作品

英国古典主義文学を代表する詩人の作品を、のちに『文学論』にまとめられる前年の講義で提唱した文学の4要素(感覚的、人事的、超自然、知的)により分析。ポープの詩には知的要素が多く、それが彼の詩の力を損なっているという。

本書はおおむね英国18世紀文学への手厳しい批判から成り立っているが、とりわけ華々しく貶されているのがデフォーである。「第六編 ダニエル、デフォーと小説の組立」で漱石は、デフォーの実用的な側面への関心と、写実的な叙述法を、「大事な方面はいくらでも眼を眠つて、つまらぬ事を寄せ集める癖があるから、綿密で、周到で、探偵的であるけれども、如何にも下卑てゐる」と断じ、このような「頑強」で「神経遅鈍」で「実際的」な精神こそが「英吉利国民一般の性質」であり、アジアやアフリカの植民地化を成功に導いたのだと述べる。

「第四編 スキフトと厭世文学」では、以上の文学者たちとは対照的に、人間と社会への根本的な不満足を表現したスウィフトの諷刺文学が高く評価される。そしてその諷刺の源泉は、「所謂開化なるものゝ欠くべからざるを覚ると同時に、所謂開化なるものゝ吾人に満足を与ふるに足るもので無いことを徹底的に覚つ」た点にあるとして、「如何しても十八世紀流で無い」と、その特色を時代状況に帰することができない点が確認されている。

江戸とロンドン

以上のように、本書でとりあげられた18世紀英国の文学者たちは、スウィフト以外ほぼ全面的に批判されている。その理由は、彼らが世俗的な常識を疑わず、感情よりも理知を重んじ、狂気や幻想や激情など突出するものを否定した点にある。このような評価は、ロマン主義的な文学観によって18世紀英文学を否定した、19世紀ヴィクトリア朝の評家たちとも一致する。しかし「日本人」として「英

◆作品

文学」を読もうとした漱石は、より深い亀裂を抱え込まざるを得なかった。

漱石は、江戸文化との類比によって、18世紀英文学を発見し、理解している。英国の18世紀は、元禄・天明の江戸と比較され、アディソンらの精神は、江戸の通人文化を経由して把握される。そしてそのいずれもが「どれも是も土足で踏み壊しても構はないもの許りである」と、その価値を否定されている。

しかしその一方で、江戸通人の中央意識、満足とプライド、世事を穿つまなざしはまた漱石自身のものでもあり、その精神は『吾輩は猫である』や「坊っちやん」などで遺憾なく発揮されている。つまり漱石は、自身が血肉化した江戸文化を通して、それとよく似たものとして、英国18世紀文化を類比的に理解し、しかるのち、江戸文芸の「過渡性」を批判する近代的なまなざしによって、江戸文化と18世紀英文学の両方を否定しているのである。

「日本人」の目から「英文学」を読むことを提唱し、〈趣味〉の地方性という概念を立ち上げることで、漱石は自らの感性を、文化の帝国主義から解放しようとした。しかし本書ではその企図は、古典主義の18世紀からロマン主義の19世紀への、江戸から明治への「近代化」という進化論的文学史観から逃れ切れていない。

本書における漱石の試みと挫折は、帝国主義体制の基盤にあった社会進化論が、知識人たちの感性と認識に、いかに深い亀裂を抱え込ませたかを窺わせる。「先進国」文化の理解が、自己否定として、自らが属する文化の否定として訪れてしまう、という共通した型が、ここにはある。漱石の挫折はまた、時代を支配する帝国主義体制から、自らの感性を「解放」することを願った、「後進国」の人々の数多くの苦闘のひとつでもあった。

(北川扶生子)

文学論

ぶんがくろん

◆倫敦に住み暮らしたる二年は尤も不愉快の二年なり。　　　　　　　　　　　　　　　　　　　　（序）
◆凡そ文学的内容の形式は（F＋f）なることを要す。　　　　　　　　　　　　　　（第一編第一章）

成立の背景

　1903（明36）年、イギリス留学から帰国した漱石が、東京帝国大学文科大学講師として同年9月から1905年6月まで「英文学概説」として講義したものを、弟子の中川芳太郎に「章節の区分目録の編集其他一切の整理を委託し」、1907年、大倉書店より刊行されたもの。出版に際して、漱石自身が大幅な加筆・訂正を加えている。

　用例の一つ目は「序」からのもの。「序」は、『文学論』刊行に先立って1906年11月4日『読売新聞』「日曜文壇附録」に掲載されたものである。引用箇所に続く「帰朝後の三年有半も亦不愉快の三年有半なり」「帰朝後の余も依然として神経衰弱にして兼狂人のよしなり」「たゞ神経衰弱にして狂人なるが為め、『猫』を草し『漾虚集』を出し、又『鶉籠』を公けにするを得たりと思へば、余は神経衰弱と狂気とに対して深く感謝の意を表するの至当なると信ず」等の表現も、『吾輩は猫である』、『漾虚集』、『鶉籠』に収められた各編が、一貫してアイロニーに彩られていたことを考えると、赤裸々な漱石の心情の発露というよりは、自分の本来の意図とは別に、自らを「狂人」として進んで滑稽な存在として描くアイロニーの表現と考えることができるだろう。

（F＋f）の意味

　用例の二つ目は、『文学論』第一編第一章の冒頭の文章である。「序」の中の「文学とは如何なるものぞ」という命題に対して、「凡そ文学的内容の形式は（F＋f）なることを要す」という一文によって議論を開始している。つまり漱石は既に存在する「文学のジャンル」といった枠組みから思考を開始したのではなく、〈ある「認識的要素F」によって読者の「情緒f」が喚起される場合、それを文学的内容とする〉、〈（F＋f）の公式にあてはまるものは全て「文学」と呼び得る〉という思考方法をとっていたということである。この思考方法について、柄谷行人は「構造主義的あるいはフォルマリスト的」（「漱石とジャンル」『群像』1990・1）と指摘した。これはつまり、漱石は「文学」というものを、普遍的に考察することが可能な、人間の心理に具体的に働きかけ「作用する力（ダイナミズム）」として捉え、様々な「F」と「f」の無限の組み合わせの違いによって成立する、と考えていたということを明らかにするものである。『文学論』の中には、現代の文学理論を先取りする形での指摘を多く含んでいるが、その一例である。

第一編から第五編までの内容

　内容は、まず「序」に続き、本論は第一編から第五編までで構成されている。

　第一編「文学的内容の分類」は三章に分かれ、第一章「文学的内容の形式」は『文学論』中最も短い章で、『文学論』で展開される論理の基礎となる（F＋f）の公式と内容が示されている。第二章「文学的内容の基本成分」では、「直接経験」による単純な「感覚的要素」に始まり、「間接経験」から人間の「内部心理作用」へと移行し、次に第三章「文学的内容の分類及其価値的等級」においては、（F＋f）に改め得る一切のものを、（一）「感覚F」、（二）「人事F」、（三）「超自然F」、（四）「知識F」

◆作品

の四つに分類し、それぞれの特質と相互の関係を様々な英文資料を引用しながら、この四種類の中でどれが一番多くの情緒を喚起し得るかを検討している。

第二編「文学的内容の数量的変化」は四章に分かれ、第一章「Ｆの変化」と第二章「ｆの変化」では、第一編で分類した四つの「Ｆ」とそれに伴う「情緒ｆ」が増減するものか否かという「数量的変化」と、その変化を引き起こす法則について考察している。続く第三章「ｆに伴ふ幻惑」では、〈現実と虚構の関係〉、〈疑似体験としての読書行為〉が果たす役割と共に、文学作品がもたらす「本当らしさ（verisimilitude）」というものが、「作者の側」の仕掛け（「表出の方法」）と「読者の側」の心理作用（「情緒の再発」）によって引き起こされるものであることを明らかにしている。その効果が「幻惑（illusion）」である。

第三編「文学的内容の特質」は二章に分かれ、第一章「文学的Ｆと科学的Ｆの比較一汎」で、科学の目的と文学の目的の相違、科学者と文学者の対象に対する態度の差異、そもそも「真の写実」というものがあるのかという問題にまで発展している。第二章「文芸上の真と科学上の真」では、「文芸上の真（verisimilitude）」を得るためには、必ずしも「科学上の真」が保証される必要がないこと、作品のリアリティが保証されるということは、読者がいかに作品世界に共鳴するかという点にかかっており、その共鳴のメカニズムが解説されている。

第四編「文学的内容の相互関係」は八章に分かれ、第一章が「投出語法」、第二章が「投入語法」、第三章が「自己と隔離せる連想」、第四章が「滑稽の連想」、第五章が「調和法」、第六章が「対置法」、第七章が「写実法」、第八章が「間隔論」となっている。第四編の中心的課題は、「文芸上の真」を伝えるための「手段」を考える点にあるのだが、それは漱石が「文学とは何か」という命題を考える時に、

「文学」をあくまでも人間の「心理作用」に働きかけ作用する力（ダイナミズム）と捉えていたように、「小説の技法」「手段」を考える際にも、「観念の連想」を利用して「読者」にどのような「心理作用」をもたらすかを主眼として分類している。そして第一章から第八章までのレトリックの技法を、あるものを別の何かに置き換えることによる比喩と、連想を利用してあるものを別のものと繋げる比喩と、詩的言語や、現実世界とはほど遠い比喩表現とは無縁の写実的技法と、いわゆる「ナラティブ・パースペクティブ（narrative perspective）」と呼ばれる〈語り〉の技法の四つのグループに分けている。二つの比喩と、二つの技法である。

第五編「集合的Ｆ」は七章に分かれている。第一章が「一代に於ける三種の集合的Ｆ」で、第一編第一章と、第三編で扱われた「集合意識」について、「内容の実質」ではなく、「内容の形質」即ち普遍的枠組みに沿って「模擬的意識Ｆ」、「能才的Ｆ」、「天才的Ｆ」の三つに分類し、それぞれの特質を解説している。第二章「意識の推移の原則」は、ある時代の流行や中心的思想といったものがどのような法則に基づいて推移するかについて論じている。第三章から第六章までは「原則の応用」（一）から（六）で、「意識推移の原則」の応用編である。ここでは十八世紀から漱石の時代までの英文学史の総括がなされており、『文学評論』に連なる意識を見て取ることができる。第七章は「補遺」となっている。漱石はこの「意識」というものを、連続する個人の意識と、個人が属する社会・時代のコンテクストから生まれる意識（「集合意識」）の二つを想定しており、人間の価値判断というものが殆どの場合、同時代の文化的・社会的コンテクストによる条件付けの刷り込みに過ぎないことを十分に認識していたといえるだろう。

（佐藤裕子）

◆作品

文芸と道徳

ぶんげいとどうとく

◆苟も社会の道徳と切つても切れない縁で結び付けられてゐる以上、倫理面に活動する底の文芸は決して吾人内心の欲する道徳と乖離して栄える訳がない。

1911(明44)年、大阪朝日新聞社主催の連続講演会に招かれて、明石から和歌山、大阪を旅行しながら行った4つの講演の最後のもの(8月18日、於 大阪市中之島公会堂)。筆録が『朝日講演集』(朝日新聞合資会社、同年11月)に収録された。

漱石が意識的に「文芸」と「道徳」の不可分を強調するのは、両者がともに時代の掣肘を免れない存在だからである。「社会組織」の変遷は道徳の「評価率」を変化させ、それはまた「文学」へ「反射」する。1911年の現在時から「維新以後四十四五年」を俯瞰して、漱石は「科学」と「個人主義」を主な要因に、「現代日本の大勢」を「個人を本位」に「自我からして道徳律を割り出さう」としかねない「嗜欲」の跋扈に見る。「事実の観察」は維新前の高尚な「理想」の下に〈忠・孝・貞〉の徳目の「修養」を要請した旧道徳を撤退させ、人々は「徳義」の「低下」とひきかえに「自由」を手に入れた。「勧善懲悪」に代表される「感激性」の詩趣に富んだ浪漫主義文学は「切実の感」を希薄にし、人間の「弱点」を「有の儘の姿」として「真率」に描く自然主義文学が隆盛を極める。明治以前と以後に「ロマンチツクの道徳」と「ナチユラリスチツクの道徳」を配する漱石は、自らを「中途半端」な「海陸両棲動物」と称し、「朝日文芸欄」も巻き込んで展開する自然主義論争から一線を画して冷静な批評を加えている。　　　　(森本隆子)

文芸とヒロイツク

ぶんげいとひろいつく

◆余は近時潜航艇中に死せる佐久間艇長の遺書を読んで、此ヒロイツクなる文字の、我等と時を同くする日本の軍人によつて、器械的的社会の中に赫として一時に燃焼せられたるを喜ぶものである。自然派の諸君子に、此文字の、今日の日本に於て猶真個の生命あるを事実の上に於て証拠立て得るを賀するものである。

1910(明43)年7月19日の『東京朝日新聞』に掲載された小品。胃潰瘍で長与胃腸病院に入院中の同年7月7日、野上豊一郎が持参した写真版『佐久間海軍大尉遺書』(水交社、1910)を目にしたことがきっかけで書かれた。同年4月15日、第六潜水艇は広島湾で潜航訓練中に沈歿、佐久間勉艇長以下14名が配置についたまま殉職した。明治天皇に対して潜水艇の喪失と部下の死を謝罪し、続いてこの事故が潜水艇発展の妨げにならないことを願い、事故原因の分析を記している。沈没した潜水艇が引き上げられた後に発表された佐久間艇長の遺書は、国内外で大きな反響を呼んだ。漱石も、英国での同様の潜水艇事故では、乗組員が脱出口に殺到し、折り重なって死んでいたことに触れながら、最期まで潜水艇を修繕しようとしていた佐久間艇長および乗組員の姿に大きな感銘を受ける。翌日の『朝日新聞』にも、「艇長の遺書と中佐の詩」を載せ、漱石の佐久間艇長の遺書への関心の高さがうかがえる。自然主義文学とは一見対極にある「ヒロイツク」なるものが、現実にも生起しうるものであることを力説し、リアリズムの捉え方をめぐり、自然主義を批判する文脈で佐久間艇長のヒロイズムが擁護されている。

(押野武志)

◆作品

文芸の哲学的基礎

ぶんげいのてつがくてききそ

◆然しながら、一の理想をあらはすときに、他の理想を欠いて居る場合と、積極的に他の理想を打ち崩して居る場合とは少々違ふのであります。

（第十五回 四種の理想の価値（二））

◆理想とは何でもない。如何にして生存するが尤もよきかの問題に対して与へたる答案に過んのであります。（中略）所謂技巧と称するものは、此答案を明瞭にする為めに文芸の士が利用する道具であります。道具は固より本体ではない。

（第二十一回 技巧論（一））

東京美術学校文学会開会式（1907・4・20）での講演原稿を、朝日新聞社員としての「入社の辞」（同5・3）に続き、「社の為めに新たに起草したる論文」としてその「立脚地と抱負を明かにする」方向で「書き改め」、『朝日新聞』（5・4‐6・4 全27回）に連載したものである。後に講演集として収録する際、他の講演と共通したテーマを振り返り、表題を『社会と自分』（実業之日本社、1913・2・5）とした漱石は、このテクストの「随分六づかしい大問題」を「容易そうに」「講じ去つた趣」を「遺憾」とした言葉をその序に記した。

「真」一元主義への批判

同時代の文学の「真」への価値の一元化に対する批判を世界と自己の発生の場面から説き起こす漱石は、まず「物我の区別」によって「我」が生じる相対的で流動的な関係で構成される世界を提示する。すると、この世界で自己保存的な「生命」の「生きたい」という意欲は、「内容の意識」とその「順序」をどう「連続」させるかという問題を抱えることになる。この「意識の連続」の「解決の標準」と

して、「理想」を設定する漱石は、「知」「情」「意」という三つの心的作用の「連続」のなかで、例えば「文芸家の理想」である「真」「善」「美」「壮」の四つの「理想」が生じると論じる。この四者のどれも固定されない点が、「真」に一元化するリアリズムに対する漱石の多元主義の主張だが、その際「感覚的なもの」を排除して「真」のみに一元化しないゆえに、他者への「還元的感化」も可能になるとし、「文芸家」という職業の社会的価値へ論を拡張する。漱石は、リアリズム偏重の風潮に分析的一元化の傾向を読み、そこに対立する総合と多元化の主張を発生論によって構成した。

「社会」と「自分」の難題

同講演の時期に第四編「写実法」以降の修辞を推敲し終え出版間近の『文学論』（大倉書店、1907・5・7）を脇に置くと、『文学論』でも解決を見ない同じ難問があることがわかる。自らの哲学の基礎にウィリアム・ジェームズ『心理学原理』（1890）の「the stream of thought」を置いた漱石は、社会生活における「我」も変動する立場をとる。その際「知・情・意」の心的作用を介して「選択」すべき四つの「理想」へ向かう「流れ」は、生の意欲から社会生活に移行する。それゆえ「理想」を「選択」する「我」は他の選択肢もすでに内に含むゆえに「真」のみを標榜して他を「打ち崩す」ことは困難となる。

だが、この主張が「感覚的なもの」から社会生活で必須の言語への移行を困難にするのも確かである。宇宙に飛躍するジェームズとは異なり、すでに西洋の抽象的超越性への疑義を『文学論』で示した漱石は、「意識の連続」をできるかぎり内在的に現実社会に留めようとした。それゆえ、この評論後半の「技巧論」を終える時、「社会」と「自分」の溝を成す言語を「文芸家」はどう扱うべきかという「大問題」が、その課題として新たに浮上するのである。

（永野宏志）

文壇に於ける平等主義の代表者「ウォルト、ホイットマン」Walt Whitmanの詩について

ぶんげいにおけるびょうどうしゅぎのだいひょうしゃ「うぉるとほいっとまん」のしについて

◆第一彼の詩は時間的に平等なり次に空間的に平等なり人間を視ること平等に山河禽獣を遇すること平等なり。

◆兎に角形質上の進歩よりも精神の進歩を重んじたるは歴然として疑ふべくもあらず。

　ホイットマンの死歿した1892(明25)年10月に『哲学雑誌』に発表され、日本におけるホイットマン紹介の嚆矢となった論文。ホイットマンの薫陶を受けたとされる大正民衆詩派の詩人たちがこぞってその「大地性(郷土性)」に着目したのに比べ、漱石の視線は主にこのニューヨーク生まれの詩人が描き出す「大都」を往来する人びとの息吹、そしてアメリカの共和精神が花開くであろうという未来への楽観に注がれる。

　漱石はホイットマンの詩法について、寒冷な土地に生活しながら南国風な牧歌への憧れを謳わずにはいられないイギリス古典主義の詩人たちや、革命を謳いながらも「希臘風を恋ふ」バイロンやシェリーなどロマン派の詩人と比較しながらその「時間的平等性」を論じているが、のちに暗闇のなかで男女が「暖かい希臘の夢」(「永日小品」「暖かい夢」)を見ていると描かれるに至る古都ロンドンの沈痛的な雰囲気に比して「無数の頭を描いて有らゆる善男善女より永代不滅の毫光を放たしめん」とするホイットマンのアメリカは極めて開放的な近代性に満ちて感じられることになったにちがいない。しかしこの近代性に根ざした同胞愛とその進歩の科学は、「亜米利加と云ふ四字の呪文を唱えて一世を切り靡けんと欲したる」ものであり「手術使ひの口上」のようでもあるとも評されている。　　(加勢俊雄)

文鳥

ぶんちょう

◆其のうち秋が小春になつた。三重吉は度度来る。よく女の話などをして帰つて行く。文鳥と籠の講釈は全く出ない。硝子戸を透して五尺の縁側に日が好く当る。どうせ文鳥を飼ふなら、こんな暖かい季節に、此の縁側へ鳥籠を据ゑてやつたら、文鳥も定めし鳴き善からうと思ふ位であつた。

◆三重吉の小説によると、文鳥は千代々々と鳴くさうである。其の鳴き声が大分気に入つたと見えて、三重吉は千代々々を何度となく使つてゐる。或は千代と云ふ女に惚れて居た事があるのかも知れない。

小鳥をめぐる師弟愛

　「文鳥」は、1908年6月13日から21日まで『大阪朝日新聞』に掲載された。作中に38回もその名が登場してくる三重吉とは、大正期に童話作家に転向し『赤い鳥』の主幹として活躍する鈴木三重吉のことであり、「三重吉の小説」とは「三月七日」(のちに「鳥」と改題)のことである。当時の三重吉は、処女作「千鳥」(『ホトトギス』1905)が漱石に絶賛され、一躍木曜会の寵児となっていた。「文鳥」の執筆には、三重吉の存在が深く関わっていることは否定できない。

　三重吉の「三月七日」が1907年2月7日の木曜会で朗読された後、漱石は三重吉の下宿を訪れ、自分も文鳥が飼いたいと語ったという。「三月七日」は、三重吉の代表作の「千鳥」「山彦」と併せて、『千代紙』(俳書堂、1907)として刊行された。漱石の「文鳥」が発表されたのは、それから一年後である。いわば、三重吉の「三月七日」と漱石の「文鳥」は相聞歌のような関係にある。更に、三重吉は『国民新

◆作品

聞』(1909・11・3)に、漱石の愛情に応えるかのように、同名の「文鳥」という短編を発表している。

嫁ぐ女の隠喩として

　文鳥は美しい小鳥であり、作中では女性をイメージさせる。「華奢」な足に「細長い薄紅の端に真珠を削つた様な爪」と、「紫を薄く混ぜた紅の様」な嘴を持ち、「一団の白い体」は軽やかで、「淡雪の精」か「童程な小さい人」のようである。更に、文鳥の愛らしい「千代々々」という鳴き声は、「千代」という女性の名前を連想させる。最も印象的なのは、「真黒な眼」である。そして、「白い首を一寸傾けながら」人を見る様子は、主人公に「昔紫の帯上でいたづらをした女」を思い出させる。その女にも、「襟の長い、背のすらりとした、一寸首を曲げて人を見る癖」があったのである。「紫の帯上」の女は、数日前に縁談が決まったばかりであった。

　文鳥は、世話を忘れられても「一向不平らしい顔」もせず、「人の隙を窺つて逃げる」素振りも見せない。その様子は、「満足しながら不幸に陥つて行く」女の身の上と重なる。作中には、昔の女のほかに、「いくら当人が承知だつて、そんな所へ嫁に遣るのは行末よくあるまい」という別な女の結婚話も出てくる。文鳥の置かれた状況は、嫁ぐ女たちの境遇と二重写しになっている。結局、文鳥は、主人にも家人にも忘れられ、餌を遣られずに死んでしまう。「たのみもせぬものを籠に入れて、しかも餌を遣る義務さへ尽さないのは残酷の至りだ」という怒りは、結局、誰にも受け止められなかったのである。

　一方、文鳥を愛玩する三重吉の「三月七日」の主人公は、幼馴染みの女性との恋の成就を夢想する。三重吉の小鳥への愛情は亡母への思慕であり、漱石の女性観や作品世界とは趣を異にする。
　　　　　　　　　　　　　　　（半田淳子）

◆
作
品

文展と芸術

ぶんてんとげいじゅつ

◆芸術は自己の表現に始つて、自己の表現に終るものである。　　　　　　　　　　　　　　（一）

　初出は『東京朝日新聞』(1912・10・15〜28)。1912(大1)年10月、第六回文部省美術展覧会(文展)に対する美術批評文である。上記の一文は、その冒頭に記された、漱石のいう「信条」である。漱石が、これほどストレートに芸術的信条を訴えた例はほかにない。「文展と芸術」は12回にわたって連載されたが、前半の5回までは文展の審査制度や画壇の状況への批判であり、具体的な作品批評は6回以降となっている。「ひたすら審査員の評価や俗衆の気受を目安に置きたがる影の薄い飢えた作品を陳列せしむる様になつては、芸術のため由々しき大事である」などという言葉からも察せられるように、当時、文展に入選することが画家の目的、ひいては芸術の目的ともなっていった状況を漱石は著しく嫌悪していた。それは、文展に落選した画家たちは「落選展」を一日もはやく開くべきだという発言につながり、「ヒユーザン会の如き健気な会（ママ）が、文展と併行して続々崛起せん事を希望するのである」という反文展運動への擁護にもつながっている。

　漱石が、権威から自由となり自己の表現としての芸術をつくりあげることを尊び、それにむかって真面目に努力する芸術家を理想としたことは、この「文展と芸術」においてはっきりと示されている。そして、「自分の言説には、兎角個人主義の立場から物を観る傾向が多い」と言うように、そうした芸術観が漱石の持論である個人主義を拠り所としたものであることも明らかである。
　　　　　　　　　　　　　　　（古田亮）

変な音

へんなおと

◆「夫や好いが御前の方の音は何だい」／「御前の方の音つて？」／「そら能く大根を卸す様な妙な音がしたぢやないか」　　　　　　　（下）

　1911（明44）年7月19、20日『東京朝日新聞』、『大阪朝日新聞』20、21日に（上・下）掲載。「修善寺の大患」前の入院と後の再入院中の体験による小品。

　漱石文学における聴覚的な次元、つまり反視覚的想像力の特異性は見過ごせない。入院した病室の隣から聞こえてくる、不可思議な物音だけを介して赤の他人との不思議な廻りあわせを重ね合わせた名作。落とし噺のような滑稽味やオカルト趣味さえ醸し出している。「現代の心理学者」や心霊現象にも触れた「思い出す事など」も併読すべき。

　「胴間声」（「坊っちゃん」）など、声やその肌理に敏感であった漱石文学からは声や物音がその空間に手触りの身体性を想起させる。「土を踏むと泥の音が蹠裏へ飛び附いて来る」（「蛇」「永日小品」）といった、音と身体感覚のありようは、最新の認知心理学でいう「触力覚（ハプティック知覚）」にあたり、音響の知覚システムの本質に迫る衝撃的な表現レベルに達していた。

　音響物理学を専門とした寺田寅彦の博士論文は「尺八の音響学的研究」（1908）。漱石宅で理学博士号授与の祝宴がもたれた。今日ではゆらぎやカオス理論の魁とも評価されている。寅彦の「病院の夜明けの物音」（『渋柿』1920・3）は、先師漱石と同様な病で入院中、冬の寒い朝の病院の廊下の遠くから響いて来るボイラーの音響現象と人間存在の認識の諸段階とを重ね合わせ明察したもので、本篇への返歌でもあろう。　　　　　　（高橋世織）

木屑録

ぼくせつろく

◆八月復航海、遊於房州、登鋸山、経二総、邇刀川而帰。経日三十日、行程九十余里。

　「余兒時誦唐宋数十言、喜作為文章。或極意彫琢、經句而始成、或咄嗟衝口而発、…」で始まる。子規の『七艸集』（1889・1）が機縁となって書かれた漢詩文集。1889（明22）年8月7日から31日まで友人四人と房総半島を旅したときの紀行である。手稿の扉に「明治二十二年九月九日脱稿　木屑録　漱石頑夫」と記し（ただ一人の読み手として）正岡子規に送った。当時子規は郷里松山で静養中であったが、これを直ちに熟読した子規が、各所に評註を付け、巻末に総評を付したものが現存する。刊本としては、1932（昭7）年、小宮豊隆の「解説」、湯浅廉孫の「訳文」を付したもの（岩波書店）が初めてで、原本と一緒に保存されていた「函山雑詠」八編その他が同じく子規への挨拶と子規の批評と共に収められている。その復刻版（ほるぷ出版）もある。小宮豊隆の「解説」は、作品の成立事情につき簡明な説明を行い、漱石五高教授時代の教え子で漢学者となった湯浅廉孫の「訳文」は明晰な訓読を行ったもの。高島俊男『漱石の夏やすみ―房総紀行『木屑録』』（朔北社、2000）のような研究書がでて、話題になったこともある。約5千字の漢文で、16章立て、14首の漢詩が含まれている。子規の評語には、「英書を読むものは漢籍ができず、漢籍ができるものは英書は読めん。我兄の如きは千万年にひとりである」との趣旨の言葉がある。もともとが「戯文」であり、おおげさな修辞などを楽しんで書かれたものでもある。この「房総旅行」は『心』で活用されてもいるのも注目される。　　　　　　　　　　（内田道雄）

◆作品

坊っちゃん

ぼっちゃん

◆赤シャツはホヽヽと笑つた。別段おれは笑はれ
る様な事を云つた覚はない。今日只今に至る迄는
でいと堅く信じて居る。考へて見ると世間の大部
分の人はわるくなる事を奨励して居る様に思ふ。わ
るくならなければ社会に成功はしないものと信じて
居るらしい。たまに正直な純粋な人を見ると、坊ち
やんだの小僧だのと難癖をつけて軽蔑する。(中略)
単純や真率が笑れる世の中ぢや仕様がない。清
はこんな時に決して笑つた事はない。大に感心し
て聞いたもんだ。清の方が赤シャツより余っ程上
等だ。　　　　　　　　　　　　　　　　(五)

「世の中」と「清」の発見

　『吾輩は猫である』『心』と並ぶ、〈国民作家〉
漱石の代表作。初出は『吾輩は猫である』連
載中の『ホトトギス』第9巻第7号(1906・4)「附
録」。同号の広告には、「平生の五倍約三百頁」
とした誌面の目玉として大きく宣伝された。
のち、「草枕」「二百十日」とともに、『鶉籠』(春
陽堂、1907・1)に収められた。
　物語の主線は、自らを「親譲りの無鉄砲」
と規定する語り手「おれ」が、「四国辺のある
中学校」に教員として赴任するも、学校内の
〈政治〉に巻き込まれたことをきっかけに、一
筋縄ではいかない「世の中」の難しさと、少
年時代の「おれ」をひたすらに肯定してくれ
たかつての下女「清」の人間的な価値とを発
見していく、というもの。「おれ」の直截で歯
切れよい語りを通して、校内での同志「山
嵐」、敵役の教頭「赤シャツ」と美術教師「野
だいこ」、「赤シャツ」に許婚の「マドンナ」を
奪われたと噂され、挙げ句の果てに学校から
も追われる英語教師「うらなり」など、個性

的なキャラクターが生き生きと活躍する。こ
の作の原稿の写真版は、解説付きの新書とし
て公刊されており(『直筆で読む「坊つちやん」』
集英社新書、2007)、わずか二週間ほどで一気に
書き上げたとされる漱石出発期の、堰を切っ
たような言葉の奔流を、確かに感じ取ること
ができる。

手記の問題性

　だが、「坊っちやん」を考える上では、まさ
にその〈語り〉が重要な論点となる。この作
は「おれ」の一人称による回想記という体裁
を取るが、少し慎重に読めば、〈いま・ここ〉
で手記を書く「おれ」と四国での教員時代を
中心化して語られる「おれ」との間には、時
間的な経過というだけではない、明らかな差
異が看取できる。先行研究は、ここにある種
の実存的な問いの契機(平岡敏夫「小日向の養
源寺」『文学』1971・1、浅野洋「笑われた男」『立教
大学日本文学』1986・12)や、物語世界における
「おれ」の疎外を見出してきた(有光隆司
「「坊っちやん」の構造」『国語と国文学』1982・8)。
一方、この差異に語り手「おれ」の無意識を
読み込んだ小森陽一は、自己の主体性と一貫
性を確信的に語る「おれ」のありようと、そ
の意識とは裏腹に「世の中」の論理に侵食さ
れていた「おれ」の姿の双方を刻んでいると
した(「『坊っちやん』の〈語り〉の構造」『日本文
学』1983・3-4)。この他、「おれ」の語り自体を
相対化する議論としては、「江戸っ子」という
自認の恣意性に注目した小谷野敦の議論(『夏
目漱石を江戸から読む』中公新書、1995)や、
「清」の言葉から浮上する階層性の問題に焦
点化した石原千秋「『坊っちやん』の山の手」
(『文学』1986・12)が重要。1990年代のポストコ
ロニアル批評導入以後、「おれ」の差別的な認
識と価値観を批判的に捉える議論は定説化し
たが(例えば、朴裕河「差別と排除の構造」『漱
石研究』2004・11)、そうした方向性は、語り手
論を軸に展開されてきた研究史の延長線上に

位置付けることができるだろう。

再読への視点

だが、本作の〈語り〉をめぐる議論が、語り手を実体化する分析手法の陥穽を典型的に示してしまっていることは、城殿智行「大事な手紙の読み方」(『漱石研究』第12号、1999・10)が指摘した通りである。とすれば、いま改めて『坊っちゃん』を論じる際、この独我論的なテクストをいかに開くか、という問いは避けられない。ここでは、さしあたり三つの方向性について記したい。

まず第一に、この作を、空間的・社会的な移動の経験をめぐる物語として読みなおすことである。作中の「おれ」は、四国という新たな土地で教員という新たな社会的立場を受け取るわけだが、そこで「おれ」は、ほとんどつねに、時機にかなったコミュニケーションに挫折し続ける。その姿は、社会的な慣習としてある言語世界に対して、つねに後から参入することを強いられる人間の根源的な受動性の感覚を見事に形象化しているといってよい。また、続く「草枕」が、内実を欠いた記号としての「非人情」と戯れる画工と描いたとすれば、本作は、「坊っちゃん」という語の意味=価値を「おれ」が発見し、選び取っていく物語とも言える。自閉する主体としての「おれ」の対他関係を一義的・固定的なものと位置づけるのではなく、二重の移動がもたらした言語的な遭遇と境界の揺らぎという観点から読みなおすことが必要だろう。

第二に、語りのコードの歴史性にかかわる検討である。芳川泰久は、「戦争でないことが戦争のように語られる」この作の言葉が、「〈戦争〉を報ずる新聞言説の機制」とただならぬ近接ぶりを示している、と論じた「〈戦争=報道〉小説としての『坊つちゃん』」(『漱石研究』第12号、1999・10)が、同様の視点は、地方を巡視する官僚のような「おれ」のまなざしや、「バッタ事件」「吶喊事件」での処分について議論する教員たちの発言と同時代言説との比較・考量にも応用することができるはずである。本作が「学校小説」であることは早くから注意されてきたが(川島至「学校小説としての『坊っちゃん』」『講座夏目漱石2』有斐閣、1981)、師範学校と中学校との対立というプロットを含め、進学熱の高まりの渦中にあった20世紀初頭の学校空間・教室空間との関わりについては、さらなる調査と分析の深化が求められる。他の作に比べて議論が手薄に見えるジェンダーやセクシュアリティをめぐる問題系についても、テクストに即した検討が期待される。

〈国民作家〉のイメージ編制

そして第三に、「坊っちゃん」と作者漱石の社会的イメージの編制という問題である。本作は、発表直後から多くの模倣作やパロディ、作中人物のモデルに関わる多くの言葉を招き寄せた他、たびたびマンガや映画、テレビドラマの原作ともなってきた。こうした『坊っちゃん』のメディア化には、本作の構想・執筆それ自体に〈明治〉のエートスを重ね書きした関川夏央・谷口ジロー『「坊っちゃん」の時代』(双葉社、1987)や、漱石テクストへの明確な批評性を感じさせる小林信彦『うらなり』(文藝春秋、2006)のような本格的なものから、ほとんど作とは無関係なかたちで観光資源・文化資源として賦活され流通する表象までをゆるやかに包含しつつ、〈国民作家〉夏目漱石の一般的な像を構成してきた、と言ってよい。漱石テクストの受容と再生産について、無責任と思えるまでに拡散した記号としての消費という文脈を含めて見つめることは、現代における文学の社会的な位置を計測する上で、大事な手がかりとなるはずである。なお、漱石の実体験を含め、本作に関わる論点を網羅するものとして、佐藤裕子他編『『坊っちゃん』事典』(勉誠出版、2014)がある。合わせて参照されたい。　　　　　　　(五味渕典嗣)

マクベスの幽霊に就て

まくべすのゆうれいについて

◆吾等観客はマクベスの臣僚よりもマクベスに密接の関係ありて、又彼等よりも一層マクベスの心裏に立ち入るの権利を作者より与へられたるものと仮定して可なり。(中略)故に此点より論ずれば一座の人に見る能はざる幽霊が、観客の眼に入りたりとて不都合なき訳なり。又第二説に対しては余は下の如き意見を持す。文学は科学にあらず。

　1903(明36)年9月、東京大学で『マクベス』評釈の授業——教室に「立錐の余地なし」という人気授業(金子健二『人間漱石』協同出版、1956)——を行なった年の12月、漱石は「マクベスの幽霊に就て」と題する論考をまとめた(『帝国文学』1904・1・10)。問題とされるのは、王ダンカンを暗殺して即位したマクベスが、魔女の予言を知るバンクォーを手下に殺せ、宴会の席で「欠席のバンクォーのために」祝杯をあげようとすると、亡霊が現れる場面。亡霊は一旦消えるが再び現れ、マクベスは半狂乱となる。漱石は、集注本に掲げられた諸説——最初の亡霊はダンカンで、二番目の亡霊はバンクォーだとか、逆に最初がバンクォーで二番目がダンカンなど——を丁寧に論破し、共にバンクォーの亡霊であると説き、かつマクベス以外の人に見えない幻影を舞台上に登場させるのは変だという説(上記「第二説」)に対して、マクベスの幻覚かもしれない亡霊が観客の目に見えるところが感興を惹くのだと論じる。文学は理屈ではなく感興が要であることを漱石が大いに理屈を重ねて主張した文章。なお、現在では漱石の論じた通り、どちらもバンクォーの亡霊とするのが定説。幻影を表象する意義の説明は、現代の演出家も読むべきであろう。　　　(河合祥一郎)

正成論、観菊花偶記

まさしげろん、きっかのぐうをみるのき

◆正成勤王ノ志ヲ抱キ利ノ為メニ走ラズ害ノ為メニ避レズ膝ヲ汚吏貪士ノ前ニ屈セズ義ヲ蹈ミテ死ス嘆クニ堪フベケンヤ噫　　　　　(「正成論」)

◆今夫所尚於士者節義氣操方然方利祿在前爵位在後輒改其所操持不速之恐滔滔天下皆是(今夫れ士に尚ぶ所の者は、節義気操耳。然るに利祿前に在り、爵位後に在るに方りては、輒ち其の操持する所を改め、速かならざるを之恐るること、滔滔として天下皆是れなり)。　(「観菊花偶記」訓読・一海知義)

「正成論」の文章意識と倫理観

　「正成論」は1878(明11)年金之助11歳の時の300余字の作文。幼な友達島崎友輔(旧清水藩の儒者島崎酔山の長子)の回覧雑誌に載せたもの(1935年版『漱石全集』第14巻「詩歌俳句及初期の文章」の小宮豊隆の解説。1928年版の月報第10号にその冒頭部分の影印が載る)。内容は楠正成の千早城での知勇を発揮した戦いぶりや状況が変わっても正成が勤王の志を貫いて戦死したことに触れながら、上記引用文の如く、その「義」に殉じた生き方を称賛したもの。

　この文章は漢文訓読調で漢文的表現を駆使している。漱石は小学校時代に漢学好きの友達と文章の議論をしており(『硝子戸の中』三十一)、この頃彼が島崎酔山の漢学塾に学んでいた可能性も推測されていること(荒正人『増補改訂漱石研究年表』集英社、1984)から、この時期の漱石がすでに漢文による文章修行をしていたと思われ、その意識がこの作文に投影しているといえる。また漱石は少年時代の文章について、「唯、思ふこと、感ずることを、自分の知つて居るだけの文字を並べて書い

た」と語っており(「文話」『新国民』1910・4)、この作文には少年時代の虚言を嫌う漱石の意識が強く投影しているといえる。

「観菊花偶記」と「樹を種うる郭橐駝の伝」

「観菊花偶記」は、1885年漱石18歳、東京大学予備門予科三級の時の漢文作文。予備門は漱石入学直前から修業年限を4年に改めるが、その前の課程「和漢文」細目には「両週ニ一回宿題或ハ即題ヲ設ケテ作文ヲ課ス」(小田勝太郎編『東京諸学校学則一覧』英蘭堂、1883)、改正学科課程の「和漢文」にも「読書・作文」(『第一高等学校六十年史』第一高等学校、1939)とあり、この作文はこの課程の課題によるもので、『図説漱石大観』(角川書店、1981)にその全文の写真が掲載されている。

内容は、菊人形の細工を見た客が植木屋は菊をその性に従って養うべきなのにと嘆じると、植木屋はその性を曲げて屈するのは菊だけではないと上記引用文の如く述べ、菊は世話をしなければ我が意のようにならないが、士は利禄や爵位を餌としないでも自らその天を屈する者が多い、何ぞ独り菊の枝をとがめることが出来ようかと述べたというもの。

この漱石の文章は柳宗元「樹を種うる郭橐駝の伝」を踏まえる。「郭橐駝の伝」は漱石在学時の二松学舎の教科書であった『唐宋八家文』や『古文真宝』にも載る(『二松学舎百年史』学校法人二松学舎、1977)。「郭橐駝の伝」が無為自然の観点から植木の栽培法に託して官吏の民への態度を批判しているのに対し、この作文では性を曲げられた菊との対比で士の倫理的堕落批判がなされており、その換骨奪胎の妙にこの作文の創意がある。「正成論」と共通する若き日の漱石の「拙を守る」倫理意識が顕著に表れているといえる。

「正成論」「観菊花偶記」に共通する漢文世界を背景としたこの倫理意識は、漱石の晩年まで流れ続け、漱石文学の基調として存在し続けている。　　　　　　　　　(田中邦夫)

幻影の盾

まぼろしのたて

◆終生の情けを、分と縮め、懸命の甘きを点と凝らし得るなら——然しそれが普通の人に出来る事だらうか?——此猛烈な経験を嘗め得たものは古往今来ヰリアム一人である。

3部形式の構成

『ホトトギス』1905(明38)年4月号に発表、翌年『漾虚集』に収録。背景を「アーサー大王の御代」とし、「白城」の騎士ヰリアムと「夜鴉の城主」の娘クララとの「一心不乱」の愛を描いたもの。章節の区切りはないが、基本的構成は3部形式と言えよう。第1部ではヰリアムの主君と恋人クララの父との確執が深まり、ヰリアムは主君への忠誠とクララへの愛との相克に引き裂かれて、「メヂューサ」を鋳出した奇怪な盾に救いを求める。「盾に願へ、願ふて聴かれざるなし只其身を亡ぼす事あり」という盾の「由来」を想起したのである。

第2部は激しい戦闘の場面になる。ヰリアムはクララを城から救出し、用意した船で共に南の国に逃げようとするが、失敗する。

ヰリアムは炎上する城から逃げてきた馬に飛び乗り、「呪ひ」と共に「何処とも分らぬ」所に着く。居合わせた紅衣の女の言葉に従って盾を凝視すると、鏡に似た表面に「一点白玉の光」が点じられ、それが忽ち拡がって、その中にクララを乗せた船が現れる。この第3部は、盾を凝視するヰリアムによって物語が展開するという点で第1部の変奏である。

研究史・材源・作品の意図

西欧文学に関する様々な知見を丹念にモン

タージュした漱石最初の本格的短編。岡三郎「〈幻影の盾〉のヨーロッパ中世文学的材源」（『夏目漱石研究』第1巻、国文社、1981）は、時代背景の多くがRutherford, *The Troubadours* (1873) に拠っており、また「盾」の素材はLacombe, *Arms and Armour*(1876) 所載の「Medusa Shield」であることを示した。

塚本は、「メドゥサの盾」はギリシア神話等で語られる「アイギス」を模したものだとした（『漱石と英文学』彩流社、2003）。ペルセウスはメドゥサ退治の際アテーネーの盾を借り、盾を鏡として眠る怪物に近づき、その首を刎ねた。怪物の視線に射すくめられて石に化するのを避けるためである。後にアテーネーはこの首を盾に付けたという。キリアムの盾が鏡でもある所以である。盾が「ワルハラの国オヂンの座」で作られたという設定は、アーノルドの物語詩"Balder Dead"(1855) 等を通して、女神ノルンが金属の鏡に運命の掟を刻み込むという北欧神話を利用している。

漱石が盾の「創」の由来を語ったのは、イメージとしての盾を時間軸の中に導くことで盾の物語に転化するためで、これはテニソンの"Lancelot and Elaine"(1859) に示唆を得ている。同時に漱石は、テニソンの*The Lady of Shalott*(1832) から「呪ひ」のモティーフを借りた。盾＝鏡を見つめるキリアムは鏡を見つめるシャロット姫の変奏であり、両者共に鏡の呪いによって死ぬのである。

ここで、ラザフォード『トルバドゥール』との関係に戻る。その第二章「プロヴァンスの詩」は当時吟遊詩人の間で行われた「論争詩(tenzon)」を扱うが、そこで論じられた重要なテーマの一つが「愛を得てその直後に死ぬのと、絶望に陥ることなく長い人生を楽しむのとは、どちらがよいか」というものだったという。キリアムが呪われて死ぬ瞬間に永遠の「Druerie」を得るという結末は、この問題に対する漱石の回答である。　　　（塚本利明）

満韓ところどころ

まんかんところどころ

◆船が飯田河岸の様な石垣へ横にぴたりと着くんだから海とは思へない。河岸の上には人がたくさん並んでゐる。けれども其大分は支那のクーリーで、一人見ても汚ならしいが、二人寄ると猶見苦しい。斯う沢山塊ると、更に不体裁である。

文化と文明の齟齬

漱石が1909(明42)年秋に「満州」と名づけられた中国と韓国を旅しながら『朝日新聞』に連載した紀行文である。これに関しては早く「植民主義」（中野重治「漱石以来」、『赤旗』1958・3・5）が露わとの指摘もあった。確かにそこには満州や朝鮮への偏見が現れており、漱石は帝国主義の問題にいささか無自覚だった。

しかし、重要なのはむしろ、漱石の視線が露骨な差別や支配の視線とはいささか異なる点にある。漱石はむしろ、漢学や中国文化に親しみ、尊重していた。しかし同時に、風景を眺めながら「風呂から出て砂の中に立ちながら、河の上流を見渡すと、河がぐるりと緩く折れ曲がつてゐる。（中略）凡てが世間で云ふ南画と称するものに髣髴として面白かつた。中にも高い柳が細い葉を悉く枝に収めて、静まり返つてゐる所は、全く支那めいてゐた」（「満韓ところどころ」三十三）と書くような文章には、漱石の中国への尊敬が、風景や文化として存在する時に限られるものだったことが現れる。現実の中国人に対しては「孔子ノ仮面ハ盗跖が盗ンデ行ツタ。支那人ハコレデアル」（断片35D、1906）と書いてしまうような偏見があり、それと肯定的な文化観が共存している。盗みが道徳文明的尺度を測るものとするなら、すでに漱石にとって中国は文明的に

劣る空間でしかなかった。それは日清戦争での勝利を見た日本青年としての感覚でもあった。

この紀行文で漱石が「如何にも汚ない国民である」(四十七)「人間に至つては固より無神経で、古来から此泥水を飲んで、悠然と子を生んで今日迄栄えてゐる」(四十)という結論を出してしまっているのも、それゆえのことといえる。問題は、そうした感覚が、侵略の先鋒を担った南満州鉄道会社の認識と変わらないものだったことにある。貧困と不潔に対する差別意識は支配を正当化するものでもあるからである。

差別の背後にあるもの

冒頭の引用のように中国に対して「汚らしい」ということばを何度も繰り返した漱石の視線は、欧米の人々に浸透し始めた、時代的衛生観を内面化した、文明人としての視線だった。「満州」は、当時内地にないような様々な設備が建てられるようなところで、いわば「近代の実験室」(フレデリック・ジェイムソン)だった。そうした設備や生産物は中国人労働者の安い労働力に支えられて可能なものでもあったが、漱石の認識はそうしたことにはいたっていなかったのである。

漱石が満国・韓国旅行について「視察所ぢやない、空に遊んできたのだから話すほどのこともありません。行つた先は哈爾賓迄です。／此度旅行して感心したのは、日本人は進取の気象に富んで居て、貧乏世帯ながら分相応に何処迄も発展して行くと云ふ事実と之に伴ふ経営者の気概であります。満韓を遊歴して見ると成程日本人は頼母しい国民だと云ふ気が起ります。従つて何処へ行つても肩身が広くつて心持が宜いです。之に反して支那人や朝鮮人を見ると甚だ気の毒になります。幸ひにして日本人に生れてゐて仕合せだと思ひました。」(談話「満韓の文明」)とくくるのは時代的限界と言えるだろう。 (朴裕河)

道草

みちくさ

◆健三が遠い所から帰つて来て駒込の奥に世帯を持つたのは東京を出てから何年目になるだらう。(一)
◆「世の中に片付くなんてものは殆んどありやしない。一遍起つた事は何時迄も続くのさ。たゞ色々な形に変るから他にも自分にも解らなくなる丈の事さ」 (百二)

唯一の自伝的小説

初出は『東京朝日新聞』(1915・6・3-9・14)、初刊は『道草』(岩波書店、1915・10)である。10数年ぶりに再会したかつての養父島田と健三との交渉を縦糸に、不和と和合を繰り返す御住との不安定な夫婦関係の推移を横糸にして構成されている。漱石唯一の自伝的な小説である。

主人公健三は、社交を避け、家庭での孤立にも耐えて、書斎で学問に打ち込んでいる。「彼は朧気にその淋しさを感ずる場合さへあつた。けれども一方ではまた心の底に異様の熱塊があるといふ自信を持つてゐた」(三)と、その心境が語られている。ロンドン留学から帰国して、東京帝国大学で『文学論』を講じていた頃の漱石自身が反映しているだろう。「過去の牢獄生活の上に現在の自分を築き上げた彼は、其現存の自分の上に、是非とも未来の自分を築き上げなければならなかつた。それが彼の方針であつた」(二十九)とあるように、学問上の目標に向けて、自己の生を合目的的に編成しようとするのが、健三の生き方であった。『道草』は、その健三が、島田をはじめとする縁者との交渉や、御住との夫婦生活の不和などによって、〈道草〉を余儀なくされる様を描いた作品である。なぜ〈道草〉が避けられないのか。

『道草』三十八に、「彼は自分の生命を両断しやうと試みた。すると綺麗に切り棄てられべき筈の過去が、却つて自分を追掛けて来た」という含みの多い一節がある。ベルグソンの『時間と自由』(1889)に、「われわれの自我の中には、相互的外在性なき継起があり、自我の外には、継起なき相互的外在性がある」(平井啓之訳)という一節があり、漱石文庫所蔵の英訳本のこの部分に下線が見られる。私たちの各瞬間の意識状態は相互に浸透し合っており、空間的な事物のように截然と区別することができないというのである。私たちの過去の意識状態と現在とのあいだに多様な質的変化はあっても、両者を分離する切れ目は存在しない。『道草』四十五には、『物質と記憶』(1896)への言及が見られる。こちらは蔵書中に見当たらないが、「われわれの過去の精神活動全体は、現在の状態を、必然的な仕方では決定しないが、しかしこれに影響をおよぼしている。また、この過去の精神活動は、そのどの状態も、はっきりした姿を現わしているわけではないが、しかし、その全体は、われわれの性格に現われている」(岡部聰夫訳)と述べている。過去は、空間中の一点とは異なり、通り過ぎればもはや無関係なものとして切り捨てられるものではなく、現在に浸透し、力を及ぼし続ける。「過去の幽霊」(四十六)島田が現在に蘇り、健三を煩わすのは、このような過去と現在の関係の具象化である。過去を踏み台にして現在を築き、その現在を土台にして未来を打ち立てようとする合理的な生の編成が挫折したのは、過去と現在を無関係なものとして切り離す「相互的外在性」において理解し、現在にまで浸透し、力を及ぼし続ける過去の性格を考慮に入れていなかったせいである。

呪縛としての過去

幼少期の健三は、島田と御常によって、「順良な」「天性」(四十二)をねじ曲げるような育てられ方をした。「夫婦は健三を可愛がつてゐた。けれども其愛情のうちには変な報酬が予期されてゐた。(中略)彼等は自分達の愛情そのものゝ発現を目的として行動する事が出来ずに、たゞ健三の歓心を得るために親切を見せなければならなかつた」(四十一)とある。こうして養われた、他者の厚意を素直に受け入れず、その真意を疑ってしまう性癖は、御住との夫婦生活を険悪なものにする要因の一つになっている。「あなたの着物を拵へようと思うんですが、是は何うでせう」(二十一)と御住が反物を見せたときの健三の反応が、「健三の眼にはそれが下手な技巧を交へてゐるやうに映つた。彼は其不純を疑つた」(同)と記されている。30年前の猜疑心が時を隔てて反復されているのを確認できる。「一遍起つた事は何時迄も続くのさ。たゞ色々な形に変るから他にも自分にも解らなくなる丈の事さ」という末尾の健三の言葉は、過去の執拗な影響力を認識した言葉である。

過去の根強い力を認識する『道草』の作者は、近代的な知識人健三が抱えている旧弊さを見逃していない。「不思議にも学問をした健三の方は此点に於て却つて旧式であつた。自分は自分の為に生きて行かなければならないといふ主義を実現したがりながら、夫の為にのみ存在する妻を最初から仮定して憚からなかつた。／「あらゆる意味から見て、妻は夫に従属すべきものだ」／二人が衝突する大根は此所にあつた。／夫と独立した自己を主張しやうとする細君を見ると健三はすぐ不快を感じた」(七十一)と、家父長制のもとに養われた女性観を容易に脱却できぬ健三の実情が描かれている。この作品が家にまつわる封建的な因習に苦しめられる知識人を描いているのも、近代化の進展を阻む過去の影響力の根強さから目をそらすまいとしているからであろう。

〈物語〉への異議

しばしば注目されるように、『道草』は、「健三が遠い所から帰つて来て駒込の奥に世帯を

持つたのは東京を出てから何年目になるだら
う」の一文で始まる。江藤淳は、これを「き
わめて非私小説的な書き出し」だと指摘して
いる。というのも、「私小説とは、いわば帰っ
て来た人間ではなくて出て来た人間の小説だ
から」(『決定版 夏目漱石』新潮社、1974)である。
私小説が煩瑣な人間関係や封建的な慣行に束
縛された環境から逃亡して来た人物を描くの
に対して、『道草』は、ロンドンに象徴される
西洋的・近代的な世界から、日本の、薄暗い日
常世界に帰ってきた主人公を描いている。無
理解な他者たちに囲繞されたこの世界のなか
では、「知的並びに倫理的優越者であると信
じていた健三」は、「軽蔑の対象である他者と
同一の平面に立っているにすぎないことを」
痛感せざるをえなくされる。

　『道草』が時間を主題にしていることを考
慮すれば、健三が帰ってきた場所とは、現在
が過去から独立したものとして存立しえず、
現在に浸透している過去が根強い支配力を及
ぼし続けている世界でもあるだろう。

　ところで、アリストテレスの『詩学』は、〈物
語〉が「始め」・「中間」・「終わり」の3段階を
備えていなければならないと説いたが、「終
わり」は、「それ自身は――必然的帰結とし
て、あるいは多くの場合にそうなるという意
味で――後にあるのが本来であるが、その後
には他のものは何もないところのものであ
る」(藤沢令夫訳)と定義している。物語の最
後にようやく手に入れた島田の書付を、「反
故だよ」(百二)と言い、「片付いたのは上辺丈
ちゃないか」(同)と言い放つ健三の言葉は、
物語が「終わり」でないものを「終わり」とす
る欺瞞によって成立するものであることを暴
露している。ベルグソンの時間認識に基づい
て考えれば、「始め」・「中間」・「終わり」と、
截然と分割線を引くこと自体が不可能であ
る。『道草』には、人類によって共有されてき
た〈物語〉形式に対して異議を唱えた作品と
いう一面もある。
　　　　　　　　　　　　　　　(藤尾健剛)

明暗

めいあん

◆「何うして彼の女は彼所へ嫁に行つたのだらう。
それは自分で行かうと思つたから行つたに違ない。
然し何うしても彼所へ嫁に行く筈ではなかつたの
に。さうして此己は又何うして彼の女と結婚したの
だろう。それも己が貰はうと思つたからこそ結婚が
成立したに違ない。然し己は未だ嘗て彼の女を貰
はうとは思つてゐなかつたのに。偶然？ ポアンカ
レーの所謂複雑の極致？ 何だか解らない」　　(二)

◆「誰でも構はない、自分の斯うと思ひ込んだ人を
飽く迄愛する事によつて、其人に飽迄自分を愛させ
なければ已まない」／彼女は此所迄行く事を改め
て心に誓つた。此所迄行つて落付く事を自分の意
志に命令した。　　　　　　　　　　　　　(七十八)

◆「そんなものが来るんですか」／「そりや何とも
云へないわ」／清子は斯う云つて微笑した。津田
は其微笑の意味を一人で説明しようと試みながら
自分の室に帰つた。　　　　　　　　　　　(百八十八)

未完の絶筆

　『明暗』は、『東京朝日新聞』(1916・5・26-12・
14)と『大阪朝日新聞』(5・25-12・26)に連載さ
れた。いずれも188回の掲載である。結婚し
て半年になる津田由雄とその妻お延の間に生
じた齟齬が、周囲の人々との関係の中で、徐々
に大きな波瀾へと展開していく。結婚後兄が
変化してしまったと憤る津田の妹の秀子、津
田が顔色を窺う上司の吉川とその夫人、津田
の叔父で漱石の作品ではお馴染みの知識人・
藤井とその家族、延子の叔父であり裕福で鷹
揚な社会的成功者・岡本とその家族、自らの
貧しさを梃子に津田とお延に迫る異色の人
物・小林、そして津田がかつて結婚するつも
りでいた清子。津田夫婦のそれぞれの思惑も、

◆作品

周囲が二人に寄せる関心のあり様も、立場の違いによって様々に異なり、これまでの漱石作品とは一線を画したものとして読まれてきた。

成立事情が、そうした読みを促した。『明暗』は絶筆だからだ。漱石が歿したのは、12月9日。読者は最後の数回を、漱石の死を悼みつつ読んだ。岩波書店より刊行された単行本(1917・1・26)では、表題の下に「漱石遺書」と記され、遺影が巻頭に掲げられている。本文末尾には小活字で「作者は此章を大正五年十一月二十一日の午前中に書き終わつたが、其翌日から発病して、十二月九日遂に逝く。斯くして此作は永遠に未完のまゝ残つたのである」という「附言」もある。『明暗』を、漱石という作家が行き着いた境地を示す特別な作品とする枠組みが、即座に組み立てられたということができるだろう。

「則天去私」という読解コード

その読解コードとして参照されたのが「則天去私」である。赤木桁平が、「則天去私」という「信念」を「自分の芸術に於て表現せられようと思はれた最初の作品」と語ったのは、12月15日(『時事新報』)である。同時代評の全てが一色に染められたわけではないが、その後『明暗』を論ずる際に「則天去私」の四字熟語は繰り返し持ち出され、小宮豊隆の論(『漱石の芸術』岩波書店、1942など)を経て決定的な影響力を持つことになった。エゴイストである津田とお延、その「我」を脱するための理念が「則天去私」である。初期の論者がこれに続き、『明暗』は津田の「精神更正記」(唐木順三『夏目漱石』国際日本研究所、1966)として、読まれてきた。津田を更正させるのは「我意を持たない」(唐木)清子である。

「則天去私」は小説の外部に発見された、空白の結末を埋める超越的な読解コードである。それに反して、答えのない小説を、混乱のままに受け止める論者が現れる。「天」に

替わる鍵語は「人間」である。たとえば猪野謙二は「人間本然の活力」(『明治の作家』岩波書店、1966)を、江藤淳は「緊迫した人間的な劇の世界」(『決定版夏目漱石』新潮社、1974)を見出した。さらに、『明暗』論の主軸は、解けない関係の縺れが描かれていること自体を評価する方向へ転じた。三好行雄は「明晰な審判者としての視点を放棄した漱石が、手探りしながら乗り出してゆく新しい旅の起点」とし(『鷗外と漱石』力富書房、1983)、柄谷行人は「一つの視点=主題によって"完結"されてしまうことのない」「多声的な世界」(『漱石論集成』第三文明社、1992)、藤森清は「サブライムに連なる垂直の想像力」が「あらかじめ頓挫させられている」と指摘した(「資本主義と"文学"」『漱石研究』第18号、2005・11)。

空白の「愛」

「天」から「人間」へという評価の変化は、「我」から「関係」の物語へという変化でもあった。この転換は、男と女がともに描かれているという『明暗』の特殊性を浮かび上がらせた。「女主人公」が存在している作品はこれ以前に無い。その点を読者に問われたとみえる漱石は、「女主人公」は「必要」(大石泰藏宛書簡、1916・7・18付)なのであり、「他から見れば疑はれるべき女の裏面には、必ずしも疑ふべきしかく大袈裟な小説的の欠陥が含まれてゐるとは限らないことを証明した積でゐるのです」(同、7・19付)と説明している。

お延は「愛」に生きる女性として登場した。大正という文脈を参照すれば「専業主婦」であるお延にとって、「愛」は絵に描いた餅である。新しい女たちの主張に必ずしも同調しなくとも大正期の女たちは「愛」を欲望したが、それは決して手に入らないものでもあった(石原千秋『反転する漱石』青土社、1997/小森陽一「結婚をめぐる性差」『日本文学』1998・11)。「愛してもゐたし、又そんなに愛してもゐなかつた」(百三十五)という津田については、小宮豊

隆から現在に至るまで否定的に評されてきたが、お延の言う「愛」も、自尊心(四十七)や金(「愛を買ふ」百十一)に置き換えられていることをふまえれば、その内実はほとんど空白と言って良い(飯田祐子「『明暗』の「愛」に関するいくつかの疑問」『漱石研究』第18号、2005・11)。

着地点の見えない「愛」という言葉をめぐるドラマは意味へは向かわず、だからこそ「他者」といかに関係するかということそのものの試みとなる。徐々に接触を深める二人がついに自陣を出て、互いを変成させるやりとりが始まろうとする地点で、惜しくも未完となった。

「階級」という震源

『明暗』にはもう一つ震源がある。「階級」である。小林という登場人物は、津田とお延の二人にとっての他者として登場し、場を撹乱する。東京山の手に出現した俸給生活者としての津田と専業主婦であるお延は、中産階級のカリカチュアとなっている。貧者として自らを規定する小林は、二人の余裕を辛辣に暴き出す。小林は朝鮮へ渡るという。外地へ行く登場人物としては『門』の安井や『彼岸過迄』の森本など前例があるとはいえ、外地への移動に貧富の力学を付し、その政治性を剔抉した人物は小林がはじめてである。『明暗』において小林がどのような役割を担い得たのか、これまた未完のため不明だが、「階級」という視点が導入されたのは確かである。大正中期からの左翼思想の本格的展開の前夜、『明暗』の中にもその未成の種を見出すことができるのではないだろうか。

漱石は他者に対する鋭い感受性を持つ作家だった。ジェンダーと階級という二つの審級における「他者」との交渉が『明暗』でなされようとしていたのである。　　　　(飯田祐子)

模倣と独立

もほうとどくりつ

◆繰り返して云ふ、私はイミテーションを悪くは思はぬ、全くきりはなされて自身でゆき得る人は一人もない、ゴーガンは野蛮人の中で妙な絵をかいた、然しフランスで、仕込まなければ駄目である、どうしても吾々の発達にはヒントが必要である、故にイミテーションもけなすことは出来ないと思ふ、又外圧的の規則や法則もたゞ打ち壊すのがいゝとは云はぬ、それにも私は賛成である、たゞ法律等の不利益な点不都合な処のみが残る時は、即ちそれを壊す時である、十年後になされる事を、インデペンデントの人は今やつてしまう、

1913(大2)年12月12日、漱石は自分が卒業し、教鞭をとった第一高等学校で講演を行った。後日『校友会雑誌』(1914・1)に「概要」が掲載されたが、これには漱石の校閲を経ていない旨が記されている。本文は不安定ながらも、芸術の規則や道徳や法律など、秩序を安定させる規範とその外部の動的な関係を論じており、興味深い内容である。漱石は従来の体制を転覆した「御維新の当時のこと」を例に挙げ、転覆の企図は「当時の人に尤もだと云ふ響を伝えなければ駄目である」と述べた。革命は、それが成功すれば事後的に正統性を獲得するが、失敗したなら賊である。ある体制を覆し、新たな体制を創設する行為は、法的には不安定なのだ。「独立の精神」は、それを正義とする法が必ずしも存在しない地平で、なお既存の規範に反する行為を行うが、それは他の人を刺激するほど「非常に強烈でなくてはならぬ」、そして「背後には深い背景を背負つた思想、感情がなくてはならぬ」と述べられる。いわば抵抗権の思想を、漱石は「インデペンデント」として語ったのだ。(佐藤泉)

◆作品

門

もん

◆宗助は久し振に髪結床の敷居を跨いだ。(中略)年
の暮に、事を好むとしか思はれない世間の人が、故
意と短い日を前へ押し出したがつて醒醐する様子
を見ると、宗助は猶の事この茫漠たる恐怖の念に襲
はれた。成らうことなら、自分丈は陰気な暗い師走
の中に一人残つてゐたい思ひへ起つた。漸く自分
の番が来て、彼は冷たい鏡のうちに、自分の影を見
出した時、不図此影は本来何者だらうと眺めた。(中
略)鳥が止り木の上をちらりちらりと動いた。

(十三の一)

「門」の時代状況

『朝日新聞』に『門』(1910・3・1-6・12)の連
載が始まる前年、漱石は満鉄総裁中村是公の
招きで満州・朝鮮を旅行している。帰国後ま
もない10月26日、日本時間9時30分、ハルビ
ン駅にて韓国人安重根が伊藤博文を射殺す
る。寺田寅彦宛書簡(1909・11・28付)に「伊藤
は僕と同じ船で大連へ行つて、僕と同じ所を
あるいて哈爾賓で殺された。(中略)僕も狙撃
でもせ〔ら〕れゝば胃病でうんうんいふより
も花が咲いたかも知れない」とある。東北大
学付属図書館の「漱石文庫」には、満州日日
新聞社刊『安重根事件公判記録』(1910)が残
されている。『門』連載中の3月26日に安重根
は旅順監獄で処刑される。5月には「大逆事
件」関係者の検挙が始まり、6月1日に幸徳秋
水が検挙されている。『門』連載終了間もない
8月22日、桂内閣の下で日韓併合の調印式が
行なわれた。日本が帝国主義段階になだれ込
んで行く、まさにその時に『門』はこれら不穏
なニュースと共に新聞紙面を飾っていたので
ある。伊藤博文暗殺事件は『門』冒頭の三の

◆作品

二、宗助、御米、小六の夕食時の話題として取
り込まれており「矢っ張り運命だなあ」と応
じる宗助を描写し、宗助の社会的現実への対
応の姿勢を暗示するものとなっている。

ホモソーシャルな欲望

『門』は、略奪婚の過去をもつ、つつましや
かな夫婦の〈消えぬ過去〉の罪の問題として
のみ読まれ研究されてきた小説である。しか
し一方で漱石は、「坊っちゃん」「趣味の遺伝」
『三四郎』『それから』において既に十分に、ホ
モソーシャルな強い絆の世界を小説技法とし
て確立してもいる。それは、近代国家が強い
る猜疑と裏切りに満ちた異性愛規範の絶対性
を相対化する視座でもあり、高橋英夫『友情
の文学誌』(岩波書店、2001、原題「友情の水脈」
1999・10-2000・3『日本経済新聞』)、あるいはイ
ヴ・K・セジウィック『男同士の絆』(*Between
Men : English Literature and Male Homosocial
Desire*, New York : Columbia University Press)
が詳細に解き明かしているように、近代社会
を推進させた原動力でもある。漱石はそれを
知悉していたであろうし、またその快楽を満
喫した作家でもあろう。『門』は紛れもなく、
そのような〈同質性のユートピア〉から転落
した男の物語である。〈ユートピアからの転
落〉の観点を導入した時、この小説は全く新
たな相貌を見せるだろう。好天に恵まれた秋
の日曜の昼下がりから小説は始まる。崖下の
借家で暮らす、下級官吏宗助と御米夫婦に突
然、父の死後佐伯の伯父に任せきりだった弟
小六の学資問題が突きつけられる。宗助には
弟の学資を捻出する何の才覚もなく、小六は
当分休学の上、宗助の家に同居という成り行
きとなる。『門』は「事を好まない」(二十三)
夫婦に降りかかったこの問題が、一つは経済
問題として、もう一つは二人きりの世界に闖
入する第3の人物の問題としてこの小説世界
を牽引する装置となる。小六の同居によって、
当然御米は一日の大半を小六と過ごすことに

なる。不思議なのは、親友を裏切った、という深い心の傷がありながら、宗助が〈妻と弟が二人きりになる〉という事態に極めて不用意かつ無関心であることだ（「宗助は始めて自分の家に小六の居る事に気が付いた」（九の三）など）。それは果たして本当に無頓着なのであろうか。潜在意識とは、本当の感情を隠しておける薄暗い地下室であると推論したのはフロイトだが、自分の家庭の状況に関する不思議なまでの無関心さは、悔恨が再度の悲劇を回避するために少しも役立てられないであろうことを示す以上に、宗助の〈薄暗い地下室〉に潜んでいるのは、むしろ惨劇を密かに期待する〈何者か〉であることを暗示している、と読めるのである。このアプローチの方法はまだ緒に就いたばかりであるけれども（関谷由美子「循環するエージェンシー」『〈磁場〉の漱石』翰林書房、2013）。

テクストの〈閉域〉

なぜ安井は妻御米を親友に妹だと紹介したのかという疑問は極めて重要である。なぜならこの小説はそこを基点として紡ぎ出されているからだ。御米を妻であると宗助に明かすことができなかった外的事情を推測する研究も多く、近年ではお米を〈罪の女〉と見る玉井敬之「『門』」（『漱石　一九一〇年代』翰林書房、2013）の説が印象深い。しかし、ここに安井の〈意識下〉に蠢いたある思惑を看過してしまうのは、『門』読解に付きまとう〈道義的罪〉の枠組みを温存することになろう。安井が、御米を妹だと嘘くことによって蛇のように親友を誘惑したのだと考えることには無理が無い。安井の行為は、妻と一晩過ごせと弟に命じた『行人』の一郎の、あるいは強引に親友Kを〈御嬢さん〉に引き合わせた『心』の〈先生〉の思惑と通底している。彼らは安井同様、みずから〈女を奪われるリスク〉を捏造する男たちである。安井は、あるサスペンスを用意し宗助はまさにそれを享受した。三者の関係

は、「気紛」（十四の十）な風の一吹きであっけなく崩壊する危険を始めから孕んでいたのである。「何時壊れるか分からない」（一）崖に象徴されるような、夫婦の生活に漂う危機感は、したがって、三者の起源の関係に潜在していたサスペンスのメタファに他ならない。

宗助は、御米を連れて東京に戻った時、佐伯の伯母に「大変御老けなすつた事」（四）と驚かれている。宗助という人物の唯一の外面的特徴が、この〈急激な老人化〉である。谷崎潤一郎のいわゆる「千万人に一人」（「「門」を評す」1910・9）の「恋の夢」の成就者であるにもかかわらず、テクストは、宗助の自我の崩壊を飽くことなく語り続ける。宗助の変貌は、その因を過去の徳義的な罪の問題にのみ還元することの出来ないある過剰さを示している。この矛盾を矛盾と認識することが今後の『門』研究の要と思われる。宗助の〈崩壊〉は、安井の喪失が宗助にとって根源的な欠損であったことを暗示していよう。安井を失うことによって宗助は、安井との〈同質性のユートピア〉から〈異性愛と職業〉によって生きる他ない〈一般社会〉に追放されたのだ。宗助の急激な老人化と崩壊過程は、『門』が〈ユートピア喪失の物語〉に他ならないことを密かに明かしている。

正月に、大家の坂井から安井の報知を得た宗助は、なぜ御米に何も知らせず一人で鎌倉へ行ってしまうのであろう。「如何に見ても突飛」（前掲「「門」を評す」）の参禅は、妻と小六の接近に全く〈不用意な夫〉の文脈の完成と見れば必然化される。この〈不用意〉さは、宗助の自覚され得ない一つの欲望を照らし出す。それは自らも〈妻を奪われる〉ことによって自分が〈安井になる〉こと、つまり自らの〈起源〉に回帰することである。冒頭の引用は安井喪失後の漂泊を生きる宗助の、〈起源〉への高まる郷愁を示す表象として極めて哀切な響きを湛えている。　　　　（関谷由美子）

夢十夜

ゆめじゅうや

◆百年はもう来てゐたんだな　　　　　　（第一夜）

一夜毎にシュール

　1908（明41）年7月25日から8月5日まで、『東京朝日新聞』『大阪朝日新聞』に一回読み切りの形で連載。著作としては1910年春陽堂刊の『四篇』に収録。「昌業」の参考に新聞をとっていた大方の新聞読者にとってこの斬新でシュルレアリスム的でさえあるフュイトン（新聞連載小説）が何と映ったか興味津々だが、一応「ロマンチック」の評を得て、むしろロマン派文芸の一般理解に資するところがあった。当然、文学作品としての本格評価は戦後の、たとえば伊藤整を俟たねばならない。夢、生存にまつわる不安、精神分析といった「もうひとつの生」（G・ネルヴァル）に対する関心と教養が普及するなか、この不可思議な夢を十篇つらねた漱石作品へのいやましに高い評価が始まった。「量的に言ふと小さなものであるが質的には特殊な意味を持つてゐる」（伊藤整、1949）。

　なにがなんでも死ぬと言い張る美しい女、それを腕組みしつつのぞく男。やがて死ぬ女が、百年待て、そうしたら自分は戻ってくると言い置いたその言葉を信じて待つ男。待っても待っても何も起こらない。「自分は女に欺されたのではなからうか」と思った刹那、真白な百合が咲いて、女との再会が感じられ、「百年はもう来てゐたんだな」と知る（第一夜）。

　侍が「悟り」を得たくて寺の一室で坐禅している。刻限までに悟りを得られなければ、隣室にいる和尚に人間の屑呼ばわりされてしまう。仲々悟りの胸中になれない。屈辱に耐えるよりはいっそ和尚を刺すという剣呑なこ

とを考え、座布団の下に秘めた短刀を握る。悟りは来ないまま刻限がやってくる（第二夜）。

　六歳になる息子を背中におぶって男が田圃の道を歩いている。背の息子は盲目であるのに地理に詳しく、行く道々を正確に指示するのが不思議である。やがて暗い森の杉の根元に来ると、息子が「此所だ、此所だ」と言う。「御前がおれを殺したのは今から丁度百年前だね」と。するとたしかに百年前に自分は一人の盲人を殺したという「自覚」が胸中に起ってくる（第三夜）。

　老人が一人、店で好い加減に酒に酔っている。店の女主人が「御爺さんの家は何処かね」と尋ねると「臍の奥だよ」と答えるような妙な老人である。店から出ると、手拭が蛇になるからと言って村の童児たちを引き連れていく。やがて川に入っていくので続けて見続けていたが、相手はそのまま出てこない（第四夜）。

　神代のことらしいが、敵中に俘虜になっていて、どうやら殺されてしまう気配である。死ぬ前に恋人に会いたいという願いが入れられ、やがて駿馬に乗って女がやってくる。すると突然「こけこつこう」という鶏の声がして馬が驚いた余り、女は谷底に落ちていく。鶏の声の悪戯の主は「天探女」、あまのじゃくであった（第五夜）。

　仏師運慶が護国寺山門で仁王像を彫っているのが見える。鎌倉時代らしいのだが、見物人たちは明治の人間である。見物人たちはそれぞれ勝手な運慶評を口にする。中の一人が、運慶は木の内に予め存在している形がそのまま表に出るように彫る、自分の芸術観で彫るのでないから巧くいくと言う。そこで自分も早速やってみるが巧くいかない。「明治の木には到底仁王は埋つてゐない」と悟る（第六夜）。

　大きな船にのっている。西へ行くのかと水夫に尋ねると「西へ行く日の、果は東か」という答え。このどこへ向うのかも知れぬ船の「乗合」は人種性別さまざまであるが、自分は見ているうち「益詰らなくなつた」。そこで甲板を蹴って海に身を投げたのだが、仲々水

◆
作
品

面に達しない。後悔しだした自分を後に、船は遠ざかっていく。(第七夜)。

自分は西洋風の床屋に入って、髪を切ってもらうところだ。鏡に店の表の通行人が映る。「庄太郎が女を連れて通る」のも見える。店の帳場で十円札を数えている女がいつまで勘定しても百枚なのが不思議だ。「旦那は表の金魚売を御覧なすつたか」と主人が尋ねってきた。店に入る時には見なかった金魚売と金魚が、なぜか店を出る時には見えた(第八夜)。

「世の中が何となくざわつき始めた」。戦乱の世、死に運命付けられた武士が後にのこしていった若い妻と三つになる子の御百度参り。しかし「かう云ふ風に、幾晩となく母が気を揉んで、夜の目も寝ずに心配してゐた父は、とくの昔に浪士の為に殺されてゐたのである」。「こんな悲しい話を、夢の中で母から聞いた」(第九夜)。

町一番の好男子たる庄太郎はパナマ帽を被り、水菓子屋の店先に坐って、通行する女たちの顔を眺めて過ごす道楽者。ある日、そういう女の一人に水菓子を家まで運んでくれと頼まれ同道して行方知らずとなる。七日目の晩ふらりと帰ってきた庄太郎が言うには、断崖上で押し寄せる豚の大軍と戦ううちに「豚に舐められてしまつた」。こういう話を健さんがしてくれた。健さんは「だから余り女を見るのは善くないよと云つた」。「庄太郎は助かるまい。パナマは健さんのものだらう」(第十夜)。

十夜ばらばらなのか

心理学の創発と雁行するに相違ない漱石の夢の多相への関心はこの同時代的脈絡を越えて、時代の抑圧と夢耽溺の関係が問題たるロマン派、さらに遡ってバロックやマニエリスムの文芸への漱石の質的親想も考えさせる。こうして十篇の短編アンソロジーとして読むことができるこの作品に何らかの一貫性、連続性を読みとるかどうかが鑑賞者にとっての第一の問題である。現代で言えばフラヌール

(遊歩者)の典型と言ってよい「庄太郎」なる(かなりの確度で同一人物とおぼしい)人物が第八夜と第十夜を緊密につないでいるし、第十夜の結論「だから余り女を見るのは善くないよ」はそっくり第一夜の、女の目を凝然とのぞきこむうちに狂った境位に入りこんでしまう男の物語にくるりと巡っていく。

第一夜、第二夜はこれ以上ないほどの関係の密室性、広場恐怖の空間を主題としているが、そのことは続く第三夜、第四夜、第五夜の茫然と広い空間と、そこでの魔的な歩行の話柄との強烈な対照により誰しもに了解される。各篇のつながりをさぐることに「夢十夜」の一見ばらばらな話緒話柄を、よく考え抜かれた一構造として味い直すこともできる。

それもそのはずで漱石自身、「夢十夜」のための創作メモ中の「Dream」の項に、鏡、入水、豚など記している。これらを十篇中に展開していったようだ(芳川泰久説)。上記要約中にもあちこちなぜか頻出する百という数字に気付く読者も少なくないだろうし、こういう連続した物語として十篇を束ねる見方の一極限としては山田晃『夢十夜参究』(朝日書林、1993)が参考になる。禅宗美術に十牛図と称して、入門から悟達に至るプロセスを牧牛の十段階にたとえる有名な画題があるが、漱石はこれを下敷にしている、とする。夢の表層に送られてくる各イメージは精神最深層の「元型」なる潜勢力が合目的的に送りだしてくるもので、ばらばらに見えても実は一構造体をなしていると考えた心理学者C・G・ユングの説の仏教的解釈として非常に面白い。

ユングに直接先行した心理学者S・フロイトの『夢解釈』刊行が1900年。フロイトを読んだ形跡がないとされる漱石だが、同時代西洋の催眠医療論文を訳している漱石がフロイトを知らぬとは考えにくい。特に第三夜、盲目のからむ歪んだ父子関係はフロイトのエディプス複合心理や当時流行の「不気味なもの」説の完璧な一作品化であろう。　　　(高山宏)

余と万年筆

よとまんねんひつ

◆此正月「彼岸過迄」を筆するときは又一と時代退歩して、ペンとさうしてペン軸の旧弊な昔に逆戻りをした。其時余は始めて離別した第一の細君を後から懐かしく思ふ如く、一旦見棄たペリカンに未練の残つてゐる事を発見したのである。

『万年筆の印象と図解カタログ』(丸善株式会社、1912)に掲載された作品である。

筆記にはつけペンを用いていたとする漱石が、丸善で万年筆「ペリカン」二本を買ったのは、本作の「三四年前」のことだった。これはちょうど、前期三部作の執筆に取りかかっていた時期にあたる。便利さを求めて購入したものの、インクフローが安定せず、やがて使用を断念せざるをえなかった。その時になってはじめて、いつしか抱いていた愛着に気づいたというのである。

本作は内田魯庵から贈られたというオノトで執筆され、初出時には原稿の一枚が図版として掲出されている。漱石自身はあくまで、インク壺を必要としない便利さにおいて万年筆を評価しているが、一方で「酒呑が酒を解する如く、筆を執る人が万年筆を解しなければ済まない時期が来る」と述べていることも見逃せない。彼が筆墨硯紙の文房四宝を愛でる古来よりの文人趣味を知らなかったはずはなく、筆記具の文化にも例外なく訪れつつあった変革期の状況をたしかに見据えているのである。

なお、この「ペリカン」とは現在知られる独Pelikan社ではなく、英De la Rue社の商品Pelicanを指す。スポイト等でインクを胴軸内に直接注入する方式の万年筆であった。

(出口智之)

老子の哲学

ろうしのてつがく

◆老子道の体に則るか真に無為ならざる可らず其能はざるは前に述べたり老子将に道の用に法らんとするか則ち有為ならざる可らず相対を棄却する能はず善悪の差別を抹殺する能はず美醜を混合する能はず既に道の体に則とる能はず用に則つて相対を棄てんとす是老子の避くべからざる矛盾なり

(第四篇)

「老子の哲学」は、帝国大学文科大学英文学科二年時に「東洋哲学」の論文として書いたもので、1892(明25)年6月11日の稿である。第一篇「総論」、第二篇「老子の修身」、第三篇「老子の治民」、第四篇「老子の道」の四篇からなる。

その篇名からわかるように、漱石は老子を儒家的な修身治国という倫理的・政治的な枠組みで理解しようとした。それは、老子を超俗的な「絶対」を説く形而上学としてのみ読解するのではなく、「相対」のこの世界に関与する哲学として考えようとするものだ。

だが、道に反った理想状態である「無為」に至る過程を老子は明示できなかった。また、「相対」の「醜悪なる側面のみを看破し」、「善美の側面」を打ち砕いたことで(第三篇)、老子は現実世界に関与できなくなった。

それでも、漱石は、老子の道には「体(本体、実体)」とともに「用(作用)」があり、後者は「相対」を生み出すはたらきであるから、現実世界を基礎づけてもいるはずだと考えた。そのために論文の最後で「相対の道」に言及し、「絶対の道」である「天道」や「聖人の道」と区別された「人の道」の重要性を見ようとした(第四篇)。「相対」の位置づけに関して老子には矛盾がある。超俗か入俗か、それは、漱石自身が苦しんだことである。 (中島隆博)

倫敦消息

ろんどんしょうそく

◆黄色人とは甘くつけたものだ。全く黄色い。日本に居る時は余り白い方ではないが先づ一通りの人間色といふ色に近いと心得て居たが、此国では遂に人-間-を-去-る-三-舎-色と言はざるを得ないと悟つた。　　　　　　　　　　　　　　　（二）
◆魯西亜と日本は争はんとしては争はんとしつゝある。支那は天子蒙塵の辱を受けつゝある。英国はトランスヴハールの金剛石を掘り出して軍費の穴を塡めんとしつゝある。此多事なる世界は日となく夜となく回転しつゝ波瀾を生じつゝある間に我輩のすむ小天地にも小回転と小波瀾があつて我下宿の主人公は其厖大なる身体を賭してかの小冠者差配と雌雄を決せんとしつゝある。而して我輩は子規の病気を慰めんが為に此日記をかきつゝある。　　（三）

ロンドン留学体験についての記録

　ロンドンの夏目金之助から、正岡子規と高浜虚子宛に送られた私信を、子規が「漱石」の筆名で『倫敦消息』と題して『ホトトギス』（4月9日付書簡が四巻八号（1901・5）に、4月20日と26日付は四巻九号（1901・6））に掲載した文章である。
　夏目金之助の英国留学の経験について考えるうえで、日記と共にきわめて重要な証言として研究の基本資料とされてきた（角野喜六『漱石のロンドン』荒竹書房、1982／出口保夫『ロンドンの夏目漱石』河出書房新社、1991／塚本利明『漱石と英国』彩流社、1999）。
　「黄禍論」と「退化論」のただ中で、英国人から日本人に向けられた視線を押し返すように、世紀末と世紀初めの大英帝国の抱えている病理を、自分が身を置いた、かつて女学校を経営していたのに、廃校に追い込まれ、素

人下宿に転業した姉妹の没落の過程として叙述している（武田勝彦『漱石　倫敦の宿』近代文芸社、2002／末延芳晴『夏目金之助　ロンドンに狂せり』青土社、2004）。姉妹の没落は、大英帝国自体の在り方に重ねられている。
　金之助がロンドンに到着したとき、大英帝国は、トランスバール共和国の金鉱を獲得するための、第二次ボーア戦争のただ中であった。ボーア人側はゲリラ戦で対抗し、戦争は長引いていた。世界中から批判を浴びた「軍費の穴を塡め」るための、あからさまな略奪戦争であった。
　そのために義和団鎮圧八ヶ国連合軍の主力となったのがロシアと日本。ロシアが全満州を軍事占領し撤兵しなかったため、数年後に日露戦争となる。その全容をロンドンの金之助は病床の子規に書き送ったのである。

『ホトトギス』の日記募集への応答

　1900（明33）年7月に、子規はそれまでの「文章課題」を廃止し、新企画「日記募集」をはじめていた。金之助は「今日起きてから今手紙をかいて居る迄の出来事を『ほとゝぎす』で募集する日記体でかいて御目にかけ様」とこの企画を強く意識している（長島裕子「『ほとゝぎす』の日記募集と漱石の『倫敦消息』」）（『近代文学・研究と資料』1978・4）。
　子規自身日記の見本として「明治三十三年十月十五日記事」（『ホトトギス』1900・11・20）を発表している。『倫敦消息』は、子規の病床日記を金之助が読んだうえでの応答なのだ。朝眼ざめてから、夜中に眠りにつくまでの、特別なことが何も生起しなかった子規の日記との対話的関係が刻まれている。そこには「漱石と子規との精神的な交流」（石﨑等「初期の文学『倫敦消息』の位置をめぐって」『別冊国文学　夏目漱石必携Ⅱ』1982・5）の最も大切な在り方が刻まれている。　　　　（小森陽一）

倫敦塔

ろんどんとう

◆二年の留学中只一度倫敦塔を見物した事がある。其後再び行かうと思つた日もあるが止めにした。人から誘はれた事もあるが断つた。

◆此響き此群衆の中に二年住んで居たら吾が神経の繊維も遂には鍋の中の麩海苔の如くべとべとになるだらうとマクス、ノルダウの退化論を今更の如く大真理と思ふ折さへあつた。

◆倫敦塔は宿世の夢の焦点の様だ。倫敦塔の歴史は英国の歴史を煎じ詰めたものである。

◆白き髯を胸迄垂れて寛やかに黒の法衣を纏へる人がよろめきながら舟から上る。是は大僧正クランマーである。青き頭巾を眉深に被り空色の絹の下に鎖り帷子をつけた立派な男はワイアットであらう。是は会釈もなく舷から飛び上る。はなやかな鳥の毛を帽に挿して黄金作りの太刀の柄に左の手を懸け、銀の留め金にて飾れる靴の爪先を、軽げに石段の上に移すのはローリーか。

先行テクストの明示

「倫敦塔」は「夏目金之助」の署名で、雑誌『帝国文学』第11巻第1号（1905・1・10）に発表された。「文再び見物に行かないことに極めた」と終る本文のあとに、より小さな活字で組まれた「後書」とも言える文章が付け加えられており、「此篇は事実らしく書き流してあるが、実の所過半想像的の文字であるから、見る人は其心で読まれん事を希望する」とある。

「（三十七年十二月二十日）」という執筆年月日を明示した「後書」では、『倫敦塔』における「二王子」の挿話がシェークスピアの「歴史劇リチャード三世のうちにもある」ことが明かされ、後半の「断頭史」の場面は

「「エーンズウオース」の倫敦塔」（W.H.Ainsworth, *The Tower of London* 1840）に基づいているとして、先行する文学テクストとの関係が明示されている。

「汽車」「馬車」「電気鉄道」「綱条鉄道」が「蜘蛛手十字に往来」する「二十世紀」の大都会ロンドンに留学している「余」は、自分のことを「日本橋の真中へ抛り出された」「御殿場の兎」にたとえている（ジャン―ジャック・オリガス「「蜘蛛手」の街―漱石初期の作品」『季刊芸術』1976・1）。

「二十世紀の倫敦がわが心の裏から次第に消え去」り、「余」は塔に入り、「血塔」、「白塔」、「ボーシャン塔」の順に探訪していく。この順路は「Baedeker's London and its Environs (1898)」に基づいている（塚本利明「比較文学の視点から・漱石を読む：倫敦塔」『国文学』1983・11）。

絵画と文学との重なり

ノルダウの『退化論』に言及することで、日本人留学生である自分と、大英帝国との緊張関係が強調され、そこから「英国の歴史」が批判的に再検証される。

「二王子幽閉の場と、ジェーン所刑の場に就ては有名なるドラロッシの絵画が尠からず余の想像を助けて居る」と「後書」で明記しているように、漱石は『倫敦塔』の最も劇的な部分を『図説英国史』に基づいて書いている（塚本利明『漱石と英文学 「漾虚集」の比較文学的研究』改訂増補版 彩流社、2003）。

同時にロンドン市内にあるウォレス・コレクションの「ポール・ドラローシュ（1797-1856）」『ロンドン塔のエドワード五世とヨーク公』や、テート・ギャラリーの「レディ・ジェイン・グレイの処刑」が想起されながら、歴史を「宿世の夢」として描き出してもいるのである（古田亮『特講 漱石の美術世界』岩波書店、2014）。

（小森陽一）

吾輩は猫である

わがはいはねこである

◆吾輩は猫である。名前はまだ無い。／どこで生れたか頓と見当がつかぬ。何でも薄暗いじめじめした所でニャーニャー泣いて居た事丈は記憶して居る。(一)
◆名前はまだつけて呉れないが欲をいつでも際限がないから生涯此教師の家で無名の猫で終る積りだ。(一)
◆先達中から日本は露西亜と大戦争をして居るさうだ。吾輩は日本の猫だから無論日本贔屓である。出来得べくんば混成猫旅団を組織して露西亜兵を引つ掻いてやりたいと思ふ位である。かく迄に元気旺盛な吾輩の事であるから鼠の一疋や二疋はとらうとする意志さへあれば、寝て居ても訳なく捕れる。(五)
◆先達ても私の友人で送籍と云ふ男が一夜といふ短篇をかきましたが、誰が読んでも朦朧として取り留めがつかないので、当人に逢つて篤と主意のある所を糺して見たのですが当人もそんな事は知らないよと云つて取り合はないのです。(六)
◆吾輩は死ぬ。死んで此太平を得る。太平は死なければ得られぬ。南無阿弥陀仏、々々々々々々。難有い々々々。(十一)

自由な猫による人間世界の批判

「漱石」の筆名で『ホトトギス』(1905・1)に発表された。最初の小説。語り手が猫であり、珍野苦沙弥に飼われているにもかかわらず無名であるところに、この小説の最も重要な特質がある。

越智治雄はそこに「社会に帰属しない自由」(「猫の笑い、猫の狂気」『漱石私論』角川書店、1971)を、畑有三は「絶対自由の執筆主体のシチュエーション」(「笑いと孤独」『国文学』1971・9)を見い出した。また平岡敏夫は、この猫の位置取りが「奇警、鋭利な観察を可能」(「人間

たちの世界」『解釈と鑑賞』1979・6)にするとし、前田愛はそこに「文学的言語が成立する条件そのものへの懐疑」(「猫の言葉、猫の論理」『近代日本の文学空間』新曜社、1983)があるとした。

当初は一回読み切りとして書かれたが、評判が高く『ホトトギス』も増刷されたので「続篇」が2月号に発表される。名前が付けられていないのに「吾輩は新年来多少有名になつた」と始まり、食べ残された雑煮の餅で危うく死にそうになる話を経て、三毛子の死で終り、猫独自の世界は消え「太平の逸民」である苦沙弥、迷亭、寒月、東風等の対話を「吾輩」が読者に報告する形式となる。そして長期連載になっていく。

三では寒月が理学協会で行う「首くゝりの力学」の予行練習の後、娘の結婚問題で金田夫人が乗り込んで来る。寒月の研究については、小山慶太『漱石が見た物理学』(中公新書、1991)が参考になる。寒月と金田の娘との結婚話が、この後の長篇としての物語の筋を構成していくことになる。

四で「吾輩」が金田邸に忍び込むと、苦沙弥と学生時代同宿であった鈴木藤十郎が、寒月と娘の結婚をうまく成立させるよう、金田夫婦の依頼を受けている。このあたりから「利益社会」と「人格社会」の対立(宮井一郎『漱石の世界』講談社、1967)の構図が明確になっていく。

日露戦争との深い関係

五では寒月にそっくりの顔をした泥棒が、苦沙弥宅へ侵入する。かつて苦沙弥の家で書生をしていて、今は実業家になろうとしている多々良三平が、やはり金田の差し金で山芋を土産に持って訪れていたのだが、それも家族の普段着もろとも盗まれてしまう。多々良から、役に立たない猫は食べてしまうと言われて、「吾輩」は鼠捕りに挑戦するが成功しない。この「吾輩」の鼠捕りと、東郷平八郎によるバルチック艦隊との日本海海戦が重ねら

れているところに、日露戦争をめぐる同時代状況が刻まれている。

ポーツマス講和条約に反対する「日比谷焼打事件」（1905・9・5）が発生した頃に執筆されていたのが六。『中央公論』九月号に掲載された「一夜」の著者として自分のことを「送籍」として登場させ、その直後に苦沙弥に「東郷大将が大和魂を有つてゐる。肴屋の銀さんも大和魂を有つてゐる。詐偽師、山師、人殺しも大和魂を有つてゐる」という朗読をさせていることは、きわめて意味深重である。

「蝙蝠狩り」や「蝉取り」といった「運動」を始めた「吾輩」は汗をかいたので、人間が考え出した「銭湯」に七で行ってみると、「二十世紀のアダム」すなわち裸の人間がたくさんいて「奇視」だと述べたうえで、「抑も衣装の歴史を繙けば——長い事だから是はトイフェルスドレック君に譲つて」とある。「トイフェルスドレック」はカーライルの『衣装哲学』（1833-1834）の主人公だ。この叙述について大岡昇平は、「第一回の削ったところに衣服のことが書いてあったんじゃないか」と推理し、「天皇も警官もみんな服を着た象徴的存在」「天皇制日本では危ないのです」（『小説家夏目漱石』筑摩書房、1988）と指摘している。

時代と切り結ぶ姿勢

苦沙弥の家の垣根の向こうに落雲館という私立中学があり、そこから野球のボールが打ち込まれるのが八である。「吾輩」はそれを「ダムダム弾」、すなわち植民地独立運動を弾圧するための、命中すると破裂し、人体内に破片が散り大きな傷になるという、殺傷能力の高い、カルカッタ近郊のダムダム造兵廠で作られたイギリスの弾丸にたとえている。これも金田のいやがらせの一つだということを「吾輩」はつきとめる。

苦沙弥は日に何度も自分の痘痕面を鏡に写している話から始まり泥棒が逮捕される九では、「チョン髷」に「フロック」を着た迷亭の伯

父が登場し、彼の時代錯誤の生き方と苦沙弥が自分と「気狂」を比較することが問題にされ、「吾輩」が「読心術を心得ている」とされる。

日本堤署に盗品を取りに行く日、子どもたちは「祭日」だと知っているのに、中学教師である苦沙弥は、わざわざ「学校へ欠勤届」を出すという設定になっている十で、珍野家は女性だけになる。女の子たちは「招魂社へ御嫁に行きたい」と言い合っているのである。ここに伊豆利彦が『漱石と天皇制』（有斐閣、1989）で明らかにした時代状況と切り結ぶ姿勢があらわれている。

十一は故郷で結婚式を挙げた寒月が、祝品の鰹節を持参し、延々と「ヴァイオリン」を入手するまでの話をし、迷亭は「個性の発展」によって「結婚」が成立しなくなる、という気焰を上げる。

多様な文学的可能性

苦沙弥よりもむしろ迷亭の小説内的役割を重視するのが玉井敬之「『吾輩は猫である』の一人物」（『国文学』1968・2）、高橋英夫「表現言語の成立」（『講座　夏目漱石』二、有斐閣、1981）、古閑章「登場人物名称考」（『方位』1983・7）などである。

またスウイフトの『ガリバー』と比較した梅原猛の「日本人の笑い」（『文学』1959・1）、ホフマンやグレイとの比較をした吉田六郎『「吾輩は猫である」論』（勁草書房、1968）がある。

他方落語との関係では前田愛「漱石と江戸文化」（『国文学　解釈と鑑賞』1968・11）、興津要「漱石と江戸」（『講座　夏目漱石』五、有斐閣、1982）、水川隆夫『漱石と落語』（彩流社、1986）などがある。

「『猫』には女の問題が、書き手の矛盾をかかえながらも、見事に包含されている」とした渡邊澄子「『吾輩は猫である』を読む」（『近代の文学　井上百合子先生記念論集』河出書房新社、1993）にジェンダー論の方向づけがある。

（小森陽一）

私の個人主義

わたしのこじんしゅぎ

◆私の著はした文学論はその記念といふよりも寧ろ失敗の亡骸です。然も畸形児の亡骸です。或は立派に建設されないうちに地震で倒された未成市街の廃墟のやうなものです。／然しながら自己本位といふ其時得た私の考は依然としてつづいてゐます。否年を経るに従つて段々強くなります。著作的事業としては、失敗に終りましたけれども、其時確かに握つた自己が主で、他は賓であるといふ信念は、今日の私に非常の自信と安心を与へて呉れました。たゞもう一つご注意までに申し上げて置きたいのは、国家的道徳といふものは個人的道徳に比べると、ずっと段の低いもののように見える事です。元来国と国とは辞令はいくら八釜しくつても、徳義心はそんなにありやしません。詐欺をやる、誤魔化しをやる、ペテンに掛ける、滅茶苦茶なものであります。

自己本位

1914(大3)年11月25日、学習院の学生組織である輔仁会の招きにより、漱石は講演を行った。講演前半では漱石自身が「自己本位」の立場を摑み、「自分で自分が道をつけつゝ進み得」るに至るまでの経験を語って、若い聴衆が自らの個性を見出すための参考に供している。重要なのは、『文学論』「序」とともに、英文学者時代の漱石を絶え間なく苦しめた不安と精神的な危機の意味を語っている点である。自分自身で判断せず、英文学の本場である英国の批評家の言を鵜呑みにするだけであるなら自分の仕事に意味はない。日本の英文学者漱石は英国の批評家の言に対しどんな立場を取るべきなのかに悩んだ。自己喪失の危機に瀕した漱石は、「文学とは何んなもので

あるか、その概念を根本的に自力で作り上げるより外に、私を救う途はない」と悟った。そこからスタートした『文学論』は未定稿のまま刊行された「未成市街の廃墟」であるが、その時掴んだ「自己本位」の立場こそが重要だと漱石は語る。近代以降に浮上した異文化接触とアイデンティティについて、漱石は既成の解決法が未だない地点で独自の思考を展開したのだと言えよう。

他人の自我

前半に「自己本位」を説いたのち、後半では上流社会の子弟である学習院の学生に対し、自らの立場の自覚を促している。彼らの「権力」「金力」をもってすれば他人を容易に抑圧できるが、自己の個性を尊重するなら他者にも同様の個性を認める必要がある。自分の自由を愛するとともに、他の自由を尊敬すべきである。「自我」思想の重要さとともに、漱石は「他人の自我」に目を向けよといっている。

個人主義

漱石が個人主義の味方であるのは明らかだが、当時の社会には個人主義を国家主義に対する危険思想とする通念があった。漱石はこれを組み替えるべく、「私共は国家主義でもあり、世界主義でもあり、同時に又個人主義でもある」という新たな布置を提示している。大正期には、国家、世界、個人という主体化の準拠枠をどのような関係でとらえるかが一つの議論のポイントになっていた。この講演の数か月まえに、日本は第一次「世界」大戦に参戦しており、また学習院出身者による同人誌『白樺』は「国民的」立場をこえる「世界的」視野の想像力をもって思想の新しい地平を開いた。この趨勢のなか、漱石は個人と国家と世界の間の同心円的調和を語ったのである。

(佐藤泉)

column 21

漱石作品の翻訳

みずからの作品が翻訳されること

漱石は、書簡のなかで自作の翻訳について若干のコメントを残している。早くは、郵送されてきた『吾輩は猫である』の英訳に触れて、「難有い」がしかし、「猫抔を翻訳するよりも自分のものを一頁でもかいた方が人間と生れた価値がある」とした(高浜虚子宛書簡、1906・7・2付)。くだって1916 (大5)年、「二百十日」英訳の打診を受け、「大した実質ある作物にても何でもなく英訳の価値ありとも存じ居らず」と出版の見合せを願い(ジョーンズ宛書簡、5・18付)、同じく「草枕」独訳の話には、「あれは外国語などへ翻訳する価値のないもの」とし、「単行本にて出版する事丈は」避けたがった(山田幸三郎宛書簡、8・9付)。さらに「倫敦塔」独訳をめぐっては、「倫敦塔は草枕よりはまだ増しかも知れず候へども是亦つまらぬもの故御止しになつた方がよからうかとも存候」(小池堅治宛書簡、9・24付)と書いた。

ここには、漱石なりの韜晦、本音、そして矜持のようなものが綯い交ぜとなっていよう。近代日本の作家は、徹底して、西洋文学を翻訳する側の存在であった。そうしたなか漱石は、翻訳される側にもなりうることを意識した最初期のひとりと言える。

各年代に渡る漱石作品の翻訳

漱石歿後から戦前期まで、海外出版社からの刊行数は少ないものの、すでにその作品は西洋の諸言語へと翻訳紹介されていた。代表作のほとんどが中長編ということを考えても、比較的多く翻訳された近代作家と言える。また中国では、魯迅による「クレイグ先生」の訳出(1923)を嚆矢として、多くの翻訳が刊行された。日本文学の翻訳紹介が盛んに議論された時期、『文学』(1936・12)に特集「海外に於ける漱石研究」が組まれる。掲載された文章は、上記書簡にも触れた三岡弘道「漱石作品の英訳」ほか、柴田三郎「ドイツ訳『夢十夜』その他」、水野亮「漱石と仏蘭西」、神西清「『心』の露訳」、一戸務「中国に反映した漱石の影」。漱石作品は、日本文学の翻訳の問題を考える際のモデルケースでもあった。

戦後に入っても、エキゾチックな日本への興味に応える芥川、谷崎、川端、三島らには劣るが、近代日本文学の代表的な作家としてコンスタントに、かつ多くの言語で翻訳がなされている。なお、1960年代以降に日本文学が翻訳され始めた韓国では、漱石作品がその中心のひとつとなってきた。

翻訳の数では、『心』、「坊っちゃん」を筆頭に、『吾輩は猫である』や「夢十夜」あたりが続くと思われる。各年代を通じて、日本文学に関心のある海外読者が、漱石作品の翻訳を手にしてきたことであろう。

その特筆すべき例が、カナダ人ピアニスト、グレン・グールドと英訳「草枕」の出会いである。Alan Turney 訳 'The three-cornered world' (London: Peter Owen, 1965)をこよなく愛読し、ラジオ放送で朗読紹介したグールドの熱中ぶりは、この不世出の奇才が残した伝説のひとつとなった。「草枕は甚だ劣作なる故に」翻訳出版の価値を認めず(前掲小池宛書簡)とした漱石を思うと、感慨深いエピソードである。

(山本亮介)

column22

漱石の漢詩

物語性をそなえた漢詩

漱石の漢詩は、20歳以前に書かれたものからはじめて、最晩年の『明暗』執筆時に書かれたものまで、208首が残っている。そのなかの主要なものについては、吉川幸次郎『漱石詩注』(岩波新書、1967)で読むことができる。私も、『漱石の俳句・漢詩』(笠間書院、2011)で、208首中20首に作品鑑賞を試みたことがある。どれをとってもすぐれた技量を感じさせるものなのだが、なかに、物語性をそなえた作品があって、作家漱石をあらかじめ告げているとさえ思わせるところがある。ここでは、漱石23歳の夏、房総半島を旅した際に漢文で綴られた紀行文(「木屑録」)に収められた作品をとりあげてみよう。

それは、旅に出る前に、友人たちがおこなった送別会のことを詠んだものである。紀行文のなかの漢詩なのだから、旅の途中の景物を叙し、思いをうたったものがほとんどなのに、それだけが趣を異にしている。その書き出しは「魂は飛ぶ　千里　墨江の湄」。つまり、「私の魂は千里を飛んで、隅田川で別れを惜しんでいる友のもとへと向かう」というのである。

「私」は、すでに房総の海辺までやって来たのに、友人たちは、今宵も隅田川のほとりで、酒を酌み交わしながら、旅に出た「私」のことを思い、悲しい詩を書き記している。そのことを胸騒ぎのように感じた「私」は、魂となって、友人たちのもとへと千里を飛んでいくのだ、という意味のことがそこには綴られている。いったい漱石は、なぜこんな幻想にとらわれたのだろう。

正岡子規への哀悼の思い

漱石の幻想は、根拠のないものではなかった。自分にとって、もっともたいせつな友が、別れを惜しみ、悲しい言葉を連ねている。そのことを思うと、いてもたってもいられなくなる。せめて、魂となり千里を飛んで友のもとへと向かいたい。この思いには、どこかおぼえがないだろうか。『心』の「先生」がみずからの命を絶ち、Kのもとへと向かっていったとき、千里を飛ぶ魂となっていたのではないか。そして、その「先生」の遺書を受け取って、胸騒ぎに駆られながら急行列車に飛び乗った「私」もまた、魂は千里を飛ぶという思いのうちにあったのでは。

実際、「先生と遺書」の章には、お嬢さんをめぐって疑心暗鬼に耐えられなくなった「先生」が、Kを房総旅行へと誘い、二人で旅をする場面がでてくる。そのくだりには、若き日の房総旅行の記憶が投影されているといわれている。

もしそうだとすると、『心』を構想しながら、漱石が、あの漢詩を反芻していたことは十分考えられる。〈あの時、友人たちの別れを惜しむ姿に並々ならぬものを感じ、旅に出てもそのことが気になって仕方なかった。それを、「魂は飛ぶ　千里　墨江の湄」と詠んでみたのだが、ありときの心境を、いま小説の言葉にできないだろうか〉と。

漱石との別れを惜しんでいた友人の一人に、亡き正岡子規がいたことは、想像に難くない。そんなことを考えると、『心』という小説が、子規への深い哀悼の思いのなかで書かれていたことが、明らかになってくるのである。

(神山睦美)

column 23

漱石の新体詩

漱石の新体詩評価

　新体詩は、漱石の小説の登場人物たちには誠に評判が悪い。『吾輩は猫である』の東風が作した新体詩に対する苦沙弥先生と迷亭らの反応（六）や新体詩を「高尚な精神的娯楽」として語る「坊っちやん」の赤シヤツの姿等、漱石の小説において新体詩は揶揄や皮肉を以て語り出されている。そして漱石自身も「夏目漱石氏文学談」「みづまくら　二　新体詩」等の談話中で新体詩への違和感や不満、無関心を繰り返し語り出していた。『吾輩は猫である』に掲げられた「倦んじて薫ずる香裏に君の」に始まる東風の詩は、漱石の新体詩への批判の意識に裏打ちされた表現と言ってよいだろう。ただしそうした新体詩の表現に関して、漱石は「混乱時代」の「時世に連れて止むを得ぬ事」として一定の理解を示してもいた（談話「文章の混乱時代」）。実際、当時の新体詩は浪漫主義から象徴主義、自然主義の思潮へと変転を重ねる混乱と動揺のさなかにあり、詩人たちは新たなリズムの獲得という『新体詩抄』以来の課題を果たすべく様々の韻律上の試みに向かいつつ、近代の〈詩〉の所在の模索を重ねていた。漱石の批判的な発言は、同時代の新体詩が陥っていたそのような深い混迷に対する批評としてあったのである。

漱石の創作した新体詩

　漱石は当代の新体詩に対して批判的な発言を重ねていたが、しかし新体詩の創作に手を染めなかった訳ではない。現行の『漱石全集』には「水底の感」「従軍行」「鬼哭寺の一夜」「〔無題〕」の4篇が収録されている。1907（明40）年頃の筆と推定される未定稿「〔無題〕」を除く3篇は何れも1904年の執筆である。

　「藤村操女子」名義の散文詩「水底の感」では、「愛の影」の揺らめく「水の底」へと「君」を誘う言葉が連ねられる。「従軍行」は日露戦時下の作として同時期の戦争詩の流れの中にあるが、その多くが七五調の勇壮な詩であるのに対し、この詩は七七調の渋滞したリズムをとおしてそれらとは異質の暗鬱な様相を呈している。また「鬼哭寺の一夜」は、旅中の「われ」の夢に現れた「女」が語る「愛」と「恨」の言葉を伝える物語詩の性格を備える。このように漱石の新体詩は多様な様式を示していることが注目されるが、しかし又それらが当時の新体詩と全く無縁であったのではない。例えば同時代の蒲原有明の詩を傍らに据えてみる時、「水底の感」は有明の「夏がは」（『新声』1903・8）や「姫が曲」（同前、1904・3）における水底の水の精の形象と近接し、また「従軍行」は厭戦詩「戦ひ勝てり」「わが友は」「哥薩克」（『婦人界』1904・12）と、「鬼哭寺の一夜」は「鏽斧」（『太陽』1905・1）等の有明のバラッドと近似した性格を備えており、同時代の詩の表現やモチーフとの交差の様相が確かに窺われる。そしてそれらの新体詩が創作されていた時期、漱石は英詩および俳体詩も並行して執筆していた。1903年に帰国した後、小説の創作を開始する直前の一時期、漱石はこうした詩への傾斜を見せていたのである。

（佐藤伸宏）

column 24

漱石の俳体詩

漱石による命名

　英国からの帰朝後、東京帝大で英文学を講じるも鬱屈した日々の漱石に、友人の高浜虚子が芝居見物や連句に誘って気散じを図った。虚子は『ホトトギス』編集発行人で、かつて正岡子規が否定した連句に惹かれており、ゆえに連句も誘ったのである。その際、虚子は連句の変種として長句（五七五）と短句（七七）を連ねた新体詩のような詩が出来ないかと相談すると、漱石は俳体詩と名付けてはどうかと返答したという（虚子「俳話」『ホトトギス』1904・7）。芝居等に興の湧かなかった漱石は俳体詩に強い関心を抱き、早速虚子に作品を送り、『ホトトギス』に掲載された（1904・7）。

　虚子によると、俳体詩は「連句と同じく句と句との間の変化」を尊びつつ「意味の一貫した作品」（以上「俳体詩論」『ホトトギス』1904・10）であり、合作、個人作いずれも可とした。漱石は『ホトトギス』に「富寺」（1904・10）「尼」（1904・11〜12、虚子との合作）「童謡」（1905・1）「ある鶯の鳴くを聴けば」（1905・3）等をほぼ毎号発表する。虚子は驚き、「連句や俳体詩には余程油が乗つてゐるらしかつたので、私は或時文章も作つてみてはどうかといふことを勧めてみた」（『漱石氏と私』アルス、1918）ところ、漱石は『吾輩は猫である』第一回目の原稿を書いてきたという。「連句俳体詩などがその創作熱をあほる口火となつて、終に漱石の文章を生むやうになつた」（『漱石氏と私』）、つまり俳体詩等が小説家漱石誕生を促したとされる所以である。

座の文芸として

　当時、俳体詩は新体詩の変種と見なされ、例えば正宗白鳥は上田敏の詩と漱石「童謡」を並べ、漱石詩を「平凡の事実を平凡に飾り気なく写つす」（『読売新聞』1905・1・20）と評した。虚子ら作者も同様で、俳体詩を「意味の一貫した作品」（「俳体詩論」）としたのは、江戸期連句を継承しつつも「文学」としての詩を想定したためであろう。ただ、漱石自身は鬱積した創作熱の赴くままに詠んだ節があり、虚子も漱石作品を「最早連句の形を離れた自由な一篇の詩」（『漱石氏と私』）と評している。

　ところで、1904（明37）年頃の漱石は野間真綱や橋口貢等に俳句を交えた自筆絵葉書を頻繁にしたため、話題も俳句関連が多く、特に野間宛には俳体詩を書き送るなどしていた。漱石の最初の俳体詩も虚子宛書簡中に記されており、つまり俳体詩は俳句趣味を紐帯とした仲間の座興といった観がある。その象徴が『ホトトギス』1904年10月号で、見開き頁上部に橋口五葉（橋口貢の弟。虚子は当初漱石に挿絵を依頼したが、漱石は貢及び五葉を推薦した）の挿絵、下部に漱石、虚子、奇瓢（野間）の作品が掲載された。私的な絵葉書等のやりとりで醸成された漱石と知己達の「座」の遊びが『ホトトギス』誌面に出現したと見るべきで、ここに漱石の俳体詩の魅力があろう。

（青木亮人）

column 2 5

漱石の連句、俳句

俳人・漱石

　今や漱石は近代日本を代表する小説家、別の言い方をすれば文豪とみなされている。その漱石の最初の小説が世に出たのは1905（明38）年1月の雑誌「ホトトギス」に載った『吾輩は猫である』であった。1回きりの読み切りのかたちで書かれたこの小説は、とても好評だったので2回以降が書き継がれ、小説家・漱石の名を一挙に高めた。

　小説家になる以前、漱石は正岡子規を中心にした俳句新派の有力俳人であった。漱石は1895年から本格的に句作、松山、熊本時代が俳人・漱石の時代であった。今に伝わっている漱石の俳句は2500句あまりだが、その大半が松山、熊本で作られた。

　　　累々と徳孤ならずの蜜柑かな
　　　吉良殿の討たれぬ江戸は雪の中

　蜜柑の句は「論語」（里仁篇）の「徳は孤ならず必ず隣有り」を踏まえている。雪の句は赤穂浪士の討ち入りを想像したものだが、漢詩文を踏まえたり、歴史上の出来事を詠むのは漱石の特色であった。子規は評論「明治二十九年の俳句界」において漱石のこの特色を、意匠斬新、奇想天外という評語でとらえている。子規はまたその評論で漱石は「滑稽思想を有す」と述べ、次の句をその例としている。

　　　南瓜と名にうたはれてゆがみけり
　　　長けれど何の糸瓜とさがりけり

　もっとも、子規は、以上の二点を漱石の特色として指摘しながらも、漱石はこの2点に尽きるものではない、と漱石の俳句の世界の広さを認めていた。

いいのは少しほめ給へ

　俳人・漱石の特色はもう一つあった。それは子規を相手（読者）にした句作であったこと。漱石は作った句を次々と子規に送り、その批評を求めた。その句稿は35回分が『漱石・子規往復書簡集』（岩波文庫）に収録されている。1895年11月の第6回目の句稿を見ると、47句を記した後に「善悪を問はず出来ただけ送るなり。さやう心得給へ。わるいのは遠慮なく評し給へ。その代はりいいのは少しほめ給へ」と書いている。松山・熊本時代の大半の句は実はこの句稿のものである。つまり、漱石はもっぱら子規を相手にして俳句を作った。子規が読んで反応する、それはあたかも二人だけの句会のようであった。ちなみに、今に残っている最後の句稿は1899年10月のもの。翌年、英国へ留学した漱石はたまに句作しているものの、子規を相手にしていたときの熱心さはもはや見られない。日本と英国との遠い距離、それが子規を相手の句会を中断させたのか。

　漱石は1910年、いわゆる修善寺の大患の際、予後の心境を多くの俳句に詠んだ。「生きて仰ぐ空の高さよ赤蜻蛉」など。これが漱石の2度目の俳句への集中であった。漱石は高浜虚子や松根東洋城と連句を試みているが、彼らとの付き合い以上の意味が連句にはうかがえない。（坪内稔典）

よむ・みる

池大雅
(1723〜1776)

いけのたいが

「草枕」では、旅の画工を通じて漱石の芸術観が表されているとしばしば評される。大雅の作品に対する漱石の見方もここに読み取ることができる。主人公の画工は目指しているものを、「自分の心が、ああ此処に居たなと、忽ち自己を認識する様」な絵であるとし、色や線、全体の配置がこれを少しでも伝えることができるなら、形がどのようなものであっても構わないと述べている。それは、自分が居た場所、見た事のあるものを再現するような、既視感を与えることのできる絵である。「草枕」（六）において、このような絵画の例として挙げられるのが、文与可の竹や雲谷門下（等顔）の山水、与謝蕪村の人物、そして大雅の景色である。

漱石の日記や書簡等では、最も早いもので1899（明32）年の正岡子規へ宛てた句の中に、大雅と妻の玉蘭を詠んだ俳句がある。また、1907年には詩仙堂で、1915年には国華の創刊25年記念展覧会で大雅の作品を見たという記述があり、漱石が積極的に大雅の作品を目にしようとしていたことがわかる。

『虞美人草』では、宗近を訪ねた甲野が、玄関と座敷との仕切りの襖を見て、「大雅堂の筆勢」と表現している。この場面で想定されている具体的な作品は明らかにされていないものの、漱石においての大雅の作品は、絵画を見るひとつの尺度だったと思われる。漱石が身につけていた書画の知識は、学問的というよりは経験的なものである。その知識が漱石独特の芸術観を成しているとすれば、大雅との出会いは重要な一点だと言えるだろう。

（大平奈緒子）

一休
(1394〜1481)

いっきゅう

応仁の乱後に、大徳寺を復興した名僧一休宗純であるが、江戸時代には歴史的な事績とは異なった頓智坊主一休のイメージに彩られた一休ばなしが流布していた。漱石の文脈においても、一休は頓智噺の主人公として取り上げられている。1898（明31）年の「不言之言」においては、博覧強記の漱石が東洋と西洋の事物と類話を羅列するが、その最後に、一休の「生魚を呑む話」を東洋の話として、マホメットの「山を喚ぶ」を西洋の話として紹介する。

「不言之言」では一休が「魚を喰ひ其儘元の魚に吐き出し水中に躍らしむる事」ができると聞き、それを待つに群衆に対し、「折角の観物故物の美事に吐かんとすればする程苦しくて吐かぬ様になりたり。是非に及ばず糞にしてひり捨てるものなり。諸人早く帰れと。平然として内に入る。」とする。

他方、原典となる『一休禅師御一代記』では一休は生仏なので、魚を食べてもそのまま出して泳がせる奇跡が出来ると洛中に触れる者がおり、それを聞きつけた一休が、その奇跡を行うと高札を出したことからはじまる。一休が平然と引き揚げたあと、これが奇跡の僧一休の噂に対して本人が仕掛けた騒動であることに気がついた者が群衆のなかにおり、合理的な教えである正法には奇跡がない道理を一休が示しているに違いないとその場で告げ、一同が納得したとする。なお、原典における話の始まりと結末は漱石の文脈においては記されていない。

（矢内一磨）

◆よむ・みる

王維
(699?～761)

おうい

　王維は中国唐代の詩人。山水（自然）詩人の代表として、王（維）・孟（浩然）・韋（應物）・柳（宗元）と並称される。また南画（南宗画）の祖として知られ、「詩中に画あり、画中に詩あり」とたたえられた。

　漱石は学生時代から王維の詩画の静謐な境地を好み、日記・書簡・小説等でしばしば言及する。また人に乞われて王維の詩句を書き、手帳に「大漠孤烟直、長河落日円」（「使至塞上」）という句をメモしたり、山荘の命名を頼まれて、王維の詩句「曠然蕩心目」（『明日游大理韋卿城南別業』四首の第四）にちなんだ「曠然荘」、あるいは同じく「雲水空如一」（『和使君五野西楼望遠思帰』）にもとづく「如一山荘」といった名を選んだりしている。さらに、俳句にも、

　　門鎖ざす王維の庵や尽くる春

　　渋柿も熟れて王維の詩集哉

という作がある。そして「草枕」では、西洋と東洋の文学を比較して、西洋の詩は人事が根本になるから、人情を離れることができず、東洋の詩には「そこを解脱したのがある」とし、王維の詩を引いて、次のようにいう。

　「独坐幽篁裏、弾琴復長嘯、深林人不知、明月来相照。只二十字のうちに優に別乾坤を建立して居る。此乾坤の功徳は「不如帰」や「金色夜叉」の功徳ではない。汽船、汽車、権利、義務、道徳、礼義で疲れ果てた後、凡てを忘却してぐつすりと寐込む様な功徳である。」（「草枕」一）

　引用の詩は、五言絶句「竹里館」。

（一海知義）

◆よむ・みる

王羲之
(307?～365?)

おうぎし

　東晋の書家で、中国の書道史上、古今に冠絶する書聖として、後世、大きな崇敬の対象となった人物である。経世の才にも優れ、官は右軍将軍に昇ったので、官名から、王右軍とも呼ばれる。しかるに、夙に遁世の志を持ち、早々に官を辞して、清談を好んで、山水の間に遊んだ。やはり書をよくした、子の王献之とも併せて、二王とも称される。漢・魏以来の書法を集大成して、高い精神性と超絶した技巧、自然の風韻を湛えた、生気と風趣に富む筆致で、芸術としての書の美学を完成させた。楷・行・草の各書体を確立したほか、隷書にも優れ、長く伝統的な書法の典範として仰がれた。行書の『蘭亭序』（刻本）、『喪乱帖』、楷書の『楽毅論』『黄庭経』、草書の尺牘『十七帖』などが著名で、日本への影響もきわめて大きく、奈良・平安時代の書の源流ともなった。

　漱石が、中国の書画骨董に大きな関心や興味を示していたことは、よく知られているが、そうした話柄もまた、作品中や日記などに、屢々散見される。王羲之に関しては、「えらそうで読めない字を見ると余は必ず王羲之にしたくなる。王羲之にしないと古い妙な感じが起こらない」（「趣味の遺伝」二）と述懐され、『行人』（塵労）では、主人公が父親に連れられて、上野の表慶館に赴き、御物の王羲之の書を見た逸話が記されている。因みに『行人』の執筆に先立つ、1911（明44）年の日記（11・23）には、寺田寅彦と一緒に、上野・表慶館を訪れたことに触れて、「王羲之の真筆と賀知草の真筆を見る。是は珍らしいものである」などと記述されており、上記の『行人』の一場面の背景となっているものと推察される。

（伊東貴之）

荻生徂徠
(1666〜1728)

おぎゅうそらい

漱石は「余が文章に神益せし書籍」において「漢文では享保時代の徂徠一派の文章が好きだ。簡潔で句が締つてゐる」と述べている。また「草枕」八において徂徠の書に対する愛着を作中対話を借りて語った。「思ひ出す事など」六においても漱石は子供の頃湯島聖堂の図書館へ通って徂徠の『蘐園十筆』をむやみに写し取ったのを回顧している。『蘐園十筆』は儒家、老荘、朱子学、伊藤仁斎などの学問・文章に関する議論であり、早熟の金之助少年の徂徠に対する愛着がうかがえる。

漱石山房の蔵書目録に徂徠口授の『訳文筌蹄』が入っている。本書は古典解読にとって重要な、同訓異字や一字多訓などの漢字学についての知識を紹介し、「古文辞学」という徂徠学の方法論を言語学的に説明する。朱子は性理学または道学という理論的体系を構築した思想的巨人として知られているが、徂徠は朱子学から出発しながら、朱子学批判を通して自分の思想を確立させた。その成果としての「古文辞学」は徂徠の経書解読の方法論のみならず文学的の思想的な考察である。文学的に見るならば、朱子は「道」を載せる道具として「文」を見たが、徂徠は自身の主情的文学解釈理論を通して朱子の考えを批判した。

漱石『文学論』においては朱子学的な「文」に対する思想に対する批判が見られる。この点において、漱石の「文」に対する見方は「文章派」と言われる宋の蘇軾、江戸の徂徠らに近いと言える。

(林少陽)

葛飾北斎
(1760〜1849)

かつしかほくさい

橋口清(五葉)宛の書簡(1905・2・12付)では、『ホトトギス』に掲載された五葉の挿絵について、孔雀の足が「北斎のかいた足の様に存候」と評し、「満韓ところどころ」(四十七)では、宿泊した奉天の宿の障子を「北斎の画いた絵入りの三国志に出てくる様な唐めいたものである」と説明しているなど、北斎に関するコメントが散見される。ここで言及している絵入りの三国志とは、天保年間に刊行された『絵本通俗三国志』と思われる(近年は弟子の葛飾戴斗説もある)。この絵本は明治末にも古書肆などに版本が並んでおり、漱石は日常的にそれらを手に取り購入することもできただろう。北斎の描いたものをとっさに連想できるほど、漱石にとって北斎は親しんだ存在なのであった。

一方、「創作家の態度」では、西洋美術と比較し、日本独特の絵画の例として歌麿と北斎を挙げている。そこには明らかにジャポニスムの意識がある。ジャポニスムとは19世紀中頃からヨーロッパに現れるムーブメントだが、現地のアーティストたちに衝撃と驚きを与えたものの代表が、浮世絵、とりわけ北斎や歌麿、広重であった。1900(明33)年のパリ万博を訪ねた漱石は、ジャポニスムに続くアール・ヌーヴォーの全盛を目の当たりにしてもいる。漱石の美術観がそれにも大きな影響を受けているのは確かである。同じ「北斎」ではあるが、そこには江戸時代から人々に広く受け入れられてきた日本の北斎と、ジャポニスムによって再発見された西洋の北斎、二つの「北斎」を読み取ることができる。

(大平奈緒子)

◆よむ・みる

韓非
(?～前233)

かんぴ

　韓非の生きた時代は、秦による中国統一の直前、つまり戦国時代の終わりにあたっていた。韓の王家の傍系に生まれた韓非は、滅亡を目前にした国のためにしばしば諫言を行ったが容れられず、著述に向かうこととなった。法家思想の集大成として社会統治のありかたを論じる『韓非子』がそれである。

　『韓非子』は「守株」や「郢書燕説」(勝手な解釈をこしらえること)の出典としても知られ、警抜な喩えが多い。漱石は、そうした成語の一般的な使用のほか、1889(明22)年に購入したEdward Bulwer-LyttonRienzi,*The Last of the Roman Tribunes*(エドワード・ブルワー=リットン『リエンツィ　最後の護民官』)に「如読韓非説難」(「蔵書への書き込み(Bulwer-Lytton)」『漱石全集』第27巻)と書きこんでいる。

　『韓非子』説難篇は、『史記』老子韓非子列伝にも全文が引用され、漱石にもなじみの文章であったと思われるが、その特徴は、自らの意見を君主に説くことの困難とその方法について、相手の心を知ることの重要性を軸に論じるところにある。「凡説之難、在知所説之心、可以吾説当之〔凡そ説くことの難きは、説く所の心を知り、吾が説を以て之に当つべきに在り〕」。相手の意向を察知し、うまく利用して自らの説を受け入れさせるのが重要なのである。漱石の小説にしばしばみられる心の読みあいと会話の駆け引きなどは、こうした世界と通じるものとしてとらえることもできよう。
　　　　　　　　　　　　　　　　(齋藤希史)

韓愈
(768～824)

かんゆ

◆裏の木にカツレツ来りて鳴く事頻なり源三位頼政に命じて射て之を落す晩に食饌に上す傍に韓退之あり一片を頒たん事を願ふて曰く閣下一朝の饗を癈するに及ばずして(中略)、言下に痛棒を与ふる事三十　　　　(断片19D、1904、1905(明37、8)年頃)

　韓愈、字は退之、諡は文公、昌黎(河北省)の出身であると自称したことから、韓昌黎とも称される。学問も詩文も名高く、唐宋八大家の一人として、日本でも漢文の手本とされた。韓愈の語は「于襄陽に与うる書」にある「愈今は惟だ朝夕芻米僕賃の資に是れ急。閣下一朝の享を廃するに過ぎずして足る也」(私はいま馬の飼料や召使いの給料にも事欠く始末、閣下の朝食を一つ抜くだけで足りるほどです)を用いたもの。「于襄陽に与うる書」は、大臣の于襄陽(于頔)に韓愈が自らの任用を求めた書簡、『文章軌範』巻一冒頭に載せられ、漢文を習う者であれば誰もが読んでいた文章である。漱石は『木屑録』に「余　児たりし時、唐宋の数千言を誦し」と記すが、ただ勉強していたというよりは、こうしたパロディめいた引用が自然に出てくるほどに身近だったということである。また、幕末から明治にかけての漢文戯作の流行など、漢詩文を題材に諧謔を行なう流れに、漱石の漢文脈を位置づけることもできる。

　なお、源頼政は鵺退治で知られ(『平家物語』)、カツレツを鳥に見立てるのは『吾輩は猫である』に「あの松の木へカツレツが飛んできやしませんかの」(九)と使われている。
　　　　　　　　　　　　　　　　(齋藤希史)

◆よむ・みる

喜多川歌麿
(1753 ？〜1806)

きたがわうたまろ

　江戸時代を代表する浮世絵師である歌麿の
名は、「一夜」『三四郎』「思ひ出す事など」「創
作家の態度」「満韓ところどころ」に登場し、
比較的頻度が高いが、大方は美人画の代名詞
的扱いであって、漱石が特別歌麿の芸術に強
い関心があったとは思われない。「思ひ出す
事など」では、病床で南画のような美しい空
を思い描いていたところに小宮から歌麿の錦
絵を刷った絵葉書を受け取る。小宮がこの絵
の中にいるような人間に生まれたいとその葉
書に書いていたことに腹を立てるという文脈
で、歌麿は「自然の絵」に対する「人間の絵」
として斥けようとする態度がうかがわれる。

　一方、『三四郎』では、歌麿を引き合いに出
した美人論となっている点が注目される。画
家の原口は里見美禰子の顔立ちが「歌麿式」
でなく、西洋の画布に描いて絵になるような
西洋風の目鼻立ちであると言って、歌麿美人
が典型的な日本の美人であると論じる。別の
場所では、西洋人に対して日本人は目の細い
女性が多いために、そこに美人に対する審美
眼が発達し「歌麿になつたり、祐信になつた
りして珍重がられてゐる」(『三四郎』十の六)の
だとも論じている。

　いずれにしても、歌麿の具体的な作品名を
出すことはなく、歌麿式、あるいは歌麿美人
と言うだけで漱石には十分だったのであろ
う。『三四郎』での文脈は里見美禰子あるい
は野々宮よし子の顔立ちが歌麿風の細い眼で
はなく、西洋画に相応しい二重瞼の大きな眼
をしているということであり、ふたりの西洋
的なハイカラな美人像が浮かび上がるものと
なっている。　　　　　　　　　　（古田亮）

曲亭馬琴
(1767〜1848)

きょくていばきん

　漱石は、近世後期の戯作者曲亭馬琴に対し
て、代表作『南総里見八犬伝』に見られる登
場人物と儒教の徳目(仁義礼智信)との短絡的
結びつきを揶揄し(『吾輩は猫である』十)、馬琴
の読本に特有の文章表現に違和感を表明する
(「英文学形式論」ほか)など、否定的に取り上げ
ることが多い。しかし「ノートⅥ-20」では、
『八犬伝』に「不快ノ念ヲ起スハ其漢学ヲ無暗
ニ振廻スガ為」としながら、今の世で「漢学」
にあたるものは「泰西文学」であり、「今ノ文
芸家中ニ尤モ馬琴ノ弊ニ陥リ易キ者ヲ尋ヌレ
バ吾等泰西文学ヲ専攻スル者ナラザル可ラズ
(中略)誇学者程厭味ナ者ハナケレバナリ」と、
嫌悪の矛先が、漱石自身を含む同時代の文芸
家に向けられている。『吾輩は猫である』(三)
では「月並」の一例として切り捨てた「馬琴」
像が、ここでは我がこととして再認識されて
いるのであり、こうした屈折した言説は、『道
草』(二十五)で、馬琴を「学者」と称する比田
を前にした健三の心理を理解する上でも、参
照に値するものと思われる。

　漱石が幼少時、森鷗外「ヰタ・セクスアリ
ス」に見られるように、貸本などを通じて馬
琴に親しむ体験を有したかどうかは未詳だ
が、馬琴の小説に「耳の垢取り長官」が出て
くる(「滇楽と職業」ほか)とする早い例は、中本
『巷談坡隄庵』(1808)の、主人公が「長官」と
なって敵を探す挿話である。(先行注は合巻
『大𩻄荘子蝶冑笄』上篇(1826)をあげる)。
なお、この人物は実在し、山東京伝の近世初
期風俗考証随筆『骨董集』(漱石所蔵)にも立
項される。　　　　　　　　　　（大高洋司）

◆よむ・みる

景徳伝燈録

けいとくでんとうろく

中国の代表的な禅宗史書。北宋の禅僧道原によって編纂され、1004(景徳1)年に朝廷に上呈されたことから「景徳伝燈録」と呼ばれる。30巻。伝燈は悟りの真理を伝えること。釈迦を含む過去七仏から北宋初期に至る多くの禅僧その他の僧侶の伝記を収録している。

「草枕」で、温泉宿に泊った余は、夜中に夢からさめて、誰かが小声で長良の乙女の歌を繰り返しうたうのを聞く。障子を開けると月の光を忍んで影法師がいた。那美かもしれない。再び布団に入って芸術と芸術家について考えていた余は、「一翳眼に在つて空花乱墜する」という『景徳伝燈録』巻10にある語句を思い出す。眼球にほしがあって、空中に花が舞うように見えるという意味であるが、仏教では、煩悩によって、実在しないものがあたかも存在するかのように見えたり、実在するものが見えなかったりして、ものごとの正しい認識ができないことにたとえる。余は、自分の煩悩のために、今見た春の夜の影法師に「気味の悪るさ」が存在するかのように見え、そこに実在していた「詩趣」が見えず、「芸術家の好題目」を台無しにしたことを悔いる。非人情の画家となるためには、煩悩を去るための修行が必要なのである。(「大慧普覚」参照)

なお、漱石の漢詩の中には、『景徳伝燈録』中の伝記をふまえているものもある。1916(大5)年8月15日作［無題］に、共感をこめて書きこんでいる寒山の故事は、同書巻27からきている。また、同年10月12日作［無題］中の「風旛」「水月」は、それぞれ同書巻5・巻7の記事に拠るものと思われる。　　　(水川隆夫)

高啓
(1336〜1374)

こうけい

明代初期を代表する詩人で、長洲(江蘇省蘇州)の人。明初のいわゆる「呉中四傑」の一人。明代屈指の大家としての評価も高い。字は季迪。号の青邱(青邱子)が、むしろ著名であるが、これは元末の混乱を避けて、呉淞江の青邱で風雅の生活を送ったことに因る。明朝が成立すると、在野の賢才として、招かれて『元史』の編纂に従事。翰林院編修、戸部侍郎に登用されるも、官を辞して、再び青邱に隠棲した。後、友人の罪に連座して、太祖(洪武帝)によって処刑された。『高太史大全集』十八巻がある。平明・温雅な詩風で知られ、日本でも、江戸・明治期を通じて、彼の詩集が数多く翻刻され、広く愛誦された。

漱石もまた、高啓(青邱)を愛好したようで、旧蔵書にも『高青邱詩醇』が見えるほか、彼の手帳やノートにも、その詩作が抜粋されている。なお、1916(大5)年、画家の結城素明から寄贈された絵の余白に賛を認め、その際の下書きの文章にも、「下端に余白多きを惜しみ、乃ち高青邱の詩を録して賛に代え」云々とあるが、当該のものと思しき画帖は、おそらく散佚して、現在のところ、未発見の状態にある。また、同年、9月1日付の芥川龍之介・久米正雄の両名に宛てた書簡でも、俳句などの創作の喜びに触れた件で、「高青邱が詩作をする時の自分の心理状態を描写した長い詩があります。知つてゐますか。少し誇張がありますがよく芸術家の心持をあらはしてゐます」ときわめて好意的な引用を行っている。当該の詩は、彼の有名な「青邱子の歌」を指すものと思われるが、同作にはまた、森鷗外による邦訳が存することでも知られている。

　　　(伊東貴之)

◆よむ・みる

五山詩僧

ござんしそう

　中世、五山と総称される京都・鎌倉の禅宗寺院において行われた五山文学の担い手である禅僧のことで、義堂周信(1325-1388)と絶海中津(1336-1405)がその代表的存在。

　1910(明43)年10月26日付池辺三山宛書簡に、当時の代表的な漢詩人である国分青崖から三山が預かっている漢詩文集のうち青崖愛誦のものを一・二部、または「義堂絶海などの集もし御あきならば拝借」したいと記す。絶海の詩文集『蕉堅稿』はその後入手したらしく、貝葉書院版(江戸時代の版木を用いて明治時代に印刷した和装本)が漱石文庫にある。文庫には他に上村観光『五山詩僧伝』(民友社、1912)の名も見られる。

　1915(大4)年の漢詩「[題自画]」(竹林に囲まれた隠者風の住まいを描いた自作の南画に書き付けたもの)で「机上蕉堅稿、門前碧玉竿、喫茶三盌後、雲影入窓寒」(129)(机上には『蕉堅稿』が置かれ、門前には青い宝玉のような竹が植えられている。お茶を何杯も飲んでいるうち、雲が出てきて日差しを遮り、肌寒さを感じた)と言い、また同年作の俳句にも「水仙花蕉堅稿を照しけり」(2450)とあり、机上に置いて愛読していた様子がうかがえる。このように、絶海への関心は明治末から大正にかけて、すなわち晩年に顕著であるが、五山文学研究史上では、早く1899年に『帝国文学』誌上に北村香陽(沢吉)「論説　五山文学に於ける学僧義堂と詩僧絶海」を四回にわたり連載していて、このあたりから広く知られてくるようで、漱石もこれによって知った可能性があろう。　　　　　　　　　(堀川貴司)

酒井抱一
(1761〜1828)

さかいほういつ

　江戸時代後期の画家。姫路城主酒井家の次男として生まれ、多くの文化人との交友を重ねた。

　漱石が江戸の画家酒井抱一に特別な思いを持っていたことは確かである。抱一が俳諧や狂歌、戯作といった江戸文学の担い手であったことも要因だろうが、何よりも漱石は抱一の瀟洒な画風を愛していた。『虞美人草』のラスト・シーン、甲野藤尾の死の枕元に逆さに置かれた屏風は、抱一が描いた虞美人草の絵である。「凡てが銀の中から生へる。銀の中に咲く。落つるも銀の中と思はせる程に描いた。——花は虞美人草である。落款は抱一である」(十九)とあり、数行にわたって細かに記述されているために、実在した作品ではないかと思わせるが、これまでのところ該当作は見つかっていない。

　また、『門』では父の形見として抱一の屏風が描かれる。「宗助は膝を突いて銀の色の黒く焦げた辺から、葛の葉の風に裏を返してゐる色の乾いた様から、大福程な大きな丸い朱の輪廓の中に、抱一と行書で書いた落款をつくづくと見て、父の生きてゐる当時を憶ひ起さずにはゐられなかつた」(四)とあり、これもきわめて具体的な描写である。

　一方、《宇治蛍狩り図》という風俗画については「抱一ほどの人がどうしてこんな馬鹿なものを描いたかと思ふ位です」(津田青楓宛書簡、1913・9・26付)と酷評している。これは、漱石の抱一理解が代表作《夏秋草図屏風》のような詩情豊かで文学的な作風に注がれていたためと思われる。　　　　　　　　(古田亮)

史記

しき

◆余は少時好んで漢籍を学びたり。之を学ぶ事短きにも関わらず、文学は斯くの如き者なりとの定義を漠然と冥々裏に左国史漢より得たり。ひそかに思ふに英文学も亦かくの如きものなるべし、斯の如きものならば生涯を挙げて之を学ぶも、あながち悔ゆることなかるべしと。　　　　　（『文学論』序）

　よく知られたこの一節の「左国史漢」は『春秋左氏伝』『国語』（『春秋外伝』）『史記』『漢書』を指し、いずれも戦国から漢代にいたる時期の歴史書である。歴史叙述の典範であると同時に、秦漢以前の古文を重んじる古文辞派などには文章の手本とされた。
　とりわけ『史記』は日本でも広く読まれ、名場面や名句が共有の知識とされていた。漱石が『吾輩は猫である』中で他の漢籍の典故と同様に『史記』をしばしば用いたり、また、『文学論』第二編第二章「fの変化」における例示として、呉の季札が徐君の墓に信義を重んじて剣を掛けた故事（『史記』呉太白世家）を持ち出したりしているのは、自身がよくなじんでいたからであると同時に、周囲にも通じやすかったということがあるだろう。この故事は「季札挂剣」として『蒙求』にもあり、漱石は『吾輩は猫である』中篇自序、俳句、漢詩にも同じ故事を用いている。同様に頻用される「喪家の狗」（『史記』孔子世家）などは、『史記』からという意識すらないかもしれない。
　漱石にとっての『史記』は、明治期前半に教育を受けた人々の多くと同様、文章や話型の土台としての意味が大きかったと考えられる。ちなみに『漱石全集』索引には司馬遷の名は掲出されない。　　　　　（齋藤希史）

春秋・春秋左氏伝・公羊伝

しゅんじゅう・しゅんじゅうさしでん・くようでん

◆此故に凡そ著者は毫も不正の手段を用ゐることなく堂々たる春秋の筆法により、同一の人を或は尊敬せしめ、或は嘲笑せしめ、又時には軽侮せしむるの威力を有するものなり。

（「文学論」第二編第三章）

　『春秋』は、魯の隠公元年（B.C.722）から哀公14年（B.C.481）までの歴史を記した年代記。古くから、その記述には「微言大義」（隠されたレトリックによる評価）が含まれているとされ、「春秋の筆法」と称された。その「伝」（注釈）である『公羊伝』は、おもに字句の使い方の分析、『左氏伝（左伝）』は、詳細な歴史記述によって「春秋の筆法」を明らかにしようとする注釈書である。
　また『左伝』は注として加えられた記事の叙述技巧にも定評がある。漱石は『文学論』第四編第八章「間隔論」で『左伝』成公16年の「鄢陵の戦い」を「左氏の文中白眉なるもの」と言い、スコット『アイヴァンホー』と同様の「間隔法」を用いたものだとする。『吾輩は猫である』八ではその筆法をユーモラスに真似ている。漱石は物語叙述の一つの源泉をここに見ていたのである。もとより『左伝』は歴史故事の宝庫であり、『虞美人草』など漢文的措辞を用いる文章には欠かせない典拠であった。
　なお、『文学論』序に見える「左国史漢」（「史記」の項を参照）の「左国」は『左伝』および『国語』（春秋時代の諸国の歴史）のことで、著者はともに左丘明に仮託され、『国語』には『春秋外伝』の称もあるが、いずれもその成立にはなお不明なところが多い。　（齋藤希史）

◆よむ・みる

晋書

しんじょ

『晋書』は中国の西晋(265-316)および東晋(317-420)の正史。全130巻。この両朝は、クーデターや戦争が繰り返される乱世である一方、竹林の七賢として知られる西晋の阮籍や嵆康、隠逸詩人として著名な東晋の陶淵明など、世俗との距離を置く人士が生きた時代であり、王義之(303-361)の書や顧愷之(344-405)の画に見られるように芸術もさかんであった。

正史としての『晋書』には、先行する史書や文献を粗雑にまとめ、事実とは思えない話を多く採用したとする批判も古くからあるが、時代の雰囲気をよく保存しているとも言え、読んでおもしろい記事が少なくない。列伝には劉義慶(403-444)の編んだ逸話集『世説新語』の記事にもとづいた文章がしばしば見られ、孫楚(?-293)の「漱石枕流」の話も、『世説新語』排調篇に載せる文章をややアレンジしたものが『晋書』孫楚伝に組み入れられている。

『蒙求』は「孫楚漱石」としてこれを掲げ、それが漱石の号の直接の由来だとされるが、広く行われた宋の徐子光による注では出典として『世説新語』ではなく『晋書』の記事を載せる。『蒙求』には他にも『晋書』を出典とするものが多く、漱石もそうしたところから『晋書』の世界に親しんだのだろう。

なお、漱石文庫には明の陳仁錫(1581-1636)による『晋書鈔』7巻3冊が所蔵され、こうした抜粋版などによって漱石が『晋書』を享受したことがうかがえる。　　　　　(齋藤希史)

禅関策進

ぜんかんさくしん

『門』(十八)で、宜道が宗助に「人の勇気を鼓舞したり激励したりするもの」として勧める書物。

1巻。明末の僧・雲棲袾宏(1535-1615)編。1600(万暦28)年刊。禅宗の修行者を励まし、導くために編まれた。前集に「諸祖法語節要」「諸祖苦功節略」、後集に「諸経引証節略」を収める。「諸祖法語節要」は祖師の法語を集めたもの。「諸祖苦功節略」は祖師が悟道のためにいかなる苦行を行ったか述べる。「諸経引証節略」は諸仏典から修行者の精進の関わる記述を抜粋する。

日本では1656(明暦2)年と1762(宝暦12)年に和刻本が出版されている。後者は本書を座右に置いて尊重した白隠慧鶴(1684-1768)の遺志を継いで弟子たちが再刊したもの。注釈書としては、冠注本があったようだが未詳。1836(天保7)年、これに阿波の稽山笁尭が訂正増補を加えた『禅関策進箋解』が出版された。同書は明治に入って京都の貝葉書院からも出版されている。明治以降の注釈としては、若生国栄『禅関策進講義』(光融館、1909)がある。

「漱石山房蔵書目録」にはその書名を見ない。1909年5月4日の日記には「神楽坂で禅関策進を買はうとしたらもう売れてゐた」とある。また、1915年11月10日の日記には「禅関策進と白隠。慈明引錐」と題する小文がある。そこでは、本書によって、宋の慈明禅師が修行中自らを錐で刺して眠気を払った故事(慈明引錐)を知り、修行への意欲を取り戻した白隠に対し、「生理、心理、ヲ知ル」「今ノ学人」は、それを「能ハズトナス」だろうと述べている。　　　　　(福井辰彦)

◆よむ・みる

禅林句集

ぜんりんくしゅう

『禅林句集』は句の字数によって分類排列した故事成句や詩句を収録した禅の金言佳句集で、日本での禅僧の禅語習熟や漢詩文制作のための教本であった。漱石文庫には英朝禅師編輯・巳十子跋の1688(貞享5)年本の覆刻本『増補頭書　禅林句集　出所附』(乾坤2冊文光堂、1889)が存在する。当該書は指の当たる部分が痛んでおり、漱石の頻繁な使用がうかがわれる。

漱石の文章で『禅林句集』に載る禅句がみえるのは、1894(明27)年9月4日付正岡子規宛書簡に「不入驚人浪難得称意魚」(人を驚かす浪に入らずんば意に称う魚は得難し)とあるのが最初である。1896年11月15日付の正岡子規宛書簡には蔵書印「漾虚碧堂図書」の典拠の句が記されているが、この句も『禅林句集』にみえる。しかしこれらの禅句は『槐安国語』にも見え、『禅林句集』に拠ったとは断定出来ない。

漱石の小説や漢詩には多くの禅語が存在し『禅林句集』収載の禅句も多い。『禅林句集』への漱石の接し方は、加藤二郎に指摘があるように、『門』にみえる禅句「風碧落を吹いて浮雲尽き……」(この句は『五灯会元』にもみえるが『禅林句集』に拠った可能性が高い)の表現する禅的風景への主人公の憧憬に投影しているといえよう。(北山正迪「漱石と禅」『大乗禅』1969・2、加藤二郎「漱石と『禅林句集』」(『漱石と禅』翰林書房、1999)、『禅林句集』の性格や成立については『新日本古典文学大系52「庭訓往来句双紙」』(岩波書店、1996)の入谷義高、早苗憲生の解説に詳しい。)　　　　　　(田中邦夫)

荘子

そうし

漱石は小説や論文あるいは書簡の中で、しばしば『荘子』の想像力溢れる語句に言及している。たとえば、『吾輩は猫である』には、「大声は俚耳に入らず」(『荘子』天地)、「五車にあまる蠹紙堆裏」(『荘子』天下)、「呑舟の魚」(『荘子』庚桑楚)、「燕雀焉んぞ大鵬の志を知らんや」(『荘子』逍遙遊)、「無可有郷に帰臥してもいい」(同上)等があり、この世界の尺度を凌駕するような大きさや広さが示されている。漱石にとって、荘子は崇高と呼ぶべき次元を示してくれる存在であった。

その証拠として漱石の「ノート」を見てみると、その「Religionノ起因」の中に荘子への言及がある。すなわち、荘子はsublime(崇高)の一例として挙げられていたである。

漱石は漢詩においてより印象的に荘子を引用している。1898(明31)年3月の「春興」という漢詩には、「寸心何窈窕、縹緲忘是非(寸心何ぞ窈窕たる、縹緲として是非を忘る)」、そして「逍遙隨物化、悠然對芬菲(逍遙して物化に随い、悠然として芬菲[花の香り]に對す)」(65)とある。『荘子』逍遙遊や斉物論等から想を得たものであるが、是非を忘れ、自由なる逍遙の境地に立ち、物化というあらゆる方向に向かう自在の変化を肯定することで、目の前にある春の花のかぐわしさを深く味わうことができる、というのだ。

崇高はわたしたちの存在のあり方を大きく変化させることで、現実の個別具体に迫ることを可能にする。1916(大5)年8月20日の漢詩(140)を見ると、逝去の直前まで、物化の典型である胡蝶の夢に心を寄せた漱石は、経験の変容をはるかに望んでいたのである。

(中島隆博)

楚辞

そじ

◆塵纓無由濯　徘徊滄浪津（塵纓　濯うに由無く、徘徊す　滄浪の津）

（「客中逢春寄子規」69、1899（明32）年）

◆そんな所で君がヴイオリンを独習したのは見上げたものだ。惇独にして不群なりと楚辞にあるが寒月君は全く明治の屈原だよ。

（『吾輩は猫である』十一）

　1899（明32）年に熊本から正岡子規に送った漢詩に『楚辞』「漁父」の句「滄浪之水清兮、可以濯吾纓〔滄浪の水清まば、以て吾が纓を濯うべし〕」（『孟子』離婁篇にも「孺子」の歌として見える）をふまえた句があるのは、思い切って世を離れることができない身の上を嘆く修辞として常套句的である。ただ、『吾輩は猫である』において、熊本を想像させる土地でバイオリンを独習した寒月を迷亭が屈原（前343?-278）だと評したり、さらに後段でバイオリンの音を「琳琅　瓊鏘」と『楚辞』「東皇太一」の語を用いていたりなどするのは、漱石自身の境遇ともあわせて、熊本と楚が南方のイメージとして連なるところがあったかにも思われる。

　『楚辞』の作者として伝えられた屈原は、近代でも孤高と不遇を象徴する存在であり、1898年の第1回日本美術院展に出品された横山大観《屈原》が東京美術学校を追われた岡倉天心と重ね合わせられて受け止められたこともよく知られている。興味深いのは、寒月が迷亭に「屈原はいやですよ」と応じていることで、不遇のロマンティシズムへの漱石の距離の取りかたが現れているようにも見える。

（齋藤希史）

大慧普覚
（1086〜1163）

だいえふかく

　中国宋代中期の臨済宗の禅僧。諡号は普覚禅師。公案による参禅工夫の禅風を大成した。

　「草枕」で、非人情の旅に出た画工の余は、峠の茶屋の老婆から温泉宿の出戻りの美しい女那美の話を聞く。老婆は二人の男に懸想され淵川に身を投げた長良の乙女の伝説と那美の身の上が似ていると語り、余は水死するオフェリヤを描いたミレーの絵を想起する。

　その夜、温泉宿に泊った余は、花嫁姿の長良の乙女が二人の男に両方から引っ張られ、急にオフェリヤになって河の中を流れながら美しい声で歌をうたうといった「雅俗混淆な夢」を見る。余は「昔し宋の大慧禅師と云ふ人は、悟道の後、何事も意の如くに出来ん事はないが、只夢の中では俗念が出て困ると、長い間これを苦にされたさうだが、成程尤もだ」（三）と反省する。那美に対する美的憧憬と性的願望が「混淆」したような余の夢は、人情を超越した非人情の心境には遠いからである。

　この話は、『大慧普覚禅師書』に見える。同書は、禅師が門下の居士や官吏などの質問に答えて禅の要旨を説いた書簡形式の禅書である。下巻の「答向侍郎」では、自分の悟りが浅かった頃は、すっかり目覚めている時には仏の教えを信じ行うことができたが、「牀に上りて半惺半覚の時に及んでは、已に主宰となることを得ず」、夢に妄想（俗念）があらわれたことを述べる。また、悟りの深化によって夢の中の妄想は消えること（「至人に夢なし」）なども記されている。余が憧れる非人情の境地と禅の悟りとの共通性を示す一節である。

（水川隆夫）

◆よむ・みる

大燈国師
(1282〜1337)

だいとうこくし

鎌倉時代の禅僧宗峰妙超。花園天皇から興禅大燈国師の称号を受けた。京都大徳寺の開山。弟子に大徳寺第一世の徹翁義亨、妙心寺開山の関山慧玄などがいて、五山に対して林下の代表的な宗派を形成した。

『門』二十の二では、円覚寺の僧たちが老師の提唱(禅籍の講義)の前に「大燈国師の遺誡」を唱える場面がある。このとき宗助は、参禅の世話役の僧宜道から聞いた話として、大燈が臨終に際して、脚が悪く結跏できないのを無理矢理組んだため血を流して法衣を染めた、という逸話(『大燈国師語録』所収「大燈国師行状」ほか)を想起する。この逸話は「文芸の哲学的基礎」でも意思の作用の例として挙げられている。

しかし、遺誡は正しくは夢窓疎石のものであり、掲載後指摘を受けたらしく、単行本では訂正されているが、そうすると夢窓の遺誡を聞いて大燈の逸話を想起するという、おかしなことになってしまうところを、何とか糊塗している。

これ以前『吾輩は猫である』二で主人の朗読の様子を「禅坊主が大燈国師の遺誡を読む様な声」と形容し、『虞美人草』五でも夢窓が開いた天龍寺での散策の場面、甲野に夢窓と大燈を両方言及させているところを見ると、両者の区別が曖昧だったようである。

なお、漱石文庫にある山田孝道編『校補点註 禅門法語集』(光融館、1907)には大燈・夢窓両者の仮名法語が収められている。

(堀川貴司)

◆よむ・みる

沢庵
(1573〜1646)

たくあん

◆「御前は沢菴禅師の不動智神妙録といふものを読んだ事があるか」／「いゝえ、聞いた事もありません」
(『吾輩は猫である』九)

沢庵宗彭は、江戸時代初めの臨済宗の僧。紫衣事件で大徳寺を率いて幕府に対抗し、流罪にあったが、後に将軍家光の帰依を受けて、品川に東海寺を開いた。将軍家の兵法指南役柳生宗矩と親しく、『不動智神妙録』は宗矩に向けて、禅剣一致の境地を説いたもの。心が何かに固定すると動きが自在でなくなり敗れるので、とらわれのない無心の状態になることを理想とする。

『吾輩は猫である』では、迷亭の伯父の言葉に出てくる。この伯父は漢学者で、「若い時聖堂で朱子学か、何かに凝り固まつたものだから、電気燈の下で恭しくちよん髷を頂いて居る」(三)ような人で、ここでも苦沙弥と迷亭を前に、滔々と『不動智神妙録』の「心の置所」の一節を暗誦する。伯父が帰った後、苦沙弥と迷亭は「修養」に関する問答をし、苦沙弥は「哲学者」八木独仙の受け売りの修養論を述べる。それは、自分以外のものを変えようとする西洋の文明ではなく、「心其もの、修業をする」ことで心のほうを変える「消極的な修養」である。迷亭はそれを批判して、「僕は禅坊主だの、悟つたのは大嫌だ」と禅批判に及ぶ。西洋と東洋の間を揺れ動く漱石のアンビヴァレントな心情がうかがえる。そこに出る「石火の機」や「電光影裏に春風をきる」(無学祖元の偈)は、『不動智神妙録』に説かれるもので、この前後の修養や禅に関する議論は同書を下敷きにしている。

(末木文美士)

陶淵明
(365〜427)

とうえんめい

　陶淵明は中国六朝(晉宋)時代の詩人。六朝・梁の鍾嶸『詩品』に、「古今隠逸(隠遁)詩人の宗(元祖)なり」といい、「帰りなんいざ、田園まさに蕪れんとす、胡ぞ帰らざる」とうたう「帰去来の辞」は、代表作の一つ。

　漱石は「木瓜咲くや漱石拙を守るべく」という句を作っているが、淵明が生涯「拙」(世渡り下手、無器用さ)を守りつづけたことに共感を持ち、論文・随想・俳句・漢詩の中で、しばしば淵明の故事に言及し、詩語を引用する。たとえば、桃源・門柳・採菊・悠然・南山・無弦琴・環堵蕭然など。また「草枕」の中で西洋と東洋の詩を比較して、西洋の詩は人事が根本になるから、人情を離れることができぬず、何処までも同情とか恋愛、正義とか自由といったいわゆる「浮世の勧工場」にあるものだけで用を弁じている。いくら詩的になっても地面の上を駆けまわっていて、銭勘定を忘れるひまがない。ところが「東洋の詩歌はそこを解脱したのがある」とし、淵明の詩句を引いて、次のようにいう。

　「採菊東籬下、悠然見南山。只それぎりの裏に暑苦しい世の中を丸で忘れた光景が出てくる。垣の向ふに隣りの娘が覗いてる訳でもなければ、南山に親友が奉職して居る次第でもない。超然と出世間的に利害損得の汗を流し去つた心持ちになれる」(「草枕」一)。

　引用の詩句は、「飲酒」二十首の第五首、第五・六句。　　　　　　　　　　(一海知義)

杜甫
(712〜770)

とほ

◆病中は御恵与の杜詩を読み苦悶を消し候杜詩を一通り眼を通したのは今回が始めてに候是も御好意の御蔭と深く喜び居候。杜詩はえらいものに候。

(橋口貢宛書簡、1913(大2)年7月3日付)

　橋口貢(1872-1935?)は漱石の五高時代の教え子であり、東大を卒業して外交官となった。弟の清、すなわち橋口五葉(1880-1921)を紹介したこと、『心』に用いられた石鼓文の拓本を贈ったことなどでも知られる。漱石は1913(大2)年3月に胃潰瘍を再発しており、連載中の『行人』も中断された。橋口はこのとき清国駐在であったから「杜詩」も唐本であると思われ、「漱石山房蔵書目録」にある杜甫の詩文集のうちで言えば、清・楊倫『杜詩鏡詮』(1872年重刻)が該当する。

　杜甫は中国を代表する詩人として、とりわけ近世以降は日本でも広く読まれた。漱石も初期の漢詩や『草枕』あるいは『文学論』において、「李白一斗詩百篇」の句で知られる「飲中八仙歌」や「乾坤一草亭」の句で知られる「暮春題瀼西新賃草屋(暮春　瀼西の新たに賃せし草屋に題す)」を用いている。さらに、杜詩を通読する機会を得て新たな親しみを覚えるようになったであろうことは、晩年の漢詩からも察せられる。

　なお、中断されていた『行人』が再開された後の「塵労」三十五に「私は其時私の覚えてゐた燈影無睡を照し心清妙香を聞くといふ古人の句を兄さんの為に挙げました」とあるのは、杜甫の五律「大雲寺賛公房」による。

(齋藤希史)

◆よむ・みる

南画

なんが

幕末明治の南画

「思ひ出す事など」によれば、子供の頃には、家に5、60幅の絵があり、漱石はその中でも特に彩色の南画山水を好んで眺めていたという。この回想記は修善寺の大患の後に執筆されたものであることから、漱石にとっては、残された人生を過ごすために重要なものは何かという取捨選択の意識が働く中での回想であったと思われる。すなわち、この後、漱石は南画山水を自ら熱心に描くようになる自己の志向性を遡って子供の頃に求めていたということができる。自分は、子供の頃から南画が好きだったのだと。

では、漱石が子供の頃に見ていた南画とはどのようなものであったか、またどのような画家たちであったのか、となると残念ながら記録がない。一般的には、南画は幕末から明治期に隆盛を迎え、その場で描いた席画などを販売する書画会が頻繁に開かれ、また、市場で取引される作品も多かった。同時代で人気を博したのは、安田老山、奥原晴湖、田能村直入らであり、また、江戸後期から続く画派では、谷文晁系、渡辺崋山系が珍重されていた。漱石の育った江戸の名主たちの家では、そうした南画が床の間を飾ったと想像される。

日本の南画は、18世紀半ばから発展を遂げた絵画様式の一ジャンルである。そもそもは8世紀、唐の王維に始まるとされる中国南宗画を起源とする。華北地方に対して江南地方を中心とした山水様式を「南宗」と称し、元時代末期には文人画家たちが好んで南宗様式で描いたことから文人画＝南宗画という定式が出来上がった。江戸時代中期に、この南宗画が日本で盛んに学ばれ、描かれるようになるのであるが、幕末頃から、これを一般に南画と呼ぶようになった。「南画」とは要するに南宗画の略だが、日本的な南宗画という、様式でもなく流派でもないこの曖昧な概念が、詩画一致を尊ぶ文人画と表裏一体をなし、近代にまで継承されてきたのである。

大正期の再評価

「草枕」の冒頭、画工が山路を登りながら、理想の芸術とは何かと自問する場面がある。「吾人の性情を瞬刻に洵冶して醇乎として醇なる詩境に入らしむるのは自然である」と画工は悟る。自然のなかを逍遥し、自然の中にとけ込むことで、そこに詩が生まれ、絵画が出来るというこの詩画一致の芸術論は、池大雅、与謝蕪村にはじまる南画の世界観に通じている。

1913(大2)年、ゴッホの画集を見た漱石は、「珍な事夥しく候。西洋にも今に大雅堂が出る事と存居候」(橋口貢宛書簡、1913・7・3付)と述べ、ゴッホの「珍な事」を日本南画の大成者である池大雅と結びつけていた。漱石が具体的に両者のどの作品を比べていたのかは不明ながら、カラフルな点描で画面をうめつくしていく表現は、画材の相違を超えて共通性を見い出すことができる。そして、その点描法は漱石自身が描く南画山水においても、しばしば見うけられることになる。

大正時代には、南画を新しい時代に相応しいものとして再評価する動きが見られるが、漱石がゴッホと大雅とを対峙させたのは、点描表現ばかりでなく、まさに〈個性の表現〉という共通項を見出していたからにほかならない。漱石は、ちょうどこの年の秋から、墨画と岩彩とによって、山水や竹などの南画を好んで描くようになる。これには津田青楓の勧めもあったようだが、結局、亡くなるまで南画制作は続けられることになり、むしろ漱石は自己表現として積極的に南画制作に取り組んでいた、ということもできる。　（古田亮）

日本の美術

にほんのびじゅつ

関心の範囲

漱石が日本の美術にいかなる関心を持っていたかについて整理するためには、対象となる時代や分野がおよそどのあたりにあるかを予め明らかにしておく必要がある。今日、私たちが日本の美術と言うときに古代から現代までの美術史全般を対象としているのとは違って、漱石には教養としての美術史への関心はあまり感じられない。子供の頃、うちに5、60幅の絵がありそれを眺めるのが好きだったと「思ひ出す事など」に回想しているように、漱石は生活のなかで書画に親しみながら育ったようだ。子供の頃から身近に接していた日本美術とは、いわゆる書画骨董の部類であり、その後、博物館などでいわゆる国宝級の名品にふれる機会が増えていくことはあっても、小説などに取り上げられるのは、例えば円山応挙、与謝蕪村、伊藤若冲、酒井抱一、渡辺崋山など、近世の画家たちが圧倒的に多い。日記、書簡などを通覧しても、京都奈良の寺院建築、仏教美術、絵巻物といった、いわゆる日本美術史では定番となるような名宝、名品に関してはほとんど言及されることがない。おそらく、そうした評価の定まった正統な日本美術の作例については、知識としては理解していたとしても、日常の関心からは遠く、また、創作のインスピレーションともならなかったようである。

したがって、ここでは漱石の関心の範囲に応じて、日本美術との関係を記述していくが、「書画・骨董」「南画」については別項目があるので重複を避け、また、同時代の日本美術についても記述の対象から外している。

小説に登場する日本美術

はじめに、主要画家ごとにその画家が登場する小説、評論等を列挙してみよう。池大雅：「草枕」『虞美人草』「道楽と職業」、伊藤若冲：「一夜」「草枕」『硝子戸の中』、歌川豊国：「野分」、葛飾北斎：「草枕」「思ひ出す事など」「創作家の態度」、狩野探幽：『行人』、狩野常信：『虞美人草』、狩野元信：『吾輩は猫である』『琴のそら音』、岸駒：『門』、喜多川歌麿：「一夜」『三四郎』「思ひ出す事など」「創作家の態度」「満韓ところどころ」、酒井抱一：『虞美人草』『門』、雪舟：「草枕」、長沢蘆雪：「草枕」、円山応挙：「草枕」『それから』『行人』「自然を離れんとする芸術」、横山華山：「坊っちゃん」「永日小品」、与謝蕪村『吾輩は猫である』「草枕」『虞美人草』「夢十夜」「創作家の態度」、渡辺崋山：「野分」『門』『心』「永日小品」。

このうち酒井抱一、与謝蕪村らについては別項目があるので参照されたい。ここでは、その他の数例を取り上げることとする。

円山応挙(1733-1795)については、「ターナーが汽車を写すまでは汽車の美を解せず、応挙が幽霊を描くまでは幽霊の美を知らずに打ち過ぎるのである」という、「草枕」の一節がある。応挙が幽霊画を広めたことはよく知られていたことだとはいえ、ターナーの汽車と併記するところに斬新さがある。『それから』では、代助が父の御陰で古美術に親しんだという一例として応挙の名を挙げている。代助の兄が「掛物の前に立つて、はあ仇英だね、はあ応挙だね」と言う場面である。また、もっとも具体的な作品に言及されているのは『行人』である。長野二郎が父親に誘われて上野の表慶館を訪ねる件。父は利休の手紙や、御物の王羲之の書(《喪乱帖》か)などを見ていくが、やがて、応挙の作品に出会う。十幅ばかり、波のなかに数羽の鶴が描かれており、唐紙に貼ってあったものを掛軸に直したのだろうという記述から、この作品が当時すでに

◆よむ・みる

金剛寺(京都府亀岡市)から博物館に寄託となっていた円山応挙筆の《波濤図》であることが明らかである。

渡辺崋山(1793-1841)については、「坊っちゃん」に、下宿の亭主が「今度は華山とか何とか云ふ男の花鳥の掛物をもって来た」とある。坊っちゃんがいい加減に挨拶をすると、亭主は「華山には二人ある、一人は何とか華山で、一人は何とか華山ですが、此幅はその何とか華山の方だと、くだらない講釈をしたあとで、どうです、あなたなら十五円にして置きます。御買いなさいと催促をする」。漱石はいずれも草冠で華山と書いているが、渡辺崋山も当初は「華」を使っていた。もう一人の何とか華山は横山華山(1781/84-1837)のことである。また、『心』の「百十」すなわち最終回では、渡辺崋山が邯鄲という画を描くために、死期を一週間繰り延べたという話が「先生」によって語られる。先生が死のうと思ってから、自叙伝を遺すために日延べをしているというその説明に、崋山の例を出しているのである。ここで先生のいう崋山の邯鄲という画とは、現存する《黄粱一炊図》のことである。死を覚悟した崋山がこの画題を選んだこと自体、一篇の小説となり得るドラマがある。漱石の脳裏には崋山の一生と、《黄粱一炊図》とが浮かんでいた。

以上が、文学作品に取り上げられた画家たちについてだが、俳句では「光琳の屏風に咲くや福寿草」のように画家や絵画が詠み込まれる場合もある。このほか、「夢十夜」では鎌倉時代の仏師運慶が登場し、また、中国画家としては「永日小品」の「懸物」に王若水が登場する。

俵屋宗達を評価

次に、漱石が日本美術をどのように観察し、記憶し、語るのかを知る上で好材料である1913(大2)年9月の博物館見学について見てみよう。漱石はそこで見た作品について津田青楓に書簡で感想を伝えている。その中で特に注目すべきは、俵屋宗達(生歿年不詳)に対する言及である。宗達作品に対する「何だか雄大で光琳に比べると簡樸の趣があります」(津田青楓宛、1912・9・26付)という漱石の評は、宗達芸術の核心をつくものとなっている。宗達の《龍図》(東京国立博物館所蔵)について「あの龍は旨くて高尚ですね」「僕は扇ぢらしの屏風を一双もらふよりあの龍をもらつた方がいゝ」(津田宛、1912・9・26付)と書いているように、漱石は宗達を大いに気に入った様子である。「扇ぢらし」とは現在宮内庁三の丸尚蔵館所蔵の《扇面貼付屏風》である。興味深いのは、漱石が数日経ってからでも、まるで今見てきたばかりのように画面を思い浮かべていることである。書簡の最後に津田青楓に対して、「一つ宗達流な画を描いてみる気はありませんか。でなければあの気分を油絵に応用してみる気はありませんか」(1912・9・26付)と投げかけている点は興味深い。宗達は、この頃ようやく世間に認知されるようになったばかりで、大正時代以降、その評価が著しく高まった画家である。漱石は宗達の芸術にいち早く気付いた一人であったということができる。それは、当時、芸術は自己の表現であるという芸術論を展開した漱石にとって、宗達は光琳に比べて甚だ個性的であり魅力的に映ったのであろう。

(古田亮)

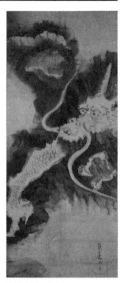

俵屋宗達　龍図
東京国立博物館所蔵

白隠
(1685〜1768)

はくいん

　白隠慧鶴は江戸時代の禅僧、日本臨済禅中興の祖と呼ばれる。室町時代以降、硬直化していた禅宗を改革し、時代に相応した宗教として再構築した人物であり、現代の臨済禅の法灯はすべてこの人につながる。白隠は伝統的な公案（禅問答）による禅をさらに発展させ、それはやがて弟子たちによって独特な公案体系ができた。そして、江戸時代末期から明治の始めにかけて、臨済宗の主要寺院にはいくつかの専門道場（僧堂）というシステムができた。それまでの禅の修行者は諸国行脚したのだが、これに代わって一箇所に止住して、作務（労働）と坐禅と公案を中心とする集団生活の中で修行する形態ができた。それが専門道場（僧堂）である。漱石は鎌倉円覚寺の釈宗演について参禅したが、これはこのような白隠下の禅であり、漱石が授けられた公案については『門』に出るとおりである。

　白隠の代表作に『遠羅天釜』という仮名法語があり、「草枕」では、那美の書棚の一番上に、この書が『伊勢物語』とともに置かれている。『遠羅天釜』は、内観による養生法を説き、俗世間にあって禅を実践する方法を述べる、在家禅の指南書である。帝国大学の上杉慎吉（1878-1929）はこの書を学生に暗記させたというが、この時代によく読まれていた書である。

　また、『門』には、『宗門無尽灯論』の名が出る。これは白隠の弟子の東嶺が撰述したもので、白隠禅の階梯を把握できる書である。漱石はこの書を松本文三郎に依頼して入手したという（松本文三郎「漱石の思ひ出」『漱石全集』月報第16号、1937）。　　　　　（芳澤勝弘）

白楽天
(772〜846)

はくらくてん

　白楽天は、中唐の詩人、白居易の字。平易な詩風とともに、その詩文集『白氏文集』で知られる。

　『吾輩は猫である』二の、東風君と苦沙弥先生との対話の中で、朗読会で古人の作から始めると聞いた苦沙弥先生が「白楽天の琵琶行」に言及する場面がある。「草枕」七の、余は風呂に関して「只這入る度に考へ出すのは、白楽天の温泉水滑洗凝脂と云ふ句丈である」としている。これは白楽天の「長恨歌」の詩句を直接用いたもの。同じく「草枕」十で、様々な花の風情を挙げて「悄然として萎れる雨中の梨花には、只憐れな感じがする」とするが、これも「長恨歌」の「梨花一枝春帯雨」に基づく。この表現は漱石が好んだものらしく、『文学論』の第四編第五章「調和法」で「美人の憂ふる様を形容して梨花一枝帯雨と云へば梨花を以て美人を解するが故に、投入語法なり。梨花を以て美人を形容するのみならず、梨花を以て美人の代用とせるなり」とする。「春」一字脱。「文展と芸術」で絵画に「白楽天と鳥巣和尚が問答をしてゐた」のを紹介する。唐の高僧であった鳥巣和尚と白楽天との問答は『正法眼蔵』にも記すところ。俳句でも1896（明29）年の「酒なくて詩なくて月の静かさよ」（885）は、白居易「北窓三友詩」の表現の類似に注意。漢詩では、1916（大5）年10月6日の184〔無題〕の初句で「非耶非仏又非儒（耶に非ず仏に非ず又儒に非ず）」と、白楽天の「池上閑吟二首（二）」「非道非僧非俗吏」と表現が類似している。また、日記の1907年3月30日に狩野探幽の絵画の記述に「探幽三十六詩仙。丈山賛」とあり、「白居易の鼻ガ大デアル」としている。　　　　　（佐藤信一）

◆よむ・みる

馬祖道一
(709〜788)

ばそどういつ

◆昔し或る学者が何とかいふ智識を訪ふたら、和尚両肌を抜いで甎を磨して居られた。

　　　　　　　　　　　　（『吾輩は猫である』九）

◆磨甎未徹古人句（甎を磨きて　未だ徹せず　古人の句）　　　　　　　　（75、1900（明33）年）

　馬祖道一は、中国唐代の禅の祖師。南嶽懐譲の弟子。南嶽のもとで修行中、坐禅に励んでいたところ、南嶽がやってきて、「坐禅をしてどうしようというのか」と尋ねた。馬祖が「仏になるつもりです」と答えると、南嶽はいきなり塼を石で磨き始めた。馬祖が「何をするつもりか」と問うと、「鏡にするつもりだ」と答えた。「塼を磨いても鏡になるはずがない」と言うと、師は「坐禅をしても仏にはなれない」と答えたという。

　『景徳伝灯録』巻5・南嶽懐譲章などに見える。よく知られた話で、漢詩に見えるように、「磨甎（塼）」で熟語として用いられる。『吾輩は猫である』では、この話を、「ある学者」と「智識（和尚）」との問答として引くが、「坐禅をしても仏になれない」という意味ではなく、「いくら書物を読んでも道はわからぬ」ということだと説明している。意図的な改変というよりは、漱石はそのように覚えていたのであろう。

　漢詩は、1900（明33）年、洋行前に子規にあてたものであるが、「血を嘔きて始めて看る　才子の文」と対になっている。ここも「いくら書物を読んでも道はわからぬ」意で用いられ、「いくら本を読んで、頭で考えても、古人の言葉の真意は理解できない」として、病気で血を吐く体験をして、文学の真髄をつかんだ子規と対比している。　　（末木文美士）

◆よむ・みる

碧巌録

へきがんろく

◆「何といふ本ですか」／「『碧巌集』、けれど本は余り読むものぢやありません、幾等読んだつて自分の修行程度しか判らぬから」

　　　　　　　　（談話「色気を去れよ」）

　円覚寺の参禅は、『門』「夢十夜」などに生かされているが、フィクションでなく、自分の体験としては、1910（明43）年のこの談話に語られる。それによると、1894年の春ということで、与えられた公案も、「父母未生以前本来の面目」ではなく、「趙州の無字」になっている。その時に仲良くなった典座寮の宗活さんとの問答に、『碧巌集』が出てくる。同じ話は『門』にも使われている。

　『碧巌録』（『碧巌集』）は、複雑な構成を持つ。まず、北宋の雪竇重顕（980-1052）が、古則（模範となる古人の言動）を百則選び、それに頌（詩）を付して『雪竇頌古』を著わした。それに対して、北宋晩期に圜悟克勤（1063-1135）が、垂示（導入の言葉）と著語（短いコメント）、ならびに評唱（詳しい説明）を付したもので、正式には『仏果圜悟禅師碧巌録』と呼ばれる。日本では、早くも中世に五山版で刊行され、多くの註釈が書かれた。禅寺では、「提唱」という老師による講義の講本としてよく用いられる。

　1909年6月10日の日記には、「碧巌会より案内あり。宗演和尚の碧巌の提唱ある由。（中略）目下禅僧の講話をきゝたき了簡なし。ひまでも出来たら行つて見るも妨げず」とつれない。しかし、『碧巌録』に基づく禅語は作品中に多く見られ、俳句や漢詩の素材にも使われた。例えば、「廓然無聖達磨の像や水仙花」（300）は、『碧巌録』第1則による。（末木文美士）

松尾芭蕉
(1644〜1694)

まつおばしょう

◆芭蕉と云ふ男は枕元へ馬が尿するのをさへ雅な事
と見立てゝ発句にした。　　　　　　　（「草枕」一）
◆貧乏を十七字に標榜して、馬の糞、馬の尿を得意
気に詠ずる発句と云ふがある。　（『虞美人草』十二）
◆発句は芭蕉か髪結床の親方のやるもんだ。
　　　　　　　　　　　　　　　　（「坊っちゃん」八）

　1684（貞享元）年の『野ざらし紀行』の旅を
契機に、蕉風俳諧を確立。1689（元禄2）年の『お
くのほそ道』の旅と、それに続く『猿蓑』の編
集を経て、晩年には「不易流行」や「かるみ」
などの芸術理念を唱えた。
　そもそも、俳諧とは和歌・連歌では詠まれ
ない景物を詠むものである。漱石が「芭蕉と
云ふ男は枕元へ馬が尿するのをさへ雅な事に
見立てゝ発句にした」（「草枕」）、「貧乏を十七
字に標榜して、馬の糞、馬の尿を得意気に詠
ずる発句と云ふがある」（『虞美人草』）と書い
たのは、和歌・連歌とは最も遠いものを挙げ
ることで俳諧の本質を指摘したのである。実
際、『おくのほそ道』には「蚤虱馬の尿する枕
もと」の句が載る。
　また、「坊っちゃん」には、「発句は芭蕉か
髪結床の親方のやるもんだ」と主人公が思う
箇所がある。髪結床は、三馬の滑稽本や落語
などで馴染み深い江戸時代後期の庶民の社交
場。その親方といえば、子規が批判した「月
並俳諧」や、景品目当ての「雑俳」などに親し
んだ階層である。一般の理解では、元禄の芭
蕉はあくまで高踏的、かたや幕末明治の俳諧
はどこまでも通俗的なのだが、「坊っちゃん」
にとっては両者の違いなど問題ではなかった
ようだ。　　　　　　　　　　　　（伊藤善隆）

夢窓国師
(1275〜1351)

むそうこくし

　鎌倉末期から室町初期にかけて活躍した臨
済宗の僧。1325（正中2）年後醍醐天皇の招き
で南禅寺に入寺したが翌年退いた。鎌倉幕府
滅亡直後、同天皇の招請によって同寺に再住
し、国師号を授けられた。建武新政権の瓦解
後は、足利尊氏・直義兄弟の厚い帰依を受け、
後醍醐天皇の追善のために天龍寺の建立にあ
たり、その開山第一祖となった。
　『虞美人草』では、京都旅行中の甲野欽吾と
宗近一が天龍寺を訪れて、「趣きある」「伽藍」
や「ちつとも曲つてゐない」「一目瞭然」な
「境内の景色」に心を引かれ、造営者の「夢窓
国師」に敬意を表している。一方、彼らは、保
津川下りの船頭たちが急流に挑む姿を「壮ん
なものだ」と感服し、「夢窓国師より此方の方
がえらい様だ」「夢窓国師より上等だ」と評し
ている。帰京の際にも、冗談半分ではあるが、
急行列車は夢窓国師より上等だと繰り返して
いる。もっとも、甲野・宗近の意見と作者の
意見とは区別しなければならない。彼らは帰
京後、宗近の父から、比叡山に登りながら延
暦寺も見ないで下りてしまったことを「飛脚
同然」と笑われる。彼らは、仏教についての
教養や関心の乏しい人物として相対化されて
いる。
　漱石は、夢窓が天龍寺などの禅的庭園を造
り、漢詩文をよくするなど禅風文化の振興に
努めたことを評価していたにちがいない。た
だ、7人の天皇から国師号を授与されるなど
栄達をきわめながら、民衆へのエネルギッ
シュな布教活動が少なかったことに不満を抱
いていたのではないだろうか。　　（水川隆夫）

◆よむ・みる

明治漢詩人

めいじかんしじん

　吉川幸次郎が「先生の漢詩は、それら職業的な専門の漢詩人とは無縁に、その外に孤立して作られた」と述べたように（『漱石詩注』岩波書店、1967）、漱石と明治漢詩人との関係は極めて希薄である。そのことは、漱石漢詩が、他の日本漢詩とは異なる個性的な存在となった一因でもあろう。

　数少ない漱石と明治漢詩人との接点は、第五高等学校教授であった時期に見出せる。

　一つは1896（明29）年5月のこと。「丙申五月、恕卿の居る所、庭前に霊芝を生ず。恕卿因つて余が詩を徴す。余、辞するに不文を以てす。恕卿聴かざれば、賦して以て贈と為す。恕卿なるものは片嶺氏、余の僚友なり」五言絶句五首（59-63）の添削を、正岡子規を介して、本田種竹（1962-1907。名秀、字実卿。徳島の人）に依頼している。種竹は新聞『日本』の漢詩欄を担当したこともあり、子規と親交があった。子規宛書簡（1896・11・15付）で漱石は「幼学詩韻抔をひねくりちらしやつとの事で五絶五首を作り候へども自分ながら此が拙詩でげすと人に贈る訳にも相成兼る」と添削を依頼した動機を述べている。

　また、1898年3月作の五言古詩「春興」（65）、「失題」（66）、「春日静坐」（67）、1899年4月作の五言古詩「古別離」（71）、「失題」（72）については、五高の同僚だった長尾雨山（1864-1942。名甲、字子生、通称槇太郎。高松の人）の批正が加えられている。このうち65は「草枕」十二に、67は「草枕」六に、主人公である画工の作として、雨山添削後の形で引かれる。また、71、72は五高の校友会誌『龍南会雑誌』77号（1900・2）文苑欄に、やはり添削後の形で掲載されている。　　　　　　　　　　　（福井辰彦）

◆よむ・みる

蒙求

もうぎゅう

◆剣寒し闌を排して樊噲が　（1110、1887（明30）年）
◆道を得ずして道を得たる如くす。尤も恥づべし。道を得て熟せず。妄りに之を人に授く。次に恥づべし。（中略）俚諺は友人紫影子の本領なれば詳しくは云はず。進んで東西の故事故典を蒐聚比較せば優に一部の蒙求を編述するに足らん。「リップ　ヴァン　キンクル」は浦島と好き取組なるべく、「レナード」狐は猿蟹合戦と好一対ならずとせんや。（中略）左りとては手間のかゝる業なれば、最後に今一則を掲げて此話頭を結ばんと欲す。蒙求の見出しに曰く、一休飲鳥。「マホメット」喚山。　（『不言之言』）
◆老梅君と君とは反対の好例として新撰蒙求に是非入れたいよ」と迷亭君例の如く長たらしい註釈をつける。　　　　　　　　　　（『吾輩は猫である』六）

『蒙求』と異種『蒙求』

　唐の李瀚の原撰になる『蒙求』は、『易経』の「蒙」の卦「童蒙我に求む（童蒙求我）」から名を採られた初学用の教科書である。古典の中から類似する有名人物の言行を対にして、四字句の韻語で連ねた標題に注が付されたもので、日本では平安時代に渡来し近代まで流布した。

　漱石在世時の『蒙求』は、江戸〜明治に流布した新注と呼ばれる徐子光補注であったが、それだけでなく「○○蒙求」のように『蒙求』の書名を冠してその意匠にならって作られた続撰書（異種『蒙求』）も広く流布していた。

　漱石が二松学舎に転校して漢文を学んでいた1881年（明14）頃は、『蒙求』の注釈書や、続撰本輩出の最盛期であった。（相田満「幕末明治期の蒙求」、国際日本文学研究集会会議録18、国文学研究資料館、1995）。

漱石も自分で『蒙求』のような類似する人物故事を対とする標題を持つ俚諺集を編む意志があったようだ。友人紫影子（藤井乙男）が『諺語大辞典』を編纂したことと相まって、文人意識を刺激されたらしく、『不言之言』には、もし漱石が自分で『蒙求』を作るならばと、対となる故事の一例を挙げている。『猫』でも迷亭君をして架空の書『新撰蒙求』編纂の意欲を語らせて、そこにも漱石のこだわりがうかがえる。

漱石号の典拠

漱石の名は、『蒙求』中の「孫楚漱石」から採られた。流れに漱ぐというべき所を、石に漱ぐと言い誤ったのに、それはうがいをするためだと詭弁を押し強した孫楚というへそ曲がりな人の故事で、『晋書』列伝二十六や『世説新語』排調編に引かれ、それが『蒙求』に採られて広く知られたものである。しかも、旧幕時代の画人や俳人の雅号にも同じ漱石号を名乗った人が複数いたことには気が回らず、「私が蒙求を読んだのは小共の時分ですから前人に同じ名があるかないかは知りませんでした」（雅号の由来『時事新報』大正2年10月2日）と、自身の号を陳腐さを悔いている。

「蒙求」由来の知識

俳句でも、朝政を怠っている主君の漢の高祖を闌（門）を排し入って諫めた忠臣樊噲の故事「樊噲排闌」を詠みこんだ句をはじめ、『蒙求』に因む故事は随所に見える。ただ漱石は初学書『蒙求』での漢籍素養をひけらかすのは、「道を得ずして道を得たる如くす。尤も恥づべ」きことと思っていたようで（「不言之言」）、禅味の増す後期の漢詩作品では『蒙求』由来の詩句の出現は影を潜める。漱石の旧蔵書や自筆資料を収める東北大学「漱石文庫」に『蒙求』がなかったのも、『蒙求』を初学書と軽んじためかもしれない。　　　　（相田満）

孟子

もうし

漱石は早い時期から孟子に関心を示していた。1889（明22）年6月3日に稿がなった「居移気説（居は気を移すの説）」は、第一高等中学校本科の一年生時の作であり、『孟子』尽心上にある「居は気を移し、養は体を移す」に想を得たと述べられている。しかし、実際は『列女伝』や『蒙求』に説かれた孟母三遷の故事に自らの境遇を重ねたもので、商売に賑わう浅草で銭勘定に汲々としそうになった第一の時期、閑静な高田馬場で詩文に没頭し「物我を忘れ」た第二の時期、実学を重視する第一高等中学校で「花を賞し月を看るの念」を捨てた第三の時期について述べている。

ここでの漱石の不安は、今後も環境が変わるたびに自らの心も変わるのではないかというもので、外に動かされない「虚霊不昧」なる心を得ようと欲していた。この「虚霊不昧」は王陽明の「虚霊不昧、衆理具わりて万事出づ。心外に理無く、心外に事無し」（『伝習録』上巻）を念頭に置いている。三島中州から陽明学の薫陶を受けた漱石は、孟子を心学の線で読解していた。この読解は、『吾輩は猫である』での「孟子は求放心［なくした心を求める］と云はれた位だ」（九）という箇所によく現れている。とはいえ、漱石は、孟子に社会に関わる治国の側面があることを承知していた。「老子の哲学」（1892）の冒頭では、仁義から治国への道を説いた孟子を強調していたし、中川芳太郎宛書簡（1906・7・24付）では、中川に「自ら反みて縮くば、千万人と雖も吾れ往かん」（『孟子』公孫丑上）という言葉を引いて、世の中に積極的に関与することを勧めていた。「心の修業」（『吾輩は猫である』九）だけでは解決はつかなかったのである。　　　（中島隆博）

◆よむ・みる

与謝蕪村
(1716〜1783)

よさぶそん

蕪村の名が漱石の文学作品中にはじめて登場するのは、『吾輩は猫である』で朗読会の内容を「蕪村の春風馬堤曲の種類ですか」と苦沙弥が東風に尋ねる場面である。それだけだが、蕪村の春風馬堤曲の詩的世界は、そのまま「草枕」の美的世界に通じるものがあり、実際、漱石は「草枕」のなかで理想の世界を描けた数少ない画家のひとりに蕪村を挙げている。

蕪村は、1735(享保20)年頃までに故郷摂津国を出て江戸に下り俳諧を学んだと言われる。1770(明和7)年、俳諧宗匠となるが、翌年、池大雅の《十便図》に合わせて《十宜図》を制作するなど、後半生は画家としての実力を遺憾なく発揮した。中国画風を取り入れた南画は、安永期に至って高い完成度を示すようになり、その画境は謝寅の号を用いるようになる1787(安永7)年以降にピークとなる。

漱石は、俳句のみならず蕪村の絵画について強い関心をもっていた。「草枕」の冒頭、春の山路を登っていく画工が想い描くのは、蕪村の《新緑杜鵑図》《山居曳駒図》などであったかもしれない。詩情性豊かな蕪村画は、漱石が想い描く理想の芸術世界といってよいものである。

この他、「夢十夜」の「第二夜」では、武士と僧侶とが問答する部屋の襖絵を蕪村が描く漁夫の図という設定にしている。また、1914年、蕪村の画を12円で購入しており、「私は好い画だと思つて毎日眺めてゐます人は偽物といふかも知れませんが私は一向頓着なしに楽しんでゐます」(橋口貢宛書簡、1914・6・2付)と書いている。 (古田亮)

李白
(701〜762)

りはく

◆白牡丹李白が顔に崩れけり

(2445、1915(大4)年)

この句は広島西条の古い酒蔵である「白牡丹」に漱石が贈った俳画のもの。酒蔵の名にちなんで白牡丹を大きく描き、句を上に配する。李白は酒を好んだ詩人である上に、牡丹と李白が取り合わせられるのは、玄宗皇帝が楊貴妃と牡丹の花を愛でて宴をした時、李白に命じて詩を作らせた故事をふまえている。詩は『唐詩選』にも載録される「清平調詞」三首である。ただしこの句は、直接には高井几董(1741-1789)の句「夜の牡丹李白が顔を照らしけり」(915、浅見美智子編『几董発句全集』八木書店、1997)を受けていよう。

李白と言えば大酒飲みというイメージを漱石もまた共有していた。1916年9月4日の〔無題〕詩に「只為桃紅訂旧好、莫令李白酔長安(只だ桃紅の為に旧好を訂せんのみ、李白をして長安に酔わ令むる莫し)」とあるのもその例。『吾輩は猫である』で猫がビールを飲んで甕に落ちて死んでしまうところなどは、酒に酔って水面の月を捉えようとして舟から落ちて溺死したという伝説のある李白を想起させる。

一方で、詩の表現から見ると、特に意識して李白を模倣しようということはなかったようだ。あくまで漢詩文を学ぶ中で自然と親しみ、時にその表現を採り入れるというもので、李白のみを集中して読むことも、おそらくなかったであろう。この点、杜甫への対し方と比べて興味深い。 (齋藤希史)

◆よむ・みる

列仙伝

れっせんてん

◆余は今の青年のうちに列仙伝を一枚でも読む勇気と時間を有つてゐるものは一人もあるまいと思ふ。年を取つた余も実を云ふと此時始めて列仙伝と云ふ書物を開けたのである。 (「思ひ出す事など」六)

『列仙伝』は、漢の劉向撰として伝わる七十余人の仙人を記載したものが一般に知られるが、漱石は「帙入の唐本で…其の中にある仙人の挿画」と書いているので、彼が手に取ったのは、明代萬暦刊本『有象列仙全伝』と考えられる。ただし、いずれも「漱石山房蔵書目録」には見えない。

王世貞輯次、汪雲鵬校梓『有象列仙全伝』九巻は、肖像を伴う仙人の伝記で、目録には実に五八一もの仙人の名が列挙されている。撰者の王世貞(1526-1590)は、李攀龍(1524-1570)と共に明代古文辞派(後七子)の一人として知られており、日本では荻生徂徠(1666-1728)ら蘐園学派に多大な影響を与えた。

ただし本著は、汪雲鵬なる書店の主が当時流行した彼らの知名度を借りて刊行した可能性が高い。例えば、巻頭「列仙全伝序」は李攀龍撰とあるが、彼の文集(『滄溟集』)には見えない。また序文末尾には「汪雲鵬書」とあり、汪雲鵬が自身の筆跡をそのまま彫りつけたものであると言明している。本著て、中国において見出せるのは萬暦(1573-1620)刊本のみであるが、日本では江戸、京、大阪などの様々な書店から和刻され広く親しまれた。なお、漱石のいう「此時」とは、修善寺の大患の時1910(明43)年を指す。漱石は「仙人の挿画を一々丁寧に見た」と書いている。

(白石真子)

老子

ろうし

漱石が亡くなったのは1916(大5)年12月であるが、その年の9月の漢詩に「独役黄牛誰出関(独り黄牛を役して、誰か関を出でし)」(171)と詠んでいた。『史記』老子韓非列伝に描かれた、衰退した周を捨てて関所を出て別の世界に姿を消した老子の記事を念頭に置いたものである。重要なことは、関所を出る老子が五千余言の道徳経をこの世界に書き残したことである。

漱石は「老子の哲学」の冒頭で、仁義から治国への道を説いた孟子に老子を対比し、両者とも根本を立てそれに復することで治国を実現しようとしたと述べた。しかし、老子は仁義よりもさらに奥深い根本として道を基礎にしたために、「儒教より一層高遠にして一層迂闊なり」(「老子の哲学」第一篇)となった。そのため、「無為」と「有為」、「絶対」と「相対」を繋ぎ合わせることが困難となり、結果として「老子の避くべからざる矛盾」(同、第四篇)が生じたのである。

それでも漱石は、「不言無為を尊びたる老子が縷々五千言を記述したるを咎むるにあらず」(同、第二篇)として、言語の中で言語を超えた次元を表現しようとしたことを評価する。後に、漱石は『吾輩は猫である』、「坊っちやん」、『草枕』、『虞美人草』や漢詩、俳句、論説の中で老子に言及してゆく。それは「老子太玄を談ず」(72)あるいは「言ふ者は知らず、知る者は言はず」(「愚見数則」)として、言語によって語る老子であった。老子に自らを重ねた漱石もまた、みずからの道徳経をこの世界に書き残そうとしたのである。

(中島隆博)

◆よむ・みる

論語

ろんご

『文学論』(序)においても、「余は少時好んで漢籍を学びたり。之を学ぶ事短かきにも関らず、文学は斯くの如き者なりとの定義を漠然と冥々裏に左國史漢より得たり」などと述懐されるように、初め二松学舎に学んだ漱石が、若年の頃から漢籍に親炙していたことは、よく知られるところである。従って、彼自身の教養形成の所産からしても、『吾輩は猫である』における会話文などを中心として、当然のことながら、『論語』からの引用や同書に着想を得た表現などには、夥しいものがある。それも、「平凡の堂に上り、庸俗の室に入った」(『論語』先進篇、「由や堂に升れり、未だ室に入らざるなり」をもじり、平凡なさまを皮肉を込めて、ユーモラスに表現)、「告朔の餼羊と云ふ故事もある事だから、是でもやらんよりはましかも知れない」(『論語』八佾篇、虚礼ではあっても、廃絶しないのが肝要であることを説いた一節を踏まえる)など、『論語』の表現自体を自家薬籠中のものとした卓抜な比喩に富んでいる。

翻って、『論語』に代表される漢籍に愛着を感じる人間に対して、その偏屈さや迂遠さ、書物癖を強調するなど、些か冷淡な表現もまた、見受けられる。『それから』では、代助に「御父さんは論語だの、王陽明だのといふ、金の延金を呑んで入らつしやるから、左様いふ事を仰しやるんでせう」「延金の儘出て来るんです」(三の四)と言わしめたり、『門』の宗助もまた、時に『論語』を繙く男として描かれ、妻の御米の方は、「論語にさう書いてあつて」といった「冗談を云ふ女」(六の二)として、二人の関係が暗黙裡に表象されている。

(伊東貴之)

アーノルド, マシュー
(1822〜1888)

Matthew Arnold

「怒の情緒、最もよく発揮せられたるは、所謂争闘の名称の下に来る人間の働作なり」(『文学論』第一編第二章)―このようにいって漱石は、「古来文学との関係頗る密」なる「怒り」のイギリス文学における描写を概観する。その例としてポープ訳の『イリアス』に次いであげられているのが、19世紀の詩人・批評家アーノルドがペルシアの叙事詩を題材として書いた物語詩「ソーラブとラスタム」である。これは、ともに勇猛な戦士である父ラスタムと子ソーラブが、たがいに親子であることを知らずに決闘し、父が子を殺すという話であり、漱石がとりあげるのは二人が槍を武器に戦う一節である。曰く、「怒を現はすことは一種の快感を伴ふものにして、之を見る者亦特種の興奮を感ずるが如し。(中略)故に古今の文学者は好んで此感情を利用し、開明の今日に於ても其効力依然として減ぜざるなり」。

また漱石は、『文学論』第四編第三章「自己と隔離せる聯想」および「英文学形式論」IのAにおいてもこの作品をとりあげる。そこで引くのは、自分の子と知らず倒れたソーラブを眺めるラスタムを、狩人に撃たれた妻の死を知らずに彼女を探して飛びまわる鷲にたとえる長い比喩、いわゆる「ホメリック、シミリ」である。これについて漱石曰く、「聯想は固より適切」だが、「かく事件の切迫して此感情の高潮に達せる際、急に岐路に入りて悠々たる大比喩に優遊するが如き大国民の襟度は決して吾等日本人の有する所にあらざるを知る」。「英文学形式論」ではさらに率直である――この比喩は「解し悪い」、「効果がない」、「面白くない」。

(冨樫剛)

アウグスティヌス, アウレリウス
(354〜430)

Augustinus, Aurelius

古代キリスト教の神学者、哲学者、ラテン教父とよばれる一群の神学者たちの一人。

キリスト教がローマ帝国によって公認され国教とされた時期を中心に活躍し、正統信仰の確立に貢献した教父。『神の国』および『告白録』の著作で知られる。現在のアルジェリアにあった古代都市ヒッポの司教であったため、ヒッポのアウグスティヌスと呼ばれる。青年期にはマニ教および新プラトン主義に傾倒したが、キリスト教に改宗後、独自の理論を発展させた。人間の自由のためにはキリストの恩寵が不可欠であるとして、そのために原罪という考えを発展させた。これは三位一体の教義とともに中世キリスト教思想の基本となった。ローマ帝国が分裂の危機にある中で、統一されたカトリック教会こそが、世俗の支配から自由な精神的な「神の国」となるべきと説いた。

漱石は、西欧思想の根幹にあるキリスト教について学ぶため、聖書の他、ケンピスやジェレミー・テイラーと合わせて、アウグスティヌスの『神の国』、『告白録』を読んでいる。そして文学的表現が「絶対無限にして手のつけ様なきものに対する情緒」(『文学論』第一編第二章)を喚起する一例として『告白録』における神への賛美の呼びかけの言葉を挙げる。漱石はそうした超自然的存在の有無については問わない。しかしながら、ミルトンやバニヤン、テニソンを始め、数多くの英文学作品にはこの種の観念を多く含むとして、いわば西洋文化の伝統として、信仰の形を受け入れる姿勢を示している。　　　　（田久保浩）

アディソン, ジョーゼフ
(1672〜1719)

Joseph Addison

アディソンは、教区牧師の息子として生まれ、オックスフォード大学卒業後は公職に就く傍らで文筆活動にも励んだ。演劇や詩、文学論など、活動の幅は広いが、現在もっとも有名なのは、友人リチャード・スティールとたちあげたエッセイ新聞『タトラー』(1709-1711)と『スペクテイター』(1711-1712, 1714)である。特にアディソンが中心的に関わったのは『スペクテイター』であり、これは、架空の人物スペクテイター氏や彼の友人が当時の社会や人々のありかた、モラル、および(当時最大の文化・娯楽であった)文学について語るかたちで書かれている。この背景には、コーヒーハウスでの議論・雑談を中心とする当時の「クラブ」文化がある。

漱石は18世紀を「常識の世」としており、その世相がアディソンにも影響していると『文学評論』にて指摘している―実際アディソンの文章は「中庸の文体の模範」とされていた―が、これはけっして高い評価ではない。漱石の言う「常識」とは、「箸の揃え方以上に『深き冥想に沈』むべき何物をも持つて居らん」ことなのである(『文芸評論』第三編〔一常識〕)。漱石がアディソンの描写を(たとえばアディソンが侮るスペンサーと比べて)物足りないと感じていることは、「アヂソンやスチールの写し出した都会の空気にさへ感謝の意を表するものである。けれどもアヂソンやスチール以上の観察や感想や解釈が都会的生活の上に於て充分なし得らるゝ余地のある事を信じて疑はぬものである」という言葉から察することができるだろう。　　（大島範子）

◆よむ・みる

アルツィバーシェフ,ミハイル・ペトローヴィチ
(1878～1927)

Михаил Петрович Арцыбашев

ロシアの作家。徹底した個人主義に立ち性欲を大胆に主張、社会通念を破る行動的な虚無主義者を描いた。代表的作が『サーニン』(1907)で、主人公サーニンの大胆な言動は、第一次革命(1905)後の反動化したロシア社会で大いに人気を博し、世界的にもサーニズムとして喧伝された。濃いペシミズムから自殺賛美へ傾き、『最後の一線』(1912)では自殺の社会的疫病的蔓延を扱う。革命後はポーランドに亡命、ワルシャワにおいて生涯を終えた。日本では、1907(明43)年森鷗外が独訳から「罪人」「死」「笑」を訳出。昇曙夢が『六人集』『毒の園』で原語から短編を訳出。所で『サーニン』を当時独訳から訳した人に中島清がいる。その出版に関して中島宛の漱石の書簡が残っている。1913(大2)年8月24日付のもので、中島が『サーニン』の出版に関して相談したものへの返答らしい。漱石は知人安倍能成・沼波武夫両者にそれを任せる。二人は東亜堂を推薦する。その間の事情を漱石は丁寧に書き送っている。然し中島は結局同年12月に新潮社から出版した。漱石はそれを中島から贈られたのだろう。1914年2月の『新文壇』に昇曙夢らとともに寸評を載せている。漱石は冒頭の部分を引いて、文体分析を行い「何等の感激もない、詠嘆もない、センチメンタリズムの影を絶して、習俗の固陋に寸毫も累はされて居らぬサーニン其人が、早く此数行のうちに髣髴とされる」とずばり書き、自分は忙しいのでまだ読んではいないが「非常の興味と期待」を持っていると記した。中島は1914年『労働者セキリオフ』をも訳出している。　　　　　　　　　　　　　（清水孝純）

アンドレア, デル・サルト
(1486～1531)

Andrea del Sarto

イタリア・ルネサンス期の画家。本名アンドレア・ドメニコ・ダーニョロ。幻想画家として今日評価の高いピエロ・ディ・コージモに師事し、のちレオナルド・ダ・ヴィンチの画業に傾倒したことから明らかなように、幻想豊かな画藻と、スフマート(色彩遠近法)等最尖端の画技追求という二面を持ち、現代美術史学に言うマニエリスム美術の先駆的画家である。その精密な写実性は確かに凄い。

美術史に人並みはずれた造詣ぶりを示す漱石にして、長篇処女作『吾輩は猫である』の冒頭いきなりこの画家の名を引き合いに出しているのは印象強烈なものがある。趣味多くかつどれも半可通という苦沙弥が絵を描き始めるのを見た相手が「写生」を心掛けることが重要と忠告するが、その際に、そう「昔し以太利の大家アーンドーレーア、デル、サールートが言つた事がある。画をかくなら何でも自然其物を写せ。天に星辰あり。地に露華あり。飛ぶに禽あり。走るに獣あり。池に金魚あり。枯木に寒鴉あり。自然は是一幅の大活画なり。どうだ君も画らしい画をかゝうと思ふならちと写生をしたら」と言う。苦沙弥の半可通ぶりを嗤う文脈故、極端な話、引き合いに出されるのは別に誰でも良いのだが、特段にこの画家が名指しされた理由が深読みされないわけではない。その内的独白の詩学に漱石が関心を持った詩人、ロバート・ブラウニングの傑作詩『アンドレア・デル・サルト』(1855)を通して、あるいはウォルター・ペイターの『ルネサンス研究』等によって始まっていたルネサンス研究を通して、この画家のマニエリスム的傾向まで漱石が感知していたとすれば今後の漱石論の一章にはなろう。　（高山宏）

アンドレーエフ, レオニド
(1871～1919)

Андреев, Леонид

　アンドレーエフは、20世紀初頭に活躍し厭世的な作品で一世を風靡したロシアの作家である。日本にも早くから紹介され、1908(明41)年に二葉亭四迷が短篇「赤い笑い」(1904)を「血笑記」と題してロシア語から翻訳している。これは日露戦争を背景に殺し合う人々が狂気に駆られ赤い笑いに侵されていく様を描いたグロテスクな作品だが、『それから』の中で代助の不安が「赤」に彩られ次第に「赤い旋風」となっていくところは漱石がこの作品からヒントを得たものではないかとの指摘がある(小平武「漱石とアンドレーエフ」『えうゐ』1982・10)。

　アンドレーエフ文学へのより明示的な言及としては、「露西亜文学に出て来る不安」を「政治の圧迫」であると解釈していた代助がアンドレーエフの中編『七刑人』を読んで死の恐怖に襲われる場面が挙げられる。死刑を宣告されたテロリスト五名を含む死刑囚たちのそれぞれの心理を描いたこの作品(『七死刑囚物語』1908)を漱石は1909年に小宮豊隆とドイツ語訳で読んでいた。

　また『彼岸過迄』では、作者の名には触れられていないが、「ゲダンケ」というドイツ語タイトルの小説が話題にされている。これは、狂人を装った孤独な男が正気と狂気のいずれなのかわからなくなるというアンドレーエフの短篇「考え」(1902)のことで、上田敏が1909年に「心」という題でフランス語から訳した作品である。不安と狂気というモチーフに関して漱石がアンドレーエフに影響を受けていたことは間違いない(藤井省三『ロシアの影』平凡社、1985)。

(沼野恭子)

イプセン, ヘンリック
(1828～1906)

Henrik Johan Ibsen.

　ノルウェーの劇作家。近代演劇の創始者ともされる。

　漱石の蔵書にはイプセンの作品が9冊ある。英国留学中に『人形の家』、『社会の柱他』『ヘッダ・ガブラー』を購入し、『ヨーン・ガブリエル・ボルクマン』、『棟梁ソルネス』、『小さなエイヨルフ』、『私たち死んだものが目覚めたら』、『ロスメルスホルム・海の夫人』、は帰国後に購入している。『ブラン』は購入時期未詳。漱石のイプセンへの言及で最も早いものは『夏目漱石氏文学談』である。「草枕」で「北欧の偉人イプセン」と記しているように、変化する時代を洞察する力のあるイプセンを高く評価していた。1906(明39)年10月26日の鈴木三重吉宛の書簡で、真摯な作家は「イプセン流に出なくてはいけない」と忠告している。権力に屈しない白井道也を主人公とする「野分」はまさに「イプセン流」を意識した作品である。

　また、『虞美人草』の藤尾、『三四郎』の美禰子の個性的な姿には、『ヘッダ・ガブラー』のヒロイン像が影響している。他方、漱石はイプセンの登場人物について「ヘッダ、ガブラなんて女は(中略)日本は愚か、イプセンの生れた所にだつてゐる気づかひはない」(「愛読せる外国の小説戯曲」)、「イプセンの哲学を体現したノラの様な女は実際の社会に容易に出現しないだらう」(「ノラは生まるゝか」)とそのリアリティには懐疑的であった。

　漱石のイプセン評価にはこのように両面があるが、その理由としては、イプセンの思想家としての面と作家としての面を区別していたからと思われる。

(金子幸代)

◆よむ・みる

ウェブスター, ジョン
(1580〜1625)

John Webster

　ジェイムズ朝時代を代表する劇作家で、残忍な復讐悲劇によって文学史に名をとどめる。伝記的な事実はほとんど知られていないが、現在ではジェイム時代の悲劇作家の中で確固たる地位を獲得している。単独作としての代表作は『白魔』と『モルフィ公爵夫人』の悲劇二作品である。

　『白魔』(*The White Devil*, 1611-1612)は、ヒロインであるヴィットリア・コロンボーナが愛人ブラキアーノ公爵と共謀し、自分の夫カミロと公爵夫人イザベラを殺害させるが、周囲の執拗な追求を受け悲惨な最期を遂げる。策謀と殺戮に覆われた陰惨な悲劇であるが、自らの意思を貫き己の欲望に忠実であろうとするヴィットリアと彼女を取り巻く脇役たちの性格描写の巧みさによって、傑作悲劇となっている。

　『モルフィ公爵夫人』(*The Duchess of Malfi*, 1613-1614)も『白魔』と同じく、逆境の中で己の欲望に忠実に生きるヒロインの姿を描いている。未亡人となったモルフィ公爵夫人は身分違いの執事アントーニオと通じるが、家名に傷のつくことを恐れる陰険な二人の兄や悪党ボゾラによって追い詰められる。殺される直前に「それでも私はモルフィ公爵夫人」と矜持を保つヒロインの姿は、官能と哀感の交錯する独特の劇的空間を作り出している。漱石は特にこの『モルフィ公爵夫人』に関心を寄せていたようで、蔵書の書き込みには、『マクベス』との比較の跡もうかがえる。

　ウェブスターの詩的想像力はこれら二作品に凝縮されており、ジェイムズ時代の退廃的な雰囲気の中で、陰惨な復讐悲劇の心理描写に卓越した技量を示したのである。　（由井哲哉）

エインズワース, ウィリアム・ハリソン
(1805〜1882)

William Harrison Ainsworth

　ウィリアム・ハリソン・エインズワースはイギリスの小説家。マンチェスターの事務弁護士の家に生まれ、初めは法律家を目指すが、性に合わず、やがて編集出版の道に進み、匿名での共著『サー・ジョン・チヴァートン』(1826)を出版し執筆活動に入る。続いて、愛馬に乗ってロンドンとヨーク間194マイルを一夜にして駆け抜けたという有名な追いはぎディック・タービンを主人公にした『ルークウッド』(1834)と、ニューゲート監獄から脱獄を繰り返した泥棒を主人公とした『ジャック・シェパード』(1839)など、有名な犯罪者を主人公とする新しいジャンルの「ニューゲート小説群」で有名になった。その後、9日間女王事件などで運命に翻弄されたレディー・ジェイン・グレイを描いた『ロンドン塔』(1840)やヘンリー8世のアン・ブーリンへの求婚を扱った『ウィンザー城』(1843)などのゴシック小説風歴史ロマンスなどを出版した。合計39作の小説を出版し、力強い語りと印象鮮やかな場面描写によって19世紀半ばを代表するベストセラー作家となった。他にも、『ベントレー雑録集』、『エインズワース・マガジン』、『ニュー・マンスリー・マガジン』などの雑誌の編集も行っている。いわゆる通俗文学作家として軽視されることも多いが、ディケンズやサッカレーなどとの交友もあり、当時の文壇に大きな影響を与えたとされる。漱石は、自らの「倫敦塔」において、エインズワースの『ロンドン塔』から獄門役の首切り歌をそのまま英文で引用している他、『文学論』においてもエインズワースのこの作品に言及している。　（向井秀忠）

エマソン, ラルフ・ウォルド
(1803〜1882)

Ralph Waldo Emerson

　アメリカの詩人、思想家。漱石のエマソンへの関心は、ホイットマンの真価を看破したエマソンの「慧眼」ぶり（「文壇に於ける平等主義の代表者「ウォルト、ホイットマン」Walt Whitmanの詩について」）から、その文体や修辞的特性へと推移していった。『英文学形式論』ではエマソン文体の「突飛」さが、『文学論』第一篇第二章では、格言を「団子式に串もて貫きたる」ような特異な表現形式が指摘される。漱石の主たる興味は、論理的、感覚的に文がいかに自然に連結するかにあったが（「断片46」）、流れ、つながりに拠らずに、格言的な文各々が突出して価値を持つ文体もあり、その典型がエマソンに求められた。漱石は岩野泡鳴らに先駆けて、エマソン文体の断片性、非連続性に着目していたことになる。

　漱石文学の主題・方法との関連で重要なのは、そうした表現特性と不可分の、自我をめぐるエマソンの思考様式であろう。『文学論』第二編第二章には、英語作文 "My Friends in the School" にも引かれていた、人が内部から外に向かって成長していく様を棕櫚にたとえた、『代表的人間』(*Representative Men*) の一文が引用される。人間には神的なものが内在する、人は誰しも自己形成能力をもつという、超絶主義(transcendentalism)、個人主義(individualism)、人間中心主義に立脚するエマソン思想を説いた箇所であり、漱石流「個人主義」との関連・対比も興味深い。「創作家の態度」において、「我」と「非我」のテーマの前置きとして持ち出される 'Transcendental I' とは、こうしたエマソンの超絶的自我構造を指すのであろう。（井上健）

エリオット, ジョージ
(1819〜1880)

George Eliot

　ジョージ・エリオットはイギリスの小説家・著述家。本名はメアリー・アン・エヴァンズ (Mary Anne Evans)。イングランド中部のウォーリックシャーに生まれる。敬虔な福音主義者であったが、22歳のとき、コヴェントリー近郊に移り住み、近隣に住んでいたチャールズ・ブレイらの宗教的自由思想に触れたことで宗教的懐疑に陥った。この頃からドイツ語の本を翻訳・出版するなど、文筆家としての頭角を現し始める。1849年に父親が亡くなると、以前から寄稿していた雑誌『ウェストミンスター・レビュー』において本格的に執筆活動を始めた。1857年に、男性の筆名を用いて『牧師館物語』を出版、その後、『アダム・ビード』(1859)や『サイラス・マーナー』(1861)などで人気作家の地位を確立した。『ミドルマーチ』(1871-1872)は、多くの人びとの人生を描きつつ、1830年代のイギリス社会の変容を織り込んだ傑作とされている。ジョージ・エリオットという筆名は、響きが気に入っていた「エリオット」と、事実婚の状態にあった批評家のジョージ・ヘンリー・ルイスの名前をもらったものとされている。匿名での出版を望んだのは、季刊誌の記事などによる自由思想家の女性というイメージを避けることと、妻帯者であるルイスとの関係に対する批判を和らげる意図があったとされる。ルイスの死後2年が経った1880(明13)年に、エリオットは精神的な支柱を求めて20歳年下の青年と結婚している。漱石が「カーライル博物館」で触れているチェルシーの家は、エリオット夫妻が暮らし、彼女が亡くなった場所ではあるが、そこで実際に暮らしたのはたった3週間だけだった。　（畑中杏美）

◆よむ・みる

オースティン, ジェイン
(1775〜1817)

Jane Austen

　ジェイン・オースティンはイギリスの小説家。イングランド南部のハンプシャーの小村スティーヴントンにイギリス国教会の牧師の娘として生まれた。10代で創作を始め、作品には『ノーサンガー・アベイ』(出版は1818)『分別と多感』(1811)、『高慢と偏見』(1813)、『マンスフィールド・パーク』(1814)、『エマ』(1816)、『説得』(1818)の6作品がある。作風としては、地方のジェントリー階級を中心に、ヒロインが紆余曲折を経ながらめでたく結婚するまでの過程を時には皮肉をまじえて描くもので、登場人物の男性の年収や女性の持参金、そして限嗣相続などの階級に関わるリアルな問題も詳細に描いている。彼女自身、書簡の中で「田舎の村の三つか四つの家族こそが描くにちょうどよい」と書いており、彼女の執筆姿勢をうまく表現した言葉としてしばしば引用される。オースティンの鋭い洞察力は精密な人物描写を可能にし、読者はその登場人物が、日常生活の中の様々な経験を通して、成長する過程に無意識のうちに魅了され、引き込まれるのである。
　夏目漱石は、『文学論』の中で、「Jane Austen は写実の泰斗なり。平凡にして活躍せる文字を草して技神に入るの点に於て、優に鬚眉の大家を凌ぐ。余云う、Austen を賞翫する能はざるものは遂に写実の妙味を解し能はざるものなり」と絶賛している。同時期や後年の作家にも大きな影響を与え、今日では映画化などを通してイギリスで最も愛される作家のひとりとして知られている。　　　　（天野裕里子）

キーツ, ジョン
(1795〜1821)

John Keats

　ロンドンの旅行者用の宿屋の経営者の長男として生まれる。25歳にして結核で夭逝するまで(詩作が可能だったのは24歳まで)、「ナイチンゲールに寄せるオード」(*Ode to a Nightingale*)、「秋に寄せて」(*To Autumn*)、「ギリシャの古壺のオード」(*Ode on a Grecian Urn*)など、イギリス文学を通して最も有名な作品に数えられるいくつもの名詩を残した。事物についての感覚やムードまでも生き生きとしたイメージにより伝えるキーツの詩句はしばしば「官能的」と称される。この詩的表現は、同時代においては受け入れられなかったものの、テニソンやアーノルドら、次世代の詩人たちに大きな影響を与える。
　漱石は『文学論』において、観念(F)にたいし情緒(f)を想起させる好例として、あるいは「投出法」や「投入法」による見事な比喩の例としてキーツの詩句を多く引用する。抒情詩以外にも、ミルトンに倣った未完の叙事詩『ハイピリオン』は、新世代の神々に追われるタイタン神たちの悲劇を描き、悪の起源、時の変化、そこにおける「知」の意味の主題を追及する。またダンテの影響の見える断章『ハイピリオンの転落』は、さらに人間の苦悩とそこでの芸術の意義について、問題の深淵を覗く内容の重要な作品である。また、漱石は「聖アグネスの夜」や「レイミア」など、キーツの物語詩に興味を持っていたようである。また、キーツが親しい友人や、弟や妹たちに宛てて自分の文学観や人生観について語った『キーツの手紙』は、多くの読者に愛読されている。　　　　（田久保浩）

◆よむ・みる

ギャスケル, エリザベス・クレグホーン
(1810～1865)

Elizabeth Cleghorn Gaskell

エリザベス・クレグホーン・ギャスケルは イギリスの小説家。父親はユニテリアン派の 元牧師。ロンドンに生まれるが、1歳のとき に母親を亡くしたために、田舎町ナッツ フォードの叔母の家で育つ。21歳のとき、同 じ宗派の牧師ウィリアム・ギャスケルと結婚 し、イングランド中部のマンチェスターへ移 る。夫に勧められ、息子の死による悲しみを 癒すために書き物を始めたことがきっかけと なり、『メアリー・バートン』(1848)を発表し た。1830年代のマンチェスターの労働者階 級の生活を描いたこの作品で一躍有名にな る。ナッツフォードをモデルとする町に住む 女性たちの日常を描いた『クランフォード』 (1853)、16歳で私生児を産みながらも気高く 生きる女性の物語『ルース』(1853)、工業都市 の労資問題を扱った『北と南』(1854-1855)な ど、次々に作品を発表し、著名な作家たちと 交流を持つようになる。小説の他に、『ジェ イン・エア』などで知られる小説家のシャー ロット・ブロンテとも友好があり、友人の死 後にすぐに書かれ出版された『シャーロッ ト・ブロンテの生涯』(1857)は伝記文学の名 作のひとつに数えられる。その作風や語り口 からヴィクトリア朝の理想的な「女性らし さ」を体現したかのような穏やかで優しげな 女性作家であると考えられることもあるが、 漱石は『文学論』において、ギャスケルの作 中人物の対話には「当時の集合意識の戦争」 が読み取れるとしている。宗教・政治・経済・ 科学など様々な側面から社会問題に関心を寄 せた社会小説として読める作品を書いた作家 でもあった。　　　　　　　　（畑中杏美）

クウィンシー, トマス・ド
(1785～1859)

Thomas De Quincey

トマス・ド・クウィンシーはイギリスの ジャーナリストで文筆家。マンチェスターの リネン商人の家に生まれるが、8歳のときに 父親が亡くなり、約3万ポンドの遺産を引き 継ぐ。古典ギリシャ語などで才能を発揮する が、いくつかの学校で教育を受けるものの続 かず、ウェールズやロンドンで放浪生活を送 る。その後、オックスフォード大学のウスタ ター・コレッジに入学し、やがて友人となっ た S.T.コールリッジやウィリアム・ワーズ ワースなどのロマン派の詩人たちを頼って湖 水地方に移り住んだ。オックスフォード滞在 中に歯痛の鎮静剤としてアヘンの吸引を始め たとされ、やがてアヘン中毒となってしまう。 当時、アヘン吸引は合法であった。幼少期の 悲哀や放浪を繰り返した青春時代、そしてア ヘン中毒となっていった経過を知性と感性溢 れる文体で描いた『アヘン常用者の告白』 (1822)という自伝的な書き物によって有名と なる。また、「美術の一例として見た殺人」な ど、ブラック・ユーモアを特徴するエッセイ や、人生の幼少期の経験がその後の人生に大 きな影響を与えるという、フロイトの精神分 析学的な視点を先取りするなど、後の世代に 大きな影響を与えた。

漱石は、ド・クインシーを愛読していたと され、『文学論』の中でコールリッジが火事の 見物をしていることについて「崇高」なもの を前にしたときに抱く畏怖の念について説明 している他、熊本の第五高等学校の英語講読 の授業のテキストとしても使用している。

（向井秀忠）

◆よむ・みる

グレイ, トマス
(1716〜1771)

Thomas Gray

◆吾輩は一寸失敬して寒月君の食ひ切つた蒲鉾の残りを頂戴した。吾輩も此頃では普通一般の猫ではない。先づ桃川如燕以後の猫か、クーパーの金魚を偸んだ猫位の資格は充分あると思ふ。車屋の黒抔は固より眼中にない。蒲鉾の一切位頂戴したつて人から彼此云はれる事もなからう。

（『吾輩は猫である』二）

　猫の「吾輩」はこう語る（原書では「グレー」ではなく「クーパー」＝ウィリアム・クーパー）。この「グレー」とは、漱石が「英文学形式論」などでふれている「田舎の教会墓地で書かれた哀歌」の作者、18世紀イギリスの詩人グレイである。また、「金魚を偸んだ猫」とは、グレイの詩「お気に入りの猫が金魚鉢で溺れたことを歌うオード」の主人公たる猫である。グレイの同級生で、政治家・文人であったホレス・ウォルポール（首相ロバート・ウォルポールの子）は、表題通りに死んだ愛猫セリマの墓碑銘をグレイに依頼した。これに応えてグレイが書いた詩に漱石は言及しているわけである。
　ちなみに、「吾輩」は蒲鉾を失敬するが、この詩のセリマは「金魚を偸ん」ではない。「天使のような姿で泳ぐ」金魚をとろうとして金魚鉢に落ち、「水から八回顔を出し、水の神の助けを求めてニャーと鳴いた」後に溺れ死ぬ。名前も間違えるのだからこれも漱石の記憶違いであろうが、セリマへの誤りだらけの言及は、「吾輩」を待つ運命を隠すと同時にほのめかすものとして興味深い。
　……違う。漱石はあえて誤りだらけにしているのであろう。　　　　　（冨樫剛）

ゲーテ, ヨハン・ヴォルフガング・フォン
(1749〜1832)

Johann Wolfgang von Goethe

　ドイツの詩人、小説家、劇作家、自然思想家。漱石はゲーテをシェイクスピアとならぶ世界の文豪としてしばしば列挙している。『草枕』第一章では、王維や淵明の詩の世界に対比して『ファウスト』と『ハムレット』の名を挙げ、「非人情の天地に逍遥」するにあたっての東洋の詩の効用を述べている。「野分」第十一には、白井道也の演説に「世の中の人は云うている。明治も四十年になる、まだ沙翁が出ない、まだゲーテが出ない」という言葉がある。ゲーテの作品の中でも戯曲『ファウスト』は西洋の古典の一つと見なされており、『文学論』第五編第三章原則の応用（一）にも反映されている。「単調のうちにあって変化を求めつつ進行するもの」の例としてロンドン時代の「同宿の八十余の老人」の日常、終生七言絶句を作り続けた藤井竹外とならんで「少時よりFaustを読んで幾十度の多きに上るもの」を挙げている。また、小説『若きウェルテルの悩み』の主人公の名は『吾輩は猫である』第十一章にも見られる。ヴァイオリンを愛好する寒月が迷亭によって「今世紀のウェルテル」と呼ばれているが、「一代の才人ウェルテル君がヴァイオリンを習い出した逸話を聞かなくっちゃ」と言って、迷亭が寒月に経験譚を促す場面がある。『文学論』第五編第五章原則の応用（三）にも言及が見られ、ジェイムズ・トムソンの無韻詩形の『四季』（1730）は、その感傷性において「一時天下に流行せるWertherismの先駆」と見なしうると述べている。そのほかに、「トリストラム、シヤンデー」の中でローレンス・スターンへのゲーテの言及が取り上げられている。

（冨岡悦子）

ケンピス, トマス・ア
(1380〜1471)

Thomas à Kempis

　ドイツのアウグスティヌス会司祭、神秘思想家。『キリストに倣いて』(*The Imitation of Christ*)の作者として知られる。聖アグネス山修道院副院長として、新人の修道士を教育するために書いた文章が『キリストに倣いて』として一冊にまとめられ、これは「新しき信心」運動の手本として熱烈に支持され、広く読まれることとなった。聖書に次いで多数の言語に翻訳された本といわれている。

　キリストにならい清貧に生きることが聖アウグスティヌスや聖フランチェスコにとって信仰の理想とされた。ケンピスはこの伝統に立ち返って、俗世にまつわる様々な欲望や雑念を捨て去り、イエスのみに従うよう説くため、イエス自身にこう語らせる。「私についてきなさい、私が道であり、真理であり、命である」。良心に従うこと、心の清廉さと平安、謙虚さがその教えの中心である。

　漱石は渡英後まもなく、英訳の『キリストに倣いて』を手に入れ、キリスト教思想について研究を始める。英語による蔵書への書き込みからは、西欧思想の源流の一つキリスト教信仰を理解するために必死に取り組む漱石の姿勢が伝わってくる。自己と向き合い、心の平安を目指す点において中国思想、仏教、ギリシャ哲学との共通点を見つけ、普遍的な宗教の役割へと思考をめぐらす。また、イエス・キリスト像を、抽象的な「真理」を具象化した存在として理解しようとする点においては、後の『文学論』に特徴的な、合理的、体系的な理解が見られる。　　　　（田久保浩）

コールリッジ, サミュエル・テイラー
(1772〜1834)

Samuel Taylor Coleridge

　ワーズワースと共に英詩に革命的影響を与えた『抒情民謡集』を出版し、その中の「老水夫行」を始め、「クーブラ・カーン」などの有名な詩で知られるコールリッジは、イギリス南部、デボンシャーに牧師の子として生まれる。少年時より博学、雄弁で知られた彼は、ケンブリッジ大学に進むが、そこでの知的環境に満たされず中退する。その後、急進的な宗教観、政治観で意気投合したロバート・サウジーらとアメリカに移住して共同体生活を営む計画を立てるが挫折する。

　ワーズワースと出会い、二人でドイツ留学をするための資金作りに企画した出版が『抒情民謡集』であった。文芸批評家として、また『文学評伝』に見るような、カントやドイツ観念論を基礎に置く哲学思想家として、19世紀を通じて識者たちに多大な影響を与えた。リュウマチの痛みを止めるための、当時一般的な鎮痛薬であったアヘンの服用は中毒となり、これは生涯続いた。

　漱石は、『文学論』(五編六章)において、天才が既成概念に挑む際に受ける激しい抵抗について論じるため、『抒情民謡集』からワーズワースの詩ではなく、コールリッジの「老水夫行」を例に挙げる。この詩はその古風な英語と不可思議な物語のため厳しい批評を受ける。婚礼の席に向かう一人の客は、老水夫に呼び止められ、航海中アルバトロスを矢で射ったため味わった不思議で恐ろしい経験を聞かされる。老水夫は、強い衝動に動かされ、自分の話を聞かせる相手を求めてさまよう。「クリスタベル」と共に漱石の好んだ作品であった。　　　　（田久保浩）

◆よむ・みる

ゴンクール, エドモン・ド
(1822〜1896)

Edmond de Goncourt

　フランスの小説家。弟ジュールとともに兄弟作家として知られる。漱石は「創作家の態度」の中で「今日の文学に客観的態度が必要ならば、客観的態度によつて、どんな事を研究したらよからうと云ふ問題」を論じ、その一つに心理状態の解剖を取り上げる。そこで紹介されるのがゴンクールの小説『ラ・フォースタン』である。かつては思いを通じたものの別れざるをえなかった英国貴族とフランス女優が、貴族の親が亡くなって状況が変わり、めでたく結婚にこぎつける。女は舞台を引退して、二人は裕福な結婚生活を始めるが、満たされない。気晴らしにイタリアに旅に出ると、夫は病を得て、妻に「おまえは芸術家だ、本当の恋は出来ない」と語って、歿する。漱石によれば、「是が一種の恋でありませう」。「今日の人の心的状態は昔しの人の心的状態より大分複雑になつて居りますからして、同一の行為でも、その動機が遙かに趣を異にしてゐる訳で、そこを観察したら、充分開拓の余地がある」と説明する。ゴンクールの示す恋は新時代における心理の複雑さの一例なのである。

　そもそも漱石がこの小説を読み進めた際に着目したのは、物語に2つの山があることで、欄外にそれを図示して感想を書き込んでいた。それは「叶ふ恋」と「叶恋ノ不満足」であって、「此第二ノ山アル為ニ新シキ小説トナル　第一ノ山丈デハ如何ニ立派ニカイテモ陳腐也　然シ第二ニ属スルchapterハ何ダカ粗末ニ読マレル　即チアマリ短カキ為ト概説的記事多クシテ第一ニ属スルchapterト釣合ガトレヌ為ナラン」と作品の新しさが構成上の工夫と合致すべきことを指摘する。(大野英二郎)

ゴンチャロフ, イワン
(1812〜1891)

Гончаров, Иван

　ゴンチャロフは19世紀ロシアの裕福な商人の家に生まれた作家で、1853年秘書官としてプチャーチン提督に同行し来日した。日本は鎖国中だったので条約交渉のとき以外は上陸できず船上に留まったが、彼が鋭い観察眼をもって記した紀行文『フリゲート艦パルラダ号』(1858)は、江戸幕府との交渉の様子や日本人の慣習・振舞いに関する興味深い叙述に富み、今なお明治維新前の日本を知る貴重な資料となっている。

　ゴンチャロフの著作で漱石の蔵書にあるのは『平凡物語』(1847)の英訳だけで、代表作『オブローモフ』は所蔵していなかったようだ。長編『平凡物語』は来日前に書かれた出世作で、理想肌の純真な青年がやがて俗悪な人間に変容していく過程を描いたもの。『オブローモフ』(1859)は、善良だがこの上なく怠惰な貴族の生涯を描いた物語である。批評家ドブロリューボフはこの主人公をロシア文学に頻出する「余計者」の典型的なタイプであると考え「オブローモフ気質」という言葉を生みだした。

　漱石は「夢十夜」執筆前後、「オブローモフ」の名を思わせる"Oblonoff"というメモを残している。知性も教養もあるのに無気力で社会に適応できないロシアの「余計者」と日本の「高等遊民」は相通じるところがあるので、漱石がオブローモフ気質に関心を寄せていたとしても何の不思議もない。庄太郎から代助へと受け継がれる形象がオブローモフと酷似していることを検証した論考もある(俗香文『夏目漱石初期作品攷』和泉書院、1998)。

(沼野恭子)

サッカレー, ウィリアム・メイクピース
(1811～1863)

William Makepeace Thackeray

　ウィリアム・メイクピース・サッカレーは
イギリスの小説家。東インド会社に勤務して
いた父親のもと、インドのカルカッタで生ま
れる。ケンブリッジ大学を中退後、法律家や
新聞記者となるがうまくいかず、執筆活動の
道に入る。

　1836年に婚約し、結婚後に3人の娘に恵ま
れるが、次女と三女を幼くして失い、妻が精
神的に病んでしまったことから、苦労しなが
ら執筆活動を続けた。写実主義と皮肉に満ち
た風刺描写を混ぜ合わせた手法を得意とし、
自分の所属階級よりもひとつ上を気取って言
葉遣いや服装にこだわるイギリスの階級社会
の世界を皮肉をまじえて描いた。これらの俗
物(スノッブ)たちの滑稽な姿を巧みに描き、
「イギリス俗物誌」として風刺雑誌『パンチ』
に連載した。

　ジョン・バニヤンの『天路歴程』の地名か
らタイトルを得た『虚栄の市』(1847-1848)は
ヴィクトリア朝時代小説の傑作のひとつに数
えられてきた。この作品をもってチャールズ・
ディケンズとも並び評されることが多いが、
サッカレー自身は比較的裕福な家庭に生ま
れ、十分な教育を受けている点で両者は大き
く異なっており、ディケンズが常に労働者階
級の人びとに注意を向けながら作品を書いた
のに対し、サッカレーはそれよりも上の階級
の人びとに焦点を当てることになった。

　他の作品として、18世紀に材をとった『バ
リー・リンドン』(1844)や『ヘンリー・エズモ
ンド』(1852)などの作品がある。漱石は、『文
学論』第五編の「集合的F」の中で、サッカ
レーの『ニューカム家の人々』の一場面を引
用している。　　　　　　　　　　(天野裕里子)

シェイクスピア, ウィリアム
(1564～1616)

William Shakespeare

生誕から劇壇デビューまで

　1564年4月23日、ストラットフォード・ア
ポン・エイヴォンに生まれる。父ジョンは皮
革加工業を営み、のちには町長に選出される
が、やがて経済的に苦境に陥る。シェイクス
ピアは、18歳のとき8歳年上のアン・ハサウェ
イと結婚し、20歳で双子を含めた三児の父親
となった。その後、記録のない7年を経て、ロ
ンドンに出たようである。1592年、先輩劇作
家のロバート・グリーンが「成り上がり者の
烏(upstart crow)」とシェイクスピアらしき
人物の悪口を書いていることから、その頃に
はロンドン劇壇で先輩劇作家の妬みを買うほ
どの存在になっていたらしい。彼の属してい
た劇団は、エリザベス女王時代には宮内大臣
一座(Lord Chamberlain's men)と呼ばれ、女
王が亡くなりジェイムズ一世が後を継ぐと国
王一座(King's Men)となる。彼がこうした
中枢の劇団に属していたという事実こそ、短
期間のうちに劇壇の中心に躍り出ていた証拠
となるであろう。

歴史劇から初期喜劇へ

　処女作は歴史劇の『ヘンリー六世』三部作
(Henry VI, 1590-1592)とされるが、これには、
スペイン無敵艦隊の撃破という国威高揚の時
代背景や同世代劇作家のクリストファー・
マーロウの勇壮な芝居の影響があったと考え
られる。『リチャード三世』(Richard III, 1592-
1593)では、王位簒奪のために周囲の人間を
次々に陥れる極悪の国王が描かれる。漱石は
『文学論』の中で、この非道な主人公に注目
し、彼に対する読者の情緒的な距離感につい

◆よむ・みる

て論じている。続いてシェイクスピアは『タイタス・アンドロニカス』(Titus Andronicus, 1593-1594)で復讐に燃える将軍を、『リチャード二世』(Richard II, 1595-1596)では繊細な国王の悲劇を描いたが、これらの作品はその悲劇的内容もさることながら、格調的で整然たる文体によっても特筆されるべきである。

次の時期には、二組の双子の兄弟が取り間違えられる混乱を描いた『間違いの喜劇』(The Comedy of Errors, 1593-1594)、じゃじゃ馬カタリーナが夫ペトルーキオによって従順な妻にされる『じゃじゃ馬馴らし』(The Taming of the Shrew, 1593-1594)、親友同士が一人の女性をめぐって一騒動を起こす『ヴェローナの二紳士』(The Two Gentlemen of Verona, 1594-1595)、女性との交際を断つと宣言しておきながら、すぐ誘惑に負けてしまう貴族4人を描いた『恋の骨折り損』(Love's Labour's Lost, 1594-1595)などのすぐれた喜劇を生み出した。またペストのために劇場が閉鎖された1592～1593年頃には、美青年アドーニスに魅了されるヴィーナスの姿を描いた『ヴィーナスとアドーニス』(Venus and Adonis, 1592)、友人の貴族やダーク・レディに宛てる形で人生観や結婚観を説いた『ソネット集』(Sonnets, 1593-1596)、ローマの王子タークィンが貞節な人妻を凌辱し自害に追い込む長詩『ルークリース凌辱』(The Rape of Lucerce, 1594)などの詩を書き、パトロンのサウサンプトン伯に献呈している。

さらにシェイクスピアは、『ロミオとジュリエット』(Romeo and Juliet, 1594-1595)で若き恋人たちの悲運を、『ヴェニスの商人』(The Merchant of Venice, 1596-1597)では男装したポーシャの名裁判官ぶりと悪役シャイロックの苦悩を、『ヘンリー四世』二部作(Henry IV, 1597-1598)では王子ハルと悪友フォルスタッフの行状を描いた。大酒飲みでだらしないがどこか憎めないこのフォルスタッフという人物をお気に召したエリザベス女王が彼の再登

場を要請し、その結果『ウィンザーの陽気な女房たち』(The Merry Wives of Windsor, 1600-1601)が書かれたことは有名である。

1598年頃、フランシス・ミアズは『知恵の宝庫』の中で、シェイクスピアを「悲劇・喜劇ともに当代随一の作家」と称えているが、デビューからわずか10年ほどでシェイクスピアは劇壇に確固たる地位を築いたことになる。経済的にも成功したようで、彼は故郷のストラットフォードにNew Placeという新屋敷を購入し、また父親ジョンの紋章取得に奔走してもいる。彼の世知に長けた一面をうかがい知ることができる。

世紀の変わり目には、いがみ合う男女が友人たちの画策によって結ばれる『空騒ぎ』(Much Ado About Nothing, 1598-1599)、ブルータスとアントニーの演説で有名な『ジュリアス・シーザー』(Julius Caesar, 1599-1600)を書き上げ、『お気に召すまま』(As You Like It, 1599)と『十二夜』(Twelfth Night, 1599-1600)では、女性役を少年俳優が演じるという当時の慣習を利用し、女性主人公の男装を巧みに採り入れて男女の恋愛を描き、さらなる円熟期へと入っていく。

四大悲劇の時代

エリザベス女王が1603年に亡くなると、ジェイムズ一世が即位する。その暗い世相を反映し、この頃陰惨な流血劇の流行をみるが、シェイクスピア作品においても『十二夜』あたりから、喜劇の中に暗い影が差すようになり、それはやがて四大悲劇として実を結ぶ。父王殺害への復讐とその逡巡に苦悩する若き王子を描いた『ハムレット』(Hamlet, 1601)、妻への嫉妬により身を滅ぼすムーア人将軍の悲劇『オセロー』(Othello, 1604)、三人の娘の本性を見誤る老齢の父親を描いた『リア王』(King Lear, 1605)、王位篡奪を焦ったがゆえに破滅へ突き進む主人公夫妻を扱った『マクベス』(Macbeth, 1606)と続くこれらの悲劇は、

◆よむ・みる

様々な人間の精神的葛藤を描き出した世界演劇史上屈指の傑作である。四大悲劇の中でも、漱石は1904(明37)年「マクベスの幽霊に就て」という論考を発表しており、とりわけこの作品に関心を寄せていたようである。

問題劇からロマンス劇へ

四大悲劇と並行して、シェイクスピアは『トロイラスとクレシダ』(*Troilus and Cressida*, 1601-1602)、『終わりよければすべてよし』(*All's Well That Ends Well*, 1602-1603)、『尺には尺を』(*Measure for Measure*, 1604-1605)など「問題劇」と呼ばれる作品群を執筆する。そして『アントニーとクレオパトラ』(*Antony and Cleopatra*, 1606-1607)で中年の男女の愛を描いた後、晩年に、『ペリクリーズ』(*Pericles*, 1608-1609)、『シンベリン』(*Cymbeline*, 1609-1610)、『冬物語』(*The Winter's Tale*, 1610-1611)、『テンペスト』(*The Tempest*, 1611-1612)の「ロマンス劇」を書く。これらは家族の離散から主人公の苦難の旅を経て最終的に和解や再生へと至る物語である。

シェイクスピアはジョン・フレッチャーとの合作とされる『ヘンリー八世』『二人の血縁の貴公子』の二作品を残した後、故郷に戻り、静かに劇作の筆を擱く。1616年、奇しくも誕生日と同じ4月23日に52年の生涯を閉じる。教会の彼の墓には「この骨を暴くものに呪いあれ」の墓碑銘が刻まれている。

シェイクスピアの死から7年後の1623年、シェイクスピアの劇団仲間であるジョン・ヘミングとヘンリー・コンデルが最初の全集である「第 フォリオ」を編纂する。その序詩で、後輩劇作家のベン・ジョンソンはシェイクスピアを「エーヴォン河の白鳥」と称えた。また後のロマン派詩人コールリッジは「万人の心も持てる(myriad-minded)」詩人と彼を形容した。「自然に鏡を掲げる」ことによって人生の姿を写したこの「白鳥」の作品は今後も永く読み継がれていくことであろう。

(由井哲哉)

ジェームズ, ウィリアム
(1842〜1910)

William James

◆「ジェームス」教授の訃に接したのは長与院長の死を耳にした明日の朝である。(中略)教授の兄弟にあたるヘンリーは、有名な小説家で、非常に難渋な文章を書く男である。ヘンリーは哲学の様な小説を書き、ヰリアムは小説の様な哲学を書く、と世間で云はれてゐる位ヘンリーは読みづらく、又其位教授は読み易くて明快なのである。

(『思ひ出す事など』三)

◆吾々の意識には敷居の様な境界線があつて、其線の下は暗く、其線の上は明らかであるとは現代の心理学者が一般に認識する議論の様に見えるし、又わが経験に照しても至極と思はれるが、肉体と共に活動する心的現象に斯様の作用があつたにした所で、わが暗中の意識即ち是死後の意識とは受取れない。／大いなるものは小さいものを含んで、其小さいものに気が付いてゐるが、含まれたる小さいものは自分の存在を知るばかりで、己等の寄り集つて拵らえてゐる全部に対しては風馬牛の如く無頓着であるとは、ゼームスが意識の内容を解き放したり、又結び合せたりして得た結論である。

(『思ひ出す事など』十七)

アメリカの哲学者、心理学者。小説家ヘンリー・ジェームズは弟。意識の推移と変遷に注目し、「意識の流れ」理論を提唱した。この概念は、夏目漱石のみならず、ジェームズ・ジョイスの『ユリシーズ』『フィネガンズ・ウェイク』、ヴァージニア・ウルフの『灯台へ』など、20世紀アメリカ文学に多大な影響を与えている。主著に『心理学原理』(1890)、『宗教的経験の諸相』(1901)、『多元的宇宙』(1908)など。また西田幾多郎の「純粋経験論」にも影響を与えたとされる。 (佐藤裕子)

◆よむ・みる

シェリー, パーシー・ビッシュ
(1792〜1822)

Percy Bysshe Shelley

◆腹からの、笑といへど、苦しみの、そこにあるべ
し。うつくしき、極みの歌に、悲しさの、極みの想、
籠るとぞ知れ　　　　　　　　　　　　（「草枕」一）

　イギリスの詩人。「草枕」の主人公の画工
は山歩きの中でひばりのさえずりを聞きなが
ら、愉快になり、この鳥の声を心からの喜び
として讃えたシェリーの抒情詩「ひばりに」
("To a Skylark")からの一節を暗誦する。し
かしその詩は引用のように、人にあって喜び
と悲しみとは切り離せないものであることを
示唆するものである。画工は物語の結末にお
いて、別れた夫と従兄弟を呆然として満州に
見送る那美の表情に悲しみと無邪気さの交差
する「憐れ」を認め、そこに美しさを見る。
　シェリーはフランス革命後の抑圧の時代に
あって、文学以外にも科学や政治運動に関心
を持ち、『マブ女王』や『プロメテウス解縛』
に顕著な、その革命的思想において知られる。
ギリシャ、ラテンの古典からゲーテに至る
ヨーロッパ文学の伝統を意識した彼の詩の技
巧は、後にワーズワースが「同時代随一の巧
者」として認めたほどである。漱石が27歳の
時に正岡子規に書き送った手紙(1891・9・4付)
に、シェリーの詩を繰り返し読み、これを読
むと「宇宙の霊火炎上して一路通天の路を開
き或る〈プリンシプル〉を直覚的に感得した
る如き心地」がすると述べているのも、シェ
リーの詩の言語的魅力とそこに表現される発
想の大胆さによるものであろう。『文学論』
においては、言語が情緒を喚起することを示
す例として、シェリーから多くの詩句を引用
している。　　　　　　　　　　　　（田久保浩）

シェリダン, リチャード・ブリンズレイ
(1751〜1816)

Richard Brinsley Sheridan

　アイルランド生まれのイギリスの劇作家。
サミュエル・ジョンソンを取り巻く文人の中
で、ゴールドスミスと並び当時の劇壇の中心
的存在として活躍した。シェリダンの喜劇は
モリエール喜劇の系統を受け継ぐもので、当
時流行していた感傷的な演劇の風潮に強く反
撥し、王政復古期演劇の伝統を復活させた。
　代表作には『恋敵』(*Rivals*, 1775)と『悪口
学校』(*The School for Scandal*, 1777)があ
る。『恋敵』は、シェリダン自身の若い時の恋愛体
験が反映されており、巧妙な筋立てで人気を
博した。この作品には、難しい言葉を使って
は言い間違いをするマラブロップ夫人が登場
し、以後そうした言葉の誤用はマラプロピズ
ムと称されるようになった。漱石も『文学論』
の中で、このマラプロピズムについて触れて
いる。また『文学評論』の中で、『恋敵』に登
場する人物の鬘の描写に注目している点も興
味深い。
　『悪口学校』は実直な兄と放蕩者の弟の
サーフィス兄弟を軸に、恋愛や財産相続の問
題を軽妙な筆致で描いた作品である。同じ女
性に思いを寄せる兄弟の駆け引きとそれを巡
る友人や親戚の悪口が事態をさらなる混乱へ
と陥れる。結末では、世間の評判と異なり、
実は兄が偽善者、弟は気立てのよい若者であ
ることが明らかになり、弟と相思相愛の女性
が結ばれて大団円となる。
　シェリダンは、このように滑稽な人物の軽
妙な描写や構成と台詞の巧みさに特に冴えを
見せたが、こうした傾向はオスカー・ワイル
ドやモームの風習喜劇へと受け継がれてい
く。彼は後に政治家として活躍するが、晩年
は病を得て不遇であった。　　　　　　（由井哲哉）

◆よむ・みる

シラー, フリードリヒ・フォン
(1759～1805)

Friedrich von Schiller

　ドイツの詩人、劇作家、思想家。シラーの古典主義時代の有名なバラード「Die Bürgschaft（身代わり）」(1798)を、漱石は1898(明31)年に『ホトトギス』に寄せた「不言之言」で挙げている。「上田秋成の菊花の契と事実こそ異なれ精神に至ては悉く符号せるが善き例なり」と述べ、これを東西類似の例の一つとしている。『文学論』第一編第三章で、感覚F、人事F、超自然F、知識Fの四種を挙げた後、「心理学者の所謂審美F」を採用しない理由について論述される箇所にシラーの名がみられる。上記の四種のFに審美的情緒が附随するのであって、単独に存在するのではないとの理由で「審美F」は採用されないのであるが、この論述の後、「されば其審美情緒の起源に関する諸説、例へばSchillerの「遊戯説」(Spieltheorie)或いはGroosの本能説等につきて、余は何事も云はんとするものにあらず」と記述されている。「遊戯説」は、シラーが1795年に書いた教育論『人間の美的教育について』の「遊戯衝動Spieltrieb」を指していると考えられる。この衝動は、対極的な二つの衝動、現実を志向する「感性的衝動der sinnliche Trieb」と不変を志向する「形式衝動der Formtrieb」と調和的状態として提示された概念である。
　「ノートⅥ-11」に、シラーのシュトゥルム・ウント・ドラング時代の作『群盗』が記され、「Goethe Shillerハromancismノ先駆ナリ」とあり、「ノートⅣ-14」には、「Goethe、Shillerノappreciateセラレザリシコト、彼等ハartistic perfection二重キヲオクヤ読者社会ハ之ヲ歓迎セズ」との記述がある。　　　（冨岡悦子）

スウィフト, ジョナサン
(1667～1745)

Jonathan Swift

　アイルランドのダブリンに生まれる。ただし両親はイングランド系である。生まれる前に父を亡くし、幼少期に母と生き別れたスウィフトは、父方の伯父の元で成長した。やがてロンドンに渡って政治ジャーナリズムの世界で活躍したが、1714年に彼の支持するトーリー党（後の保守党）内閣が崩壊するとダブリンへの帰還を余儀なくされ、聖職者として余生をすごした。代表作はイギリスの宗教制度と文壇を諷刺した『桶物語』(1704)と『ガリヴァー旅行記』(1726)である。漱石は「写実的のものでは、スキフトの『ガリバー・トラベルス』が一番好きだ」と述べているが（「余が文章に裨益せし書籍」)、漱石のスウィフト贔屓は『文学評論』のスウィフト論にも顕著である。人間の醜悪さを冷厳に暴いたスウィフトの諷刺は、美醜等を犠牲にして真実を探ったものだと漱石は評価する。漱石とスウィフトには、親からの無関心や慢性的な病気に悩まされたという個人的な接点もあるが、それ以上に重要なのは、スウィフトの場合は名誉革命(1688-1689)後、漱石の場合は明治維新後の国家の近代化に批判的だった点、さらにはアイルランドと日本という、それぞれの時代における近代世界の周縁の出身である点だろう。また、『吾輩は猫である』で猫の視点から人間を諷刺したのは、しばしば『ガリヴァー旅行記』第四篇の馬の国から着想を得たのではないかと指摘されるが、この作品における漱石の人間批判には常にユーモアの温かみがあり、その点はむしろローレンス・スターン(1713-1768)の文学世界に通じている。　　　（武田将明）

◆よむ・みる

709

ズーデルマン, ヘルマン
(1857〜1928)

Hermann Sudermann

ドイツの劇作家、小説家。漱石がズーデルマンの著書を主に読んだ時期は、1907(明40)年から1908年であったと推測され、ズーデルマンに関する言及も明治41年に集中している。評価の高いのは、『アンダイイング・パスト』(1894、原題『過去』)と『レギーナ』(1891、原題『猫橋』)である。談話「愛読せる外国の小説戯曲」では、「近頃面白く感じたのはズーデルマンの『アンダイイング、パスト』であのなかのフエリシタスと云ふ女の性格と其叙方にはひどく感心した。あんな性格が生涯に一度でも書けたらよからうと思ふ」と述べ、談話「文学雑話」では、このヒロインを「無意識なる偽善家(アンコンシアスヒポクリット)」と評している。このヒロインが『三四郎』の美禰子の造形に影響を及ぼしたことについて、複数の論者が指摘している。また、この作品の三角関係が『それから』、『門』に及んでいるとの指摘もある。一方、『レギーナ』については、談話「文学雑話」の中で「私の好な一つを云へば、ズーデルマンの『カッツェンステッヒ』(猫橋)―英訳では女主人公の名を取つて『レギーナ』と云つて居る―の書き方です。あれは大変旨い」と述べている。ズーデルマンの戯曲『マグダ』(1893、原題『故郷』)に関しても、評論「創作家の態度」の中で一定の評価を与えている。(参考文献　吉田六郎「三四郎とズーデルマンのアンダイイング・パスト」『漱石文学の心理的探究』勁草書房、1970、石﨑等「『虞美人草』の周辺：漱石とズーデルマン」『跡見学園短期大学紀要』1975・3、坂本浩「『それから』『門』の源流―『アンダイイング・パスト』の投影」『夏目漱石―作品の深層世界』明治書院、1979)　　　　(冨岡悦子)

スコット, ウォルター
(1771〜1832)

Walter Scott

◆それからスコットの通つた小学校の村の名を覚えた。いづれも大切に筆記帳に記して置いた。

(『三四郎』三の二)

英文学の正典として

ウォルター・スコットは19世紀ヨーロッパの文学・文化に絶大な影響を及ぼした詩人、小説家、批評家であり、日本でも、1880(明13)年、坪内逍遙による『ラマムーアの花嫁』(1819)の抄訳(『春風情話』)を始めとして、早くから代表作が翻訳されていた。加えて、上の『三四郎』、あるいは「私の個人主義」でのスコットへの言及からは、帝大英文科の講義にも登場していたことがうかがわれる。むろん英国でも、漱石が留学した当時、スコットの小説全集、いわゆる『ウェイヴァリー叢書』は豪華版、廉価版、教科書版などあらゆる形態で読まれていたほか、英文学史や英文学の入門書でも最重要の位置を占めていた。

英文学者漱石からも、やはり19世紀英文学の正典としての扱いをうけている。漱石はスコットをまずは代表的な浪漫派詩人ととらえ、シェイクスピア、ミルトンやバイロン、ホイットマンらと比較したり、三大長篇詩『最後の吟遊詩人の歌』(1805)、『マーミオン』(1808)、『湖上の美人』(1810)を引き合いに出しつつ、地名の頻繁な使用や韻律等の詩的技法を分析する。また、18世紀後半のゴシック小説からの重要な展開として歴史小説家スコットを位置づけており、その点からは、スコットの小説中最もゴシック的とされる『ラマムーアの花嫁』への言及が多くみられるのが目を引く。一方、書簡等ではスコットの文

章の冗漫さに言及しており、こちらは大方の
スコット批判を踏襲しているようである。

技法・虚構・客観

文学全般の議論でもスコットは重要な例と
して用いられ、なかでも『文学論』第四編第
八章「間隔論」での、小説『アイヴァンホー』
(1819)の一場面の語りの分析はよく知られて
いる。興味深いのはこれが漱石自身の少時の
没入的な読書体験を追究した試みであること
で、彼のこうした批評的態度は、スコットを
少年用読み物と割り切る後代の批評家たちと
は明らかに一線を画す。また、『英文学形式論』
(文学の形式ⅠのC)では、小説『好古家』(1816)
の登場人物の会話を難ずる批評を批判的に検
討しつつ、先行批評への付和雷同を戒め、さ
らに、「創作家の態度」では作家を特定の派に
分類する弊を説く際に、「浪漫派」スコットに
なお観察される「写実的分子」について柔軟
かつ的確に指摘している。

この浪漫と写実との混淆は漱石自身の「幻
影の盾」や「倫敦塔」にも通じるようだが、両
作品はオシアン的またはケルト的幻想、中世
主義(この面でのスコットの影響はテニスン
やウィリアム・モリスらにも及んだ)、あるい
は異国や過去を現前させる虚構の力や、絵画
や建築に誘発された歴史的想像力という点で
も、スコット作品との深い親縁性を示してい
る。スコットの歴史小説は時代や社会の転換
期における個人と共同体の力学を多面的視点
から描き出そうとする試みでもあったが、漱
石の歿後ほどなくして英国の各地域を軸とす
る文学史や新たな文学観が台頭すると、英文
学の正典からはずれ、その研究も途絶しがち
になった。漱石におけるスコットへの積極的
言及が同時代の証言にして現代の読者の意表
を突くゆえんだが、近年ではスコット再評価
の動きも高まっており、作家漱石とスコット
作品との豊かな関係性の詳細な検討は、なお
今後に待たれるように思われる。(松井優子)

スターン, ローレンス
(1713〜1768)

Sterne, Laurence

ローレンス・スターンは18世紀英国の文人
で、一地方牧師であったものが『トリストラ
ム・シャンディ』(1759-1767)と『センチメン
タル・ジャーニー』(1768)を著し、ヨーロッパ
全体にまで知られる作家となった。

漱石は広く英語教材として用いられていた
英文学作品のアンソロジー(Underwood, F. H.,
*A Handbook of English Literature. British
Authors*)で『トリストラム・シャンディ』の一
節と出会い、第五高等学校在任中の1897(明
30)年に評論「トリストラム、シヤンデー」を
『江湖文学』に寄せて日本への最初の紹介者と
なった。

同作品の名は『吾輩は猫である』「一」の草
稿メモに見え、作中「四」では「其の後鼻に就
て又研究をしたが、此頃トリストラム、シヤ
ンデーの中に鼻論があるのを発見した。金田
の鼻抔もスターンに見せたら善い材料になつ
たらうに」と直接の言及がなされている。単
なる材源に終わらず、両作品の間には、「尾も
頭も心元なき海鼠」のような(無)構成、自意
識的な語り手が直接読者に呼びかけるメタ物
語世界的な語り、また座談や手紙、演説など
多様な文章の混用によるジャンル的近接(「メ
ニッピア的諷刺」もしくは「アナトミー」)など顕
著な類似が見られる。「草枕」「十一」にも『ト
リストラム・シャンディ』を引き合いに、自ら
の散歩法をその無計画な執筆法になぞらえる
くだりがあり、とりわけ創作活動の初期にお
いてスターンが強く意識されていたことは疑
えない。その影響については、森田草平をは
じめとして早くから多数指摘がなされてい
る。(安藤文人)

◆よむ・みる

スティーブンソン, ロバート・ルイス
(1850～1894)

Robert Louis Stevenson

　ロバート・ルイ・スティーヴンソンは、イギリスのスコットランドのエジンバラ生まれの小説家。祖父と父親はともに灯台の建築技術者であったことから本人もエジンバラ大学の土木工学科に入学するも合わず、法律学科に転じて弁護士資格を取得する。幼少期には、8歳になるまで冬期のほとんどを病に伏して過ごすなど病弱であったが、この時期を黄金時代として好んで思いを寄せていた。

　1876年、妻となるファニー・オズボーンと出会い、恋に落ちる。当時、ファニーは既婚者で、二人の子どもがいたが後に離婚し、1800年にサンフランシスコで二人は結婚する。その後、スティーヴンソンは、フランス、アメリカ、ハワイ諸島などを転々としながら療養に努めたが、晩年はサモア諸島に永住し、精力的に執筆活動にいそしんだ。著書には、義理の息子のために書き下ろした冒険小説『宝島』(1883)、二重人格をテーマとする怪奇ホラー的小説『ジキル博士とハイド氏』(1886)など多くの作品がある。そのジャンルは多岐に渡り、様々な短編やエッセイも寄稿し、人気を博した。漱石も愛読したと言われ、「思ひ出す事など」の中で、「著者は、長い病苦に責められながらも、よく其快活の性情を終焉迄持ち続けたから、嘘は云はない男である。けれども惜しい事に髪の黒いうちに死んで仕舞つた」(「思ひ出す事など」三十一)と、その才能ある作家の早死を嘆いている。スティーヴンソンに影響を受けた漱石は、他にも『新アラビアン・ナイト』の中の「自殺クラブ」など複数の作品について言及している。

（天野裕里子）

スペンサー, エドマンド
(1552～1599)

Edmund Spenser

◆いかにも、旨く言ひ悉せり、流石は名筆なりと三嘆する辺に感興を生ずるに外ならず。一言にて言へば此感興は詩人の技に伴ふものにして内容其物に関する事多からざるは明かなり。

（『文学論』第二編第三章）

　漱石が、「事物其物は醜なれども、其描き方如何にも巧妙にして思はず其躍如たる様子にうたるゝ」例としてあげるのが、16世紀イギリスを代表する寓意的な叙事詩、スペンサー『妖精の女王』中のデュエッサの描写である。この作品は「貴族の男性に美徳を教育するため」に書かれたもので、各巻にそれぞれ異なる美徳を表す騎士たちが登場し、様々な誘惑を乗り越えつつ冒険を繰り広げる。第一巻では、信仰および英国国教会を表す「赤十字の騎士」―赤十字はイングランド国旗―が、真理を表す乙女ウーナ(ユーナ)―ラテン語で「一」の意―とともに旅に出る。「偽善」、「好色」、「絶望」等と戦いながら試練・困難を乗り越え、最後に二人は結ばれる。

　漱石が引く第一巻第八歌は、「フィデッサ」―嘘がない、の意―と名乗っていた魔女がデュエッサ―二重＝裏がある、の意―として本来の姿を現す場面である。その醜さとは、たとえば、「壊疽した歯茎から歯が抜け落ちていて」、「酸っぱい息が獣の臭いを放っていて」、さらに「下半身は……顔を赤らめずにはとても書けない」ような状態で、という次第である。そんな「生あるものにして其醜さ、これにまさるものなし」という化け物であっても、「描写其物の技巧」によって読者は感銘を受けるのである。

（谷沙央里）

スミス, シドニー
(1771〜1845)

Sydney Smith

◆皮を脱いで、肉を脱いで骨丈で涼みたいものだと
英吉利のシドニー、スミスとか云ふ人が苦しがつた
と云ふ話があるが　　　　　（『吾輩は猫である』六）

　イギリス国教会の聖職者、著述家。彼の説
教や著作は、機知とユーモアに富み、その大
胆明快で、議論を一刀両断する説法で人気を
集めた。機知を武器とし、風刺を得意とする
聖職者としてジョナサン・スウィフトと比較
されることもある。ホイッグ党の有力な人脈
を持ち、セント・ポール大聖堂参事会員を務
めた。

　1802年、『エディンバラ・レビュー』創刊の
中心人物として、初代の編集長を務める。編
集主幹の座は、まもなく同誌創刊の仲間フラ
ンシス・ジェフリーに譲るが、『エディンバラ』
誌を、イギリスで最も権威ある書評誌として
確立するのに貢献する。カトリック教徒の権
利回復を擁護して、その反対者を田舎者とし
て風刺する『ピーター・プリムリーの手紙』
などで知られる。

　漱石は『文学論』の中で、蔵書中の『シド
ニー・スミス師の機知と知恵』からいくつか
のユーモアの例を英語のまま引用し、紹介し
ている。ジェフリーに北極探検の話をしよう
として冷たくあしらわれたことに憤慨する厄
介な友人に対してスミスは、「あいつはこの
前も赤道について失礼なことを言っていたの
だから、北極について無礼を言うのも無理は
なかろう」と言って慰めたという話がその一
つである。　　　　　　　　　（田久保浩）

西洋の美術

せいようのびじゅつ

小説中の西洋美術

　「坊っちゃん」で松の木を「ターナーの画に
ありさう」と形容する一節（五）はよく知られ
ているが、ほかにも漱石の小説中には西洋の
美術家および美術作品の名がしばしば登場す
る。ジョン・エヴァレット・ミレー作《オ
フィーリア》（1851-1852、テイト美術館）が「草
枕」の重要なモチーフとなっていることか
ら、ラファエル前派への関心が注目されがち
であるが、漱石の西洋美術に関する興味と知
識は広範にわたる。「草枕」ではほかに、ダ・
ヴィンチ、ミケランジェロ、ラファエロらイ
タリア・ルネサンスの巨匠から、17世紀のサ
ルヴァトール・ローザ、今日では知名度の低
い19世紀の英国人フレデリック・グッドール
（グーダル）までが言及され、古代彫刻を題材
に造形芸術の特質を論じたレッシングの名著
『ラオコーン』を援用して、主人公の芸術観が
語られる（六）。『三四郎』では蠱惑的な美禰子
を18世紀フランスの人気画家グルーズの描
く少女に喩え（四の十）、画家の原口をして写
実主義の旗手クールベと、対する象徴主義の
モロー、シャヴァンヌの名を挙げさせている
（九の三）。

　具体的な絵画作品が小説中の小道具として
用いられた例では、『それから』における「ブ
ランギン」の「港の図」が重要であろう（十の
三）。イギリスの画家・デザイナーであるフ
ランク・ブラングィンによる装飾パネル
（1906、ロンドン王立取引所）の図版であること
が確実視されており、その逞しい港湾労働者
の描写は、三千代の訪問を待つ代助の心理を
読み解く鍵となっている（尹相仁『世紀末と漱

◆よむ・みる

石』岩波書店、1994／新関公子『「漱石の美術愛」推理ノート』平凡社、1998)。また三四郎が美禰子に惑わされていくさまを鮮やかに印象づけるのが、二人でのぞき込む人魚の絵である(『三四郎』四の十四)。人魚が世紀末のイギリス美術において極めて人気の高い画題であり、男を誘惑して破滅に導く女の魔性を象徴していることを、漱石はよく理解していたのである。

モチーフとしては登場しないものの、西洋の美術作品が小説に影響を及ぼしている例も少なくない。「薤露行」のシャロットの女の描写には、テニソンの詩句との比較だけでは説明できない特質があり、モクソン版『テニスン詩集』(1857刊、1902復刻)に掲載されたウィリアム・ホルマン・ハントによる挿絵の影響ではないかと指摘されている(江藤淳『漱石とアーサー王伝説─「薤露行」の比較文学的研究』東京大学出版会、1975／講談社学術文庫、1991)。また「夢十夜」の「第十夜」で語られる豚の大群は、聖書の逸話を下敷きにしているが、イメージ源としてブリトン・リヴィエアー作《ガダラの豚の奇跡》(1883、テイト美術館)が突き止められた(尹、前掲／芳賀徹『絵画の領分─近代日本比較文化史研究』朝日新聞社、1984／朝日選書、1990)。

文学・文芸論と西洋美術

漱石の西洋美術に対する理解は、文学・文芸論にも応用されている。『文学論』において、文学者は「科学上の真」ではなく「文芸上の真」を重視すべきであると論ずるに際し、ターナーを例に挙げ、「燦爛として絵具箱を覆したる」ような海の描写や、汽車が「溟濛として色彩ある水上を行く」ような描写は、自然界の様相を忠実に写したものではないけれども明確に自然の生命感を表出させており、「充分に文芸上の真を具有し」ている、と説く(第三編第二章)。また文芸の新旧様式の交替に激烈な闘争がつきものであるのは、絵画史上の革新においても同じであるとして、ラファエル前派や印象派などの逸話を紹介する(第五編第六章)。

『ホトトギス』に発表した「文章一口話」では、小説家を「form(形)に重きを置く技巧派と、matter(質)を主とする実質派とも名づくべき二流派」に分け、前者は絵画における印象主義者と同傾向である、と述べている。しかしフォルムの重視は、モネに代表されるフランス印象主義絵画には当てはまらない。漱石は技巧派について、色彩の効果や運筆の技術によって「音楽の調和のやうな趣」を出すことに意を用い、主題選択を軽視すると説明しており、これはむしろ1860年代の英国に始まる唯美主義絵画に当てはまる。漱石の西洋美術理解は主に英国美術を通じてであり、ウォルター・ペイターら唯美主義の文筆家の影響が推察される。技巧派は「Art for art」への道筋であると述べるとき、想起されているのはホイッスラーの《黒と金のノクターン─落下する花火》(1875、デトロイト美術館)のような作品であろう。

西洋美術鑑賞体験

漱石は渡英前に立ち寄ったパリで万国博覧会場の美術館を見学し、ロンドン滞在中は大英博物館、ナショナル・ギャラリー、ダリッジ美術館など主要な美術館を訪れたことが日記からわかる。また水彩画展を鑑賞し油彩画より自分の好みに合うと書き留め(1901・1・29)、サウス・ロンドン・アート・ギャラリーで見たラスキンとロセッティの作品を「面白カリシ」と記している(同4・7)。グルーズの少女像や、「倫敦塔」のイメージ源となったドラローシュ《ロンドン塔の王子たち》を見ることができたのは、1900(明33)年に公開されたばかりのウォレス・コレクションであった。

西洋絵画に対する漱石の好みを知る資料として注目されてきたのが、蔵書中の「昔日の巨匠展」出品目録である。ロイヤル・アカデ

ミーで1902年1月から開催された同展を、漱石は目録に感想を書き込みながら見学した。この書き込みは『全集』第27巻に採録されており、該当する作品の図版を探し出した研究もある（太田昭子・福田真人「漱石と西洋美術——倫敦・明治三十五年前後」『比較文学研究』1982・11）。感想は概して風景画に好意的で宗教画には厳しい。しかしボッティチェリに「此愚ナル絵ヲ見ヨ」、ティントレットに「話ヲ知ラザル者ニ何ノ面白ミアル」などとこき下ろす一方、聖家族を描いたムリリョ《エジプト逃避》（1650、デトロイト美術館）には「歴史ヲ知ラザルモ可」としているところを見ると、初期ルネサンスの生硬さやマニエリスムのわざとらしさを敬遠し、登場人物の情感が伝わるような自然らしい様式を好んだようである。

装丁と西洋美術

漱石は留学中の1900年12月から、生涯にわたり『ステューディオ』誌を講読した。同誌には、絵画・彫刻だけでなく工芸・デザインも同等の比重で紹介されているが、背景には、純粋芸術と装飾美術との垣根を取り払い、総合的に生活の美をめざすという思潮がある。アーツ・アンド・クラフツ運動に始まり唯美主義運動として隆盛をみたこの美的潮流の中では、最先端の芸術家が書物の挿絵と装丁を手がける例が少なくなかった。漱石の美しい造本へのこだわりは、これに倣うものであろう。19世紀末から1910年頃まではアール・ヌーヴォー様式の最盛期である。植物および昆虫をモチーフとした、有機的で幻惑的な曲線の文様を主体とするこの様式は、『漾虚集』扉や『虞美人草』の表紙に典型的に反映されている。（佐渡谷重信『漱石と世紀末芸術』美術公論社、1982／講談社学術文庫、1994／芳賀、前掲／『夏目漱石の美術世界』展図録、東京芸術大学大学美術館、2013）　　　　　（小野寺玲子）

セルバンテス，ミゲル・デ
（1547〜1616）

Miguel de Cervantes Zaavedra

漱石がMiguel de Cervantes Zaavedraに最初に言及したのは、1897年2月の『江湖雑誌』に掲載された「トリストラム・シヤンデー」で、「「スターン」を「セルバンテス」に比して、世界の二大諧謔家なりと云へるは「カーライル」なり」の一文がある。セルバンテスは18世紀英文学に多大な影響を与えたスペインの作家で、スターンを初め、この時代の英文学を研究していた漱石が関心をもつのは必然だった。

ロンドン滞在中の1901（明34）年2月5日に、セルバンテスの代表作『ドン・キホーテ』の英訳本を購入している。蔵書目録に記載のある二種類の『ドン・キホーテ』のうち、スモーレット訳のほうには、下線や傍線、書き込みが見られ、熱心に読んだ形跡がある。また文中に引かれた諺のいくつかに、proverbであることを示すPの文字が記されている。諺や格言にはとくに興味をもったようで、『文学論』で「此種の具体的一般真理を最も多量に散見するは恐く、世界文学中Don Quixoteの右に出づるものあらざるべく」と述べている。

もっとも小説全体については、滑稽な本ととらえていた。『文学評論』ではユーモアとウィットの違いを論ずる際に、ドン・キホーテをユーモアを有する人の例に挙げ、「可笑味が当人の天性、持って生まれた木地から出る」と説明している。

『行人』のなかの、一郎が弟の二郎に妻の節操を確かめてほしいと依頼するエピソードは、『ドン・キホーテ』に挿入された「愚かな物好きの話」で語られる状況と類似していることが指摘されている。　　　（斎藤文子）

ゾラ，エミール
(1840〜1902)

Émile Zola

漱石は「文芸の哲学的基礎」の中で、モーパサンに続いてゾラの短編「シャルブ氏の貝」を紹介している。40代半ばの男、漱石によれば「爺さん」、が年若い女と結婚するが、子供が出来ない。海岸で貝を食べるのがよいと医者の勧めで、彼らは海岸の保養地に出かけ、若い男と知り合いになる。ある日磯辺を散歩していると潮が満ちて、妻と友人の男が磯の洞穴に取り残される。夫は浜辺で貝を食べつつ彼らを待つ。さて家に戻って時を経ず、妻が妊娠していることが分かるという話である。

漱石はゾラを「真」、いわば些末な写実を重んじて、他の理想を破壊すると批判する。「ゾラ君杯も日本へ来て寄席へでも出られたら、定めし大入を取られる事であらうと存じます」。作者は「尤も下劣な意味に於て真を探る」探偵のようなもので、「道徳もなければ美感もない、荘厳の理想杯は固よりない」。しかし文学はいかに生存すべきかの理想を掲げなければならず、技巧はそのための道具にすぎないのである。

漱石は『ナナ』などの英訳本、『ローマ』は仏語版を所蔵していたが、それらについての言及はなく、もっぱらこのフランス人自然主義作家の短篇の技巧とそこから派生する殺理想的な関心にのみ注目する。しかしゾラの本領は旺盛な社会的関心や遺伝学的視点にあって、それらは一時代の社会の壮大な壁画である『ルーゴンマッカール叢書』などの長篇群の中で最もよく表現されていた。

（大野英二郎）

ターナー・ジョセフ・マロード・ウィリアム
(1775〜1851)

Joseph Mallord William Turner

◆「あの松を見給へ、幹が真直で、上が傘の様に開いてターナーの画にありさうだね」と赤シヤツが野だに云ふと、野だは「全くターナーですね。どうもあの曲がり具合つたらありませんね。ターナーそつくりですよ」と心得顔である。　（「坊っちゃん」五）

19世紀イギリスを代表する風景画家としてのターナーは、画工を語り手とする「草枕」にも登場し、汽車を写すまで人々は「汽車の美」を解さなかったと、『雨，蒸気，速度』を読者に想起させ、「サラド」の「涼しい色」に見とれたことが紹介されている。

「坊っちゃん」における「赤シヤツ」と「野だ」の「ターナー」の「松」をめぐるやりとりのすぐ後に、この松のある島を「ターナー島と名づけ」、そこに「ラフハエルのマドンナを置いちゃ」と「野だ」が提案することになる。

美術史家の古田亮氏は、この一節が「ターナー・ラファエロ・マドンナという一続きの美の連鎖」を生み出すことによって、「ラファエロが自作の《小椅子の聖母》というマドンナを描いた作品をローマの風景のなかに置く」、「《ヴァチカンからのローマの眺めいう、フォルリーナを連れて回廊装飾のために自身の絵を準備するラファエロ》」というターナーの作品を読者に想起させる機能を持つと指摘している（『特講　漱石の美術世界』岩波現代全書、2014）。自らの代表作を一ヶ所に集めたラファエロの背後に広がるローマの光景は、彼が教皇の命で、古代遺跡発掘の監督やサン・ピエトロ大聖堂の建築計画の責任者であったことを象徴している。権力と金力に結びついたラファエロの前に戻る主張をしたのがラファエル前派であった。　（小森陽一）

◆よむ・みる

ダヌンツィオ・ガブリエーレ
(1863〜1938)

D'Annunzio, Gabriele

◆ダヌンチオと云ふ人が、自分の家の部屋を、青色と赤色に分つて装飾してゐると云ふ話を思ひ出した。　　　　　　　　　　（『それから』五の一）

　ダンヌンツィオは詩、小説、戯曲を多く残したイタリアの国民的作家。生前は日本でも世界的文化人として知られ、翻訳紹介に上田敏、森鷗外や漱石門下の文学者たちが関わった。森田草平は、生田長江主宰の「閨秀文学会」で平塚明子（らいてふ）を知り、1908(明41)年二人は塩原温泉で心中未遂事件を起こすが、翌日の朝日新聞が森田は西洋文学を愛読し、中でもダンヌンツィオの『死の勝利』を机上から離さなかったと報じる。森田がその醜聞の後、漱石の支援と鷗外の序文を得て出版したのが、ダンヌンツィオの影響の顕著な私小説『煤煙』である。1909年同新聞に発表されたこの小説を、続いて連載された『それから』の主人公代助が読んでいて、ダンヌンツィオの家の調度の色と心理学の話などがある。さらに、『彼岸過迄』でも作家像に言及される。社会に超然と生活する主人公像、姦通と赦し、「宿命の女」としての女性像など、ダンヌンツィオ描く世紀末文学の主題を、漱石は明治大正期日本の知識人層の物語に置き換えたとも言える。1913年以降森田と生田が初期三部作の『快楽』（森田訳『快楽児』）、『罪なき者』（同『犠牲』）、『死の勝利』を訳し、生田訳『死の勝利』は20年以上版を重ねるが、漱石の蔵書には英訳本があり、芥川宛書簡(1912・8・24付)に、芥川がダンヌンツィオの「フレーム オフ ライフ」(『炎』)をほめた時、自分も本を所有して読んでいたのに忘れていたとある。　　　　　　　　　　　　（村松真理子）

ダンテ・アリギエーリ
(1265〜1321)

Dante Alighieri

◆憂の国に行かんとするものは此門を潜れ。／永劫の呵責に遭はんとするものは此門をくゞれ。／迷惑の人と伍せんとするものは此門をくゞれ。／正義は高き主を動かし、神威われを作る。／最上智、最初愛。我が前に物なし只無窮あり我は無窮に忍ぶものなり。／此門を過ぎんとするものは一切の望を捨てよ。　　　　　　　　　　　　　　（『倫敦塔』）

　イタリアの詩人。ダンテの名は、明治の日本で早くから紹介され、『神曲』も、この訳語を1885(明18)年に初めて用いたとされる森鷗外が1892年に翻訳を開始したアンデルセンの『即興詩人』や、上田敏の文章などを通して知識階級に広まった。欧米においては、19世紀の後半に、『神曲』のロマンティックな側面が強調された、ある種のブームが起こっており、ダンテが改めて高く評価されていたのである。なかでも、地獄篇第5歌のパオロとフランチェスカのエピソードは、絵画のモチーフになるだけでなく、イギリスやイタリアで劇化され、好評を博した。漱石も、ロンドン留学中にその舞台を観劇し、感想を記している。

　漱石は、John A. Carlyleの翻訳を編集する形で1900年にロンドンで出版されたTemple Classics版『神曲』を所蔵しており、そこに先の翻訳を書き込んでいるが、『文学論』などでは、世界文学における「大詩人」としてのダンテに言及している。彼にとってのダンテは、自身がロンドンで体験した、当時の西欧のダンテ観を如実にあらわしたものだったのである。また、パオロとフランチェスカのエピソードにも興味をよせており、これは『行人』の重要なモチーフとなっている。　（平石典子）

◆よむ・みる

チェーホフ, アントン
(1860〜1904)

Чехов, Антон

　ロシアの小説家、劇作家。日本における
チェーホフの紹介は、イギリスでの評価を伝
える形で1902(明35)年より始まった(柳富子
「チェーホフに魅せられた日本」『チェーホフの短
篇小説はいかに読まれてきたか』世界思想社、
2013)。作品の翻訳もほぼ同時に始められた
が、瀬沼夏葉らによるロシア語からの直接訳
は多少あったものの、当初は英語からの重訳
が多かった。漱石も英語を介してチェーホフ
を理解したものと考えられる。
　漱石の蔵書には英語訳やフランス語訳の
チェーホフの作品集が数冊あるが、少なくと
もR・E・C・ロングが英訳した『「黒い僧」そ
の他の短篇』には読んだ形跡があり、その中
で「六号室」を非常に高く評価している。こ
れは、精神を病んだひとりの患者に知性を感
じた医師がやがて逆に狂人ではないかと疑わ
れ精神病室に閉じ込められてしまうという物
語である。ここに見られる正常な世界と狂気
の世界の相対化あるいは「反転」については、
『吾輩は猫である』の苦沙弥の考えにも同様
のものが見られるのみならず、『明暗』の主題
とも響き合っているという興味深い指摘があ
る(佐々木英昭「精神病者をどう描くか」『越境す
る漱石文学』思文閣出版、2011)。
　また1911年7月の漱石の日記には「アンド
レーエフは厭だ。チエホフは非常に立派な文
体だ」という記述がある。モラリスト漱石は、
「主義主張」がなく倫理観に欠けるチェーホ
フ作品の「内容」にではなく、簡潔にして要
を得た「文体」(英訳にせよ)により親近感を
感じたのではなかろうか。　　　　(沼野恭子)

チョーサー, ジェフリー
(1340頃〜1400)

Geoffrey Chaucer

◆固より妻が夫に対し堪へ忍ぶは世の常態なれば、
何れの世にも此種の文学的内容多きは云ふを待た
ざれども、こゝに述べんとする例の如きは誠に西洋
文学中無類のものなるべく、近代の婦人が決して堪
へ能はざる苦しさを堪へ果せるを描きしものなり。

(『文学論』第一編第二章)

　漱石が、「消極的方面」にあらわれた「自己
の情」である「忍耐」を描いた例としてこう評
しているのが、「イギリス詩の父」とも呼ばれ
る詩人・外交官チョーサーの『カンタベリー物
語』「学僧の物語」にて語られるグリセルダの
エピソードである。概要は以下の通りである。
　長年妻を娶らなかったあるイタリアの公爵
が、貧しい娘グリセルダを妻に迎える。彼女
はその美徳と他に対する尊敬に満ちた態度か
ら、人々に愛され、やがて公爵との間に娘を
もうける。その後、突然公爵は、妻の誠実さ
を試したいと考え、彼らの子供を殺したふり
をするなど、妻に残酷な仕打ちをする。最終
的に彼は、自分の仕打ちに耐えた妻の誠実さ
を確信し、全ては彼女を試すための嘘であっ
たことを告げる。物語は単純であるが、公爵
の仕打ちがあまりにも残酷なため、漱石は
「かゝる忍耐は到底実際ありうべきことにあ
らざるは話の当人Oxfordの大学生も後段に
云へり」と結んでいる。
　グリセルダの話は、ボッカチオの『十日物
語』、ペトラルカの『従順で貞淑な妻の物語』
にも描かれており、チョーサーはこのペトラ
ルカの作品を題材にしている。「古来三大文
豪」とは、これら三人の作家を評して漱石が
いった言葉である。　　　　　　(谷沙央里)

◆
よ
む
・
み
る

ディケンズ, チャールズ
(1812～1870)

Charles Dickens

　ヴィクトリア朝を代表する作家チャールズ・ディケンズ。ロンドンの下層民への暖かい眼差し、ユーモア溢れる作風によって、1836～1837年の処女長編*Pickwick Papers*で一躍国民的作家となって以来、58才で亡くなるまで人気作家であり続けた。処女作以降若々しい作品を次々と発表したが、1840年代半ば以降は社会問題と芸術性を強く意識した作風へと変貌していく。しかし、終生、人情作家・ユーモア作家のイメージで見られ続けた。歿後作家としての名声は下降線をたどるが、1930年代以降後期の重厚な作品が再評価され、批評的にも一流作家として認められるようになった。漱石の生きた時代は、ディケンズの声価が凋落していった時期と重なっている。所蔵本の*A Tale of Two Cities*には作家漱石らしい書き込みがあって興味深いが、漱石文庫に残されているディケンズ作品は初期の数作に過ぎない。また、『文学論』の数例のほかディケンズへの言及は多くない。ある談話記事ではサッカレーの文章に大いに感心する一方で、ディケンズは「大雑把で(中略)遙に劣って居る」、人物もサッカレーの方が「よく描かれて居る」と、現在とは正反対の評価を下している。これは当時の一般的評価を踏襲しているに過ぎないが、この言葉の裏で、漱石はディケンズの根強い大衆的人気に首をひねっているように見える。淡泊な文章を好む漱石にとって、ディケンズの大げさな身振り、レトリックたっぷりで息の長い文章が異質のものと感じられたのだろう。しかし、そこに含まれるイギリス流ユーモアから、漱石の『吾輩は猫である』の文体への距離は案外遠くないのだ。　　　　　　　　　　（山本史郎）

テイラー, ジェレミー
(1613～1667)

Jeremy Taylor

　イギリス国教会の聖職者。イギリス革命、王政復古の時代を生き、キリスト教信仰について数多くの有名な著述を残した。信仰のありかたについて、生き生きとした比喩を用いた名文にて語るその文章は、ジョン・ウェスリーやサミュエル・コールリジら、多くの宗教家や作家に影響を与えると同時にイギリス国教会の理念の形成に寄与した。漱石は『文学論』において『聖なる死にかた』から「人間は荒れ狂う世界という嵐の中に浮かんでは切れる泡粒にすぎない」という比喩の巧みさを示す一例を引用する。

　テイラーは、ケンブリッジに生まれ、ケンブリッジ大学に学ぶ。その後カンタベリー大司教に目をかけられる。国王チャールズI世に取り立てられていたため、イギリス革命時には逮捕され、王政復古までの間、ウェールズに身を潜めて著述に専念する。『聖なる生きかたの定めと実践』（1650）、『聖なる死にかたの定めと実践』（1651）を始め、彼の有名な著作の多くはこの時期のものである。

　漱石は上記の二書を合わせた1冊の本を所有し、キリスト教信仰について学ぶための資料としていた。キリスト教について考察を深める中で漱石は、人間を超える存在について心的なリアリティーを人々に伝えることを目指す「宗教」は、その手段が「よく詩の目的に合致」するとの結論に至る。「文芸上の真」を探究するなかで「宗教も亦一つの詩に過ぎず」（『文学論』第四編第二章）と、科学、宗教、文学とを包括する人間の言語活動について思いをめぐらす。　　　　　　　　　（田久保浩）

◆よむ・みる

テニソン, アルフレッド
(1809〜1892)

Alfred Tennyson

　19世紀を通して最も有名な詩人テニソンは、イングランド東部リンカーンシャーに牧師の子として生まれる。ケンブリッジ大学に学び、後に挽歌『イン・メモリアム』(1850)でその死を弔うこととなるアーサー・ハラムと知り合う。ハラムは22歳の若さで癲癇の発作で歿するが、その死は「アーサー王の死」、「ユリシーズ」、「ティトーノス」など、彼の主要な作品に影を落としている。1832年と1832年の『詩集』は「マリアナ」、「シャロットの貴婦人」、「安逸の人々」等、テニソン初期の名作を含むが、批評家たちの評価を得られず、テニソンはその後10年、沈黙を守る。

　だが、上記の詩の改訂を含む1842年の詩集は、一躍テニソンを有名にする。『イン・メモリアム』(1849)は当世随一の詩人としての名声を不動のものとして、その出版の同年、ワーズワースの後を継いで桂冠詩人に就任する。その後、アーサー王伝説を題材とした『国王牧歌』、『モード』、『イーノック・アーデン』などの名作を含め、晩年まで多くの詩を書き続けて、良心の声として多大な尊敬を集めた。20世紀になると大詩人としての名声には陰りが見えるようになるが、漱石もテニソンの詩を大変よく読んでいる。

　『文学論』には上記の各詩から多くの引用をしている。韻律の巧みさや短い詩行での印象的な詩的描写はテニソンの特長とするところである。また、彼の多くの詩は人間の心理を象徴的に表す薄暮の風景や陰影に富む情景によって記憶される。1883年、何年もの間固辞していた男爵位を授与され、貴族院議員となる。　　　　　　　　　　（田久保浩）

デュマ, アレクサンドル(父)
(1802〜1870)

Alexandre Dumas (pére)

　『黒いチューリップ』の英訳本を所蔵。この有名な波瀾万丈の読み物の書き込みには、「万事都合よく出来ているところが旧式の小説なり。旧式の小説とは小説のための小説にて人生の為の小説にあらざるをいふ」。大衆に好まれて、多くの物語を量産したフランス人作家も、漱石によれば人生が描けていない。すなわち「巧妙にして拙劣なり。老練にして幼稚なり」。さらに『文学評論』では「構造が丸で糊細工の様に旨く出来過ぎて居る、巧妙かも知れないが、非常に人工的で不自然である」、そして「篇中の人物即ち材料」に関しても「断面的性格の描写が浅薄だ、作家の都合の好い様に動いてゐる」と、構造と材料の二面におよぶ欠点を指摘する。

　また『三四郎』に関する田山花袋の批判に、漱石は次のように、デュマを例に挙げて反論する。

　「拵へものを苦にせらるゝよりも、活きて居るとしか思へぬ人間や、自然としか思へぬ脚色を拵へる方を苦心したら、どうだらう。拵らへた人間が活きてゐるとしか思へなくつて、拵らへた脚色が自然としか思へぬならば、拵へた作者は一種のクリエーターである。拵へた事を誇りと心得る方が当然である。たゞ下手でしかも巧妙に拵えた作物（例へばヂューマのブラック、チューリップの如きもの）は花袋君の御注意を待たずして駄目である。同時にいくら糊細工の臭味が少くても、凡ての点において存在を認むるに足らぬ事実や実際の人間を書くのは、同等の程度に於て駄目である」（「田山花袋君に答ふ」）。

　　　　　　　　　　　　（大野英二郎）

ドーデ, アルフォンス
(1840〜1897)

Alphonse Daudet

　漱石はこのフランス写実主義作家を高く評価し、所蔵英訳本には、「愉快同々」、「軽妙」、「good」などの書き込みがある。短篇小説の構成については「此パラグラフで全篇活動ス。実ハ此前ノ節迄ヨンデ是デハ物ニナラヌト思ツタラ。最後ノ一節ニ至ツテ成程ト感心シタ。流石ハ文豪デアル」と、モーパッサンの場合とは対蹠的判断を示す。

　「最後の授業」は、プロシアに割譲されたアルザスで行われる最後のフランス語の授業を描いて有名だが、漱石は「非常ナ名文ニ出合ツテ少々驚ロイテ結末ニ至ルトDaudetト署名シテアツタノデ成程ト思ツタ／余ガ其時ニ感心シタ文章ハ即チコレデアル」と記す。その文体は何度か日本の写生文に比較される。「此人ノ作ハ往々ニシテホトヽギス派ノ写生文ニ似タル所アリ。カノ写生文ヲ作り出セル人ハ此等ノ文章ヲ模範ニスルニアラズ。全ク他ノ方面ヨリ独立シテ此領分ヲ開拓セルナリ」。しかしドーデはより小説的であって、そこに彼我の写生文的文体の相違が存在する。「ホトヽギス派ノ写生文ハ人間ノ手一本、足一本ヲウマク画ケル画ノ如キ場合多シ。其丈デ技巧ハ充分ナレドモ吾人ガソレヨリ受クル感ジハ芸術的ニ完キモノニアラズ」。

　漱石は「談話」の中で国木田独歩を論じつつ、「何といふことはない一寸した作を書いて、唯それだけのもので、面白いものはドオデエなどにもある。ホトヽギス派の写生文といふものもドオデエなどの真似をした訳ではないが、よく似て居ますね。普通の写生文に小説的分子の一寸ばかり入れゝばドオデエになると思ひます」とも述べる。（大野英二郎）

ドストエフスキー, フョードル
(1821〜1881)

Достоевский, Фёдор

　漱石の蔵書にはドストエフスキーの著書は入っていない。しかし漱石は、1915(大4)年に森田草平より『白痴』の英訳を借りて読んでいるし、所蔵していたメレジコフスキーの評論『トルストイとドストエフスキー』の英訳には無数の書き込みを残している。また「修善寺大患」の最中にはしばしばドストエフスキーの体験に思いを馳せたようで、「思ひ出す事など」に「ドストイェフスキーもまた死の門口（かどぐち）まで引き摺られながら、辛うじて後戻りをする事のできた幸福な人である」「寒い空、新らしい刑壇、刑壇の上に立つ彼の姿、襯衣一枚のまま顫えている彼の姿、——ことごとく鮮やかな想像の鏡に映った」と綴っている。死の体験のみならず、作品にも共通性を見出し、1916年の『日記及断片』には「露西亜の小説を讀んで自分と同じ事が書いてあるのに驚く」と記している。ただし清水孝純は、この「露西亜の小説」とは『白痴』のことだろうと推察しているが（「日本におけるドストエフスキー」『ロシア・西欧・日本』朝日出版社、1976）、トルストイの『アンナ・カレーニナ』ではないかという説もある（大木昭男『漱石の「露西亜の小説」』東洋書店、2010）。『明暗』では、小林が「露西亜の小説、ことにドストエヴスキの小説」に言及し、「貧民」の「至純至精の感情」を描くことが「虚偽」であるかどうかをめぐって先生と意見が対立していることを示唆している。

　これらのことから、日本においてドストエフスキー紹介が盛んになる1910年代に、漱石がドストエフスキーの生涯と作品に注目していたことは確実である。　　（沼野恭子）

◆よむ・みる

トルストイ, レフ
(1828〜1910)

Толстой, Лев

　ロシアの作家トルストイに関して漱石は、同時代を生きる優れた作家・思想家としてイギリス留学時代から絶えず気にかけていたようだ。蔵書の中でもトルストイの著作は多く、漱石が無数の書き込みをしているトルストイの『芸術とはなにか』（英訳書、1898）は『文学論』を執筆する「触媒」になったのではないかとの指摘もある（清水孝純『漱石―そのユートピア的世界』翰林書房、1998）。

　内田魯庵が英語から訳したトルストイの『馬鹿者イワン』（1906）は、『吾輩は猫である』の「馬鹿竹の話」の源泉となっている可能性が高い。また1916（大5）年の日記では『アンナ・カレーニナ』の登場人物でトルストイの分身とも言えるレーヴィンが農民たちと一緒に草刈りをする場面に「（一生懸命になると）無心になる時あり」と感応している。イワンもレーヴィンも虚偽のない生活を望む実直な働き者で、「高等遊民」ではない。「文学談」（1906）で漱石が文学には倫理（「一種の勧善懲悪」）が必要だと説きイプセンとトルストイの名を挙げていることからすると、漱石はトルストイの「道徳上の好悪」をある程度共有していたのではないかと考えられる。

　松岡譲は、漱石が『明暗』を書いていた頃、『アンナ・カレーニナ』について「これ程偉大な小説は未だかつてよんだ事はない」と語っていたと証言している。漱石自身『明暗』が『アンナ・カレーニナ』とある種の共通性を有していたと考えていたのではないかという見解もある（大木昭男『漱石と「露西亜の小説」』東洋書店、2010）。　　　　　（沼野恭子）

ニーチェ, フリードリヒ
(1844〜1900)

Friedrich Nietzsche

　ドイツの哲学者。『文学論』第二編第三章の「人事Fの両面解釈」に、「Nietzscheの語を藉りて云へば一は君主の道徳にして他は奴隷の道徳なり」との記述がある。漱石の蔵書A・ティルによる英訳本『Thus spake Zarathustra』には多量の英文による書き込みがあり、1905（明38）年11月から1906年夏頃までの「断片」にもニーチェに言及した箇所がある。『吾輩は猫である』第七章に浴場の大男を「超人だ。ニーチェのいわゆる超人だ」と描写する場面があり、第十一章の八木独仙の言としてニーチェの超人思想を「あの声は勇猛精進の声じゃない、どうしても怨恨痛憤の音だ」と評価させている。「野分」第十一章の白井道也の講演にニーチェの名が「自己を樹立せんが為めに存在したる」好例の一つとして挙げられ、『三四郎』第七章では、広田先生が「露悪家」の例としてニーチェの名を挙げている。「思ひ出す事など」二十三には、「ニーチェは弱い男であった。多病な人であった。また孤独な書生であった。そうしてザラツストラはかくの如く叫んだのである」とあり、『行人』三十六末尾のドイツ語「Einsamkeit, du meine Heimat Einsamkeit!」は、『ツァラトゥストラ』第三部冒頭とほぼ同じである。1915年（大4）「断片」および『点頭録』の「軍国主義」「トライチケ」には、当時ドイツ軍国主義の思想的背景としてのニーチェ像を疑問視している。漱石の弟子、生田長江、和辻哲郎、阿部次郎は、翻訳と著書を通じニーチェ思想の本格的移入に貢献した。参考文献として平川祐弘「夏目漱石のツァラトゥストラ読書」（氷上英廣編『ニーチェとその周辺』朝日出版社、1972）／杉田弘子『漱石の『猫』とニーチェ』（白水社、2010）。（冨岡悦子）

ハーディ, トマス
(1840-1928)

Thomas Hardy

　トマス・ハーディはイギリスの詩人・小説家。ドーセットの石工の家に生まれる。建築技術を学び、製図工としてロンドンの建築事務所で働く傍ら、余暇は語学の勉強などに当てていた。大学教育を受けて牧師になることを夢見ていたが断念し、文筆で生計を立てることを志した。初めて書いた小説『貧乏人と淑女』は出版されることはなく、1871年に『窮余の策』で作家としてのデビューを果たす。代表作には、『カスターブリッジの町長』(1886)や、漱石が『文学論』において「Hardyの傑作」として『ダーバヴィル家のテス』(1891)について、「Clareに其身の罪を懺悔する節に、無生の器物迄Tessに情なく見ゆる気色を写せる辺は全く此語法を適用して、しかも成功せるものなるべし」と指摘している。1895年に出版された『日陰者ジュード』では、主人公の青年の満たされぬ愛、報われない努力、そして町から町へと追い立てられるように放浪する生き様が描かれている。結婚制度そのものを問い直すようなテーマや、そのあまりにも悲劇的な結末のため、作品そのものが社会道徳に反するものとして酷評された。以後、すでに経済的に安定していたこともあり、小説の執筆はやめ、詩作に専念するようになったとも言われている。厭世的・悲観的な印象が強いハーディではあるが、『ウェセックス詩集』(1898)や『新旧叙情詩集』(1898)などでは、日常風景を主題にした詩を多く書いていることがわかり、ハーディの喜劇的で明るい一面も見られる。ナポレオン統治下の英仏の戦闘を描いた『覇王たち』(1903-1908)は長編叙事詩。詩・小説の両分野での功績が認められ、1901年にはメリット勲章が授与されている。　　　　　(畑中杏美)

バーンズ, ロバート
(1759～1796)

Robert Burns

　『文学論』第四編第八章「間隔論」にて漱石は、「篇中の人物の読者に対する位地の遠近」を論じる。その題材としてまずとりあげられているのがゴールドスミスの「美しい女性が愚かにも身を落とすとき」、およびスコットランドを代表する詩人にして「蛍の光」原曲の作詞者であるバーンズの「ドゥーン川の岸辺」である。

　前者は、悪い男に弄ばれた女性について「どうしたら憂鬱が晴れるのか、どうしたら罪が浄められるのか」一心とからだを許し、そして棄てられることは、過去のイギリスでは「罪」だった—と問い、そして答える、「死ぬしかない」(!)。これに対してバーンズの「ドゥーン川」では、同じく棄てられた女性が一人称で嘆き悲しんでいる—「かわいい鳥が恋人の隣で楽しげに歌っている」、「かつて私も歌っていた、こうなる運命とも知らずに」。

　これらを評して漱石はいう、「G.の詩は冷静なり、端然として窮愁を説く事木人の舞ひ石女の泣くが如し。B.に至つては満腔凡て是悲哀なり」。このように感じられる最大の理由は、読者と主題である女性の近さにある。バーンズの作品においては、「此少女と作家とは詩中に相会して合して一となるが故に、読者は(中略)面と咫尺を去つて此不幸の児と相対する事を得」。「其名の示す如く情を歌ふもの」であり、「勢痛切ならざる」を得ない叙情詩においては、「吾人常に間隔の尤も短縮せる距離に於て詩中の趣を味ひ得る」のである—「自己より痛切なる情緒を有するものなければなり」。　　　　　(冨樫剛)

◆よむ・みる

バイロン, ジョージ・ゴードン
(1788〜1824)

George Gordon Byron

◆かのByronの如きに至りては放蕩、高慢、苦肉、犯罪をもって自家の贅沢的材料とし、普通の道徳平面以外に逸出して、世界を白眼に睥睨し、吾意に満たぬ者を以て悉くわが敵なりとなす。

（『文学論』第二編第四章）

イギリス、ロマン主義の代表的な詩人。漱石のこの言葉は「バイロン的ヒーロー」（Byronic Hero）像をよく言い得ている。すなわち、心のうちに熱い情熱を宿しながらも、同時に後悔と罪の念に苦悩する存在。世間に背を向け、いかなる権威や価値にも屈せず、これらを冷笑の的とするアンチヒーローである。文学史においてバイロンが特筆に値するのは、読者たちが『貴公子ハロルドの巡礼』、『マンフレッド』、『ドン・ジュアン』など、一世を風靡した一連の人気作品において、これら作品の主人公、ないし語り手を作者バイロンと同一視した現象である。極めつけはギリシャ独立運動に身を投じ、反乱軍の組織作りに奔走する中、36歳の若さで客死する彼の最期である。ヨーロッパ中がこの英雄的なバイロン像に熱狂した。

漱石は冒頭の引用に続く説明で「壮士が剣を抜きて事もなきに床柱に切りつくるに類す」と、こうしたヒーロー像が喚起する感情の文学的虚構性を喝破している。バイロンは人間としての自分とは異なるヒーローを創作し、それを自らの作家像として半ば意図的に演出した。漱石はこのように、近代社会が作家像を作り上げ、もてはやす風潮をも含めてバイロンをとらえているのである。

（田久保浩）

ハウプトマン, ゲルハルト
(1862〜1946)

Gerhart Hauptmann

ドイツの劇作家、小説家。1905（明38）年5月『新潮』に掲載された「批評家の立場」の中で、ハウプトマンの童話劇『沈鐘』(1896)について触れている。漱石は、ヴァグナーの『タンホイザー』と『沈鐘』を並べて楽劇の標準とすべきとする斎藤信策の坪内逍遙作舞踊楽劇『新曲浦島』評に向けて、その基準設定に反論を述べている。1907年、1908年頃とされている「断片」には、ドイツ自然主義の文学者として注目されていたハウプトマンの戯曲『織工』(1892)の手法を研究、分析した記述がある。「unityノ観念少ナクシテ物足ラヌ心地ス」との記述がみられ、英訳の蔵書前扉に「タヾweaverトmanufacturerトノ関係ガ写セル者トナリ了ル。personalナ interestガ一貫セザル故ナリ。作者モシコ〻ニ注意ヲ払ヒシナラバ立派ナル作品タリシヲ得ン。惜ムベシ。此篇ヲ読ンデウマク出来テ居ルト思ヒナガラ何ダカ物足ラヌ様ナ感ガアルノハ全ク是ガ為ナリ」との書込みがあり、その評価は必ずしも高くない。また、1909年4月14日の日記に「明日から小宮にハウプトマンのワーンエルターを読んでもらふ」とあり、同年4月16日の日記に「Bahnwärter Thielを小宮に読んでもらふ」との記述がある。この記述から、ドイツ文学者小宮豊隆と一緒にハウプトマンの短編小説『踏切番ティール』(1888)を読んでいたことがわかる。同年11月28日ベルリン滞在中の寺田寅彦宛の書簡で、新聞の文芸欄への寄稿を求める際に、ハウプトマンとフランク・ヴェデキントの名がすでに文芸欄の中に掲載されていることに触れている。　（冨岡悦子）

バルザック, オノレ・ド
(1799〜1850)

Honoré de Balzac

　フランスの大作家という位置づけであろうか。登場人物の命名に困ったバルザックが友人を連れてパリの町をさまよい、偶然裁縫屋の看板にみつけた「マーカス」をいう名前を採用した、との挿話が『吾輩は猫である』の中で紹介される。この友人はレオン・ゴズラン(1803-1866)という作家で、彼が『内輪のバルザック』という書物の中でマーカスの名の由来を説明した。しかし漱石がこの書物を読んだ形跡はない。

　作品に関しては長篇『ゴリオ爺さん』の他、短編集をいずれも英訳本で漱石は所蔵していた。前者は二人の娘をもったゴリオが、莫大な資産を投じて彼女たちを名家に嫁がせたものの、以後は疎んじられ、それにもかかわらず彼女たちにすべてを犠牲にするといった物語である。その複雑な人間関係は漱石の興味を刺激したようで、所蔵本には英語で次の様に書き込む。「既婚女性を愛するとは。また何とフランス的であろうか」「夫を厄介払いしたい妻が沢山いるならば、妻を厄介払いしたい夫も沢山いる」など。しかしバルザックが描く登場人物たちは、あまりに過剰なエネルギーを発散していたようにも見える。「知らざれる傑作」については、「此篇ノ落処ハ余ノ解スル所ニアラズ只一種ノ画狂ヲ描出シタル者ノ」と記す。

　漱石はブリュンティエールの『バルザック論』を「創作家の態度」の中で推奨する。またバルザックに関するサント=ブーヴの評論も所蔵していた。したがって19世紀フランス社会の総体を描こうとした『人間喜劇』の小説90余篇の存在を知らなかったはずはないが、それについての言及はない。

（大野英二郎）

フィールディング, ヘンリー
(1707〜1754)

Henry Fielding

　ヘンリー・フィールディングはイギリスの小説家・劇作家。イングランド南西部サマセットシャーに生まれ、イートン校卒業後、ロンドンで劇作家としての活動を始める。処女作『恋の種々相』(1728)は不評だったが、『トム・サム』(1730)をはじめとする笑劇で人気が出る。『落首』(1736)、『1736年の歴史的記憶』(1737)では、イングランド初代首相であるロバート・ウォルポールやその内閣への批判が含まれていた。それを知った当局は、風刺劇を取り締まるための演劇検閲法を発布したことで、フィールディングは以後の劇作を断念する。その後も匿名で新聞や雑誌に政治批評を書きながら、サミュエル・リチャードソンの書簡体小説『パミラ』(1740)のパロディとして『シャミラ』(1741)を出版、続けて、パミラの弟を主人公とする『ジョウゼフ・アンドリューズ』(1742)を発表している。また、実在の大泥棒を主人公に据えた『ジョナサン・ワイルド』(1743)や代表作となる『トム・ジョーンズ』(1749)などの悪漢小説も評価が高い。『トム・ジョーンズ』では捨て子のトムが隣家の娘ソフィアと結ばれるまでの物語を中心に様々な人物やエピソードが配置され、完璧に計算されたプロットゆえに、この作品によってイギリス近代小説が確立したとも言われる。ホメロスの荘厳な文体で女たちの喧嘩騒ぎという卑近な出来事を語る『トム・ジョーンズ』の語りを、漱石は『文学論』で「不対法」の例として挙げている。法律にも精通し、晩年に治安判事になると、まだ十分に機能していなかった治安判事裁判所が警察的役割を発揮できるように改革を押し進めた人物としても名を残している。

（畑中杏美）

◆よむ・みる

ブールジェ，ポール
(1852〜1935)

Paul Bourget

　今ではフランスでも読まれることが少ないが、19世紀末からは鬱勃たる大作家として評価されていた。医学を学んだこともあり、「文学は生きた心理学」とする実証主義の影響下に文芸批評を始めて名をなし、当代固有の心理の描写と分析を得意とした。深刻な人間関係、抑えがたい情熱、良心の呵責などが展開する。漱石は『弟子』、『モニク』、『家庭劇集』などを、英訳本で所蔵し、そのいくつかには書き込みがある。

　また1909(明42)年の日記にはブールジェの書籍の購入が、同年の断片には短篇の題名2つが記されて、それらを読んだことが察せられる。漱石の関心は、筋立てと、そこに込められた真実との兼ね合いに集中するが、この作家の特質を理解し、評価していたとはいえないだろう。

　「軍事小品」とされる短篇の一つは、兵士を暴行した士官の行為を、その上司である将軍が兵士に対して謝罪して、三者間の信頼が保たれる話で、身体的制裁を非とする例として示される。これについて漱石が「兵卒を無暗に段打する日本の軍人は之をよんだら妙に思ふだらう。日本だつて兵士が何時迄こんな圧制を受けてゐるものか。もう少し気を付けるがいゝ。今に大変なことになる」と書いているのは興味深い。

　それは日本の前近代性あるいは非人間性に対する率直な批判であり、明治末の社会の不安を反映し、あるいはその動揺を予言する。

（大野英二郎）

フッド，トマス
(1799〜1845)

Thomas Hood

　トマス・フッドはイギリスの詩人・編集者。ロンドンの書店主の家に生まれ、雑誌『ロンドン・マガジン』の副編集長などを務めた後、『ジェム』、『コミック・アニュアル』、『ニュー・マンスリー・マガジン』、『フッドの雑誌』など多くの雑誌の編集に携わった。これらの活動を通して、チャールズ・ラム、ウィリアム・ハズリット、トマス・ド・クウィンシーなど、多くの同時代の文人たちと交友があった。『偉人たちへの頌歌』という一連の風刺パロディを共著で出したものが好評を博すなどした。ユーモアに溢れた風刺や皮肉を得意とし、やや鋭さに欠けるものの、社会問題を鋭く指摘するその姿勢から、ラムなどは18世紀最大の風刺画家であったウィリアム・ホガースの詩人版だと賞賛している。お針子の悲惨な生活ぶりを通して当時の社会が抱える深刻な貧困の問題を訴えた「シャツの唄」は1843年に雑誌『パンチ』に掲載されると大きな評判を呼んだほか、生活苦から川に飛び込んで自殺を図る人物を描いた「ため息の橋」、殺人について扱った「ユージン・アラムの夢」など多くの詩を発表して社会の不正義を批判した。他に、喜劇や、ラムの家での友人たちとの交遊を生き生きと描いた『フッド自身のこと』(1839)などを出版し、同時代の批評家のひとりは、彼について「P.B.シェリーとテニソンをつなぐ世代で最もすぐれた詩人」と評した。漱石は、フッドについて、『文学論』の中でも言及しているが、「過去と現在」と「ヘイスティングズの嵐」の他、『パンチ』誌に掲載された「フライ夫人に寄せて」などの詩を取り上げている。

（向井秀忠）

◆よむ・みる

ブラウニング, ロバート
(1812〜1889)

Robert Browning

「此情緒が文学的内容として用ゐらるゝ分量は実に驚くべき程にして、古今の文学、ことに西洋文学の九分は何れも争ふて此種の内容を含むと云ふも不可なきが如し」(『文学論』第一編第二章「両性的本能」)とは恋愛文学に関する漱石の評であるが、「例を引くに及ばざる程陳々相倚るの有様」のなかで彼があえて引く作品のひとつが、19世紀イギリスの詩人ブラウニングの「廃墟の恋」である。

これは、かつて栄華を極めた都市であったが、現在は廃墟、草の生い茂る丘となっているところを歩き、崩れた塔のところで恋人の女性と待ちあわせる男の独白からなる詩であり、このような「劇的独白」のスタイルによってブラウニングは今も名高い。廃墟のなか恋人の女性に肩を抱かれ、見つめられ、そしてそのまま貪るような口づけへとなだれこむこの男は—そんな「如何はしき」箇所に漱石はふれないが—凍えたり燃えあがったりする生身の人間の心と、時が経てば無に帰す国の栄華、勝利の栄光を比べ、もちろん前者をとる。「恋は無上」なのである。

また漱石は、「成功の程度を以て、作家の才をはかるの尺度となしがたき」ことを示す例としてブラウニングをとりあげる(『文学論』第五編第六章)。特に難解とされる彼の『ソルデッロ』は、熟読しても「ソルデッロ」が男か女か地名か書名かわからないような、詩人テニソンでも最初と最後の計二行しか理解できないような、そんな難解・晦渋な作品である。これら「一笑を博する」逸話を残しつつも、テニソンとブラウニングは「世紀の二大詩家」なのである。　　　　　　　　(冨樫剛)

ブレイク, ウィリアム
(1757〜1827)

William Blake

イギリスの詩人、画家、挿絵版画職人。政治的ないし心理的なあらゆる抑圧から、想像力により人間の精神を解放する壮大な神話を描く幻想詩の作者として、20世紀後半以降、イギリス・ロマン派文学の中心的詩人として評価されるようになる。しかし、生前は一介の挿絵版画職人であり、詩人としては仲間内でのみ知られる存在であった。死後、19世紀後半になって、ロセッティ兄弟ら、ラファエル前派によりその詩と版画が注目される。詩人スウィンバーンは、ブレイク評論の単行本を1868年に出版するが、漱石のブレイクについての知識は、この本によるところが大きい。『文学論』において漱石は象徴法を論じる際に、スウィンバーンによる「水晶の小箱」についての解説を紹介し、28行に及ぶこの詩全体を引用する。漱石はスウィンバーンが論じるような、本質を求める詩人の願望のドラマをこの小品に読み取るのは困難であると、象徴的な記号体系により物事の背後にある真理を描こうとするブレイクの手法について懐疑的見解を述べる。『文学論』に引用されるのはブレイクの初期の作品のみで、彼の作品でもっとも有名な抒情詩集『無垢と経験の歌』、さらに預言の書と呼ばれる『アメリカ』、『ヨーロッパ』、『ミルトン』、『エルサレム』、組織宗教について疑問を呈する散文作品『天国と地獄の結婚』は、漱石の目に触れなかったようである。ブレイクはこれらの詩や散文について、文字と挿絵とを同時に銅版画に刷り込んで、手作りで本を製作していた。これら銅版画と詩は、後に柳宗悦により紹介され、日本でも知られることとなる。

(田久保浩)

◆よむ・みる

ブロンテ, シャーロット
(1816〜1855)

Charlotte Bronte

シャーロット・ブロンテはイギリスの小説家。ヨークシャーのソーントン生まれる。父親はイギリス国教会の牧師で、シャーロットが4歳のときに父親の転任によりハワースという小村に移り、以後、そこの牧師館で生涯を過ごす。5歳のときに母親を亡くしている。ランカシャーの寄宿学校に入学したこともあったが、劣悪な環境のために退学し、その後、マーフィールドの寄宿学校で住み込み家庭教師(ガヴァネス)になるために必要な教育を受けた。当時、家庭教師の職は尊敬されるものではなく、働かざるを得ない女性たちにとってはひどく自尊心を傷つけられるものであったとされ、シャーロットは三姉妹の中でも早くから社会の厳しさを実感する経験を積んだことになる。

幼少期には、弟ブランウェルと妹のエミリーとアンとともに架空の国を舞台とする恋や冒険の物語を書いては楽しんでいたが、その完成度はかなり高いものであった。代表作には、寄宿学校や上流階級の家での家庭教師としての経験を活かして執筆した『ジェイン・エア』(1847)があり、彼女が尊敬していた当時を代表する作家のひとりW・M・サッカーレーに献呈している。他に、自伝的小説『教授』(1857、死後出版)、『シャーリー』(1849)や『ヴィレット』(1853)などがある。1854年には父親の牧師補であった男性と結婚するが、翌年に38歳という若さで生涯を閉じた。漱石は、『文学論』の中で、シャーロットについて4つの引用を行っている。どの例も長いもので、彼のシャーロットに対する評価の高さをうかがうことができる。　　　　　(天野裕里子)

ペイター, ウォルター
(1839〜1894)

Walter Pater

エッセイスト、批評家。ロンドンのイーストエンドで、貧困者のための治療院の医師の息子として生まれる。オックスフォード大学、クイーンズ・カレッジに学ぶ。少年時代、ラスキンの『現代画家』に触れ、美術と技巧的な散文の魅力に目覚める。大学時代はフローベル、ゴーティエ、ボードレールなどを耽読、また、ヘーゲルなど、ドイツ哲学を学ぶ。卒業後、個人的に哲学や古典学を教えていたが、後にオックスフォード大学、ブレーズノーズ・カレッジのフェローとなる。イタリアで絵画を学び、「ダビンチ」、「ボティッチェリ」、「ミケランジェロ」についての評論を発表し、これらは後に『ルネッサンス──芸術と詩の研究』としてまとめられる。漱石はこの書から有名な「モナリザ」についての記述を『文学論』で引用し、「斯の如く解剖的なる記述」、「斯の如く精巧なる記述」は擬し難きと、その散文に驚嘆の辞を捧げている。

ペイターはまた、「想像による人物像」として、それぞれの時代に隠れた先見的人物を描く散文でも知られる。その中で最も有名なのが『エピキュリウス主義者マリウス』で、ローマの時代に感覚と禁欲とについて自らの哲学と信仰とを生きた人物を描く小説であり、ペイターの代表作となっている。『鑑賞──文体について』、『プラトンとプラトン主義』など多くの著作を残し、これらは後の「耽美主義」に影響を与える。生涯独身を通したペイターは、その刹那的な耽美主義傾向が強調されることがあるが、そうした傾向は彼の文章にあっては、禁欲主義によって微妙なバランスが保たれている。　　　　　(田久保浩)

ベーン, アフラ
(1640〜1689)

Aphra Behn

アフラ・ベーンはイギリスの劇作家・小説家。前半生については確かな記録は残されていないが、カンタベリーの出身とされ、1663年に当時のイングランドの植民地であった南米のスリナムへ移住した。そのときの経験が代表作『オルノーコ』(1688)に活かされた。ロンドンに戻ったときにはジョナサン・ベーンと結婚していたが、すぐに離婚(もしくは死別)したとされている。第2次イギリス・オランダ戦時下の1666年には、ネーデルランドのアントワープにイギリス側のスパイとして派遣されたとも言われている。1670年頃に劇作家に転身し、『強制結婚』(1670)、『漂泊者』2部作(1677、1681)など、やや猥雑な喜劇だけではなく、時の政府を批判した風刺劇や詩も数多く残している。漱石が『三四郎』において、ベーンのことを「職業として小説に従事した始めての女」と書いているように、亡くなる数年前から散文で書かれたフィクションを相次いで出版している。『オルノーコ』に先立つ1684年から1687年頃には書簡体小説を書き、すでに三人称の語りも使用している。『オルノーコ』は、奴隷として売り飛ばされるものの、その美しさと気高さを失わないアフリカの王子を主人公とした物語である。また、『美しい浮気女』(1688)は、世間知らずな王子が、性的な魅力で男性より優位に立つ女性ミランダに騙されてしまう物語となっている。18世紀から19世紀には、意欲的に執筆や出版に関わると「女性らしさに欠ける」と評されることもあったが、現在では、詩・演劇・小説のあらゆる分野で初めて活動した女性職業作家として高く評価されている。　　(畑中杏美)

ベラスケス, ディエゴ・ロドリゲス・デ・シルバ・イ
(1599〜1660)

Velázquez, Diego Rodríguez de Silva y

スペインの画家。ルネサンスの伝統に根ざした堅固な技術に加え、生気に溢れたのびやかな筆致と人間味のある写実を特徴とする。24歳にして国王フェリペ4世の宮廷画家となり、格式張った宮廷肖像画の様式を一新した。自然で気取りのないポーズで描かれた肖像画にはモデルの個性が滲み出ている。理想化の排除と自由な筆捌きは、バロック期としては極めて近代的であり、エドワール・マネ等、伝統的絵画様式の打開を目指す19世紀フランスの画家たちに影響を与えた。

多くの主要作品がスペインのプラド美術館に所蔵されているが、漱石留学当時のロンドン・ナショナル・ギャラリーは、フェリペ4世の肖像2点を含む5点を所蔵していた。蔵書中のニューン画集などにも図版が掲載されており、おそらく漱石は、伝統的絵画の巨匠と認識していた。『文学論』(第五編第五章)および「創作家の態度」において、ラファエロやミケランジェロ、レンブラント等と共に、ベラスケスを美術史上の大家に数えている。

『三四郎』にはベラスケスの模写を、「原画が技巧の極点に達した人のものだから、旨く行かないね」と原口が評する場面がある(八の九)。この模写が「一面に黒」く「光線を受けてゐない中に顔ばかり白い」バロック絵画にありがちな色調であるのに対し、その後に登場する原口の絵は「影の所でも黒くはない。寧ろ薄い紫が射してゐる」(十の四)。当時「新派」と呼ばれた外光派の明るい色調で原口が描いた美禰子の絵は、「ベラスケス」との対比によって清々しく浮かび上がるのである。

　　(小野寺玲子)

◆よむ・みる

ベラミー, エドワード
(1850〜1898)

Edward Bellamy

　アメリカの小説家、ジャーナリスト。漱石蔵書にベラミーの著書は含まれていないが、大ベストセラーとなり各国語に翻訳されたユートピア小説『顧みれば——2000年より1887年』*Looking Backward: 2000-1887*(1888)を漱石が目にしていたことは、『方丈記』英訳に添えた短文の、長明の隠棲とベラミー描く「物質が全能」の未来社会とを比較した一節からもうかがえる。「小説「エイルヰン」の批評」では一世を風靡した流行小説の例としてこの書が引かれる。『顧みれば』の翻訳紹介は明治20年代半ばに始まり、1903(明36)年には、堺利彦抄訳『百年後の新社会』が訳載される。中央集権的、物質万能的未来社会を描いたものながら、経済的平等なくして政治的平等なしと考えたベラミーの作は、平民文庫版序文で堺が述べるように、マルクス主義本格紹介の前段階において、「社会主義弘通の為に頗る有益」の「伝道用」書だったのである。

　1906年、街鉄ボイコット運動にふれて、「小生もある点に於て社界主義 故 堺枯川(＝堺利彦)氏と同列に加はりと新聞に出ても毫も驚ろく事無之候」(深田康算宛書簡、8・12付)と書いた漱石が、ベラミーの書の根底をなす資本階層批判、社会改革への意志に無自覚であったとは考えにくい。日露戦争後のデモクラシー的潮流の特質の一つに、自由主義者と社会主義者の協力関係があり、漱石も「その一員であった」(松尾尊兊『夏目漱石』『大正デモクラシーの群像』岩波書店、1990)のだとすれば、この時期の漱石の思想や、「二百十日」「野分」を、ベラミーや社会主義との関係で再考してみる余地は十分にありそうである。(井上健)

◆よむ・みる

ヘリック, ロバート
(1591〜1674)

Robert Herrick

　『文学論』第三編第一章にて漱石は文学と科学を比較する。曰く、「与へられたる現象の拠つて生じたる径路」をたどるため、「科学者の研究には勢ひ「時」なる観念を脱却すること能は」ぬのだが、「文芸家は此終局なき連鎖を随意に切りとり、之を永久的なるかの如くに表出する」。これを例証すべく漱石があげるのが、17世紀イギリスの詩人ヘリックの「露に濡れたるジュリアの髪について」である。これは、露に濡れた女性の髪がスパンコールのように、川に反射する日の光のように、きらきら輝くようすを描く「まことに単簡にして真率なる」詩であり、彼女の「頭に露の宿りしを詠ぜし」のみで、「此露は何処より来りしものか、Juliaは何処にありや、又自己との関係如何等につきては一向に云ふところなし」。

　また、「物の全局を写さむとする場合」、科学者は「物の形と機械的組立を捉へ」、文学者は「物の生命と心持ちを本領とす」。このようにいって漱石はヘリックの「バラたちについて」を引く。この詩は、ジュリアの胸に抱かれたバラの花束について、まるで花たちのための修道院にいるかのように安らいでいる、と歌う。そんな「霊を具ふる薔薇」については、「花瓣の大小幹の長短は毫も意に介するに足らず」。ちなみに、詩としてより重要なのは、相矛盾するもの——アプロディテの花として性愛を連想させる赤いバラと、純潔の極みたる修道院——をともにひとりの女性に関連づけていることである。ジュリアは愛の女神のように美しく、かつ、それにもかかわらず、清らかなのである。

(冨樫剛)

ポー, エドガー・アラン
(1809〜1849)

Edgar Allan Poe

　アメリカの詩人、小説家、ジャーナリスト。ポー文学は現実を超越した美・驚異・恐怖を主領域とし、自我の統一性に対する懐疑やその限界意識の内に成立する。漱石は「人生」において、小説が写し出すべき人生には「一種不可思議なもの」もあると述べ、夢や狂気の領域を開拓した作家としてポーの名を挙げ、「人間に自知の明なき事」を「「ポー」に聞く」と的を射た評価を下した。さらに漱石は「本間久四郎訳『名著新訳』序」で、荒唐無稽に堕しかねない「愕くべき別世界の消息」を「明晰に、緻密に」、「殆んど科学的」に叙述するポーの、「活動写真を凝視して筆記する」ような、想像力の精密さに瞠目した。漱石はいち早く、短篇小説ジャンルを確立した点にポーの独創性を認めた。こうした、本質を見据えた的確なポー評は、ポーの短篇小説方法論に対峙した芥川龍之介、ポーを媒介して映画制作にも手を染めた谷崎潤一郎ら大正作家に受け継がれていくことになる。1907年のポー論の主旨は、「ポーの想像」でも繰り返され、スイフトとの卓抜な比較論として展開されていく。

　漱石文学にポーの痕跡を探す試みは、分身・人格分裂のテーマや、罪とその探査・暴露・告白を基軸とする探偵小説的物語構造などを中心に様々になされてきた。ポーの美女転生譚の影は、「夢十夜」「第一夜」にも落ちているだろう。ただ、敏腕な雑誌編集者として、小説のジャンルやモチーフを次々に創案していったポーの作品は、伝播力に富む主題と原型的な物語想像力の宝庫であって、どこまでをポーの本質的、直接的影響と判断すべきか、その見極めがなかなか難しい。　　　　（井上健）

ポープ, アレグザンダー
(1688〜1744)

Alexander Pope

　「彼は普遍的真理を捕へて居るのみならず、其真理を最も旨く言顕はして居る」と漱石が評したのが、18世紀イギリスの詩人ポープである（『文学評論』第五編）。「たゞに賢きは足らず、善きを加へよ、誤まるは人、赦すは神」（『批評論』）などの英雄詩体二行連句（ヒロイック・カプレット）を引用しつつ漱石は、「内容の抽象的なるにも関せずその纏りかた、言ひ廻し方の巧みなるため、浮かと釣り込まれて情緒を起す」と言う（『文学論』第二編第三章「fに伴ふ幻惑」）。

　また彼は、文学的内容の基本成分のひとつ「怒」の例としてポープの翻訳によるホメロス『イリアス』の冒頭を挙げる（『文学論』第一編第二章）。これはトロイア戦争を題材とする古典叙事詩の代表作であり、ポープの訳はイギリスにおける翻訳文学の最高傑作のひとつである。その第一巻冒頭では、武勇の英雄アキレウスが、自分が捕虜とした女性を総大将アガメムノンに奪われて激怒している。

　漱石も指摘しているように、文体が「人工的」としばしば批判されてきたポープであるが、『アベラードに送れるエロイザの消息』のように「非常に情熱に富んだ」作品もある（『文学評論』第五編）。これは、修道院にて神に身を捧げながらも熱烈な愛を説く女と、去勢されたがゆえに冷たくあしらうしかない男の悲恋の物語である。12世紀の実話を題材とするこの詩は、少年期に発症した脊椎カリエスのために痩身矮躯であったポープの荊棘の生涯を、おそらく反映するものであろう。

（松村祐香里）

◆よむ・みる

ホフマン, エルンスト・テーオドール・アマデウス
(1776〜1822)

Ernst Theodor Amadeus Hoffmann

　ドイツの小説家、音楽家。漱石の作品との関連でこれまで論議されてきたのは、ホフマンの未完小説『牡猫ムルの人生観』(1819-1921)の『吾輩は猫である』への影響である。すでに『ホトトギス』連載中に、ドイツ文学者藤代素人(禎輔)は1906(明39)年5月『新小説』に「猫文士気焔録」と題する一文を載せ、ムルに語らせる形で「百年も前に吾輩という大天才」を知っていて言はしないのは「先輩に対して礼を欠ひて居る」と皮肉っている。これに対して『吾輩は猫である』十一で「自分では是程の見識家はまたとあるまいと思ふていたが、先達てカーテル、ムルと云ふ見ず知らずの同族が突然大気焔を揚げたので、一寸吃驚した。よくよく聞いてみたら、実は百年前に死んだのだが、不図した好奇心からわざと幽霊になって吾輩を驚かせるために、遠い冥土から出張したのださうだ」と書いて影響関係を否定している。これについては、複数の研究者によって比較研究がなされているが、類似を指摘する論とそれに懐疑的な論がある。なお、1911年に書かれた随筆「ケーベル先生」には、「先生はポーもホフマンも好きなのだと云ふ」と書かれている。同年7月10日の日記に「ポーは好だ。ホフマンは猶好だ」とあり、ケーベル先生の評価を受け継いだ記述がみられる参考文献として板垣直子『漱石文学の背景』(鱒書房、1957)／吉田六郎『『吾輩は猫である』論：漱石の「猫」とホフマンの「猫」』(勁草書房、1968)／秋山六郎兵衛「猫文学小考－漱石の「猫」とホフマンの「猫」を比較して」(塚本利明編『比較文学研究　夏目漱石』朝日出版社、1978)。　　　　　(冨岡悦子)

ミケランジェロ・ブオナローティ
(1475〜1564)

Michelangelo Buonarroti

　本名ミケランジェロ・ディ・ロドヴィーコ・ディ・リオナルド・ディ・ブオナローティ・シモーニ。

　イタリア・ルネサンスを、レオナルド・ダ・ヴィンチとともに代表する「普遍人」。彫刻家・建築家、画家。近年のバロック、マニエリスム美術再評価の動きの中で、そのネオプラトニズム的神秘思想、それの代表的文学作品としての詩集の評価も高くなる一方である。

　ミケランジェロを単なる言及を越えて芸術表現の深部で捉えているのではないかとされてきたのが「夢十夜」第六夜、鎌倉時代の仏師運慶が、芸術の営みは素材に埋もれて予めある世界を彫りだすものであって、人間の側の観念を素材に押し付けていくべきではないとする表現・表出観を体現していたのに、現代芸術(明治時代の芸術)にはそれができていないとする物語である。ここに「私は大理石の中に天使を見、そしてこの天使を自由にしてやるために彫った」とするミケランジェロの高名な表出論の寓話化を見ようというのである。説得力ある説だ。

　画家高橋由一の雑誌『臥遊席珍』(1880)に初めて紹介されたミケランジェロだが、こうして短期間にその表現主義美学の核心にまで明治日本が突き抜けたという思いがする。もっと言えば西欧自体でルネサンス概念が登場するのが1860年代以後、そしてマニエリスム概念が話題になりだしたのがまさしく漱石の英国留学当時の頃だから、「草枕」で称揚される「ミケルアンゼロ」の「技」に対する漱石の理解は相当に深いし、漱石マニエリスム論への大きな手掛かりにもなり得よう。(高山宏)

◆よむ・みる

ミルトン, ジョン
(1608〜1674)

John Milton

◆一神の子にして、かねて多神の子なり。希臘と希伯来、Ovidと聖書、常識を以てすれば遂に調和しがたきもの、而して時勢の変は、彼をして忌憚なく両者を同時に復活せしめて、左右逢源の自由あらしむ。　　　　　　　　（『文学論』第五編第七章）

イギリスの詩人、思想家。ミルトンについて漱石はこのように言い、「古学に精通せると共に、新旧両典に耽緬せる」彼の作品を高く評価する。曰く、初期の「ラレグロ」、「イル・ペンセローソ」、『ラドロー城の仮面劇』（『コウマス』）から、晩年、失明の後に口述筆記により完成した『失楽園』や『闘技士サムソン』まで、ミルトンの作品は「無識なる吾人を圧倒す」。なかでも、文学史上特に重要なのは『失楽園』である。これは、天国におけるサタン（ルシファー）ら堕天使たちの叛逆から人間の堕罪と楽園追放までを描く叙事詩、つまり、キリスト教の根幹たるエピソードを古典文学の最高峰たるジャンルの作品としてまとめたものである。

その第2巻から漱石は、「失敗に陥り困難に遭遇して益々其度を高むる」類の「意気」の例として、神との戦いに敗れ、地獄に落とされつつもサタンが、なお「天上界を再び吾がものにせんと幕下を地獄の奈落に聚め」る場面を引く（『文学論』第一編第二章「自己の情」）。悪の根源でありながら圧倒的に英雄然としたサタンは、「批評家の言によれば（中略）読者の同感を引き易く、却つて危険の虞あり」とのことだが、漱石は悪びれることなく、こう述べる——「其雄壮なる性格に対し誰か幾分の歓賞の感を禁じ得るものぞ」。　（松村祐香里）

ミレー, ジャン＝フランソワ
(1814〜1875)

Jean-François Millet

◆ミレーの晩祈の図は一種の幽遠な情をあらはして居る。そこに目がつけば、それで沢山である。
　　　　　　　　（「文芸の哲学的基礎」）
◆一代の天才Milletの作品中に農夫が草を刈るの図あり。ある農夫之を見て此腰付にては草刈る事覚束なしと許せりと聞く。成程事実よと云へば無理なる骨格なるやも知れず。去れども無理なる骨格を描きながら、毫も不自然の痕迹なく草を刈りつゝあるとより外に感じ得ぬ時に画家の技は芸術的真を描き得たりと云ふべし。　（『文学論』第三編第二章）
◆仏蘭西のミレーも生きてゐる間は常に物質的の窮乏に苦しめられてゐました。　　（「道楽と職業」）

ノルマンディーの農民の子として生まれたフランスの画家。シェルブールに出て絵を学び、1837年に市の奨学金を得て、パリに移りドラロッシュに絵を学ぶ。多くの肖像画を描いたが1848年二月革命後の無審査サロンに出品した「籾をふるう人」以来農民を描く画家となる。

政府から依頼された作品制作の報酬によって1849年からバルビゾン村に移り、テオドール・ルソーやコローと親しくなり、ルソーを精神的な中心としながら、彼の家の納屋を会合場所としてバルビゾン派を形成した。

ミレーは、貧困とたたかいながら、農村の人口が大量に都市に流出していく時代に、農民生活に取材した『種をまく人』（1850）、『落穂拾い』（1857）などを制作した。

漱石の言う「晩祈の図」とは『晩鐘』（「アンジュラスの鐘」1859）のこと。1868年にレジオン・ドヌールを叙勲されている。　（小森陽一）

◆よむ・みる

ミレー, ジョン・エヴァレット
(1829〜1896)

John Everett Millais

◆不思議な事には衣装も髪も馬も桜もはつきりと目に映じたが、花嫁の顔だけは、どうしても思ひつけなかつた。しばらくあの顔か、この顔か、と思案して居るうちに、ミレーのかいた、オフェリヤの面影が忽然と出て来て、高島田の下へすぽりとはまつた。　　　　　　　　　　　　　　　　　　（「草枕」二）

　1829年に英国で生まれた画家ジョン・エヴァレット・ミレーは、11歳にして史上最年少でロイヤル・アカデミー美術学校に入学、優秀な成績を修め、H.ハント、D.G.ロセッティらと共に、ラファエル前派の結成メンバーとして活躍した。漱石がミレーの作品に接したのは、イギリス留学中と考えられる。訪問したナショナル・ギャラリーを始め、ミレーの主要作品の多くが展示されるナショナル・ギャラリー・オブ・ブリティッシュ・アート(現テート)やウォレス・コレクションなどの図録を漱石は所有しており、これらをはじめとするロンドン各所の美術館歴訪の折、実際にミレーの絵画を数多く目にしたと思われる。中でもミレーが、後にロセッティの妻になるエリザベス・シダルをモデルに、シェイクスピア『ハムレット』の名場面を描いた『オフィーリア』は漱石の初期作品における女性描写に大きな影響を与えている。「草枕」において、『オフィーリア』の構図から出発した「風流な土左衛門」としての那美の画が構想されていく場面はその代表格であるが、「夢十夜」第一夜の女や(新関公子『「漱石の美術愛」推理ノート』平凡社、1998)、『虞美人草』終盤の死せる藤尾の描写にも(堀切直人『日本夢文学志』冥草舎、1979／等)、『オフィーリア』の面影が見出されている。　　　　　　　　（神田祥子）

メレジコフスキー, ドミトリー
(1866〜1941)

Мережковский, Дмитрий

　1890年代のロシア文学に、理論と実践の両面で「シンボリズム」を移入したのがメレジコフスキーである。貴族出身で革命後の1920年パリに亡命。19世紀リアリズム文学に対する反動として現れたデカダン派の後を襲い、独自の神秘的宗教的二元論を展開した。
　歴史小説三部作『キリストと反キリスト』(第一部『背教者ユリアヌス』、第二部『レオナルド・ダ・ヴィンチ』、第三部『ピョートルとアレクセイ』1895-1905)で、霊と肉の対立、キリスト教とギリシャ的世界観の衝突、やがて来る両者の弁証法的統合という図式を繰り返し描く。評論『トルストイとドストエフスキー』(1902)でも、トルストイを「肉の観照者」、ドストエフスキーを「霊の観照者」としてその合一を説いている。
　漱石はメレジコフスキーを英訳で熱心に読んでいた。1908(明41)年の「文学雑話」では三部作に言及し、「スケールが厖大」だが「奥行が無い」、「プロットに於て失敗して居る」と手厳しい評価をくだしている。他方、1912年の虚子宛の書簡では『ダ・ヴィンチ』について「文芸復興時代のパノラマを見る心地して驚嘆の声を為した」と記し、「夢十夜」ではダ・ヴィンチの芸術観を一部引用している。漱石がメレジコフスキーの象徴主義的二元論に共鳴していたとは考えにくいが、少なくとも作品の「広さ」と「深さ」のバランスを考える上で彼の小説を参照したこと、彼の評論を通じてトルストイとドストエフスキーを理解しようとしていたことは確かなようだ。

　　　　　　　　　　　　　　　　　（沼野恭子）

メレディス, ジョージ
(1828〜1909)

George Meredith

ジョージ・メレディスはイギリスの小説家。軍港の街ポーツマスに仕立屋の息子として生まれ、幼少期の教育を受けた後、ドイツのモラビアン派の学校で学ぶ。帰国後は、ロンドンの法律事務所で事務弁護士として働いた後、1849年に詩を発表したことで、50年余りの作家としてのキャリアが始まる。同年、小説家トマス・ラヴ・ピーコックの娘で、未亡人であったメアリー・エレン・ニコルズと結婚。画家のヘンリー・ウォリスが「チャタートンの死」を描いたとき、メレディスはそのモデルを務めるが、妻とウォリスの関係が深まったことが原因で離婚。小説の執筆も手がけ、そのときの経験を含め執筆した小説『リチャード・フェヴァレルの試練』(1859)は、性的に寛容すぎる描写のためムーディ貸本屋に購入を拒否されるなど一般的な評判は悪かった。しかしながら、『タイムズ』紙をはじめ好意的な書評もあり、トマス・カーライルやラファエル前派との交流が始まった。

この他の代表作として、ヴィクトリア朝時代の家父長制社会に抑圧される女性の姿を描いた小説『エゴイスト』(1879)や評論『喜劇論』(1877)などがあり、凝っていながらも比較的平易な文体を心がけたこともあり、広く読まれることになった。漱石は、メレディスについては「メレヂスの前にメレヂスなく、これから後も恐らくメレヂスは出まい」などとコメントするなど高く評価しており、『文学論』においても引用している他、『吾輩は猫である』『野分』『虞美人草』『行人』などの小説においてもたびたび言及している。(向井秀忠)

モーパッサン, アンリ・ルネ・アルベール・ギ・ド
(1850〜1893)

Henry René Albert Guy de Maupassant

この自然主義作家に対して漱石は手厳しい。所蔵本の中には「愚作ナリ」の書き込みが繰り返される。「無益な美貌」という作品については「面白イ。然シ要スルニ愚作ナリ。モーパサンは馬鹿ニ違ナイ。コンナ愚カナコトヲ考ヘツク者ハ軽薄ナル仏国ノ現代ノ社会ニ生レタ文学者デナケレバナラナイ」「日本ナラバ噺家ノヤリサウナコトダ」と容赦がない。作者の語り口を、受けを狙った下世話な口調にたとえて、その浅薄さを指摘する。

「首飾り」は、浮薄な生活をする夫婦が、知人から借用したダイヤモンドの首飾りを夜会で紛失。何とか同じようなものを見つけて返却するが、そのために巨額の借財を負い、以後は勤勉に働いて何とかこれを返済する。すると町でくだんの知人と出会い、それまでの経緯を打ち明けると、借用した首飾りが模造品であったことがわかるという短篇である。これについては、「此落チガ、嫌デアル。コニ至ツテ今迄ノイ、感ジガ悉ク打チ壊サレテ仕舞フ。ナゼモーパサンはかうだらう」と評する。物語の技巧がまさり、小賢しい機知をひけらかし、人生の真実が伝わらないと断ずるのである。漱石は「文学の哲学的基礎」の中でこの作品を紹介して、同様の批判をくりかえしている。

また、妻としても母としても裏切られる不幸な女性を描いた長篇『女の一生』には「事件ニ連続アリ。事件ニ中心ナシ。(中略)即チドレガ主眼ナルヤヲ弁ゼズ。此点ニ於テ興味散漫ニ傾ク」と書き込む。そして『文学評論』(序言)の中では、「有機的に一篇の作物を構成してゐない」と断定する。(大野英二郎)

◆よむ・みる

モリエール
(1622〜1673)

Moliére

　漱石はこのフランスの喜劇作家の英訳戯曲集3巻本を所有してはいたが、言及はない。またロンドン滞在時代を含めて彼の作品の上演に接したという記録もない。

　しかしその名前は、草野柴二という筆名を用いた若杉三郎への書簡に散見する。いくつかは、英語版からモリエールの重訳を進めていた若杉の文意にかかわる質問に漱石が答えるものであるが、その返事は質問に対する回答を逸脱する。1905(明38)年の書簡には次のような一節がある。「君はモリエルの専問(ママ)家になってモリエル全集の翻訳と云ふ奴を御出しなさい。僕は翻訳は嫌だ。骨が折れる許りで思ふ様にうまく行かない者ぢやないですか」(7・17付)。漱石は外国文学に関する造詣にもかかわらず鷗外のようには翻訳に手を染めずに、創作家としての道を全うしたが、若杉の訳業に対しては激励し続けた。「兎に角に活動あらん事を希望する。明治の文学は是からである。今迄は眼も鼻もない時代である。是から若い人々が大学から輩出して明治の文学を大成するのである。(中略)一生懸命にならなければならん。さうして文学といふものは国務大臣のやつてゐる事務拈よりも高尚にして有益な者だと云ふことを日本人に知らせねばならん。かのグータラの金持ち拈が大臣に下げる頭を文学者の方へ下げる様にしてやらなければならん」(若杉宛、1906・10・10付)。それは文学の意義についての気負いさえ感じられる、驚くほど真率な表明である。

　なお若杉は『モリエル全集』を1908年に刊行している。　　　　　　　　(大野英二郎)

ユーゴー, ビクトル
(1802〜1885)

Victor Hugo

　ユーゴーの小説は蔵書目録に記載がなく、漱石がどれほど作品に目を通したかは不明である。ただしその重要性の認識はある。

　漱石は「創作家の態度」の中で日本文学の発展をフランス文学の発展に比較して、考察する。「西洋人が自己の歴史で幾多の変遷を経て今日に至つた最後の到達点が必ずしも標準にはならない。(彼らには標準であらうが)ことに文学にあってはさうは参りません。多くの人は日本の文学を幼稚だと云ひます。情けない事に私もさう思つてゐます。然しながら、自国の文学が幼稚だと自白するのは、今日の西洋文学が標準だと云ふ意味とは違ひます。幼稚なる今日の日本文学が発達すれば(中略)必ずユーゴーからバルザック、バルザックからゾラと云ふ順序を経て今日の仏蘭西文学と一様な性質のものに発展しなければならないと云ふ理由も認められないのであります」。漱石は文学史をある種の発展過程と見なして、ユーゴーを含めたフランス文学史を一つの典型として考える。しかし外国の事例は日本には適用されない。

　また『文学論』では『レ・ミゼラブル』に言及し、「HugoのLes Misérablesの主人公Valjeanの半面は慈善家なり、博愛の君子なり、されども其暗黒なる他の一面を窺へば彼は人殺しの兇状持なり、牢屋破りの大賊なり。Hugoは此相反せる両面を巧みに結合して此両性がさも一身に纏まり得る如くに書き立てる」と記す。これは明らかな誤解であって、主人公は一片のパンを盗んで19年間を牢獄で過ごしたのであった。なお黒岩涙香による翻訳『あゝ無情』は1902年から翌年まで『万朝報』紙に連載された。　　　　　　　　(大野英二郎)

ラスキン, ジョン
(1819～1900)

John Ruskin

◆「君ラスキンを読みましたか」(『三四郎』二の五)

　野々宮は、空高く浮かぶ筋雲についてうんちくを述べながら三四郎にこう問う。『近代画家論』中の第1巻と第5巻で、ラスキンはさまざまな気象条件で発生する雲の形についての詳細な研究を試みつつ、その遠近感、透明感、風や光との関係について正確に描くターナーの描写の秀逸さを論じる。さらに水、波、風、空気、樹木などについて、自然事物の性質を丹念に説明しながら、画家の観察眼について論じる。ラスキンはまた、『ヴェニスの石』に代表される中世、ゴチック建築の研究でも知られる。

　ヨーロッパ中世の再評価とゴチック建築人気に貢献した彼の芸術論で特徴的なのは、建築をそこに暮らす人々の生活や信条と一体のものとしてとらえる姿勢である。これが『この最後の者にも』に代表される競争社会、格差社会に対する彼の批判へとつながる。美術・建築評論家、オックスフォード大学教授としての名声にもかかわらず、ラスキンの社会批評は、世間からは完全に黙殺される。1878(明11)年以降、彼は精神疾患に悩む。繰り返し襲う狂気の発作の合間に、若いころの幸福な思い出を中心に綴った興味深い自伝が『プラェテリータ』(回顧録)である。少年のころスイス、シャフハウゼンで夕日に輝くアルプスの景観を初めて目にした彼の運命的な経験について、漱石が『文学論』第五章でエピソード全体を翻訳しているのは興味深い。

（田久保浩）

ラファエル前派

らふぁえるぜんぱ

◆不思議な事には衣装も髪も馬も桜もはつきりと目に映じたが、花嫁の顔だけは、どうしても思ひつけなかつた。しばらくあの顔か、この顔か、と思案して居るうちに、ミレーのかいた、オフェリヤの面影が忽然と出て来て、高島田の下へすぽりとはまつた。（「草枕」二）

◆かの英国 "Pre-Raphaelite" 派の画家Holman Huntの画に此可憐のIsabellaが鉢によりかゝる様を描けるものあり（『文学論』第二編第二章）

　「草枕」で重要なモチーフを提供するジョン・エヴァレット・ミレーの家に1848年、ダンテ・ゲイブリエル・ロセッティ、ウィリアム・ホルマン・ハントの3人の画家が集まり、これにウィリアム・マイケル・ロセッティ(批評家)、ジェームズ・コリンソン(画家)、フレデリック・ジョージ・スティーヴンス(批評家)、トーマス・ウールナー(彫刻家)を加えた7人が当初のメンバーである。「ラファエル前」とは、王立芸術院美術学校で重視されていたルネッサンス後期の名匠たち以前、ラファエロの前の時代に戻れという意味で、硬直化し権威的な絵画の規範に反抗して、「自然の注視と心情のこもった表現」による芸術を志向するものであった。「ラファエル前派」の精神はエドワード・バーン＝ジョーンズやウィリアム・モリスらの芸術運動やオーブリー・ビアズリーの絵画に代表されるアール・ヌーボーの様式へとつながることにより、20世紀に至るまで大きな影響を持つことになる。「ラファエル前派」についてもう一つ特徴的だったのは、絵画、文学、イラスト、デザインを包括する運動であったということである。

（田久保浩）

◆よむ・みる

ラファエロ・サンティ
(1483〜1520)

Raffaello Santi

　イタリア・ルネサンス期をレオナルド・ダ・ヴィンチ、ミケランジェロとともに代表する画家。『システィーナのマドンナ』(1513)に代表される聖母子像29点が有名。漱石が西洋美術に関心を持ち始めた20世紀劈頭は直前半世紀にわたるラファエル前派流行の時代で、漱石とラファエロと言えばラファエル前派との関連抜きには語りえない。

　「永日小品」中の「モナリサ」に漱石が記しているようにレオナルド・ダヴィンチやモナ・リザなど誰にも知られていないような明治末年に「マドンナ」が美人の代名詞になったのはひとえに「坊っちやん」のせいである。画学教師野だの口を通して画家ターナーの画業を論じるくだりに、「あの岩の上に、どうです、ラフハエルのマドンナを置いちや。いゝ画が出来ますぜ」という「野だ」の言葉に赤シャンが「マドンナの話はよさうぢやないかホ、、、」と笑って誤魔化すやりとりがあって「マドンナだらうが、小旦那だらうが、おれの関係した事でない」と坊っちゃんは言う。下宿の婆さんが「あなた。マドンナといふと唐人の言葉で別嬪さんのことぢやらうがなもし」と評するのが象徴的だが、聖母が極東の田舎町の芸妓に堕する滑稽に絵画そのものの世俗化の歴史を垣間見ることもできる。

　「静かなものに封じ込められた美禰子は全く動かない。団扇を翳して立った姿その儘が既に画である」(『三四郎』十の三)。理想の女性像を絵におさめることの可否ということでは「草枕」や『三四郎』といった勝義に絵画論的な作品もすべてラファエロのマドンナの呪縛化にあるのだとも言えよう。　　　　(高山宏)

ラム, チャールズ
(1775〜1845)

Charles Lamb

　チャールズ・ラムはイギリスの随筆家。ロンドンに生まれ、12歳年長の姉メアリーも随筆家である。父親はロンドンのインナー・テンプル法学院のサミュエル・ソールトの秘書であった。1782年から1789年までクライスト・ホスピタル校に在学し、その間、ウィリアム・ワーズワースやサミュエル・コールリッジなどイギリスのロマン派を代表する詩人たちとの終生の交遊が始まった。彼自身は東インド会社に就職し、定年退職するまで会社勤めの生活を送った。著書には、姉のメアリーとの共著である『シェイクスピア物語』(1807)や『ユリシーズの冒険』(1808)など、古典をわかりやすく書き替えた読み物がある。

　その他、雑誌『ロンドン・マガジン』に寄稿したエッセイを集めた『エリア随想』(1823)や『後集』(1833)を出版している。姉メアリーは一時的に精神的な発作に病むことが多かったが、その面倒を見ながら、生涯独身のままお互いにいたわり合って暮らした。ラム自身も精神的に不安定なところがあったとされている。身近な出来事をしみじみと綴ったユーモア溢れた作風で、イギリスの随筆文学の伝統の中でも群を抜いていると評され、エリザベス朝演劇のすぐれた批評家でもあった。漱石は、『文学論』の中で、ラムの『エリア随筆』の一場面を引用し、セリフの中で用いられている同音異義語が読者にどのような心理作用をもたらせるのかを考察している。また、『シェイクスピア物語』を10編に再編集した『沙翁物語集』(1922)の校閲と序文執筆を行ってもいる。　　　　(天野裕里子)

◆よむ・みる

ラング，アンドリュー
(1844〜1912)

Andrew Lang

　アンドリュー・ラングはスコットランド出身の人類学者・古典学者・歴史家。イングランドと国境を接する街セルカークの役人の家に生まれた。地元のグラマー・スクールで教育を受けた後、セント・アンドリューズ大学とグラスゴー大学で学び、オックスフォード大学のベリオール・コレッジで学位を優等で取得した。その後、マートン・コレッジのフェローになるも、1875年の結婚を機に職を辞し、ロンドンにて執筆で生計を立てるようになった。ラングは多彩な才能を発揮し、その執筆は多岐に渡るが、新聞や雑誌に寄稿することでキャリアをスタートさせた。『ロンドン・マガジン』誌で連載したコラムは広く好評を博した。また、ラファエル前派の影響を受け、フランス詩の翻訳を含む詩集も発表した。

　しかしながら、ラングの本領は人類学や民俗学の分野にある。ダーウィンの進化論の強い影響を受け、神話学などにおいても新しい見方が出てきた時代の雰囲気に浴し、その成果は『神話、儀式、そして宗教』(1887)などにまとめられた。迷信や儀礼的な慣習などは無学な人々に固有なものではなく、教養のある階層にも広く行き渡っていることなどを新しく主張した。この他に、自国であるスコットランドの歴史についての研究や、世界の民話を色にちなんだ12冊に収集した『アンドリュー・ラング童話集』(1889-1910)などの業績もある。漱石は、『文学論』第二編において、読者がどのように作品を理解していくのかについて、ラングの『夢と幽霊』から引用しながら論じている。　　　　　　（向井秀忠）

ランドー，ウォルター・サヴェッジ
(1775〜1864)

Walter Savage Landor

　「英文学中最も切なる情緒をあらはしたる美はしき小品の一なり」(『文学論』第一編第二章「同感」)—こう漱石が評するのが、19世紀イギリスの詩人・著作家ランドーの「イソップとロドピー——第二の会話」(『空想の対話』所収)であった。これは、古代の奴隷で醜い男であったとされるイソップ—「イソップ童話」の作者とされるアイソポス—と、同じく古代の奴隷で美しかったとされる女性ロドピーの架空の対話である（ロドピーは奴隷の身から解放済みという設定）。14歳のロドピーは、かつて大飢饉のなか彼女に食を与えつつみずからは飢えて死んだ父のことを涙ながらに語る。この父の行為を指して、漱石は「父子の間柄に横はる同情を美しき忍耐と克己の方面より描き出せるもの」という。ちなみに彼は、ロドピーがイソップに愛を告白する—「ロドピー、って呼んでくれるあなたの声は何よりきれいな音楽」—という、この対話の背景には言及していない。

　漱石は同じく『空想の対話』から「レオフリックとゴダイヴァ」も引き、「同感」の例としている。旱魃のなか、領主レオフリックは人々から税をとりたてようとする—彼の新妻ゴダイヴァはそうしないよう乞う—おまえが真昼に裸で馬に乗って町中を走ったらやめてやる、と夫は無茶な要求をし、人々に対する同情からゴダイヴァはその実行を決意する、という話である。

　漱石が10回以上引用しているイギリスの著作家のうち、このランドーだけが現在高く評価されていないというのは、冒頭の漱石の評に対して皮肉なことである。　　（冨樫剛）

◆よむ・みる

レオナルド・ダ・ヴィンチ
(1952〜1519)

Leonardo da Vinci

　ヴィンチ村のレオナルドことレオナルド・ダ・ヴィンチは西洋美術そのものの代名詞と化した、ルネサンス期を代表する天才画家。現代では殊に美学的理論の格好の関心対象たるルネサンス後期、いわゆるマニエリスム期の象徴的存在としても評価が高い。美学のみか一般に「理論」への本質的な関心に富み、従って科学・技術の方面での再評価も凄い。

　日本文芸史上、レオナルド、ことに永遠の名作『モナ・リザ』を初めて問題にしたのが漱石であるのも従って偶然ではないし、衒学的美学者迷亭の口を借りて漱石の西洋美術通ぶりを一般に知らしめた『吾輩は猫である』冒頭の有名な西洋写生美術論に、アンドレア・デル・サルトというマニエリスム美術の嚆矢と並べてレオナルドの名が引かれるのにも、衒学への嘲笑といった表向きの文脈以上のものがあると思われる。レオナルドが弟子に寺院の壁のしみを写す練習をするように言ったという逸話を引いているのだが、写生を模倣ととるか表現・表出ととるかというマニエリスム理論の根幹にいきなり係って、例えば「夢十夜」第六夜の運慶美学に直結しまいか。

　「永日小品」中の「モナリサ」（「モナリサの唇には女性の謎がある。原始以降此謎を描き得たものはダギンチ丈である」）は『ルネサンス研究』のペイターからマリオ・プラーツの『肉体と死と悪魔』までの「不気味な」モナ・リザ像に時代的にも雁行し、『三四郎』で桃に毒を注射する実験家として紹介されるレオナルドではあって、表象行為の「謎」、それに向う理知的な迫り方に、文学の理論家を夢みた漱石は驚くべく早々に反応したものと思い。　　　　　　　　　　　（高山宏）

◆よむ・みる

レオパルディ, ジャコモ
(1798〜1837)

Giacomo Leopardi

◆「多くの人は吾に対して悪を施さんと欲す。同時に吾の、彼等を目して兇徒となすを許さず。又其兇暴に抗するを許さず。曰く。命に服せざれば汝を嫉まんと」／細字に書き終つた甲野さんは、其後に片仮名でレオパルヂと入れた。　（『虞美人草』十五）

　イタリアの詩人。引用の場面で欽吾が読んでいるのは、レオパルディの『感想』*Pensieri*であり、上記36節と38節を漱石は引用している。漱石が所蔵する*Essays, Dialogues, and Thoughts of Count Giacomo Leopardi*(the Scott Library 40, 1893)の訳者Maxwellによる序文には、息子の才能を理解も評価もしない両親とジャコモとの確執が記されており、漱石は、このレオパルディの境遇を、『虞美人草』における欽吾の境遇に重ねる形で取り入れたのだろう。

　レオパルディの詩と思想は、ニーチェらへの影響が指摘されているように、19世紀後半の欧州で評価が高まったが、日本に入ってきたのは上記の書籍など、ごく一部だった。『太陽』10巻1号(1904・1)には、小川煙村がこの英訳の*Operette Morali*(『教訓的小品集』1827)から訳出した「暦売」が掲載されており、小山内薫は、同人雑誌『七人』第9号(1905・9)として発表した『小野のわかれ』の「四のまき」冒頭に、英訳の一部を引用している。

　1921年に『大自然と霊魂との対話』(*Operette Morali*の英訳からの重訳)を出版した柳田泉は、のちに『虞美人草』を「日本の読書界にレオパルヂの名が紹介された」最初の作品と推測したが、明治の広い読者にレオパルディの名を知らしめたのは、漱石だったといえるだろう。　　　　　　　　　　（平石典子）

ロセッティ, ダンテ・ゲイブリエル
(1828〜1882)

Dante Gabriel Rossetti

　ロセッティはイギリスの画家であり、詩人である。妹クリスティーナも詩人として知られている。父ガブリエーレはイタリア系移民であり、彼がキングズ・カレッジでイタリア語を教えていた関係で、ロセッティも1846年にそこに入学している。その後、絵画を学ぶために王立美術院に入学するも、古典偏重の教育に疑問を抱き、友人のウィリアム・ホルマン・ハントやジョン・エヴァレット・ミレーらとともに、中世あるいはラファエロ以前の初期ルネサンス絵画への回帰を掲げるラファエル前派を1848年結成した。

　明治の文壇においてロセッティは島崎藤村らにより主として詩人として受容されており、漱石も『文学論』中「調和法」の項にて彼の詩「響きあう音」をとりあげている。しかし現在、彼の本領はむしろ絵にあるとされている。美術にも造詣の深い漱石はそのように感じていたようであり、文学論ではなく文学作品における描写の中に、ロセッティらの絵画の影響がより色濃く見られる。たとえば「夢十夜」の第一夜は、ロセッティの詩「祝福されし乙女」および同じタイトルで彼が描いた絵画作品をなぞるものである。『三四郎』において三四郎と美禰子が二人して覗き込むのはウォーターハウスの「人魚」であり、「草枕」にはミレーの「オフィーリア」への言及がある。ラファエル前派は運動としては長続きせず、1853年にミレーが王立美術院の準会員になったのを機に分裂するが、イギリス留学時に漱石が目にしたこれらの絵画は、彼に強い印象を残したと思われるのである。

（大島範子）

ロラン, ロマン
(1866〜1944)

Romain Rolland

　フランスの作家。漱石の蔵書の中には認められないが、1912（明45・大元）年の手帳（断片58B）には1903年に刊行された『ベートーヴェンの生涯』の仏語原文の抜き書きがあるから、書籍を借用したものと思われる。書写したのは音楽家の散策癖、その苦悩と、そこからの解放にかかわる一節である。

　すなわち「毎日、ウィーンで彼は城壁を経巡った。田園では、明け方から夜に至るまで、一人で、帽子もかぶらず、太陽が照ろうと、雨が降ろうと散策をした。「全能の主よ、森の中で私は幸福です。森の中では幸福です。あなたによってそれぞれの木々が語りかけます。神よ、なんたる壮麗さでしょうか」。（中略）そして彼は静穏に書き記す。「私は忍耐を取り戻し、考える。どんな災厄であろうとも何かしらの善をもたらすものだ」と」。

　1912年にロランの代表作で、ベートーヴェンをモデルにしたと云われる『ジャン・クリストフ』が完結したものの、この作家が日本で知られるようになるのは、1915年にそのベートーヴェン関連の著作が加藤一夫によって、1916年に『トルストイ』が成瀬正一、芥川龍之介らによって翻訳されてからである。

　その後ロランは、ベートーヴェンと並んで、大正教養主義の中心に位置づけられる。それらに先立つ1905年の『吾輩は猫である』の中に「ベトヹンのシンフォニーにも劣らざる美妙の音」との一節や、寒月がヴァイオリンの稽古をする挿話などがあったことを考え合わせると、ロランおよびベートーヴェンに対する漱石の関心は、日本においては先駆的であったといえるだろう。　（大野英二郎）

◆よむ・みる

ワーズワース, ウィリアム
(1770〜1850)

William Wordsworth

イギリス北部、湖水地方の町コッカーマスに生まれる。ケンブリッジ大学卒業後間もなく、革命直後のフランスに渡り、アネット・バロンという女性と恋をする。しかし一年後、経済的事情から妊娠中のアネットを残しイギリスに戻ると、英仏は交戦状態となり、以後彼女や娘と共に暮らすことはなかった。1802年、幼なじみのメアリー・ハッチンソンと結婚、妹ドロシーも同居して故郷の湖水地方に暮らす。

1798年、親友コールリッジと共に匿名で『叙情民謡集』(*Lyrical Ballads*) を出版する。その後ワーズワース自身の名で出版した1802年の増補版につけた彼の序文を引用して漱石は、「Wordsworthは忽然として詩壇の刷新家として出現せり」(『文学論』第四編第七章)と紹介する。『叙情民謡集』が革命的だったのは、小鳥や花や子どもなどの人や物とそれを見つめる詩人との関係性にある。目の前の対象から出発して、自らの存在そのものを問い直すような、まったく新たな視点に至るのである。その際、しばしば少年期の記憶が重ねられ、幼くして世を去った架空の少女「ルーシー」らの子ども像がかかわる幻想的な名詩を生んだ。1807年の『二巻組詩集』と合わせ同時代以降の詩人たちに大きな影響を与え、同じ頃書かれ、死後出版された『序曲』(*The Prelude*) と合わせて英語による現代詩の原点となっている。その後も『逍遥』(*The Excursion*) を始め多くの詩を残すが、1807年以降は、目に見えて詩句の鮮烈さを失う。年を経るごとに少年期の記憶や感覚が薄れていったことが想像力減退の原因と考えられる。　　　　　　　　　　　（田久保浩）

◆よむ・みる

column 26

漱石の蔵書

漱石文庫の成立

　夏目漱石の蔵書は、漱石が1916 (大5)年に没した後、早稲田南町の漱石山房に残された。漱石の女婿・松岡譲や、漱石に「いちばん愛されていた」(森田草平)弟子を自認する小宮豊隆が、各自の使命と責任感から漱石山房の保存と蔵書の継承のため奔走するが、最終的に漱石の蔵書を購入し収蔵することになったのは、小宮が附属図書館長を務める東北帝国大学であった。漱石の蔵書は1943 (昭18)年末から東北帝国大学に搬入され、翌年2月に受入が完了した。漱石山房と蔵書を巡る顛末は、小宮豊隆「漱石二十三回忌」(『漱石　寅彦　三重吉』岩波書店、1942)や「漱石文庫」(『人のこと自分のこと』角川書店、1995)、松岡譲「ああ漱石山房」(『ああ漱石山房』朝日新聞社、1967)、久米正雄『風と月と』(鎌倉文庫、1947)などで回想されている。

　東北大学附属図書館に収められた漱石の蔵書は現在「漱石文庫」と呼称されている。漱石文庫は漱石の愛蔵した約3000冊の書籍とともに、日記や手帳、原稿、文学研究のノート、小説執筆の覚え書きなど、およそ800点の自筆資料から成り、漱石の知的関心の所在や読書行為の実際、さらには、小説生産の現場や生活の一端を示す資料群となっている。

漱石文庫の特徴

　小宮豊隆も指摘するように漱石文庫の特徴は蔵書に多くの傍線や書き込みが残され、漱石の読書の痕跡を留めている点にある。例えば、トルストイの『芸術とはなに

か(*What is Art?*)』には「Jan.2, 1901」の日付が記され、漱石が英国留学中にこの書籍を購入したことが分かる。さらに本文には「really?」「illogical!」「quite so!」「fair reasoning」「weak reasoning!」など夥しい量の書き込みや傍線が施され、漱石が対話的かつ批判的にこの書物を精読したことが伺える。そして、このような読書体験に基づき漱石は、東京帝国大学の講義「英文学形式論」のなかで、『芸術とはなにか』について、「往々非論理的の議論はするが、芸術に下した定義は大体に於て要領を得て居ることは否まれない。彼のは感応主義(contagion theory) である」と言及し、トルストイの芸術論に一定の妥当性を認めるのである。しかも、『芸術とはなにか』は1898年の英訳版刊行直後から西洋の芸術論・文学論に多大な影響を与えた書物である。英国でもヴァーノン・リー(1856-1935)やロジャー・フライ(1866-1934)、I. A. リチャーズ(1893-1979)、ハーバート・リード(1893-1968)など、19世紀末から20世紀にかけて活躍した批評家が『芸術とはなにか』を批判的に検討している。したがって、漱石の『芸術とはなにか』の受容や漱石の芸術観・文学観も同時代の水準と文脈のなかで捉え返されるべきであろう。

　このように漱石文庫の蔵書は漱石の作品や思想の基底を理解する上で格好の素材を提供する。読書経験から生じる「人工的感興」を重視した漱石の読書の現場に立ち戻ることは、漱石解釈を更新する可能性に、常に拓かれていると言えるだろう。

(木戸浦豊和)

column 27

漱石と英文学

漱石作品の背後には「英詩の父」チョーサーから19世紀ヴィクトリア朝に至るまでの英文学がある。「草枕」でシェリーに言及し、「薤露行」でテニソンらを翻案している、というだけではない。より根源的に英文学は漱石の血肉となっている。

英詩の文体

初期作品の文体はしばしば英詩のそれである。「吾輩」と「我儘」(『吾輩は猫である』)、「満腹の真面目」(「琴のそら音」)のような頭韻、ミルトンの「液状の炎」より繊細な「湿える燄」(『虞美人草』)なる撞着語法、「御那美」と「大浪」(「草枕」)、「戦争」("war")と咄嗟「ワー」(「趣味の遺伝」)などの言葉遊び——これらは英詩を日本語に移す実験である。

「鐘を鳴らす……鳴らす……鳴らした」との漸進的な反復(「倫敦塔」)、「落雷も恥ぢと許り」に倒れる巨人という劇的直喩(「幻影の盾」)、「セピヤ色の水分を以て飽和したる空気」(「倫敦塔」)のような奇想も同様だ。ひとりの女と二人の男 = 蓮の「莟は一輪、巻葉は二つ」= 女とその膝にのぼる二匹の蟻、という「一夜」の暗喩など、まさに詩の、そして人生の、断片である。

「赤も吸ひ、青も吸ひ、黄も紫も吸ひ尽して、元の五彩に還る事を知らぬ真黒な化石になりたい」と絢爛で頽廃的な言辞を尽くす『虞美人草』では、ナルキッソスが死んで水仙になったように、美女が死んで赤と紫のひなげしとなる——ここから漱石はさらなる実験へと進む。

英文学の主題・形式

中期以降の作品は、文体ではなく主題・形式において英文学的である。『それから』では、「愛を専らにする時機が余り短か過ぎて」泣く若い妊婦が話題にのぼる。「若いうちに恋をしよう」という主題の斬新な援用である。より重要なのは、高等遊民代助が人妻三千代との禁断の関係に走るとき、物語の背景色が世紀末の倦怠からルネサンスの宮廷風恋愛へと一変することである。シドニーのアストロフィルのように人妻に想いを捧げ、そしてすべてを棄てて職探しに走る代助は、宮廷の騎士よりははるかに泥臭く、熱い。

『行人』の「塵労」や『心』の「先生と遺書」は、スウィフトの『ガリヴァー旅行記』やリチャードソンの『クラリッサ』などから連なる手記・書簡形式を採用している。『心』は、Kと先生の自殺というかたちで開化前・後の日本文化の共倒れを描く絶望的なアレゴリーでもある。

「随分悲酸」な近代日本人？

かくして作家としての漱石は、「現代日本の開化」で自虐的に論じたとおりの近代日本人であった。彼は、チョーサー以降五百年間の英文学を五十年弱の生涯にて吸収し、十年余りの創作にて種々変奏したのである。涙を呑んで？ 上滑りに滑りつつ？ 違う。英文学自体がギリシャ・ローマ古典やルネサンス文学の翻訳・翻案から発展したことを思い出そう。あるいは「幻影の盾」に倣ってこう言おう。「五百年を十で割り、五十年を五で割つて、贏す所の十年に各五十年の苦楽を乗じたら矢張り五百年の生を享けたと同じ事」。漱石はかくも「猛烈」に生きたのである。

(冨樫剛)

column 28

漱石の原稿

「坊っちゃん」の原稿は、松屋製の「十二ノ廿四」という原稿用紙に書かれている。本文は149枚であり、それに標題だけを記した表紙が一枚ついている。その表紙の一枚は、62枚目に「か。」とだけ書いて中断した原稿用紙を転用したものである。完成原稿をみると、61枚目の最後に「持つてるもん」とあって、欄外に「か。」が書き足され、62枚目は改行で始まっている。表紙は、本文を書き上げてから付けたものだろうから、その時までその中断した原稿用紙を破棄せずに、取っておいたようだ。▲有名な「漱石山房」の原稿用紙を使い始めたのは、自らの講演を「創作家の態度」として書き起こした時であるらしい。それは明治41年3月17日のことだと推定される。今は、その原稿は東北大学の漱石文庫に所蔵されている。その原稿をみると、原稿用紙の印刷がずれてマス目の枠と用紙とがかなり傾いてしまったものがある。しかし、漱石はその用紙を破棄することなく、傾いたままのマスを文字で埋めて使っている。▲『心』までの諸作品の書きつぶし原稿は知られていないが、晩年の『道草』と『明暗』には相当量の反故にされた原稿があり、『漱石全集』に「草稿」として翻刻されている。漱石山房の小さな紫檀の机に向かって孜孜として執筆しつつ、破棄された原稿はその脇に積み上げられていった。『道草』のそれは内田百間と林原耕三が、『明暗』のそれは久米正雄がそれぞれありがたく押し頂いていったことはよく知られている。漱石は、反故をくしゃくしゃにしてゴミ箱に投げ入れることはしなかった。万年筆のインクの出を調整するときの受けに使っ

たり、その裏を揮毫の下書に使ったりしている。漱石は、原稿「用紙」をも大切にする人であった。

漱石は、親に対する「こども」は「子供」と書くが、大人に対する「こども」は「小供」と書くことが多い。「小供」は一般になじみがないから、印刷段階で「子供」に直されてしまいがちである。『漱石全集』の巻末の校異表をみると、たとえば『三四郎』では新聞掲載時に14か所、直されてしまっている。ささいなことであるが、問題は必ずしも些末ではない。▲作品の冒頭で、三四郎は汽車で若い女と乗り合わせる。その女は結婚しているが亭主が満洲へ出稼ぎに出たまま帰って来ないので、実家に帰る途中であった。京都で途中下車して「こども」にみやげを買ったということが、もう一人の相客との間で話題になる。読者は、自分の「こども」を実家に預けていたのかと思う。しかしよくみると漱石は「小供」と書いている。だからその「こども」は自分の「子供」ではなく、甥か姪のような関係にある「小供」であると漱石は表現していることになる。ここは新聞で直されなかったので、幸いであった。▲東京に出た三四郎は野々宮を訪ねたあと、三四郎池で休んでいると、若い女二人に出会う。一人は看護婦らしい。その看護婦がもう一人の女の問いに「是は椎」と答える。それは「丸で子供に物を教へる様であつた」と書かれている。つまりここでの漱石は、一般の大人が小供に教えるのではなく、親が自分の子供に教えるように、とのニュアンスを込めていたのだということがわかる。　（秋山豊）

column 29

漱石の画

初期水彩画

　漱石が趣味として絵を描き始めるのは、イギリス留学から帰った1903(明36)年頃からである。「1903」「Oct」の書込のある《書架図》《鉢植図》《松図》といった水彩画がのこされている。また、この年には盛んに友人達に自らが筆を執った絵葉書を送っている。そこに描かれたのは、自画像や雑誌『ステューディオ』の図版を模写したものなどである。鏡子夫人は「〔1903年の〕十一月頃一番頭の悪かつた最中、自分で絵具を買つてまゐりまして、しきりに水彩画を描きました。私たちが観ても、其頃の絵は頗る下手で、何を描いたんだかさつぱりわからないものなどが多かつたのです」(『漱石の思ひ出』改造社、1928)と記している。頭の悪い時とは、いわゆる神経衰弱のことで、鏡子に対してわめき散らしていた時期でもある。漱石の作画は、自らの精神を安定させるための心理療法に近いものであったと想像できる。その後、文筆活動が活発な時期には趣味の絵画制作はほとんど影を潜めていたが、1910(明43)年の修善寺の大患を契機として、再び作画への関心を示すようになる。1912(大1)年11月に水彩で描かれた《山上有山図》は、模写でもなく実景の写生でもない、自賛を付した山水画である。この頃から画家の津田青楓から実技の手ほどきを受けるようになり、漱石の作画は益々盛んとなる。1913(大2)年には一時、油絵も試みるが長続きせず、やがて南画山水に傾倒していくようになった。

晩年の南画山水

　桃源郷を描いたものと察せられる晩年の《青嶂紅花図》(1915年)は、画技が熟練してきたものの、全体に神経質な筆致がくりかえされており、画面が明るい割には息苦しい印象を与える。こうした、細かな筆致を重ねていく作例を見ると、「自分では何をしても面白くなし、一つくさくさした気持を絵でも描いて紛らさうといふのでせうが、現に宅に残つてゐる南画の密画などは、さいふう時に幾日も幾日もかゝつて描いたもので、こり出すと明けても暮れてもこれでいいといふ迄、紙のけばだつ迄いぢつてゐるのだから、根気のいゝものです」(同前)という鏡子夫人の言葉が思い出される。

　南画が流行した大正初期には、専門画家たちの多くが過去の南画家たちに範をとって制作したが、漱石の場合は、誰かのスタイルや筆法を真似ようとすることはなかった。ひたすら精神の解放や自由を求めたその作画態度にこそ、漱石南画の存在理由を求めるべきであろう。漱石にとって絵を描くことは自己を映し出すことであり、自己を実現することであった。「私は生涯に一枚でいゝから人が見て難有い心持のする絵を描いて見たい」(津田青楓宛書簡、1913・12・8付)と言う時の「人が見て」というのは「自分が見て」と同じではなかったかと思われる。それが、漱石の自己本位を基本とする作家のあるべき態度だったからである。

(古田亮)

《青嶂紅花図》1915年 岩波書店所蔵

文学用語

因果

いんが

◆もし自分がやつたんぢやない、因果の法則がしで
かしたのだと、高を括つて居たらば、行為其ものに
善悪其他の属性を認め得るにしても、行為を敢てし
たる本人には罪も徳もない訳になります。
（「創作家の態度」）
◆小説の面白味は寧ろ推移的だから直線をたどる様
なものでせう、（中略）即ちコーザリティーを以て貫
くと云ふ事なので、其の線の行く先を迹付けて読者
は興味を発見する。　　　　（談話「文学雑話」）

漱石は「創作家の態度」で、客観的、主知的
な「揮真文学」と主観的、主感的な「情操文
学」との対比という文脈で、前者においては
「層々発展して来る因果の纏綿」が「皆自然の
法則によつて出来たもの」と見なされねばな
らぬことになるので、「人間の自由意思を否
定」することになり、主体の責任は不問に付
されてしまうことになるのに対し、後者にお
いては作中人物の行為は自由意志の発現であ
ると位置づけられるので、全ての行為は主体
の責任において評価されることになると述べ
ている。「自然の法則」としての因果律に対
する創作主体の立ち位置の問題として二者を
対比しているのである。

一方、同じ年の「文学雑話」では写生文と
小説を対比して、前者ではパノラマ的エクス
テンションに重きが置かれるのに対し、後者
はコーザリティーから出る興味が主軸となる
活動写真的なジャンルだとしている。この二
傾向は漱石の言葉に置き換えれば「低徊趣
味」と「推移趣味」に相当する。

創作態度と創作方法におけるこの二つの方
向性を並存させつつ、その対立と葛藤の上に
漱石の創作活動は展開される。　（村瀬士朗）

印象

いんしょう

◆凡そ文学的内容の形式は(F＋f)なることを要す。
Fは焦点的印象又は観念を意味し、fはこれに附着
する情緒を意味す。　　　（『文学論』第一編第一章）

漱石の「印象」は彼の「観念」と結び付けて
説明しなければならない。漱石によれば、観
念の情緒的性質が強まれば「印象」となり、
そうでない場合は、「観念」のままで使ってい
る。情緒と結び付けない、狭い意味での「観
念」は、例えば「三角形」という観念がそうで
ある（『文学論』第一編第一章）。漱石は「点頭録」
において、「アイヂアリズムは観念の科学で
あつて、其観念なるものが又大いに感情的分
子を含んでゐる」という。広い意味での「観
念」である。

直接感じる印象と考える観念との間に違い
があると思われがちであるが、漱石は「印象
又は観念」で両者を等価に置く。すなわち、
漱石の観念はロック的「観念」のようにその
起源を経験に求め、経験論的色彩を有してい
るが、ロック的静的な心理学の枠組みと無縁
である。むしろウイリアム・ジェームズ以来
の動的心理学の枠組みにある。読者心理にあ
る「印象または観念」は、推移的・流動的性質
を持ちながら意識の構成物となる。漱石は意
識を時々刻々において流れる波形として見て
いる。

漱石は『文芸の哲学的基礎』において、物
も我もなく、「連続する」「意識丈は慥にある」
と『文学論』を補足しているが、唯識論による
「万法はただ識なり」と結び付けた文学考察と
理解できよう。漱石の理論は印象と意識の連
続との関係を究明しようとする。　（林少陽）

◆文学用語

(F+f)

えふぷらすえふ

◆凡そ文学的内容の形式は(F + f)なることを要す。Fは焦点的印象又は観念を意味し、f はこれに附着する情緒を意味す。 　　　（『文学論』第一編第一章）

　漱石は(F + f)という式を方法論として自分の『文学論』を体系化しようとした。(F + f)という「文学的内容の形式」は、言葉と個々の意識との運動の構造解明を解明することがまず眼目にある。即ち、読書意識がいかに生産的に記号世界Fと融合しつつ、情緒 f を喚起するかという問題の解明である。しかし、それに止まるものではない。むしろそのような集合体としての「集合的F」（「集合意識」）の構造解明も漱石の狙いである。漱石は「集合的F」を、「一分時に於て得たるF」を、「吾人の意識を構成する大波動に応用して、個人に於ける一期一代の傾向」のFに、さらに「一代を横に貫いて個人と個人との共有にかゝる思潮を綜合して其尤も強烈なる焦点」としてのF（「集合的F」）に拡大した（『文学論』第五編冒頭）。

　彼はウイリアム・ジェームズなどの心理学理論に示唆されながら、意識を一つの「波形」とし、さらにその連続体としての「意識の流れ」を見た。漱石は意識の運動を、読書という記号認知の過程において解明を試みようとし、さらにそこから得た方法論を「集合的F」の推移の解明に導入しようとした。(F + f)という式によって、「個別意識」の構造解明から「集合意識」の構造解明までが意図されている。 　　　　　　　　　　　　　　　（林少陽）

解剖

かいぼう

◆それは彼女の直覚であるか、又は直覚の活作用とも見做される彼女の機略であるか、或はそれ以外の或物であるか、慥かな解剖は彼にもまだ出来てゐなかつたが、何しろ事実は事実に違ひなかつた。 　　　　　　　　　　　　　　　（『明暗』百五十）
◆凡て吾々は解剖をしてから感ずるものでなく、感じた後に如何なる要素が斯く感ぜさするかと解剖をする。 　　（『英文学形式論』「文学の形式ⅠのB」）

　「詩人とは自分の屍骸を、自分で解剖して」（「草枕」三）のような医学的な原義での使用例もないわけではないが、ほとんどはそこからは離れた第二義において用いられている。たとえば「あの書方で行くと、ある仕事をやる動機〔モーチブ〕とか、所作なぞの解剖がよく出来る。元来この動機〔モーチブ〕の解剖といふ奴は非常に複雑で」（「『坑夫』の作意と自然派伝奇派の交渉」）というふうで、今日なら「分析」というところだろう。

　この「解剖」の概念自体を鍵とした論述が『文学論』第三編第一章「文学的Fと科学的Fとの比較一般」で、それによれば、そもそも「解剖」は科学者の「態度」であったものを文学者が借用した形だが、根本的な相違は、科学の目的があくまで「叙述」であって「説明」ではないのに対して、文学的な「解剖」はむしろ「解剖を方便として綜合を目的とする」ところにある。この意味で最も「科学」に近い、徹底的な心理「叙述」の小説『明暗』にあっても、その目的は、だから「綜合」でなければならない。上記引用の津田がいずれ到達するであろう「慥かな解剖」のその先に、なんらかの「綜合」が待ち受けているゆえんである。

　　　　　　　　　　　　　　（佐々木英昭）

◆文学用語

鑑賞

かんしょう

◆文芸の翫賞は善かれ悪かれ自分の持つてゐる舌でやるべき仕事である、　（「鑑賞の統一と独立」）
◆鑑賞は信仰である。己に足りて外に待つ事なきものである。始から落付いてゐる。愛である。惚れるのである　　　　　（断片71B、1916(大5)年）

　鑑賞（翫賞・賞翫の表記も使用される）といふ言葉は、漱石のテクストにおいて、一般的な「芸術作品などのよさを見きわめ、味わうこと」（『日本国語大事典』第二版、小学館、2001）という語義から大きく外れるものではない。また「英文学形式論」で漱石は、「鑑賞」を「appreciation」の訳語として用いている。冒頭に挙げた「断片71B」での定義や、「鑑賞の統一と独立」「艇長の遺書と中佐の詩」での用法などからも、漱石は「鑑賞」が感情や個人性に基づく主観的なものであることをまず前提としていることが窺える。
　ただこれは単純な印象批評とも異なり、漱石は「鑑賞力」「鑑賞家」という言葉をたびたび使うが、たとえば「英文学形式論」から窺えるように、「鑑賞」とは作品と鑑賞者を隔てる文化的・言語的・個人的差異を前提にしつつも、それらに対する理解力によって錬磨されるべき評価と捉えられている。「好悪と優劣」でも、個人的な「好悪」を超えたより客観的な評価としての「優劣」を共有することで、各「鑑賞家」の「鑑賞力」にある程度の普遍性が保たれるべきことを漱石は強調する。だがその普遍性はあくまで作品そのものとの関係の上に生まれるものであり、「文芸委員は何をするか」において、漱石は文芸院の設立機運に際し、外的な圧力によって「鑑賞力」が影響を受けることを危惧している。　　（神田祥子）

観念

かんねん

◆凡そ文芸上の真を発揮する幾多の手段の大部分は一種の「観念の連想」を利用したるものに過ぎず。　　　　　　　　　　（『文学論』第四編）

　観念の連想とは、漱石において、文学的イメージの知覚によって別のイメージが連想され、それによって意味生産が形成されることを指す。「文学的内容」の形式である（F＋ｆ）において、漱石はFを「焦点的印象又は観念」、ｆを「これに付着する情緒」と定義し、「観念」の連想としての文学の読者心理を明らかにしようとした。
　漱石の野心はそれに止まるものではない。「一世一代のＦ」を「時代思潮(Zeitgeist)」というドイツ思想の概念と「勢」という東洋思想の概念とを等値させ、「Ｆの観念」は「広く一代を貫く集合意識に適用すべきもの」であると述べた（『文学論』第一編第一章）。広義のＦとしての集合意識への考察は、「社会」を文学的に考察することをも意味している。
　イデオロギーとは観念の学を意味するように、「観念」に対する漱石の関心はイデオロギーの問題に近づくことになる。漱石によれば、集合意識とは「暗示」によって支配され、「暗示」とは、感覚、観念、意志、「複雑なる情操」を伝播し、「踏襲せしむる一種の方法を云ふ」（『文学論』第五編第二章）。すなわち「暗示」はある時代・社会の意識の様態の「推移」に重要な意味を持つようになると理解できる。漱石は「イデオロギー」という用語を使ってはいないが、彼の「観念」の使い方は、広義のイデオロギー形成の考察に直結しているとみなせるだろう。　　　　　　　　（林少陽）

◆文学用語

技巧

ぎこう／アート

◆旨いか無味いか無論分らない。技巧の批評の出来ない三四郎には、たゞ技巧の齎らす感じ丈がある。　　　　　　　　　　　　（『三四郎』十の四）
◆それ所か肝心のわが妻さへ何うしたら綾成せるか未だに分別が付かないんだ。此年になる迄学問をした御蔭で、そんな技巧は覚える余暇がなかつた。二郎、ある技巧は、人生を幸福にする為に、何うしても必要と見えるね　　（『行人』「帰つてから」五）
◆たゞ落ち付かないのは互の腹であつた。お延は此単純な説明を透して、其奥を覗き込まうとした。津田は飽く迄もそれを見せまいと覚悟した。極めて平和な暗闘が度胸比べと技巧比べで演出されなければならなかつた。　　　　　　（『明暗』百四十七）

　漱石が作中において用いる技巧という言葉は人間関係において相手に対して提示される、ある目的を持った言動を指す。それは時に相手に不自然さや不純さを感じさせ、嫌悪感を引き出させる。その反面、技巧は他者との円滑な関係を営むために必要なものであるという認識も示される。その必要性は相手に対して目的を持って交わる場合に高くなり積極的に関係を構築しようとしない場合や同族的な間柄である場合に低くなる。
　『明暗』における記述は、技巧を「人間そのものの特質として積極的に活かしている」点でそれ以前のものと違っているという指摘が石﨑等（「晩年における文学の方法と思想」『漱石の方法』有精堂、1989）にある。他に文学、絵画など芸術領域での手際や技術を指す例がある。芸術上の技巧は「理想」を表現するための「方便」、道具であると「文芸の哲学的基礎」二十四において説明されている。（中村美子）

拵へもの

こしらえもの

◆拵へものを苦にせらるゝよりも、活きて居るとしか思へぬ人間や、自然としか思へぬ脚色を拵へる方を苦心したら、どうだらう。拵らへた人間が活きてゐるとしか思へなくつて、拵らへた脚色が自然としか思へぬならば、拵へた作者は一種のクリエーターである。　　　　　　　　（「田山花袋君に答ふ」）

　筋立てや人物造型に作為が過ぎる創作を否定的に表す語。『三四郎』執筆に際してズーデルマン『猫橋』を参照したと伝えた田山花袋「評論の評論」（『趣味』、1908・11）への反駁文「田山花袋君に答ふ」で多用されている。漱石は、花袋の指摘を否定しながら、国木田独歩や花袋の小説を「拵へもの」と断ずる。「独歩君の作物は「巡査」を除くの外悉く拵へもの」という意見を、談話「独歩氏の作に低徊趣味あり」の「低徊趣味の小説には、筋、結構はない」、「低徊趣味なる意味に於て、『巡査』を面白く読んだ」という発言と連絡させると、「拵へもの」が素材ではなく、表現方法に関わる語であることがわかる。
　対義語として「自然」や「事実」が想定されている。「小説の様に拵へたものぢやないから、小説の様に面白くはない。其の代り小説よりも神秘的である。凡て運命が脚色した自然の事実は、人間の構想で作り上げた小説よりも無法則である」（「坑夫」四十一）という語り手の自己言及は興味深い。小説が「拵へもの」であることを前提としつつ、「拵へもの」と感じさせない創作を理想とした漱石の意識は、自然主義への反発に止まらず、小説様式の絶えざる変容を促す根源的認識と解するのが適当であろう。　　　　　　（山口直孝）

自然主義

しぜんしゅぎ

◆ある状況の下に置かれた人間は、反対の方向に働らき得る能力と権利とを有してゐる。（中略）人間も光線も同じ様に器械的の法則に従つて活動すると思ふものだから、時々飛んだ間違が出来る。怒らせやうと思つて装置をすると、笑つたり。笑はせやうと目論んで掛ゝると、怒つたり。丸で反対だ。然しどつちにしても人間に違ない　（『三四郎』九の三）

　漱石は自然主義の勃興を科学の進歩による時代的な必然として認めており（「文芸と道徳」「創作家の態度」等）、個別の作品や主張についても「その派の小説も面白いと思ふ」「自然主義の議論も」「解釈も」「何れも面白い」（「『坑夫』の作意と自然派伝奇派の交渉」）と評価していた。漱石の自然主義に対する批判は、第一に「自分たちの作物でなければ文学で無いかの如く」（同上）という、他を認めず自派の評価基準を絶対化する態度に向けられていたのである。背景にあるのは「文芸上の真と科学上の真」を区別し、文学の趣向性の絶対的な個別性に基づいて、全ての文学表現の価値を同等に評価すべきだと考える漱石の基本的なスタンスである。

　個別的な趣向性を表現しようという表現者の動機が「理想」となり、それを形象化するためには「技巧」という「手段」が必須の要件となると考えていた漱石は、自然主義の作品に「理想」と「技巧」への意識が欠如していることを批判していた（「文芸の哲学的基礎」「文芸とヒロイック」等）。「技巧」を通じて「理想」を表現する文学的営為の社会性を、読者への「感化」という「道徳」として漱石は考えていたのである。　　　　　　　　　　（村瀬士朗）

写生、写生文

しゃせい、しゃせいぶん

◆どうだ君も画らしい画をかゝうと思ふならちと写生をしたら　　　　　　（『吾輩は猫である』一）
◆写生文家の人事に対する態度は（中略）大人が小供を視るの態度である。（中略）写生文家は泣かずして他の泣くを叙するものである。（中略）親は小児に対して無慈悲ではない、冷刻でもない。無論同情がある。同情はあるけれども駄菓子を落した小供と共に大声を揚げて泣く様な同情は持たぬのである。　　　　　　　　　　　　　　（「写生文」）

　「写生」は江戸期絵画以来の語だが、明治期以降は「スケッチ」等の訳語として使用され、漱石もその意味で使うことが多い。また、「写生」は正岡子規が俳句等で提唱した認識で、従来の類型表現や美意識等を崩壊させるために現実の意想外な事物の表象を是とした。後に高浜虚子らが『ホトトギス』に文章等を発表した際、自派の特徴は「写生文」にあり、子規の衣鉢を受け継ぐ派と強調するようになる。漱石は虚子の勧めで『ホトトギス』に小説等を発表した経緯もあり、1907(明40)年前後には虚子ら「写生文」派への言及が多い。折しも自然主義が勃興し、「美文」「写生文」「描写」等を巡る「小説」概念が派閥争いと重なる形で議論される中、『ホトトギス』出身の漱石は各派の長短所を冷静に受け止め、「写生文」派に対しても距離を置きつつ分析している。『文学論』で理論的に考察し、『吾輩は猫である』「草枕」「坑夫」等が漱石流「写生文」の実践例と見なされることが多い。

　　　　　　　　　　　　　　（青木亮人）

◆文学用語

趣味

しゅみ

◆趣味は理にあらず。悖理は説いて以て理に服せしむべしと雖ども、趣味は好悪なり。好悪はある意味よりして人間の一部にあらずして人間の全体なり。

(『文学論』第五編第六章)

◆趣味と云ふ者は一部分は普遍であるにもせよ、全体から云ふと、地方的なものである。(必ずしも何故と問ふ必要はない、事実上さうであるから否定する訳には行かん。)地方的であると云ふ意味は其社会に固有なる歴史、社会的伝説、特別なる制度、風俗に関して出来上つた者であると云ふ事は慥かである。

(『文学評論』第一編序言)

『文学論』や『文学評論』において、漱石は「趣味」という語をほとんどの場合「好悪」の意味で用いているのだが、この趣味＝好悪がもたらしたものは意外と大きいようだ。そもそも、漢学に所謂文学と英語に所謂文学に対する彼自身の趣味＝好悪の違いの自覚は、「根本的に文学とは如何なるものぞ」という『文学論』(とくに第五編)へ結実するモチーフとなっていた。

『文学評論』では、作品の「歴史又は批評といふ事」(＝態度)に関して「趣味」は「科学」と対比されている。作品に向けての、趣味や好尚による態度を「鑑賞」といい、それらを除いたものは「批評」と名付けられる。そしてその中間項として「批評的鑑賞」を置くという具合である。このような、趣味＝好悪という個人やある集団に該当する個別性・特殊性と、「科学」に代表される普遍性との対比や接続は、漱石の文学論の底につねに流れている。

(五井信)

情緒

じょうちょ

◆情緒は文学の試金石にして、始にして終なりとす。

(『文学論』第一編第三章)

漱石は文学の「形式」を「認識的要素(F)と情緒的要素(f)」との結合として見ている点や、「文学の活動力」という言語自体の運動力について関心を抱いている点は、前近代的な漢字圏批評史にある「興」の問題圏に関わるものである。漢字圏批評史的に見るならば、情緒の重視は朱子学派における文学を「道」の従属として見ることに対する批判でもある。「興」と漱石理論との関連は『文学論』における「興」「感興」「興趣」などの概念からも窺える。

漱石の「情緒」研究は、観念の方面よりも情意、情緒を中心に研究してきたT・リボーの心理学からも示唆を得ている(太田三郎「漱石の『文学論』とリボーの心理学」、『明治大正文学研究』1952・6)。漱石は古来の詩論家の課題を引き継ぎつつ、なおかつ、西洋最新の哲学的・心理学的理論に示唆を得て「文学的内容の形式」と「文学の活動力」を解明しようとした。この意味において『文学論』は、漢字圏批評史的に見ても斬新な、系統だった試みである。

他方、漱石が「情緒」を古今内外の文学の標準としたのは、柄谷行人のいうように、漱石における「普遍性」への探求に直結していることであり、小森陽一が強調したように、西洋/東洋、近代/前近代という二項対立を無効化する役割も果たした。それは、主観/客観、記号/意味、情緒/道徳などの二項対立への否定ともかかわっているのである。 (林少陽)

◆文学用語

人生に触れる

じんせいにふれる

◆人生に触れろと御注文が出る前に、人生とはこんなもの、触れるとはあんなもの、凡てのあんな、こんなを明瞭にして置いて偖斯様な訳だから技巧は無用ぢやないかと仰せられたなら、其時始めて御相手を致しても遅くはなからうと思つて、それ迄は差し控へる事に致して居ります。

（「文芸の哲学的基礎」第二十三回）

◆さうして此理想を実現するのを、人生に触れると申します。（中略）此理想は真、美、善、壮の四種にわかれますからして、此四種の理想を実現し得る人は、同等の程度に人生に触れた人であります。

（「文芸の哲学的基礎」第二十五回）

「文芸の哲学的基礎」は1907（明40）年4月東京美術学校文学会の講演に基づく評論である。同時期、無技巧で人生の深奥に触れる切実な問題を取り扱う小説に価値を認める自然主義論が繰り広げられていたのに対し、漱石は文学における理想の実現に技巧は欠くべからざるものとする立場から批判を加え、概念規定の不徹底さを突いた。

だが漱石は「人生に触れる」芸術自体を否定した訳ではない。英国の心理学や崇高論をふまえ、「真」のみを重要とはせず、「美」「善」「壮」を表す行為にも等しく価値を認め、それらも「人生に触れる」芸術と見なすべきだと主張したのである。

更にその後「虚子著『鶏頭』序」では「触れない小説」を多面的な世界を観察し味わう「余裕のある小説」と評し、人生上の問題を描く「触れた小説」と同様「存在の権利」があり成功し得るとの見方を示している。

（高野純子）

創作家

そうさくか

◆どうも性急で卒業したあくる日からして、立派な創作家になつて、有名になつて、さうして楽に暮らさうつて云ふのだから六っかしい （「野分」七）

◆人が読んでも成程面白い。それ丈けで創作家の能事は了へたので、「如何にして」と云ふ事になると全く批評家に任せてよいのである。

（『文学評論』第一編序言）

漱石は創作ということばを、独自の発想によって創りだす創造活動としている。すると創作家とは、意識的に創造活動に携わる人ということになろうか。それゆえ漱石はこのことばに、物書きということばとは多少違った内容を持たせて用いている。また、小説家ということばも漱石は用いるが、小説はノベルの訳語でポエムに対する形態上の区別なので、創作家という言い方が、漱石の考える創造活動に従事する人を表すのに適切なことばとなろうか。それゆえ「文芸の哲学的基礎」においての、「文芸家は同時に哲学者で実行的の人（創作家）であるのは無論であります」という言い方が生まれるのである。

他方、漱石は作家ということばを、創作家とほぼ同義語に用い、「だから作家の性格が広くて深ければ、叙述も変化があつて痛切である」（『文学評論』第六編）という言い方が導き出される。「創作家の態度」（『社会と自分』）では、「創作家」という名称の意味を論じ、他の職業とは区別されるものとする。さらに、創作家はよく未来を見つめること、客観文学に重きを置く傾向が強い現時ではあるが、情操文学は未来において必ず起こる運命を持っていることを主張する。

（関口安義）

◆文学用語

読者

どくしゃ

◆文学といふものは製作上から云ふと、自己
の情感の発現であつて読者から云へば著者の
情感を伝へられ又は読者一流の感情を起させる者
である　　　　　　　（『文学評論』第一編序言）
◆東京大阪を通じて計算すると、吾朝日新聞の購読
者は実に何十万といふ大多数に上つてゐる。(中略)
自分は是等の教育ある且尋常なる士人の前にわが
作物を公にし得る自分を幸福と信じてゐる。
　　　　　　　　　　　　（「彼岸過迄に就て」）

　19世紀末から20世紀初頭にレフ・トルスト
イ『芸術とはなにか』（英訳1898）やI. A. リ
チャーズ『文芸批評の原理』(1924)を典型に
鑑賞者の感情に焦点を当てた芸術論が提起さ
れた。漱石の文学理論もこれらの世界的な動
向と緊密に関係する。例えば、『文学評論』の
序言で漱石は、作者と読者が共に参与する現
象として文学を定義している。「読者一流の
感情」とある通り、この読者は、理論が要請す
る抽象概念というよりも、個別の経験を持つ
具体的な存在者である。漱石が志向したのは、
作者の情感の表現・伝達に留まらず、読者固
有の感情の経験をも解明する綜合的な文学理
論である。同時に漱石の理論は、読者の感情
の特殊性を普遍化する矛盾と困難をも抱える
こととなった(「趣味」の差異の問題)。

　他方、新聞小説家として漱石が想像する読
者は「彼岸過迄に就て」や『硝子戸の中』の第
一回に反映されている。その読者像は「教育
ある且尋常なる士人」であり、「電車」で「役
所か会社」へ通勤する、都市に住む知的な中
間層である。このような読者像は漱石が描く
小説の主人公たちの姿とも重なり合うと言え
よう。　　　　　　　　　　（木戸浦豊和）

非人情

ひにんじょう

◆しばらく此旅中に起る出来事と、旅中に出逢ふ人
間を能の仕組と能役者の所作に見立てたらどうだ
らう。丸で人情を棄てる訳には行くまいが、根が
詩的に出来た旅だから、非人情のやり序でに、可成
節倹してそこ迄は漕ぎ付けたいものだ。(「草枕」一)

　「非人情」は、漱石の全小説中、唯一、「草枕」
に登場する。20世紀文明に倦んで旅に出た
画工の「余」は、出逢う人々を利害や人情を
免れた「芸術」的観点から「清くうらゝかに」
眺めたいと考える。「非人情」とは、このよう
な超然たる「第三者」的立場から相手を「自
然の点景」や「画中の人物」に見立てる写生
文的態度をいうが、単に対象を「カメラ」に
収めるだけの客観的態度を指すのではない。
奇妙に入り組んだ迷宮的な旅館の佇まいや振
袖姿でヒラリと現れて「余」を驚かせる「那
美さん」の「異様」な振舞も「非人情」なら、
彼女が別れた夫と相対する場面では、帯から
引き抜いた財布を懐剣と取り違えた「余」は
「さすが非人情の余もたゞ、ひやりとした」と
態勢を立て直す。その揺れ幅は、『文学論』の
「第二編第三章 fに伴ふ幻惑」の項が、「非人
情」をそもそも道徳とは「没交渉」、「崇高」と
「裸体美」をそれぞれ「破壊の勢力」と「純美
感」ゆえ、一時的に「道徳的情緒」を「脱却」せ
しめるものとして並置する際の重なりと差異
に相応じる。すべては「美くしい感じ」(「余が
『草枕』」)へ収斂して自然主義に違和を表する
〈余裕派〉の真骨頂を示すと同時に、実生活の
場で三女の赤痢罹患に遭遇するや、「美文」に
書く「余裕」は「出る所に無之候」(藤岡作太郎
宛書簡、1906・8・31付)の弱音を吐いて、その現
実逃避性が露呈される。　　　　　（森本隆子）

批評

ひひょう

◆批評的鑑賞の方は出立地は感情であるが其後の手続きは科学的である。（『文学評論』第一編序言）
◆過去を綜合して得たる法則は批評家の参考で、批評家の尺度ではない。尺度は伸縮自在にして常に彼の胸中に存在せねばならぬ。　（「作物の批評」）

　漱石は『文学評論』で、文学作品に向かう姿勢には鑑賞的態度と批評的態度があるが、前者は感想に終わりがちで、後者は作品の「分解」すなわち分析に終始するだけであるということを述べた後、批評を試みる者が採るべき第三の態度として「批評的鑑賞」を挙げる。これはあくまで「自分の好悪を離れない」態度であるが、「此態度にあつては好悪が根本になつて、夫れから出立して科学的手続をやつて、それで此根本的好悪を説明する」ものである。「芸術は自己の表現に始つて、自己の表現に終るものである」（「文展と芸術」一）と考えていた漱石は、批評家にも同様に自身の「尺度」「趣味」（「作物の批評」）に基づく「自己の表現」を求めていた。
　しかし、その批評は狭量なものであってはならず、多種多様な文学作品を批評の一律な原則で評価してはならない。「融通のきかぬ一本調子の趣味に固執して、その趣味以外の作物を一気に抹殺せんとする」のは、英語の教師が他の科目まで「英語の尺度」で「採点」してしまうのと同じである。各種の文学作品の特性に沿った評価をするべきだ、とする。
　この主張は、文学に〈真〉のみを求めていた自然主義文学への批判でもあり、文学には〈善〉〈美〉などの価値もあるという、漱石の広やかな批評観を表している。　（綾目広治）

諷刺

ふうし

◆見識が無ければ諷刺は書けない。妄りに悪口を吐いたり、皮肉な雑言を弄することは誰にでも出来るが、真に諷刺とも云ふべきものは、正しき道理の存する所に陣取つて、一隻の批評眼を具して世間を見渡す人でなければ出来ないことである。スキフトの諷刺は、堂々たる文学である、後代に伝ふべき述作である。　（『文学評論』第四編）
◆「貴夫に気に入る人は何うせ何処にもゐないでせうよ。世の中はみんな馬鹿ばかりですから」／健三の心は斯うした諷刺を笑つて受ける程落付いてゐなかつた。　（『道草』九十二）

　西欧では古代ギリシャ・ローマ時代から戯曲と詩による社会諷刺が行われたが、近代には啓蒙主義の台頭と共に、人間社会の問題点を間接的手法によって嘲笑し批判する諷刺小説が描かれるようになった。イギリス社会を痛烈に諷刺したジョナサン・スウィフト『ガリヴァー旅行記』はその代表作とされる。
　漱石はスウィフトに多大な感化を受け、その諷刺が社会への鋭い批評眼と深い見識に支えられた文学表現たり得ていることを解き明かしている。
　初期作品『吾輩は猫である』や「坊っちゃん」には偽善に満ちた人間社会への諷刺が認められるが、その後の作品にも「謎にも取れた」「諷刺とも解釈された」（『行人』「帰つてから」十）、「愚痴とも厭味とも、又諷刺とも事実とも、片のつかない感慨」（『行人』同十六）、「冗談とも諷刺とも真面目とも片の付かない此一言」（『明暗』百八十七）と、現実批判を深層に隠す表現手法として諷刺の用例がある。

　（高野純子）

◆文学用語

余裕のある、余裕のない

よゆうのある、よゆうのない

◆余裕のある小説と云ふのは、名の示す如く逼らない小説である。　　　　　　（「虚子著『鶏頭』序」）

　「余裕」は漱石作品に多出する。例えば『門』14回、『心』17回、『明暗』は50回に及ぶが、わけても虚子の『鶏頭』への序では、僅か10頁半に39回使われている。余裕は心的・精神的、金銭的、時間的、空間的ゆとりとして使われているが圧倒的に多いのは心的・精神的の場合で、次に金銭的・経済的がくる。漱石の考える余裕のある、ないは「虚子著『鶏頭』序」に詳しい。余裕のある小説は「逼らない」「『非常』と云ふ字を避けた」「不断着」の「触れない」小説で、余裕のない小説は、「セツパ詰まつた」「息の塞る」「一毫も道草を食つたり、寄道をして油を売つてはならぬ」「呑気な分子、気楽な要素のない」イプセン流の「触れた」小説をいうとあって、余裕のある方を評価し、虚子を余裕のある人としている。ここでの「余裕」は漱石造語の「低徊趣味」の謂とも言える。台頭してきた自然主義文学に違和感を抱いた写生文派としての余裕派小説家の態度である。この態度・意識・心情は初期作品に多く投影されている。その後命がけの悪戦苦闘を重ねて、「自己本位」を基本とした「個人主義」を獲得してからの「余裕」の使い方には変容が見られる。人間平等観の獲得によると思われる。『明暗』では金銭・経済問題に関連した使い方が多く、心・精神面での使用は、まだ伏線の段階である。完成を見なかったことが惜しまれる。　　　　　　（渡邊澄子）

◆文学用語

霊魂

れいこん

◆急に他の身体の中へ、自分の霊魂が宿替をしたやうな気分になるのです。　　　　（『心』八十四）

　霊魂とは、肉体とは区別されつつ、肉体に宿りながら心の働きを司り、生命の元となる非物質的実在である。明治の文学場においては、キリスト教との関連から「精神」のニュアンスで使用され、または恋愛観念の成立にともなって、霊肉二元論の文脈で論じられた。
　漱石テクストで「霊魂」が頻出するのは「文壇に於ける平等主義の代表者「ウォルト、ホイットマン」Walt Whitmanの詩について」（『哲学雑誌』）である。このなかで漱石は、人間の進化の根本に愛を据え、その愛が生じる原因に霊魂の作用を見いだすホイットマンの霊魂論に言及している。ホイットマンに先立つユニテリアンの超越主義やエマーソンの唯心論は、日本の浪漫主義文学に大きな影響を与えた。また霊肉二元論については、例えば『心』（八十五）でKの精神的変化を語る場面に「恐らく彼の心のどこにも霊がどうの肉がどうのといふ問題は、其時宿つていなかつたでせう」とある。
　また一方で、漱石は早くから近代スピリチュアリズムに関心を示している。「思ひ出す事など」には、SPR（英国心霊研究協会）の中心メンバーだった、フラマリオンやオリヴァー・ロッジなどの著書を読んだとある。同時代に欧米でしきりに論じられていた科学的心霊研究は、科学による霊魂の実在証明を目指していた。こうした領域への漱石の関心は、例えば『行人』における長野一郎のテレパシー実験などに反映している。（一柳廣孝）

浪漫派、浪漫主義

ろうまんは、ろうまんしゅぎ

◆自然主義が如何にして発達し来りたるやと云ふに、前に述べたる如く「ローマンチシズム」の勃興と共に、山川を咏出する詩人漸く輩出するに至り、遂に「ポープ」一派の詩風を杜絶せんとするの勢を生ぜり。　（「英国詩人の天地山川に対する観念」）
◆ローマンチシズムと自然主義とは、世の中で考へてるやうに相反してるものぢやない。相対して一所になれんといふものぢやなくて、却て一つの筋がズート進行してるやうなものだ。
　　　（談話「『坑夫』の作意と自然派伝奇派の交渉」）

　日本に浪漫主義が興る大学時代、その風潮を英文学の文脈から擬古典主義への反動と捉えた夏目金之助は（「英国詩人の天地山川に対する観念」）、後に大学で講義する際、自然主義と相関させて文学内容から分類した（『文学論』）。さらに自然主義文学の隆盛期に作家としてその流れに介入する中で浪漫主義を再検討する（「『坑夫』の作意と自然派伝奇派の交渉」）。
　『文学論』第一編第三章で漱石は、浪漫派の「超自然F」が西洋読者に訴える理由をキリスト教的超越性に見出した。これを内容に分類する際に基準としたのは「双耳双目の視聴」という知性を作る感覚の能力（『文学論』第四編）である。
　一方、擬古典主義の言葉の排他性に対する浪漫派の生の反動が言葉によって超越性に（自然主義は「視聴」感覚に）集約され、歴史を作る点に注目する漱石は、経験論的な生と言葉の区別にこだわる。そして作家として「心理的の物の見方」（「『坑夫』の作意と自然派伝奇派の交渉」）から歴史を捉え直すとき、浪漫主義の排他的な超越性に対抗して、生きた身体と意識の流れを導入するのである。
　　　　　　　　　　　　　（永野宏志）

◆文学用語

付録

漱石年譜
(徳永光展)
漱石文学関連地図①②
(服部徹也)
漱石文学関連地図③
(宮内淳子)
漱石初版本
(二松學舍大学図書館蔵)
漱石書誌
(加藤禎行)

漱石年譜

〈凡例〉
1872年12月3日に同日を明治6年1月1日とする新暦が施行されたことに倣い、明治5年までは旧暦の月日、それ以後は新暦の月日を記載した。年齢は満年齢で数えている。作品の『朝日新聞』連載日は東京と大阪の相違上省略した部分がある。

1867年……慶応3年……0歳

1月5日（新暦2月9日）、父・夏目小兵衛直克（50歳）、母・千枝（41歳）の五男末子として江戸牛込馬場横町（現在の新宿区牛込喜久井町1）にて誕生。本名金之助。夏目家は高田馬場一帯を支配する町方名主で生活は裕福であったが、新時代下で家運は衰退しかけていた。母・千枝は四谷大番町の質商「鍵屋」福田庄兵衛の三女、武家奉公をしてからさる質屋に嫁したが、まもなく去り、28歳の頃、直克の後妻に来る。金之助には、長女・さわ（佐和）、次女・ふさ（房）の異母姉、長男・大助（大一）、次男・直則（栄之助）、三男・直矩（和三郎）、四男・久吉（4歳で没）、三女・ちか（2歳で没）の兄弟がある。両親の高齢と子沢山を理由に生後数ヶ月で四谷の古道具屋（八百屋ともいわれている）に里子に出されるが、見かねた姉によって間もなく連れ戻される。

1868年……慶応4年／明治元年……1歳

11月頃、塩原昌之助（29歳）、やす（29歳）夫妻の養子となり、塩原姓を名乗る。昌之助はもと四谷太宗寺門前の名主の出で、家は内藤新宿北町裏16にあった。養母やすとの仲人には直克がなったといわれる。

1869年……明治2年……2歳

3月16日、名主制度が廃止され、五十番組制度となる。養父・昌之助が東京府41番組（浅草）の添年寄に任命され、浅草三間町に転居。

1870年……明治3年……3歳

夏の終わり頃に種痘を受けたことがもとになり、疱瘡にかかる。顔にあばたが残った。

1871年……明治4年……4歳

6月、五十番組制度が廃止されて大区小区制になり、戸長・副戸長が任命されたため、養父は41番組添年寄を免職となった。6〜7月頃、塩原家は、内藤新宿仲町に移り住む。

1872年……明治5年……5歳

2月、日本最初の戸籍が編成され、養父は金之助を戸主とし、塩原家の長男として実子であるように登録。7月、養父が第3大区14小区の副戸長に任命され、内藤新宿北町に移る。

1873年……明治6年……6歳

3月、養父が第5大区5小区戸戸の戸長に任命され、浅草諏訪町4番地に移る。

1874年……明治7年……7歳

1月頃、義父が未亡人日根野かつ（27歳）との間で関係を持ち、養父母が不和となった。金之助は養母と2人で暮らしたり、12月頃、養父のもとに帰ったり、転々とする。一時は喜久井町の生家に引き取られもした。養父は未亡人日根野かつ（28歳）及びその連れ子れんと浅草寿町10に居住。12月7日に第1大学区第5中学区第8番小学（戸田学校）が浅草寿町11に開校され、金之助はその下等小学第8級に入学。以後予備門入学に至るまで各校在学

付録

763

中の成績は優秀で、規定を飛びこえた進級も
しばしばであった。

●

1875年……明治8年……8歳

4月、養父母が離婚する。5月、塩原家に在籍
のまま夏目家に引き取られる。同月、戸田学校
下等小学第8級及び第7級を同時卒業。11月、
戸田学校下等小学第6級・第5級を同時卒業。

●

1876年……明治9年……9歳

2月29日、養父が戸長を免職される。その後、
養父は警視庁に勤務。義母・やすは塩原家と
離縁して実家に帰る。金之助は、塩原家在籍
のまま生家に戻る。金之助は5月、戸田学校下
等小学第4級卒業後、市谷柳町の第1大学区第
3中学区第4番小学の下等小学（市谷学校）3
級に転校。10月同校下等小学第3級修了。一方、
実父・直克は10月21日、第4大区の区長を退き、
11月に東京府警視庁8等警視属となった。

●

1877年……明治10年……10歳

1月13日、義父・昌之助が下谷西町4の新築
に移った。5月4日、金之助は市谷学校下等小
学第2級を優等で卒業。同月8日、東京府長よ
り学業優等の賞状を受けた。8月11日、日根野
かつはれんを連れ子として、塩原家に入籍、れ
んを金之助の妻とする考えであった。12月1
日、金之助は市谷学校下等小学第1級を卒業。

●

1878年……明治11年……11歳

1月11日、異母姉・佐和死去（32歳）。2月、
「正成論」を島崎柳塢ら友人との廻覧雑誌に
発表。同月、市谷学校下等小学科を卒業。4
月、市谷学校上等小学第8級を卒業。同29日、
学業優等により東京府庁から筆墨紙を賞与さ
れる。その後、第1大学区第4中学区第2番公
立小学（神田猿楽町の錦華学校）の小学尋常
科第2級後期に転校。10月24日、同校を卒業。
学業優等により東京府庁から筆墨紙を再び賞
与される。

●

1879年……明治12年……12歳

3月、神田区表神保町の東京府第一中学校
正則科乙へ入学。上級に狩野亨吉がいた。

●

1880年……明治13年……13歳

1月29日、牛込馬場下に火災が発生し、実家
は土蔵を残して焼失。その後、牛込区肴町に
住む。

●

1881年……明治14年……14歳

1月9日、実母・千枝、死去（55歳）。金之助
は臨終に立ち会えず、衝撃は大きかった。春
頃、大学予備門東京府第一中学校を中退。4
月頃、麹町にあった三島中洲の経営する漢学
塾・二松学舎に転校。漢学を学ぶ。7月、同学
舎第3級第1課卒業、11月には第2級第3課を
卒業。

●

1882年……明治15年……15歳

春頃、二松学舎を中退。漢籍や小説を読み、
文学に興味を持つが、長兄・大助から職業に
ならぬととめられた。

●

1883年……明治16年……16歳

9月、大学予備門受験準備のため、神田駿河
台の成立学舎に入学し、英語を学ぶ。この頃
から翌年にかけて、同級の橋本左五郎と小石
川極楽水（現・文京区竹早町）の新福寺2階に
下宿し、自炊生活。また、太田達人、中川小十
郎らが同級にいた。

●

1884年……明治17年……17歳

1月、長兄・大助が家督を相続した。9月、
大学予備門予科4級に入学。同級に太田達人、
南方熊楠、中村是公、芳賀矢一、正木直彦、橋
本左五郎らがいた。入学直後、盲腸炎を患い、
その後生家に戻ったが、神田猿楽町の末富屋
に中村是公、橋本左五郎ら約10人で下宿して
いた時期もあった。

●

1885年……明治18年……18歳

9月、予備門予科3級に進級。

1886年……明治19年……19歳

4月、大学予備門が第一高等中学校と改称、金之助の在籍していた予備門予科3級は第一高等中学校予科2級に編入された。7月、成績が低下し、その上腹膜炎で学年末試験を受験できず、予科2級から予科1級への進級に失敗、留年。その後は心機一転して主席を通す。9月、自活のため同じく落第生の中村是公と江東義塾教師となり（月給5円）、塾の寄宿舎から第一高等中学校へ通学。

1887年……明治20年……20歳

3月21日に長兄・大助（享年31歳）、6月30日に次兄・直則（享年29歳）が相次いで肺結核で死去。三兄・和三郎が家督を継いだ。夏、江ノ島に遊び、富士登山も行う。9月、第一高等中学校予科1級に進級。9月頃、急性トラホームを煩い、実家に戻るが、以後、長く眼病に悩む。

1888年……明治21年……21歳

1月、塩原姓より夏目姓に復籍。復籍に際して、塩原昌之助宛てに、「今般私議貴家御離縁に相成因て養育料として金弐百四拾円実父より御受取之上私本姓に復し申候就ては互に不実不人情に相成らざる様致度存候也」という一札を入れた。7月9日、第一高等中学校予科（尋常中学科）を卒業。友人・米山保三郎の勧めで本格的に文学志望に変更。9月、英文学専攻を決意し、第一高等中学校本科一部（文科）に入学。同窓に尾崎紅葉、山田美妙、川上眉山、石橋思案らがいた。子規は松山藩の常盤会寄宿舎に入った。

1889年……明治22年……22歳

1月頃から、同級の正岡子規と知り合い、その親交が文学への方向を決定する。5月、子規吐血。見舞の手紙で初めて俳句を記した。また、子規の和漢詩文集『七艸集』を示され、巻末に漢文で絶賛。この評に初めて漱石と署

名。7月23日から8月2日にかけて、転地療養を目的に兄・直矩と興津に遊んだ。8月7日から30日までは、学友と房州を旅行。9月9日、その紀行文『木屑録』（漢詩文）を脱稿し、後に松山の子規に示し、批評を求めた。同月、第一高等中学校本科1部文科2年に進級した。

1890年……明治23年……23歳

3月10日、擬古文作文『故人来』を『大八洲学会雑誌』に発表。7月8日、第一高等中学校第1部本科卒業。同月9日、"Japan and England in the Sixteenth Century"を"Museum"に発表。8～9月、眼病療養目的で2週間ほど箱根の姥子温泉に遊び、漢詩10数句を作った。9月、帝国大学文科大学英文学科入学。直ちに、文部省貸費学生となり、年額85円を貸与される。この年から翌年にかけて厭世的になった。

1891年……明治24年……24歳

7月、帝国大学特待生となり、月謝が免除となる。7月18日、通院していた神田駿河台の井上眼科で美しい娘に会い、恋心を感じる。7月28日、敬愛していた三兄・直矩の妻・登世が悪阻で死去（24歳）。8月23日付子規宛書簡にて、入学当初からの夢、英語で文学上の述作をするとの抱負が崩れ始めた旨、述べられる。9月、大宮公園万松楼に保養中の正岡子規を訪ね、『俳句分類』の構想を聞く。同月、帝国大学文科大学英文学科第2学年に進学。12月5日、大学英文学科講師、J.M.ディクソンに頼まれた『方丈記』英訳及び解説を脱稿。（ディクソンは、明治26年「日本亜細亜協会会報」に"A Description of My Hut"として、漱石の原稿をもとにした『方丈記』の英訳と解説を掲載。）

1892年……明治25年……25歳

4月5日、徴兵を免れるため、北海道後志国岩内郡吹上町17、浅岡仁三郎方に送籍・分籍、北海道平民とした。アーネスト・ハート

◆付録

の「催眠術」を翻訳（5月、『哲学会雑誌』に掲載）。大西祝の推薦により、同月、東京専門学校（現・早稲田大学）講師となり、英語訳読を担当。6月、東洋哲学科目の論文として、「老子の哲学」を執筆。7月、『哲学雑誌』（『哲学会雑誌』改名）の編集委員になる。7月、子規は、学年末試験に落第し、翌年3月退学。暑中休暇中、子規と共に京都に遊び、そこから1人で岡山に行き、さらに、松山に帰省中の子規を訪ね、そこで初めて高浜虚子に会う。9月、帝国大学文科大学英文学科第3学年に進学。10月、「文壇に於ける平等主義の代表者「ウォルト・ホイットマン」Walt Whitmanの詩について」を『哲学雑誌』に発表。12月5日、オウガスタス・ウードの講演『詩泊「テニソン」』を翻訳して『哲学雑誌』に翌年3月まで掲載。また、12月には教育学の単位論文として『中学改良策』も執筆した。

● **1893年……明治26年……26歳**
1月29日、帝国大学文科大学英文学談話会で「英国詩人の天地山川に対する観念」に就いて講演、3月から6月まで『哲学雑誌』に連載。6月10日、R・ケーベルが帝国大学文科大学の講師に就任。漱石も美学講義を受講。7月、帝国大学文科大学英文学科第2回卒業、大学院に進学したが、「英文学に欺かれたるが如き不安の念」（『文学論』序）を抱いた。寄宿舎に移り、翌年9月初めまで居住。10月19日、校長・外山正一の推薦で、高等師範学校（現・筑波大学）英語嘱託になる（年棒450円）。

● **1894年……明治27年……27歳**
2月、結核の微候があり、療養につとめ、治癒。2月から3月にかけて高等師範学校長・嘉納治五郎から委嘱のあった『尋常中学英語教授法方案』を執筆。神経衰弱に悩み、8月から松山旅行や、10月16日、小石川伝通院のそばの法蔵寺（小石川区表町73）に移住。12月23日から翌1月7日にかけて、菅虎彦の紹介で鎌倉円覚寺塔頭帰源院に入り、宗活を知る。釈

宗演のもとに参禅し、「父母未生以前本来の面目」の公案を与えられるが、効果はさほど得られない。

● **1895年……明治28年……28歳**
1～2月頃、菅虎雄の紹介で、横浜の英字新聞『シャパン・メール』の記者を志願し、禅についての英語論文を提出したが、不採用に終わった。3月、高等師範学校、東京専門学校の教職を辞し、4月10日付にて愛媛県尋常中学校（後の松山中学）に嘱託教員として赴任（月給80円）。生徒に松根東洋城、真鍋嘉一郎らがいた。松山市3番町城戸屋に宿泊、その後1番町津田安五郎方（愛松亭）に下宿、6月下旬、2番町8番戸上野義方の離れに引っ越し、愚陀仏庵と名付け、自らを愚陀仏と称す。8月、日清戦争に従軍中の子規が喀血、松山に帰郷して、8月27日から10月19日まで漱石の下宿に同居。その刺激で子規の門下と共に句作に熱中。この年の秋から子規に刺激されて、俳句を作るようになり、次第に俳壇に出る。11月25日「愚見教則」を『保恵会雑誌』（松山中学校校友会誌）に発表。12月27日、上京。翌28日、貴族院書記官長・中根重一の長女・鏡子（明治10年7月21日生まれ、19歳）と虎の門の官舎で見合いし、婚約。

● **1896年……明治29年……29歳**
1月3日、子規庵の初句会に参加、高浜虚子、森鷗外、河東碧梧桐、内藤鳴雪らが同席。7日、松山に戻る。4月8日、熊本の第五高等学校（現・熊本大学）に転任（月給100円）が決まり、愛媛県尋常中学校を辞職した。4月14日、第五高等学校講師に就任。始め菅虎雄の家に同居。5月、下通町103に転居（家賃8円）。6月9日、自宅で鏡子と結婚式を挙げる。7月9日、教授に昇格（高等官6等、5級俸）。9月初旬、鏡子と共に鏡子の叔父（福岡在住）を訪問、約1週間にわたって博多・香椎・大宰府・二日市・久留米・船後屋温泉・北九州を旅行。同月中旬、熊本市合羽町237に転居（家賃13円）。10月、

「人生」を『龍南会雑誌』(第五高等学校校友会誌)に発表。同月、教師をやめ上京しようかと考え、義父・中根重一に相談。11月、修学旅行で天草・島原へ行く。この年前後に俳句とともに漢詩をしばしば作る。また、書斎を漾虚碧堂と名づけ、蔵書印を誂える。

1897年……明治30年……30歳

3月5日、「トリストラム・シャンデー」を『江湖文学』に発表。春休み、菅虎雄を久留米に見舞い、高良山に登る。春、中根重一より東京商業学校(現・一橋大学)の教職を紹介されたが断る。けれども、帰京と文学への願望は強まった。4月、教師を辞めて文学的な生活を送りたいと、子規宛書簡でも漏らしている。5月29日、旧友・米山保三郎がチフスで病死。6月29日、実父・直克死去(81歳)。7月9日、鏡子と共に上京、麹町区内幸町にあった義父の官舎に泊る。滞在中に鏡子が流産し、鎌倉へ転地療養。鏡子を見舞いに鎌倉に行った際、帰源院に宗活を訪ねたり、病床の子規を見舞ったりした。9月10日、単身で熊本に帰り、11日、飽託郡大江村401に転居(家賃7円50銭)。10月10日、五高創立記念日に教員代表として祝辞を述べる(11月『龍南会雑誌』に掲載)。同月末、鏡子も戻る。漱石は、11月、福岡・佐賀県に英語授業視察の出張を命じられ、同23日「福岡佐賀二県尋常中学参観報告書」を五高に提出。同年12月から翌年にかけて、山川信次郎と小天温泉に旅行し、前田案山子の別宅に滞在。「草枕」の素材を得る。

1898年……明治31年……31歳

前年頃から漢詩を作り、同僚の漢文教授・長尾雨山の添削を受ける。このやり取りは、翌年4月頃まで続く。3月末、市内井川淵町8に転居。この頃、寺田寅彦が漱石宅を訪れる。梅雨の頃、鏡子が白川の井川淵で投身自殺未遂。7月、熊本市内坪井町78に転居(家賃10円)。夏休み、浅井栄熙のもとで座禅を組んだ。9月頃から寺田寅彦ら五高生に俳句を教える。

9月頃から鏡子の悪阻がひどく、ヒステリー症状も昂進。漱石自身もノイローゼに悩んだ。11月、修学旅行で山鹿地方へ行く。「不言之言」を11月10日と12月10日に糸瓜先生の名で『ホトトギス』へ発表。

1899年……明治32年……32歳

1月1日、同僚の奥太一郎とともに出立、宇佐・耶馬渓に遊び、日田から吉井・追分を経て帰る。4月20日、「英国の文人と新聞雑誌」を『ホトトギス』に発表。5月31日、長女・筆子誕生。6月8日、高等官5等に叙せられ、同21日、英語科主任となる。8月10日、評論「小説『エイルキン』の批評」を『ホトトギス』に発表。8月末から9月初めにかけて、山川信次郎と阿蘇登山。「二百十日」の素材を得る。秋頃、同僚の神谷豊太郎から加賀宝生の謡曲を習いはじめる。また熊本の新俳句の結社紫雲吟社(熊本の新俳句同人)に関係する。

1900年……明治33年……33歳

3月下旬、熊本市北千反畑78旧文学精舎跡に転居。4月24日、教頭心得となる。6月12日付で、文部省より給費留学生として2年間のイギリス留学辞令が下った。現職のままで、留学費用は年間1800円、留守宅には休職手当として年額300円が支給されるという規定であった。7月、学年末試験後熊本を引き払って上京。妻子を妻の実家の離れ(牛込区矢来町3)に預ける。9月8日、芳賀矢一、藤代禎輔、稲垣乙内、戸塚機知の4名と共に、ドイツ・ロイド社の汽船プロイセン・ブレーメン号で横浜港より出航。神戸、長崎、呉淞(上海外湾)、福州、香港、シンガポール、ペナン、コロンボ、アデン、スエズ、ポートサイド、ナポリを経て、10月19日にジェノア着。翌日、パリへ向け、汽車にて出発。10月21日、パリ着。1週間滞在し、万国博覧会、エッフェル搭やルーヴル美術館を見物後、10月28日の朝にパリを発ち、夜、ロンドン着。76 Gower Street (ガヴァー・ストリート76番地)に下宿(1日約6円)。10

月31日、ロンドン塔を見学。11月1日、ケンブリッジに行き、大学の様子を見たが、乏しい留学費では効果が上がらないと考え、ケンブリッジ大学への留学を断念。翌2日、ロンドン帰着。3日、大英博物館、ウェストミンスター寺院などを見学。

11月12日、85 Priory Road, West Hampstead（ブライオリー・ロード85番地）のMiss.Milde方へ、12月に6 Flodden Road, Comberwell New Road（フロッドン・ロード6番地）のMiss.Brett宅へ転居（1週25シリング）。11月7日より、ユニバーシティ・カレッジのケア教授の講義を受ける。同時にケア教授の紹介でシェイクスピアの研究家グレイグ博士の個人教授を受け（1時間5シリングで毎週火曜日に2時間）、翌年10月まで私宅に通う。ロンドン大学での受講は経済的にも内容的にも思うようではなく、断念。鏡子宛の手紙を多数書く。

● 1901年……明治34年……34歳

1月26日、留守宅で、次女・恒子誕生。2月2日、ヴィクトリア女王（1月23日死去）の葬儀を見にハイド・パークへ出かける。2月9日、狩野享吉、大塚保治、菅虎雄、山川信次郎の4名宛に書簡にて、帰国後は東京で就職したい旨を伝えた。4月23日、ブレッド一家と共に、市内2 Stella Road, Tooting（トゥーティング2番地）に転居。「倫敦消息」が5月31日と6月30日に『ホトトギス』に掲載される。5月5日より、ベルリンからきた帝国大学理科大学助教授で旧知の池田菊苗と2か月間同居。大いに刺激され『文学論』の著述を決意。6月、岳父の中根重一が伊藤内閣の総辞職により職を失い、留守宅の生活が苦しくなる。6月26日、池田が市内Kensingtonに転居、漱石も7月20日、市内81 The Chase, Clapham Common（クラバム・コモンのザ・チェイス）のMiss Leale方へ引っ越す。8月3日、池田菊苗とカーライル博物館を訪れる。この年から英詩を作り始めた。『文学論』著述の構想を固めるため、下宿に閉じこもって勉強する。留学費の不足、

不自由、極度の孤独感などに悩まされ、神経衰弱に陥る。この年から英詩を作りはじめる。この頃から本格的な著述を思い立ち、その準備に専念。鏡子に熱心に手紙を書くが、ほとんど返信なし、神経衰弱悪化。

● 1902年……明治35年……35歳

前年にひきつづき『文学論』の著述に専念、2月頃にはかなりの見通しがつく。このころ神経衰弱に悩む。岡倉由三郎の電報により、発狂の噂が日本に伝わる。3月15日付・中根重一宛書簡で大規模な著述の構想について語る。『文学論』の執筆進行。4月、旧友中村是公に会う。9月、気分転換に自転車の稽古、9月頃より神経衰弱の極度の悪化の為、他の留学生を通して発狂の噂が日本に伝えられた。9月19日、正岡子規死去。10月ドイツ留学中の藤代禎輔、文部省より岡倉由三郎を介して漱石を保護し、帰国するよう訓電を受ける。10月、スコットランドを旅行。11月、子規の死を、虚子の書簡で知る。12月5日、ロンドン出発、帰国の途につく。

● 1903年……明治36年……36歳

1月23日、日本郵船博多丸で神戸に到着。翌24日東京帰着。妻子が住んでいた牛込区矢来町3中の丸、中根家の離れに落ち着く。3月3日、本郷区駒込千駄木町57に転居。同月31日、第五高等学校教授を辞任。4月10日、第一高等学校講師に就任（年俸700円）、同時に小泉八雲の後任として東京帝国大学文科大学英文科講師を兼任（年棒800円）の辞令が4月15日に下りる。同19日、『帝国文学』の評議員に選出される。翌20日、新任の上田敏、アーサー・ロイドと共にはじめて文科大学で講義。4月～6月、東大で1週間に3時間『英文学形式論』を講義、課外に『サイラス・マーナー』を講じた。6月20日、「自転車日記」を『ホトトギス』に掲載。7月頃、神経衰弱が昂じ、約2ヶ月間、妻子と、一時別居。夏、『文学論』のノートをまとめる。9月21日、帝国大学

で、『文学論』を開講。1週間に3時間で、1905（明治38）年6月初めまで続けた。他には9月29日より『マクベス』を評釈。10月頃、水彩画を始める。書もよくした。11月3日、三女・栄子誕生。11月、神経衰弱が再び昂じ、翌年4～5月頃まで続く。

●

1904年……明治37年……37歳

1月10日、「マクベスの幽霊に就て」を『帝国文学』に発表。2月8日、新体詩「水庭の感」を書く。2月19日、帝国大学英文会で『ロンドン滞在中の演劇見物録』を行う。2月22日、翻訳「セルマの歌」、「カリックスウラの詩」（共にオシアン）を『英文学叢誌』に発表。2月23日より、文科大学で『リア王』を評釈。この頃から英詩をやめ英語の散文を書き始める。5月10日、新体詩『従軍行』を『帝国文学』に発表。神経衰弱はやや小康を得るが、一進一退の状態。7月以降、俳体詩その他、様々な種類の長詩を試みる。談話筆記『英国現今の劇況』が7月1日、及び8月1日の『歌舞伎』に掲載される。9月、明治大学高等予科講師を兼任（月給30円）。10月10日、俳体詩『富寺』その他を、11月10日、及び12月10日には、長編俳体詩『尼』（虚子と合作）を、また12月版には『冬の夜』をも、それぞれ『ホトトギス』に発表。12月5日より、文科大学で『ハムレット』を講釈。12月、高浜虚子のすすめで『吾輩は猫である』の第一章を書いた。これは、虚子、河東碧梧桐、坂本四方太らの文章会「山会」で朗読された。

●

1905年……明治38年……38歳

1月1日から翌年8月1日にかけて、『吾輩は猫である』を『ホトトギス』に断続連載。1月10日「倫敦塔」を『帝国文学』に、同15日「カーライル博物館」を『学燈』に発表。2月15日、「カーライル博物館」の続編資料「カーライル蔵書目録」を『学燈』に発表。3月10日、俳体詩「ある鶯の鳴くを聴けば」、「ある女の訴ふるを聴けば」を『ホトトギス』に発表し、翌11

日、明治大学で「倫敦のアミューズメント」と題して講演（4月8日、及び5月8日の『明治学報』に掲載）、4月1日「幻影の盾」を『ホトトギス』に、5月1日「琴のそら音」を『七人』に発表。6月、『文学論』の講義を終える。8月1日、談話「戦後文学の趨勢」が『新小説』に掲載される。9月18日、『十八世紀英文学』（後に『文学評論』と題して出版）を開講、1週3時間で明治40年3月の退職まで続ける。9月1日「一夜」を『中央公論』に発表。帰国以来の課題であった教師か文学者かの選択に一層悩み、この頃創作者になりたい気持ちが強くなる。10月6日、『吾輩ハ猫デアル』上編を大倉書店・服部書店より出版。11月1日、『薤露行』を『中央公論』に発表。この年後半より、漱石の文名、人格、学識などに惹かれて寺田寅彦、森田草平、鈴木三重吉、野上豊一郎、松根東洋城、野間真綱ら、門下生の自宅への出入りが多くなる。大学の講義も聴講者満員の盛況。この年も神経衰弱は一進一退の状態。12月14日、四女・愛子誕生。

●

1906年……明治39年……39歳

1月10日、「趣味の遺伝」を『帝国文学』に発表。同月、『オセロ』評釈が始まる。2月、帝大英語学試験委員委嘱を断る。4月1日、「坊っちゃん」を『ホトトギス』に発表。5月17日、『漾虚集』を大倉書店・服部書店より刊行。「倫敦塔」、「カーライル博物館」、「幻影の盾」、「琴のそら音」、「一夜」、「薤露行」、「趣味の遺伝」の7編を収録。この頃、胃カタルに苦しむ。7月、狩野亨吉より、京都帝国大学文科新設に際し、講座担当としての赴任を誘われたが断る。8月1日、『吾輩は猫である』完結。8月31日、三女・栄子が赤痢で大学病院に入院。9月『草枕』を『新小説』に発表。9月16日、義父・中根重一死去。10月1日、「二百十日」を『中央公論』に発表。10月7日、面会日を木曜午後3時以降と定め、木曜会ができ、門下生が漱石を囲む。秋頃から翌年にかけて『文学論』出版の準備。整理を中川芳太郎に委嘱、11月

◆付録

769

中旬より校閲、翌年に持ち越し、半ば以上を書き直した。11月4日、『吾輩ハ猫デアル』中編を大倉書店・服部書店より出版。同月、読売新聞社から入社を勧められたが断る。12月27日、本郷区西片町10番地ろの7号に移転。神経衰弱は一進一退。

●

1907年……明治40年……40歳

1月1日、短編集『鶉籠』(「坊っちゃん」「草枕」「二百十日」を収録)を春陽堂より刊行。同日、「野分」を『ホトトギス』に発表し、『読売新聞』には「作物の批評」を掲載。同20日、「写生文」を『読売新聞』に掲載。2月、朝日新聞社からの招聘の話があり、交渉が続いた。3月15日、『東京朝日新聞』主筆・池辺三山の来訪を受け、朝日新聞社への入社を決意。帝大、一高、明治大に辞表を提出。3月28日から4月12日にかけて、関西を旅行。3月31日、京都にて招聘発議者・大阪朝日新聞主筆の鳥居素川と、4月4日、大阪朝日新聞社社長・村山龍平と会った。長編小説を少なくとも年1回執筆すること、小説は『朝日新聞』以外には執筆しないこと、他の新聞には一切執筆しないこと、などの条件の下、4月、いっさいの教職を辞して朝日新聞社入社(月給200円)。同月9日から11日にかけて、「京に着ける夕」を『大阪朝日新聞』に掲載。4月20日、東京美術学校(現・東京芸術大学)文学会で講演(後に、東京、大阪両『朝日新聞』に「文芸の哲学的基礎」として掲載)。5月3日、「入社の辞」を『東京朝日新聞』に掲げ、文芸の著作に従事する決意を明らかにする。5月7日、『文学論』を大倉書店より刊行。5月19日、『吾輩ハ猫デアル』下編を大倉書店・服部書店より出版。5月28日「『虞美人草』予告」を朝日新聞に出し、大きな評判を呼んだ。6月5日、長男・純一誕生。6月17日に開催の西園寺公望首相による文士招待会(雨声会)の出席を断る。6月23日から10月29日まで127回にわたって『虞美人草』を『朝日新聞』に連載。7月、寺田寅彦の科学記事を『東京朝日新聞』に掲載するよ

う取り計らう。9月29日、牛込区早稲田南町7番地に転居(家賃35円)。以後、神経衰弱はほとんどおさまるが、胃病に悩むようになる。11月、荒井伴男が訪問、「坑夫」の素材を売り込み、書生としてしばらく住み込む。

●

1908年……明治41年……41歳

1月1日から4月6日まで96回にわたって『坑夫』連載。1月1日、『虞美人草』を春陽堂より刊行。2月15日、美土代町の青年会館における『東京朝日新聞』主催の講演会で講演(4月1日に「創作者の態度」と題して『ホトトギス』に掲載)。3月21日に森田草平と平塚らいてうの塩原尾花峠情死行事件があり、草平の身を案じた漱石は4月10日まで彼を自宅に引き取り、その顛末「煤煙」の執筆を勧める。6月13日から6月21日まで「文鳥」を『大阪朝日新聞』に掲載(10月1日、『ホトトギス』に転載)、7月25日から8月5日にかけて「夢十夜」を発表。9月1日から12月29日まで117回にわたって『三四郎』を連載。11月7日、「田山花袋君に答ふ」を『国民新聞』に載せ、自然主義に対する態度を明らかにする。12月16日、次男・伸六誕生。この年から翌年にかけ、『禅門法語集』を読む。

●

1909年……明治42年……42歳

1月1日、「元日」を『朝日新聞』に、1月14日から3月9日まで「永日小品」24編を『大阪朝日新聞』に、うち16編を1月14日から2月14日まで『東京朝日新聞』に掲載する。1月1日、「文壇の趨勢」を『趣味』に、同30日、「コンラッドの描きたる自然に就て」を『国民新聞』に発表。2月頃、宝生新について、しばらくやめていた謡を習い始めた。3月16日、明治38年より帝大で講じた『十八世紀英文学』を『文学評論』として春陽堂より刊行。3月、小宮豊隆よりドイツ語を習う。3月、養父から金を無心され、11月、義絶を約束して100円を渡す。3月13日、『三四郎』を春陽堂より刊行。5月15日、「明治座の所感を虚子君に問れて」

を『国民新聞』に発表。6月27日から10月14日まで110回にわたって『それから』を連載。6月15、16日、「虚子君へ」を『国民新聞』に掲載。5月2日、『太陽』が創業22周年記念事業として行った第2回25名家投票に、文芸家の最高点で当選、金盃を贈られることになったが辞退した。この顛末について、文芸家は投票で順位を付けられるべきではないとの理由を5月5日の『朝日新聞』に「太陽雑誌募集名家投票に就て」として載せ、また『太陽』にも6月15日に既発表文章をもとにした同題の評論を載せた。8月1日、「長谷川君と余」を収録した坪内逍遙・内田魯庵編『二葉亭四迷』が易風社から刊行。8月20日、胃病に苦しむ。9月2日から10月17日にかけて、当時、満鉄総裁だった中村是公に招待され、中国東北部・朝鮮半島を旅行。大連、旅順、熊岳城、営口、湯崗子、奉天、撫順、ハルピン、長春、安東、平壌、京城、仁川、開城を見物。10月、『文学評論』の校閲を始め、年末まで専心。滝田樗蔭と森田草平が浄書した。校正は翌年2月まで要した。10月21日から12月30日まで「満韓ところどころ」を連載。11月9日、「『夢の如し』を読む」を『国民新聞』に掲載。11月25日、「朝日文芸欄」創設主宰。以後、漱石の執筆は『朝日新聞』文芸欄に限られる。12月16日、「日英博覧会の美術品」を掲載。

1910年……明治43年……43歳

1月1日、「元日」を発表、同日、『それから』を春陽堂より刊行。1月5日、「東洋美術図譜」を掲載。2月1日、「客観描写と印象批評」を掲載。2月22日、『門』の予告が出る。3月1日から6月12日まで104回にわたって『門』を連載。3月2日、五女・ひな子誕生。5月15日、『四篇』(「文鳥」「夢十夜」「永日小品」「満韓ところどころ」を収録)を春陽堂より刊行。『門』執筆中、ずっと胃の具合が悪く、6月9日、胃潰瘍と診断される。この間、3月18日、「草平氏の論文に就て」を掲載。6月9日、「長塚節氏の小説『土』」を掲載。7月19日、「文芸とヒロ

イック」、20日、「艇長の遺書と中佐の死」、21日、「鑑賞の統一と独立」、23日、「イズムの功過」、また、7月31日から8月1日にかけて「好悪と優秀」を発表。6月18日から7月31日まで、胃潰瘍のため内幸町長与胃腸病院入院。8月6日、修善寺温泉菊屋本店に転地療養するが、胃痙攣を起こすなど症状が悪化、同月24日夜、大量吐血(500g)し、一時危篤状態、〈30分の死〉を経験する(修善寺の大患)。友人・弟子たちが電報で呼び寄せられる。10月11日、担架で帰郷。ただちに長与胃腸病院再入院。10月29日から翌年2月20日まで「思ひ出す事など」を病院で執筆し、朝日新聞に連載。

1911年……明治44年……44歳

1月1日、『門』を春陽堂より刊行。2月26日長与胃腸病院を退院。入院中に、文部省からの文学博士授与の通知、辞退したが認められず最後まで拒否。3月、「博士問題とマードック先生と余」、「マードック先生の日本歴史」を掲載。4月、「博士問題の成行」を掲載。5月、「文芸委員は何をするか」、「田中王堂氏の『書斎より街頭へ』」を掲載。その他活発な評論活動。6月、「坪内博士とハムレット」を掲載した。6月18日、長野県教育会の招きにより長野県会議事院で講演(『教育と文芸』として7月1日付『信濃教育』に掲載)。6月28日、帝大の山上御殿で開催された美学研究会で講演。7月2日、『吾輩は猫である』縮刷本を大倉書店より刊行。7月、「子規の画」、「学者と名誉」、「ケーベル先生」、「変な音」、「手紙」を朝日新聞に掲載。7月10日、ケーベル先生の招待を受ける。7月21日、中村是公を訪ね、鎌倉に遊ぶ。8月、『切抜帖より』(文芸欄に書いた小論文を収録)を春陽堂より刊行。朝日新聞社主催の講演会のために11日より関西に講演旅行、13日、明石で「道楽と職業」、15日、和歌山で「現代日本の開化」、17日、堺で「中身と形式」、18日、大阪で「文芸と道徳」を講演(11月、『朝日講演集』朝日新聞社刊)の後、大阪で胃潰瘍が再発。大阪・今橋3丁目の湯

川胃腸病院に入院、9月14日、帰京。神田区錦町の佐藤病院で痔の手術を受け、翌春まで通院する。9月、森田草平の『自叙伝』の連載をめぐる朝日新聞の内紛で、同29日、池辺三山が東京朝日新聞主筆を辞任、漱石も11月、朝日新聞社に辞意を表明するが慰留される。同月24日、「朝日文芸欄」廃止決定。同月29日、五女・ひな子急死。

●

1912年……明治45年／大正元年……45歳

1月1日から4月29日まで、『彼岸過迄』を連載。2月28日、池辺三山死去、3月、池辺三山の追悼文『三山居士』を掲載。4月15日、石川啄木の葬儀に参列。この頃、胃の具合が悪く、心身共にすぐれない。6月30日、「余と万年筆」を『万年筆の印象』に発表。8月18日、中村是公と塩原温泉で合流し、軽井沢、上林、赤倉等に遊んで、31日に帰京。同月、「明治天皇奉悼之辞」を『法学協会雑誌』に発表。この頃、神経衰弱と胃病とに悩む。加えて9月26日、痔の再手術を佐藤病院で受け、10月2日に退院する。この頃から書をたしなみ、南画風の水彩画をかく。9月22日、「初秋の一日」を掲載。『彼岸過迄』を春陽堂より刊行。10月頃、「山上有山図」を描く。この年から南風画の水彩画に凝り始める。10月15日から28日まで『文展と芸術』を連載。強い孤独感におちいる。12月6日から翌年11月15日まで（途中中絶）『行人』連載。12月、自宅に電話が取り付けられる。

●

1913年……大正2年……46歳

1月、ひどいノイローゼが再発、6月頃まで続く。2月、『社会と自分』（「道楽と職業」、「現代日本の開化」、「中味と形式」、「文芸と道徳」、「創作家の態度」、「文芸の哲学的基礎」の6編を収録）を実業之日本社より刊行。3月、3度目の胃潰瘍再発、5月下旬まで自宅療養。4月、3度目の胃潰瘍と強度の神経衰弱のため、『行人』の連載を4月7日以後、一時中断（115回）。6月、野上弥生子訳『伝統の時代』の序文を執筆。『行人』の続きである「塵労」を9月16日

より連載し、11月15日まで52回にわたって続行した。11月、南画風の水彩画に熱中しはじめ、津田青楓と交流する。12月12日、第一高等学校で講演（翌年1月、『第一高等学校校友会雑誌』に掲載。「模倣と独立」として『漱石全集』には収録。）。

●

1914年……大正3年……47歳

1月7日、『行人』を大倉書店より刊行。同日より、「素人と黒人」を掲載。1月17日、東京高等工業学校（現・東京工業大学）で「無題」にて講演（『東京高等工業学校校友会雑誌』に掲載）。4月、神戸祥福寺の鬼村元成との文通が始まる。4月20日から8月11日まで110回にわたって『心』連載。6月2日、東京に本籍を戻す（早稲田南町7）。7月15日、離日前のケーベルから夕食に招かれ、安倍能成らと同席する。8月12日、「ケーベル先生の告別」、同13日「戦争から来た行違ひ」を掲載。9月中旬、4度目の胃潰瘍再発、約1か月自宅で安静。9月20日、『心』を岩波書店より自費出版。11月25日、を学習院輔仁会で講演（翌年3月『輔仁会雑誌』掲載時に「私の個人主義」と題された。）。この年から翌年にかけて良寛の書に傾倒した。

●

1915年……大正4年……48歳

1月13日から2月23日まで39回にわたって『硝子戸の中』を連載。3月19日、馬場孤蝶の代議士立候補応援の為、京都旅行、津田青楓らと交遊。25日、胃痛悪化で倒れ、寝込む。津田青楓や磯田多佳らの世話になる。その間に異母姉・ふさの訃報を聞く。3月28日、『硝子戸の中』を岩波書店より刊行。4月、鏡子に京都見物させた後、16日に帰京。6月3日から9月10日まで102回にわたって『道草』を連載。7月、成瀬正一、菊池寛が初めて木曜会に出席。10月10日、『道草』を岩波書店より刊行。翌11日、『美術新報』に津田楓風の画を論じた文章を発表。11月9日から17日まで、中村是公と湯河原に遊ぶ。11月18日、林原耕三の紹介で芥川龍之介、久米正雄が初めて漱石を訪れ

る。11月23日、『金剛草』(「ケーベル先生」など収録)を至誠堂書店より刊行。この頃から、リューマチに悩む。一方で、馬場狐蝶の衆議院選挙立候補を支援する。

● **1916年……大正5年……49歳**
　1月1日より1月21日まで、「点頭録」を発表。1月28日、リューマチの治療のため、湯河原の天野屋旅館に転地し、2月16日まで滞在。中村是公、田中清次郎らが同行。腕の痛みにより、執筆中だった「点頭録」を中止。2月19日、芥川の『鼻』を書簡で絶賛。4月、松山時代の教え子で東京帝国大学医科大学物理的治療室に勤務の真鍋嘉一郎に糖尿病と診断され約3ヶ月の治療を受ける。5月中旬、胃の具合が悪く寝込む。5月26日より遺作『明暗』を連載。午前中執筆するかたわら、午後は書や画を書き、8月頃から漢詩を多く作る。秋頃から、俳句に禅味が増した。10月下旬、鬼村元成、富沢珪堂が漱石宅に滞在。11月始めの木曜会で〈則天去私〉について語る。11月16日、最後の木曜会、森田草平、安倍能成、芥川龍之介、久米正雄、松岡譲らが出席する。11月21日、辰野隆・久子結婚式に出席。5度目の胃潰瘍悪化。本人の希望により、主治医を真鍋嘉一郎と決める。11月28日、大内出血。12月2日、再度の深刻な大内出血により次第に症状が悪化、絶対安静面会謝絶となる。8日、絶望状態となり、12月9日午後6時45分、胃潰瘍のため死去。津田青楓、林原耕三、森田草平、久米正雄らが臨終に侍した。10日、東京帝国大学医科大学にて、長与又郎のもとで解剖。12日、釈宗演を導師として青山斎場にて葬儀、芥川が受付をつとめ、鷗外らが弔問に訪れた。落合火葬場にて茶毘に付し、28日、雑司ヶ谷墓地に埋葬。戒名は文献院古道漱石居士。12月14日、『東京朝日新聞』で『明暗』が第188回で終了(『大阪朝日新聞』は26日まで)。なお、『明暗』は漱石遺著として大正6年1月に岩波書店より刊行。

【参考文献一覧】

伊豆利彦『夏目漱石』(新日本出版社、1990年4月)

井上百合子「夏目漱石年譜」、江藤淳編『現代のエスプリ　夏目漱石』(至文堂、1967年9月)

江藤淳、吉田精一編『夏目漱石全集　別巻漱石文学案内』(角川書店、1975年2月)

江戸東京博物館・東北大学編『文豪・夏目漱石──そのこころとまなざし──』(朝日出版社、2007年9月)

小田切秀雄監修・荒正人著『増補改訂　漱石研究年表』(集英社、1984年5月)

片岡良一『夏目漱石の作品』(厚文社、1962年3月)

佐藤泰正『これが漱石だ』(櫻の森通信社、2010年1月)

瀬沼茂樹『夏目漱石』(東京大学出版会、1962年3月)

夏目金之助『漱石全集　第27巻』(岩波書店、1997年12月)

西田りか「夏目漱石略年譜」『国文学　解釈と鑑賞』第55巻9号(至文堂、1990年9月)

平岡敏夫、山形和美、影山恒男編『夏目漱石事典』(勉誠出版、2000年7月)

福田清人編、網野義紘著『夏目漱石』(清水書院、1966年3月)

水谷昭夫『漱石文芸の世界』(桜楓社、1974年2月)

三好行雄「夏目漱石年譜」、三好行雄編『別冊国文学No.39　夏目漱石事典』(学燈社、1990年7月)

吉田精一編『夏目漱石全集　別巻』(筑摩書房、1973年1月)

漱石文学関連地図① 東京市中

❶学習院
○講演(私の個人主義)
❷雑司ケ谷
○墓(1916没)
□心(Kの墓)
❸牛込
○誕生(1867) ○早稲田南町・漱石山房(1907-16)
□それから(代助の家)
❹小石川
□琴のそら音(小日向台町に靖雄宅)　□それから(平岡宅)　□心(先生・Kの下宿)
❺団子坂
□三四郎(菊人形見物)
❻本郷
○千駄木町・猫の家(1903-1906) ○西片町の家(1906-1907)
□趣味の遺伝(西片町に「余」の家)　□三四郎(真砂町に美禰子宅／かねやすのリボン／淀見軒のカレー／広田先生西片町へ転居)　□彼岸過迄(敬太郎の下宿)
❼帝大・一高
○講師(1903-07) ○講演(模倣と独立)
□三四郎(三四郎が帝大所属／青山内科によし子)
❽上野
○講演(文芸の哲学的基礎)
□野分(図書館で道也が調査)　□虞美人草(池ノ端の博覧会)　□三四郎(展覧会／三四郎・美禰子の雨宿り)
□心(上野公園で先生がKを追い詰める)
❾浅草
○講演(おはなし)
□吾輩は猫である(寒月と吾妻橋／泥棒と警察署)　□彼岸過迄(敬太郎の占い)　□明暗(お延が継子に神籤箱を買う)
❿神田
○明治大学予科講師(1904-06) ○講演(創作家の態度)
□坊っちゃん(小川町に下宿)　□野分(道也の演説)
□門(宗助が参禅を思いつく)　□彼岸過迄(小川町まで敬太郎の尾行／須永の居所)　□明暗(堀秀子宅)
⓫赤坂
□それから(代助が待合で宿泊)
⓬日比谷
□野分(日比谷公園で高柳・中野が散策・食事)　□明暗(日比谷公園で津田夫婦が散策)
⓭日本橋
□吾輩は猫である(演芸矯風会／丸善)　□それから(丸善)　□心(奥さん・お嬢さん・先生の買い物)　□硝子戸の中(寄席)

● 地図は『日本近代文学大事典』(講談社、1977-78)の付録地図「東京市全図」(1903)を用いた。
● 漱石の実人生に関わる場所は「○」で、漱石作品に関わる場所は「□」で示した。

◆付録

漱石文学関連地図② 日本列島、台湾、朝鮮、満州

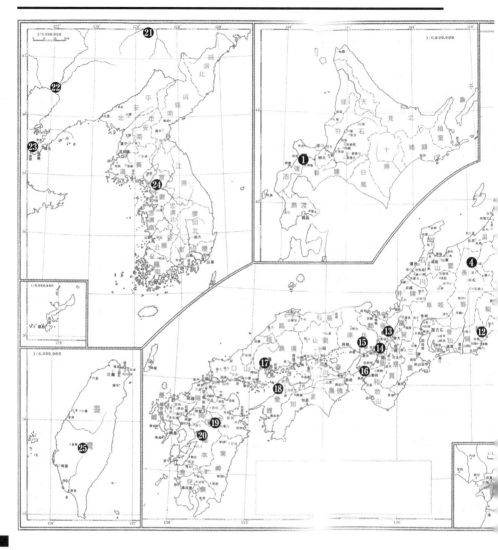

付録

❶北海道
○移籍(1892-1914)
□それから(三千代の父)　□彼岸過迄(森本の測量隊生活)
❷新潟
○講演(高田気質を脱する)
□吾輩は猫である(迷亭の蛇飯)　□野分(高柳の出身地／道也最初の赴任地)　□心(先生とKの出身地)
❸会津
□坊っちゃん(山嵐の出身地)
❹長野
○講演(教育と文芸／吾輩の観た「職業」)
❺房総半島
□木屑録(房総半島を保田から横断)　□草枕(画工の旅行)　□門(小六の旅行)　□心(先生とKの旅行)
❻柴又

776

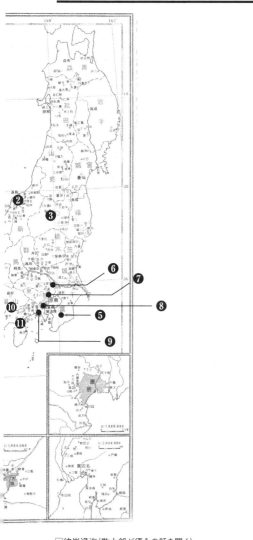

❿富士山
□虞美人草(甲野・宗近・孤堂親子が汽車の窓から)　□三四郎(三四郎・広田先生が汽車の窓から)　□行人(二郎一行が汽車の窓から)
⓫修善寺
○大患(1910)
□行人(一郎・Hさんが滞在し温泉と登山を楽しむ)　□思ひ出す事など(菊屋別館)
⓬静岡
○吾輩は猫である(迷亭の出生地／老梅の恋)
⓭京都
□虞美人草(孤堂の家)　□門(宗助・安井が京大に学ぶ／宗助・御米出会う)　□明暗(津田・お延出会う／二人の親の居所)
⓮大阪
○講演(中味と形式／文芸と道徳)
□行人(岡田宅／三沢の入院／お貞の結婚)
⓯兵庫
○講演(道楽と職業)
□それから(神戸に高木宅)　□満韓ところどころ(神戸港から大連へ)　□彼岸過迄(明石が須永旅行の終着)
⓰和歌山
○講演(現代日本の開化)
□趣味の遺伝(浩さんのルーツ紀州藩士河上家)　□行人(和歌の浦／二郎・お直の宿泊)
⓱広島
□門(御米の流産)
⓲四国
○愛媛県尋常中学校嘱託教員(1895-96)
□坊っちゃん(四国辺のある中学校)
⓳九州
□坊っちゃん(兄の居所／うらなりの延岡転任)　□野分(道也第二の赴任地)　□三四郎(福岡県京都郡生まれ)
⓴熊本
○五高教授(嘱託)(1896-1900)
□二百十日(阿蘇山)　□三四郎(熊本の高校卒)
㉑満洲
□草枕(久一の出征／那美の元夫の行方)　□門(安井・坂井弟の所在／哈爾浜にて伊藤博文暗殺の報)
㉒営口
○講演(趣味に就て)
㉓大連・旅順
□吾輩は猫である(旅順陥落の報)　□趣味の遺伝(松樹山で浩さん戦死)　□三四郎(上京の汽車中の話題)　□満韓ところどころ□彼岸過迄(大連が森本の所在)
㉔朝鮮・韓国
□それから(代助の友人が統監府勤務)　□満韓ところどころ(続に揮毫を請われる)　□門(本多の息子が統監府勤務)　□明暗(小林の行方)
㉕台湾
□道草(門司の叔父)

● 地図は、脇水鐡五郎『新案大正日本地図』(金港堂書籍、1914)を用いた。
● 漱石の実人生に関わる場所は「○」で、漱石作品に関わる場所は「□」で示した。

□彼岸過迄(敬太郎が須永の話を聞く)
❼大森
□虞美人草(小野が藤尾と行く約束)
❽横浜
□門(安井が横浜から御米を連れて京都へ)
❾鎌倉
○円覚寺参禅(1894)
□門(宗助の参禅)　□彼岸過迄(須永の嫉妬)　□行人(紅が谷からHさんの手紙)　□心(海水浴場で私・先生出会う)

◆付録

漱石文学関連地図③ ロンドン

❶ Gower Street
❷ Priory Road
❸ Flodden Road
❹ Stella Road
❺ The Chase

● 780〜784頁の地図は、『近代ヨーロッパ首都地図集成 第3期』(遊子館、2000年)のうちの「ロンドン 1908」を用いた。778頁以降に記した住所は、当時の番地である。従って現在とは違う駅名や、今はない劇場名などもある。

● 778〜779頁の「RAILWAY MAP OF LONDON AND ITS SUBURBS」及び近郊地図は、1900年版のベデカより取った。漱石が下宿からクレイグ先生宅へ行くときなど、ロンドンの中心部へ行くときに使った路線である。

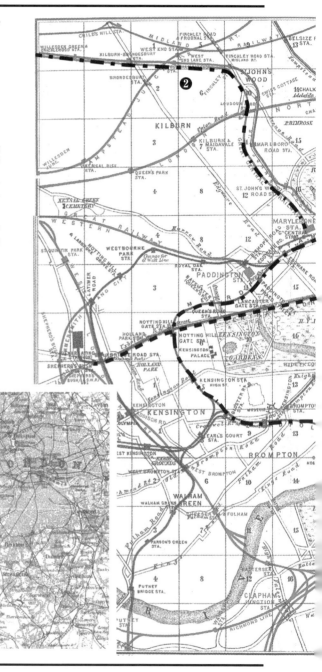

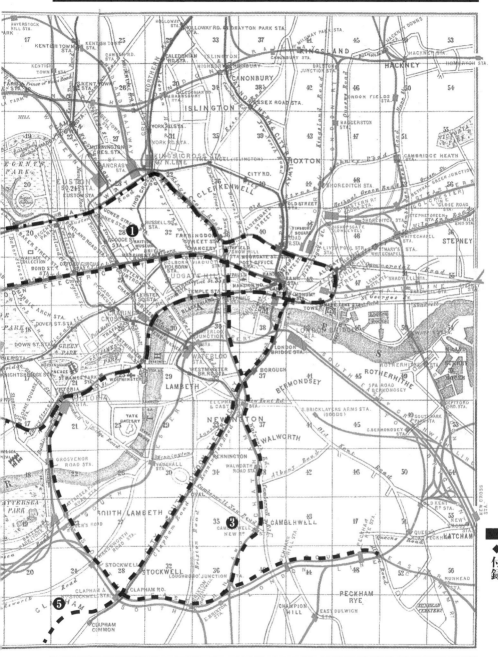

◆付録

◆付録

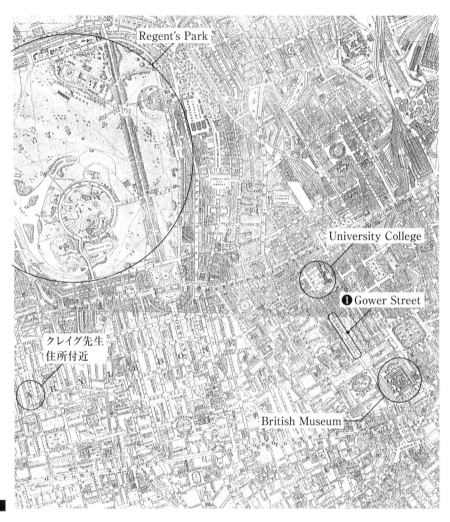

❶ 76 Gower Street, London, N.W.1
（明治33（1900）年10月28日〜11月12日）
大英博物館やロンドン大学が近く、観光客も多い地域である。大塚保治に教えてもらった宿で、まずはここを足掛かりにして下宿を探そうとした。地の利がある場所だが、一日食事付きで6円と妻への手紙にあり、長期滞在は無理な値段であった。

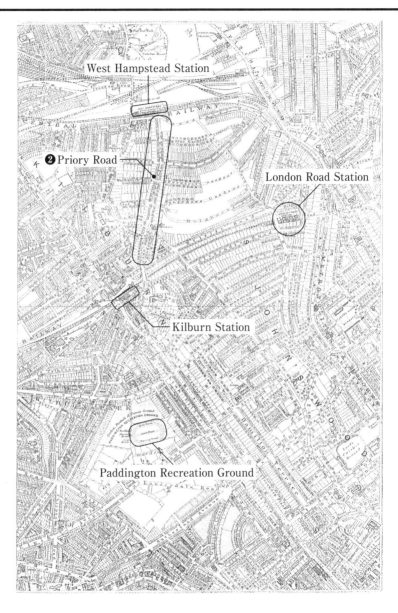

❷ 85 Priory Road, West Hampstead, London, N.W.6
(明治33年11月12日から12月20日ころまで)
Miss.Mildeの下宿。『永日小品』の「下宿」では「北の高台」の下宿とし、「過去の匂ひ」には家主の暗鬱な印象を記す。

下宿料が週2ポンドと比較的高いことなどもあって、1カ月で引っ越した。滞在中は近所のハムステッド・ヒースを散歩した。

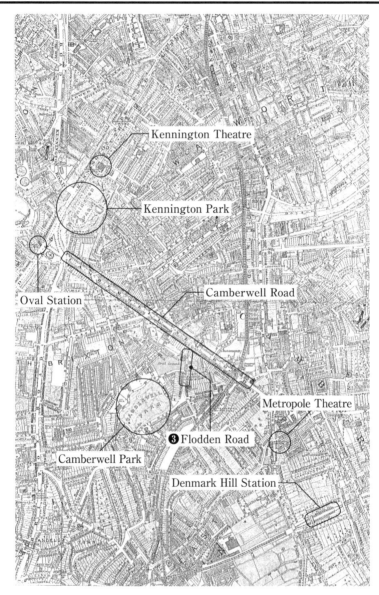

❸ 6 Flodden Road, Camberwell New Road, London, S.E.5
(明治33年12月20日ころから明治34年4月25日)
Brett夫婦と、妻の妹が営む下宿屋で、もと私立の学校だった建物を使っていた。先の下宿が小石川ならここは深川だとしている。近所のデンマークヒルを散歩したり、同宿の田中孝太郎とケニントン劇場やメトロポール劇場で観劇を楽しんだりした。この宿だけ現存しない。

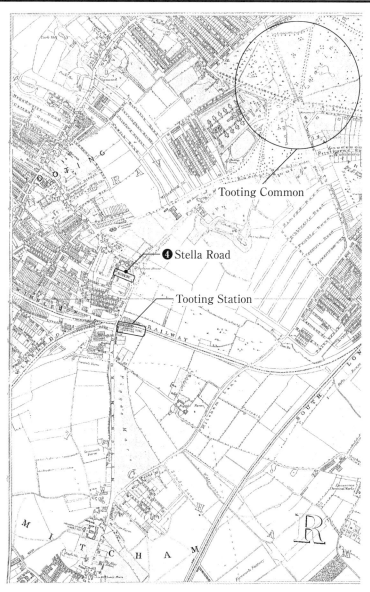

❹ 5 Stella Road, Tooting Graveny, London, S.W.
（現在は11番地）
明治34年4月25日〜7月20日
Brett一家の引っ越しに漱石も一緒に付いてここに移ったが、テムズ河のはるか南方の辺鄙な場所だったため、すぐに嫌になる。ここから移るため自分で部屋探しをした経緯は「倫敦消息」に詳しい。下宿北側のトゥーティング共有地や南側のミッチャム共有地、東側のランベス墓地などを歩き回った。

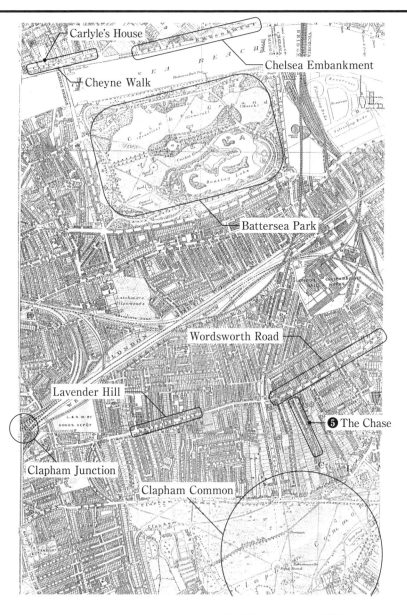

❺ 81 The Chase, Clapham Common, London, S.W.4
（明治34年7月20日〜明治35年12月5日）
Miss Lealeが営む下宿で、ここにもっとも長く逗留した。帰国するまで、三階の部屋で『文学論』を書き継いだ。テムズ河を隔ててあるカーライル博物館やチェイニーウォークなどを見学。近所のクラバム・ジャンクションの汽車の音がよく聞えた。このあたりの地名は「自転車日記」によく出ている。

漱石初版本

二松學舎大学図書館蔵

▼『吾輩ハ猫デアル』明治38年10月6日発行　大倉書店・服部書店刊　［装幀:橋口五葉・挿画:中村不折］

カバー

表紙

扉

遊び紙ウラ

▼『吾輩ハ猫デアル中編』明治39年11月4日発行　大倉書店・服部書店刊　［装幀：橋口五葉・挿画：浅井忠］

カバー　　　　　　　　　　表紙　　　　　　　　　　　扉

遊び紙ウラ（中編）　　　　遊び紙ウラ（下編）

カバー　　　　　　　　　　表紙　　　　　　　　　　　扉

▲『吾輩ハ猫デアル下編』明治40年5月19日発行　大倉書店・服部書店刊　［装幀：橋口五葉・挿画：浅井忠］

▼『漾虛集』(「倫敦塔」「カーライル博物館」「幻影の盾」「琴のそら音」「一夜」「薤露行」「趣味の遺傳」収録)
明治39年5月17日発行　大倉書店・服部書店刊　[装幀:橋口五葉・挿画:中村不折]

カバー

表紙

扉

▼『鶉籠』(「坊っちやん」「二百十日」「草枕」収録) 明治40年1月1日発行　春陽堂刊　[装幀:橋口五葉]

カバー

表紙

扉

表紙

扉

◀『文學論』明治40年5月7日発行
　大倉書店刊

▼『虞美人草』明治41年1月1日発行　春陽堂刊　［装幀：橋口五葉］

函

表紙

扉

▼『草合』(「坑夫」「野分」収録)明治41年9月15日発行　春陽堂刊　［装幀：橋口五葉］

函

表紙

扉

▼『文學評論』明治42年3月16日発行　春陽堂刊　［装幀：夏目漱石］

表紙

扉

▼『三四郎』明治42年5月13日発行　春陽堂刊　［装幀:橋口五葉］

　　函　　　　　　　　　　　カバー　　　　　　　　　　　扉

▼『それから』明治43年1月1日発行　春陽堂刊　［装幀:橋口五葉］

　　カバー　　　　　　　　　　扉

▼『四篇』（「文鳥」「夢十夜」「永日小品」「満韓ところどころ」収録）明治43年5月15日発行　春陽堂刊　［装幀:橋口五葉］

　　函　　　　　　　　　　　カバー　　　　　　　　　　　扉

▼『門』明治44年1月1日発行　春陽堂刊　［装幀:橋口五葉］

函

表紙

扉

▼『彼岸過迄』大正元年9月15日発行　春陽堂刊　［装幀:橋口五葉］

函

表紙

扉

▼『社會と自分』大正2年2月5日発行　實業之日本社刊

函

カバー

扉

▼『行人』大正3年1月7日発行　大倉書店刊　［装幀:橋口五葉］

函

表紙

扉

▼『心』大正3年9月20日発行　岩波書店刊　［装幀:夏目漱石］

函

表紙

扉

遊び紙ウラ

▼『道草』大正4年10月10日発行　岩波書店刊　［装幀：津田青楓］

函

表紙

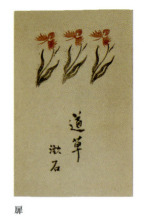
扉

▼『明暗』大正6年1月26日発行　岩波書店刊　［装幀：津田青楓］

函

表紙

扉

写真

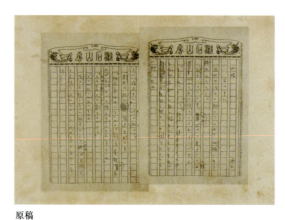
原稿

漱石書誌

〈凡例〉
・漱石書誌には、竹盛天勇・長島裕子「漱石書誌稿」(『夏目漱石必携』1980年2月、学燈社)、清水康次「単行本書誌」(『漱石全集』第二十七巻、1997年12月、岩波書店)、小田切靖明・榊原鳴海堂『夏目漱石の研究と書誌』(2002年7月、ナダ出版センター)などの、すぐれて詳細な先行書誌がある。
・本書誌においては、書籍の構成に関する情報を強調する書誌記述を選択し、書籍の具体的な様態の概略を記述することを心掛けた。
・いわゆる縮刷版と呼ばれる再刊単行本については、初刊単行本の末尾に諸本として掲げた。
・漱石没後の大正期以降の再録本等については、適宜、これを省いた。

❶ 吾輩ハ猫デアル

■**書名・題名**…吾輩ハ猫デアル(カバーオモテ、カバー背、表紙題、背題、扉題)、ワガハイハネコデアル(内題)。

■**著者名**…夏目漱石著(カバーオモテ、扉)、夏目漱石(内題次行)、著作者夏目金之助(奥付)。

■**価格**…九十五銭。

■**印刷**…明治三十八年十月三日印刷。**印刷者**東京市京橋区西紺屋町廿六七番地　石川金太郎、**印刷所**東京市京橋区西紺屋町廿六七番地　株式会社／秀英舎。

■**発行**…明治三十八年十月六日発行。**発行者**東京市日本橋区通一丁目十九番地　大倉保五郎、**発行者**東京市京橋区銀座二丁目九番地服部国太郎。**発行所**東京市日本橋区通一丁目十九番地　大倉書店、**発行所**東京市京橋区銀座二丁目九番地　服部書店。

■**判型装幀・挿画口絵等**…菊判、本製本紙表紙装。天金。アンカット。カバー。装幀橋口五葉、挿画中村不折。カバーオモテ、背、遊び紙ウラカット、奥付に「五」の署名あり。本文挿画に「不」の署名あり。自序に「此書を公けにするに就て中村不折氏は数葉の挿画をかいてくれた、橋口五葉氏は表紙其他の模様を意匠してくれた」とある。

■**構成・活字・本文等**…紙数は、オモテジロ1、カット1、扉ウラ白2、自序3(明治三十八年九月夏目漱石)、ウラ白1、口絵ウラ白2、本文290、オモテジロ1、カット1、奥付ウラ白2。これに加えて、ノンブル外挿絵ウラ白10 (pp94-95、pp106-107、pp150-151、pp222-223、pp250-251)、合計314。本文は、五号活字14行32字、漢字ひらがな交じり、振り仮名僅少。本文には「吾輩ハ猫デアル」第一から第五を収める。

■**諸本**…本書の諸本については、『吾輩ハ猫デアル』下編において記すこととする。

❷ 漾虚集

■**書名・題名**…漾虚集(背題、扉題、尾題)。倫敦塔(表紙題、中扉題、内題)、加来留博物館(表紙題)、カーライル博物館(中扉題、内題)、幻影乃盾(表紙題)、幻影盾(中扉題)、マボロシノ盾(内題)、琴乃空音(表紙題)、琴乃そら音(中扉題)、琴のそら音(内題)、壱夜(表紙題)、一夜(中扉題、内題)、薤露行(表紙題、中扉題、内題)、趣味乃遺伝(表紙題、中扉題、内題)。

■**著者名**…著作者夏目金之助(奥付)。

■**価格**…価格の記載なし。

■**印刷**…明治三十九年五月十四日印刷。**印刷者**東京市京橋区西紺屋町廿六七番地　石川金太郎、**印刷所**東京市京橋区西紺屋町廿六七番地　株式会社／秀英舎。

■**発行**…明治三十九年五月十七日発行。**発行者**東京市日本橋区通一丁目十九番地　大倉保五郎、**発行者**東京市京橋区銀坐二丁目九番地服部国太郎。**発行所**東京市日本橋区通一丁目

◆付録

793

大倉書店、全東京市京橋区銀坐二丁目　服部書店。

■**判型装幀・挿画口絵等**…菊判、本製本総クロス表紙装。天金。アンカット。装幀橋口五葉、挿画中村不折。カット図案、扉、目次、中扉、奥付に「五」の署名あり。本文挿画に「不」の署名あり。自序に「不折、五葉二氏の好意よつて此集も幸に余の思ふ様な体裁に出来上つたのは、余の深く得とする所である。」とある。

■**構成・活字・本文等**…紙数は、オモテジロ1、カット1、間紙、扉ウラ白1、自序2（明治三十九年四月　漱石）、目次ウラ白2、中扉ウラ白2、本文34、中扉ウラ白2、本文16、中扉ウラ白2、本文50、中扉ウラ白2、本文53、ウラ白1、中扉ウラ白2、本文15、ウラ白1、中扉ウラ白2、本文48、中扉ウラ白2、本文84、オモテジロ1、カット1、奥付ウラ白2、広告2。これに加えて、ノンブル外挿絵ウラ白14（pp28-29、pp48-49、pp96-97、pp128-129、pp160-161、pp214-215、pp254-255）、合計344。本文は、五号活字14行32字、漢字ひらがな交じり、振り仮名僅少。本文には「倫敦塔」「カーライル博物館」「幻影の盾」「琴のそら音」「一夜」「薤露行」「趣味の遺伝」を収める。広告には夏目漱石先生著『吾輩ハ猫デアル』、大町桂月先生著『新体書翰』の二冊の書籍が掲げられている。

■**諸本**…現代名作集第七編『倫敦塔』（大正四年一月二十五日発行、鈴木三重吉、三五判、「倫敦塔」および「行人」の「塵労」からの一節を収録）。『倫敦塔　幻影の盾　薤露行』（大正四年九月八日発行、千章館、菊半截判、「倫敦塔」「幻影の盾」「薤露行」の三篇を収録）。『漾虚集』（大正六年十月十一日発行、大倉書店、三五判）。『倫敦塔外二篇』（大正七年三月十五日発行、春陽堂、三五判、「倫敦塔」「幻影の盾」「薤露行」の三篇を収録）。

❸吾輩ハ猫デアル中編

■**書名・題名**…吾輩ハ猫デアル中編（カバーオモテ、カバー背、背題、扉題、内題）、吾輩ハ猫デアル（表紙題）。

■**著者名**…夏目漱石著（カバー背、扉）、夏目漱石（内題次行）、著作者夏目金之助（奥付）。

■**価格**…九十銭。

■**印刷**…明治三十九年十一月一日印刷。**印刷者**東京市京橋区西紺屋町廿六七番地　石川金太郎、**印刷所**東京市京橋区西紺屋町廿六七番地　株式会社／秀英舎。

■**発行**…明治三十九年十一月四日発行。**発行者**東京市日本橋区通一丁目十九番地　大倉保五郎、**発行者**東京市京橋区銀座二丁目九番地服部国太郎。**発行所**東京市日本橋区通一丁目大倉書店、**全**東京市京橋区銀坐二丁目　服部書店。

■**判型装幀・挿画口絵等**…菊判、本製本紙表紙装。天金。アンカット。カバー。装幀橋口五葉、挿画浅井忠。背、遊び紙ウラカット、扉に「五」の署名あり。本文挿画に浅井忠の号「木魚」の署名あり。

■**構成・活字・本文等**…紙数は、オモテジロ1、カット1、扉ウラ白2、自序8（明治三十九年十月　夏目漱石）、本文238、オモテジロ1、カット1、奥付ウラ白2。これに加えて、ノンブル外挿絵ウラ白6（pp12-13、pp70-71、pp144-145）、合計260。本文は、五号活字14行32字、漢字ひらがな交じり、振り仮名僅少。本文には「吾輩ハ猫デアル」第六から第九を収める。

■**諸本**…本書の諸本については、『吾輩ハ猫デアル』下編において記すこととする。

❹鶉籠

■**書名・題名**…鶉籠（カバーオモテ、カバー背、背題、扉題）、坊ちゃん（中扉題）、坊っちやん（内題、尾題）、坊つちやん（柱題）、二百十日（中扉題、内題、柱題、尾題）、草枕（中扉題、内題、柱題、尾題）。

■**著者名**…夏目漱石著（カバーオモテ、扉）、夏目漱石（内題次行）、著作者夏目金之助（奥付）。

■**価格**…一円三十銭。

■**印刷**…明治三十九年十二月二十九日。**印刷者**

東京市京橋区南小田原町二丁目九番地　中野
鍈太郎、**印刷所**東京市京橋区築地三丁目十五
番地　帝国印刷株式会社。

■**発行**…明治四十年一月一日。**発行者**東京市
日本橋区通四丁目五番地　和田むめ嗣子　和
田静子、**発行所**東京市日本橋区通リ四丁目角
春陽堂。

■**判型装幀・挿画口絵等**…菊判、本製本紙表
紙装。装幀橋口五葉。カバー。カバー背に「五」
の署名あり。

■**構成・活字・本文等**…紙数は、扉ウラ白2、自
序2（明治三十九年十一月　夏目漱石）、中扉
ウラ白2、本文196、中扉ウラ白2、本文96、中
扉ウラ白2、本文210、奥付ウラ白2、合計514。
本文は、五号活字14行33字、漢字ひらがな交
じり、振り仮名僅少。本文には「坊っちやん」
「二百十日」「草枕」を収める。

■**諸本**…『鶉籠虞美人草』（大正二年十二月七
日発行、春陽堂、三五判、『鶉籠』の三作品と「虞
美人草」を収録）、『坊っちやん』（大正三年十一
月十八日発行、春陽堂、三五判）、代表的名作
選集(2)『坊っちやん』（大正三年十一月十九日
発行、新潮社、菊半截判）、『草枕』（大正三年
十二月十八日発行、春陽堂、三五判）、『思ひ出
すことなど』（大正四年九月十五日発行、春陽
堂、三五判、「思ひ出す事など」「二百十日」の二
篇を収録）、『鶉籠』（大正六年十一月十五日発
行、春陽堂、三六判）。

❺文学論

■**書名・題名**…文学論（背題、扉題、内題、尾題、
奥付）。

■**著者名**…夏目漱石著（背、扉）、夏目金之助著
（内題次行）、著者夏目金之助（奥付）。

■**価格**…二円二十銭。

■**印刷**…明治四十年五月二日印刷。**印刷者**東
京市京橋区西紺屋町二十六七番地　石川金太
郎、**印刷所**東京市京橋区西紺屋町二十六七番
地　株式会社／秀英舎。

■**発行**…明治四十年五月七日発行。**発行者**東

京市日本橋区通一丁目十八番地　大倉保五郎、
発行所東京市日本橋区通一丁目十九番地　大
倉書店。

■**判型装幀・挿画口絵等**…菊判、本製本紙表
紙装。天金。アンカット。口絵には、朱印の図
案で「不見万里道但見万里天」とある。

■**構成・活字・本文等**…紙数は、口絵ウラ白2、
扉ウラ白2、自序（明治三十九年十一月　夏目
金之助）18、他序（明治四十年三月　中川芳太
郎）2、目次8、本文672、奥付ウラ白2、合計
706。本文は、五号活字14行34字、漢字ひら
がな交じり、振り仮名なし。本文には「文学論」
を収める。

■**諸本**…『文学論』（大正六年六月三日発行、
大倉書店、三五判）。

❻吾輩ハ猫デアル下編

■**書名・題名**…吾輩ハ猫デアル下編（カバーオ
モテ、カバー背、背題、扉題、内題、尾題）、吾
輩ハ猫デアル（表紙題）。

■**著者名**…夏目漱石著（カバー背、扉）、夏目漱
石（内題次行）、著作者夏目金之助（奥付）。

■**価格**…九十銭。

■**印刷**…明治四十年五月十六日印刷。**印刷者**
東京市京橋区西紺屋町二十六七番地　石川金
太郎、**印刷所**東京市京橋区西紺屋町二十七六
番地　株式会社／秀英舎。

■**発行**…明治四十年五月十九日発行。**発行者**
東京市日本橋区通一丁目十九番地　大倉保
五郎、**発行者**東京市京橋区銀座二丁目九番地
服部国太郎。**発行所**東京市日本橋区通一丁目
十九番地　大倉書店、**発行所**東京市京橋区銀
座二丁目九番地　服部書店。

■**判型装幀・挿画口絵等**…菊判、本製本紙表
紙装。天金。アンカット。カバー。装幀橋口五葉、
挿画浅井忠。背、遊び紙ウラカット、扉に「五」
の署名あり。本文挿画に浅井忠の号「木魚」の
署名あり。

■**構成・活字・本文等**…紙数は、オモテジロ1、
カット1、扉ウラ白2、自序2（明治四十年五月

795

漱石)、本文218、附録20、オモテジロ1、カット1、奥付ウラ白2。これに加えて、ノンブル外挿絵ウラ白6(pp24-25、pp102-103、pp216-217)、合計254。本文は、五号活字14行32字、漢字ひらがな交じり、振り仮名僅少。本文には「吾輩ハ猫デアル」第十から第十一を収める。附録は、「批評一斑」と題し、「夏目漱石氏の「吾輩は猫である」」(読売新聞 上司小剣氏評)、「漱石の「吾輩は猫である」」(日本新聞 大江氏評)、「「吾輩は猫である」」(新潮評)、「「吾輩は猫である」」(二六新聞評)、「「吾輩は猫である」」(ほとゝぎす評)、「「吾輩は猫である」」(新声評)、「「漱石氏の吾輩は猫である」」(時事新報評)、「「夏目氏の新著」」(学燈評)、「「夏目氏の猫」」(白百合評)、「「雑言録の一節」」(太陽 大町桂月氏評)の十編の批評文を収めている。また附録のノンブルは1から振り直されている。

■**諸本**…『吾輩ハ猫デアル』(明治四十四年七月二日発行、大倉書店、三五判)、『吾輩は猫である』(昭和五年十月十五日発行、岩波書店、四六判)。

❼虞美人草

■**書名・題名**…虞美人草(タトウオモテ、タトウ背、背題、扉題、内題、柱題、尾題、奥付)

■**著者名**…夏目漱石著(タトウ背、)夏目漱石(内題次行)、著作者夏目金之助(奥付)。

■**価格**…一円五十銭。

■**印刷**…明治四十年十二月廿九日印刷。**印刷者**東京市京橋区築地三丁目十一番地 野村宗十郎、**印刷所**東京市京橋区築地二丁目十七番地 株式会社／東京築地活版製造所。

■**発行**…明治四十一年一月一日発行。**発行者**東京市日本橋区通四丁目五番地 和田静子、**発行所**東京市日本橋区通四丁目五番地 春陽堂。

■**判型装幀・挿画口絵等**…菊判、本製本紙表紙装。タトウ。装幀橋口五葉。橋口五葉宛夏目漱石書簡(明治四十年十二月二日付)に、「拙作表紙も御蔭にて出来上り候由春陽堂より承

はり御手数の段奉謝候」とある。

■**構成・活字・本文等**…紙数は、扉ウラ白2、本文600、奥付1、広告1、合計604。本文は、五号活字14行33字、漢字ひらがな交じり、総振り仮名。本文には「虞美人草」を収める。広告には「夏目漱石氏著」として、『小説／鶉籠』が掲げられている。

■**諸本**…『鶉籠虞美人草』(大正二年十二月十日発行、春陽堂、三五判、『鶉籠』の三作品と「虞美人草」を収録)。『虞美人草』(大正五年一月一日発行、春陽堂、三六判)。

❽草合

■**書名・題名**…草合(タトウオモテ、タトウ背、背題、扉題)、坑夫(内題)、野分(内題、尾題)。

■**著者名**…夏目漱石著(タトウ背、扉)、夏目漱石(背、内題次行)、著作者夏目金之助(奥付)。

■**価格**…一円七十銭

■**印刷**…明治四十一年九月十二日。**印刷者**東京市京橋区築地三丁目十一番地 野村宗十郎、**印刷所**東京市京橋区築地二丁目十七番地 株式会社／東京築地活版製造所。

■**発行**…明治四十一年九月十五日。**発行者**東京市日本橋区通四丁目五番地 和田静子、**発行所**東京市日本橋区通四丁目五番地 春陽堂。

■**判型装幀・挿画口絵等**…菊判、本製本紙表紙装。タトウ。装幀橋口五葉。タトウオモテ、中扉に「五」の署名あり。

■**構成・活字・本文等**…紙数は、扉ウラ白2、中扉ウラ白2、本文336、中扉ウラ白2、本文252、奥付1、広告3、合計598。本文は、五号活字14行33字、漢字ひらがな交じり、総振り仮名。本文には「坑夫」「野分」を収める。広告には「夏目漱石氏著」として、『小説／虞美人草』『文学評論』『小説／鶉籠』の三冊の書籍が掲げられている。

■**諸本**…『草合』(大正六年四月十五日発行、春陽堂、三六判)。

❾文学評論

■**書名・題名**…文学評論(カバー背、背題、扉題、内題、尾題、奥付)。

■**著者名**…夏目漱石著(カバー背、背)、夏目金之助著(内題)、著作者夏目金之助(奥付)。

■**価格**…一円八十銭。

■**印刷**…明治四十二年三月十三日印刷。東京市京橋区築地三丁目十一番地　野村宗十郎、**印刷所**東京市京橋区築地二丁目十七番地　株式会社／東京築地活版製造所。

■**発行**…明治四十二年三月十六日発行。**発行者**東京市日本橋区通四丁目五番地　和田静子、**発行所**東京市日本橋区通四丁目五番地　春陽堂。

■**判型装幀・挿画口絵等**…菊判、本製本紙表紙装。カバー。夏目漱石装幀。内田魯庵宛夏目漱石書簡(明治四十二年四月三日付)に「文学評論と申す本を春陽堂より出版致候につき一部御目にかけ度小包にて差出候間御落手被下度候　背の字と石摺様の文字は浜村蔵のかけるもの漱石山房の印は大直大我といふ爺さんの刻せるものに候。何とか趣向致候へども一向妙案もなく通俗なるラシヤ紙とトリノコにて相済し候」とある。

■**構成・活字・本文等**…紙数は、間紙、口絵ウラ白2、扉ウラ白2、自序(明治四十二年二月夏目漱石)2、目次10、本文621、ウラ白1、奥付1、広告1、合計598。本文は、五号活字14行34字、漢字ひらがな交じり、振り仮名僅少。本文には「文学評論」を収める。広告には「夏目漱石氏著(橋口五葉氏意匠)」として、『小説／鶉籠』『小説／虞美人草』『小説／草合』『小説／三四郎』の四冊の書籍が掲げられている。

■**諸本**…『文学評論』(大正四年五月二十三日発行、春陽堂、三五判)。

❿三四郎

■**書名・題名**…三四郎(函オモテ、函背、表紙題、背題、扉題、内題、柱題、尾題、奥付)。

■**著者名**…夏目漱石著(函オモテ、扉)、漱石(内題次行)、著作者夏目金之助(奥付)。

■**価格**…一円三十銭

■**印刷**…明治四十二年五月十日。**印刷者**東京市京橋区南小田原町二丁目九番地　中野鎗太郎、**印刷所**東京市芝区愛宕町三丁目二番地東洋印刷株式会社。

■**発行**…明治四十二年五月十三日。**発行者**東京市日本橋区通四丁目五番地　和田静子、**発行所**東京市日本橋区通四丁目五番地　春陽堂。

■**判型装幀・挿画口絵等**…菊判、本製本総クロス表紙装。函。装幀橋口五葉。函背、扉に「五」の署名あり。

■**構成・活字・本文等**…紙数は、扉ウラ白2、本文418、奥付1、ウラ白1、広告1、合計422。本文は、五号活字14行33字、漢字ひらがな交じり、総振り仮名。本文には「三四郎」を収める。広告には「夏目漱石氏著　(橋口五葉氏意匠)」として、『小説／鶉籠』『小説／虞美人草』『小説／草合』『文学評論』の四冊の書籍が掲げられている。

■**諸本**…『三四郎それから門』(大正三年四月十五日発行、春陽堂、三五判)、『三四郎』(大正四年十月十八日発行、春陽堂、三六判)。

⓫それから

■**書名・題名**…それから(函背、函ウラ、背題、扉題、内題、柱題、尾題、奥付)。

■**著者名**…夏目漱石著(函背)、漱石著(扉)、夏目漱石(内題次行)、著作者夏目金之助(奥付)。

■**価格**…一円五十銭

■**印刷**…明治四十二年十二月廿九日。**印刷者**東京市京橋区南小田原町二丁目九番地　中野鎗太郎、**印刷所**東京市芝区愛宕町三丁目二番地　東洋印刷株式会社。

■**発行**…明治四十三年一月一日。**発行者**東京市日本橋区通四丁目五番地　和田静子、**発行所**東京市日本橋区通四丁目五番地　春陽堂。

■**判型装幀・挿画口絵等**…菊判、本製本背紙表紙装。函。装幀橋口五葉。函ウラ、扉に「五」の署名あり。

■**構成・活字・本文等**…紙数は、扉ウラ白2、扉ウラ白2、本文432、奥付1、ウラ白1、広告1、合計438。本文は、五号活字14行33字、漢字ひらがな交じり、総振り仮名。本文には「それから」を収める。広告には「夏目漱石氏著　橋口五葉氏意匠」として、『小説／鶉籠』『小説／三四郎』『小説／草合』『文学評論』『小説／虞美人草』の五冊の書籍が掲げられている。

■**諸本**…『三四郎それから門』（大正三年四月十五日発行、春陽堂、三五判）、『それから』（大正四年十一月十八日発行、春陽堂、三六判）。

⓬漱石近什／四篇

■**書名・題名**…四篇（函オモテ、背題、扉題）、漱石近什／四篇（函背、内題、尾題、奥付）、文鳥（内題、柱題）、夢十夜（内題、柱題）、永日小品（内題、柱題）、満韓ところどころ（内題、柱題）。

■**著者名**…夏目漱石著（函オモテ、扉）、夏目漱石（内題次行）、著作者夏目金之助（奥付）。

■**価格**…一円二十銭

■**印刷**…明治四十三年五月十二日。**印刷者**東京市京橋区南小田原町二丁目九番地　中野鎰太郎、**印刷所**東京市芝区愛宕町三丁目二番地　東洋印刷株式会社。

■**発行**…明治四十三年五月十五日。**発行者**東京市日本橋区通四丁目五番地　和田静子、**発行所**東京市日本橋区通四丁目五番地　春陽堂。

■**判型装幀・挿画口絵等**…菊判、本製本紙表紙装。函。装幀橋口五葉。扉、カット図案（p1、p59、p155）に「五」の署名あり。

■**構成・活字・本文等**…紙数は、間紙、扉ウラ白2、オモテ白目次2、本文287、奥付1、ウラ白1、広告1、合計294。本文は、五号活字14行42字、漢字ひらがな交じり、総振り仮名。本文には「文鳥」「夢十夜」「永日小品」「満韓ところどころ」を

収める。広告には「夏目漱石氏著　橋口五葉氏意匠」として、『小説／鶉籠』『小説／三四郎』『小説／草合』『文学評論』『小説／虞美人草』『小説／それから』『漱石近什／四篇』『小説／門』の八冊の書籍が掲げられている。

■**諸本**…『彼岸過迄四篇』（大正四年一月一日発行、春陽堂、三五判、「彼岸過迄」「文鳥」「夢十夜」「永日小品」「満韓ところどころ」の五篇を収録）、『夢十夜』（大正四年八月十五日発行、春陽堂、三五判、「夢十夜」「文鳥」「永日小品」の三篇を収録）、『満韓ところどころ』（大正四年八月十五日発行、春陽堂、三五判）。

⓭門

■**書名・題名**…門（函ウラ、函背、背題、扉題、内題、柱題、尾題、奥付）。

■**著者名**…夏目漱石著（函ウラ、函背、扉）、夏目漱石（内題次行）、著作者夏目金之助（奥付）。

■**価格**…一円三十銭

■**印刷**…明治四十三年十二月二十九日印刷。**印刷者**東京市京橋区南小田原町二丁目九番地　中野鎰太郎、**印刷所**東京市芝区愛宕町三丁目二番地　東洋印刷株式会社。

■**発行**…明治四十四年一月一日発行。**発行者**東京市日本橋区通四丁目五番地　和田静子、**発行所**東京市日本橋区通四丁目五番地　春陽堂。

■**判型装幀・挿画口絵等**…菊判、本製本紙表紙装。函。装幀橋口五葉。表紙意匠の背およびウラ、表紙、背にそれぞれ「五」の署名あり。

■**構成・活字・本文等**…紙数は、扉ウラ白2、本文334、奥付1、広告1、合計338。本文は、五号活字13行33字、漢字ひらがな交じり、総振り仮名。本文には「門」を収める。広告には「夏目漱石氏著　橋口五葉氏意匠」として、『小説／鶉籠』『小説／三四郎』『小説／草合』『文学評論』『小説／虞美人草』『小説／それから』『漱石近什／四篇』の七冊の書籍が掲げられている。

■**諸本**…『三四郎それから門』（大正三年四月

十五日発行、春陽堂、三五判)、『門』(大正四年十二月十八日発行、春陽堂、三六判)。

⓮切抜帖より

■**書名・題名**…切抜帖より(函背、背題、扉題、奥付)、思ひ出す事など(内題、柱題)、文芸とヒロイック(内題、柱題)、艇長の遺書と中佐の詩(内題、柱題)、鑑賞の統一と独立(内題、柱題)、イズムの功過(内題、柱題)、好悪と優劣(内題、柱題)、自然を離れんとする芸術(内題、柱題)、博士問題とマードック先生と余(内題、柱題)、マードック先生の日本歴史(内題、柱題)、博士問題の成行(内題、柱題)、文芸委員は何をするか(内題、柱題)、坪内博士とハムレット(内題、柱題)、坪内博士と「ハムレット」(柱題)、子規の画(内題、柱題)。

■**著者名**…夏目漱石著(函背)、漱石(扉)、著作者夏目金之助(奥付)。

■**価格**…七十銭。

■**印刷**…明治四十四年八月十四日印刷。**印刷者**東京市芝区愛宕町三丁目三番地　金崎金平、**印刷所**東京市芝区愛宕町三丁目二番地東洋印刷株式会社。

■**発行**…明治四十四年八月十八日発行。**発行者**東京市日本橋区通四丁目五番地　和田静子、**発行所**東京市日本橋区通四丁目五番地　春陽堂。

■**判型装幀・挿画口絵等**…三五判、本製本紙表紙装。函。天金。装幀橋口五葉。鹿児島市立美術館に「『切抜帖より』(夏目漱石著) 画稿」「『切抜帖より』装幀画稿」「『切抜帖より』装幀画稿」が所蔵されている。

■**構成・活字・本文等**…紙数は、扉ウラ白2、目次2、本文374、奥付1、広告1、合計380。本文は、五号活字8行32字、漢字ひらがな交じり、総振り仮名。本文には「思ひ出す事など」「文芸とヒロイック」「艇長の遺書と中佐の詩」「鑑賞の統一と独立」「イズムの功過」「好悪と優劣」「自然を離れんとする芸術」「博士問題とマードック先生と余」「マードック先生の日本歴史」「博士

問題の成行」「文芸委員は何をするか」「坪内博士とハムレット」「子規の画」を収める。広告には「夏目漱石氏著」として、『小説／鶉籠』『小説／三四郎』『小説／草合』『文学評論』『小説／虞美人草』『小説／それから』『漱石近什／四篇』『小説／門』の八冊の書籍が掲げられている。

■**諸本**…『思ひ出すことなど』(大正四年九月十五日発行、春陽堂、三五判、「思ひ出す事など」「二百十日」の二篇を収録)。

⓯朝日講演集

■**書名・題名**…朝日講演集(背題、扉題、奥付)。

■**著者名**…著作兼発行者小池信美(奥付)。

■**価格**…六十銭。

■**印刷**…明治四十四年十一月五日印刷。**印刷者**大阪市東区南久太郎町二丁目二十九番地谷口黙次。**印刷所**大阪市東区南久太郎町二丁目四十番地　株式会社／大阪活版製造所。

■**発行**…明治四十四年十一月十日発行。**著作兼発行者**大阪市北区中ノ島三丁目三番地朝日新聞合資会社　小池信美。**発行所**大阪市北区中ノ島三丁目三番地　朝日新聞合資会社。

■**判型装幀・挿画口絵等**…菊判、本製本総クロス装。表紙カット、扉図案は橋口五葉か。中扉の図案は岡本月村。凡例に「書中題目の装飾画及びカットは総て社員岡本月村氏の意匠執筆に成れり。」とある。

■**構成・活字・本文等**…紙数は間紙、扉ウラ白2、自序4(明治四十四年十月十二日清国武昌変乱を聞きし翌日)、自序8(「巡回講演記事」明治四十四年初秋　大阪朝日新聞社編輯局に於て編者記す)、凡例1、目次2、ウラ白1、中扉ウラ白2、本文12(磯野秋渚「近世の書学」)、中扉ウラ白2、本文12(石橋臥牛「巴拿馬運河」)、中扉ウラ白2、本文8(石橋臥牛「最新式の軍艦」)、中扉ウラ白2、本文13(石橋臥牛「日米の関係」)、ウラ白1、中扉ウラ白2、本文26(石橋臥牛「日英同盟の改訂」)、中扉ウラ白2、本文17(花田比露思「やまとうた」)、ウラ白1、中扉ウラ白2、本文19(西村天囚「朱子学派の史学」)、

◆付録

799

ウラ白1、中扉ウラ白2、本文21(西村天囚「国民道徳の大本」)、ウラ白1、中扉ウラ白2、本文16(西村天囚「大阪の威厳」)、中扉ウラ白2、本文27(本多雪堂「財政経済上の根本問題」)、ウラ白1、中扉ウラ白2、本文25(高原蟹堂「樺太視察談」)、ウラ白1、中扉ウラ白2、本文15(牧放浪「満洲問題」)、ウラ白1、中扉ウラ白2、本文21(牧放浪「列国の対支那政策」)、ウラ白1、中扉ウラ白2、本文24(藤澤一燈「空中世界の実現」)、中扉ウラ白2、本文10(後醍院廬山「海に行け」)、中扉ウラ白2、本文27(木崎好尚「頼山陽の伝」)、ウラ白1、中扉ウラ白2、本文30(夏目漱石「道楽と職業」)、中扉ウラ白2、本文32(夏目漱石「現代日本の開化」)、中扉ウラ白2、本文28(夏目漱石「中味と形式」)、中扉ウラ白2、本文29(夏目漱石「道徳と文芸」)、ウラ白1、中扉ウラ白2、本文24(内藤湖南「支那史の価値」)、中扉ウラ白2、本文32(内藤湖南「支那学問之近状」)、中扉ウラ白2、本文27(内藤湖南「朝鮮攻守の形勢」)、ウラ白1、中扉ウラ白2、本文18(「講演余録」)、奥付ウラ白2、合計594。本文は五号活字14行40字、漢字ひらがな交じり、振り仮名僅少。

⓰ 彼岸過迄

■**書名・題名**…彼岸過迄(函オモテ、函背、背題、扉題、内題、柱題、奥付)。
■**著者名**…夏目漱石著(函オモテ、函背)、漱石著(扉)、漱石(内題次行)、著作者夏目金之助(奥付)。
■**価格**…一円五十銭。
■**印刷**…大正元年九月十二日印刷。**印刷者**東京市芝区愛宕町二丁目十四番地　金崎金平、**印刷所**東京市芝区愛宕町三丁目二番地　東洋印刷株式会社。
■**発行**…大正元年九月十五日発行。**発行者**東京市日本橋区通四丁目五番地　和田静子、**発行所**東京市日本橋区通四丁目五番地　春陽堂。
■**判型装幀・挿画口絵等**…菊判、本製本紙表

紙装。函。装幀橋口五葉。表紙意匠のオモテ、扉にそれぞれ「五」の署名あり。
■**構成・活字・本文等**…紙数は、扉ウラ白2、エピグラフウラ白2、自序5、ウラ白1、目次ウラ白2、本文488、奥付1、広告1、合計502。本文は、五号活字13行34字、漢字ひらがな交じり、総振り仮名。本文には「彼岸過迄」を総題として「風呂の後」「停留所」「報告」「雨の降る日」「須永の話」「松本の話」「結末」を収める。エピグラフには「此書を亡児雛子と亡友三山の霊に捧ぐ」とある。広告には「夏目漱石氏著　橋口五葉氏意匠」として、『小説／鶉籠』『小説／三四郎』『小説／草合』『文学評論』『小説／虞美人草』『小説／それから』『漱石近什／四篇』『小説／門』『小品／切貼帖より』『彼岸過迄』の十冊の書籍が掲げられている。
■**諸本**…現代名作集第一編『須永の話』(大正三年九月二十三日発行、鈴木三重吉、三五判、「須永の話」を収録)、『彼岸過迄四篇』(大正四年一月一日発行、春陽堂、三五判、「彼岸過迄」「文鳥」「夢十夜」「永日小品」「満韓ところどころ」の五篇を収録)、『彼岸過迄』(大正六年十月二五日発行、春陽堂、三六判)。

⓱ 社会と自分

■**書名・題名**…社会と自分(函オモテ、函背、表紙題、背題、扉題、内題、柱題、尾題、奥付)。
■**著者名**…夏目漱石著(函オモテ、函背、表紙、背)、夏目漱石(内題次行) 著者夏目金之助(奥付)。
■**価格**…一円五十銭。
■**印刷**…大正二年二月一日印刷。**印刷者**東京市芝区愛宕町三丁目二番地　笠間音次、東洋印刷株式会社印刷。
■**発行**…大正二年二月五日発行。**発行者**東京市京橋区南紺屋町十二番地　増田義一、**発行所**東京市京橋区南紺屋町十二番地　実業之日本社。
■**判型装幀・挿画口絵等**…菊判、本製本紙表紙装。函。菅虎雄宛夏目漱石書簡(大正二年

一月十二日付）に「此間の御来駕の節は御面倒なる事を御願申上候処早速御引受御送難有候直ちに出版屋の方へ送り可申候」と、また実業之日本社の渡辺新三郎宛夏目漱石書簡（大正二年一月十二日付）に「此間中より扉につき御約束を実行せんと思ひ一度は多忙中一寸書いて見候へども何分字にも何にもならず已を得ず友人に頼み書いてもらひ候」とある。

■**構成・活字・本文等**…紙数は、間紙、扉ウラ白2、自序2（大正元年十二月　夏目漱石）、目次ウラ白2、本文414、奥付ウラ白2、合計422。本文は、五号活字13行33字、漢字ひらがな交じり、部分的振り仮名。本文には「道楽と職業」「現代日本の開化」「中味と形式」「文芸と道徳」「創作家の態度」「文芸の哲学的基礎」を収める。

■**諸本**…『社会と自分』（大正四年十一月十一日発行、実業之日本社、三六判）。

⓲行人

■**書名・題名**…行人（函オモテ、函背、背題、扉題、内題、柱題、尾題、奥付）。

■**著者名**…夏目漱石著（函オモテ、函背、扉）、漱石（内題次行）、著作者夏目金之助（奥付）。

■**価格**…一円七十五銭。

■**印刷**…大正三年一月一日印刷。**発行兼印刷者**東京市日本橋区通一丁目十九番地　大倉保五郎、**印刷所**東京市京橋区新栄町五丁目七番地　大倉印刷所。

■**発行**…大正三年一月七日発行。**発行兼印刷者**東京市日本橋区通一丁目十九番地　大倉保五郎、**発行所**東京市日本橋区通一丁目十九番地　大倉書店。

■**判型装幀・挿画口絵等**…菊判、本製本紙表紙装。函。装幀橋口五葉。表紙意匠の背、オモテ見返し、扉、ウラ見返しにそれぞれ「五」の署名あり。

■**構成・活字・本文等**…紙数は、間紙、扉ウラ白2、本文619、ウラ白1、奥付1、広告1、合計624。本文は、五号活字13行34字、漢字ひら

がな交じり、総振り仮名。本文には「行人」を収める。広告には「現代著名の文学書」として、夏目漱石著『文学論』、夏目漱石著『漾虚集』、夏目漱石著『吾輩は猫である』、上田敏著『小説／渦巻』、藤岡作太郎著『東圃遺稿』巻一、藤岡作太郎著『東圃遺稿』雑纂、石川剛訳『ルクサンブール』の七冊の書籍が掲げられている。

■**諸本**…現代名作集第七編『倫敦塔』（大正四年一月二十五日発行、鈴木三重吉、三五判、「倫敦塔」および「行人」の「塵労」からの一節を収録）、『行人』（大正五年五月三日発行、大倉書店、三五判）。

⓳こゝろ

■**書名・題名**…心（函背、函ウラ、表紙題、扉題）、こゝろ（背題、内題、柱題、尾題）。

■**著者名**…夏目漱石著（函背）、漱石（内題次行）、著作者夏目金之助（奥付）。

■**価格**…一円五十銭。

■**印刷**…大正三年九月十七日印刷。印刷者東京市芝区愛宕町三丁目二番地　見常喜一、東洋印刷株式会社印刷。

■**発行**…大正三年九月二十日発行。**発行者**東京市神田区南神保町十六番地　岩波茂雄、**発行所**東京市神田区南神保町十六番地　岩波書店。

■**判型装幀・挿画口絵等**…菊判、本製本紙表紙装。函。装幀夏目漱石。自序に「装幀の事は今迄専門家にばかり依頼してゐたのだが、今度はふとした動機から自分で遣つて見る気になつて、箱、表紙、見返し、扉及び奥附の模様及び題字、朱印、検印ともに、悉く自分で考案して自分で描いた」とある。オモテ見返しウラには、朱印の意匠があり「ars longa, vita brevis」とある。

■**構成・活字・本文等**…紙数は、間紙、扉ウラ白2、自序2（大正三年九月　夏目漱石）、目次ウラ白2、本文426、奥付1、広告3、合計436。本文は、五号活字13行34字、漢字ひらがな交

じり、総振り仮名。本文には「心」を総題として「先生と私」「両親と私」「先生の遺書」を収める。広告には「夏目漱石先生著作」として、『吾輩は猫である』上巻から『心』まで、二十一冊の書籍が掲げられており、「上記諸作は弊店小売部に於て御購読の御便宜取計らひ申候」と岩波書店による小売広告となっている。

■**諸本**…『こゝろ』(大正六年五月十八日発行、岩波書店、三五判)。

⑳硝子戸の中

■**書名・題名**…硝子戸の中(函ウラ、函背、背題、尾題)、硝子戸〈ガラスど〉の中〈なか〉(内題)。

■**著者名**…漱石(函ウラ、内題次行)、漱石著(函背、背)、著作者夏目金之助(奥付)。

■**価格**…六十銭　郵税金六銭。

■**印刷**…大正四年三月二十五日印刷。**印刷者**東京市牛込区榎町七番地　渡邊八太郎、日清印刷株式会社印刷。

■**発行**…大正四年三月二十八日印刷。**発行者**東京市神田区南神保町十六番地　岩波茂雄、**発行所**東京市神田区南神保町十六番地　岩波書店。

■**判型装丁・挿画口絵等**…三六判、本製本紙表紙装。函。奥付に「製本者　東京市日本橋区本銀町一丁目九番地　寺島藤次郎」とある。装幀夏目漱石。本書巻末広告の『硝子戸の中』の項に「著者自装」とある。

■**構成・活字・本文等**…紙数は、凡例1(「硝子戸の中」は大正四年一月十三日から二月二十三日まで「朝日新聞」に連載された著者の小品である。)、ウラ白1、本文274、奥付1、広告5、合計282。本文は、五号活字9行24字、漢字ひらがな交じり、総振り仮名。本文には「硝子戸の中」を収める。広告には「夏目漱石先生著作」として、『吾輩は猫である』上巻から『硝子戸の中』まで、二十八冊の書籍が掲げられており、「上記諸作は弊店小売部に於て御購読の御便宜取計らひ申候」と岩波書店による小売広告となっている。

㉑色鳥

■**書名・題名**…色鳥(函オモテ、函背、背題、扉題、内題、尾題)。

■**著者名**…漱石(函オモテ、函背)漱石作(背、扉)、夏目漱石(内題次行)、著作者夏目漱石(奥付)。

■**価格**…一円二十銭。

■**印刷**…大正四年九月九日印刷。**印刷者**東京市神田区宮本町五番地　(中正社)高橋治一。

■**発行**…大正四年九月十二日発行。**発行者**東京市牛込区矢来町三番地中の丸五十八号　佐藤義亮。**発行所**東京市牛込区矢来町三番地新潮社。

■**判型装丁・挿画口絵等**…菊半截判、本製本クロス装、函。装幀津田青楓。目次末尾に「装画　津田青楓」とある。

■**構成・活字・本文等**…紙数は、扉ウラ白2、目次2、内題ウラ白2、本文541、跋3、奥付1、広告3、合計554。本文は10ポイント活字13行38字、漢字ひらがな交じり、振り仮名僅少。本文には「倫敦消息」(※「二」「三」)「カーライル博物館」「一夜」「吾輩は猫である」(※第三章)「二百十日」「文鳥」「永日小品」「思ひ出す事など」(※「十三」「二十」)「雨の降る日」(※「彼岸過迄」)「先生と遺書」(※「こゝろ」)「硝子戸の中」(※「十九」「二十三」「二十六」「二十九」「三十一」「三十七」)を収める。巻末に収められた編者記「『色鳥』について」には、「『色鳥』一巻は、夏目漱石先生の全作中から、その最も代表的なものを選び、是を歴史的に編纂したものである。本書を一読すれば、先生が作風の真髄に味到することが出来るであらう」とある。広告には、名作選集第二編『坊っちやん』に加え、「新潮社大正四年一月以降出版書籍要目」として、徳田秋聲『あらくれ』、上司小剣『父の婚礼』、長田幹彦『小夜ちどり』、田村俊子『小さん金五郎』、近松秋江『舞鶴心中』、長田幹彦『舞妓姿』、田山花袋『恋ごゝろ』の七冊、さらに代表的名作選集から八冊、合計十六冊の書籍が掲げられて

いる。

■**諸本**…夏目漱石『漱石名作読本』(昭和十三年八月十一日発行、新潮社、四六判)。

㉒ 道草

■**書名・題名**…道草(函オモテ、函背、函ウラ、背題、扉題、内題、柱題、尾題)。

■**著者名**…漱石(函オモテ、函背、函ウラ、背、扉、内題次行)、著作者夏目金之助(奥付)。

■**価格**…一円五十銭 郵税金十二銭。

■**印刷**…大正四年十月七日印刷。**印刷者**東京市芝区愛宕町三丁目二番地 小松周助。

■**発行**…大正四年十月十日印刷。**発行者**東京市神田区南神保町十六番地 岩波茂雄、**発行所**東京市神田区南神保町十六番地 岩波書店。

■**判型装幀・挿画口絵等**…菊判、本製本紙表紙装。函(クロス貼)。装幀津田青楓。『明暗』巻末に掲げられた広告の『小説／道草』の項に「青楓装幀」とある。

■**構成・活字・本文等**…紙数は、扉ウラ白2、本文434、奥付1、広告1、合計438。本文は、五号活字13行34字、漢字ひらがな交じり、総振り仮名。本文には「道草」を収める。広告には、夏目漱石先生著並に装幀『第五版／こころ』、夏目漱石先生著並に装幀『第四版／小品集／硝子戸の中』の二冊が掲げられている。

■**諸本**…『道草』(大正六年六月一日発行、岩波書店、三五判)。

㉓ 金剛草

■**書名・題名**…金剛草(背題、扉題、内題、柱題、尾題)、大正名著文庫第廿二篇(奥付)。

■**著者名**…漱石作(背)、夏目漱石著(扉、内題次行)、著者夏目金之助(奥付)。

■**価格**…一円二十銭。

■**印刷**…大正四年十一月十九日印刷。**印刷者**東京市本所区番場町四番地 平井登、**印刷所**凸版印刷株式会社分工場。

■**発行**…大正四年十一月廿三日発行。**発行者**東京市日本橋区本石町三丁目十四番地 加島虎吉、**発兌**東京市日本橋区本石町三丁目 至誠堂書店、**発兌**東京市日本橋区人形町通住吉町 至誠堂小売部。

■**判型装幀・挿画口絵等**…四六判、本製本総クロス装。装幀津田青楓。後ろ表紙隅に「S.T.」の署名あり。

■**構成・活字・本文等**…紙数は、間紙、扉ウラ白2、自序4(大正四年十月五日 夏目金之助)、目次4、本文454、奥付1、広告19、合計484。本文は、五号活字12行35字、漢字ひらがな交じり、部分的振り仮名。本文には評論として「素人と黒人」(※本書初出)、「オイケンの精神生活」(※『思ひ出す事など』)、「文藝とヒロイツク」(※『切抜帖より』)、「イズムの功過」(※『切抜帖より』)、「鑑賞の統一と独立」(※『切抜帖より』)、「好悪と優劣」(※『切抜帖より』)、「余の英国留学と文学論」(※『文学論』自序)、「スキフトと厭世文学」(※『文学評論』)、の八篇を、講演として「私の個人主義」(※『朝日講演集』)、「文藝と道徳」(※『社会と自分』)の二篇を、小品として「ケーベル先生」(※本書初出)、「子規の手紙」(※『吾輩ハ猫デアル』中巻自序)、「子規の画」(※『切抜帖より』)、「床屋の亭主」(※『思ひ出す事など』)、「髯と地面居宅」(※『思ひ出す事など』)、「第一の葬式」(※『思ひ出す事など』)、「病院の正月 」(※『思ひ出す事など』)、「極楽水の自炊生活」(※『満韓ところどころ』)、「猿楽町の下宿生活」(※『満韓ところどころ』)、「寒雀」(※『満韓ところどころ』)、「旅順の戦跡」(※「満韓ところどころ」)、「二百三高地」(※「満韓ところどころ」)、「鶉の御馳走」(※「満韓ところどころ」)、「河原の温泉」(※「満韓ところどころ」)、「奉天の北陵」(※「満韓ところどころ」)、「倫敦の霧」(※『永日小品』)、「昔 」(※『永日小品』)、「パナマの帽子」(※『夢十夜』)の十八篇を、小説として「迷亭の駄辯」(※『吾輩ハ猫デアル』)、「団扇の女」(※『三四郎』)、「参禅」(※『門』)、「暴風雨」(※『行人』)、「先生と私」(※「心」)の五篇を収める。広告には、大正名著文

803

庫第一編から第二十三篇までの二十三冊を含む三十冊と『縮刷／漱六全集』が掲げられている。

■**諸本**…夏目漱石『漱石文芸読本』(昭和十三年十二月二十六日発行、新潮社、四六判)。なお収録された文章には、「過去」(※「道草」)、「温泉」(※『明暗』)が追加され、「私の個人主義」が削除された。

---

❷明暗

■**書名・題名**…明暗(函オモテ、函背、背題、扉題、内題、柱題、尾題)。

■**著者名**…漱石遺著(函背、背、扉)、漱石(内題次行)、**著作者**故夏目金之助(奥付)。

■**価格**…二円五十銭。

■**印刷**…大正六年一月二十三日印刷。**印刷者**東京市麹町区紀尾井町三番地　金澤求也、元真社印行。

■**発行**…大正六年一月二十六日発行。**発行者**東京市神田区南神保町十六番地　岩波茂雄、**発行所**東京市神田区南神保町十六番地　岩波書店。

■**判型装幀・挿画口絵等**…菊判、本製本紙表紙装。函(クロス貼)。津田青楓装幀。『読売新聞』大正六年一月二七日第一面掲載の出版広告に「夏目漱石先生絶筆／明暗／津田青楓装幀菊判七百四拾四頁／先生肖像及絶筆コロタイプ版入／定価二円五拾銭送料拾二銭／本日発売／先生最後の傑作無二の長篇／先生を記念する唯一絶好の書」とある。

■**構成・活字・本文等**…紙数は、扉ウラ白2、口絵ウラ白2(夏目漱石肖像写真)、口絵ウラ白2(明暗第百八十八回原稿写真)、本文745、ウラ白1、奥付1、広告1、合計754。本文は、五号活字14行42字、漢字ひらがな交じり、総振り仮名。本文には「明暗」を収める。広告には「漱石近作」として『小説／道草』『随筆／硝子戸の中』『小説／こゝろ』の三冊が掲げられている。

■**諸本**…『明暗』(大正七年五月十日発行、岩波書店、三五判)。

---

❷漱石警句集

■**書名・題名**…漱石警句集(背題、扉題、内題、柱題、尾題)。

■**著者名**…編者高山辰三(奥付)。

■**価格**…価格の記載なし。

■**印刷**…大正六年三月二十五日印刷。**印刷者**東京市本郷区真砂町三十六番地　白土幸力、**印刷所**三光堂

■**発行**…大正六年三月二十八日発行。**発行者**東京市外田端四百四十番地　蘇武乾造、**発行所**東京市外田端五四四　図書評論社。

■**判型装幀・挿画口絵等**…三五判、本製本総クロス装。天金。函。

■**構成・活字・本文等**…紙数は、間紙、扉ウラ白2、口絵ウラ白2(漱石肖像写真)、口絵ウラ白2(住宅写真)、他序6(千九百十七年三月馬場孤蝶)、他序9(安成貞雄)、ウラ白1、他序2(大正六年三月二十日　生田長江)、自序2(千九百十七年三月二十日　高山辰三)、本文242、奥付ウラ白2、合計280。本文は、五号活字12行30字、漢字ひらがな交じり、振り仮名僅少。本文には夏目漱石のさまざまな著作からの抜き書きが掲載されている。自序には「この集を編むために、漱石氏の作は絶筆「明暗」に至るまで、――切抜帖より他一二を除く外――殆ど凡てを読みました」とある。

---

❷漱石文学瑣談

■**書名・題名**…漱石文学瑣談(表紙題、背題、扉題、目次、尾題)。

■**著者名**…編輯兼発行者　柳下道政(奥付)。

■**価格**…八十銭。

■**印刷**…大正六年七月十三日印刷。**印刷者**東京市神田区三崎町三丁目一番地　小笠原楳芳、**印刷所**東京市神田区三崎町三丁目一番地　博信堂印刷所。

■**発行**…大正六年七月十五日発行。編輯兼**発行者**東京府下巣鴨村池袋八百九十番地　柳下

道政、**発行所**東京池袋八百九十番地　高踏書房。

■**判型装幀・挿画口絵等**…三六判、本製本紙表紙装。

■**構成・活字・本文等**…紙数は、扉ウラ白2、エピグラフ1（則天去私　漱石）、ウラ白1、自序ウラ2（大正六年六月　編者識）、目次3、ウラ白1、本文245、ウラ白1、奥付1、広告1、合計258。本文は、五号活字10行33字、漢字ひらがな交じり、総振り仮名。本文には「文学研究者のために」「滑稽文学」「家庭と文学」「戦後の文界」「文壇の趨勢」「文学談片」「作中の人物」「小設に用ふる天然」「専門的傾向」「推移趣味と低徊趣味」「ジヨオヂ・メレデイス」「テニソンの詩」「イブセンの劇」「近作小説二三に就て」「余が『草枕』」「『坑夫』の作意と自然派伝奇派の交渉」「文章の変遷」「将来の文章」「自然を写す文章」「文章一口話」「余が文章に禆益せし書籍」「私の処女作」「釣鐘の好きな人」「正岡子規」「僕の昔」「一貫したる不勉強」の二六編を収める。広告には伊東六郎氏訳『バッドボーイ日記』が掲げられている。

---

❷❼漱石俳句集

■**書名・題名**…漱石俳句集（表紙題、背題、扉題、内題、尾題）。

■**著者名**…夏目漱石遺著（扉）、著作者故夏目金之助（奥付）。

■**価格**…一円。

■**印刷**…大正六年十一月七日印刷。**印刷者**東京市牛込区市ヶ谷加賀町一丁目十二番地　中田福三郎、秀英舎印刷。

■**発行**…大正六年十一月十日発行。**発行者**東京市神田区南神保町十六番地　岩波茂雄、**発行所**東京市神田区南神保町十六番地　岩波書店。

■**判型装幀・挿画口絵等**…三六判、本製本紙表紙装。天金。

■**構成・活字・本文等**…紙数は、遊び紙2、扉ウラ白2、本文370、附録36、目次20（ノンブ

ルは1から振りなおされている）、凡例1、ウラ白1、奥付1、広告1、合計434。本文は、五号活字9行、漢字ひらがな交じり、振り仮名僅少。本文は「新年の部」「春の部」「夏の部」「秋の部」「冬の部」に分けられ、それぞれ「時候」「天文」「地文」「人事」「動物」「植物」「雑」に分類されており、別途「雑の部」が設けられている。附録には「俳体詩」「連句」が収められる。凡例には「『漱石句集』は、明治二十二年より大正五年に至る、漱石先生の俳句俳体詩及び連句を、出来得る限り遺漏なきを期して集収したるものにして、小宮豊隆是を輯写し野上豊一郎是を分類す。各句下の数字は作句の年代を示すものなり。」とある。広告には「夏目漱石著」として『こゝろ』『硝子戸の中』『道草』『絶筆／明暗』『こゝろ』（縮刷）『道草』（縮刷）の六冊が掲げられている。

---

❷❽漱石漫言

■**書名・題名**…漱石漫言（扉題）。

■**著者名**…編輯者遠藤馮公（奥付）。

■**価格**…五十五銭。

■**印刷**…大正六年十一月廿二日印刷。**印刷者**東京市神田区三崎町三丁目一番地　小笠原楳芳。

■**発行**…大正六年十一月廿五日発行。**発行者**東京市日本橋区蛎殻町二丁目十五番地　市川潔、**発行所**東京市日本橋区蛎殻町二丁目十五番地　中村屋。

■**判型装幀・挿画口絵等**…三六判、本製本紙表紙装。

■**構成・活字・本文等**…紙数は、扉ウラ白2、目次4、本文221、ウラ白1、奥付ウラ白2、合計230。本文は、五号活字10行33字、漢字ひらがな交じり、部分的振り仮名。本文には「漱石先生漫言」、「余の学生時代」、「余の愛読書」、「読書と創作」、「余が諸侯と人生観」、「小説中の人名」「三四郎」（※広告文）、「それから」（※広告文）、「心」（※広告文）、「幻影の盾」（※広告文）、「虞美人草」（※広告文）、「虚子氏の『俳

諧師』」、「尼」（※俳体詩）、「寺三題」（※俳体詩）、「連句」、「夏と私」、「峠の茶屋」（※「草枕」の一節）、「枯木巻頭の対話」（※本間久著）、「入社の辞」、「文学入門の序」（※生田長江著）、「名著新訳の序」（※本間久四郎訳）、「ウォルヅヲオスの詩の序」（※浦瀬白雨訳）、「俳諧新研究の序」（※樋口銅牛著）、「名流俳句談の序」（※沼波瓊音、天生目杜南編）、「新春夏秋冬の序」（※松根東洋城編）、「霞宝会設立主旨」、「語学養成に就て」、「漱石先生の博士辞退」、「博士問題の成行」、「漱石先生の歌」（※一首）、「漱石先生の俳句」（※一句）、「漱石先生の手紙」（※五十七通）を収める。

㉙漱石諷刺皮肉集

■書名・題名…漱石諷刺皮肉集（扉題、尾題、内題）。

■著者名…文学士嘯風生編（内題次行）、編者嘯風生（奥付）。

■価格…一円十銭。

■印刷…大正八年四月十五日印刷。印刷者東京市神田区淡路町二丁目二番地　瀬下三郎。

■発行…大正八年四月廿日発行。発行者東京市神田区鍋町六番地　荻野忠次郎、発行所京市神田区鍋町六番地　才風館。

■判型装幀・挿画口絵等…三六判、本製本総クロス装。

■構成・活字・本文等…紙数は、扉ウラ白2、自序ウラ白2（編者識）、本文284、奥付ウラ白2、合計290。本文は、五号活字9行31字、漢字ひらがな交じり、総振り仮名。本文には夏目漱石のさまざまな著作からの抜き書きが掲載されている。自序には「本書は故漱石先生が、嘗て発表せる作物の中より、最も諷刺に富み皮肉に渡つて居る箇所を抜萃したものに過ぎない。」とある。

㉚漱石詩集

■書名・題名…漱石詩集　印譜附（帙題簽）、漱石詩集（内題、柱題）、漱石印譜（柱題）。

■著者名…夏目漱石遺稿（内題次行）、著作者夏目金之助（帙張込票）

■価格…一円五十銭。

■印刷…大正八年六月十日印刷。印刷者東京市牛込区市谷加賀町一丁目十二番地　中田福三郎。

■発行…大正八年六月十五日発行。発行者東京市神田区南神保町十六番　岩波茂雄。

■判型装幀・挿画口絵等…中本、クリーム色表紙、四つ目綴じ。二巻二冊を一帙に収める。

■構成・活字・本文等…紙数は本文35丁（以上、漱石詩集）、本文28丁（以上、漱石印譜）、合計63丁。本文は4号活字11行23行、漢文施訓なし、振り仮名なし。本文には「漱石詩集」として漢詩一七一篇を、また「漱石詩集附録」として「木屑録」を収める。

㉛英文学形式論

■書名・題名…英文学形式論（函ウラ、函背、背題、扉題、奥付）

■著者名…夏目漱石述（函ウラ、函背、背、扉）、皆川正禧編（函ウラ、扉）、編者皆川正禧（奥付）。

■価格…一円五十銭。

■印刷…大正十三年九月十日印刷。印刷者東京市神田区美土代町二丁目一番地　島連太郎、三秀舎。

■発行…大正十三年九月十五日第一刷発行。発行者東京市神田区南神保町十六番　岩波茂雄、発行所東京市神田区南神保町十六番地　岩波書店。

■判型装幀・挿画口絵等…四六判、本製本総クロス表紙装。天金。

■構成・活字・本文等…紙数は、遊び紙2、扉ウラ白2、自序7（大正十一年九月三十日　皆川正禧）、自序1（大正十三年三月　水府新大工町寓居にて　編者）、目次ウラ白2、本文191、ウラ白1、奥付1、広告1、合計208。本文は、9ポイント活字10行34字、漢字ひらがな交じり、

振り仮名僅少。本文には「英文学形式論」を収める。広告には「夏目漱石著」として『縮刷／こゝろ』『縮刷／道草』『硝子戸の中』『絶筆／明暗』『漱石俳句集』の五冊が掲げられている。

㉜漱石のオセロ

■**書名・題名**…OTHELLO WITH CRITICAL NOTES（表紙題）、漱石のオセロ（背題）、夏目漱石先生評釈OTHELLO（扉題）、THE TRAGEDY OF OTHELLO, THE MOOR OF VENICE（内題）、OTHELLO（柱題）、オセロ（柱題）

■**著者名**…SOSEKI NATSUME（表紙）、野上豊一郎編（扉）、編者野上豊一郎（奥付）。

■**価格**…二円。

■**印刷**…昭和五年五月五日印刷。**印刷者**菊池真次郎、**印刷所**牛込区市ヶ谷加賀町一ノ十二秀英舎。

■**発行**…昭和五年五月十日発行。**発行者**東京神田一ツ橋通九　小林勇、**発行所**東京神田一ツ橋通九　鐵塔書院。

■**判型装幀・挿画口絵等**…四六判、本製本背クロス装。

■**構成・活字・本文等**…紙数は、遊び紙2、扉ウラ白2、エピグラフウラ白2、自序4（昭和五年四月　野上豊一郎）、本文267、ウラ白1、奥付1、広告3、合計282。本文は横書きで、左頁に英文が、右頁に評釈が置かれる。野上豊一郎の自序「はしがき」冒頭では、「これは故夏目金之助先生が明治三十八年九月から東京帝国大学文科大学英文学科の講義として読まれたOthelloの筆記である」とある。広告には野上豊一郎『能　研究と発見』に加え、寺田寅彦『万華鏡』、藤原咲平『気象と人生』、小泉丹『進化学経緯』、兼常清佐『音楽に志す人へ』、斎藤茂吉『短歌写生の説』、藤沢古実『赤彦遺言』、小泉信三『リカアドオ研究』、落合太郎『フランス語要理』、三木清『社会科学の予備概念』、羽仁五郎『転形期の歴史学』、山下徳治『新興ロシアの教育』、野呂栄太郎『日本資本主義発達史』

の十三冊の書籍が掲げられている。

㉝木屑録

■**書名・題名**…木屑録（函オモテ、帙題簽、題簽、内題、帙張込票）。

■**著者名**…夏目漱石（函オモテ）、漱石頑夫（内題次行）。著者夏目金之助（帙張込票）。

■**価格**…六円五十銭。

■**印刷**…昭和八年三月十日印刷。**印刷者**東京市芝区西久保広町二六番地　七條憲三。

■**発行**…昭和八年三月十五日第一刷発行。**発行者**東京市神田区一ツ橋通町三番地　岩波茂雄、**発行所**東京市神田区一ツ橋通町　岩波書店。

■**判型装幀・挿画口絵等**…半紙本、茶色表紙、四つ目綴じ。一巻一冊、これに加えて、別冊附録をともに一帙に収める。夫婦函。

■**構成・活字・本文等**…紙数は遊び紙1丁、内題0.5丁、ウラ白0.5丁、本文24.5丁、ウラ白0.5丁、跋1.5丁（明治二十二年十月十三日夜於東台山下僑居　獺祭魚夫常規謹識）、ウラ白0.5丁、遊び紙1丁、附録2丁、遊び紙1丁、合計33丁。本文は影印、漢文施訓なし、振り仮名なし。本文には「木屑録」を収める。別冊附録は、半紙本、クリーム色表紙、結び綴じ。表紙に「「木屑録」解説　小宮豊隆「木屑録」訳文　湯浅廉孫」とある。和装本だが丁付ではなくノンブルが振られる。紙数は、解説（昭和七年十一月二十六日　小宮豊隆）11、ウラ白1、訳文17、ウラ白1、複製について（昭和七年十二月　岩波茂雄）2、合計32。

◆付録

索　引

◆ 索引

〈凡例〉
○本索引は辞典本編を対象とし、「付録」の内容は含めていない。
○見出し項目の配列は五十音順とした。
○本辞典で立項された項目名とページは太字で示した。
○多出する語については項目頁の表示にとどめた。
○人名は原則として本辞典での項目表記に拠った。本辞典で立項されていない人名については、一般的な表記に従った。
○同一人物の異称や、本辞典での立項項目名と異なる表記については「→」で見出し項目を示した。
○漱石の作品名については、初版段階で単行本化されたものは『　』、そうでないものは「　」で示した。
○新聞・雑誌名、単行本の書名は『　』で示した。
○各項目の冒頭に掲げた引用文については、別に索引を設けた。

あ

「A Translation of Hojio-ki with a Short Essay on It」	**581**
アーサー王（伝説）	454, 615, 719
アーノルド,マシュー	**694**
アール・ヌーボー	573
愛	149, **307**, 455
『アイヴァンホー』	678
愛嬌	**309**
愛情	162, 443, 467
会津	**265**, 427
アイデンティティ	252, 447, 663
アウグスティヌス,アウレリウス	**695**
技巧（アート）	752
饗庭篁村	205, 557
青木繁	19, **391**
青木堂	**89**
青大将	**368**
青山胤通	**19**
赤木桁平	**20**, 261, 530, 662
赤毛布	199, **205**
赤旗事件	42
赤煉（錬）瓦	**89**
赤ん坊／赤児	358, **385**, 433
芥川龍之介	**20**, 30, 32, 39, 48, 51, 66, 70, 99, 148, 176, 241, 430, 447, 482, 518, 530, 556, 561, 574, **676**, 730, 741
浅井忠	21, 228
浅草	103, 161, 162, 257, **265**, 550

『朝日新聞』	**545**
朝日文芸欄	25, 261, **547**, 548, 595
悪口	107, **480**
アディソン,ジョーゼフ	512, 549, 583, 635, **695**
冒険者（アドヴェンチュアラー）	**95**, 528
嫂	127, 231, **309**, 382, 405, 406, 479
姉崎正治（嘲風）	**22**, 53, 503
痘痕	**385**, 386
阿部次郎	**20**, **22**, 216, 262, 546, 547, 722
安倍能成	**22**, **23**, 28, 36, 41, 43, 65, 70, 73, 164, 182, 208, 262, 457, 497, 501, 546, 547, 571, 585, 595, 602, 696
尼子四郎	40
天田愚庵	58
アメリカ	104, 125, 130, 152, 158, 481
亜米利加／米国／米	**266**
荒正人	162, 195, 236, 262
有難い	**386**, 411
有島生馬	**23**
有島武郎	23, 238, 481
酒精（アルコール）	210
アルツィバーシェフ,ミハイル・ペトローヴィチ	**696**
憐れ	387, 388, 414, 443, 480, 599
安重根	27, 289, 292, 528, 654
アンドレア,デル・サルト	479, **696**, 739
アンドレーエフ,レオニド	**697**
行燈（あんどん）	258, 259

809

◆ 索引

（い）

胃	201, 234, **388**, 389, 466
飯田青凉	530
許嫁	310, 575
伊井蓉峰	36
家	130, 161, **169**, 193, **203**, 206, 211, 213, 223, 418, 447, 457, 462, 473
イェーツ, ウィリアム・バトラー	178
五百木飄亭	38
粋	389
イギリス	614, 616
英吉利／英国	102, 139, 145, 146, 159, 176, 180, 183, 211, 233, **267**, 405, 409, 412, 453, 472, 477, 565, 586, 619, 667, 668, 755
生田長江	24, 70, 468, 716, 722
生垣	171
池田菊苗	24, 302, 491
池大雅	671, 684, 692
池辺三山	25, 31, 45, 47, 54, 58, 545, 548, 565, 588, 611, 629, 677
石井柏亭	38, 548
石井露月	38
石川啄木	26, 47, 93, 155, 501, 504, 548, 572, 603
石橋忍月	557
維新	90, 91, 122, 157, 445, 459
泉鏡花	34, 122, 557, 561
和泉要助	134
イズム	92
「イズムの功過」	581
異性	311
異性愛	166, 183, 655
居候	223
「ヰタ・セクスアリス」	478, 606
一高→第一高等学校	
「一夜」	582
一休	634, 671
一等国	92, 93, 94
イデオロギー	100, 166, 441, 458, 568, 617, 751
遺伝	132, 244, 392, 414, 426, 469, **485**, 617
伊藤左千夫	26, 571
伊藤若冲	685
伊藤野枝	351
伊藤博文	27, 61, 117, 146, 217, 289, 292, 528, 572, 654
田舎	96, 172, 398, 399, 480
井上哲次郎	27, 105, 512, 536, 561
位牌	94

イプセン, ヘンリック	132, 337, 368, 499, **697**, 722, 758
イプセン流	313
今北洪川	49, 50, 51, 81, 272, 519
厭味	390, 757
情夫（いろ）	315
情婦（いろ）	315
色	391, 476
色気	316
岩崎久弥	107
岩崎弥之助	107
岩波茂雄	22, **28**, 41, 66
岩野泡鳴	425, 523, 557, 576, 699
岩元禎	51
巖本善治	307
因果	139, 258, **392**, 422, 749
陰士	174
印象	102, 189, 396, 413, 481, **749**, 751
印象派	486, 714
印税	28, 187, 195, **207**, 208, 555
因縁	392, 466, 469
インフルエンザ	175
陰陽和合	317

（う）

漂浪者（ヴァガボンド）	95
ヴィクトリア時代	486, 519, 705, 735
ヴィクトリア女王	486
上田篤	171
上田万年	29, 561
上田敏	29, 35, 38, 40, 119, 561, 573, 667, 697, 717
ヴェニスの商人	587
上野	269, 414, 459, 550, 568
上野義方	30
上野理一	546
ウェブスター, ジョン	488, 698
魚住折蘆	112, 547, 548
ウォッツ＝ダントン, ウォルター・テオドール	618
牛	175, **200**
牛込	155, 169, **200**, 270, 399
後姿	317
嘘	393, 394
謡	65, 73, **176**, 177, 182, 257
歌川豊国	685
内田百閒	30, 227, 262, 744
内田魯庵	31, 502, 548, 631, 658, 722

内村鑑三	141, 146, 194
宇宙	387, **455**, 456
美しい	395, 476
宇都宮丹靖	30
饂飩	178
自惚, 己惚	402, 403
馬	175
梅	255
占い	179, 180, 181
上皮	396
上部	396
運命	124, 179, 180, 206, 245, 392, **396**, 397, 398, 405, 406, 421, 422, 428, 465, 752

え

絵／画	109, **180**, 181, 255, 257, 475
英国	267
英国軍人	117
「英国詩人の天地山川に対する観念」	583
英国紳士	160
「英国の文人と新聞雑誌」	120, 583
「永日小品」	584
「英文学形式論」	586
エインズワース, ウィリアム・ハリソン	698
笑顔	553
『易経』	94, 181
易者	180, 181
エゴイズム	20, 21, 335, 442
越後	271
越後屋	157
江戸	95, 96, 110, 115, 122, 131, 132, 172, **271**, 389, 398, 399, 445, 446
江藤淳	151, 164, 165, 261, 498, 525, 533, 562, 573
江戸趣味	256
江戸っ子／江戸っ児	172, 178, 179, 256, **398**, 399, 400, 423, 463, 480
『江戸名所図絵』	**95**, 131
(F＋f)	483, 513, **750**, 751
エマソン, ラルフ・ウォルド	699
江見水蔭	163
エリオット, ジョージ	699
エリザベス時代	487
エリセーエフ, セルゲイ・グリゴリエビッチ	31, 548
円覚寺	49, 51, **272**, 275, 519, 682, 687, 688
円橘	256

演芸会	96
厭世主義	405, **488**
演説／演舌	96, 97, 109, 141, 194
円太郎	257
煙突	155, **182**
縁日	97
エンペドクレス	72
円遊	43
園遊会	98

お

オイケン, ルドルフ	289, 628
王維	35, **672**, 684, 702
欧化主義	98, 99, 100, 565
王羲之	**672**, 685
横着	400
横着心	236
鸚鵡	100
鷹揚	240, **401**
王陽明	691
大隈重信	108
大倉燁子	72
大阪／大坂	111, 144, 157, **273**, 465, 568
『大阪日日新聞』	482
『大坂日報』	545
大島梅屋	30
大杉栄	238, 410
オースティン, ジェイン	66, 601, **700**
大塚楠緒子	**32**, 287, 332, 336, 382, 395, 475, 525, 588, 592
大塚保治	**32**, 44, 77, 117, 274, 283, 548, 575
大町桂月	**33**, 557, 559, 561, 562
岡栄一郎	57
岡倉天心	32, **33**, 681
岡倉由三郎	33, **34**
岡田耕三→林原耕三	
岡田正之	151
岡本一平	247, 481
小川菊松	207
沖縄	274
荻生徂徠	**673**, 693
荻原守衛	55
奥太一郎	120
『おくのほそ道』	689
小栗風葉	**34**, 214, 310, 346, 463, 523, 557, 575, 601

811

◆ 索引

御化粧	318
尾崎紅葉	35, 97, 227, 352, 373, 575, 601
小山内薫	35, 60, 556, 609
尾島碩聞	181
御白粉	318
御世辞	401, 402
「『オセロ』評釈」	587
恐れない女	319, 388, 633
恐れる男	319, 633
御多福	321
オタンチン・バレオロガス	321
夫	121, 193, 322, 432, 442, 462
御転婆	323
小野梓	107
自惚, 己惚（おのぼれ）	184, 402, 403, 417
オフィーリア→オフェリヤ	
オフェリヤ	323, 681, 713, 734, 741
「思ひ出す事など」	587
オリエンタリズム	287, 386
オルノーコ	278
愚	215, 402, 419, 420, 421, 451
音楽	182, 183, 191
音楽会	182, 183
恩給	101
温泉	232, 233, 391, 442, 466

か

カーライル, トマス	532, 586, 589, 662, 734
「カーライル博物館」	589
開化	91, 93, 117, 129, 137, 138, 289, 403, 471, 489
絵画	139, 180, 181, 252, 453, 552, 573, 752, 753
階級	101, 107, 113, 117, 129, 133, 134, 213, 398, 401, 424, 467, 549, 653
外国雑誌	549
海水浴	183
凱旋	102, 103, 107, 114
『怪談牡丹燈籠』	596, 609
外套	209, 424
解剖	132, 482, 750
「薤露行」	590
顔	385, 386, 388, 403, 404, 411, 415, 437, 457, 464, 472
画家	139, 181
科学	125, 140, 392, 421, 491, 549, 749, 750, 753, 754, 757
科学者	56, 137, 237

鏡	132, 184, 186, 386, 464, 647, 657
牡蠣的	130, 404, 405
覚悟	91, 397, 403, 405, 406, 410, 412, 440, 461
学資	103, 104, 113, 195
学者	133, 400, 429, 435, 492
学習院	104, 144, 151, 194, 440, 442, 503, 663
革命	105, 106, 238, 441
学問	104, 220, 221, 419, 449, 492
家計	186, 187, 246, 569
過去	107, 113, 118, 128, 185, 230, 249, 392, 406, 409, 410, 418, 422, 427, 433, 434, 462, 465, 471, 476, 550, 626
鹿児島	122, 274
傘	187, 199, 229
菓子	188, 233
火事	106, 465
画帖	219
貸家	189
瓦斯	160, 190, 196, 226
瓦斯燈	190, 258
華族	96, 104, 107, 114, 129, 194, 425
片上天弦	36, 547
片付かない	255, 408, 409, 419, 434, 442
片付ける	408, 446
楽器	191
葛洪	132
学校騒動	108, 622
葛飾北斎	280, 673, 685
活人画	109
活動写真	266, 550, 749
活版	109
桂太郎	146, 551
家庭	130, 165, 191, 192, 205, 223, 236, 428, 462
家庭的の女	347
加藤高明	48
金	120, 123, 126, 127, 194, 213, 222, 400, 462
金子健二	29
狩野亨吉	37, 117, 119, 120, 176, 233, 283, 286, 425, 456, 503, 596, 615, 629
嘉納治五郎	37
狩野探幽	685, 687
狩野元信	685
狩野直喜	119
歌舞伎	96, 110, 115, 118, 288, 393, 480, 499, 577
歌舞伎鑑賞	623
歌舞伎座	110
鎌倉	184, 230, 275, 469, 506
神	410, 411, 412, 443, 455

髪	324, 379
上司小剣	576
神谷豊太郎	176
髪結床	186, 241, 689
硝子	196
『硝子戸の中』	591
柄谷行人	165, 435, 507, 520, 754
「ガリヴァー旅行記」	757
「カリックスウラの詩」	593
可愛がる	326
河東碧梧桐	38, 62, 73, 77, 273, 565, 570
棺	197
漢学	470, 493, 570, 754
頑固	412, 413, 428
勧工場	111, 683
韓国	146, 147, 288, 664
看護婦	163, 327, 386, 464
「元日」	594
癇癪	412, 413, 414
鑑賞	180, 197, 217, 751, 754, 757
「鑑賞の統一と独立」	594
神田	103, 104, 123, 143, 204, 224, 225, 277, 563
姦通	175, 328, 374, 454, 455
カント, イマニュエル	514, 524, 703
巌頭の吟	112
観念	159, 181, 393, 394, 435, 442, 749, 751, 754
官能	172, 252, 329
官能性	338, 573
韓非	674
韓愈	459, 674
官吏	101, 113, 154, 205

き

キーツ, ジョン	549, 700
義捐金	107, 114
議会	114, 452
菊池寛	30, 39, 175, 556
菊池幽芳	601
菊人形	115, 265, 288, 647
紀元節	115
技巧	309, 312, 318, 329, 360, 390, 752, 753, 755
岸田俊子	74
汽車	116, 133, 142, 163, 388, 441
寄宿舎	103, 117, 158, 228, 423
偽善家	329, 455, 456
喜多川歌麿	675, 685

北原白秋	99
北村透谷	48, 307, 411, 516
義太夫	144, 182, 197, 198, 257
気違／気狂	232, 414, 415
「観菊花偶記」	646
キチナー元帥	117
木下尚江	112, 328
木下杢太郎	38, 99
気の毒	388, 415, 416, 417
義務	105, 127, 194, 199, 440, 442, 471, 494
義理	417, 418, 419, 443
鬼村元成	58
着物	124, 198, 200, 213, 418, 476
ギャスケル, エリザベス・クレグホーン	701
「客観描写と印象描写」	595
キャロル, ルイス	180
ギュイヨー, ジャン゠マリー	511
九州	144, 178, 277
牛肉／牛	200, 225
牛乳	201, 245
旧派	118, 572
教育	102, 104, 113, 133, 191, 199, 220, 221, 423, 425, 442, 444, 446, 495, 756
京都／京	37, 111, 119, 134, 140, 157, 179, 278, 567, 568
京都大学	119
「京に着ける夕」	596
虚栄心	232, 417, 418, 442, 462
虚偽	393, 394, 404, 444
曲亭馬琴	105, 278, 675
「虚子著『鶏頭』序」	597
気楽	418, 460, 481, 758
義理	418
基督教	497
器量	331, 433
銀行	119, 120, 154, 157, 433
金銭	104, 147, 173, 194, 195, 427, 451, 455, 464, 467, 471, 758
金時計	241

く

愚	419
クィア	381
クウィンシー, トマス・ド	701
クールベ, ギュスターブ	713
偶然	130, 397, 421, 422

◆ 索引

空中飛行器	152
陸羯南	25, 62
「愚見数則」	597
「草枕」	598
苦笑	479
愚俗	179
愚陀仏庵	30, 75, 169, 296, 597
果物	188, 201, 224
九段	131, 280
靴	202
苦痛	128, 232, 234, 239, 385, 408, 415, 422, 423, 556
国木田独歩	39, 122, 163, 462, 523, 553, 558, 624, 720, 752
『虞美人草』	600
熊本	105, 117, 120, 133, 139, 140, 169, 176, 233, 281, 481, 497, 545, 575, 701
熊本五高	120, 618
久米正雄	20, 39, 70, 76, 176, 425, 518, 556, 574, 676, 742, 744
『公羊伝』	678
栗原亮一	147
厨川白村	40
グルーズ	180, 329
車	134
グレイ, トマス	702
「クレイグ先生」	584
クレオパトラ	214, 332, 601
呉秀三	40, 64, 414, 415
クレペリン, エミール	414
黒岩涙香	112, 452, 453, 736
畔柳芥舟	41, 153, 449, 485
桑木厳翼	119, 561
軍人	101, 121, 128, 478

け

ケイ, エレン	337
警察	101, 122, 141, 143, 452, 453
刑事	122, 174, 453
芸者／芸妓	121, 123, 125, 332
闇秀文学会	24, 70
京城	144, 156, 158, 561
「景徳伝燈録」	676
芸人	121, 123
軽薄	112, 393, 396, 399, 423, 424, 430, 479
軽蔑	127, 399, 424

ケーベル, ラファエル・フォン	32, 41
「ケーベル先生」	602
「ケーベル先生の告別」	602
ゲーテ, ヨハン・ヴォルフガング・フォン	593, 620, 702, 707
劇場	110, 219, 498
下宿	169, 189, 203, 204, 206, 211, 399, 401, 412, 426, 455, 471, 473, 570
下女	163, 170, 204, 433
懸想	333
下駄	103, 112, 123, 203, 245
月給	103, 124, 186, 205, 207, 576
月光	229
結婚	120, 128, 166, 192, 334, 341, 418, 421, 425, 426, 432, 447, 451, 455, 458, 466, 472, 473, 553, 661
毛布（ケット）	205
検閲	548, 551
喧嘩	398, 425, 480
玄関	169, 171, 206, 222, 475, 574
原稿料	150, 186, 195, 207, 239, 555, 571
現代日本	138
「現代日本の開化」	602
顕微鏡	125
ケンピス, トマス・ア	695, 703
硯友社	575, 607
権利	195, 441, 494, 755

こ

恋	193, 210, 336, 380, 406, 423, 455, 463
小石川	154, 155, 170, 283, 414
小泉セツ	42
小泉八雲	40, 42, 89
御一新	90
郊外	170, 172, 395, 399
好奇心	182, 426
高啓	676
鉱山／坑山	126, 206
鉱山労働者	126
強情／剛情	412, 413, 427
公娼制度	350
『行人』	603
香水	247, 338
幸田露伴	151, 251, 444, 557, 561, 575
高等遊民	102, 124, 142, 148, 155, 182, 220, 433, 447, 450, 500, 704

814

幸徳秋水	42, 101, 163, 510, 524, 527, 608
坑夫	102, **126**, 163, 199, 206, 230, 244, 404
「坑夫」	605
幸福	148, 149, 153, **427**, 428, 442, 447, 456
神戸	284
コート	209
コールリッジ,サミュエル・テイラー	549, 701, 703, 707, 738, 741
小刀細工	**428**, 619
小切手	120, **126**, 127, 195
国分青厓	565
『国民新聞』	53, 546, 547, 561, 569, 616, 624, 641
『心』	607
小さん	43, 46, 198, 257, 499
五山詩僧	677
拵へもの	752
個人	106, 108, 130, 132, 134, 139, 221, 396, 397, 402, 425, 441, 442, 449, 457, **502**, 574, 750, 751, 754
個人主義	105, 138, 195, 266, 313, 435, 439, 440, 442, **502**, 520, 626, 639, 663, 758
小杉天外	346, 379, 575
後醍醐天皇	90
炬燵	**248**, 249
国家	114, 116, 121, 151, 238, 428, 458, 463, 482, **504**, 564, 568, 570
国家主義	**504**, 511, 520, 663
国家神道	131
滑稽	46, 405, 425, 426, 428, **429**, 430, 479
後藤新平	62, 156
後藤宙外	557, 561
孤独	100, 102, 105, 158, 165, 220, 230, 250, 337, 404, 405, **431**, 434, 442, 471
「琴のそら音」	609
子供	121, 193, 392, 413, **432**, 433, 550
小堀杏奴	89
小松原英太郎	501
小宮豊隆	27, 31, 41, **43**, 55, 64, 67, 70, 73, 77, 79, 80, 164, 182, 187, 216, 261, 262, 389, 453, 456, 504, 530, 546, 547, 548, 557, 568, 571, 573, 574, 587, 595, 604, 606, 607, 610, 614, 615, 632, 643, 646, 652, 697, 724, 742
小山正太郎	62
ゴンクール,エドモン・ド	704
『金色夜叉』	575, 601, 672
ゴンチャロフ,イワン	704
根野かつ	162

さ

細君／妻	124, 180, **339**, 433, 476, 554
西郷隆盛	217
『西国立志編』	444, 589
財産	102, 113, 120, **127**, 128, 148, 341, 413, 418, 423, 575
斎藤阿具	44
斎藤信策	53
斎藤茂吉	22
斎藤幸雄長秋	95
斎藤与里	55
「催眠術」	534, 562, 609, **610**
堺利彦（枯川）	42, 70, 101, 141, 143, 163, 227, 729
酒井抱一	218, **677**, 685
坂本四方太	44, 548, 570, 574
坂元雪鳥	**45**, 73, 224, 286, 437, 545, 573, 588
佐久間艇長	121, 639
「作物の批評」	611
桜井房記	176, 283
策略	128, 204, 232, **341**, 419, 423, 428, 479
酒	133, **210**
笹川臨風	22
サッカレー,ウィリアム・メイクピース	698, **705**, 718
佐藤友熊	69, 122
佐藤春夫	54
佐藤儀助	558
里見弴	23, 66
淋しい	431, **434**, 435, 442
寒川鼠骨	570
産業革命	242, 486
「三山居士」	611
『三四郎』	612
散歩	103, 155, **211**, 212, 257
三遊亭円朝	45
三遊亭円遊	46

し

死	112, 121, 128, 129, 197, 199, 244, 259, 385, 398, 426, 427, 432, **436**, 437, 454, 457, 466, 469, 476, 482
シェイクスピア,ウィリアム	55, 214, 429, 488, 499, 587, 598, 601, 624, 702, **705**, 710, 733
ジェームズ,ウィリアム	622, 640, **707**
シェリー,パーシー・ビッシュ	641, **708**, 726

815

索引

シェリダン,リチャード・ブリンズレイ　499, **708**
シェンキェヴィチ,ヘンリック　148
ジェンダー　319, 323, 330, 331, 339, 502
塩原昌之助　**46**, 64, 162
志賀直哉　23, **47**, 66, 144, 428, 435, 440, 481
史記　**678**
子規　45, 46, 417, 688
色彩　391, 395, 396, 749
「子規の画」　**614**
重見周吉　104
自己本位　105, 152, 239, 240, 425, 435, 440, **505**, 533, 570, 594, 663, 758
自殺　72, 112, **128**, 129, 147, 163, 406, 431, 435, 454, 462, 463, 475
『時事新報』　235, **552**
自叙伝　438, 548
自然　106, 139, 165, 172, 251, 340, 387, 391, 409, 422, 438, 441, 443, 447, 449, 455, 462, 479, **506**, 507, 558, 749, 750, 752, 756
自然主義　36, 39, 48, 54, 57, 92, 148, 153, 301, 358, 394, 468, 478, 516, 530, 546, 548, 553, 557, 561, 569, 576, 581, 583, 595, 597, 617, 621, 666, **753**, 755, 756, 757, 758, 759
自然主義文学　92, 522, 547, 639
時代思潮　751
質／質屋　213, 554
実業　96, 119, 121, 124, 129, 130, 154, 194, 196, 425, 426, **508**
嫉妬　343, 425, 431, 458
失恋　112, **336**, 463
自転車　176, **214**, 614, 615
「自転車日記」　**614**
自動車　**129**, 130, 134
支那　**285**
自白　388, 404, **438**
「詩伯「テニソン」」　**615**
渋川玄耳　25, **47**, 545, 612
渋沢栄一　108
自分　129, **439**, 440
資本主義　119, 120, 163, 330, 375, 444, 471, 568, 630, 652
島崎藤村　26, **48**, 72, 227, 328, 438, 481, 553, 557, 571, 606, 740
島地黙雷　107
島村抱月　23, 36, **48**, 302, 560, 576
下田歌子　198
下村為山　30
社会学　193, **509**, 511

社会主義　42, 141, 143, 194, 472, **510**, 603, 729
釈宗演　49, 50, 51, 58, 71, 272, 275, 469, 519, 618, 687
釈宗活　**50**, 71
借家　170, **189**, 204, 205
社交　98, 110, **130**, 133, 220, 241, 549
ジャコモ・レオパルディ　601
写真　247, 386, 479, 481, **552**
写生　**753**
写生文　38, 44, 430, 439, 522, 535, 570, 571, 572, 576, 585, 721, 749, **753**, 756, 758
「写生文」　**616**
Japan and England in the Sixteenth Century　**616**
ジャポニスム　673
シャルコー,ジャン・マルタン　534
自由　97, 105, 106, 119, 128, 146, 194, 195, 369, 397, 423, 435, **441**, 442, 447, 457, 749
自由恋愛　350
修善寺　180, **286**, 410, 436, 466, 721
修善寺の大患　138, 151, 160, 179, 224, 234, 236, 386, 387, 389, 397, 436, 437, 459, 466, 470, 476, 515, 589, 631, 634, 643, 668, 684, 693, 745
出産　**358**, 413
趣味　133, 169, 189, 202, **215**, 217, 218, 231, 238, 425, 457, 469, 553, **754**, 756, 757
『趣味』　**553**, 752
「趣味の遺伝」　**617**
シュレーゲル,フリードリヒ・フォン　290
『春秋』　**678**
『春秋左氏伝』　**678**
春陽堂　207, 208, 262, 555, 557
ジョイス,ジェイムズ　606
情　237, **443**
娼妓　345, 389
招魂社　131, 281
正直　427, **444**, 449
「小説「エイルヰン」の批評」　**618**
『小説神髄』　393, 627
情緒　380, 405, 431, 443, 463, 749, 750, 751, **754**, 756
『正法眼蔵』　687
照魔鏡　**132**
女学生　345, 378, 575, 576, 615
書画骨董　217, 218, 251, 672, 685
書画帖　**219**
女学校　109, **345**
食卓　219, 225, 228

食堂	103, **219**
植民地	27, 62, 89, 116, 122, 146, 156, 293, 297, 491, 559, 566, 568, 589, 633
書斎	101, 130, 169, 170, 196, **220**, 405, 466, 574, 578
書肆	551, **554**
「初秋の一日」	**618**
処女	**346**, 351, 376
書生	117, 133, **222**, 237, 468
世帯染みる	**347**
食客	222, **223**
ショーペンハウアー, アーサー	488
女郎	**345**
シラー, フリードリヒ・フォン	**709**
白井かつ	46
『白樺』	23, 79, 530, 663
焦慮つたい	**445**
素人	**348**, 399
素人と黒人	**619**
進化	511, **758**
人格	22, 23, 105, 164, 387, 422, 458, 473, 482, **512**, 574
人格的	21
進化論	137, 387, 392, 397, 446, 485, 487, 490, **511**, 617, 636, 738
神経	149, 362, 388, 444, **445**, 446, 447, 468
神経衰弱	40, 91, 93, 128, 159, 183, 214, 233, 243, 334, 388, 401, 412, 423, 446, 447, 487, 603, 614, 637, 745
紳士	98, **133**, 425
『新思潮』	**556**
真珠	**348**
『晋書』	412, **679**
心情	124, 158, 230, 231, 391, 412, 758
『新小説』	207, 296, 555, **557**, 562, 571, 598, 634
心性	231
『新声』	**558**
神聖	**447**
「人生」	120, **619**
人生	104, 164, 173, 179, 197, 210, 221, 396, 397, 398, 410, 417, 424, 433, **448**, 456, 464, 471, 473, 476, 478, 755
人生に触れる	**755**
親切	**449**
『新潮』	447, **558**
新聞屋	545, 569
親鸞	529
心理学	331, 510, **513**, 514, 534, 610, 657, 749, 750,

	754, 755
心理学者	140, 174
人力車	**134**, 214

す

スウィフト, ジョナサン	429, 549, 636, **709**, 713, 743, 757
スウィンバーン, アルジャーノン・チャールズ	618
崇高	103, 139, 429, 680, 755, 756
ズーデルマン, ヘルマン	289, 624, **710**, 752
菅虎雄	40, 49, **50**, 77, 117, 272, 275, 281, 283, 286, 469, 596
杉浦重剛	25, 565
杉浦非水	242
杉村楚人冠	529
スクリバ	19, 73
スコット, ウォルター	710
鈴木大拙	49, 50, **51**, 469, 519
薄田泣菫	548, 557
鈴木徳次郎	134
鈴木三重吉	20, **52**, 60, 91, 187, 192, 208, 213, 262, 413, 420, 426, 497, 555, 557, 561, 571, 574, 629, 632, 641, 697
ズーダーマン, ヘルマン	330
スターン, ローレンス	429, 627, 702, 709, **711**, 715
スティーブンソン, ロバート・ルイス	100, 586, **712**
スティール, リチャード	512, 549, 635
洋杖	**229**
『ステューディオ』	715, 745
煖炉, 暖炉（ストーブ）	**226**
迷羊（ストレイシープ）	296, **372**
スピノザ, バールフーデ	258
スピリチュアリズム／スピリチズム	515, 758
『スペクテイター』	549, 695
スペンサー, エドマンド	712
スミス, シドニ	713
相撲	131, **223**, 224

せ

性	**349**, 363, 442
性科学	357
世紀末	42, **135**, 323, 377, 468, 475, 603, 633, 714
成功	112

817

◆ 索引

『成効』(『成功』)	517, **559**
性情	412, 413
精神	139, 142, 160, 388, 391, 395, 410, 414, 415, 421, 423, 441, 444, 445, 446, **450**, 451, 453, 454, 466, 467, 473, 476, 758
生存競争	129, **137**, 138, 401, 490, 511
『青鞜』	149, 320, 351
青鞜派	516
西南戦争	66, 116, 129, 406, 545, 626
青年	112, 119, 133, 144, 153, 184, 197, 222, 232, 409, 446, 449, 462, 463, 475, 504, **516**, 561, 573
『青年』	150
西洋の美術	713
西洋料理	200, **224**, 225, 293, 296, 297, 298, 565
世界	92, **139**, 391, 404, 409, 410, 411, 419, 441, 442, 446, 450, 467, 469, 471, 476, 482
世界戦争	626
責任	392, 405, 424, 442, **451**, 454, 749
寂寞	431, **434**, 435
石龍子	181
セクシュアリティ	193, 229, 247, 316, 319, 346, 350, 363
世間知らず	138, 493
拙	390, 421, **451**, 683
雪舟	685
接吻	351
セルバンテス, ミゲル・デ	715
「セルマの歌」	620
禅	49, 275, 411, 420, 457, 517
禅関策進	679
戦争	121, 238, 254, 396, 425, **519**, 545
「戦争から来た行違ひ」	620
銭湯	253
千里眼	140
禅林句集	680

そ

双眼鏡	125
創作家	755
「創作家の態度」	621
荘子	421, 680
雑司ヶ谷	287
漱石山房	43, 55, 68, 70, 82, 170, 261, 270, 574, 605
『漱石写真帖』	250
『漱石の印税帖』	101, 187, 207
『漱石の思ひ出』	101, 110, 246, 261, 428, 432, 554, 575
漱石文庫	650, 677
相馬御風	595
俗	452
『續明暗』	260
『楚辞』	681
楚人冠(杉村縦横)	42
蕎麦	178
ゾラ, エミール	453, 583, **716**
ゾライズム	617
『それから』	622

た

ダーウィン, チャールズ	137, 487, 511, 738
ターナー, ジョゼフ・マロード・ウィリアム	180, 685, **716**, 738
第一高等学校	112, 119, **140**, 186, 242, 283, 293, 411, 455, 457, 491, 516, 569, 647, 653
第一高等中学	104
第一次世界大戦	175, 187, 289, 425, 521, 598, 620
大慧普覚	681
大学予備門	140, **141**
『退化論』	468, 512, 603
大逆事件	92, 437, 504, 511, 525, 592, 603
大衆	115, 252, 313, 393, 568
大燈国師	682
金剛石	352
『太陽』	41, 53, 92, 557, **559**, 560, 562
大連	89, 134, 156, 158, 173, **299**, 572
台湾	28, 156, **287**, 452, 566, 568
高橋是清	62
高橋義雄	157
高浜虚子	26, 38, **52**, 55, 57, 60, 62, 65, 73, 75, 77, 176, 207, 237, 273, 279, 281, 399, 522, 546, 547, 562, 565, 570, 574, 582, 664, 667, 668, 753
高天原連	141
高森砕巌	217
高山幸助	134
高山樗牛	22, 41, **53**, 153, 462, 502, 561
瀧田樗陰	20, 25, **54**, 66, 560, 576
瀧廉太郎	41
沢庵	682
竹	255
竹越三叉(与三郎)	76, 545, 576
竹本組玉	257
立花銑三郎	68, 104

タトラー	549, 635, 695
谷崎潤一郎	54, 337, 421, 523, 556, 730
谷文晁	684
ダヌンツィオ・ガブリエーレ	**717**
烟草／煙草／莨	**225**, 226, 248
田山花袋	39, **54**, 228, 435, 438, 523, 557, 569, 583, 595, 624, 720, 752
「田山花袋君に答ふ」	569, **624**, 752
俵屋宗達	686
団子坂	115, **288**
談志	257
団洲	257
男女	192, 193, **353**, 400, 417, 424, 430, 433, 455, 465
ダンテ・アリギエーリ	700, **717**
探偵	122, 173, 174, 196, 209, 277, 317, **452**, 502, 632, 633
煖炉／暖炉	226

ち

血	410, 411, **453**, 454, 466
千枝	46, 64
チェーホフ,アントン	**718**
近松秋江	523, 576
蓄音機	227
千鳥	571
茅野蕭々	548
千葉亀雄	547
卓袱台／餉台／食卓（ちゃぶだい）	227
『中央公論』	54, 207, **560**, 561, 582, 590, 628, 662
彫刻	521
朝鮮	89, 93, 94, 156, 173, **288**, 491, 517, 527, 561
チョーサー,ジェフリー	**718**, 743
ちょん髷	228

つ

杖	229
月	229
津田青楓	**55**, 217, 242, 261, 286, 451, 677, 684, 686, 745
『土』	627
土屋文明	51
坪井九馬三	22, 564
坪内逍遙	31, 51, 53, **55**, 72, 153, 393, 394, 499,

	531, 536, 553, 575, 624, 627, 631, 710, 724
「坪内博士と『ハムレツト』」	**624**
坪谷善四郎	560
妻	121, 124, 193, 386, 394, 410, 411, 413, 414, 423, 430, 432, 433, 434, 435, 442, 447
罪	112, 337, 385, 392, 411, 430, 432, 434, 437, **454**, 455, 473
艶	**355**
ツルゲーネフ,イワン・セルゲイヴィチ	601

て

低徊趣味	39, 429, 430, 478, **522**, 558, 571, 597, 628, 749, 752, 758
ディクソン,ジェイムズ・メイン	34
ディケンズ,チャールズ	472, 698, 705, **719**
帝国主義	94, 146, 147, 156, 287, 289, 293, 297, 490, 505, 526, 636, 648, 654
『帝国文学』	22, 556, **561**, 562, **617**, 677
ディズレーリ,ベンジャミン	487
テイラー,ジェレミー	695, **719**
手紙	101, 114, 124, 127, **230**, 231, 232
「手紙」	**625**
哲学	112, 137, 139, 153, 238, 239, 387, 428, 446, 452, **523**, 549, 601, 635
『哲学雑誌』	509, 512, 524, 534, **562**, 583, 615, 758
哲学者	112, 137, 237, 452, 464, 755
鉄道	100, 116, 142, 143, 156, 601
テニソン,アルフレッド	185, 590, 591, 615, 648, 695, 710, 714, **720**, 727, 744
デフォー,ダニエル	100, 636
デュマ,アレクサンドル（父）	**720**
寺田寅彦	39, 53, **56**, 67, 75, 120, 140, 183, 191, 216, 250, 254, 255, 262, 282, 389, 421, 475, 491, 547, 548, 557, 571, 573, 643, 654, 672, 724
天	411, 424, **455**, 456
天才論	512
電車	106, 124, 130, 141, **142**, 143, 173, 756
電車事件	143
天真爛漫	456
転地	175, **232**, 233, 234, 244, 436
電燈／電気燈	196, 228, **234**, 235, 258, 259, 475
「点頭録」	**626**, 749
天皇	98, **524**
「テンペスト」	587
電報	232, **235**
電話	**235**

819

◆索引

と

独逸／独乙／独	**289**
土井晩翠	57, 205, 302
陶淵明	35, 451, **683**
道義	146, 394, 443, 474, **525**, 571
東京帝国大学	89, 91, 101, 107, 108, 119, **144**, 153, 204, 242, 273, 414, 492, 503, 536, 562, 569, 570, 583, 586, 602, 609, 635, 649, 667
東郷平八郎	217, 662
堂摺連	**144**
尊い	457, 458
豆腐	237, 238, 467
道楽	106, 138, 216, **238**, 239, 240, 400, 456, 474
ドーデ,アルフォンス	**721**
都会	95, **172**, 173, 176, 214
戸川秋骨	48, 170, 302, 548, 618
度胸	**355**, 480
徳義	114, 173, 431, 432, 455, 473, **525**
読者	109, 395, 402, 411, 413, 417, 423, 426, 428, 429, 438, 445, 474, 479, 546, 549, 556, 575, 578, 751, 753, **756**, 759
独身	**356**
徳田秋聲	57, 345, 530
徳富蘇峰	93, 462
徳冨蘆花	91, 245, 425
独立	105, 146, 221, 413, 435, 442, 444, **457**, 548
時計	**240**, 241, 568
床屋	**241**, 446
図書館	**563**, 564, 566
ドストエフスキー,フョードル	398, 502, 589, **721**, 734
登世	310
登張竹風	153, 503
杜甫	**683**
冨澤敬道	**58**
豊島与志雄	446
豊竹昇之助	**144**
ドラローシュ,ポール	181, 453, 714
鳥居素川	58, 69, 273, 461, 545, 596
「トリストラム・シャンディ」	**627**
鳥山石燕	132
トルストイ,レフ	**722**, 734, 743, 756
泥棒	122, **174**, 419
午砲（どん）	**145**

な

内藤湖南	565
内藤鳴雪	570
中勘助	**59**
永井荷風	59, 208, 557
中江兆民	74, 93
長尾郁子	140
長尾雨山	690
中川芳太郎	60, 67, 420, 691
中澤弘光	573
長沢蘆雪	685
中島気峻	96
中島湘煙	315
長塚節	**60**, 627
「長塚節の小説「土」」	**627**
中根重一	50, **61**, 282, 334, 471, 510, 597
「中味と形式」	**628**
中村吉蔵	72
中村不折	55, 58, **62**, 560, 571
中村正直	444, 589
中村武羅夫	558
中村是公	**62**, 69, 89, 103, 156, 233, 288, 299, 302, 389, 527, 572, 575, 618, 654
長与称吉	**63**, 386, 588
長与又郎	**63**, 482
半井桃水	452
泣く	**458**
ナショナリズム	626
夏目鏡子	34, 40, 50, 59, 61, **63**, 76, 77, 120, 169, 179, 186, 187, 234, 282, 286, 287, 290, 302, 321, 334, 385, 389, 413, 428, 432, 436, 456, 554, 565, 575, 745
夏目小兵衛直克	46, **64**, 94, 270, 283, 398
夏目千枝	161
夏目大一	65
夏目直則	64
夏目筆子	39, 76, 120, 183, 261, 270, 282, 432, 575
夏目和三郎直矩	64, 94
生意気	323, **357**, 480
涙	411, **458**, 472
成瀬正一	39, 556, 741
南画	180, 648, 672, 675, **684**, 745
『南総里見八犬伝』	675

に

ニーチェ,フリードリヒ	502, **722**
肉	357, 450, 758
肉慾	**357**
西周	489, 509, 536
西川一草亭	55
西成治郎	70
日英同盟	90, 93, **145**, 146, 147, 519
日露戦争	66, 92, 93, 102, 107, 114, 119, 121, 122, 140, 146, 147, 155, 185, 190, 235, 239, 293, 294, 299, 373, 394, 425, 428, 435, 454, 480, 482, 485, 493, 504, 520, 545, 557, 558, 562, 563, 592, 603, 617, 620, 630, 633
日清戦争	75, 116, 119, 134, 146, 287, 293, 299, 520, 545, 557, 649
日糖事件	147, 148, 149, 622
「二百十日」	**628**
日本	112, 117, 131, 133, 137, 138, 145, 146, 147, 158, 161, 180, 190, 386, 425, 428, 473, 482, **526**
『日本』	565
日本画	217
日本人	105, 137, 145, 262, **526**
日本の美術	685
日本橋	103, 143, 290
「入社の辞」	151, **629**
ニュートン,アイザック	422
女房	**339**
ニルアドミラリ	**148**, 149, 478
「人形の家」	697
人情	389, 398, 435, **443**, 449, 557
妊娠	**358**, 576

ぬ

ヌーボー式	242

ね

ネロ	148, 149

の

能	45, **176**, 178
脳	**445**, 446, 447, 482

野上臼川	571, 574, 586
野上豊一郎	**65**, 66, 73, 177, 182, 262, 523, 547, 561, 574, 587, 639
野上彌生子	65, **66**, 281, 571
野菊の墓	571
乃木希典	**66**, 103, 533
のつそつ	**459**
長閑	**459**
野間真綱	**67**, 78, 274, 554, 573, 574, 586, 667
野村伝四	**67**, 94, 103, 257, 274, 572, 573, 609
ノルダウ,マックス・ジーモン	468, 512, 603
「野分」	143, **630**
呑気	430, **460**, 758

は

パーソナル・アフエア	606
ハーディ,トマス	**723**
ハーン,ラフカディオ	35, 37, 805
バーンズ,ロバート	583, 588, **723**
『煤煙』	149, 150, 438, 547, 551, 571, 606
煤煙事件	70, 71, 80, **149**, 330, 518
ハイカラ／高襟	89, 140, 182, 214, **242**, 243, 276, 346, 379, 570, 675
ハイド・パーク	487
肺病	118, 155, **243**, 244, 245
バイロン,ジョージ・ゴードン	488, 641, 710, **724**
ハウプトマン,ゲルハルト	**724**
馬鹿	131, 233, 251, 424, 450, **460**, 480
『破戒』	571, 574
博士	102, 107, **150**, 151, 152, 154, 412, 456, 482
芳賀矢一	29, **68**, 498, 561
履物	202, **245**
白隠	679, **687**
白馬会	19
博物館	217, **566**
白楽天	233, **687**
博覧会	111, 152, 566, **567**
恥	**461**, 462
橋口五葉	**68**, 81, 216, 242, 548, 573, 667, 683
橋口貢	68
橋本雅邦	68
橋本左五郎	**69**
蓮實重彦	250
「長谷川君と余」	**631**
長谷川時雨	227
長谷川雪旦	95

◆索引

長谷川天渓	153, 478, 503, 523, 558
長谷川如是閑	**69**, 273, 530
長谷川雅雄	445
馬祖道一	**688**
発売禁止	**551**
馬肉	133
馬場孤蝶	48, **70**, 114, 194
「母の慈」	**631**
ハムレット	296, 578, 587, 598, 624, 702
林董	146
林原(岡田)耕三	20, 64, **70**, 515, 744
薔薇	338, **359**
巴理(里)／パリス	291
バルザック,オノレ・ド	725
ハルトマン,エドゥアルド・フォン	41
哈爾浜	156, 292
麺麹	246
半襟	199, 360
手巾／手帛	247
『パンチ』	726
煩悶	93, 112, 428, 446, 447, **462**, 463, 472, 516, 559

ひ

『彼岸過迄』	**632**
卑怯	132, 252, 414, 424, 431, **463**, 464, 468, 473
樋口一葉	35, 65, 328, 340, 444
髭／鬚	102, 133, **247**, 248
飛行機	152
微笑	**360**
美人	**361**
歇私(斯)的里（ヒステリー）	183, **362**, 366, 414, 458
必然	148, 397, **421**, 422, 753
美的生活	53, **153**
瞳／瞳子／眸	185, **364**, 481
独り	431
ひな子	94, 190, 385, 432
皮肉	107, 147, 416, 460, **464**, 480
非人情	96, 109, 173, 175, 178, 251, 372, 443, 452, 598, 616, 645, 676, 681, **756**
日根野れん	46
火鉢	200, 226, **248**, 249
日比翁助	157, 242
日比谷	96, 143, **293**
日比谷焼打事件	617, 662
批評	97, 105, 178, 195, 386, 419, 420, 463, 464,

	480, 549, 553, 556, 570, 576, 754, **757**
美文	569, 575, 756
百年	391, 432, **465**, 477
「病院の春」	**634**
病気	245, 412, 424, 459, **466**
漂泊者	426
平塚明子（らいてう）	70, **71**, 80, 149, 150, 320, 330, 340, 351, 516, 518, 573, 717
平出鏗二郎	209, 246
平野水	**249**
平福百穂	60, 217
午睡／昼寝	**250**
広島	**293**, 432
広瀬中佐	42, 121
広津柳浪	59, 557
貧／貧乏	124, 186, 419, 424, **467**

ふ

ファウスト	702
不安	108, 112, 120, 149, 193, 255, 404, 432, 435, 464, **468**, 470, 481
回々教	**528**
フィールディング,ヘンリー	725
諷刺	405, 429, 478, 570, **757**
夫婦	127, 192, 193, **366**, 385, 388, 409, 414, 425, 427, 428, 462, 464, 467, 475
風流	229, **251**
ブールジェ,ポール	726
フェノロサ,アーネスト・フランシスコ	33, 509
フェミニズム批評	330
フォンタネージ,アントニオ	21
深田康算	41, 141, 143
福沢諭吉	92, 94, 96, 114, 175, 419, 441, 446, 489
福田庄兵衛	161
福原鐐二郎	151
福間博	51
福来友吉	140
「不言之言」	**634**
不幸	392, 396, 415, 418, **427**, 428
藤岡蔵六	51
富士山	100, 235, 272, **294**
藤島武二	23, 242, 548, 573
藤代禎輔	33, 34, 68, **71**, 562
藤村操	**72**, 112, 462, 475, 516, 666
婦人／婦女子	**367**, 368, 389
豚	117, **252**

二葉亭四迷	25, 31, 55, **72**, 91, 169, 253, 308, 439, 444, 606, 631, 697
「二人の武士」	631
仏教	529
フッド, トマス	726
父母未生以前	469, 506, 688
不愉快	470, 471
ブラウニング, ロバート	696, **727**
フランネル	253
プルースト, マルセル	606
ブレイク, ウィリアム	727
風呂	253, 450
フロイト, ジークムント	139, 417, 477, 655, 657, 701
ブロンテ, シャーロット	701, **728**
文学	109, 137, 123, 216, 428, 549
文学者	91, 102, 114, 123, 237, 239, 240, 630, 635
文学博士	151
『文学評論』	635
文学理論	137
『文学論』	549, 576, **637**
文芸院	564, 751
文芸協会	48, 55, 296, 499, 624
「文芸と道徳」	639
「文芸とヒロイツク」	639
「文芸の哲学的基礎」	640
『文章世界』	444, 547, 557, **569**, 574, 624
文壇	132, 207, 394, 421, 438, 440, 482, **530**, 553, 556, 571, 573, 574
「文壇に於ける平等主義の代表者「ウォルト、ホイットマン」Walt Whitman の詩について」	641
『文壇照魔鏡』	132, 558
「文鳥」	641
「文展と芸術」	642
文明	106, 121, 129, 137, 138, 147, 238, 396, 401, 441, 442, 444, 470, 478, **489**, 568, 756
文明開化	94, 96, 99, 256, 386, 415, 554, 601
文明批評	100, 425, 480, 510, 568, 585, 601

へ

米国	146, **266**
ペイター, ウォルター	714, **728**, 739
ヘーゲル, ゲオルク・ウィルヘルム・フリードリヒ	523, 626
ベースボール／野球	254
辟易	461, **472**

『碧巌録』	518, **688**
「ヘッダ・ガブラー」	697
蛇	368
ベラスケス, ディエゴ・ロドリゲス・デ・シルバ・イ	729
ベラミー, エドワード	730
ヘリック, ロバート	730
ベルクソン, アンリ	337, 397, 398, 410
ベルツ, エルヴィン・フォン	19, **73**, 232, 233
ベーン, アフラ	371, **729**
「変な音」	643

ほ

ポアンカレー, ジュール・アンリ	56, 421, 422
ホイットマン, ウォルト	101, 182, 404, 488, 641, 699, 710, 758
ポー, エドガー・アラン	731
望遠鏡	125
法学士	153, 154
帽子／帽	255
『方丈記』	280, 581
宝生新	38, **73**, 176, 177, 257, 499
『報知新聞』	552, 569
放蕩	369, 370
砲兵工廠	154, 155, 182
ポープ, アレグザンダー	549, 583, **731**
「木屑録」	412, 643
『保Дreport	
『保民会雑誌』	495
戊辰戦争	623, 626
細川護成	25
細川護久	25
北海道	144, 173, 295
「坊っちゃん」	644
『ホトトギス』	44, 52, 174, 207, 247, 437, 495, 522, 527, 555, 562, 565, **570**, 571, 597, 614, 615, 618, 621, 647, 661, 667, 668, 673, 708, 714, 731, 753
不如帰	91, 245, 672
ホフマン, エルンスト・テーオドール・アマデウス	732
ホモソーシャル	43, **266**, **311**, **324**, **343**, **381**, 613, 623, 654
ボルノウ, オットー・フリードリヒ	192
惚れる	370
本郷	158, 169, 204, **295**, 563
本郷文化圏	170, 172, 222, 356
本田種竹	690

本間久雄 595
翻訳 421, 439, 441, **531**, 555

◆ 索引

ま

マードック,ジェームズ **74**
前島密 158
前田案山子 **74**
マクベス 429, 500, 587, 646
「マクベスの幽霊に就て」 **646**
正岡子規（常規） 21, 23, 30, 35, 38, 44, 52, 60, 62,
　75, 141, 158, 196, 244, 254, 282, 296, 302, 390,
　399, 412, 451, 456, 489, 531, 565, 570, 572, 591,
　596, 597, 643, 665, 667, 668, 671, 680, 681, 690,
　708, 753
「正成論」 **646**
正宗白鳥 **76**, 149, 435, 553, 557, 576, 582, 667
益頭峻南 217
真面目 180, 396, 418, 424, 460, **472**, 473, 479, 757
俣野義郎 283
松 **255**
松井須磨子 499
松岡譲 39, 64, **76**, 101, 187, 207, 219, 250, 261,
　421, 518, 556, 575, 722, 743
松尾芭蕉 **689**
松崎蔵之介 108
松根東洋城（豊次郎） 73, **77**, 107, 262, 524, 668
松本道別 143
松本文三郎 119
松山 75, 105, 139, 158, 159, 169, 178, 188, 233,
　296, 481, 496, 570, 571
真鍋嘉一郎 19, **77**, 296
マホメット 532, 634, 671
「幻影の盾」 **647**
眉 **473**
迷へる子 **372**
マリオ・プラーツ 739
マルクス,カール 89, 101, 510
マルサス,トーマス・ロバート 487
円山応挙 685
マロリー,トマス 454, 591
マン・オフ・ミーンズ 155
「満韓ところどころ」 122, **648**
『満洲日日新聞』 **572**
マンテガッツァ,パオロ 403
満鉄 62, 69, **156**, 299, 491, 527, 572, 618, 654
外套（マント） **209**

み

見合 334, 418, 553
ミケランジェロ・ブオナローティ 713, 729, **732**,
　738
眉間 **473**
『三田文学』 59
道 457, **474**
『道草』 **649**
三井高利 157
三井八郎右衛門 107
三越 68, **157**, 242, 290, 331, 568, 600
南方熊楠 **78**
皆川正禧 67, **78**, 274, 569, 574, 586
水底 72, **475**
南大曹 77
南満洲鉄道株式会社→満鉄
美濃部俊吉 102
御船千鶴子 140
三宅雪嶺 425, 548, 565
宮崎滔天 74
宮武外骨 112
宮本叔 77
『明星』 562, **572**, 573
ミル,ジョン・スチュアート 536
ミルトン,ジョン 695, 700, 710, **733**
ミレー,ジャン=フランソワ **733**
ミレー,ジョン・エヴァレット 475, 599, 681, 713,
　734, 741

む

武者小路実篤 22, 23, 47, **79**, 337, 440, 504, 548
夢窓国師 **689**
村上霽月 597
村山龍平 25, 58, 273, 545

め

眼 405, **475**, 476
『明暗』 **651**
明治漢詩人 **690**
明治憲法 113, 494
明治天皇 66, 129, 141, 454, 459, 524, 639
明治の精神 431, 446, 481, **533**
迷路 142, 466

妾	373
『めさまし新聞』	546
メスメリズム	**534**, 562, 610
メタフィクション	578
眼つき	404, **475**
メレジコフスキー,ドミトリー	148, **734**
メレディス,ジョージ	618, **735**

も

『蒙求』	210, 412, **690**
蒙古	95, 120, 157, **297**
孟子	691
モーパッサン,アンリ・ルネ・アルベール・ギ・ド	
	430, 453, 625, 720, **735**
木曜会 20, 23, 53, 55, 77, 176, 497, 547, 569, 571,	
573, 574, 641	
物集高見	72
物集芳子	72
モネ,クロード	486, 714
モハメッド	430, 528, **532**
「模倣と独立」	411, **653**
モリエール	708, **736**
森鷗外 38, 53, **79**, 148, 169, 190, 208, 211, 241,	
344, 373, 478, 481, 531, 536, 548, 561, 573, 575,	
606, 634, 675, 676, 696, 717, 736	
モリス,ウィリアム	711
森田草平 25, 31, 34, 43, 54, 57, 59, 60, 67, 70, 71,	
80, 149, 151, 152, 155, 164, 176, 177, 194, 261,	
262, 330, 390, 438, 452, 465, 468, 469, 531, 546,	
547, 548, 551, 561, 571, 573, 574, 575, 577, 598,	
606, 622, 634, 711, 717, 721, 743	
森成麟造	**80**, 286, 301, 588
『門』	654

や

野球	254
矢島柳三郎	79
やす（塩原）	64
安成貞雄	70
耶蘇教	497
柳田国男	67
山県五十雄	152
山川信次郎	117, 120, 283
山川均	42

山崎楽堂	73
山本有三	51

ゆ

遊廓	374
結城素明	217
ユーゴー,ビクトル	736
郵便	158, 231
ユーモア	112, 129, 131, 417, 463, 464
幸孝県麿	95
幸成月岑	95
弓削田精一	25, 548, 611
指輪／指環	127, 349, **375**, 623
夢	95, 128, 185, 250, 395, **476**, 477, 656
「夢十夜」	656
百合	328, 338, **376**, 391, 477

よ

謡曲	176, 177, 182, 280
洋行	159, 160, 552
養子	161, 162, 170, 192
容色	331
蠅頭文字	477
洋服	199, 256
ヨーロッパ	468, 549
能くつてよ、あんまりだわ	378
横浜	116, 190, 198, **298**
横山源之助	134
横山大観	81, 217, 249, 293, 681
与謝野晶子	70, 238, 351
与謝野鉄幹	38, 132, 572
与謝蕪村	671, 684, **692**
吉野作造	54, 72
寄席	144, 182, 198, **256**, 257, 265, 596
「糸と万年筆」	658
米山保三郎	81, 524
世の中 107, 125, 154, 155, 172, 173, 391, 422, 426,	
435, 444, **535**, 556	
『読売新聞』 76, 463, 482, 546, 547, 551, 569, **575**,	
576	
余裕	173, **478**, 756, 758
余裕のある	478, 522, 571, 755, **758**
余裕のない	478, 522, **758**
余裕派	478, 558, 597, 756, 758

◆索引

頼山陽　90
ライト兄弟　152
落語　43, 45, 46, 96, 198, 232, **256**, 257, 429, 478, 480, 499, 689
ラスキン,ジョン　714, **737**
裸体画　**257**, 258
ラファエル前派　19, 242, 323, 573, 618, 713, 714, 716, 727, 733, 734, **737**, 738, 740
ラファエロ・サンティ　713, 716, 729, **738**
ラム,チャールズ　738
ラング,アンドリュー　739
ランドー,ウォルター・サヴェッジ　739
洋燈（らんぷ）　234, **258**, 259, 433

り

リ・ハント　590
『リア王』　587
リアリズム　191, 393, 394, 639
理想　96, 164, 394, 443, 450, 453, **536**, 640, 752, 753, 755
李白　251, **692**
リボー,テオドール・アルマン　513, 754
リボン　214, 296, **379**
良妻賢母　345
両性的本能　335, 336, 358, **380**
『龍南会雑誌』　120, 414, 690
旅順　121, 122, 156, **299**, 485
リンネ,カールフォン　377

れ

霊魂　121, 446, **758**
冷笑　93, 424, 430, 478, **479**
レオナルド・ダ・ヴィンチ　696, 713, 732, 734, 737, 740
レオパルディ,ジャコモ　740
轢死　163
レッシング,ゴットホルト・フライム　181, 521, 599, 713
『列仙伝』　693
レディ・ジェーン・グレイ　181
恋愛　40, 183, **336**, 392, 426, 447, 462, 475, 575, 758

連想　482, 751

ロイド,アーサー　35, 55, 62
老子　658, **693**
「老子の哲学」　658
労働者　102, 126, **163**
浪漫主義（ロマン主義）　19, 153, 377, 516, 537, 583, 618, 621, 636, 666, 758, **759**
浪漫派（ロマン派）　242, 289, 641, 656, 657, 738, 759
露(魯)国／露(魯)西亜　299
魯迅　37
ロセッティ,ダンテ・ゲイブリエル　618, 714, 727, 734, **741**
「ロミオとジュリエット」　587
ロラン,ロマン　741
『論語』　367, **694**
ロンドン・マガジン　726, 738
「倫敦消息」　659
「倫敦塔」　660
ロンブローゾ,チューザレ　41, 174, 512

わ

ワーズワース,ウィリアム　549, 583, 701, 703, 707, 719, 738, **742**
『若きウェルテルの悩み』　620
『吾輩は猫である』　661
和歌山　129, 138, 276, **300**, 301, 391, 405
『早稲田文学』　36, 48, 547, 557, 569, 595, 624
和田英作　573
「私の個人主義」　663
渡辺崋山　218, 684
渡辺霞亭　546
和辻哲郎　23, 41, **82**, 261, 556, 722
笑　**479**, 480
悪口　480

冒頭引用文索引

索引

【作品等】

「A Translation of Hojio-ki with a Short Essay on It」　**581**

「愛読せる外国の小説戯曲」　553

「イズムの功過」　92, **581**

「池辺君の史論に就て」　25, 54

「一夜」　**582**

「一貫したる不勉強」　103

「色気を去れよ」　316, 688

「英国詩人の天地山川に對する観念」　**583**, 759

「英国の文人と新聞雑誌」　**583**

「永日小品」　62, 106, 115, 171, 194, 201, 465, 470, 573, **584**

「英文学形式論」　**586**, 750

「『オセロ』評釈」　**587**

「思ひ出す事など」　137, 180, 201, 223, 232, 251, 281, 286, 327, 386, 436, 459, 476, **587**, 693, 707

「カーライル博物館」　**589**

「薤露行」　184, 359, **590**

『硝子戸の中』　64, 114, 161, 186, 198, 206, 250, 256, 270, 332, 360, 388, 407, 427, 461, 466, 476, 493, **591**

「カリックスウラの詩」　**593**

「元日」　**594**

「鑑賞の統一と独立」　**594**, 751

「観菊花偶記」　646

「汽車の中」　560

「客観描写と印象描写」　595

「教育と文芸」　444

「京に着ける夕」　278, **596**

「虚子『鶏頭』序」　49, 469, 522, **597**, 758

「愚見数則」　495, **597**

「草枕」　96, 105, 109, 112, 116, 139, 153, 188, 198, 241, 285, 323, 333, 370, 387, 414, 419, 429, 441, 443, 452, 453, 455, 459, 478, 489, 521, 535, **598**, 689, 708, 733, 737, 756

『虞美人草』　109, 111, 116, 127, 145, 150, 153, 198, 202, 215, 219, 220, 225, 226, 240, 245, 265, 278, 287, 295, 299, 307, 324, 332, 341, 347, 352, 359, 360, 364, 393, 396, 406, 415, 418, 428, 452, 464, 472, 475, 567, **600**, 689, 740

「ケーベル先生」　**602**

「ケーベル先生の告別」　393, **602**

「現代日本の開化」　92, 99, 129, 242, 489, **602**

『行人』　101, 111, 144, 197, 209, 219, 223, 227, 249, 258, 273, 275, 300, 309, 318, 323, 327, 334, 336, 339, 341, 348, 355, 364, 368, 370, 393, 403, 405, 428, 431, 439, 441, 445, 447, 456, 457, 460, 463, 473, 479, 485, 515, 532, 549, 550, **603**, 752

「坑夫」　126, 163, 184, 205, 229, 243, 245, 331, 345, 385, 386, 406, 436, 458, 460, **605**

「『坑夫』の作意と自然派伝奇派の交渉」　569, 759

『心』　66, 127, 128, 140, 155, 169, 183, 202, 203, 211, 230, 258, 269, 275, 283, 290, 298, 307, 317, 325, 336, 341, 349, 357, 360, 402, 405, 422, 423, 426, 427, 434, 438, 441, 447, 449, 450, 453, 454, 457, 459, 460, 462, 472, 474, 479, 529, 533, 535, **607**, 758

「滑稽文学」　429

「琴のそら音」　153, 175, 197, 445, **609**

「催眠術」　534, 562, **610**

「作物の批評」　**611**, 757

「作家としての女子」　349

「三山居士」　**611**

『三四郎』　19, 43, 73, 89, 98, 115, 116, 117, 119, 120, 125, 131, 135, 142, 144, 145, 152, 157, 163, 172, 175, 184, 190, 197, 198, 204, 209, 219, 224, 225, 229, 230, 234, 235, 242, 245, 247, 256, 277, 280, 288, 294, 295, 311, 313, 321, 329, 338, 355, 357, 364, 370, 372, 379, 395, 402, 403, 406, 431, 444, 449, 451, 460, 463, 523, 531, 536, 563, **612**, 710, 736, 752, 753

「子規の画」　390, **614**

「時機が来てゐたんだ——処女作追懐談」　24, 37

「自然を写す文章」　558

「自転車日記」　**614**

「詩伯「テニソン」」　**615**

「写生文」　**616**, 753

「Japan and England in the Sixteenth Century」　**616**

「趣味の遺伝」　102, 121, 215, 255, 300, 392, 404, 455, 485, **617**

「小説「エイルヰン」の批評」　**618**

「初秋の一日」　**618**

「書籍と風景と色と？」　47

「素人と黒人」　348, 389, **619**

827

◆
索引

「人生」	448, 619
「セルマの歌」	620
「戦争から来た行違ひ」	620
「専門的傾向」	357
「創作家の態度」	486, 621, 749
『それから』	42, 92, 98, 108, 111, 122, 126, 134, 142, 147, 148, 172, 182, 198, 207, 211, 217, 219, 222, 223, 227, 229, 234, 240, 245, 246, 253, 254, 256, 269, 284, 307, 309, 324, 332, 336, 341, 347, 348, 352, 353, 356, 357, 358, 362, 364, 369, 373, 375, 376, 378, 388, 390, 391, 396, 422, 438, 445, 450, 458, 467, 468, 479, 506, 508, 525, 530, 552, 554, 622, 716
「太陽雑誌募集名家投票に就て」『太陽』	402
「田山花袋君に答ふ」	624, 752
「坪内博士と「ハムレツト」」	55, 531, 624
「手紙」	625
「点頭録」	223, 289, 455, 626
「道楽と職業」	238, 400, 733
「独歩氏の作に低徊趣味あり」	39, 558
『トリストラム・シヤンデー』	627
「長塚節氏の小説「土」」	109, 627
「中味と形式」	628
「夏目漱石氏文学談」	39
「二百十日」	107, 194, 425, 628
「入社の辞」	545, 629
「野分」	35, 96, 98, 118, 143, 182, 196, 201, 238, 243, 256, 271, 291, 292, 307, 360, 406, 457, 460, 462, 464, 467, 475, 480, 492, 508, 536, 630, 755
「『煤煙』の序」	551
「長谷川君と余」	299, 631
「母の慈」	631
『彼岸過迄』	95, 142, 156, 158, 169, 179, 181, 183, 187, 196, 197, 209, 229, 253, 265, 273, 275, 277, 280, 295, 299, 310, 315, 317, 319, 323, 343, 346, 348, 353, 368, 396, 407, 424, 426, 434, 452, 455, 458, 463, 500, 516, 632
「彼岸過迄に就て」	157, 756
「病院の春」	634
「不言之言」	634, 690
「二人の武士」	631
「文学雑話」	749
『文学評論』	351, 353, 487, 491, 516, 635, 754, 755, 756, 757
『文学論』	98, 133, 159, 257, 267, 336, 380, 390, 460, 470, 477, 488, 497, 509, 637, 678, 712, 718, 724, 733, 737, 749, 750, 751, 754
「文芸と道徳」	639

「文芸とヒロイツク」	639
「文芸の哲学的基礎」	436, 443, 513, 536, 640, 733, 755
「文士の生活」	31, 169, 189, 224
「文章一口話」	486
「文壇に於ける平等主義の代表者「ウォルト、ホイットマン」Walt Whitman の詩について」	266, 404, 488, 641
「文鳥」	52, 395, 641
「文展と芸術」	642
「変な音」	643
「僕の昔」	192
「木屑録」	643
「坊っちやん」	96, 103, 117, 123, 124, 145, 178, 190, 206, 214, 225, 229, 232, 242, 265, 271, 277, 309, 323, 326, 361, 374, 379, 398, 423, 425, 427, 444, 457, 463, 473, 504, 561, 644, 689, 716
「マードツク先生の日本歴史」	489
「マクベスの幽霊に就て」	646
「正岡子規」	296
「正成論」	646
「幻影の盾」	100, 324, 647
「満韓ところどころ」	62, 89, 156, 526, 572, 648
「満韓の文明」	489
「満韓所感」	141, 574
『道草』	45, 61, 95, 130, 157, 161, 192, 199, 201, 213, 220, 225, 235, 243, 255, 271, 309, 311, 322, 357, 358, 362, 366, 378, 385, 404, 407, 408, 410, 412, 413, 418, 443, 464, 467, 470, 506, 516, 563, 649, 757
「みづまくら」	45
「水底の感」	475
『明暗』	109, 110, 113, 125, 126, 140, 189, 197, 204, 209, 230, 232, 234, 238, 240, 246, 307, 309, 311, 317, 331, 343, 346, 347, 349, 360, 369, 393, 398, 401, 407, 417, 418, 421, 424, 425, 427, 429, 431, 441, 445, 451, 452, 455, 464, 466, 467, 472, 475, 479, 510, 512, 519, 651, 750, 752
「模倣と独立」	504, 653
『門』	27, 50, 94, 95, 103, 113, 117, 119, 124, 130, 175, 179, 184, 198, 199, 202, 204, 211, 219, 245, 247, 248, 255, 256, 258, 275, 292, 297, 324, 325, 358, 385, 392, 406, 432, 469, 473, 559, 654
「夢十夜」	252, 271, 348, 351, 368, 376, 391, 406, 465, 476, 656
「余が『草枕』」	395
「余と万年筆」	658
「落第」	493

828

「老子の哲学」	**658**
「倫敦消息」	203, 211, 352, 498, 526, **659**
「倫敦塔」	406, 453, **660**, 717
「我輩の観た「職業」」	154, 194
「倫敦来信」――『ホトトギス』	570
『吾輩は猫である』	27, 33, 90, 114, 119, 122, 128, 131, 159, 174, 176, 178, 183, 184, 191, 200, 205, 210, 213, 228, 229, 247, 248, 250, 251, 254, 266, 275, 285, 287, 289, 298, 299, 307, 311, 315, 321, 322, 324, 334, 345, 356, 357, 367, 374, 378, 385, 388, 404, 414, 419, 429, 452, 455, 460, 463, 479, 480, 485, 494, 508, 559, 565, 566, 572, 575, **661**, 681, 682, 688, 690, 702, 713, 753
「私の個人主義」	462, 494, 502, 504, 505, **663**

【書簡】

赤木桁平	530
芥川龍之介	20, 175, 530, 556
井原市次郎	56
伊藤左千夫	26
大倉一郎	118
大塚保治	274
狩野亨吉	119
久米正雄	175
畔柳芥舟	328, 449, 515, 556

坂元雪鳥	101, 570
笹川臨風	500
菅虎雄	361
鈴木三重吉	26, 90, 313, 388
高浜虚子	61, 570
立花銑三郎	104
津田青楓	287
寺田寅彦	56, 72, 182, 288, 491, 547
富澤敬道	517
鳥居素川	461
中根重一	145, 448, 511
夏目愛子	275
夏目栄子	275
夏目鏡子	97, 150, 284, 361, 373, 498
野間真綱	274, 573
野村伝四	80, 572
橋口貢	683
林原耕三	70
深田康算	143
福原鐐二郎	150
正岡子規	141, 488
水落露石	552
皆川正禧	274, 429, 569
森田草平	26, 80, 237, 438
山本松之助	59
和辻哲郎	82

◆索引

漱石辞典
そうせきじてん

発行日	2017年5月24日　初版第1刷
編　者	小森陽一
	飯田祐子
	五味渕典嗣
	佐藤泉
	佐藤裕子
	野網摩利子
発行者	今井 肇
発行所	翰林書房
	〒151-0071
	東京都渋谷区本町1-4-16
	初台ガイアビル4F
	電話　03-6276-0633
	FAX　03-6276-0634
	http://www.kanrin.co.jp/
	E-mail kanrin@nifty.com
造　本	須藤康子＋島津デザイン事務所
印刷・製本	メデューム

落丁・乱丁本はお取り替えいたします
printed in japan ⓒ 2017　ISBN 978-4-87737-410-5